Italienisches Haus
Ulrich Rohde (Bruder von Anne und Menc
einziges Parteimitglied der Familie, technischer Direktor in einem Betrieb),
seine Frau Barbara (Kürschnerin, Schneider
und *Tochter Ina* (studiert Pädagogik)
Herr Klothe (Abteilungsleiter im VEB »Robotron«)

Haus Wolfsstein mit dem »Fagott«
Hans Hoffmann (Richard Hoffmanns Bruder, Toxikologe), *seine Frau Iris* (technische Zeichnerin) und die Kinder *Fabian und Muriel*
Arno Krauswitz (Dispatcher am Flughafen)
und *Lucie Krausewitz*
Frau Knabe (Zahnärztin) und ihr Mann

Haus Abendstern
Niklas Tietze (Arzt) und *seine Frau Gudrun* (Schauspieler), Onkel und Tante von Christian,
mit ihren Kindern *Ezzo und Reglinde*
Erik Orré (Schauspieler) und Familie

Uwe Tellkamp
Der Turm

Geschichte aus
einem versunkenen Land

Roman

Büchergilde Gutenberg

Die Handlung dieses Romans ist frei erfunden.
Die Personen, wie sie geschildert werden, leben in der Vorstellung und haben mit tatsächlich existierenden Menschen soviel gemein wie der Bildhauerton mit einer Skulptur.

Lizenzausgabe für die Büchergilde Gutenberg,
Frankfurt am Main, Wien und Zürich
Mit freundlicher Genehmigung des Suhrkamp Verlages,
Frankfurt am Main

Druck: CPI – Ebner & Spiegel, Ulm
Printed in Germany
Erste Auflage 2008
ISBN 978-3-7632-5997-7

www.buechergilde.de

Der Turm

Für Annett und für Meno Nikolaus Tellkamp

Ouvertüre

Suchend, der Strom schien sich zu straffen in der beginnenden Nacht, seine Haut knitterte und knisterte; es schien, als wollte er dem Wind vorgreifen, der sich in der Stadt erhob, wenn der Verkehr auf den Brücken schon bis auf wenige Autos und vereinzelte Straßenbahnen ausgedünnt war, dem Wind vom Meer, das die Sozialistische Union umschloß, das Rote Reich, den Archipel, durchädert durchwachsen durchwuchert von den Arterien Venen Kapillaren des Stroms, aus dem Meer gespeist, in der Nacht der Strom, der die Geräusche und Gedanken mit sich nahm auf schimmernder Oberfläche, das Lachen und den Ernst und die Heiterkeit ins sammelnde Dunkel; Schwebstoffe hinab in die Tiefe, wo die Rinnsale der Stadt sich mischten; im Tiefseedunkel kroch das Spülicht der Kanalisation, tropfender Absud der Häuser und VEB, in der Tiefe, wo die Lemuren gruben, stauten sich die ölig-schwere, metallische Brühe der Galvanikbäder, Wasser aus Restaurants und Braunkohlekraftwerken und Kombinaten, die Schaumbäche der Reinigungsmittelfabriken, Abwässer der Stahlwerke, der Krankenhäuser, der Eisenhütten und der Industriezonen, die verstrahlte Beize der Uranbergwerke, Giftsuppen der Chemieanlagen Leuna Buna Halle und der Kaliwerke, von Magnitogorsk und von den Plattenbaugebieten, die Toxine der Düngemittelanlagen, der Schwefelsäurefabriken; in der Nacht der Strom, weitverzweigt die Schlamm-, die Schlacke-, Erdöl-, Zellstoff-Flüsse, Wasser verschmolzen zu einem großen pechträgen Band, darauf die Schiffe fuhren, unter den rostigen Spinnweben der Brücken hindurch, in die Erzhäfen Getreidehäfen Südfrüchtehäfen die Häfen der 1000 Kleinen Dinge

– Und ich erinnere mich an die Stadt, das Land, die Inseln, von Brücken zur Sozialistischen Union verbunden, ein Kontinent Laurasia, in dem die Zeit eingekapselt war in eine Druse, zur Anderzeit geschlossen, und die Musik erklang von den Plattenspielern, knisternd unter den Abtastarmen im dünenden Vinyl-

schwarz, Lichtspindeln hin zum Gelbetikett der Deutschen Grammophon, zum Eterna- und Melodia-Schriftzug pulsend, während draußen der Winter das Land einfror, Schraubstöcke aus Eis an den Ufern auftürmte, die den Strom in ihren Zangen preßten und, wie den Lauf der Zeiger auf den Uhren, an den Stillstand bremsten. … aber die Uhren schlugen, *ich höre, als wäre es heute, den Westminster-Gong in der Karavelle, wenn das Wohnzimmerfenster geöffnet war und ich die Straße hinunterging, ich höre den Schlag der Flügeluhr aus der Wohnung im Erdgeschoß des Glyzinienhauses; das feine Klingen der Wiener Uhr aus Tietzes Musikzimmer, das melodisch aufsteigende, dann, mit dem letzten Ton, abknickende Ta-ta-ta-taa nach dem durchdringenden Sägton der Zeitanzeige des Deutschlandfunks, der Anfang der achtziger Jahre von den Türmern auf der Insel Dresden nicht mehr unter dem Tuch gehört wurde; jetzt die stimmlose Nadel einer japanischen Quarzuhr, die vom Handgelenk eines Staatskapell-Kontrabassisten in das Gongen und Plingen, Scheppern und die Kuckucksrufe beim Uhrmacher Simmchen, genannt Tiketack-Simmchen, sticht, in die tiefen Stundenschläge der Standuhren, das vollstimmige Repetieren der großen und kleinen Regulatoren bei Uhren-Pieper, Turmstraße 8; der Koloratursopran einer Schnörkel-Porzellanuhr bei Witwe Fiebig im Haus Zu den Meerkatzen, die heisere Rebellion einer Fliegeruhr, in der zweiten Etage der Pension Steiner, beim ehemaligen Generalstäbler in Rommels Afrikakorps; das Pekinesenkeckern im Appartement am Ende des Flurs, wo ein Mann namens Hermann Schreiber wohnte, einst Meisterspion der zaristischen Ochrana und der Roten Truppen; eine Uhr mit dem Zarenwappen, aus der Erstürmung des Winterpalais' in St. Petersburg gerettet, 1917; ich höre, als säße ich in seiner Sprechstunde oder stünde im Röntgenwagen einer der jährlichen Tbc-Reihenuntersuchungen und blickte auf das Schwarzweiß des Durchleuchtungsschirms, über das der grauhaarige Arzt sich beugt, das Krächzen von Dr. Fernaus Taschenuhr; die Porzellanglocken am Zwinger fallen ein, die Uhren im Gebäude der Staatlichen Plankommission, ehemals Reichsluftfahrtministerium, höre ich unbeirrt von Schritten, Hast auf den Gängen, Telefonklingeln, Zeitläuften, dem Geräusch der Paternosteraufzüge weiterrücken*

– Auf dem Meer, dem dunklen Ozean in immerwährender Nacht, suchend, suchend, der sich zweigte in Strom und Flüsse, kriechend um die Bewohnten Inseln
– Und hörte die Uhren der Papierrepublik über die Meeresarme klingen tönen schlagen, Gelehrteninsel: Schneckenkegel, der zum Himmel wuchs, Helix, auf den Tisch gezeichnet in Auerbachs Keller, Wohnungen verbunden durch Stiegen, Häuser verschraubt mit Treppen, Gehörgänge auf Reißbrettern entworfen, Spinnweben, die Brücken
– In der Nacht, die rostigen, die vom Mehltau des Schlafs befallenen, die von Säuren zerfressenen, die bewachten, die brombeerumrankten, die im Grünspan gefangenen, festgeschmiedet der Preußische Adler, die Schlag Mitternacht ihre Lauschtiere freilassenden, die hundertäugigen Periskope reckenden, Okulare scharfstellenden, bannertragenden, die von den Schornsteinen geschwefelten, Musiklinien vortäuschenden, mit Bitumen bewalzten, von Tropfnässe Sickernässe Schwitznässe faulenden, die durch schimmelnde Akten kriechenden, mit Stacheldraht betreßten, mit Ziffernblättern verbleiten Brücken; was war ATLANTIS, das wir nachts betraten, wenn das Mutabor gesprochen war, das unsichtbare Reich hinter dem sichtbaren, das erst nach langen Aufenthalten, den Touristen nicht und nicht den Traumlosen, aus den Konturen des Tages brach und Risse hinterließ, einen Schatten unter den Diagrammen dessen, was wir Die erste Wirklichkeit nannten, ATLANTIS: Die zweite Wirklichkeit, Insel Dresden/die Kohleninsel/die Kupferinsel der Regierung/Insel mit dem roten Stern/die Askanische Insel, wo Justitias Jünger arbeiteten, zu ATLANTIS verknüpft versponnen verkrustet
– Die Bahnhofsuhren in den verästelten Trakten des Anatomischen Instituts ließen die Sekundenzeiger schleichen und auf der Zwölf zögern, bis der Minutenzeiger aus seiner Erstarrung ins nächste Fach fiel, wo er Haftanker auszuschießen schien, in denen er wie betäubt, gestaucht von den Puffern der vergangenen und der bevorstehenden Minute, hängenblieb; Omnia vincit labor, behauptete die Glocke auf dem Kroch-Hochhaus, von zwei Riesen mit Hämmern geschlagen, und die Gelehrten, die sozialistischen Glasperlenspieler, die ludi magistri an der Universität, die als geöffnetes steinernes Buch mit dem Karl-Marx-Kopf als Ga-

lions-Totem im Meer schwamm, beugten sich über den Geist der Goethezeit, luden die Revolution in den Zeugenstand, verkündeten das Prinzip Hoffnung, dozierten über das Klassische Erbe im Hörsaal 40, sezierten den menschlichen Körper in den Sälen unter der Liebigstraße: Hier steht der Tod im Dienst des Lebens, Anatomie: Schlüssel und Steuerruder der Medizin
– Suchend, in der Nacht der Strom, ein ermüdetes krankes Tier, träumend in einem Schlafgehäuse, um das die Kälte steigt, und Straßenadern auf den Inseln, schütter beleuchtet, eingezwängt in den Frost und das Schweigen, Menschen mit biegsamen Schatten hasten über die Magistralen, wo am 1. Mai die Banner wehen, Marschmusik aus den Lautsprechermembranen spiralt wie Metallspäne von einem Werkstück in einer Drehbank, Sprengladungen, Meißel, Preßlufthämmer treiben Stollen in den Berg, schälen die Fingerspitzen des Flusses voran, die Stachanow-, die Hennekke-Bewegung, die Tunnelbohrer schürfen unter den Inseln, Zimmerleute fügen die Stützhölzer, der Fluß öffnet Hörrohre
– Die Große Uhr schlug, und das Meer stieg vor den Fenstern, den Zimmern mit den Farntapeten und den Eisblumen an den Leuchtern, den Stuckdecken und schönen Möbeln, ererbt aus verschollener Bürgerlichkeit, worauf die Baskenmützen der Denkmalpfleger anspielten, die gemessenen Gesten törtchenessender Damen in den italienischen Cafés, die blumigen und chevaleresken Grußzeremonien der Dresdner Kunstausübung, die versteckten Zitate, die mandarinhaften, pädagogischen, anspielungsreichen Rituale des Freundeskreises Musik, die gravitätischen Küren schlittschuhlaufender älterer Herren in den Eisparks; übriggeblieben im sanfthügeligen Elbtal in Häusern unterm Sowjetstern, übriggeblieben wie die Hermann-Hesse-Ausgaben der Vorkriegszeit, die zigarrenbraunen Thomas-Mann-Bände des Aufbau-Verlags aus den fünfziger Jahren, eifersüchtig bewacht in Antiquariaten, deren unterseeisches Licht dem Eintretenden Andacht verordnete, Papierschiffe, in denen sich langsam an Erinnerungen vergiftende Fossile hausten, Topfpflanzen hegten und den Kompaß über den knarrenden Parketten unbeirrbar auf Weimar gerichtet hielten, übriggeblieben in den Rosen, die um die Insel wuchsen, über die Ziffernblätter der Uhren, die rosteten, und deren Perpendikel zwischen den Polen Stille und Unstille (es war eine, bloßer »Lärm«

oder »Geräusch« war es nicht) durch unsere Leben schnitten. Wir hörten Musik, Eterna, Melodia hießen die Schallplatten, bei Herrn Trüpel gab es sie zu kaufen, im Schallplattenladen »Philharmonia« an der Bautzner Straße, oder im »Kunstsalon am Altmarkt« … die Große Uhr schlug
– Dresden … in den Musennestern / wohnt die süße Krankheit Gestern
– Suchend, in der Nacht der Strom, Wald wurde Braunkohle, Braunkohle bildete Flöze unter den Häusern, die Gruben-Maulwürfe wühlten sich vor und schürften die Kohle, Förderbänder ließen sie zu den Heizern wandern, in die Kraftwerke mit ihren Feuerschloten, in die Häuser, wo aus den Schornsteinen der saure Rauch stieg, der die Mauern zerfraß und die Lungen und die Seelen, die Tapeten in Krötenhaut verwandelte; die abblätternden und blasenwerfenden Tapeten in den Zimmern, vergilbt und durchzogen von den Kotschnüren des Ungeziefers; wenn die Öfen angeheizt waren, schienen die Wände zu schwitzen und sonderten Nikotin ab, das sich seit alten Zeiten darin festgesetzt hatte; wurde es kalt, gefroren die Scheiben, überzogen sich die Tapeten mit Reif, Farnschlieren und öligem Eis (wie Fett in einer unabgewaschenen, in eine ungeheizte Abstellkammer verbannten Pfanne). Ein gelber Vogel, der manchmal in unseren Träumen krächzte, wachte über allem: der Minol-Pirol, und wenn die Uhren schlugen, waren unsere Körper erstarrt und gefangen, die Rosen wuchsen,
schrieb Meno Rohde,
Sandmann streute Schlaf

I. Buch:
Die Pädagogische Provinz

I.
Auffahrt

Die elektrischen Zitronen aus dem VEB »Narva«, mit denen der Baum dekoriert war, hatten einen Defekt, flackerten hin und wieder auf und löschten die elbabwärts liegende Silhouette Dresdens. Christian zog die feucht gewordenen, an den wollenen Innenseiten mit Eiskügelchen bedeckten Fäustlinge aus und rieb die vor Kälte fast taub gewordenen Finger rasch gegeneinander, hauchte sie an – der Atem verging als Nebelstreif vor dem finster liegenden, in den Fels gehauenen Eingang des Buchensteigs, der hinauf zu Arbogasts Instituten führte. Die Häuser der Schillerstraße verloren sich im Dunkel; vom nächstgelegenen, einem Fachwerkhaus mit verriegelten Fensterläden, lief eine Stromleitung ins Geäst einer der Buchen über dem Felsdurchgang, ein Adventsstern brannte dort, hell und reglos. Christian, der über das Blaue Wunder und den Körnerplatz gekommen war, ging weiter stadtauswärts, in Richtung Grundstraße, und erreichte bald die Standseilbahn. Vor den Schaufenstern der Geschäfte, an denen er vorüberging – ein Bäcker, Molkereiwaren, ein Fischladen –, waren die Rolläden herabgelassen; düster und mit aschigen Konturen, halb schon in Schatten, lagen die Häuser. Es schien ihm, als ob sie sich aneinanderdrängten, Schutz beieinander suchten vor etwas Unbestimmtem, noch nicht Ergründbarem, das vielleicht aufgleiten würde aus der Dunkelheit – wie der Eismond aufgeglitten war über der Elbe vorhin, als Christian auf der menschenleeren Brücke stehengeblieben war und auf den Fluß geblickt hatte, den dicken, von seiner Mutter gestrickten Wollschal über Ohren und Wangen gezogen gegen den frostscharfen Wind. Der Mond war langsam gestiegen und hatte sich von der kaltträgen, wie flüssige Erde wirkenden Masse des Stroms gelöst, um allein über den Wiesen mit ihren in Nebelgespinste gehüllten Weiden, dem Bootshaus auf der Altstädter Elbseite zu stehen, den gegen Pillnitz zu sich verlierenden Höhenzügen. Von einem Kirchturm in der Ferne schlug es vier, was Christian wunderte.

Er ging den Weg zur Standseilbahn hinauf, stellte seine Reisetasche auf die verwitterte Bank vor dem Gatter, das den Bahnsteig abschloß, und wartete, die Hände samt Handschuhen in die Taschen seiner militärgrünen Parka gesteckt. Die Zeiger der Bahnhofsuhr über dem Schaffnerhäuschen schienen sehr langsam vorzurücken. Außer ihm wartete niemand auf die Standseilbahn, und um sich die Zeit zu vertreiben, musterte er die Anzeigentafeln. Lange waren sie nicht mehr gesäubert worden. Eine warb für das Café Toscana auf der Altstädter Elbseite, eine für das weiter in Richtung Schillerplatz liegende Geschäft Nähter, eine andere für das Restaurant Sibyllenhof an der Bergstation. In Gedanken begann Christian Fingersatz und Melodiefolge des italienischen Stücks zu wiederholen, das auf der Geburtstagsfeier für den Vater gespielt werden sollte. Dann sah er in die Dunkelheit des Tunnels. Ein schwacher Schein wuchs, füllte allmählich die Tunnelhöhlung wie steigendes Wasser einen Brunnen; zugleich wuchs das Geräusch: ein schieferiges Knarren und Ächzen, das Führungsseil aus Stahldrähten knackte unter der Last, ruckend näherte sich die Bahn, eine mit Meereslicht gefüllte Kapsel; zwei Scheinwerferaugen beleuchteten die Strecke. Im Wagenquader waren die unscharf umrissenen Körper einzelner Fahrgäste zu sehen; in der Mitte der verfließende Schatten des graubärtigen Schaffners, der seit Jahren auf dieser Strecke fuhr: hinauf und hinab, hinab und hinauf immer im Wechsel, vielleicht schloß er die Augen dabei, um dem Anblick des allzu Vertrauten zu entgehen oder um es innerlich zu sehen und es dann zu verdrängen, um Geister zu bannen. Wahrscheinlich aber sah er schon mit dem Gehör, jeder Ruck während der Fahrt mußte ihm bekannt sein.
Christian nahm seine Tasche, suchte einen Groschen hervor und vertrieb sich die bleibenden Augenblicke mit der Betrachtung des Geldstücks: das Eichenlaub neben der plump geschnittenen Zehn, die winzige, abgegriffene Jahreszahl mit dem A darunter, die Rückseite mit Hammer, Zirkel und Ährenkranz, und dachte daran, wie oft sie, die Heinrichstraßen- und Wolfsleitenkinder, die Prägung solcher Geldstücke mit Bleistift auf einem Blatt nachgerieben hatten – Ezzo und Ina waren darin geschickter, auch eifriger gewesen als er, damals, in der Zeit ihrer Träume

vom großen Fälscher-, Räuber- und Abenteurerdasein, wie es die Helden der Filme führten, die in den Tannhäuser-Lichtspielen liefen, oder der Bücher von Karl May und Jules Verne. Die Bahn kam, weich bremsend, zum Stehen. Die in der Höhe gestuften und abgeschrägten Türen ließen die Fahrgäste ins Freie. Der Schaffner stieg aus, öffnete das Gatter und, für die Aufwärtsfahrenden, einen schmalen Durchgang daneben. Dort war ein Münzkasten angebracht, Christian warf das Fahrgeld hinein und zog den an der Seite befindlichen Hebel herab; das Zehnpfennigstück rutschte aus der Drehscheibe und fiel zu den anderen auf den Boden. Manchmal warfen die Kinder des Viertels statt des Groschens flache, von der Elbe glattgeschliffene Kiesel, die sie »Butterbemmen« nannten, oder Knöpfe ein – sehr zum Verdruß ihrer Mütter, denen es leid um die Knöpfe tat, denn die kleinen Münzen aus Aluminium bekam man leicht, Knöpfe dagegen schwer. Die Wagentüren waren geschlossen, man mußte sie winters, wollte man ins Abteil, gegen einen Seilzug öffnen; sie schlossen sich sofort, sobald man losließ. Der Schaffner war in das Häuschen gegangen, goß sich einen Kaffee ein und beobachtete die davoneilenden Fahrgäste, die wie Schatten verschwanden, vorn um die Ecken bogen, zum Körnerplatz oder zur Pillnitzer Landstraße.
Nach ein paar Minuten ertönte aus dem Lautsprecher über den Anzeigentafeln eine müde klingende Stimme, sächselte etwas, was Christian nicht verstand; aber der Schaffner erhob sich und schloß bedächtig die Tür des Häuschens. Langsam, die runde, lederne Münzwechseltasche schlenkerte auf der abgewetzten Uniform, ging er vor zur Fahrerkabine mit dem Bedienpult, dessen viele Knöpfe Christian sinnlos erschienen, denn gelenkt wurde die Standseilbahn von Seil und Rollen, gebremst im Fall, daß das Seil einmal reißen sollte, automatisch über einen ausgeklügelten Zangenmechanismus. Vielleicht hatte es mit den Knöpfen eine andere Bewandtnis, vielleicht dienten sie der Verständigung oder der Psychologie: Knöpfe, die vorhanden waren, mußten auch etwas zu bedeuten haben, eine Funktion erfüllen, erforderten Kenntnis, beugten der Eintönigkeit und Dienstmüdigkeit vor; außerdem gab es das Ausweichmanöver auf halber Strecke. Krachend fiel die Kabinentür, die mit einem Vierkantschlüssel

zu öffnen war und nicht über den Seilzug der übrigen Türen lief, hinter dem Schaffner ins Schloß.
»Ab-fahrt«, sagte die Stimme aus dem Lautsprecher. Der Wagen blieb noch einen Moment reglos am Ort, setzte sich dann ruhig in Bewegung, glitt aus der Haltebucht heraus und empor. Christian wandte sich um und sah, wie sich Weg und Wartehof perspektivisch verkleinerten, bis nur noch das Oval übrigblieb, das die Tunnelhöhlung gegen den feuersteingrünen Himmel ließ; allmählich wurde es ebenfalls kleiner, eine Kulisse Dunkelheit schob sich langsam von der Seite vor, und für kurze Zeit, bevor der Ausgang in Sicht kam, spendeten nur die Tunnellampen und die Scheinwerfer spärliches Licht. Christian nahm ein Buch aus der Tasche, das ihm sein Onkel Meno geschenkt hatte. In der vergangenen Woche war er kaum dazu gekommen, darin zu lesen: zwar hatte sich in Waldbrunn vorweihnachtliche Stimmung bemerkbar gemacht, der Unterricht wurde nicht mehr so straff wie sonst geführt, aber die Vorbereitungen auf die Geburtstagsfeier und die täglich unternommenen Busfahrten nach Hause, um mit den anderen das italienische Stück üben zu können, hatten Zeit gekostet. Christian wollte das Buch gründlicher in den Weihnachtsferien lesen. Es war ein ziemlich dickes, auf faseriges Papier gedrucktes und in grobes Leinen gebundenes Werk; das Umschlagbildnis kannte er aus einer Faksimile-Ausgabe der Manessischen Handschrift, die er in der Bibliothek seines Onkels, aber auch bei Tietzes gesehen hatte, dort in einem besonders schönen und wohlerhaltenen Exemplar; Niklas, Ezzos und Reglindes Vater, las oft darin. Das Bildnis zeigte die Sagengestalt des Tannhäuser, einen rotlockigen Mann im blauen Gewand mit weißem Überwurf, ein schwarzes Kreuz auf der Brust, das schwarzgelb geteilte Wappen neben einem Flügelhelm über stilisierten Rankenpflanzen; die Linke hatte der »Tanhuser«, wie sein Name über der Tafel geschrieben stand, abwehrend oder vielleicht auch vorsichtig grüßend erhoben; die Rechte schürzte den Überwurf. Christian öffnete den Band. »Alte deutsche Dichtungen, in Auswahl herausgegeben und mit Anmerkungen versehen von Meno Rohde«, las er, dann schlug er die Sage wieder auf, in der er auf der Fahrt von Waldbrunn nach Dresden schon gelesen hatte. Die über ihm an der Wagendecke angebrachte

Lampe begann zu raspeln, die aufgeschlagene Seite bekam ein körniges, fahles Aussehen, und im sachten Vibrieren der Fahrt verschwammen die Buchstaben vor seinen Augen. Er fand keine Konzentration für die Geschichte des Goldsporenritters, der mit zweiundsiebzig Schiffen ausgezogen war, um Königin Bride zu freien. Die Lampe erlosch. Er steckte das Buch in die Tasche zurück und tastete dabei nach dem Barometer, ein Geschenk für den Vater, das er aus dem ehemaligen Vereinshaus der Elbeschiffer abgeholt hatte. Wohlverpackt und gepolstert lag es im Ballen gebrauchter Wäsche, der seine Tasche füllte.
Die Bahn erreichte, im langsamen, aber steten Aufwärtssteigen hin und wieder von Unebenheiten in den Rollenwechseln rukkend erschüttert, die Höhe des neben der Fahrtstrecke laufenden Buchensteigs und ging eine Weile, wenige Meter über dem Boden, zum Weg parallel. Man konnte in erhellte Fenster sehen; eine ausgestreckte Hand hätte den Wagen ohne große Mühe berühren können. Oben, neben dem zweiten Tunnel der Standseilbahn, kam das schon vor mehreren Jahren geschlossene Restaurant Sibyllenhof in Sicht, dessen Terrassen wie von Riesenkindern vergessene Schul-Schiefertafeln vorragten; die Bahn würde darauf zufahren und erst kurz vor der untersten Terrasse in die Tunneleinfahrt zur Bergstation schwenken. Auf mancher Fahrt hatte Christian von verflossenen Festen in den dunkel und abweisend liegenden Sälen geträumt, von abendlichen, gepflegt konversierenden Herren, die Stärkhemden mit Jettknöpfen trugen und Uhrenketten über Seitentaschen des Fracks; von Blumenverkäufern in Pagenuniform, mit einem nur angedeuteten Fingerschnipp an die Tische gerufen, um Damen, an denen viel Schmuck unter den Urnen der Kristallüster zündelte, eine Rose zu schenken; von Tänzen, zu denen die Kapelle, ein blasser Geiger mit Pomadehaar und einer Chrysantheme im Knopfloch, aufspielte … Über die Dächer der tieferliegenden Häuser, die zur Grundstraße hin stark abfielen, glitt der Schein des Eismonds, ließ die Firste erglänzen und gab den verschneiten Gärten pudrige Aufhellungen, die an den Grenzen, weiß erhöht hier und da von einzeln stehenden, schneebedeckten Holzstapeln oder Schuppen, mit den Schatten verschmolzen, die Sträucher und Bäume warfen.

Christian bemerkte, daß sie sich über Vogelstroms Haus befanden, des Malers und Illustrators grauer Burg, die Meno »das Spinnwebhaus« nannte, eine Vorstellung, die für Christian, wie er nun aus dem Fenster blickte, das Gesicht nahe an der kalten Scheibe, hinter der Tagesnüchternheit aus unnahbar wirkenden Fenstern und hohen Bäumen spielte. In der aufruhenden Masse der Loschwitzhänge jenseits der Grundstraße, die nun, teilweise sichtbar, als blasses Band in der Tiefe schwang, verlor sich das Mondlicht, nadelte aus vor den Wachtürmen Ostroms, blich ab an der Brücke, über die Soldaten dem Kontrollpunkt am Oberen Plan zustrebten. Der Garten des Spinnwebhauses lag finster, geschützt vor Ereignissen und Blicken; kaum, daß Christian die schneeüberstäubten Birnbaum- und Buchenkronen erkennen konnte, deren feines Geäst rauchgespinsthaft über der Tiefe hing; floß in die Konturen, die schmale Kluft zwischen Buchensteig und Dachzinnen, wie Helligkeit in die Schraffur auf alten, unvollendeten Zeichnungen. Er sah den Brunnen vor sich, die fast gänzlich zugewachsene Auffahrt, die vor dem verwitterten, steinernen Brunnenwels einen Bogen beschrieb und über moosige Stufen nach oben führte; der Anfang eines Gedichts war in die Tafel über dem Brunnenwels gemeißelt; verwaschen waren die Buchstaben, halb schon gelöscht. Christian konnte sich auf den Wortlaut nicht besinnen, sosehr er sich auch mühte, dagegen sah er die abgebrochenen Barten des Welses deutlich vor sich, die erblindeten Augen und das dunkle Mooskleid; erinnerte sich an seine abergläubische Furcht vor dem Tier und auch vor dem lang schon verstummten, Gruftkälte atmenden Brunnen, wenn Meno und er Vogelstrom besucht hatten; seine fast schon kindliche Furcht, genährt dann auch von den sonderbaren Gesprächen, die Meno und der hagere Maler im Spinnwebhaus geführt hatten. Dabei waren ihm weniger die Worte und Themen selbst sonderbar erschienen als die Atmosphäre des Hauses; mit kindlichem Un-, allenfalls Halb- oder Dreiviertelverstand hatte er das Wenige, was zu verstehen gewesen war, für richtig und der Erwachsenenwelt angemessen befunden, die sich von ihren Höhen zu ihm, dem Jungen von elf oder zwölf Jahren, herabbeugte. An Worte wie »Merigarto« oder »Magelone« konnte er sich erinnern, Beschwörungen eher als Begriffe, die in der wirklichen Welt etwas zu bedeuten hatten, wie es ihm, in erwachenden Ahnungen, erschienen war; Worte, die ihn eigentümlich berührten und die er nie wieder vergessen hatte, obwohl sie ihm weniger geheimnisvoll erschienen waren als die Gemälde im düsteren vogelstromschen Hausflur: idyllische Landschaften, in hellblauem Licht sich verlierende Gartenszenerien mit flötespielenden Faunen und Quellnymphen, eine niederländerbraune Ahnenreihe, ernst blickende Frauen und Männer darauf mit einer Blume, einer Nessel oder, dies hatte er lange und staunend betrachtet, einer goldenen Schnecke in der Hand. Mit diesen im Flur dahindämmernden Bildern, auf die Vogelstrom und auch Meno nur selten einen Blick warfen, wenn sie daran vorübergingen, schienen die beiden Worte viel eher zu tun zu haben: das für die Insel und der Name eines den Zeitentiefen entstiegenen und wieder darin entschwundenen Mädchens; er hatte sie sich gemerkt und ihren verschollenen Wohlklang immer wieder in murmelnden Selbstgesprächen gekostet. Klang war es auch, was ihm von den Gesprächen haftengeblieben war, eine Art von Flußgeraun aus Vogelstroms Atelier, das im Winter so kalt war, daß Frostblumen nach den Staffeleien und der mit Rautenmustern bedruckten Tapete griffen und die beiden Männer mit rauchendem Atem, Meno mit Vogelstroms Mantel über den Schultern, Vogelstrom selbst in mehreren Pullovern und Hemden, durch den Raum liefen; kaum unterscheidbare Stimmen, wenn sie in der Bibliothek gewesen waren und Christian vom Flur lauschte, eines der Ahnengesichter betrachtend; hin und wieder erklang vorsichtiges Lachen, wurde Tadel oder Lob des jeweiligen Tabaks laut. Manchmal rief Meno und zeigte ihm, der Maler blätterte vorsichtig um, Stahl- oder Kupferstiche in muffig riechenden Folianten, und dann mochte es wohl sein, daß Worte fielen, die als etwas Sonderbares, noch nie Gehörtes im Ohr blieben, Worte wie jene beiden zauberischen Namen. – Das Licht über ihm zitterte wieder auf. Von oben, aus der Dunkelheit unterhalb des Tunnels und des Sibyllenhofs, kroch die Gegenbahn auf sie zu und erreichte zum selben Zeitpunkt wie sie die Schleife, wo die Fahrspur sich teilte und eine Bahn der anderen ausweichen konnte. Man sah den Fahrer als

reglosen Schemen in der vorübergleitenden Kapsel sitzen, in der niemand sonst war, und den Gruß des graubärtigen Schaffners mit einem knappen Kopfnicken erwidern, dann sank der Wagen hinab und entschwand dem Blick.
Christian erinnerte sich, im Spinnwebhaus zum ersten Mal etwas von Poe gehört zu haben; Meno und Vogelstrom hatten Illustrationen zu einer Erzählung betrachtet; besonders erinnerte er sich an ein Blatt, auf dem Vogelstroms kunstvolle Radiernadel eine Festung dargestellt hatte, die ins nachtfinstere Land stieg; dann Fürst Prospero mit seiner Gefolgschaft von tausend Damen und Rittern in der Burg mit den zugeschmiedeten Schlössern; wieder war es ihm, als ob er sie, wie damals unter Vogelstroms mager-feingliedriger Hand, wandeln und miteinander plaudern sähe, als ob die Gesellschaft lebendig ihre heiteren Spiele spielte, während draußen die Seuche herrschte und das Land verwüstete; als ob Prospero durch die Säle im Rausch eines großen Festes ginge; Melodien wehten, der Schlag der Ebenholzuhr, die im Saal der Bilder stand, verhallte in den Weiten des Schlosses, und in den sieben Sälen davor tanzten die Menschen, denn Fürst Prospero duldete keine Traurigkeit, und in der Musik, im Gelächter und Gesang war das Gebell der Hunde draußen vor den Toren, waren die Schreie der Unglücklichen nicht mehr zu hören.
Die Bahn wurde langsamer, rollte die letzten Meter aus. Christian, in seine Erinnerungen und Gedanken versunken, hatte kaum bemerkt, wie der Wagen in den oberen Tunnel eingefahren war, der durch die weißgekalkten Wände heller als der untere wirkte, hatte nur einen gewohnheitsmäßigen, aber nicht eigentlich wahrnehmenden Blick auf das freundlich hellgetünchte Kabinenhaus mit dem anmutig geschwungenen Dach geworfen, an das sich der Backsteinbau mit der Leuchtröhrenaufschrift »Standseilbahn«, dem Maschinenraum und dem Vestibül anschloß, wo man warten und Fotografien, frühere Modelle und technische Einzelheiten darstellend, in einer Vitrine betrachten konnte. Leicht nachfedernd kam der Wagen zum Stehen. Schnarrend öffneten sich die Türen. Christian schulterte seine Tasche und ging, immer noch gedankenversunken, über die flachen Stufen der Haltebucht auf das Gattertor des Ausgangs zu.

Der Schaffner schlurfte in Richtung Vestibül, griff nach einem am Gemäuer verborgenen Knopf, das Türschloß summte, und Christian trat nach draußen. Er war zu Hause, im Turm.

2.
Mutabor

»Schön, daß ich dich gleich abgepaßt habe, ich dachte schon, ich müßte noch mal wiederkommen.«
»Meno! Du holst mich ab?«
»Anne hat Robert und dich nun doch für heute ausquartieren müssen. Du schläfst bei mir.«
»So viele Gäste?« Christian hatte nur gefragt, um durch eine beiläufig klingende Erkundigung seine Freude zu verbergen. Er wußte es ja selbst. Schon die Menge der in den letzten Wochen herangeschafften Backzutaten, die sich in der Speisekammer in der Karavelle stapelten, hatte von der zu erwartenden Zahl an Geburtstagsgästen gesprochen. Die vollen Speisekammerregale hatten ihn davon überzeugt, daß es unklug sein würde, außer zum Üben, das jedoch hauptsächlich bei Tietzes stattgefunden hatte, nach Hause in die Karavelle zu kommen, wollte man nicht die nervöse Anne durch scheinbares Herumstehen reizen und, von ihr so lange mißtrauisch beäugt, bis keine Ausrede mehr half, mit Einkaufszetteln bespickt in den Konsum oder den Holfix gescheucht werden, oder in der Küche vor immer wieder nachwachsenden Abwaschstapeln enden.
»Zum Kaffeetrinken heute nachmittag waren wir bestimmt zu dreißig. Und nachher erst wird es offiziell, da werden schon noch einige Leute kommen.«
Sie liefen die Sibyllenleite entlang.
»Und wo schläft Robert?«
»Bei Tietzes.«
Der Bruder würde also im Haus Abendstern übernachten. Christian zog die Fäustlinge wieder an und dachte an das Tausendaugenhaus, das ihn heute nacht aufnehmen würde, in so ganz anderer Luft und Atmosphäre als daheim in der Karavelle.
»Ich wollte dich gleich abholen, damit du nicht erst nach Hause

gehst. Anne hat das Cello schon mit in die Felsenburg genommen.«

Christian nickte und sah seinen Onkel an, der seinen Hut abgenommen und mit ein paar Strichen von Schneeflocken befreit hatte. »Seit wann trägst du den eigentlich?«

»Hat mir Anne aus dem ›Exquisit‹ mitgebracht. Müßte mir stehen, meinte sie. Gutes Modell übrigens.« Meno betrachtete die Aufschrift auf dem Band an der Innenseite. »Jugoslawische Lieferung. Anne sagte, die Leute hätten bis vor in die Thälmannstraße gestanden, bestimmt fünfzig Meter. Für deinen Vater hatten sie keinen.« Er setzte den Hut wieder auf. »Hat alles geklappt mit dem Barometer?«

»Wie vereinbart. Zweihundertfünfzig Mark. Lange hat es sogar noch einmal gereinigt und aufpoliert.«

»Gut. Sag, soll ich die Tasche nehmen?«

»Ach, die ist nicht weiter schwer, danke, Meno. Es ist sonst nur Wäsche drin.«

Sie erreichten die Turmstraße, die Hauptachse des Viertels. Meno schritt bedächtiger aus als Christian, er hatte eine Bruyèrepfeife mit gebogenem Mundstück und kugelförmigem Kopf hervorgezogen und stopfte sie aus einem Lederbeutel. Christian hob witternd die Nase, sog den würzigen, mit Feigen- und Zedernholzarom gemischten Vanilleduft ein. Alois Lange, der ehemalige Schiffsarzt, Menos Nachbar im Tausendaugenhaus, bekam alljährlich vom Stellvertretenden Vorsitzenden der Kopenhagener Nautischen Akademie eine Kiste geschickt, von der er Meno die Hälfte gab – der Schiffsarzt hatte dem Stellvertretenden Vorsitzenden einmal das Leben gerettet, und so ging, zum Verdruß von Libussa, Langes Frau, der Tabak im Tausendaugenhaus nie zur Neige. Ein Streichholz flammte auf und beleuchtete Menos magere, bleiche Züge mit dem bläulichen Bartschatten; der Widerschein spielte in den braunen, von einzelnen grünen Funken durchwärmten Augen, den Augen Annes und ihres zweiten Bruders, Ulrich, den Augen der Rohdes; auch Christian hatte sie geerbt.

»Bist du gut durchgekommen? Die Elf ist heute früh ausgefallen. Eine Stunde hat's gedauert, bis der Schienenersatzverkehr kam. Das wäre was«, Meno schmauchte die Pfeife an, »– für Horch und Guck gewesen, die Flüche an der Haltestelle. Und die Sechs ist umgeleitet worden.« Die Pfeife brannte noch nicht, er zündete ein neues Streichholz an.

»Hab' ich gemerkt.«

»Anne wollte dich anrufen, aber die Telefonleitungen scheinen nicht zu funktionieren, oder was weiß ich, was da wieder mal kaputt ist – sie ist überhaupt nicht durchgekommen.« Die Pfeife brannte, Meno gab Rauch zu Rauch.

»Gestern hat es oben wie verrückt geschneit, in Zinnwald und Altenberg liegt über ein Meter Schnee, ich hatte schon Angst, daß der Bus nicht fährt. Bei Karsdorf mußten wir aussteigen und dem Fahrer schippen helfen. Die Faschinen auf den Feldern waren umgekippt, den ganzen Neuschnee hat's auf die Straße geweht.«

Meno nickte und warf seinem Neffen, der schon fast so groß war wie er und etwas vor ihm durch den Pulverschnee stapfte, einen nachdenklichen Blick zu. »Wie geht's in der Schule? Kommst du klar?«

»Bis jetzt ganz gut. Ich werde ein bißchen angestaunt, weil ich aus Dresden komme. Staatsbürgerkunde ist wie üblich.«

»Und der Lehrer? Gefährlich?«

»Schwer zu sagen. Er ist gleichzeitig unser Direktor. Wenn man brav nachbetet, was er vorbetet, hat man seine Ruhe. Der Russischlehrer ist ziemlich undurchsichtig. So ein Leiser, scharf Beobachtender, Hundertfünfzigprozentiger. Hat was Katzenhaftes, schleicht durch die Flure und kontrolliert uns im Internat. Heute ist er mit weißen Handschuhen gekommen, hat in die Ecken gegriffen, ob es dort auch wirklich sauber ist. Im Nachbarzimmer haben sie bestimmt alle ihren Bus verpaßt, er hat einen Griebs unterm Spind entdeckt, sie durften noch mal saubermachen.«

»Provoziert er?«

»Allerdings.«

»Sei vorsichtig. Das sind die schlimmsten. Ich kenne den Typ. Man hat immer das Gefühl, daß sie einen durchschauen, man hält den Blick nicht aus, wird nervös, macht Fehler. Und das ist der Fehler.«

»Das stimmt, das mit dem Durchschauen. Er hat so einen stechenden Blick, ich glaube immer, wenn er mich ansieht, daß er meine Gedanken lesen kann.«

»Kann er aber nicht. Laß dich nicht nervös machen von solchen Tricks.«

»›Ein weiser Mann geht mit gesenktem Kopf, fast unsichtbar, wie Staub.‹«

Meno sah Christian überrascht an.

»Hab's mir gut gemerkt, Meno.«

Der Schnee, durchzogen von Schlittenspuren, half dem spärlichen Laternenlicht; in dicken Hauben bedeckte er Gartenmauern und die Dächer der wenigen Autos am Rand der Bürgersteige. Zur Linken tauchten die Häuser der Holländischen Leite auf, fast alle gehörten zum Institut des Barons, wie er wegen seines Erbtitels im Viertel allgemein genannt wurde, Baron Ludwig von Arbogast, von dessen riesigem Anwesen am Unteren Plan, in den die Holländische Leite mündete, und Institut halb mit Bewunderung, halb mit Mißtrauen gesprochen wurde. Der Baron war der Pate der Schule, in die Christian bis zum Sommer gegangen war, und immer, wenn er den Baron gesehen hatte, war ihm ein Gespräch zwischen Meno und dem Vater eingefallen: Wie Arbogasts gepflegt-elegante Erscheinung – er trug maßgeschneiderte Anzüge, dazu ein Stöckchen mit silberner Krükke – mit jenem zwar wettergrau gewordenen, aber noch immer gut lesbaren Schriftzug über dem Hauptgebäude des Instituts: FÜR SOZIALISMUS UND FRIEDEN in Übereinstimmung zu bringen war; der Titel »Baron«, das auch auf den Tafeln und Wegweisern im Institutsgarten deutlich angegebene Adelsprädikat mit der Arbeiter- und Bauernmacht: Gern hätte Christian einmal seinem Staatsbürgerkundelehrer diese Frage gestellt.

In den Institutsgebäuden an der Turmstraße brannte noch Licht. Überschirmt von einem Eßkastanienbaum, der seine Zweige bis weit über den Fußweg auslud, stand die kleine Arbogastsche Sternwarte, die schon lange nicht mehr in öffentlichem Gebrauch war, obwohl eine davor aufgestellte Tafel »Volkssternwarte« versprach. Stab und Ziffernblatt einer Sonnenuhr rosteten im Efeubewuchs des zerfressenen Verputzes. Meno traute man am ehesten zu, schon einmal hinter die Tür an der Rückseite des Observatoriums geblickt zu haben; Christian hatte ihn oft beobachtet, wenn Gespräche über Astronomie und Sterndeutung aufgekommen waren. Dann hatte der Onkel eine Haltung zwischen hintergründiger Amüsiertheit und getarntem Interesse eingenommen und die von den Gästen mitgebrachten Zeitungsausschnitte und Broschüren gemustert, still in eine Ecke gelehnt, die Kugelpfeife im Mund, seinem Bruder Ulrich zuhörend, der angeregt von der Sternenwissenschaft im alten Orient erzählte.

»Ich habe vorhin in deinem Buch gelesen.«

Rauch stieg in dichten Bäuschen aus dem Pfeifenkopf. »Sonderbare alte Sachen«, murmelte Meno an der Kreuzung zwischen Turmstraße und Wolfsleite. »Kaum noch jemand kennt sie. Die Zensoren wahrscheinlich und der Alte vom Berge. Das Buch hat mir einen gewichtigen Brief von ihm eingetragen, von Ostrom nach Westrom gewissermaßen. Hat drei Tage gedauert, bis er ankam, und dabei hätte der Alte nur über die Brücke zu gehen brauchen. Aber er soll krank sein, sagt man. – Sonst bin ich ziemlich schräg angesehen worden dafür.«

»Das Buch gibt keine Antwort auf die Frage, wie der Stahl gehärtet wurde.«

»Eisenhüttenstadt kommt darin nicht vor.« Meno beschrieb einen Schlenker mit der Pfeife. »Auch vertritt Parzival keinen eindeutig proletarisch-revolutionären Standpunkt, und überhaupt läßt das Klassenbewußtsein der Ritter zu wünschen übrig.«

»Und die Merseburger Zaubersprüche sind viel zu formalistisch?«

»Ganz so schlimm steht's nicht mehr.«

»Das Hildebrandslied, den Anfang?« Christian sah seinen Onkel bittend an. Meno sog noch einmal an der Pfeife und begann zu rezitieren. Fasziniert wie noch jedesmal lauschte Christian der angenehm timbrierten Stimme, der Theater-Sprechweise; eigentümlich berührt von der uralten Sprache und Wortmagie dieses Liedes, besonders von dem »Ik gihorta dat seggen / dat sih urhettun / aenon muotin« des Beginns und von dem »sunufatarungo« des vierten Verses. Meno sprach über den Anfang hinaus weiter, war schon beim dreizehnten Vers, dem »kund ist mir die Gotteswelt«; im langsamen Fortgehen, mit Kopfnicken die Versmelodie skandierend, sprach er von des Otaker Grimm, von Dietrich und vom Kaiser-Goldwerk, das der König gab, der Hunnenvogt, von des Hadubrands Rede gegen den Vater und vom »ostarliuto«, dem »Fahrer von Osten«, und wie Vater und Sohn kämpften, »bis die Lindenbohlen lützel wurden / zerwirkt von den Waffen …« Leichter Wind war aufgekommen, die Bäume zu beiden Straßenseiten regten sich; Schnee stäubte von den Ästen. An der Wolfsleite, die sie nun erreichten, lag das breit und massig gebaute Haus Wolfsstein wie ein Schiff unter vollen Lichtern; im Fagott, wie der achteckige Anbau genannt wurde, blakte die »Geschichten-Lampe«: Sie sind also beim Erzählen, dachte Christian, und sah seinen Onkel Hans Hoffmann, den Toxikologen, vor sich, wie er Fabian und Muriel den Blauen Eisenhut und den Bittersüßen Nachtschatten erklärte, die er im Fagott selbst zog; dachte an Malivor Marroquin, den weißhaarigen Chilenen, der den Kostümverleih El Sueño und daneben ein Fotoatelier betrieb – als Christian vierzehn Jahre alt geworden war, hatte er sich für den Personalausweis von Marroquin fotografieren lassen müssen; an den Wänden der Stiege, die hinauf zur schweren Ernemann-Plattenkamera führte, standen Zitate aus Leninschriften, stumm durchmustert von der Warteschlange frisch frisierter Mädchen und Jungen; oben schrie der Chilene »Bitte kuk-kähn auf die kleine Stie-klitz, bitte kuk-kähn jäzz!«, worauf man seine Augen auf ein rotes, mit einer Wäscheklammer am Rand eines Lichtschirms befestigtes Vögelchen zu richten hatte.

»Morgen ist Soirée«, sagte Meno und wies auf das zart und leichtgebaut erscheinende Haus Delphinenort gegenüber vom Wolfsstein, den Oberlippenschwung des Dachs und die große Volute über einer Mauerkehlung; und »Soirée« bedeutete (früher hatte sich Christian darunter ein gehobenes Wort für Sauerei vorgestellt), daß Frau von Stern eingeladen hatte in Sütterlinschrift auf Kärtchen aus Königsteiner Bütten, eingeladen zu Erinnerungen an das Winterpalais und das Dresdner Schloß, denn sie war Hofdame gewesen.

Ebenfalls an der Wolfsleite lag das Italienische Haus, in dem Christians zweiter Rohde-Onkel, Ulrich, und seine Familie lebten. Ulrich war Direktor in einem Volkseigenen Betrieb, seine Frau Barbara arbeitete als Kürschnerin und Damenschneiderin

in der »Harmonie« an der Rißleite. Manchmal hatte Christian die Rohdes unter einem mehr oder minder stichhaltigen Vorwand besucht, um den Treppenflur und die Jugendstildetails ihrer Wohnung ausführlich betrachten zu können. Keine Seite des Hauses glich der anderen. Der Flur ragte bugartig nach vorn, in vier Fenster ausgewölbt, wobei eines für sich oben und drei etwas weiter unten, wie bei einem Rundgang, ins Mauerwerk gelassen waren. Das einzelne Fenster oben, über dem das Dach einen langgestreckten Bogen beschrieb, glich einem überdimensionalen Schlüsselloch. Christian stellte die Tasche ab und ging durch das Tor mit den Gondelschnabel-Flügeln ins Haus, um das Licht anzuschalten. Das Tür-Vorhäuschen, ein ins Mauerwerk gelassener, morgenländisch anmutender Pavillon, war nun von den Flurfenstern erhellt, in die, wie beim Haus Delphinenort, Blumen- und Pflanzenornamente eingearbeitet waren. Nachtviolen rankten sich durch die Etagen bis zum Schlüsselloch-Fenster, unterbrochen von einem Mittelstein zwischen den Stockwerken, den zwei gegenläufige Sandstein-Schneckenwendel verzierten. Und links, auf der vom vorragenden Treppenhausbug in Richtung Turmstraße gelegenen Seite, hockte ein schadhafter Altan auf dem Sockel; er gehörte zur Rohdeschen Wohnung, der Putz ließ an vielen Stellen das von der Zeit und vom Regen zerfressene Ziegelwerk sehen.
»Wollen wir klingeln? – Nicht«, murmelte Meno. »Komm.« Sie gingen weiter, Meno mit gesenktem Kopf, die Hände in die Taschen seines Mantels geschoben, den Hut tief ins Gesicht gezogen.
Auf der Mondleite streckten Ulmen ihr Totengeäst in den Himmel. Es begann zu schneien. Die Flocken stoben und wehten über den Weg, der kaum genügend Platz für die Ladas, Trabants und Wartburgs ließ, die sich an den äußersten Straßenrand drängten, hier und dort die verwitterten, lückenhaften, von Hagebutten- und Brombeergerank überwucherten Zäune schiefschoben. Die Lichtröcke der noch funktionierenden Laternen begannen zu tanzen, Christian mußte an die Eindrücke so manches Abendspaziergangs denken, wenn ihm Kutschen vor den schweigenden, in Vergangenheit zurückgezogenen Häusern erschienen waren, sich aus der nächtlichen Unschärfe der Mond-

und Wolfsleite gelöst hatten, an Winterabenden wie diesem unhörbar im Schnee davongerollt oder angekommen waren: Damen mit Hermelinmuffs stiegen aus, nachdem ein Diener beflissen den Schlag geöffnet hatte, die Pferde schnaubten und tänzelten im Geschirr, witterten Hafer und Zucker, den heimatlichen Stall, und dann öffnete sich das Tor mit den beiden sandsteinernen Kugeln auf den Pfeilern und der bizarren Schraubenblüte auf dem Bogen, Rufe ertönten, eine Kammerzofe lief eilends die Treppe hinab, um das Gepäck entgegenzunehmen … Christian schrak zusammen, als er ein Käuzchen klagen hörte. Meno wies auf die Eichen neben dem Tausendaugenhaus, das nun in Sicht gekommen war, halb verborgen hinter dem Tor und der mächtigen Blutbuche. Es lag am Rand eines Straßensacks, in den die Mondleite mündete, er bildete dort, wo die Eichen standen, zugleich ein Knie zwischen Mondleite und Planetenweg. Meno nahm den Schlüssel; aber noch erschien Christian das Haus fern, unzugänglich, in das Buchengeäst wie in eine große Nachtkoralle gewebt. Das »Kiwitt« des Käuzchens drang nun vom Park herüber, der neben der Mondleite steil abfiel und an den Garten des Tausendaugenhauses mit einem Saum von Tränenkiefern grenzte, die ihren harzigen Duft in den metallischen der Schneeluft mischten. »Hier sind wir.«

Und Christian dachte: Ja. Hier sind wir. Hier bist du zu Haus. Und wenn ich hineingehe, die Türschwelle überschreite, werde ich verwandelt werden. Gegenüber, bei Teerwagens, schien man zu feiern, Gelächter schepperte aus der Wohnung des Physikers im massigen, dennoch elegant angelegten und an der Straßenfront, an der Ecke mit den austernhaften Balkonen, wogig gerundeten Bau des »Elefanten«, wie Christian und Meno das Haus nannten, auf dessen Jugendstilzaun verrostete Blüten saßen wie großflügelige, schwermütige Nachtmotten. Inzwischen hatte Meno die Pfeife ausgekratzt, einige Mintkissen gekaut und war über den mit geborstenen Sandsteinplatten bedeckten, von Weinrosenhecken gesäumten Weg vorgegangen. Mit seinem verschnörkelten, von Reparatur-Messing gefleckten Schlüssel öffnete er die Tür. Christian sah diesen Schlüssel oft vor sich, wenn er in Waldbrunn in seinem Internatszimmer im Bett lag und dachte: Tausendaugenhaus. Während er die Reisetasche auf der

Schulter zurechtrückte, wärmte er sich an diesem »Hier« Menos, das für das ganze Viertel galt, die in der Dunkelheit und dem Schnee schlafenden Villen ringsum, die Gärten und das in den Lufttiefen des Parks noch immer rufende Käuzchen, die Blutbuche, die Namen. Meno schaltete das Flurlicht ein; das Haus schien Augen aufzuschlagen. Christian berührte den Sandstein des Torbogens, berührte auch, ein spitzfindiger, nicht mehr in den Grund zurückzuverfolgender Aberglaube, die schmiedeeiserne Blume auf dem Tor – ein seltsam gestalteter Schmuck, hier oben häufig anzutreffen: aufgebogene und schneckenartig gerollte Blütenblätter um eine Rispenzunge, die wiederum kunstfertig von einem mehrfach geschlungenen Wendel umgeben war; ein Gewächs, das Christian wegen der aus Schönheit und Gefährlichkeit gemischten Aura schon als kleinen Jungen fasziniert hatte; manchmal waren halbe Stunden in der Betrachtung der Bienenlilie vergangen. Die Bezeichnung stammte von Meno. Christian folgte seinem Onkel ins Haus hinein.

3.
Das Tausendaugenhaus

Die oben abgerundete, mit schmiedeeisernen Angeln versehene Tür fiel ins Schloß. Meno legte nicht ab. In einer Vase auf der Konsole des Flurspiegels stand ein Rosenstrauß; Meno schlug ihn vorsichtig in bereitliegendes Papier ein. »Aus dem Wintergarten, von Libussa«, sagte er stolz. »Versuch mal, in dieser Jahreszeit in Dresden so etwas zu bekommen. Wollen sehen, was die anderen zu bieten haben. Bei Centraflor gibt's nämlich nur Trauerkränze, Weihnachtssterne und Alpenveilchen.« Meno nahm ein flaches Paket, das neben der Vase lag.
»Anne hat dir ein paar Sachen hergebracht, oben in der Kajüte. Wie machen wir's mit dem Barometer? Hab' Anne versprochen, etwas eher da zu sein.«
»Hast du Geschenkpapier?«
»In der Küche.«
»Also bring' ich eingepacktes Wetter mit.«
»Bon mot, mein Lieber. Bevor du gehst, schaust du bitte noch

mal nach dem Ofen? Handtücher sind oben. Du kannst duschen, wenn du willst, der Badeofen ist geheizt.«
»Hab' ich schon, im Internat.«
»Ich laß dir den Schlüssel da. Hab' für alle Fälle auch Libussa Bescheid gesagt, falls was sein sollte.« Meno verschwand in der Stube. Bald darauf hörte Christian, der inzwischen Schuhe und Parka ausgezogen hatte, die Ofentür klappern und Briketts poltern. Die Kohlenzange klirrte auf das Ofenblech, Meno kam zurück, Wasser rauschte in der Küche. »Und laß dich nicht von Baba anbetteln, hat genug bekommen, das dicke Tier. Laß ihn in den Flur, die Wärme ist futsch, wenn die Stube offenbleibt, und so eine Ferkelei wie vorgestern möchte ich nicht noch mal erleben.«
»Was hat er gemacht?«
»Sich skrupellos hinter die Zehnminutenuhr gehockt! Und ich bin keine Stunde weggewesen.«
Christian lachte. Meno, der im Spiegel sein Aussehen prüfte und an der Krawatte rückte, knurrte: »So ein Faultier! Mir war nicht zum Lachen zumute, das kann ich dir sagen. Und gestunken hat das … Na ja. Denk also bitte daran.«
»Wie geht's in der Edition?«
»Später«, sagte Meno an der Tür, das flache Paket und die Blumen, die er in einem Beutel verstaut hatte, in der Hand, und tippte an den Hut.
Christian nahm ein Paar Filzpantoffeln aus dem Schuhschränkchen neben der Tür, zuckte zusammen und wandte sich hastig um. Er hatte ein Knacken gehört, vielleicht war es aus der Küche gekommen, vielleicht von oben, vom Flur, in dem die Kajüte lag, wie die Kammer, in der Christian übernachten würde, von Meno und dem Schiffsarzt genannt wurde. Vielleicht auch arbeitete das Parkett unter dem ausgetretenen Flurläufer. Christian verharrte, aber es war nichts mehr zu hören. Sein Blick wanderte langsam über die vertrauten und ihn doch immer wieder verwundernden Dinge: die gründunkle, etwas verschossene Stofftapete des Flurs mit den Pflanzen- und Salamandermotiven, den ovalen Spiegel, dessen Versilberung an einigen Stellen blind geworden war und eine bleiige Tönung angenommen hatte, den aus rohem Kiefernholz gefügten Kleiderschrank neben der Treppe, in dem er sich

als Kind manchmal zwischen Kartons mit Ersatzglühbirnen und Arbeitskleidung vor Robert und Ezzo versteckt hatte, wenn sie »Räuber und Gendarm« gespielt hatten; über den Flurleuchter mit dem grünen Tukan aus Ton daran, der reglos an einem Bindfaden hing und mit seinen traurig wirkenden, aufgemalten Knopfaugen nach Peru sehen mochte. Von dort hatten ihn vor einigen Jahren Alice und Sandor mitgebracht, »Tante« Alice und »Onkel« Sandor, wie Christian und Robert sagten, obwohl die Bezeichnung nicht ganz zutraf: Sandor war der Cousin ihres Vaters, Richard Hoffmanns. Christian fiel ein, daß er die beiden nachher wiedersehen würde, sie waren zu Besuch gekommen aus Südamerika, wo sie lebten, in Quito, der Hauptstadt des Andenstaates Ecuador; er freute sich darauf; er mochte die beiden. Leise, wie um etwas nicht zu stören, was er nicht anders als den »Geist des Hauses« zu benennen wußte, jenen Dschinn mit tausend Augen, von denen niemals alle schliefen, setzte Christian die Pantoffeln vor sich auf den Boden, schlüpfte hinein und ging in die Stube.

Soweit er mit wenigen Blicken erkennen konnte, hatte sich seit seinem letzten Besuch nichts verändert. Selbst der dicke, zimtfarbene Kater Chakamankabudibaba empfing ihn wie an dem Abend vor zwei Wochen: blinzelnd mit einem Auge, dann gähnend und sich unter Krallenzeigen reckend, als hätte ihn das plötzlich aufspringende Licht aus Mörderträumen gestört. Der Kater beschnüffelte Christians Hand, fand nichts Freßbares darin und wälzte sich träge auf die Seite, um sich kraulen zu lassen. Christian murmelte den vollen Namen des Tiers, wozu es keckernde Laute von sich gab. Der Name, den Meno einem der Hauffschen Märchen entnommen hatte, war nicht dazu angetan, den Kater in Abend- oder Morgenstunden lange und ausdauernd rufen zu können. Aber da der würdevolle Chakamankabudibaba ohnehin tat, was ihm beliebte, brauchte es auch keinen Namen, der kurz und prägnant war und sich in vielen Wiederholungen ohne Anstrengung rufen ließ: es war zwecklos – hatte Chakamankabudibaba Hunger oder wollte, wie jetzt im Winter, in der Wärme schlafen, so kam er, hatte er keinen Hunger, kam er nicht. Als Christian ihn auf den Rücken drehte, um seinen breiten Bauch zu kraulen, grunzte der Kater erschüttert, schnatterte unwillig, war aber viel zu schlaff, um etwas zu unternehmen. Die vier Pfoten blieben wie bei einer gebackenen Weihnachtsgans in der Luft stehen, der Kater reckte gnädig den Hals, schon wurden die Augen trübe, und er wäre wohl in dieser pharaonischen Haltung eingeschlafen, hätte Christian ihm nicht einen kleinen Stups versetzt, so daß er in die vorherige Stellung zurücksank.

Vor der Spitzbogentür war der gelbe Vorhang zugezogen. Sie führte zu einem Balkon, der sommers über dem ausgedehnten Garten des Tausendaugenhauses zu träumen schien wie eine Frucht an einer hohen, mütterlich über das Blühen ringsum geneigten Pflanze; dann waren Türen und Fenster des Raums bis in die Nacht geöffnet, um Licht und Gartenströmungen einzulassen. Christian sah nach der Uhr: sechzehn Uhr sechsundvierzig, bald würde sie schlagen, fünf klangvolle Gongtöne würden durch Zimmer und Haus schweben. Die seltsame Konstruktion der Uhr hatte Christian schon als Kind gebannt, oft hatte er davorgestanden und sich von Meno den Mechanismus des Perpendikels und des Gangwerks erklären lassen: Alle zehn Minuten schlug die Uhr, war es zehn Minuten nach, dann einmal, zweimal bei zwanzig, dreimal bei dreißig und so fort; sechsmal für die volle Stunde, die nach einer Pause ihren Wert geschlagen bekam; war es Mitternacht oder zwölf Uhr, ertönten achtzehn Gongschläge. Was Christian aber am meisten beeindruckte, war die zweite Uhrenscheibe unter dem Ziffernblatt, ein fleckig nachgedunkelter Messingkreis, an dessen Rand der Zodiakus eingraviert war; ein breiter Rahmenzeiger, im Zentrum das Sonnenzeichen, wies die Sternenzeit. In die Kreisfläche waren Sternbilder eingepunzt, die Hauptsterne hatte der Graveur etwas größer als die übrigen markiert und durch Nadelrißlinien miteinander verbunden. Schlangenträger, Haar der Berenike, Nördliche Krone, Walfisch – Christian erinnerte sich an die Bezauberung, die diese Worte und dann die lateinischen Übersetzungen in ihm bewirkt hatten, wenn Meno sie halblaut und beinahe wehmütig gesprochen hatte vor der Uhr, dabei auf die Gravuren weisend – das erste Mal an einem Abend vor etwa zehn Jahren, als sie ihm, dem siebenjährigen Christian, wie eine unbestimmbare, aber angenehm wirkende Substanz ins Ohr ge-

träufelt waren und ihm die Ahnung vermittelt hatten, daß es in der Erwachsenenwelt, die ja auch die Welt des unbegreiflichen und in so anderen Regionen lebenden Riesen neben ihm gewesen war, zu dem seine Mutter Bruderherz oder Mo sagte, – daß es in dieser Welt sehr interessante und besondere Dinge gab; Geheimnisse; und dort, in seinem Kindessinn, mußte etwas geschehen sein oder im Verborgenen gewachsen und nun auf einmal aufgebrochen: Christian hatte die Worte, ihren fremden, eigentümlichen Klang, nicht wieder vergessen. Ophiuchus. Coma Berenices. Corona Borealis. Cetus. Er sprach die Worte leise nach. Die Uhr schlug sechzehn Uhr fünfzig. Ich bin in ein paar Minuten vorn, dachte Christian, es ist noch genügend Zeit, die Feier beginnt ja erst um sechs, keine Hektik. – Aber daß es Lateinisch war, was Meno ihm da sagte, erfuhr er erst viel später, von Ulrich, glaubte er, oder von Niklas, an jenem Abend, an dem sie über Sagen sprachen, bei Tietzes.
Er ging zum Tisch neben dem vollgestopften Bücherregal, das sein Vater aus rohen Kiefernbrettern gezimmert hatte, musterte die stapelweise übereinanderliegenden Bücher und Zeitschriften. Selbst hier hatte es im Vergleich zu seinem letzten Besuch kaum Veränderungen gegeben: noch immer lag die mit einem Schutzumschlag aus Zeitungspapier versehene Nummer der »Nature« neben einigen Biologie-Fachzeitschriften, alle schon mit einer leichten Staubschicht bedeckt, und einigen Exemplaren der »Weimarer Beiträge«, die ziemlich zerlesen waren. Daneben die heutige Ausgabe der »Union« ordentlich zusammengefaltet, das maserige Papier roch nach Druckerschwärze. Neugierig berührte Christian ein in Leder gebundenes Buch, schlug es auf und las den Titel: »Die Weltalter«, F. W. J. Schelling; auf dem Buch daneben, das denselben Verfassernamen trug und ebenfalls in Leder gebunden war, »Bruno oder Über das göttliche und natürliche Prinzip der Dinge«. Christian nahm es zur Hand, es war ein Band im Quartformat, Staub wolkte vom marmorierten Buchblock, als er darüberblies. Der Rand war noch nicht sauber; Christian zog sein Taschentuch, versuchte die beiden Buchdeckel zu halten, aber die Blätter fächerten plötzlich auf, einige Papiere fielen heraus, beim Bücken rutschte ihm das Buch zu Boden. Chakamankabudibaba war wie elektrisiert emporgefah-

ren und sah ihn mit grünen Augen an. Christian sammelte die verstreuten Blätter hastig auf, steckte sie in das Buch zurück. Da jetzt alles falsch liegen mochte, legte er den Band wieder auf den Tisch und versuchte sein Mißgeschick in Ordnung zu bringen, indem er das geschlossene Buch aufs Geratewohl öffnete: Oft schlugen sich so die vielbenutzten Seiten auf. Diesmal schien es nicht so zu sein: jungfräuliches Papier, neben den tiefschwarzen Zeilen keine Anstreichungen oder Randkommentare, mit denen Meno gewöhnlich arbeitete. Dennoch legte Christian eins der Papiere ein, wiederholte die Prozedur, wobei er mehrmals gerade die Seiten aufschlug, zwischen die er das erste Papier gesteckt hatte; aber schließlich waren alle Zettel untergebracht. Beklommen ordnete er die Bücher in ihre ursprüngliche Lage.

Der Kater hatte die Augen wieder geschlossen und den Kopf auf die Pfoten gelegt, nur die Schwanzspitze krümmte sich langsam hin und her, als gäbe es in dem sichtbaren, zimtfarbenen Chakamankabudibaba noch einen zweiten, der nicht schlief und den ängstlich lauschenden jungen Mann dort beim Tisch angespannt und aufmerksam beobachtete. Die zapfenförmige Lampe mit ihrem Stern aus sechs Glühbirnen schob eine Glocke diffuser Helligkeit über den Kater in seinem Sessel, den Schreibtisch. Die Bücher in den bis unter die Decke reichenden Schäften, die Pflanzen in der Ofenecke schienen Christian anzublicken, entfernt und dämmerig, als hätte sie ein Ruf so spät noch aus einem Anderreich heraufbeschworen, und als hätte der Rufer vergessen, das Wort zu sprechen, das ihnen die Rückkehr erlaubte. Auch die Uhr schien ihn anzusehen mit ihren beiden Zeitkreisen. Außer dem gleichmäßigen Ticktack, dem Rütteln der Fensterläden, wenn der Wind daruntergriff, und dem Ziehen des Ofens war nichts zu hören. Christian ging in die Küche und nahm aus dem Kohlenkasten unter dem Herd ein Paar Arbeitshandschuhe, prüfte dann, ob die Riegel der Feuer- und der Ascheklappe fest verschlossen waren, zog die Riegelschrauben etwas nach. Sogar durch den derben Handschuhstoff hindurch war die Hitze des Metalls zu spüren; die Kacheln in Höhe des Feuerlochs konnte er mit bloßen Händen nicht anfassen, ohne zurückzuzucken. Dennoch war es in der Stube nur mäßig warm – das Tausendaugenhaus war alt, die Fenster waren schlecht verfugt, das Holz

hatte Risse; durch die Nachbarschaft des Korridors ging Wärme verloren.
Den Schreibtisch hatte sein Vater geschreinert, als Hochzeitsgeschenk für Meno, mit aller Akribie und Freude am Detail, die er für handwerkliche Dinge aufbrachte. Noch immer schien Waldgeruch im Holz zu sein, obwohl der Tisch schon über sieben Jahre unter dem großen Stubenfenster stand und Pfeifenknaster-Arom angenommen hatte. Richard hatte den Schreibtisch über Eck gebaut; die Platte maß mehr als drei Meter in der Länge. Es war ihm gelungen, das Möbelstück genau den beengten Verhältnissen der Stube und dem Platz beim Fenster anzupassen – rechts davon führte die Spitzbogentür hinaus auf den Balkon, links stand ein massiver Lärchenholzschrank, der Meno von den früheren Mietern überlassen worden, weil schlicht unverrückbar war: er paßte nicht durch die Tür und hatte einst mit einem Kran durch das Fenster eingelassen werden müssen. Meno hatte sich zwei Arbeitsplätze auf dem Tisch eingerichtet: einen für Präparate, Sezierbesteck, Fachzeitschriften und Mikroskop; den anderen für Schreibmaschine und Manuskriptmappen. Christian schaltete die Lampe an, berührte aber nichts und achtete darauf, nicht zu nahe an den Tisch, Menos Heiligtum, heranzukommen. Er betrachtete die Fotos: die drei Geschwister Rohde in der Stube des Elternhauses in Bad Schandau; Meno beim Präparieren im Zoologischen Institut der Karl-Marx-Universität Leipzig; als Junge von elf oder zwölf Jahren, schon damals trug er das schwarze Haar gescheitelt, mit seinem Vater Kurt Rohde, dem Völkerkundler, in der Umgebung von Rathen beim Botanisieren; ein Foto auch von Hanna, Menos geschiedener Frau. Daneben Briefstapel, Zeitungsausschnitte, Manuskriptpapiere, bedeckt mit Menos feiner und fließender, gleichwohl nur schwer leserlicher Schrift – er schrieb viele Buchstaben noch in deutscher Kurrent, die schon lange nicht mehr gelehrt und allgemein verwendet wurde. Christian sah einige Bücher der Dresdner Edition, in der Meno arbeitete. Sie gehörte als Lektorat VII zum Berliner Hermes-Verlag und veröffentlichte Bücher, die ihresgleichen im Angebot der Buchhandlungen, die Christian kannte, nicht hatten: leinengebundene, auf bestes Papier handgedruckte Luxusausgaben von Werken wie der »Göttlichen

Komödie«, »Faust« und anderer Klassiker, meist mit Grafiken versehen. Der größte Teil war für den Export ins »nichtsozialistische Wirtschaftsgebiet« bestimmt. Die wenigen verbleibenden Exemplare gingen meist an Bekannte und Freunde des Verlagsdirektors oder an Bibliophile in hohen Parteikreisen; noch nie hatte Christian diese Bücher frei verkäuflich in einer Dresdener Buchhandlung gesehen. Aber auch wenn dieser exotische Fall eingetreten wäre, so hätte es doch seine Mittel bei weitem überstiegen – die »Göttliche Komödie«, die Meno besaß, kostete das durchschnittliche Monatsgehalt eines Arztes.
Eine ganze Weile stand Christian am Schreibtisch und betrachtete die Dinge, die darauf lagen und sich für ihn unwillkürlich mit dem Tausendaugenhaus und Meno verbanden, wenn er aus der Ferne, während einer der langen Busfahrten von und nach Waldbrunn, oder in der Schule, an ihn dachte.
Er schaltete die Lampe wieder aus, stand noch ein paar Minuten lauschend im Halbdämmer und nahm dann Chakamankabudibaba, der wieder eingeschlafen war, mit in die Küche, legte ihn auf die Küchenbank – was dem Kater Verdruß bereitete, denn hier war es nicht so gemütlich wie nebenan in der Stube. Chakamankabudibaba machte einen Buckel und maunzte, sprang von der Bank herunter zu den Freßnäpfen. Die Milch im Schälchen neben dem Futternapf war vergoren, ein Fleischstück schwamm darin. Christian schüttete alles in die Toilette, wusch das Schälchen aus, füllte es neu auf. Dann holte er das Barometer und wickelte es in das Geschenkpapier ein.
Als er nach oben ging, die Tasche geschultert, waren plötzlich Stimmen zu hören. Vielleicht hatte Libussa, Langes aus Prag stammende Frau, Besuch; aber dann erkannte er die Stimmen Annemarie Brodhagens und Professor Dathes, des berühmten Ostberliner Zoodirektors – Libussa hatte den Fernseher eingeschaltet und sah »Zoobummel international«. Für einen Augenblick überkam Christian ein Gefühl von Neid, denn beim Gedanken an die Fernsehsendung mit dem klar akzentuierenden, populären Professor war ihm eingefallen, daß heute abend ja die letzte Folge von »Oh, diese Mieter« lief, der dänischen Serie, in der viele Schauspieler der »Olsenbande« auftraten, die er liebte und mit der er aufgewachsen war. Er runzelte die Stirn, als er die

Treppenlampe anschaltete – eine Bronzeblume mit Glühbirne darin, die Blütenblätter waren verbogen.
Er mochte große Feiern nicht, wie die heute abend, zum fünfzigsten Geburtstag seines Vaters, aller Voraussicht nach eine sein würde, und war lieber allein als in großer Gesellschaft. Er war keineswegs menschenscheu. Die Abneigung gegen Gesellschaft hing mit seinem Äußeren zusammen. Wenn es etwas gab, wofür Christian sich schämte, so war es sein Gesicht, gerade das, wohin Menschen eben immer sahen, wenn sie einen ansahen. Sein eigentlich anziehendes und ausdrucksvolles Gesicht war von Pubertätspickeln übersät, und er empfand gräßliche Scham bei dem Gedanken an all die Augenpaare, die ihn forschend, vielleicht auch spöttisch oder angeekelt anstarren würden. Gerade vor diesem Ausdruck des Ekels fürchtete er sich, das kannte er zur Genüge. Jemand drehte sich um, sah ihn an, konnte seine Bestürzung oder sogar Abscheu nicht verbergen und zeigte die Empfindung für den Bruchteil einer Sekunde ganz nackt. Dann bekam er sich in die Gewalt, bedachte, daß es Christian wohl verletzen müsse, wenn er ihn so erschrocken angaffte, und griff sich schnell ein anderes, ein möglichst unbeteiligt wirkendes Gesicht aus dem Vorrat an Gesichtern heraus, den die meisten Menschen benutzten, wenn sie anderen Menschen begegneten, die sie nicht näher kannten. Aber gerade dieses unbeteiligt wirkende Gesicht war es, was Christian um so mehr verletzte, denn es war für ihn erst das Eingeständnis, seine, Christians, Entstellung bemerkt zu haben und sie nun durch Nichtbeachtung zu übergehen. Christian empfand das meist so stark, daß er innerlich vor Abscheu über sein unreines Gesicht brannte. Er versuchte sich beim langsamen Hinaufsteigen abzulenken, aber nun erfaßte ihn desto stärkere Unruhe, je näher er der Kajüte kam, wo sein dunkler Anzug und gewiß sein gutes englisches Hemd liegen würden. Alle die mehr oder minder unbeteiligten Fragen nach dem Gang der schulischen Angelegenheiten, seinem Berufswunsch, die unweigerlich folgenden, wohlmeinenden Ratschläge, vor allem aber der Auftritt, das Cellospiel: Obwohl er seinen Part gut beherrschte, überfiel ihn doch, beim bloßen Gedanken daran, im Rampenlicht zu stehen, wiederum Unruhe. Das Licht, das die Lampe gab, streute fahl über die ausgetretenen

Stufen hinab und erreichte kaum die untersten. Die unangenehmen Fragen und die Aufmerksamkeit waren das eine, überlegte er, während er über das Treppengeländer tastete, die ihm seit der Kindheit vertrauten Unregelmäßigkeiten und Maserungen. Das andere waren die Leckereien, auf die er sich nicht erst seit dem Internats-Frühstück heute morgen gefreut hatte – ewig das gleiche, stopfende Graubrot aus dem Waldbrunner Konsum, dazu Vierfrucht-Marmelade von »Elbperle«, Kunsthonig oder Blutwurst –, sondern bereits, seitdem feststand, daß die Feier in der »Felsenburg« stattfinden konnte, die nach der kleinen Gaststätte »Erholung« die beste Küche weit und breit führte. Es war nicht leicht, in der »Felsenburg« einen Platz zu bekommen, geschweige denn für eine größere Geburtstagsrunde eine Reservierung – wie so oft hatte es nur durch Beziehungen geklappt: der Koch war vor nicht allzulanger Zeit Patient von Christians Vater gewesen.

Die Zehnminutenuhr schlug siebzehn Uhr zwanzig. Professor Dathes Stimme war nun zu Gebrummel herabgesunken, vielleicht hatte Libussa vorhin die Wohnzimmertür geöffnet, um ins Haus zu lauschen, wer gekommen sei, oder hatte etwas aus der Küche geholt. Seitdem in der Wohnung unter dem Dach wieder Mieter wohnten, war das »Alois?« oder »Herr Rohde?« nicht mehr zu hören, das sie sonst, wenn sie da war, unfehlbar nach unten gerufen hatte, und schloß man noch so leise auf. Christian, der in der Treppenmitte stehengeblieben war, klang die helle, etwas brüchige Stimme Libussas im Ohr, das gerollte »R« beim Nachnamen seines Onkels, die leicht gaumigen »O«s, die bei den meisten Besuchern, die Libussa nicht kannten, zu Fragen nach ihrer Herkunft führten. Soweit er wußte, hatte sie als Sekretärin beim VEB Deutfracht/Seereederei gearbeitet und war vor vielen Jahren mit ihrem Mann nach Dresden gezogen. Auf einigen Fotografien an den Wänden der Treppenstiege sah man die beiden gemeinsam: eine hochgewachsene, knochig gebaute Frau mit halblangem Haar und dunklen, zerbrechlich wirkenden Augen, die zu groß geraten zu sein schienen für Libussas schmal-herzförmiges Gesicht und den Betrachter mit einem Ausdruck zwischen Irritation und Müdigkeit ansahen; der hagere, prüfend blickende Mann in weißer Uniform, lässig die Hände

in die Taschen gesteckt und etwas abgewandt, so daß das scharfe Licht eines Sommertages im Rostocker Hafen, irgendwann in den Fünfzigern oder Sechzigern, einen überhellen Fleck auf der Schulter des Schiffsarztes hinterließ und sie mit dem Hintergrund verschmolz. Auf diesem Bild wirkten sie, fand Christian, wie ein ertapptes Liebespaar, vielleicht aber standen die beiden nur deshalb so stocksteif, weil sie sich bemühten, den Vorstellungen des Fotografen, wie ein Schnappschuß für das Brigadetagebuch oder den Lokalteil der »Ostsee-Zeitung« auszusehen habe, zu entsprechen. Auf dem Bild daneben lachten sie, beide hatten Rucksäcke überquer und schon graues Haar, Libussa wies mit einem Wanderstock in unbestimmte Ferne: *Nach Spindelmühle* stand in dünner Schrift auf dem Passepartout der Fotografie; Christian hatte sich etwas vorgebeugt, um es entziffern zu können. Fotos, alle mit Briefmarkenrand und von jener sacht staubigen, nicht sehr satten Belichtung, die ein »Orwo«-Schwarzweißfilm zuließ.
Ganz anders dagegen die Fotografien gegenüber, die schon immer Christians und auch, wenn sie hiergewesen waren, Ezzos und Roberts Bewunderung erregt hatten: Diese sepiabraune Tönung kannten sie von den UFA-Filmprogrammen, die in einem Koffer auf dem Dachboden der Karavelle versteckt lagen – dort sah man akkurat gescheitelte, von milder Gloriole umschwebte Schauspielstars gläubig an wilden Bergflanken emporblikken; hier dagegen keinen Piz Palü oder schmissigen Johannes Heesters, sondern den Golf von Salerno; Neapels Küstenstraße, den Posilipp; den Hafen von Genua mit dem hohen, kastellhaft wuchtigen Leuchtturm darüber. Früher hatte die zweite Blumenlampe, unten, am Aufgang, noch funktioniert, so daß man die Bilder bei gutem Licht hatte betrachten können; es mußte ein Schaden am Lampenkabel irgendwo unter dem Verputz vorliegen, denn auch mit neuen Glühbirnen war es dunkel geblieben. Oft, wenn Christian hier übernachtet hatte, war er nachts aus der Kajüte heruntergeschlichen und hatte sich beim Schein einer Taschenlampe, manchmal auch mit Hilfe einer der Grubenlampen, die im Schuppen schlummerten, die Fotografien angesehen, und besonders die drei italienischen Bilder hatte er geliebt und staunend wieder und wieder betrachtet; hatte davorgestan-

den wie jetzt und seine Blicke über Lichtflecken, Häuser und die wie meerenttaucht wirkenden Schiffe wandern lassen. Er ging die restlichen Stufen nach oben, jede knarrte in einem anderen, vertrauten Ton. Auch an der flachen Spinne des oberen Flurs war eine Glühbirne defekt, die anderen flackerten, als er kurz anschaltete, um über die Kohlenschütten nicht zu stolpern, die neben Langes Küche und der Kajüte standen. Unter der Tür von Langes Stube war ein Lichtstreifen zu sehen; Professor Dathe war verstummt, dafür sprach nun eine gesetzte Männerstimme, vielleicht ein Programmansager.

In der Kajüte war es kalt, der Kanonenofen neben der Tür lauwarm, so daß Christian von draußen einige Briketts holte und nachlegte. Sie fielen polternd in den gußeisernen Schacht, Glut stob auf. Im Bad nebenan, das die Langes, die Stahls und Meno gemeinschaftlich nutzten – nur die Wohnung unter dem Dach besaß ein eigenes kleines Bad –, wusch er sich die Hände und rasierte sich mit dem klobigen »Bebo Sher«-Apparat, den er von seinem Vater bekommen hatte. Dann zog er sich um, die Reisetasche ließ er unausgepackt auf dem Sofa stehen, auf das Anne Bettwäsche und Nachtzeug gelegt hatte, ließ noch einmal seinen Blick durch das Zimmer schweifen und zog die Gardine vor das Bullaugen-Fenster, bevor er nach unten ging.

Er holte den Beutel, in den er das Barometer gesteckt hatte, lehnte die Küchentür für Chakamankabudibaba an, kontrollierte vor dem Spiegel den Sitz der Krawatte. Nun war es still; Libussas Fernseher nicht mehr zu hören. Er nahm den Schlüssel und löschte das Licht. Als er die Türe schloß, hörte er die Zehnminutenuhr fünfmal schlagen; die Gongtöne drangen wie aus weiten Fernen heran.

4.
In der »Felsenburg«

»Die schöne, gepflegte Felsenburg, fliessend warm- und kaltes Wasser«, las er auf dem Emailschild neben dem Eingang. Brombeer- und Rosengerank warf Schatten auf den Weg, der bis zur Fleischerei Vogelsang gefegt und mit Splitt bestreut worden war.

Auf der Straße standen die Autos dicht an dicht, Christian hatte sogar den Opel Kapitän des Chefarztes der Chirurgischen Klinik gesehen.
Im Vestibül mit den Tüten-Lampen stand eine Tafel auf einer Staffelei: GESCHLOSSENE GESELLSCHAFT – BITTE NICHT STÖREN der Treppe zugekehrt, die hinauf zu den Zimmern führte. Ziemlich naßforsch, dachte Christian, immerhin war die »Felsenburg« eine öffentliche Gaststätte mit Zimmervermietung, und wenn er auch aus Gesprächen seiner Eltern wußte, daß es eine unmittelbare Beziehung zwischen dem Wohlwollen des Servierpersonals, gesteigert beispielsweise durch wiederholt aufgerundete Rechnungen, und der Verfügbarkeit gewisser Restaurantplätze in Ofen- und Sichtnähe des Kellners gab, besonders jetzt im Winter, so fühlte er sich doch, während er langsam auf die Glastür des Restaurants zuging, in einen der armen Übernachtungsgäste oben versetzt, die zwar hier schlafen, im übrigen aber nicht stören durften. Basta! Aber was hatten sie zu essen bekommen?
»Ah, der Älteste vom Herrn Doktor, wenn ich nicht irre?« Ein halbes Lächeln überflog Adelings Wangen. »Aber natürlich, Sie waren doch schon einmal hier, ich erinnere mich. Sie sind aber gewachsen seither, jaja, aus Menschen werden Leute, wie man so sagt, nicht wahr. Die Feier des Herrn Vaters hat schon fast begonnen, bitte hier entlang!« Herr Adeling war hinter dem Klappbord der Rezeption hervorgeeilt und nahm gelassen Christians Garderobe entgegen. Er trug klassischen Kellnerfrack und ein Schild auf der Brust, auf dem in deutlich lesbaren Buchstaben sein Name eingraviert war. Er war gegen den Verfall der Sitten im Gastgewerbe. Eine Freundin Reglindes lernte bei ihm, von ihr wußte Christian, was das für die »meiner Op-hut anvertrauten Zök-linge« bedeutete. Daß er nur an solchen Stellen sächselte, an denen noch jede echte Sachsenzunge, die sich auf das Glatteis des Hochdeutschen gewagt hatte, hoffnungslos gescheitert war, mochte dem Umstand zuzuschreiben sein, daß Adeling noch an sich »arr-beitete«, wie Reglindes Freundin verständnisinnig zu berichten gewußt hatte. Seiner Frisur und seiner Sprechweise wegen hieß er bei den Lehrlingen »Theo Lingen« – auch Herr Adeling liebte es, die Lippen zu spitzen, die Hände zu falten

und, nachdem er knapp auf den Absätzen seiner tadellos blankgewienerten Schuhe gewippt hatte, mit anmutig rudernden Armen und leicht schräggeneigtem Kopf durch den Saal zu gleiten. Das Schild mit dem BITTE NICHT STÖREN mochte für ihn, der »auch nur ä K-lied in der Kette« war, wie er sagte, zu den Umständen gehören, die zum Verfall der Sitten im Gastgewerbe beitrugen.

Christian betrat das Restaurant, als die Regulator-Uhr an der Rezeption sechs schlug. Herr Adeling folgte ihm und blieb mit zusammengelegten Händen bei der Tür stehen. Alle Köpfe wandten sich nach Christian um, der spürte, wie er rot wurde und sich unwillkürlich kleiner zu machen versuchte. Er ärgerte sich. Er hatte gezögert und Menos Schreibtisch betrachtet, um den anderen keine Zeit zu lassen, ihn anzustarren – und jetzt geschah genau dies, eben gerade dadurch, daß er »über Punkt« kam, und er fühlte die Blicke der vielen Menschen im Raum peinigend auf sich. Ohne jemand Bestimmtes anzusehen, mit gesenktem Kopf, nickte er einen Gruß zu der im Geviert aufgestellten Tafel, an der vierzig oder fünfzig Gäste sitzen mochten. Rechts entdeckte er Familie Tietze, Meno daneben, Onkel Ulrich und seine Frau Barbara, Alice und Sandor. Anne saß neben dem Vater und dem Chefarzt der Chirurgischen Klinik an der Stirnseite der Tafel. Auch Großvater Rohde und Emmy, Christians und Roberts Großmutter väterlicherseits, konnte er entdekken, als er, immer noch puterrot und mit vor Scham gerunzelter Stirn, zu den Sitzenden hinschielte. Hätte es eine Möglichkeit gegeben, unsichtbar die Strecke bis zu dem freien Platz zwischen Ezzo und Robert, am Ende der Tafel, zurückzulegen, und auf dem Stuhl ebenso einfach wie plötzlich und von niemandem weiter bemerkt zu *erscheinen* – er hätte sich dieser Möglichkeit ohne zu zögern bedient. So war er dem untersetzten, wohlbeleibten Chefarzt Müller dankbar, daß er in diesem Moment aufstand und mit einem Löffel gegen das Weinglas tippte, das vor ihm stand, worauf sich die Köpfe der Anwesenden wandten. Ezzo hatte inzwischen behutsam den Stuhl nach hinten gehoben; Christian, auf dessen Gesicht die Röte langsam nachließ, setzte sich aufatmend und hängte, da er Annes mißbilligenden Blick sehr wohl wahrgenommen hatte, den Beutel mit dem Ba-

rometer umständlich und übertrieben zur Seite gebeugt über die Stuhllehne, und was er mitnahm ins Abwenden, war der Ausdruck leiser Ironie in Menos Augen, denn Meno hatte ihm erst neulich vom Verhalten des Vogels Strauß erzählt: »Er steckt den Kopf in den Sand und wartet, da er glaubt, daß niemand ihn sehen könne. Denn er kann ja auch nichts sehen. Aber das«, hatte Meno hinzugefügt, »ist nichts für den Staatsbürgerkundelehrer, Christian. Vergleiche zwischen Tier- und Menschenwelt sind nur bedingt zulässig, so wahr ich Biologie studiert habe.«
Professor Müller war einen Schritt zurückgetreten, hielt den Kopf gesenkt, so daß die Doppelkinne über den Kragen seines blütenweißen Hemds quollen, und rieb sich, wozu seine uhuartig starken schwarzen Brauen hüpfende Bewegungen vollführten, nachdenklich die Wangen, die so glattrasiert waren, daß sie wie Speck glänzten. Die Manschette, die gegen den nachtblauen Anzug kreidig abstach, verrutschte und gab ein Büschel kräftigen schwarzen Haars frei, das sich bis auf den Handrücken und die untersten Fingerglieder fortsetzte. Am kleinen Finger der Rechten trug Müller einen Siegelring. Er hatte ein Stück Papier aus der Tasche gezogen, offenbar das Konzept einer Rede, hatte einen flüchtigen Blick darauf geworfen und steckte es nun mit einer desinteressierten Geste wieder ein. Dabei blieb es hängen, wie eine Klinge stak es mehrere Zentimeter aus der Anzugtasche heraus, so daß Müller mit einem zarten, doch bestimmten Fingerschnipp nachhelfen mußte. Er räusperte sich, tupfte mit dem Siegelring die Oberlippe.
»Verehrter Jubilar, verehrte Gattin, Angehörige, Kollegen und Gäste. Schon Goethe sagte, daß die Fünfzig im Leben eines Mannes ein Datum von besonderer Bedeutung sei. Man zieht Bilanz, hält Rückschau, blickt auf das Erreichte, bedenkt das zu Erreichende. Die Periode des Sturm und Drang ist vorüber, man hat seinen Platz im Leben gefunden. Fortan ist, wie mein verehrter Lehrer Sauerbruch zu sagen pflegte, mit kontinuierlicher Zunahme nur bei einem Organ zu rechnen: der Vorsteherdrüse. Ausnahmen«, er streckte die Hand aus und ließ sie in der Luft abtropfen, »bestätigen natürlich, wie immer, die Regel.«
Chirurgenlachen: Platzhirschgebrüll; die Ehefrauen senkten die Köpfe.

»Die Damenwelt möge mir diesen kurzen Ausflug in urologische Gefilde verzeihen – Chirurg, bleibe bei deinem Leistenbruch, wie schon Hippokrates sagte.« Er nickte der Ärztegruppe zu und tupfte sich mit dem Siegelring wieder die Lippen. »Sie werden bemerken, verehrte Kollegen, daß ich das Prinzip Absicherung schon beinahe so weit treibe wie die lieben Kollegen von der Inneren Medizin.« Spott huschte über die Gesichter einiger Ärzte. Christian hatte schon oft als Hilfspfleger in Krankenhäusern gearbeitet und wußte von den Besonderheiten, die es zwischen den beiden größten Fachrichtungen der Medizin gab. Müller wurde ernster.

»– In Glashütte, einem Städtchen im Osterzgebirge, als ältester Sohn eines Uhrmachers geboren, wuchs Richard Hoffmann in der Zeit des Hitlerfaschismus auf und erlebte als zwölfjähriger Junge, er war Helfer in einer Flakbatterie, den angloamerikanischen Angriff auf Dresden mit. In der Bombennacht erlitt er schwere Phosphorverbrennungen und mußte danach lange im Johannstädter Krankenhaus, der heutigen Medizinischen Akademie, behandelt werden – in der gleichen Klinik übrigens, die er heute leitet. In dieser Zeit reifte sein Wunsch, später einmal Medizin zu studieren. Nun ist es ja so, daß solche Jugendträume oft nicht verwirklicht werden, ich erinnere mich zum Beispiel, daß vor zwanzig Jahren«, er runzelte die Stirn und spitzte die Lippen, »alle Jungens auf einmal Kosmonaut werden wollten, Gagarin und Wostok und German Titow, ich nicht, ich war ja schon zu alt, wenngleich meine Frau immer sagt, daß mir das Training in Baikonur nebst Anchovispaste aus der Tube«, er blickte an sich herunter und breitete in gespielter Verständnislosigkeit die Arme, »nichts geschadet hätte, das aber sieht sie, wie ich glaube, allzu einseitig aus der Perspektive der Diätköchin.« Müllers Frau, die neben Anne saß, warf verlegene Blicke in die Runde und errötete hinreichend. Wernstein, einer der Assistenzärzte der unfallchirurgischen Klinik, beugte sich grinsend zu einem Kollegen hinüber und flüsterte ihm etwas zu.

»Ah«, rief Müller mit ironischem Unterton in der Stimme und streckte theatralisch den Arm aus, »wenigstens die Assistenten vertreten den Standpunkt, daß ich ein Nachgeben gegenüber den Bestrebungen der Lachmuskeln nicht als Mißachtung oder gar Verspottung meiner körperlichen Verfassung interpretieren würde, mutig, meine Herren! Danke. Nun, andere unter uns wollten vielleicht einmal Atomforscher, ein zweiter Winnetou oder, meine Damen, eine zweite Florence Nightingale werden, doch als die Jahre ins Land gingen, waren die Elementarteilchen und der Kampf um die Rechte des Apachenvolkes vielleicht nicht mehr so interessant. Die Chirurgie aber, der Jugendtraum unseres Jubilars, ist für ihn immer interessant geblieben, nie hat er, das weiß ich von ihm selbst, das Ziel, Chirurg zu werden, aus den Augen verloren seit jenem Aufenthalt im Krankenhaus. Er besuchte die Oberschule in Freital, absolvierte eine Schlosserlehre und begann danach das Medizinstudium in Leipzig, an der altehrwürdigen Alma mater lipsiensis, die ja für einige unter uns die Pflanzstätte, um den alten, gut preußischen Ausdruck zu gebrauchen, ihrer medizinischen Laufbahn gewesen ist. Dort, in den unvergeßlichen anatomischen Kollegs von Kurt Alverdes und später dann im Collegium chirurgicum Herbert Uebermuths, bestätigte und festigte sich sein Entschluß, Chirurg zu werden. Dennoch hätte der große Kliniker Max Bürger seinen Entschluß beinahe ins Wanken gebracht und uns eines unserer besten Unfallchirurgen, die wir im Lande haben, beraubt, als er nämlich auf Richard Hoffmanns außergewöhnliche klinisch-diagnostische Begabung aufmerksam wurde und ihm anbot, bei ihm zu dissertieren. Nicht, daß unser Jubilar der Chirurgie innerlich wirklich untreu geworden wäre. Es waren vor allem Nachwirkungen der beim Angriff auf Dresden zugezogenen Verletzungen, die ihn schwankend werden ließen; denn Verwachsungen an der rechten Hand erschwerten den Faustschluß, machten ihn zeitweilig unmöglich – für jemanden, der ins operative Fach strebt, ist das natürlich eine Bedrohung grundsätzlicher Natur. Erst eine Nachoperation bei Leni Büchter, einer wahren Zauberin der Handchirurgie, und die aufopfernde Pflege einer gewissen Schwester Anne, geborene Rohde«, er verneigte sich leicht in Richtung Annes, die zur Seite blickte, »beseitigten dieses Hindernis und gewannen Richard Hoffmann endgültig für unser Fach …«

»Mensch, kann der Girlanden schwingen!« flüsterte Robert Christian zu. »Dem müßte ich mal meine Deutschaufsätze zum

Korrigieren geben, ich glaube, was dabei rauskäme, wäre was für Fräulein Schatzmann.« Fräulein Schatzmann war Deutschlehrerin an der Allgemeinbildenden Polytechnischen Oberschule »Louis Fürnberg«, die Robert besuchte. Sie wünschte ausdrücklich mit »Fräulein« angesprochen zu werden, obgleich sie kurz vor der Rente stand. Auch Christian war bei ihr, bis zum Eintritt in die Erweiterte Oberschule in Waldbrunn, Schüler gewesen, und konnte sich an Fräulein Schatzmanns strengen Unterricht voller verzwickter Grammatik-Übungen und schwieriger Diktate mühelos erinnern. Schaudernd dachte er an die Schatzmannsche ORCHIS-Regel, die sie jedesmal, wenn ein Aufsatz anstand, mit roter Kreide in die Mitte der Wandtafel geschrieben hatte, den nachlässigen und vergeßlichen Schülern ins Gedächtnis: Ordnung – Risiko – Charme – Inhalt – Sinn; bis Christian einmal, auf einen gewissen Verdacht hin, im Medizinischen Wörterbuch des Vaters nachgesehen und daraufhin, vor dem nächsten Aufsatz, gemeinsam mit anderen Streichemachern der Klasse, das Foto einer nackten Blondine nebst einer ziemlich eindeutigen Zeichnung an die Wandtafel geklebt hatte … Fräulein Schatzmann hatte unerwartet reagiert; der gespannt wartenden Klasse – einige Mädchen kicherten natürlich und hatten heiße Köpfe, wie immer – hatte sie mit fester Stimme erklärt, daß es offenbar doch einige Schüler in der 10b gebe, die etwas bei ihr gelernt und die ORCHIS-Regel bis zu einem gewissen Grade verinnerlicht hätten … Leider hatte Fräulein Schatzmann das Bild der nackten Blonden konfisziert – »das, meine Herren, fällt unter Nummer Zwo meiner Regel!« –, sehr zum Leidwesen Holger Rübesamens, der es gegen zwei Fußballbilder von Borussia Dortmund teuer eingetauscht hatte …

»Ich hab' Hunger!« flüsterte Ezzo. »Dauert das noch lange?« Aber Müller schien in Fahrt gekommen zu sein, sprach mit weitausholenden Bewegungen, trat vor und zurück, schrieb Skizzen in die Luft, ließ die Uhu-Brauen hüpfen und tupfte den Siegelring an die Lippen, wenn er Lachen erntete.

»Wann sind wir eigentlich dran?« flüsterte Christian zurück.

»Deine Mutter gibt uns ein Zeichen.«

»Und die Instrumente?«

»Sind nebenan.«

»Ich seh' kein Klavier.«
»Guck mal scharf an deinem Onkel vorbei.« Richtig, in der Ecke hinter Meno stand ein Klavier.
»Jetzt konnte ich mich gar nicht einspielen, so ein Mist aber auch, daß ihr alle schon dagesessen habt, ich dachte, es gibt erst das übliche Blabla, und dann läuft das so langsam an ...«
»Das spielst du doch vom Blatt, Christian. Aber denk' dran, sforzato auf A, wenn Robert das zweite Mal einsetzt. Hab' ich einen Knast, und da drüben gibt's so schöne Sachen ...« Ezzo nickte in Richtung des Kalten Büfetts, das an der Wand gegenüber aufgebaut war.
»Was denn? Hast du's schon gesehen?«
»Lecker, kann ich dir sagen! Lendensteaks, ganz dünn geschnitten und knusprig gebraten, man sieht das Waffelmuster des Rosts noch, und daneben Reis«, Ezzo wies verstohlen auf drei große, mit blinkenden Edelstahlhauben abgedeckte Schüsseln, »– aber nicht Wurzener Kuko-Zeugs, sondern bestimmt von drüben!«
»Du hast schon gekostet?« wisperte Robert, der sich etwas zurückgebeugt hatte, hinter Christians Rücken Ezzo zu.
»Hm. Ja.«
»Ach so ...? Hast du vorhin nicht gesagt, du müßtest mal austreten?«
»Psst, nicht so laut ... War ich ja auch ... Aber als ich zurückkam, war gerade keiner da, und dann hab' ich die Obstschale entdeckt, guckt mal so 'ne Fingerbreite rechts an meinem Vater vorbei, dann seht ihr sie ... Seht ihr sie?«
»Die große blaue da?« flüsterten Christian und Robert wie aus einem Mund.
»Genau ... Äpfel und Birnen sind da drin, richtig gelbe Birnen mit so ganz kleinen hellgrünen Tüpfelchen drauf, und Apfelsinen –«
»Grüne Kuba-Krätzer?«
»Nee, eben nicht ... Nafel, oder so. Mandarinen und Pflaumen und, ja genau: Bananen! Richtige Bananen!« Ezzos Stimme zitterte.
»Christian, das Paket von drüben, das wir geschleppt haben letzte Woche, das haben die Alten schon geschlachtet, jede Wette!«

»Vielleicht haben ja auch Tante Alice und Onkel Sandor das mitgebracht …«
»Wäre möglich, stimmt … Und was hast du noch gesehen? Sag' mal«, Robert beugte sich noch ein Stück zurück, er hatte ziemlich laut gesprochen, so daß Christian den Zeigefinger an die Lippen legte und dem Bruder ein »Psst!« zuzischte, »– sag' mal, hast du bloß geguckt, oder hast du …«
»Nee, hab' ich nicht, die Zeit war doch viel zu kurz, bloß die Reiskörner, und dann war ja auch gleich Theo Lingen da und hat mich von oben bis unten angeblitzt wie 'nen Verbrecher, ehrlich, Robert!«
»Wie geht's in der Spezi?«
Ezzo besuchte die Spezialschule für Musik auf der Mendelssohnallee. »Na, wie immer. Schule ist öde. Bloß Physik macht Spaß, haben wir bei Bräuer. Den müßtet ihr kennen.«
»Wieso?«
»Doch, klar, Robert, das war der strenge, der vor zwei Jahren bei uns war. Der so'n bißchen wie Onkel Uhu aussieht, von Pittiplatsch und Schnatterinchen.«
Ezzo griente. »Ja, der. Ist aber Spitze. Tolle Versuche macht er. Und sonst … Es wird Weihnachten.«
»Und Wieniawski?«
»Sauschweres Stück. Erinnere mich jetzt bloß nicht daran. Dienstag hab' ich wieder Hauptfach, muß noch viehisch rabotten.«
– »… vom Vater hab' ich die Statur, des Lebens ernstes Führen, vom Mütterchen die Frohnatur, und vom Fromme – nicht nur – die Lust, zu operieren …«, deklamierte Müller gerade und heimste Beifall ein. »Ich hoffe, daß die Fachleute im Publikum mir diese Entstellung des berühmten Goetheschen Verses verzeihen, es geschah, das darf ich zu meiner Verteidigung anführen, zum guten Zweck. Aber lange Rede, kurzer Sinn, wo ich doch beim Geburtstag für Geschenke bin. Die Klinik, lieber Herr Hoffmann, hat lange hin- und herüberlegt. Wir alle kennen natürlich Ihre Vorliebe für klassische Musik – unter uns, die OP-Schwestern sprechen immer, wenn sie im Traumatologen-Saal Dienst haben und Sie zu einem Ihrer Lieblings-Violinkonzerte operieren, von der ›Sitzung mit Bruch‹.« Er räusperte sich, schien den Beifall abzuwarten und dämpfte ihn dann. »Da wir heute abend, wie

Ihre Frau mir schon zu verraten gestattet hat, noch in den Genuß eines klassischen Musikstücks kommen werden, haben wir, die Kollegen, Schwestern und ich, uns etwas anderes einfallen lassen. Auch Ihre Liebe zur Malerei und Bildenden Kunst ist ja im Klinikum bekannt, und so haben wir eine kleine Sammlung veranstaltet, aus der das herausgekommen ist, was ich nun aus dem Nachbarzimmer zu holen bitte.«
Zwei Assistenzärzte gingen nach nebenan und kamen mit einem großen, flachen, sorgfältig verschnürten Paket zurück.
»Papa auf'm Thron der Unfallchirurgie«, wisperte Robert Christian zu, »und statt Zepter hält er 'n Skalpell ...«
Herr Adeling brachte die Staffelei herein. Wernstein hatte das Bild inzwischen bis auf eine Lage Seidenpapier von aller Verpackung befreit und hob es auf die Staffelei, die Herr Adeling mit einem riesigen Staubtuch und rasenden Wischbewegungen vom Kreidepuder gereinigt hatte. Wernstein trat zurück, Müller hatte energisch das Kinn gereckt und seine Lippen zu einem himbeerfarbenen Wulst geschürzt – eine allen Assistenten der Chirurgischen Klinik wohlbekannte Geste, mit der Chefarzt Müller das kurze Zögern zu beenden pflegte, das jeden Chirurgen vor dem ersten Schnitt in die noch unverletzte, blaß im Licht der Operationsstrahler liegende Haut befällt. Feierlichen Schritts bewegte er sich auf die Staffelei zu und zog mit einem Ruck wohldosierter Energie, dabei Richard, der aufgestanden war und nun vor ihm stand, maliziös anlächelnd, die Seidenpapierlage von dem Bild herunter. Es wackelte ein wenig, aber Herr Adeling, der die Staffelei gut kennen mochte und Müllers Prozedur mit gelüpften Brauen gefolgt war, hatte sich unauffällig dahinter plaziert und die Staffelei während Müllers Enthüllungsruck mit einer Drehbewegung, wie man sie bei einem Hustenanfall ausführt, um anderen keine Unannehmlichkeiten zu bereiten, mit der inzwischen weißbehandschuhten Linken verstohlen gestützt, während mit der noch nicht behandschuhten Rechten zwei trocken federnde Hüstler abzufangen waren, bevor offenbar dringliche Angelegenheiten Herrn Adeling in Richtung Vestibül eilen ließen.
»Ein Aquarell eines unserer bedeutendsten Maler, des leider viel zu früh verstorbenen Curt Querner. Bitte sehr.«
Richard Hoffmann, fast einen Kopf größer als Müller, war in sich

zusammengesunken, die dunkelblauen Augen, die Robert geerbt hatte, blickten ungläubig.
»Die ›Tauwetterlandschaft‹ – Herr Chefarzt, das kann doch nicht … das waren also Sie?«
»Herr Wernstein war so freundlich, für uns in Börnchen vorzusprechen und dieses Aquarell zu erwerben.«
»Aber … ich bin platt. Frau Querner hat mir gesagt, daß dieses Bild erst nach ihrem Ableben zu verkaufen sei … Es habe ihrem Mann so viel bedeutet … Und dann war es plötzlich nicht mehr da, es sei doch verkauft worden … Anne, komm her, unser Lieblingsbild!«
»Unsere Überraschung für Sie.«
»Aber«, Richard fuhr sich aufgeregt durch das kurzgeschnittene, sandfarbene Haar, das am Scheitelwirbel eine hellblonde Strähne trug, die an der gleichen Stelle auch Christian hatte, »– Herr Chefarzt, liebe Kollegen, das muß doch ein Vermögen gekostet haben! Das kann ich unmöglich annehmen!«
»Wie gesagt, wir haben gesammelt, es hat sich verteilt. Übrigens bietet das Gemälde eine interessante Perspektive auch im Gegenlicht, gewissermaßen …«
»Im Gegenlicht?« Richard stutzte, ging um das Bild herum.
»Für Richard Hoffmann – von Curt Querner in Dankbarkeit«, las Müller vor. »Er wußte, daß Ihnen dieses Bild am besten gefiel. Ihre Frau und Sie seien zu oft ›drumrumgeschlichen‹, wie er sich ausdrückte. Wenn überhaupt jemandem, dann wollte er es Ihnen geben, und als Frau Querner von unserem Plan erfuhr, hat sie sich erweichen lassen.«
Die meisten Gäste waren aufgestanden und drängten sich um das Bild. Christian sah, daß sein Vater bewegt war, als er seinen Kollegen aus der Akademie, einzelne beim Vornamen nennend und umarmend, die Hand zum Dank gab.
»Nimm's man ruhig an, Richard«, rief Weniger, ein Oberarzt aus der Gynäkologischen Klinik. »Das Bild kannst du in euer Wohnzimmer hängen, neben die prachtvolle Nacksche mit dem herrlichen Pferdearsch! Is' ja ooch 'ne Landschaft! Nischt für ungut, Anne!«
Die Ärzte, viele von ihnen Chirurgen oder Orthopäden, amüsierten sich. Die Frauen sahen betreten beiseite und suchten ihr

Kichern hinter vorgehaltener Hand oder Taschentüchern zu verbergen.
Anne hatte Ezzo und Christian ein Zeichen gegeben. Sie hatten sich an der Traube vor dem Bild vorbeigeschlichen, aus dem Nachbarzimmer ihre Instrumente geholt und die Notenpulte vor dem Klavier aufgebaut.
»Dein Vater freut sich ja wie ein kleiner Junge«, flüsterte Ezzo Christian zu.
»Nach dem Bild hat er jahrelang 'rumgezuchtet, das kann ich dir sagen!« Robert lutschte seelenruhig am Bambusblättchen seiner Klarinette. »Und was denkst du, was los war, als er erfahren hatte, daß das Bild weg ist. Volkstrauer, Saulaune und vermasselte Abende. Na, ich sehe, alles im Lot beim Alten. Bestimmt ist wieder 'ne Sonntagsfahrt da 'raus oder 'n Besuch in der Gemäldegalerie fällig … Oh Gott, Gemäldegalerie.«
Reglinde, Ezzos achtzehnjährige Schwester, saß schon am Klavier und hatte die Noten aufgeschlagen. Sie schüttelte den Kopf. »Du bist ja wahnsinnig begeistert, ehrlich mal! Wie du redest!«
»Gib mal 'n A«, entgegnete Robert ungerührt, nahm das Blättchen aus dem Mund und wickelte es am Mundstück fest.
»Habt ihr gesehen? Sogar schon gerahmt!« Christian, noch ein paar Läufe auf dem Cello übend, blickte zum Bild hinüber. Aus den Umstehenden davor löste sich Niklas Tietze, Reglindes und Ezzos Vater, Praktischer Arzt des Viertels. Er hatte das italienische Stück herausgesucht und den Bratschenpart übernommen.
»Müssen die ein Geld haben in der Akademie!« brummte Robert. »Wenn sie's mal nicht aus dem Solifonds abgezweigt haben oder aus den Beiträgen für die Deutsch-Sowjetische Freundschaft. Aber wenn ich mal 'ne neue Angel will, da führt kein Weg rein. ›Geh Altpapier wegschaffen und Flaschen, gibt zehn Pfennig das Stück beim SERO, und überhaupt, als wir so alt waren wie du …‹«
»Na Jungs, alles klar?«
Christian umarmte »Onkel« Niklas, wie er von den Hoffmann-Söhnen, entsprechend zu »Tante« Alice und »Onkel« Sandor, genannt wurde, obwohl Niklas Tietze der Cousin Richard Hoffmanns mütterlicherseits war.

»Wir müssen alles presto spielen, Onkel Niklas, Ezzo und ich fallen fast um vor Hunger!«
»Deine Mutter hat tollen Kuchen gebacken. Den mußt du nachher mal kosten.«
»Ich schlafe doch heute bei Meno. – Apfelkuchen?«
»Und Kirschkuchen – mit Marzipanboden und einer Eierschneedecke, ganz dünn, und die Kirschen herrlich sauer …« Niklas zog die Oberlippe ein und stieß ein genießerisches »Hmmm …«, aus. Er nahm die Bratsche, die Ezzo ihm von nebenan mitgebracht und auf das Klavier gelegt hatte. »Paßt auf, Anne gibt uns gleich das Zeichen. Also wie besprochen: Erst den Tusch, dann ›Hoch soll er leben‹, und dann geht's los.« Niklas rieb den Bogen mit Kolophonium ein, strich die leeren Saiten und stimmte etwas nach, während seine Augen hinter der gewaltigen Brille, die er zum Spielen immer aufsetzte, rasch über die Noten gingen.
»Tatata-taa!« ließen die fünf ihre Instrumente schmettern, als Anne kam und sich neben Reglinde setzte. Beim »Hoch soll er leben« sang sogar Herr Adeling mit, der wieder in Türnähe Aufstellung genommen hatte; dabei tupfte er die Fingerspitzen mit großer Exaktheit im Takt gegeneinander und stach, beim »dreiimal hoch!!« falsettierend, sogar Müllers gutturales und wohlgeschultes Organ aus.
Dann spielten sie das italienische Stück, eine Suite aus der Barockzeit, ursprünglich für Flöte vorgesehen, aber Niklas hatte die Flötenstimme für Klarinette eingerichtet. Christian war aufgeregt. Wieder fühlte er die vielen fremden Blicke auf sich gerichtet. Reglinde hatte die Wandlampe über dem Klavier eingeschaltet, deren starker Schein, da er schräg hinter Reglinde saß, sein Gesicht erhellte, so daß besonders gut und unbarmherzig sichtbar wurde, was er verbergen wollte. Bei den Proben in der vergangenen Woche war alles ruhig und sicher gegangen, aber hier zu spielen, vor fünfzig angespannt, wenngleich wahrscheinlich wohlwollend lauschenden Zuhörern, war doch etwas anderes als die Übestunden im ruhigen Haus Abendstern, wo in den Pausen »Tante« Gudrun belegte Brote gebracht hatte und Ezzo und er aus Übermut versucht hatten, das Stück doppelt so schnell zu spielen. Besonders drei Augenpaare fühlte er schwer auf sich ruhen: die seines Vaters, Menos und seiner Cousine Ina,

Ulrichs und Barbaras hübscher neunzehnjähriger Tochter … Er kroch in sich hinein und starrte angestrengt auf die Noten. Nur nicht ablenken lassen! – Wo hat sie das Kleid her? Ganz schön gewagt, die freigelassenen Schultern, dachte er, bevor er den besonders wild und finster aussehenden Sechzehntel-Berg am Anfang der Courante erstürmte, – Ach, das Kleid, das sie mit Reglinde zusammen geschneidert hat, Pause, Legato, da-da-dada … Sonderbar: Während er bei den Proben die größte Angst vor den technisch schwierigen, schnellen Passagen gehabt hatte und ihm die langsameren, melodiöseren, besser geglückt waren, ging es jetzt umgekehrt: Dankbar spielte er die rasanten Takte, beinahe jeder gelang ihm traumwandlerisch sicher, vielleicht gerade weil er unter Hochspannung stand, und er bekam Herzklopfen bei jeder harmlosen Viertel- und Halbnotenfolge. Bei einer piano-Stelle begann der Bogen zu zittern, der Ton »franste aus«, wie sein Cello-Lehrer sagen würde, und er erntete einen Blick Ezzos, der natürlich, als bester Schüler seiner Klasse in der Spezialschule, in untadeliger Haltung spielte, mit seinem in Fachkreisen durchaus bereits bekannten, saftigen Bogenstrich …
Kann ich auch! wurmte es Christian, er griff eine Dezime und ließ den Bogen auf die Saite sausen. Kolophonium rieselte. – Jaa! Klingt wie 'ne Domglocke, mein Cello … »Peng!« machte es, Ezzo und Robert zuckten zusammen, was bei Robert, der gerade eine innige Cantabile-Stelle spielte, komisch aussah, und er begriff im selben Augenblick, daß die a-Saite seines Cellos in einer riesigen korkenzieherartigen Spirale im Leeren wippte und er keine Zeit hatte, eine neue aufzuziehen. Niklas sah über seine Brille zu ihm herüber, improvisierte, während Reglinde, als einzige äußerlich völlig gelassen, unauffällig das Tempo zurückzunehmen begann … Christian war es noch nie so heiß gewesen. Alle Passagen, die er vor dem Malheur bequem und ziemlich entspannt hätte spielen können, waren urplötzlich zu technischen Husarenstückchen geworden. Aus den Augenwinkeln sah er, daß Ina den Kopf in die Hand gesenkt hielt und ihre Schultern vor unterdrückter Lachlust zuckten. Du blöde Kuh! brüllte er innerlich und fegte vor Wut in derartiger Geschwindigkeit durch eine Passage, daß Ezzo und Niklas erschrocken aufsahen, und sogar Reglinde, die mit dem Rücken zu ihm saß,

halb den Kopf wandte. – Jajajaja! tobte es in ihm, als es ihm gelungen war, eine Passage allein auf der d-Saite, in nie zuvor für dieses Stück geübter Lage, zu meistern. Im Gewoge der Melodien sah er Niklas' Adlernase rot und röter erglühen, auf Ezzos Stirn hatten sich feine Schweißtropfen zu bilden begonnen, ebenso auf seiner wachsbleichen, fleischigen Nase; auch rückte er viel häufiger als bei den Proben die Geige in der Kinnstütze zurecht, so daß man das feuerrote Geigermal an seinem Hals sehen konnte, beides, wie Christian wußte, untrügliche Anzeichen von Nervosität. Anne, die Reglindes Noten wendete, tat so, als ob nichts geschehen wäre. Ihn kümmerte gar nichts mehr, es konnte ja nur noch schiefgehen, und komischerweise fiel ihm ausgerechnet jetzt, mitten in der etwas schaukelnden Bourrée, der Titel eines obskuren Buchs in der elterlichen Bibliothek ein: »Der im Irrgarten der Liebe herumtaumelnde Kavalier« – die im Irrgarten der Musik herumbaumelnde a-Saite war das, was sein überreizter Sinn daraus machte, bevor er seine Finger wieder über die drei verbliebenen Saiten tanzen ließ, und merkwürdiger- wie unerwarteterweise ging alles, bis auf ein paar kleine Holperer, gut. Beifall.

Junge, Junge, nickte Ezzo, schüttelte die Hand aus, wischte sich über die Stirn und spannte am Geigenbogen herum. Sie verbeugten sich. Niklas, der hinter Christian stand, berührte ihn anerkennend mit dem Bratschenbogen.

Robert prustete. »Sah das komisch aus! Ich dachte, guck bloß in deine Noten, Mann …«

»Ich möchte dich mal sehen, wenn dir eine deiner Klappen wegfliegen würde, aber das kann ja bei euren *Blas*instrumenten nicht passieren!« zischte Christian zurück, abgrundtiefe Verachtung in das »Blas« von »Blasinstrumenten« legend. Die Fehde zwischen Streichern und Bläsern war geheiligte Tradition, die nicht angetastet werden durfte.

»Das war knapp«, meinte Reglinde. »Als du so plötzlich angezogen hast im Allegro, dachte ich schon, ich komme nicht mehr 'rein. Und das auf diesem Unterwasser-Klavier.«

5.
Das Barometer

Anne hatte Meno und Christian beiseite genommen. »Ich bin dafür, es ihm nachher zu geben, wenn wir unter uns sind. Viele Gäste kenne ich nicht näher; ich möchte es nicht vor allen ausbreiten. Einverstanden?«
Richard dankte mit einer kleinen Ansprache. Die letzten Worte wurden von Ezzo und Christian mit einem Grinsen quittiert: »Jetzt aber bitte sehr, liebe Kollegen und Freunde, laßt es euch schmecken!«
»Worauf du dich verlassen kannst!« gluckste Ezzo, der bereits auf die Stuhlkante vorgerutscht war. Aber er zögerte noch – weil alle zögerten. Offenbar besaß niemand den Mut, der erste am Büfett zu sein und sich damit dem Verdacht der Kulturlosigkeit auszusetzen. Schon reckte Müller, mit den Fingern der Rechten einen anmutigen Triller in der Luft vollführend, angriffslustig das Kinn und spitzte die Lippen, als Emmy aufstand und mit kleinen, aber flinken Schritten auf das Büfett zulief – wobei sie ihren Gehstock vergaß, den Richard ihr nachreichte. »Dangke, mei Schunge!« rief sie, aber die letzte Silbe wurde schon vom Scharren der nun fast gleichzeitig zurückgeschobenen Stühle verschluckt. Nur die wenigsten, beobachtete Christian, rückten sie auch wieder an den Tisch heran – Niklas tat es in ostentativer Gemächlichkeit, die langen, schlanken Hände mit einem Ausdruck von Exaktheit und Vorsicht an jenen Punkt der Stuhllehne gelegt, der kein Mißverständnis aufkommen lassen konnte; Niklas mußte den Stuhl sogar etwas anheben, so wenig glich die Ruhe und Genauigkeit seines Ordnungssinns jenem überhasteten und befremdenden Aufbruch der anderen; sogar Gudruns und Ezzos Stuhl richtete er aus, nickte Christian zu, der nun ebenfalls aufgestanden war. Dann schlenderte Niklas zum Büfett, Ezzo ließ durch eine unauffällige Gewichtsverlagerung eine Lücke zwischen sich und der vor ihm stehenden Gudrun; schloß man für einen Moment die Augen, sah man ihn noch, diesen Drittelmeter Abstand weit vorn in der Reihe, schlug man die Augen wieder auf, war die Lücke von Niklas gefüllt. Und ob es die Folge einer allgemeinmenschlichen Neigung zur genauen Beobachtung erfolgreicher

Manöver oder einer ebenso unbewußten wie notwendigen, weil gleichsam in der Luft liegenden Zweit-Entstehung des Phänomens war – auch Müller hatte sich nicht schneller, als es seine ja nicht dadurch, daß man sich nicht im Dienst befand, plötzlich gewissermaßen in Luft auflösende Stellung erlaubte, von seinem Platz entfernt und war zunächst statt zum Büfett mit seiner Frau, der er elegant und zuvorkommend lächelnd den Arm gereicht hatte, noch einmal in Richtung »Tauwetterlandschaft« geschritten, währenddessen Wernstein und ein weiterer Assistent am Büfett einen Blick wechselten und der Assistent, der vorn stand und mit Müller direkter zu tun hatte, sich beim Weiterrücken etwas verspätete, so daß sich Chefarzt Müller und Gattin, Müller tupfte die Oberlippe mit dem Ring und neigte das Ohr seiner Frau zu, einreihen konnten ... Christian, der seinen Vater begrüßt und ihm gratuliert hatte, stand nun hinter ihm, ziemlich am Ende der Reihe. Adeling und ein zweiter Kellner hatten die Deckel von den Speisen genommen, deren verlockende Düfte jetzt den ganzen Raum erfüllten. Teller- und Besteckklappern war zu hören, gedämpfte Unterhaltung. Oberarzt Weniger, ein stämmiger Endvierziger mit Halbglatze und schaufelartigen, roten Händen, und ein grauhaariger, schlanker Arzt mit Brille und dünnem Vollbart namens Clarens standen bei Richard und sprachen über medizinische Angelegenheiten, Hauptthema war der bevorstehende »Tag des Gesundheitswesens«.

»Wenn du Medizinalrat geworden sein wirst, mein Lieber, kannst du gleich noch einige von diesen fremdländischen Flaschen spendieren. Wir kennen dich – nur einen Teil davon hast du an die Front geworfen, der Rest ruht wohlverwahrt in deinem Keller! Du alter Wüstenfuchs hast doch immer deine Vorräte.« Weniger schenkte sich das Weinglas randvoll und hatte Mühe, es an die Lippen zu führen, ohne etwas zu verschütten. Clarens lachte. »Trink nicht soviel, Manfred. Denk ans Heimkommen.«

»Keine Angst, meine Frau fährt.«

»Von wegen Vorräte! Keinen Tropfen habe ich mehr zu Hause. Ich lasse an meinem fünfzigsten Geburtstag doch meine Freunde nicht darben. Aber was sagst du da von Medizinalrat? Ach was. – Oder weißt du etwas?«

»Na, komm, Richard, das pfeifen doch die Spatzen von den Aka-

demie-Dächern. Du kriegst den Medi-Rat oder die Hufeland-Medaille, Pahl die Hufeland-Medaille oder vielleicht sogar den Fetscher-Preis, wie man so hört.«
»Soso, hört man. Ich nicht.«
»Aber mein Chef. In der letzten Chefarzt-Konferenz.«
Richard dämpfte die Stimme. »Viel wichtiger als dieser Firlefanz wäre, wenn wir endlich nicht mehr um jede Infusionsflasche und jede popelige Binde betteln müßten! Wenn die mal ihre Strukturprobleme in den Griff bekämen, so daß wir vernünftig arbeiten könnten! Na, weiß Gott auch! So ein Stück Blech können die sich schenken. Das ist doch nur ein Beruhigungsdrops an deiner Brust … Wenn wir den Chefs und den Oberärzten ab und zu mal ein bißchen Honig ums Maul schmieren, wird sich der Rest schon von alleine regeln, nach dem Motto läuft das doch!«
»Nicht so laut, Richard.« Weniger war ernst geworden und sah sich unruhig um. Als sein Blick auf Christian fiel, hellte sich sein Gesicht auf. »Alle Achtung, das klang ja wie in einem Konzert! Wie lange spielst du schon?«
»Seit …« Christian kniff überlegend die Augen zusammen, »– seit acht Jahren ungefähr.« Es war ihm peinlich, daß ihn nicht nur die beiden Ärzte und sein Vater, sondern auch die unmittelbar davor und dahinter Wartenden ansahen.
»Willst du das beruflich machen? Cellist?«
»Nein. Mach' Abitur.«
»Ah.« Weniger nickte. »Aber da kannst du ja in die Fußstapfen vom Vater treten?«
»Will Medizin studieren, ja.«
»Gute Entscheidung!« Weniger schürzte die Lippen und nickte energisch. »Und, wenn ich fragen darf: die Noten?« Er winkte ab. »Wenn's nach mir ginge – gute Zensuren allein machen keinen Arzt. Wenn ich da an so manches Fräulein denke, das zu uns kommt … Alles Einsen im Studium, aber kein Gespür, nischt in den Pfoten, um's mal grob zu sagen, und gleich aus den Latschen kippen bei der ersten Sectio …«
»Ach, die Zensuren sind schon ganz gut. Außer in Mathematik …«
»Na, das alte Problem der Mediziner! Meine Güte, dein Vater und ich, wir waren in Mathe schlecht wie die Raben! Ach was,

mach' dir mal darüber keine Gedanken. Es gibt weniger Mathematik im Himmel und auf Erden, als eure Schulweisheit sich träumen läßt … Na ja, ich hab' freilich gut reden. Streng' dich nur an. Aber, wie sieht's aus … schon 'ne kleine Freundin?«
Christian, der sich inzwischen Teller und Besteck genommen hatte, lud sich vorsichtig Reis auf, räusperte sich verlegen. »Hm, nein, noch nicht.«
»Na, das kommt schon noch, wirst sehen. Und mach' dir mal keine Gedanken wegen der paar Pimperchen im Gesicht. Die verschwinden ganz von selber, und eine, die bloß darauf guckt, die taugt eh nischt, mein Guter.«
»Wie geht's deinem Jungen?« fragte Clarens den Oberarzt aus der Gynäkologie. Christian war feuerrot geworden.
»Matthias? Der ist jetzt bei der Fahne, Nachrichtentruppe. Müssen den ganzen Tag Strippen ziehen und durchs Gelände rennen. Aber was er mal machen will, weiß er noch nicht. ›Ruhig bleiben, Papa …‹ ist das, was ich von ihm immer zu hören kriege, wenn ich mir mal eine Frage, eine Andeutung gestatte. Mal will er Bühnentechniker werden, dann Rundfunkmoderator, dann Förster … Gesine und ich dachten schon, das sei nun mal was Festes, der Förster, nachdem er sich letztes Jahr an der Forstakademie in Tharandt beworben hatte; aber er hat die Bewerbung zurückgezogen. Was als nächstes kommt – tja. Er weiß nur, was er nicht will: Medizin studieren. ›Ich will nicht so wie du im Allerheiligsten 'rumfummeln, Papa‹ – das sagt einem der Bengel ins Gesicht und feixt.«
Dieses Lachen war etwas, das Christian irritierte.
»Komm, Manfred, laß dir's schmecken auf den Schreck! Hier, diese herrlichen gefüllten Paprika …« Clarens sah Weniger über die Brille hinweg an. »Sag' mal, was ich dich fragen wollte – du kennst doch den Chef von dieser Autowerkstatt da in Striesen, diesen Mätzold oder wie der heißt …«
»Pätzold. Ja. Was ist mit dem?«
»Du hast doch bei seiner Tochter letztes Jahr die Interruptio gemacht …« Clarens beugte sich zu Weniger hinüber und murmelte ihm etwas zu. Was Christian davon verstand, hörte sich nach »Hohlraumkonservierung« und »Karkasse« an, aber vielleicht hatte er sich bei diesem Wort auch verhört, und es mußte

in Wirklichkeit »Barkasse« heißen; aber, überlegte er, was hat ein Schiff mit einem Moskwitsch zu tun?
»– Montagsproduktion, kann ich dir sagen. Vorn, wo der Beifahrer die Füße hinsetzt, fängt's schon an durchzurosten. Sag' ich zu meiner Frau: Wenn das mal nachgibt, kannst du aber einen Sprint hinlegen ... Und die Bremsen weich wie Butter. Möchte mal wissen, wie das die Russen machen. Aber wahrscheinlich passiert dort nichts, weil bloß fünf Autos auf den Straßen fahren, oder sie kümmern sich eben nicht darum ... Die Panzerungen ihrer Wolgas sind ja entsprechend. Oh, das hier sieht aber gut aus, davon nehme ich mir mal was ... Also, Manfred, könntest du nicht bei diesem Pätzold was einfädeln ...? Weißt du, bei mir ist doch dieser Abteilungsleiter vom VEB Vliestextilien in Behandlung. Ist völlig fertig von den Planvorgaben, sagt er. Hab' ihm eine Kur verschafft in Bad Gottleuba, und ihm plausibel gemacht, daß eine Psychiatrische Klinik irrsinnig viel Verbandsmaterial braucht ... *Irrsinnig* viel. Wie eine Gynäkologische Klinik. Ich nehme an, ich müßte sozusagen einen Überweisungsschein an dich schreiben für diesen, äh, Patienten?«
Weniger wölbte mit der Zunge nachdenklich die Wange aus. »Ich rufe am Montag mal bei Pätzold an. Versprechen kann ich dir aber nichts. Es gibt da nämlich ein Problem – er hat seine Tochter verstoßen, als er erfahren hat, von wem das Kind war. Vom Sohn irgendeines Heinis von der Bezirksleitung nämlich. Und die hat der Pätzold gefressen, sag' ich euch. Der Sohn war übrigens auch in der Klinik. Immer dasselbe. Erst saufen, dann höhere Mathematik treiben und morgens die Wurzel aus 'ner Unbekannten ziehen, und dann beim Schwangerschaftstest vor Muffensausen in die bewährten Arme von Schwester Erika kippen ... Christian, das hast du alles nicht gehört.«
Die Schlange rückte langsam vorwärts. Am anderen Ende des Büfetts stand Adeling und schenkte klare Brühe aus, die es zu Fleischklößchen gab; den linken Arm hatte er auf den Rücken gelegt, in der weißbehandschuhten Rechten hielt er die Kelle, verbeugte sich jedesmal vor dem Einschenken und schloß dabei lächelnd und mit bebenden Nasenflügeln, in grundsätzlichem Einverständnis mit den Wünschen des Gastes, kurz die Augen.
Weniger beugte sich mit verschwörerischem Gesichtsausdruck

zu Clarens und Richard. »Da wir gerade bei Bezirksleitung sind – kennt ihr den? Sagt der Lehrer: Bildet einen Satz mit den beiden Substantiven Partei und Frieden! Fritzchen meldet sich: Mein Vater sagt immer: Laß mich mit der Partei in Frieden.«

»Hahaha, sehr gut. Aber gestern hat mir Schwester Elfriede einen tollen erzählt: Unterhaltung am Zeitungskiosk. Warum kostet die ›Prawda‹ nur zehn Pfennige, das ›Neue Deutschland‹ aber fünfzehn? – Kann ich Ihnen erklären, sagt die Verkäuferin, beim ›Neuen Deutschland‹ kommen noch fünf Pfennig Übersetzungskosten dazu!«

»Na!« Weniger schlug Richard mit seiner Schaufelhand auf die Schulter. »Herrn Kohler solltest du das nicht erzählen.«

»Ein idealistischer Intrigant«, erwiderte Richard. »Und als Arzt nicht mal schlecht.«

»Am schlimmsten sind die, die daran glauben, woran sie glauben. Und genügend Energie für die Zweifler aufbringen.« Weniger stieß den Daumen schräg nach oben. »Zweifellos habt ihr gelacht.«

»Wernstein ist die Kornzange aufgegangen, in der er den Bausch zum Desinfizieren hatte … Aber ich hab' noch einen. Der Generalsekretär steht an der Mole in Rostock und sieht beim Beladen der Schiffe zu. Fragt die Seeleute: Wo fahrt ihr hin? – Nach Kuba. – Was bringt ihr hin? – Maschinen und Fahrzeuge. – Womit kommt ihr zurück? – Mit Apfelsinen. Fragt die Seeleute eines zweiten Schiffes: Wo fahrt ihr hin? – Nach Angola. – Was bringt ihr hin? – Maschinen und Fahrzeuge. – Womit kommt ihr zurück? – Mit Bananen. Und die eines dritten Schiffes: Wo fahrt ihr hin? – In die Sowjetunion. – Was bringt ihr hin? – Apfelsinen und Bananen. – Womit kommt ihr zurück? – Mit dem Zug.«

Clarens wisperte: »Anfrage an Sender Jerewan: Zum sechzigsten Geburtstag der Oktoberrevolution soll eine neue Geschichte der KPdSU erschienen sein? – Antwort: Ja, sogar illustriert! Mit Radierungen von Breshnew!«

»Der ist gut! Den könnten wir mal ans Schwarze Brett beim Parteisekretär hängen!«

»Ich weiß auch einen.« Christian, der sich seinen Teller mit Obst, knusprig gebratenen Beef- und Lendensteaks, Brot und Reis vollgeladen hatte, mischte sich mit heißer Haut ins Gespräch. »Breshnew besucht die USA. Am Morgen des zweiten Besuchstages wird er von Präsident Ford gefragt, was er denn geträumt habe. – Ich habe vom Capitol in Washington geträumt, auf dem Dach wehte eine rote Fahne! – Merkwürdig, sagt Ford, ich habe vom Kreml-Palast geträumt, und auf dem wehte auch eine rote Fahne! Breshnew lächelt überlegen. – Die können Sie doch dort immer sehen! – Ja, aber auf der Fahne stand noch irgend etwas geschrieben. – Was denn? – Das weiß ich nicht, ich kann kein Chinesisch!«

»Achtung«, warnte Clarens. Müller kam, süßsäuerlich lächelnd, in der Linken einen Teller mit Schaschlikspießen und Pfirsichen. »Was gibt es denn, meine Herren? Darf man mitlachen?«

»Wir haben uns gerade einen neuen Witz erzählt, Herr Professor«, sagte Weniger in herausforderndem Ton. Müller hob die Brauen.

»Auf dem Alexanderplatz in Berlin wurde ein Bananenautomat aufgestellt. Steckt man oben eine Banane hinein, kommt unten ein Markstück heraus.«

Müller spitzte die Lippen. »Hm, ja. Nun, ich glaube doch, daß das eher kein so besonders guter Witz ist, meine Herren.« Müllers Mund wurde schmal, die Augen verengten sich. »Gewisse Kreise würde es freuen, wenn sie wüßten, daß es ihnen gelungen ist, so weit vorzudringen ... Und ich bedaure das um so mehr, als ich gerade auf Ihrem Teller, Herr Weniger, eine Banane sehe ...« Müllers Augen verengten sich zu schmalen Schlitzen. »Wir haben Verantwortung, meine Herren, und es ist leicht, sich an billigen Spöttereien über unser Land zu beteiligen ... Aber es ändert nichts, wissen Sie, es ändert nichts ... Und gerade Sie, meine Herren«, er schüttelte mißbilligend den Kopf, »– wir, wir sollten uns unserer Stellung bewußt sein. Ob mit oder ohne Bananen ... Und vor allem sollten wir«, er sagte »ßollten«, sprach leise und gedehnt, mit noch immer leicht schräggeneigtem Kopf, »die Spötteleien über einen großen Toten unterlassen, den unser Brudervolk verloren hat, meinen Sie nicht auch, Herr Kollege?«

Weniger schluckte und sah beiseite. »Natürlich, Herr Professor.«

»Freut mich, daß wir einer Meinung sind.« Müller lächelte zu-

vorkommend. »Übrigens, Herr Hoffmann – Ihre Frau ist eine ganz vorzügliche Köchin. Die Steaks und das Soufflé hat sie mit dem hiesigen Koch selbst zubereitet? Hervorragend, wirklich hervorragend. Ich habe ihr bereits meine Anerkennung ausgedrückt und sie gebeten, meiner Frau einige Rezepte zu verraten, vor allem das des Kirschkuchens heute nachmittag bei Ihnen. Vorzüglich!« Er ging langsam zu seinem Platz, sich dabei mit einigen Ärzten unterhaltend. Weniger und Clarens, blaß geworden, blickten ihm nach.
»Wie hältst du's bei dem bloß aus, Richard«, zischte Weniger durch die Zähne. »Falscher Hund, verfluchter.«
»Manfred.« Richard hob beschwichtigend die Hand.
»Ach was. Führt sich auf wie Graf Koks. ›Wir haben gesammelt, wir haben das Bild gekauft‹ – soll ich dir was sagen? Keinen Finger hat der krumm gemacht. Die Idee stammte von eurer Oberschwester, und dahintergeklemmt hat sich Wernstein. So sieht's aus. Der Herr Chefarzt hat dann, als die Sache Konturen bekam, alles unter seine Fittiche genommen.«
»Vergessen wir's«, sagte Clarens. »Lassen wir uns doch das schöne Essen nicht verderben.«
In Wenigers Gesicht zuckte es. »Ich hab' noch einen. Nu grade. Wie kann man mit einer Banane die Himmelsrichtung bestimmen? Auf die Mauer legen. Dort, wo die Banane abgebissen wird, ist Osten.«
Als alle saßen, brachte Müller einen Toast aus. Nicht nur Ezzo und Christian fielen mit Heißhunger über die Speisen her, die zu besorgen Anne und Richard in »Delikat«-Läden ein kleines Vermögen ausgegeben und sich Monate vor dem heutigen Tag gekümmert hatten. Und ohne den Bruder seiner Sekretärin, der Sonderkontingente Obst und Südfrüchte für die Versorgung von Berlin fuhr, hätte Richard Hoffmann nur die zwei in normalen Gemüseläden vorrätigen Apfelsorten bekommen können: braune, allzu saure Boskoop und grüne, allzu süße Gelbe Köstliche. Die Lendensteaks, das Gewiegte für Fleischklößchen und Beefsteaks und das Gulasch für die Schaschlikspieße hatte Richard, gegen einen der zwei Sätze Schneeketten, die ihm Alice und Sandor vor einigen Jahren geschenkt hatten, in der Fleischerei Vogelsang besorgen müssen. Das Restaurant der »Felsenburg«

hatte den geringsten Anteil am Büfett; allein Küche, Geschirr und Räumlichkeit waren für die Feier zur Verfügung gestellt worden.

Gegen acht Uhr brachen die meisten Gäste auf. Der offizielle Teil der Feier war vorüber. Frau Müller verstaute einige Rezepte, die Anne ihr hatte aufschreiben müssen, und versuchte ein Lächeln, das Christian wie die Bemühung um eine Korrektur vorkam. Adeling und der andere Kellner brachten Mützen und Mäntel, halfen den Frauen hinein. Man verabschiedete sich. Die Gäste, die noch blieben, nutzten die Unterbrechung, um sich ein wenig die Beine zu vertreten.
Die Tischordnung war nun aufgehoben. Einige Stühle wurden an den Ofen gerückt. Die überzähligen Gedecke wurden abgeräumt, die Blumen – Menos Rosen ein roter Magnet darin – neben den Geschenketisch gestellt.
Draußen half Christian seinem Vater und einigen Assistenzärzten Müllers Opel Kapitän anzuschieben und aus den Schneeverwehungen zu befreien. Der Professor selbst schob vorn, auf der Seite des Beifahrers. »Weniger Gas, Edeltraut, weniger Gas!« rief er, als die Räder durchdrehten.
»Herr Professor, wir schieben, Herr Oberarzt, geben Sie Kommando!«
»Früh gelernt, Herr Wernstein! Verantwortung delegieren!« rief Richard lachend zurück. »Ho-jupp! Eins – zwei – drei! Draußen ist er! Christian, paß auf, du stehst am Auspuff –«
Müller sprang in den Wagen, der Opel schlingerte davon.
»Ruhigen Dienst morgen, Manfred, tschüß, Hans, kommt gut nach Hause! Und schönen Dank noch einmal für alles.« Richard gab Weniger und Clarens die Hand, deren Frauen sich gerade von Anne verabschiedeten. Erstaunt stellten die beiden Männer fest, daß sie den gleichen Wintermantel aus dem VEB »Herrenmode« trugen.
»Die gab's am Dienstag, hat meine Frau mir mitgebracht!«
»Meine auch. Fünf Stunden Schlangestehen, eigentlich sollte ich den erst zu Weihnachten bekommen, aber der alte war hinüber.«
»Hans, wie kommt ihr nach Hause? Sollen wir euch mitnehmen?«

Clarens nickte erfreut.
Christian fror und ging hinein. Kurt Rohde, Meno und Niklas Tietze standen im Vestibül und hörten Herrn Adeling zu: »– von Kokoschka, ich versichere es Ihnen, ich irre mich nicht! Das Zimmermädchen, das die Herrschaften zu bedienen pflegte, hat es mir persönlich erzählt ... Sie hat ein Trinkgeldbüchlein geführt, darin waren die Ausgaben der Herrschaften verzeichnet, und ich habe selbst die Beträge des Herrn Professor gesehen, sie gehörten zu den höchsten! Es ist eine der Staffeleien des Herrn Professor, jawohl, er hat sie dem Hause zum Andenken an viele hier verbrachte Nächte vermacht, und selbstverständlich halten wir sie in Ehren, jawohl.« Er hob den Kopf und wippte auf den Absätzen, das kreidigweiße Serviertuch über dem Arm, blickte gestreng nach einem der jüngeren Kellner, die noch ab- oder umräumten.
»Interessant, interessant, was Sie uns da sagen.« Niklas hatte seine Shagpfeife hervorgezogen und stopfte sie mit Vanilletabak aus Menos Beutel. Streichhölzer flammten auf, auch Meno hatte sich eine Pfeife gestopft, nur rauchte er jetzt, wie Christian sah, nicht mehr die Kugelpfeife, sondern eine breit und kurz gebaute aus violettbraunem Holz. Kurt Rohde hatte sich einen seiner Sandblatt-Stumpen angezündet. »Und da haben Sie noch nie Schwierigkeiten bekommen? Ich meine, diese Staffelei ist doch sicherlich sehr wertvoll, und es gibt vielleicht Interessenten, die sie lieber anderswo sähen als hier bei Ihnen ...«, sagte Kurt Rohde, die Zigarre anpaffend. Adeling hob die Brauen und warf ihm einen mißtrauischen Blick zu. »Nein, bisher hatten wir noch keine Schwierigkeiten. Das Haus Felsenburg ist Ihnen für Ihre Diskretion sehr verbunden. Wenn Sie mich jetzt bitte entschuldigen würden...« Adeling flügelte davon.
»Hast schön gespielt, mein Junge. Komm her, drück' mich mal, wir haben uns ja noch gar nicht richtig begrüßt.« Christian umarmte den Großvater, der seinen Stumpen aus dem Mund genommen hatte und weit abhielt. Kurt Rohde war kleiner als sein Enkel, und Christian beugte sich etwas, bevor sein Großvater ihn auf die Stirn küßte. Er hatte die Stirn gerunzelt – nicht, weil es ihm unangenehm war, von seinem Großvater geküßt zu werden, sondern damit die Pickel in den Runzeln verschwanden. Der

vertraute Duft des Großvaters: die trotz seiner neunundsechzig Jahre noch dichten und vollen, schlicht zurückgekämmten, nur an den Schläfen weißen Haare und die Haut über dem kurzgeschorenen Vollbart rochen nach Kölnischwasser, der grobe Stoff des Anzugs nach Tabak und Naphthalin.

»Christian, Anne möchte, daß wir ihm das Barometer jetzt geben, wenn alle wieder drinnen sind«, sagte Meno zwischen zwei Pfeifenzügen. »Bist du so nett und bereitest es ein bißchen vor?«

Christian spürte, daß er störte, nickte und ging in das Restaurant zurück, wo Ezzo, Reglinde und Robert sich schon wieder am Büfett zu schaffen machten, Ezzo und Robert schmatzend und augenrollend vor Behagen.

»Wo ist eigentlich euer Uhren-Großvater?« fragte Reglinde kauend.

»Seit Emmy und er geschieden sind, gibt's eine Übereinkunft: Wo sie ist, will er nicht sein und umgekehrt.«

»Ach so. Hast du Ina gesehen?«

»Ist vielleicht mal austreten. Tolles Kleid hat sie an.«

»Haben wir in der ›Harmonie‹ geschneidert. Barbara hat uns natürlich geholfen.«

Christian sah die kleine Pelz-Schneiderei an der Rißleite vor sich, die von Wind und Wetter blättrig gewordene, verglaste Tür; es war Sitte, daß im Frühjahr und Sommer, wenn in der »Harmonie« die Winterlieferung eintraf, die Kinder des Viertels dorthin gingen, um nach Fellresten zu fragen, die bei der Verarbeitung abfielen. Die Fellreste wurden gesammelt, und wenn ausreichend zusammengekommen war, nähten die Mütter daraus warme Westen, Fäustlinge und Mützen.

»Eigentlich wollte sie es erst auf dem Semesterabschlußball in der Pädagogischen Hochschule anziehen. Die Ärzte drüben auf der anderen Tischseite haben ja ganz schön geguckt, hast du das gesehen?«

Christian zuckte die Achseln. Reglinde, die angehende Kantorin, erzählte ihm Neuigkeiten aus der Kirchenmusikschule, aber Christian hörte nur mit halbem Ohr zu; ihn fror noch immer, er steckte die Hände in die Taschen seines guten Anzugs, den Richard ihm geschenkt hatte, da er ihm zu eng geworden war; aber Christian nahm sie wieder heraus, als ihm einfiel, daß es unhöflich war, so dazustehen. Er war verlegen, Reglindes große, ausdrucksvolle braune Augen irrten aus seinem Blick, wenn er sie allzulange ansah, und seinen nachlässigen Scheitel, die Wirbel in seinem dunkelblonden Haar und, wenn er lächelte, die Grübchen in seinen Wangen streiften; seine Hautunreinheiten. Sie hatte die hohe, schön gewölbte Stirn Gudruns geerbt, auch die durchscheinend zarte, aber nicht blasse Haut mit den darin sichtbaren blauen Äderchen; Wangen- und Mundpartie von Niklas. Reglindes kastanienbraune, natürliche Kräusellocken, die sie kurzhielt, waren untypisch für die Tietzes, die wie die Rohdes alle ziemlich dunkles und glattes Haar besaßen; Robert, der bis auf die Augen äußerlich viel stärker nach den Rohdes kam als Christian, wurde von Außenstehenden für Ezzos und nicht Christians Bruder gehalten.

Reglinde spürte wohl seine Verlegenheit, bog das Gespräch ab und folgte Ina, die ihr von der Tür winkte.

Christian ging zum Tisch mit den Geburtstagsgeschenken. Meno hatte sich nicht nur an den Kosten für das Barometer beteiligt, sondern auch – dies also der Inhalt des Päckchens – eine Schallplatte geschenkt: Beethovens späte Streichquartette, eingespielt vom Amadeus-Quartett. Daneben lag die Gabe von Ulrich Rohde und seiner Familie, ein Buch: *Bier/Braun/Kümmell, Chirurgische Operationslehre, herausgegeben von F. Sauerbruch und V. Schmieden, Johann Ambrosius Barth, Leipzig, 1933*, las Christian, und dieses Geschenk, eine wohlerhaltene antiquarische Ausgabe mit vielen farbigen Abbildungen, kannte er. Stets hatte es einen Ehrenplatz in der Bibliothek des Onkels gehabt, denn es war die berühmte Ausgabe eines berühmten Buchs, noch dazu mit eigenhändigen Widmungen Sauerbruchs und Schmiedens versehen; Richard hatte es immer bewundernd und auch ein wenig neidisch in den Händen gehalten, wenn sie im Italienischen Haus zu Besuch gewesen waren. Ulrich Rohde besaß eine große Sammlung solcher Bücher.

Von Großvater Rohde hatte der Vater ein seltsames Geschenk erhalten: einen eiförmigen, etwa kopfgroßen Stein, der in der Mulde eines glattpolierten hölzernen Würfels aufrecht stand.

»Gib acht, wenn du es nimmst, es ist in der Mitte durchgesägt, siehst du?« hörte er plötzlich Meno neben sich sprechen. »Man

nennt es eine Druse oder auch Geode, es wird so im Berg gefunden. Sei vorsichtig, es ist wertvoll.«
Bläulich, purpurn und violett funkelnde Kristalle, dicht an dicht geordnete Prismen, wie Christian es vom Bergkristall kannte; manche bis kleinfingerlang und so exakt gebaut und klar, als hätte sie Menschenhand gefertigt.
»Das ist der Amethyst«, sagte Meno, in dessen Augen die bläulichen und purpurnen Lichtreflexe des Kristalls hin- und herhuschten.
Emmy hatte einen Anteil am Barometer übernommen, und vom Geschenk der Tietzes hatte Christian von Ezzo gehört, es lag zu Hause in der Karavelle: eines von Niklas' schönen vernickelten Stethoskopen aus St. Petersburg.
»Na, ihr beiden, was schaut ihr euch denn an? Meine Güte, Gudrun, und da heißt's, der arme Osten«, schaltete sich Barbara ein und klimperte mit den schrill lackierten Fingernägeln auf dem Tisch. »Wie findest du übrigens Inas Kleid? Wir haben den Schnitt aus einer von Wieners Zeitschriften genommen, was in unseren steht, kannst du getrost vergessen. Soll ich dir einen Termin bei ihm machen?«
»Ich war erst gestern beim Friseur, liebe Barbara. Bei Schnebel.«
»Gudrun, ganz ehrlich, das sieht man leider. Schick' doch mal Reglinde vorbei, sie hat fast Inas Maße, und niemand kann was gegen aufregendere Begräbnischoräle haben.«
»Der Erfolg eines Kleids ist der Heiratsantrag an die Frau, wie Eschschloraque in seinem neuen Stück sagt. Bißchen chauvinistisch, ich meine, um Gottes Willen, Barbara, aber wir spielen's gerade. Und Ina kommt ja bald in das Alter, wo Schultern frei riskant wird.«
Was Barbara überhörte. Sie hielt das Oldtimer-Buch in der Hand, das die Wolfsstein-Hoffmanns geschenkt hatten. »Richard und seine Basteleien … Na, enöff. Männer müssen beschäftigt werden, sonst kommen sie auf dumme Ideen. Das merke dir, Christian. Seid ihr vorhin bei Hans vorbeigekommen? Hin oder her, es ist der Fünfzigste seines Bruders, da ist es offen gestanden nicht die feine englische … enöff.«
»Iris hat angerufen«, sagte Meno. »Sie haben die Masern.«

»Was?!« Gudrun fuhr entsetzt zurück. »Und das sagst du mir erst jetzt? Die Masern! Das kann für Erwachsene … tödlich sein! Diese Viren, habe ich neulich gelesen, besitzen eine fürchterliche Ansteckungskraft! Und die sind ja dann auch an diesem Buch!«

»Muriel versichert, sie habe es nur mit Handschuhen angefaßt, und Hans hat es sogar desinfiziert«, beruhigte Meno.

»Muriel, dieses Träumerchen!«

Christian dachte an seine Cousine, die er still kannte und entschieden, aber nicht als »Träumerchen«. Die beiden Frauen entführten Meno. Christian nahm das Barometer aus dem Beutel und gab es Anne, die mit den anderen hereinkam. Er war gespannt, wie sein Vater das Geschenk aufnehmen würde und ob es neben der »Tauwetterlandschaft« würde bestehen können.

»O-ohr«, entfuhr es gleichzeitig Richard, Emmy und Ezzo, der sich an den Tisch gedrängelt hatte.

»Eigotthe! Das is ja ä Brungk-schdigg, mei Schunge«, Emmy schlug die Hände zusammen.

»Allerdings. Das ist es.« Richard strich vorsichtig über das Barometer. Schnitzwerk aus Eichenholz faßte die Mechanik und, darüber, ein Thermometer, auf dem eine Réaumur- und eine Celsius-Skala angegeben waren. »Aneroid-Barometer«, stand in Frakturschrift auf der weißen Skalierung der Federdose geschrieben, darunter der Name der Herstellerfirma: Oscar Bösolt, Dresden. Über dem Luftdruckzeiger befand sich eine Stellnadel zum Ablesen der Druckänderung. Das von Lange noch einmal nachpolierte und geölte Holz besaß einen satten Schimmer; alle wollten es berühren. Stilisierte Wasserpflanzen rahmten die Federdose und gingen am unteren Ende in zwei Delphine über, die ihre Schwänze kreuzten und deren Mäuler die pfeilartigen Pflanzenblätter verschluckten. Aus diesen Blättern wuchsen, das Thermometer in einer lyraähnlichen Figur einrahmend, zwei schlanke Stengel, die sich nach oben allmählich verdickten und ansatzlos wiederum in zwei Delphine übergingen, deren Leiber unter je einem Paar Binsen das Barometer links und rechts oben abschlossen. In der Mitte, über dem Thermometer, saß ein Vogel mit gebreiteten Flügeln; der Leib war wurmstichig, und von den hölzernen Federn waren hier und dort Stücke abgebrochen.

Meno erzählte, wie sie das Barometer entdeckt und schließlich erworben hatten. »Es gehörte dem Wirt, der im ehemaligen Vereinshaus der Elbefischer die Kneipe betreibt. Lange kennt ihn. Erst wollte er es gar nicht verkaufen, obwohl er doch annonciert hatte. Aber Lange hat vermittelt. Christian ist heute dort gewesen, und so haben wir es bekommen.«

»Aber – meine Guten, das hat doch ein Heidengeld gekostet, das könnt ihr doch nicht machen. Wieviel … Also, ich meine: Wieviel habt ihr bezahlt? Da lege ich was dazu, das ist doch selbstverständlich.«

»Das verraten wir nicht. Anne sagt, daß du dir schon immer ein schönes Barometer gewünscht hast. Na, hier ist es.«

»Meno …«

»Wir haben zusammengelegt«, unterbrach Anne. »Es ist ein Geschenk der Familie an dich. Jeder hat nach seinen Möglichkeiten gegeben, und wenn wir's ins Wohnzimmer hängen, ich hab' mir gedacht, an das Wandstück über dem Fernseher, haben wir ja schließlich auch alle was davon, nicht?«

Richard umarmte Emmy und Meno, küßte Anne, dann seine Söhne, die beide das Gesicht verzogen – es war ihnen peinlich vor all den anderen, vor allem vor Reglinde und Ina.

»Danke, meine Lieben. So ein schönes Geschenk … Ich danke euch allen. Und ich dachte an einen oder zwei Pullover, einen Schlips oder ähnliches … Ihr habt euch alle so in Unkosten gestürzt für mich …«

»Kommt, setzt euch«, sagte Anne. Meno packte das Barometer vorsichtig wieder ein, legte es auf den Geschenketisch zurück.

»Schönes Stück, feine Arbeit.« Niklas nickte anerkennend. »Jetzt weißt du immer, wie die Großwetterlage ist, Richard.«

»Tauwetterlandschaft?« fragte Sandor schmunzelnd, der sich bisher kaum an der allgemeinen Unterhaltung beteiligt hatte.

»Ja, das werden wir sehen.« Niklas wischte sich über den Rücken seiner mächtigen Adlernase, auf der man noch den rötlichen Abdruck der Brillenstütze sehen konnte. »Das werden wir sehen«, wiederholte er nickend und zog die Stirn in Falten.

Kleine Gesprächskreise bildeten sich. Ulrich und Kurt Rohde unterhielten sich leise, Emmy, Barbara und Gudrun hörten Alice zu; die beiden Mädchen hatten die Köpfe zusammengesteckt und tuschelten kichernd. Adeling, der als einziger Kellner im Raum geblieben war, brachte Wein, Radeberger und Wernesgrüner Pils, Margonwasser und Gläser; Anne Schalen mit Gebäck und Nüssen. Ezzo und Robert fachsimpelten über die letzten Spiele von Dynamo Dresden; Christian hörte den Männern zu, die, wie fast immer bei solchen Anlässen, über Politik sprachen. Besonders Richard war hier in seinem Element.

»Wenn man bedenkt, was dieser Andropow gesagt hat … Habt ihr das gelesen? Es stand ja groß und breit in allen Zeitungen … Natürlich wieder das übliche Blabla. Sandor, Alice, habt ihr Lust auf einen Schnellkurs in ›Wie schreibe ich drei Seiten Zeitung voll, in schmalrheinischem Format, ohne ein einziges klares Wort zu sagen‹? Das muß man sich alles herausklauben und zusammenreimen. Ich empfehle euch die Lektüre unserer Wurst- und Käseeinwickelpapiere namens ›Sächsische Neueste Nachrichten‹, ›Sächsisches Tageblatt‹ und, vor allem, ›Sächsische Zeitung‹!«

»Richard, nicht so laut«, dämpfte Anne ab, sich ängstlich umsehend.

»Versteh' schon. Habt ihr das gelesen?«

»War ja nicht zu übersehen«, brummte Niklas. »Aber ich tu' mir diese Bleiwüsten nicht mehr an. Immerhin ist mir aufgefallen, daß er weiter voran auf dem Kurs des XXVI. Parteitages schreiten will.«

»Hättest du was anderes erwartet?«

»Nee. In der Kapelle haben sie auch schon diverse Sprüche darüber gemacht, zum Beispiel, er hätte sagen sollen, weiter voran auf einem ganz anderen Kurs …«

»Und weg vom Hochprozentigen. Guckt euch die Typen an, die an Breshnews Sarg vorbeidefiliert sind. Die gedunsenen Gesichter! Alles Säufer, meine Hand dafür. Fünfundzwanzig Jahre Nachtdiensterfahrung. Sozialismus – kaputte Leber und Ösophagusvarizen. 'ne blutrote Fahne hat er ja schon.«

Anne griff nach Richards Arm. Er senkte die Stimme, so daß alle sich etwas vorbeugen mußten, obwohl er deutlich sprach, fast scharf.

»Ösophagusvarizen? Was ist das?« Reglinde wollte ablenken, Christian fand es doof, daß man aus Höflichkeit darauf eingehen mußte und daß dieses Eingehen wie Hereinfallen aussah, da Richard umständlich zu erklären begann.

»Ich habe mir auch die Mühe gemacht, das zu lesen. Ich finde interessant, daß sie nicht schreiben, daß Genosse Juri Wladimirowitsch Chef des Geheimdienstes war«, sagte Meno nachdenklich.

»Warum sollten sie auch? Schau mal, das versteht sich doch von selbst. Breshnew hat rund zwanzig Jahre regiert. Nun ist er tot. Wer soll der Nachfolger sein? Natürlich der, der das Land am besten kennt. Der Geheimdienstchef.«

»Paß auf, Richard, etwas leiser, wer weiß, ob nicht auch hier …« Anne warf einen mißtrauischen Blick auf Adeling und wehrte ab, als er eine Haltung einnahm, als wollte er sogleich einen Schritt vorwärts tun. »Nein, es ist nichts, ich möchte nichts, danke.« Sie schüttelte den Kopf. »Aber ihr? Vielleicht möchtet ihr …?« Sie sah in die Runde. »Es gibt noch Eis mit Früchten!«

»O ja!« riefen Ezzo und Robert gleichzeitig.

Adeling tupfte die Fingerspitzen zusammen, wippte auf den Absätzen und nickte Anne zu. Er und ein zweiter Kellner brachten das Eis.

»Aber sagt mal, Alice und Sandor«, murmelte Niklas mit Verschwörerstimme, wobei er den langen Eislöffel hob, auf dem ein pflaumengroßes Stück Pücklereis glitzerte, »– wie ist denn das nun mit Kohl? Wir hören doch bloß Lügen.«

»Ja … besser, würden wir sagen, nicht, Alice?« Alice blinzelte irritiert, als sie ihren Namen hörte, rückte an der Brille und nickte vage in Sandors Richtung. Emmy sprach gerade von ihren vielen verschiedenen Leiden und entwickelte dabei soviel bannende Beredsamkeit, daß Gudrun, Barbara und Alice völlig gefangen saßen. Gespannt hörten die Umsitzenden zu, wie Sandor, ein Mittvierziger mit olivbraunem Teint und stark ergrautem, aber vollem Haar, das in feiner Wellenlinie über die Stirn lief, von den Vorgängen im bundesdeutschen Parlament erzählte, die zum Mißtrauensantrag gegen Helmut Schmidt und schließlich zum Sturz des Kanzlers geführt hatten. Seit zwanzig Jahren lebten Alice und er in Südamerika, was dazu geführt hatte, daß Sandor beim Sprechen manchmal nach Worten suchen mußte und die harten, konsonantischen Pausen des Deutschen zwischen den

Worten kaum noch sprach, sondern die Wortenden aufweichte und durch ein Fugen-»Äh« miteinander verschmolz. Wohl niemand hätte ihn, weder von seiner Aussprache noch von seinem Äußeren her, für jemanden gehalten, der in Dresden geboren worden war.

»Euren Oberen-äh-wird die ganze Entwicklung natürlich nicht passen-äh-und-äh-ich denke-äh-daß Kohl die bisherige Politik der Annäherung-äh-die die Sozialdemokraten sich auf die Fahnen geschrieben haben-äh-radikal ändern wird ...«

»Hoffentlich«, ließ sich Niklas leise vernehmen und nickte bedeutsam. Seine linke Hand zuckte nervös, als er den Eislöffel mit der Rechten tief in die Erdbeerschicht des Pücklereises stach. »Einmal muß es ja ein Ende haben mit dem Wandel durch Anbiederung, den die Herren da drüben betrieben und über den Breshnew und Konsorten doch nur gelacht haben. Auf dem Bauch sind die vor den Russen und ihren Paladinen gekrochen, man hat sich ja geschämt! Wollten den Frieden bringen und Entspannung, ach du liebe Güte!« Niklas fegte einige Eistropfen weg, die bei der allzu entrüsteten Aussprache des »P« bei »Paladinen« vor der Schale gelandet waren.

»Weicheier, Niklas, alles Weicheier! Und Achtundsechziger, die irgendwelchen Traumtänzereien nachhängen, aber von der Realität keine Ahnung haben ... Sollen sie doch herkommen und hier bei uns leben, oder im schönen Moskau, wenn der real existierende Sozialismus so wunderbar ist! Aber das wollen die Herrschaften auch nicht, ganz so blind sind sie denn doch nicht!« Richard war die Zornesröte ins Gesicht gestiegen, er schlug sich mit der Hand mehrmals gegen die Stirn. »Die wollen die DDR anerkennen, allen Ernstes! Mit der Teilung müsse man sich eben abfinden, das sei eine historische Tatsache, und die DDR ein Staat wie jeder andere auch! Daß ich nicht lache! Dieser Staat, pfff, der nur dadurch legitimiert ist, daß die Bajonette der Russen ihn stützen! Der sofort, ich sage euch: so-fort! zusammenbrechen würde, wenn es wirklich einmal freie Wahlen gäbe ...«

»Richard, bitte.«

»Hast ja recht, Anne. Aber es regt mich nun mal auf. Diese windelweiche Politik ... gegen diese Betonköpfe! Reagan macht es

richtig, der gibt sich keinen Illusionen hin, die Russen verstehen nur eine harte Sprache … Totrüsten.«
»Aber – Richard, totrüsten … und wenn nun einer durchdreht und auf den roten Knopf drückt? Ist dann das, was Reagan macht, richtig – auch um diesen Preis?« Meno stocherte nachdenklich in seinem Eisbecher herum. Reglinde, Ina, Ezzo und Robert, die solche Gespräche aus vielen Zusammenkünften schon kannten, unterhielten sich, ohne auf den Gang des Disputs zu achten. Emmy war inzwischen bei ihrer Hüftoperation angelangt, die sie aber der geduldigen Gudrun allein erzählte, während Alice den Rohdes, die sie noch nicht gesehen hatten, Fotos ihrer vier Söhne und von der letzten Urlaubsreise zeigte.
»Jaja, roter Knopf, das ist immer das Argument, das in unserer verlogenen Presse steht. Weil sie Angst haben, schreiben sie das. Die spüren ganz genau, daß ihnen die Puste auszugehen beginnt. Was sind die vier Hauptfeinde des Sozialismus? Frühling, Sommer, Herbst und Winter. Oder was glaubt ihr, warum die es immer wieder für nötig halten, die Steigerung der Arbeitsproduktivität anzumahnen … Ohne Konkurrenz geht nichts, das ist meine Rede.«
»Aber Richard, du wirst doch nicht bestreiten wollen, daß, je mehr gerüstet wird, je mehr Waffen es gibt – und die gibt es ja hier bei uns, hier werden die doch stationiert, all die Raketen –, desto höher ist das Risiko eines Krieges! Wo es keine Waffen gibt, ist auch ein Krieg nicht möglich. Das kannst du doch nicht wegdiskutieren!«
»Ach was, Krieg.« Richard machte eine wegwerfende Handbewegung. »Davon rede ich ja gerade, Meno. Glaube doch nicht, daß den einer wirklich will. Sind doch alles keine Idioten. Zwischen Aufrüstung und Krieg wird immer eine Parallele gezogen von unseren Medien. Und umgekehrt zwischen Abrüstung und Frieden. Das Paradoxe ist aber – der Mensch ist offenbar aus so krummem Holz geschnitzt –, daß er die Fingernägel zum Augenauskratzen nimmt, wenn er sonst keine Waffen hat. Hat er dagegen Raketen, und weiß er, daß der feindliche Stamm da drüben hinter dem Palisadenzaun ebenfalls über Raketen verfügt – gibt er Ruhe und geht sein Feld bestellen. Komisch, aber wahr.«

»Na, entschuldige, aber das ist nicht wahr, sondern Unsinn, Richard.« Meno runzelte die Stirn und schüttelte den Kopf. »Keine Waffen – kein Krieg, dabei bleibt es. Fingernägel wären ja, um in der Terminologie zu bleiben, auch Waffen, beziehungsweise würden als solche eingesetzt. Das möchte ich doch festhalten. Im übrigen wundert es mich, daß gerade du, als Arzt, als Chirurg, dem Aufrüsten das Wort redest –«

»Moment. Ich rede der Menschlichkeit das Wort. Und ich überlege mir, welche die beste Methode ist, aus einem unmenschlichen System herauszukommen. Diese Systeme haben ihre eigenen Gesetze … Einmal installiert und gefestigt, kehren sich darin die Prinzipien des gesunden Menschenverstandes um! Man wird Diktatoren nicht dadurch los, daß man sich mit ihnen lieb Kind oder gar gemein macht. Dieser Menschentyp kennt und anerkennt nur ein einziges Gesetz: Das des Zwangs, mein Lieber!«

»Aber Aufrüstung erhöht die Kriegsgefahr, ich wiederhole mich, und wo die Kriegs*gefahr* erhöht ist, da ist auch die Gefahr erhöht, daß einmal wirklich etwas passiert, das wirst du doch nicht in Abrede stellen … Eine Rakete, die auf uns zumarschiert, macht allen Diskussionen ein Ende! Willst du das – als Arzt?«

Richard geriet in Hitze. »Als politisch denkender Mensch, lieber Schwager! Der seinen Verstand und seine Beobachtungen nicht dadurch ablegt, daß er einen weißen Kittel trägt!«

»Was mich beunruhigt«, warf Ulrich ein, der sich neben Christian gesetzt hatte und wohl die Wogen etwas glätten wollte, »ist das, was Tschernenko und Andropow so ziemlich in der Mitte ihrer Reden gesagt haben. Den Frieden könne man von den Imperialisten nicht erbitten, sondern nur verteidigen, indem man sich auf die starke Macht –«

»– unüberwindliche«, unterbrach Niklas und hob den Eislöffel, »unüberwindliche Macht! Ich habe mir das im ›Tageblatt‹ angestrichen!«

»Nun, dann so. Also unüberwindliche Macht der sowjetischen Streitkräfte stützt. Klingt ziemlich militant. Das beunruhigt mich.«

Siehst du, da hast du's, schien Richards triumphierender Blick, den er Meno zuwarf, sagen zu wollen. Sein Eisbecher war bereits

leer, obwohl er eine große Portion gegessen und mehr gesprochen als sich auf den Genuß der Eiscreme konzentriert hatte. Christian argwöhnte, daß sein Vater in der Hitze der Rede gar nicht bemerkte, was er aß. Richard schwenkte den Löffel. »Was das heißen soll, ist ja auch glasklar. Daß wir natürlich weiter an der kurzen Leine Moskaus hängen werden und daß keine Lokkerung eintreten wird, im Gegenteil. Ich habe die beiden Reden genau gelesen. Übrigens, Meno, stimmt es nicht, daß sie nicht schreiben, daß Andropow Geheimdienst-Chef war. Zwischen den Zeilen schreiben sie's nämlich doch. Tschernenko sagte, laßt mich mal kurz überlegen … ja. Juri Wladimirowitsch habe Erfahrungen aus vielseitiger Tätigkeit in der Innen- und Außenpolitik auf dem Gebiet der Ideologie. Auf dem Gebiet der Ideologie, ich bitte euch, was heißt denn das? Innenpolitik und Außenpolitik, wenn man die beiden Begriffe zusammenzieht, sehe ich doch drei dicke kyrillische Lettern leuchten, K, G und B … Außerdem sagt Tschernenko, daß Andropow bei der Festigung der sozialistischen Gemeinschaft und bei der Gewährleistung der Sicherheit – Meno, was meinst du als sprachsensibler Mensch eigentlich zu diesen ewigen Genitiven –, der Sicherheit unseres Staates eine große Arbeit geleistet habe … Na, und wo kann er die denn wohl geleistet haben, bestimmt nicht im Kolchos … Ich sage euch, nicht einen Millimeter wird dieser Andropow vom Dogma abrücken! Und Tschernenko?«
»Er sagt, daß alle Mitglieder des Politbüros der Ansicht sind, daß sich Juri Wladimirowitsch den Leitungsstil Breshnews gut angeeignet hat«, antwortete Christian. Die Erwachsenen sahen ihn erstaunt an. »Wir haben die Artikel in der Schule durchgenommen, in Staatsbürgerkunde. Allerdings«, er mußte lächeln, »ohne eure Schlußfolgerungen.«
»Die bleiben auch hübsch unter uns, Christian, hörst du?« mahnte Anne leise.
»Ja, genau. Gut angeeignet, so hieß es. Mit einem Wort: Beton! Und wenn ich lese, was dieser Andropow noch sagt, wie war das, na, so etwa: Jeder von uns weiß, welchen unschätzbaren Beitrag Leonid Iljitsch Breshnew zur Schaffung – zur Schaffung, meine Güte, immer diese Substantivierungen in diesen Schriebsen, manchmal hat man den Eindruck, daß die das absichtlich ma-

chen, um die Leute vom Weiterlesen abzuhalten, und im letzten Drittel verpacken sie dann das, worauf's ankommt …«

»Das ist mir auch sauer aufgestoßen, Richard, sehr sauer, ich weiß, was du meinst!« Niklas nickte empört. »– zur Schaffung jener gesunden, moralisch-politischen Atmosphäre geleistet hat, die heute das Leben und Wirken der Partei kennzeichnet … Das ist doch der Gipfel an Zynismus, wenn man mal von Mielkes Aufruf an die Genossen von der Stasi absieht, der wahrhaftig den Vogel abschießt, Tschekisten redet er sie an, Tschekisten, es kommt einem ja hoch dabei; das ist Rechtfertigung der Lager …«

Die politische Diskussion ebbte bald ab, da Anne, die bemerkte, daß die Spannungen zunahmen und Richard sich immer weiter hineinsteigerte, Niklas und Meno ein Zeichen gegeben und das Gespräch in andere Bahnen gelenkt hatte. Außerdem, sah Christian, mißfiel es ihr als Gastgeberin, daß es drei oder vier Gesprächsgruppen gab, die völlig aneinander vorbeiredeten. Also mußte Alice die Fotos noch einmal hervorholen und Sandor noch einmal von den Galápagosinseln erzählen, wo sie per Schiff gewesen waren; Niklas danach von der Tournee der Staatskapelle Dresden nach Westdeutschland, die er hatte als Vertrauensarzt begleiten dürfen.

»Großer Erfolg, großer Erfolg … und die Fressalien, die die für uns arme, ausgehungerte Zonis aufgebaut hatten … Da haben wir wieder mal gesehen, was für eine durch und durch de-ka-den-te Gesellschaft der Imperialismus ist, und wie prächtig er stirbt …« Niklas winkte ab und schloß auf Detailfragen hin nur die Augen, um ein waschecht dresdnerisches »Oooch«, einen Laut der Bewunderung und Überwältigung bei gleichzeitigem Wissen um die Beschränktheit hiesiger Gastronomie, zu hauchen und noch mals abzuwinken. »Aber, meine Lieben, was ihr heute abend auf die Beine gestellt habt, das macht euch hier so schnell keiner nach, und wenn er der Chef des VEB ›Delikat‹ persönlich ist!«

Dann sprach Niklas über die »Entführung aus dem Serail«, die kürzlich im Großen Haus aufgeführt worden war. Hier war er ganz in seinem Element, erzählte ausführlich und anschaulich, ahmte die Gestik des japanischen Dirigenten nach, der nach

Meinung der meisten Kapellmitglieder das tödliche Verdikt eines »Ahnungslosen« verdiente; gab Anekdoten zum besten, die im Theater kursierten. Eis und Nachtisch waren verschmaust; alle waren vom genossenen guten Essen, der Geselligkeit und von Niklas' Erzählungen erheitert. Gegen elf brach man auf.

Die übriggebliebenen Speisen und Getränke wurden zusammengepackt.
»Ich mache Regine und Hansi ein Extrapäckchen zurecht, sie werden Hunger haben.«
»Ja, gut, Anne. Ich kümmere mich um die Geschenke.« Richard ging zur Staffelei. Meno half Anne und Adeling beim Einpacken der Speisen. »Wie geht es Regine?«
»Nicht gut, glaube ich. Sie sagt das zwar nicht; aber sie sieht schlecht aus. Die schikanieren sie, und Hansi wird in der Schule auch schikaniert.«
»Wie lange wartet sie schon?«
»Seit heute morgen um neun. Als ich wegging, so gegen fünf, war noch kein Anruf gekommen, und als Richard ging, auch nicht. Bestimmt hat es inzwischen nicht geklappt, sonst wäre sie hergekommen.«
»Wie soll ich das mit dem Aufschnitt machen? Hast du Einwickelpapier?«
»Warte.« Anne ging zu Adeling, der nach draußen verschwand und kurz darauf mit einer Rolle Butterbrotpapier wiederkam.
»Wie lange ist Jürgen schon fort?«
»Zweieinhalb Jahre. Schrecklich. Wenn ich mir das vorstelle, Mo, Richard wäre drüben in München oder Hamburg, und ich säße hier allein mit den Kindern … Nein, ich will gar nicht an so was denken.«
Draußen war es schneidend kalt geworden. Die Luft schien mit Sandpapierfingern an die Wangen und Nasenspitzen zu greifen. Es hatte zu schneien aufgehört. Lichtzelte hingen über den Kreuzungen, nur dort brannten noch Laternen; die Wege lagen dunkel, an einzelnen Stellen vom schwachen Mondlicht gestreift; die Häuser waren schwarze, gläsern konturierte Blöcke. Meno stützte Großmutter Emmy und trug in einer Tasche den größten Teil der Geschenke; Richard, der neben Anne ging, trug das Bild; sie

das Barometer; Christian sein Cello; Tietzes waren etwas voraus, alle mit einem Beutel oder einer Tasche mit eingepackten Speisen über der Schulter.
»Na, kleine Krankenschwester, die mich gesundgepflegt hat?« neckte Richard seine Frau. »Wie rot du geworden bist!«
»Und er hat sich noch zu mir hin verbeugt, dein wohlinformierter Herr Professor Müller! Er hätte sich ja vielleicht bei dir erkundigen können, wie die Dinge liegen, ehe er diese Schwester Hannelore auf deiner Geburtstagsfeier, vor einem Halbhundert Leuten, mit mir verwechselt! Wie hätte ich denn damals schon Schwester sein können?« Anne schüttelte entrüstet den Kopf. »Noch nicht einmal Schwesternschülerin bin ich zu dem Zeitpunkt gewesen, und schon gar nicht in Halle!«
»Er hat es doch nett gemeint, als Kompliment.«
»Nett, Kompliment – ach, geh mir mit deinem Kompliment ...« Anne stieß zornig einen Schneeball beiseite, der im Weg lag.
»Wie du dich ärgerst! Komm mal her, du kleiner Käfer!« Richard packte sie, gab ihr einen Kuß.
»Paß auf mit dem Bild ... Und nenn' mich nicht ›du kleiner Käfer‹ – du weißt ganz genau, daß ich das nicht leiden kann ... Natürlich ärgert es mich! Bauchschmerzen soll er kriegen von dem vielen Kuchen, mit dem er sich vollgeschlagen hat!«
Anne sah zu den Kindern, die auf der Straße liefen und einander lachend mit Schneebällen bewarfen. Hinter Anne und Richard gingen, in einigem Abstand, Emmy und Meno, dann Kurt Rohde mit Barbara und Ulrich; Alice und Sandor folgten.
»Richard, ich bitte dich um eines: Du darfst nicht so offen reden vor so vielen Leuten, von denen wir manche gar nicht näher kennen. Wir wissen ja, wie Tietzes denken, oder Meno. Aber du weißt, daß Ulrich in der SED ist.«
»Na, warum wohl. Weil er sonst nicht Direktor geworden wäre. Er ist doch nicht aus Überzeugung eingetreten. Er hat doch auch Augen im Kopf und seine fünf Sinne beisammen.«
»Trotzdem. Du hast eine Neigung, immer lauter zu werden, wenn du dich in ein Thema hineinsteigerst. Kannst du für jeden deiner Kollegen die Hand ins Feuer legen? Siehst du.«
»Müller hat gefährlich reagiert auf einen Witz, den Manfred gerissen hat. Wir standen am Büfett; Christian hatte gerade einen

über Breshnew erzählt. Da kam Müller an und ließ einen strammen Spruch ab – daß es unangebracht sei, über einen großen Toten zu lästern, den unser Brudervolk verloren habe, und daß wir uns unserer Stellung bewußt sein müßten, und ähnliches Zeug.«

»Siehst du, das ist es, was ich meine. Und er stand weit entfernt, ich habe euch beobachtet. Du mußt an solche Sachen denken, Richard, versprich mir das! Beiß dir auf die Zunge! Du ermunterst ja Christian geradezu, und du weißt, wie er ist. Daß er nach dir kommt in dieser Hinsicht. Der Junge muß doch denken, wenn der Vater sich das getrauen kann, dann darf ich das auch.«

»Glaube ich nicht, daß er das denkt. Du unterschätzt ihn. Aber du hast recht. Es geht immer wieder mit mir durch. Ich bin eben nicht so ein Taktierer und Schleimer, und ich will auch meine Jungs nicht so erziehen, herrgottnochmal!« preßte Richard wütend hervor.

»Fluche nicht so. Weißt du, um Robert habe ich da nicht solche Angst. Er ist da ruhiger und irgendwie … klüger. Sagt in der Schule, was die dort hören wollen, denkt sich sein Teil, geht nach Hause und schaltet um. Aber Christian … So etwas darf nicht passieren, Richard, daß dein Chef mitbekommt, daß Christian einen Witz über Breshnew macht, noch dazu jetzt, wo er kaum einen Monat tot ist, und die sowieso nicht wissen, wo ihnen der Kopf steht, und auf alles überempfindlich reagieren … Das weißt du doch! Und Christian weiß es auch! Aber manchmal habe ich wirklich das Gefühl, gegen Wände zu predigen. Und dabei weißt du noch nicht einmal, ob in diesem Restaurant nicht überall Wanzen stecken …«

»Worauf du dich verlassen kannst.«

»Und warum verhältst du dich dann nicht entsprechend? Ich habe dich doch noch heute nachmittag beiseite genommen, und Christian gestern! Aber ich kann reden wie ein Buch, es nützt nichts! Der Junge ist alt genug, sagst du, aber wenn du und deine Freunde ihn so ermuntert … Meine Güte, er ist doch erst siebzehn, er muß sich ja geradezu herausgefordert fühlen, wenn er euch zuhört … Ich glaube nämlich, daß er doch noch nicht alt genug ist, um solche Situationen voll einschätzen zu können.«

»Stimmt schon, Anne. Ich hätte vorsichtiger sein sollen. Ach … Immer dieses Geducke und Gebiege …«
»Es wird nicht anders vom Schimpfen.«
»Dieser Müller … Ich hab' deutlich gemerkt, daß er innerlich gekocht hat und nur deshalb nicht lauter geworden ist, weil er Gast auf unserer Feier war. Manfred muß auch aufpassen. Ich weiß zwar, daß sein Chef und Müller sich nicht ausstehen können, aber … Genosse ist Genosse, und wenn es Spitze auf Knopf steht, hackt eine Krähe der anderen kein Auge aus. Ach, Anne. Da lebt man nun schon dreiunddreißig Jahre in diesem Staat, und hat immer noch nicht gelernt, wann es Zeit ist, den Mund zu halten.«
Anne sah ihn an, drückte seinen Arm.
»Genau dafür liebe ich dich ja. Na, komm. Jetzt können wir's auch nicht mehr ändern.«
Richard spürte, daß sie bedrückt war, und wollte das Thema wechseln. »Du, wie machen wir's eigentlich mit dem Schlafen? Ich hab' mir gedacht, Alice und Sandor bleiben im Kleinen Zimmer –«
»Das haben wir schon längst geklärt, mein lieber Mann.« Sie schüttelte belustigt den Kopf. »Wie zeitig euch Männern solche Dinge immer einfallen, da kann man nur staunen. Wenn man euch das überlassen würde, wäre das Chaos bald da. Alice und Sandor müssen mit Kurt im Kinderzimmer schlafen, und morgen ziehen sie dann wieder ins Kleine Zimmer um. Im Wohnzimmer Regine und Hansi, und im Kleinen Zimmer Emmy. Deine Mutter muß allein schlafen, außerdem kannst du ihr nicht die harten Sofas im Wohnzimmer zumuten. Regine und dem Jungen macht das nichts aus. Und sie haben dort das Telefon, falls der Anruf sehr spät kommt. He, Robert, Ezzo, hört mal auf damit, fast hättet ihr uns getroffen! Ich möchte nicht, daß etwas kaputtgeht, habt ihr gehört?«
»Jaja!« riefen die beiden fröhlich und fegten sich gegenseitig Schnee von den Mauerkronen in die Gesichter.
Christian dachte über Regine nach, mit der seine Eltern befreundet waren. Jürgen Neubert, Regines Mann, war vor zweieinhalb Jahren nach München geflüchtet. Seitdem konnten sie einander nur in Prag sehen, einmal im Jahr, nach großen Schwierigkeiten,

Jürgen immer in Angst, verhaftet zu werden. Regine war nach ihrem Ausreiseantrag das Telefon gesperrt worden. Um mit Jürgen sprechen zu können, mußte sie Annes und Richards Anschluß benutzen. Die Freigabe des Gesprächs konnte morgens um vier Uhr geschehen; man wußte nie vorher, wann, deshalb hatte Anne für Regine und ihren Sohn vorsorglich die Betten bereitet.

»So«, murmelte Richard vor dem Haus Karavelle und zog den Schlüssel aus der Manteltasche. Im Wohnzimmer, dessen mit Schwibbögen geschmückte Fenster von der Straße zu sehen waren, brannte Licht. Das war das Zeichen, daß Regine noch immer auf den Anruf ihres Mannes wartete.

6.
»Frieh-stick«

Morgengrau kauerte im Fenster, als Christian erwachte. Er lauschte: Im Haus war es still; aber er wußte, daß Meno es liebte, früh aufzustehen und die Laudes, wie er mit den Mönchen die Stunde zwischen fünf und sechs Uhr nannte, am Werk oder meditierend, in der allmählich fortgelöschten Dunkelheit der vom Abend noch leidlich warmen Stube, zu verbringen. Im Sommer sah Meno auf dem kleinen Balkon der Rückkehr des Gartens zu, wie die Äste und Blumen von Frühröte eingefaßt wurden, Langes Birnbäume noch dunkel, die Früchte noch nicht aus dem Tagdämmer gelöst; sah zu und mochte lauschen, wie er, Christian, jetzt lauschte. Menos russischer »заря«-Wecker tickte rostig. Die Leuchtstreifen unter den Ziffern und auf den Zeigern phosphoreszierten schwachgrün. Es war kurz nach sieben Uhr. Christian stand auf, zog sich den Bademantel über, den Anne bereitgelegt hatte. Der Kanonenofen war über Nacht erloschen, das Zimmer so ausgekühlt, daß der Atem rauchte. Am Fenster hatten sich Eisblumen gebildet. Im Bad sah er Licht; er hörte Libussa eines ihrer böhmischen Volkslieder singen; ihre Stimme bekam, wenn sie sang, einen eigentümlich mädchenhaften Klang. Im Flur war es noch kälter als in der Kajüte, auf den Kohlenschütten knisterte Frost; er lief ins Zimmer zurück, ruderte mit den Armen, machte Kniebeugen, dann Boxübungen gegen einen unsichtbaren Gegner. Der nahm vor seinem inneren Auge die Züge des Russischlehrers an, dann, nach einem Volltreffer, die roten und gedunsenen des Staatsbürgerkundelehrers, Punch, linke Gerade, rechte Gerade, Schwinger, jetzt setzte es eins auf die immer ein wenig offenstehenden, wulstigen Lippen, die von einer rotgeäderten Krugnase überwölbt wurden – es klopfte. »Krischan«, hörte er von draußen Libussa rufen, »kannst ins Bad, Frühstück«, – sie sagte »Frieh-stick« – »gibt's im Wintergarten, hörst du.«

Kri-schan. So nannte ihn Libussa; er hörte es gern. Der Staatsbürgerkundelehrer war unter der Wucht seiner Hiebe zerplatzt. Christian keuchte, riß das Fenster auf. Über Nacht hatte es weitergeschneit, der Garten, der unter dem Fenster jäh abfiel, lag unter einer dicken Weißdecke; das Gartenhaus, in dem Meno sommers oft schrieb, manchmal auch schlief, sah aus wie mit Zuckerguß bedeckt, die Sandstein-Brüstung links und rechts davon, die den oberen Teil des Gartens vom unteren, wilder belassenen, trennte, ragte nur wenig aus dem Schnee. Auf der Brüstung saß ein steinerner Adler, die Flügel, feingemeißelt und elegant gebreitet, schienen jetzt je einen Stoß zusammengelegter weißer Frotteetücher zu tragen. Frische Tierspuren durchzogen den Schnee. Eine Schar Krähen machte sich auf dem mächtigen Holzstoß zu schaffen, den Meno, der Schiffsarzt und Menos unmittelbarer Nachbar, der Ingenieur Dr. Stahl, im vergangenen Herbst aufgeschichtet hatten. Vor den Rhododendronbüschen, die den linken Teil der Brüstung fast gänzlich verdeckten, hingen Meisenringe an einigen Wäschestangen; dort zankten und schwirrten zahlreiche Vögel. Er schloß das Fenster, ging ins Bad.

An Wochenenden wurde im Tausendaugenhaus gemeinsam gefrühstückt. Die gesellige Libussa hatte den Brauch eingeführt. Semmeln, Butter, Milch und Marmelade wurden reihum besorgt, sommers wurde oft im Garten gegessen, im unteren Teil, an einem Tisch, der inmitten wildromantischen Heckengewirrs stand, fremden Blicken unzugänglich; eine verwitterte Stiege führte dorthin.

Das Wasser schoß in einem brühheißen Strahl in die Wanne

mit den Löwenfüßen. Die Emaillierung hatte feine Risse. Auf den Fugen zwischen den Kacheln, an der Decke mit den blätternden Farbschichten, auf dem graugelaugten Holz des Fensterbretts zeigten sich Spuren des Schwarzen Schimmels, nie ganz zu besiegender Eindringling aller Häuser hier oben, die Christian kannte; man konnte lüften, Vernichtungsmittel pinseln und Bleiweiß oder Bootslack darüberstreichen, wie man wollte.

Das Bad stand bald unter Dampf. Er füllte Wasser in den Badeofen nach, dachte an den Wintergarten. Wenn Christian etwas darüber und über das Tausendaugenhaus andeutete: abends, wenn die Hausaufgaben erledigt waren, im Internat, wenn sie auf der Stube zu dritt beisammensaßen und man sich vom Erzählen nur schwer ausschließen konnte, vom Wer-bist-denn-du- und Wo-kommst-denn-du-her-Fragen, erntete er ungläubige Blicke, manchmal auch unverhohlenen Zweifel. Er spürte das schnell und bog dann immer schon vor den eigentlich träumerischen und märchenhaft klingenden Erwähnungen ab, sagte nichts von der Karavelle, von Ostrom, verschwieg Menos Bezeichnung für das Haus, in dem er wohnte und in dem, zu erreichen über Langes Wohnung sowie über eine hinter der Salamandertapete im unteren Flur verborgene Wendeltreppe, es einen Raum mit schräg einfallendem Oberlicht und Schachbrettfliesen gab, den die Langes, wie schon die Familie des ursprünglichen Besitzers, als Wintergarten nutzten. – Bei der Wohnungsnot, hör mal, das willst du uns doch nicht im Ernst erzählen. Hat denn dein Schiffsarzt keine Zuteilung, hörte Christian, der aus dem Bad wieder in die Kajüte gegangen war und sich jetzt mit dem Anziehen beeilte, so scharf biß die Kälte, die Stimmen seiner Mitbewohner in der Internatsstube in Waldbrunn. – Er nicht, aber mein Onkel hat. Teilt sich die untere Wohnung mit einem Ingenieur und seiner Familie, mein Onkel hat ein größeres Zimmer und zwei kleinere. Es ist eine alte Villa, um die Jahrhundertwende erbaut von einem Seifenfabrikanten; damals war das ganze Haus eine einzige Wohnung, ganz oben gab es einige Dienstmädchenkammern; er konnte ja nicht ahnen, daß er mal enteignet werden würde. Sonst hätte er vielleicht vorgesorgt für die Bedürfnisse der Kommunalen Wohnungsverwaltung. – Nanu, ein kleiner Spötter, unser Dresdner. Das hatte Jens gesagt, der in der 11/2, Christians Klasse, in der Fensterreihe ganz vorn saß, Sohn des Altenberger Praktischen Arztes Ansorge, etwas kleiner als Christian, die Haare zu einer leicht verwilderten Frisur gefönt, und hatte dabei verschwörerisch gegrinst und sich genießerisch an der mächtigen Schnabelnase gezupft. Das sollte heißen: Mach mir nichts vor. Alles klar. Manchmal beobachtete ihn Jens im Unterricht; sie saßen auf gleicher Höhe, Christian aber allein in der Türreihen-Bank, er spürte den Blick aus Jens' blauen Augen, der forschend und herausfordernd offen über sein Gesicht glitt, über die Kleidung, die er trug, über die vom Vater geerbten Schweizer Bergschuhe.

Christian war schon an der Treppe, er wollte durch die Tapetentür in den Wintergarten gehen, um nicht bei den Langes klopfen zu müssen; aber Libussa kam gerade aus der Küche, wo sie Semmeln aufgebacken hatte, der ganze Flur duftete danach. »Krischan, komm nur gleich durch, und hilf mir mal die Sachen rübertragen, weißt du, wo alles steht, das Salz rechts im Hängeschrank.« Libussa nickte ihm zu, den Semmelkorb in den Händen, das Haar zu einem Knoten gebunden. »Es ist offen, aber mach zu hinter dir, sonst geht die Wärme raus.«

Christian nahm das Tee-Tablett. In Langes Wohnung roch es nach Vanilletabak, das Knasterarom schien tief in die vergilbte Blumentapete des Flurs und die verschossenen Vorhänge gedrungen zu sein, die vor den Türen zusätzliche Abdichtung gaben. Christian neigte den Kopf, als er durch den Holzkugelvorhang trat, der einen kleinen Vorflur abtrennte: Hier gab es ein Schuhregal, Schlüsselhaken, ein Hutgestell, auf dem mehrere von Libussas großen Hutschachteln standen. Der Schiffsarzt trat eben aus der Wohnzimmertür, den Aschkasten in der Hand, blinzelte hinter seiner Hornbrille, als er Christian sah; aber nicht aus Überraschung, ihn in seiner Wohnung zu sehen, denn er stieß mit seiner tabakrauchigen Stimme sofort hervor: »Hat's geklappt, hat's geklappt, ist dein Vater zufrieden?« Er sagte: dein Vadder; das »r« ließ er im Gaumen verschwinden: Lange stammte aus Rostock. »Sehr sogar.« Christian sagte guten Morgen, etwas verlegen, denn Lange stand in einem seltsamen Aufzug vor ihm: Über gestreiften Pyjamahosen trug er ein Wollsakko, aus dessen Brusttasche eine Zigarre lugte. – »Na denn man tau, min Jung, und schöne Grüße.« Lange suchte murmelnd nach einem Schlüssel am Bord, das Ziegenbärtchen an Kinn und Oberlippe, das im Gegensatz zum stark mit Grau durchmischten, immer etwas wirrsträhnigen Haupthaar sein Dunkelblond bewahrt hatte, hüpfte dabei auf und ab.

Die Teetassen dampften, waren auch schwer, der Daumenballen berührte die heiße Kanne; trotzdem ging Christian nicht sofort in den Wintergarten, sondern warf gierige Blicke auf die Bilder an den Wänden, Fotografien meist von Schiffen, auf denen der Schiffsarzt gefahren war: das stolz und hoch getakelte Vollschiff Oldenburg – »war ja man 'n gutes Schipp«, pflegte Lange, wenn Christian sich bei Besuchen erkundigte, zu knarren, mit scharf zusammengekniffenen Augen, das Kinn reckend, Rauchpüffe aus der fragezeichenförmig nach unten hängenden Pfeife ausstoßend; Passagierschiffe der Hamburg-Amerika-Linie; dann, im Krieg, die Zerstörer, dräuende graue Eisenkästen. Häfen, die Torresstraße, die felsige Küste Patagoniens, aufgenommen von einem Schiff der Salpeterlinie der Reederei Laeisz; eine U-Boot-Besatzung im II. Weltkrieg, das Boot vor einem Schlachtschiff mit winkenden Matrosen aufgetaucht, die Luken waren geöffnet, die Besatzung an Deck angetreten; über den bärtigen Gesichtern flatterten Wimpel mit den Zahlen versenkter Bruttoregistertonnen. Der Kapitän hielt die Hand nachlässig, ein wenig skeptisch, wie es Christian schien, zum Gruß an der weißen Tellermütze mit dem schiefhängenden Wehrmachtsadler. *Scapa Flow – Kdt. Kapitänleutnant Prien begrüßt den BdU Konteradmiral Dönitz* stand unter dem Foto. Befehlshaber der U-Boote, erinnerte sich Christian, hatte Lange auf seine Frage nach dem Kürzel geantwortet und sich den dünnen Bart gestrichen. »Und den Prien, min Jung, den heww ick ja man noch gekannt. War der große Held damals. Deutsches U-Boot versenkt die Royal Oak in der Bucht von Scapa Flow. Empfang in der Reichskanzlei, Ritterkreuz und ganz großer Bahnhof. Tja, und dann? Verheizt für Führer, Volk und Vadderland. Alle verheizt, min Jung. Der siebte von links, auf dem großen Pott, dat bün ich.«

Neben den Fotos Seemannsknoten, von Lange sorgfältig auf schwarze Pappe gezogen und eingerahmt. Palstek, Webeleinstek,

Liegende Acht, Gordingknoten – einige hatte der Schiffsarzt ihm beigebracht, sie waren beim Angeln nützlich. Der Fernseher, ein Kasten Marke Raduga, spiegelte das aufkommende Licht und schien ihn anzustarren. Der Ofen gähnte, Aschekrümel lagen auf dem Blech verstreut – Libussa würde staubsaugen nachher und die Flaschen auf dem Regal neben dem Ofen abwischen, in denen Langes Buddelschipps von großen Fahrten träumten. Christian ging in den Wintergarten.

»Hallo, junger Mann.« Der Ingenieur lüpfte den rechten Mundwinkel, was vielleicht ungerührt und abgeklärt wirken sollte, Christian aber nur komisch vorkam, da Stahl ein Mondgesicht und nur noch wenige, mit Birkenwasser glatt zurückgekämmte Haare auf dem Kopf hatte. Dafür waren Brauen und Brusthaar, das wolleartig aus dem Holzfällerhemd quoll, um so buschiger. Was der Ingenieur nicht so gern hörte, war der Vergleich, mit dem ihn Lange öfters neckte: Er, Gerhart Stahl, ähnele einem sowjetischen Schauspieler, der in einer Fernsehserie einen Sonnenblumenkernverkäufer auf dem Rollfeld des Flughafens von Baku spielte. Ein verschmitzter Hanswurst und erfinderischer Tausendsassa, wiege immer bedenklich den Kopf und wackele mit den Brauen, wenn eine der Iljuschins mit illustren Moskauer Sommerfrischlern abhebe – »Ich wackele nicht mit den Brauen«, ärgerte sich der Ingenieur dann. Dr. Gerhart Stahl liebte die sowjetischen Schauspieler nicht, weil er die Sowjetunion nicht liebte.

»Ausgeschlafen.« Das war eine Feststellung, keine Frage. Er malmte Christians Hand in seiner Ingenieurstatze, beugte sich dann zum Ölradiator hinunter, drehte am Reglerknopf. Obwohl die hohen Fenster nicht mehr einwandfrei abdichteten und der Wintergarten recht groß war – der Frühstückstisch fand bequem Platz darin, man konnte sitzen, ohne an die Palmkübel zu stoßen –, war es hier deutlich wärmer als in der Kajüte oder in Langes Wohnzimmer. Der Wintergarten hatte einen eigenen Ofen, den der Schiffsarzt, bevor er schlafenging, noch einmal hochheizte; die Wärme hielt sich dann bis in den Vormittag, wenn man gefrühstückt und die Öfen in den anderen Zimmern versorgt hatte.

»Ein schönes Friehstick!« Libussa schlug vor Freude die Hände zusammen. »Krischan, Gerhart, das müßt ihr euch gesagt sein lassen, bevor ihr zulangt wie Schoinendrescher, sagt man so. Kann man Herrgott dankbar sein, daß es noch wenigstens mit Semmeln und Brot klappt in diese Staat. Wenn ich an Krieg denke …« Sie ging reihum und füllte die zweiten Tassen mit heißer Milch, die sie von einer LPG hinter Bühlau, im Schönfelder Hochland, bezog; Kuhmilch, kaum entfettet, eher eine weiße Suppe als Milch, vor der sich Christian ekelte; aber Libussa war der Meinung, daß er zuwenig Muskeln besitze und in der Phase sei, wo es sich entscheide, »ob man wird ein Mann oder eine Bleistift«. Deshalb ließ sie sich von seiner Miene nicht beeindrucken, sondern goß seine Tasse voll.

»Vielen Dank noch einmal für die Rosen, Libussa.« Meno, der am Radio Sender Dresden eingestellt hatte, beugte sich über eine Blumenwanne, in der Maréchal-Niel-Rosen wuchsen. »Sämtliche Gattinnen haben mich darum beneidet und wollten unbedingt die Adresse der Gärtnerei wissen. Ob ich die Blumen etwa aus der Rosenschlucht oder Arbogasts Gewächshäusern hätte. Womit es mir gelungen sei, den Züchter zu bestechen.«

Der Schiffsarzt kam herein, hatte einen Bademantel übergezogen, brachte Chakamankabudibaba mit, der ins Licht blinzelte, einen Buckel machte und in ein Körbchen an einer prächtig entwickelten Sagopalme kletterte. Lange und Stahl rieben erwartungsvoll die Hände und leckten sich die Lippen. Tee, Kaffee, frischgekochter Kakao dufteten, es gab eingeweckte Quitten- und Kirschmarmelade, Pflaumenmus und Waldhonig, und neben der mit einem Tuch zugedeckten Semmelschale stand ein Teller mit einer Spezialität Libussas: zu einer Art von festem Teig getrocknete und in schmale Streifen geschnittene Aprikosen, die Christian, der beständig zu diesem Teller hinschielte und dabei oft auf Stahls Grinsen traf, der viel näher an diesen Leckerbissen saß, für wesentlich wachstums- und entwicklungsfördernder hielt als heiße Kuhmilch. Libussa und ihr Mann falteten die Hände zum Gebet: »Drum, lieber Herr, sei unser Gast, und segne, was du uns bescheret hast.« Sender Dresden übertrug ein Gedicht eines verdienstvollen Kämpfers und hohen Funktionärs des Geistestätigen-Verbands. Meno hörte mit schmerzverzerrtem Gesicht zu, während die anderen, auch Christian, ungerührt zugriffen. Es ging um Ideale, lichte Zukunft, Lenin und Marx, um Heldentaten auf der Baustelle des Morgen, um die Gestaltung des Kommunismus und »Um dich, Genosse, der du friedlich frühstückst, / ledig der Sorgen derer / auf Wacht!« Stahl hielt inne im Semmelaufsägen. »Sag mal, Meno, und so was mußt du jeden Tag lesen? Du friedlich frühstückender ...«

»Fontane?« schlug der Schiffsarzt vor und spitzte die Lippen auf der Suche nach seinen »Heilpunkt«-Verdauungspastillen. Meno hatte noch immer den schmerzverzerrten Gesichtsausdruck. Der Ingenieur legte das Messer beiseite, winkelte den Arm vor der Brust und stützte das Kinn auf die Hand, um mit vibrierenden Nasenflügeln, hin und wieder aufglucksend, zu lauschen. Christian erkannte die günstige Gelegenheit und gabelte zwei Aprikosenschnitten.

»Das ist das, was die in Ostrom gerne hören. Wenn es nach denen ginge, sollten die Schriftsteller nur solches Zeug schreiben.«

»Müssen die das senden? Soundsoviele Ferse friedlich frühstückender Funktionäre pro Monat? Könnten doch mal«, Stahl blickte sich suchend um, »was ganz Alltägliches bedichten. Müssen wir auch tun! Fir Fertigungsingenieure fertigen from Faeces Feinkost. Nicht immer nur der Feltraum. Feiere familiärer, Genosse!«

Meno lachte, griff nach seiner Semmel, betrachtete sie eine Weile, Spottlust in den Augen. Er stand auf, streckte die Semmel mit pathetischer Geste von sich:

»Dich, o vollblütige Dresdener Semmel, will ich besingen,
wie du so prächtig und pausbäckig forderst die Freßsucht,
doch kommst du, sag an, aus Elysiums Konsum,
hat vom volkseigenen Backblech geschabt dich der Bäcker Nopper,
stammst du aus Wachendorfs gemütvoll bemehltem Geschäfte,
aus Walthers oder Bäcker Georges frühmorgendlich mürrischen Körben?
Doch wie, o sprich, du teigiges Dresdner Ereignis,
soll dich nennen des Sängers gierig-gefräßiger Mund,
der mit lechzenden Lippen lüsternes Lied dir verfertigt?

Stolz und elastisch wie … Mädchenbrüste? lockst du zum
Kosten,
aber ist es ein Kosten nur, was du gewähren
mir sollst, wo doch der Sänger in dich
wie ein hungriger Hund seine Zähne will graben,
um mit tierischem Schlunde und heulend fette Fetzen
aus deinen fantastischen Flanken zu reißen – O! Wie!
Wie nur nenne ich dich, du gebackene Bratsche,
Gummigaumen, Dampfdattel, Dresdner Dudelsack,
kunstgeküßte Knuddelkuppel, wie nur, stumme Dulderin
höllischer Hitze, du Meisterstück des sächsischen Genius',
o Semmel?«

– Das Lachen brach jäh ab, als von der Tür, die zur Wendeltreppe und in den unteren Hausflur führte, Applaus geklatscht wurde. Alle wandten die Köpfe. Die beiden jungen Männer, die ihre Hände jetzt senkten und langsam in die Hosentaschen schoben, wirkten keineswegs unsicher. Die Röte auf ihren Gesichtern schien eher aus fröhlicher Anteilnahme als aus Verlegenheit zu kommen, und niemals hätte Christian, der den Blick zwischen den Zwillingen und der Tischgesellschaft hin- und herwechselte, die Unbefangenheit aufgebracht, mit der sie, kichernd und die Wohlgeratenheit der Pflanzen links und rechts lobend, näherschlenderten. Es waren eineiige Zwillinge, und zur verwirrenden Ähnlichkeit ihres Äußeren kam hinzu, daß sie auch noch gleich gekleidet waren in weiße Feinstrick-Rollkragenpullover mit Zopfmuster, schon etwas abgetragene Jeans und Turnschuhe.
»Dies ist ein Privatraum, Herr … Kaminski?« Stahl hatte sich als erster von seiner Überraschung erholt und wies mit dem Messer, an dessen Spitze noch ein Butterschnitz klebte, über den Wintergarten.
»Ganz recht, Kaminski, das ist unser Name. Und zur Unterscheidung bin ich René, und das ist Timo.« Der vordere der beiden Brüder nickte mit dem Kinn zu seinem Zwilling, dessen Heiterkeit in ein einladendes Lächeln überging bei dem Wort »Unterscheidung«, das sein Bruder mit erklärender, jedoch nicht mokanter Handbewegung ausgesprochen hatte. Niemand erwiderte das Lächeln oder faßte es als Einladung zur Vertraulichkeit auf,

als die es gemeint sein mochte; Libussa und ihr Mann saßen steif und stumm; Meno, der immer noch stand, blinzelte irritiert, setzte sich nach einem Blickwechsel mit dem Schiffsarzt, als Kaminski, vielleicht um das lastende Schweigen zu überbrücken, auf ihn zukam. Im Radio liefen jetzt Nachrichten; Christian hörte die Zehnminutenuhr in Menos Stube schlagen. Chakamankabudibaba war aufgewacht und äugte von seinem Liegeplatz mißtrauisch auf die beiden Brüder, deren blondes, unmethodisch über einige Wirbel frisiertes Haar jetzt von einwanderndem Licht getroffen wurde und wie Sonnenschaum wirkte.
»Oh, Sie haben noch zwei Stühle, das ist aber nett.« Der als Timo bezeichnete Zwilling wies in Richtung der Rosenwanne, neben der einige zusammengeklappte Gartenstühle lehnten. Stahl räusperte sich, legte das Messer klirrend auf den Teller. Die Verblüffung auf Langes Gesicht war der Empörung gewichen. »Dies ist ein Privatraum, wie Herr Stahl schon sagte, und ich kann mich nicht erinnern, Sie zu unserem Frühstück eingeladen zu haben! Wollen Sie die Freundlichkeit haben, uns Ihr Verhalten zu erklären, meine Herren? Sie befinden sich in der Wohnung von Libussa und Alois Lange, und es ist mir nicht bekannt, daß die Kommunale Wohnungsverwaltung irgendwelche neuen Verordnungen oder Zusätze zu bestehenden –« Der Schiffsarzt brach ab, Kaminski hatte rasch die Hand gehoben. »Irgendwelche neuen Verordnungen oder Zusätze sind auch nicht nötig, Herr Lange. Jedenfalls nicht, sofern Sie bestehende Mietverträge meinen.«
»Das ist ja Hausfriedensbruch!« polterte der Ingenieur. Timo Kaminski hatte die Stühle aufgeklappt und auf den Schachbrettboden unter der Sagopalme gestellt. Sein Bruder kramte ein Päckchen »Juwel«-Zigaretten hervor, hob schnüffelnd die Nase, fragte mit angedeuteter Verbeugung in Libussas Richtung, ob er rauchen dürfe. Sie nickte, sprachlos vor Überraschung, wie Christian schien. Kaminski ließ ein Feuerzeug klicken, zündete die Zigarette an, nahm einen genießerischen Zug. »Nein, um Hausfriedensbruch handelt es sich nicht, Herr Stahl. Dieser Begriff ist unangemessen … Sehen Sie, wir sind die neuen Mieter der Dachgeschoßwohnung in diesem Haus. Wir sind sehr glücklich darüber, diese Wohnung zugeteilt bekommen zu haben …

Sie kennen die schwierige Wohnraumsituation. Und dann erhalten wir die Dachwohnung in einem ruhigen Haus in bester Hanglage zugewiesen … Können Sie sich unsere Freude nicht vorstellen? Und können Sie sich nicht vorstellen, daß man da nicht einfach so einzieht wie in eine x-beliebige Behausung, sondern sich erkundigt über die Verhältnisse hier, sich schlau macht so gut man kann, auf Ämtern, in Katasterunterlagen, und das natürlich auch über Sie, die zukünftigen Nachbarn? Das gehört sich doch so, nicht wahr? Man zieht nicht irgendwohin, sondern hierher, in dieses Viertel über Dresden, in die Mondleite, in den ehemaligen Besitz eines zu seiner Zeit weit über Landesgrenzen hinaus renommierten Herstellers feiner Seifen …«

»Was wollen Sie?« unterbrach der Schiffsarzt.

»Wir? Gar nichts wollen wir. Außer uns vorstellen, vielleicht, uns bekannt machen, einen Gruß auf gute Nachbarschaft ausrichten.«

»Und dazu brechen Sie in fremde Wohnungen ein, in unseren Wintergarten? Was ist das für Benehmen?« Libussa schüttelte entrüstet den Kopf.

»Einbruch in fremde Wohnungen?« René und Timo, der sich schon gesetzt und während der Unterhaltung mit einem Messerchen die Haut über den Halbmonden seiner Fingernägel zurückgeschoben hatte, wechselten erstaunte Blicke. »Einbruch? Hausfriedensbruch? Liebe Nachbarn – mit solchen Worten erwidert ihr unsere freundliche Vorstellung? Das ist nicht sehr fair. Das zeugt nicht von gutem Willen. Ich sagte bereits, daß wir uns kundig gemacht haben, liebe Frau Lange. Und in keinem Grundbuch, keinem Katasteramtsfaszikel, in keinem Mietvertrag steht zu lesen, daß dieser Wintergarten zu Ihrer Wohnung gehört und demzufolge Ihnen zur alleinigen Nutzung verbleibt. Das steht tatsächlich nirgendwo geschrieben, Sie brauchen jetzt nicht nachzusehen«, sagte René und hob abwehrend die Hände gegen den Schiffsarzt, der aufgestanden war. »Aber wenn Sie mir nicht glauben – gut, dann gehen Sie, schauen Sie nach in Ihren Unterlagen. Sie werden sehen, daß ich recht habe. Und das bedeutet: Da dieser Wintergarten uns allen gehört, die wir in diesem schönen Haus leben, also Ihnen, Herr Dr. Stahl, Ihrer Familie; Ihnen, Herr Rohde, den Langes, und eben auch uns, da wir nun hier wohnen – aus diesem Grund also sind irgendwelche Verbote, Hinweise auf Gewohnheitsrecht undsoweiter unangebracht. Ebenso wie die doch sehr mißverständlichen Begriffe, die Sie vorhin gebraucht haben und die wir nicht zu wiederholen bitten. Im Sinne guter Nachbarschaft.«

7. Ostrom

Schnee, Schnee fiel auf Dresden, auf die Mondleite, wo Meno in der Nacht, als er vom Spaziergang kam, die Schatten der Bewohner in den erhellten Fenstern sah, das besorgte Gesicht Teerwagens, Schwachstromphysiker am Barkhausenbau der Technischen Universität, der ihn vom Balkon aus grüßte; Schnee fiel auf das Viertel, blieb im starren Geäst der Bäume hängen und häufte sich zu zuckerwatteartigen Bändern; verwandelte die Rhododendren in weiße Glocken, stieg auf den Wegen, deckte über die Vogeltritte, Wild- und Katzenspuren in den Vorgärten neuen, glitzernden Damast, begrub die mühselig freigescharrten Autos in wenigen Stunden unter ziegeldicken Gespinsten, Riesenkokons, in denen unförmige Lebewesen ihre Metamorphose durchschliefen.

Am Montagmorgen stand Meno zeitiger auf als sonst, dennoch hörte er den Ingenieur bereits in der Küche hantieren.

»Morgen, Gerhart.«

»Morgen. Baba ist wieder draußen. Hab' ihm schon was gegeben.«

»Kann ich ins Bad?«

»Ist frei. Der Ofen braucht noch ein paar Minuten.«

»Hat Sabine angerufen?« Das Tausendaugenhaus besaß ein Telefon, Lange hatte den Anschluß nach fünfzehnjähriger Wartezeit zugeteilt bekommen. Die Mieter nutzten ihn gemeinsam.

»Halb sechs soll ihr Zug am Bahnhof Neustadt eintreffen. Neun Stunden Verspätung wegen der Schneeverwehungen. Ich will sie abholen, deshalb bin ich schon auf. Die Elf fährt ja immer noch nicht; aber ob ich's bei dem Wetter mit dem Auto versuchen soll, was meinst du?«

»Auf der Bautzner haben sie gestern Salz gestreut, die müßte einigermaßen frei geworden sein.«
»Aber das Zeug ätzt so, macht mir die ganze Karosserie kaputt.« Stahl ging zum Kühlschrank, nahm Brot und Butter heraus, begann einige Schnitten zu schmieren. »Sylvia wird schön müde sein. Und hungrig. In der Mitropa gab's ab Berlin nichts mehr zu essen.«
»Grüß sie von mir, deine beiden.«
Nach der Morgentoilette ging Meno in die Stube, um noch einmal die Materialien für den Alten vom Berge durchzusehen. Die Schellingbücher, die Christian ihm verblättert hatte, ohne ihn darauf anzusprechen, im Vertrauen vielleicht, daß er, Meno, gedankenversunken, in sich gekehrt und träumerisch, wie er wohl den meisten Menschen erscheinen mochte, nichts bemerken würde. O doch. Sein Vater hatte ihn zur genauen Beobachtung angehalten; oft war er mit ihm in der Sächsischen Schweiz wandern gegangen, und immer hatte sein Vater botanische oder zoologische Fundstücke eingehend betrachtet, hatte sich nicht mit dem oberflächlichen Blick zufriedengegeben, sondern jedes Lebewesen, gleich ob Pflanze oder Tier, alltäglichen Löwenzahn oder seltenen Frauenschuh, in seiner Eigenart zu charakterisieren und ihm nahezubringen versucht. Genaue Beobachtung, stille, hingegebene Treue an die großen und kleinen Erscheinungen der Natur; täglicher Trott und dennoch unermüdliches Forschen, Graben, Erstaunenkönnen. Meno dachte an seine akademischen Lehrer: Falkenhausen, cholerisch, besessen akribisch, der mit wehenden Kittelschößen durch das Jenaer Institut rannte, tagsüber mit blauer, weißgepunkteter Zauberkünstlerfliege; nachts, schlaflos, im Pyjama und Bademantel; Falkenhausen hatte ein Dienstzimmer im Keller des Instituts gehabt, in dem er zwischen Schlangen, weißen Mäusen und Spinnen hauste, in Erlenmeyerkolben Kaffee brühte, in Platintiegeln, die von Chemikalienresten bunt schillerten, Spiegeleier zum Abendbrot brutzelte und manchmal, gegen die lastende Stille all der ausgestopften und präparierten Tiere in den nächtlichen Institutsfluren, Knallfrösche zündete, die von Silvesterfeiern übriggeblieben waren; dachte an Otto Haube im Leipziger Institut, das zwei mächtige steinerne Bären vor dem Eingang und viele verwinkelte Stiegen

und alchimistenküchenhafte Laboratorien hatte; Haube, der den Konzentrationslagern des Dritten Reichs entkommen war und eine sozialistische Zoologie aufbauen wollte, der alle Studenten vor Semesterbeginn auf die Felder in der Umgebung von Leipzig schickte, um dort den vom imperialistischen Klassenfeind ausgebrachten Kartoffelkäfer bekämpfen zu helfen, der aber auch, in einer Prüfung, nach stundenlangen, hochnotpeinlichen Befragungen des Kandidaten, plötzlich die Brille über die zerfurchte Gelehrtenstirn mit den Burschenschaftlerschmissen schieben und angesichts einer Taufliege, die der Prüfling in letzter Entscheidung aus Knetmasse nachzubilden hatte: »Natur und Kunst, sie scheinen sich zu fliehen«, zitieren konnte. Bei keinem dieser Lehrer hatte man es einfach gehabt, Ungenauigkeit wurde unnachgiebig bekämpft, und Haube, der sozialistische Zoologe, hatte sogar einmal einen Assistenten versetzen lassen, der zweimal kurz hintereinander unpräzise Daten erhoben hatte: Er besitze kein Gefühl für die Würde seiner Arbeit, das müsse er, Haube, aus den Ergebnissen der aus Bequemlichkeit fehlerhaften Experimente lesen, wo doch strengste Genauigkeit die Liebe des Wissenschaftlers sei. Solche Assistenten könnten weder er noch der Sozialismus brauchen.
Meno griff nach dem Manuskript, das der Alte vom Berge der Dresdner Edition zur Prüfung gegeben hatte. Es würde Schwierigkeiten geben mit diesem Buch, das wußte Meno, das wußte Josef Redlich, Menos Vorgesetzter in der Dresdner Edition, das wußte der Verlagsdirektor, Heinz Schiffner, der einige Seiten las, die Eisbuschbrauen hob und langsam wieder sinken ließ, das Buch zuklappte und traurig den Kopf schüttelte; und das wußte auch der Alte vom Berge selber. Eine Erzählung über ein Bergwerk, in das der »Held« einfuhr, weil er den sirenenhaft lockenden Ton einer silbernen Glocke in der Tiefe gehört hatte. Schwierigkeiten weniger künstlerischer als ideologischer Natur; das alte Lied, das Meno nun seit einigen Jahren schon bis zum Überdruß vertraut war. Gutachten des Lektors, Außengutachten eines nicht im Verlag tätigen Lektors mit Publikationsempfehlung Ja oder Nein nebst Begründung der Entscheidung, dann ging das Ganze zum Zensor, und wenn der sich unsicher war, was in letzter Zeit wieder häufiger vorkam, ging das Konvolut

bis zum Bücherminister oder noch höher. Eine zeitraubende, ehrabschneiderische Prozedur. Es fragte sich, wie der Alte vom Berge damit umging, und ob einer der Gründe, die ihn bewogen hatten, es bei der Dresdner Edition zu versuchen, in ebendiesen Zensurschwierigkeiten und der Hoffnung bestand, sie in der Hermes-Außenstelle umgehen zu können. Das würde ein Irrtum sein, den er dem Alten, der immerhin lange genug im Geschäft war, um sich keinen Illusionen mehr hinzugeben, klarzumachen haben würde. Meno wußte, daß er sich auf eine heikle Mission begab. Schiffner mochte diese Gespräche mit seinen Autoren nicht und schickte ihn, seinen Lektor, vor. Meno fand – und er hatte das auch einmal Schiffner gegenüber angesprochen, aber nichts anderes als einen Wutanfall seines Verlagsleiters damit erreicht, der ihm auf schlechtes Gewissen hinzuweisen schien –, daß etwas Unehrliches, vielleicht sogar Obszönes in diesen Gesprächen lag. Man unterbreitete dem Autor, welche Stellen aller Voraussicht nach beanstandet werden würden, und ließ ihn danach selbst entscheiden, ob und inwieweit er zur Zensur, das hieß: zur Selbstzensur, bereit war. Mancher nannte das einen fairen Umgang; doch zur Demütigung, daß man die Texte nicht druckte, wie sie waren, kam die Demütigung, daß man es auch noch dem Autor überließ, sie schrittweise abzutöten. Dem blieb dann keine Möglichkeit mehr, sich gegen gewisse Vorwürfe zur Wehr zu setzen: er selbst hatte ja seinem Text die Form gegeben, in der er erschien. Diese Praxis war in allen Verlagen gang und gäbe; aber Meno hatte Herzjucken dabei und empfand Mitleid mit den Autoren, und das nicht nur, weil er selbst Autor war. Es hieß, ihnen ein Stück von ihrer Würde zu nehmen. Meno haßte diese Gespräche genauso wie Schiffner; aber der war nun einmal sein Vorgesetzter. Er haßte sie vor allem dann, wenn die Autoren selbst – und das kam durchaus vor – gar nichts weiter an dieser Praxis zu beanstanden fanden, wenn sie im Gegenteil noch dankbar waren, daß sich der Verlag so kooperativ zeigte und Änderungswünsche ideologischer Art mit ihnen absprach.

Meno dachte an den Autor Lührer: Mit der unbefangensten Miene griff der zum Rotstift und strich ganze Absätze seiner keineswegs schlecht geschriebenen Prosa, deutete mit zwei, drei energischen Schnitten Charaktere um, machte aus einem mißliebigen Rentner einen willkommenen Polizisten, aus einer unerwünschten Anspielung auf das polnische Brudervolk einen Gruß an Bulgarien; er kannte die maßgeblichen Persönlichkeiten in der Hauptverwaltung Verlage, ihre Charaktereigenschaften, Vorlieben und kleinen Schwächen und kalkulierte sie in sein Schreiben ein. Was er nicht kannte, waren die oft binnen weniger Wochen, manchmal sogar Tage wechselnden Vorgaben der gerade verbindlichen Ideologie: die Wetterlage. Was galt, was galt nicht mehr und, wichtiger: Was würde gelten? Je nachdem, wie der Verlagsleiter oder er, Meno, die herrschende Stimmung interpretierten, schrieb Lührer um, neuerdings war er sogar dazu übergegangen, von vornherein mit Varianten zu arbeiten, die den gängigsten und wahrscheinlichsten Entwicklungen, wie man sie seit den sechziger oder siebziger Jahren schon oft erlebt hatte, gerecht werden konnten. Meno saß dann vor diesem Mann, der einmal, lange vor Bitterfeld 1959, einige außergewöhnliche Erzählungen geschrieben und zu den größten literarischen Talenten des Ostens gehört hatte, sagte nichts und starrte ins Leere, während Lührer von den Kompromissen sprach, die »Schiller und Genossen« hätten eingehen müssen, um ihre Werke überhaupt aufgeführt und gedruckt zu sehen. Schließlich vermied man das Thema Literatur und betrieb Eingeweidebeschau über diversen Parteitagsbeschlüssen, Kommentaren dazu und Rundbriefen der Sekretäre der verschiedenen Ebenen des Verbands der Geistestätigen. Vielleicht würde es beim Alten vom Berge anders sein, vielleicht würde er einen Tobsuchtsanfall erleben und die schlichte Weigerung, den Text zu verbiegen, bis er in irgendwelche ideologischen Konzepte paßte. Vielleicht. Meno war gespannt auf das Treffen, spürte so etwas wie einen sportlichen Kitzel. Er kannte den Alten vom Berge als Autor, sogar recht gut. Doch er kannte ihn noch nicht, was diese Seite der literarischen Arbeit betraf; er wußte nicht, wie er verhandelte. Einigermaßen beklommen und aufgeregt schloß Meno die Tasche, in der er die Papiere und Bücher verstaut hatte, und stand auf. Er verließ das Haus, als es halb sieben Uhr schlug.

Wenn der Wind auffrischte und den Schnee in dichten Fahnen vor sich hertrieb, mußte Meno seinen Hut festhalten. Der Park war in feine kristallinische Schleier gehüllt; an den Ästen der

Blutbuche neben dem Tausendaugenhaus hingen Eiszapfen, der mächtige Stamm wirkte wie aus schwarzem Glas in der Dämmerung. Vor dem Park, wo die Mondleite abbog, tastete sich ein Scheinwerferpaar näher; Meno sah, daß es zu einem Müllauto gehörte, das vorsichtig und leicht schlingernd auf der unter der Neuschneeschicht glatten Straße näher kam; die Männer sprangen vom Verdeck und treidelten polternd und fluchend die aufgekanteten, übervollen Mülltonnen zum Wagen, klinkten sie in die Haltebügel, worauf die Tonnen von der Hydraulik wie Bierhumpen aufwärtsgekippt und unter mehrmaligem Rütteln entleert wurden. Meno nahm den Planetenweg. Die Laternen schwankten und warfen ihr metallisch weißes Licht in schaukelnden Kegeln auf die Straße, auf der Splitt, Streusalz, Asche und Harsch zu einer grauen Masse verbacken waren. Professor Teerwagen saß am Steuer seines Wartburgs, drehte den Zündschlüssel, worauf das Auto immer wieder nur leiernde, gequälte Startgeräusche von sich gab, aber nicht ansprang, während Frau Teerwagen eifrig die Kühlerhaube freifegte und das Eis von den Fensterscheiben kratzte. In der Garage Dr. Kühnasts, Chemiker im VEB Arzneimittelwerk, brannte Licht; das Geräusch eines Föns war zu hören, wahrscheinlich taute er damit die zugefrorene Windschutzscheibe seines Škodas auf. Teerwagens Wartburg jaulte auf, das Standgas trieb den Motor in Höhen, die dem widerspenstigen Gefährt ein für allemal die Flausen austreiben sollten. Die Häuser links und rechts lagen finster und still. Auf der Querleite, die den Planetenweg mit der Turmstraße und Wolfsleite verband, hörte man die charakteristischen Wintermorgengeräusche: das Schaben der hölzernen Schneeschieber auf den Vorgartenwegen und der Straße, das in unregelmäßigen Abständen erfolgende Abklopfen der Schiebbretter, das Zusammenscharren der herabgefallenen Schneeklumpen. Herr Unthan, der blinde Bademeister im Haus Veronika, schleppte Kohlen. Meno schlug den Mantelkragen auf und ging schneller. Es war empfindlich kalt geworden über Nacht, achtzehn Grad unter Null hatte das Thermometer vor Libussas Wintergarten angezeigt. Er bewegte die Hände in den Taschen, die Fingerspitzen brannten im Frost trotz der guten Lederhandschuhe, von denen Richard ein »Kontingent« über einen dankbaren Patien-

ten bekommen und an Freunde wie Verwandtschaft weitergeschenkt hatte.
Meno dachte an die Geburtstagsfeier. All die vielen mehr oder minder lautstark redenden, selbstsicher auftretenden Ärzte und ihre Ehefrauen hatten ihn verunsichert. Diskussionen, in die die Hoffmanns, Rohdes und Tietzes gerieten, gewannen rasch an Fahrt und Temperatur und drohten bald in pulstreibende Sentenzen umzukippen … Ein merkwürdiger Furor war da am Werk, etwas Rechthaberisches, Unbedingtes brach sich in diesen Diskussionen Bahn und gab ihnen eine Schärfe, die auf Außenstehende befremdlich wirken mußte, manchmal allerdings, wenn sie einen Sinn dafür aufbrachten und souveräner zusahen, auch ziemlich komisch … Meno lächelte und stieß mit dem Fuß vergnügt einen Schneeball beiseite. Wie Richard und Niklas mit den Armen fuchtelten, vor Erregung Fanfarengesten in die Luft stießen und mit hochgeröteten Gesichtern schrien: Gilels sei ein besserer Pianist als Richter! – Nein! Richter sei der bessere! – Nein!! Wie kannst du das sagen – Meno lachte leise: an dieser Stelle pflegte konsequenterweise die Fuchtelhand sich zur Stirn zu wenden, um dort anzuklopfen, was meist zu weiterer Vertaubung der Meinungen führte –; Gilels! Ein-deu-tich! Komm doch mal mit, höre dir das doch mal an, das kannst du doch nicht im Ernst sagen … – Na, zei-k her! Jetzt wollen wir doch mal sehen, wie deine Meinung je-kli-cher Kruntt-lake ent-pährt!! Ich sache dir … Niklas, der sich »diese Bleiwüsten« nicht antat, doch erstaunlich gut darin Bescheid wußte; Richard …
Aber Meno, der in die Turmstraße gebogen war, hörte nicht mehr, was sich die Kontrahenten seines imaginären Dialogs zu sagen hatten. Erschrocken fuhr er zurück – eine Silhouette löste sich aus dem Schneetreiben und rannte in wilden Sätzen auf ihn los. Es war ein schwarzer, kalbsgroßer Hund, der seine Sprünge etwa einen Meter vor ihm abrupt abbrach, ungelenk näherschlitterte und im aufstiebenden Schnee, den Meno nicht vom Mantel zu klopfen wagte, zu jaulen begann. Er umklammerte seine Tasche und starrte dem Tier, um den Moment eines etwaigen Angriffs abschätzen zu können, in die Augen, die grün funkelten und ihm, als sie vom Licht einer Peitschenlaterne getroffen wurden, groß wie Untertassen erschienen. Suchend blickte er

sich um. Im »Haus des Lehrers ›Anton Semjonowitsch Makarenko‹« an der Kreuzung zwischen Wolfsleite und Turmstraße erwachten einige Fenster; ein hoher Pfiff ertönte, brach in der scharfkalten Luft und wurde eine Quart tiefer fortgesetzt, eine Art von »He-jo«; die Tür des Lehrerinternats öffnete sich, und eine Schar mürrisch blickender, in braune NVA-Trainingsanzüge mit gelbroten Ärmelstreifen gekleidete Studenten trat heraus und wurde von einem Mann mit Bommelmütze auf die Straße und zum Frühsport kommandiert. Aber nicht von ihm war der Pfiff gekommen, dessen abfallende »He-jo«-Quart jetzt wieder ertönte, sondern von dem sich in ausgreifenden Schritten nähernden schwarzgekleideten Mann mit weichem Schlapphut, in dem Meno Arbogast erkannte. »Kastschej!« rief der Baron mit ungehalten klingender Stimme, das Pfeifchen, mit dem er die Quart gepfiffen hatte, noch in der Hand. Die andere hielt einen Stock mit silberner Greifenkrücke unter die Achsel geklemmt. »Kastschej – bei Fuß!« Der Hund legte die Ohren an, blinzelte, duckte sich weg. »Guten Morgen.« Der Baron lüftete den Hut einige Zentimeter über seinen hohen, ausgezehrt wirkenden Schädel, deutete ein Lächeln an, das vielleicht verbindlich oder besänftigend wirken sollte, aber eigentümlich schief, fast maskenhaft, im bleichen Gesicht stand. »Bei Fuß!« wiederholte er streng. Kastschej winselte, als ihm der Baron eine Kopfnuß versetzte. »Hat er Sie belästigt? Er ist noch sehr jung und unerfahren, und nahezu vollständig unerzogen. Entschuldigen Sie die Unannehmlichkeit.« Der Baron rückte an seiner Stahlbrille, setzte wieder das schiefe Lächeln auf, blickte prüfend zum Himmel. »Bei der Gelegenheit … Ich habe Ihre Studie«, er zögerte, wobei sich das Lächeln vertiefte, »– wie nennen Sie's? Ein Roman ist es doch wohl nicht? – über Freundin Arachne gelesen. Eine sehr gute Arbeit, solche Monographen lobe ich mir …« Er zögerte wieder, schob das Pfeifchen in die Manteltasche. »Spinnen faszinieren mich schon lange. Gehe ich recht in der Annahme, daß diese Arbeit Teil eines umfassenderen Textes ist?« Der Hund Kastschej hatte sich auf die Hinterläufe gesetzt und folgte mit aufmerksamem Blick, hin und wieder hechelte seine sattrosafarbene Zunge, dem Gespräch. »Wahrscheinlich«, antwortete Meno verdutzt – und nicht sehr geistesgegenwärtig, wie ihm

schien. Auf der Straße von einem Menschen, den er gar nicht näher kannte, auf einen Text angesprochen zu werden, der in einer entlegenen naturwissenschaftlich orientierten Zeitschrift veröffentlicht worden war, noch dazu vor einigen Monaten, erschien ihm ebenso seltsam, wie es ihn freute. Außer dem Redakteurskollegium, das sich lange unschlüssig gewesen war, ob sein Text nicht in einem literarischen Periodikum angemessener aufgehoben sei, schien niemand seine Veröffentlichung bemerkt zu haben. »Wahrscheinlich, ja«, besann er sich, »ich habe noch einiges an Material.« Arbogast nickte, blickte wieder prüfend zum Himmel, der nur aus herabfallenden Schnee-Geweben zu bestehen schien, schmutziggrau im Licht des dämmernden Tages. »Wir werden Sie, denke ich, einmal einladen. Kennen Sie die Urania-Gesellschaft?«
Meno bejahte.
»Es wäre in diesem Rahmen. Wir werden Sie kontaktieren. Mondleite zwei, nicht wahr?« Wieder erschien das Lächeln, und wieder hatte Meno den Eindruck, daß es wie ein Fremdkörper in Arbogasts wachsbleichen Zügen hing. »Oder haben Sie Telefon?«
»Nur einen gemeinschaftlich genutzten Anschluß.«
»Nun, wir schreiben Ihnen. In diesem Jahr und kommenden Januar haben wir nichts mehr frei, wenn ich es recht übersehe. Aber im Februar dürfte es noch Kapazitäten geben, und sicherlich im März.« Arbogast wippte mit dem Stock, schnalzte Kastschej, der sich kräftig schüttelte und dabei einen weißen Sprühwirbel aufschleuderte, der Gesicht und Brillengläser Arbogasts mit Schneeplacken verblindete. Dann sauste Kastschej davon. Der Baron drohte ihm mit dem Stock hinterher und ließ Meno ohne weiteren Abschiedsgruß stehen.
Freundin Arachne? Eine sonderbare Wortwahl, und Meno, der irritiert, aber auch erfreut von dem Vorkommnis weiterging, hätte noch lange darüber nachgesonnen, wenn nicht, auf der Höhe der Arbogastschen Sternwarte, ein kleiner Trupp Soldaten im Schneegestöber aufgetaucht wäre. Ein Unteroffizier kommandierte mit stark sächselnder Stimme. »Rechts schwenkt – marsch!« Der Trupp bog auf den Brückenweg zu von der Straße ab, verfolgt vom gelangweilt-herablassenden Blick eines Ober-

leutnants. Hinter den Soldaten stauten sich einige Autos, die Meno erst jetzt bemerkte. Der weiche Schneefall nahm den Geräuschen die Echos, so daß die Stimme des Unteroffiziers und das Stiefelstapfen wie in Watte gepackt schienen.
»Abteilung – halt!« befahl der Oberleutnant. »Genosse Unterfeldwebel, lassen Sie das Manöver wiederholen. Das war kein exakter Rechtsschwenk, das war ein Pißbogen.«
Weitere Autos stauten sich, ebenso Passanten, die aus der Sibyllen- und Fichtenleite gekommen und auf dem Weg zur Arbeit waren. Sie warteten schweigend, als der Trupp eine Kehrtwende vollzog und dabei über die ganze Breite der Turmstraße stampfte. Meno beobachtete sie. Einige warteten mit angriffslustig vorgestreckten Kinnen und beobachteten aus zu schmalen Schlitzen zusammengekniffenen Augen das Manöver der Soldaten. Die meisten aber hielten die Köpfe gesenkt, hatten die Hände in den Manteltaschen vergraben, klopften den Schnee mit den Schuhspitzen zu Mustern. Der Fahrer im vordersten Auto sah mehrmals gereizt auf seine Uhr, trommelte mit den Fingern gegen das Lenkrad. Eines der dahinter wartenden Autos hupte ungeduldig. Der Oberleutnant ließ wieder unterbrechen und schlenderte, wie unschlüssig die Hände auf dem Rücken gegeneinanderschlagend, in Richtung des Wagens, der gehupt hatte. Ein knapper Wortwechsel war zu hören, herrisch geführt vom Oberleutnant, kleinlaut vom Fahrer. Der Oberleutnant kam zurück, verstaute ein Notizbuch in der Innentasche seines Mantels, nickte dem Unteroffizier zu, worauf der Trupp sein Schwenkmanöver fortsetzte. Als die Soldaten in den Brückenweg eingebogen waren, löste sich der Stau auf. Eingeschüchtert von dem Gebaren des Oberleutnants, dem er am Kontrolldurchlaß am Ende des Brückenwegs wiederbegegnen würde, sah Meno noch einmal in seiner Tasche nach den Papieren: Personalausweis, Einladung des Alten, beglaubigte Hektografie des Arbeitsvertrags. Hastig sah er sich um – wer den Brückenweg betrat, wollte nach Ostrom, und es gab nur weniges, was mit größerem Mißtrauen im Viertel angesehen wurde als ein Besuch »da drüben«, wie es ausweichend-abfällig hieß. Man hatte keine hohe Meinung von diesem Viertel und allem, was damit zusammenhing; man mied im allgemeinen die im Winkel zwischen Fichtenleite und Turm-

straße gelegene Grauleite: dort befand sich die Kaserne für die Wachsoldaten, die, vom Straßennamen abgeleitet, »die Grauen« genannt wurden, dort stand auch, verborgen hinter Bäumen, ein Betonbunker mit großen Peilantennen darauf. Es hieß: Wer in die Grauleite marschierte, wurde übersehen, wer in die Grauleite ging, wurde durchschaut.
Der Brückenweg hatte Mauern zu beiden Seiten. Nach zwanzig Schritten traf man auf einen Tordurchlaß, eine Wand quer über den Weg, die bis zur Mauerkrone in etwa vier Metern Höhe reichte. Ein rotweiß gestreiftes Wächterhäuschen stand neben dem Tor; der Posten darin hatte eine Kalaschnikow geschultert, schrie schon von weitem, was Meno wolle, verlangte seinen Personalausweis zu sehen. Dann drückte er auf einen Klingelknopf im Wächterhäuschen, das Tor öffnete sich.
»Zu wem möchten Sie?« Der Oberleutnant warf einen abschätzenden Blick auf Meno, der mit abgenommenem Hut vor dem Fensterchen des Kontrolldurchlasses stehengeblieben war, und zog sich mit lässiger Gebärde die Handschuhe aus.
»Ich habe einen Termin mit Herrn Georg Altberg, acht Uhr.« Altberg – das war der richtige Name des »Alten vom Berge«; aber kaum jemand in der Dresdner Literaturszene nannte ihn so, wenn man unter sich war und über ihn sprach. Meno wunderte sich, wie fremdartig der Name klang, unvertraut und seltsam unpassend. Der Oberleutnant streckte die Hand aus und ließ sich vom Unteroffizier, der unter einer Tafel mit Leuchtdioden an einem Telefontisch saß, eine Kladde geben. Im Viertel ging das Gerücht, daß in dieser Kladde sämtliche Anwohner Ostroms mit Namen, Adresse, Funktion und Foto verzeichnet standen, so daß sie für die aufführenden Offiziere leicht zu identifizieren waren und sich kein Unbefugter Zutritt erschleichen konnte. Der Oberleutnant fuhr mit dem Finger die aufgeschlagene Seite hinab und zeigte dem Unteroffizier etwas, wahrscheinlich eine Telefonnummer, denn der zog sofort einen der beigefarbenen Apparate heran, wählte und reichte den Hörer dem Oberleutnant, der nach einem kurzen Wortwechsel nickte und Menos Personalausweis auf dem Drehtellerchen im Sprechfenster nach außen schob. »In Ordnung, Sie können passieren. Stellen Sie einen Aufenthaltsschein aus, Genosse Unter-

feldwebel. Wie lange wird Ihr Besuch dauern?« wandte sich der Offizier an Meno.
»Kann ich noch nicht sagen. Es ist ein Arbeitsbesuch.«
»Nehmen Sie einen Drittelschein«, befahl der Oberleutnant. Der Unteroffizier griff in ein Fach mit säuberlich geordneten Papieren, spannte ein Formular, Kohlepapier und einen Durchschlag in die Schreibmaschine neben dem roten Telefon ganz rechts unter der Leuchtdiodentafel, begann jeden Buchstaben einzeln in die Maschine zu hacken. Es gab Achtel-, Viertel-, Drittel-, Halb- und Vollscheine; die Bruchteile bezogen sich jeweils auf vierundzwanzig Stunden. Unbegrenzte Aufenthaltserlaubnis hatten, soweit Meno wußte, nur die Anwohner. Er wartete. Das Zweifingersuchsystem des Unteroffiziers, eines wohlgenährten rotblonden Burschen mit Bauernhänden, schien nicht sehr effizient. Wenn der sich verschrieb, begann die Prozedur von vorn, und wieder würde er beobachten können, wie die Zunge des Schreibers langsam die Wange beulen und jeder Treffer auf der Tastatur ein leichtes Zusammenzucken seines Vorgesetzten bewirkte. Dieser stand ruhig da, schlürfte Kaffee aus einem braunen Plastbecher, beobachtete Meno. Jetzt machte sich der Unteroffizier an der Leuchtdiodentafel zu schaffen. Hinter ihm hing ein Bord mit Sicherheitsschlüsseln, ein verplombter Kasten, ein Breshnew-Porträt mit einem Trauerstreifen über der linken oberen Ecke. Auf dem Tisch neben dem Oberleutnant lag der »Schneekristall«, ein Band Erzählungen des Autors Georg Altberg.
»Unterschrift, Drittelschein, acht Stunden Aufenthalt.« Der Unteroffizier drehte das Formular und einen Kugelschreiber durchs Fensterchen. »Im Feld ›Aufenthaltsberechtigter‹.« Meno setzte den Hut wieder auf, nahm den Stift, war aber so aufgeregt, daß ihm sein Namenszug zum Krakel geriet. Er faltete den Durchschlag und steckte ihn zusammen mit dem Personalausweis in seine Brieftasche. Die Schranke hinter dem Kontrolldurchlaß öffnete sich.
Auf der Brücke, am gegenüberliegenden Kopf, waren einige Soldaten mit Schneeschippen und Eisabklopfen beschäftigt. Meno drückte den Hut fester und sicherte den aufgeschlagenen Mantelkragen mit der Knöpflasche am Revers; hier oben blies der

Wind empfindlich rauh, wehte den Schnee unablässig über die mit Noppen versehenen Gußeisenplatten, auf denen man lief, spielte mit den Glühlampen, die nackt an Drähten zwischen den übermannshohen Brückengeländern herabhingen, griff in die Stahlseile, die den Brückenbogen zwischen den Hängen sicherten, wie in Harfensaiten, was ein dunkles, singendes Geräusch ergab, das manchmal von einem heftigen Krachen, wie bei Eisbruch, durchschossen wurde.
Über dem Taldurchstich Richtung Körnerplatz und Elbe war das milchige Frühlicht bis an die Flanken Ostroms gestiegen; faßte den von Fichtenwipfeln gesägten Kamm, aus dem das Kastell der Schwebebahn wie ein antiker Triumphbogen ragte, in rötlichen Schein, ließ die Standseilbahn erkennen, deren Wagen eben das Schleifenmanöver in der Streckenmitte vollführten; die Autoschlange unten auf der Grundstraße, Vogelstroms Haus, verschneite Gärten mit den schwarzen Klecksen aufgeschichteter Holzschober. Von den meisten Dächern stieg schmutziggrauer Schornsteinrauch; vom Wind abgerissen, trieb der Dunst wie Fetzen von Scheuerlappen durch die Luft. Hin und wieder teilte sich der Nebel, dann konnte Meno sehen, wie die Autoschlange zäh in Richtung Körnerplatz kroch, wie sich ein Bus der Linie 61 schnaufend die Straße hinaufquälte, konnte den zackenstarrenden Eispinsel erkennen, zu dem die Weiße Schwester über dem Mühlrad der nicht mehr im Gebrauch befindlichen Kupfermühle gefroren war. Ob ihn von unten jemand beobachtete? An Hut oder Gestalt erkannte? Das Brückengeländer war hoch, und die Brücke selbst hing etwa zwanzig Meter über der Grundstraße, so daß es ihm unwahrscheinlich vorkam. Dennoch ging er schneller. Die Soldaten grüßten ihn in Habachtstellung, als er passierte. Das erschreckte ihn. Sah er aus wie ein Oströmer, wie ein einflußreicher Funktionär mit seiner Aktentasche, mit Hut und Mantel? Hatten sie ihn wiedererkannt? Er kam nicht zum ersten Mal hierher. Sein letzter Besuch immerhin lag beinahe zwei Jahre zurück. Damals hatten Hanna und er sich scheiden lassen. Wenn die Soldaten zu jener Zeit Rekruten gewesen und jetzt als Reservisten wieder eingezogen worden waren, mochten sie sich an ihn erinnern können. Oder grüßten sie jeden, der über diese Brücke kam – auf Verdacht und aus Angst vor der Eitelkeit eines

wichtigen oder auch nur sich wichtig nehmenden Mannes? Mit diesen Gedanken passierte Meno den zweiten Kontrolldurchlaß. Ein Hauptmann winkte ihn durch, ohne noch einmal seinen Ausweis zu verlangen. Vielleicht hatte der Oberleutnant ihn informiert, und der Hauptmann kannte ihn als zuverlässig wachsamen Kollegen, so daß er sich eine zweite Kontrolle ersparte. Dennoch: Meno wunderte sich. Diese Laxheit war neu. Selbst wenn er mit Hanna ausgewesen und über die Brücke zurückgekommen war, hatten sie regelmäßig zwei Kontrollen über sich ergehen lassen müssen; keiner der beiden Offiziere war vor Hannas Mädchennamen, unter dem sie in der Kladde verzeichnet war und den sie vorsorglich nannte, zurückgeschreckt. Damals war die Brücke der einzige Zugang nach Ostrom gewesen – die Schwebebahn hatte wegen eines Materialfehlers seit Monaten defekt gelegen –, und erst als Barsano höchstpersönlich, Erster Sekretär der örtlichen Parteileitung, jedesmal doppelt kontrolliert wurde, wenn er über die Brücke ging, bekam die Reparatur der Schwebebahn ungeahnten Schwung.
Meno stand auf dem Oberen Plan. Die Reichsbahn-Uhr über dem Kontrolldurchlaß klackte auf dreiviertel acht. Zum Oktoberweg, wo der Alte vom Berge wohnte, war es von hier aus nicht weit. Die Flocken fielen weniger dicht; der Wind hatte nachgelassen; die Fahnen an den Masten rechts neben dem Kontrolldurchlaß schlugen träge: die rote mit Hammer und Sichel, die schwarzrotgoldene mit Hammer, Zirkel und Ährenkranz, die blaue mit aufgehender Sonne in der Mitte, eine weiße mit den stilisierten Porträts von Marx, Engels und Lenin. Wachtposten standen neben den Fahnenmasten, sie starrten geradeaus, trugen ihre Kalaschnikows präsentiert; die Gesichter hatten einen teilnahmslosen Ausdruck, und dennoch, das wußte er, beobachteten sie jede seiner Bewegungen. Auch den Blick des Hauptmanns spürte er hinter dem spiegelnden Fenster des Kontrolldurchlasses, das auf den Platz ging. Er wandte sich nach rechts, zur Nadeshda-Krupskaja-Straße, hielt sich nahe am Gitterzaun, hinter dem der Obere Plan jäh abfiel und den Blick auf tiefergelegene Bereiche Ostroms freigab. Die Kohleninsel lag im Dunst. Neben dem Majakowskiweg mit dem »Haus der Kultur« verlief eine Bahnstrekke; eine Abteilung Soldaten war damit beschäftigt, die Gleise

freizuschaufeln; Dampfschwaden stiegen schon aus dem Tunnel am Ende des Majakowskiwegs; in wenigen Augenblicken würde die Schmalspurbahn aus der Höhlung auftauchen, zwei knappe Pfiffe, bestimmt für den Rangierwärter des kleinen Heizkraftwerks am German-Titow-Weg, ausstoßen, im Bogen durchs Tal fahren und in der anderen Tunnelmündung, von Menos Standpunkt aus nicht einsehbar, verschwinden. Da kam der Zug schon in Sicht, ließ seine Pfiffe hören. Der Lokomotivführer, er hatte sich aus dem Fenster gelehnt, ruckte an der Eisenbahnermütze und zog den Kopf wieder ein, als er die Soldaten passierte, die jetzt rauchend, auf ihre Schaufeln und Schippen gestützt, neben den Gleisen standen. Auf dem Kohlentender hockte ein Mann mit ascheverschmiertem Gesicht und Fell-Schapka, deren Ohrenschützer unter dem Kinn zusammengebunden waren, und winkte lachend, mit blitzenden Zähnen, die Hände in unförmigen Fäustlingen, so daß sie wie Bärenpfoten wirkten, zu Meno hinauf. Das war ihm unangenehm; er warf einen Blick auf die Soldaten, die die Geste bemerkt hatten und jetzt ebenfalls zu ihm hinaufstarrten, trat etwas zurück, nicht nur, um sich der Beobachtung zu entziehen, sondern auch, weil sich die Lokomotive in diesem Moment unter ihm befand und er den dicken, mit Rußpartikeln verunreinigten Dampf aus der Esse abbekommen hätte. Dies war also noch immer so: Die »Schwarze Mathilde«, wie der Zug genannt wurde, versorgte das Kraftwerk und damit die Haushalte Ostroms mit Kohle, eine autarke, nur dieses Viertel befahrende Linie, die von der Kohleninsel kam, aus einem offiziell aufgelassenen, insgeheim jedoch weiterbetriebenen Bergwerk, wie Hannas Vater ihm einmal erzählt hatte. Auch der Lokführer war der gleiche; am Walroßschnauzbart hatte er ihn wiedererkannt.

Die Nadeshda-Krupskaja-Straße verlief in mäßig ansteigenden Serpentinen zum Hangkamm hinauf. Taxushecken, zu lotrechten Mauern geschnitten, schirmten eine Reihe zweistöckiger Einfamilienhäuser ab, die alle den gleichen hellgrauen Rauhputz trugen, je eine Garage und am Gartenzaun Briefkästen in Form von Kuckucksuhren besaßen, die mit Tannenreisern und kleinen Jahresendflügelfiguren – so sagte man hier angeblich, erinnerte sich Meno, durch die Nase lachend – geschmückt waren. Neben den säuberlich geräumten und mit Splitt bestreuten Vorgartenwegen wuchs in jedem Grundstück eine Douglaskiefer; in den Ästen hatte man jeweils eine Vogelbirne und einen Meisenring befestigt; aus dem Schnee unter dem Stamm lugten Gartenzwerge in den Ausführungen mit Pfeife, mit Schubkarre und mit Spaten hervor, die roten Füßchen hatte der schelmisch lächelnde Zwerg auf das Blatt gestützt. Über der Eingangstür eines jeden Hauses steckten zwei Fahnen: rechts die Fahne der Republik, links die der Großen Sozialistischen Oktoberrevolution. Auch dies hatte sich nicht verändert, auch dies war ihm aus der Zeit mit Hanna vertraut. Neu war etwas anderes. Er blieb einen Augenblick stehen und lauschte. Gedämpftes vielstimmiges Bellen drang an sein Ohr, ging nach wenigen Sekunden in lautes Heulen über. Schon am Oberen Plan, als er die Soldaten beobachtet hatte, war ihm dieses Geräusch aufgefallen; die einfahrende Schmalspurbahn hatte es überdeckt. Es klang wie der Anschlag junger Hunde; aber er war sich nicht sicher. Als er den Hügelkamm erreichte, konnte er fast das gesamte Viertel übersehen: das »Haus der Kultur« mit der wuchtigen Plastik »Aufrechte Kämpfer« davor, die ihre granitenen Fäuste in den Morgen reckten; die mit Sandsteinplatten gepflasterte, von Pylonen gesäumte Allee, die vom »Haus der Kultur« in den Engelsweg mündete, eine kastanienbestandene Sackgasse, wo sich eine HO, eine Drogerie, ein Blumenladen und ein Elektrogeschäft befanden, in denen die Hausfrauen Ostroms einkauften; außerdem ein Damen- und ein Herrenfriseur. Die beiden Schornsteine am Gagarinweg gehörten zum Spezialkrankenhaus »Friedrich Wolf« und zum Küchenkomplex »Iwan W. Mitschurin«, beides Einrichtungen, die ausschließlich der Versorgung Ostroms dienten. Aus dem waldigen Höhenzug jenseits des Talkessels ragten die schachtelhaften Geschosse von Block A, ein Sperrbezirk innerhalb des Sperrbezirks Ostrom; dort, in den weitläufigen, von einer Wachkompanie geschützten Bunkern, befanden sich die Wohnungen des engsten Nomenklaturzirkels. Das Bellen kam von einer Art Sportplatz unterhalb von Block A. Diese Anlage kannte er noch nicht. Das, was er beim ersten, flüchtigen Hinsehen für ein Gewimmel schwarzer Blutegel hätte halten können, erwies sich, als er ein Stück weitergegangen war, um zu einer günstigeren Beobachtungsposition zu gelangen, tatsächlich als eine Ballung schwarzer, in dieser Entfernung kaum welpengroßer Hunde. Aber die in Schutzkleidung vermummten, mit Knüppeln bewaffneten und mit Schiedsrichterpfeifen Kommandos trillernden Männer daneben waren nicht größer als Kinder, so daß es nur die Perspektive war, die verkleinerte; die Hunde reichten mit ihren Kruppen den Männern bis zur Hüfte. Jetzt hätte er gern ein Fernglas gehabt. Aber mit einem Fernglas hier oben zu stehen und in Ostrom umherzustechen, das war natürlich undenkbar. In kürzester Zeit wäre ein Trupp Uniformierter neben ihm aufgetaucht, oder ein Wagen hätte sich aus einem der Schatten unter den Bäumen gelöst; er wäre befragt worden, was er hier treibe, wäre zu einem mehr oder minder kurzen Verhör in den Block B gebeten worden, der wie das Heizkraftwerk von diesem Standpunkt aus nicht zu sehen war. Das Fernrohr wäre beschlagnahmt, den beiden diensthabenden Offizieren eine Rüge ausgesprochen worden, daß sie ein solches feindlich-negatives Utensil übersehen und nicht in Verwahrung genommen hatten. Auch was das betraf, war Laxheit eingerissen. Er wunderte sich, daß man an keinem der beiden Kontrolldurchlässe seine Tasche zu inspizieren verlangt hatte. War das nicht mehr nötig? Verfügten sie inzwischen über Techniken, die derlei plumpe Methoden überflüssig machten? Meno ging weiter. Auch ohne Fernglas beobachtete man ihn bereits, dessen war er sich sicher, viel zu lange schon hatte er in Richtung des Abrichtungsplatzes gestarrt, ein verdächtiges Subjekt mit Hut, aufgeschlagenem Mantelkragen und Aktentasche; ob die Staatsmacht gelassen auf seine kleine Spionage reagierte, war ungewiß, jedenfalls legte er auf eine nähere Bekanntschaft mit Block B keinen Wert, desgleichen nicht auf Begegnungen mit unbekannten Herren im Verlag oder zu Hause. Die Laufgänge, die vom Abrichtungsplatz strahlig in alle Richtungen Ostroms gingen, die Stacheldrahtzäune am Rand des Platzes und die Zwinger darunter nahm er auf dem Weg zum Alten vom Berge in sein Gedächtnis mit, die Holzpuppen mit ausgebreiteten Armen, in denen die Hunde – sie schienen von derselben schwarzen Rasse wie Kastschej zu sein – sich anspringend verbissen, die Eskaladierwände mit den Schießschartenfenstern, die meterhoch über

dem Boden in das splittrig zerkratzte Holz geschnitten waren. Die Hunde erreichten sie mühelos.
Punkt acht Uhr drückte er am Gartentor des Hauses Oktoberweg 8 auf die rissige, mit Heftpflaster gesicherte Klingel.

8.
Ansichtskarten

Die Nächte, fand Christian, waren viel zu kurz. Eben hatte er auf den Stopper seines Weckers geschlagen, was das Scheppern, diese Maschinengewehrgarbe in die Welt eines schönen Traums, abgebrochen hatte; aber da gab es die Kälte des in der Morgendämmerung noch grauen Zimmers, Falk Truschlers unbeeindruckte Schnarchgeräusche vom Bett schräg unter ihm – wann würde der lernen, pünktlich zu sein: Nie, hätte Frau Stesny geantwortet, die Internatsleiterin –; Bett, Tisch, einige Stühle kamen zum Vorschein, Arturo Benedetti Michelangelis entrücktes Gesicht auf dem Schwarzweißkalender, um den ihn die Mädchen und die Internatsschüler der 12. Klasse im Zimmer nebenan beneideten. Von drüben! Jens Ansorge hatte ein schiefes Grinsen aufgesetzt und mit dem erhobenen Zeigefinger gewackelt. Das wird der Schnürchel aber gar nicht gerne sehen! Tatsächlich hatte Herr Schnürchel, der Russischlehrer, beim Stubenkontrollgang die Entfernung des Kalenders gefordert. Christian ließ ihn hängen und nahm ihn nur an den Sonnabenden ab, bevor Schnürchel herbeigeschlichen kam, um sein wundrasiertes Gesicht in Angelegenheiten zu stecken, die ihn leider etwas angehen durften. Vor allem interessierte sich Verena für den Kalender und mehr noch für die darauf abgebildeten Musiker. Verena, die Unnahbare, die Spöttische, die Schöne. Christian hatte von ihr geträumt. Vielleicht war es ihr Haar gewesen mit seinem Musikinstrumentenbraun, das ihm an ihr zuerst aufgefallen war, in der Sommer-Arbeitswoche, die die künftigen Schüler der EOS »Maxim Gorki« hatten ableisten müssen; vielleicht ihre Augen, glänzend dunkel wie die Kirschen von dem knorrigen Baum im Garten des Uhren-Großvaters in Glashütte, wenn sie schon überreif geworden waren und ihre prall gespannte Haut im nächsten Regen

aufplatzen würde. Wahrscheinlich aber eine Bewegung, sie hatte sich die Haare geföhnt in der Schulbibliothek, in der die Hälfte der Jungen während des Arbeitslagers untergebracht gewesen war; er allein hatte auf der Liege gelegen an jenem Nachmittag; sie war hereingekommen und hatte ihn gefragt, ob sie die Steckdose benutzen dürfe, ihre drüben in der Mädchenunterkunft funktioniere nicht; und dann, ins Fauchen des Föns hinein, hatte sie wissen wollen, warum er hier im dämmrigen Zimmer liege und sich von allem, was die anderen taten, ausschließe. Er ließ das Buch sinken, in dem er zu lesen vorgab, es waren Goethes »Wahlverwandtschaften«, die ihn tödlich langweilten, aber felshoch über dem Kram zu stehen schienen, den die anderen lasen – wenn sie lasen –, und keinen Zweifel über sein Niveau aufkommen ließen. Sie starrte ihn an; er starrte zurück, verwirrt von den feingezeichneten dunkelroten, sich unter seinem Blick zu einer herausfordernden Schnute aufwölbenden Lippen, dem Zeigefinger, mit dem sie sich am Hals kratzte, dem von einem danebengegangenen Hammerschlag schwarz verfärbten Fingernagel. Die Mädchen hatten die Bänke auf dem Schulhof repariert, aus dem Radio, das Herr Stabenow, der jungenhafte Physiklehrer, neben den Fahnenmasten aufgestellt hatte, röhrte die Stimme der »Silly«-Sängerin Tamara Danz; plötzlich der Aufschrei, und alle Jungen waren zur schluchzenden Verena gestürzt, nur er und Siegbert Füger nicht. »Selbst zum Nägeleinkloppen zu doof, diese Weiber«, hatte Siegbert naserümpfend kommentiert. »Und wie sie alle rennen. Mit der wird sowieso keiner froh, das sag' ich dir. Viel zu hübsch. Und bestimmt eingebildet wie sonstwas. Meine Mutter sagt immer: Junge – mit Edelsteinen bauste keene Häuser. Und meine Mutter hat Ahnung, du.«
Christian linste zu Falk hinunter. Der schnarchte immer noch, allerdings hatte er sich jetzt das Kissen über die Ohren gezogen.
Schon beim ersten Treffen der zukünftigen Oberschüler war sie ihm aufgefallen. Die Schüler waren mit den Eltern gekommen. Der Dacia mit dem Waldbrunner Kennzeichen hatte neben dem Lada aus Dresden geparkt; Richard hatte den Sanitätskoffer auf der Hutablage und die Arzt-Sonderparkkarte auf dem Armaturenbrett des Dacias entdeckt und sofort eine kleine Plauderei

mit dem Kollegen angeknüpft. Hoffmann. Winkler. Sehr erfreut. Ganz meinerseits. Blabla. Blablabla. Verena hatte gewartet, kritisch das Dresdner Nummernschild gemustert, das gemauerte Eck mit Fahnenmasten und Maxim-Gorki-Büste, hatte dann Christian einen raschen Blick zugeworfen, so daß Robert ihm grinsend: Guck dir die Kirsche an, Mann, ins Ohr blies. Für das Treffen war der Mehrzweckraum im Schulkeller hergerichtet worden. Es gab ein Klavier, ein Marx-Engels-Lenin-Plakat vor einem mit rotem Fahnentuch bedeckten Rednerpult, einen Tisch dahinter, an dem sich einige Lehrer miteinander unterhielten, unbeeindruckt vom Stimmenschnattern. Die meisten Schüler kannten sich untereinander schon. Christian kam es vor, als ob alle ihn musterten, denn er schien der einzige Schüler zu sein, den niemand kannte. Es war, als er eintrat, nur noch ein Platz am Eingang frei; man saß dort wie auf einem Präsentierteller, was Robert, der frech einen Kaugummi kaute und seine Blicke zu den Mädchen schweifen ließ, nicht im geringsten zu stören schien. Christian dagegen schämte sich; justament an diesem Tag blühte seine Akne wie ein Weidenbaum im Frühling. Verenas Familie hatte sich in die hinterste Reihe unter die hochliegenden Kippfenster gesetzt, so daß Christian Verena beobachten konnte. Sie grüßte einige Mitschüler, freundlich, aber distanziert, wie ihm schien. Das Stimmengewirr schwoll allmählich ab. Verstohlene Blicke. Christian senkte den Kopf und wagte es nicht, etwas anderes anzusehen als seine Fingernägel, die neue Uhr oder den weißhaarigen Mathematiklehrer Baumann, der vorn, weit entfernt, vom Pult aus eine Einweisung in sozialistische Jugenderziehung gab, dabei wirkte sein Apfelbäckchengesicht eigenartig lausbübisch – als glaubte er selbst nicht alles von dem, was er erzählte. Aber Christian spürte, daß man weniger dieser Freundlichkeit als dem Blitzen der blank-scharfen, randlosen Brille trauen sollte … Bei diesem Brilleblitzer mit dem Oberstudienratskopf, das ahnte Christian, würde er nicht gut angeschrieben stehen. Zu grauenhaft waren seine mathematischen Fähigkeiten. Die Dunkle hinten bei den Fenstern, dachte er, war bestimmt gut in Mathe, und bestimmt war sie überhaupt gut in der Schule. Eine Streberin, klarer Fall.
Also, warum schließt du dich von allem aus? hatte die Streberin

an jenem Nachmittag im Sommer-Arbeitslager gefragt, in der Schulbibliothek, den Fön in der Hand; nur sie und er im Raum. Dem Dresdner Großstadtkind ist es wohl langweilig oder zu niedrig, was wir unterbelichteten Dorfkinder machen? Er wollte etwas Schlagfertiges erwidern, aber es fiel ihm nichts ein, und das erhöhte seine Wut um so mehr, als Verena gleich darauf, ohne eine Antwort abzuwarten, achselzuckend hinausging.
Dresdner Großstadtkind: Wie hatten sie über ihn heimlich – und manchmal auch weniger heimlich – gespottet, sich die Münder zerrissen über seine sonderbaren Gewohnheiten: Er ging nicht mit den anderen duschen, sondern richtete es stets so ein, daß er allein war; um nichts in der Welt hätte er seine pubertätsgeplagte Haut freiwillig fremden Blicken ausgesetzt; er fuhr nicht mit nach Freital in die Schwimmhalle, und er hing lieber seinen Gedanken nach und träumte, als die Gesellschaft der anderen zu suchen. Einzig bei Jens Ansorge und Siegbert Füger spürte er so etwas wie Verständnis; jedenfalls ließen sie ihn in Ruhe. Es hatte ihn gefreut, als er erfuhr, daß er mit ihnen gemeinsam ein Internatszimmer bewohnen würde. Wenn er auch nicht mitkam, wenn die anderen in die Stadt gingen – er schaute sich Waldbrunn ebenfalls an, für sich und in den Abendstunden, wenn er einigermaßen sicher sein konnte, daß er den anderen Schülern nicht begegnen würde. Waldbrunn, Hauptstadt des Osterzgebirges, die F 170 schlängelte sich oberhalb der Schule vorbei, fiel ins Flußtal der Roten Bergfrau ab, schnitt den Ortskern in Richtung des Erzgebirgskamms und der tschechischen Grenze, die man bei Zinnwald erreichte. Geduckte, einfache Häuser, Kirch- und Schloßturm; in der Ferne, wenn man mit dem Bus von Dresden kam, über den Windhaushügel zum Ort hinabfuhr und das Neubaugebiet von Waldbrunn zur Rechten auftauchte, konnte man das Kaltwasser blinken sehen, die Talsperre, die den zweiten Waldbrunner Fluß, die Wilde Bergfrau, staute. Links der Fernverkehrsstraße lag ein Kartoffelfeld, im Arbeitslager hatten sie Kartoffeln gelesen, zehn Pfennig gab es für den Korb, harte Arbeit, sie lasen im Akkord, der Rücken schmerzte von der gebückten Haltung, und er, das Dresdner Großstadtkind, war einer der schlechtesten gewesen, selbst viele der Mädchen hatten mehr Körbe geschafft als er. An den beiden Kartoffellesetagen

war er abends völlig erschöpft auf seine Liege gekrochen; einige hänselnde, sarkastische, auch verächtliche Bemerkungen hatte er einstecken müssen. Von Anfang an spürte er eine Kluft zwischen sich und den anderen Schülern dieser Erweiterten Oberschule. Er besaß eine Postkartensammlung, die er abends, beim Schein der Leselampe, oft ansah. Es waren sepiabraune und kolorierte Ansichten ferner Orte mit exotisch klingenden, die Phantasie anregenden Namen: Smyrna, Nice. Man sah das Mittelmeer schaumig gegen die Promenade des Anglais rollen, links im Bild ein Tontopf mit einer Agave, am rechten Rand die Reihe mondäner Hotels entlang der Promenade, gesäumt von Palmen. »Salerno, Piazza Mº Luciani« auf einer Fotografie, die an den Rändern ins vergilbte Weiß der Postkarte floß; wie abgewischt von den löschenden Fingern der Zeit. Zu den tiefsten und wirklichkeitsentrücktesten Träumereien führte aber eine Serie von Konstantinopel-Karten, die er sich zu Hause, im Briefmarken- und Ansichtskartengeschäft von Herrn Malthakus, aus einer Serie von Doubletten hatte aussuchen dürfen. Bleiblaues Meer: »Vue de l'Amirauté sur la Corne d'or«; »Vue de Beycos, côte d'Asie (Bosphore.)«; »Salut de Constantinople, Le Selamlik. Revue militaire« mit einer Menge schwarzer, würfelförmiger Kutschen, gepunktet von den roten Fezen der Menge. Das waren die Orte, an denen man sein und leben mußte. Christian träumte, wenn er die Karten betrachtete, von Abenteuern, belauschten Piratengesprächen in Hafenspelunken, durch die es ihm gelingen würde, wunderschöne entführte Frauen zu retten. Konstantinopel. Salerno. Der Bosporus. Und »la Corne d'or« hieß das Goldene Horn. Dort lebten die Helden, dort gab es die Abenteuer. Und was hatte er? Waldbrunn. Er ging durch das Städtchen und konnte beim besten Willen keine Segelschiffe erkennen wie auf den Bildern aus Konstantinopel, der Märchenstadt. Kein Muezzin rief von der dunklen, trutzig wirkenden Kirche am Markt, und Herr Luther, aus schwarzgewordenem Sandstein, auf dem sich die Tauben ausruhten und weiße Thesen hinterließen, verkündete »Eine feste Burg ist unser Gott« in gemeißelten Buchstaben. Keine der beim Fleischer oder Bäcker am Markt anstehenden Frauen ähnelte Prinzessin Fatme, die zum Dank für ihre Rettung aus den Händen des Schwarzen Zurga den abenteuerlustigen Almansor – das war Christians Deckname im Morgenland – zum Mann nehmen würde. Aber heiraten: Christian stand am Brückengeländer über der Wilden Bergfrau, die über rundgeschliffene fußballgroße Steine schäumte, und schüttelte den Kopf. Nie würde er heiraten, nie, nie im Leben. Ein Abenteurer hatte Abenteuer, ein Held war einsam; mit Fatme gab es eine Affäre, die, wie in den Kinofilmen, im Sonnenuntergang endete, wild, schmerzlich und traurig schön. Er blickte zur Lohgerberei; die Wilde Bergfrau hatte sie früher mit ihrem stahlklaren Wasser versorgt; jetzt befand sich ein Museum darin. Im Herbst war er gern dem Lauf der Wilden Bergfrau gefolgt, hatte rote Ahornblätter hineingeworfen und ihrem tanzenden Auf und Ab nachdenklich zugeschaut, mit gesenktem Kopf und auf den Rücken gelegten Händen; hätte Verena ihn so gesehen, wäre wieder Spott in ihre Augen geschlichen über seine Posen. In der Großstadt wird man wohl einfach früher reif, hätte sie gerufen, wie an jenem Nachmittag, als ihre Arbeitsgruppe ins Kino gegangen war, das sich am Ende der Uferstraße der Wilden Bergfrau befand, hinter dem Stadtschloß, das jetzt der örtlichen Parteileitung als Domizil diente. Sie hatte ihn angefunkelt und sich mit dem Zeigefinger das Haar eingedreht, und er hatte, in seiner Wut, bei sich gedacht: Das verstehst du nicht, du Waldbrunner Schnepfe; ich komme gerade aus Konstantinopel und nicht aus deinem Osterzgebirgskaff mit seinem gepflasterten Marktplatz und zehn gebückten Häusern drumherum; ich habe das Rauschen der Segel Sindbads im Ohr, nicht das an den Kotflügeln der paar Provinz-Trabbis, die eben an uns vorbeikläffen. Wenn du wüßtest, daß Sindbads keine Trabbis fahren.

9.
Alltag bei Äsculap. Leid eines Plichtassistenten

»Messer.«
Die OP-Schwester reichte Wernstein das Skalpell.
»Bitte Licht nachstellen.«
Richard amüsierte sich: Da hatte er Wernstein diese Operation

überlassen und selbst die erste Assistenz übernommen, und nun behandelte der ihn tatsächlich als Assistenten. Aber wenn schon, denn schon. Er griff nach oben und fokussierte das Licht der OP-Lampe auf das mit grünen Tüchern umrahmte Operationsfeld. »Bitte, Herr Chefarzt.«

Wernstein trennte die Faszie auf. Er ging auf den Scherz nicht ein; die Anspannung war ihm anzumerken, als er mit dem Finger den Schnitt zu erweitern versuchte. Der Pflichtassistent, Herr Grefe, der auf der anderen Seite des Operationstisches stand und die Haken hielt, grinste unter seinem Mundschutz; die Mundbewegung, die den Vliesstoff breiter zog, und die Fältchen in den Augenwinkeln verrieten es.

»Die Faszie schaffen Sie nicht mit dem Finger. Jede Wette.«

»Mal sehen.« Wernstein schnaufte, fragte den Anästhesisten, ob er das Antibiotikum eintropfen lasse.

»Über welche Faszie sprechen wir eigentlich?« Grefe, den Richard gefragt hatte, zuckte zusammen. »Faszie … Die Fascia …«

»– lata«, ergänzte Wernstein nach einer Weile. »Stimmt aber doch nicht ganz, Herr Kollege. Denn was ich hier mit meinem Finger aufzuhebeln versuche, aber wohl doch nicht gedosenöffnet kriege, ist schon … der Tractus iliotibialis. Wo haben Sie Physikum gemacht?«

»In Leipzig.«

»Da gibt's einen Spruch über dem Eingang des Anatomischen Hörsaals.«

Den mußte man kennen bei Oberarzt Hoffmann. Der Anästhesist, der eben über den Rand des Absperrungstuches schaute, feixte.

»Anatomia – clavis et clavus medicinae.«

»– Schlüssel und Steuerruder der Medizin«, übersetzte Schwester Elfriede, die die Instrumente zureichte, mit trockener Stimme. »Junger Mann, diese Frage bekommen in diesem OP-Saal alle Leipziger Studenten seit über fünfzehn Jahren gestellt.«

»Wollen Sie damit andeuten, daß ich beginne, Sie zu langweilen?«

Schwester Elfriede verdrehte die Augen. »Ich gebe Doktor Wernstein jetzt lieber die Schere, als Ihnen darauf zu antworten. Sie wissen, daß Sie unsere Sonne sind, Herr Oberarzt.«

Wernstein griff murrend zu und begann das derbe Gewebe aufzuschneiden. – Wie schwer es ihm fällt, zuzugeben, daß ich recht hatte! Jetzt säbelt er es doch auf! Aber hol's der Teufel, ich war ganz genauso! Richard schmunzelte, stillte laufendes Blut. Zugleich ärgerte er sich über den Pflichtassistenten. Diese jungen Leute, kamen zur OP und hatten keine Ahnung! Wenn wir uns das früher getraut hätten … Er dachte an einige Chirurgen, bei denen er großgeworden war, eruptive Naturen, die zu Wutausbrüchen neigten, sobald etwas nicht genau nach ihren Vorstellungen lief, die meisten aus den Operationsbunkern und Frontlazaretten des Krieges kommend, aus den Mühlen kaum vorstellbarer Menschenvernichtung. Bei Grosse hatten die Assistenten alles vorzubereiten; er schritt, wenn sie fertig waren, gottgleich und mit halb geschlossenen Augen, unansprechbar, wie in Trance, die erhobenen, von der Desinfektion noch feuchten Hände leicht schwenkend, zum OP-Tisch, ließ sich nur noch einkleiden und die Handschuhe überstreifen, bevor er schweigend die Hand für das Skalpell öffnete, das die OP-Schwester mit gebührender Ehrfurcht hineinlegte. Wehe dem Assistenten, der eine seiner plötzlich ins Schweigen abgeschossenen Fragen nicht hätte beantworten können! Der Chef sah ihn nie mehr an, seine Karriere bei ihm war beendet.

»Faden.« Richard band ein blutendes Gefäß ab. Wernstein drang mit entschlossen geführten Schnitten in die Tiefe vor, tastete nach dem Bruch. Aus allen seinen Bewegungen, der Eleganz und Sicherheit, mit der er die Instrumente führte, dem fein justierten Empfinden dafür, wann es angebracht war, vorsichtig zu Werke zu gehen und wann man entschiedener arbeiten konnte, seinem Gefühl für die Tücken einer Operation, all den Abweichungen von den Operationslehren und der Anatomie, bei denen man sich, plötzlich zum Blinden in einem stockdunklen Tunnel gemacht, nur auf sein Fingerspitzengefühl verlassen mußte: aus all dem sprachen die Begabung, die Intuition und die glänzenden technischen Fähigkeiten des geborenen Chirurgen. Richard hatte es immer wieder überrascht, wie verschiedenartig es in seinem Beruf zuging. Als Medizinstudent hatte er geglaubt, daß es zwischen Arzt und Arzt, und speziell zwischen den Chirurgen, keine Unterschiede gebe. Die Operationslehren regelten alles, und

Chirurgie schien so etwas wie eine Katalogerfüllung zu sein: jeder Patient war ein Mensch, und was der Mensch, der den Chirurgen interessierte, war, sah man in den peniblen Zeichnungen der Anatomischen Handbücher von Spalteholz und Waldeyer. Dort und dort sitzt das Problem, dies und jenes sind die anatomischen Verhältnisse, auf geht's. Die Praxis hatte ihn eines Besseren belehrt. Da gab es unendlich langsam arbeitende Chirurgen, die jedes Gefäß, jedes Schleimhäutchen fürchteten und diese Empfindung: Furcht, beim Operieren auf ihre Umgebung übertrugen, und die bei aller Sorgfalt doch keine besseren Ergebnisse, manchmal sogar schlechtere, als ihre scheinbar leichtsinnigeren Kollegen erzielten. Richard dachte an Albertsheim, seinen Assistentenkollegen bei Uebermuth in Leipzig. Albertsheim, den sie »Guarneri« genannt hatten, denn wenn er einen guten Tag hatte, waren seine Intuition, seine Schnelligkeit bei perfekter Technik so staunenswert wie der Klang einer Guarneri-Geige. Dann erreichte Albertsheim Höhen, wie er, Richard, sie nicht erreichte und wohl nie erreichen würde, und die selbst Uebermuth zu bewundernden Ausrufen veranlaßten. Hatte er allerdings einen schlechten Tag, operierte er »wie ein Fuhrknecht«, wie sie es nannten, und »Fuhrknechtsgeigen« hatte an seinen schlechten Tagen angeblich auch Guarneri gebaut, deswegen der Spitzname, über den sich Albertsheim nicht einmal ärgerte, im Gegenteil, er kultivierte die Künstlerattitüde. Dagegen war es ihm schwergefallen, auch nur durchschnittliches diagnostisches Gespür zu entwickeln, er konnte das Geräusch, das ein Spitzenkatarrh in der Lunge machte, kaum von dem eines Pleuraergusses unterscheiden, das leicht metallische Raspeln über einer Tuberkulosekaverne nicht vom Giemen einer Asthmatikerlunge. Aber das waren klinische Fertigkeiten, das ging die Internisten an, über die er, wie so manche Chirurgen, mit gelinder Herablassung sprach – als ob klinische Kenntnisse für einen Operateur entbehrlich wären. Auch für Weiterentwicklungen konnte er sich nicht erwärmen. »Große Chirurgen machen große Schnitte«, hatte Albertsheim über Richard gespottet, dem dieser eherne Grundsatz der Monarchenchirurgie dubios geworden war, da er hatte erfahren müssen, daß große Schnitte auch große Infektionen verursachen können. Da war Wernstein anders. Was hatte Albert Fromme gesagt, der erste Rektor der Medizinischen Akademie? Ein Chirurg hat das Herz eines Löwen und die Hände einer Frau. Und Pflichtassistent Grefe verrückte jetzt eigenmächtig die Haken. Wernstein und Richard sahen gleichzeitig auf.

»Die Haken setzt der Operateur um, nicht Sie!« brummte Wernstein unwillig. »Jetzt sehe ich nämlich nichts mehr. Wenn Sie nicht mehr können, sagen Sie Bescheid.«

Richard wurde zornig. Dieser junge Mensch war so weit weg von ihnen, was Alter und Ausbildungsstand betraf, und gewiß mußte man sich sachlich und kollegial verhalten, aber ... Es war nun einmal so, er konnte diesen Pflichtassistenten nicht leiden. Er wußte, daß das mit dem Umstand zu tun hatte, daß Grefe der Sohn von Müllers Schwester war und der Professor Richard in einem peinlich starren Gespräch darum »gebeten« hatte, einen bereits eingestellten Pflichtassistenten in eine andere Klinik zu schicken. Freilich, Grefe konnte nichts für diese Machenschaften, wußte wahrscheinlich gar nichts davon; man mußte objektiv zu bleiben versuchen. Und die mangelnde Fachkenntnis würde sich schon renken. Er als Pflichtassistent hatte sich, wenn er ehrlich war, auch mehr um die Krankenschwestern als um die Chirurgie gekümmert; außerdem war ja die Pflichtassistenz dazu gedacht, praktische Kenntnisse zu erwerben. Trotzdem: »Pertrochantäre Oberschenkelfraktur – wodurch ist sie gekennzeichnet?« brach der Hochschullehrer in ihm durch. Wieder begann Grefe zu drucksen. »Ich ... äh ... bin erst seit zwei Tagen bei Ihnen ...«

»Aber Sie haben doch ein Staatsexamen im Fach Chirurgie abgelegt, haben Sie denn da die Unfallchirurgie überschlagen?«

»Herr Oberarzt, soll ich ein wenig Musik machen lassen?« Schwester Elfriede kannte die Zornesausbrüche ihres Cheftraumatologen. Der aber hatte keine Lust auf Musik. Dieses Bürschchen würde es vielleicht seinem Onkel hinterbringen, daß die Unfallchirurgen einmal mehr Musik während einer Operation hörten, was für Müller der Ausdruck von Nachlässigkeit und Bohemechirurgie war, und für Bohemechirurgen hatte der Professor nichts übrig. »Das müßte Herr Wernstein entscheiden, er ist der Operateur. Haken her.« Er nahm Grefe die Haken aus der Hand und befahl ihm mit knappem Nicken, auf seine Seite hinüberzuwechseln. »Aufpassen, daß Sie sich nicht am Bildverstärker unsteril machen. Laß ihn mal tasten«, sagte er zu Wernstein, ihn unwillkürlich duzend. »Tasten Sie den Bruch?« Grefe stocherte in der Wunde herum.

»Die Bruchlinie befindet sich zwischen großem und kleinem Rollhügel, fast unmittelbar am Schenkelhals. Sie wissen, wo wir hier operieren?«

»Ja, jetzt hab' ich's. Im Grunde am Hüftgelenk, dachte ich?« Wernstein war zurückgetreten und wartete mit erhobenen blutigen Händen.

»Gut. Wir wechseln wieder. – In welchem Winkel stehen Oberschenkelknochen und Schenkelhals beim Erwachsenen zueinander?«

Grefe, der wieder auf seiner Seite stand und die Haken anhob, nannte ein falsches Maß.

»Schenkelhalsbrüche – wie werden sie eingeteilt und warum?« Seine Kenntnisse waren lückenhaft.

»Insgesamt fünf falsche Antworten auf meine Fragen, Herr Grefe. Wir haben hier eine Spielregel. Für jede falsche Antwort müssen vom Befragten einhundert Tupfer gedreht oder Kompressen gelegt werden. Macht fünfhundert Tupfer für Sie. Melden Sie sich nach Dienstschluß bei der diensthabenden OP-Schwester.«

Das hatte gesessen. Wernstein präparierte schweigend weiter. So schnell, wie der Zorn gekommen war, verrauchte er. Richard spürte, daß er zu hart reagiert hatte und daß er Grefe für die Methoden seines Onkels strafte. Jetzt tat ihm der Junge leid. Du machst es selber wie die Kommunisten! dachte er. Dabei fiel ihm ein, daß er in Grefes Personalakte die Bitte um Aufnahme in die Sozialistische Einheitspartei Deutschlands entdeckt hatte ... Na, wenn schon! entschied er, wenn aus ihnen was werden soll, muß man sie hart anfassen. Unterm Strich hat Elfriede fünfhundert Tupfer mehr in ihren Sterilisierboxen, Tupfer, die die marode sozialistische Wirtschaft nicht herzustellen fertigbringt! Wenn er in die Partei eintreten will, die unser aller Leben bestimmt, soll er es kennenlernen, das Leben, das dabei herausgekommen ist!

»Kugelfräse«, verlangte Wernstein, fräste den Knochen auf. »Leziusnagel auf Führungsgriff. – Wer war Lezius?« Diesmal hatte Wernstein gefragt. Das aber wußte Pflichtassistent Grefe und hielt stolz einen kleinen Vortrag. Es blieb bei fünfhundert Tupfern.

Nach der Operation ging Richard zur Akademieverwaltung. Er nahm den Weg durch die Klinik. Wernstein hatte die Patientin, eine sechzigjährige Frau, die beim Treppewischen ausgeglitten war und sich beim Sturz den Oberschenkelbruch zugezogen hatte, in knapp einer Dreiviertelstunde operiert; die Fluruhren rückten auf neun. In der Klinik herrschte die Atmosphäre, die Richard seit dem Medizinstudium vertraut war, seit er, nach der Schlosserlehre, als Hilfspfleger, dann jährlich in den Semesterferien als Student und Famulus den Krankenhausbetrieb von der Pike auf kennengelernt hatte: Die Morgenvisiten waren auf den Stationen der Nordseite vorüber, Schwestern eilten hin und her, Ärzte standen über Krankenblätter gebeugt oder betrachteten Röntgenaufnahmen. »Morgen, Herr Oberarzt.« – »Morgen, Schwester Gertrud.« – »Morgen, Herr Oberarzt.« – »Morgen, Schwester Renate.« Vertraute Gesichter, manche kannte er seit zwanzig Jahren; kannte auch die Menschen hinter den Alltagsmasken, wußte von den großen und kleinen Kümmernissen, die man nicht am Tage erfuhr, in der Hektik des Stationsbetriebs, sondern in den Spätdiensten, wenn Zeit für einen Kaffee blieb, oder nachts, wenn die Stadt schlief und die Akutfälle versorgt waren. Schwester Renate, die selbst nach zweiundzwanzig Jahren Dienst noch wie eine Schülerin vor ihrer Stationsschwester zitterte und deren erster Mann hier auf dieser Station, der chirurgischen Krebsstation, gestorben war. Richard wich einem Scheuerlappen aus, den ein Hilfspfleger mit schwungvollen Halbkreisen über den PVC-Belag des Bodens führte. Dieser Geruch nach Desinfektionsmittel, Wofasept – wie vertraut; wie rief er sofort all dies wach: die Krankenschwestern mit ihren Blutdruckmeßgeräten und Infusionsständern, das Klirren von Scheren und Glasspritzen in Nierenschalen, die eben jetzt, im Stationszimmer, an dem er vorbeiging, in den Sterilisator gestellt wurden, das kalkige Neonröhrenlicht im Flur. Er ging ins Vestibül. Essenwagen klapperten an den Aufzügen, Stimmendunst drang hinter der Glas-Schwingtür der Süd I hervor, Müllers kräftiges, wohl-

artikulierendes Organ: Die Privatstation hatte heute Chefvisite. Richard eilte an der Büste Carl Thierschs vorbei nach draußen. Eigentlich hatte er, bevor er zur Verwaltung ging, noch einen Abstecher auf seine Stationen machen wollen, um dort kurz nach dem Rechten zu sehen, aber dann wäre er wahrscheinlich dem Ärztetroß begegnet, und dazu – und vor allem: Müller zu sehen – verspürte er keine Lust. Wernstein hatte die Visite auf der Nord II gehalten; Trautson, Richards Oberarztkollege, auf der Nord III, gemeinsam mit Dreyssiger, der Dienst gehabt hatte und die Ambulanz übernehmen würde. Auf Wernstein konnte er sich verlassen, auch heute bei der Visite war die Nord II in klarer Ordnung gewesen. Bei Dreyssiger mußte man ein wenig aufpassen; er war ein guter Wissenschaftler und auch pädagogisch begabt, die Studenten mochten ihn; aber was auf der Nord III, seiner Station, geschah, wußte die Stationsschwester in der Regel besser, oft auch der junge Pflichtassistent, den Richard gern bei sich gehabt hätte.
Er verließ die Klinik und schlug den Weg zum alten Akademieteil ein, wo das Verwaltungsgebäude lag. Die frische Schneeluft tat ihm gut, er atmete sie in tiefen Zügen ein. Mit Unbehagen dachte er an die ihm jetzt bevorstehende Sitzung. Ewige Kämpfe an der Verbandsmull-, Tupfer-, Infusionsflaschen-, Gips-Front. Lappalien. Einerseits. Andererseits hatte das Rektorat von ihm verlangt, das Manuskript seiner Weihnachtsvorlesung zur Prüfung einzureichen. Absichtlich hatte er es jetzt nicht mitgenommen. Wie hatte Wernstein vorhin gesagt? Mal sehen. Obwohl er fror, bereute er es nicht, diesen Weg und nicht den durch das unterirdische Tunnelsystem genommen zu haben, das ihn aus alter Abenteuerlust zwar mehr reizte und das er seit Hilfspflegertagen wie seine Kitteltasche kannte, aber dessen verbrauchte, von Zigaretten- und Rattenuringeruch dumpfe Luft er gerade nach einer Operation nicht atmen mochte. Auf der Akademiestraße holperten ein paar Elektrowagen; weit vorn, neben dem Pförtner, am Kiosk an der von Milchglaswürfeln mit dem roten Kreuz flankierten Einfahrt an der Augsburger Straße, standen Patienten um Zeitungen an; von der Radiologie, die den massigen Block der Chirurgischen Klinik in Sichtweite hatte, kamen einige Ärzte. Richard ging durch den Park, an der Hautklinik

und am Wirtschaftstrakt vorbei, wo Thermophore verladen wurden. Er nutzte die Deckung einer Hecke und machte rasch ein paar Hockstrecksprünge gegen die Kälte.

10.
Erzadern. Der Alte vom Berge

»Lieber Herr Rohde,
unsere Diskussion geht mir nach. Ich habe mich erregt, und Sie, so schien es mir, sind auf eine Weise unbeeindruckt geblieben, die mich beunruhigt hat, weil ich sie aus Zusammenhängen kenne, die mich ohnmächtig, den Gegenübersitzenden aber ziemlich mächtig erscheinen lassen. Sie mußten meine Texte ablehnen, sagten Sie, und überließen es mir, zwischen den Zeilen und hinter dem Grund, der uns beiden einleuchtet, einen anderen, für das bißchen Autoreneitelkeit, das mir noch geblieben ist, wenig erbaulichen zu vermuten, denn genannt haben Sie ihn ausdrücklich nicht, und einerseits kenne ich Sie nicht gut genug, um aus Ihrer Verhaltenheit etwas anderes als Reserve zu lesen, andererseits sind Sie selbst Autor; ein, soweit ich weiß, genau arbeitender dazu, so daß Sie von der Goldwaage wissen, auf die man in diesem empfindlichen Stadium – das Buch ist fertig, aber noch nicht in der Welt – alles legt. Ich möchte Ihnen, was Ihr Zuhörenkönnen bei unserem Treffen angestiftet hat (verzeihen Sie, daß unser Gespräch dadurch weitgehend ein Monolog geworden ist), noch einmal erzählen, diesmal und hier schriftlich; mir liegt daran, daß es nicht im flüchtig Mündlichen bleibt. Eine Geschichte, die ich, etwas unbescheiden, nur deshalb nicht als meine Geschichte bezeichnen mag, weil sie, mehr oder weniger variiert, auf so viele zutrifft, die etwa meine Jahre haben. – Nein. Ich muß abbrechen. Bitte entschuldigen Sie. Ich werde diesen Brief nicht weiterschreiben. Ich kann ihn nicht weiterschreiben … Ich bin so müde, all das strengt mich so an … Dennoch werde ich den Brief an Sie abschicken; ich weiß, daß das konfus ist; aber, um ehrlich zu sein, hoffe ich, daß Sie mich wieder einmal besuchen … Halten Sie das Buch wirklich für mißlungen?«

Meno ließ den Brief sinken. Er überlegte. Der Alte vom Berge hatte keinen Wutausbruch gehabt, die Erregung, von der er schrieb, hatte Meno nicht bemerkt, oder sie war erst nach der Verabschiedung aufgekommen. Im Gegenteil: Der Alte hatte genickt und ein versonnenes Lächeln aufgesetzt, was seinem Gesicht mit den slawisch hohen Wangenknochen einen Zug ins Schelmische gegeben hatte; die pergamentblasse, in viele Runzeln geknitterte Haut begann sogar zu leuchten, als hätte der Alte Menos Zurückhaltung nicht nur erwartet, sondern erhofft. Ja, dachte Meno, als hätte er Schiffners Kopfschütteln erhofft – wie einen Ritterschlag, eine Auszeichnung. »Sie … bedauern gar nicht, daß Ihnen die Arbeit eines Jahres zunichte gemacht wird?«

»Sehen Sie, Herr Rohde … nein. Natürlich habe ich es geahnt, Sie wissen das, Ihre so vorsichtig und behutsam gewählten, um Schonung bemühten Worte verraten es mir … Und jetzt sind Sie erstaunt, warum ich lache? Weil ich wieder einmal gemerkt habe, wieviel Eitelkeit doch noch in mir steckt! Wie mich die Ablehnung wurmt, um die so dezent zu tänzeln Sie die Feinfühligkeit besitzen, wie es an mir nagt und ätzt! Ätzend, ja, das ist der richtige Ausdruck. Übrigens waren es drei Jahre Arbeit, harte Arbeit; ich bin ziemlich erschöpft. Und dann muß ich lachen. Einfach so. Über mich selbst, über mein Gesicht, das Ihnen entgegenstarrt, meinen Kopf, der aussieht wie aus Pappmaché, ein rechter Puppentheater-Lumpengespenstkopf, an dem statt der Haare Wollfusseln kleben – finden Sie nicht?«

»Herr Altberg, bitte, ich …«

»Jaja, ich weiß, es tut Ihnen leid. Nebenbei gesagt, mir auch. Ich kann mir denken, wie schwer Ihnen dieser Gang zu mir gefallen sein muß … Wer ist schon gern ein Hiobsbote, nicht wahr? Aber ich bin ein schlechter Gastgeber. Möchten Sie Kaffee oder Tee?«

»Jetzt kann ich weiterschreiben. Diesen Brief mag ich so nun doch nicht abschicken. Ich habe Fieber gehabt, mußte den akuten Schub im Bett auskurieren. Doktor Fernau, mein Arzt, macht Visite, aber danach kommt er unter 40° nicht. Bagatellen, sagt er, der Körper hilft sich bis zu dieser Grenze allein. Ich war erschöpft und müde, mußte viel nachdenken. Nun habe ich mich

wieder einigermaßen gefangen, und so schnell will ich nicht aufgeben. Ihre Fragen haben so vieles in mir wachgerufen…
Bin ich draußen, unbehütet? In einer Landschaft aus schwerem Schnee, denn ich greife ins Weiß und sehe mich in die Knie gehen bei dem Versuch, es Vater gleichzutun, der die Kugel emporhebt und vorsichtig auf die andere senkt, so daß die Schneefrau einen Rumpf bekommt; meine Schwester hat mit einem großen selbstgebastelten Holzkamm die Falten des Rocks schon eingekerbt, wartet jetzt auf die dritte, meine, Kugel, um Strohhaar daran zu befestigen, mit Kohlebröckchen Augen zu markieren, eine Mohrrübennase aufzustecken und über das Ganze einen zerbeulten Topf zu stülpen, der sonst im Schuppen steht und sommers mit Blumenzwiebeln gefüllt ist. Das Email ist an mehreren Stellen abgeplatzt, die Flecken gleichen schwarzen Inseln, weshalb ich sage: der Landkartentopf, Gundel, wir fahren in die Südsee damit. Unbehütet. Ohne Hut, ohne Hüter. Aber Vater steht neben mir, mein Gesicht brennt von seiner Ohrfeige, denn es geht nicht an, daß ich, der Sohn des Kreisapothekers Hubert Altberg, nicht genug Kraft besitze, eine lächerliche Schneekugel auf zwei andere zu heben. Die große rote Hand. Auf dem Handrücken Schlacken von Sommersprossen, rotblonde Haarbüschel auf den Fingern, dicht; Vaters Faust (riech mal hier dran, Friedhof, was?) wirkt bepelzt. Katzenerziehung: Er wirft die Jungen in die Regentonne hinter dem Haus – entweder es gelingt ihnen, sich herauszustrampeln aus der Nässe, die den Blumen der Vorgartenrabatten so guttut, oder sie werden in die Tiefe gesogen, die noch minutenlang weiche Schatten spielen läßt. Das Katzenjunge, das es geschafft hat, wird am Genick gepackt und noch einmal über das Wasser gehalten; Vater blickt ernst auf die kämpfenden Pfoten, scheint zu überlegen, ob meine Schwester und ich, die wir an der Tonne warten müssen, verstehen, was er meint; schwenkt den Arm schließlich beiseite (aber nicht immer: Manchmal wirft er das Junge ein zweites Mal hinein und drückt mit dem Daumen das Köpfchen unter Wasser bis zum Schluß), öffnet die Faust über dem Erdboden, dann erst dürfen wir die Katze aufnehmen und trockenreiben.«

Altbergs mimische Verwandlungsfähigkeit beeindruckte Meno. All diese tausend Runzeln und Falten schienen nur dafür dazusein, jeden möglichen Gesichtsausdruck mit holzschnitthafter Präzision wiederzugeben; das Licht im weitläufigen Arbeitszimmer, das herrische Schatten warf, hatte diesen Eindruck noch verstärkt. Schauspielerische Leistung? So war es Meno nicht vorgekommen; jede Empfindung, die sich auf dem Gesicht des Alten malte, schien in diesem Moment wirklich vorhanden zu sein, und jede unmißverständlich. Empfindungsessenzen: Bei diesem Wort sah er die Apothekenschränke aus Nußbaum wieder vor sich, vor denen der Alte auf- und abgegangen war, die braunen und weißen Fläschchen mit ihren vielfarbigen Inhalten, Etiketten mit Halbmondecken und schnörkeliger Gallustintenbeschriftung, die Feinwaage auf einem Regal über dem Schreibtisch. Der Alte warf das Manuskript in eine Schublade und murmelte etwas in einem eher verächtlichen als resignierten Ton, der Meno erschreckte. Die Haushälterin kam, brachte Kaffee, heiße Milch und einen Korb mit Zwieback, hielt Altberg vorwurfsvoll einen Schal hin, den er mit angeekeltem Gesichtsausdruck um den Hals wand, nahm von einem Bord einen Porzellanmörser und ein Pistill, zerrieb Tabletten. »Deine Medizin, du hast sie wieder nicht genommen«, sagte die Haushälterin mit einer Stimme, die des Erinnerns müde war, der Fruchtlosigkeit, mit der sie gegen den Starrsinn des Alten ankämpfte. Der zog eine Grimasse, winkte ab, ging ans Fenster, schlürfte die Milch, nachdem er den Mörserinhalt in die Tasse geschüttet hatte.
»Ich darf noch nicht aufstehen, deshalb ist sie so kurz zu Ihnen. Mein Doktor hat es mir verboten. Sie ist seine Verbündete und gönnt mir die Freude nicht, Besuch zu bekommen!« krächzte der Alte mit verschwörerischem Gesichtsausdruck. »Aber man darf nur die Hälfte von dem glauben, was die Ärzte sagen, und wenn sie etwas schreiben, sollte man besonders mißtrauisch sein!« Er lachte leise in sich hinein. »Das hat mein Vater gesagt, der Besitzer der Sertürner-Apotheke im Städtchen Buchholz war, im Riesengebirge. Unleserliche Rezepte, hanebüchene Tränklein! Studierte Quacksalber allesamt! seine stehende Rede. Na ja, es war da auch Eifersucht im Spiel. Fernau hat mich abgehört und mir auf Brust und Rücken herumgeklopft: Sie haben eine Pneu-

monie, Altberg, Sie gehören ins Bett, klar? Sie rasseln wie ein alter Wecker! Und ich: Jawoll, Herr Oberstabsarzt!«
»Ein feinfühliger Mann«, bemerkte Meno.
»Er weiß mich zu nehmen, das ist alles. Seine Ruppigkeit heitert mich auf. Außerdem bilde ich mir ein, daß ein ruppiger Arzt mit Krankheiten besser fertigwird, wahrscheinlich ist das ein Köhlerglaube, aber ich denke: Er nimmt die Krankheit nicht ernst, also ist sie auch nicht ernst. Oh, schau'n Sie mal!« Der Alte wies aus dem Fenster auf ein Vogelhäuschen, das frei im steil abfallenden Garten stand, dessen Schnee hier und dort, vielleicht vom Kraftwerk oder vom Rauch der Schwarzen Mathilde, Rußspuren trug.
»Spatzen, unvermeidlich«, sagte Meno. »Kernbeißer. Ein Stieglitzpärchen.«
»Und dort: ein Fichtenkreuzschnabel, wenn ich nicht irre!« Altberg freute sich. »Die sind selten geworden. Neben dem Buchfinken, sehen Sie? Aber setzen wir uns!«

»Myrtilla Myrtille leuchtest mir in der Stille … Und Großmutters Gesten, ihre Holzschliffstimme: Sollst Soldaten haben, mein Junge, Husaren mit Attila und Perlknopfwams und Schützenschnüren und blankgezogenem Säbel und Pferden aus der Pußta, und der Wind wird dir in der Nacht von den Flüssen erzählen, der Neiße im Glatzer Land wie sie fließt so gewunden gebunden durch unser Schlesien, und von einem Mädchen wird er dir erzählen, mein Junge, die auf dich wartet und deren Bild du bei dir trägst im Husarenrock, und wenn der Rauch kommt von der großen Schlesischen Eisenbahn, werden ihre Augen nicht traurig sein. Die Eisenbahn, das Feuerroß mit schmauchenden Nüstern und rotem Loderhaar hinterm Tender, trägt mich davon, das Licht ist seifig an solchen Wintermorgen, der Schnee rasselt unter den Schritten, eine klapprige zinkweiße Rüstung, und der Ritter darin atmet schwer, als kämmte er Rupfen beim Luftholen. Myrtilla Myrtille … Und Salbei und Arnika, zu der die alten Frauen im Städtchen Berg-Wohlverleih sagen, Wiesenschaumkraut und Froschlöffelextrakt, der Silberputzer-Schachtelhalm und die Äsculapnatter in Formalin im Glaszylinder, Rübezahl lächelt von einem emaillierten Reklameschild und verspricht

Heilkraft aus dem Riesengebirge, und wenn die Türglocke hinter der Fleischersgattin zu klingeln aufgehört hat, kein Kunde in der Apotheke ist und Vater mit den Würsten schnaufend nach oben stapft, die er im Tausch für Glaubersalz, Judenkirschenaufguß, Blutdrucksenkendes und die Altbergsche Echte Verdauungs-Kräutermischung, Patent in Breslau anhängend, erhalten hat, stockt das Licht im Raum, muß sich erst wieder an die Stille gewöhnen, aus seinen Verstecken in den Arzneivitrinen, Phiolen, Chemikalienampullen lugen, muß wieder wachsen, sich an den ins Mattglas des Schaufensters geschliffenen Schriftzügen auffalten, bevor es mit dem Wandspiegel zu kokettieren beginnt, mit dem Messinggeländer, das hinauf in die Wohnräume führt; bevor es schläfrig wieder wird und sich langmacht auf dem polierten Mahagoni des Kontortischs, an dem Vater Rezepte prüft und zusammenstellt; dann beginnt es aus den Wolken an der Decke zu rieseln, wo ein Schlesisches Himmelreich, wie Tante Irmelin spöttisch sagt, gemalt ist. Der Lokführer greift an die Schnur der Dampfpfeife.«

»Sie verachten mich, nicht wahr?« Der Alte hob abwehrend die Hand, als Meno eine Bewegung machte. »Natürlich werden Sie es nicht eingestehen. Aber was, wenn Sie allein sind? Sie nehmen ein Bild von hier mit, von Altbergs trauriger Gestalt und seinen hundert rührenden Leimtöpfen, mit deren Inhalt er seinen Papiervögeln Federn anschmückt, und von dem da«, er wies auf ein Manuskript auf dem Schreibtisch, einen Wust von über- und ineinandergeklebten Blättern und Fotos; aber die Handbewegung konnte auch die neben dem Schreibtisch hängenden Skizzen gemeint haben, Liniengewirre voll kryptischer Kürzel, Ziffern und verschiedenfarbigen Verweispfeilen. Das mußte das Bergprojekt sein, Altbergs opus magnum. »Dieses Ding«, murmelte er, »an dem ich seit acht Jahren haue, ohne daß es eine Form annehmen will. Zehn Tage für eine Seite, und alle Seiten müssen aus einem Glas sein, auf dem selbst der härteste und mißgünstigste Blick eines Lesers keinen Kratzer zu hinterlassen vermag. Aber Sie … Sie werden nach Hause gehen und mich verachten, heimlich, vielleicht werden Sie es selbst noch nicht wissen, daß Sie mich verachten … Ein alter Mann, der immer noch an eine gerechte

Gesellschaft glaubt – nach den Erlebnissen, von denen Sie gelesen haben in dem Text, den Ihre Edition ablehnt! Ein rechter Tor, nicht wahr? Was übrigens diese Ablehnung betrifft – ich kenne Schiffner. Ein ehrenwerter Mann, ein Verleger von altem Schrot und Korn, und das heißt, einer, der zu finden versteht; aber er ist auch ein wenig großspurig und ängstlich … Großspurigkeit und Angst, das ist, nebenbei, die typisch deutsche Mischung. Ins Äußere gesprochen: Sentiment und Kaserne … Sie lieben Lieder und Munition, die Deutschen … Nun ja. Ich bin tot, Rohde, ich mache mir nichts vor. Aber das, woran ich geglaubt habe, lebt … Wie denkt man von uns drüben?« fragte der Alte unvermittelt und mit begierigem Gesichtsausdruck und überließ es Meno, unter »drüben« das Viertel zu verstehen, zu dem die Standseilbahn hinauffuhr. »Schlecht«, erwiderte Meno nach einigem Zögern. »Man mag Ostrom nicht. Wer hier wohnt, wird verachtet von denen drüben, ohne Unterschied.«
»Also habe ich recht.«
»Ich verachte Sie nicht.«
»Aber Sie werden es tun! Die Zeiten ändern sich, und wir schlafen … Haben Ihnen die Zwerge nicht zugelächelt, als Sie die Straße hinaufgekommen sind?«
»Auch ich glaube an eine Verbesserung des Menschen, Herr Altberg … Daß es möglich ist, eine Gesellschaft aufzubauen, in der es allen Menschen gutgeht.«
»Diese aber ist es nicht, Herr Rohde!» sagte der Alte mit einer Stimme, die Meno erschauern ließ.

»Rübezahls Gehilfen dampfen aus dem Lokschornstein, Eisblumen wachsen am Fenster, die mein Atem durchsichtig macht, zum Verschwinden bringt, so daß ich den Marktplatz von Buchholz allmählich aus dem Blick schwimmen sehe; der Zug fährt auf einer Anhöhe am Tal vorbei, in dem das Städtchen liegt, der Kirchturm mit Wehrhahn und Feuerglöckchen, das Hagreiterhaus der Brüder Rebenzoll, reichste Kaufherren am Ort, mit seinen Umgebindebögen und dem Fachwerkgiebel, auf den ein Obersalzbrunner Freskenmaler Szenen aus der Jagd gemalt hat; die väterliche Apotheke mit dem Nadeltürmchen und der Sertürnerfigur, die Serpent und Waage hält, dann kommt die Biegung, und Buchholz ist Erinnerung; Flutgeist will steigen Ebbegeist will schweigen Sandgeist will sich zeigen, höre ich Großmutter flüstern, wenn sie mir beschwörend über die fieberheiße Stirn streicht; Schneegeist … Die Bahn hielt auf freier Strecke, ein Uniformierter betrat den Zug, hielt eine Lampe hoch und kommandierte uns hinaus, ein Koffer pro Junge, Aussteigen los los, Koffer auf die Schlitten; wir hatten ihm zu folgen. Schnee rutschte von den Fichtenzweigen, in Schattennestern hockten Kobolde und wiesen auf uns mit hämischen Fingern, der Uniformierte stapfte schweigend vor uns in einem Tempo, daß wir kaum zu folgen vermochten, links öffnete sich eine Schlucht, ein bedrohliches Auge, bewimpert mit bizarren Ästen; ich war der letzte in der Reihe, wagte nicht, mich umzusehen, Nachtwunderer hätte mich zum Wolf gemacht, Waldweibel mich zu Kraut und Farn gelacht; wie erschrak ich vor einem schweren, in rüttelndem Fluge abstreichenden Vogel. Die Löschburg kam in Sicht, das ehemalige Raubritternest im Eulengebirge, nun eine Schule und Ziehanstalt für »brauchbaren Nachwuchs im Staatsdienste«, wie es hieß, und so hatte es mir Vater bestimmt, Tante Irmelin konnte seufzen und Gundel weinen, wie sie wollten: Georg muß gebrochen werden, zu seinem Besten wird es sein, eines Tages wird er es mir danken, und ihr werdet sehen, wie recht ich gehabt habe! Er träumt zuviel, und wer zuviel träumt, den fressen die Krähen. – Ein Saal, in dem hundert Zöglinge schlafen. Stahlbett, Nachtschränkchen, Spind, unverschlossen, denn, sagt uns der Anstaltsrektor beim Morgenappell: Wer einen Kameraden bestiehlt, gehört ausgebrannt aus dem Schulkörper und aus dem Körper des deutschen Volkes. Gehorsam, Ordnung, Ehrlichkeit, Treue! fordert ein Spruch im Refektorium, wo wir sechs Uhr in der Frühe mit kälterauchenden Mündern beten, dann eine Brennesselsuppe mit einem Kanten Brot essen. Wir: zehnjährige Jungen mit kurzgeschorenem Haar, ausgewählt und auf Ehre in die Löschburg gegeben aus ganz Schlesien, die anstelligsten Köpfe des Landes, wie Vater sagte; ich finde seinen Namen in mein Pult geritzt. Aufspringen bei der Antwort, Hände an die Hosennaht, Setzen nur nach Aufforderung, Nachtruhe auf Kommando, lateinische Vokabelreihen, beim Repetieren je vergessenes Wort eins mit der Weidengerte auf die Handfläche, Leitmotiv: Schmerz prägt ein! Mein Bett- und Pultnachbar, er heißt Georg wie ich, wagt es, einem Lehrer zu widersprechen; ein Monat Burgkarzer bei nachzuholendem Unterrichtsstoff bringen ihn zum Schweigen – und mich, der ich die Strafe ebenfalls antreten muß, zur Verzweiflung, in die Krankenstation, zum Haß, zur Angst und zum Grübeln. Ich habe etwas getan, das, wie der Rektor beim Strafappell verkündet, schlimmer ist als Georgs Widerspruch: Ich habe ihn unterstützt, ich war loyal zum Abweichler, nicht zur Schule; ich habe der unbezweifelbaren Autorität des Lehrers nicht gehorcht, seinem höheren Rang, ausgedrückt in einer Silberlitze auf den Schulterstücken, wo wir, die Schüler, nur eine Stoffziffer tragen. Ich bekomme den Monat Karzer statt sofortiger Relegation, weil Vater beim Rektor vorspricht und sich einig weiß mit ihm, daß ich der »schweren Hand« bedarf. Die Relegation wird abgewendet. Ich bekomme Prügel mit dem gewässerten Rohrstock, darf in die Schlafstube zurück, wo Arthur, mein persönlicher Diener – den ich, wie alle anderen Schüler es mit ihren Dienern tun, nie anders als mit seinem Vornamen anspreche –, wieder meinen Nachttopf und mein Waschwasser ausleeren wird, für mich, der ich zur jungen Elite des zukünftigen deutschen Musterstaats zurückgekehrt bin, zu denen, deren Widerstand gegen die Silberlitzen darin bestehen wird, sie zu erringen.«

»Übrigens habe auch ich Ihre Arbeit über die Spinnen gelesen. Arbogast war so freundlich, mir eine Hektographie davon herzustellen. Ich nehme an, daß er Sie zu einem unserer Urania-Treffen eingeladen hat? Er wollte es tun, das stand im Begleitschreiben an mich.«
»Ich habe ihn heute morgen getroffen, und tatsächlich hat er mir diese Einladung ausgesprochen.«
»Was halten Sie von ihm?« Der Alte vom Berge musterte Meno bei dieser Frage mit einem schnellen, kalten Blick.
»Ich kenne ihn nicht, und aus dem Umstand, daß er auf das ›von‹ Wert legt, einen Spazierstock mit Greifenkrücke trägt und einen unerzogenen Hund hat, sollte man, denke ich, keine populärpsychologischen Schlüsse ziehen. Es sind bloße Etiketten.«

»Und damit, meinen Sie, verhält es sich wie mit dem Glas Spreewälder Gewürzgurken, die das Etikett darauf anzeigt; aber wie sie schmecken, verrät es mir nicht, das Stückchen Papier! Eine gute Antwort. Eine vorsichtige Antwort.« Der Alte vom Berge lachte leise. »Sie mißtrauen mir. Sie verachten mich insgeheim, und Sie reagieren wie ein Fuchs, der den Jäger wittert.«
»Herr Altberg, das unterstellen Sie mir!« erwiderte Meno ungehalten. »Warum sollte ich Sie verachten? Wie käme ich dazu? Glauben Sie mir, bitte.«
»Ich weiß, Sie haben es ja vorhin gesagt: Auch Sie halten eine bessere Gesellschaft für möglich ... die gerechte Lebensordnung, in der die Menschen glücklich sein können. Egalité, Fraternité ... die siebzehnhundertneunundachtziger Ideale, mit anderen Worten: das sozialistische Himmelreich! Es stammt aus Paris, wie wir sehen. Die Hoffnung bei den Alten ein Übel war ... Egalité, nun ja. Bald werden wir das Jahr der Menschen haben, die gleicher sind als alle anderen.«
»Sie lesen Orwell?« bemerkte Meno mit feinem Lächeln. »Wenn Sie mich auf die Probe stellen wollen –«
»So wäre es ein schlechtes Probestellen, wenn ich den Klassenfeind zuerst zitiere, um Sie aus der Reserve zu locken; dann immerhin habe ja auch ich meine Nase dorthinein gehalten! Sie haben Humor, Herr Rohde, das gefällt mir. Humor ist ein untrügliches Zeichen ...« Meno fragte nicht, wofür, als der Alte unvermittelt abbrach.

»1940 der Amtsbrief mit Hakenkreuz und Stempel. Romantik und Verwaltung, Herr Rohde, es gibt nichts, das schlimmer ist. Gestellungsbefehl für den Jahrgang 22, zu dem ich gehöre. Einrücken in die Kaserne; ich tat es mit Freude, ich war ein bedingungsloser Anhänger des Nationalsozialismus, ich, blond, blauäugig und 1,85 m groß, hatte nichts von ihm zu befürchten, ich gehörte zur Rasse der Auserwählten, die sich anschickte, die Erde zu erobern ... und die sie erobern würde, daran bestand für mich kein Zweifel. Es war rechtens so, denn die anderen waren minderwertig; sie teilten, hatte man uns eingehämmert, unsere Überzeugungen nicht, unsere Werte: Anstand, Treue bis zum

Tod, Ehre. Ich gehörte dazu, ein Husar ein Husar wirst du sein mit Attila und Säbel und Portepee, die Dörfer werden brennen, aber du aber du mein kleiner Gardeoffizier …«

Der Alte ging schweigend vor Meno auf und ab, warf ihm nachdenkliche, prüfende Blicke zu. Er setzte sich an den Schreibtisch, blätterte das Manuskript auf. Dann begann er zu erzählen, mit vielen »nun also« und »so isses« und »ei-gen-t-lich« (»ei-gen-t-lich sollte man ei-gen-t-lich nicht sagen, nicht«) und nickend vorgebrachten, Meno still amüsierenden »Nee, das isses doch nicht, nicht«, wenn er sich an eine Stelle »aus einem Buchgedichte« zu erinnern versuchte. »Falsches Zitat … Da will ich die Rede würzen und habe, um im Bilde zu bleiben, wieder Kardamom statt Salz erwischt, verzeihen Sie einem, der wie ein Mönch lebt, was das Kulinarische betrifft!« Dabei verzog er den Mund zu einem breiten Grinsen. Die Haushälterin brachte ein Tablett mit einer Flasche Nordhäuser Doppelkorn, die bereift war von Kälte. Meno lehnte ab, Altberg füllte sich mit zitternden Händen beide Gläser.

»Gehen wir.«
»Aber Sie sind krank, Herr Altberg.«
»Nur gescheitert, Herr Rohde. Nur gescheitert.«
Sie stiegen am Bahnhof Neustadt aus, standen eine Weile auf dem Bahnhofsvorplatz, wo sie den Tauben zusahen und den Zügen. Vielleicht hoffte Altberg, daß die Geräusche ihn annähmen, wenn es schon der Boden nicht tun wollte, in den er die Sohlen drückte, vielleicht, um in den kittgrauen, elefantenhautrissigen Buckeln etwas wie ein Wiedererkennen oder wenigstens eine Begrüßung auszulösen. Vielleicht. Soldaten gingen vorbei, Reisende mit den müden, feindseligen Erinnerungen, die sie für die Uniformen und die, die sie zu bezeichnen schienen, hatten: Meno spürte, daß Uniform und ihr Träger in den Augen dieser Anderen nicht zweierlei waren, vielleicht: sein konnten. »Aber welch stolzes Verblassen der Farben«, sagte Altberg; Altberg sagte: »Wissen Sie, Herr Rohde, ich dachte manchmal, um weniger fremd zu sein, müßte ich noch etwas Fremderes finden, und das konnte nur ein Ort sein, an den ich mich, aus den Erinnerungen

eines meiner Transits, oft gewünscht hatte. Sie werden ihn kennen, aber leisten Sie mir doch Gesellschaft.«
Meno holte den Brief über die »Alten deutschen Dichtungen« vom Regal neben der Zehnminutenuhr, legte Kohlen nach, las beide Briefe noch einmal, bevor er sich an die Schreibmaschine setzte.

11.
Moorgrüne Blumen

– *Schon die Zartheit des Hausflurs,* schrieb Meno, *erschreckte mich, wir warteten, obwohl das abgegriffene Geländer noch das gleiche zu sein schien, der Gitterrost-Abstreicher am Hauseingang mit den umschnappenden Stahllamellen, darüber das Schild Bitte die Füße abstreichen; die Wasserflecken an den Wänden, die hohe, mit still gewordenem weißem Schleiflack gewappnete Tür. Plötzlich erschienen Sie mir verändert. P. Dienemann Nachf., las ich, doch hatte ich, als ich Ihnen zuhörte, keine Nachricht an die Liebenswürdigkeit, den eigenen Namen hinter eine Weltanschauung namens Nachf. zu stellen. Der weißhaarige, zigarrequalmende Herr Leukroth hatte gewiß dafür Sinn; einige Fotos über dem Schreibtisch seiner Tochter zeigten das Antiquariat auf der König-Johann-Straße, vor der Bombardierung, zeigten Briefe mit dem Etikett Dienemanns, um die Welt gereist unter exotischen Stempeln und zurückgekehrt, zeigten ein Widmungs-Porträt Hauptmanns, das Sie immer wieder betrachteten. Vielleicht hätte Leukroth sogar über die von Ihnen so bezeichnete Abteilung Heimatkunde das Schild Dresden Nachf. gehängt, natürlich handgeschrieben mit der Eisengallustinte, die durch die Karteikarten rostete, auf denen seine Angestellten (ihm zuliebe?) die Übersicht behielten. Denn die Gegenwart, mein Herr, meinte ich die Stimme Herrn Leukroths zu hören, ist noch gar nichts. Und kopfschüttelnd, sah ich, nahm er die Bücher des Herrn mit der Baskenmütze, der vor mir durch die Tür mit dem Schild Betreten verboten gegangen war und nun unter dem Wort des Alten, der an seinem Stumpen kaute, während er roh hin- und herblätterte, die Schultern einzog, sie vielmehr: fallen ließ in plötzlicher, eischneehaft zusammensacken-*

der Resignation. Was sagen Sie, junger Mann? griesgramte Herr Leukroth Ihnen zu, wobei er ein Eselsohr in eine weggewischte Seite schlug. – Nu. – Also. Könnense wieder mitnähm, Ihre Gegenwart, beschied Herr Leukroth, Dresden kommt ohne aus. Der so Belehrte schüttelte den Kopf, murmelte Mein lieber Herr Gesangsverein, und wandte sich zum Gehen. Momentchen noch, Herr Leukroth winkte auf Hüfthöhe von einer Leiter, wollen Sie das denn wirklich wieder nach Hause schleppen, sagen Sie mal? Sie können mir's für füneff Mark hierlassen, Bücher zu Büchern, wo Sie schon mal da sind. Und griff mit zitternden Fingern (er litt an der Parkinsonschen Krankheit) in ein Glas mit Fünfmarkstücken: Taxikasse, stand auf einem Streifen Heftpflaster in Schreibmaschinenschrift. Hinter Vorhängen aus Kattun, mit moorgrünen Blumen bedruckt, schliefen Konservendosen, ragten Bohnerwachspyramiden, gilbte Schreibpapier aus dem VEB Papierfabrik Weißenborn, schlummerten Kartons mit Königsteiner Bütten, das Herr Leukroth mit Uhus bedruckte und für Weihnachtsgrüße an gute Kunden mit seiner Parkinsonschrift bedeckte; Sie zeigten mir Exemplare, auf allen stand Bereit sein ist alles, Ihr Antiquariat P. Dienemann Nachf. Herr Leukroth, verriet mir eines Tages die Angestellte mit der Chiffonbluse, einer Papierrose am Kragen (immer die gleiche, nie dieselbe), und den vergrämten, ringenden Bewegungen der Hände, pflegt jeden Morgen mit dem Taxi ins Geschäft zu kommen, und er pflegt dasselbe auch per Taxi zu verlassen. Das Fünfmarkstück (der baskenbemützte Herr schloß es freudig in die Faust) vermittelte den meisten Kunden das Gefühl, noch einmal davongekommen zu sein; es war eine schwere, recht ansehnliche Münze, geprägt zum XX. Geburtstag der Republik, und wie das Zwanzigpfennigstück nicht aus Aluminium. Sie und ich, Herr Altberg, standen noch immer im Hausflur, vor mir die Schleiflacktür, unter mir der Abtreter, der keine Stahllamellen hatte, sondern aus Kokos gefertigt und in der feuchten Jahreszeit mit einem Scheuerlappen belegt war, der den ganzen Tag über dampfte, wenn das Antiquariat geöffnet hatte. Bitte die Füße sorgfältig abstreichen. Das sorgfältig war sorgfältig unterstrichen. Fräulein Leukroth, die Tochter des gegenwärtigen Besitzers, saß gewiß an ihrem Schreibtisch im Korridor zwischen den beiden Stuben des Antiquariats und schrieb, wobei sie die Stahlfeder in ein Fäßchen Eisengallus-

tinte des VEB Barock tauchte und die überflüssigen Tropfen sorgfältig am Glasrand abstrich. Ich vermutete, daß sie mit bedeutenden Geistern der Vergangenheit in Verbindung stand, denn die kratzende Feder auf dem an den Rändern gilbenden Papier, die Tinte, die den womöglich im weiten Ortlosen, wahrscheinlicher aber hier, in den Treppen zwischen und in den Büchern, sich aufhaltenden Manen vertraut vorkommen mußte, würde sie zu rufen vermögen; es würde gelingen, sie aus den Himmeln über Dresden in Salomos Flasche zurückkreiseln zu lassen, und es genügte ein Kattunvorhang, bedruckt mit moorgrünen Blumen (Fräulein Leukroth trug ein Kleid aus gleichem Stoff), vor dem Fensterlicht für die nüchtern wirkende Beschwörungskunst; bei Dämmerung und Nacht, wenn der holzgeschnitzte Büchernarr nebenan in der Stubenecke zum Leben erwachen und gemeinsam mit seinen Angestellten das Antiquariat übernehmen würde, konnte Fräulein Leukroth, so dachte ich, gar nicht anders als mit den gerufenen Geistern zu verschwinden. Bis mir eines Tages die Angestellte von der altersschwachen Registrierkasse in der vorderen Stube, gegenüber der Betreten-verboten-Tür, zuwinkte und mir, indem sie ihren Blick gen Zimmerdecke hob, einen der Zettel Fräulein Leukroths zuspielte: Es wäre nicht nur wünschens-, sondern auch begrüßenswert, wenn Sie die Güte hätten, der Porzellanblume über ihren gewöhnlichen Durst hinaus Wasser zukommen zu lassen. Aus bestimmten Gründen sollte das Wasser, mit dem nichtsdestoweniger sparsam umgegangen werden muß, abgestanden sein. – Wir standen im Hausflur und lauschten. Es mußte ein Montag sein, denn hinter der Schleiflacktür hörte ich nur das Gemurmel meiner Erinnerungen, nicht die einem Kunden, jetzt, den unachtsamen Umgang mit rororo-Paperbacks verweisende Stimme der Dame mit der Papierrose, Herrn Leukroths Schlurfschritt unter dem sakrosankt dimensionierten Jupitergipskopf Goethes, der über Schrankflügeln mit filigranen steckenden Schlüsselchen thronte, die Heftpflasterkrawatten trugen, ebenfalls maschinebeschriftet: Klassiker! Keine Selbstbedienung! Man hielt sich daran, denn die Vitrine hätte bei unbefugter Berührung eine andere Form von Stille erzeugt, auch mußten die Schlüssel, dachte ich, mit einem unsichtbaren Alarmsystem verbunden sein: dem ins Antiquariat ausgestülpten Sensorium des Fräulein Leukroth, vielleicht auch mit dem Wis-

pern kratzend beschworener, petzender Hilfsgeister. Es mußte Montag sein, denn Dienemann Nachf. war privat, und privat hatte montags geschlossen, das kannte ich von den Bäckereien Walther und Wachendorf, von der Fleischerei Vogelsang, vom Schuhmachermeister Anselm Grün. Der Scheuerhader dampfte nicht, absichtlich mißachtet dörrte er ins Hellgrau einer Haifischflosse hinüber, die auf der Kokosmatte gestrandet lag. Kein eisiges Schweigen von drinnen, wenn jemand Fräulein Leukroth in ihrer Tintentätigkeit unterbrach und sich nach den Büchern im Glasschrank neben dem Schreibtisch erkundigte: Hinter einem Vorhang mit aufgedruckten moorgrünen Blumen standen, bewacht von Apothekenfläschchen, die Hermann-Hesse-Bücher des alten S. Fischer-Verlags, Leinen in verschossenem Blau, Goldprägung, Unger-Frakturdruck, und des Aufbau Verlags, Leinen in nachgeblaßtem Lindgrün, sandgelbe Schutzumschläge, Garamonddruck, und wenn ein Zug vorüberfuhr, übernahmen die Apothekenfläschchen das Erzittern, das seine Zackenstrahlen aus dem Kern von Fräulein Leukroths Schweigen schickte: Bücher von Hermann Hesse, mein Herr! und für Fräulein Leukroth, die nicht einmal den Kopf wandte, bedurfte es keiner weiteren Erläuterung. – Oh, Hermann Hesse, beharrte der Interessent; – Allerdings! und: Ich sage Ihnen gleich, sagte Fräulein Leukroth; – Die verkaufen Sie wohl nicht?; – Hören Sie, brach Fräulein Leukroth die Diskussion ab, nach Hermann Hesse! gibt es keine! Literatur mehr! und strich, während der Interessent hilflos die Schultern hob, weil er begriffen hatte, eine der üblichen Dresdener Würdigkeitsprüfungen nicht bestanden zu haben, sorgfältig einen überflüssigen Tintentropfen am Rand des Barock-Glases von der Stahlfeder. Und Sie, Herr Altberg, hörten zu. Und ich sah Ihnen zu, wie Sie die Bücher öffneten, sich mit den Angestellten unterhielten, Fräulein Leukroth zu Apothekenmischungen gegen Hautleiden und Strahlenkrankheiten aus dem Weltraum berieten, wie Sie Herrn Leukroth, der näher kam, sich wieder entfernte, wieder näher kam, einen Ihrer Essaybände in der Hand, ein Autogramm gaben, Sie schienen verwirrt, vielleicht hatten Sie sich nicht vorgestellt, selbst Gegenstand des Interesses von P. Dienemann Nachf. sein zu können; es rührte mich, daß ich Sie, einen meiner gestrengen Lehrer, für einen Moment unbeschwert sehen durfte. Viel haben Sie mir beigebracht – und wissen es nicht, nie habe ich es Ihnen zu sagen gewagt; denn ich kann nicht so tun, als ob ich Sie verstünde. Zu weit auseinander, vermute ich, liegen unsere Lebenseindrücke, die ich Erfahrungen ungern nenne, da ich nicht weiß, ob sich jemals etwas wiederholt. Ich sehe uns im Hausflur vor dem Antiquariat Dienemann stehen, Sie erzählten mir von den Anfängen der Deutschen Demokratischen Republik, von Ihren Hoffnungen und Träumen, vom Morgenrot, das Sie freudig begrüßten und für das Sie alles zu tun, zu geben bereit waren nach Tausendjähriger Finsternis. Sie schwiegen; ich lauschte. Schallplatten steckten festgefressen in den Wänden. Stimmen fanden nicht zueinander. Hecht du grüner Offizier: glitt durch Schleiflack- und Zwischenpforte, verschwand im Schrank neben Goethes Jupiterkopf, hinter dem Tisch, dessen ausladende Büchergaben den hölzernen Narren bekümmerten. Auch an diesem Schrank steckte ein Schlüsselchen: Romantiker, dto.! stand auf dem Heftpflaster. Und während Sie schwiegen, hob Fräulein Leukroth den Kopf und lauschte zurück: Machte sich auch niemand »ahnungslos zu schaffen« (so stöhnte die Angestellte in der Chiffonbluse leise, wenn sie einem Kunden gefolgt war, um zu sehen, was er trieb, und einen manisch und furchtlos in den zweiten Reihen, verborgen hinter ewigen Wiedergängern wie Zuchardts Stirb du Narr! – nie gelesen, notorisch vorhanden – oder Sinkiewicz' Quo vadis?: dto., wühlenden Raubritter vom Geist namens Georg Altberg gefunden hatte); stand jemand etwa nicht den eingebürgerten Dresdner Besichtigungs-Meter entfernt von den Büchern, hielt respektvoll den Kopf schräggeneigt, um die Titel zu studieren, das Kinn auf die rechte Hand und diese auf den waagrecht gehaltenen linken Arm gestützt? Fräulein Leukroth lauschte. War es Zeit für ihre Medizin? Es wäre begrüßenswert, wenn in unserem Hause mit dem Packpapiere sparsamer umgegangen werden würde; Zeitungen vom Vortage erfüllen den Zweck des Einschlagens von Büchern ebensogut, weswegen ich, wie Sie wissen, stets einen Vorrat mit mir bringe. Die Dativ-»e« waren sorgfältig unterstrichen.

12.
Rost

Lernen, unerbittlich, unermüdlich, unersättlich, mußte man, wenn man eines Tages zu den Großen gehören wollte – auch das hatte Christian gelernt. Niklas, Ulrich und Richard ließen wenig gelten außer dem Besten und Bedeutendsten; Ezzo, wenn er ein Stück vorspielte, bekam zu hören, daß es dieser oder jener Geiger besser gemacht habe, daß ihm noch dies oder jenes fehle, »um wirklich zu ergreifen, um die Noten nicht nur zu spielen, sondern mit Leben zu erfüllen; es hat noch keine Tiefe«. Christian hatte es gelernt, wenn Richard seine Schulzeugnisse hervorholte und stumm auf eine Eins tippte, wo Christian noch eine Zwei hatte; eine Drei glich bereits einer mittleren Katastrophe, und was bei einer Vier oder gar einer Fünf, dem größten anzunehmenden Desaster, passieren würde, wagte er sich nicht auszumalen. Er wagte sich auch nicht auszumalen, was er tun sollte ohne den Studienplatz Medizin.

»Arzt«, sagte Richard, »ist der beste und schönste Beruf, den es gibt. Es ist eine klar umrissene, hilfreiche Tätigkeit, deren Ergebnisse unmittelbar sichtbar sind. Ein Patient kommt mit Beschwerden. Der Arzt untersucht ihn, stellt eine Diagnose, beginnt die Therapie. Der Patient geht geheilt nach Hause, befreit von Schmerzen, fähig, wieder seiner Arbeit nachzugehen.«

»Wenn er nicht gestorben ist«, entgegnete Ulrich. »Ist euch aufgefallen, daß Krankenhäuser oft neben Friedhöfen stehen? Und zwar neben solchen mit fortwährend buddelnden Totengräbern. – Die Wirtschaft, Junge, bietet die besten Berufe. Schau, du schaffst reale Werte. Du produzierst, sagen wir, Toilettendekkel. Ihr braucht nicht zu grinsen, es wird Zeit, daß jemand eine Verteidigung des Toilettendeckels unternimmt. Dieses mißachtete Oval braucht jeder, auch wenn niemand darüber redet. Übrigens, wußtet ihr, daß es auf französisch le couvercle heißt? Du wirst nicht groß im Rampenlicht stehen, wenn du Kuverkel herstellst, das nicht; aber wehe, sie sind nicht lieferbar. Die Wirtschaft ist das wahre Leben! Und du wirst ’ne Menge damit verdienen.«

»Du und deine blöden Witze, verwirre doch den Jungen nicht,

Schnorchel«, tadelte Barbara. »Die Wirtschaft! Von welcher sprichst du? Von der sozialistischen? Daß ich nicht lache!«
»Du kannst ruhig lachen, mein liebes Flöckchen, aber ich sage dir, daß die Gesetze der Wirtschaft auch im Sozialismus …«
»Richard hat gar nicht so unrecht. Der Junge soll was Handfestes lernen. Ich war ja immer dafür, daß er Herrenschneider wird. Ich glaube, er hat eine natürliche Begabung zum Herrenschneider. Das Gefühl für Stoffe scheint ja in der Rohde-Familie zu liegen … Meno hat auch einen Sinn dafür. – Werd' aber bloß nichts mit Büchern, Christian. Ist alles Käse. Stimmt's, Meno?«
»Nicht ganz. Bißchen Quark ist auch dabei.« Meno beteiligte sich kaum an solchen Diskussionen und hielt sich, während die anderen stritten, an das Abendbrot.
»Ach was, ich kenne Schriftsteller! Sie kommen zu mir und klagen mir ihr Leid. Sie wollen schreiben, daß der Himmel blau ist, aber sie müssen schreiben, der Himmel ist rot! Ein Anzug hat immer zwei Ärmel, hier wie im Westen. Und Knöpfe hat er auch. Einer dieser … Kritzler! hat mich gefragt, ob ich nicht denjenigen kenne, der die Knöpfe herstellt, er möchte auch Knöpfe herstellen, nichts als Knöpfe.«
»Als Arzt bist du Generalist. Du mußt alles können. Du mußt sogar was von Wirtschaft verstehen. Und viele Ärzte, die ich kenne, sind musisch veranlagt. Kunst, Handwerk, Bildung: alles trifft sich im Arzt. Du kannst in die Forschung gehen, wie es Hans getan hat. Toxikologen werden auch immer gebraucht. Du kannst sogar, wenn du neben Medizin noch Geschichte studierst, Medizinhistoriker werden, wir haben einen Lehrstuhl an der Akademie. Ein gutbezahlter Professor, bestens aufgehoben in der medizinischen Fakultät, weg von den Ideologen. Der sitzt den ganzen Tag da und schreibt Bücher.«
»Also, ich glaube, das schönste ist doch die Musik«, sagte Niklas.

Abends ging Christian, wenn er bei seinen Eltern war, gern allein spazieren. Er sah wenige Menschen, meist lag das Viertel in tiefem Schweigen. Deutlicher als je spürte er das Melancholisch-Einsame der alten Villen mit ihren spitzen Giebeln und steilen Dächern, beleuchtet von den Adventssternen in den Loggien und auf den Altanen, vom geringen Licht der noch funktionierenden

Straßenlaternen. Schnee fiel, Schnee schmolz, manchmal regnete es auch. Dann hörte er seine Schritte auf dem nassen Pflaster der Bürgersteige hallen und fühlte, daß die Häuser etwas verbargen, eine schleichende, heimtückische Krankheit, und daß diese Krankheit mit ihren Bewohnern zusammenhing.
Er ging oft zu Niklas, den er sehr liebte, und freute sich dann schon lange im voraus, schon während der letzten Unterrichtsstunde, während der eintönig schaukelnden Fahrt von Waldbrunn nach Dresden, auf den Besuch bei seinem Onkel. Hatten sie zwanzig Uhr vereinbart, lief er schon eine Stunde vorher unruhig durch die Straßen, sah zu den Lichtern und fragte sich, was die Bewohner hinter den Fenstern wohl trieben, ob sie bei den Glockenschlägen aus der Stadt, beim Klang der Uhren, der durch die geschlossenen Fenster hörbar war, auch an diese Krankheit dachten, die er noch nicht benennen konnte, sosehr er es auch versuchte. Er hatte einmal mit seinem Onkel Hans darüber gesprochen, Hans hatte ihn überrascht angesehen, die Achseln gezuckt und mit ironischem Lächeln »wir werden vergiftet, nichts weiter«, geantwortet, hatte hinzugesetzt »Die Zeit, die ist ein sonderbares Ding«, und den Zeigefinger an die Lippen gehoben. Christian hatte das nicht vergessen. Es war ein Zitat aus dem »Rosenkavalier«, die Marschallin sang es; und Christian glaubte, daß diese Marschallin noch lebte, hier irgendwo in einem der Häuser, und von der Zeit flüsterte, sie sogar besaß wie eine Essenz und in die Uhren speiste in der langsamen, geduldigen Weise einer Spinnerin am Spinnrad, von dem ein Faden ging, die rieselnde, in den Tapeten rinnende, in den Spiegeln huschende, gesichterwebende Zeit. An einem dieser Abende bei Niklas, im Musikzimmer von Haus Abendstern, sprang die Abtastnadel des Plattenspielers immer wieder aus der Rille und in die abgelaufene Stelle zurück, Tannhäuser hob, stellte sich Christian vor, immer wieder den Arm und besang Frau Venus im Berg, an diesem Punkt kam die Nadel nicht weiter, schien an eine Barriere zu stoßen, die sie zurückwarf und stereotyp dieselbe Melodie wiederholen ließ, unterrauscht von Geigentremoli, Harfenschwimmen und dem Funkenknacken der Schallplatte, die im Dritten Reich aufgenommen worden war, Sonde in eine lang versunkene Bühne, schartig und, wie Christian manchmal

dachte, wenn er neben Niklas saß und zuhörte, durchknistert von Rundfunkmeldungen über Angriffe und den Bordradaren der Bomber im Anflug auf Dresden. Aber so, wie die Nadel zurücksprang und des Sängers Ernst vervielfachte, wodurch er in eine Art Klamotte schlitterte, bevor Niklas aufstand und den Echos ein Ende setzte, Kopien über Kopien ausgeworfen in marionettenhaft zappelnder Endlosschleife: so kamen Christian auch die Tage in der Stadt vor, zum Lachen reizende Wiederholungen, ein Tag ein Spiegelbild des anderen, einer des anderen lähmende Kopie. Dann dachte er an Tonio Kröger, den Bürger aus der Stadt mit den zugigen und giebeligen Gassen, den Speichern und Kirchen, den hanseatischen Kaufleuten mit Kornblumen im Knopfloch, an deren Kontoren vorbei die Segelschiffe auf der Trave fuhren. Er wußte selbst nicht, wie er ihm in den Sinn gekommen war, beim Anblick des Hauses Delphinenort vielleicht oder in der Vorfreude auf einen Musikabend bei Niklas. Christian hatte die Novelle lange nicht mehr gelesen. Meno schätzte sie, manchmal, bei den Soiréen, wurde über Thomas Mann gesprochen. Wenn Christian durch die spärlich beleuchteten, nach Schnee und Braunkohlenasche riechenden Straßen ging, war ihm, als wäre er selbst Tonio Kröger, nicht ganz stilrein freilich, denn er war nicht der Sohn von steifleinenen Lübecker Patriziern. Er hätte wohl auch in den gotischen Gewölben der Kreuzschule ein- und ausgehen müssen. Dennoch hatte er dieses Gefühl, und je länger er ging, desto mehr schien Tonio Kröger von ihm Besitz zu ergreifen, als wäre er die geeignete Maske für hier oben, ein Schutz für etwas, das Christian nicht erkennen konnte, das die krankhafte Atmosphäre der Häuser ringsum, ihr schweigender Verfall, ihr Schlaf, zu verursachen schien.

Niklas…

»Salve, mein Lieber, komm 'rein, ich hab' was für dich«, es war meistens Niklas, der ihn begrüßte, wenn Christian an der Tür mit der abblätternden hellgrauen Farbe und dem schiefhängenden, grünspanüberzogenen »Tietze«-Schild klingelte. Gudrun öffnete selten, und wenn sie öffnete, wußte Christian, daß es kein guter Abend war, um Niklas zu besuchen; oft sah er ihn schon vor dem geschweiften Flurspiegel mit den Scherenschnitten Reglindes und Ezzos links und rechts stehen (Atelier Zwirneva-

den, Pension Steiner) und sich die Baskenmütze zurechtrücken, Handschuhe und Mantel überstreifen, Hebammentasche, Autoschlüssel kontrollieren – dann hatte er einen Hausbesuch, winkte ab: ein andermal, du siehst ja, heute geht es nicht.
»Du kannst ja Ezzo besuchen«, schlug Gudrun vor, »allerdings muß er üben, und du solltest ihn nicht ablenken; wenn du da bist, schafft er sein Pensum nicht. Und ich muß auch bald los. – Aber heute sind keine Birnen zum Wegessen da«, erklärte sie, und Christian, unangenehm berührt, fragte sich, ob sie das ernst meinte oder es eine Art von burschikosem Scherz war, der für sein Empfinden wenig zu Gudruns zartem Gesicht (Niklas sagte, er erkenne es auf Zeichnungen von Dürer wieder) und ihrer Bühnenstimme paßte (sie war Schauspielerin am Theater), zu ihrem Geruch nach eingewecktem Rhabarber, Ähren, Hirschtalgsalbe. Oder sie sagte: »Nimm mal Seesand-Mandelkleie gegen deine Pickel, ich möchte nicht, daß du Reglinde oder Ezzo ansteckst«, und wenn Christian erwiderte, daß Pickel nicht ansteckend seien, sah sie ihn zweifelnd an, als ob er wissentlich die Unwahrheit sagte, gewiß aber von diesen Dingen zu wenig verstünde, um mitreden zu können. Manchmal gab es Wochen des scharfen Sehens, dann aßen Tietzes hauptsächlich Möhren, da Gudrun in einer Zeitschrift bei Friseur Schnebel gelesen oder von einem Kollegen im Schauspielhaus gehört hatte, daß Möhren viel Vitamin A enthielten und Vitamin A gut für die Augen sei; in diesen Wochen waren die Augen scharf, aber die Mägen knurrten. Gudrun entdeckte, daß Möhren, in Scheiben geschnitten, den Geschmack von Fleisch annahmen, das in der Pfanne mitbriet – an die Wochen des scharfen Sehens schlossen sich die Wochen der Karottenschnitzel an. Sie erfuhr, daß Butter schädlich sei, und las in einer alten Zeitung etwas über den Ausbruch der Margarinekrankheit: »Professor Doktor Doktor ha zeh Karl Linser von der Charité hat ein Interview gegeben, also muß was dran sein«, und sie warf sofort sämtliche Margarinewürfel weg, die sie im Haus hatte. (»Krebserzeugend! Du wirst gelb!«) Kurz vor Weihnachten, in jedem Jahr wieder, verkündete ein Wissenschaftler (»ein Spezialist!«) in den Zeitungen die Entdeckung, daß Bananen schädlich seien und Apfelsinen (ausgenommen kubanische) bestimmte Stoffe enthielten, die das Wachstum der

Kinder gefährden und bei Erwachsenen zu Magenverstopfungen führen könnten (»er beschreibt das ganz genau, du kannst sie so sorgfältig schälen, wie du willst, es bleibt immer ein Rest Haut am Schnitz, der lagert sich am Pförtner ab im Magen, und schließlich bist du völlig zu, denn diese Apfelsinenhaut wird nicht verdaut!«). Diesen Spezialisten glaubte niemand außer Gudrun, die zum Verdruß ihrer Familie die Westbananen aus den gelben Paketen an die Hoffmann-Kinder wegschenkte: »Ihr werdet schon sehen, was ihr davon habt, Zwerg Nases werdet ihr bleiben; eßt nur schön, wenn ihr's nicht glaubt, holt euch Krebs! Ihr werdet alle vom Krebs zerfressen werden! Ihr wißt ja alles besser!«
»Hör doch auf mit dem Unsinn«, wies Richard sie zurecht, »das ist doch ein ganz durchsichtiges Manöver. Sie wollen keine Devisen für Südfrüchte bezahlen, und um sich rauszureden, streuen sie diesen Blödsinn aus. Und du fällst auch noch darauf 'rein! Wenn es wirklich so wäre, müßten ja alle Affen schon kurz nach der Geburt sterben bei der Menge Bananen, die die vertilgen.«
»Ja, du weißt auch alles besser. Dabei ist der in der Zeitung ein richtiger Wissenschaftler. Du bist ja nicht einmal ein richtiger Arzt.«
»Na, hör' mal!«
»Du schnippelst doch bloß rum!«
»Aber ein bißchen verstehe ich trotzdem von diesen Sachen«, entgegnete Richard gekränkt.
»Weil du alles aus Büchern liest, bloß aus Büchern, und darin ist sowieso das meiste gefälscht, um die Leute zu verdummen und Honorare zu kassieren.«
»Ist das so, Meno?« Richard faltete in solchen Momenten die Zeitung zusammen.
»Physiker und Mediziner sind die schlimmsten«, bestätigte Meno gelassen. »Fälschen auf Teufel komm 'raus und haben keine Ahnung, nicht die Bohne. Und geldgierig sind sie! Saugen die Verlage aus wie Vampire.«
»Ihr braucht euch über mich nicht lustig zu machen, ich habe meine Erfahrungen«, beharrte Gudrun. »Neulich habe ich gelesen, daß die Affen deshalb Affen sind, weil sie immer bloß Bananen fressen. Du kannst ja deine Kinder Affen werden lassen. Ich nicht! Und du, Meno, hast ja nicht mal welche.«

»Salve«, grüßte Niklas. »Ich hab' was für dich.« Christian war gespannt, was es diesmal war, eine neue Schallplatte aus Trüpels Schallplattengeschäft »Philharmonia«, Ansichtskarten von Malthakus, oder ein Stück Zuckerkuchen vom Bäcker Walther an der Rißleite? Niklas liebte Überraschungen und tat geheimnisvoll, schlurfte in zerzausten Pantoffeln, eine Hand in der Tasche seiner schlottrigen Hose, mit der anderen energetisch in der Luft klavierspielend (oder prüfte er Fingersätze auf einem imaginären Bratschen-Griffbrett?) über das weiche PVC des Flurs zur Schliffglastür des Wohnzimmers, die verführerisch warmes Licht erhellte. Gudrun zog sich ins Schlafzimmer zurück, repetierte Rollen oder stopfte, acht Fingerhüte auf den Fingern, was ein leises kastagnettenartiges Klackern erzeugte, Strümpfe in der Küche, wo die Schränke schiefhingen und die Fensterbretter vom Schwarzen Schimmel zerfressen waren, wo von den freiliegenden Rohren die Farbe platzte und Rezept-Stickereien für Salzburger Nockerln, Kürbissuppe und eine Speise mit dem Namen »Betriebsunfall« (ein außerordentlich wohlriechendes, widerlich aussehendes, von den Kindern mit langen Löffeln bewegtes Vielerlei) kaum die Wasserflecken an den Wänden verdeckten.
Und dann begann wieder, was Christian mit dem Wort Unterricht nicht bezeichnen mochte, obwohl es einen Lehrer, Niklas, und einen Schüler, Christian, gab (nur selten noch Ezzo oder Reglinde, manchmal noch Muriel und Fabian Hoffmann, die Wolfsleitenkinder); wenn es auch meist der Schüler war, der fragte, und der Lehrer, der die Antworten gab, aber »Unterricht« traf es nicht, das hätte Christian zu sehr an Waldbrunn erinnert. Mit den Schulstunden dort hatten die Abende bei Niklas – und auch bei den anderen Türmern, die Christian besuchte – wenig zu tun. Wenn Ezzo und Reglinde Zeit hatten, brachte Christian das Cello mit, dann spielten sie Streichquartette, manchmal setzte sich Gudrun ans Klavier, und sie gingen einen Mozart oder das Forellenquintett durch, bei dessen beschwingtem Thema Gudrun regelmäßig ins Entzücken geriet und mitträllernd aus den gelblich verfärbten, im Diskant und Baß hin und wieder klemmenden Tasten des »Schimmel«-Pianos herausholte, was herauszuholen ging.

»Salve.« Im Wohnzimmer pulste der Kachelofen Wärmeringe ab, Briketts polterten auf den Rost, der Wind heulte im Schornstein. Manchmal stoben Funken auf das Blech vor dem Feuerungsloch. Die Fenster klapperten und pochten selbst bei Schneefall, wenn es draußen still war; das Holz der Rahmen war rissig, die altmodischen Baskülverschlüsse grünspanüberzogen, zwischen den Fenstern, auf dem Lateibrett, klemmten, wie in vielen Wohnungen hier oben, dicke Polsterwürste, hergestellt aus Wollund Kleiderresten in der Schneiderei »Harmonie«. Niklas goß ein Glas Margonwasser für Christian und für sich ein Wernesgrüner ein, strich über den abgeschabten Cordsamt der Couchgarnitur, legte den Kopf zurück und sagte »Ah« und »Nun ja«, zum Stuckfries an der Decke, zu den Querner-Gemälden an den Wänden: schwerblütige, in erdigen Farben gehaltene Erzgebirgsbilder, Schneeschmelze um den Luchberg; ein Weg mit knorrigen Obstbäumen in Börnchen; eines der berühmten Porträts des Bauern Rehn, die spitzen Züge, die Blauaugenfülle darin, die Hände, krumm und knotig wie Wurzeln, beeindruckten Christian immer wieder. Wie auch das Porträt Reglindes in der Ecke mit dem honiggelben Ohrensessel: Es war eins der letzten Bilder des Malers gewesen, Reglinde elf oder zwölf Jahre alt, in einem einfachen Kleid, neben ihr einige Puppen, die Christian von früheren Winter-Theaterabenden bei Tietzes und den Wolfsleiten-Hoffmanns kannte; die verschreckten Augen Reglindes auf dem Bild beschäftigten Christian oft noch beim Nachhausegehen.
Niklas erzählte von vergangenen Inszenierungen. In das Klingen der »Abtsuhr«, Ezzos Übungen auf der Geige nebenan, Gudruns Deklamationen von »Hach, wer ist der Schurke, sprich«, in die Gongschläge der Standuhr mit dem Messingziffernblatt, die über dem Teppich, vor der Schrankwand mit »Dehio«-Bänden, alphabetisch geordneten Musiker-Biographien und alteuropäischen Briefwechseln verebbten, mischten sich die Namen aus der Glanzzeit der Oper und der Musik, die für Niklas eine deutsche Kunst war, bei allem Respekt vor den Beatles und ABBA, über die er in den Themenabenden im »Freundeskreis Musik« (beim Musikkritiker Lothar Däne in der Schlehenleite) kenntnisreich zu referieren wußte. »Die Pentatonik … nun, wenn die Kapelle in Japan spielt, können sie von unserer Musik nicht

genug bekommen. Mozart auf pentatonisch, nun ja. Amerika hat den Dschäß und Dschordsch Görschwin, es hat Börnschdeins West Seid Schdori und Ju Jork … Schön, schön. Es heißt immer, die Deutschen seien das Volk der Dichter und Denker; ich würde eher sagen, sie sind das Volk der Musiker. In keinem anderen Bereich ist der Beitrag der Deutschen so einmalig wie in der Musik. Wenn man von Verdi und Berlioz absieht, Puccini und Vivaldi … viel bleibt nicht übrig! Noch ä paar Russen, Tschaikowski, Mussorgski, Borodin, aber das ist schon speziell, schon Randerscheinung. Schostakowitsch noch und Prokofjew, Strawinski, der aber zu erklügelt ist, zu kopfig … Die Musik ist eine deutsche Kunst, es bleibt dabei.«

Niklas erzählte von den Sängern der Dresdner Oper, von den großen Dirigenten der Vergangenheit. An die Fenster klatschte der Regen, wirbelte der Schnee, die Flocken klebten hundertäugig an den Scheiben und tauten langsam. Im Sommer saßen Christian und Niklas auf der Veranda neben dem Musikzimmer. Sie roch nach den weißgelackten Holzmöbeln, die aus Gudruns Elternhaus stammten, nach dem Tabak aus Niklas' Shagpfeife, die er an den lauen Abenden, bei offenen Fenstern, inmitten von Bienengesumm, orange-blauen Dämmerstreifen und Amselrufen genüßlich zu rauchen pflegte. Im Winter hörte Christian Niklas' weit ausholenden, Schleppnetze aus Erinnerungen auffischenden Beschwörungen im Wohn- und im Musikzimmer zu, wo Niklas sich erst auf einen Stuhl am Ausziehtisch, dann, wenn es ans Musikhören ging, auf die Récamiere vor dem wassergrau gewordenen Spiegel setzte. Die Schallplatte auf dem Teller des »HiFi«-Apparats mit der Buchenimitat-Furnierleiste begann sich zu drehen, und sie lauschten den Sängern, von denen Niklas gesprochen hatte. Dann, so empfand Christian, geschah etwas mit dem Zimmer: die grüne Tapete mit den Urnensternen und Strahlentieren schien sich zu öffnen; die Wiener Uhr bekam ein Gesicht, die gelbe Kunst-Rose unter dem Glassturz auf dem Sekretär in der Ecke, an dem Niklas seine Korrespondenz mit Tinte auf Spechthausener Bütten schrieb, schien zu wuchern und sich zu verzweigen, wie es in Silhouettenfilmen in den Tannhäuser-Lichtspielen geschah, wo Schattenpflanzen (Rosen? Disteln? weder Muriel noch Christian, noch Fabian wußten es) ein Schloß umrankten; die Fotografien der Sänger an den Wänden waren nicht mehr nah, wirkten wie heraufgetrieben aus den Kajüten versunkener Schiffe; das Wetzgeräusch der Abtastnadel klang wie Meeresdünung. Niklas saß vorgebeugt, angespannt, und ging die Melodiebögen und Einsätze mit. Christian beobachtete seinen Onkel verstohlen, auch er schien der Gezeitenwelt, dem Meeresrauschen aus lang vergangenen Tagen, anzugehören, nicht der Gegenwart; und manchmal erschrak Christian sogar ein wenig, wenn Niklas über Alltagsangelegenheiten wie Schneeketten für den Shiguli oder das letzte Spiel von Dynamo Dresden sprach; er schien in dieser Welt, wo es die »1000 Kleinen Dinge« und den Fluch des Treppensteigens in Behörden gab, nur zu Besuch zu sein, umhüllt vom Mantel einer gütigen Fee. Christian mußte sich in seine Alltagswelt zurücktasten, wenn er sich von Niklas verabschiedete, mußte auf dem Heimweg (schräg gegenüber lag die Karavelle), den er oft auf Umwegen verlängerte, wieder zurückfinden, den Kopf voller Sänger- und Komponistennamen, Anekdoten aus dem Staatskapellenmilieu vergangener Jahrzehnte, voller Bilder deutscher Dome und Details aus dem Dresden der Vorkriegszeit.

Und bei Malthakus waren es die Briefmarken, die historischen Postkarten mit ihren Szenerien, die unter den kommentierenden Erzählungen des Händlers zu kleinlebendigen Tableaus wurden; die Alben mit den Marken aus fernen Ländern: »papillons, 100 différents«, »bateaux, 100 différents«; Schmetterlinge aus Guyana und Réunion, Gabun und dem Senegal; Schiffsmotive: »République du Benin«, Indochina, São Tomé e Príncipe; dreieckige, an den Hypotenusen über eine Perforationslinie verbundene Marken aus Afghanistan, die der Händler geduldig analysierte: »Hier, das Schiff mit den rotweiß gestreiften Segeln, das ist eine Hanse-Kogge« (Christian kannte sie von einem Glastüren-Schliff im Treppenhaus der Karavelle); »auf der anderen Seite, das mit den blutroten Segeln, ein venezianisches Kauffahrtei-Schiff«; dann ließ er einen Globus kreisen und tippte mit dem Finger auf die Orte, die den Heinrichstraßen- und Wolfsleitenkindern sagenhaft in den Ohren klangen – Benin, vormals das Königreich Dahomey, ein schmales Land an der Westküste Afrikas, Hauptstadt – Hauptstadt? Das mußte man wissen! Schnell den

Atlas aufgeschlagen! Wie heißt die Hauptstadt von Benin? Aber man blieb an Togo hängen, ehemalige deutsche Kolonie, das an Benin grenzte; und auch Togo war interessant, und dann entdeckte man Länder wie die Elfenbeinküste und Obervolta mit der Hauptstadt (diesen Namen liebten sie alle, und alle wußten ihn später bei »Name Stadt Land«: Ouagadougou; in Ouagadougou waren Sindbad und seine Mannschaft sicherlich schon einmal gewesen; in Ouagadougou war alles anders).
Wissen, Wissen. Namen, Namen. Gehirne wie Schwämme saugten alles auf, bis sie trieften von Kenntnissen, die sie nicht wieder hergaben, denn diese Schwämme konnte man nicht quetschen. Wissen war, was zählte; Wissen hieß der gehütete Schatz derer hier oben.
Wer nichts wußte, schien nichts zu gelten. Kaum ein schlimmeres Schimpfwort als »Banause«. An den Wochenenden gab es Anatomiestunden bei Richard (er fragte gern die Handwurzelknochen ab, Merkvers: »Ein Schifflein fuhr im Mondenschein – Os lunatum – dreieckig um das Erbsenbein, vieleckig groß – multangulum majus –, vieleckig klein – multangulum minus –, am Köpfchen – Os capitatum – muß der Haken sein«) und Vorträge über berühmte Ärzte: Fabian, Muriel, Robert und Christian, die Medizin studieren wollten, saßen in Richards Arbeitszimmer und wiederholten Merkstoff: »Wann begann Sauerbruch in München zu arbeiten? – Im Spätsommer 1918. – Nenne drei Wegbereiter der Brustkorbchirurgie und eine ihrer Leistungen. – Bülau. Bülaudrainage. Rehn. Erste OP am offenen Herzen. Mikulicz. Mikuliczsche Linie, Klemme; OP am Brustteil der Speiseröhre, möglich durch Sauerbruchs Unterdruckkammer. Sauerbruchs Lehrer in Breslau.« Muriel und Fabian schienen eher aus Gewohnheit mitzutun (außerdem gab es bei Anne schmackhaftes Essen); Christian bewunderte Sauerbruch, war fasziniert von den Geschichten über Robert Kochs heroischen Aufstieg, grub sich durch das in Schreck-Rotorange gehüllte »Ärzte im Selbstversuch« Bernt Karger-Deckers, durch die vielbändige Reihe »Humanisten der Tat«, die ein Fach im Bücherschrank seines Vaters füllte, schlug beklommen die Anatomie-Atlanten auf, wo tausende lateinische Bezeichnungen auf akribisch gezeichnete Körperteile wiesen: »Das muß man alles

lernen im Studium?« – »Das ist Stoff in den ersten beiden Jahren, dazu kommt Biochemie und Physiologie, Chemie, Biologie, Biophysik, Mathematik für Mediziner, und leider immer noch Marxismus-Leninismus«, antwortete Richard. Christian ließ sich auch nicht durch besorgte Einsprüche Annes beirren (»Laß sie doch spielen gehen, Richard, ihr stopft sie alle mit Büchern voll; ihr übertreibt das, und ich glaube nicht, daß es gut ist«) und schlang Wissen in sich hinein, soviel er konnte. Denn auch er wollte berühmt werden und anerkannt sein von Richard und Niklas, Malthakus und Meno, den Türmern. Auch sein Name sollte einmal leuchten. Christian Hoffmann – der große Chirurg und Forscher, der Bezwinger der Krebskrankheit. Der erste Nobelpreisträger der DDR, beklatscht in Stockholm. Danach würde er wahrscheinlich abhauen, das Angebot einer englischen oder amerikanischen Elite-Universität annehmen. Oder doch ein Ökonom und Betriebsdirektor wie Ulrich werden? Jeden Morgen ein aufgeräumter Schreibtisch, die Sekretärin bringt Schriftstücke, die über das Wohl und Wehe eines ganzen Landes befinden, bitte um Ihre Unterschrift, Genosse Direktor. Genosse: Das war dann freilich nicht zu umgehen. Christian horchte in sich hinein: Nein, keine Skrupel. Wenn man dafür Direktor wurde. Oder ein Naturwissenschaftler wie Meno. Insektenforscher, und zig Bienenarten enden auf H wie Hoffmann. Physiker – und an den Grundlagen der Welt tüfteln! Die Energien der Zukunft finden! Ezzo sah sich als Kosmonaut. Sindbad und Tecumseh waren gut. Chingachgook die Große Schlange. Trapper sein wie Lederstrumpf. Cellist sein auf den Bühnen der Welt, beifallumrauscht – aber dafür, Christian spürte es und sein Lehrer deutete es an, reichte es nicht; es reichte für den Hausgebrauch, immerhin, geschenkt; konnte man eben Staatspräsidenten überraschen, wenn man als Nobelpreisträger für … (egal) zum Cello griff und eine von Bachs Suiten spielte. Fabian, angetan von Langes Erzählungen, strebte in die Tropen, wollte Schiffsarzt und ein neuer Albert Schweitzer werden. Robert sagte: »Ihr habt alle einen an der Waffel«, und ging angeln oder mit Ulrich zum Fußball. Muriel wurde schwierig, sprach mehr von Liebe als von den Wissenschaften und den Künsten. Christian las.

Und wenn er nicht las, fing er manchmal an zu lachen.

Früher hatte er Jules Verne gemocht, Jack London und Gerstäcker, hatte Mark Twains »Huckleberry Finn« und »Tom Sawyer« wieder und wieder gelesen. Er hatte Abenteuergeschichten geliebt, Stevensons »Schatzinsel«, Defoes »Robinson Crusoe«, Geschichten von Spionen, Musketieren und Agenten. Zu Beginn der EOS aber hatte ihm Meno ein Buch gegeben, das Christian auf eine Weise beeindruckte, die er sich nicht erklären konnte; es war »Die Welt von gestern« von Stefan Zweig, ein Buch, das von einer lange versunkenen Zeit, der Belle Époque im Wien der Jahrhundertwende, erzählte. Es wimmelte darin von Namen, Anspielungen, Zitaten, die Christian von Meno selbst und von Niklas gehört hatte, ein Wiedererkennungseffekt, der ihn begeisterte. Nicht nur das, eine Nebenbemerkung Stefan Zweigs ging ihm nicht aus dem Sinn: daß man in Europa vor dem Ersten Weltkrieg keinen Paß brauchte, um zu reisen, wohin es einem gefiel; daß man in Paris oder Florenz studieren konnte, wenn man wollte (und, verstand sich, sofern man das Geld dazu hatte). In diesem Buch fand er eine Weite des Horizonts, die er selbst von den Türmern bisher nicht gekannt hatte. Im »Lager für Arbeit und Erholung« hatte er die »Wahlverwandtschaften« gelesen, mehr aus Renommiersucht Verena gegenüber als aus Interesse; jetzt gab ihm dieses Buch von Zweig eine Ahnung vom Begriff Weltliteratur. Weltliteratur – in der Schule hatten sie auch davon gesprochen (Goethe, Faust I: aber Christian spielte damals noch lieber Schiffe versenken oder Handball); er hatte wolkige Vorstellungen davon gehabt: Das waren die grauleinenen, würdevollen Buchreihen hinter dem Glas des Bücherschranks im Wohnzimmer der Karavelle, die auf Christian zu starren schienen mit dem Ausdruck: Du bist zu jung, zu dumm für uns. Aus Geringschätzung, die schon mit Neugier gemischt war, hatte er manchmal ein Buch aus der Reihe gezogen, hier geblättert, da einen Absatz gelesen (Liebesdialoge, auch das noch), hatte es vorsichtig in der Hand gewogen und zurückgestellt. Er mußte lesen, er mußte lernen. Er sagte sich, daß seine Vorbilder mit vierzehn, fünfzehn Jahren schon weiter gewesen waren als er mit seinen siebzehn; er sagte sich, daß er, um wirklich einmal zu den großen Forscherpersönlichkeiten zu gehören, sein bisheriges Pensum zum mindesten zu verdoppeln habe. Jeden

Tag in Waldbrunn sehnte er das Ende der Schulstunden herbei, um endlich an seine eigenen gehen zu können. Er lernte wie besessen, acht bis zehn Stunden am Tag, Schulisches und Außerschulisches, vom Schulischen aber nur soviel, wie nötig war, um in den Klassenarbeiten und mündlichen Befragungen Einsen zu bekommen. Das Außerschulische bestand (unter anderem) aus täglichen 50 Vokabeln Englisch, Französisch und Latein, neben erweiternden Lektionen Chemie, Physik und Biologie. Christian paukte Tag für Tag bis zur Verbitterung, die spätestens um Mitternacht eintrat, weil er um diese Uhrzeit für gewöhnlich alle Vokabeln durcheinanderwarf, vom biochemischen Krebs-Zyklus (ein Geflecht disteliger Formeln, gedacht für Medizinstudenten im zweiten Studienjahr) einen der fast unaussprechlichen Namen auf -at oder -ase vergessen hatte, nicht mehr wußte, was der Unterschied zwischen einem Enzym, einem Vitamin und einem Hormon war. Er war zum Umfallen müde, aber es war noch nicht genug. Danach zwang er sein Gehirn, das ihm schon Trugbilder vorgaukelte, zur Lektüre von mindestens einem Kapitel Weltliteratur. Wehe, wenn es jemand wagte, seinen Tagesablauf zu stören; Christian hatte auch schon Frau Stesny, die ältliche Internatsleiterin, durch einen Tobsuchtsanfall verjagt; erstaunlicherweise hatte sie sich bei Direktor Engelmann nicht beschwert. Im Internat wurde er scheel angesehen, weil er sich von allem ausschloß. Swetlana Lehmann zeigte ihm einen Vogel, Verena zuckte die Achseln, Jens spottete. Nur Siegbert schwieg, Siegbert mit seinem kleinen Schreibtisch voller Streichholzschiffe und Segelhandbücher, der sämtliche Dienstgrade der Volksmarine kannte (und auch der NS-Kriegsmarine, aber das durfte niemand wissen), die Schiffstypen, Kreuzerklassen und Tonnagen, Siegbert Füger, der zur See gehen wollte und nautische Geschichten liebte, besonders die Corto-Maltese-Hefte von Hugo Pratt; Christian hatte ihm einige Exemplare, die Schiffsarzt Lange doppelt hatte, mitgebracht. Er las sogar die Odyssee und die Argonautensage des Apollonios Rhodios, die Berichte von Pharao Nechos Kapitän und Herodot.

Als die Internatsleiterin in ihrer Not die Klassenzimmer zusperren ließ, in denen Christian abends lernte (er beeinträchtigte die Internatsnachtruhe, und nicht nur dann, wenn sein überspanntes Gehirn früh um zwei Uhr auf die Idee kam, sich auf dem Violoncello oder auf dem schuleigenen Klavier zu entladen) – nun, wenn Frau Stesny die Zimmer zusperrte, arbeitete Christian eben auf der Toilette weiter. Er schlief wenig, vier bis fünf Stunden nur, und ging mit glasigen, rotgeränderten Augen in den Unterricht, wo er vor Müdigkeit dahinduselte und erst am schadenfrohen Kichern der Klasse merkte, daß er gerade aufgerufen worden war. Die Bücher begannen ihm anzuhaften, wie er es nannte, für die anderen wurden sie so etwas wie sein Wahrzeichen. Selten ging er irgendwohin, ohne ein Buch dabeizuhaben. Er las in den Schulpausen, wenn die anderen ihre Brote aßen oder, in der großen Pause, hinaus auf den Hof gingen, wo die Mädchen Kasetten tauschten und die Jungs einen Skat klopften, Reden über Rockbands schwangen, die letzten Fußballergebnisse kommentierten. Er richtete sich sogar verschiedene Buchkategorien ein: Lektüre für den Bus, mit dem er nach Dresden fuhr, Lektüre für denjenigen Unterricht, der ihn langweilte (Englisch bei Frau Kosinke, Geographie bei Herrn Plink, der immerzu grinste und mit einem Zeigestab auf den Hängekarten herumfuhr), Lektüre für die Freizeit (das tägliche Kapitel) und Lektüre für die Schulpausen. Bald genügte es ihm nicht mehr, täglich nur ein Kapitel Weltliteratur zu lesen, und er setzte 100 Seiten fest. Sein Tag ging bis weit in die Morgenstunden des nächsten hinein. In den Herbstferien, in denen er selbstverständlich weiterlernte, erhöhte er das Pensum auf täglich 400 Seiten, so daß er manchmal vierzehn, fünfzehn Stunden hintereinander las und sich danach mit rollenden Augen von der Couch erhob, bleich und blaß wie ein Kartoffelsproß. Manchmal las er zwei oder drei Bücher am Tag und wußte am Ende von Tagore, beispielsweise, nur noch, daß in der verflossenen Woche schon fünf Bücher dieses Autors hinter ihm lagen. Er durchpflügte die Waldbrunner Bibliothek, brachte die Gesamtausgaben Max Plancks, Rutherfords, Albert Schweitzers nach drei Wochen zurück, um für die nächste Woche die nächsten verlockenden Stapel mitzunehmen, und je dicker ein Buch war, desto besser! Christian liebte dicke Bücher. Mit 500 Seiten begannen die wirklichen Romane. Mit 500 Seiten begann der Ozean, drunter war Bachpaddeln. Vergeblich schüttelte Meno den Kopf und wies darauf hin, daß in einer kurzen Geschichte Tschechows mehr Welt, mehr an Leben und Kunst stecken konnte als in manchem bloß dickleibigen Wälzer. Aber Christian griff nach den Blauwalen, wie er die großen epischen Romane Tolstois, Dostojewskis, Thomas Manns, Musils und Doderers nannte, er liebte Thomas Wolfe, aus dessen Büchern Schiffssirenen, Musik von den Südstaatendampfern, die Pfiffe der amerikanischen Kontinentalzüge klangen. Er las, daß Eugene Gant (also Wolfe selber, dachte er) in zehn Jahren zwanzigtausend Bücher gelesen hatte (was Christian schier unvorstellbar schien), ein wahrer Buchstabensaufaus also.

»Jetzt knallen bei Christian alle Sicherungen durch«, sagte Verena.

500 Seiten mußten es an freien Tagen sein, dafür ließ er Chemie und Physik beiseite. Nun geschah folgendes: Robert hatte sich in irgendeinem Balzac festgefressen und schwartete einfach so, an einem einzigen Tag und aus heiterem Himmel, 555 Seiten weg. 55 Seiten mehr als Christian. Das durfte es nicht geben; Christian war in puncto Lesen und Lernen der Chef im Haus, Roberts Rekord mußte gebrochen werden. Eines Tages stand Christian früh um vier Uhr auf, wusch sich, frühstückte nicht zu reichlich und begann zu lesen. An diesem Tag wollte er nichts lernen, er sollte ganz und gar dem neuen Rekord gewidmet sein. Er las von 4.30 Uhr bis 24.00 Uhr ununterbrochen, allerdings mit zwei überaus lästigen Pausen durch Mittagessen und Abendbrot, die die besorgte Anne ihm aufdrängte. Schlag Mitternacht hatte er 716 Seiten gelesen – und vergessen, aber was machte das, der Rekord war gebrochen.

Er mußte berühmt werden, dann würden sie ihn zu Hause anerkennen.

Eines Abends in Waldbrunn tauchte in einem finsteren Winkel seines von Vokabeln und Formeln überreizten Hirns der Etappenplan auf. Christian schaltete das Licht aus und ging ans Fenster. Das Klassenzimmer lag nun im Dunkeln, nur das Metall der Stühle in der Fensterreihe, die auf die Tische gestellt worden waren, schlürfte ermattet vom Licht der Hoflaterne. Er wußte nicht, wie spät es war. Die Straßenlampen brannten längst, die Konturen des Waldbrunner Neubaugebiets verschmolzen mit den Hügelwellen über dem Kaltwasser. Hinter den beiden Turnhallen, flachen Typenbauten aus Glas und Beton, lag die Anhöhe, auf deren Kamm die F 170 lief. Das Scheinwerfergelb der Fernlaster stöberte über das Roggenfeld auf der Anhöhe, den Weg von der Schule in die Stadt.

Der Große Mensch. Etappe 1: das Lernen, das Studium, die Bildung des Geistes – die betrieb Christian jetzt. Eine hohe Bildung war die erste Voraussetzung, um ein Großer Mensch zu werden. Außerdem hatte der Große Mensch Kultur – und so ging Christian, wenn der Unterricht vorbei war (in der Regel gegen 13 Uhr) statt zum Mittagessen in den Internatsklubraum und okkupierte für eine Stunde den Gemeinschafts-Plattenspieler. Dabei kümmerte es ihn nicht im geringsten, ob andere diesen Plattenspieler benutzen wollten. Außer ihm hörte meist nur Swetlana – und die schwärmte vom Sozialismus, wollte nach Moskau an die Lomonossow-Universität und hörte rote Liedermacher, für Christian »das Letzte«. Jede Minute, die der Plattenspieler ohne diese »Brechmittel« lief (so Christian, Jens, ein paar Jungs aus der 12.), war ein Gewinn für die Kultur. Er sah sich als ernsthaften und reifen Menschen, und als solcher hörte er klassische Musik; allerdings stand er mit dieser Ansicht im Internat ziemlich allein. Darüber regte Christian sich nicht auf: die anderen waren Banausen, und wie konnte ihnen, die vom Dorf kamen, die Tiefe und der Ernst eines Bach, die Heiterkeit und kosmische Abgeklärtheit eines Mozart, die Empfindungsgewalt eines Beethoven zugänglich sein. Da Swetlana beschränkt war (diese Meinung teilte er mit mehreren Jungs aus seiner Klasse), brauchte sie auch keinen Plattenspieler. Beim Hören saß Christian zurückgelehnt im Sessel, die Beine hochgelegt, das Gesicht *tiefernst*, zum Beispiel wenn er Beethoven hörte. Christian *verstand* die Ausbrüche an Leiden bei Beethoven … Gewiß war der Titan wie Christian in verständnislose, banausische Umgebung geraten und hatte gegen sie kämpfen müssen, sein Leben lang! Beethoven war ein Großer Mensch, und Christian verstand ihn, denn er war seines Schlages, jawohl. Nebenbei ging ihm diese Musik tatsächlich nahe. Das zeigte er nicht; es verwirrte ihn, und wenn er das Gefühl hatte, daß Swetlana oder Siegbert ihn beobachteten, sprang er auf und stellte wütend ab (nicht ohne die Platte liegenzulassen, er rechnete mit ihrer Neugier).

Etappe 2: Studium. Natürlich würde er es abbrechen müssen. Ihn, die genialische junge Forscherpersönlichkeit, den unaufhaltsamen Feuerkopf und Heilsbringer von morgen, konnte ein läppisches Studium nicht befriedigen. Er würde sogar schlecht sein im Studium, denn: War es nicht so, hatte er das nicht in den vielen Biografien Großer Männer gelesen, daß sie angeeckt waren? Fragte das Studium nicht das Bekannte ab – und war ein Großer Mensch nicht gerade deswegen groß, weil er Neuland wies? Was die simplen Professoren, die den Durchschnittsköpfen der übrigen Studenten ihr längst veraltetes Wissen einzutrichtern versuchten, natürlich nicht sahen.
Etappe 3: Nervenzusammenbruch. Der gehörte dazu. Die Anspannung, die auf dem jungen Großen Mann lastet, ist einfach zu stark. Auch Mozart hatte manchmal Kikeriki gerufen, das war also ganz normal. Christian würde entsetzliche Krisen zu durchleiden haben und viermal am Tag an Selbstmord denken (es mußte viermal sein: ein- oder zweimal wären zuwenig, das kam in den meisten Familien vor, dreimal wirkte zu klassisch ausgewogen, bei viermal war es, überlegte Christian, irgendwie ernster).
Etappe 4: Das Große Werk, endlich vollbracht. Ehrungen, Preise, Beifall würden den jungen Faust überschütten. Nun kam es darauf an, bescheiden zu bleiben (der Neider und der launischen Gottheiten der genialen Momente wegen) und sich von diesen Äußerlichkeiten nicht blenden zu lassen. Der Große Mensch forscht weiter, rastlos, selbstlos. Er kümmert sich nicht um den Beifall, er kümmert sich um DAS WERK. Er macht eine weitere Entdeckung, noch umstürzender, profunder als die andere. Kleingeister, die krakeelt hatten, nun würde alles bald vorbei sein mit dem Großen Hoffmann, würden zerknirscht in ihre Winkel kriechen. Reuevoll würden sie widerrufen, beschämt ihre Beschränktheit eingestehen. Triumph, Triumph.
Also: An die Arbeit!
Liebe, glaubte Christian, hielt vom Lernen ab.

13.
Die wir nicht kennen

Kleine, ihn rührende Gesten, er hatte sie nicht vergessen, und er würde sie wohl immer mit ihrer Kindheit in Verbindung bringen: damals, in den fünfziger Jahren im Elbsandsteingebirge. Meno wartete am Möbelhaus »Intecta« an den Altmarktarkaden Ecke Thälmannstraße, die vorweihnachtlich belebt war, und erkannte Anne schon von weitem; wie sie den ungebärdigen, orangefarbenen Schal zurückwarf, den sie über dem Mantel trug und der im eiligen Schritt immer wieder über die Schultern hinabrutschte, dieser Tupfen Orange im trüben Gewoge der mit Einkaufsbeuteln behängten Passanten; dann die Geste, unterwegs an der Spitze ihrer Handschuhfinger zu knabbern, als ob sie sie ausziehen wollte; daß sie das letzte Stück rannte jedesmal, wenn sie einander sahen, ihn stürmisch umarmte mit allen Taschen und Gemüsenetzen und an Bindfäden baumelnden Schachteln (hatte er Anne, seit sie geheiratet hatte und die Jungs über das Vorschulalter hinauswaren, je mit freien Händen gesehen – er konnte sich nicht erinnern), ihn umarmte, unbekümmert darum, was andere denken mochten, Menos Kollegen aus dem Verlag, wenn sie ihn dort abholte (die Dresdner Edition sah auf den Altmarkt, Meno brauchte nur den Platz zu überqueren, um zum Möbelhaus zu gelangen), oder ihre Kolleginnen aus dem Krankenhaus Neustadt, die sie manchmal im Auto mitnahm zu den alltäglichen Besorgungen. Anne stellte nie vor, die Frauen nickten und schwärmten aus im eiligen trainierten Schritt der Mütter, die nach der Frühschicht, ihrer ersten Arbeit, nun in die wenigen bis zum Ladenschluß verbleibenden Stunden ihrer zweiten Arbeit aufbrachen, es mußte etwas in den Zeitungen gestanden haben, oder der Buschfunk hatte ein Gerücht verbreitet von Lieferungen: »Hausfrauen aufgepaßt – Einweckgläser vorrätig« im Centrum-Warenhaus (man brauchte sie im Herbst, aber sie kamen im Winter, was sollte man machen, warten? das rächte sich immer), anderntags die Gummis für die Einweckgläser; »Haarföns eingetroffen« (diese bestimmte flunderförmige Sorte mit blauem Plastgehäuse und schwarzer Schnauze, die nach ein paar Minuten Düsenlärm nach verbrannter Fliege roch), oder

»Alles für das Kind«: Babyflaschen aus Jenaer Glas, das beim Erhitzen nicht zersprang, Windeln, die nicht mehr als drei, vier Kochwäschen überstehen würden, Windelkochtöpfe, Windelkochthermometer, Milasan-Babynahrung, Schnuller, zwei, drei der modernen, unbezahlbaren Kinderwagen, die sich, eigentlich für den Export bestimmt, in eine belagerte Abteilung eines peripheren Kaufhauses verirrt hatten …

»Mo.«

»Anne.«

Sie küßte ihn auf die Wange und nahm seine Hand, wedelte sie fröhlich auf und ab, als wären sie ein frischverliebtes Paar. Der Zettel: Er sah Annes rauh wirkende Schrift, ein Dutzend Zeilen untereinander, von denen erst ein paar abgestrichen waren; aber er mochte es, mit ihr einkaufen zu gehen, er interessierte sich für all die kleinen scheinbaren Nebensächlichkeiten, die man zum Abdichten des Alltags brauchte: Schnürsenkel, Staubsaugertüten, Knöpfe, der Stopfpilz (er hatte selten einen neuen gesehen in den Familien, die er kannte, überall waren es die brotbraunen, von unzähligen Nadelstichen zerwetzten Stopfpilze aus den Dresdner Müller-Nähmaschinenwerken des Vorkriegs), und Anne hatte ihn gern dabei, denn er murrte nicht auf diesen Streifzügen kreuz und quer durch die Stadt, er konnte sich für Kaffee-Filterpapiere interessieren oder für unterschiedliche Anzug-Stoffqualitäten, sie vertraute ihm, wenn er Kleiderschnitte beurteilte (das, erinnerte er sich, hatte sie schon als junges Mädchen getan), und sie fragte ihn, wenn es um Geschenke ging. Jetzt war Adventszeit, und wenn er die Gesichter der Frauen im Centrum-Warenhaus oder in den schlecht ausgestatteten Geschäften entlang der Prager Straße beobachtete, glaubte er, daß sie diese Zeit haßten: das Herumrennen nach ein paar lächerlichen Artikeln von in der Regel mäßiger Qualität, den Geschenke- und Striezelmarktrummel mit seinen Blechblaskapellen, Pflaumentoffeln, Bratäpfeln, Steifen Grogs, die quengelnden Kinder an ihrer Hand und Männer, die sich um all das nicht kümmerten, weil sie arbeiten mußten (aber das mußten die Frauen auch) oder auf ein Bier in ihrer Stammkneipe bei »Sport aktuell« oder Skatrunden saßen. Robert zum Beispiel wünschte sich neue Fußballschuhe, solche mit Schraubstollen, und Anne

berichtete, während sie über den Altmarkt in Richtung Prager Straße gingen, daß sie Ulrich gefragt hatte, wo es solche Schuhe geben könnte, »er meint, am besten im Dům Sportu in Prag, da haben sie die von Bata, die sollen besser sein als unsere, aber wegen Fußballschuhen nach Prag …? Aber wenn ich's mir recht überlege, warum nicht? Vielleicht erwisch' ich dort auch was für Richard, und für Niklas vielleicht ein ordentliches Hemd, er trägt ja immer die gleichen, und die Manschetten sind schon so abgenutzt, mich wundert, daß Gudrun dazu nichts sagt, und seine Hosen müßten auch mal ausgelassen werden, die sind ihm doch viel zu kurz … Mal sehen. Vielleicht schaff' ich's ja, nach Prag zu fahren. Du könntest mitkommen, wir fahren mit dem Auto und machen uns einen schönen Tag. Und du kannst Tschechisch.«
»Das bißchen, Anne, das mir Libussa beibringt. Aber ich weiß nicht, ob ich Zeit haben werde.«
»Fahren wir eben an einem Sonnabend.«
»Was glaubst du, was bei Hrensko dann los sein wird. Und an den anderen Übergängen genauso. Kronen müßten wir auch noch tauschen.«
»Wir haben noch zweitausend. Zweitausend nicht zurückgegebene, schwarze Kronen. Und im Dům Sportu sollen sie eine sehr gute Angelabteilung haben. Das wäre was für dich. Und für Christian.«
»Wie macht er sich? Ich hab' schon mit ihm über die EOS gesprochen, er scheint zurechtzukommen.«
»Er ist momentan schwierig, und es ist nicht leicht, mit ihm umzugehen, er wird auch manchmal ausfällig … Er braucht unbedingt ein Paar neue Schuhe, und draußen in Waldbrunn gibt es doch nichts. Außerdem die Schule, weißt du, er muß viel lernen; manchmal denke ich, daß sie ihn überfordern, oder er sich, er hat ja hohe Ansprüche, und Richard gibt nicht nach … Ich frage mich oft, ob er nicht zu streng mit Christian ist, es soll doch jeder das tun, was er kann, und wenn er's nicht kann, nützt auch Zwang nichts. Oh, schau mal hier, das ist hübsch«, sie hielt einige bestickte Topflappen in die Höhe, schüttelte aber den Kopf, als sie den Preis sah, »– und neue Cellosaiten braucht er auch, kannst du dich erinnern, wie das geknallt hat auf der Feier?

War doch ein gelungenes Fest, oder? Deine Schallplatten hört Richard immer wieder.«

»Will er immer noch ein großer, berühmter Arzt werden?«

»Christian? Jaja, davon redet er manchmal. Mir gefällt nicht, daß er soviel Wert auf das ›groß und berühmt‹ legt; ich meine, Arzt sein ist doch genug, oder? Warum also groß und berühmt? Und wenn er nun nicht groß und berühmt wird, bricht dann für ihn eine Welt zusammen? Also, von mir hat er das nicht … Jetzt schau dir mal diese idiotischen Rührgeräte an. Ein Skandal, ein richtiger Skandal ist das. Hören Sie«, rief sie der Verkäuferin zu, die durchgefroren hinter einem Haufen bunter Plasterzeugnisse »für die moderne Hausfrau« stand, »jetzt werde ich Ihnen mal was zeigen!« Sie nahm ein Gerät, das aus drei ineinandergreifenden Rührbesen auf einem Drehteller und einer seitlich angebrachten Kurbel bestand, ließ die Rührbesen surren. Anne drehte schneller, die Rührbesen verhakten sich, und kein Vor oder Zurück konnte an diesem Zustand etwas ändern. Schließlich brach einer der Rührbesen ab. Anne warf die Überreste auf den Tisch. »Diesen Mist verkaufen Sie?« Die umstehenden modernen Hausfrauen brummten gefährlich.

»Sie haben das kaputtgemacht, nun müssen Sie es auch bezahlen«, rief die Verkäuferin. »He, Sie, unterstehen Sie sich, abzuhauen, Hilfe, Polizei!«

Ein Abschnittsbevollmächtigter kam. »Was ist hier los, Bürgerinnen?«

»Genosse ABV, die Frau da hat diesen Rührbesen zermurkst, und jetzt will sie nicht bezahlen!«

»Ich denke ja gar nicht daran, für diesen Pfusch auch nur eine müde Mark auszugeben, eine Unverschämtheit ist das, ich habe mir nur erlaubt, Ihre Ware auch mal zu testen, damit Sie sehen, womit Ihre modernen Hausfrauen auskommen müssen, Rührbesen, pah, fünf Umdrehungen, und es hat sich ausgerührt!«

»Bürgerin, Sie haben die Ware beschädigt, also hat die Bürgerin Verkäuferin Anspruch auf Schadensersatz.«

»Na, so was!« empörten sich ringsum moderne Hausfrauen. »Der Quark kostet einen Haufen Geld – und taugt nicht mal für'n Ollen übern Deez …«

»Aber das ist ja Aufruhr!« Der ABV zückte sein Notizheft. »Andererseits … Zeigen Sie mal her!« Er ließ sich einen Rührbesen geben. Dann den nächsten. Einer nach dem anderen ging kaputt. Die Verkäuferin geriet in Wut, begann den Ordnungshüter zu beschimpfen. Der geriet ebenfalls in Wut, schrie, daß auch seine Frau auf einwandfreie Kurbelrührerzeugnisse zur Herstellung vorweihnachtlicher Backwaren angewiesen sei; Meno zog Anne weg.

Also wirklich, würde sie sagen. Also wirklich, würde er antworten. Sie lachten schon.

Vor der Heinrich-Mann-Buchhandlung auf der Prager Straße stand eine lange Schlange; Anne, die eine Chance, eine ungewöhnliche, unangekündigte Lieferung witterte, fragte sofort, was es gebe: Der Mann vor ihr zuckte die Achseln und sagte, er habe sich nur angestellt, weil schon so viele vor ihm stünden, er lasse sich überraschen.

»Irgendein wichtiger Roman, ein Kunstbildband?« wollte Anne von Meno wissen, dann wurde gerufen, daß Wanderkarten geliefert worden waren.

In den Schaufenstern der Musikalienhandlung neben der HO Kaufhalle hingen ein paar wie nasse Bonbons glänzende Geigen, ein schmetternd goldenes Saxophon und eine Ukulele, drinnen hatten sie Gitarrensaiten, Kontrabaßstachel und ein gutes Dutzend frisch gelieferter tschechischer Violinkinnstützen (von denen Anne eine für Ezzo mitnahm, man konnte ja nie wissen), aber keine Cellosaiten, dafür gab es ein Schneidegerät für Klarinettenmundstücke, das Anne, da Robert nur eins besaß, sofort kaufte: Roberts Klarinettenlehrer hatte einen Bruder, der Oboist war, und der wiederum, wußte Anne, hatte Briefkontakt mit einem Cellisten der Berliner Philharmoniker, vielleicht ließ sich so etwas deichseln.

Sie liefen in Richtung Altmarkt zurück, mitgespült in Menschenmengen, die vom Hauptbahnhof und vom Leninplatz gekommen waren. Die Frauen unter Kopftüchern, viele Männer mit russischen Fell-Schapkas, grau und braun gekleidete, geduckt hastende Passanten, die in Richtung Zentrum zu den Geschäften unter den Betonklötzen der Interhotels »Königstein« und »Lilienstein« drängten. Vor dem Rundkino, das wie eine senkrecht schwarzweiß gestreifte Puderdose aussah, warteten Menschentrauben. Meno schaute zu den Vitrinen im Umgang vor den Kinosälen: Bud Spencer spannte den Bizeps auf den Plakaten, sorgte gemütvoll für Gerechtigkeit, es lief »Plattfuß am Nil«. Die Jungs wollten es sehen, Robert hatte Meno gebeten mitzukommen, er hatte auch Ezzo und Reglinde mobilisiert, während Muriel und Fabian abwarten wollten, bis der Film in den Tannhäuser-Lichtspielen lief. Von der Kreuzkirche schlug es fünf. Meno blickte hinauf zu den Fenstern der Dresdner Edition, in einem der klobigen Häuser auf der Ostseite des Altmarkts: Beim Leitenden Lektor Josef Redlich brannte noch Licht, im Stübchen von Korrektor Oskar Klemm auch, bei Schiffner war es dunkel.

Eine 11 kam, die rotweißen, verschlammten Tatra-Wagen entließen Kinogänger und Striezelmarktbesucher, Frauen mit links und rechts geballten Einkaufstaschen, wie sie jetzt Meno schleppte. Anne trug einen Reisesack voller Kleider, die ausgebessert werden und in die chemische Reinigung mußten; es war Freitag, heute hatte das VEB Dienstleistungskombinat in der Webergasse bis 19 Uhr geöffnet; aber es blieb nur noch eine Stunde für Wochenendeinkäufe und Geschenkejagd. Anne schlug vor, daß sie sich aufteilen sollten, sie gab ihm den Reisesack, sie wollte noch nach Strümpfen für Arthur schauen, der in Glashütte in finsterer Lieferprovinz saß, und Emmy hatte sich einen Rolli-Wagen zum Einkaufen gewünscht, »und natürlich stecken wir ihr auch was zu, ihre Rente reicht ja hinten und vorne nicht, und fällt dir was für Gudrun ein? Barbara wollte ich eigentlich Handschuhe schenken, aber einmal nicht zugeschlagen im Exquisit, und weg waren sie, na, mal sehen, ob ich woanders noch welche kriege. Für Uli hab ich schon was, für Kurt auch. Die chemische Reinigung geht expreß, und wenn sie Schwierigkeiten machen: Ich bin angemeldet, Mo, die Nummer steckt mit Sicherheitsnadeln an einem von den Kleidern. Der Regenschirm muß neu bezogen werden, und die beiden Scheren brauchen einen neuen Anschliff. Wo treffen wir uns?«

»Eingang Webergasse, in einer Stunde?«

»Bis dann«, und weg war sie: Wie früher, dachte er, wie in der Kindheit, wenn wir Räuber und Gendarm spielten und sie im Wald verschwand; noch einige schwankende Zweige, stäuben-

der Kiefernpollen, ein verschreckter Vogel; eine unsichtbare Tür hatte sich geöffnet und sie verschluckt.
Er dachte jetzt manchmal über ihre Kindheit nach, vielleicht kam er in das Alter, in dem man, erstaunt über die heimlich gegangene Zeit, zurückzuschauen beginnt und abends, allein mit Schatten, das Album aufschlägt, das voller erstarrter Gesten ist, man kann die Aromen noch spüren, die sie umgaben, gerade eben sind sie geschehen und nicht, wie das Datum unter dem Foto behauptet, an einem Tag vor zwanzig, vor dreißig Jahren, da: dieser Apfel rechts oben im Bild, kaum zu sehen, aber du weißt, daß er da ist und daß er in ein paar Minuten heruntergeholt werden wird; wie der Saft über Annes Kinn troff, als sie hineinbiß, wie Ulrich vergeblich versuchte, ihn ihr wegzunehmen, und da: Vater winkt aus dem Fenster unseres Hauses, ist es neunzehnzweiundfünfzig, wir waren noch nicht lange aus Moskau zurück, als die Friedensfahrt durch Bad Schandau kam und Menschenmengen auf der Straße an der Elbe den Radrennfahrern zujubelten, oder will er uns eine seiner Hans-Albers-Platten vorspielen, »In einer Sternennacht am Hafen«, orangefarbener Kopfstreifen, Albers mit Sherlock-Holmes-Pfeife blickt nach oben, und Vater sagt, während er die Platte aus der Hülle mit der schwarzen »Decca«-Ellipse zieht: Wußtet ihr, daß er hier, in Schandau, zum ersten Mal auf der Bühne stand, neunzehnhundertelf?
Und dann hatte Anne, er sah an manchen Abenden ihr Gesicht vor sich in diesem Moment, die gerunzelten Brauen, die weit geöffneten, erstaunten braunen Augen, den Apfel Ulrich gegeben, der darüber ebenso verwundert war wie sie, denn er hatte gezögert, den Apfel zu berühren, hatte, verlegen, auf den Baum gezeigt, wo noch mehr Äpfel hingen, dann die Hände in die Taschen gesteckt und mit der Schuhspitze Muster in den Sand gescharrt … Anne: Kannst ihn haben, wenn du magst – doch in diesem Moment, mit der Abruptheit eines zustoßenden Raubvogels, schnellte Ulrichs Hand aus der Tasche und griff die Frucht, ließ Anne fassungslos zurück, als hätte diese Geste sie wie ein scharfes Schwert zerschnitten, und nichts konnte sie rückgängig machen; Ulrich rannte mit Triumphgeschrei davon.
Im VEB Dienstleistungskombinat in der Webergasse reihte sich Meno in die Warteschlange, beobachtete das Hantieren der An-

gestellten, die sich mit fließender Langsamkeit bewegten und wenn sie sprachen jede Silbe betonten. Unter einem Transparent »Mit jeder Mark, jeder Minute, jedem Gramm Material einen höheren Nutzeffekt« plusterten sich Oberhemden auf Trocknerpuppen, blähten sich wie die Wangen von Jazztrompetern, reckten dralle Wurstärmel. Es schienen nicht alle Trocknerpuppen zu funktionieren, denn hin und wieder pfiff Luft aus, die Hemden spuckten die Abdichtklammern weg und gaben grunzend den Geist auf.
Nachdem Meno an der Reihe gewesen war, setzte er sich in den Wartebereich des PGH »Neue Linie«-Friseurs, der sich auf der gleichen Etage wie die chemische Reinigung befand. Annes Hemden würden in einer halben Stunde fertig sein.
Manchmal dachte er jetzt an die Moskauer Zeit zurück. Er erinnerte sich an die 800. Wiederkehr des Gründungstags von Moskau, im Herbst 1947. Er war ein Junge von sieben Jahren gewesen, Anne gerade zwei Jahre alt, Ulrich neun. Ein dunkler, unaufgeräumter Himmel über den festlich gekleideten Menschen; in den Parks spielten Blasorchester, Zuckerwatteverkäufer und Militärkapellen warteten in den Alleen.
Vor dem Kindergarten »Krasnaja Zwesdotschka« parkten die schwarzen Limousinen, mit denen die Kreml-Kinder gebracht und abgeholt wurden; die Chauffeure rauchten, warteten.
Mädchen in Schuluniformen mit weißen Schürzen trippelten vorbei, schnatterten aufgeregt, in den Händen hielten sie Fähnchen, bogen in die »Straße der Bestarbeiter«, wändehohe Plakate lächelten auf die Demonstrationszüge herab. Helden des Großen Vaterländischen Krieges, Helden der Arbeit, der Sowjetunion. Die Mädchen hatten erst nachmittags Unterricht, in der zweiten Schicht. Aus den Schulen strömten die Schüler der ersten Schicht, die neun Uhr dreißig begann. Trolleybusse, Straßenbahnen, blumengeschmückte Losungswagen, die schweren Pobeda- und SIS-Limousinen rollten vom Arbat, aus den Lautsprechern schepperten Bravourmärsche, überall wehten rote Fahnen. Vom »menschlichsten Menschen« schaukelten Porträts über Moskau, befestigt an Luftballons. Lieder, Meno erinnerte sich, Bruchstükke von Verszeilen trieben auf, er murmelte die russischen Worte: »Stalin ist ein Held und Muster für die Kinder, / Stalin ist der Ju-

gend bester Freund«; »Unser Zug eilt dahin / und hält im Kommunismus an« … die verhungerten Gesichter der Menschen, dachte Meno, Vaters ausgemergelte Hand, die meine hält, ich frage nach Mutter, und er antwortet mir, wie seit einigen Monaten, Luise sei im Ausland, sie lasse uns Kinder grüßen und wolle, daß wir fleißig in der Schule seien. Eines Tages nimmt er Ulrich mit ins Gefängnis. Vater wartet, bis sein Buchstabe aufgerufen wird. Er geht an einen Schalter, um Geld einzuzahlen. Wenn der Beamte das Geld annimmt, ist Mutter am Leben.

14.
Josta

Richard stellte den Lada beim »Haus der Deutsch-Sowjetischen Freundschaft« am Puschkin-Platz ab und beschloß zu laufen. Die Leipziger Straße war abendlich belebt, die Laternen streuten müdes Licht auf den Verkehr. Eine Hechtbahn der Linie 4 ratterte in Richtung Radebeul vorüber, schlenkerte in den Gleisen, Richard sah, wie die Fahrgast-Traube an den Halteschlaufen hin- und herschwankte. Er überquerte die Straße und ging so langsam und gedankenversunken, daß ein militärgrüner Wolga hielt und ein russischer Offizier, Chauffeur einer höheren Charge, deren Handschuhe Richard im Wageninneren ungehalten gestikulieren sah, den Kopf zum Fenster hinaussteckte und ihm ein rauhes, aber nicht unfreundlich klingendes »Nu, Dawai!« zurief. Richard wich aus, der Wolga, ein breiter Stahlkasten, schlingerte im Schneematsch davon.
Vom Paul-Gruner-Stadion wehten Rufe, heute spielten Feldhandballmannschaften, es existierte noch eine Liga, vorwiegend aus Arbeitern und Angestellten städtischer Betriebe, Robotron, Pentacon, Sachsenwerk. Längst hatte der Hallenhandball den Feldhandball verdrängt, aber hier, in der Vorstadt, gab es ihn noch. Richard kannte die Umkleidekabinen im Paul-Gruner-Stadion, die Fotografien ehemaliger Sportheroen: der Dresdner Fußballer Richard Hofmann, wegen seines Schusses »der Bomber« genannt; die deutsche und die ungarische Nationalmannschaft von 1954 mit Signaturen; Töppen, wie man hier die Fuß-

ballschuhe nannte, von Mitgliedern des 1. FC »Dynamo Dresden«, die hier in Jugendmannschaften gespielt hatten. Wind frischte auf, trug Gerüche heran: Brackig roch es vom nahen Pieschener Hafen, von den Elb-Altarmen, in denen das Flußwasser träge stand und selbst in strengen Wintern nur mürbes Eis bildete. Süßlich und widerlich mischte sich der Abdunst vom Schlachthof, am anderen Elbufer, im Ostragehege, in den Flußgeruch, dann drehte der Wind und trug die Gerüche der Vorstadt heran: Autoabgase, Metall, den säuerlichen Schornsteinrauch schlecht verbrennender Braunkohle. Es dämmerte schnell. Wie rasch die Tage vergehen! dachte Richard. In der Dunkelheit geht man aus dem Haus, in der Dunkelheit kehrt man zurück. Und er dachte daran, daß er nun fünfzig Jahre alt und dies etwas Unbegreifliches war, denn jener Tag, an dem er im Garten des Vaters ein Vogelnest gefunden und sich erstaunt über die grünen, rostrot gesprenkelten Eier gebeugt hatte, schien doch nicht lange zurückzuliegen, und es waren doch vierzig Jahre. Er beobachtete die Menschen. Wie sie dahintrieben in der Dämmerung, in graue oder braune Mäntel gekleidet, nur hin und wieder etwas Farbe, Blaßblau, Beige, vorsichtiges Rosa, und jeder in Gedanken und Geschäften, niemand mit erhobenem Kopf, den Blick offen einem anderen Menschen zugewandt: all das erfüllte ihn mit Traurigkeit, einem Gefühl von Unentrinnbarkeit und Hoffnungslosigkeit. Fünfzig Jahre – und erst gestern das erste Mädchen geküßt! Sie war älter gewesen als er, neunzehn oder zwanzig, fast schon eine Frau, hatte er mit seinen zwölf Jahren empfunden, als er mit der Phosphorbrandverletzung im Krankenhaus gelegen hatte. Rieke hatte sie geheißen, eine stille Handelsschulabsolventin, die im Krankenhaus Pflegedienst leistete, ihre Firma war beim Bombenangriff vollständig vernichtet worden. Was für schönes Haar sie gehabt hatte: Dunkelblond mit einzelnen helleren Strähnen darin; manchmal, wenn er Christian ansah oder mit der Hand über seinen Kopf strich, mußte er an Rieke denken – und sich vor einem Lächeln hüten, das niemand außer ihm verstand und dessen Erklärung mit Verstimmung enden würde. Wie leicht und zärtlich die Berührung seiner Haut gewesen war, wenn sie Brandsalbe aufgetragen oder seinen Rücken mit Franzbranntwein überrieben hatte, wobei er ihren Atem spürte, wenn sie vornübergebeugt hinter ihm auf dem Bett saß, eine vorwitzige Strähne ihres Haars, die sie in regelmäßigen Abständen zurückpustete. Sie beugte sich zurück, bevor das, was in ihm erwachte und die Ahnung von etwas bisher nicht Gekanntem, Pochendem, Verbotenem gab, nicht mehr für einen Zufall, einen beiläufigen, bei dieser Art von Behandlung immer wieder vorkommenden Kontakt gehalten werden konnte. Eines Abends, als sie allein gewesen waren, dauerte es zu lange für seine Sinne, aufgestellte, überscharfe Antennen, er drehte sich um, er wußte selbst nicht, was er da tat und warum, und woher er den Mut dazu nahm, nur, daß etwas ihn trieb über die Angst und seinen stolpernden Puls hinaus, ihr verdutztes Gesicht in beide Hände zu nehmen und sie auf die Lippen zu küssen. Sie war nicht zurückgewichen, hatte ihn nicht geohrfeigt. Danach saß sie schweigend, sah ihn an, begann zu lächeln und wischte sich mit einer scheuen, ihn sonderbar erregenden Bewegung das verrutschte Haar zurück. »Na, du fängst ja früh an«, hatte sie gemurmelt, und er dachte: Was kommt jetzt? und ein Rausch aus Bruchstücken erschlichener Lektüren, Andeutungen und Zoten von älteren Flakhelfern, obszönen Bildern in einschlägigen Heften überschwemmte seine Gedanken. Dann war etwas in ihren Augen erschienen, das er nicht kannte, eine Art von zärtlichem und respektvollem Spott; sie hatte seine Schlafanzughose gelüpft: »Du bist mir einer. Erst zwölf, und schon hat's Konsequenzen.« Er sagte nichts, sie lachte leise. »Komm später wieder, jetzt mußt du noch ein bißchen auf die Weide.« Damals hatte es ihn beleidigt, er konnte sich an das dumpfe, dunkle Gefühl der Scham, der mit Empörung gemischten Trauer noch genau erinnern; jetzt mußte Richard lachen. Danke, Rieke, du zärtliche, junge, nach Franzbranntwein und Kernseife riechende Frau! Sag, ist es dir gut ergangen? Möge es dir gut ergangen sein – ich begehre dich noch immer! Richard machte einen kleinen Sprung und tat, als ihn ein entgegenkommender Passant erstaunt musterte, als wäre er noch rechtzeitig einem auf dem Bürgersteig liegenden Hundehaufen ausgewichen. Er kam am Faunpalast vorbei und erinnerte sich an manchen Film, den er in dem Kino, das früher ein Tanz-Etablissement und Versammlungsort der Arbeiter gewesen war, gesehen hatte. Ein verwinkelter Bau mit abgeschabten Polsterstühlen; im Vestibül verstaubten Scherenschnitte von Hans Moser, Vilma Degischer, Anny Ondra und manch anderem UFA- oder Wien-Film-Star. Signierte Porträts von DEFA-Schauspielern hingen gerahmt an den Seiten des hölzernen Kassenverschlags, der mit seiner in den Raum vorbugenden Front und den abgerundeten, messingbeschlagenen Ecken wie ein gestrandeter Orientexpreß-Waggon wirkte. Auf dem Pfeiler der breiten, mit einem fadenscheinig gewordenen Spannteppich belegten Salontreppe stand eine Schlangenpflanze, die irgendein verschollener Betreiber des Kinos aus den Tropen mitgebracht hatte. Richard nannte sie so, weil sie weißgrün gefleckte Blätter besaß, die wie ein Bündel schlummernder Nattern aus dem Kübel hingen. Er nahm sich vor, Meno bei Gelegenheit nach dem genauen Namen der Pflanze zu fragen. Er sah die langen Wartereihen vor der Schwingtür des Kinos, das webelnde, grünliche Licht in den Schaukästen mit den Filmplakaten des Progress-Filmverleihs: ein Mann mit Trenchcoat und aufgeschlagenem Kragen, hinter ihm stach der Turm der Lomonossow-Universität mit dem roten Stern auf der Spitze in den Moskauer Abendhimmel, und dem Mann gegenüber stand eine Frau, die ihn mit weitgeöffneten, zugleich enttäuscht, noch liebend und schon abschiednehmend wirkenden Augen betrachtete. Sie ähnelte Anne, Richard wandte den Kopf. Traurigkeit, Wehmut erfaßte ihn, das Lächeln Riekes, die vor wenigen Minuten aufgeblitzte heitere Stimmung war verflogen, so gründlich, als hätte es sie nie gegeben. Er versuchte zu verdrängen, aber es wollte ihm nicht gelingen. Anne, dachte er. Fünfzig Jahre, dachte er. Medizinalrat bist du geworden, genau wie Manfred es prophezeit hat auf der Geburtstagsfeier; Ansprache, Dank im Namen des Volkes undsoweiter, Urkunde auf, Urkunde zu, Händedruck, Beifall, Dankesrede, klippklapp wie im Affentheater. Und Pahl in Friedrichstadt hat richtig den Fetscherpreis bekommen … ein guter Chirurg, man sollte es ihm endlich sagen, in unserem Alter sollten Eitelkeiten keinen Wert mehr haben. Fünfzig Jahre, dachte er, und Erinnerungen. Du bist voller Erinnerungen, aber wohin ist die Jugend? Das Lachen, der Überschwang, die bäumeausreißende Energie –? Der Wind, der Wind geht durch dein Haar. Er hatte das vor kurzem irgendwo gelesen, in einer Zeitschrift wahrscheinlich, wie sie die Schwestern während des Nachtdiensts lasen; vielleicht war es eine Zeile aus einem Schlager, einem dieser ganz und gar billigen Lieder, wie sie im »Kessel Buntes« oder im »Wunschbriefkasten« gespielt wurden – und die er nicht ohne Widerwillen und Abscheu anhören konnte. Manchmal waren es aber gerade diese einfachen, rührseligen und oft nur allzu berechnend naiven Weisen, die ein Wort wie dieses enthielten, eine einzige, aus der übrigen Zubereitung gefallene Zeile, die einen Nerv auch bei ihm traf, den viele der ernsthaften, komplexen und harmonisch ungleich reicheren Partituren in den Konzertsälen verfehlten, so daß man kalt blieb. Sie tönten, aber sie drangen nicht durch die siebente Haut des Herzens vor bis ins Innerste … Dort, wo das Geheimnis war, unerforschlich allen, selbst dem nächsten Menschen.

Josta umarmte ihn, küßte ihn, kaum daß er eine Sekunde geklingelt hatte. »Du kommst spät!«
»Laß die Vorwürfe.«
Sie packte ihn an den Schultern, und wie so oft erstaunte ihn die Unverstelltheit der Emotionen, die man auf ihrem Gesicht lesen konnte. Verletztheit, Stolz, Zorn, Abwehr und der Jagdtrieb einer hungrigen Kätzin überflogen in wechselnder Röte ihre Haut, die braun wie die einer Südländerin war, die Schwarzkirsch-Augen.
»Ah, Graf Danilo ist wieder mal schlecht gelaunt! Er steigt die Treppen zu seiner Geliebten hinauf, und die alte Vettel Freese hat ihn durch ihren Spion gesehen! Im Hausflur riecht es nach nasser Wäsche und –«
»Hör auf damit!« unterbrach er unwirsch. »Und laß diesen dummen Spitznamen, ich bin kein Graf Danilo!«
»So, was bist du dann? Mein kleiner verwöhnter Liebling!« Josta legte den Kopf zurück und lachte, daß er die einsame Amalgam-Füllung in der Reihe ihrer Zähne sah, nahm seine Hände und trat einen Schritt zurück.
»Deine Augen, du … Hexe!«
»Ich seh's!« rief Josta heiter, hob seine Hand und biß kräftig in den Handballen.
»Hör auf, das tut weh!« Sie biß noch kräftiger zu, riß seinen Gürtel auf.

»Daniel«, murmelte er.
»Beim Fußball. Er weiß, daß du da bist. Zur Zeit hat er kein großes Bedürfnis, dich zu sehen. Im Gegensatz zu mir.«
»Wo ist Lucie«, flüsterte er, als Josta sich hinkniete.
»Keine Sorge. Dein Augenstern schläft, tief und fest.«
Er beobachtete die Bißspur an seinem Handballen, die dunkelroten, tief eingekerbten Male. Das Begehren, das so jäh aufgeflammt war, erlosch, als er durch die Korridortür ins Wohnzimmer blickte, wo der Fernseher lief, den er Josta durch Beziehungen verschafft hatte. Unmut und plötzlicher Ekel packten ihn, als er den Gaszähler in der Flurecke hinter der Schiebetür zur Küche sah, und neben dem Schlüsselhecht an der Wand auf einem Bord die beiden innig lächelnden Puppen, die ihre Hände zu einer sanften Geste ausgestreckt hielten. Josta stand auf, umarmte ihn, schwieg. Er öffnete den seitlich abstehenden Pferdeschwanz, der in seiner Keckheit und Eigenwilligkeit schon bei ihrer ersten Begegnung im Kopierbüro der Akademie, das Josta leitete, Richards Witterung geweckt hatte.
»Herzlichen Glückwunsch zum Geburtstag«, sagte sie leise.
»Fünfzig Jahre, meine Güte.«
»Für mich bist du jünger als mancher Dreißigjährige.« Sie gingen ins Wohnzimmer. Richard stellte den Fernseher ab. Es gehörte zu Jostas Eigenheiten, ihn laufenzulassen auch dann, wenn sie sich unterhielten.
»Ich habe gar nichts für dich. Außer mir selber«, sagte sie, zugleich verstohlen und kokett. »Du hast mir ja verboten, dir etwas zu schenken.«
»Eine Krawatte, die ich mir angeblich selbst gekauft habe? Parfum?« Richard lächelte sarkastisch. »Ich kann es nicht mitnehmen.«
»Du könntest es hierlassen.«
Er sah auf. Ein leichter Unterton von Bitterkeit in ihrer Antwort verriet ihm, daß sie ihn wieder herauszufordern versuchte.
»Josta …«
»Ich weiß, deine Familie. Ach, komm mir doch nicht immer mit deiner Familie! Auch hier ist deine Familie, genausogut wie dort! Hier ist deine Tochter, hier ist dein Sohn –«
»Daniel ist nicht mein Sohn.«

Josta trat auf ihn zu, verzog den Mund zu einer höhnischen Grimasse. »Ja, er ist nicht dein Sohn. Aber er sagt Papa zu dir.«
»Er verachtet mich! Ich spüre es doch, wie er sofort auf Abwehr schaltet, wenn ich da bin und eine Annäherung suche!«
»Nein, er verachtet dich nicht! Er liebt dich ...«
»Was?«
»Ich weiß das, so etwas fühle ich, so gut kenne ich ihn doch! Das Taschenmesser, das du ihm mitgebracht hast, hält er heilig, neulich hat er eine Prügelei deinetwegen angefangen, weil die Mutter irgendeines Schulkameraden bei euch gelegen hat und angeblich schlecht behandelt worden ist, und angeblich auf deiner Station ... Er wird zwölf ...« Josta wandte sich ab. »Ich habe mich so auf deinen Besuch gefreut ... Du bist es, der abweisend ist, nicht Daniel!«
Richard trat ans Fenster. Dieser graue Himmel über der Vorstadt, und gegenüber Mietskasernen mit Strohrädern und steif im Wind flatternder, trauriger Wäsche ... Unten ein eingezäunter, von Laternen beschienener Spielplatz, wo dick eingemummte Mütter auf blasse Kinder aufpaßten, die mit Zündblättchenpistolen aufeinander losknallten. Den Drahtzaun des Spielplatzes säumten übervolle Mülltonnen, den Schnee um sie herum färbten Ascheaufen, die man aus Platzmangel einfach neben die Mülltonnen gekippt hatte. »Ich kann Weihnachten nicht kommen.«
»Nein, natürlich nicht.« Josta verkrampfte die Lippen zu einem mißglückten Lächeln. »Lucie hat dir aber ein Geschenk gemacht. Ihr kannst du es nicht verbieten. Übrigens ist sie nun doch munter.« Lucie kam herein, einen Stoffbären im Arm. Ihr Haar war zerstruwwelt, sie sah blaß und müde aus. Als sie Richard sah, lief sie ohne ein Wort zu sagen auf ihn zu. Er kniete sich hin, sie schlang ihre Ärmchen um seinen Hals, und diese Geste machte ihn plötzlich ganz leicht und frei, es war ihm, als hätte Lucies Umarmung die Bedrückung, die er schon auf dem Weg zu Josta gespürt hatte, zerbrochen.
»Bauchschmerzen«, sagte sie. »Papa, mach' meine Bauchschmerzen weg.«
»Meine Kleine.« Er streichelte und küßte sie. »Meine Kleine, hast Bauchschmerzen ... Mal sehen.« Sie legte sich hin, Richard tastete vorsichtig ihren Bauch ab. Die Bauchdecke war weich, es

gab keinen Schmerzpunkt, auch Temperatur hatte Lucie nicht. Nichts Ernstes. Er fragte, wie lange sie die Schmerzen schon habe, was sie gegessen habe, wie die Verdauung sei. Josta winkte behutsam ab. »Das hat sie öfters.« Richard küßte Lucies Bauch, zog sie wieder an. Die Kleine lachte. »Besser, Papa.«
»Na, siehst du.«
»Willst du sehen, was ich für dich gemalt hab'?«
»Zeig!«
Es war ein Blatt voller Zahlen. Sie hatten Arme und Beine, fröhliche und traurige Gesichter, eine Sieben trug einen Hut, eine Fünf mit dickem Bauch rauchte Zigarre und hielt eine kleine pummelige, schafsartige Acht, die Dackelohren hatte, an der Leine.
»Schön! Das hast du fein gemalt. Das ist für mich?«
»Weil du Geburtstag hast.«
»Wie kommst du denn auf die Zahlen?«
»Die hab' ich gesehen! Wenn Mama mich in den Kindergarten bringt, kommen wir immer an einer Sieben vorbei!«
Josta lachte. »Es ist ein Plakat zum siebenten Oktober. Im Kindergarten lernen sie jetzt Zahlen, deswegen.«
»Und bleibst du jetzt da, Papa?«
Richard wandte sich von dem hellen, zu ihm so vertrauensvoll aufschauenden Gesichtchen ab, es tat ihm weh, und alle Düsternis, die Lucies Anblick vertrieben hatte, kehrte zurück. »Heute nicht.«
Richard ging. Josta stand am Fenster und antwortete nicht auf seinen Abschiedsgruß.
Er stieg im Dunkeln die Treppe hinab. Es schien nicht nur seine Augen zu schärfen, auch die Gerüche und Geräusche meinte er intensiver wahrzunehmen als vor einer halben Stunde, als er die Treppe hinaufgestiegen war. Aschegeruch, klamme Wäsche, unausgelüftete Betten, Feuchtigkeit und Schimmel im schadhaften Mauerwerk, Kartoffelsuppe. Aus einer Wohnung in der zweiten Etage – Josta wohnte in der vierten, unter dem Dach – drangen laute Stimmen, Geschrei, Gekeif, das Klirren von Geschirr. Frau Freese im Hochparterre, der ehemaligen Blockwartswohnung, mußte ihn gehört haben, denn er bemerkte schon auf dem eine halbe Treppe höher liegenden Absatz, wo eine Außentoilette of-

fenstand und penetrant nach »Ata« roch, daß der Spion geöffnet war: eine gelbe Lichtnadel stach ins Flurdunkel und verschwand sofort, als er sich, auf Zehenspitzen, vorbeischleichen wollte – entweder hatte Frau Freese den Spion verschlossen oder gierig ihre Gluckenaugen ganz nah an die Öffnung gepreßt.
Die Haustür klappte hinter ihm ins Schloß. Die Luft war kalt wie Eisen. Er ging zur Rehefelder Straße und schlug den Weg zum Sachsenbad ein. Dort hatte er seine Schwimmutensilien deponiert, der Bademeister kannte ihn als Stammgast und hatte ihm sogar, als Gegenleistung für ein Attest, das ihn vor dem Reservistenwehrdienst bewahrte, einen Schlüssel angeboten, falls er einmal später zum Schwimmen kommen wollte oder noch zu viele andere Gäste ihre Bahnen zogen. Daß er an jedem Donnerstag, wenn er keinen Dienst hatte, nach der Arbeit dorthin zum Schwimmen ging, war sein Alibi gegenüber Anne und den Jungen. Anne hatte es akzeptiert, daß er einmal in der Woche einige Stunden für sich beanspruchte und auf alle Vorschläge, sie gemeinsam zu nutzen, mit entschiedener Abwehr reagierte. Anne, das fühlte er, würde ihm nicht nachspionieren. Richard fürchtete die Jungen, am ehesten Robert. Christian war jetzt die Woche über in der EOS, da war es unwahrscheinlich, ihm hier zu begegnen. Außerdem neigte er zum Stubenhocken. Anders Robert. Der war unternehmungslustig, fand nichts dabei, mit Kumpanen kreuz und quer durch Dresden zu fahren, sich in S-Bahnen oder Vorortzüge zu setzen und der verblüfften Anne von seinem Taschengeld Brot und frische Semmeln von einem Meißner Bäcker mitzubringen. Außerdem schwamm er so gern wie er, Richard, und in Dresden gab es nicht viele Hallenbäder. Auch glaubte er, daß Robert ihn manchmal beobachtete, ihn skeptisch musterte an diesen Donnerstagen, wenn er vom Schwimmen nach Hause kam. Sah er Gespenster? Er hatte sich den raschen, nach allen Seiten sichernden Gang eines scheuen, sich beobachtet fühlenden Menschen angewöhnt. Nicht nur Anne und seine Jungen mußte er fürchten, es mochte Bekannte geben, von denen er nichts ahnte – womöglich war Frau Freese die Tante oder Großmutter eines von Roberts Kumpanen? Oder des Jungen, mit dem sich Daniel geprügelt hatte … Der Zufall, der »dumme« noch dazu, wie man sagte, liebte solche tückischen

Begegnungen. Oder einer seiner Arbeitskollegen, eine Krankenschwester oder Physiotherapeutin, die in dieser Gegend wohnen mochten, sah ihn, wunderte sich, was Oberarzt Hoffmann zu dieser Stunde im Haus zu suchen hatte, in dem Frau Josta Fischer, die geschiedene und attraktive Sekretärin im Rektorat der Medizinischen Akademie, allein mit zwei Kindern eine Zweieinhalbzimmerwohnung unter dem Dach bewohnte, schon das war verdächtig bei der berüchtigten Wohnungsnot … Und er konnte sich nicht sicher sein, ob Josta ihren Teil der Abmachung mit der gleichen konsequenten Strenge, der immerwährenden, nie nachlassenden Vorsicht einhielt wie er … Gab es Fragen, Lucies wegen? Hielt Daniel den Mund? Er fühlte sich elend und hätte viel darum gegeben, aus den Lügen herauszukommen. Vor fünf Jahren hatte er versucht, die Affäre mit Josta zu beenden, dann aber war die Schwangerschaft gekommen, er hatte Josta spontan zur Abtreibung geraten, aber sie hatte sich kategorisch geweigert, ihm gegenüber das Wort Mörder gebraucht. Willst du ein Mörder sein an deinem Kind? Noch jetzt schauderte es ihn vor diesem Vorwurf. Wenn es nach ihm gegangen wäre, hätte Weniger eine Schwangerschaftsunterbrechung gemacht, das Feld »Kindesvater« in der Anamnese wäre leer geblieben. Seine Lucie, seine Tochter, die er über alles liebte! Richard lehnte sich an eine Mauer. Was ist aus mir geworden …! Ein Lump und Betrüger, der jeden Donnerstag durch die Straßen schleicht, gefangen in einem Netz aus Falschheit, Schwindeleien, Boshaftigkeit … Manchmal konnte er Anne nicht mehr in die Augen sehen, manchmal quälte ihn Angst, wenn er Meno oder Ulrich traf, die ihn als ihren Schwager begrüßten … Was würden sie von ihm denken, wenn es herauskäme? Daß er ein Schwein war sicherlich, eine nichtswürdige Figur … Die nicht loskam von Josta. Wenn ihre Augen wie vorhin funkelten, sie das Haar herausfordernd zurückwarf, schon wenn sie diesen seitlichen Pferdeschwanz trug, der für andere nichts weiter als ein flippiges Detail sein mochte – ihn erregte es bis zum Atemverschlagen, hatte es erregt, als er sie zum ersten Mal gesehen hatte, damals, als er Vorlesungstyposkripte zum Hektographieren in das Büro brachte. Sie war fünfundzwanzig Jahre alt und in der Blüte ihrer Weiblichkeit gewesen. Sie war sich ihrer bewußt und setzte sie ein. Nicht wie ein Mädchen, das kokettieren will, aber noch nicht recht weiß, was daraus werden soll, weil es das andere Geschlecht und sich selbst noch nicht recht kennt. Sondern wie eine reife, erfahrene Frau, und wenn man allein mit ihr im Zimmer war, herrschte knisternde Spannung – ihm fielen dann jedesmal jene Plaststäbe ein, die der Lehrer im Physikunterricht mit einem Tuch rieb und die man nicht berühren konnte, ohne einen elektrischen Schlag zu bekommen. Wenn er mit ihr schlief, fühlte er sich jung, es gab nicht die Tristesse danach, die ihn bei anderen Frauen befallen hatte. Sie packte ihn und wimmerte und schrie, trieb ihn zu Leistungen, die er kaum als Dreißigjähriger vollbracht hatte. Josta war unersättlich und machte kein Hehl aus ihrem sexuellen Appetit und der Lust, die sie empfand. Alles an ihr war heftig: ihre körperlichen Reaktionen, ihr Verlangen, wenn es einmal entfacht war – manchmal dachte er, daß es einem Faß Pulver gliche, und wenn man an ihr vorüberging, genügte schon das bißchen Reibung, es zu entzünden –, ihre Wut, ihre Muskulatur, ihre Ansprüche und ihr Haß. Blindwut, rasendes Begehren, besinnungsloses, von ihrer Hexenglut (so nannte er es bei sich) bis ins letzte heimgesuchtes Versprengen: so hatte er Lucie gezeugt, in Sekunden unvorstellbaren Glücks. Seine Tochter! Er dachte an ihr Haar, die großen braunen Augen, die ihn so fragend und klug ansahen, die ruhige, aufmerksame Anstelligkeit des Kindes, seine unaufdringliche Neugier und rührende Phantasie. Ein Bild mit Zahlen hatte sie ihm geschenkt, die Augen, Ohren und Kleider hatten, Zahlen, »die hab' ich gesehen, wir kommen immer an einer Sieben vorbei!« Er hatte das Blatt bei Josta gelassen, aber es war sein schönstes Geburtstagsgeschenk. Am liebsten hätte er es mitgenommen und jedem gezeigt! Manchmal hatte er das Bedürfnis, das Mädchen mit nach Hause zu Anne zu nehmen, sie ihr stolz zu präsentieren und zu sagen: Ist sie nicht herrlich? Mein Töchterchen Lucie! Einfach damit Anne sich mit ihm freute, dieses beschwingende Gefühl mit ihm teilte, damit er ihr abgeben konnte davon und es nicht egoistisch für sich behielt. Weißt du, was für ein großes Glück es in meinem Leben gibt, von dem du noch keine Ahnung hast, komm her und sieh es dir an, es heißt Lucie, Lucie, ich kann es nicht für mich behalten, gleich platze ich, so närrisch bin ich vor Glück; ich muß es mit vollen Händen austeilen, sonst zerreißt es mich! So stellte er es sich vor. Mein Gott, bin ich wirklich so naiv, dachte Richard, das ist doch nicht möglich. Könnte ich ihr das wirklich antun? – Du hast es ihr schon angetan, hörte er sich. Du hast es ihr schon angetan.

15.
Wer hat den schönsten Tannenbaum

Rektor Scheffler war anzumerken, daß er nicht genau wußte, welchen Kurs er vorgeben sollte: Einerseits war Genosse Leonid Iljitsch gestorben, kaum zwei Monate war es her, und das große Schiff Sozialismus trieb führerlos dahin. Andererseits näherte sich das Weihnachtsfest – und jede Einschränkung, die eine bestimmte Grenze überschritt, würde nicht als Pietät, sondern als Schwäche, als Eingeständnis und Ausdruck einer Lähmung, aufgefaßt werden. Richard ließ den Blick durch das Rektoratszimmer schweifen, Breshnews Gorilla-Gesicht mit den verschlagen blickenden, tiefliegenden Äuglein unter Flaschenbürstenbrauen, der schwarze Streifen in der Ecke der Fotografie, daneben der Genosse Staatsratsvorsitzende im grauen Anzug vor himmelblauem Hintergrund, ein *gewinnendes* Lächeln auf den Lippen; dann die Reihe von Schefflers Vorgängern.
»Sie lehnen meine Vorlesung also ab.«
»Herr Hoffmann, bitte.« Scheffler machte eine unwillige Bewegung. »Haben Sie doch Verständnis für meine Lage. Genug, daß nun wieder dieser alberne Weihnachtsbaumkrieg beginnt!«
»Wir haben kaum noch Schmerzmittel, Genosse Rektor.«
»Ja, ich weiß. Heute morgen war der Apotheker bei mir. Herr Hoffmann, ich bitte Sie um eins – keine Panik. Wir werden Abhilfe schaffen. Noch heute habe ich einen Termin bei Barsano. Seine Frau wird dabeisein. Ich werde darum ersuchen, daß das Friedrich Wolf uns hilft.« Das hatte dieses Krankenhaus noch nie getan, Scheffler wußte es, Richard wußte es. »Keine Panik, das ist jetzt das wichtigste. Es gibt schon genug Gerüchte. Und es bleibt bitte unter uns, was wir besprochen haben.«

Wernstein sagte, als Richard und er sich vor den OP-Sälen die Hände wuschen: »Die von der Inneren sollen einen schönen Tannenbaum gefunden haben!«
»Und unserer?«
»Die Oberschwester ist auf dem Striezelmarkt gewesen, beim Tannenbaumverkauf. Nur Lahme, Krumme und Versehrte.«
Damit drohte die Chirurgische Klinik den Prestigewettstreit um den schönsten Tannenbaum zu verlieren, und das ausgerechnet gegen die Innere Medizin! Das durfte nicht sein, wurde in einer eigens angesetzten Konferenz beschlossen. In der Orthopädie hatte Wernstein ein rachitisches Exemplar entdeckt, wahrscheinlich in märkischer Sanddürre großgeworden; in der Augenklinik ein wohlproportioniertes, anmutiges, doch kaum fünf Dioptrien hohes Exemplar; in der Urologie eine ungeschlachte Douglasfichte, unten drei Meter breit, aber nur zweifünfzig hoch, und außerdem endete sie in einem Quirl aus drei Zweigen. Die Neurologie trat mit einem Exemplar vom Striezelmarkt an, es war unten einen Meter breit und dreifünfzig hoch, schmal, spröde und reizbar, denn es hatte sofort genadelt und bis jetzt nicht damit aufgehört.

Abends ging Richard in den Planetenweg. Kühnast hatte zu Hause kein Telefon, und der Pförtner im Arzneimittelwerk hatte nicht durchstellen können. Richard hatte im Tausendaugenhaus angerufen und Alois Lange gebeten, dem Chemiker einen Zettel an die Tür zu stecken. Für diese Art Nachrichten gab es überall im Viertel Zettelkästen an den Türen, daneben Bleistifte an Bindfäden. Bitte klopfen, Klingel defekt, stand unter Kühnasts Schild.
»Ah, Herr Hoffmann, kommen Sie 'rein. Hab' Herrn Langes Zettel gelesen. – Nein, nein, Schuhe können Sie anlassen. Bitte hier entlang.« Sie gingen ins Wohnzimmer, an Bücherschäften vorbei, zwischen denen Gas- und Stromzähler tickten. Glasschlifftüren, Wasserflecken an der Flurdecke, feine Risse, abblätternder Stuck. »Meine Frau hat ein paar Schnittchen zurechtgemacht.« Kühnast wies auf ein Tablett. »Was trinken Sie?«
»Einen Ihrer Liköre, wenn's erlaubt ist.«
Über Kühnasts Gesicht zuckte Freude. »Naja, wir sind noch im

Versuchsstadium. Hat sich das …«, der Chemiker rückte seine mit Heftpflaster geflickte Brille zurecht, »bis zu Ihnen herumgesprochen? Ich kann Pfirsich empfehlen.« Kühnast schenkte ein, beobachtete Richard, der das Glas mit der in wildem Abendrot gehaltenen Flüssigkeit kippte. »Stark.«
»Nicht wahr?« Der Chemiker setzte sich, schlug ein Bein übers andere. »Also. Was kann ich für Sie tun, Herr Hoffmann.«
Richard schilderte das Problem. »… und dachte, da Sie, im Arzneimittelwerk …«
»An der Quelle.« Herr Kühnast nickte, nahm nach einer Weile die Brille ab und ließ sie am geflickten Bügel baumeln. In Bälde sei Weihnachten, sagte er bedächtig. Richard verstand nicht ganz. Der Dresdner Christstollen sei berühmt, und zu Recht, fuhr Kühnast fort. Butter, Zucker, Mehl, Sukkade, Sultaninen – es falle ihm von Jahr zu Jahr schwerer, die exotischen Zutaten zu besorgen; Bäcker Walther sehe sich mehr und mehr gezwungen, gegen Abgabe der Zutaten zu backen. Sultaninen, woher nehmen? Fett müsse der Stollen sein, beim Quetschen müsse der Schnitt feucht werden, schwer müsse der Stollen sein, nahrhaft, eine Weile angenehm im Magen warten, den Verdauungsenzymen süße, aber nicht süßliche Gesellschaft leisten, sultaninenreich müsse der Stollen sein, vom Bäcker Walther müsse der Stollen sein. »Zwanzig Stück, Herr Hoffmann. Meine Verwandtschaft, Sie verstehen.«

Mit Wernstein und Dreyssiger, den unternehmungslustigsten jüngeren Ärzten der Chirurgischen Klinik, besuchte Richard Malivor Marroquins Kostümverleih; jeder lieh ein Weihnachtsmannkostüm aus. »Etwas unbequem, aber es wird schon gehen! Und Tarnung muß sein.«
Sie stellten Auto nebst Anhänger am Heiderand ab. Der Mond lugte zwischen den Baumwipfeln hervor und ließ den Schnee neben dem Waldweg wie welliges Zink erscheinen. Dreyssiger schulterte die Zimmermannssäge, Wernstein nahm die Axt, Richard den Bolzenschneider.
»Wenn man nichts schiefgeht«, gab Wernstein zu bedenken. »Wenn wir erwischt werden, sind wir geliefert.«
»Ach was, wird schon klappen«, sagte Dreyssiger aufgekratzt.

»Wer wagt, gewinnt. Oder willst du jetzt kneifen, Thomas.«
»Wenn nur der blöde Bart nicht so jucken würde. Schätze, der hat in zentnerweise Mottenpulver gelegen. Riecht auch danach.«
»Ab jetzt Vorsicht, Männer«, mahnte Richard. »Zur Schonung sind es ungefähr zehn Minuten von hier. Sie ist bewacht. Von Förster Busse auf einem Hochsitz und einem Soldaten. Das hat mir der hiesige Pfarrer verraten. Busse dürfte seinen Hund dabeihaben.«
Wernstein hielt grinsend eine halbe Blutwurst hoch.
»Ausgezeichnet.«
»Ich hasse Blutwurst, Herr Oberarzt.«
»Der schönste Baum steht etwas für sich in der Mitte. Man soll ihn von der Anhöhe vor der Schonung gut sehen können.«
»Ziemlich genaue Kenntnisse, Ihr Herr Pfarrer.«
»Niemand kann ihn hindern, seine Waldspaziergänge mit Beobachtungen zu verbringen. Aber weiter. Die Schonung ist eingezäunt, Förster Busses Ansitz ungefähr fünfzig Meter vom Weg entfernt; der Soldat patrouilliert am Zaun entlang. Wir werden uns vorsichtig heranpirschen – und dann das hier.« Richard hob den Bolzenschneider. »Schnippschnapp! Herr Dreyssiger, wir beide robben zum Corpus delicti und sägen. Herr Wernstein steht Schmiere. Können Sie ein Käuzchen nachahmen?«
Wernstein legte die Hände aneinander und blies in die Höhle unter den parallel liegenden Daumen.
»Läßt sich hören.« Richard nickte anerkennend. »Zweimaliges Schuhu, wenn's brenzlig wird. Ab jetzt nur das Allernötigste, und im Flüsterton!«

Bäcker Walther hatte eine herzkranke Mutter und prinzipiell Verständnis für Richards Anliegen. Immerhin sei er Bäcker, außerdem privat. »Die Steuern«, hob er die bemehlten Hände, »die Steuern, Herr Doktor. Wir müssen einen neuen Ofen haben, aber es wird uns alles weggesteuert.« Richard gab ihm die Sultaninen aus Alices und Sandors Paket.
»Ich back' Ihnen die zwanzig Stollen, Herr Doktor. Aber ich brauch' Medikamente für meine Mutter.«
»Ich stell' Ihnen ein Rezept aus.«
»Nein, nein, das sind spezielle von Doktor Tietze. Von drüben.

Von hier, aber für drüben hergestellt. Und von drüben wieder hergeschickt.«

Auf der Hügelkuppe oberhalb der Schonung warteten sie hinter einem Baum und beobachteten. Der Anstand war nicht zu sehen, dafür aber der Soldat, der dick eingemummt und mit geschulterter Kalaschnikow vor einer Tür, die in die Umzäunung eingelassen war, auf- und abschritt, hin und wieder mit den Armen schlug, eine Taschenlampe einschaltete, um die Umgebung abzuleuchten, und sich die Hände rieb. Er sah auf die Uhr; zur vollen Stunde schließlich trat er seine Runde an.
»Schätze, in einer Viertelstunde ist er wieder hier.« Richard befeuchtete den Zeigefinger, hielt ihn hoch. Der Wind kam ihnen entgegen, würde also ihre Witterung nicht zu Busses Hund tragen. Als vom Soldaten nichts mehr zu sehen war, gab Richard ein Zeichen; Wernstein blieb zurück. Im Wegschatten huschten Dreyssiger und er auf den Zaun zu, Richard prüfte die Spannung des Drahtes und schnitt ihn nahezu geräuschlos auf. Kriminell! dachte er. Aber die Fichte muß durchpassen. Hoffentlich ist der Schnitt nicht zu sehen, und hoffentlich macht der uniformierte Depp nicht gerade hier seine Lampe an, wenn er wiederkommt. Sie krochen in die Schonung, richteten sich in den dicht stehenden Bäumen mühsam auf. Sie hängten die Weihnachtsmannmäntel an einen Ast – die würden drinnen doch nur hinderlich sein und zerreißen – und arbeiteten sich vorsichtig zur Mitte der Schonung vor. Dort standen die Bäume lichter. An jedem baumelte ein weißes Viereck. Dreyssiger schirmte seine Taschenlampe ab, leuchtete behutsam. Auf den Schildern standen Namen, sämtlich von hohen Parteifunktionären; die schönste Blaufichte war mit dem Namen »Barsano« gekennzeichnet. Sie war etwa drei Meter hoch und vollkommen ebenmäßig gewachsen.

Die Krankenschwestern der Nord I öffneten die letzten Schmerzmittel-Chargen. Herr Kühnast hatte prinzipiell Verständnis für Richards Lage. »Wir könnten eine Sonderschicht fahren. Das Problem ist, ich habe keine Arbeitskräfte. Und es geht nur sonnabends, da sind unsere hohen Tiere nie da.«

Richard trommelte seine Studenten zusammen und beraumte einen Subbotnik im Arzneimittelwerk an. Er liebte solche Exkursionen. Die Studenten, war seine Meinung als Hochschullehrer, mußten wissen, wo sie studierten, was sie studierten und warum sie studierten. Einst war Deutschland die Apotheke der Welt gewesen, und Dresden die Wiege der Pharmakologie. Das Arzneimittelwerk, hervorgegangen aus den Firmen Madaus, Gehe und der Chemischen Fabrik von Heyden, in der die Acetylsalicylsäure – Grundstoff für Aspirin, das meistverkaufte Medikament der Welt – erstmalig industriell hergestellt worden war, hatte seinen Hauptstandort in der Leipziger Straße, in der ehemaligen Drogen- und Appreturanstalt der Firma Gehe. Dachrinnen hingen verbogen, die Fenster trugen Aschekrawatten, das Lächeln der Bestarbeiter auf den Fotos an der Werksstraße war von Schwefelkrebs zerfressen, ebenso die Kreideaufschrift »Hilfsarbeiter aller Art« auf der Tafel »Wir stellen ein«, die am Pförtnerhäuschen hing.

»Psst!« Dreyssiger hob die Hand. Sie hörten das Knacken im Unterholz und wieselten sofort in Deckung.
»Sieh mal einer an, das ist ja der Magenstock!« Richard duckte sich. »Höchstpersönlich mit einem seiner Söhne!«
Diese beiden schlichen zielstrebig auf die schönste Blaufichte zu, lauschten einige Sekunden, die Richard und Dreyssiger sprachlos verbrachten, und begannen zu sägen. Richard überlegte: Sollten sie aufspringen und sagen: Halt, wir waren zuerst da!? Dreyssiger tat es schon und ging mit weitausgreifenden Schritten auf Pfarrer Magenstock zu. »Wer sind Sie«, ächzte der Pfarrer. Dreyssiger leuchtete die Gesichter ab. Sie waren schwarz geschminkt, eine Art Indianer-Kriegsbemalung. »Wir waren zuerst da!« Dreyssiger hatte Mühe, seinen Zorn zu dämpfen.
»Oh … Herr Hoffmann«, murmelte Magenstock, wobei er sich ans Herz griff, »Sie haben sich also nicht ohne Hintergedanken bei mir erkundigt.«
Richard mahnte Dreyssiger mit einer Handbewegung, die Lampe auszuschalten. Die vier Männer lauschten beklommen. Es war nichts zu hören außer Baumgeflüster.
»Herr Hoffmann, Sie … verfolgen die Interessen einer Klinik?«

Pfarrer Magenstock atmete mühsam. »Sehen Sie, ich verfolge die Interessen meines Glaubens. Der Brauch stammt aus dem Mutterschoß der Christenheit!«
In diesem Augenblick ertönte Wernsteins Warn-Schuhu. Die Männer rappelten sich auf. Magenstock und sein Sohn rannten zu Barsanos Fichte und vollendeten in rasendem Ritschratsch ihr Säge-Werk. Ein Hund schlug an. »Los, verduften!« krächzte Pfarrer Magenstock mit bemerkenswerter Kaltschnäuzigkeit. Dreyssiger schnappte sich die Zimmermannssäge, Richard hatte in der Panik den Bolzenschneider liegengelassen. Schon sah man Taschenlampenlicht durch das Astwerk junger Fichten schwanken. Die vier brachen ohne Rücksicht durch das Unterholz. »Stehenbleiben, halt!« und »Rudo, faß!« schrie es hinter ihnen. Magenstock klatschten die von seinem voranpreschenden Sohn umgebogenen Zweige ins Gesicht. Der Hund bellte, dazwischen Wernsteins pausenlose Schuhu-Rufe; wie sinnlos, dachte Richard, es klingt wie ein gedopter Kuckuck. »Stehen-bleiben! Stee-heen-blei-been!«

»Herr Kühnast, so geht es nicht. Sie können doch nicht einfach irgendwelche Leute hier 'reinlassen. Es gibt Hygienevorschriften, einen Maschinenlaufplan –«
»Sie hätten doch nur Hilfsarbeiten ausgeführt«, verteidigte sich der Chemiker. »Seit Monaten haben wir Schwierigkeiten in der Verpackung.«
»Trotzdem. Wenn was kaputtgeht oder passiert, was dann? Sie hätten es außerdem mit mir absprechen müssen!« Der Gesichtsausdruck von Kühnasts Vorgesetztem wechselte. »Andererseits sind Sie nun mal da. Kommen Sie doch mal mit, Herr Hoffmann«, und führte Richard in eine Kammer voller Schreibmaschinen. »Alle defekt! Ich bemühe mich seit anderthalb Jahren um einen Monteur aus dem Betrieb Ihres Schwagers. Sie sollen Ihre Medikamente haben, für Herz und Schmerz. Wenn unsere Schreibmaschinen endlich repariert werden. Und grüßen Sie bitte Ihren Bruder von mir.«

»Ich lasse Sie laufen, meine Herren. Unter einer Bedingung. Einer von Ihnen spielt für meine Jungs den Weihnachtsmann«, knurrte Förster Busse. »Mir glauben die Bengel nämlich nichts mehr.« Wernstein verlor das Münzenwerfen.

Mit dem Baum des Ersten Sekretärs ging Richard zu Ulrich, der sich bereiterklärt hatte, einen Monteur ins Arzneimittelwerk zu schicken – wenn er dafür einen Tannenbaum bekomme, mit dem seine Abteilung im sozialistischen Wettbewerb »Wer hat den schönsten Tannenbaum« den begehrten Wanderpokal nebst daran hängender erklecklicher Prämie gewinne.

»Oberarzt Hoffmann bitte zu Professor Müller«, tönte es aus der Kliniksprechanlage. Müller ging erregt auf und ab. »Wenn nur der Reucker mich in der Konferenz nicht so triumphierend mustern würde! Ich muß mich beherrschen, Herr Hoffmann, und ich mag es nicht, mich beherrschen zu müssen!« Er verzog seine Lippen zu einem schmollenden Himbeerwulst. »Aber es hilft nichts. In diesem Jahr werden wir uns der Inneren wohl geschlagen geben müssen. Es ist ja schon unglaublich, daß Reucker auch die Weihnachtsbaumabnahmekommission leitet.«
»Was? Nicht der Rektor?«
»Eben nicht. Das ist ja die Schweinerei.«
»Noch geben wir nicht auf.«
»Aber uns bleibt nur der Striezelmarkt, soweit ich sehe.«
»Dort gibt es nur noch Krückstöcke, die uns zum Gespött der Akademie machen.«
Über Müllers Gesicht blitzte eine Idee. »Und Reisig, Herr Hoffmann, und Reisig.«
Aber bei der Kontrollabnahme zog der Chef der Inneren Kliniken, Reucker, mit kühler Handbewegung einen Schraubenzieher aus der Tasche seines blütenweißen Kittels, suchte eine Weile, während der sich Müllers Lippen zu einem Schlitz zusammenpreßten, und schraubte einen Ast an der stolz aufgerichteten, scharf symmetrisch gebauten chirurgischen Fichte ab. Die Schwestern, Ärzte, Diätköchinnen, Hilfspfleger standen mit gesenkten Köpfen, man konnte das Knistern der Kittel hören. »Der Schraubenbaum wächst nicht in heimischer Natur«, sagte Reucker und ließ das Schräubchen von weit oben in die ausgestreckte Hand eines Assistenten fallen, der, verlobt mit ei-

ner Krankenschwester aus der Chirurgie, süffisant lächelte. Im Planetenweg aß man an diesem Abend den besten Stollen der Welt.

16.
Das leere Blatt

Die Weihnachtsferien waren vorüber. Alice und Sandor waren nach Ecuador zurückgekehrt, staunend über Asche und Schnee, wie sie gesagt hatten; staunend über einen Ausflug nach Seiffen, wo die Spielzeugmacher Holzreifen drehten und davon Schafe, Kühe und Saumtiere der Heiligen Drei Könige abstückten, bemalten und noch farbenfrisch auf dem Weihnachtsmarkt verkauften. Sie hatten einen Bergmannsumzug gesehen, den Duft von »Knox«-Räucherkerzen und Punsch geatmet, und sie hatten mit dem Überbau ihres Zwangsumtauschgeldes und einer Basis Westmark eine der schlichten hohen Pyramiden gekauft, die nicht beim Nippes auf dem Dresdner Striezelmarkt feilgeboten wurden, sondern für die man an der niedrigen Tür eines Erzgebirger Kätnerhauses klopfen und das Mißtrauen der ohne Gruß öffnenden Schnitzersfrau überwinden mußte. Und Doktor Griesel, der in der Karavelle im Hochparterre wohnte und das Hausbuch führte, hatte mit säuerlichem Gesicht zu Christian gesagt: »Kannst deinem Vater bestellen, daß es so nicht geht … Er hat mir von diesem Ausflug nichts erzählt, und sein Besuch bleibt auch länger als vorgesehen! Ich muß davon Mitteilung machen!«
»Ach, zum Teufel mit diesem Knilch, der meckert doch nur herum, weil er nicht unsere Wohnung gekriegt hat! Jaja, Herr Hoffmann, wir heizen ja immer für Sie mit«, ahmte Richard die Laubsägestimme Doktor Griesels nach. »Dafür stellt er seinen Trabbi dauernd auf meinen Parkplatz!«
Poch, poch, klopfte des Nachbarn Hagerknöchel auf die Kladde mit Griesels Technikerschrift-Eintragungen. »Ich bin nun einmal der Hausverwalter und verpflichtet, dieses Buch zu führen! Die angegebene Besuchszeit ist überschritten worden. Und du hast letztens Keller- und Haustür offengelassen, sämtliche Katzenviecher der Umgebung haben in den Streusand geschissen,

beim nächsten Mal polkst du das selber raus! Und wir heizen nicht für die Katz, klar?«
Von der vorweihnachtlichen Schläfrigkeit war in der EOS nichts mehr zu spüren. Gesumm, Anspannung, hektische Aktivität waren zurückgekehrt. Treppauf, treppab schwirrten Vokabeln und Merksätze durch den Neubau, der neben der Stammschule, einem Betonklotz für fast eintausend Schüler, hell und licht wirkte. Auf den Fluren dämpfte PVC das Geräusch von hundert Paar Hausschuhen – Waldbrunn war die kleinste EOS der DDR – zu weichem Schlurren. Maxim Gorkis Augen glitzerten auf einem Foto in der Schauvitrine im ersten Stock, darunter lag eine Trompete, ein Pionierhalstuch, die Kopie eines Briefs von Maxim Gorki an die Jugend, ein Gruß der Wismut-Kumpel an die neugegründete EOS und, davor blieben viele Schüler stehen, ein Achat, dessen Flammung von Milchringen und Feuerblumen durchsetzt war. Er stammte aus den Fundstätten von Schlottwitz, das von Waldbrunn nicht weit entfernt lag.
Der Unterricht bei Herrn Baumann hatte sich für Christian als das Fiasko erwiesen, das er von Anfang an befürchtet hatte. »Na, Christian, denken wir mal wieder?« sagte Herr Baumann verständnisvoll, das Apfelbäckchengesicht unter der Gelehrtenstirn von Heiterwetterfältchen durchzogen, wenn Christian über einer der Aufgaben nach folgendem Muster brütete: Berechnen Sie, wo A und B sich treffen, wenn A mit der Geschwindigkeit x und Betonplatten der Größe α; B mit der Geschwindigkeit y und Betonplatten der Größe β eine Straße aufeinander zu bauen! Christian fluchte jedesmal. Der Teufel sollte diese Aufgaben holen! Der Teufel sollte die ganze Mathematik und ihre fünf Wochenstunden holen! Was, wenn B soff und die Straße von der vorgegebenen Linie abwich … Natürlich, in der Mathematik wurde nicht gesoffen.
»Denken wir mal wieder?« Baumann lächelte still und hielt von keinem einzigen Schüler der eifrig kritzelnden Klasse mehr, als nötig war. »Ich gebe Ihnen eine Zwo, Swetlana«, hatte er letztens gesagt, als Swetlana Lehmann an die Tafel mußte, wo sie, verdeckt hinter einem Klappflügel, eine Vektorrechnung bekämpfte. »Ich gebe sie Ihnen, weil ich muß. Eine Zwo bedeutet: gut. Also heißt das, daß Sie gut in Mathe sind. Na, setz' dich mal wieder.

Wißt ihr, wer gut in Mathe war? Der René Gruber, der war gut in Mathe.« Und damit hatte Baumann die Achseln gezuckt und sanft: »Na, da wollen wir mal die Hefter unter den Tisch legen und ein Blatt Papier rausnehmen«, in die schreckstarre Klasse hinein verkündet; nur Verena hatte glänzende Augen bekommen. Ja, auch sie war gut in Mathe. Wenn sie Aufgaben löste, lächelte Herr Baumann nicht, und wenn sie vorn an der Tafel einen neuen Lösungsweg fand und mitten in einem Gestrüpp aus Formeln und unfaßbar kompliziert aussehenden Haken und Integralschleifen hilfesuchend zu Herrn Baumann blickte, der sich auf die Kante eines der vorderen Tische gesetzt hatte und mit verschränkten Armen folgte, die blauen Irisringe jetzt ohne Sanftmut, sondern wie zwei Metallscheiben, antwortete er: »Das war recht elegant, was du da versuchen wolltest, Verena, aber, schau mal hier«, nahm ein Stück rote Kreide und zifferte mit seiner Kupferstecherschrift in die Lücken von Verenas stacheligen Zeilen. Es gab nur zwei Schüler, die er immer duzte – Verena, und Heike Fieber, die neben Jens Ansorge am vordersten Tisch der Fensterreihe saß und in den Mathematikstunden das sommersprossige Gesicht in die Sonne hielt, die über den Berg mit der Fernverkehrsstraße in den Klassenraum tröpfelte. »Na, Heike, bißchen träumen? Oder zählst du LKW?« fragte Baumann dann, wie ein liebenswürdiger Großvater seine kleine Enkelin fragt. »Der René Gruber, der hätte aus dem Fenster gucken können. Aber, weißt du, das hat er nicht gemacht«, sagte Baumann. Über René Gruber sprach man eigentlich nicht auf der EOS »Maxim Gorki«, das war ungeschriebenes Gesetz. René Gruber war einerseits unbezweifelbar ein Mathematikgenie, hatte die DDR- und die RGW-Mathematikolympiade in Moskau gewonnen – und das, obwohl seine Mutter, wie manche Waldbrunner boshaft sagten, im Konsum neben dem Ortsangelverein an der Kasse saß und der Vater ein einfacher Forstarbeiter war. Andererseits war René, als man ihn wegen seiner Leistungen, seiner politischen Zuverlässigkeit und seines familiären Hintergrunds als Arbeiterkind zur Internationalen Mathematikolympiade nach New York geschickt hatte, wo er einen Spezialpreis für die eleganteste Lösung bekam, nicht zurückgekehrt, sondern hatte ein Angebot von einer amerikanischen Universität angenommen. Von nun an galt er als republikflüchtig und Verräter. Baumann gebrauchte niemals dieses Wort, wenn er von René Gruber sprach, das fiel Christian auf. Je näher die Rente kam, desto ausschließlicher interessierte sich Herr Baumann für die Mathematik, den reinen Bezirk der zwingenden Beweise und unwiderleglichen, kristallklaren Schlußfolgerungen.

Beim Unterricht in den Laborkabinetten saß Verena in der Bank neben Christian, nur durch die Armaturenreihe von ihm getrennt. Siegbert Füger kitzelte: »Na, Christian, das Fräulein Winkler scheint dich zu beeindrucken.«

»Ach, woher!«

»Guckst bloß dauernd zu ihr rüber.«

Wenn es sogar Siegbert Füger auffiel, der in der Fensterreihe saß, mußte er vorsichtiger sein. Wahrscheinlich hatte es dann auch Verena bemerkt. Deswegen die brüsken und schnippischen Kommentare, wenn er sie morgens zum zweiten Mal grüßte – was er, wie er sich eingestand, zugleich aus Höflichkeit und einer gewissen Boshaftigkeit tat … Natürlich war die Höflichkeit übertrieben, und da Verena auf seinen ersten Gruß zu nicken pflegte, konnte sie weder taub sein noch ihn im Schülergedränge überhört haben. Er wollte ihre Stimme hören, denn ihre Stimme, ein Alt mit schon fraulichen Unterschwingungen, faszinierte ihn; er versuchte es sich nicht anmerken zu lassen. Seine Faszination ging so weit, daß er, wenn er in ihrer Nähe stand, schlechte Witze riß, die Falk Truschler oder Jens Ansorge zum Lachen bringen sollten, in Wahrheit aber an Verena gerichtet waren, um ihren Widerspruch, sogar Unmut zu provozieren, den er auch oft genug zu hören bekam … Dann fiel ihm manchmal eine besonders schlagfertige Antwort ein – zumindest glaubte er, daß sie schlagfertig sei; das Verstummen von Jens und Falk schien das zu bestätigen. Auch Verena verstummte dann und musterte ihn, und diesen Blick in seinem zu spüren, dieses Schattendunkel, das ohne Kälte war, empfand er als etwas Köstliches, das die Scham über seine Pickel weit überwog. Halt an, bleib da! flackerten seine Augen, doch ihren Blick konnte er nicht deuten: Ob er, Christian, eben seine letzte Chance verschenkt und sich für sie zum unrettbaren Idioten gestempelt hatte … Und nach einem solchen Blick entblödete Jens sich nicht, ihm zu stecken, daß er

diesen Moment der Stille und Verblüffung zwischen ihnen ausnutzen und Verena küssen solle. »Das würdest du tun?« hatte Christian angewidert gefragt.
»Klar, du Blödmann, die Alte ist scharf auf dich, das sieht doch 'n Blinder!« röhrte Jens.
»Doch nicht auf diesen Großstadt-Pfau!« hieb sie zurück.
»Woher weißt du das eigentlich?« brauste er auf. Wie hübsch sie jetzt aussah.
»Spielst Cello im Keller, daß es jeder hört, du … Angeber! Unser begnadeter Künstler versinkt immer genau dann in sein Spiel, wenn die 11/1 Schluß hat und er den größten Effekt erzielen kann, besonders bei Kerstin Scholz!«
Es stimmte. An Kerstin Scholz, besonders aber an ihre Figur mußte Christian in der Tat oft denken, wenn er im Keller übte. Es kam dann eine gewisse Intensität in seine Übungsstücke.
»Ach, was muß ich leiden«, spöttelte Verena, »aber nur vor den anderen!«
»Du hörst also zu.«
»Bilde dir bloß nichts ein!«
Ihre Frechheit imponierte ihm … »Ach weißt du, du … Hübsche«, parierte er lahm. Jens machte eine Würgbewegung. Verena war knallrot. Falk grinste. Sie drehte sich wortlos um.
Herr Schnürchel war auf eine Weise sonderbar, die Christian zum Mitläufer Schnürchelscher Spiele werden ließ. Christian dachte, abends: Er hat gelächelt, als du die Moskauer Aussprache des Buchstabens Schtscha endlich richtig hinbekamst. Cremig wie ein Softeis. Einerseits schlich Herr Schnürchel mit wildlederweichen Schritten durch Schulflure und Internat, streifte sich mit genußreicher Akribie die Staubhandschuhe über und förderte mit betrübter Miene Dreck hervor, monierte Christians Schwarzweißkalender und Jens Ansorges Magnettonbänder mit verdächtig unsichtbarer Musik – Christian wußte, daß Jens Neue Deutsche Welle hörte –, andererseits wollte Schnürchel von den Sprach-Schlaffheiten früherer Russischunterrichtstage nichts wissen, kam zu jeder Stunde mit randvoller Vokabelkiepe und schüttete sie den bedrängten Schülern vor die »Heiko«-Füllfederhalter. Christian reizte diese zweite Seite Schnürchels; sein Ehrgeiz war gepackt. Jeden Morgen, Russisch lag in der Re-

gel in der ersten oder zweiten Stunde, ließ er seinen Blick über die brandig rasierten Wangen Schnürchels wandern, die Rennpferdnüstern der schmalen Nase, die an der Spitze in eine rote Kugel auslief; über das schwarze Haar, das Schnürchel mit Zukkerwasser glättete; ein Scheitel, exakt wie eine Aktenkante, teilte es. Herr Schnürchel saß sprungbereit am Pult, die Augen waren weit aufgerissen für einen Blick, dessen Durchbohrungskraft zu hart war für die Siebenuhr-Morgenstunde und sogar Swetlana Lehmann die Augen niederschlagen ließ. Herr Schnürchel trug »Präsent 20«-Anzüge mit Bügelfaltenklingen, Hemden und Krawatten in Zoofarben, an denen stets ein Abzeichen steckte, ein Flammenwimpel mit Hammer und Sichel darauf. Beim Sitzen legte er den rechten Fuß über die Ferse des linken und kippelte ungeduldig mit dem Stuhl, so daß man, über Ringelsöckchen mit Strumpfhaltern, das weiße Fleisch seiner Waden sah.
An einem Märztag schrieb er im Geschichtsunterricht eine Frage an die Tafel, ließ Bücher und Hefter unter die Pulte räumen. Unangekündigte Klassenarbeit. 1983, Karl-Marx-Jahr; Wandzeitungen hatten sich mit Artikeln zum Werk des prophetenbärtigen Philosophen gefüllt und die schwarzumränderten Breshnew-Porträts allmählich verdrängt. Am 1. Mai, dem Internationalen Tag der Arbeit, der ein Feiertag war, sollte es einen »Karl-Marx-Umzug der Schülerinnen und Schüler aus POS und EOS« geben, hatte Gesamtdirektor Fahner bei einem Appell verkündet. Die Frage Schnürchels lautete: »Woran ist die Gesetzmäßigkeit des Siegs des Sozialismus über den Kapitalismus zu erkennen? Stützen Sie Ihre Argumentation auf den Marxschen Geschichtsbegriff!« Umstandslos begannen die Stifte zu kritzeln. Christian ärgerte sich; er war schlecht vorbereitet. Auf jede Zensur kam es an – aus dem Notendurchschnitt wurde die Gesamtnote gebildet, und wer, wie Christian, Medizin studieren wollte, mußte in der 11. Klasse, mit deren Zeugnis man sich um die Studienplätze bewarb, nahe bei 1,0 stehen. Er begann die Frage in ihre Bestandteile zu zerlegen. »Woran« und »Gesetzmäßigkeit« und »Marxscher Geschichtsbegriff« schienen die Kernworte zu sein. Marxscher Geschichtsbegriff … Es wollte ihm dazu nichts einfallen. Er erinnerte sich an den Geschichtsraum in der POS »Louis Fürnberg«, wo an der Wand in wenigen Tableaus, darun-

ter lief ein Zeitpfeil aus dem Dunkel zum Licht, die Geschichte der Menschheit dargestellt war: Urmenschen mit erhobenen Speeren vor einem Mammut, die haarigen Frauen beim Früchtesammeln, die Jungen beim Pfeileglätten oder Faustkeilschlagen; dann römische Köpfe, tief unters Joch gebeugte Sklaven, in deren Augen schon das Feuer der Spartakusaufstände glomm … Im Mittelalter wehte der Bundschuh an den Sensen; dann das Bild aus den Tagen der Französischen Revolution mit der über die Barrikade stürmenden barbusigen Freiheit (die Brust war von Schülern, die Geschichte zum Anfassen suchten, bis zur Konturlosigkeit abgegriffen); dann kam das Zeitalter der Bartköpfe: Marx, Engels, Lenin, und dann kam nichts mehr, denn die Zimmerwand war zu Ende, der Zeitpfeil stoppte an der Ecke. Dort klebten stets besonders viele Kaugummis … Wenn man die Frage Und weiter? stellte, glitten Frau Dreiecks Augen, Lehrerin für Geschichte, Direktorin der POS, in träumerische Fernen, und sie gab eine Antwort, in der viel Licht und Luft vorkam, Christian mußte an Pionierlager denken … Übergang des Imperialismus, Orchideenstadium (Sumpfblüten auf faulendem Grund) des Kapitalismus, zum Sozialismus, und dann wich der irgendwie dem oder zerweichte irgendwie zum Kommunismus … Dieses »irgendwie« beschäftigte ihn regelmäßig. Bei dem Wort »weichen« fiel Christian die »Weichenstellung« ein, ein vielgebrauchter Begriff im Staatsbürgerkundeunterricht; und auch er mußte nun Weichen stellen, in Richtung auf eine Niederschrift seiner Gedanken nämlich … Irgendwie. Aber was für Gedanken? Sollte er sein Staunen über den in der Zimmerecke endenden Geschichtspfeil schildern? Oder die zweite Assoziation zum Wort »weichen«, nämlich eine überreife Birne aus Großvaters Garten in Glashütte? Glich die Geschichte dem Obst, hing sie als stolze, schwersaftige Birnenfrucht vor den Augen der nach Wasser und Süßigkeit lechzenden Menschheit? Man konnte feinen Obstschnaps aus solchen Birnen brauen … War der Sozialismus also die Birne und der Kommunismus der daraus gekelterte Obstbrand? Obstbrand für alle. Und am nächsten Morgen der Kater …? War das die Gesetzmäßigkeit? Die Birne reift, Schädlinge benagen und höhlen sie, Würmer hinterlassen eine kapitalistisch-parasitäre Afterspur, dann jedoch … Wer aß, mußte aufs Klo, das war auch eine Gesetzmäßigkeit. Marxscher Geschichtsbegriff. Christian blickte hilfesuchend auf, aber er saß allein und konnte bei niemandem spicken. Herr Schnürchel hockte mit übereinandergelegten Füßen am Lehrerpult, hielt die Arme unters Kinn gestützt und kippelte, sein Basiliskenblick fixierte Verena. Verena schrieb nicht. Sie schien keine Pause zu machen oder einem Gedanken nachzuhängen, den ein Füllfederhalter in einigen Sekunden festhalten würde. Verena starrte aus dem Fenster. Soweit Christian erkennen konnte, war das Blatt vor Verena weiß. Reina Kossmann, ihre Nachbarin, schielte irritiert zu ihr hinüber. Verena schrieb nicht. Als es zur Pause klingelte, hatte Christian vier Seiten aus der Schatzkammer der Phrasen geschöpft. Verena hatte ein leeres Blatt abgegeben.

17. Ferngespräche

Der Frühling war still gekommen, hatte mit bleichen Sonnenfingern den Schnee entlang der F 170 fortgewischt, so daß die Felder bei Possendorf und Karsdorf mit schmutzigen Laken bedeckt zu sein schienen. Noch gab es Kältetage, aber sie froren die Niederlagen des Winters ein; der Schnee war krank, unter dem Harsch tropfte, sinterte, sickerte es, bildeten sich Wasserdrusen, quecksilberten, leckten Stege dünn zwischen Firnhöhlen, suchten einander, fanden einander, flochten Rinnsale. Eiszapfen hingen vom Dach des Schulgebäudes wie zum Trocknen aufgereihte gläserne Aale, Tropfen tockten, plingten und klockten in melodischem Wechsel; Jens Ansorge hätte das gern aufgenommen und zu einem »Tauwettersong« verarbeitet. Er dachte an etwas Ähnliches wie Tomitas Musik zu Modest Mussorgskis »Bilder einer Ausstellung«, die der japanische Klangkünstler in der Hexenküche seines Synthesizer-Labors bearbeitet und bei »Amiga« veröffentlicht hatte. Wie wurde Jens um den Besitz dieser Schallplatte beneidet! Sie war frisch erschienen, und in keinem Plattengeschäft weit und breit gab es sie zu kaufen, nicht einmal im »Philharmonia«. Der Inhaber, Herr Trüpel, hatte Christians Frage vorweggenommen und schon beim »Klong« seiner Ladenglocke geantwortet, daß »die Scheibe von Herrn To-mitta« nicht mehr vorrätig sei, nicht einmal »für die Frieks«. Und dabei hatte er Christian leer aus seinen blauen Augen angesehen, die von einer Brille mit runden Gläsern und Goldrand stark vergrößert wurden. Auch nicht unter dem Ladentisch? Das war eher eine Anwandlung von Naivität als Frechheit; Herr Trüpel hob nur die linke Braue, zögerte einen Moment, bevor er unter dem Ladentisch nachschaute, sich wieder kerzengerade aufrichtete und »Nein« antwortete. Man mußte sich mit Kassetten behelfen, Herr Trüpel legte wortlos eine vor Christian hin. »Die genügt.« Und kassierte EVP M 20,- für eine Magnettonbandkassette aus dem Hause ORWO.

Tauwetter im Erzgebirge. Das Grau der Schindeldächer in den Dörfern kam wie eine steinerne Haut zum Vorschein, alt und abgearbeitet, stumpf geworden unter den Schlägen von Wind und Wetter. Die Luft verlor den metallischen Geruch des Schnees. In den höhergelegenen Orten wurden die Straßen zeitweilig unpassierbar, unterspült von reißend gewordenen Bergbächen. Die Rinde der Obstbäume an den Feldwegen wurde schwarz von Taunässe und glänzend; wie krummgearbeitete Bauersfrauen standen die Bäume am Windberg und der Quohrener Kipse.

Wenn die Klasse dienstags, in der Biologie-Doppelstunde, mit Dr. Frank eine Exkursion unternahm, hielt sich Christian von seinen Internatsnachbarn fern, um Gesprächen auszuweichen. Er nahm die Eindrücke mit wachen Sinnen auf: Dies war die Landschaft seines Vaters und von Onkel Hans, hier lebte Arthur Hoffmann, der Uhren-Großvater. Und es war die Landschaft Verenas. Sie wanderten ans Kaltwasser, die Wilde Bergfrau entlang, erkundeten den Oberlauf der Roten Bergfrau mit ihren Schlämmzuflüssen aus unterirdischen Kupferadern, die ihr die rötliche Farbe verliehen, und Christian dachte: Das hat sie gesehen, hier ist sie gewandert, hier hat sie vielleicht schwimmen gelernt, vielleicht genau hier, in dieser Uferkehlung. Er fragte sie nie, wagte es nicht, fürchtete eine ihrer schnippischen oder abweisenden Antworten zu bekommen. Um so genauer beobachtete er sie, fixierte jede Pflanze, die sie länger betrachtete, registrierte jedes Getuschel und Auflachen, wenn die Mädchen die Köpfe zusammensteckten und spöttische Blicke auf die verstreut laufenden Jungs warfen.

Am häufigsten, bildete er sich ein, schien er die Zielscheibe dieser Geheimnistuereien zu sein, so daß er sich für kurze Zeit von Verena fernhielt, sogar die Nähe Dr. Franks, des Klassenlehrers, suchte, als interessierte ihn nichts mehr als der Pflanzenbestand an einem Osterzgebirgsbach. Die meisten dieser Pflanzen waren ihm durch viele Wanderungen mit Meno und Großvater Kurt vertraut. Dr. Frank fragte behutsam nach. Wenn Christian zuviel sagen wollte, ließ er ihn in Ruhe. Dann ging Frank allein, weit vor den Schülern, und lief zurück, wenn er etwas Interessantes entdeckt hatte. Er präsentierte es nie aufdringlich oder um seine Kenntnisse herauszustreichen, sondern schien sich fast dafür zu schämen, daß er um die Aufmerksamkeit der Schüler bat. Dr. Frank war ein ruhiger Mann mit halblangem, zottelig wirkendem, schon ergrauendem Haar, in das ein nachlässiger Scheitel gezogen war – weniger, so schien es Christian, weil Dr. Frank das Bedürfnis hatte, frisiert zu sein, als weil es so üblich war und man irgendeine Frisur eben haben mußte. Er war in Schmiedeberg aufgewachsen, einem Ort südlich von Waldbrunn, der sich an die Erzgebirgs-Fernverkehrsstraße schmiegte, geduckte, unscheinbare Häuser, landschaftlich reizvoll im Einzugsgebiet der Wilden Bergfrau gelegen, bestimmt von den Fabrikhallen und Schornsteinen des »VEB GISAG Ferdinand Kunert«, in dem die meisten Erwachsenen von Schmiedeberg arbeiteten. Frank war nicht nur promoviert, sondern auch habilitiert, ein »Dr. sc.«, der einzige Schullehrer im ganzen Land mit dieser Qualifikation, wie es hieß. Die Technische Universität Dresden hatte ihm sogar eine Professur angeboten, aber da er weder seine Schüler noch Schmiedeberg aufgeben wollte, hatte er abgelehnt. Christian wußte, daß sein Vater mit Frank gesprochen hatte und daß auf Franks Vermittlung beim Kreisschulrat eine Ausnahme im üblichen Auswahlverfahren gemacht worden war. Eigentlich hätte er eine der EOS in Dresden besuchen müssen. Da sie den Ruf besaßen, ideologisch besonders dogmatisch zu sein, hatte Richard seinen Sohn lieber im abgelegenen Waldbrunn gesehen.
Frank war Mitglied der SED. In einer der ersten Chemiestunden machte er die Bemerkung, daß er vor einem Schüler, der bei ihm und auf Kosten des Volkes der Deutschen Demokratischen Republik die Schule besucht habe, dann aber in den Westen gegan-

gen sei, die Straßenseite wechseln würde, sollte er ihm wiederbegegnen. Dabei hatte er Christian mit einem melancholisch verhangenen, von scheuer Wärme durchlichterten Blick bedacht.
Frank betrieb Forschungen über Linkshändigkeit. Die Zeit, in der man linkshändige Schüler konsequent dazu anhielt, mit der rechten Hand zu schreiben, war noch nicht lang vergangen. Frank selbst war ein solcher »umgepolter« Linkshänder, und diese »Umpolung« schien ihn zu verstören, denn er erwähnte sie mehrmals, zögerte, brach ab. Manchmal griff er mit der Linken nach dem Stückchen Kreide, wandte sich wie ertappt weg und hielt, wenn er sich zur Tafel drehte, die Kreide in der rechten Hand.
Frank kannte Pflanzen und Tiere, die Waldschluchten bis in den Bezirk Karl-Marx-Stadt hinein, zeigte den Schülern die Pingen, wie die aufgelassenen Silbergruben bei Altenberg genannt wurden, das Georgenfelder Hochmoor, wo der Sonnentau wuchs. Er kannte den Kahleberg, von dem aus man in die ČSSR blicken konnte und der, wie der ganze Gebirgskamm, nur noch von einzelnen schadhaften Fichten bestanden war. Die Klasse wanderte mehrmals hierher, für wenige Stunden jeweils, denn der Wind, der die gelblichen Nebel über das Erzgebirge kehrte, wurde nachmittags stärker. Zuerst bekam man kratzende Kehlen und Schluckreiz von diesen Nebeln, dann Husten und gerötete Augen. Dr. Frank, der auch Chemie unterrichtete, wußte, woher die Nebel kamen.
An einem Dienstag Ende März gingen die Geschichtsarbeiten an die 11/2 zurück. Herr Schnürchel mäanderte durch die Klasse, teilte die Papiere aus, gab knappe Kommentare: »Swetlana, sauberer Klassenstandpunkt, sehr gute Ableitung, Eins«; »Siegbert, das Gothaer Programm mit dem Anti-Dühring verwechselt, noch Drei«; »Christian«, und Schnürchels Augen hefteten sich auf ihn, so daß er das Gefühl hatte, von Schnürchels Schneidbrennerblick aufgetrennt zu werden, »– zu viele Phrasen, aber den Marxschen Geschichtsbegriff gut herausgearbeitet, Zwei minus«, dann setzte er sich, flocht die Finger ineinander und betrachtete das übriggebliebene Blatt. Christian sah aus dem Fenster, um Schnürchels Profil im Sichtfeld zu haben und gleichzeitig Blickkontakt zu vermeiden; Heike Fieber spielte mit ihrem

wuscheligen Haar, Reina Kossmann hatte die Hände auf den Tisch gelegt, hielt die Schultern hochgezogen, ihr Gesicht und Verenas zwei helle Flecken im Licht, das von den Neonröhren klumpte zu dieser noch dunstigen Morgenstunde, die wahrscheinlich zu einem sonnigen Tag aufklaren würde. Schnürchels Stimme zuckte auf und schien Verena körperlich zu treffen, sanft wie eine Eidechsenzunge: »Warum haben Sie mir nicht gesagt, daß Sie sich unwohl gefühlt haben?«
»Ich ... habe mich nicht unwohl gefühlt.«
»Nein.« Schnürchel nickte, als hätte er diese Antwort erwartet, aber weder Befriedigung noch Ärger konnte Christian auf seinem Gesicht erkennen. »Wenn es etwas gibt, das Sie mir sagen müssen –«
Die ganze Klasse schien sich um Verenas Platz zu ballen, ein Chor aus intensivem Schweigen, der Was wird passieren? nicht auszusprechen wagte, geduckt jetzt in Erwartung eines Schlages, angespannt, um ihm die Wucht zu nehmen. Christian hörte plötzlich Onkel Niklas' Stimme: Alles muß man sich leisten können, in diesem Land, sah ihn, wie er sich bedächtig umwandte im Musikzimmer des Hauses Abendstern, und am Kaffee nippte. Das Wort blieb hängen, arbeitete weiter, kam als greller, böser Gedanke wieder, der sich festnistete, als Verenas Gesicht keine Unruhe zeigte, nur bleicher war als sonst, was auch am Neonlicht liegen konnte; ihr Kohlenblick wach, beinahe kalt, in dem von Schnürchel. Konnte sie es sich leisten? Nein, das war absurd. Dann wäre ihr Verhalten einer Aufdeckung gleichgekommen, und daran konnten Jene kein Interesse haben, ebensowenig wie an Dummheit. Beteiligte Schüler hatten angeblich gewisse Lücken oder Ungereimtheiten in ihrer Klassenbuch-Spalte. Die Berufe der Eltern waren nicht eingetragen, wenn sie zu Jenen gehörten, oder es stand überhaupt nur der blanke Name da. Bei Verena war das nicht so. Vater: Johannes Winkler, Arzt, Kreisklinik Waldbrunn, Mutter: Katharina Winkler, Kantorin an der evangelischen Kirche Waldbrunn, Geschwister: Sabine, Mitarbeiterin an der Kreisbibliothek.
Verena eine Informantin ... Sein Blick suchte ihren, er mußte sie entsetzt angesehen haben, ihre Augen glitten ab.
»Vielleicht wollen Sie es mir nachher sagen.« Schnürchel sprach

nun bestimmt und abschließend. Seine Ringelsocken, dachte Christian, die übereinandergelegten Füße – gar nicht komisch.
»Ich habe mich nicht unwohl gefühlt.« Verenas Stimme war schartig, sie mußte sich räuspern.
»Verena.« Diesmal antwortete Schnürchel schnell, Christian spürte die Überraschung in der Klasse bei diesem Ton verhaltener Wärme. »Dann muß ich eine FDJ-Leitungssitzung einberufen und den Klassenlehrer informieren.« Verena schwieg, und Christian verstand sie nicht, wandte den Kopf zur Tür und flüsterte »Warum, warum?« mit einer nutzlosen Intensität. Das Mißtrauen stach wieder auf, und er glaubte es auch auf Jens Ansorges Zügen lesen zu können, auf Siegbert Fügers dünnem Lächeln, Reina Kossmanns jetzt kalkweißem Gesicht.
Die FDJ-Leitungssitzung wurde für fünfzehn Uhr, nach der letzten Unterrichtsstunde, anberaumt, im Russischzimmer unter Sputnik- und Pionierlager Artek-Wandtafeln, Patenbriefen der befreundeten Komsomol-Organisation und einer Maxim-Gorki-Büste aus Gips. Der Rest der Klasse wartete draußen.
Tagesordnung, Schriftführung – Falk Truschler nahm Stift und Papier –, Dr. Franks sommersprossige Hand, die sich öffnete und schloß. »Bitte.« Er nickte Verena zu, die zur Seite starrte, vor sich das weiße Blatt mit ihrem Namen und der Aufgabe darunter. »Ich wußte nicht, was ich schreiben sollte.« Ihre Stimme war klar, der Ton kurz angebunden, mit ein wenig Verächtlichkeit; Christian sah auf, traf aber nur Franks Blick, dessen helles Braun ihm jetzt unerklärlich unangenehm war, ebenso die sich hilflos öffnende und schließende Hand. »Dann hatten Sie einen Blackout.« Frank stellte es nuschelnd fest, es war keine Frage. »Das kann vorkommen.«
»Wir müssen in diesem Fall die Arbeit mit Ungenügend bewerten.« Schnürchel hatte zögernd gesprochen, aber noch in Franks Satz hinein. Wieder blieb das Schweigen, wie etwas, das nicht zu löschen war. Christian trug das FDJ-Hemd, wie auch Falk Truschler und Siegbert Füger und Swetlana Lehmann: Herr Schnürchel hatte alle Schüler der Klasse, die im Internat wohnten, gebeten, es anzuziehen.
»Ich bin nicht damit einverstanden, wie wir hier diskutieren. Ich bin der Meinung, daß Verena eine ablehnende Haltung zur ge-

stellten Frage einnimmt und sie deshalb nicht beantwortet hat. Das wäre nicht das erste Mal.«
Verena hob den Kopf und musterte Swetlana mit erschrockener Faszination.
»Ja, du hast dir solche Sachen schon auf der POS geleistet. Genau wie deine Schwester.«
»Swetlana –«
»Nach meiner Meinung handelt es sich um eine vorsätzliche Provokation, Herr Dr. Frank.«
»Das glaube ich nicht.« Reina Kossmann, die Kassiererin im FDJ-Rat war, schüttelte den Kopf. »Mir hat sie nämlich vorher etwas gesagt.« Verena sei es schlecht gewesen, einer Sache wegen, die einmal im Monat –.
»Sie hat gesagt, sie hat sich nicht krank gefühlt«, beharrte Swetlana. »Ich möchte eure Standpunkte wissen. Ich bin dafür, daß der FDJ-Rat einen Beschluß faßt und ihn dem Direktor vorlegt.« Swetlana überlegte kurz, tippte mit dem Finger auf die Lippen. »Beiden Direktoren. Und der Grundorganisationsleitung.«
Hier mischte sich Siegbert Füger ein: Swetlana könne nicht einfach »Ich glaube ihr nicht« sagen, nicht nur Verena, sondern auch Reina stünden dann unter dem Verdacht der Schwindelei, er persönlich kenne Verena nicht von der POS, aber vom Sportunterricht bei Herrn Schanzler hier, beim Völkerball sei man zusammengestoßen, ihre Lippe habe geblutet, doch sei das ohne Ohnmacht, wie sonst üblich, abgegangen, Verena sei seiner Meinung nach eine, die die Zähne zusammenbeiße, und also auch vor der Geschichtsarbeit.
Was er unter »wie sonst üblich« verstehe, fragte Reina, den Rükken aufrichtend, es seien eher die Jungen, die am schnellsten herumjammerten, zum Beispiel bei der Kartoffellese. Christian schwieg, weil er das schmerzverzerrte Gesicht Verenas nach dem fehlgegangenen Hammerschlag vor sich sah, aber da auch Falk Truschler schwieg, er mußte Protokoll führen, hefteten sich Swetlanas Augen auf ihn, während Dr. Frank einen Zettel kleinkniffte und Schnürchel eine Cremetube aus seiner Aktentasche zog, eine durchsichtige zollbreite Walze ausdrückte und seine Hände einrieb. Es roch angenehm nach Kräutern.
»Deine Position, Christian?« Er mußte in diesem Moment an

Swetlanas lockiges Haar denken. Es war schön und von einem Braun, das er nicht genau bezeichnen konnte. »Sie ist nicht in der Lage, eine Arbeit zu schreiben, wenn ihr schlecht ist.«

»Sie hätte es natürlich vorher sagen müssen. – Das war Ihr Fehler, Verena«, sagte Schnürchel nachdenklich. »Das Ungenügend können wir nun nicht mehr zurücknehmen. Kein guter Start, aber ich denke, das wird bei Ihnen ein Ausrutscher gewesen sein. Es gibt ja mündliche Vorträge, und sonst stehen Sie doch gut bis sehr gut.«

»Mehr hast du nicht zu sagen?« An Swetlana schien Schnürchels Einwurf vorbeigeflogen zu sein wie ein Insekt, dem man keine Beachtung schenkt, da man sich auf etwas konzentriert. Sie fixierte Christian, es schien ihm, als ob es sie Kraft kostete, die Lider zitterten kaum merklich, der Blick war nicht stet. »Schade, daß die schönen Posten schon weg waren, hm? Der stellvertretende FDJ-Sekretär, der Schriftführer und der Kassierer. Das hätte ja fürs Medizinstudium gereicht? Aber so … Als Agitator – da muß man ja wirklich Engagement zeigen, stimmt's? Farbe bekennen!«

»Swetlana, Sie werden unsachlich. So kann man nicht miteinander arbeiten.« Das sagte Dr. Frank, mit grauem Mund, und Reina Kossmann fauchte: »Mir zu unterstellen, ich hätte nur einen Duckposten angenommen, für ein paar Pluspunkte in der Kaderakte –«

»Ist doch die Wahrheit! Das wichtigste für euch ist das Studium, die Karriere, und dafür geht man auch in die FDJ-Leitung! Freilich nicht als Sekretär oder Agitator, also worauf's ankommt … Wärt ihr denn auch dabei, wenn es dafür keine Pluspunkte gäbe? Was in diesem Land verwirklicht werden soll, ist euch doch völlig egal!«

»Swetlana! So kommen wir nicht weiter. Dr. Frank hat recht, das ist unsachlich. Es ist nicht korrekt. Nicht korrekt. Wir sollten abschließend auch hören, was Verena zu sagen hat. Beruhigen Sie sich.« Merkwürdig, wie behutsam Schnürchel sein konnte, väterlich, als müßte er seine ungebärdige Lieblingstochter vor sich selbst schützen; seine linke Hand, die vorgeschnellt war: als ob er etwas einfangen wollte, dachte Christian. Vielleicht kannte er die Situation, erkannte sie wieder.

»Es stimmt, was Reina gesagt hat. Ich … hatte Probleme.« Verena war blaß jetzt, sie hatte leise gesprochen, mit abgewandtem Gesicht.

Abends rief Christian zu Hause an. Er war weit gegangen, am Stadtschloß, wo noch Lichter brannten, und am Kino vorbei, die Uferstraße an der Wilden Bergfrau entlang bis zur Lohgerberei. Das Schäumen und Donnern des Flusses beruhigte ihn nicht, immer wieder sah er Szenen des Nachmittags vor sich und konnte keinen klaren Gedanken fassen. Auf der Brücke lehnte er sich ans Geländer, betrachtete die dunklen, unregelmäßig von metallischen Spindeln durchglittenen Strudel, aber nach einer Weile fror er, und die Dunkelheit machte ihm zu schaffen: eine einzige Laterne hing wie ein weißer Topf über der Kreuzung zwischen Ufer- und Ausfallstraße, die an der Brücke begann. Er ging stadteinwärts, in Richtung Markt, nahm aber den falschen Weg und stand nach leerer Zeit wieder vor dem Kino, was ihn verwirrte; aber dann sah er die Telefonzelle auf dem Wegstück vor dem Pförtnerhäuschen des Schlosses. Der Pförtner musterte ihn über den Rand einer »Wochenpost«. Christian schlenderte zur Telefonzelle. Das schien dem Pförtner zu genügen, er wandte sich wieder der Zeitung zu. Das Telefon dieser Zelle wurde wahrscheinlich überwacht. Nichts Verfängliches über das Telefon, hatte Anne ihnen eingebleut. Doch vielleicht verhielt es sich gerade bei diesem Telefon anders … Es stand vor der Kreisparteizentrale. Einerseits. Andererseits mußte es in den Räumen des schäbigen Schloßbaus so viele Telefone wie nirgendwo sonst in Waldbrunn geben, wozu brauchte man also hier noch eine Telefonzelle … War nicht gerade das die Falle? Man dachte mit, man dachte mit den Leuten: Die Telefonzelle am Markt benutzte kaum jemand, tatsächlich hatte Christian noch nie jemanden dort telefonieren gesehen: jedermann dachte, daß diese Zelle überwacht sei, und da die Sicherheit wußte, daß die Leute so dachten und selbst dann, wenn sie von dort anriefen, im Bewußtsein des Überwachtwerdens nur Harmlosigkeiten von sich geben würden, betrachtete sie womöglich gerade diese Zelle als nutzlos und ließ sie unbelauscht, während man hier, noch lächelnd darüber, wie besonders schlau man war, in die Schlinge

tappte. Oder war die Zelle vor dem Schloß womöglich doch ein Freiraum, den sich die Parteileitung bewahren konnte? Christian überlegte. Was würde er tun, wenn er bei Jenen wäre … Er würde einfach jede Leitung anzapfen, umstandslos. Das Spiel »Denk wie dein Feind« hatte Richard mit Robert und ihm öfter gespielt; und Richard hatte geantwortet: »Das ist unwahrscheinlich, so viele Leute dürften sie nicht haben zum Abhören, das müßte ja im Dreischichtsystem sein, und hinter jeder Leitung, und haben sie die Leute, so doch kaum die Technik und die Tonbänder. Ein paar freie Leitungen muß es geben in diesem Land. Bestimmt ist es nicht die des Genossen Staatsratsvorsitzenden, und die des Chefs der Sicherheit ebensowenig.« – »Auch nicht die Leitungen der Telefonzellen«, hatte Christian erwidert. – »Warum nicht? Gerade da ist die Überwachung wenig erfolgversprechend, denn niemand sagt etwas über eine öffentliche Telefonleitung. Das würden nur Deppen und ahnungslose Ausländer tun, und die werden sowieso rund um die Uhr überwacht.«
Christian überlegte weiter. Es gab nur einen einzigen Grund, von hier und nicht vom Markt zu telefonieren. Diese Zelle hier würde wahrscheinlich funktionieren.
»Hoffmann?«
Christian hörte Gelächter im Hintergrund, die Stimme seines Vaters, den Westminstergong der Standuhr, die Viertel schlug.
»Hallo, Mam, ich bin's.«
»Oh, gibt's was Besonderes, daß du anrufst?«
Christian schloß die Augen, so sonderbar waren diese fernen, wie aus einem Aquarium schwappenden Stimmen. »Nein … Nein.« Er konnte nicht reden, nicht jetzt, nicht am Telefon, und überhaupt: zu seiner Mutter. Er war, wenn er Probleme hatte, nie zu seiner Mutter gegangen. Auch nicht zu Richard. Sondern zu Meno, den er im Hintergrund hörte. Also konnte er auch bei ihm nicht anrufen.
»Christian, ist irgendwas passiert?« Jetzt war sie mißtrauisch geworden; die Besorgnis in ihrer Stimme kannte er.
»Nein, wirklich nicht. Ich … wollte eigentlich nur Robert was fragen, ist er da, es geht um die Tomita-Platte …«
»Nein, er ist mit Ezzo bei Uli.«
»Es hat auch Zeit bis zum Wochenende. Ist Niklas bei euch?«

»Ja, und Wernstein.«
»Schöne Grüße, Mam.«
»Kommst du am Wochenende?«
Christian antwortete unbestimmt, aber munter, erzählte von der Geschichtsarbeit und der Zwei minus und wie sehr er sich ärgerte, erzählte von den Umständen dieser mäßigen Note, so daß er zum Schluß das Gefühl hatte, daß Anne nicht mehr fragen würde.

18.
Die Kohleninsel

Gratig wie eine Karstlandschaft, ein Geschiebe aus gezackt aufgetürmten Eisschollen, lag die Kohleninsel vor den vier Besuchern, von denen drei ihre Passierscheine dem Brückenposten vorwiesen, bevor sie, Richard hob den kleinen Philipp von den Schultern und gab ihn Regine an die Hand, über die Kupferne Schwester auf die Behörde zugingen. Nebel hing über Ostrom, der Pfiff der Schwarzen Mathilde, die aus dem Tunnel bog und sich dem Heizwerk ankündigte, klang gedämpft. Der Schnee auf der Brücke war schon zu dieser Morgenstunde von vielen Schuhen abgetreten; es war der erste Dienstag im Monat, Behördentag. Meno schirmte die Augen ab, das Weiß blendete, und er sah, daß es die ersten scharfen Strahlen der Märzsonne waren, die auf den grob abfallenden, frostüberkrusteten Dächern der Gebäude und ihren bald wasserklaren, bald aus verwirrendem Kreisen, ähnlich den Tautropfen auf einem Spinnennetz auseinandersplitternden, plötzlich zu vielblendiger Prismatik erstarrten Fenstern Funken zündeten, die als ein Lichtdurcheinander aufflackerten und in den Achsenbrüchen der Gebäudetiefen unzählige Echos fanden: dies hatte das Bild, die aufgestauchten Quarz-Tafeln, Joche, Eisnadeln, erinnert.
Sie waren vor der Öffnungszeit gekommen und stellten sich in die Warteschlange, die vom Säulenportikus des Eingangs bis zum Marx-Engels-Ehrenhain in der Mitte des Hofs reichte, der leer und für eine Menschenstimme kaum zu überbrücken sein vom Schnee beräumtes und saubergefegtes Betongrau entwik-

kelte. Marx und Engels hielten Bronzebücher in der Hand und schienen darin zu lesen; auf ihren Köpfen rasteten Krähen, die der Wachhabende Soldat des Ehrenhains, da er sich nicht bewegen durfte, mit wiederholtem Zungenschnalzen zu vertreiben suchte. Einige Wartende beobachteten ihn mitleidig und hoben die Hände, um zu klatschen, bekamen sie aber von Bekannten, die weniger mitleidig waren und den Säulenportikus fixierten, heruntergedrückt. Bei »Hundert« gab Richard das Zählen auf, öffnete die Tasche, vergewisserte sich, ob das Gutachten immer noch da war (aber wer hätte es ihm wegnehmen sollen, er hatte die Tasche selbst gepackt und kontrolliert, bevor er das Haus verließ); auch Meno hatte seine abgewetzte Angestelltentasche geöffnet und wühlte in Papieren. Regine preßte den Geigenkasten an sich, gab Philipp frei, der sofort zum Wachhabenden des Ehrenhains lief, der, als die Uhren im Behördengebäude zu schlagen begannen, seine Maschinenpistole mit eckigen Griffen in Habachtposition versetzte, unterm Stahlhelm starr geradeaus blickte und für die nächsten Stunden, bis zur Ablösung, nicht zu erkennen geben würde, ob er die vorn sich zerstreuende, hinten nachwachsende Besucherschlange wahrnahm, ob er überhaupt etwas wahrnahm: Philipp zupfte ihn an der Uniform, schnitt Grimassen, aber nur zur verhaltenen Erheiterung einiger Wartender. Die Schlange rückte vor. Bläulich, purpurn, violett spielten Lichtreflexe über den Pfeffer-und-Salz-Granit des Vestibüls. Eine Kordel regulierte den Zugang zum kioskartigen Verschlag eines Pförtners, der inmitten von Telefonen hockte, die an Wandscheren betont langsam, als wären es Tentakel von Seeanemonen, aus- und einfuhren. Vielleicht eine defekte Steuerung, dachte Meno.

Die Besucher brachten ihre Anliegen vor, öffneten ihre Taschen zur Kontrolle und durften passieren. Hinter dem Pförtnerhäuschen gab es eine Wand mit Uhren, die verschiedene Weltzeiten anzeigten, auf den Zifferblättern standen in schwarzer Schrift die Ortsnamen: Djakarta, New York, London, La Valetta, Moskau, Wladiwostok, Lima, Peking und viele andere; der kleine Philipp lauschte dem Klacken der Zeiger und wollte wissen, wer in diesen Orten wohnte. Gegenüber der Uhrenwand begannen die Paternosteraufzüge der Behörde anzulaufen.

»Hier trennen wir uns«, Richard wies auf die Uhren. »Treffen wir uns um zwölf?«
»Es gibt ja die Rufanlage«, sagte Meno. »Falls einer noch warten muß, kann er den anderen ausrufen lassen. – Viel Glück.« Regine und Richard nickten. Meno sprang in einen Paternoster.
»Also zweiter Stock, Flügel F«, vergewisserte sich Regine. »Komm, Philipp.« Sie nahm den Jungen bei der Hand; er steuerte zielsicher auf einen Paternoster zu. Im zweiten Stock blickten sie von einer Rotunde in einen Lichthof. Angestellte in grauen Kitteln eilten hin und her, manche schoben Akten auf gedämpft rollenden Wägelchen, abgewetzter Teppichboden schluckte die Schritte, das Hüsteln hinter den Türen, entferntes Gemurmel. Von der Rotunde, in die ein Glas-Kronleuchter im Eiszapfen-Geschmack des Kremls ragte, zweigten strahlig Flure ab.
»Den Ritter anfassen«, verlangte Philipp, und Richard hob ihn hoch, so daß er die steinernen Figuren auf der Rotundenbrüstung erreichen konnte: Männer mit Schilden und erhobenen Schwertern; in den meisten der fein ausgemeißelten Gesichtszüge stand Verblüffung, sogar Überrumpelung, die der Bildhauer wie durch ein Seihtuch mit tieferen Flüssigkeiten: Ruhegewissen, neue Verhandlungen in älterem Licht besehen, Spuren von humoristischer Feilschlust, versetzt hatte; die verwitterten Harnische trugen sonderbare Stachel auf den Schulter- und Brustplatten, Richard mußte an eine seltene Krankheit denken, bei der die Haut des bedauernswerten Patienten Hornstachel entwickelt hatte, er sann auf den Namen, aber nur die Vorsilbe Ichthyo- fiel ihm ein. Philipp vermochte die Stachel nicht abzubrechen und sagte lachend, wie vorsorglich, »Au«, als er einen davon mit der Fingerkuppe berührte. Der Bildhauer mußte viel Mühe darauf verwendet haben, den Stein so bleistiftscharf zuzuspitzen. Jetzt tickte etwas, wie das Pendel eines großen, langsam gestellten Metronoms. Richard sah aus dem Fenster, es mußte von draußen kommen, von den Fördertürmen hinter der Behörde, im Sperrbezirk der Kohleninsel.
Zweiter Stock, Flügel F. Flure, die von verschlissenen roten Läufern belebt waren und muffig rochen. Entferntes Staubsaugergedröhn, Schreibmaschinengeklapper hinter geschlossenen Türen, Warteschlangen vor offenen. Stempelknallen, Gewisper,

das Knirschen starker Papierstöße, die von Bürolochern gestanzt wurden, Nähmaschinensurren. Bestimmte Akten wurden in die Ordner eingenäht, eine Übernahme aus der Sowjetunion und dort ursprünglich ein Brauch der zaristischen Geheimpolizei Ochrana, wie Richard von einem Patienten, der auf der Kohleninsel arbeitete, erfahren hatte.
»Und du meinst, daß wir direkt in diesem Büro vorsprechen können?« zweifelte Richard. »Normalerweise muß man doch erst einmal in die Zentrale Anmeldung?«
»Die Einladung gilt doch direkt, und ich weiß doch, wohin ich muß, dazu brauche ich doch nicht in die Zentrale Anmeldung zu gehen«, meinte Regine. Der Sachbearbeiter am Schreibtisch vor Flügel F aber wußte es besser: »Sie haben noch keinen Schein aus der Zentralen Anmeldung, Sie können nicht einfach vorgelassen werden, Bürgerin Neubert –«
Regine protestierte, diese Anmeldung sei reine Zeitverschwendung, was solle sie sich da unten anmelden, wenn ihr Termin doch hier –
Der Sachbearbeiter verwies auf die Vorschriften, an die habe sich die Bürgerin zu halten!
Regine zuckte die Achseln. Richard folgte ihr, sie eilte voran, ließ sich von den Abzweigungen, die in immer neue, immer gleich aussehende Gangsysteme mündeten, nicht beirren. Nicht einmal die Grünpflanzen auf den Fenstersimsen unterschieden sich nennenswert voneinander: gutgenährte Exoten mit dickfleischigen Löffelblättern, von denen sorgfältig der Staub gewischt war. Pro Flur ein kupfernes Gießkännchen mit einer ibisschnabelartigen Tülle.
Sie passierten eine Rotunde, und Richard glaubte schon, daß sie sich verlaufen hätten und zurück zur ersten gelangt seien – der gleiche Eiszapfen-Kronleuchter mit tausenden Behängseln aus milchig trüben Straßflittern, die gleichen Balustersäulen der Rotundenbrüstung, der gleiche ausgetretene Läufer in verschossenem Rosenrot –, aber die Statuen, obwohl ebenfalls mit Schilden und Schwertern bewehrt, hatten andere Gesichtszüge. Einer der Steinritter hatte humoristischerweise sein Schwert zwischen die Knie geklemmt und schneuzte sich in ein Taschentuch. Die Fältelung war vom Bildhauer, für dessen Namen sich Richard jetzt

doch interessierte, mit zarter Akribie und bis zur Dünne einer Oblate bewahrt worden.
Die Zentrale Anmeldung war eine von Stimmen, Papiergeduld, Transportbandgeräusch summende Schalterhalle. In der Mitte der Halle nadelte ein Tannenbaum, noch geschmückt mit Schnecken, »Narva«-Zitronen, gedrechselten Pferdchen aus Seiffen, kordelgeschützt vor sich hin, was aber keinen der Kittel-Boten, die ihre Wägelchen blicklos durch die Warteschlangen schoben, zu kümmern schien. Regine reihte sich vor den Schalter mit den Buchstaben »L, M, N«, Richard vor »H«, und als er sich umsah, entdeckte er Meno wieder, der wie sie zu voreilig gewesen war und sich am Schalter »R« anmelden mußte, vor dem die zweitlängste Schlange stand, die längste vor »S, Sch, St«.
Nach einer Stunde war Richard an der Reihe. Er hatte zwei Begehren: Erstens mußte er ein Zweitgutachten über den Fall eines Vulkanisateurs einholen, der, obwohl einziger Vulkanisateur im südlichen Dresden, einen Gestellungsbefehl erhalten hatte (worauf Richard im Auftrag Müllers, dessen Opel Kapitän auf einen guten Vulkanisateur angewiesen war, dem Mann in einem Erstgutachten völlige Militäruntauglichkeit wegen einer Beinverkürzung von links zehn Zentimetern bescheinigte); zweitens ging die Lebenszeit des Gasdurchlauferhitzers in der Karavelle zu Ende, und Richard wollte einen neuen beantragen.
»Vierter Stock, Flur E, Büro WA – Wohnungsangelegenheiten – Schrägstrich Römisch Zwo«, bestimmte der Mann hinter dem Schalter. Regine hatte ebenfalls zwei Dinge zu erledigen: Erstens mußte sie sich in einem Attest bescheinigen lassen, daß Hansis Geige kein Kulturerbe des Staates sei und ihre Ausfuhr auch sonst keine Staatsinteressen verletze, zweitens hatte sie eine Einladung zu einem »persönlichen Gespräch« mit dem für ihre Angelegenheit zuständigen behördlichen Mitarbeiter erhalten.
»Die Schätzstelle liegt auch im vierten Stock, allerdings Flur B, aber wir können zusammen hochfahren«, sagte Regine. Im Büro WA – Wohnungsangelegenheiten – Schrägstrich Römisch Zwo erfuhr Richard, daß der Sachbearbeiter der Zentralen Anmeldung sich geirrt habe und die Stelle zur Beantragung kommunaler Gasdurchlauferhitzer sich im Elften Stock, Flur G, Büro KWV – Kommunale Wohnungsverwaltung – Arabisch Füneff,

befinde. Er ging wieder zu Regine. Sie blickte nervös auf die Uhr, sie hatte einen Termin für neun Uhr dreißig, und vor der Schätzstelle warteten ungefähr zwei Dutzend Leute. Ob Richard für sie die Geige einschätzen lassen könne?

»Das müssen Sie sich aber bescheinigen lassen, meine Gutste«, warnte sie ein Herr, der vor ihr in der Schlange wartete. Er wies zum Schreibtisch am Ende des Flurs. »Erstens müssen die bestätigen, daß Sie es sind, die das Schätzgut abgibt, zweitens, daß es Ihnen gehört, drittens, daß Sie dem Herrn die Vollmacht erteilen. – Ich spreche aus Erfahrung!«

Über diese Schätzstelle, erinnerte sich Richard, als er sich nach der Bestätigungsprozedur wieder einreihte, waren in jüngster Zeit gewisse Gerüchte aufgekommen. Wernstein hatte ihm einen Fall erzählt, und Wernstein wiederum hatte ihn von der Krankenschwester, die mit einem Assistenzarzt aus der Inneren verlobt war. Dort hatte eine Medizinisch-Technische Assistentin eine Guarneri-Violine geerbt, war sich aber über die Echtheit dieser Erbschaft nicht sicher gewesen und hatte sie hier, in der Schätzstelle, prüfen lassen. Die Violine war tatsächlich eine echte Guarneri, eine Kostbarkeit, auf der die verstorbene Tante der Assistentin still und bescheiden jahrzehntelangen Konzertdienst in den II. Geigen der Dresdner Philharmonie abgestrichen hatte; niemand außer dieser Tante, die alleinstehend gewesen war, hatte um die Besonderheit ihres Instruments gewußt; erst im Testament war der Name des italienischen Geigenbauers gefallen. In der Schätzstelle nun hatte neben dem Sachprüfer ein Herr im grauen Anzug gestanden, der, nachdem der Prüfer einige Kataloge gewälzt, immer wieder mittels eines Zahnarztspiegelchens ins Innere der Geige geblickt und zur Sicherheit noch einen Kollegen konsultiert hatte, zum Telefonhörer griff und ein längeres Gespräch führte. Die Assistentin, die dachte, nun ausgesorgt zu haben, bekam nach einigen Tagen ein Schriftstück ins Haus, ausgestellt von der Finanzabteilung der Kohleninsel. Die Summe, die darin als Steuerschuld gefordert wurde, konnte die Assistentin nicht aufbringen, und so wurde ihr die Violine weggenommen. So hatte es Wernstein kolportiert; aber auch Niklas Tietze, den Richard auf den Fall ansprach, hatte davon gehört; ebenso Barbara, die es bei Friseur Wiener aufgeschnappt hatte.

Der Sachprüfer warf einen Blick auf Regines Vollmacht, schlurfte an seinen mit grünem Billardsamt bezogenen Tisch zurück und begann die Geige zu studieren.
Zuerst wendete er sie hin und her, mit spielerischen, eleganten Gesten, die Geige wirbelte, stoppte – ein Brennglasblick; weiter, ein paar Notizen mit Bleistift; weiter. Er blickte nicht ins Innere und schlug keinen Katalog auf. Schnecke, Wirbelkasten, Mensurbrett, Schnitt der f-Löcher; dann legte er die Geige unters Kinn, griff den Bogen aus dem Geigenkasten und begann die Bachsche Chaconne zu spielen. Er zelebrierte sie sauber und kräftig gut eine Minute, so daß die anderen Beamten der Schätzstelle ihre Arbeit unterbrachen und ihm zuhörten. Das Gemurmel in der Warteschlange verstummte, das Butterbrotpapier-Geknister, Rascheln und Füßescharren. Aber niemand klatschte, als der Prüfer die Geige absetzte. Richard beobachtete die knappen, genauen Hantierungen; es gab keine überflüssige oder auch nur fahrige Geste; er sah seinen Vater vor sich, wie er an der Werkbank in Glashütte eine Uhr reparierte, Malthakus, wie er Briefmarken sortierte, die gleichen genauen, feinabgestimmten Bewegungen, und das gab ihm zu denken.
Der Prüfer spannte einen Vordruck in eine Schreibmaschine und tippte ein paar Zeilen. Dann legte er das Instrument zurück und klappte den Koffer zu. Auch, wenn es der Geigenbauer – der Prüfer sprach den Namen mit spöttischer Verächtlichkeit – noch so sehr darauf anlege und, was die Geheimnisse des Zargen-, des Flödelbaus betreffe, immerhin beginne, über den Status des Hobbyschnitzers hinauszuwachsen, würden seine Geigen doch nie zum Kulturgut der Deutschen Demokratischen Republik zählen. Dies schriftlich, bitte sehr. Der Prüfer klebte eine Gebührenmarke auf das Zertifikat und schob es auf die Trennplanke in der Tür. Richard zahlte, wollte gehen.
Moment noch.
»Ja?«
Der Sachprüfer nahm die Brille ab und putzte sie umständlich. »Zur Geige gehört noch der Geigenbogen, wie Sie wissen. Ich habe Ihnen nur bestätigt, daß die Geige nicht zum Kulturgut unseres Landes gehört. Für den Bogen müssen Sie sich das ebenfalls bestätigen lassen.«

»Na, bitte schön«, Richard nestelte an dem Kasten, wollte den Bogen gleich herausholen.
»Werter Herr«, korrigierte der Sachprüfer, »ich bin zwar staatlich anerkannter Streichinstrumenten- und Bogensachverständiger, laut Vorschrift aber sind Streichinstrumente und deren Bögen getrennt zur Beurteilung einzureichen.«
»Aber ich stehe doch hier, und da könnten Sie, ich meine, das spart doch Zeit, und hinter mir warten noch andere –«
»Laut Vorschrift sind Streichinstrumente und Bögen getrennt zur Beurteilung einzureichen.«
»Also, hören Sie … so ein Unsinn!« brauste Richard auf. »Sie haben doch eben selber auf der Geige gespielt! Dazu haben Sie den Bogen verwendet, sonst hätten Sie ja gar nicht spielen können! Bitte, untersuchen Sie ihn und machen Sie Ihren Stempel auf den Wisch –«
»Wollen Sie meinem Kollegen drohen?« fragte ein zweiter Prüfbeamter und musterte Richard abschätzig von oben bis unten. »In unserem Staat herrscht die Gleichheit aller Bürger vor dem Gesetz! Wollen Sie eine Sonderbehandlung? Was glauben Sie, wer Sie sind?«
»Aber so prüfen Sie ihm doch den Bogen, das ist doch albern«, murrte ein Mann hinter Richard. »Nichts gegen die Gleichheit der Bürger undsoweiter, aber ich habe auch eine Geige und einen Bogen zu prüfen, da muß ich ja auch noch mal nach hinten wandern, und wer weiß, wie viele das heute noch betrifft, so ein Unsinn!«
»Ja, Unsinn!« bekräftigte Richard. »Ich werde mich beschweren!«
»Frechheit, gar nichts werden Sie; ich werde gleich den roten Knopf drücken!« schrie der zweite Prüfbeamte. Dann würde in Sekundenschnelle ein Uniformierter auftauchen und eine zermürbende Sachlagenklärung vornehmen, mit Protokollen, umständlich auf einer Schreibmaschine verfaßt, mit Vermerk in der Akte, die es von jedem Bürger in den Archivkellern der Kohleninsel gab.
»Wenn Sie den Bogen zertifiziert bekommen wollen, stellen Sie sich bitte hinten an«, beschied der erste Sachprüfer mit gesetzlicher Höflichkeit. Es hatte keinen Zweck, sich zu widersetzen.

Damit hätte Richard Regine geschadet, die an einem anderen Tag hätte wiederkommen müssen. Richard trat beiseite, nahm ein Pausenbrot aus der Tasche, dachte an eine Bombe und stellte sich hinten an.
Nach der Bogenprüfung (»keiner von Tourte, keiner von Pfretzschner, keiner von Schmidt«) ging Richard in den zweiten Stock, Flügel F, um Regine zu suchen. Treppauf, treppab begegnete er Bekannten, grüßte hier Frau Teerwagen, da Frau Stahl aus dem Tausendaugenhaus, hielt einen kurzen Schwatz mit Clarens. »Na, auch dienstfrei, Hans?« Clarens hob in stiller Ohnmacht die Schultern. »Was isses bei dir?« rief er zurück.
»Gasdurchlauferhitzer, Gutachten, Gefallen«, Richard hob die Geige. »Und selber?«
»Kfz-Zulassungsstelle, Kohlenkontingenterhöhung, Beerdigungsstelle!«
»Wer ist denn gestorben?« rief Richard von einer Treppe zur anderen. Der Psychiater winkte ab. »Na, sachmer mal: Die Hoffnung, mein Lieber, die Hoffnung!« und ließ sich grüßend und resigniert lächelnd in den Strom aus Bittstellenden, Antragsuchenden, Behördenboten und Sachbearbeitern zurückgleiten.
»Wohin möchten Sie?« Der Beamte vor Flur F verlangte Richards Personalausweis.
»Ich warte auf jemanden.«
»Hier ist nur für Ausreisewillige. Ich darf nur diese Personengruppe einlassen.«
»Aber ich sage Ihnen doch, daß ich nur auf jemanden warte. Das ist doch nicht verboten?«
»Hm. Auf wen warten Sie?«
»Frau Regine Neubert.«
Der Beamte blätterte in seinen Unterlagen. »Ihr Name? – Wir könnten das folgendermaßen lösen. Sie bekommen einen Besuchsbewilligungsschein. Ihren Ausweis lassen Sie hier, den kriegen Sie wieder, wenn Sie zurückkommen. Sie haben eine Stunde, dann müssen Sie sich wieder bei mir melden.«
Richard sah auf, so freundlich wurde hier selten gesprochen.
»Tja, Herr Doktor.« Der Beamte ließ die Namenslisten über den Daumen reisen, nachdenklich ein Blatt nach dem anderen.
In Flur F sirrten die Nähmaschinen hinter den Türen. Die Men-

schenschlange reichte hier bis in den Rotundenflur. Richard konnte Regine nicht entdecken, stellte sich an ein Fenster und wartete, nicht ohne mißtrauisch, sogar feindselig beobachtet zu werden – ein Mann mit Geige, der sich nicht einreihte, was wollte der hier?

»He, Sie da«, blaffte eine Frau, »vordrängeln gibt's nicht! Wir wollen alle raus!« Richard wollte erwidern, daß er gar nicht die Absicht habe, sich vorzudrängeln, als eine Tür aufflog und eine Frau laut zeternd herausstürzte. »Ich bin Alexandra Barsano, der Name dürfte Ihnen bekannt sein, das wird Sie teuer zu stehen kommen!« schrie sie in die offenstehende Tür hinein. Von innen waren beschwichtigende Worte zu hören. Die Wartenden beobachteten schweigend, was sich vor ihren Augen abspielte. Richard erinnerte sich: Früher hatte es Fotos in der Presse gegeben, die den mächtigen Bezirkssekretär Barsano präsentierten, einen Arm stolz um die Schulter seiner Tochter gelegt; aber die junge Frau, die sich in ihre Wut steigerte, wie betrunken schwankte und flatternd ihre Arme hin- und herwarf, hatte mit dem Mädchen auf den Fotos von damals offensichtlich nichts mehr zu tun. Seitlich eines Irokesenschnitts, dessen Stachel grellgelb gefärbt waren, hingen zottelige schwarze Strähnen vom sonst kahlrasierten Kopf. Die Augen schwarzumrandet, Totenkopfringe an den Fingern, zerschlitzte Lederjacke mit aufgenähtem »Schwerter zu Pflugscharen«-Symbol auf dem Rücken, Lederhose mit Nietengürtel; über den Schultern trug Alexandra Barsano, befestigt an klirrenden Silberketten, eine Schornsteinfegerkugel. Als sie sich umwandte, sah Richard das Parteiabzeichen am Revers ihrer Jacke. Ein Mann im grauen Anzug näherte sich.

»Sie werden von mir hören!« drohte Alexandra Barsano. Der Mann im Anzug zog sie beiseite, redete leise auf sie ein. Die Tür des Büros schlug zu, öffnete sich kurz, jemand hängte ein Schild an, »geschlossen«. Die Leute wurden unruhig, murrten. Alexandra Barsano lief auf die Tür zu und hämmerte mit den Fäusten dagegen. Zwei Uniformierte erschienen und führten sie weg, sie sträubte sich nicht, die Schornsteinfegerkugel schlug gegen ihren Rücken. Der Mann ordnete seinen Anzug, fuhr sich mit einem Kamm durchs Haar, ruckte energisch das Kinn gegen die Wartenden: »Das Büro ist geschlossen!«

Die Leute murrten noch lauter.
»Provokateure lasse ich wegen Randalierens gegen die Staatsgewalt verhaften! Damit das klar ist! Das Büro ist geschlossen, aus, Feierabend!« Der Mann im Anzug stapfte davon. Die Wartenden standen noch eine Weile ungläubig, zerstreuten sich dann, fluchend und schimpfend. Die Tochter unseres Bezirkssekretärs auf der Ausreisestelle, dachte Richard, noch benommen von der Szene, als die Bürotür sich wieder öffnete und Regine heraustrat, blaß, mit verweintem Gesicht. Neben ihr stand Philipp, eine Packung »Ata«-Scheuermittel in der Hand, aus der das weiße Pulver rieselte. »Das nächste Mal kommen Sie allein, Bürgerin Neubert!« Während eines langen Gesprächs, in dem Regine nahegelegt worden war, sich von ihrem Mann zu trennen, da er ein Staatsverräter sei und man »Beweise« habe, daß er Münchner Bordelle aufsuche, war Philipp zum Waschbecken des schalldichten Gesprächsabteils getappt und hatte mit Putzlappen und Bürste ein »Ata«-Schneefest im ganzen Raum veranstaltet. Die Tür schlug zu, noch im Gehen hörte Richard es drinnen husten.

Der erste Zensor, dachte Meno, indem er den Knoten seiner Krawatte vor dem Spiegel über einem der in regelmäßigen Abständen angebrachten Flurwaschbecken zurechtrückte. Er befand sich tief im östlichen Flügel der Kohleninsel. Hier oben, unter dem Dach, war es still; in diesen Bezirk gelangte man nur mit einer Sondergenehmigung. Schiffner hatte sie für Meno ausgestellt und unterschrieben.
»Na, dann kommen Sie mal rein«, rief der Dichter Eschschloraque vom Ende des Flurs und winkte Meno kokett mit dem Zeigefinger. Obwohl die rötlichen Pfettenhölzer der Dachschräge über dem Flur ein mildes, vertrauenerweckendes Licht ausfilterten, fühlte sich Meno an einen Besuch bei Zahnärztin Knabe erinnert; in ihrer Praxis, wenigstens im Vestibül, gab es auch diese nachsichtige, pfirsichzarte und fehlerverzeihende Helligkeit (denn der Fehler war, daß die Zeit verrann, Meno hatte den Eindruck, daß die dienstbaren Geister, die die Vorzimmer der Schmerzzufüger auf Beruhigung tarnten, dies wußten); obwohl aus den Türschlüssellöchern, die er passierte, Kaffee- und Zigarettengeruch schlenderte, stellte sich das Gefühl, durch ei-

nen Tunnel ohne Abzweig zu müssen, genauso prompt ein wie in der Praxis der Zahnärztin Knabe – nur daß Meno mit dem *dramaticus* (Eschschloraque schrieb hauptsächlich Stücke) nicht gerechnet hatte. Heute sollte er im Auftrag Schiffners alle vier Obergutachter der Außenstelle Dresden der Hauptverwaltung aufsuchen; nur mit zweien, Albert Salomon, wegen seiner gewundenen und taktierenden Urteile »Slalomon« genannt, und mit Karlfriede Sinner-Priest, genannt die »Geheimrätin«, hatte er hier schon einmal verhandelt.

»Treten Sie ein, Rohde. Mögen Sie Tee? – Erfreulich. Teetrinker sind meist gute Gesprächspartner. Intelligente Mörder sind sie außerdem, und meist haben sie etwas zu sagen. Ich brauche das für eins meiner Stücke, müssen Sie wissen. Ist es nicht viel wirkungsvoller, wenn ein Folterknecht an einer Teetasse nippt, als wenn er bloß ein Bierchen kippt?«

»Machen Sie es sich nicht zu einfach, wenn Sie besagten Folterknecht Tee trinken lassen? Die Kritik sagt: Oh Gott, der Folterknecht trinkt Bier, natürlich ein proletarischer Anstrich! Wie vermeidet das ein schlauer Autor? Er läßt ihn Tee trinken. Das ist so erwartbar unerwartet, Herr Eschschloraque, und inzwischen auch Klischee.«

»Sie mögen recht haben, lieber Rohde. Sollte ich also doch zum Bier zurückkehren? Unsere Kritiker erkennen doch nicht, daß dieses Bier durch alle Röhren der inszenatorischen Getränkeabfüllung geflossen ist und sozusagen eine höhere, zweite Naivität erreicht hat. Ich entgehe dem Klischee, indem ich das Klischee erneuere … Hm. Interessante Taktik, aber man müßte den Folterknecht einen Exkurs über das unschuldige Bier machen lassen. Ich habe trotzdem Mut zum Tee. Ich biete Earl Grey.«

»Ich habe eine Zitrone mitgebracht, Herr Eschschloraque.«

»Soll es uns sauer werden? Säure ätzt, aber man macht nichts falsch damit. Ich könnte den Folterknecht auch Kakao trinken lassen … Oder eine Limo. Zitronenlimonade. Liebhaber der Zitrone sind mir auch lieber als die der Melone, beispielsweise, eine Melone ist doch im Grunde nichts als Zucker und Wasser, und trotz aller Kerne ist sie doch nur das auf den Gartenbau übertragene Prinzip des Blasebalgs. Übrigens brauchen Sie mir nichts zu bieten außer Argumenten, ich nähre bis dato die Illusion, unbestechlich zu sein. Nehmen Sie Platz, und setzen wir fort.«

Eschschloraque brühte Tee auf und begann mit der »Schlangenbeschwörung«, wie die Manuskriptvorstellungen und Gutachtenbesprechungen im Verlag genannt wurden. Meno sah sich um, hörte zu und beobachtete Eschschloraque. Der fragte, für welche Manuskripte Meno zu kämpfen gedenke. Meno kannte das Ritual, machte eine Geste, die alles besagen konnte und nichts festlegte: Laß dir nicht in die Karten schauen, Lektor. Nennst du einen Namen, kann der andere ihn hassen und lächelnd erledigen. Nennst du absichtlich einen falschen, um ihn in die Irre zu führen, kann der andere einverstanden sein und ihn lächelnd bestätigen. Decke deine Flanken und schütze deinen König – und sei dir bewußt, daß die Dame nie zu früh aufs Feld gehört. Opfere Bauern, wenn es um Springer oder Läufer geht, opfere die Dame, damit der letzte Bauer matt setzen kann. Und wisse, daß der andere deine Finten studiert hat und deine Schliche kennt.

»Nun gut, dann werde ich Ihnen zwei Namen sagen, um die ich im Plan kämpfen werde. Machen wir uns nichts vor, Rohde. Sie haben vierzehn Titel, zwölf davon sind …«, Eschschloraque warf einen Blick durchs Fernrohr am Fenster der mit Büchern und Papieren gestopften Stube, »wie sie sind. Zwei werden Anstoß erregen: Altbergs Aufsätze und Eduard Eschschloraques Prosabändchen voll geistreich gelogener Wahrheiten und klassischem Nagergift gegen die romantischen Wühlmäuse im Weinberg der Literatur. Sie wissen genausogut wie ich, daß eines dieser beiden Projekte erbleichen muß.«

Aber Eschschloraques Lächeln kenterte, als er fortsetzte. Meno ließ den Tee unberührt und die Augen im Zimmer wandern, während der Dramatiker, der Meno wie eine Mischung aus Clown und scharfsinnigem altem Weib vorkam, seine Spottfertigkeit unter die mehr oder minder charakteristischen Eigenheiten der Kollegen schob, deren Manuskripte er in seiner Eigenschaft als Gutachter beurteilt hatte. Goethe als Kupferstich an der Wand, die Sophien-Ausgabe seiner Werke in einem Schrank mit Glastüren, eine Goethe-Büste auf dem Dramatikerschreibtisch zwischen Sowjetfähnchen und Stalin-Porträt mit Originalautogramm; davor zwei säuberlich ausgerichtete Schreibmaschinen: eine schwarze »Erika«, daneben ein Schild an einem Holzstab ähnlich wie das »Stammtisch« oder »Reserviert« in Wirtshäusern, »sterblich« stand darauf gedruckt; ein zweites Schild, neben der anderen Schreibmaschine, Marke »Rheinmetall«: »unsterblich – wenn ich frisch bin«; Meno war inzwischen seitlich an den Tisch gerückt und brauchte sich nicht weit zurückzubeugen, indessen der Dramatiker auf- und abstapfte. »Grünspanige Wendungen, Rohde! Und immer mit herzlichen (das Ausrufezeichen punktete Eschschloraque in die Luft) Grüßen … weshalb nicht mal hepatische oder pulmonale? Atmen müssen wir schließlich alle, und warum sollte das Gute immer aus dem Herzen kommen? Bei den meisten Menschen pocht eine Uhr, kein Herz. Die Leber: Chemiefabrik des Körpers. Hat viel reichere Tränklein und Säftlein.«

Die sarkastischen Florette brachen wie an einer Sperre ab, als Eschschloraque auf das Buch des Alten vom Berge zu sprechen kam.

Meno war erstaunt über den Ernst, die kenntnisreiche, fast feierlich vorgetragene Liebe, die Eschschloraques Bemerkungen über diese Texte wärmte; er hätte es Eschschloraque nicht zugetraut, von ihm nicht erwartet. »Wissen Sie, was ich sehe, lieber Rohde, wenn ich an dies Fernrohr trete? Ich sehe ein klassisches Land, und Altberg ist unter Goethes Kindern. Goethe. Goethe! Ist doch der Vater – und alle Kritik bloß Froschbeinbewegungen.« Er habe noch nie, setzte Eschschloraque fort, solche Aufsätze über Dichter und ihre Dichtung gelesen. Das sei europäisches, ja Weltformat.

Meno glaubte seinen Ohren nicht zu trauen. Eschschloraque, dieser Kritikus und Spezialschatten, der jede Nachlässigkeit unerbittlich verfolgte, der offen für Stalin und für das stalinistische System eintrat, für den Richard Wagners Musik einem Verbrechen gleichkam, dieser Mann war entwaffnet, hatte allen Spott, alle Sauersucht verloren, stand blaß und todernst an der Tür. »Glotzen Sie nicht so, das ist Ihre verdammte Zitrone! Hm. So wolln wir leben, beten und singen, Märchen uns erzählen und über goldne Schmetterlinge lachen … Aber er mißversteht die Dinge, wenn er sagt, daß ihre Beziehungen zueinander immer nur von Menschen gestiftet werden. Sind Ihnen noch nie unbelebte Menschen vorgekommen? Haben Sie sich schon einmal mit der Idee beschäftigt, daß Sie verschiedene Schatten haben könnten, die sich im Dienst abwechseln? – Nun wissen Sie Bescheid«, sagte Eschschloraque schroff, »oder Sie glauben es jedenfalls. Das Manuskript des Autors Eschschloraque bedarf der Überarbeitung und Hebung. Seine Publikation ist zum gegenwärtigen Zeitpunkt nicht zu empfehlen. Und nun hinaus mit Ihnen, Sie haben mir schon genug Zeit gestohlen. Sie kriegen alles noch schriftlich, und keine faulen Tricks, Rohde!«

»Beinverkürzung links zwölf Zentimeter«, trug Dr. Pahl ein und klappte das Handbuch zu Untersuchungen der Wehrdiensttauglichkeit zu. »Der Mann ist völlig dienstuntauglich. Bei zehn Zentimetern hätte er noch als Marinefunker oder Stabsschreiber ohne Grundausbildung einberufen werden können. Bleibt natürlich die Frage, Herr Kollege, was wir im Fall einer Revision machen oder wenn die Akte der Orthopäde vom Wehrbezirkskommando liest. Der will doch sofort wissen, was für Rehabilitationsmaßnahmen wir eingeleitet haben. Gibt es orthopädische Schuhe mit zwölf Zentimeter hohen Sohlen?«
»Ich glaube nicht«, sagte Richard. »Man müßte also einfügen, daß eine Verkürzungs-OP am anderen Bein geplant ist.«
»Hm.« Pahl überlegte. »Fadenscheinig. Das wäre ja Sache der Orthopädie. Immerhin, ich kenne dort vertrauenswürdige Kollegen. Was aber, wenn irgendein Übereifriger diesen Vulkanisateur einfach mal einbestellt, um sich das Bein anzusehen?«
»Und würde er nicht wissen wollen, wie der Mann bisher gelaufen ist? Zwölf Zentimeter, Herr Pahl!«
»Jaja, der hinkt nicht bloß. Ach, wir sagen einfach, daß er sich Schuhsohlen aus alten Reifen gebastelt hat, die hat er unterm Schuh getragen. Ein Wahnsinn, diesen Mann einzuberufen! Das müssen wir verhindern. Kennen Sie den Orthopäden vom Wehrbezirkskommando, Herr Hoffmann?«
»Leider nicht.«
»Ich leider auch nicht. – Riskieren wir's?«
»Riskieren wir's.«

Beinahe hätte Meno »Sie?!« gerufen, als er den Alten vom Berge aus der Tür treten sah. Der Alte bat ihn in sein Zimmer. »Was trinken Sie? Tee, Mineralwasser, Limonade? Nein, ich weiß, was Sie trinken.« Altberg griff unter den Schreibtisch und fischte mit verschmitzter Miene eine Flasche mit bernsteingelber, öliger Flüssigkeit hervor. »Selbstgebrannter, das Rezept stammt von meiner Haushälterin! Ein köstliches Schlückchen, und bitte«, drängte Altberg den protestierenden Meno, goß vom Schlückchen in zwei Gläschen. »Prosit!«

Meno kostete: Glutbröckchen kollerten den Schlund hinab, verschmolzen zu einem Feueraal, der langsam und stecknadelgespickt die Speiseröhre füllte; Meno hatte das Gefühl, in Flammen zu stehen, und als ob seine Augen von innen aus ihren Fassungen gedrückt würden. Dann schwappte die Lohe zurück, brandete bis in die Haarwurzeln und Fingerspitzen, elektrisierte die Nasenlöcher und brachte Frieden. Der Alte vom Berge schenkte sich ein zweites Glas ein, kippte, kaute das Getränk wie Brot. Dann zog er die Gutachten aus der Schublade, und plötzlich war seine Freundlichkeit wie weggeblasen.

Der Alte zerriß, zerfetzte, zerwütete fast den gesamten Plan. Einen Roman des Autors Paul Schade durchlöcherte er wie einen Schweizer Käse, den zwischen den Löchern stehengebliebenen Käsebrückchen verlieh er den Geschmack von Radiergummi und die Bezeichnung Ideologenpüree, die Löcher strich er durch, zerschnetzelte sie längs, zerhäckselte sie quer, malte, nachdem er das dritte Gläschen vom Schlückchen getrunken hatte, eine Jalousie in die Luft und machte sie zu.

»Wissen Sie, was mit Ihnen früher passiert wäre, nach dem elften Plenum, wenn Sie einen solchen Plan, solche ideologischen Abweichungen der Zensurbehörde vorzulegen gewagt hätten? Fragen Sie mal Ihre Kollegin Lilly Platané aus dem Lektorat Eins … Finanzielle Abstrafung in Form von Gehaltsminderung, schwere Anschuldigungen wegen Gefährdung der Planvorgabe, Selbstkritik vor dem Lektoratsgremium, wahrscheinlich sogar Entlassung! Glauben Sie, daß in unserer Republik nicht entlassen wird … Seien Sie froh, daß ich Sie nicht persönlich angreife. Die von mir verordneten Striche können Sie zu Hause studieren. Hier«, er legte die Gutachten in eine Mappe und schnippte sie zu

Meno. »Aber da wäre noch etwas. Das Manuskript vom Herrn Eschschloraque. Das, lieber Rohde«, sagte der Alte vom Berge, »schieße ich Ihnen ab. Mein Band Erzählungen wird geschaßt, nur gut, daß ich noch ein paar Aufsätze hatte; und dafür wollen Sie diesen Dreck veröffentlichen, diesen gestelzten Sellerie, diesen …«, er rang nach Worten, um seine Verachtung für Eschschloraque, der eine flugunfähige, auf Klassikergips krabbelnde Schmeißfliege sei, dem blaß gewordenen, mit den Folgen des Schlückchens kämpfenden Meno mit Wucht in die Ohren zu keilen. Meno überlegte, ob er den Alten vom Berge auf Eschschloraques Verhalten aufmerksam machen sollte, unterließ es aber, wie vor den Kopf geschlagen.

Fünfzehn Uhr. Richard verglich mit seiner Armbanduhr, während der Gong verhallte. Regine hatte sich von ihm verabschiedet, in vierzehn Tagen wollte sie wieder hier sein, hatte sie tapfer und trotzig beschlossen: keine Hysterie wie bei Alexandra Barsano, davon bekam man nur Unannehmlichkeiten, das führte zu nichts. Hartnäckiges Insistieren, unbeirrbares Brettbohren – »und wenn ich hier übernachten muß«. Richard lehnte sich an eine Wand, sah aus dem Fenster, überlegte, ein Kupfergießkännchen oder wenigstens von einer der dickfleischigen Pflanzen einen Ableger zu stehlen, aß die letzte Schnitte. Geige begutachten lassen, Gutachten bei Pahl erledigt – glücklicherweise ein verständiger und lebenskluger Mann, man konnte ja nie wissen, an welche Gegengutachter man geriet … Blieb der Gasdurchlauferhitzer. Das seltsame Ticken von heute morgen war verstummt. Meno war um zwölf nicht aufgetaucht, und der Pförtner hatte sich geweigert, »einen x-beliebigen Bürger auszurufen, wir sind doch nicht im Fußballstadion«.
Oder auf der Pferderennbahn, dachte Richard. Schneetreiben setzte ein. Die Fördertürme im Sperrbezirk der Kohleninsel waren nur noch wie mit schwachem Bleistiftstrich skizziert sichtbar. Krähen flügelten vom Marx-Engels-Denkmal; der Posten davor, den Richard von schräg hinten sah, stand reglos, schneebedeckt, das Gewehr in Habachtstellung. Ein Knacken schlingerte durch die Heizungsrohre, die frei an der Flurwand liefen. Richard faltete das Butterbrotpapier zusammen, wusch sich an einem der

Waschbecken die Hände und machte sich auf den Weg in den 11. Stock, Flur G, Büro KWV/5.

Meno blickte auf die Uhr: Der nächste Termin war auf 15.30 Uhr angesetzt. Heißhungrig aß er den Apfel und die zwei Stücke Bienenstich, die er sich am Morgen eingepackt hatte. *Slalomon.* Er war der einzige Gutachter, der seine Gutachten – ausführliche Eiskunstlaufküren mit einem gewissen Anteil eingestreuter Schnittblumen – noch mit der Hand schrieb. Die Handschrift war schwungvoll und gestochen wie in Kanzleibriefen aus dem 19. Jahrhundert. In den Verlagsakten nahmen sie sich seltsam aus, wie Treibgut aus einer verschollenen Zeit, und Meno hatte, wenn er Albert Salomons Gutachten las, den gewundenen, vor Direktheiten zurückschreckenden Stil, das gleiche Empfinden wie bei Vorkriegstelegrammen, die er bei Malthakus sah, mühsam beschaffte und gegen erhebliche Widerstände zusammengefügt wirkende Zeilen, die das Bedürfnis weckten, einen Essay über den Reiz des Gerade-noch zu schreiben; es mußte etwas mit Rettung zu tun haben, einem angeborenen Schutztrieb, der ein solches, aus einer Zeitgruft gerettetes Schriftstück wertvoller erscheinen ließ als die modernen, glatten Nachrichten, die den Eindruck vermittelten, daß weder ihre Herstellung noch ihre Verbreitung Mühe kostete.
Ein langer Anteil von Salomons Gutachten bestand aus Entschuldigungen: dafür, daß er zu einer Wertung kommen mußte; dafür, daß er hier und da eine Kürzung empfahl; dafür, daß er dem Autor und dem Lektor Ungelegenheiten bereitete; dafür, daß es ihn, Albert Salomon, gab.
Die Geheimrätin. Eschschloraque, in seiner Eigenschaft als Dramatiker, hatte sich einmal einen Spaß erlaubt und in einem seiner Stücke sprechen lassen: »Zensoren! Wer wird denn Zensor, wenn nicht der / in dessen Kopf es überwiegend leer / und hat der Kerl die Zeile hier gelesen« – so ist das Stück auch schon gewesen, hatte Karlfriede Sinner-Priests einziger Kommentar über dem sozialistischen Gruß gelautet. Meno fürchtete sich vor ihr. Sie war unberechenbar, ihre Meinung wog am schwersten in der Hauptverwaltung, sie saß seit unvordenklichen Zeiten auf der Kohleninsel, ihre Gutachten galten als ideologischer Lack-

mus-Test. Noch nie war es einem Lektor im Hermes-Verlag gelungen, ein Buch, das sie am »Eintritt in die Literatur« hindern wollte, durchzubekommen. Sie war hager und sah aus wie aus Holz gedrechselt, eine niemals lachende Puppe, die je nach Laune glasscherbenscharf, mit einem einzigen Satz, schlachtete oder sprühende, begeistert sich verkletternde, auch selbstironische Kabinettstücke verfaßte. Ihr Gewährsmann war Lenin, ihr Interesse vorurteilsfrei. Bleistifte trug sie wie japanische Haarnadeln in ihrer schlechtsitzenden Perücke, die ihr Gesicht unnatürlich längte, was ihr etwas Ausgestorbenes gab; Meno stellte sie sich manchmal auf einem Schloßball vor, zeremoniös zu Spinettklängen tanzend. Sie hatte ein Förderstipendium der SS bekommen. Sie hatte Buchenwald überlebt.

Richard war erstaunt, Albert Salomon vor dem Büro der Kommunalen Wohnungsverwaltung zu sehen. Er wartete im sechsten Stock, Flur C, Büro H/2, denn das Büro KWV/5 im Flur G des elften Stocks war nur für Heizungsprobleme, Isoliermaterial, Pumpen und Gaszählerwartung zuständig, nicht aber für Gasdurchlauferhitzer, die ein Sanitärproblem darstellten, wie Richard zur Kenntnis nehmen mußte. Albert Salomon blickte immer wieder auf die Uhr über dem Bürofenster und schien zusehends nervös zu werden. Richard kannte ihn, es war einer seiner Patienten. Albert Salomon hatte vor 1933 als Modelleur und Mustermaler in der Meißener Porzellanmanufaktur gearbeitet, war nach einer Denunziation zuerst in ein Gestapo-Gefängnis und dann ins KZ Sachsenhausen gekommen, wo man ihm unter der Folter beide Arme zerquetschte. Der rechte, mit dem er gemalt und geschrieben hatte, mußte im KZ amputiert werden. Nur ein einziges Mal, soweit sich Richard erinnern konnte, hatte Salomon über das KZ gesprochen: anläßlich einer Stelle in einem sowjetischen Roman, in der er ein Detail aus Sachsenhausen falsch wiedergegeben fand: die Schuhprüfstrecke mit verschiedenen Bodenbelägen, über die Häftlinge tagelang im Eilschritt marschieren mußten, um Sohlenbeläge für Wehrmachtsstiefel zu testen; jeder Bodenbelag »eine Stadt, an die ich dachte«.
Eine Klingel schrillte. »Feierabend, geschlossen!« Das Bürofenster rauschte herunter.

19.
Urania

Die Zehnminutenuhr schlug zwanzig vor fünf; Meno sah noch einmal nach Manuskript, Schlüssel, dem von Arbogasts Sekretärin geschriebenen Einladungsbrief, nahm die Rose für Arbogasts Frau aus dem Wasser, schlug sie in Papier und verließ das Haus. Er ging die Wolfsleite vor, grüßte Herrn Krausewitz, der sich, einen seiner »Mundlos«-Stumpen paffend, im Garten von Haus Wolfsstein zu schaffen machte: »Oh, guten Abend, Herr Krausewitz, ist es nicht noch ein bißchen zu früh für Blumen?« und wies auf die Schubkarre mit Gartenutensilien, die Krausewitz aufgefahren hatte.
»Für Blumen schon, Herr Rohde, jetzt ist das Kernobst dran, außerdem sind die Kronen der alten Apfelbäume da zu dicht, ich muß sie auslichten, sonst haben wir nur kleine Früchte im Herbst.« – »Ziemlich kalt noch, nicht wahr?« – »Ach«, winkte Krausewitz ab, »fürchte nicht den Schnee im März, drunter schlägt ein warmes Herz, wie die Bauern sagen. Es sind auch die Raupen, wissen Sie. Hier«, er wies auf einige Äste, »habe ich Leimringe angebracht. Unter den Klebstreifen haben sie inzwischen ihre Eier abgelegt, diese Biester. Der Frostspanner besonders, eine wahre Plage letztes Jahr. Die Ringe kleben nicht mehr, ich muß sie erneuern. Sonst kriechen die Raupen in die Krone, und das war's dann mit Obst und seinen Folgen.«
»In unserem Garten haben die Bäume viele Risse in der Rinde.«
»Dürfen Sie nicht offenlassen, Herr Rohde. Kein Wunder bei der Kälte, die wir hatten. Die Rinde platzt wie trockene Haut. Ich empfehle, die Wundränder glatt auszuschneiden und dann mit einem Wundverschlußmittel zu versiegeln. Frau Lange dürfte noch welches haben, im Oktober habe ich sie in der Drogerie reichlich einvorraten gesehen. Sonst kommen Sie einfach noch mal vorbei.« – »Also glatt ausschneiden.« – »Wie die Chirurgen, jaja. Sind auch Lebewesen, diese Bäume. Und Charakter haben sie auch. Aber, wie gesagt, den Wundverschluß nicht vergessen.«
Wie es auf dem Flughafen gehe, wollte Meno wissen; Krausewitz arbeitete dort als Dispatcher. Wie immer, Routine halt, man habe ihn aus dem Tower zum Bodendienst versetzen wollen, er

sei doch mittlerweile achtundfünfzig, nicht wahr. Aber bei den Tests habe er zwei der jüngeren Kollegen hinter sich gelassen, außerdem halt die Erfahrung, und deshalb sei er immer noch eingetaktet, Vierstundenschicht wie die anderen. Schöne Grüße an die Langes, nicht wahr. Damit tippte Krausewitz an seinen Anglerhut und stach den Spaten, auf den er sich während des Gesprächs gestützt hatte, in die noch schneegefleckte Erde.
Meno war heute etwas eher nach Hause gegangen, was an Freitagen einfacher war als sonst, da ab dreizehn Uhr die Hauptverwaltung Verlage nicht mehr anrief und auch Schiffner, wenn er aus Berlin gekommen war, sich um diese Zeit verabschiedete: nicht ins Wochenende, sondern zu den von ihm sehr geliebten Besuchen in Künstlerateliers, wo er fähigen Nachwuchs zu finden hoffte. »Bis heute abend, Herr Rohde, wir sehen uns bei Arbogast, ich bin auf Ihren Vortrag sehr gespannt! Sie hätten es mir aber auch sagen können, was für ein Hobby Sie haben, das kann man doch fördern – sitzt hier still für sich und brütet über Literatur, dieser Geheimniskrämer!«
Eigentlich hätte Meno noch an einem Manuskript des Autors Lührer arbeiten müssen, eine dringliche Angelegenheit, aber er wollte den Vortrag noch einmal durchsprechen und hatte bei seiner Kollegin Stefanie Wrobel, genannt Madame Eglantine, geklopft. »Verschwinde schon«, sagte sie mit resigniertem Lächeln, »viel Glück für heute abend.«
»Danke. Du hast was gut bei mir. Wenn ich was für dich tun kann –«
»Du könntest mir noch einen Topf Kaffeewasser aufsetzen, bevor du verschwindest. Einen Abzug deines Vortrags möchte ich auch haben, einen genauen Bericht natürlich und – eine ehrliche Meinung.«
»Worüber?«
»Wie du es geschafft hast, das neueste Opus unseres Klassikers mir aufzuhalsen.« Sie wies auf Eschschloraques Manuskript.
»Er droht mir.«
»Wem nicht.« Madame Eglantine zuckte die Achseln und trank hastig ihre Kaffeetasse leer.
Es dunkelte noch immer schnell, die Laternen über der Wolfsleite und der Kreuzung zur Turmstraße schwammen auf wie

Monde. Ein weißer Citroën bog in die Wolfsleite und hielt vor dem ersten Haus nach der Turmstraße. Das mußte der Wagen von Rechtsanwalt Sperber sein. Meno hielt sich in den Baumschatten auf seiner Straßenseite. Der Rechtsanwalt stieg aus, klapperte mit Schlüsseln, das Garagentor am Ende des schmiedeeisernen Zauns öffnete sich, und Meno beobachtete Sperber, über den im Turm viele Gerüchte kreisten: Er arbeite die Woche über in einem Rechtsanwaltskollegium auf der Askanischen Insel, habe auch eine Dienstwohnung da und eine Geliebte, von der seine Frau nicht nur wisse, sondern die sie ihm aus der Studentinnenschar des Juristischen Kollegs, an dem er Vorlesungen hielt, selbst ausgesucht habe; daß er ein fanatischer Anhänger des Fußballclubs »Dynamo Dresden« sei – Meno wußte es von Ulrich, der Sperber schon öfter im Stadion begegnet war –, und daß er ein Ohr für alle habe, die in politischen Schwierigkeiten steckten. Sperber wandte sich um, fixierte Meno, winkte: »Guten Abend, Herr Rohde, es beginnt doch erst neunzehn Uhr c. t., wenn ich nicht irre?« Also gehörte auch Sperber zur Urania? Meno verbarg seine Überraschung und ging auf Sperber zu, versuchte unbefangen zu wirken, denn sein Versteckspiel und mehr noch seine Entdeckung waren ihm peinlich. Aber das wird er kennen, sagte er sich mit belustigtem Ärger, das wird das Verhaltensmuster seiner Mandanten sein. Sperber sagte, daß es schön sei, sich einmal kennenzulernen, er sei ja ein Liebhaber der Dresdner Edition, geradezu ein Abonnent, und da der Name des Lektors im Impressum genannt werde, habe er mit ihm, wenn es gestattet sei, die Arbeitsweise für den Menschen zu nehmen, gewissermaßen schon Bekanntschaft gemacht, wie übrigens auch mit Frau – »oder Fräulein?« Sperber lächelte charmant, Wrobel, die allerdings strenger mit manchen Autoren umgehen müsse, da gebe es Unregelmäßigkeiten, er wolle natürlich keine Namen nennen. – Natürlich. – Manche unserer lebenden Klassiker seien doch recht unsicher bei der Zeichensetzung. Bei Preisangaben müsse ein Geviertstrich stehen, kein Gedanken- und auch kein Bindestrich. Auch habe er neulich eine Trennung entdecken müssen, die er sofort zum Gegenstand seines Kollegs gemacht und auch in der Kanzlei verbreitet habe: Chi-rurg, statt, korrekt, Chir-urg! Sperber ließ die Handkante sausen und kniff das rechte Auge zusammen. Schiffner sei doch vom alten Schlag, ob er nicht … Aber davon später mehr! Sperber lachte und gab Meno die Hand zu einem schlafffleischigen Gruß.

Die Turmstraße war belebter, eine Kompanie Soldaten marschierte im Gleichschritt Richtung Bautzner Straße, vielleicht ins Waldcafé oder in die Tannhäuser-Lichtspiele oder, wahrscheinlicher, zum Tanz in die Paradiesvogel-Bar des Hotels Schlemm; nein, dachte Meno, als er bemerkte, daß der Kompanieführer Handbälle in einem Netz geschultert hatte, und erinnerte sich an eine schmucklose Bekanntmachung an der Litfaßsäule am Planetenweg: Freundschaftsspiel der deutschen und sowjetischen Waffenbrüder in der Turnhalle auf dem Sanatoriumsgelände. Aus der Sibyllenleite, von der Standseilbahn, kamen Menschen, einige ihm bekannte Gesichter darunter; Meno nickte Iris Hoffmann zu, die als technische Zeichnerin im Kombinat VEB »Pentacon« arbeitete, sie nickte zurück. Und da war schon die Eßkastanie vor dem Arbogastschen Institut, da war die Volkssternwarte hinter der Mauer, das breite, mit einem Blinklicht versehene Rolltor vor dem Pflasterweg zu den Institutsgebäuden an der Turmstraße, da der moderne Kubus des Instituts für Strömungsforschung am Beginn der Holländischen Leite, in die Meno einbog. Am Unteren Plan wartete er vor einem hohen, schmiedeeisernen Tor; das gotisch verspielte Rankenwerk flocht einen schwarzen Greif; die Spitze des Tores bildete eine Bienenlilie.

Schloß Arbogast zeigte sich im Glanz seiner Pracht. Die Bezeichnung »Schloß« trug es nicht offiziell, der Baron bevorzugte das schlichtere »Haus«, und so stand es auch auf einer Reliefplatte über dem Haupteingang an der weit geschwungenen Freitreppe. Viele Türmer nannten es »Schloß«, eine Bezeichnung, die noch ein weiteres Anwesen hier oben trug: »Schloß Rapallo« unterhalb der Sibyllenleite. Doch Schloß Rapallo wirkte südländisch, besaß die heiteren Formen des Mittelmeers, ein in den Norden versprengter Bau von der Riviera mit Schneckensteinen und spielerisch geschwungenem Dach, kein von Türmchen und nadelspitzen Dachreitern gezackter Palast wie der, vor dem Meno jetzt stand und der ihn eher an Vorzeittiere, ausgestorbene Saurier mit Panzerschuppen und Drachendornen als an ein Wohnhaus mit fließend warmem und kaltem Wasser denken ließ.

Lichter gingen an und aus und schnitten wechselnde Szenerien aus dem Garten: die drei Fahnenmasten neben der Freitreppe wurden sichtbar, die Sowjetfahne in fahlem Rot, die schwarz-rot-goldene mit Hammer, Zirkel und Ährenkranz und die dritte Fahne, eine gelbe mit einem schwarzen Destillierkolben in der Mitte. Diese Fahne hatte Meno noch nie gesehen, vielleicht war es die Wappenfahne Derer von Arbogast. Leuchteten Fenster im östlichen Gebäudeflügel auf, erhellten sie die große Arbogastsche Sternwarte, die, mit weißem Stein verkleidet, wie ein Eulenei im abschüssigen Teil des Gartens stand. Bis siebzehn Uhr, dem Zeitpunkt, zu dem Arbogast Meno bestellt hatte, waren es noch einige Minuten. Meno griff ins Schmiedewerk des Tors, unschlüssig, ob er schon klingeln sollte. In diesem Moment begann eine Alarmglocke zu schrillen, Sirenen fielen jaulend ein; Lichter pufften im Garten auf und übergossen die Wege mit weißer Helligkeit. Eine Kamera auf einem Röhrenstativ fuhr wie ein Gespenst aus einer Bodenklappe, suchte einen Moment und schoß in sein ebenso entsetztes wie verblüfftes Gesicht einen Blitz ab, der ihn sekundenlang nichts mehr sehen ließ. Er taumelte zurück und tat gut daran, denn im nächsten Moment prallten zwei knurrende Körper gegen das Tor; in einem der beiden Hunde glaubte Meno, als die Blendung nachließ, Kastschej zu erkennen. Die Kamera surrte in die Erde zurück. Wieder hörte Meno die scharf gepfiffene »He-jo«-Bootsmanns-Quart, die Hunde ließen sofort vom Gitter und hetzten in weiten Sätzen in die Tiefe des Gartens, wo sie nach Augenblicken lautlos verschwunden waren. Eine neben dem Tor angebrachte Sprechanlage knackte, eine rostige Frauenstimme sagte: »Der Herr Baron ist über Ihr Kommen erfreut. Bitte benutzen Sie die kleine Tür in der Mauer neben der Gegensprechanlage.« Diese Tür war Meno noch gar nicht aufgefallen. Es war auch weniger eine Tür als ein schweres Stahlschott, das sich hob wie das Beil einer Guillotine. Meno umklammerte seine Aktentasche mit dem Manuskript und sprang durch die Öffnung. Am Eingang empfing ihn eine Zwergin in einer Haushaltsschürze, deren Taschen mit Wäscheklammern vollgestopft waren. »Guten Abend, Herr Rohde. Mein Name ist Else Alke, ich bin die Haushälterin des Herrn Barons. Er bittet Sie um Entschuldigung, daß er Sie noch nicht selbst

empfangen hat und noch etwas warten lassen muß. Eine wichtige Besprechung. Für die Frau Baronin?« Die Haushälterin wies auf die Rose, die Meno hastig auspackte. »Geben Sie.« Sie nahm das Papier, hob den Kopf und starrte Meno aus krötengrünen Augen an: »Frau Baronin liebt Rosen.«
Das dachte ich mir, dachte Meno. Während Alke Mantel und Hut nahm und fortschaffte, sah er sich um. Er hatte seinen besten Anzug aus dem Schrank genommen, das beste Hemd der wenigen, die er besaß, angezogen, aber der polierte Schachbrettboden, die geflammten Marmorsäulen links und rechts, die von der Halle Galeriegänge abtrennten, der schwere Eichentisch: ein schwarzer Drache, der zwischen den aufgespannten Flügeln die Tischplatte trug, die zwei mannshohen Leuchter aus massivem Silber darauf, die ein Ölgemälde flankierten, der Lüster aus Bergkristall, der die Halle mit weichem Licht füllte: all das gab ihm zu verstehen, daß er arm war. Diese Empfindung hatte er auch gehabt, wenn er bei Jochen Londoner, dem Vater von Hanna, zu Gast gewesen war, aber nicht so stark wie hier, dies war ein Reichtum, wie es ihn im Sozialismus eigentlich nicht geben durfte. Meno hatte schon einige Wohnungen gesehen, von Großautoren, Parteifunktionären – ein solches Haus aber noch nicht. Die Parteifunktionäre besaßen meist einen zweifelhaften, deutlich vom Kleinbürgerlichen kommenden Geschmack, auch war ihm aufgefallen, daß die meisten Funktionäre für Komfort ohne erkennbaren Nutzen kein Verständnis aufbrachten. Das schlechte Essen bei Barsano war berüchtigt, und die Wohnung, die er sich innerhalb der weitläufigen Anlage von Block A eingerichtet hatte, spartanisch. Hier dagegen … Am Ende des linken Säulengangs schlug eine Tür, ein weißbekittelter Mann trat heraus und ging mit hallenden Schritten, über Papiere gebeugt, die er im Gehen durchblätterte, und ohne ihn zu beachten zur Treppe. Sie bestand aus weißem Marmor mit schwarzen Sprenkeln, wie das Fell eines Dalmatinerhundes, und teilte sich in Flügel, die in elegantem Bogen in die erste Etage und zu einem mit Balustern versehenen Balkon zusammenliefen. Ein dünnbeiniges Gestell, einer Staffelei ähnlich, hielt einen Spiegel, der, wie Meno erst beim Nähertreten bemerkte, nicht aus Glas, sondern aus Metall gefertigt war. Meno rückte die Krawatte zurecht.

»Frau Baronin läßt bitten«, hörte er die rostige Stimme der Haushälterin hinter sich. Er wandte hastig den Kopf, Else Alke nickte ihm zu und wies auf die Treppe. Oben öffnete sich eine Tür, eine Frau im Jägerkostüm kam auf ihn zu.

»Frau von Arbogast.« Habe ich doch tatsächlich einen Handkuß angedeutet, mein Gott.

»Herr Rohde. Was für eine schöne Rose.« Sie nahm sie sichtlich erfreut.

»Ich danke Ihnen herzlich für die Einladung.« Wie alt mag sie sein, fünfzig, sechzig? Älter? Lederbraunes Gesicht, biegsamzähe Figur. Durch die Feuer, die ihr jedes überflüssige Gramm abgeschmolzen haben, möchte ich nicht gehen. Und tatsächlich hat sie violettes Haar.

»Danken Sie meinem Mann. Es freut uns, daß Sie die Zeit gefunden haben, uns zu besuchen.« Ob sie ihm etwas anbieten könne? Ihr Mann sei leider noch beschäftigt, eine dringliche, außerreguläre Sitzung, wie sie in den Phasen der Fünfjahrplan-Ausarbeitung öfter vorkämen. Er lasse ausrichten, daß er seine Unpünktlichkeit bedaure, und dies um so mehr, als er Herrn Rohde ja ausdrücklich gebeten habe, schon um siebzehn Uhr dazusein. Ob Herr Rohde inzwischen mit ihr vorliebnehmen wolle. »Kann ich Ihnen etwas anbieten?« Sie standen nun am Treppenfuß, und als er nickte, machte sie eine Handbewegung, die er erst verstand, als die Haushälterin erschien. »Stellen Sie sie bitte in eine Vase und in mein Zimmer. Etwas zu trinken für Herrn Rohde.« Sie hob fragend die Brauen.

»Ein Glas Wasser, bitte.«

»Aber Herr Rohde. Ein Glas Wasser. Ich möchte Ihnen etwas ganz Köstliches anbieten. Bringen Sie uns bitte zwei Gläser Granatapfelsaft.« Sie hätten die Früchte vom Schwarzen Meer bekommen, grusinische Ernte, noch immer gebe es Verbindungen des Instituts dorthin. »Man erzählt sich einiges über uns, hier im Viertel. Wir wissen das. Wahr ist, daß wir zehn Jahre in Sinop gearbeitet haben. Es war gute Arbeit, und es war richtig, daß wir sie getan haben.« Ob er noch einen Wunsch habe. Er verneinte, beobachtete sie. Wie besorgt sie ist. Sie hat die Haltung einer Zirkusdirektorin beim Hohe-Schule-Reiten. Das Kostüm, das sie trägt, gibt es nicht im »Exquisit«. »Dieses Bild.« Er wies auf das Ölgemälde über dem Drachentisch. »Wer hat es gemalt?« Frau von Arbogast konnte es nicht sagen. Sie reichte Meno ein Glas und schenkte ihm und sich aus einer Karaffe blutroten Granatapfelsaft ein; die Haushälterin hielt das Tablett und starrte ins Leere, während die Baronin in kleinen, hastigen Zügen trank. Meno kostete, lobte. Der Saft war eisgekühlt, von sämiger Konsistenz und wohlschmeckend; Meno schloß die Augen, es war, als ob Metall seine Kehle überzöge. Der weißbekittelte Mann kam wieder vorbei. »Herr Ritschel«, der Angesprochene blieb stehen und drehte sich langsam, wie in Zeitlupe oder wie jemand, der eine große, alte Wut bezähmen muß, zur Baronin hin. »Sagen Sie doch bitte meinem Mann, daß ich Herrn Rohde ein wenig durchs Haus führe.« Herr Ritschel drehte sich etwas schneller wieder um und tappte die Treppe hinauf.

»Übrigens hoffe ich, daß die Hunde und die Alarmanlage Sie nicht allzusehr erschreckt haben? Wissen Sie, das ist eine Leidenschaft meines Mannes. Er hat sich das Geld für seine erste eigene Firma mit dem Bau von Fotoapparaten und Alarmanlagen verdient, der erste Fotoapparat ging an mich und schmorte durch, das war Absicht, Ludwig wollte mich wiedersehen ... Er ist so stolz auf seine Bastelfertigkeiten.« Sie betrachtete ihre Fingernägel, nahm Menos inzwischen leeres Glas, stellte es neben ihres auf das Tablett, das die Haushälterin auf dem Drachentisch zurückgelassen hatte. »Ja, das Bild. Es ist schon sehr alt. Ich habe es mitgebracht.« Das Bild war quadratisch bei einer Seitenlänge von etwa zwei Metern. Das eigentliche Gemälde befand sich in einem Kreis, der alle vier Ränder des Quadrats berührte, aber die Ecken aussparte; sie waren mit Kupferfarbe ausgemalt und trugen eine schnörkelige Inschrift, Meno konnte sie nicht entziffern. In einem Säulengang mit vorgelagerter Treppe sah man Männer in langen Togen in ruhigem Gespräch. Im Vordergrund saß ein Mann am Mikroskop; zwei Grüngekleidete standen vor einem Fernrohr, der eine wies zum Himmel, der andere betrachtete ein Astrolabium mit den sieben Planeten; sie schienen aus seiner ausgestreckten Hand gereift zu sein. Ein Mann mit weißem Haar hielt eine Silberdistel. Eine Frau stellte Berechnungen an. Auf einer Wiese spielte ein Kind; Wolf und Hirsch tranken aus einer Quelle. Ein Mädchen hielt eine Waage, ein Junge zeich-

nete. In der Ecke stand jemand mit schlechten Augen. »Wissen Sie, was ich bei diesem Herrn immer denke?« Die Baronin wies auf einen rotgekleideten Mann, der die Arme ausgestreckt und das Gesicht erhoben hatte. »Daß er kurz davor ist, das Klavier zu erfinden. Alte holländische Schule, mehr weiß ich nicht; Ludwig sagt, es sei ein Stück gute Malerei, ich glaube, er hat recht damit, denn für dieses Bild interessieren sich die meisten, die uns besuchen kommen. Fräulein Schevola allerdings hat nicht viel dafür übrig … Zu viele alte gelehrte Männer, und wenn schon eine Frau, dann eine Mathematikerin … Sie mag keine ungerechten Bilder.«
»Ungerecht?«
»Bilder mit totalitären Farben, die so stark sind, daß sie Demut *und* Liebe fordern, wie sie sagt. Sie mag das schon bei Grünewald nicht. Er greife sie an. – Sie kennen Judith Schevola?«
»Vom Lesen«, wich Meno aus.
»Im Kreis weltverbessernder alter Lüstlinge, von denen Sie heute abend einige kennenlernen werden, gibt sie ein belebendes Element ab.« Sie schenkte Meno ein hartes Lächeln. »Gehen wir. Ludwig möchte, daß Sie einiges sehen, bevor die anderen eintreffen. – Na, das kann er Ihnen besser zeigen als ich.« Sie gingen Arbogast entgegen.
»Herr Rohde! Ich freue mich sehr, daß Sie gekommen sind. Bitte entschuldigen Sie meine Verspätung. Kann ich etwas für Sie tun? – Hast du ihm von unserem Granatapfelsaft holen lassen?«
»Natürlich, Ludwig. – Wir haben uns gerade das Bild angesehen. Herr Rohde wollte wissen, wer es gemalt hat.«
»Sie schätzen Malerei? Oh, das ist eine überflüssige Frage an einen Mitarbeiter der Dresdner Edition.« Der Baron ließ Menos Hand los, die er, noch auf der untersten Treppenstufe stehend, wo er Meno um gut zwei Köpfe überragte, schwach, aber unablässig geschüttelt hatte.
»Ich werde noch einmal die Vorbereitungen kontrollieren. Ich lasse euch jetzt allein.«
»Gern, meine Perle.« Arbogast deutete eine Verbeugung vor seiner Frau an. Sie zwinkerte Meno zu und ging.
»Verzeihen Sie meinen matten Händedruck. Das ist die Folge,

wenn man für eine halbe Sekunde die rechte Hand in den Eine-Million-Volt-Elektronenstrahl eines van de Graaff-Generators steckt. Wissen Sie, was das ist? – Macht nichts. Das entspricht der ionisierenden Wirkung eines Radiumpräparats von hundert Kilogramm, was natürlich hypothetisch ist. Marie Curie hatte gerade mal ein Gramm zur Verfügung, und das ist für Radium eine beträchtliche Menge. Nun«, sagte Arbogast kühl, die fleckig verbrannte Haut seiner Hand betrachtend, »für den Rest meines Physikerlebens werde ich wissen, wovon ich rede, wenn ich über Strahlenschäden spreche. Die Finger sind ein wenig steif geblieben … Beim Tennis ist das eher nützlich. Und Trude hat sich auch noch nicht beklagt. Meine Frau.« Arbogast blickte auf die Uhr. »Wir haben noch zweiundfünfzig Minuten und sechzehn Sekunden bis zum Beginn des offiziellen Teils des Abends. Ich möchte mich mit Ihnen gern etwas unterhalten. Wenn Sie gestatten?« Arbogast sprach mit leichtem Näseln und norddeutscher Färbung, was Meno erst beim Wort »gestatten« aufgefallen war, das der Baron mit getrenntem »st« gesprochen hatte.

Im ersten Stock bestand der Fußboden aus glattpoliertem tonfarbenem Stein mit eingelagerten Meeresschnecken und Ammoniten, die meisten von der Größe eines Markstücks, einige mit dem Durchmesser handelsüblicher Wecker-Ziffernblätter, manche tellergroß, mit deutlicher Kammerung. Arbogast bemerkte Menos Interesse, wartete an einer doppelflügligen Glastür in der Mitte des Flurs, in die ein Wucherwerk von Farnen eingeschliffen war, bizarren, eisnadelhaften Gewächsen, sehr kunstvoll gearbeitet. Als Türklinken dienten Seepferdchen aus Bronze.

Arbogast geleitete Meno durch einen Raum mit einem Konferenztisch, an dem Herr Ritschel und einige andere weißbekittelte Assistenten langsam und ohne aufzusehen in Journalen blätterten, in sein Arbeitszimmer, wobei er Menos Versuch, in die Runde zu grüßen, mit einem vorsichtigen Winken unterdrückte. Das Arbeitszimmer lag neben dem Konferenzraum und war nüchtern eingerichtet: ein großer Schreibtisch mit zwei Telefonen, zwei Sessel, die im stumpfen Winkel zueinander standen, Bücherschäfte, die Meno schon beim Eintreten neugierig musterte: Romane von Karl May standen neben Handbüchern der Optik, einige Bücher der Dresdner Edition neben in Leder gebundenen Jahrgängen von Zeitschriften zur Physik. Das System, nach dem diese Bibliothek geordnet war, konnte Meno nicht erkennen, bis ihm auffiel, daß die Bücher eines Schaftes jeweils die gleiche Höhe besaßen.

»Es sieht besser aus, ich mag diese Ordnung, die Ihnen vielleicht barbarisch vorkommen mag, aber wissen Sie … Setzen wir uns doch. Rauchen Sie?«

»Ab und zu«, log Meno, »selten, und … nicht hier, Herr Professor.«

»Wir können die Förmlichkeiten lassen, Herr Rohde. Tun Sie sich keinen Zwang an, was das Rauchen betrifft. Ich habe schon einiges eingeatmet.« Das dünne Lächeln erschien unter der Stahlbrille. »Bitte.«

Von seinem Sessel aus konnte Meno unauffällig den Blick schweifen lassen. Er hatte den Eindruck, daß Arbogast seine Neugier bemerkte und sie sogar guthieß, obwohl es nicht sehr höflich war, sich während des Gesprächs ausgiebig umzusehen. Für einen Moment dachte Meno, daß die Sessel absichtlich so zueinander stünden, um dem Gast das unauffällige Beobachten zu ermöglichen … Jedenfalls schien es Arbogast nicht zu bekümmern, daß Meno von dieser Möglichkeit Gebrauch machte und recht einsilbig antwortete. Arbogast sprach von der Urania und dem üblichen Ablauf der Vortragsabende. Er hatte die Beine übereinandergeschlagen und wippte im Takt der Rede mit den Füßen, spielte mit den Zehen, wodurch die Schlangenlederslipper in ständiger wellenhafter Bewegung blieben; dazu, etwas versetzt, malte Arbogast Bekräftigungen mit seinen langen Händen in die Luft; Meno sah am Ringfinger der linken Hand den schwarzen Käferstein auf- und abreiten. An der Wand hinter dem Schreibtisch hingen gerahmte Tabellen und eine farbige anatomische Zeichnung des menschlichen Sehapparates mit dem in feinen Muskelzügeln hängenden, in mehreren Schnitten und Perspektiven dargestellten Auge. Es waren, soweit Meno erkennen konnte, physikalische und mathematische Tabellen, nur aus der genau in der Mitte hängenden Tabelle wurde er nicht klug. Arbogast bemerkte Menos Blick. »Diese Tabelle steht mit den anderen in der Tat nur in allgemeiner Beziehung. Ich führe sie seit meiner Jugend, genauer: seit der Inflationszeit. Links stehen die Menschentypen, die ich kennengelernt habe. Rechts die Höhe der Geldsumme, die den jeweiligen Typus korrumpiert.« Der Baron lächelte. »Wissen Sie, ich war immer teuer. Sehr teuer. Sich das zu leisten gehört zu einem heutzutage leider verkannten Begriff von Freiheit. Wohin Sie gehören, sollten Sie mir bei Gelegenheit verraten.« Es klopfte. Herr Ritschel trat ein. Er schob einen gummibereiften Wagen über das Parkett. Arbogast machte eine bedauernde Geste und stand auf, Meno ebenfalls, als Ritschel den Kopf langsam in seine Richtung drehte. Seine Augenhöhlen lagen ungewöhnlich tief und verschattet, hatte er überhaupt Augen …

»Die Modellreihe E«, murmelte Herr Ritschel, jede Silbe gleichmäßig betonend. Auf dem Wagen lagen mehrere DIN-A4-große Blöcke aus durchsichtigem Kunststoff, alle von farbigen Linien durchädert.

»Sie sind doch Zoologe, Herr Rohde«, Arbogast winkte ihm näherzutreten, »das wird Sie interessieren.« Es waren Augen mit Nervenfasern und Sehbahnen, die zu einem Stück jeweils hellblau gefärbter Hirnrinde führten, dem Seh-Cortex, wo das Gehirn aus den anströmenden optischen Eindrücken ein Bild von der Welt erzeugt.

»Eichelhäher, Elch, Elritze, Emu, Ente, Esel, Eule«, sagte Herr Ritschel mit seiner seltsam gleichbetonenden Stimme. »Die Augen des Esels ähneln auffallend denen des Ministers für Wissenschaft und Technik«, Arbogast hob einen der Blöcke an und drehte ihn prüfend hin und her, »Ich kann mir nicht helfen, lieber Ritschel, aber diese Augen haben mich schon öfter angeblickt. Sie haben tatsächlich nach der Natur …?«

»Selbstverständlich, Herr Professor. Es handelte sich um Bileam, unseren hiesigen, letzten Sommer leider verwichenen Zoo-Esel. Ich erbat mir seine Augen zum Modell.«

»Er ist mein bester Kunststoff-Arbeiter, Herr Rohde, mit Geld nicht zu bezahlen.«

Ritschel verbeugte sich leicht.

So etwas wie diese Augen in den durchsichtigen Kunststoff-Blökken hatte Meno noch nie gesehen, selbst an den Zoologischen Instituten von Leipzig und Jena nicht, für die hervorragende

Spezialisten arbeiteten. Die Präparate waren mit höchster Präzision in die Kunststoffmasse gegossen, allerdings nicht maßstabsgerecht, denn alle hatten die gleiche Größe; die Augäpfel wirkten wie farbig glasierte Tischtennisbälle. Neben der Sehbahn war jeweils ein einzelnes Auge eingelassen, Sektorenschnitte zeigten die Verhältnisse im Innern: Irisring, Stellmuskel für die Regenbogenhaut, Glaskörper, Ader- und Netzhaut, und daraus wiederum ein Schnitt mit Stäbchen und Zapfen.

»Eines meiner Steckenpferde.« Arbogast hatte sich wieder gesetzt und betrachtete den Stock mit der Greifenkrücke, nickte Ritschel zu, der die Blöcke auf dem Wagen verstaute und hinausrollte. »Ein anderes ist, wie Sie bemerkt haben, die Alarmanlagen-Physik. Wissen Sie, auch ich habe zu spüren bekommen, was es heißt, sein täglich Brot sich verdienen zu müssen – auch wenn es nicht den Anschein haben mag. Ich bin in der Inflationszeit großgeworden. Mit selbstgebastelten Alarmanlagen und Fotoapparaten habe ich mir den Erwerb der Kenntnisse verdient, die ich zum Aufbau meines physikalischen Laboratoriums brauchte. Ich habe in einer Rumpelkammer angefangen, damals, in der schlimmen Zeit um dreiundzwanzig in Berlin. Da war ich knapp sechzehn, Herr Rohde, und freier Unternehmer. Wenn Sie wollen, zeige ich sie Ihnen nachher, wir können einen kleinen Rundgang machen. Aber, lieber Rohde,« Arbogast breitete die Arme und lud Meno ein, sich ebenfalls wieder zu setzen, »reden wir doch lieber über Sie. Wenn ich schon Gäste habe, möchte ich sie gern näher kennenlernen. Man ist doch sehr eingespannt in die Alltagsarbeit, und solche Abende wie den heutigen genieße ich, freue mich schon Wochen im voraus darauf. – Was sagen Sie übrigens zu Ritschels Künsten?«

»Erstaunlich, Herr Arbogast.«

»Nun, *von* Arbogast. Jaja, Sie haben recht, das ist wirklich erstaunlich. Ritschel ist ein Meister seines Fachs … Sie wissen ja als ehemaliger Zoologe, wie sehr man als Wissenschaftler von den Handwerkern abhängig ist. Sie sind es, die unsere Apparaturen bauen, und was wäre selbst ein Röntgen ohne seinen Labormechanikus gewesen … Diese Augen: Sie betrachten uns, lieber Rohde. Die Augen sind es, die sehen und gesehen werden … Das Entscheidende passiert in den Blicken, sagte die optische

Täuschung, kleiner Physikerscherz am Rande. Es ist ein besonderer Reiz für mich, abends, nach getaner Arbeit, durch meinen Augen-Saal zu schlendern und das Herzklopfen zu spüren, das man unter Hunderten stummer Fragen initial empfindet … Kein angenehmes Gefühl, tatsächlich nicht, aber hilfreich. Es scheint gewisse Synapsen zu zünden, sorgt für eine vermehrte Hormonausschüttung, ich hatte dort meine besten jüngeren Einfälle. – Aber wir sprachen von Ihnen. Sie kommen aus der Sächsischen Schweiz?«

»Aus Schandau.«

»Und haben Geschwister?«

»Eine Schwester, einen Bruder.«

»Mit Ihrem Schwager hatten wir auch schon zu tun … Ein aufgeschlossener Mann. Wir haben da gewisse Projekte, die eine Zusammenarbeit mit einer Klinik erfordern. Wir werden noch einmal an ihn herantreten. – Ihnen gefallen meine Bleistifte?«

Meno hatte auf den Schreibtisch gestarrt und versucht, die Bleistifte zu zählen, die akkurat nach Größe ausgerichtet in einem durchsichtigen Ritschelschen Kunststoffblock steckten, eine Batterie scharf zugespitzter kleiner Lanzen.

»Es sind dreihundertvierzehn, exakt. Die Zahl Pi, Sie verstehen. Drei Komma eins vier Stifte wären mir zuwenig gewesen, deshalb habe ich das Komma um die ersten beiden Stellen nach hinten verschoben. Aber ich kann Ihnen leider keinen Bleistift geben. Es müssen ganz exakt immer dreihundertvierzehn sein, die Ludolphsche Kreiszahl, das Verhältnis von Kreisumfang zum Durchmesser. Und es müssen auch immer gerade diese Stifte sein. Echte Faberbleistifte. Das Dunkelgrün beruhigt, es ist geradezu ein kleiner Tannenwald, den ich hier vor mir habe, auch wirkt die Farbe frisch und jung; die tschechischen, die es im hiesigen Handel gibt, verwenden minderwertiges Holz, es bricht und splittert. Außerdem sind sie gelb. Das kommt bei diesen hier nie vor. Ich möchte keinen welken Laubwald vor mir sehen. Deshalb mein Spezialvertrag mit der Firma Faber … Ich könnte Sie auf die Liste unserer Bleistiftanwärter setzen, wenn Sie wollen.«

»Sehr freundlich von Ihnen.«

»Mein Stellvertreter, meine beiden Söhne und der Leiter un-

seres Gasentladungslabors stehen allerdings vor Ihnen. – Wie kommen Sie eigentlich von der Zoologie ins Lektorat eines Belletristikverlags, wenn ich fragen darf? Das wollte ich doch noch klären.«
Ja, dachte Meno, das war in Leipzig, neunzehnachtundsechzig. Es sind zuerst die kleinen Dinge, an die man sich erinnert, bevor sie durchlässig werden: vielleicht ein Streichholz, eine mit Kugelschreiber beschriftete Badekappe, ein Muster auf einem Kleidungsstück. Vielleicht das Streichholz, mit dem sich der Parteisekretär die Zigarette anzündete – waren es F6 oder Juwel, oder rauchte er Karo, die als Arbeitermarke galt –, und dann seine Stimme, unpathetisch, ein wenig enttäuscht: Solange Sie bei diesem Verein sind, können Sie sich Ihre Promotion abschminken, Rohde. Die sozialistische Zoologie fordert Menschen, die sich zu ihr bekennen. Sie sind doch bei Professor Haube. Er sollte Ihnen auch in dieser Hinsicht Vorbild sein. Diese evangelische Studentenrotte ist eine Versammlung konterrevolutionärer Wühler, hüten Sie sich! Wir werden das bald ausgemerzt haben. Denken Sie daran, was in Prag los ist! – Nicht nur ich dachte daran, nicht nur die Studenten und Assistenten am Institut; die Talstraße, die Liebigstraße schwirrten von dem Geflüster, die Cafés, es war Gesprächsthema, wohin man kam. Sozialismus mit menschlichem Antlitz … Wir wünschten es alle.
»Es gab Schwierigkeiten. Ich war in der Evangelischen Studentengemeinde, in Leipzig, achtundsechzig.«
»Verstehe. Ja, diese Regelungen. Sie sind nicht unbedingt von Vorteil gewesen. Wenn man bedenkt, wie viele wertvolle Menschen, begabte Forscher … Ich weiß, da gibt es diese Klausel, daß die Note der Diplomarbeit nur um einen Grad besser sein darf als die in Marxismus-Leninismus. Das ist, meine ich, nicht sehr produktiv. Aber vielleicht war es dennoch notwendig … Wir haben das doch weitgehend überwunden. Versetzen Sie sich in die Situation der Entscheidungsträger damals, man war bedroht von allen Seiten, in der Tschechoslowakei geriet die Lage außer Kontrolle, man mußte da hart durchgreifen. Womit ich nicht sagen will, daß es nicht in Einzelfällen, so vermutlich auch in Ihrem …«
Meno schwieg.

»Nun, es gab Mißverständnisse und überhitzte Reaktionen, und dennoch …« Arbogast machte eine verbindliche Handbewegung. »Sie wissen schon. Ich verstehe Sie. Und Sie sollen ja auch ein vorzüglicher Lektor sein, habe ich mir sagen lassen. Man hat Sie also von der Universität relegiert?«

»Das nicht. Aber ein Wissenschaftler ohne Promotion, an einer Universität –«

»Ja. Das sind so Schicksale. Aber trösten Sie sich, lieber Rohde. Ich habe nur einige Vorlesungen an der Universität hören können, und Doktor bin ich auch nur ehrenhalber. Ich will hoffen, daß trotzdem etwas aus mir geworden ist, hehe. – Sie waren dann beim Insel Verlag?«

»Sie sind gut informiert, wenn ich mir die Bemerkung erlauben darf.«

»Ein Versuch taugt nur soviel wie die Versuchsvorbereitung.« Arbogast krümmte die Lippen. »Womit ich nicht gesagt haben will, daß ich in Ihnen einen Versuch sehe. Übrigens, ich erinnere mich: Vor Insel waren Sie doch beim Wissenschaftsverlag Teubner, der auch meine Tabellenwerke zur Angewandten Elektrophysik betreut. Sie waren etwas aus der Schußlinie, sozusagen, und doch nicht weit von Ihrem angestammten Gebiet.«

Er wird seine Zuträger haben, dachte Meno. B. G. Teubner, wo ich unterkam, Haube verschaffte mir die Stelle. Lehrgang am Bibliographischen Institut, Abendstudium. Die Bären am Eingang des Zoologischen Instituts … Das Licht und die Räume wandern in die Erinnerung, und sieht man sie wieder, sind sie fremd geworden und haben nichts mehr mit einem zu tun – und doch gehörten sie mir, wie ich ihnen gehörte. Der untersetzte, kahlköpfige Parteisekretär des Instituts, im Konferenzzimmer in der Talstraße; mein Mentor, der bei der Ladung anwesend ist; der Assistentenkollege, der Protokoll führen muß und mit dem ich mir im Wohnheim ein Zimmer teile … Die leer wirkenden Möbel, die Haubes Geschmack von sozialistischer Sachlichkeit entsprechen – er haßte Schnörkel, haßte den Barock, die katholische Kirche, haßte Wien, wo er aufgewachsen war und das wir nicht kannten und von dem er, einen großen Bildband in der Hand, im Ton des Abscheus sprach, auf die Schwarzweißfotos mit dem Zeigefinger hackend, Theresianum, Ringstraße, Kapuzinergruft, Hofburg: Dort sei der Nährboden gewesen für Hitler und seine Bande, er sagte nur: die kackbraunen Verbrecher, meine Damen und Herren Kollegen, anders kann man die nicht nennen, an meine Drastik in dieser Hinsicht werden Sie sich zu gewöhnen haben!

»Ihre Augen-Sammlung ist beeindruckend, Herr von Arbogast.«

Schreib es auf, hatte Hanna gesagt, vielleicht kommst du dann davon los. Was man so loskommen nennt. Von jenen sechziger Jahren, in denen wir jung waren in Leipzig und zwei Karten in unseren Brieftaschen trugen: eine mit einer Zahl, das war die *Butternummer*, die man im Geschäft nennen mußte, um die rationierte Butter zu bekommen – oder nicht zu bekommen, wenn die Ration aufgebraucht war: Herr Rohde, da is nischt mehr übrisch, aber ä Häbbschen Marg-rine könnse noch kriegen!; und die *Hausbrand Grundkarte I*, die Kohlenkarte, auf die man seine Brennstoffzuteilung erhielt. – Vom Café Corso im Gewandgäßchen, verfallene Tuchherrenpracht, mit seiner bairisch sprechenden Wirtin, dem Kuchenbüfett im Erdgeschoß und den gegenüber verteilten dicken Damen, die Doderers Gefallen gefunden hätten, Tortentanten, wie sie genannt wurden; vom Stimmengesumm oben, im original erhaltenen Art-Déco-Raum: die meeresgrüne Stoffbespannung an den Wänden, hinter der die Geigerzähler tickten und Ohrenquallen lauschten, wie gesagt wurde, wo sommers bei offenen Fenstern die Blasebalgstimme des SED-Bezirkschefs aus den Säulen des Stadtfunks gequetscht wurde; Café Corso: Bloch kam und sprach über Marxismus; Mayer-Schorsch, der Rektor mit den Burschenschaftlerschmissen, die er sich auf dem gleichen Paukboden wie Haube zugezogen haben sollte, bestellte sich ein halbes Dutzend Gläser *Hornano*-Wermut, prostete dem spitzbärtigen Staatsratsvorsitzenden an der Wand zu, schmiß eine Runde für *seine Studenten* und stritt mit dem Direktor des Literaturinstituts über Brecht, während wir an den vorderen Tischen uns die Köpfe über Sartre und Anouilh, Beckett, die Gedichte von Jewtuschenko und Okudshawa heißflüsterten; loskommen –

Arbogast hatte mit einem der Bleistifte gespielt und nachdenklich aus dem Fenster gestarrt, streifte den zusammengesunken sitzenden Meno mit einem Blick. »Nun, lieber Rohde, ich will die Katze gar nicht länger im Sack halten. Ich schreibe an meiner Autobiographie, Ihr Verlag ist an mich herangetreten, man wünscht dieses Buch. Ich brauche ein kritisches Gegenüber, einen ernstzunehmenden Gegner ... Ich lese diese Papiere an den Wochenenden im Familienkreis vor, alle nicken, aber ich habe das Gefühl, daß diese Zustimmung entweder aus Ahnungslosigkeit geschieht oder aus falsch verstandener Liebe, vielleicht will man mich auch schonen ... Womöglich hat Trude in dieser Hinsicht gewisse Defizite ... Kurz: Ich brauche einen Partner. Ich habe mich über Sie erkundigt, wie gesagt, Sie genießen einen ausgezeichneten Ruf –«

Es klopfte.

»Unterhalten wir uns ein andermal darüber. Überlegen Sie es sich gut. Sollten Sie nein sagen, entgeht Ihnen ein Honorar, das ich, nun, angemessen gestalten würde. Sagen Sie ja, erwartet Sie viel Arbeit, und das zu hin und wieder ungewöhnlicher Stunde. Ich werde Sie morgen abend anrufen, zwanzig Uhr sechzehn. Herein!«

»Die Gäste kommen, Herr Baron.«

»Danke, Frau Alke.« Arbogast nahm den Greifenstock und ließ Meno den Vortritt. Sie gingen in die Halle hinunter. Mehrere Personen warteten. Meno erkannte Vogelstrom, der sich mit dem Bildhauer Dietzsch, Nachbar der Hoffmanns im Haus Wolfsstein, unterhielt, den Musikkritiker des »Sächsischen Tageblatts«, Lothar Däne, den Schwachstromphysiker Teerwagen im Gespräch mit Dr. Kühnast vom VEB Arzneimittelwerk, Zahnärztin Knabe, die im Wolfsstein über den Krausewitz' wohnte. Ihr Mann, Mitarbeiter im Mathematisch-Physikalischen Salon des Zwingers, stand mit dem Briefmarkenhändler Malthakus und einer Frau zusammen: Judith Schevola. Meno hatte Gerüchte über sie gehört, wie sie in der Literaturszene kursierten, und in »Sinn und Form« einige bemerkenswerte Erzählungen von ihr gelesen ... Eine der begabtesten jungen Autorinnen, sie schrieb mit einer in der deutschen Literatur seltenen Leidenschaft. Er hatte sie einigemale auf den Sitzungen des Verbands der Geistestätigen gesehen, auch auf der Leipziger Messe, aber nicht mit ihr gesprochen. Sie hatte graues, kurzgeschnittenes Haar, schien

aber höchstens Anfang, Mitte Dreißig zu sein. Alles in ihrem Gesicht wirkte verschoben und verzerrt, als wäre das Gesicht aus vielen anderen zusammengesetzt worden. Nur die Augen schienen ihr zu gehören. Sie musterte Arbogast, dann Meno, an einem Glas mit Granatapfelsaft nippend. Die Männer standen ihr zugewandt, auch auf der anderen Seite der Halle. Alke öffnete die Tür, ließ Rechtsanwalt Sperber, Verleger Schiffner und einen leicht gebeugt gehenden Herrn mit dickfleischiger hängender Unterlippe ein, den Meno nur allzugut kannte; er zuckte zurück und griff ans Geländer, was die grauhaarige Frau mit neugieriger Feindseligkeit zu registrieren schien, denn sie hob den Kopf und folgte Menos Reaktionen, er dachte: Wie eine Insektenforscherin, die einer Fliege ein Bein ausreißt, um zu sehen, wie sie mit dieser neuen Situation fertigwird. Der Mann – der ihn bemerkt hatte und verstohlen den Arm hob – war Jochen Londoner, sein Ex-Schwiegervater.
»Bitte, in unseren Fernseh-Saal!«
»Augenblick, Ludwig.« Frau von Arbogast lächelte ihrem Mann liebenswürdig zu, machte Meno und die Anwesenden miteinander bekannt. Judith Schevola begrüßte Meno knapp: »Wir kennen uns. Beim letzten Verbandskongreß sind Sie sehr gekonnt eingeschlafen.« Arbogast führte die Versammelten zu jener Tür, aus der Ritschel gekommen war. Judith Schevola, der Briefmarkenhändler Malthakus und Zahnärztin Knabe blieben vor dem Gemälde am Drachentisch stehen und kamen erst, als Arbogast ein Glöckchen läutete.

Nach dem Vortrag und der anschließenden Diskussion ging Meno vor den anderen nach oben, man hatte im Konferenzsaal ein Büfett aufgebaut. Alke und Ritschel machten sich am weißgedeckten Tisch zu schaffen. Ein jüngerer Physiker, der beim Vortrag hinter Arbogast gesessen hatte, nickte Meno freundlich zu. »Wenn Sie noch etwas für sich sein möchten …« Er schloß ein Türchen auf, das zu einem breit umlaufenden Altan führte.
»Danke, Herr …«
»Kittwitz. Ich arbeite am Institut für Strömungsforschung. Keine Ursache übrigens. Man wird Sie noch früh genug finden, Herr Rohde. Ihr Vortrag hat mir gefallen. Wie die Kreuzspinne ein

Netz baut – erstaunlich, die Parallelen zum Büfett-Einkreisungsverhalten auf Physikerkongressen … Aber ich lasse Sie jetzt in Ruhe.«

Meno ging an den Rand des Altans. Die kühle Luft tat ihm gut, sein Gesicht brannte, und er war froh, daß er durch Kittwitz' Freundlichkeit für ein paar Augenblicke allein sein konnte. Hitze- und Kälteschauer wechselten, die Aufregung flaute allmählich ab, sekundenlang befand er sich in einem Zustand zwischen tiefer Müdigkeit und kalter Wachheit, wie eine Uhrenfeder, sann er, die noch zusammengepreßt wird von den Fingern eines Uhrmachers, aber jeden Augenblick entgleiten und aufschnellen kann; dieses vermaledeite Lampenfieber, ich habe nicht gut gesprochen. Er sah das Gesicht seines Ex-Schwiegervaters vor sich, hell, mit dem Ausdruck konzentrierten Lauschens, den er kannte, wobei die Unterlippe sank und in regelmäßigen Abständen aufgefangen wurde von einem Erschrecken, dann wurde sich Londoner bewußt, daß er beobachtet wurde oder werden konnte; er griff sich mit Zeige- und Mittelfinger ans Kinn und hüstelte; die immer zu langen Nägel, sann Meno, der dicke Siegelring – Herrenring, pflegte Londoner zu sagen – auf dem Grundglied des Zeigefingers wie ein gelber Frosch: eine dieser tropischen Amphibien in Warnfarben; aber diese schien in Verwandlung und Schlaf zu sein, besonders wenn Londoner, wie beim Vortrag, die Hand baumeln ließ und die Beine übereinanderschlug, die schweren Augenlider geschlossen hielt und die für das flächige Gesicht zu kleine Nase – die Nase Hannas – sich mit Schweißtröpfchen bedeckte. Arbogasts einführende Worte; die Augen Schiffners unter den Weißbuschbrauen unergründlich, wechselnd: manchmal kühl, manchmal bekümmert, manchmal mit einer Art väterlichen Wohlwollens, die Meno ebenso faszinierte wie bedrückte; und Madame – er hatte für sich das »Fräulein« ersetzt, es schien ihm unpassend – Schevola, abweisend, mit stolz zurückgenommenem Kopf: Glauben Sie denn, daß Ihre Worte für mich von Bedeutung sind. Loskommen, dachte Meno, und dieser sonderbare Fernseh-Saal –

Er suchte nach Zigaretten, Arbogast würde nicht sehen, daß er rauchte, und wenn: Es mochte ihm jetzt gestattet sein. Er hatte keine Zigaretten eingesteckt und erinnerte sich, die gelbe

»Orient«-Schachtel zu Hause zwischen der Schreibmaschine und einem Heft von »Sinn und Form«, das ihm Schiffner mitgegeben hatte, vergessen zu haben. Die Stadt lag dunkel unter ihm, an den Rändern bestreut mit spärlichen Lichtern, elbaufwärts Kleinzschachwitz und Pillnitz, darüber, bei Pappritz, der Fernsehturm mit schwach phosphoreszierender Antenne; tintige Flächen die Elbwiesen und die Berge in Richtung der tschechischen Grenze; elbabwärts die Ausläufer der Johannstadt mit ihren Plattenbauten; unter ihm, Fortsetzung des abschüssig verlaufenden und in moorige Dunkelheit verpuppten Arbogastschen Gartens, das »Blaue Wunder« mit seinem filigranen Doppelzelt, das so elegant über den Fluß gespannt hing, eine Straßenbahn der Linie 4 fuhr darüber, Meno konnte den Schaffner als Schattenfleck im gelblich erhellten Bug des Hechtwagens sehen. Über dem Schillerplatz baumelte ein weißer Klecks an der Stromleitung, ein Transparent, das schlaff und zerfranst herabhing wie ein getöteter, in Formalin gesiegelter Kalmar. Als die Luft in Bewegung geriet, Strömungen aus Gerüchen zurückkehrten, glaubte er den Verfall riechen zu können, über den Körnerplatz und die bewaldeten Ausläufer des Viertels hinweg, an dessen Rand Arbogasts Anwesen stand. Es war der Aschegeruch von den Heizkraftwerken Mitte und Löbtau, an der Brücke der Jugend, deren Schornsteine mit roten Zyklopenaugen über die Stadt blickten. Er hörte Stimmengewirr und Gläserklirren vom Konferenzsaal, auch war es ihm, als ob man seinen Namen riefe. Die Müdigkeit nahm zu, gleichzeitig hatte er große Lust zu rauchen. Er beobachtete, sah die Elbe wie ein Rückgrat aus Teer unter sich, die Häuser der Stadt brandig geschwärzt, wie Muskelfleisch im Zustand der Verwesung, Flimmerbewegungen darin, als ob sich weißglänzende Trichinen in das mürbe steinerne Fleisch gebohrt hätten und sich nun auf die Eiablage vorbereiteten. Am Käthe-Kollwitz-Ufer war Scheinwerferspiel zu sehen, Arme aus wattigem Licht, die mit den Bewegungen hilfloser Schwimmer über die finster liegenden Zellstaaten der Häuser im Abschnitt der Arbeiterwohnungsgenossenschaft tasteten, manchmal getroffen vom Aufschimmern eines fernen Fensters wie von einem unwilligen und feindseligen Blick, dort mußte also noch Leben sein. Welches, dachte Meno, wie leben sie dort? Ein Schiff könnte stran-

den mit einem Orchester an Bord, die Lichtritzen an den Vorhängen würden sich nicht verbreitern. Das Blaue Wunder war menschenleer, nur im Restaurant »Schillergarten«, am gegenüberliegenden Elbufer, schien noch Betrieb zu sein. Auch dort hatte man die Vorhänge zugezogen, hin und wieder aber öffnete sich eine Tür, und ein Gast torkelte an die frische Luft, um entweder in Richtung der Bushaltestellen am Schillerplatz zu verschwinden oder um hinter das Restaurant zu gehen. Nicht nur dieses Lokal hatte Schwierigkeiten mit der Kanalisation, Meno erinnerte sich an das »bodega« in Leipzig, ein bevorzugter Messetreff, das gar keine Örtlichkeit besaß, man mußte gleichfalls den Hinterhof aufsuchen ... Die Elbe hatte jetzt einen bläulichen Farbton, dann schienen Seetiere vorüberzukriechen, milchige, ungestalte Wesen, die das Wasser aussätzig wirken ließen. Der Geruch kam, wälzte sich die Hänge hinauf, Meno kannte ihn mit der Zunge, es war der Geschmack eines zu lange gekauten Streichholzes, dem eine Beimengung wie von Sauerkraut folgte: die Abwässer aus dem Zellstoffwerk Heidenau, die nachts in den Fluß gelassen wurden.
»Rauchen Sie? Es stinkt wieder mal gewaltig.« Judith Schevola klopfte einige Zigaretten aus einer Packung »Duett« und bot sie Meno an, als er nickte. »Eindrucksvoll, wie Sie die Tötungsmethoden dieser tropischen Giftspinnen beschrieben haben. Das muß ich noch mal nachlesen. Ich habe Ihr Buch gekauft, die ›Alten deutschen Dichtungen‹. Der Alte vom Berge hat mich vorhin darauf angesprochen. Er schätzt Sie ziemlich, glaub' ich. Obwohl er mir gleich darauf erzählt hat, daß Sie ein Projekt von ihm abgelehnt haben.«
»Das war nicht ich, sondern die Hauptverwaltung Verlage. Ich hoffe, das hat er auch erzählt.«
»Verstehe. – Dumm. Jetzt hab' ich kein Feuer einstecken.« Schevola durchsuchte ihre Taschen, die Zigarette zwischen den Lippen.
»Warten Sie.« Meno riß ein Streichholz an. Sie beugte sich über seine die Flamme schirmende Hand. Er steckte sich auch eine Zigarette an, nahm einen tiefen Zug, blies den Rauch genießerisch aus. »Ach, herrlich. Vielen Dank. Ich habe meine zu Hause liegengelassen.«

»Ich hoffe, es schmeckt Ihnen. Was rauchen Sie sonst, wenn Sie nicht vergeßlich sind?«
»Pfeife. Und für unterwegs Orient.«
»Pfeife hat mein Großvater geraucht … Ich habe diesen Geruch immer geliebt. – Sie haben im Nachwort Ihres Buchs zweimal einen falschen Konjunktiv gebraucht, nach ›als‹ folgt, soviel ich weiß, der Konjunktiv Zwei, bei Ihnen hätte es statt ›als sei‹ also heißen müssen ›als wäre‹, und ›als höbe‹ anstelle des ›als hebe‹.«
»Ach.«
»Ja«, bemerkte Schevola fröhlich, »war mir ein Vergnügen, diese Fehler rauszupicken, nachdem Sie mir derlei Blödsinn angekreidet haben in meinem ersten Manuskript, das ich an die Edition geschickt habe. Solcher Lappalien wegen haben Sie es abgelehnt!«
»Hören Sie, das muß ein Irrtum sein.«
»Es stand aber Ihr Name unter dem Ablehnungsschreiben!«
»Ah, ich verstehe. Das kommt vor. Warten Sie. Wir haben Vordrucke im Verlag, die manchmal für solche Briefe herhalten müssen, wenn normales Schreibpapier knapp wird. Dann passiert es, daß jemand unterschreibt, ohne in der Eile den Namen auf dem Vordruck entsprechend zu korrigieren. Bei Ihnen war es wahrscheinlich Herr Redlich, unser Leitender Lektor.«
»Die Unterschrift war unleserlich, ein ›R‹ war zu erkennen. Ich dachte sofort an Sie! Aber Sie wollen sich doch jetzt nicht etwa drücken? Sie haben vielleicht Angst, ich könnte Sie würgen?«
»Dann war Ihre Zigarette ein Versöhnungsangebot?«
Schevola blies eine Rauchlocke aus, starrte in den Garten. »Haben Sie die Hunde gesehen? Er hat einen Zwinger da unten. Komischer Kerl. Manchmal frage ich mich, ob er glaubt, was er sagt. Oder ob er nur hier ist, weil sie ihm ein Institut gegeben haben. – Mögen Sie Stierkampf?«
»Nur bei Hemingway und Picasso.«
»Ist er Ihnen zu brutal? Zu blutig?«
»Zu grausam. Die Menge johlt, weil ein Lebewesen geschlachtet wird.«
»Geschlachtet? Wie pathetisch. Torero und Stier sind ebenbürtige Gegner. Jeder der beiden hat eine Chance, und wer stirbt, tut

es beim Kämpfen und vor aller Augen. Weder Torero noch Stier können etwas verstecken, keinen Moment der Tapferkeit, keinen der Feigheit. Das ist ehrlich, und es ist ein guter Tod.«
»Mag sein. Ich finde dieses Ritual trotzdem abstoßend.«
»Sie vertragen den Gedanken an den Tod nicht. Und daß man töten muß, wenn man leben will. Stierkampf macht das zum Thema, und deshalb finde ich das ehrlich. Aber viele sehen dieser Wahrheit nicht ins Auge. Sondern empören sich. Und fragen sich nicht, woher das Leder für ihre Schuhe stammt, die sie beim Empören tragen.«
»Es mag ehrlich sein, den Tod zu akzeptieren und auszustellen. Aber es ist nicht groß.«
Schevola sah auf und musterte ihn erstaunt. »Dann ist es groß für Sie, zu lügen?«
»Schicken Sie mir Ihr Manuskript.«
Ihr Gesicht verfinsterte sich jäh. Sie begann häßlich zu lachen. »Sagen Sie, glauben Sie, daß ich mich mit Ihnen unterhalte, um Ihnen auf diese Weise meine Sachen anzudrehen?«
»Entschuldigen Sie bitte, so habe ich das nicht gemeint. Es ist nur … «
Schevola griff sich an die Schläfe und massierte sie. »Sie sind müde, und ich belästige Sie …«
»Darf man sich dazustellen?«
»Bitte«, sagte Meno. »Herr Dr. Kittwitz, Physiker, Frau Schevola, Schriftstellerin.«
»Wir kennen uns bereits von früheren Urania-Treffen«, entgegnete der Physiker. Er hatte drei Gläser und eine Sektflasche mitgebracht und schenkte ein. »Krimsekt, vom feinsten. Der Alte hat die Spendierhosen angezogen. Nobel. Wollen Sie nichts essen, Herr Rohde? Sie haben es sich verdient, und es ist schon nach Ihnen gefragt worden. Herr Altberg und Meister Sperber wollten ein paar Worte mit Ihnen wechseln, und auch Ihr Chef. Da haben Sie schon eine kleine Interviewliste. Zum Wohl, Judith. Herr Rohde.« Sie stießen an, tranken. »Arbogast schnallt in diesem Fall die Uhr ab, legt sie vor sich hin und sagt: Verzeihen Sie bitte, aber ich kann Ihnen nicht mehr als vier Minuten und einunddreißig Sekunden widmen.«
»Du scheinst ihn wieder mal sehr zu mögen, Roland.« Judith

Schevola lachte ihr sandiges, häßliches Lachen. »Wie steht's mit deinem Projekt?«
»Ich mag ihn wirklich ganz gern. Möglich, daß er seine Schrullen hat, aber eins muß man ihm lassen: Er kümmert sich. Wir haben es zur Veröffentlichung eingereicht. Zwei Wochen später riefen sie an, daß sie vorläufig nicht drucken könnten, da ihr Papier kontingentiert worden ist und sie erst sehen müssen, wo sie für die nächsten Ausgaben welches herbekommen. Das mußt du dir auf der Zunge zergehen lassen: Wir machen hier im Institut eine grundlegende Entdeckung … «
»Oh, mein lieber Roland wird auf seine mittleren Tage bescheiden und sagt ›wir‹?«
»Judith … laß das doch. Eine grundlegende Entdeckung! Aber anerkannt ist nur das, was publiziert wird, Herr Rohde, und Priorität darf allein beanspruchen, wer zuerst veröffentlicht … Und wissen Sie, was passiert ist? Es gibt eine Arbeitsgruppe in Bremen. Vor ein paar Tagen nimmt mich Arbogast beiseite und sagt, daß er mit einem Kollegen dort gesprochen hat. Sie haben dieselbe Entdeckung wie wir gemacht, vier Wochen nach uns, aber sie wird eher veröffentlicht … Nur weil es in diesem Land wieder mal kein Papier gibt … Ich könnte aus der Haut fahren, das kannst du mir glauben.« Er trank hastig aus und schenkte sich nach. »Judith: Es war unsere, es war … meine Entdeckung. Und es wird einem genommen!«
»Hat er nicht gesagt, am Telefon, daß ihr schneller wart?«
»Natürlich hat er das. Antwort: Lieber Kollege Arbogast, wir kennen die Ausstattung Ihres Instituts und auch im großen und ganzen Ihre Mitarbeiter … Sie wollen uns doch nicht unser Prioritätsrecht streitig machen? Bitte sehr, wir müssen es akzeptieren – wenn Sie Ihre Ergebnisse eher veröffentlichen als wir! Arrogante Arschlöcher! Hier kann keine große Forschung betrieben werden, das ist hier ja die dumme Zone … Und weißt du, was wir hier zu hören bekommen? Förderung? Für Strömungsforschung? Was bringt das der Volkswirtschaft für einen konkreten Nutzen? Wir sehen diesen Nutzen nicht, tut uns leid. Tja.« Kittwitz trat an den Rand des Altans, umklammerte die Brüstung. »Weißt du, was ich möchte? Weg möchte ich.«
»Es soll einen Milliardenkredit der Bayerischen Staatsbank ge-

ben. Als Gegenleistung soll der Mindestumtausch für Kinder wegfallen.«
»Das ist ja unfaßbar humanistisch. Ja, kinderfreundlich war er schon immer, unser Staat. Franz Josef Strauß, der Erzimperialist, pumpt uns eine Milliarde vom harten Ausbeutergeld. Plötzlich führt der Weg ins Gelobte Land mitten durchs katholische Bayern ... Soviel taugen sie also, die Prinzipien.«
»Außerdem soll es die Möglichkeit einer Heirat zwischen DDR-Bürgern und Ausländern geben, ebenso das Recht zur Beschwerde bei abschlägigen Bescheiden in diesem Punkt. Wenn das kein Fortschritt ist!«
»Dann kannst du dir auf der Leipziger Messe einen kapitalistischen Millionär angeln. Dürfte dir bei deinem Charme nicht schwerfallen, Judith. Und wenn du den Klassenfeind nicht bekommst, kannst du eine Eingabe verfassen. Oder wie wär's mit einem Waffenschieber, der bei uns für den Irak einkauft? Prosit.«
»Du trinkst zuviel, Roland. Denk dran: Kaum war das Wort dem Munde mir entflohn –«
»Hätt' ich's im Busen gern zurückgehalten. Schiller, oder so ähnlich. Das weiß Herr Rohde. Nichts für ungut übrigens.« Er hob das Sektglas und trank Meno mit finsterer Miene zu.
»Herr Rohde, hier stecken Sie! Kommen Sie doch herein, Sie werden sich erkälten!« Frau von Arbogast winkte aus dem Fenster des Arbeitszimmers. »Und Fräulein Schevola und Herr Kittwitz! Ja, Jugend sucht sich, findet sich. Aber leisten Sie uns doch Gesellschaft, sonst wird drinnen nur über Politik, Autos und die Prostata gesprochen!« Sie schloß das Fenster.
»Fräulein!« murmelte Judith Schevola entrüstet. Kittwitz lachte.
»Aus irgendeinem Grund scheinst du ihr sympathisch zu sein. Komm, wir teilen uns den letzten Schluck.«
»Mein Gott, violettes Haar. Roland, weißt du, was sie mich gefragt hat? Warum ich mir meines nicht färben lasse. Ob es eine Krankheit sei. Natürlich, habe ich geantwortet, es liegt zuviel Asche in der Luft.«
Drinnen sprach Zahnärztin Knabe, eine große Frau mit kurzgeschnittenem schwarzem Haar, sauerkirschrot geschminktem Mund und einer vielfach geschlungenen Halskette aus blau-

en Holztrauben, über die Vorzüge des Matriarchats und die Feldenkrais-Methode. Ihr Mann stand mit gesenktem Kopf und ineinandergeflochtenen Händen neben ihr und starrte auf eine Ananas, der sich Professor Teerwagen und Dr. Kühnast in angeregtem Gespräch bis auf wenige Dezimeter genähert hatten.
»... es läuft ja doch auf die Unterdrückung der Frau hinaus, seit Jahrhunderten und Jahrtausenden, ach, seit Anbeginn der Zeiten. Natürlich *verdanken* wir einer Frau die Vertreibung aus dem Paradies, und ich habe folgendes noch gelernt: mulier tacet in ecclesia! Die Frau schweige in der Kirche, so steht es in der Bibel. Eine Frechheit.«
»Vielleicht werden die Propheten ihre Gründe dazu gehabt haben?«
»Ihr Lächeln macht Ihren Scherz nicht besser, *Herr* Däne. Was sagen Sie denn dazu, Frau Schevola? Wäre es nicht an der Zeit, die Herrschaft der Männer zu beenden? Besonders die der alten!«
Judith Schevola hob ihr Glas.
»Ah, und da ist ja Herr Rohde! Wir waren eben bei Zusammenhängen und Ich-Du-Grenzdurchbrüchen. Wie Sie vorhin sagten, bei diesen Nervenspinnen oder so ähnlich: Es wird etwas injiziert. Ich denke an die Anästhesie des Nervus mandibularis – Klappe auf, kurzer Pieks, fünf Minuten warten, und Ruhe im Karton! Aber dieses In-ji-zieren«, Frau Knabe dehnte das Wort mit geweiteten Augen, »dieser Stich, schöner Druck, und dann träufelt das Fremde in uns hinein, das bittere oder das süße Gift ... Toxisch! Ich mußte bei Ihren Worten auch an Sex denken!« Die Umstehenden grinsten.
»Nicht mit Ihnen, Herr Rohde, Sie sind mir zu mager und haben zuviel klassische Bildung. Wissen Sie, daß manche Patienten den scharfen Schmerz, wenn man den Dreifingergriff macht und die Injektionsnadel weich in die Schleimhaut schiebt, als energetisierend empfinden?«
»Aber ich muß sagen, ich habe da neulich etwas von einem Arzt gelesen, Georg Groddeck –«
»Tatsächlich, Herr Däne, ich auch!«
»Buch vom Es, Herr Dietzsch?«
»Ja! Und da fand ich doch interessant, was er über Heilerfolge

schreibt, jede Behandlung des Kranken ist die richtige, stets und unter allen Umständen wird er richtig behandelt, ob nun nach Art der Wissenschaft oder nach der des heilkundigen Schäfers – der Erfolg wird nicht von den Verordnungen gemacht, sondern von dem, was unser Es damit anstellt' –«

»Sie wären der ideale Arzt für das hiesige Gesundheitswesen«, nahm Frau Knabe wieder das Wort, »aber wissen Sie, neulich zwickte mich ganz scheußlich mein Musculus latissimus dorsi, und mein Es machte leider gar nichts daraus! Es verlangte nach Schmerztabletten und Korrektur des zugrundeliegenden falschen Bewegungsrasters ... Raster ist übrigens ein interessantes Wort. Ein treffendes Wort. Denkraster, Erfahrungsraster, und eben Bewegungsraster. Da sind wir wieder bei Feldenkrais, Sie hatten mich unterbrochen!«

»Aber es gibt doch dieses unwägbar Menschliche, Frau Doktor Knabe. Die Wissenschaft kann nicht alles zählen, messen und, von mir aus: rastern.«

»Wer behauptet das denn, Herr Däne? Aber Feldenkrais stellt nicht einfach unbewiesene Behauptungen auf. Zum Schluß läuft es doch darauf hinaus, daß sie sagen, Es – ist ein Mann!«

Meno ging ans Büfett. Judith Schevola stand lachend in einer Gruppe weißbekittelter Institutsmitarbeiter, Rechtsanwalt Sperber in der Nähe, der sich mit der Baronin und Teerwagen unterhielt. Aufschnitt von kaltem Braten, Schinken, ungarische Salami, in hauchdünne Scheiben geschnitten, mehrere Sorten Käse, appetitlich auf Platten mit Salatblättern, halbierten gekochten Eiern, Kaviar und Tomaten garniert, knusprig gebratene Hähnchen, Margonwasser, Bier, Wein, Krimsekt und duftendes Brot. Dazu in großen Schüsseln Obst- und Waldorf-Salat, Weintrauben, Bananen, Früchte, die Meno nicht kannte.

»Nicht schlecht, oder?« Das war Malthakus, mit feinem Lächeln. »Heißt Kiwi, was Sie da in der Hand halten. Kommt aus Neuseeland.«

»Hab' ich noch nie gesehen, Herr Malthakus.«

»Ich auch nicht bis heute abend. Das heißt – Moment. Auf einer neuseeländischen Briefmarke ... Oder war da ein Vogel drauf? Man muß sie schälen oder auslöffeln. Haben Sie die Kartoffelsuppe schon probiert? Ein Genuß, so würzig. Ich mag ja solche

Speisen am liebsten. Die einfachen. Die es auch im Krieg noch gibt. Brot, Pellkartoffeln, Quark, Eintopf, Kartoffelsuppe. Naja, Bananen sind auch nicht zu verachten.« Er hob die Hand und lachte ein stilles, schuckelndes Lachen hinein. »Habe schon fünf verdrückt und ein paar auch um die Ecke geschafft.« Malthakus blickte Meno verschmitzt an. »Für die Kinder. Im Saftladen vorne gibt's ja nischt.« Der »Saftladen« war die Verkaufsstelle für Obst, Gemüse und Speisekartoffeln an der Kreuzung Rißleite/Bautzner Straße, gegenüber der Konditorei Binneberg, und »nischt« waren Gelbe Köstliche, Schwarzwurzeln, Zuckerrüben, Bohnen, Möhren, Kohl und ein großes Schaff mit schmutzigen Kartoffeln. Dazu »Saft«: rote Brause, allgemein »Leninschweiß« genannt.

»Übrigens echter Molossol, der Kaviar. Möchten Sie eine Tüte haben? Ich nehme immer welche mit, wenn es zu Arbogast geht. Er ist im Versorgungsprogramm von denen drüben. Mitschurin-Küchenkomplex. Das geht völlig an den normalen Läden vorbei.«

»Ich weiß.«

Malthakus sah überrascht auf, Mißtrauen huschte über sein Gesicht. »Ahja. Verstehe … Meine Mädchen waren mit Hanna befreundet, als sie kleiner waren. Später durften sie nicht mehr mit ihr zusammensein. Habe sie lange nicht mehr gesehen.«

»Sie lebt in Prag, arbeitet als Ärztin an der Botschaft.«

»In Prag ist sie, und Ärztin an der Botschaft … Jaja, aus Kindern werden Leute. Ich kann mich auch noch an Sie erinnern, wie Sie mit Hanna zu mir ins Geschäft kamen und Ansichtskarten kauften. Sie von Prag und London, Hanna immer von Paris. Immer von Paris, jaja.« Malthakus rückte an der Brille, musterte Meno nachdenklich. »Sie haben vorhin ein Gedicht zitiert, Herr Rohde. Ich kann sonst wenig mit so etwas anfangen, das meiste ist zu hoch für mich. Die Damen und Herren moderne Lyriker sind sicher alle sehr gebildet und avanciert, aber ich verstehe sie nicht, tut mir leid. Ein schlichter Vers von Eichendorff oder Mörike, das ist so mein Horizont. Aber dieses, das Sie da zitierten –«

»Ein japanisches Haiku. *Oh diese Schwüle! / Auf den sommerlichen Bäumen / hängen heiß die Spinnennetze.* Der Dichter heißt

Onitsura, er hat im siebzehnten und achtzehnten Jahrhundert gelebt.«

»Ahja. Finden Sie nicht auch, daß es hier furchtbar heiß ist? Aber sehen Sie, das ist es, was mir nachgeht: die heißen Spinnennetze. Sie müssen verzeihen, wenn ich für den Rest Ihres Vortrages weniger Aufmerksamkeit aufbringen konnte, die ganze Zeit ist mir das im Kopf herumgegangen! Man geht dem Herrn, wie sagten Sie? – Onitsura nämlich auf den Leim. Man glaubt ihm die heißen Spinnennetze! Bis man entdeckt, daß Hitze Körper benötigt, nur ein Körper kann heiß werden! Den doch ein Spinnennetz aber gar nicht hat – also kann es auch nicht heiß werden … Und doch traut man diesem Burschen, irgendwie stimmt der Vers, das irritiert mich! Oh, ich glaube, der Baron möchte Sie sprechen. Soll ich derweil … für Sie tätig werden?« Malthakus blickte sich rasch um und zog den Zipfel eines Plastbeutels aus der Hosentasche. »Wir haben doch bis zur Wolfsleite den gleichen Heimweg – dann Übergabe der betreffenden Ware!« Meno mußte lächeln über den blauen Unschuldsblick des Briefmarkenhändlers, die geraunten Worte hinter erhobener Hand.

»Na, lieber Rohde, haben Sie sich mein Angebot durch den Kopf gehen lassen? Ihr Chef hätte nichts dagegen.«

»Ich brauche noch ein bißchen Zeit, Herr von Arbogast.«

Schiffner hob das Sektglas und prostete Meno zu. »Wir müssen auch noch mal über die Vorbereitung zum Verbandskongreß reden, mein Junge. Die vom Bezirk haben sich schon gemeldet und angefragt, wo unsere Ausarbeitung zur Wahlberichtsversammlung bleibt. Und Sie werden bald noch eine Arbeit bekommen. Von unserem jungen Talent.« Schiffner nickte in Judith Schevolas Richtung. Arbogast und er wechselten einen Blick, grinsten. Sperber und Altberg traten hinzu. »Sie will ein Buch bei uns herausbringen. Werfen Sie doch mal einen Blick rein. Ich meine: ins Buch.« Arbogast, Sperber und Schiffner begannen zu lachen. »Sehen Sie sich vor, mein Junge, Talent kann ansteckend sein!« Die drei lachten noch lauter.

»Mein Gott, die Knabe schwingt mal wieder das große Wort. Daß du die ertragen kannst, Ludwig, mit ihrem feministischen Gequatsche!« Rechtsanwalt Sperber wippte auf den Zehen und blickte zur Zahnärztin, die sich gestenreich und augenrollend

mit Musikkritiker Däne, Jochen Londoner und Herrn Kittwitz stritt. Ihr Mann hielt betrübt die Ananas am übriggebliebenen Strunk. »Dieser Schlappschwanz Knabe, der sollte seine Alte mal lieber richtig 'rannehmen!«
»Glaubst du, daß es das ist, was ihr fehlt?« Schiffner steckte die Hände in die Taschen und begann ebenfalls auf den Zehen zu wippen.
»Die ist doch andersrum! Treibt's mit der Pferde-Jule, deshalb hat sie doch auch keine Kinder!«
»Die an der Rißleite wohnt, wo früher Heckmanns Fuhrgeschäft war?«
»Genau die! Ein Flintenweib! Hat mal einen meiner Mitarbeiter windelweich geprügelt, weil er es gewagt hatte, sich eine Kirsche zu pflücken, die übern Zaun des Grundstücks hing!« Arbogast tackte den Greifenstock auf, wippte auf Fers und Zehen. »Eigentlich schade um die Knabe. Großes Weib, schönes Becken … junonisch. Oder was sagst du, Heinz? Du hast doch hier den Kunstverstand.«
Schiffner strich sich übers Gesicht, eine Bewegung, mit der er Witze einzuleiten pflegte. »Meine Damen, wenn Sie wüßten, wie gerne wir Sie unter uns haben, und daß es unser höchstes Vergnügen ist, in Ihrer Mitte zu weilen …« Die drei kicherten, Meno wandte sich ab. Der Alte vom Berge zog ihn beiseite. »Trinken wir einen Schluck, Herr Rohde. Was nehmen Sie?«
Meno schüttelte den Kopf.
»Doch, doch, mein Lieber. Hier drinnen ist es zwar schrecklich heiß … Dieser Stromausfall vorhin, während Ihres Vortrags, vielleicht hängt es damit zusammen … Aber hier drin«, Altberg legte die Hand auf die Brust, »friert man. Und so ein Kognak wärmt; kann ich empfehlen! V.S.O.P. – ja, was das betrifft, läßt er sich nicht lumpen.« Altberg goß drei Gläschen ein, hielt eines Meno hin, trank die anderen beiden hinunter, als ob es Wasser wäre, goß sie wieder voll. »Hüten Sie sich vor Arbogast! – Kommen Sie, gehen wir etwas hin und her, Sperber und Dietzsch beobachten uns … Ich halte den für einen Spitzel!«
»Dietzsch?«
»Auch Bildhauer können Berichte verfassen! Vor allem, wenn sie mit ihrem Geld nicht klarkommen – und mit dem Erfolg,

den andere haben und sie nicht … Hoppla, die Kognakflasche nehmen wir doch mit, das wärmend kupfrig Wässerchen, das machen wir noch nieder, Herr Rohde, so etwas Gutes sollten wir nicht umkommen lassen. – Ich weiß es von Malthakus, und der von Marroquin …« Altberg trank das vierte Glas leer, warf einen entsetzten Blick auf Meno, atmete plötzlich schwer. »Sie glauben, das seien nur Gerüchte und Vermutungen? Wissen Sie was? Damit hätten Sie recht! Ganz und gar recht hätten Sie damit! Pure Luftgreiferei, nichts weiter … die Phantasie eines Mannes, der Belletristik treibt, ist mit ihm ein wenig durchgegangen. Ich habe Schiffner noch einmal gesprochen, er lehnt das Buch tatsächlich ab … «

»Ist Ihnen nicht gut? Wollen Sie sich vielleicht setzen? Oder frische Luft schnappen?«

»Nein, nein, es geht schon, lieber Rohde. Danke für Ihren Brief! Vor Ihnen muß man sich ein wenig in acht nehmen … Wissen Sie was? Ein bißchen Klatsch kann nicht schaden. Wir leben doch von dieser anmutigen Speise!«

»Herr Altberg, bitte entschuldigen Sie, ich will Ihnen nicht zu nahe treten –«

»Das ist es ja eben! Niemand will einem zu nahe treten, alle sind höflich und schweigsam und fein auf Abstand! Ich werde den Anfang machen, denn ich muß Ihnen gestehen … ich liebe Klatsch.« Er trank und lachte. »Verwenden Sie es nicht gegen mich, sollte ich bei Ihnen mal … na ja: vorkommen. Als alte Kognakspinne zum Beispiel, hehe.«

Meno fühlte sich unbehaglich, und trotzdem lauschte er fasziniert den Erzählungen, die Altberg genüßlich vortrug – ohne daß er betrunken wirkte; das leichte Schwanken hatte Meno schon bei seinem Besuch im Oktoberweg 8 bemerkt, es konnte auch der Schwäche oder Müdigkeit zuzuschreiben sein. Wider seinen Willen hielt ihn das abgebrochene und sprunghafte Gerede des Alten, er sog die Worte mit einer Gier auf, die er an sich nicht kannte, jedenfalls nicht in diesem Zusammenhang, das überraschte ihn; er hätte sich mit einer höflichen Floskel sofort zurückziehen müssen. Ob Herr Rohde wisse, daß Judith Schevola mit mehreren der Anwesenden ein Verhältnis gehabt habe? Viermal sei sie bereits verheiratet gewesen – und sei doch erst fünfunddreißig! Sie mache regelrecht Jagd auf Männer, was diesen nicht unbedingt gut bekomme. Sie habe schlechte Erfahrungen machen müssen: »Wissen Sie, was ihr erster Mann gesagt hat, als er sie nach einem Selbstmordversuch fand? – Oh, dann werde ich meine Grafiksammlung ja bald wiederkriegen! Es war alles voller Blut, alles voller Blut, die ganze Wanne –«

»Nun, Georg, lästerst du wieder?« Schwachstromphysiker Teerwagen, ein Mittfünfziger mit starker Hornbrille und imposantem Bauch, über den sich eine Taschenuhrkette spannte, nippte an einem Glas Rotwein, die andere Hand lässig in die Hosentasche seines eleganten Anzugs gesteckt. »Kommen Sie nachher noch mit, Herr Rohde? – Zur Sternbeobachtung. Ab Mitternacht. Heute ist es ziemlich klar, und die Astronomie ist ein Schwerpunkt unserer Gesellschaftsabende. Arbogast wird das große Observatorium öffnen lassen. Das Sternbild Spinne werden wir allerdings nicht zu sehen bekommen. Wären Sie schon am 15. Dezember bei uns gewesen, hätten Sie ein relativ seltenes Schauspiel miterleben können: eine Sonnenfinsternis.«

»Na, Heiner, es war nur eine halbe. Wie wir es verdienen, hehe, in diesem halben Land mit seinen halben Menschen.«

Teerwagen drehte das Glas langsam hin und her. »Heute beobachten wir das Sternbild Fische.« Er warf einen raschen Blick auf Altberg, der inzwischen die Kognakflasche geleert hatte.

»Ja, Heiner. Die stummen Fische«, murmelte Altberg.

»Es ist doch schön, Herr Rohde, daß wir uns einmal näher kennenlernen. Da sind wir nun Nachbarn, aber ins persönliche Gespräch kommen wir erst hier. Kurios. Ich sehe Sie ja öfter auf Ihrem Abendspaziergang, Sie sind ziemlich unverwechselbar mit Ihrem Hut. Meine Frau hat mich gebeten, Sie zu fragen, wo Sie den herhaben.«

»Geschenk von meiner Schwester. Exquisit Thälmannstraße, jugoslawische Lieferung.«

»Meine Frau vermutete so etwas. Hutmacher Lamprecht ist ja noch krank, wer weiß, ob der uns noch mal, gewissermaßen, behüten wird. Und sein Sohn scheint ja nicht ins Geschäft zu wollen. – Aber man braucht schon ein Hutgesicht dazu. Meines ist zu rund. Übrigens: Auch ich bin ein Leser Ihres Buchs. Unser Bibliothekar hat es mit einer blauen Karte versehen. Ich muß

sagen, daß sein Qualitätsempfinden nur selten trügt, jedenfalls für meinen Geschmack. – Oh, danke.« Alke war gekommen und hielt mit gesenktem Blick ein Tablett mit Eisbechern hoch.
»Mögen Sie Eis, Herr Rohde? – Ich bin ganz versessen danach. Und hier ist es vorzüglich.« Altberg rieb sich fröhlich die Hände, nahm sich zwei Becher.
»Ja«, Teerwagen lockerte sich die Krawatte, »das Eis – und die Heizungen.«
Meno war müde und wollte aufbrechen. Verstohlen gab er Alke ein Zeichen, worauf sie sich leicht verneigte. Er sah, daß Malthakus sich mit einem prall gefüllten Beutel aus dem Konferenzraum zu schleichen versuchte und daß die Baronin, die in der Nähe stand, sich gerade in dem Moment abwandte, um ihren Gesprächspartner beim Arm zu nehmen und plaudernd davonzuschlendern, als der Briefmarkenhändler die Türklinke drückte.
»Herr Baron wünscht Sie zu sprechen«, murmelte die gleichmäßig betonende Stimme Ritschels hinter ihm. Sie gingen ins Arbeitszimmer. »Ich möchte wirklich noch über Ihr Angebot nachdenken«, sagte Meno beim Eintreten. Arbogast hob die Hand, nickte Ritschel zu, der die Tür schloß. »Keine Angst, lieber Rohde, ich will Sie nicht drängen. Nur noch ein paar Formalitäten. Eine Quittung für Ihr Honorar. Unterschrift beim roten Kreuzchen, bitte.« Arbogast reichte Meno das Blatt und einen Briefumschlag über den Tisch.
»Tausend Mark?!«
»Soviel bekommen unsere Referenten in der Regel. Guter Lohn für gute Arbeit. Umgekehrt stimmt's auch. Das versteht man hierzulande leider zu wenig.« Arbogast wies lächelnd auf die Tabelle hinter sich. »Ich hoffe, Sie sind zufrieden. Den kleinen Stromausfall bitte ich zu entschuldigen, das häuft sich in letzter Zeit. Ich glaube, es hat Sie nicht allzusehr irritiert; Sie haben ja ohnehin frei gesprochen. Ach, und da wäre noch etwas –« Arbogast zog eine Schreibtischlade auf und reichte Meno einen schweren, in Leder gebundenen Folianten. »Unser Gästebuch.« Er nahm einen Füllfederhalter, schraubte ihn langsam auf. »Wenn möglich, mit einem Witz, bitte. Ich sammle Witze, müssen Sie wissen.« Es klopfte. Alke trat ein, flüsterte dem Baron etwas zu.

»Achso.« Arbogast trommelte mit den Fingern auf die Schreibtischplatte. Er zog das Gästebuch zu sich heran, blätterte darin, nahm den Stift, warf Meno einen nachdenklichen Blick zu. »Im Garten, sagen Sie?«
»Jawohl, Herr Baron.«
»Ist etwas betroffen? Heizhaus? Die Gewächshäuser?«
»Soweit wir feststellen konnten, nein, Herr Baron.«
Arbogast schraubte den Füllfederhalter zusammen, strich mit der Hand über das Gästebuch. »Herr Londoner hat mich gebeten, Ihnen zu sagen, daß er und seine Frau sich sehr freuen würden, Sie einmal wieder bei sich zu sehen. Noch einmal herzlichen Dank für Ihr Kommen, Herr Rohde. Wir haben einen guten Eindruck von Ihnen gewonnen. Wir gehen noch in die Sternwarte, aber Sie werden müde sein.« Er stand auf, reichte Meno die Hand.

20.
Dialog über Kinder

»Kinder zu haben bedeutet ja eine hohe Verantwortung …«

»Das sind keine Spielzeuge, die man sich aus Lust und Laune anschafft und die man einfach wieder wegwerfen kann, wenn sie einem nicht mehr gefallen.«

»Man muß doch über diese Kinder nachdenken. Und wäre man nicht bereit, ihnen alles zu geben? Alles für sie zu tun? Damit sie zu ordentlichen Menschen aufgezogen werden? Sich entfalten können?«

»Nun ja, Herr Doktor, ich sage Ihnen nichts Neues, obwohl es schwierig ist, allen seinen Kindern zugleich ein guter Vater zu sein.«

»Sie wissen nicht, wovon ich spreche. Aber wir wissen, wohin Sie gehen … An Donnerstagen. – Ihre Frau, weiß die es auch?«

»Wir sprachen über Kinder. Rauchen Sie? Möchten Sie etwas zu trinken?«

»Wir wollen versuchen, unser Gespräch in aller Ruhe zu führen. In aller Ruhe und Sachlichkeit. Dazu gehört allerdings auch, daß Sie in Zukunft mit unseren Einladungen vorsichtiger umgehen müssen. Wenn ein Brief offen ist, und mag er äußerlich noch so normal aussehen, lädt er zum Lesen ein, das ist nun einmal so, ein menschlicher Trieb.«

»Manche Krankenschwester, manchen Kollegen interessiert, mit wem ihr Oberarzt korrespondiert. Und eine Sekretärin hat schon von Berufs wegen mit Briefen zu tun, geöffneten und ungeöffneten …«

»Wollen Sie für Ihre Sekretärin die Hand ins Feuer legen? – Wir sprechen in Ruhe miteinander, ganz in Ruhe, Herr Doktor. – Schauen Sie mal. Ich bin unter anderem der Verantwortliche für die Krankenhäuser im Bezirk. Das Gesundheitswesen ist – Sie wissen das ebensogut wie ich. Aber wie kann man etwas verbessern?«

»Das ist die Frage. Das Schimpfen und Meckern bringt uns nicht voran, da hat Ihr Chef vollkommen recht. Auch das wissen Sie ebensogut wie ich. Aber vielleicht gibt es Störfaktoren?«

»Wissen Sie, ich bin gelernter Elektriker, und wenn man sich so ein Krankenhaus als einen komplizierten Schaltplan vorstellt … Da genügt schon *eine* Unterbrechung, und der Strom fließt nicht mehr.«

»Dabei liegt Strom an, der Schaltplan stimmt, aber irgendwo in dem ganzen komplizierten Geflecht gibt es einen toten Punkt, mag er zufällig entstanden sein oder nicht …«

»Denken Sie denn, daß funktionierende Krankenhäuser, funktionierende Betriebe nicht in unserem Interesse sind? Sie haben einmal anders über diese Dinge gedacht – über Interessen. Sie waren einmal ganz auf unserer Seite. Oh, nein, nein. Als Student ist man kein Kind mehr, kein dummer Junge …«

»Mit neunzehn ist man ein erwachsener Mensch, verantwortlich für sein Denken und Handeln … Sie studierten und handelten in Leipzig, das wissen wir. Und Sie wußten, daß es bei den Lippenbekenntnissen nicht bleiben kann, daß sie allein nichts wert sind, die schönen Worte.«

»Sie waren bereit für mehr. Darf ich Ihnen etwas zeigen …«

»Stimmt genau, Herr Doktor. Mit Ihrer Verpflichtungserklärung. Und Berichten. Die meisten davon sind etwas redselig, da bin ich der Meinung der Leipziger Kollegen. Aber diese Berichte sind durchaus substanzhaltig.«

»Mit neunzehn … Sie waren ein guter Beobachter, andere waren mit neunzehn Offiziere im Krieg, Partisanen, ich kannte einen, der war mit neunzehn Kommandeur in Budjonnys Armee … Wie zornig Sie sein konnten! Wie wenig Sie gehalten haben von den Arbeitern, neunzehndreiundfünfzig … Da waren Sie schon zwanzig … Und ein Kämpfer, Herr Doktor, ganz auf seiten unserer Sache. Wenn es nach Ihnen gegangen wäre, hätte man Herrn Weniger exmatrikulieren sollen.«

»Glücklicherweise waren die Kollegen etwas bedächtiger als Sie und haben unserem Land einen guten Gynäkologen erhalten. Sie haben ihn gehaßt, ihn und seine sicheren Positionen, ihn und seinen Defätismus, der doch nicht konsequent war, denn schließlich ist Herr Weniger ja hiergeblieben, seinen blanken Realitätssinn, der an nichts glauben kann … So wie Sie seine damalige Freundin verehrt haben. Davon schreiben Sie übrigens nichts, von Ihren vier Besuchen bei ihr … Falls es Sie interessiert, was Herr Weniger unterdessen tat …«

»Er wurde befragt, ganz recht. Nicht im Testat. Das ist die Version, die Ihnen seine Freundin erzählt hat. – Aber wir kommen vom Thema ab. Wenn diese Kinder nun bestimmte Talente besitzen, wäre es doch fahrlässig für einen Vater, sie nicht zu fördern, so gut er kann. Stellen Sie sich vor, Ihre Söhne hätten musikalische Begabung, würden Sie dann nicht alle Anstrengungen unternehmen, um ihnen die Klarinette oder das Cello zu besorgen, für die sie so talentiert sind? Ihnen Stunden geben zu lassen?«

»Und dann ist es doch oft so, daß musikalisch begabte Kinder auch Talente auf anderen Gebieten haben, sie sind nicht dumm, die Schule bereitet ihnen keine Mühe.«

»Vielleicht könnten hervorragende Wissenschaftler aus ihnen werden. Ingenieure. Techniker.«

»Oder Ärzte. An denen dieses unser Land so großen Bedarf hat. – Was möchten Sie? Na, ein bißchen Licht brauchen wir schon, Herr Doktor.«

»Aber ein solches Studium kostet Geld, viel Geld. Und vorher die Erweiterte Oberschule. Geld, das unserem Staat gehört und das er großzügig ausgibt für diejenigen, die durch Studium und Beruf einmal privilegierte Positionen einnehmen werden. Hat denn unser Staat nicht auch ein Recht darauf, zu erfahren, wer es ist, der da studieren will, woher er kommt undsoweiter?«

»Ob er gedenkt, seine hier und, wie gesagt, auf Kosten unseres Staates erworbenen Kenntnisse auch für ihn nutzbringend anzuwenden, in den Dienst der Menschen zu stellen, die durch ihre Arbeit sein Studium möglich machten. Wir halten das für ein legitimes Interesse.«

»Ihre Akte sollten wir also nicht so voreilig schließen, wie es die Leipziger Kollegen für richtig hielten. Ihre Frau scheint Sie von unserem Weg abgelenkt zu haben … Überschlafen Sie meinen Vorschlag, denken Sie darüber nach.«

»In aller Ruhe. Ach, und noch eins: Wie Sie wissen, werden Ärzte *hier*zulande gebraucht. Es wäre Verrat an den Patienten, die

Ihnen anvertraut sind. – Genosse Feldwebel! Zeigen Sie dem Herrn Doktor den Weg.«

21.
Die Karavelle

Die »Santa Maria« hatte Lateinsegel mit roten Kreuzen, die »Nina« war dickbäuchig, über der Wasserlinie gekrümmt wie ein Türkensäbel, Robert sagte: Die schwimmt auf dem Buckel, und dann kamen Magellans Schiffe, am Bug emporschlagende Gischt, zerrissene Rahen in den Roßbreiten, roaring forties, salzzerfressene Masten und ausgelaugte Takelage; Magellan mit dem Fernrohr auf dem Achterdeck, und es war das Nichts, in das er starrte, das von Spanien und Portugal erkundete Nichts aus brandungsbestürmten Felsen, toten Buchten, schwarzen Löchern, die immer wieder Horizonte schluckten, Sonnen, Monde, Tierkreiszeichen über dem windgeknitterten Meer, und trotz allem wirkte Magellan wie ein Mann, der Zeit hatte, das kam Christian komisch vor, und er beobachtete lange diesen Generalkapitän, wie er auf einem Plakat gegenüber dem Bett die Welt umkreiste. Eine Schnur war diese Reise, um den Globus gelegt, der Äquator eine Kordel, die den Leib des Erdballs an seiner dicksten Stelle zusammenhielt; einmal rundherum, von da an gab es Grenzen. Und neben dem bärtigen Seefahrer winkte Gagarin, ein Mann in einer Raumkapsel, und auch sie hatte die Erde mit einer unsichtbaren Schnur umwunden. Die Farben schon ein wenig verblaßt, wie alt war dieses Foto, hatten sie es aus einer »Armeerundschau« ausgeschnitten, aus dem »Sputnik«? Ornella Muti und Adriano Celentano daneben; Fotos aus dem »Filmspiegel«, »Hügel der blutigen Stiefel« mit dem, wie Ina sagte, »wahnsinnig« blauäugigen Terence Hill; Kapitän Tenkes, der ungarische Freiheitsheld. Momentlang war das Ticken des Weckers, über Christians Kopf auf einem Wandbrett, so laut wie Metronomklacken, tack tack tack, oder war es das Holzbein eines Freibeuters, der auf dem Deck seines Seelenverkäufers hin- und herlief und auf Tortuga starrte, einen hämischen Papagei auf der Schulter … Auf Tortuga, der geheimnisvollen Insel vor Venezuela, mußte es heiß sein, so heiß wie in diesem Bett: Christian warf die Steppdecke zurück und legte den Arm auf die Stirn. Am Sonntagnachmittag war Doktor Fernau gekommen, hatte ihn abgehorcht und abgepocht mit seinen von hunderttausend Beklopfungen schon verbreiterten Fingern, dem Plessimeter-Mittelfinger links und dem Perkussions-Mittelfinger rechts, wie Richard erklärte (und niemand verstand), und alle Finger Fernaus waren borstig behaart, sie hatten Christian betastet oder vielmehr: geknetet, was an den Muskeln ziemlich weh tat, so daß Fernau die Stirn gerunzelt und »Schließ Er Seinen Wirsing!« gerüffelt hatte, um ungerührt weiterzukneten, die Lymphknoten zu untersuchen, wobei er unerwartet zart vorging, so daß Christian, der sich auf Luftnot gefaßt gemacht hatte, vor Erstaunen schluckte. Dann kratzte sich Doktor Fernau das struppige eisengraue Haar, griff an die linke Brust, fand dort aber nichts, denn er trug keinen Kittel, sondern eine Hausjoppe zu Flanellhosen mit kaputtem Reißverschluß und Pantoffeln aus grobem Filz: Er wohnte nicht weit von den Hoffmanns entfernt, auf der Sonnenleite, die sich den abschüssigen Hang am Ostrand des Viertels hinabschlängelte. Zwei Finger zwischen Christians Kiefern, durchwühlte er seine abgewetzte und an einer Seite in der Naht aufgeplatzte Hebammentasche, knurrte »So!« als er einen Holzspatel gefunden hatte und rammte ihn, »Aah!« grunzend, in Christians Mund. »Bißchen belegt, die Lingua! Aber, mein Gott, solange 's nicht fault … Was haben wir hier …«, und kniff das rechte Auge zusammen, das linke wurde ein blaues Okular hinter der Brillenlinse, lupte ihm in den Rachen, der Blick mikroskopierte wohl am Zäpfchen herum, das angstvoll auf- und abschlüpfte, den Spatel tunkte Fernau auf die Mandeln: »Raus mit dem Mist!« Christian röchelte, sah Fernaus Auge wie das eines Monsters riesengroß und lachte dem Doktor aufs Brillenglas, der Kosakenschnurrbart zog sich schief in die Breite: »Wir haben hier: offensichtlich nichts! Kleine Reizungen, der Waldeyersche Ring gerötet, aber was soll's, Krankenhaus ist nicht nötig, bißchen jäsrig die Lunge, steht eine wichtige Klassenarbeit an, der Herr?« sagte Doktor Fernau und drückte den Spatel Anne in die Hand. »Der Junge hat bißchen Temperatur, das kommt vor in dem Alter, Hormone rollen, nichtwahr, undsoweiter. Stecken

Sie ihn in die Kissen, von mir aus, Frau Hoffmann, kann man machen, die Wadenwickel waren ja schon gut, Tee mit Honig, ja, was Fiebersenkendes, ja, hat erbrochen? Na ja.«
Grippaler Infekt, hatte Fernau geschrieben, zwei bis drei Tage Bettruhe bei Schonkost. »Könnte ich mal einen Termin bei Ihnen bekommen, Herr Hoffmann? Ich habe einen eingewachsenen Zehennagel, der mich plagt.«
»Bißchen Temperatur?« hatte Anne leise gefragt, als Fernau gegangen war. »Er hatte vierzig drei, das nennt er bißchen Temperatur? Sollten wir ihn nicht doch in der Klinik untersuchen lassen?«
»Fernau ist seit dreißig Jahren Praktischer Arzt, ich glaube, der weiß, was er sagt«, hatte Richard entgegnet. – Die Standuhr gongte: viertel Elf. Anne hatte die Jalousie herabgelassen, die Lamellen aber angestellt, so daß ein trübes Licht ins Zimmer sikkerte, hellgrau und öd, in dem selbst die Seehelden an der Wand reizlos wurden und Tortuga alle Geheimnisse verlor; kein träge dahindümpelnder Schiffsleib in einer Lagune, auf deren Grund das Messing eines Sextanten blinkte, kein Wellenrauschen vor dem Bug des Hauses, wie er es in windigen Nächten manchmal zu hören geglaubt hatte, keine Positionslichter an Steuer- und Backbord; und die Mienen von Roberts Fußballheroen sagten, daß Italien gegen Deutschland, Mexiko 70, kein wirklich weltbewegendes Ereignis gewesen war, nur ein Fußballspiel, damals, als die Italiener nicht nur mauerten; Uwe Seeler blickte leer, nicht volksheldenhaft, WM 74: Die Frisur von Paul Breitner glich einem elektrisierten Staubwedel.
Christian stand auf, zog sich den Bademantel über, tappte in die Küche, um etwas Tee zu trinken, den Anne ihm in zwei Thermoskannen hingestellt hatte. In der Speisekammer fand er eine angerissene Packung Hansa-Keks, er kostete, die Kekse hatten Feuchtigkeit aufgenommen und schmeckten wie durchweichte Pappe. In Waldbrunn gab es jetzt Physik bei Herrn Stabenow. Er wirkte kaum älter als die Schüler mit seinem jungenhaften Gesicht und der Nickelbrille, die ihm ständig die Nase hinabrutschte; er schob sie mit dem Mittelfinger der Rechten wieder hinauf, eine Geste, auf die die Klasse trotz der deutlichen Analogie zum Vogelzeigen weniger achtete als auf die Versuchsanord-

nungen: zwei verchromte Kugeln auf schräggestellten Stäben, Gummiband und Kurbel, und wenn Stabenow drehte, raspelten Funken zwischen den beiden Kugeln – Mittelfinger, Nickelbrille –; Magneten, groß wie Eishockeypucks, Stabenow streute Eisenpulver dazwischen, das sich zu Feldmeridianen ordnete und oben an den Polen glitzernde Büschel bildete – Mittelfinger, Nickelbrille –; aber irgendwann vergaßen sie die Geste, vergaßen das Feixen und folgten gebannt dem Hantieren Stabenows, das niemals unsicher wirkte; seine Experimente, die er akribisch nach dem Unterricht im kleinen Vorbereitungskabinett neben dem Physikzimmer aufstellte und durchprobte, funktionierten immer, auch das imponierte ihnen natürlich, denn sie konnten sich in Stabenow versetzen und ahnten ihre eigene scharfsichtige Grausamkeit, der keine Eigenheit eines Lehrers entging, sie wußten, daß er es sich schon denken konnte, daß sie insgeheim auf einen Fehler von ihm warteten. Christian trank Annes starken Fencheltee und ärgerte sich, daß er hier krank lag, während die anderen experimentieren konnten. In der Polytechnischen Oberschule hatte er Physik nicht gemocht, es gab für seinen Geschmack in diesem Fach zuviel Mathematik; erst die Kernphysik hatte ihn aufhorchen lassen, aber auch nur, solange nicht gerechnet wurde – und wenn Arbogast gekommen war, der Pate der Louis-Fürnberg-Schule, und aus seinem Leben und von Forscherpersönlichkeiten erzählt hatte, die er kannte. Bei Stabenow war es anders. Er brannte für sein Fach, die Schüler spürten das. Sein ganzer Körper krümmte sich, wenn er vom prinzipiellen Aufbau eines Radios erzählte und abgerissen begeistert den verschlungenen Wegen der menschlichen Stimme durch all die Röhren, Transistoren, Spulen und Widerstände nachging. Am Ende des Unterrichts war die Krawatte verrutscht – eine von den »Maurerkellen«, die es in Waldbrunn zu kaufen gab und die ihm, hieß es, die Vermieterin ebenso aussuchte wie die Socken: Herr Stabenow wohnte in einer der Gassen, die vom Markt gingen, zur Untermiete. Die Tafel war über und über mit Formeln und Skizzen in Stabenows genialischer Schmierschrift bedeckt, die Trümmer mehrerer weißer und roter Kreidestücke lagen enthusiastisch weit in der Klasse verstreut. Unter den Jungen hatte er ein wahres Physikfieber entzündet, alle wollten sie plötzlich

Uranspaltung betreiben, Großtaten auf dem Gebiet der Mikroelektronik vollbringen, Taschenrechner mit hundert Funktionen erfinden … zunächst aber Pfeife rauchen lernen, denn alle genialen Physiker, das sahen sie auf den Fotos, die Stabenow mitbrachte, rauchten Pfeife: Einstein, Niels Bohr, Kapitza … Max Planck, hatte der Pfeife geraucht … oder Heisenberg? Mit einunddreißig Jahren den Nobelpreis … da blieben ihnen noch vierzehn, das war eine Unmenge Zeit, sie würden es bestimmt auch schaffen. Sie mußten nur ordentlich Pfeife rauchen und lernen, so bedeutend zerstreut zu sein wie jener Physiker, der sich eines Morgens auf sein Fahrrad schwang und starren Blicks, die Pfeife im Mund, zu treten begann, bis jemand fragte: Wo wollen Sie denn hin? – Ich fahre zum Institut! – Ohne Kette?
Der Fencheltee schmeckte ekelhaft, Christian schüttete ihn in den Ausguß. Er sah nach draußen, auf Griesels Garten, der noch winterlich kahl lag; Marcel, Familie Griesels schwarzer Pudel, sprang in seinem Zwinger hin und her und bellte, weil der dicke, gescheckte Nachbarskater Horaz, begleitet von der Katzendame Mimi, weiß mit schwarzen Pfötchen, eben ungerührt an den Tomatenhölzern auf dem Beet vor der Breitfront des Zwingers schnüffelte, und Mimi elegant ihre gerollte Rechte schleckte; Marcel heulte und biß in sein Spielzeug, einen Stoffkolben, aber es nützte ihm nichts.
In der Kohlenhandlung hinter Griesels Garten wurden Briketts geschippt, vertraute Geräusche: ein scharfes Anschneiden des Kohlehaufens, Metall ratschte über Beton, dann polterten die Kohlen in große Blechwaagen, die Schaufeln wurden kurz abgeklopft, kratzten Grus zusammen, nahmen schlitternden Anlauf, schnitten wieder scharf in die Kohlen hinein, ein wenig wütend, ein wenig hinterhältig, ein wenig besessen in den selbstbewußten Schwielenhänden von Plisch und Plum, wie die Gehilfen der Handlung im Viertel genannt wurden, Christian hatte noch nie ihre richtigen Namen gehört, der eine war lang und spindelig gebaut, der andere kurz und viereckig, Tante Barbara sagte: ein Koffer auf zwei Beinen; und wenn ein Zentner voll war, rumpelten die Briketts aus den blanken Rinnen in Rupfensäcke, die Hauschild, der verwachsene, knorrige Kohlehändler, aus dessen schwarzverschmiertem Gesicht wasserblaue Augen leuchteten,

zum Schuppen vorn an der Rißleite schleppte, wo die Kunden warteten.
Christian ging wieder ins Bett. Das Licht war weitergewandert, die Wolkenweberei, die seit Sonnabend graue Wolle über den Himmel strickte, riß an einer Stelle auf und schickte Sonnenstrahlen ins Zimmer: Da war Roberts Tisch, die verstreuten Fußballbilder, die von Niklas geliehenen Olympia-Fotobücher, dahinter, rechtwinklig zum Fenster gestellt, sein eigener Schreibtisch mit dem Schrägpult darauf, das er sich vor Jahren aus Holzresten und zwei bei Matthes, der Papierwarenhandlung vorn an der Bautzner Straße, gekauften Reißbrettern selbst gebastelt hatte, und hinter dem Tisch gleich der Schrank mit den Büchern, kaum einen Meter entfernt. Die hohen und massigen, dunkelbraunen Furnierholzschränke, Wohnraum-Typensatz, Modell RUND 2000, aus dem VEB Möbelwerke Hainichen, die zu fünft entlang der Wände standen, nur eben Platz für eine Couch, die Schreibtische und das Bett ließen – Roberts mußte ausgezogen werden –, erdrückten das Zimmer mit ihrer dunklen Massivität. Er liebte das Zimmer nicht, denn es bestand aus diesen schweren Schränken im Geviert und aus der teppichbelegten Leere dazwischen, die von der Tür sofort einsehbar war; es hatte etwas von einem Käfig, dessen Inhalt man mit einem Blick erfassen konnte. Die Poster an der Wand wirkten wie Fremdkörper, von Anne mehr geduldet als gewünscht, ebenso das Netz mit Fuß- und Handbällen und Roberts Fußballschuhen, das an einem Haken über dem Türende des Betts hing. Christian schloß die Augen, lauschte, mußte eingeschlafen sein, denn er erschrak vom Stundengong der Wohnzimmeruhr. Das Gartentor krachte, gleich darauf schrillte Griesels Klingel: Das war Mike Glodde, der Briefträger mit den schielenden Augen und der Hasenscharte, der mit Griesels mittlerer Tochter verlobt war und ihnen die Post ins Haus brachte; aber nur ihnen, für die anderen gab es am oberen Ende der Heinrichstraße die Zentral-Schließfächer, die die Post eingerichtet hatte, um ihren Briefträgern die weiten Wege zu verkürzen; wer wollte auch noch Briefträger werden in dieser Phase des gesetzmäßigen Übergangs vom »Soz.« zum »Komm.«, und Christian lächelte, als er Briefträger Gloddes Ruf nach »Mar-zel!« hörte; elf Uhr: Die Physikstunde war um, und

Stabenow schloß mit seiner stehenden Unterrichtsbeendigungsformel: »Und jetzt denkt mal über alles nach – warum! Warum! Wa-rum!«
Im Haus flatterte Musik, eine Melodie voller Wehmut und tapferer Sentimentalität, gesungen von einem Männerchor: Das waren die Comedian Harmonists. Die Stimme des Tenors kurvte nach oben, Leschnikoffs schmiegsames Timbre, wie aus Glacé; Christian beugte sich zur Wand, legte das Ohr an die Tapete, jetzt waren auch die tieferen Stimmen besser zu hören. Das war das Grammophon der Stenzel-Schwestern, und immer im gleichen Abstand machte die Platte einen butterweichen Schlenker. Schritte und Gepolter mischten sich in die Musik, wahrscheinlich turnten die Stenzel-Schwestern ihre Übungen ... Sie waren in ihrer Jugend Voltigierreiterinnen gewesen, beim Zirkus Sarrasani. Mein kleiner grüner Kaktus – steht draußen am Balkon – hollari, hollari, hollaro ... Er legte sich wieder hin. Das Fieber kam zurück, die Gliederschwäche. Zwei der drei Stenzel-Schwestern wohnten oben, die dritte Schwester, die älteste, hatte ein Zimmer bei Griesels, und das war etwas, das Griesel verstimmte: daß er, obwohl er der amtlich bestellte Hausverwalter war, eine Zuweisung bekam und Hoffmanns nicht, und weil es deswegen Anrufe gegeben hatte, Hinweise auf Pro-Kopf-Quadratmeter- und Kinderzahl, hatte Richard vor einigen Monaten, nach einem Gespräch bei den Rohdes im Italienischen Haus, ein Schild an die Tür geschraubt: Ina Rohde. »Die wohnt doch nur zum Schein hier, sie kriegt ja auch nie Post!« stichelte Griesel. Anne sagte: »Den jungen Mädchen heutzutage werden ihre Liebesbriefe einfach zugesteckt, Herr Doktor Griesel.« – Ob wir diesen August wieder an die Ostsee fahren, dachte Christian, zusammen mit Tietzes, wie im letzten Jahr. Ezzo hatte eine neue einsachtziger Rute bekommen, aus ganz weichem Fiberglas, und dazu eine Rileh Rex-Stationärrolle. Tietzes würden wohl wieder nach Rügen fahren, und wenn Ezzo Glück hatte, nahmen ihn die Fischer mit auf den Greifswalder Bodden, wo es die größten Hechte gab. Erst neulich hatte er Christian eine Karte nach Waldbrunn geschrieben, er habe sich Zepp-Blinker, einen Wobbler und einen Dorschpilker bei Press gekauft, dem Anglerfachgeschäft auf dem Bischofsweg unten in der Neustadt,

außerdem fünfundzwanziger Schnur grün, die könnte man am Kaltwasser mal ausprobieren.
Veroonikaa, der Lenz ist daa … Die Stenzel-Schwestern waren klein und wirkten verschrumpelt wie alte Prinzessinnen, sie trugen im Sommer kurze Röcke, so daß man die weißen, von Muskeln eckigen Waden sah, die groben Wandervogel-Strümpfe, bis über die Knöchel hinuntergerollt; die Köpfe der Schwestern bespannte fein-milchiges Haar, so dünn, daß die pergamentblasse Kopfhaut durchschimmerte, hinten flochten sie es zu Dutts, tennisballgroß, und hielten sie mit Haarnetzen zusammen: grün, blau und rot, in denen Einkaufszettel, Zwirnsrollen und Sicherheitsnadeln steckten. »Krest-jan!« so grüßten sie ihn, wenn er die Treppe hinaufstieg, um sich die Fotografien anzusehen hinter der Glastür; im Flur vor den beiden Wohnungen in der zweiten Etage, und da war wieder Magellan und sein Schiff, in der Tür auf der Etage der Hoffmanns diesmal, eine Karavelle mit hohem Achterdeck und Lateinsegeln und spinnwebfeinen Wanten, eingeschliffen ins mattierte Glas, die Wellen unter dem Schiffskörper schlängelten sich wie ein Malaiendolch oder Poseidons Lokken, Delphine schwammen durchsichtig zum Nußholzrahmen der Tür, die den Flur vom Treppenzylinder trennte, und wenn es dunkel war und die Wohnungstür offenstand, füllten sich die Schlifflinien mit dem Korridorlicht, es war, als ob eine Radiernadel aus einer schwarzen Metallschicht Sternbilder gravierte: Schiff und Delphine; in der Glastür im Hochparterre Windrose und Hanse-Kogge; ein Windjammer mit einer Reliefätzung von Atlantik und Südamerika, durch die eine fein gestrichelte Linie ums Kap Hoorn bis nach Chile lief, bei den Stenzel-Schwestern und dem jungen André Tischer, der erst vor kurzem eingezogen war … und zwar allein, ein kaum zwanzigjähriger Bursche, und schon eine eigene Wohnung, kein Wunder, daß Gerüchte über ihn kursierten. Er sei der Sohn eines hohen Funktionärs und auf die schiefe Bahn geraten, was man daran sehen könne, daß er einen Boxerhund besitze, den er ohne Maulkorb und Leine durch die Straßen führte, immer in schwarzer Lederkluft und mit entweder ganz kurz geschorenem oder zottellangem Haar – ein Assi! stellte Tante Barbara fest, ich sage euch: Der ist ein Assi! –, Nietengürtel und Cowboystiefeln, die Roberts grünen Neid er-

regten, denn wo, »zum Donner!«, gab es in ganz Dresden auch nur den Schatten solcher Stiefel – na! Der wird wohl bei der Firma sein! meinte Niklas, kann ja auch nicht mal grüßen, das ist schon ein Sümp-tom! –, und außerdem kam jeden Sonnabend eine Operntragödin zu ihm, die mit dampfend heißem Scheuerlappen, der wie ein großer Aal aufklatschte, für ihn die Treppe wischte, dann hinaufging, worauf es polterte, dann sehr still wurde, eine Stille, die Anne mit verlegenem Gesichtsausdruck und lautem Geschirrklappern, eingeschaltetem Radio und der abrupten Feststellung, es seien nicht genug Kohlen da, zu füllen versuchte, worauf Robert sagte: »meinetwegen« und Kohlen holen ging; eine Stille, aus der, langsam und unwiderleglich, das Geräusch eines asthmatisch quietschenden Bettgestells wuchs, in das sich das intensive Erzittern des Hoffmannschen Flurleuchters mischte und schließlich die anfeuernden Rufe einer Frauenstimme, die einer Kutscherin auf einem von wilden Pferden und stocksteiniger Straße hin- und hergeworfenen Kutschbock zu gehören schien, die schreiend auf ihr Ziel zuhielt, begleitet vom Jaulen des Boxerhundes und vom rhythmisch versetzten Ächzen der Matratzenfedern, darunter das Grunzen eines Kutschers von der Konkurrenz, Toresschluß! Sperrstunde! Nachtwächterhorn, und manchmal kreischte die Operntragödin, weil der Hund sein Herrchen zu retten versuchte. Andere hielten André Tischer für einen geheimnisvollen Westdeutschen, denn er sprach keinen Dialekt, aber Richard winkte ab und erzählte eine ganz andere Geschichte: Der junge Tischer war der Sohn eines Arztehepaars, das in Blasewitz gewohnt hatte; der jüngere Bruder von André habe eines Tages, vor etwa einem Jahr, als die Eltern nach einem anstrengenden Dienst fest schliefen, mit Streichhölzern gespielt und dabei das Haus in Brand gesteckt, André sei außerhalb bei Freunden gewesen; die Nachbarn, ein Geiger in der Staatskapelle und ebenjene Operntragödin, hätten den Brand bemerkt und zu löschen versucht; vergebens. Die Stadt habe André, der keine Verwandten hatte und zunächst bei der Operntragödin untergekommen war, diese Wohnung zugewiesen. Er arbeite jetzt als Krankenwagenfahrer am St. Joseph-Stift.
Stimmen, oben: Manchmal sangen die Stenzel-Schwestern mit ihren brüchigen Sopranen, So nimm denn meine Hände oder

Ehre sei Gott in der Höhe, es klang wie die vorsichtige Fühlungnahme mit einem Kind, und wenn es bei offenen Fenstern geschah, konnte es sein, daß Griesel die Elektroschnur aus seinem zum Garten gelegenen Keller zog, um sie in die froschartige Rasenmähmaschine zu stecken. Er mochte an das Wort vom Hirten denken und an die Herde auf seiner Weide, und wenn der Hirte aussah wie Pfarrer Magenstock, mochte es um so unverzeihlicher sein, daß Schäfchen die Hände falteten und beteten unter Kanzel-Wohlrede und Salbungsaugenblau; daß erwachsene Menschen kindlich wurden. Die Schwestern Stenzel gingen in harnischartigen Kleidern in die Sonntagspredigt von Pfarrer Magenstock, die rostigen Broschen: straßbesetzte Orchideenblüten und mit roten Glasperlen bestückte Kranichkronen, die sie sonst auf ihren vielfach ausgebesserten Crêpe de Chine-Blusen trugen, hatten sie abgelegt: Frevel ist es, das Haus des Herrn mit anderem Schmuck zu betreten als Seinem Zeichen, und hoben die rheumaknotigen, faltigen Finger nach diesem strengen und keuschen Wort, das Christian Eindruck machte; und nur ein großes blankes Silberkreuz lag beim Kirchgang auf der Brust, das unter den forschen Schritten der Stenzel-Schwestern leise gegen die Blusenknöpfe schlug. Sie lächelten friedlich, nickten den Entgegenkommenden zu, die ihnen auswichen. – Ja, es gibt sie, die sächsische Schwermut! hörte Christian Tante Barbara im Flüsterton sprechen, wenn sie den Schwestern begegneten, und dabei öffneten sich ihre Finger wie eine Springkrautkapsel; sie bejahte stumm und mochte an versäumte Pflichten denken, an Gelegenheiten, die über den flachen Hüten der Schwestern lockten, den Gesichtsschleiern, die aus weitmaschiger Gaze mit mottengroßen weißen Punkten bestanden, unter denen die rotgeschminkten Münder brannten, den Haarnetzen und den im Grüßen erhobenen Händen, die mauvefarbene Handschuhe trugen; Tante-Barbara-Geheimnisse, die im zähnezeigenden Lächeln, im andeutenden Neigen der Köpfe schwelten. Die Bilder im Treppenzylinder rückten die Schwestern mit zärtlicher, rührender Behutsamkeit gerade, als ob sie von Liebhabern stammten oder Brüdern im Geiste, sie stiegen samstagmorgens, wenn sie ihre Übungen beendet hatten – Kitty, die älteste Schwester, »müllerte« im Garten der Hoffmanns; »müllern«: nach einem

Turnlehrer der Vorkriegszeit –, wenn die Federkissen und Steppdecken auf den Fensterbrettern lüfteten, in den Treppenzylinder hinunter, um die Gemälde und Schaukästen zu säubern; dazu benutzten sie Staubwedel aus Straußenfedern (»das Beste, was es gibt, Krest-jan, noch aus dem Kaufhaus Renner«), die von vierzig Jahren Flusenfangen kreppig und mißfarben geworden waren; erst beim Reinigungsmittel waren die Schwestern moderner, ließen einen Tropfen »Fit« in das Putzwasser klimpern, das genügte für die verschnörkelten Rahmen aus goldbronziertem, von Würmern pietätlos punktiertem Lindenholz, das nach der Waschung mit Bergamotte-Öl abgerieben wurde – wie auch, auf der obersten Etage, die Blätter einer unter Lichtmangel ins Gelblichgrüne blassenden Dieffenbachia und die Rahmen der Porträt-Fotografien mit Widmung –, und Christian fragte sich manchmal, wenn er, etwa beim Kohlenschleppen, eine der Stenzels ein Bild abstauben sah, ob sie sich wohl auch für die Darstellung im Inneren des Rahmens interessierte, oder ob es ihr gar nicht darum ging, abzustauben, den Rahmen zu betrachten, sondern für eine Zeitlang in Erinnerungen zu tauchen, für die sie allein sein wollte, eine Stunde getrennt von ihren Schwestern.
Christian hatte sich bei Malthakus erkundigt, der nicht nur Briefmarken und Ansichtskarten sammelte, sondern auch Geschichten über die Häuser hier oben und ihre Bewohner: Die Karavelle habe der gebürtigen Dresdnerin Sophia Tromann-Alvarez gehört; ihr Mann, Louis Alvarez, habe in Hamburg bei der Afrikanischen Frucht-Compagnie gearbeitet, die der Reederei Laeisz assoziiert gewesen sei, und habe in Kamerun Bananenplantagen aufgebaut, sich allerdings später im Kolonialhandel selbständig gemacht; nach seinem frühen Tod in Afrika, auf einer Expedition mit dem schwedischen Entomologen Aurivillius, sei Sophia Tromann-Alvarez an ihren Geburtsort zurückgekehrt, habe die Karavelle erworben und die Jahre ihres Witwentums im Andenken an ihren Mann und die Zeit bei der Afrikanischen Frucht-Compagnie zugebracht; er könne sich gut an die hochgewachsene Frau erinnern, die fremdfarbige, aus Blumenstoffen exotisch geschneiderte Kleider trug und mit einem Parapluie, ihre drei Buschhunde an langer Leine, spazierengegangen sei, wobei sie den Stock vernehmlich auf die Straße gestoßen

habe und die Hunde jeden Vorüberkommenden mit gebleckten Zähnen angeknurrt hätten. Es gab einen Schmetterling in den Schaukästen von Louis Alvarez, den Christian besonders gern betrachtete: »Urania ripheus« stand in römischem Majuskeldruck unter dem Tier, und wie freute er sich, wenn Meno dabei war und »Laß uns ein wenig sehen üben« sagte. Das hieß, es würde etwas von ihm verlangt werden, aber es war nicht das, worüber er sich freute, denn eine Beobachtung zu beschreiben bedeutete Meno gegenüber oft, eine Frage zu beantworten, die nicht gestellt, aber durch eine Handbewegung und gewisse Gesten: Brauenheben, Unterlippevorschieben, verständlich genug angedeutet worden war, und manchmal, so wie jetzt, da er im unangenehm warmen Krankenbett darüber nachdachte, wunderte sich Christian, weshalb er nicht unmutig wurde bei diesen Forderungen Menos, warum er Meno nicht böse war, wenn der ihm freundlich, aber unnachgiebig zu verstehen gab, daß er schlecht beobachtete und seine Eindrücke nicht präzise genug in Worte faßte. Unmut konnte in der Schule aufkommen und dort auch in Fächern, die ihn nicht reizten: oft ärgerte er sich über die nachsichtige Arroganz, die Baumann seinen zugegebenermaßen miserablen Leistungen im Fach Mathematik entgegenbrachte; er konnte gegenüber Klassenkameraden aufkommen wie neulich, als Swetlana Lehmann ihm einen Rechtschreibfehler unter die Nase gerieben hatte. Bei Meno sonderbarerweise nicht – wenn Meno ihn kritisierte, war ihm das Ansporn, die Kritik wettzumachen, er zog sich dann nicht schmollend in eine Ecke zurück oder hegte finstere Gedanken wie gegen Swetlana, die allerdings auch darauf geachtet hatte, daß möglichst viele hörten, welchen Fauxpas sich der ach so selbstsichere Christian Hoffmann geleistet hatte. Bei Meno blieb es in der Familie, und seine Kritik war die laut ausgesprochene Mahnung der eigenen inneren Stimme, die Christian nur in der Hoffnung, bequem durchzukommen, unterdrückt hatte. Es hieß, eben nicht zu sagen: Dieser Schmetterlingsflügel ist mittelgroß, sondern auf Menos Bemerkung, worauf sich denn das »mittel«groß beziehe, genauer zu werden: Dieser Schmetterlingsflügel ist streichholzschachtelgroß. Dann sagte Meno: Überprüfe deine Vorstellungen von Schönheit; doch wenn er Christian mit wissenschaftlicher Kühle erklärte, es sei etwas Schönes, ein Lineal an Farben anlegen zu können, in einem Zirkelkreis und auf einer Millimeterskala etwas so Weich-Flüchtiges wie diesen zyklamenfarbigen Nachtfalter aus dem mittleren Kongo festzuprüfen, dann spürte Christian einen Abstand, einen Vorbehalt in seiner Bereitschaft, seinem Onkel zu folgen, eine Trübung: als sähe er eine klare geometrische Figur, hart gezeichnet von einem aus tausenden Quarzfasern gebündelten Licht, aber plötzlich seien einige dieser Lichtfasern abgebrochen, wodurch die Figur ein feines Parallelogramm bekam, Ausfransungen, rissige Kontur, und Christian achtete für Augenblicke nicht mehr auf den Falter, sondern auf Meno. Oft machte er vor diesen Schmetterlingen in den einfachen, aber aus Pockholz hergestellten Schaukästen des Kolonialwaren-Unternehmers Alvarez, die sogar Schlösser hatten – die Schlüssel dazu waren offenbar verlorengegangen, keine Mietpartei besaß sie –, eine ihn träumerisch gefangennehmende Erfahrung: Er betrachtete die säuberlich aufgereihten Schmetterlings-Mumien und sah nicht nur sie, die sich zum Sinneneindruck »Falter« ordnenden bestimmten Umrisse, die Pigmente, Schattierungen, Muster auf den Flügelschuppen, die in Altmetallfarben leuchteten, sondern nahm, je länger er beobachtete, eine Art von Verflüssigung in der Umgebung des Tiers wahr, die ihm spannender vorkam als Menos Vorhaben, diesen Schmetterling *Urania ripheus, Page von Madagaskar*, hier und jetzt so exakt wie möglich zu beschreiben. Wenn Meno gesagt hätte: mit Worten zu beschriften, hätte Christians Sinn vielleicht nicht abzuschweifen brauchen, so aber dachte er bei Menos bedächtig fallengelassenen Begriffen an die Stecknadeln, mit denen der Präparator die Schmetterlinge fixiert hatte, sah vor seinem inneren Auge, wie er mit Feinmechaniker-Präzision zustach; aber das war wenig im Vergleich zu der Freude, die Christian empfand, wenn bei einem Wort wie »versehren«, das plötzlich die Zunge seines Gedächtnisses aussprach, das Veronesergrün auf den Flügeln des Urania-Falters in Bewegung geriet. Dieser Fleck Veronesergrün auf einem afrikanischen Schmetterling, einem tagaktiven Nachtfalter, wie Meno erklärte und was Christian nicht ganz verstand, denn wenn der Falter tagaktiv war, wieso war es dann ein Nachtfalter, aber die Wissenschaftler würden wohl ihre Gründe haben zu dieser faszinierenden Koppelung. Ein bestimmtes Licht zu einer bestimmten Stunde, Menos Gesicht im Profil: Das war die Versuchsanordnung, die reglos blieb, solange der Katalysator nicht beigegeben war; ein von Möglichkeiten rieselnder Wartezustand, und Christian fand es erregend, daß für genau diese gewissermaßen chemische Kombination ausgerechnet das entlegene Wort »versehren« dieser Katalysator war, der, wenn er wie aus einer Pipette eintropfte, den Trägheitszustand blitzartig löste und zu etwas Neuem einschießen ließ, das sich gleich darauf, geheim wie die Prozesse der Blutgerinnung, wieder beruhigte zu einer neuen Konstellation. Trocken tote Körper hinter Schaukastenglas verwandelten sich in Prismen vor ganz unterschiedlichen Wirklichkeiten: Urania ripheus mahnte ihn als Chiffre im Dunkellicht eines Urwalds, schläfrig von Luftglut durchflüssigten Baumkronen, und »versehren« war mit Assoziationsfäden am Grün der Steuerflügel festgeheftet, eine Farbe, zu der Meno »ausgetrunken« sagte und Christian, der sich an eine Ausstellung im Armeemuseum erinnerte, »pulvergrün«, weil er nichts Feuchtes darin entdecken konnte, das aber mit dem Begriff »ausgetrunken« verbunden werden mußte, worauf Meno die rechte Hand, die am Kinn überlegt hatte, kippte und die Handfläche waagerecht nach oben hielt, was soviel hieß wie: Akzeptiert, nicht übel, man kann es so sehen. Dieses »man kann es so sehen« war um eine Nuance anders als das »wenn du meinst«, das er mit einer gleichen Geste, aber gelockerterem Körper ausdrückte, und worin Traurigkeit enthalten war darüber, daß man den anderen, vielleicht nur an diesem Tag, nicht erreichte, daß etwas sich zu bestätigen schien, leider, das man gefühlt, aber aus der Temperatur des Gesprächs zu verbannen versucht hatte, um aus der Vorahnung nicht die befürchtete Realität treten zu lassen. »Wenn du meinst« war nicht nur in Menos Sprachgebrauch, sondern in dem der meisten Türmer, die Christian kannte, eine höfliche Form, sich zu verschließen, freilich zunächst nur eine Tür von vielen, die noch offengehalten wurden, auch war diese Tür, sah man genauer hin, nur angelehnt und nicht eingeschnappt; und die womöglich höflichste Form dieser zurückhaltenden, im flüchtigen Niederschlagen der Augenlider geschehenden, winzigen Begräbnisse war enthusiastische Zustimmung. Magie war ein Wort, das Meno nicht liebte. Er hatte Ehrfurcht vor dem, wofür es stand und was es ausdrückte, nur unzulänglich seiner Meinung nach und etwas hilflos, »ein Etikett auf einem Einweckglas, in dem sich die Dinge befinden, wenn wir uns erinnern«, wie er sagte, wenn Christian, empört über seine eigene Wortlosigkeit und gequält von der Anstrengung, Menos Forderungen nach beschreibender Präzision zu erfüllen, kurzen Prozeß machen wollte, indem er dieses Wort gebrauchte, um etwas zu charakterisieren, das ihn auf noch unerklärliche Weise faszinierte. »Du gebrauchst es wie eine Fliegenklatsche, denn Totschlag ist natürlich auch eine Methode, etwas zu bannen«, bemerkte Meno dazu, »aber damit umkreist du nur deine Hilflosigkeit, wie es schlechte Schriftsteller tun, die nicht fähig sind, ein Phänomen zu erzeugen – was der eigentlich schöpferische Akt wäre –, sondern nur dazu imstande sind, über das Phänomen zu reden; eben ›Magie‹ zu sagen, statt aus Worten etwas herzustellen, das sie hat«. In solchen Momenten war Christian von Fremdheit angeweht, die ihn bedrückte, er wußte nicht, warum Meno so streng sein mußte, und fand auch die Zuneigung in der Unerbittlichkeit nicht, mit der Meno ihn und seine abstrebenden Gedanken vor diesem Schaukasten festhielt, dessen Inhalt die atemstockende Berührung, die Ahnung einer Jagd, die er empfand, wenn er vorüberging und einige Sekunden seine Blicke auf den bunten Pharaonen spazierengehen ließ, bei Menos eine Stunde oder länger währendem Exerzitium nicht mehr schickte. Diesen stillen Blitz, der ihn traf, wenn er vorübergehen wollte, aber etwas öffnete sich und bildete ein großes saugendes Tor, in dem alles verschwand, woran er in diesem Moment gedacht hatte: die Schule, ein Fußballspiel, die Tomita-Schallplatte, die Bewerbung um einen Medizinstudienplatz mit Abschluß der elften Klasse, manchmal die Form eines verschütteten Milchtropfens oder die Nummer von Tietzes Shiguli. All das wurde aus ihm herausgezogen und ließ ihn mit geweiteten Augen und offenem Mund, der auszuatmen vergaß, zurück. Christian spürte zwar, daß Meno mit ihm über diese Phase hinausgelangen wollte, die Lippen, die ihm unsichtbar flüsterten, sollten sich wieder versiegeln, die Bilder wieder erblinden, aber er sah keinen Sinn darin, die Farben stumpf und die kleine Partitur aus Formen schal werden zu lassen. Oft war es Meno, der abbrach. In dieser Sekunde, in der sein Onkel den Kopf sinken ließ und sich mit Daumen und Zeigefinger über die geschlossenen Augen rieb, kehrte die Zuneigung jäh zurück, als wäre sie nur in elastischem Material weggedehnt gewesen und würde jetzt wieder losgelassen. Es mußte noch etwas anderes geben als nur die Überwältigung durch einen Kommandeur der Sekunde, und danach schien Meno mit den Werkzeugen seiner Exaktheit auf der Suche zu sein. Christian kam es wie ein vorsätzliches Abrücken von tiefeingewurzelten Überzeugungen vor, eben darum, weil sie tiefeingewurzelte Überzeugungen waren. Vielleicht trugen sie nicht mehr, oder Meno wollte weiter und sah es als Größe, nicht als Kapitulation, dafür jeden Preis zu zahlen. Er spürte, daß sein Onkel deshalb so unnachsichtig sein mochte, weil er diese Überzeugungen bei ihm, Christian, wiederfand, etwas, das unbekümmert wiederkehrte und das er selbst nur allzugut kennen und seit langem, aus einer anderen Überzeugung heraus, bekämpfen mochte. Die, weil sie ihm nicht eingeboren war, etwas Heroisches annahm. Und Mißtrauen enthalten konnte gegen die »Sprache des Herzens«, wie Meno das mit hölzernen Lippen nannte, die Anführungszeichen mitsprechend. Vielleicht war es eine Berufskrankheit des Wissenschaftlers und Lektors, denn die »Sprache der unsentimentalen Beobachtung«, die Meno dagegenstellen wollte – wollte er es tatsächlich? –, empfand Christian als fremd, wenngleich er manchmal darüber nachdachte, denn »groß wie eine Streichholzschachtel« war tatsächlich anschaulicher und treffsicherer als »mittel«groß. Dennoch faszinierten ihn immer zuerst die Farben und nicht die Tönungen, brannte ihm zuerst das Offensichtliche einen Stempel ein und nicht das Hintergründige, und mochte das auch logisch erscheinen, denn das Hintergründige wäre ja nicht hintergründig gewesen, wenn man es sofort erfaßt hätte, so ging es doch um das, was ihm Eindruck machte, und der seltenste und auf seine Art absonderlichste Falter, der unscheinbar aussah, ließ ihn ziemlich gleichgültig, wenn er daneben ein Exemplar sah, das wie ein fliegendes Tuschkästchen wirkte, und mochte es auch, was die Häufigkeit betraf, gewissermaßen der Kohlweißling der Tropen sein. Meno tadelte seinen Sinn, er war weniger den Exemplaren zugetan, denen, wie er sagte, »alle ihre Geheimnisse, wenn sie überhaupt welche haben, auf ihren Jäckchen kleben«. Er bevorzugte die unscheinbaren, von denen Alvarez auch einige gesammelt hatte; sie hingen in einem zweiten Kasten vor der Etage der Stenzel-Schwestern, wo die Treppe in die Glastür mündete. An dieser Stelle herrschte Grau-Helligkeit, die durch das Oberlicht des Treppenzylinders diffundierte: eine siebenblättrige Glasblume, in ihrer Mitte hing ein Leuchter wie ein übermäßig in die Länge gedehntes Staubgefäß. Es war eine Reihe von Nachtfaltern, holzfarbenen Saturniiden mit Trugaugen, »aus dem Geschlecht des Bleigotts, und hier: Das sind ihre Wasserzeichen«, Meno wies auf die Maserung der papierdünnen Flügel, die Christian an die Wellenringe nach einem Steinwurf in einen stillen Teich erinnerte. Sie schienen sich über die einzelnen Schmetterlinge fortzusetzen und sie in ein größeres Bild zu fügen, von dem sie nur Teile waren, als gehörten sie zu einem Puzzle. Sie sahen einander sehr ähnlich, nur wenn man genau beobachtete, traten die winzigen Differenzen zwischen den einzelnen Faltern hervor. »Das sind die Orchesterpartien, an die der Komponist die größte Sorgfalt verwendet hat, obwohl sie vom Publikum kaum gehört werden; aber gerade sie sind ihm wichtig, und man könnte ihm kein größeres Kompliment machen, als gut zuzuhören, denn wozu sonst ist Musik da, wenn nicht zum Zuhören. Diese Flecken von Purpur, Rostgrün und Flieder, dieses Blau, das so intensiv ist, daß es auf einer Zitrone erscheinen könnte: das sind Effektstellen, wie sie italienische Belcanto-Komponisten mögen und das durchschnittliche Opernpublikum liebt, das ins Theater nicht geht, um zuzuhören, sondern um zu sehen, in der Pause zu flanieren, sich über die Preise der Schnittchen und Cocktails zu erregen, und gesehen zu werden; das schon von vornherein die ›berühmte Stelle‹ kennt, wo der Tenor alle Kräfte zusammenreißt, um das Hohe C und das, was danach folgt, zu stemmen; mich aber interessieren die unscheinbaren Gewebe, die Tarnungen, Übergänge; Camouflage und Mimikry; die Bauart der Betten, in denen die Motive liegen, diese ›schönen‹, manchmal eben allzu schönen Prinzessinnen. Mich interessiert nicht nur die Beletage, sondern auch Kohlenkeller, Küche und, um im Bild zu bleiben, Dienerschaft in der

Komposition«. So Meno. Christian dachte darüber nach. Wie damals, bei den Besuchen beim Maler Vogelstrom im Spinnwebhaus, als er die Namen Merigarto und Magelone gehört und seither nicht mehr vergessen hatte, blieb ihm auch von diesen Gesprächen mit Meno etwas zurück, das in ihm weiterwirkte, das er spürte wie einen Fremdkörper, der in ihn eingedrungen war und ihn veränderte, und er forschte in Stunden wie diesen, um ihn einzukreisen, abzutasten, zu beobachten, ob er schädlich sein würde oder nützlich.

Das Grammophon der Stenzel-Schwestern war verstummt. Der Westminster-Gong erklang viermal, dann zwei Schläge: vierzehn Uhr. Bald würde Anne von der Arbeit kommen und Robert aus der Schule. Dann kämen Stimmen, Geräusche, Unruhe auf; die Karavelle würde zurückfließen in Traum und Ferne, die Erinnerungen in Magellans Fernrohr. Christian schloß die Augen. Er dachte an Verena.

22.
Enöff

Abends kamen Rohdes zu Besuch. »Na, krank?« fragte Ina, die einen Hauch von »Koïvo«-Deodorant hereintrug, und Christian schämte sich, daß er nicht gelüftet hatte. Ina setzte sich auf die Bettkante, ließ ihren Blick über Roberts Fußbälle, Terence Hill und Ornella Muti schweifen, schlug die Beine übereinander, wippte mit dem Fuß. Sie trug hochhackige Pumps, Netzstrumpfhosen und Mini. »Und, wie geht's so?«

»Ganz gut, und dir?«

»Viel Streß im Studium. – Doofes Zimmer.«

Christian schwitzte, zog aber die Decke übers Kinn, weil dort ein Pickel brannte. Im Korridor war Stimmenlärm; Ulrich kam herein. »Was verschreibt er dir, Fernau, der trunkne Schuft?« Ulrich streckte die Hand aus, die linke, wie so oft fiel Christian darauf herein und griff an den Handrücken; Ulrich liebte solche Scherze.

»Papa.« Ina hob enerviert die zu schmalen Bögen ausgezupften Augenbrauen. »Wer treibt hier üble Nachrede?«

»Ach was, diese Schnapsdrossel … Eine Wut habe ich auf den, eine Wut, eine Wut! Ich kann dir gar nicht sagen, was für eine Wut das ist! Hier!« Er zeigte Christian den geröteten rechten Zeigefinger. »Hat er als ›Schwellung unbekannter Herkunft‹ behandelt, Differentialdiagnose ›Folgen eines nicht erinnerlichen Hammerschlags‹ – ja, hält der mich denn für meschugge?«

»Wärst du nur gleich zu Onkel Richard gegangen!«

»Und jetzt tut das weh, es hackt, ich kann nicht schlafen! Essigsaure Tonerde habe ich draufgemacht, aber es hilft nichts … Und ich habe eine Wut!«

»Papa.«

»Du hast gut reden, du weißt nicht, wie das ist mit so einer Wut … Und diesem Schmerz!« Ulrich schlug sich die Rechte vors Gesicht, das fleischig und in der unteren Hälfte dunkelblau vom Bartwuchs war. Ulrich hatte eine Glatze, darunter einen Kranz von südländisch dickem, wild wucherndem Lockenhaar, das Friseur Wiener mit leisen Flüchen bedachte, denn es machte seine Scheren stumpf; er hatte Haare auf dem Rücken und auf dem ansehnlichen Bauch, was Christian wußte, weil Ulrich es liebte, winters mit Badehose im Schnee umherzustapfen, sich heulend fallenzulassen, den »Adler« zu machen, was bedeutete, mit ausgestreckten Armen fächerförmige Spuren in den Schnee zu klopfen. Danach nahm er, falls sie nicht eingefroren war, an der Gartenbrause Abhärtungsduschen. Seine Augenbrauen waren so dicht, daß sie wie zwei Nacktschnecken glänzten, seinen Geschwistern Anne und Meno glich er nur in der Augenfarbe: braun mit grünen Sprengseln. »Nicht erinnerlicher Hammerschlag, hat man so eine dämliche Diagnose schon einmal gehört … Zumal ich ja kein Linkshänder bin.« Ulrich begann im Zimmer auf- und abzustapfen. »Dieser miese Bovist, ich bin jetzt wütend. Ich habe jetzt eine schöne Wut, ich kann sie nicht ungenutzt verpuffen lassen!« Er suchte eine freie Stelle auf Roberts Schreibtisch und schlug mehrmals, begleitet von angedeuteten Schreien, seine flache linke Hand darauf. »Raus damit, raus, raus!« Und rüttelte, rot im Gesicht von der Anstrengung, nichts kaputtzumachen und gleichzeitig seiner Wut vollen Dampf zu lassen, wie ein Berserker, dessen Tobsucht sich noch dadurch zu steigern droht, daß sie nicht richtig tobsüchtig sein darf und deshalb zum Lachen reizt, an den oberen Abschnitten der Tischbeine, stieß dabei aber Schmerzensseufzer aus, denn er griff mit dem geschwollenen Zeigefinger zu, preßte das Tischbein, als wäre es eine der langgestreckten Borthener Kartoffeln, die er unter allen Umständen zerquetschen wollte. Christian sah den Abdruck im Eisengeländer auf der Brühlschen Terrasse vor sich, den angeblich August der Starke mit seinem Daumen gesetzt hatte … Ina wippte gelangweilt mit den Füßen. Ulrich schien sich nun beruhigt zu haben, denn er starrte auf die Fußballbilder auf dem Tisch, stemmte die Arme in die Seiten. Jetzt würde es eine fußballologische Spezial-Viertelstunde geben: Ulrich konnte immer über Fußball reden und wußte schlechthin »alles« – zumindest wußte er genausoviel wie Robert, und das wollte etwas heißen.

»Na, Christjan? Liegste mall darnieder? Unter Fernaus griff'schen Händen? Und mehr gebösert als gebessert, denn nu isser schtumm, dei lieder-reischer Munt?« Das war Tante Barbara, in der Familie »enöff« genannt – sie sprach das englische »enough« sächsisch aus und verwendete es, zusammen mit einem resoluten Handkantenstrich, um etwas als in letzter Instanz erledigt zu kennzeichnen. »Wie geht's in der Schule, mein Leib-Neffe?« Robert war ihr »Magen-Neffe«. Christian antwortete nicht gleich, was Barbara sofort beunruhigte, sie setzte sich aufs Bett, winkte Ina und Ulrich fort.

»Flöckchen, ich wollte gerade mit ihm über Fußball sprechen –«

»Enöff!«

»Dynamo gegen BFC!«

Christian schnellte hoch. »Wann?«

»Enöff! Sage ich. Hinaus mit euch!«

Ulrich versetzte Roberts Fußballnetz einen anerkennenden Fausthieb. Sein Gesicht verzerrte sich. »Schmusel, du mußt pusten!«

»Papa, nenn mich nicht bei diesem Namen, wie oft soll ich dir das noch sagen?«

»Raus mit euch! Es liegt ein Kranker hier, er braucht Schonung! – Hat er wieder seine Wut gehabt? Unglaublich, dieser Mensch. Und damit ist man verheiratet. Benimmt sich völlig rücksichts-

los, dabei bist du krank. Christjan, ich sage dir … Männer! Man gerät an sie als ahnungsloses Dummchen, und eh man sich's versieht: schwupps – hat man ein Früchtchen im Bauch! Ich sage dir das nur, weil ich hoffe, daß du nicht auch so einer bist! Und fang' mir ja nichts mit Ina an, das … wäre nicht gut. Was soll das werden, Cousin und Cousine … Neulich habe ich einen Artikel gelesen über die Risiken beim Inzest. Ihr dürft damit nicht fortfahren, glaube mir. Ich habe schon an mancher Tragödie geschnuppert! Ach Gott, dieses Kind ist mir völlig entglitten! Es macht, was es will, und diese Typen, die sie anschleppt, haben alle lange Haare und rauchen! Und hören diese fürchterliche Musik. Christjan«, sie nahm seine Hand und beugte sich über ihn, ihre weit geöffneten, von feinen Mascara-Strichen umrandeten graublauen Augen wirkten wie Porzellanscheibchen, »hör mal zu. Du weißt, ich sage immer … Man darf kein Pieps sein im Leben. Das darf man nicht sein. So herrlich sind wir ja alle … bei weitem nicht. Aber wir sind keine Piepse. – Also. Wie steht's in der Schule.«
»Ganz gut –«
»Das sagst du aus Bescheidenheit, stimmt's? Ihr Hoffmanns neigt ja zum Niedrighalten. Gut so. Wer schwach beginnt, kann stark nachlassen. Wie findest du eigentlich meine neue Frisur? Entschuldige, daß ich so direkt frage, aber es sagt einem ja keiner was. – Du mußt nicht antworten, wenn es dich scheniert. Ich habe viel Verständnis für die männliche Psü-che. Das weißt du. Du liest ja auch so viel, und es heißt ja immer, je mehr einer liest, desto mehr Probleme hat er mit den Worten. Wenn du sie gut findest, kannst du zum Beispiel … einfach meine Hand drükken.« Barbara lächelte und schüttelte stolz den Kopf.
»Bist du bei Schnebel gewesen?«
»Was denkst du, doch nicht bei diesem Billigfriseur. Christjan – so schlecht kann es doch nicht aussehen!?« Das war der Gesichtsausdruck Barbaras, wenn sie Kater Chakamankabudibaba über den Rücken strich und sagte: Du liiebes Tier! – als ob sie prüfte, an welcher Stelle des Mantels, an dem sie gerade arbeitete, sein weiches Fell Platz finden könnte. »Kannst du einen erschrecken! Nein, natürlich war ich bei Wiener. Das ist der einzige, der was von Frauenhaar versteht. Es ist so schwer, bei ihm einen Termin

zu bekommen … Sogar die aus Ostrom wollen zu ihm, und dabei hat er doch Anno sechsundfünfzig … ich glaube, er hat sogar gesessen, dort im schönen Ungarland. Na, wenn die wüßten. Aber sie wissen's bestimmt, diese … Tussis! Ja, das ist das Wort. Wiener ist ein alter Scharmör und auch ein bißchen eukalyptisch, ich meine: Dieses Toupet sollte er sich doch nicht antun, noch dazu, wo es so schwarz ist wie Lakritze – und er doch bestimmt gut seine fünfzig auf dem Buckel hat. Dazu das Haarnetz. Ich meine: ein Mann. Und dazu Friseur. Mit Haarnetz und Heidukkenschnurrbart! Bei seinen Preisen … Und dann geht er ja auch so beträufelt«, Barbara war aufgestanden und ahmte den Gang des Coiffeurs Lajos Wiener nach, »die Hände erhoben, als ob er drauf watscheln müßte, und dann wiegt er sich in den Hüften wie ein Sportsfreund und säuselt: Meine Gnädige, beehren Sie uns bald wieder! Bei der Warteliste, mein Gott! So ein Lumich! Dann zwinkert er einem so blümerant mit der Backe zu, man hat das Gefühl, daß eine Zigeunerkapelle im Hintergrund lauert und gleich diese Dinger auf das Dings klöppeln läßt … Na, diese Hämmerchen, die aussehen wie Löffel aus der Milchbar, und diese … Zither. Ja. Diese mit Draht bespannten Bretter, mit denen sie dich … hungarisieren!« Sie setzte sich wieder, streckte die mit Blumenringen reichlich bedachten Finger aus, betrachtete die himbeerrot lackierten Nägel. »Weißt du, Christjan, ich frage dich das nicht aus Jux und Dollerei. Die Weiber auf Arbeit sind ja doch nur neidisch, mit denen kann man über so etwas nicht reden. Sie sagen dir nicht, ob es gut aussieht, denn wenn sie es sagen, würden sie ja sagen, daß sie das besser nicht gesagt hätten. Ina denkt natürlich: Die Ahnin spinnt. Und Schnorchel«, so nannte Barbara ihren Ehemann, »könnte ich selbstverständlich fragen, aber er brummt nur ›Flöckchen, das ist ganz toll‹, schaut aber gar nicht hoch von seiner Fuwo-Fußballwoche, oder wie dieses Blättel heißt. Aber du: Dich kann man fragen. Das weiß ich. Das spüre ich. Du hast eine ehrliche Meinung und auch Augen im Kopf. Wiener, der falsche Fuffziger, der hudelt einem nach dem Munde, weil er will, daß man wiederkommt. – Ich seh' schon, es scheniert dich, deiner Tante zu sagen, wie gut sie dir gefällt. Mußt kein Tränchen deswegen verdrücken. Schließlich landen wir ja alle noch im Kommunismus, und da muß man sich die Haare sowieso abschnippeln. Mein Lieber – enöff! Du darfst nicht soviel reden, das strengt dich bloß an. Schlaf gut!«

23.
Atmen

Richard ging in den Keller, in seine Werkstatt, die er sich in der ehemaligen Waschküche eingerichtet hatte. Hier war es still. Er wollte die Lampe anschalten, ließ es aber; die Dämmerung im Raum beruhigte ihn; die Konturen der Gegenstände waren schon ins Dunkel gewischt, das sich von den nackten Wänden auszubreiten schien. Es roch nach Feuchtigkeit, Schimmel und Kartoffeln. Er wußte, daß es nicht gut war, hier unten lange zuzubringen, besonders nicht jetzt in der kalten Jahreszeit; im Frühjahr bis in den späten Herbst dagegen, wenn man das Fenster offenlassen konnte, war es warm, roch nach Terpentin und trockenem Holz, nach Farben und Waschbenzin. Er mußte sich umziehen, wenn er hier arbeitete, die Kleider nahmen den säuerlichen Kellergeruch an und wurden ihn nur schwer wieder los. Trotz aller Nachteile, die der Raum hatte, war Richard gern hier – abgesehen davon, daß es ein Privileg war, einen solchen zusätzlichen Raum für ein Hobby zur Verfügung zu haben; er hatte sich dafür mit der kleinsten Bodenkammer begnügt und Griesel davon sogar noch eine Ecke abgetreten. Im Arbeitszimmer konnte er ungestört sein – hier unten dagegen allein. Wie im Operationssaal herrschte auch hier nicht die Sprache der Worte, sondern die der Hände, die ihm vertraut war und in der er sich sicher fühlte. Er drehte das Licht an, freute sich über das Klacken, mit dem der Drehschalter aus schwarzem Bakelit einrastete; die noch von Vorgängern übriggebliebene Kohlefaden-Glühbirne warf ein Zelt aus Ocker in den Raum. Das Werkzeug war sein Stolz, und wenn er »Besitz« dachte, dann sah er nicht zuerst einen Kontoauszug vor sich, die Möbel in der Wohnung, den Plattenspieler, die Querner-Gemälde oder den Lada, sondern die Hängeschränke mit den aufgereihten Ring- und Maulschlüsseln, den Rohrzangen, Gewindeschneidern und Schneidkluppen-Sätzen, den Meißeln und Stechbeiteln. Kein Pfusch aus irgendeinem Volkseigenen Betrieb, sondern schwere Vorkriegs-Stahlware aus den Gesenkschmieden des Bergener Lands. Er sah die dreißig Schraubenzieher in der Segeltuchrolle mit den breiten Pferdelederriemen, Geschenk seines Meisters zum Abschluß der Schlosserlehre, aus einem Stück geschmiedet, Sechskanteisen, mit denen man hätte einen Menschen erschlagen können, am Griff mit der Siegelpunze des Werkzeugmachers versehen; er sah die alten Drillbohrer aus massivem braunem Eisen, für den Winter gefettet und zusätzlich eingeschlagen in Ölpapier, wie sie in maßgerecht zugeschnittenen Fassungen, vom kleinsten Mückenstecher bis zum fingerdicken Schiffs-Forgenbohrer, in einem Birnenholzkoffer lagen. Meno sprach oft von Poesie, und Richard konnte ihm nicht immer folgen, Meno schien sich dann in Regionen zu bewegen, die Richard nichts mehr angingen und nichts zu sagen hatten, aber eines verstand er – wenn Meno erzählte, daß es Arbeit kostete und man so etwas wie die Gedichte von Eichendorff, die er mit Begeisterung und Ergriffenheit vortrug, nicht an einem Tag machte. Daß es die Ahnung von etwas gab, das dahinterstand, und das Meno Vollkommenheit nannte. Und wenn Meno dann äußerte, daß seinen Erfahrungen nach einfache Menschen zu diesen Bereichen nur selten Zutritt hätten, was sie, die Versammelten, bitte nicht mißverstehen möchten, er wolle nicht überheblich klingen, aber das sei nun einmal ein Fakt, den freilich jeder wisse, aber nicht auszusprechen wage, weil sich dann die Partei mit der Frage konfrontiert sähe, ob nicht ihre Kulturpolitik, ihr Bild vom lesenden Arbeiter, auf falschen Voraussetzungen beruhe: dann mußte Richard entschieden widersprechen, ihm gefiel nicht, was sein Schwager über das Verhältnis von Arbeitern zum Lesen sagte. Er kannte genügend Gegenbeispiele, und Menos Behauptung widersprach auch ihrem Sinn für Schönheit und gediegene Qualität und damit für Poesie in einem anderen, aber nicht flacheren Sinn. O doch, er begriff Meno durchaus, auch wenn der es nicht immer anerkennen wollte. Die gleiche Empfindung von tiefer Befriedigung, von Glück vielleicht und vielleicht auch von Erlösung – daß es hier und jetzt einmal etwas gab, das nicht besser aus Menschensinn und Menschenhand hervorgehen konnte –, diese Empfindung, die er auf Menos Gesicht las, kannte auch Richard, nur löste kein

Gedicht sie aus, sondern diese Werkbank, und bei seinem Vater war es das Innenleben einer mechanischen Uhr aus der hohen Zeit der Glashütter Uhrenmanufakturen gewesen, Zeugnis von Handwerksfleiß und peniblem Tüftlersinn. Meno mochte darüber spotten und ihn innerlich einen Banausen nennen, der es wagte, ernsthaft einem Satz Schraubenzieher Poesie zuzusprechen. Der Schwager war ein komischer Bursche, steckte in seiner Geistes- und Buchstabenwelt, aber die Menschen schien er wenig zu kennen. Vergrub sich hinter Schreibtisch und Forschungen – und sprach dann über Arbeiter und ihren Sinn für Höheres … Geschwätz, Geschwätz. Richard fühlte sich müde, ging zum Waschbecken in der Ecke hinter dem großen Holzzuber, in dem früher die Wäsche gewaschen worden war. Jetzt wurden Kartoffeln darin aufbewahrt. Er wusch sich das Gesicht, blieb dann über das Waschbecken gebeugt stehen, hörte zu, wie die aus seinem Gesicht fallenden Wassertropfen auf den Emailüberzug des Beckens klackten – blasig, unwirklich im wachsenden Geräusch seines Atems. Er fühlte sich so ausgeleert, daß er nicht begriff, wie je etwas in ihm gewesen sein konnte: seine Kindheit, die Erlebnisse während des Krieges, der Angriff auf Dresden, die Verbrennung, Rieke, die Schlosserlehre, Studium, Anne, die Kinder. Vielleicht trug man ein Gefäß in sich, das sich im Verlauf des Lebens allmählich füllte, doch bei ihm, jetzt, war es leckgeschlagen, und alles war ausgelaufen. Er wusch sich das Gesicht noch einmal. Das Wasser war so kalt, daß Stirn und Schläfen schmerzten; aber nachdem er sich mit dem Taschentuch abgetrocknet hatte, ging es ihm besser. Er sah auf die Werkbank, die noch von Alvarez stammte, das glatte, von unzähligen Handgriffen blankpolierte Holz der Arbeitsplatte. Es war so hart, daß die Würmer es nicht anfraßen. Er kannte die Sorte nicht, es war ein kupfrigrotes, ungewöhnlich festes Holz, dem selbst Feuchtigkeit und Schimmel nichts anhaben konnten. Auf dieser Bank hatte er den Tisch für Meno gefertigt, die Schreibtische für Christian und Robert, den Hundertschubladen-Schrank im Arbeitszimmer, der selbst die Anerkennung von Tischlermeister Rabe gefunden hatte, des wurzelzähen, stumpenrauchenden Kauzes, der »Dilettanten«, wie er sagte, nicht leiden konnte. Aus den beiden Pflaumenbäumen, die in den Stürmen des vorletzten Herbstes

gestorben waren, hatte Richard den Schrank geschreinert. Wieviel Freude hatte ihm diese Arbeit gemacht: das Hobeln, Zurechtschneiden, Zargenfügen, und vorher die detaillierte, mühselige, immer wieder Irrtümern aufsitzende Konstruktionsarbeit, für die er Pläne in Museen und im Amt für Denkmalpflege studiert hatte. Wie gern er den Harzduft roch, wie er sich gefreut hatte, als unter dem Hobel die kräftige Maserung des Pflaumenholzes zum Vorschein kam, wie Rabes Blick gewesen war, als er Knochenleim gekauft hatte, der in der Tischlerwerkstatt in einem Wäschetopf auf offenem Feuer blubberte – und wie der Blick sich aufhellte, als Rabe den Schrank zu sehen bekam und prüfte, wie der Zug von Mißtrauen und Verachtung langsam der Anerkennung wich: das würde er nicht vergessen.
Es klopfte. Anne kam herein. »Was ist mit dir los, Richard?«
»Gar nichts ist mit mir los«, erwiderte er gereizt.
»Ich merke doch, daß etwas mit dir ist. Du bist nicht du selbst, läufst herum wie ein kranker Bär, ziehst dich ins Arbeitszimmer zurück, kaum bist du nach Hause gekommen … Du schreist Robert an bei Kleinigkeiten, bist mürrisch …«
»Schwierigkeiten in der Klinik, nichts weiter! Mein Gott, der übliche Kram. Die haben ja diese Idee mit dem Kollektiv der sozialistischen Arbeit, Müller verlangt Überstunden von den Assistenten, und von uns natürlich auch, die Oberärzte sollen mit leuchtendem Beispiel vorangehen … Und dann diese ewigen Kämpfe in den Rektoratssitzungen, wir würden nicht genügend tun, um die Mitarbeiter im Sinne der Gesellschaft zu beeinflussen, und dann ist Karl-Marx-Jahr, wir sollen irgendeine blödsinnige Initiative mit unseren Studenten ›ergreifen‹ –«
»Das ist es nicht. Ich kenne dich. Du bist anders, wenn es diese Dinge sind.« Sie trat auf ihn zu. Er stand abgewandt, über die Werkbank gebeugt, schloß die Augen, als sie nach seiner Hand griff.
»Verschweigst du mir etwas?«

Sie hatten es sich zur Regel gemacht, ernsthafte Probleme nicht in den eigenen vier Wänden, sondern auf einem Spaziergang zu besprechen. Diese Spaziergänge waren ein im Viertel allgemein üblicher Brauch. Man sah oft Ehepaare schweigend und

mit gesenkten Köpfen gehen oder in hastig gestikulierendem Gespräch – man konnte nur vermuten, daß es im Flüsterton geführt wurde, da es sofort abbrach, sobald Passanten in Hörweite kamen.
»Ist es eine andere Frau?«
»Nein. Wie kommst du darauf? Nein.«
»Also ist es keine andere Frau?«
»Nein. Nein! Ich habe es dir doch gerade gesagt!«
»Man bekommt einiges zu hören. Mir werden Gerüchte zugetragen.«
»Gerüchte, Gerüchte! Sind dir diese Gerüchte auch nur einen roten Heller wert? Das sind doch Intrigen –«
»Eine Kollegin hat eine Schwester, die in der Akademie arbeitet, eine andere war kürzlich Patientin in eurer Orthopädie –«
»Dummes Geschwätz!«
»Also keine andere Frau.«
»Wie oft soll ich es noch sagen: Nein!«
Diese Problem-Spaziergänge schienen sich in letzter Zeit zu häufen. Es gab Tage, da es ihm so vorkam, als hätten außer den Kindern sämtliche Bewohner des Viertels ihre Wohnungen verlassen und streiften murmelnd durch die Straßen, so daß unablässiges Grüßen, Huttippen, Winken die Flüstergespräche unterbrach. Wie grotesk das war! Er mußte lachen – brach ab. Daß er noch fähig war zu lachen! Anne sah ihn verstört an. Sie hatte sich dick eingemummt und klammerte die Hände an den Kragen ihres Mantels.
»Du glaubst wohl diesen Tratschereien! Die versuchen mir was anzuhängen, vielleicht aus Neid –«
»Die? Wer ist ›die‹?« Anne blieb stehen.
»Nicht deine Kolleginnen.« Richard lehnte sich gegen einen Zaun. »Sie haben den alten Vorfall ausgegraben. Aus der Studienzeit. Damals in Leipzig.«
»O mein Gott.« Sie schlug die Hände vors Gesicht, mußte sich neben ihn an den Zaun lehnen.
Er begann von dem Gespräch zu erzählen, zuerst stockend, abgerissen, unzusammenhängend, dann immer drängender.
»Aber was für einen Grund haben sie … Nach so vielen Jahren …«

»Ich weiß es nicht.«
Manchmal sah man mehrere Paare an einem Zaun lehnen, manchmal kam Arbogast vorbei, der einen sonderbaren Sinn für Komik hatte, mit seinem Stock schweigende Reverenz erwies und, wenn es ein Zaun in der Holländischen Leite war, Stühle aus dem Institut ins Freie bringen ließ.
»Diese alte Geschichte … hast du mir damals alles erzählt?«
»Ja – habe ich!«
»Und Weniger … weiß er es?«
»Nein. Nein, das kann er nicht wissen.«
»Er ist dein Freund … Wie du mit ihm umgehst, ihm auf die Schulter klopfst, manchmal sehe ich dir zu und –«
»Hör auf damit!«
»Und habe Angst! Man sieht dir nichts an, nichts! Vielleicht belügst du mich, vielleicht hast du mich all die Jahre belogen, so wie du Weniger belogen hast –«
»Anne! Kannst du das nicht verstehen? Kannst du das wirklich nicht verstehen? Ich … war *anders* damals, die fünfziger Jahre in Leipzig, du hast diese Stimmung nicht miterleben müssen, und ich war auch ehrlich überzeugt –«
»So ehrlich, daß du einen Freund ans Messer geliefert hast! Mein Gott, ich lebe mit einem –«
»Anne!« Richard war kreideweiß geworden. Er faßte sie an den Schultern, rüttelte sie. »Wir haben das doch alles schon besprochen, bis zum Erbrechen, bis ins kleinste besprochen, wirf mir das doch jetzt nicht wieder vor! Das wollen die doch! Die wollen, daß es uns auseinandertreibt, die wollen uns damit zerstören, weil … sie die Liebe fürchten, ja, das ist es. Weil sie den Zusammenhalt fürchten und …«
Anne lachte schrill auf. »Die Liebe fürchten … Was redest du da für Unsinn! Du müßtest dich selber hören, wie … lächerlich und sentimental du klingst! Das paßt überhaupt nicht zu dir, und ich will deine pseudophilosophischen Analysen nicht mehr hören … Mein Gott! Richard«, sie hob die Hände, schüttelte sie gegen ihn, brach in Tränen aus.
Er umarmte sie. So standen sie eine Weile. Richard starrte auf die Straße, Schatten bewegten sich und kamen näher. Er schloß die Augen, riß sie wieder auf, die Schatten waren verschwunden.

Über die Gartenzäune quollen Baumkronen und Hecken mit ihren noch dürren und toten Ästen, ein milder Wind ging; in der nach Kohle riechenden Luft schleierte Grasgeruch. Anne weinte. Er sah das Blatt Papier mit den Zahlen vor sich, das Lucie ihm zum Geburtstag geschenkt hatte, die Sieben, die einen Hut trug, die zigarrerauchende Fünf. Er versuchte das Bild zu verdrängen, aber es gelang ihm nicht, es kehrte immer wieder, die Zahlen schienen lebendig zu sein, bösartige Stehaufmännchen. Lucie, die zur Tür hereinkam, ihren Stoffbär im Arm, und über Bauchschmerzen klagte. Die lächelnden Puppen im Flur. Dann war es ihm, als ob Josta ihn ansähe. Er schüttelte den Kopf, doch auch dieses Bild verschwand nicht. »Laß uns weitergehen.«
Sie schlugen den Weg zur Turmstraße ein und gingen eine Weile schweigend. Er beobachtete Anne. Sie weinte nicht mehr, starrte ins Leere. Wieder fiel ihm einer dieser Abende ein, an dem das ganze Viertel unterwegs gewesen zu sein schien. Menschen, die einander umarmten, hatten schweigend und reglos auf den Straßen gestanden. Die Laternen warfen fahles Licht, das auf einmal verlosch, auch in den Häusern ringsum wurde es dunkel. Stromausfall. Dann war etwas Groteskes geschehen: Jule Heckmann, im Viertel allgemein »Pferde-Jule« genannt, war an der Seite der Zahnärztin Knabe in Gelächter ausgebrochen, ein männlich rauhes, aufschwellendes, dabei kreischendes und stechendes Lachen, wie er es noch nie zuvor gehört hatte; es hatte nach und nach alle Spaziergänger, auch die einander Umarmenden, angesteckt und ein sonderbar befreiend wirkendes, vitales, bald schluchzendes, bald brüllendes, sich in die Straßentiefen fortpflanzendes Gelächter gezündet; in den Häusern ringsum hörte man die Fenster aufgehen, plötzlich schrie jemand: »Bürokratismus!«, ein anderer schrie zurück: »Individualismus!«, wieder ein anderer: »Sozialismus!«, »Ich habe Angst!« rief eine Frau, »Ich ooch!« eine andere, und immer noch das Gelächter auf der ganzen Straße, unterbrochen von »Psst!«- und »Sei doch still!«-Rufen; »Bald gibt's nischt mehr zu frressen!« rollte jemand mit verstellter Stimme, »In Wismar gibt's kein Fleisch mehr!« kiekste es aus der Dunkelheit; »Ob's Krieg gibt in Polen?« – »Beschrein Sie's nicht, Gott im Himmel!« – »Ob die auch Angst haben?« brüllte eine Frau, in der Richard Zahnärztin

Knabe zu erkennen meinte. – »Aber sicher! Vor uns!« und wieder erschütterte das Gelächter die Straße, auch aus den Häusern kam es, »Marxis-muhs!« – »Stalinis-muhs!« – »Mensch: Allgemeinismus!« Hundegebell war zu hören, sofort verstummte das Lachen, und die Menschen zerstreuten sich eilig. Jemand kam auf Richard zu, blieb nah vor ihm stehen, musterte ihn scharf, zögerte; es war Malthakus, er tippte sich mit der Krücke seines Regenschirms an den Hut, flüsterte mit seinem feinen Lächeln: »Na, Herr Nachbar, und was isses bei Ihnen?« und verschwand rasch in der Dunkelheit.

Richard zog den Mantel enger zusammen, die Erinnerung an dieses Vorkommnis hatte ihn in Unruhe versetzt.

»Sie versuchen also, uns zu erpressen«, sagte Anne; dieses »uns« registrierte er dankbar; aber sie suchte nicht seine Hand. »Wir müssen überlegen, was wir tun können.« Ihre Stimme klang jetzt wieder fest. Das gab auch ihm die nüchterne Überlegung zurück. »Es gibt zwei Möglichkeiten: Entweder ich spiele mit – oder ich spiele nicht mit.«

»Von spielen kann keine Rede sein«, erwiderte sie rasch und knapp. »Ausreiseantrag. Wir müssen hier raus. Wir könnten Regine fragen.«

»Was willst du sie fragen? Wie man korrekt das Formular ausfüllt? Es wird nicht gehen. Die haben mir unmißverständlich zu verstehen gegeben, daß sie mich nicht rauslassen werden. Ärzte werden *hier*zulande gebraucht … Es wäre Verrat an den Patienten, die Ihnen anvertraut sind …«

»Die können uns doch nicht einfach festhalten!«

»Doch, das können sie! Und dann sitzen wir hier, ich fliege aus der Klinik, was mir ja noch egal wäre, aber Robert und Christian … Wir hätten nichts erreicht!«

»Wir müßten nicht denunzieren!«

»Um den Preis, daß wir die Zukunft der Kinder aufs Spiel setzen?«

»Aber Menschen zu bespitzeln, ist das kein Preis?«

Richard antwortete nicht.

»Es gibt auch die Möglichkeit, daß wir hierbleiben – und Christian und Robert können den Antrag stellen. Sobald sie volljährig sind –«

»Anne! Was redest du da! Was würde passieren? Christian fliegt sofort von der EOS, und Robert werden sie gleich gar nicht zulassen.«
»Christian wird in diesem Jahr achtzehn. Robert in zweieinhalb Jahren. Sie werden ohnehin Zeit verlieren. Bei der Armee. Ob sie also auf das eine oder andere warten –«
»Du gehst davon aus, daß alles so läuft, wie du es dir vorstellst! Und wenn nicht? Wenn sie's nicht zulassen? Wenn die Jungs nicht ausreisen dürfen? Weißt du genau, ob sie das überhaupt wollen? Wir reden hier über ihre Köpfe hinweg, vielleicht wären sie völlig überfordert?«
»Vielleicht auch nicht? Reden wir doch mit ihnen!«
»Und was sollen sie machen, während der Antrag läuft? Regine wartet seit zwei Jahren, und du weißt, wie's ihr geht. Aus der Stadtverwaltung entlassen, vor allen Kollegen als Agentin des Imperialismus gebrandmarkt –«
»– und jetzt ist sie ungelernte Sekretärin im Joseph-Stift, und die Stelle hat sie auch nur bekommen, weil du den Ärztlichen Direktor kennst. Ich weiß!«
»Und unsere Jungs? Die würden sie aus Rache noch viel länger schmoren lassen, darauf kannst du dich verlassen! Dann sitzen sie hier, haben kein Abitur, können nicht studieren, müssen eine Lehre machen … Christian – was soll der lernen? Und vielleicht kommen sie niemals raus! Sitzen hier mit einem verpfuschten Leben … Glaubst du, das würden sie uns verzeihen?«
»Eine meiner Kolleginnen hat auch die Ausreise laufen. Sie arbeitet trotzdem bei uns, und ihre Tochter kann ihr Abi auch zu Ende machen.«
»Beim einen verfahren sie so, beim anderen so. Wer kann garantieren? Daß es bei uns so läuft wie bei deiner Kollegin, halte ich für ziemlich unwahrscheinlich. Willst du's auf einen Versuch ankommen lassen?«
Sie gingen mit gesenkten Köpfen nebeneinander her.
»Wie steht's mit Sperber? Könnte der nicht was tun?«
»Ich weiß nicht. Ich kenne ihn nicht besonders gut. Ich traue ihm auch nicht, ehrlich gesagt. Wir gehen ein enormes Risiko ein, wenn ich Kontakt zu ihm aufnehme und ihm alles erzähle. Was passiert, wenn er einer von denen ist … oder mit ihnen zu-

sammenarbeitet? Denkst du, der steht nicht mit einem Bein bei denen? Vielleicht ist er überhaupt nur vorgeschoben? Ein Köder, den sie uns hinhalten.«

»Meno sagt, daß er einigen Autoren geholfen hat.«

»Mag sein. Aber selbst wenn er nicht zu denen gehört: Hilft er auch uns? Wer weiß, welchen Autoren er geholfen hat und in welchem Zusammenhang. Wenn einem halbwegs bekannten Autor ein Haar gekrümmt wird, jault doch die Presse drüben gleich auf, aber bei uns? Bei einem Arzt und einer Krankenschwester, die niemand kennt? Und denkst du, daß Sperber etwas machen kann, wenn die andeuten, daß daran kein Interesse besteht?«

»Ich bin müde … Wollen wir uns einen Augenblick setzen?«

Richard nickte. Sie waren bis zum »Oktoberblick« gelaufen, wie das kleine, von einer Pergola umgebene Rund am Mondleiten-Park offiziell hieß; die Anwohner nannten es wie früher »Philalethesblick«, nach dem Künstlernamen König Johanns von Sachsen, des Danteforschers. In der Mitte des Plateaus stand ein Obelisk mit den Namen der Weltkriegsgefallenen aus dem Viertel.

»Wollen wir bei deinem Bruder vorbeischauen?«

»Nein … Das möchte ich nicht. Er würde gleich vermuten, daß etwas nicht stimmt. – Auch darüber müssen wir uns klarwerden: Wie sagen wir's der Familie?«

»Will gut überlegt sein, ob wir's ihnen sagen.«

»Da gibt es für mich nichts nachzudenken. Natürlich müssen wir's ihnen sagen!«

»Auch auf die Gefahr hin, daß wir nicht sicher sein können, ob nicht zum Beispiel Ulrich –«

»Er mag in der Partei sein, aber er ist kein Denunziant!«

»Was macht dich so sicher? Hast du mich nicht selbst vor ihm gewarnt, erinnerst du dich, auf dem Heimweg von der Felsenburg?«

»Aber es ist doch die Familie … *So* weit würde er nicht gehen!«

»Weil er dein Bruder ist – und mein Schwager? Weil er die Jungs gern hat und mit ihnen ins Fußballstadion geht?«

»Weiß nicht. Ich kann es mir nicht vorstellen, daß er fähig wäre, dich anzuzeigen. Immerhin … Ja, vielleicht kann ich es mir nicht vorstellen, weil er mein Bruder ist. Vater hat uns weder zu Duckmäusern noch zu Denunzianten erzogen, weißt du, was er

gesagt hat? Der größte Lump im ganzen Land – das ist und bleibt der Denunziant!« Sie zitterte, sackte nach vorn, weinte wieder; Richard spürte, daß sie seine Nähe jetzt nicht suchte, und trat an den Rand der Brüstung, in die ein schmiedeeisernes Geländer mit einem rostzerfressenen, stilisierten Nautilus eingelassen war. Dahinter fiel der Park steil ab. Im Tausendaugenhaus und im »Elefanten« gegenüber brannte Licht, bei Teerwagens wurde ein Fenster geöffnet. Musikfetzen, Stimmen, Gelächter. Man schien zu feiern. Wie unbeschwert … Richard verdrängte diesen Gedanken. »Wollen wir zu Regine fahren?«
»Nein … Nicht jetzt«, murmelte Anne. Er kramte in seinen Taschen, fand das Zwanzigpfennigstück, das er für Notfälle bei sich trug. »Ich könnte sie anrufen. Vorn an der Kreuzung steht eine Telefonzelle.«
»Es ist nett von dir, daß du mich abzulenken versuchst, aber … nein. Ich möchte nach Hause. Ich bin sehr müde.«
Er ging zu ihr, setzte sich neben sie auf die Bank. »Anne. Es würde uns vielleicht helfen, mit ihr darüber zu sprechen. Vielleicht sieht sie Möglichkeiten, die wir übersehen. Und ihr können wir vertrauen.«
»Ihr schon. Den Wanzen in ihrer Wohnung nicht. – Willst du es deinen Kollegen sagen?«
»Nein. Zumindest vorläufig nicht. Ich kann ihnen genausowenig trauen wie Sperber. Am ehesten noch Wernstein, aber wer weiß, gerade die vertrauenswürdigsten … Ich kann etwas anderes tun, bevor ich mich den Kollegen öffne. Ich kann annehmen.«
»Das willst du tatsächlich tun? Du willst für diese Lumpen arbeiten?«
»Anne – doch nur zum Schein! Ich liefere ihnen belangloses Zeug ab, stell' mich dumm – und das solange, bis sie von selber merken, daß sie mit mir keinen guten Fang gemacht haben. Ich muß für sie völlig unbrauchbar sein, vielleicht habe ich damit eine Chance.«
»Glaubst du nicht, daß sie das merken werden?«
»Sicher werden sie das merken. Aber was wollen sie machen? Auch ein Oberarzt bekommt nicht alles mit, was in einer Klinik passiert. Und ist es nicht logisch, daß die Assistenten vor mir den Mund halten?«

»Und wenn sie dich provozieren? Was, wenn eine OP-Schwester etwas Verfängliches sagt, du tust so, als hättest du es nicht gehört, aber diese OP-Schwester gehört zu denen, und beim nächsten Treffen sprechen sie dich auf deine ›Unterschlagung‹ an?«
»Das wäre doch unklug, meinst du nicht? Ich wüßte doch dann, daß diese Schwester dazugehört.«
»Und wenn sie dich nicht darauf ansprechen? Sondern stillschweigend ihre Schlüsse ziehen ... und dir dann irgendwann die Rechnung präsentieren –«
»Wenn, wenn, wenn! Siehst du eine andere Möglichkeit?«
»Flucht.«
»Anne, sei doch nicht albern! Das ist doch nicht dein Ernst! Schon der Versuch ist strafbar, die hätten uns im Handumdrehen am Schlaffittchen, und dann landen wir hinter Gittern ... Flucht! Wie stellst du dir das vor? Mit den Jungs? Oder sollen sie etwa hierbleiben? Sollen wir einen Tunnel graben, über die Ostsee schwimmen –«
»Dein Kommilitone hat es geschafft.«
»Der war Leistungsschwimmer, Anne! Hat allein gelebt und genau gewußt, worauf er sich einläßt! Wenn er gefaßt worden wäre, hätte er nur für sich einzustehen gehabt. Weißt du, daß sie die Karten fälschen? Hat mir neulich ein Patient verraten. Nach unseren Karten denkst du, du bist in der Bundesrepublik – in Wahrheit aber bist du immer noch in der DDR. Flüsse verlaufen nicht dort, wo sie den Karten nach verlaufen müßten, im Grenzgebiet sind Wege nicht eingezeichnet –«
»Jugoslawien –«
»Anne.«
Sie lachte schrill auf. Richard sah sie an. »Laß uns nach Hause gehen.«
Sie lagen wach nebeneinander, in ihren Betten, die sie am Beginn ihrer Ehe zusammengestellt hatten; einer lauschte den Atemzügen des anderen.

24.
In der Klinik

Noch immer faszinierten ihn die Geräusche im Haus; manchmal öffnete er die Tür seines Zimmers, um zuzuhören, der Spalt erschien ihm dann wie der Schallzylinder eines Hörrohrs, wie die mit Schleimhaut und Flimmerhärchen ausgekleidete Verbindung zwischen Mittelohr und Rachenraum (ihm fiel ein, daß er Lucie vom Kinderarzt untersuchen lassen mußte, sie schluckte häufig und klagte dabei über Schmerzen, verschleppte Mittelohrentzündungen waren gefährlich); er schloß, wenn er die Tür geöffnet hatte, die Augen und lauschte, denn man konnte an den Geräuschen nicht nur erkennen, was in der Klinik vor sich ging, sondern auch, in welcher Stimmung das geschah, wie die Atmosphäre war und wie sie sich, als wäre die Klinik ein kollektiver Organismus ähnlich einem Bienenschwarm, bei der geringsten Störung, bei der kleinsten Irritation veränderte. Jetzt war die Stunde, in der die Klinik sich auf den Abend vorbereitete; eine Zwischenzeit: die Arbeit des Tages war zum größten Teil verrichtet, die Frischoperierten lagen wieder in ihren Betten, waren versorgt und vom Nachmittagsdurchgang begutachtet worden, die Schwestern der Frühschicht und die Angehörigen der Patienten, die zur Besuchszeit kamen, waren gegangen; auch Vorlesungen und Seminare gab es zu dieser Stunde nicht mehr. Noch schepperten sie nicht durch die weitläufigen, mit PVC belegten Gänge der Klinik, die solid gebauten, mit Thermophoren beladenen Quaderwagen, die ihn an Schiffskoffer erinnerten, die die Schwestern von Zimmer zu Zimmer schoben, um den Patienten das Essen auszuteilen. Noch war das Kastagnettenklacken von Oberschwester Henrikes Holzpantinen nicht zu hören, die abends auf Inspektionsrunde durch ihr Reich ging. Sie lebte mit ihrer pflegebedürftigen Mutter und ihrem Sohn, der zwei Lehren abgebrochen hatte, allein in einer engen Wohnung auf der Augsburger Straße, keine fünfhundert Meter von der Akademie entfernt, eine pummelige, mütterlich wirkende Frau, die sich wie ein Kind über die Hufelandmedaille in Silber gefreut hatte, die ihr zum »Tag des Gesundheitswesens« verliehen worden war. Telefone klingelten, im Bauch der Klinik rumpelten Wäschewa-

gen; die Türen der Dienstzimmer nebenan schlugen auf und zu. Die meisten Kollegen waren noch da, sie hatten die Stationsarbeit erledigt und würden jetzt in die Bibliothek, die Laboratorien gehen oder Gutachten, OP-Berichte schreiben. Richard war auf sein Zimmer gegangen, um sich ein wenig auszuruhen; der Tag war anstrengend gewesen. Von sieben Uhr dreißig bis siebzehn Uhr hatte er im OP gestanden und nicht mehr zu sich genommen als drei Kaffee und die belegten Brote, die Anne ihm morgens zurechtmachte. Er hatte Dienst, aber man würde ihn nicht wegen jeder Kleinigkeit rufen; Dreyssiger und Wernstein waren erfahrene Fachärzte, er konnte sich auf sie verlassen.
Er legte sich auf die Pritsche, wälzte sich hin und her. Dann lag er auf dem Rücken und starrte nach oben. Krankenwagensirenen heulten heran, er hörte, wie ein Wagen der Schnellen Medizinischen Hilfe die Klinikrampe hinauflärmte. Rufe, eilige Schritte, das Gepolter der Krankentragen. Sie würden ihn anrufen, wenn es etwas gäbe. Er fand keine Ruhe, stand auf. Schwindel und Müdigkeit machten ihn benommen, er trat ans Fenster, um frische Luft zu schnappen. Der Schwindel verflog, aber die dumpfe Mattigkeit blieb. Er griff nach dem Fensterverschluß und lehnte den Kopf gegen die Scheibe. Dann versuchte er es mit Kniebeugen, vielleicht lag die Müdigkeit an mangelnder Bewegung oder an der ungesunden Haltung, in der man oft zu operieren gezwungen war, er war in letzter Zeit oft rasch erschöpft. Er setzte sich an den Schreibtisch, auf dem einige Fachzeitschriften aufgeschlagen lagen. Ein Artikel über eine neuartige Operationsmethode beim Morbus Dupuytren, einer tückischen Erkrankung der Beugesehnen der Hand, interessierte ihn; er hatte sich vorgenommen, ihn gründlich zu studieren, denn die Häufigkeit dieser Erkrankung schien zuzunehmen. In seiner Ambulanz hatte er allein in den vergangenen drei Monaten vierzehn Fälle gehabt. Die Erkrankung endete mit fast völliger Verkrüppelung der Hand, die Beugesehnen bekamen Knoten und bindegewebige Perlen, zogen sich zusammen; die Hand ließ sich im Endstadium der Krankheit nicht mehr öffnen. Wer waren die Autoren der Arbeit … Natürlich, die Hamburger Gruppe unter Buck-Gramko, dem Handchirurgen-Papst. Er hätte darauf wetten können. Es war seit Januar schon die fünfte Veröffentlichung aus dieser

Arbeitsgruppe, die er zu sehen bekam, und das Jahr war noch jung. Und sie, was machten sie, hier in diesem Land? Meist beteten sie nach, was die drüben ihnen vorbeteten, sie werteten die Entwicklungen aus, aber bestimmten sie nicht selbst, sie dachten darüber nach, wie die fremden Leistungen *kreativ* auf die hiesigen Verhältnisse zu übertragen seien, das hieß: sie *improvisierten …* Er las die wenigen Sätze, die die Studie zusammenfaßten. Danach wußte er, daß sie keines der Ergebnisse anwenden konnten, weil sie die technischen Voraussetzungen dazu nicht besaßen. Das alte Lied. Und da wunderte man sich, daß die Menschen davonliefen … Warum war er nicht davongelaufen, solange noch Zeit dazu gewesen war? Er konnte sich nicht mehr konzentrieren, schob den Artikel beiseite. Wie müde er war, selbst für sein Steckenpferd, die Handchirurgie, hatte er jetzt keinen Sinn. Er hatte überhaupt wenig Sinn für irgend etwas seit der Aussprache mit Anne … Aber er durfte sich nicht hängenlassen, das hatte er immer verabscheut. Bestünde die Welt nur aus Menschen, die sich hängenließen, sobald sie in Schwierigkeiten gerieten, man würde immer noch in Höhlen hausen und vom Jagen und Sammeln leben … Ein, zwei Kaffee und ein tüchtiges Abendbrot, das würde genügen, um ihn wieder munter zu machen, beschloß er. Als er das Fenster schließen wollte, sah er Weniger von der Gynäkologischen Klinik kommen.
»Richard!« Weniger winkte. »Wir haben zusammen Hintergrund-Dienst, schön! Vielleicht können wir ein bißchen schwatzen!«
»Fährst du nicht nach Hause?«
»Dann wäre die Pflichtassistentin allein. Wir haben einige schwierige Geburten anstehen. Wenn's losgeht, würde sie mich sowieso holen. Also kann ich gleich hierbleiben.«
»Kommst du 'rüber, was essen?« Das Abendbrot, das die Schwestern der Chirurgischen Klinik für den Dienst zubereiteten, genoß in der Akademie einen guten Ruf.
»Alter Junge, genau das hatte ich vor!«
»Ich will vorher noch mal über die Stationen gehen –«
»Bin dabei, wenn du nichts dagegen hast.«
Sie sagten in der Notaufnahme Bescheid, daß sie noch einen Rundgang machen wollten. Diese Rundgänge mit Kollegen aus

anderen Kliniken waren Brauch in der Akademie, denn so erfuhr man rasch und aus kompetentem Mund, wie in einer Privatvorlesung, die wichtigsten Neuerungen und Probleme des anderen Fachgebiets. Für diese Orientierung über den Stand der Nachbarfächer blieb im Klinikalltag meist keine Zeit.
Zuerst gingen sie über die allgemeinchirurgischen Stationen, denn die Patienten dort kannte Richard kaum. Rief man ihn nachts, war es von Vorteil, wenigstens grob informiert zu sein. Aus den Dienstplänen ersah er, daß fähige Schwestern Nachtdienst haben würden. Routinemäßig und zerstreut grüßte er die Schwestern vom Spätdienst, ließ sich die Akten der heiklen Fälle herauslegen, studierte sie, während Weniger scherzte und ein Schwätzchen anknüpfte. »Na, Schwester Karin, wie geht's denn mit Ihrem Haus voran?« Die Schwestern räumten den Apothekenkorb aus, setzten die Abendmedizin.
»Wie soll's schon gehen, Herr Oberarzt. Wenn man nur anständige Handwerker bekäme. Letztens der Installateur, den ich anrief, weil der Durchlauferhitzer defekt war. ›Forum handelt es sich?‹ Und nach achtzehn Uhr käme er gar nicht, da habe er nämlich seinen wohlverdienten Feierabend!«
»Der wollte einen Forum-Scheck von Ihnen? Dieser Gauner!«
»Oder gleich Westgeld, Herr Oberarzt, was denken Sie denn!« Die stellvertretende Stationsschwester der Süd I schüttelte entrüstet den Kopf. »Neulich waren die Handwerker bei meinem Nachbarn, Waschbecken installieren, und als sie mitgekriegt haben, daß er kein Westgeld zahlen kann, haben sie ihm Beton in die Ausgüsse gekippt!«
»Anzeigen müßte man diese Bande!« Weniger hieb auf den Tisch.
»Dann kriegen Sie Ihr Lebtag keinen Handwerker mehr.« Schwester Karin seufzte. »So ist das nun mal. Die einzige Lösung wäre – ist Ihnen nicht gut?« Sie sah Richard besorgt an; er winkte ab. »Schon in Ordnung. Muß vielleicht nur was essen. Und ein Kaffee wäre auch nicht schlecht. Lassen Sie mal. Bekomme ich schon auf meiner Station, vielen Dank. Manfred – gehen wir?« Er spürte die Blicke in seinem Rücken.
Auf der Nord I tranken sie Kaffee, die Schwestern hatten Richard seinen Becher bereitgestellt, eine extragroße Blech-Mug mit sei-

nem Namen und einem lachenden Sägefisch-Abziehbild auf dem Email; der Kaffee belebte ihn, er war lauwarm und bitter (alle, die er kannte, fanden das widerlich), so trank er ihn am liebsten, weil er keine Zeit mit Warten verlieren mußte, er konnte den Kaffee, wie eine Droge, mit wenigen, gierigen Zügen einschlürfen. Weniger beobachtete ihn, trank in geraden Schlückchen, sehr präzise, sehr geübt, Richard fand das ein wenig affektiert.
»Schwierigkeiten?« fragte Weniger, als sie über die Station gingen.
»Das übliche, weißt du. Außerdem war's ein anstrengender Tag.«
»Müller?«
»Nein, nein. Meinst du unsere Witze, vom Geburtstag? Längst vergessen und vertan. Wir haben andere Sorgen.«
»Soll ich dich in Ruhe lassen?«
»So war's nicht gemeint. – Komm, ich zeig dir mal was.« Sie gingen in ein Zimmer, acht Betten waren darin aufgestellt, in jedem lag eine weißhaarige Frau. Ein Hilfspfleger rollte gerade eine Patientin von der Bettpfanne; es roch nach Urin, Fäkalien und Wofasept-Desinfektionsmittel. Die Frauen blickten nicht auf, als die beiden Ärzte eintraten, sie lagen teilnahmslos, starrten ins Leere oder schliefen, die faltigen Hände auf den weißen Decken. Der Hilfspfleger reinigte die Frau mit zwei, drei energischen Strichen, nahm die Bettpfanne, grüßte scheu und huschte hinaus. Diese Patientin schien sie wahrzunehmen: »Herr Doktor, Herr Doktor!« rief sie mit dünner, kläglicher Stimme und streckte die Arme aus. Sie gingen zum Bett, setzten sich, Richard nahm ihre Hand.
»Herr Doktor, kommt meine Tochter?«
»Sie wird kommen.«
Die Frau ließ sich ins Kissen sinken, nickte befriedigt, beugte sich wieder vor, drohte schelmisch lächelnd mit dem Zeigefinger. »Ihr Ärzte schwindelt doch alle! Kann ich meine Tochter nicht anrufen?«
»Wenn Sie aufstehen können. Und das können Sie erst, wenn der Bruch richtig verheilt ist.«
»Ach, Herr Doktor, wenn ich nur gehen könnte –« Sie drehte den Kopf zum Fenster, begann zu murmeln, das feine silbrig-

weiße Haar lag wie Spinnweben um das Vogelgesicht der alten Frau.
»Ihre Tochter wird kommen, ganz bestimmt«, sagte Weniger.
»Gott segne Sie, Herr Doktor, Gott segne Sie! Wissen Sie«, flüsterte sie mit schlauem Lächeln, »ich bin gar nicht verrückt, wie die im Heim sagen, ich … hab' nur solchen Durst!«
»Kommen Sie.« Richard nahm die Schnabeltasse, die auf dem Nachttisch stand, und gab ihr zu trinken, Weniger stützte sie.
»So ein langes Leben …« Sie tastete nach Wenigers Hand, steckte etwas hinein. Er schüttelte den Kopf. »Lassen Sie mal, das brauchen Sie selbst dringender.« Er legte das Markstück auf den Nachtschrank. »Sehr nett von Ihnen, aber bitte – behalten Sie es.«
»Zum Dank, ihr Herren! Kommen Sie wieder? Ach, es ist nicht gut, wenn man alt und allein ist.«
»Wir müssen gehen. Hier, wenn Sie etwas brauchen.« Richard gab ihr die Klingel in die Hand und heftete die Schnur mit einer Sicherheitsnadel ans Laken.
»Sie kommen aus den Pflegeheimen«, sagte Richard draußen. »Sie stürzen nachts auf dem Weg zur Toilette, brechen sich den Oberschenkelhals, werden operiert und müssen dann bis zur Heilung des Bruchs liegen. Zwei bis drei Monate, je nach Heilungstendenz. Dann liegen sie und bekommen eine Lungenentzündung. Und daran sterben sie dann.«
»Wie bei uns«, sagte Weniger. »Pflegeheim-Bewohnerinnen, wundgelegen, unterernährt, verwirrt, weil sie Durst haben. Sie werden abgetan als alt und senil, sind es aber gar nicht, alles, was ihnen fehlt, ist ein bißchen Flüssigkeit. Bei uns werden sie gepflegt, blühen auf – und gehen zurück ins Pflegeheim.«
»Das ist der Kreislauf«, sagte Richard. »Als junge Frauen kommen sie zu dir und gebären, als alte Frauen kommen sie zu mir und sterben. Sie haben nicht genug Personal in den Pflegeheimen. Davon steht nichts in den Zeitungen.«
»Gibt es keine Methode, die es ermöglicht, daß sie nach der Operation gleich voll belasten und aufstehen können?«
»Noch nicht. Verschiedene Arbeitsgruppen drüben forschen daran. Ich hab' da neulich was Interessantes gelesen. Das Konzept ist eine Art überdimensionaler Nagel, den man zwischen Knochenkopf und Knochenhals anbringt. Hab' den Artikel dem

Technischen Direktor des Werks gezeigt, das unser Material liefert. Nur mal so, eine unverbindliche Erkundigung. Er rief mich an: ›Nichts zu machen, wir haben noch nicht einmal die Maschinen, mit denen wir die Maschinen bauen könnten, die dieses Ding bauen könnten‹.«

Weniger trat ans Fenster, steckte die Hände in die Kitteltaschen. »Die Krebserkrankungen nehmen zu, signifikant. Brust und Gebärmutterhals, und bei immer jüngeren Frauen. – Sind übrigens alle deine Patienten so fromm?«

»Sie war Kommunistin. Hat an der ›Roten Fahne‹ mitgearbeitet, war dann illegal tätig, ist nach Spanien gegangen, an die Front. Kurz vor Toresschluß Emigration nach Mexiko. Spät zurückgekommen, als die Moskauer hier schon alles in der Hand hatten. Dann hat sie beim Aufbau mitgeholfen, wich einmal von der offiziellen Linie ab und wurde auf einen untergeordneten Posten im Transformatoren- und Röntgenwerk versetzt. Und dann war sie alt.«

Weniger nickte, musterte Richard von der Seite, der es wahrnahm, aber den Blickkontakt vermied.

»Laß uns mal sehen, was euer berühmtes Abendbrot macht.«

Der Dienst ließ sich ungewöhnlich ruhig an. »Keine Akutfälle?« fragte Richard in der Notfallambulanz.

»Bisher nicht!« Wernstein breitete die Arme aus. Dreyssiger versorgte eine Sprunggelenksverstauchung, Routine. Die Schwestern drehten Tupfer.

»Flau heute!« Weniger legte den Telefonhörer auf. »Meine schwierigen Geburten – schlafen!«

»Dann gehen wir zu mir«, schlug Oberarzt Prokosch vor, der in der Ecke gesessen und Formulare ausgefüllt hatte. Er war ebenfalls einer der alten Leipziger an der Akademie, hatte allerdings zwei Jahre vor Weniger und Richard absolviert. Er war ein bulliger untersetzter Mann, den man eher für einen Ringer als für einen Augenarzt hielt. Niemand traute seinen kurzen, zigarrendicken Fingern die Sensibilität und das feinmotorische Geschick zu, die man für Operationen am Auge benötigte, die oft genug, wie Prokosch sagte, dem Abenteuer glichen, »aus einem Haar eine Stimmgabel zu schnitzen«.

»Hab' ein paar Fälle, die euch interessieren werden. Schlafen können wir immer noch.«
»Ihr Wort im Ohr des Nachtdienstgotts«, sagte Wolfgang, ein in dreißig Jahren Dienst ergrauter Pfleger. »Wie heißt die erste Regel, wenn's dunkel wird? Schlaf, soviel du kriegen kannst – und trau keiner ruhigen Minute! Das ist die Ruhe vor dem Sturm!«
Die drei Ärzte gingen schweigend nebeneinander her, gedankenversunken – was gab es auch zu besprechen; sie kannten einander seit langem, Dienst war Dienst; es war nicht üblich, im Gespräch – außer, wenn man, wie Richard und Weniger, befreundet war – eine gewisse Grenze zu überschreiten. Privates blieb ausgespart, nicht aus Desinteresse, sondern aus Gründen eines Taktgefühls, das sich als Sympathie äußerte und das nach einem ungeschriebenen Kodex durch ein allzu vertrauliches Gespräch zwischen Kollegen verletzt worden wäre. Man kannte den andern, man wußte, wer man war (oder zu sein schien), nickte schweigend, das war alles, und es genügte.
Sie hörten eilige Schritte hinter sich, Pfleger Wolfgang winkte Prokosch zu.
»Wo?« fragte der.
»Station 9 d. Ihr Vordergrunddienst hat in der Hautklinik zu tun. Der Gott des Nachtdiensts liebt den Schlaf nicht.«
»Man soll eben nicht wider den Stachel löcken.« Prokosch zuckte resigniert die Achseln. »Ich glaube, wir sehen uns heute noch. Na dann.«
Ein Krankenwagen näherte sich von der Akademiepforte her, aber ohne Blaulicht; sie beobachteten, wo er hinfuhr; er schwenkte hinter dem Parkplatz nach rechts, in Richtung Stomatologische Klinik.
»Nichts für uns«, sagte Weniger. Sie gingen langsam die Akademiestraße zurück.
»Manfred, darf ich dich was fragen?«
»Nur zu.«
»Hast du manchmal daran gedacht, wegzugehen?«
Weniger warf einen raschen Blick auf Richard, musterte die Umgebung, sie wechselten auf die Straßenmitte.
»Ich denke, das haben wir alle schon. – Auf dem letzten Gynäkologenkongreß ist mir eine Stelle angeboten worden.«

»Das meine ich nicht.«
»– Es sind keine guten Gedanken.«
»Aber man hat sie.«
»Jeder Mensch ist anders. Ich glaube, so kann man nicht leben.«
»Hast du im Studium daran gedacht, wie es ist, Vater zu sein, Kinder mit einer Frau zu haben, sie zu erziehen –«
»Ich kann mich nicht erinnern. Ich glaube nicht.«
»Eine in allen lieben –«
»Das weißt du noch.« Weniger starrte ins Dunkel.
»Und –« Richard brach ab. Eine Frau näherte sich; er erkannte schon von weitem, daß es Josta war. Sein erster Impuls war, in einen der Seitenwege abzubiegen, aber sie sah ihn an, und auch Weniger hatte sie jetzt gesehen: »Frau Fischer, Sie sind so spät noch da? Gibt's was Besonderes im Rektorat – von dem wir wissen müßten?«
»Nein«, sagte sie knapp, ohne ihn beim Namen zu nennen oder zu begrüßen. »Nur einfach viel Arbeit. Aber nichts Besonderes. Baumaßnahmen und Beantragungen, Herr Dozent.«
»Wie geht's Ihrer Tochter?«
»Oh, sie ist jetzt in der Mittelgruppe im Kindergarten. Sie zeichnet sehr gern. Ich glaube, sie müßte mal zum Kinderarzt, sie klagt über Ohrenweh.«
»Bei wem sind Sie denn?«
Sie nannte einen Namen. Sie vermied es, Richard anzusehen.
»Sind Sie zufrieden?«
»Naja, es ist eine Poliklinik, man hat sehr lange Wartezeiten, und ich möchte die Sache nicht verschleppen –«
»Ich werde mal mit Professor Rykenthal sprechen, wenn Sie einverstanden sind. Rufen Sie mich doch morgen mal an.«
»Das werde ich tun. Danke, Herr Dozent. – Aber ich will Sie nicht länger aufhalten. Ruhigen Dienst wünsche ich, auf Wiedersehen.«
»Hübsche Frau«, sagte Weniger, als sie gegangen war. »Zwanzig Jahre jünger müßte man sein – und«, er fuhr sich über die Glatze, »nicht soviele Haare haben wie ein Affe. Mein Gott, ich seh' ihre Kleine noch, frisch abgenabelt und eingewickelt, und ihr Gesicht, als die Hebamme ihr das Baby gab. Das ist immer der

schönste Moment.« Weniger betrachtete seine Hände. »Da weiß man, wofür man lebt und wofür diese Pfoten da sind. Das geht dir sicher ähnlich.«

»War's eine schwere Geburt?«

»Ja, ziemlich. Aber sie hat keinen Mucks gesagt. Das erlebt man auch nicht mehr oft. Früher und auf dem Land, ja.«

»Wir sind unterbrochen worden.«

»Du willst also bei diesem Thema bleiben. – Wir müßten uns ein andermal darüber unterhalten, nicht im Dienst, wo uns jeden Augenblick jemand rufen kann und Dinge stehenbleiben könnten, die man besser geklärt hätte –«

»Einverstanden«, sagte Richard nach einem vorsichtigen Blick auf Weniger.

»Nein, nein, schon gut, noch ruft uns ja niemand«, erwiderte Weniger mit leichtem Lachen, »und wir kennen uns doch lange genug, um das gesprochene Wort und die Situation, in der es gesprochen wird, gegeneinander abwägen zu können.«

»Da hast du natürlich recht.«

»Das will ich meinen!« rief Weniger fröhlich. »Aber zurück zu dem, was du sagtest … Man kann daran denken, aber es ist Theorie. Gedanken sind ohne Konsequenzen; man kann damit spielen wie Kinder mit Klötzchen, und wenn man mit diesen Klötzchen ein Haus baut, das einem nicht gefällt, so verändert man es eben … Sag mal, frierst du gar nicht? Ich kann dir meinen Mantel borgen.«

»Nein, ich friere nicht … Es ist doch ziemlich warm.«

»Acht Grad habe ich vorhin am Thermometer gelesen. – Man kann das Haus nach Belieben verändern, und ohne Folgen.«

»Das ist im wirklichen Leben nicht möglich.«

»Es ist vielleicht möglich, Richard, aber manche Menschen haben das Problem, daß sie mit Häusern, die sie haben, nie zufrieden sind, sie müssen immer aufbauen und wieder verwerfen, und das tun sie ihr ganzes Leben und haben nie ein fertiges Haus, während ihr Nachbar, auf dessen Haus sie ohne Achtung geblickt haben, weil es windschief und vielleicht auch nicht sehr originell ist, weil es aus billigen Materialien besteht, eben doch ein fertiges Haus bewohnt hat –«

»Schöne Umschreibung für einen Verzicht.«

»Nein, das würde ich nicht sagen. Er hat sich entschieden. Hat beschlossen, das Beste aus dem zu machen, was er bekommen hat – und nicht seine Zeit an die Suche nach Dingen zu verschwenden, die er nicht bekommen kann.«
»Woher weiß er, daß er sie nicht bekommen kann?«
»Indem er sich nüchtern einschätzt.«
»Wie erziehst du deine Kinder?«
Weniger antwortete nicht sofort. »Ich sage ihnen, daß sie frei sind.«
»Frei? In diesem Land?«
»Was das betrifft, so ist man nirgendwo frei, glaube ich. – Ich meine: frei, klug zu werden über sich selbst – und ihr Haus zu bauen. Übrigens siehst du schlecht aus.«
»Ja, mag sein. Ich schlafe nicht besonders gut.«
»Das geht uns allen so«, sagte Weniger lächelnd.
»– Wenn du etwas erfahren hast, das dich wütend macht, sagen wir: das den Eindruck erwecken könnte, du seist ziemlich hilflos –«
»Erweckt bei dir etwas diesen Eindruck?«
»Nein, ich meine nur … Ein Beispiel, das ist ein reines Beispiel, um die Überlegung im richtigen Rahmen zu halten. Also, wenn du so etwas erfahren hättest, ist es dann besser, sofort loszuschlagen – oder erst einmal abzuwarten?«
»Das kommt sehr auf die Art der Erfahrung an, die mir diesen Eindruck erweckt. Und was du unter ›losschlagen‹ verstehst. Hierzulande dürften die Möglichkeiten zum ›losschlagen‹ begrenzt sein. Wenn man nicht zu denen gehört.«
»Warte, ich habe mich schlecht ausgedrückt, ›losschlagen‹, das klingt wirklich etwas vermessen –«
»Vielleicht doch ein andermal«, sagte Weniger ruhig.

25.
Leipziger Messe

Philipp Londoner hauste in einer Siebzigquadratmeter-Wohnung in einem der Arbeiterviertel von Leipzig. Das Haus grenzte an einen Kanal, dessen Wasser vom Absud einer Baumwoll-

spinnerei gallertig geworden war; tote Fische trieben darin und zersetzten sich langsam, das weiße Fleisch löste sich in Flokken von den Gräten, einzelne Flossen, blind gewordene Augen wurden von den Strömungen ans Ufer gedrückt und dünten im grauen Schaum, über den sich kahle Ulmenzweige reckten, bevölkert von Tausenden von Krähen, die dort ihr reichliches Auskommen fanden. Die Bewohner des Viertels hatten einen Spitznamen für die Fabrik: »Flocke«; im Umkreis von mehreren Kilometern lagen Baumwollflocken – die Leipziger sagten »Mutzeln« – auf den Straßen, wurden festgetreten und bildeten einen schleimig verwesenden Schorf, in dem sich der Geruch aller Hunde von Leipzig zu verdichten schien. Treibende Baumwolle blieb im Gestrüpp hängen, verstopfte sommers die Schornsteine, wanderte mit den von der Abluft aufgewärmten Winden, wirbelte in Schleiern über die Dächer, senkte sich in Pfützen und Straßenbahngleise, so daß man, wenn die Bahn ins Viertel einfuhr, dies mit geschlossenen Augen erkennen konnte: plötzlich dämpften sich die Geräusche, und die Gespräche in der Bahn, die ein ununterscheidbares Gemurmel gewesen waren, verstummten.
Meno kam in jedem Jahr zur Leipziger Buchmesse. Philipp bot ihm für diese Zeitspanne Quartier; sie hielten es auch nach der Trennung von Hanna und Meno so, denn die beiden Männer empfanden Sympathie füreinander, stillen Respekt, »eine Art von schwieriger Freundschaft«, so hatte es Hanna einmal ausgedrückt. Die Krähen waren immer da, schienen sich über die Jahre zu Heerscharen vermehrt zu haben. Schlimmer als ihr Quarren, Ratschen, Klöppeln und Krächzen war für Meno der Augenblick, wenn sich in der Dämmerung die Tore der Baumwollspinnerei öffneten und die Arbeiter nach Hause gingen: dann verstummten die Krähen, man hörte das Schlurfen vieler Schritte, rhythmisch unterbrochen vom Nietgeräusch mehrerer Stechuhren, hin und wieder vom Schleifen einer Straßenbahn, die durch eine Kurve fuhr oder beschleunigte. Die Krähen saßen zur Stunde, wenn der Wind in Leipzig nach Norden drehte und feinen Braunkohlestaub aus den Tagebauen bei Borna und Espenhain mit sich führte, in breiten Fahnen um die Häuser schwenkte und auf den Straßen mannshohe Schattenstrudel, die

»Zypressen« erschienen, ohne Laut auf den gegen den helleren Himmel wie Erzadern gezackten schwarzen Bäumen und blickten auf die Arbeiter hinunter, von denen die meisten die Vögel nicht beachteten, sondern gesenkten Kopfes, mit schleppenden Schritten zur Haltestelle oder dem zentralen Fahrradstand vor der Fabrik gingen. Manchmal kam es vor, daß eine Frau die Faust hob und in die Stille keifte, oder ein Mann warf einen Stein nach den Krähen und fluchte, worauf ein rasender, mißtönender Schwarm, ein aus rauschenden Fluchten, Wutgeschrei und Federngeklirr bestehender Vogelriese, in pulsenden Ringen über der Fabrik aufschwoll, die kreischend am Himmel kreisten und langsam, indem sie zu Trichtern niedergesogen zu werden schienen, die sich in einem dünnen Wirbel wie in einer Sturmspindel vereinigten, in die Ulmen zurücksanken; einzelne Tiere lösten sich aus dem zerflatternden Sog, falteten die Flügel zusammen, kamen wieder zur Ruhe. Meno beobachtete es vom Fenster des Stübchens, das Philipp ihm überließ; die Baumwollspinnerei lag gegenüber, morgens, wenn er sich auf den Messetag vorbereitete, konnte er die Arbeiter der Frühschicht an den Maschinen sehen, rasch und abgezirkelt sich bewegende Silhouetten unter Neonstrahlern.

Meno packte den Koffer aus. Im Arbeitszimmer, neben Philipp, saß eine junge Frau.

»Das ist Marisa.« Philipp zündete sich einen seiner Zigarillos an, kubanische Ware; vielleicht war dies das einzige Privileg, das er nutzte. »Hab' ihr schon gesagt, wer du bist.«

»Du hast dir einen Schnurrbart stehenlassen«, erwiderte Meno.

»Sie sagt, das ist jetzt in Chile modern. Auch eine?« Er reichte Meno sein silbernes Etui.

»Hat man nicht jeden Tag. Gern.«

»Wenn dein Spanisch noch besser geworden sein wird«, sagte Marisa und zwinkerte Philipp zu, »werden wir dich als Compañero gelten lassen. Ich werde Tee zubereiten gehen.«

Philipp wehrte ab: »Laß nur, mach' ich.«

»Nein, du bleibst sitzen und redest mit ihm. Reden ist Sache der Männer. Ich bereite zu den Tee. Das ist Sache der Frauen.«

»Unsinn.«

»Wenn es Zeit geworden sein wird zu kämpfen, werde ich kämpfen. Der Kampf ist auch die Sache der Frauen. Aber jetzt ist Zeit, um Tee zu trinken.« Sie hob stolz den Kopf und ging hinaus.

»Nicht, daß du glaubst, daß ich das unterstütze. Aber viele der chilenischen Genossen sind so. Diese bürgerlichen Verhaltens-Überbleibsel –«

»Das sind keine bürgerlichen … wiesagstdu. Was glaubst du, wie viele Angehörige der Bourgeoisie bei uns haben lange Haare wie du! Wenn ich dir gehe, um zu bringen den Tee, es ist eine Form von emoción! Und la revolución braucht heiße Herzen und nicht das von meiste deutsche Genossen –«

»Corazon del noviembre?« versuchte Philipp.

»November-Herrzen«, versuchte Marisa.

TAGEBUCH:

Vor Abfahrt zur Messe Gespräch zwischen Schiffner, Schevola und mir. Über den Titel »Die Tiefe dieser Jahre« müssen wir uns noch unterhalten. Solche Titel behaupten etwas, dem der Text noch nicht gerecht wird, er möchte die Vorgabe einholen, und manchmal will das nicht gelingen, da das Buch über sich anders dachte als sein Autor. Ich weiß nicht, wer gesagt hat, daß ein Buch nach seinem »Helden« benannt werden sollte, alles andere sei Kolportage – je länger ich in diesem Beruf bin, desto mehr gewinnt mich dieser Satz, freilich hat auch seine Aussage Tücken, denn wer kann mit Bestimmtheit behaupten, daß dieses Verfahren die Kolportage umgeht und dort, wo »Anna Karenina« draufsteht, auch Anna Karenina drin ist. Schevolas Buch soll also bei uns veröffentlicht werden, das kam für mich selbst überraschend. Sonst, wenn Schiffner sich für ein Buch entschieden hat, legt er uns detaillierte Anweisungen ins Fach – und schweigt nicht, wie hier. Natürlich ist alles vage – wie immer bei Drucksachen im allgemeinen, bei Schiffner im besonderen und dem PLAN im ganz besonderen. Frau Zäpter, seine selbstbewußte Sekretärin – über unverlangt eingesandte Lyrik entscheidet sie – bereitete geräuschvoll Kaffee, während Schiffner gegenüber von Schevola Platz nahm und mich dazulud. Er betrachtete seine Fingernägel, vor sich das Manuskript, aus dem zwei Seiten herausstachen, die er, als der Wasserkessel zu pfeifen begann, in den Block zurückzustupfen versuchte. Madame Schevola schien ruhig und verschlos-

sen, sie hatte die Finger aneinandergelegt, starrte auf den Tisch und war bleich.

»Also Sie haben da etwas geschrieben, und das wollen Sie nun veröffentlichen. Nun will ich Ihnen mal die Philosophie unseres Hauses erörtern, mein Kind.« Ich hasse diese Momente – und genieße sie zugleich, merkwürdigerweise, denn wie einem Autor zumute ist, der solches zur Begrüßung, als allerersten Satz, zu hören bekommt – nicht einmal Guten Tag, dafür sind die Vorzimmer zuständig, Schiffner steht nur auf, strafft sich und fährt sich knapp übers Haar, leimt den irrlichternden Autorenblick mit seinem väterlichen Verlegerblick fest, reicht die Rechte und weist mit unnachahmlich abtropfender Handbewegung stumm auf den Armesünderstuhl am Konferenztisch, seinem imperialen, mit münzgroßen, gelben Polsternägeln beschlagenen Chefsessel gegenüber –, wie also der beherrscht wirkenden Schevola zumute ist, kann ich nachfühlen.

»Wir machen Autoren, keine Bücher. Wir machen nicht nur mal so eben«, er hebt das Kinn und wedelt sanft mit der Linken, »ein Buch, mein Kind. Nein.« Wie er den Kopf schüttelt dabei. Wie er es sagt, dieses Nein: nicht mit Nachdruck, nicht mit abputzender Stimmhöhung, er senkt das Kinn und schüttelt nachsichtig den Kopf, als spräche er zu einem ungezogenen Haustier, die Hand wird flach fallengelassen – Robbenflosse – und teilt sacht die Luft, als gäbe es außer diesem milden »Nein« nichts mehr zu sagen, dabei rollt er die Lippen. Abschmecken des Effekts. Und wenn er dann die linke Braue lüpft, weiß Frau Zäpter, daß es Zeit ist, den Kaffee zu servieren, für ihn mit einem Sahnebällchen, das aus einem kraftvoll geschüttelten Siphon spotzt, und dann, wenn er, die Braue ein wenig weiter hebend, genippt hat, folgt: »Kommen Sie mal mit, mein Kind.« Jetzt zeigt er ihr die Grafiken und Gemälde an den Wänden zwischen den Regalen, Porträts von Schriftstellern, alle von renommierten Vertretern aus dem Verband Bildender Künstler geschaffen; er schnippt den rechten Zeigefinger aus, auf dem ein Ring mit grünem Stein sitzt, tupft in Richtung des ersten Bilds: »Wer ist das?« – »X.« Zweites Bild: »Wer ist das?« – »Y.« Drittes Bild: »Und das?« – »Z.« Er tätschelt ihr die Wange und sagt: »Sie irren sich, es ist A.« Dann greift er ins Regal, holt einen Spiegel hervor, hält ihn der verblüfften Schevola vors

Gesicht: »Und wer ist das?« – »Ein anderer?« – »Das ist ein Autor, der nichts kann.« Er beobachtet sie scharf, lauernd, mit leicht zusammengekniffenen Augen, die Zunge sucht ihren Weg in die linke Zahnreihe; er wirbelt den Spiegel nach hinten und stoppt, als wäre er ein Revolverheld, der den Colt, noch rauchend, wieder ins Holster schiebt, dann legt er den Spiegel wie eine Kostbarkeit, behutsam und korrekt, ins Regal zurück.
»Wenn Sie dieser Meinung sind, warum bestellen Sie mich überhaupt her?«
»Ah, meine Liebe, es ist sehr gut, daß Sie wütend werden. Das Talent von Autoren, die wütend werden können, ist in der Regel entwicklungsfähig.« Er schaut auf die Fingernägel, dann zu mir: »Das wird Herr Rohde übernehmen, den Sie ja schon kennengelernt haben. Ein erfahrener Lektor mit viel Feingefühl. Noch eins.« Er zieht ein Buch aus dem Regal: »Sie gebrauchen das Semikolon inflationär. Hier ist ein Werk von Gustav Regler. Kennen Sie Gustav Regler? – Sollten Sie aber. Sie setzen sich jetzt hin und studieren im Kapitel vier, wie Regler das Semikolon gebraucht. Es ist«, Zeigefinger, Aufblitzen des grünen Steins, »ein Punktersatz! Auch kann man sich über die Regel, es vor ›aber‹ und nachfolgendem Hauptsatz einzustellen, unterhalten. Studieren Sie die alten Grammatiker! Merken Sie sich: Die deutsche Sprache ist kompliziert und weist manche scheinbare Ungereimtheit auf, wenn Sie aber näher hinsehen, hat das alles seine guten Gründe. In einer Stunde melden Sie sich wieder bei mir.«
Das tut sie. Schiffner hat inzwischen telefoniert, in Grafikmappen geblättert, laut über die drei Regeln zur Kleinschreibung eines vollständigen Satzes nach einem Doppelpunkt sinniert, ein Eis aus dem Verlagskühlschrank verschmaust und sich die Schläfen mit Kölnisch Wasser erfrischt. Er nimmt ihr das Buch aus der Hand und stellt es ins Regal zurück. Er schaut auf ihre Brüste, schenkt ihr Bücher im Wert von tausend Mark und entläßt sie.

Auf die Leipziger Buchmesse bereitete man sich wochenlang vor. Man fuhr nicht hin, um ein paar Bücher in die Hand zu nehmen, auf- und wieder zuzuklappen; man fuhr hin, um durch ein Fenster ins Gelobte Land zu sehen. Das Fenster hatte Sedez-, Oktav-, Quart- und Folio-Format, am häufigsten aber maß es 19 x

12 cm, hatte keinen festen Rücken, dafür aber drei Fische auf der Vorderseite oder »rororo«, stand in einer regenbogenfarbenen Reihe, oder es war weiß und trug Pastellkreide-Zeichnungen: dann, sagte etwa Niklas, sind wir richtig; dann stammten diese Umschläge von einem Herrn namens Celestino Piatti, und die Bücher mit diesem Namensschnörkel wurden zum Ziel mancher Pläne. 19 x 12 cm: Taschenbuchformat. Dieses Maß war mit Linealen geprüft und vermessen, danach schnitt Barbara das Innenleben der Messe-Mäntel zu, denn wo Taschenbücher waren, mußten auch Taschen sein.

TAGEBUCH:
Heute habe ich, der Zoologe, gelernt: Die afrikanische Wüstenheuschrecke hat eine ostdeutsche Verwandte, die Bücherheuschrecke (Locusta bibliophila), eine species auf zwei Beinen, gekleidet in »Wisent«- oder »Boxer«-Jeans, selbstgestrickte Rollkragenpullover und olivgrüne oder erdbraune »Kutten« (Parkas), deren Säume bis über die Waden reichen (Sonderanfertigungen aus der Pelzschneiderei »Harmonie« an der Rißleite, vorgenommen in der Freizeit oder in Absprache mit dem Chef – auch er hat Lesevorlieben –, worauf Barbara und, je nach Anfrage, eine Kollegin für einen oder zwei Tage aus der sozialistischen in die individualistische Planerfüllung umgeleitet werden). Die Locusta bibliophila ernährt sich von Büchern, allerdings nur von solchen aus dem Nichtsozialistischen Wirtschaftsgebiet. Der Angriff der Bücherheuschrecke wird Wochen vor dem Leipziger Schlaraffen-Ereignis generalstabsmäßig geplant, und ich, willkommener Vorposten im zyklisch wiederkehrenden Kometen aus Papier, wurde in die Pflicht genommen:
»Wo sind sie. Wann kommen sie. Du mußt sie vorbereiten. Auf uns. Du mußt Schließfächer im Hauptbahnhof mieten. Wir müssen uns ein Signalsystem überlegen. Vielleicht ein Taschentuch, in das du schnaubst, wenn Gefahr droht. Wieso, es ist doch Erkältungszeit. Natürlich mußt du auch arbeiten – aber das kannst du doch tun, wenn wir wieder weg sind.«
Die Rüstung der Bücherheuschrecke (besagter »Messe-Mantel«, Typ Parka) wird etwa zwei Wochen vor der Schlacht einer gründlichen Überprüfung unterzogen; rechte Innenseite: in zwei Reihen nebeneinander je fünf Taschen, von Überbrust- bis

in etwa Kniehöhe eingenäht (teilweise überlappend), Format 21 x 14cm, die Leichtgängigkeit wird mittels des in der Pelzschneiderei »Harmonie« befindlichen Exemplars Heinrich Böll, »Wanderer, kommst du nach Spa ...« kontrolliert, welches
»widerstandslos«
»sauber bedeckt«
»wölbungsarm«
in der Tasche Platz finden muß. Die Kutte ist zwei Nummern zu groß und nicht mit dem handelsüblichen Solidor-Reißverschluß versehen (der Verschluß unten klemmt oft, läge bei dieser Kutten-Version auch so tief, daß man sich bücken müßte, was der angestrebten Wölbungsarmut u. U. abträglich sein könnte), sondern mit Druckknöpfen, die sich schneller – und punktuell – schließen lassen. Auf der linken Innenseite finden sich zwei große Taschen für Prachtbildbände und sonstige Werke ungewöhnlichen Formats. An der Außenseite des »Messe-Mantels« gibt es weitere große, knöpfbare Taschen, dazu, über jeder Hüfte, einen starken Schnapp-Karabiner in haltbarer Lederschlaufe: Darin werden die mannigfachen Plastbeutel, in denen man Kugelschreiber, Broschüren, Bücher, Schokolade, Kataloge, Bananen, noch mehr Kugelschreiber, West-Zigaretten und noch mehr Bücher aufzubewahren gedenkt, eingeklinkt – man hat die Hände frei, und die Beutel können nicht von Zeit- und Leidgenossen an sich gebracht werden.
Der Anflug der Bücherheuschrecke vollzieht sich in Fahrgemeinschaften: Anne und Robert in Rohdes Moskwitsch, Malthakus und Dietzsch in Kühnasts Škoda, Prof. Teerwagen und Frau mit Knabes, deren Wartburg in der Reparatur ist; Schallplattenhändler Trüpel mit Tietzes. Gespräche: Ach, das herrliche Opernbuch, ach, und das herrliche Picasso-Buch (Musikkritiker Däne zu Adeling, die – per Zug anreisen); Strategie zur Täuschung der Ein- und Auslaßdienste (System »Bauernopfer«: einer brüllt, die entstehende Verwirrung wird benutzt, um die Beute in Sicherheit zu bringen). Ich habe die Kollegen vorbereitet, habe zwei (!) Schließfächer im Leipziger Hauptbahnhof mieten können. – »Nur zwei?!« Musikkritiker Dänes Verzweiflung ist eine ahnungslose, immer noch, nach so vielen Messejahren. Wenn der wüßte, daß Schließfächer in Leipzig vererbt werden.
Der Angriff der Bücherheuschrecke vollzieht sich in Wellen, sein

unmittelbar bevorstehender Beginn wird dem scharfen Beobachter dadurch kenntlich, daß sich die ohnehin immer gierig blickenden Augen zu Hungerschlitzen verengen. Der Hunger gilt vorrangig den Farben. Hauptsache: bunt. Je bunter die Beute, desto besser. Und je mehr davon, auch: desto besser. Am versessensten ist die Bücherheuschrecke auf rote Umschläge. Der Verdacht besagt: Das hat etwas mit uns zu tun. Hat der Hungerschlitz einen Dissidenten-Namen registriert, muß sofort gehandelt werden. Der wachhabende Lektor ist von Buchheuschrecke B in ein strategisches Gespräch zu verwickeln, während Buchheuschrecke A mit trommelndem Herzen, in Schweißausbrüchen und erblindet vor Courage blitzschnell ans Regal tappt (der Griff muß weich abfedernd über dem Umschlag der Beute zum Stillstand kommen, das ist die alles entscheidende Pause, die Sekunde glücklicher Furcht: ICH HAB'S! Zwischen meinen Fingern ist es, der Umschlag ist glatt und aus dem Westen), jetzt:
Knöpfe am Messe-Mantel lösen
elegant nach oben schauen, trockne Lippen mit der Zunge netzen
Hustenanfall vortäuschen
bücken
rot werden nicht vergessen
Husten verstärken
Messe-Mantel auf
Augen zu und –
weg
weg
weg
(»He, Sie da, sagen Sie mal, was erlauben Sie sich?« – »Aber, Sie … haben doch sonst immer weggesehen?« Tumult. Sperre bilden. Darauf achten, nicht als Einheit wahrgenommen zu werden, da sonst Messeverbot. Messeverbot = Katastrophe. Katastrophe = Heimfahrt mit: »Du hättst es haben können, wärste nich so blöd gewesen!« Barbara stößt einen Schrei aus, sinkt beiseite. Notfall. »Danke, geht schon wieder.« Malthakus und Teerwagen entweichen. Beute: Isaak Deutscher, Stalin. Alexander Solschenizyn: Der Archipel GULag, 1. Teil. Eine Anthologie Schriftsteller gegen Atomwaffen. Friedrich Nietzsche: Warum ich so klug bin. Draußen: Erste Runde vorbei. Beruhigungstabletten aus Ulrichs Auto-

apotheke. »Ein Komma am Knast vorbei, Herr Professor!« – »Hat sich aber gelohnt!« – »Ham' Se schon 'ne Liste, wer wann mit Lesen drankommt?« Schluck aus der Teeflasche. Vergleich der Plastbeutel-Inhalte, Kontrolle der Mäntel. Durchatmen. Auf zur zweiten Runde.)

Es war das Jahr der Apokalypse. Fast alle ausgestellten Bücher beschäftigten sich mit Weltuntergängen. Der Wald starb. Raketen wurden stationiert, Pershing und Cruise Missiles, es gab den SALT II-Vertrag und ein Programm zum Krieg der Sterne; aller Sprengstoff der Welt reichte aus, die Erde mehrfach explodieren zu lassen. Die Stimmung auf der Messe war gedrückt, Lektoren, Verleger, Autoren: alle waren finster entschlossen, unterzugehen. Jemand hob sein Glas und wünschte sich den Untergang wenigstens in der Abendröte vor seinem Toskana-Häuschen: Man muß sich dann nicht so fürchten!

Kamen die Lektoren aus den Westverlagen an den Stand des Hermes-Verlags, winkte Schiffner, lächelte unternehmend und tuschelte, die verängstigte Judith Schevola, die er zur Messe beordert hatte, nach vorn schiebend: »Eine unserer größten Begabungen! Von der werden wir noch viel hören!« Aber die Lektoren senkten nur traurig die Köpfe und nippten resigniert am Rotwein. Schiffner klopfte Schevola auf die Schulter und meinte, das habe nichts zu bedeuten. Die Apokalypse aber machte hungrig, die Kneipen und Restaurants waren überfüllt, in »Auerbachs Keller«, »Zills Tunnel«, der HO-Gaststätte »Paulaner« kein Platz mehr frei. Erst im unweit des Messehauses gelegenen Restaurant »Jägerschänke« gelang es den Mitarbeitern eines bedeutenden Frankfurter Verlages, einen Ober mit frei konvertierbaren Argumenten zu überzeugen, den Stammtisch mit »Reserviert«-Schild, in der Ecke bei einem Ofen unter ausgestopftem Auerhahn, freizugeben. Der Hermes-Verlag war eingeladen: Schiffner und der Frankfurter Verleger, Munderloh, waren befreundet; sie hatten über Hermann Hesse promoviert, und Schiffner hatte in einem Brief an Munderloh, in dem er ihn hauptsächlich auf Druckfehler und zwei Stellen mit mangelhafter Sprache in einem Buch eines fünf Jahre zurückliegenden Herbstprogramms hinwies, geschrieben, sein gesamter Frankfurter Verlag sei nichts anderes

als das entfaltete »Glasperlenspiel«. Die beiden Männer eröffneten den Messe-Umtrunk.
Schevola rauchte nervös und war dankbar, daß Meno ihr einen Platz neben sich anbot. Der Dichter Eschschloraque betrat das Lokal, Meno hatte Gelegenheit, ihn zu beobachten. Eine gewisse unproletarische Grandezza lag in seiner Erscheinung. Trotz der kühlen Witterung, die zu dieser Jahreszeit noch in Leipzig herrschte, und trotz der von Abgasen und Braunkohlepartikeln verschmutzten Luft, die die Ursache dafür war, daß man in Leipzig nur selten Menschen in heller Kleidung sah, trug Eschschloraque einen leichten cremefarbenen Anzug, dessen Schnitt und Stoffqualität das Maßatelier verrieten. Über dem Arm hatte er einen Trenchcoat, um den Hals einen roten, in mehreren Lagen geschlungenen Kaschmirschal, dessen mit langen Fransen versehene, elegant herabhängende Enden die schlanke Gestalt des Dichters vorteilhaft und zugleich dezent umhüllten. Umhüllung – dieses Wort schien zuzutreffen. Nein, die Schal-Enden »umspielten« sie nicht, Eschschloraques schlanke Linie, schon gar nicht »betonten« sie sie. Er nahm seinen Hut ab, blieb im Halblicht des großen Leuchters am Eingang der »Jägerschänke« stehen, aufrecht, stolz, unzugehörig zur lärmenden, biertrinkenden, besteckklappernden Wirtshaus-Menge. Er musterte Tisch für Tisch, ruhig, aber mit der rasch registrierenden Wachheit eines geübten Beobachters. Noch immer hielt er den Hut in der Hand, der rechte Arm war angewinkelt, eine Geste, wie sie vornehmen Bittstellern oder Schauspielern zu eigen ist, die alt geworden sind und wissen, was sie geleistet haben, aber nicht, ob es der, der ihnen gegenübersteht, auch weiß, und nun die Tatsache, daß sie um eine Rolle bitten müssen, mit dieser Geste höflicher Nonchalance weniger vor ihrem Gegenüber als vor sich selbst zu verbergen versuchen und, da der Kommentator in ihnen sich nicht bestechen läßt, sondern ironische Bemerkungen macht, wenigstens diese Geste vollendet ausführen: nutzlos, aber vollendet – das war man sich schuldig. Eschschloraque trat ein wenig zurück, vielleicht empfand er den Punkt, an dem er stand, als zu hell: Es konnte eine Indiskretion sein, so auf sich aufmerksam zu machen, eine Platitüde war es mindestens; ein Gentleman stört nicht, und es wäre eine Störung gewesen, hät-

ten etwa Schiffner oder Redlich aufspringen müssen, um ihn, den Verfasser berühmter Dramen und Gedichte im klassischen Stil (was heißt hier »klassischer« Stil, sann Meno, einen anderen gibt es für ihn nicht, man müßte sagen: Verfasser von Dramen, die Stil haben), wortreich und mit aufmerksamkeitsbannenden Zeremonien zu begrüßen. Gleichzeitig konnte Eschschloraque im Dämmer besser sehen, wurde nicht geblendet. Langsam ließ er den Hut sinken. Es war ein brauner Borsalino, ein teures, kaum in hiesigen Geschäften erhältliches Modell; Meno erinnerte sich, ein ähnliches einmal beim Hutmacher Lamprecht gesehen zu haben, es hatte sechshundert Mark gekostet und war für Arbogast bestimmt gewesen. Ein Kellner rempelte Eschschloraque an, und so, wie er in diesem Moment dastand: den Trenchcoat über dem linken Arm, den Hut in der rechten Hand, mit für Sekunden verunsicherten Augen, spürte Meno eine jähe Aufwallung von Mitleid mit diesem Mann, den eine gekannte, aber gut überspielte Aura von Einsamkeit umgab. Um die Bewegung zu begründen (daß es ein »Begründen« war, schien Meno unzweifelhaft), klopfte er mit der linken Hand den Hut leicht ab, nahm in Kauf, daß der Trenchcoat übermäßig durch die Luft wedelte (diese mißglückte Geste würde durch ihr Mißglücktsein um so mehr ablenken), schüttelte den Hut, als lägen Schneeflocken oder Regentropfen auf der Krempe, doch da es weder geschneit noch geregnet hatte und ein potentieller Beobachter das wissen konnte, korrigierte er die Verlegenheitsgeste wiederum, indem er mit den Fingern über das Hutband rieb, als hätte er nun Staub darauf entdeckt. In diesem Moment schien er zu spüren, daß er beobachtet wurde, nicht gesehen, sondern beobachtet, von jemandem, der ihn kannte, denn er sah plötzlich zu Menos Tisch hinüber und, indem er durchs Licht trat, verbarg er sich nicht: sich zu verbergen wäre die Reaktion eines unerfahrenen Menschen gewesen, der dadurch seine Ahnung verrät; Eschschloraque trat durchs Licht, gab sich zu erkennen und ließ so die Beobachtung keine Kunst mehr sein. Er ging zur Garderobe und hängte den Hut neben Menos, wobei er stutzte, sich rasch umsah, den fremden Hut in die Hand nahm, die Banderole der Innenseite las, wo der Name eingeschrieben stand. Jäh sah Eschschloraque auf, musterte Meno kühl, hängte den

Hut langsam wieder an den Haken. Es war kein Platz am Tisch mehr frei, und Meno wartete gespannt, wie Eschschloraque dieses Problem lösen würde. Er schlenderte näher, die Unsicherheit durch übertriebene Drehungen des Körpers ausgleichend, starrte auf einen imaginären Punkt – als wollte er nicht, daß ein anderer Blick seinen träfe und Verlegenheit, Scham, vielleicht sogar Verdruß über die Unaufmerksamkeit entstehen konnte, den Dichter Eschschloraque nicht bevorzugt behandelt zu haben. Die Mitarbeiter des bedeutenden Frankfurter Verlags saßen mit dem Rücken zu ihm, Munderloh hielt ein Glas Raki in der Faust, ließ es auf den Tisch sausen, als er mit Schiffner stritt, leckte die Schnapstropfen vom Handgelenk. Schevola und Josef Redlich hatten Eschschloraque bemerkt, Redlich stieß Schiffner an, der winkte. Eschschloraque stand jetzt am Tisch, in einer Art Habt-acht-Haltung, niemand stand auf. Die Gespräche verebbten.
»Wäre Zusammenrücken möglich?« fragte Eschschloraque, dabei lächelte er, es gelang ihm gut, dieses Lächeln, fand Meno. Es war ein wenig skeptisch, Bescheidenheit und Würde mischten sich darin, es war ohne verletzte Eitelkeit und ohne Herablassung. Er bekam einen Platz auf der Sitzbank, übereck neben Meno und Schevola, unter der geschnitzten Figur eines Nachtwächters mit Schweiflaterne, Waldhorn und wurmstichigen Augen. Schevola beugte sich zu Meno, flüsterte: »Haben Sie den Artikel gelesen, den er über Ihr Buch veröffentlicht hat?«
»Nein.«
»Nein?« Sie schien erstaunt zu sein. »Er hat Sie angegriffen. Sie, Altberg und ich seien eine fragwürdige romantische Fraktion.«
»Nein. Für ihn ist es Medizin, mir verdunkelt es den Tag. Warum sollte ich es also lesen? Ich bin kein Masochist.«
»Aber wenn Sie mit dem, was er schreibt, konfrontiert werden?«
»Dann kann ich es nicht ändern. Aber erst dann.«
»Und Sie ertragen es, mit ihm an einem Tisch zu sitzen?«
Meno lächelte gequält. »Sehen Sie, so ist das in dieser kleinen Fakultät. Tagsüber Lanzenstechen, und abends hebt man ein Bier miteinander. Sie werden sich daran gewöhnen müssen.«
»Und das stört Sie nicht?«
»Wer sagt, daß es mich nicht stört? Aber –«

»Sie haben Frau und Kind.« Schevola winkte ab.
»Sie sind recht schnell mit Ihrem Urteil.« Meno trank sein Bier aus. »Hüten Sie sich davor, wenn ich Ihnen den Rat geben darf. So etwas ist zwar reizvoll moralisch und sorgt für einen ehrlichen Herzschlag, aber es tut der Literatur nicht gut. Darüber sollten wir uns auch in bezug auf Ihren Text unterhalten.«
»Was tut der Literatur nicht gut?« Eschschloraques Stimme war heiser, vielleicht lag es am dichten Zigarettenrauch, der das Lokal füllte. Er trug ein seidenes Tuch um den Hals und hatte es im offenen Kragen des weißen Hemds zu einem chevaleresken Knoten geschlungen.
»Das Moralisieren«, erwiderte Meno und schaute Eschschloraque an. »Mit einem anderen Wort: das Bescheidwissen.«
Eschschloraque betrachtete ihn prüfend, rieb sich sacht über die sorgfältig rasierten Wangen. Munderloh beugte sich vor.
»Herr Eschschloraque, ich interessiere mich für Sie.«
»Das nenne ich ritterlich das Visier gehoben. Dank dafür und für den Mut, Ihre Schüchternheit durch so direktes Anklopfen einzugestehen«, erwiderte Eschschloraque und trank dem Verleger zu. »Fräulein Schevola beispielsweise, über die Ihnen Freund Schiffner so viel Schönes zu berichten wußte, ist gar nicht schüchtern. Deshalb sind ihre Schwarzgedanken vorerst verborgen. Ich darf einen weiteren psychologischen Sprung wagen: Das Problem ist der Zensor, der recht hat, meine Liebe. – Im übrigen, Herr Munderloh: Wie wird mir denn? Ihr Haus, so geistreich ohne mich?«
»Ich meinte es persönlich – wenn Sie gestatten. Stalinismus und Esprit, wie geht das zusammen?«
Eschschloraque lächelte. »Schlaf schneller, Genosse, dein Bett wird schon gebraucht! – Na, Herr Rohde, Erinnerungen an alte Kommunalka-Zeiten?«
»Aber Sie können doch nicht … die Toten«, sagte der Frankfurter Pressechef ungläubig.
»Tote müssen sein«, entgegnete Eschschloraque kühl. »Tun Sie doch nicht so, als ob bei Ihnen nicht gestorben würde. Die Feinde gehören ausgemerzt, das ist sinnvoller, bewährter Brauch von Zeitaltern, die Großes vollbringen. Und es ist allemal besser, für eine große Sache zu sterben, als für eine mittelmäßige zu leben.

Die echten Demokraten unter Ihnen sollten vor dem Hauptgang protestieren; Scharfsinn meidet die Verdauung.«
»Reden wir doch über Fußball!« Redlich blinzelte in Richtung des Frankfurter Pressechefs, aber der versteifte den Rücken.
»Lieber Redlich, Sie wollen höflich sein und uns Peinlichkeiten ersparen. Sehen Sie, mit den Feinden verhält es sich beispielsweise so: Herr Rohde, den ich schätze, ist ein subtiler Spaßvogel und hat sich jüngst einen, sagen wir, Angestellten-Scherz erlaubt. Als Lektor, der weiß, was sich gehört, korrigiert er mit Bleistift, an einer Stelle jedoch, die man zweideutig lesen kann, setzt er ein rotes Komma. – Sie haben«, lächelte Eschschloraque, »ein rotes Komma hinter den Sozialismus gesetzt. Sollte das etwas zu bedeuten haben? Etwa, daß der Sozialismus nicht das letzte Wort ist?« Eschschloraque hielt einen kleinen Vortrag über Klostermönche, die ihre Kommentare zu den abzuschreibenden Texten auf ebenso subtile Weise gegeben hätten, durch Hervorhebung bestimmter Buchstaben nämlich, über mehrere Seiten und Kapitel, so daß in einer hehren Minneliedsammlung das lateinische *Troubadour du bist ein Rohrkrepierer* verborgen, für die geübten Augen der Philologen aber sichtbar gewesen sei.
Schiffner zog seinen Kamm aus echtem Büffelhorn aus der Jakkett-Innentasche und strählte die weiße Haartolle über seinem markanten, in Krim-Urlauben gebräunten Gesicht. »Deshalb klangst du so furchtbar ruhig am Telefon.«
»Rossi war großartig! Der hat doch die Blauen quasi allein zur Weltmeisterschaft geschossen«, rief Josef Redlich.
»Sie können schreiben?« Munderloh beugte sich zu Judith Schevola.
»Ich versuche es«, erwiderte sie mit abweisend vorgerecktem Kinn.
»Sie versucht es!« Der Verleger hieb mit der Hand auf den Tisch. »Könnten Sie einen Delphin töten?« Die Gespräche am Tisch verstummten erneut.
»Das käme auf die Situation an, Herr … Wie war Ihr Name?« Munderloh starrte erst sie, dann Schiffner an, der sich amüsierte. Eschschloraque faltete die Hände unter dem Kinn zusammen, beobachtete witternd, sein Gesicht hatte den Ausdruck eines Wissenschaftlers, der auf das Ergebnis eines inter-

essanten Experiments wartet, das unmoralisch ist, aber unvermeidlich.

»Mein Name ist Munderloh. Sie gefallen mir. Allerdings ist Ihre Antwort, daß es auf die Situation ankomme, allzu erwartbar. Auf die Situation kommt es nämlich immer an.«

»Ich hasse Delphine«, sagte Schevola kalt. »Sie sind immer so lieb und nett, sie retten Schiffbrüchige und stehen dem Dichter Arion bei, umtanzen Bacchus' Kahn, sonnen am neuen Lichte den Rücken … aber ich traue ihnen nicht.«

»Es gibt eine Schule der bösen Delphine«, murmelte Redlich. »Schwarze Delphine, die uns nicht wohlgesonnen sind –«

»Josef, was redest du.« Der Frankfurter Pressechef bewegte unmutig die Hand.

»Ich würde schon deshalb gerne mal einen Delphin töten, um zu sehen, was die anderen Delphine machen. Ob sie so lieb und nett bleiben, ob das Klischee stimmt – oder ob sie dann ihren wahren Charakter zeigen«, sagte Schevola, wobei sie Munderlohs Blick – hart, aus Augen, die wie hellblaue Steine wirkten, ein Blick wie ein Stab, wie eine Präpariersonde, dachte Meno – nicht auswich.

»Ich werde Ihr Manuskript lesen«, sagte Munderloh nach einer Weile, in der am Tisch Schweigen geherrscht hatte und nur die Geräusche aus dem vorderen Teil der »Jägerschänke« zu hören gewesen waren. »Ich werde es lesen, wenn Haus Hermes es mir überläßt.« »Schwimmen Sie gern?« Er nahm eine Visitenkarte, kritzelte etwas auf die Rückseite, schob die Karte über den Tisch zu Schevola.

»Nicht in Vertragsverhandlungen«, antwortete sie, nachdem sie die Karte gelesen und Munderloh lange Sekunden in die Augen gestarrt hatte.

»Schön. – Wachsen also nicht nur Knechte in diesem Land.«

»Nicht so, Herr Munderloh, bitte … nicht so!« Redlich hatte sich nach vorn gereckt. »Sie treiben Finsternishandel, Lichtenberg, Heft L. Und fühlen den Druck der Regierung sowenig als den Druck der Luft, Heft J.«

Munderloh nickte. »Vielleicht haben Sie falsche Vorstellungen von den Verhältnissen bei uns. Vielleicht ich von den Verhältnissen bei Ihnen. Trinken wir doch auf das, was uns eint.«

Er hob sein Glas, das er mit Wein gefüllt hatte, trank Redlich zu.
»Wir, die wir wissen, was für ein kostbares Gut Wahrheit ist ... Und es ist auch eine Wahrheit, Sprache in ihrer Reinheit darzustellen ...« Redlich sank zurück, sein rundliches, schnurrbärtiges Gesicht mit den verquollenen Augen, das Meno an Joseph Roths Gesicht erinnerte, geriet wieder in den Schatten. Schiffner legte ihm die Hand auf den Arm.
»Auf jeden Fall sind Sie, seid ihr«, Redlich wies mit großzügiger Geste über die Frankfurter Reihe, »viel besser gekleidet als wir!« Er lachte, hielt sich die Hand vor den Mund.
»Sie schwimmen nicht gern, stimmt's?« Munderloh beugte sich vor, verschränkte die Hände. Es waren starke, bäurisch grobe Hände mit behaarten Fingerrücken, Meno war sich sicher, daß Munderloh in der Lage war, Walnüsse zwischen Daumen und Zeigefinger zu knacken. Der würde das Lager überstehen – diesen kantigen Kopf, die wie mit dem Beil gehauene Nase, stark wie ein Tukanschnabel, diesen Holzfällerrücken würden die Befreier sehen, die das Tor öffneten; er ist einer, der überlebt, dachte Meno und runzelte die Stirn, weil es ihn irritierte, daß er Munderlohs äußere Erscheinung mit dem Lager in Verbindung brachte; der Gedanke erschien ihm perfide. Redlich antwortete nicht auf Munderlohs Frage. Sie brachen auf. Vor der »Jägerschänke« wartete Philipp Londoner, der Eschschloraque und Schiffner vertraut begrüßte. Schevola war verschwunden.

Bei Philipp war es warm, Marisa hatte stark eingeheizt; Meno und Eschschloraque zogen bald die Jacketts aus. Philipp schien zu frieren, er lief unruhig auf und ab, rieb sich die Hände, machte hin und wieder eine Kniebeuge, wenn er neben dem aserbaidschanischen Kupfertischchen vor der Wand mit den Tausenden hellbraunen, blauen, weißen und rotrückigen Reclam-Bänden hielt. Eschschloraque wußte um Menos Verhältnis zur Londoner-Familie, hatte sich aber dennoch gewundert, daß er bei Philipp übernachtete. Meno hatte geschwiegen und sich seinerseits Gedanken gemacht, warum Eschschloraque hier war. Jochen Londoner kannte ihn, Meno wußte auch, daß er im Haus am Zetkinweg in Ostrom öfters zu Gast gewesen war, aber das

vertraute Verhältnis zwischen Philipp und Eschschloraque überraschte ihn.
»Dieser Nachtwächter«, sagte Eschschloraque, wobei er das Teeglas, das ihm Marisa gebracht hatte, langsam drehte und sinnend den Schwebeteilchen in der roten Flüssigkeit zusah, »dieser Nachtwächter in der ›Jägerschänke‹, Sie haben ihn natürlich bemerkt, Herr Rohde? Selbstverständlich. Wer so über Spinnen zu schreiben versteht, bemerkt auch einen Nachtwächter. Was meinst du, Philipp, braucht der Kommunismus Nachtwächter? Freund Rohde hier würde die Frage sicherlich bejahen, er vertraut auf die Unveränderlichkeit gewisser Angelegenheiten, menschlicher zumal – aber wer weiß.«
»Nachtwächter? Blödsinn. Wir haben andere Sorgen.«
»Aber es wäre doch mal eine lohnende Frage für euer Institut. So humoristisch, wie du glaubst, ist sie gar nicht.«
Philipp zuckte die Achseln, setzte sein Auf- und Ablaufen fort. Marisa kam herein, machte es sich auf der Couch neben Eschschloraque bequem, zündete sich einen von Philipps Zigarillos an.
»Sag mir lieber, wie das Treffen vorhin war, mit den Frankfurter Leuten.«
»Eine ziemlich gemischtkapitalistische Soirée. Sie schauen uns mitleidig und neidisch zugleich an. Mitleidig, weil wir so furchtbar naiv sind und uns partout den Glauben nicht nehmen lassen wollen, daß das geschriebene Wort die Welt verändert. Neidisch: Weil wir damit, wenigstens in diesem Teil des Vaterlands, durchaus recht haben. Wut ist übrigens auch dabei. Sie mögen es nicht, wenn wir sie beim Nachlassen ertappen. Sie haben eben keine staatlichen Produktionsbedingungen. Daß sie daraufhin immer wieder auf unser in der Regel mäßiges Papier zurückkommen, bestätigt deine These, daß der Geist unter den Bedingungen des Marktes kuhartig Oberflächen abgrast. Wie geht's übrigens am Institut?« Philipp arbeitete als Dozent an einer Leipziger Außenstelle des Instituts für Gesellschaftswissenschaften.
»Nicht besonders. Ich komme nicht voran.«
»Weil du zu jung bist?«
»Nein, das ist nicht das Problem.«
»Hattest du dich nicht für eine Professur beworben?«

»Ich werde sie wohl auch bekommen, aber … Das Institut verliert an Einfluß, es wird kaum noch ernst genommen.«
»Dann geh in die Politik.«
»Es ist gut, seine Grenzen zu kennen. Ich bin in der Theorie besser aufgehoben.«
»Was nicht gegen dich sprechen muß. Was auch nicht für die Praxis sprechen muß.«
»Ja. Theorien können mächtige Veränderer sein. Und ich bin kein Volkstribun, wie es der Spitzbart war, trotz allem.«
»Nicht so despektierlich, wenn ich bitten darf. Er war kein übler Politiker, alles in allem genommen. Viel besser als der da.« Eschschloraque wies über die Schulter zurück auf ein Porträt des Generalsekretärs auf einem der Regale.
»Politiker – mag sein. Als Mensch … Meine Abteilung wird ein wenig geschnitten.«
»Woran liegt's?«
»An meinem Namen, glaube ich. So paradox das klingt. Und wohl auch daran, daß wir in England waren.«
»Meinst Du? Bißchen einfach, wenn du mich fragst. Aber immerhin: Möglich wäre es schon. Sie sind nicht gerade Philosemiten, die Genossen im Dunstkreis des Politbüros.«
»Lassen wir das«, brach Philipp ab. Er sah zu Marisa, die ruhig rauchte und aus dem Fenster starrte. »Wie meintest du das mit diesem Nachtwächter?«
Eschschloraques Gesicht bekam etwas Clowneskes, wenn er lächelte. Die faltigen Wangen und stark ausgeprägten Tränensäcke schienen zu einer Maske zu gehören, hinter der listige Züge wie Springteufelchen darauf warteten, hervorzuschnellen und auf der für Momente freien Bahn Purzelbäume zu schlagen, auch hatte Meno den Eindruck, daß Eschschloraque bei allen schönen Reden hauptsächlich daran interessiert war, aufzustehen und über dem Tisch einen Flickflack zu turnen. »Gibt er dir also doch zu denken, unser Nachtwächter. Nun, ich habe einen in dem Stück, an dem ich gerade arbeite. Ein Nachtwächter, glaube ich, ist ein Idealist aus Verzweiflung. Niemand ist mehr auf den Straßen – wenigstens nicht offiziell – außer ihm und der Dunkelheit. Naja, vielleicht lasse ich noch eine Katze auftreten. Seine Lampe ist das einzige Licht in der Nacht. Denn natürlich ist es

eine Nacht – und nicht ein lauschiges Sterntalermärchen. Die Menschen schlafen – er wacht. Er trägt die Lampe durch die Finsternis. Und muß damit zurechtkommen. Er verneint die Natur, mehr noch: Er haßt sie – qua Amt.«
»Ist das wieder eine deiner Verteidigungen der Klassik gegen die Romantik?«
»Warum sollte ich die Klassik gegen etwas verteidigen, das der englische Geheimdienst ausgeheckt hat? Leider aber scheint die Dummheit … das Gleichnis der Unsterblichkeit zu sein.«
Philipp lachte auf. »Führst du immer noch Dossiers über deine Feinde?«
»Das geht Freund Rohde nichts an«, erwiderte Eschschloraque. »Danke für den Tee, gnädige Frau.« Er stand auf und verbeugte sich vor Marisa.

26.
Wolken im April

»Glaubst du, daß es die Wahrheit gibt?« Verena zupfte den Pullover zurecht, dessen Ärmel sie über der Brust verknotet hatte. Siegbert ließ sich Zeit mit einer Antwort. Es war warm, der April schien Kredit beim Mai aufgenommen zu haben. Sie lagen im Gras eines Abhangs über dem Kaltwasser, Christian beobachtete die wechselnden, von Strömungen und Wind getuschten Schriften auf dem Apfelgrün der Talsperre. Am anderen Ufer tuckerte die Erzgebirgsbahn, klein wie ein Märklin-Spielzeug, setzte die Fichten an der Trasse unter Dampf.
»He, Verena, ich glaub' an Pink Floyd«, versetzte Jens Ansorge gelangweilt, zog eine Hand unter dem Kopf vor, nahm den Grashalm, an dem er gekaut hatte, aus dem Mund, betrachtete ihn mißtrauisch. »Krischan, du weißt doch immer alles, kannst du mir sagen, was das ist? Schmeckt bitter wie Fiebertabletten, bäh.« Er verzog das Gesicht und spuckte aus.
»Du Ferkel, benimm dich mal 'n bißchen! Fast hätte mich deine Aule getroffen!« Reina Kossmann warf angewidert den Kopf zurück, Jens grinste hämisch, zerstach imaginäre Luftballons mit dem Zeigefinger. Falk Truschler ließ sich nach hinten fallen und

lachte sein heiser-leises, schulterruckendes Lachen. Christian hatte das Gefühl, als hätte sich Falk in seinen Körper nur hineingeborgt, so schlotterig waren seine Bewegungen, Christian sann nach dem rechten Wort: ungelenk, fiel ihm ein, und dann erinnerte er sich an Sportstunden bei Herrn Schanzler, der mit preußisch exakten Dirigiergeometrien einen weißgrün gekleideten Pulk in der Turnhalle umhertrieb; Falks eckige Ausholbewegung beim Werfen der Keulen-Handgranaten, der Laufstil: zur Seite schlenkernde Beine wie bei einem Mädchen, seinen im Moment des Wurfs zwischen Verzweiflung und Selbstspott pendelnden Gesichtsausdruck, die flatternden Hände und Finger auch jetzt bei Jens Ansorges kleinem Jux. Linkisch, dachte er, das trifft es eigentlich noch besser als ungelenk. Aber wie sagt Meno: »Eigentlich« ist ein zu vermeidendes Wort.
»Die Wahrheit«, antwortete Siegbert gedehnt, »ich weiß nicht. Paß mal auf, daß du kein Blaustrumpf wirst. Intellektuelle Frauen kriegen erst keine Männer und dann keine Kinder, sacht meine Mudder, un' dann sinnse unglücklich. Da haste 'ne Wahrheit.«
»Du eingebildeter Chauvi«, empörte sich Verena, »*meine* Mutter hat schon recht: Was dieses Land braucht, ist eine Frauenbewegung –«
»Ooch, niemand hat was gegen Frauenbewegungen«, warf Jens Ansorge lässig ein, »wenn sie nur schön rhythmisch sind.«
Falk und Siegbert grunzten vor Lachen.
»Bleibt doch mal bei der Sache«, Christian spürte, daß er rot wurde, als Verena aufsah, sofort zog er den Blick zurück und starrte auf seine Schuhe, »– was verstehst du denn unter Wahrheit?«
»Bestimmt nicht den Klassenstandpunkt von Schmidtchen Schleicher –« So nannten sie Schnürchel, nach einer Figur aus einem Schlager, Schmidtchen Schleicher mit den ä-lastischen Bajnen …
»Ansorge läßt mal wieder den Zyniker raushängen«, spottete Reina Kossmann, »alles bloß Balzverhalten, Verena. Was hat uns Doktor Frank über radschlagende Pfauen erzählt?«
Jens Ansorge beugte sich hoch, musterte Reina besorgt, spitzte die Lippen zum Kuß. Sie schlug sich an die Stirn und küßte zurück.

»Na also«, sagte Jens befriedigt.
»Habt ihr schon gehört? Bald geht der Verpflichtungszirkus los. Vor dem ersten Mai will Fahner das über die Bühne haben. Dann gibt's einen dicken Appell –«
»Und schön saubere, bescheuerte Statistiken«, schnitt Jens Siegbert das Wort ab. Er runzelte die Stirn, warf den Grashalm weg; plötzlich ernst. »Drei Jahre Asche … Leute, das kann was werden. ›Jeder männliche Absolvent unserer Schule verpflichtet sich zum freiwilligen Ehrendienst in der Nationalen Volksarmee‹«, äffte er Fahner nach.
»Ich nicht«, sagte Falk.
»Täte aber deinen Muskeln gut.«
Christian wunderte sich, wie kühl und gnadenlos Frauen sein konnten, zumal Reina Falk auch noch in den Oberarm kniff. Frauen, für die man schließlich alles tat, oh Helden in den Büchern, in den Filmen!, die einen beweinten, wenn man auf dem Feld der Ehre fiel, die auch schon vorher, am berühmten, vom Dampf der abfahrbereiten Lok überzischten Bahnsteig, taschentuchweise Tränen um den geliebten Mann vergossen – und dann diese Kaltschnäuzigkeit bei Reina, deren blasses, zartes Gesicht mit dem leicht nach links schiefen Mund er gern ansah –
»Mann, guckst du entsetzt«, registrierte sie und strich sich herausfordernd das Haar zurück, »sieht man selten bei dir. Ich muß richtig gut gewesen sein!«
»Krischan, die steht auch auf dich!« nölte Jens, wobei er Falk die Hand zum Abklatschen hinhielt.
»Zieh doch Leine, du Blödmann!« blaffte Reina zurück und warf jähzornig den Arm hoch. »Ich will mir doch keine Pickelvergiftung holen.«
Ein Stich mit einer Ahle, Siegbert und Jens musterten Christian, er hatte das Gefühl, daß sein Gesicht angezündet worden war, versuchte ein Lächeln.
»Meine Muskeln laß mal aus dem Spiel«, sagte Falk. »Ich werde mich nicht verpflichten. Drei Jahre … Da komm' ich ja mit grauen Haaren raus. Und dann … Diese ganzen Panzer und Knarren … Ich schieß' auf niemanden.«
»Laß das mal Häuptling Roter Adler hören«, sagte Reina leise, und Christian begriff, daß sie es zu ihm gesagt hatte, als eine

Art Angebot im still gewordenen Kreis, das er ausschlug, weil er nicht einsah, warum er die Anstrengung aufbringen sollte, die Stille zu durchbrechen; er starrte auf die Bucht unter ihnen und überlegte, ob es sich lohnte, mit Ezzo und Meno hier einmal angeln zu gehen, er würde dafür Mitglied in der hiesigen Ortsgruppe des »Deutschen Anglerverbands« werden müssen; komisch, diese Spitznamen. »Roter Adler«, wie sie den Staatsbürgerkundelehrer und Direktor des Schulteils EOS, Herrn Engelmann, nannten, hatten sie von längst abgegangenen Schülergenerationen geerbt und widerspruchslos übernommen. Sprach das gegen ihre Phantasie oder für die Treffsicherheit des Namens – Christian entschied sich für letzteres. Es war nun einmal so, daß Engelmann, wenn er die Arme breitete und mit begeisterungsnassen Lippen, über denen flammendrot die Krugnase leuchtete, von der Großen Sozialistischen Oktoberrevolution erzählte, an der sein Vater im Gefolge von Trotzki beteiligt gewesen war, wenn er mit den Händen zu wedeln begann, die Augenlider hinter der dicken Brille tiefer sanken, um den Blick in vergangene große Zeiten schwimmen zu lassen, daß Engelmann dann einem schwerfällig gewordenen Adler glich, der durch die Klasse rauschte und Aprilthesen diktierte, wobei die Worte aus seiner fahl brodelnden Kettenraucherstimme zu fallen schienen und wie frühe Pflaumen auf die tief eingezogenen Schülerköpfe klopften.
»Erst quetscht dich Roter Adler aus, dann Fahner … Ich wandere sowieso für vier Jahre ab.«
Verena starrte erschrocken auf Siegbert, der Steinchen sammelte und ungerührt in den hellblauen Himmel schnippte.
»Vier Jahre … Bist du bekloppt?« Jens taxierte Siegbert, als hätte der die ganze Zeit eine Maske getragen, unter der nun das Gesicht eines Monsters zum Vorschein kam. Siegbert lächelte kühl.
»Nur realistisch. Ich will nautischer Offizier werden. Ich war letzten Sommer in Rostock. Die nehmen keinen, der nicht als Offizier auf Zeit bei der Volksmarine gewesen ist.«
»Ich denke, du willst zur Handelsflotte?«
»Das macht leider keinen Unterschied, Montechristo.«
»Der Graf von Montechristo«, Verena ahmte mit affektiert ge-

spitzten Lippen Christian nach, wie er sich die zu lange Haartolle aus der Stirn strich, sie legte den Kopf schief, leierte die Augen nach oben und legte dann mit tuntig übertriebener Bewegung die imaginäre Tolle zurück, eine Geste, die er tic-artig oft machte und die er sich sofort abgewöhnen mußte, wenn sie für andere so aussah, wie Verena vorführte. »Was für ein passender Titel für Seine Dresdner Hoheit –«

»Klappe«, knurrte Christian. Die beiden Mädchen prusteten los.

»Sieh's gelassen, Alter«, beschwichtigte Jens, »die Weiber sind in der Pubertät, und dieser Spitzname hält sich sowieso nicht. Viel zu lang und umständlich zu sprechen. – Aber, Siggi, Mensch: vier Jahre!«

Siegbert zuckte die Schultern. »Ich will zur See. Die wollen vier Jahre Marine. Also gehe ich vier Jahre zur Marine.«

»Na spitze«, sagte Verena. Ein wenig Verachtung, so schien es Christian, lag in ihrer Stimme, ein wenig Zorn. Er dachte über Siegberts Antwort nach, und auch die anderen schienen es zu tun, sie waren still geworden. Er stellte sich Fahner vor, der die Jungen einzeln zu sich zitierte, ins Direktorenbüro drüben in der Polytechnischen Oberschule, das von seiner Frau an einer schweren »Optima«-Schreibmaschine bewacht wurde; gewiß würde Fahner, wie er es immer tat, wenn man auf das gebellte »Ja!« hin die Klinke gedrückt hatte, am Schreibtisch sitzen und schreiben, ohne aufzublicken, so daß man das von Jalousien in Streifen geschnittene Licht auf dem glänzend gebohnerten PVC-Fußboden, die verschatteten und strengen Gesichter von Wilhelm Pieck, Walter Ulbricht und der Ministerin für Volksbildung an der Wand über Fahners Kopf betrachten konnte, verlegen darum, was zu tun sei, denn Fahner sagte nicht »Treten Sie näher« oder »Setzen Sie sich«; Fahner sagte überhaupt nichts, saß da und schrieb, trug Ärmelschoner aus FDJ-blauer Seide über dem eleganten Anzug, die er irgendwann mit gemessenen, von widerstreitenden Überlegungen kündenden Fingerspitzen abziehen und auf den Tisch neben die akkurat nach Länge geordneten und nadelscharf gespitzten Bleistifte legen würde. Im Musikunterricht bei Herrn Uhl hatten sie neulich über den englischen Komponisten Benjamin Britten gesprochen, und Christian war verblüfft gewesen über die Ähnlichkeit von Brittens und Fahners Kopf: die gleiche, raupig wirkende Lockenpracht, die gleichen jungenhaft weichen Züge; die Ähnlichkeit war so ausgeprägt, daß Christian Nachforschungen angestellt hatte, ob Britten einen Sohn im Erzgebirge gehabt habe … Seine Nachforschungen waren ergebnislos geblieben.

»Genausogut könntest du sagen: Ich will zur See, die verlangen, daß ich einen Menschen töte – also töte ich einen Menschen«, unterbrach Verena das Schweigen.

»Meine Herrn«, sagte Jens.

»Moment mal«, erwiderte Siegbert. »Immerhin bin ich der Mensch, um den es geht. Die vier Jahre lade ich auf meinen eigenen Buckel. Außerdem hast du leicht reden, Verena, für dich stellt sich das Problem nicht, auf dich wartet kein Wehrkreiskommando.«

»Menschen töten … Das kann bei der Fahne blühen … An der Grenze sollen die NVA-Regimenter immer noch erhöhte Bereitschaft haben, und wenn's dich dorthin verschlägt … Heute eingezogen, morgen mit der Knarre in der Hand in Polen einmarschiert … Oder in Angola. Mein Vater sagt, dort sollen Castros Soldaten sein, und die Russen auch … Ich mach' das nicht mit«, sagte Falk.

»So standhaft? Und wenn sie dich rausschmeißen?«

»Mach' mal bißchen halblang, Verena«, sagte Jens in ziemlich scharfem Ton, »War ja nicht schlecht neulich, als du ein leeres Blatt abgegeben hast, aber gekniffen hast du ja dann doch –«

»Ansorge, bei dir piept's wohl!« Reina tippte sich an die Stirn. »Komm, Verena, was wollen wir eigentlich hier.«

»Du hast recht«, sagte Verena nach einer Weile. Überraschte Blicke wanderten hin und her, denn sie hatte es zu Jens Ansorge gesagt.

Drei Jahre Nationale Volksarmee. Christian wußte, daß er diese Stunde nicht vergessen würde, diesen fünfundzwanzigsten April neunzehndreiundachtzig; vorgestern. Sie hatten zu dritt vor Fahners Sekretariat gewartet, Jens Ansorge hatte die Situation mit Witzen zu überspielen versucht, dann war Falk herausgekommen, eine Spur blasser als sonst, die rechte Hand umklammerte die abgeschabte kunstlederne Aktentasche mit dem Schriftzug *VEB GISAG Schmiedeberg*, die er von seinem Vater bekommen hatte; er nickte und lächelte an ihnen vorbei in den hellgrauen Flur der Polytechnischen Oberschule, der mit Fahnen und Wimpeln zum »Karl-Marx-Jahr 1983« dekoriert war. Jens schwieg, Christian mied Siegberts Blick, der seinen suchte, keiner von ihnen rief Falk hinterher, bat ihn stehenzubleiben, fragte, was gewesen war; sie sahen ihm nur nach, wie er ging: Er schlenkerte etwas weniger als sonst, hielt sich nahe am Geländer, plötzlich schien es einen Riß zu geben zwischen Falk und ihnen, sein Handballen, der gegen den gummierten Geländerlauf schlug, das brummende Geräusch widerhallend im Treppenhaus, seine zu weiten Hosen mit dem grünen Plastkamm in der Gesäßtasche, dessen tropfenförmig aufgebogener Griff vorwitzig über den Gürtel ragte, die eckigen Schultern unter dem FDJ-Hemd: da war etwas, das sie losgelassen hatten, alle drei, nur jeder wahrscheinlich auf seine Weise, und der Riß, den Christian spürte, kam daher, daß er kein Mitleid empfand. Es war nicht nur das Gespräch, weswegen er diesen Tag nicht vergessen würde.

Es war anders abgelaufen als erwartet, in beinahe freundlicher Atmosphäre. Vielleicht war Fahner in aufgeräumter Laune gewesen, weil Siegbert vor Christian eingetreten war und für vier Jahre unterschrieben hatte, Beweis der friedliebenden Gesinnung bewußt und fortschrittlich denkender junger Staatsbürger; auch diesmal wieder das Spiel mit Papier und Stift und Schweigen, unschlüssigem Warten in der Nähe der Tür, bis Fahner ohne aufzusehen »Hoffmann« gemurmelt hatte und, einige Sekunden später, als wäre ihm der Vorname erst jetzt eingefallen, »Christian« und, wiederum nach einiger Zeit, »Nehmen Sie Platz«. Dann hatte er die Hand ausgestreckt und Christian jäh ins Gesicht geblickt, im gleichen Schwung aber auf einen Stuhl gewiesen, als hätte er einen Fehler gemacht mit dieser Geste, die als unzulässig gewertet werden konnte, jedenfalls unvereinbar war mit seiner Position als Gesamt-Direktor des Schulkomplexes »Maxim Gorki«. Christian war verlegen, weil Fahner gut aussah mit seinem in Jugoslawienurlauben gebräunten Gesicht, den blauen Augen und den Benjamin-Britten-Locken. »Nach dem, was ich über Sie höre, scheinen Sie sich nicht besonders anzulassen, Hoffmann«, hatte Fahner gesagt, die Hände über einem Bogen Papier verschränkt, auf dessen Kopf Christian seinen Namen entzifferte; er war mit Schreibmaschine geschrieben, darunter standen teils maschinenschriftliche, teils handschriftliche Notizen; Christian erkannte auch Doktor Franks unleserliches Gekritzel. »Medizin«, sagte Fahner in nachdenklichem Ton, »das begehrteste und schwierigste Studium. Ihre Noten sind gut, außer in Mathematik. Da scheinen Sie eine Katastrophe abzugeben. Aber Zensuren allein machen keinen Mediziner. Was nützen uns Verräter, die auf Kosten unseres Staates die EOS und die Universität besuchen, danach aber nichts Besseres zu tun haben, als egoistisch nur an sich zu denken und sich davonzumachen? Soziale Verantwortung, Hoffmann, auch das zählt. Es zählt sogar vor allem. Der parteiliche Standpunkt. Die Menschen hier ermöglichen es Schülern wie Ihnen, sich frei von Sorgen Wissen anzueignen, und gegenüber diesen Menschen haben wir eine Verpflichtung: Sie, indem Sie Ihr Bestes geben – und ich, indem ich Ihnen dabei helfe, wenn Sie guten Willens sind. Und indem ich diejenigen, die sich als Schmarotzer entpuppen, die nicht begreifen können oder wollen, was unsere Arbeiter- und Bauern-Macht für sie tut, indem ich solche Subjekte erkenne und als das behandle, was sie sind. Unser Volk investiert Hunderttausende von Mark in Ihre Ausbildung. Dieses Vertrauens und dieser Großzügigkeit müssen Sie sich würdig erweisen. Deshalb erwarte ich von Ihnen Ihr Ja zum dreijährigen Ehrendienst in unseren Streitkräften, mit dem Sie Ihrem Volk ein klein wenig von dem zurückgeben, was es für Sie leistet. Zumal Sie als Agitator eine Vorbildrolle in Ihrem Klassenkollektiv einnehmen! Ihr Standpunkt.« Fahner legte den Stift beiseite, mit dessen Spitze er, seine Rede bekräftigend, auf den Tisch eingestochen hatte. Christian hatte vorgehabt, etwas einzuwenden, Fahner wenigstens einmal zu widersprechen, es ihm nicht ganz so leicht zu machen, aber er konnte nicht, er mußte Fahner innerlich recht geben. Er spürte, daß es in Fahners Argumenten einen entscheidenden Fehler gab, aber er fand ihn nicht heraus, sosehr er sich auch mühte; eine Diskussion würde darauf hinauslaufen, wieso er diesem Land ein Recht verweigerte, das alle anderen Länder wahrscheinlich ebenso beanspruchten, wieso er, und an diesem Punkt der Diskussion wäre es gefährlich geworden, zwischen der Landesverteidigung drüben und hier, zwischen der Bundeswehr und der NVA, einen Unterschied machte. Er sah die entsetzten Gesichter seiner Eltern vor sich, die mit ihm dieses Gespräch und mögliche Argumentationen an mehreren Wochenenden durchgeprobt hatten; er hatte den undemokratischen Charakter der hiesigen Streitkräfte erwähnt und sich, seit vielen Jahren wieder einmal, eine Ohrfeige von seinem Vater eingehandelt. Christian, du hältst deinen Mund, hast du das verstanden! Und Christian hatte seinen Vater für einen Moment gehaßt – obwohl es Fahner war, den er hätte hassen müssen; aber den haßte er nicht und wunderte sich darüber, wie er, vor ihm auf der Stuhlkante hockend, an Fahner vorbei mit Verständnis auf die Gesichter der Genossen Machthaber blickte; er empfand keinen Haß, sondern das Bedürfnis, Fahner zuzustimmen, und das nicht nur mit lauen Worten, die der Direktor gewiß schon hundertmal zu hören bekommen hatte und deren Phrasenhaftigkeit mit der Eilfertigkeit, in der sie parat waren, eine widerliche Verbindung eingingen; eine Art von Bimetall, die Angst kroch hindurch als Strom, erzeugte Wärme, das Metall krümmte sich, und das Lämpchen der Lüge leuchtete auf. Christian hatte das Bedürfnis, Fahner nicht zu enttäuschen, ihm entgegenzukommen, ihn zu unterstützen. Deshalb vermied er die Phrasen und begann ehrlich zu lügen.

Blaß vor Überzeugung sagte er, daß er sich mit diesen Gedankengängen schon seit längerem, genauer seit der Bewerbung um einen Platz auf der Erweiterten Oberschule in der neunten Klasse seiner POS in Dresden beschäftigt habe; er kenne einen ähnlichen Fall, der damals in seiner Klasse geschehen und unter den Schülern kontrovers diskutiert worden sei, es sei dann bei einem Fahnenappell vorgeschlagen worden, die Stellungnahme zu diesem Fall zum Bestandteil aller Bewerbungen um einen EOS-Platz zu machen, und seine, Christians, Meinung habe sich seither nicht geändert. In Dresden habe es im Februar Demonstrationen für den Frieden gegeben – Fahner blickte auf, Christian wußte nicht, warum er dieses Thema, das in Waldbrunn tabu war, anschnitt, warum er sogar noch weiterging und die Lage in Polen – er sagte: der VR Polen – und in Afghanistan ansprach,

Fahner verschränkte die Hände und runzelte die Stirn; wo das System des Sozialismus von revanchistisch gesonnenen Kräften bedroht werde, hier schob Fahner ihm das Schriftstück mit der Verpflichtungserklärung hin, doch Christian hörte noch nicht auf, um zu unterschreiben, sondern fand auf einmal Argumente für den dreijährigen Ehrendienst, die nicht einmal seinem Vater eingefallen waren: Jedem geistig Tätigen tue es gut, einmal für längere Zeit mit einfachen Menschen zusammenzuleben und sie dadurch besser kennenzulernen, gerade dann, wenn man Medizin studieren wolle, seien die so gewonnenen Kenntnisse außerordentlich wertvoll, denn wie wolle man Menschen ein guter Arzt sein, wenn man ihnen mit Standesdünkel, mit Distanz oder mit Herablassung begegne: Hier blickte Fahner zum ersten Mal auf die Uhr. Er sei hier geboren, in diesem Land, zwanzig Jahre nach dem menschenvernichtenden Krieg des Hitlerfaschismus, der vom Geld der Großindustrie gespeist worden sei. Nie wieder dürfe sich ein solcher schrecklicher Krieg wiederholen und das verbrecherische Regime, das ihn hervorgebracht habe; die Medizin sei eine humanistische Wissenschaft, der sozialistische Staat humanistisch, und humanistisch auch seine Armee, die dem Frieden diene mit ihren Waffen, das sei kein Widerspruch, wie man aus dem Gedicht Wilhelm Buschs vom Fuchs und dem Igel wisse, bewaffnet, doch als Friedensheld, laß dir erst deine Zähne brechen, dann wollen wir uns weiter sprechen. Fahner runzelte die Stirn noch tiefer und warf zum zweiten Mal einen Blick auf die Uhr in dem Moment, als Christian endlich aufsah, zum Stift griff und unterschrieb, Fahners Stirn glättete sich, in seinen Augen lag, Christian war sich nicht sicher, ob es stimmte, ein sonderbares Empfindungsgemisch, freundlicher Abscheu. »Sie können gehen, Jugendfreund Hoffmann, ich bin stolz auf Ihr Bewußtsein. Schicken Sie mir Ansorge rein.«

Christian erinnerte sich noch einmal daran, wie sie Falk nachgeschaut hatten, Jens' schale Witze im Ohr; Christian lag jetzt im Bett des Internatszimmers und starrte an die Decke, an der die Lichter von Fernlastzügen von der F 170 wanderten, hörte Stimmengemurmel von nebenan, wo die Jungen aus der Zwölften ihr Zimmer hatten, auf dem Flur schepperte etwas, Frau Stesny war noch da und half den anderen bei der Vorbereitung des Abendbrots, und wieder sah er Falk vor sich, die aufs Geländer pochende Hand, den grünen Kamm in der Gesäßtasche, und eben hatte er, Christian, begriffen, daß er vor Fahner *gekrochen* war, sich auf das ekelhafteste verleugnet hatte … und doch hatte er es im Direktionszimmer nicht so empfunden, er hatte Fahner nicht angelogen, er war, als er Fahner gegenübergesessen hatte, von dem *überzeugt* gewesen, was er sagte. Und Falk geriet allmählich außer Sicht, keiner der drei machte Anstalten, ihm zu folgen und ihn nach dem Verlauf des Gesprächs zu fragen, sie hatten ihn auch später nicht gefragt, und er hatte bis jetzt nichts gesagt. Christian sah sich, wie er vor dem Sekretariat stand und kein Mitleid für Falk empfand. Das war die zweite überraschende Erfahrung dieses Tages. Was er empfand, war Verachtung, sogar Feindseligkeit. Er wußte nicht, ob Falk den Mut aufgebracht hatte, zu seiner Überzeugung zu stehen, die er vor ihnen am Kaltwasser ausgesprochen hatte, wahrscheinlich verhielt es sich so, und was Christian so erschütterte, war, daß er genau deshalb Falk gegenüber Verachtung empfand. Aufrichtigkeit, auch und gerade dann, wenn es brenzlig wurde, war er nicht so von seinen Eltern erzogen worden? Gleichzeitig übten sie mit ihm das Lügen … Christian erinnerte sich an einen anderen Tag, den er nicht vergessen würde. Es war einer der letzten Ferientage vor seinem Eintritt in die Erweiterte Oberschule gewesen. Sein Vater hatte Erik Orré mitgebracht, Tietzes Nachbar und Gudruns Kollege am Dresdner Großen Haus. Er war Richards Patient gewesen und nun gekommen, seinen Dank auf ungewöhnliche Weise abzustatten, nämlich Christian und Robert die Kunst des sach- und fachgerechten Lügens beizubringen, die Richard vor allem für Christian für notwendig hielt, und so hatte der Mime mit ihnen – und auf Niklas' Bitten auch mit Ezzo – vor dem aus dem Flur herbeigeschafften Spiegel das enthusiastische Loben geprobt, ihre Gestik korrigiert, ihnen gezeigt, wie man willentlich rot und blaß werden kann, wie man mit einiger Würde schmeichelt, mit ernstester Miene Torheiten sagen und diese wie eine Tarnkappe über seine wahren Gedanken ziehen kann, wie man Komplimente drischt, die leer sind, aber intelligent schmeicheln, wie man Mißtrauen zerstreuen kann, wie man selbst andere Lügner, unter Umständen, erkennt. Anne war während dieser Übungsstunden hinausgegangen. Christian hatte sie in seines Vaters Arbeitszimmer weinen hören. Richard hatte ihnen zugesehen, blaß und streng, später hatte er zu Anne gesagt, daß es hart sei, aber leider nötig, besonders für Christian. Die Jungs könnten von diesen Kenntnissen nur profitieren, es sei ein schmaler Grat, aber er habe es ihnen erleichtern wollen, darauf zu balancieren und ihn überhaupt zu erkennen. Zum Schluß hatte Erik Orré darum gebeten, ihn weiterzuempfehlen, er könne sich vorstellen, daß es »weiteren Bedarf in diesem Viertel geben« könne, und Herr Doktor Hoffmann kenne seine Pappenheimer sicherlich besser als er.

Von nebenan, aus dem Internats-Gemeinschaftszimmer, war jetzt die Stimme des Liedermachers Gerhard Schöne zu hören, der sich bei den Mädchen großer Beliebtheit erfreute. Der sang auch von Aufrichtigkeit ... Christian lag reglos, die Gedanken peinigten ihn. Hätte er nicht Mitleid für Falk empfinden müssen? Erst recht, wenn er Arzt werden wollte – Arzt, für den das Gefühl der Verachtung nicht existieren dürfte? Wollte er tatsächlich Arzt werden? Folgte er damit nur der Familientradition oder tatsächlich innerem Antrieb? Und warum hatte er Falk verachtet? Er wußte es nicht. Auf alle diese Fragen fand er keine Antwort, keine Erklärung.

Er lauschte ins Dunkel, ob die anderen in den Gemeinschaftsraum zum Essen gegangen waren, dann würde er in die Turnhalle zum Duschen gehen können. Er mußte sich beeilen, denn Frau Stesny hatte seine Abwesenheit gewiß bemerkt und würde an die Tür klopfen, um ihn zum Essen zu rufen. Er mußte die kleine Zeitspanne abpassen, in der niemand auf dem Flur war, dann konnte er aus dem Zimmer huschen und würde den Duschraum für sich allein haben. Es war riskant, und er mußte schnell sein, auch drüben beim Duschen, er mußte immer damit rechnen, daß jemand kam, obwohl heute keine Sportgruppe die Halle benutzte. Er hatte sich den »Turnhallen-Nutzungsplan« abgeschrieben und auswendig gelernt.

27.
Die Fahrende Musik. All unsere Kraft. Die Fee der Buchstaben

Auf einem seiner Spaziergänge sah Christian Siegbert vor Verenas Haus warten. Er sah zu den noch dunklen Fenstern in der Lohgerbergasse hinauf, die sich hinter der Kirche befand. Christian, müde von stundenlangem Lernen und in Gedanken, hatte ihn zuerst gar nicht bemerkt und wäre ihm beinahe in die Arme gelaufen; aber er ahnte, daß Siegbert das nicht willkommen gewesen wäre, und bog noch rechtzeitig in den Schatten der Kirche ab. Er beobachtete Siegbert, der ungeduldig zu sein schien, nervös eine Zigarette rauchte. Bald würden die Geschäfte schließen, Passanten mit Einkaufsnetzen eilten zum Marktplatz, in einem Mann mit Schal und Baskenmütze, der ein Fahrrad vor sich herschob, meinte Christian Stabenow zu erkennen und drückte sich noch tiefer in den Schatten des Mauervorsprungs. Es dunkelte rasch. In der Lohgerbergasse gab es keine Laternen, im Haus der Winklers und in einigen Nachbarhäusern flatterte Licht auf, streute trübe Helligkeit auf das Katzenkopfpflaster. Verena kam aus dem Haus, nickte Siegbert zu, die beiden gingen zusammen weg. Am liebsten wäre Christian ihnen gefolgt, aber sie bogen am Ende der Gasse zur Wilden Bergfrau ab; auf der langen Uferstraße würden sie ihn schnell bemerkt haben, sie verlief bis zum Stadtschloß gerade und war gut einsehbar. Wahrscheinlich gingen sie ins Kino oder in den Jugendklub »Wostok«, der sich in einem baufälligen Gebäude hinter dem Stadtschloß befand. Dort gab es eine Diskothek, in der, obwohl die Kreisparteileitung in Sichtweite lag, erstaunlich freizügige Musik lief. Vielleicht waren sie auch unterwegs zu den »Kultursälen«, einer ehemaligen Bowlinghalle, in der Musiklehrer Uhl unnachgiebig versuchte, den Waldbrunner Bürgern die Ernsten Künste nahezubringen.

Uhl, dachte Christian und sah wieder Verena vor sich, wie sie aus dem Haus kam und mit Siegbert wegging. Uhl war ein merkwürdiger und zerrissener Mensch, tobsüchtig, uneigennützig und besessen. Er sah wie ein der Oper entstiegener Fliegender Holländer aus mit seinem lackschwarzen Haar, den Sichelbrauen, dem Wagnerbart. Die Schüler fürchteten ihn, seiner Unberechenbarkeit und Wutausbrüche wegen. Ein rastloser, oft zynischer Mensch, der Schüler, die nicht singen konnten, manchmal bis zu Tränen bloßstellte. Er spielte vorzüglich Klavier, aber seine Lippen verrieten Geringschätzung für diejenigen, vor denen er es tun mußte, für ihre tauben Ohren. Musik war ihm alles, er liebte sie, so schien es Christian, mehr als manche Menschen; vielleicht auch deshalb, weil alles, was sie sagte, klar war, eine Sprache, in der es keine Mißverständnisse gab. Er verzerrte das Gesicht, wenn jemand unrein sang, und lächelte, wenn er im Unterricht seine wie Schätze gehüteten Schallplatten auflegte und Swjatoslaw Richter ein Stück aus dem »Wohltemperierten Klavier« spielte. Dann kam ein anderer Uhl zum Vorschein, weicher, milder, ein verwundeter und wissender Mann. In den »Kultursälen« gab es neben der Halle noch einen Raum, den Uhl das »Kabinett« nannte und wo »in intimem Rahmen«, wie an den Litfaßsäulen zu lesen stand, Aufführungen von Kammermusik, Diavorträge – auch Christians Großvater war vor einigen Jahren hiergewesen und hatte einen Lichtbildabend über Amazonas-Indianer gehalten – und vom Verband der Geistestätigen des Bezirks Dresden organisierte Lesungen stattfanden. Diese Kulturabende, vor allem aber die von Uhl persönlich betreuten Konzerte und Kammermusikaufführungen, genossen einen guten Ruf, sie strahlten bis nach Karl-Marx-Stadt und tief ins Erzgebirge aus; das Waldbrunner Publikum befand sich oft in der Minderzahl, Anrecht und Freiverkauf gingen nach Glashütte und Altenberg, erreichten die Grenzorte Zinnwald, Rehefeld und Geising, zweigten sich sogar bis in die ČSSR nach Teplitz, aus dem ein konzertfanatisches Ehepaar regelmäßig kam, liefen bis nach Freital und Dresden, von wo Abonnenten per Auto und Bus nach Waldbrunn fuhren, gingen nach Flöha, Freiberg, Olbernhau, ins Westerzgebirge bis Annaberg-Buchholz. Es war das Ergebnis von Uhls Bemühungen. In den Ferien nämlich galt ein Abkommen mit den Städtischen Verkehrsbetrieben Waldbrunns, die ihm einen Omnibus, ein ausgedientes und klappriges IFA-Modell, nebst Fahrer zur Verfügung stellten, um im Erzgebirge »Kulturarbeit zu leisten«. Uhl fuhr nicht in den Urlaub, nie hatte ihn jemand von der Ostsee oder vom Balaton, von einem Ferienheim des Freien Deutschen Gewerkschaftsbunds in

Graal-Müritz oder Erholungsheim Verdienter Pädagogen sprechen hören, nie hatte jemand von ihm eine Ansichtskarte von der Insel Rügen oder vom Müggelsee bekommen. Uhl und seine Frau, die in Glashütte als Musiklehrerin arbeitete, tuckerten in den Sommermonaten und auch in den Herbstferien mit dem IFA-Bus, allgemein »Oswald Uhls Musikbus«, von poetischeren Humoristen auch »Die Fahrende Musik« genannt, über die Erzgebirgsdörfer und brachte den Kindern »die Klassische Musik nahe«. Daran mußte Christian denken, in seinem Versteck eingangs der Lohgerbergasse. Doch Uhl hätte etwas zu ihm gesagt, wenn es in den »Kultursälen« ein Konzert gegeben hätte, denn nicht nur hatte er Christian, seines Cellospiels wegen, ins Herz geschlossen, sondern auch sofort in verschiedene seiner Umtriebigkeiten eingeplant. Außerdem waren Verena und Siegbert für einen Konzertbesuch zu leger angezogen gewesen. Christian stand reglos, atmete sekundenlang, als hätte er schwere körperliche Arbeit getan, dann hielt er den Atem an und merkte es erst am zunehmenden Pulsschlag.
Er war in die Bibliothek unterwegs, seltsam unruhig verließ er sein Versteck, ging über den Markt, an der Kirche auf der anderen Seite, am Lutherdenkmal vorbei, bog in die Seifensiedergasse ein, an deren Ende die Städtische Bibliothek in einem Fachwerkhaus mit vielen Giebelsprüchen, Wetterhahn und dem bronzenen »Seifensieder-Hans« über der Tür untergebracht war; früher war es das Innungshaus der Waldbrunner Seifensiederzunft gewesen. Er hatte noch zwanzig Minuten, die Bibliothek schloß um achtzehn Uhr. Im Vorraum, wo die Aus- und Abgabe-Theke neben einem mächtigen Kachelofen stand, diskutierte die grauhaarige Bibliothekarin mit einem ängstlichen Thälmann-Pionier, der eine Reihe gebundener »Digedag«-Hefte in offenbar desolatem Zustand zurückgegeben hatte, der Schärfe nach zu schließen, mit der die Bibliothekarin dem Jungen ihre Mißbilligung zu verstehen gab: »Schokoladeflecken« und »Eselsohren« ächzte sie, die Bände durchblätternd. Sie machte einen Vermerk in der Karteikarte des Jungen, und Christian wußte, daß der nun »erledigt« war, nie wieder würde er in dieser Bibliothek »Digedag«-Hefte ausleihen dürfen. Sabine Winkler kam, nahm Christians Bücher ab. Sie hatte keine Ähnlichkeit mit ihrer Schwester, nie-

mand, der es nicht wußte, hätte die beiden zusammengebracht. Sabines Haar war blond, jetzt unter einem Tuch mit Batikdruck versteckt, draußen würde sie es abnehmen und aller Welt ihren Irokesenschnitt zeigen. Sie trug Nietenjeans, eine Motorradlederjacke, die ihr ein Patient ihres Vaters im Tausch gegen eine kostbare ABBA- und eine etwas weniger kostbare Platte von Oscar Peterson aus der Jazz-Reihe von »Amiga«, mit dem orangefarbenen »J« auf der Plattenhülle, überlassen hatte, und ein paar Nummern zu große Männerstiefel, die sie in der Abteilung »Für den jungen Mann« des »Centrum«-Warenhauses in Dresden erstanden hatte. Sabine Winkler bezeichnete sich als »erste Punkerin des überaus toten Kaffs Waldbrunn«, Christian war für sie, genau wie ihre Schwester und ihre Eltern, »Stino«, ein »stinknormaler Mensch«. Sie nannte ihn Chris, das war für ihn der schrecklichste seiner Spitznamen; er mußte an Chris Doerk denken, einen Schlagerstar der sechziger Jahre, die mit ihrer Dosenrosenstimme den staatlich anerkannten Schnulzengalan Frank Schöbel begleitet und in zwei DEFA-Filmlustspielen mitgewirkt hatte. Ostsee-Sommerfilmtage, in Reih und Glied ausgerichtete Strandkörbe, der rote Sturmball auf halbmast. Zeltkino, Essenausgabe, Büfett, das aus Plastschüsseln mit erschlafftem Gurkensalat bestand. Eine Provinz-Combo spielte im Gemeinschafts-Speisesaal, und in einem Buch aus der Ferienlager-Bibliothek, »Sally Bleistift« von Auguste Lazar, hatte er einen Liebesbrief entdeckt … Sabines Begrüßung riß ihn aus seinen Gedanken. »He, Chris, in 'ner Viertelstunde ist Feierabend, und ich hab' kein' Bock, wieder längerzumachen wie beim letzten Mal, bloß weil du dich nicht auskäsen kannst!«
Christian nickte, ging in den hintersten Winkel der Bibliothek, wo die Philosophen schliefen. Er versuchte die Gedanken an Verena und Siegbert zu verdrängen, indem er sich zwang, die Titel der Bücher zu studieren; es waren äußerst langweilig und trocken klingende Titel mit vielen lateinischen Begriffen darin; er fand, was er suchte, in einer staubigen Ecke mit besonders langweilig und trocken klingenden Titeln, aber er brauchte einiges davon, um sich auf eine anstehende große Klassenarbeit in Staatsbürgerkunde vorzubereiten, bei der man voraussichtlich nicht »sülzen« konnte, sondern »Fakten darlegen« mußte.

»He, Chris, was ist los mit dir? Du müllst mich ja gar nicht zu wie sonst!« Sabine knallte die Ausleihdaten in das eingeklebte Stempelfeld seiner Bücher. »Mann, was für Schwarten wir hier haben.«

Am 1. Mai hatte ganz Waldbrunn geflaggt. Ein Mitglied der Volkskammer, Vertreter der Kreisparteileitung und des örtlichen Stützpunktes der befreundeten sowjetischen Streitkräfte standen auf der Tribüne, die auf dem Marktplatz aufgebaut worden war; die Schüler der Waldbrunner Schulen zogen in mehreren Reihen an den winkenden Volksvertretern vorbei. Der riesige Karl-Marx-Kopf, an dem die »Arbeitsgemeinschaft Junger Künstler« der Maxim-Gorki-Schulen bis zuletzt gemalt hatte, glänzte auf der meterhohen Leinwand über der Tribüne, ein aus je fünf Kilogramm Gold- und Silberfarbe geschmiedeter Totemschädel, ein mythischer Ahn auf einem Segel, das Segel der »Kon-Tiki« von Thor Heyerdahl, dachte Christian, der in einer Reihe mit Siegbert und Jens lief. Ein Floß, das zur Sonne treibt. Sie fluchten unter der Last des Transparents, einer zehn Meter langen Stoffbahn mit der Parole »All unsere Kraft zum Aufbau des sozialistischen Vaterlands«, die alle zwei Meter von einer Haltestange gestützt wurde. Wenn der Wind auffrischte, mußten die fünf Schüler all ihre Kraft in die Haltestangen stemmen, das Transparent blähte sich und knatterte wie die Flügel eines ungebärdigen Drachens. Trommeln tuschten, vorn lief ein Zimbeln- und Schalmeienchor mit Tambour und Tschingderassabumm, Christian sah den Stab wirbeln und blitzen. Jetzt wurden Fanfaren zuseiten der Tribüne gehoben; Fahner schrie Kommandos ins Mikrofon, aus tausend Schülerkehlen hallte die Lobpreisung der Zukunft, in der es keine Ausbeutung und Unterdrückung mehr geben würde, nie mehr, für immer lichte Zeit. Fahner verkündete stolze Statistiken, die Lautsprecher sirrten; unberührt, wie von einer Wand aus Glas vom Aufmarsch getrennt, läuteten plötzlich die Kirchenglocken; die Schüler schwitzten.

Jede Unterrichtsstunde schien jetzt aus Forderungen zu bestehen. Frau Stesny blickte besorgt auf ihre Schützlinge, wenn sie das Abendbrot schweigend in sich hineinschlangen, während sie mit dem Zeigefinger über Zeilen danebenliegender Bücher fuhren. Wenn sie um zweiundzwanzig Uhr Nachtruhe anordnete, wurde in den Zimmern der 11. Klassen das Licht gelöscht und bis hundert gezählt, dann würde Frau Stesny weit genug entfernt sein, um das wieder eingeschaltete Licht nicht mehr sehen zu können. Schnürchel verlangte Aufsätze über sowjetische Kinofilme, von denen sie manchmal im Unterricht einen sahen: Immer ging es um den Großen Vaterländischen Krieg, um patriotische Partisaninnen, die entschlossen nach den Gewehren der Pflicht griffen; um Soldaten in beinahe aussichtsloser Lage, die sie mit schier übermenschlichem Willen und kraft ihres festen Klassenbewußtseins doch noch meisterten. Engelmann flatterte und pflügte durch die Klasse, prüfte Jahreszahlen der Komintern, die Unterschiede zwischen absoluter und relativer Wahrheit, die Rolle der Produktivkräfte in der entwickelten kapitalistischen und sozialistischen Gesellschaft. Uhl forderte die »Moorsoldaten« und »Ich hört ein Sichelin rauschen« auswendig. Dr. Frank verlangte Vorträge über den Fortpflanzungsmechanismus der Farne. Nur Hedwig Kolb, die Lehrerin für Deutsch und Französisch, schien nichts zu fordern. Nicht nur deshalb liebten die Schüler der 11/2 sie. Im übrigen forderte sie doch, aber sie forderte nicht fordernd. Sie betrat das Klassenzimmer wie eine vergeßliche Elfe, blieb, noch die Klinke in der Hand, versonnen stehen, unbekümmert um den Lärm, den die auf ihre Plätze eilenden Schüler machten, schaute zart und befremdet, Klassenbuch und Unterrichtsmaterialien hoch unter den Arm geklemmt, auf einen Helligkeitsfleck auf dem Fußboden, ein besonntes Traumtellerchen, auf dem sie vielleicht ein paar Kobolde entdeckt hatte, die ihr die Zunge herausstreckten; dann besann sie sich, probierte den Raum bis zum Pult – Christian mußte an eine Gazelle denken, die von einem ungerührten Zauber auf das Eis eines Sees versetzt worden war –, legte die Bücher ab und zog ein Taschentuch mit Häkelsaum hervor, um die immer ein wenig schnupfende, großflügelige Nase zu befreien. Dies war kein Schnauben oder Schneuzen, kein Posaunenstoß wie bei Engelmann, der kein Taschentuch normaler Dimension, sondern eine rotweiß gewürfelte Fahne verwendete, die seine Hosentasche zu Apfelgröße ausbeulte; es war ein sanfter Kehraus bei Hedwig Kolb, leise und trocken; auf das Taschentuch war eine blaue Giraffe gestickt, die um Verzeihung zu bitten schien. Christian registrierte die verschiedenen Arten des Stillwerdens in der Klasse: bei Schnürchel schlagartig, eine Stille, die nach umgebrachtem Lärm entstand; bei Frank wurde es, wenn er den Raum betrat, zunächst noch lauter, weil er als Klassenlehrer sofort mit Fragen und Problemen bestürmt wurde; Uhl mähte die Gespräche mit einem gedonnerten »Ruhe!« nieder, und nur bei Hedwig Kolb war es eine Stille, die sich öffnete, als wären die Stimmen ein Gewirr von Waldpflanzen, die vor ihrem Schritt zurückwichen. Die Fee der Buchstaben hob ein Stück weiße Kreide und schrieb das Thema der Stunde an die Tafel. Die Klasse wartete; Hedwig Kolb drehte sich um und ließ ihren verhangenen Blick über die Schülerreihen tupfen, als müßte sie sich vergewissern, ob die Klasse noch die gleiche wie zur gestrigen Unterrichtsstunde sei oder ob nicht aus einigen Schülern plötzlich erwachsene Menschen geworden seien, die aufstehen und sich, anstatt über so zarte, behutsam zu behandelnde Dinge wie Gedichte zu sprechen, ernsthaften, der Volkswirtschaft geradlinigen Nutzen bringenden Tätigkeiten zuwenden würden – einen Nagel in ein Stück Dachpappe schlagen zum Beispiel –, sie ließ ihren Blick hier und dort hängen, er verweilte sinnend über dem Kopf eines Schülers, wie eine Blumenkanne über Blüten verweilt, während die sie haltende Hand zögert: Noch einen, noch zwei oder gar noch drei Tropfen? Bringen sie Schaden oder Nutzen? Dann strich der Blick weiter, und er verbarg seinen Zweifel in unterschiedloser, gleichwohl nicht gleichgültiger Freundlichkeit. Ohne daß Hedwig Kolb autoritär auftrat, besaß sie Autorität und wurde von den Schülern geachtet. Da erging es der ebenso sanften, vergeßlichen, nachsichtigen Englischlehrerin, Frau Kosinke, anders: Niemand nahm sie ernst, hinter ihrem Rücken ahmten die Schüler ihre Schrullen nach und lachten über sie. In den übrigen Fächern hatten sich schnell Hierarchien innerhalb der Klasse gebildet: Verena und Hagen Schlemmer, ein schweigsamer Schlaks mit Nickelbrille und einer Haut, der man ansah, daß sie kaum aus dem Bastellabor kam, waren die besten in Mathematik, Schlemmer und Falk Truschler in Physik, an der Verena kaum Interesse zeigte, Siegbert und Christian in Englisch, Swetlana in Russisch und Staatsbürgerkunde, Reina Kossmann in Chemie, Heike Fieber war Herrn Feinoskars, des Zeichenlehrers, ganzer Stolz. Bei Hedwig Kolb aber entwickelten alle Schüler Ehrgeiz; den besten Aufsatz zu schreiben war eine schwierige, umkämpfte Sache, von Hedwig Kolb gelobt zu werden glich einem Ritterschlag. Christian war der beste Aufsatz zweimal gelungen, vielleicht rührten Verenas Anspielungen auf seine angebliche Hochnäsigkeit daher. Im ersten Aufsatz hatten sie über Büchners »Woyzeck« zu schreiben gehabt, Christian hatte die Klassenkampf-Interpretation beiseitegeschoben und sich mehr für Macht und Ohnmacht in dem Stück interessiert, den Aufsatz hatte er als szenischen Dialog, in Blankversen, angelegt. Hedwig Kolb hatte ihn darum gebeten, den Aufsatz behalten zu dürfen hatte eine Hektografie davon angefertigt und am Schwarzen Brett ausgehängt, worauf Christian stolz gewesen war. Verena, Swetlana und auch Siegbert hatten sich darüber geärgert und Christians Aufsatz, speziell die mißglückten Verse, mit spitzen Kommentaren bedacht ... Auch Siegbert war es zweimal gelungen, den besten Aufsatz zu schreiben; einmal Verena (»Wiedergeben von Eindrücken«: Sie hatte über ein Gemälde der IX. Kunstausstellung, 1982 im Albertinum in Dresden, geschrieben); einmal Heike Fieber, die in Deutsch und in Kunsterziehung aus der tranceähnlichen Schläfrigkeit erwachte, in der sie durch die anderen Fächer floß. Wie eine große, samtfingrige Alge, dachte Christian, wie etwas Durchsichtiges, das sich in einem klaren See ausbreitet. Fließend: wie die Farben in einem Aquarell. Heike faszinierte ihn, denn ihre Gedanken schienen in anderen Bahnen als den üblichen zu verlaufen. Es konnte sein, daß sie sich meldete; Hedwig Kolb, verblüfft über diese ungewohnte Aktivität, erteilte ihr sofort das Wort, aber Heike kümmerte sich nicht um die Frage, die gestellt worden war, sondern sagte: »Ich habe mir eben überlegt, was die Konsequenz wäre, wenn plötzlich alle Menschen blaue Ohren bekämen.« Dann ließ sie den Arm langsam sinken, schüttelte ihre Mähne zurecht, eine für sie charakteristische Geste: als wollte sie etwas loswerden, schwere, immer wiederkehrende Träume, etwas, das im Widerspruch stand zu ihrer Stupsnase und den Hunderten Sommersprossen im Gesicht; sie blickte versonnen und ernst auf Hedwig Kolb, die ebenso ernst, doch mit einer Spur Erstaunen, zurückblickte: »Ja, Heike ... aber ist denn das möglich, haben Sie darüber etwas gelesen?« Heike hatte bei diesem Aufsatz das freie Thema gewählt und geschrieben: »Alles ist durch Säfte. Wenn etwas schiefgeht, dann durch Schiefheit bei den Säften. Blut ist ein ganz besonderer Saft, wie schon Goethe sagte. Es gibt eine Saft-Vertikale und eine Saft-Horizontale. Dann gibt es die Saftläden, und außerdem gibt es die Saftverbrechen. Wir leben im ZEITALTER DER SAFTVERBRECHEN.« Es folgte, mitten im Text, eine Zeichnung, ein genialisches Gestrüpp farbiger Linien, Schlangen mit Pfeilspitzen, die aufeinander zeigten – in der Entfernung ordnete sich das scheinbar wirre Gekritzel zu einem traurigen bärtigen Gesicht. »Wir müssen die Saftverbrechen bekämpfen!« stand darunter. Auch um diesen Aufsatz bat Hedwig Kolb. Sie hatte ihn mit »Ganz ausgezeichnet!« bewertet, aber nicht ans Schwarze Brett gehängt. In Klammern hatte sie in roter Maiglöckchenschrift hinzugesetzt: »Ungewöhnliche Verknüpfung von Text und Bild!«

28.
Schwarzgelb

– *Kreisende Schallplatte*, schrieb Meno, *die Hände Niklas Tietzes bleiben noch Augenblicke über dem wippenden Wiegen der Platte stehen (und hörte die Spieluhr: Dresden … in den Musennestern / wohnt die süße Krankheit Gestern), es ist dunkel im Raum, nur das Punktlicht über dem Plattenteller brennt und wird von der drehenden Dünung zerstreut, versponnen und wieder zerstreut, wie wenn ein Männchen an einem Spinnrad säße und Stroh zu Gold spänne; Niklas führt die Nadel über den Plattenrand, noch verharrt sie, ein winziges, zum Zustoßen bereites Stilett, ein gleißendes Häkchen, das die Musik, wie ich als kleiner Junge mir vorstellte, am Kragen packen, sie, wie ich jetzt manchmal denke, aus der Rille schälen wird wie die Radiernadel eines Kupferstechers Haar-Linien aus der Metallplatte graviert; wandernde Schatten über den Fotografien an der Wand des Musikzimmers im Haus »Abendstern«, wo ich zu Besuch bin; Fotos: in Schatten und Licht gebannte Zeit, das Vorkriegs-Dresden, zweite Semperoper von innen, der Leuchter scheint mit Schnee bedeckt zu sein, in den Logen sitzt die Belle Epoque; dann, gerahmt und schalkhaft, die Charmeurgrübchen eingefroren im Silberbromid, Jan Dahmen, der holländische Konzertmeister der Staatskapelle Dresden; Sängerporträts, Martha Rohs und Maria Cebotari, jung und mit verklärtem Blick, Torsten Ralf im Kostüm des Schwanenritters Lohengrin, Mathieu Ahlersmeyer als Don Giovanni, Margarete Teschemacher, und alle Fotos mit Widmungen in verblaßter Sütterlinschrift, wir werden ihre Stimmen hören über der Brandung des Orchesters, den knisternden Portieren aus Staub und Vergessen, die sich über die Stunde der Aufführung gelegt haben, Musik aus den Schall-Archiven; Stimmen, Magelone im Brunnen der Zeiten; Türen öffnen sich in den verschossenen, von Rohrbrüchen wasserfleckigen Tapeten des Musikzimmers in der Heinrichstraße 10, ich erinnerte mich: Die Dampfloks im Verkehrsmuseum standen still, die Automobile und Hechtwagen und die Sänfte der Rats-Chaisenträger, Anne und ich an Vaters Hand, er sagte: Kommt, wir wollen ein wenig sehen üben; die Lokomotiven der Reichsbahn mit den leeren Kohletendern und rotlackierten Achsenrädern, Räder müssen rollen für den Sieg, die Pleuel spannen keine Geschichten mehr von Geschwindigkeit und singenden Gleisen, das Blériot-Flugzeug verstaubte in seinen Draht-Fesseln, an denen es vom Hallendach hing, schmilzt im Rauschen der Schallplatte –*

Niklas Tietze war ein sonderbarer Mann. Er war Arzt, einer der seltenen Praktischen Ärzte mit eigener Praxis; sie hatte früher Dr. Citroën gehört, lag am Lindwurmring neben Bruno Korras Antiquariat »Papierboot« und der Tanzschule Roeckler. Nach Deportation, die er als einziger seiner weitverzweigten Familie überlebt hatte, und Kriegsende war Doktor Citroën zurückgekehrt, hatte Niklas als Schüler angenommen, der seinen Lehrer hochachtete und nach Citroëns Tod in der Praxis nichts veränderte, wodurch sie bald altmodisch wurde. Meno hörte ihn kaum je über medizinische Angelegenheiten sprechen. Sein Interesse galt der Musik, speziell der Dresdner Oper. Hunderte Fotos von Sängern und Musikern, viele für die stadtbekannten Musikenthusiasten Citroën und Tietze persönlich signiert, hingen in den Praxisräumen, und wie Citroën auch spielte Niklas seinen Patienten lieber Opernarien vor als sich ihre Beschwerden anzuhören. Für ihn schien die Gegenwart eine Möglichkeit unter anderen zu sein, in der man leben konnte, und nicht die angenehmste: weshalb er sie mied. Er besaß viele Bücher, sie waren meist schmal und trugen fast alle ein Schiff, das mit vollen Segeln in einem feingezeichneten Kreis fuhr und Meno zum Nachdenken anregte, wieso der Verlag, wenn er sich ein Schiff zu seinem Zeichen wählte, Insel Verlag hieß: War das Schiff die Insel? die Insel ein Schiff? bestand die Insel aus Büchern, die das Schiff als Fracht trug? Niklas stellte diese Fragen nicht, denn für ihn waren die Bücher etwas anderes als für Meno; sie waren Zeitkapseln, ihr Vorhandensein allein schien beruhigend. Niklas konnte sich abends, wenn die Uhren schlugen und es dunkel geworden war, beim Ofen im Musikzimmer auf die gelbe Récamière setzen und eins der Insel-Bändchen aus dem Schrank nehmen, der für sie reserviert war: »Mozart auf der Reise nach Prag«, mit einem Umschlag aus blaßblauen Scherenschnitten, Frakturdruck, die Seiten vergilbt und mit dem sanften Brotgeruch alten Papiers, und dann blätterte er darin und las sich hier und dort fest, nickte, rückte an der großen Brille mit den viereckigen Gläsern, murmelte geliebte und nahezu auswendig gewußte Stellen nach; niemand durfte stören, Gudrun nicht, die nebenan im Wohnzimmer saß und Leben-Jesu-Broschüren las oder fernsah, die Kinder nicht, die am anderen Ende des Flurs ihren Beschäftigungen nachgingen.

– *Sann und lauschte,* schrieb Meno, *saß vorgebeugt, die Adlernase aus dem Dunkel geschnitten, eine Musikerhaltung, aufmerksam und zugleich abwartend, als kämen statt der innerlich vorweggenommenen und oft schon gespielten Noten andere, plötzlich aus einer Laune, die man den Dämonen der Oper zurechnen mußte, in die Partitur geschmuggelte Takte, in die vertrauten Melodien gestreut wie ein Kobold Niespulver über einer andächtig schweigenden Kirchgemeinde fallenläßt, er mochte den Dirigenten vor sich sehen, Furtwängler, der mit dem Taktstock Wolkenzitterschrift in die geweihte, elektrisch aufgeladene, mit Violin- und Baßschlüsseln, Paukentremolos und Harfenblumen getaufte Luft über den Häuptern der gebannt auf den Einsatz wartenden Philharmoniker schrieb; der Einsatz taute aus den Schleifen, irgendwo in seinen*

Beschwörungen bildete sich ein Tropfen, der den Musikern in die Finger rann und den Kontakt für die bis zum Beben aufgeladenen Stromkreise schloß, das heißt: Der Einsatz wurde genommen, einer der Konzertmeister entschloß sich, ihn aus Furtwänglers Arabesken herauszulesen, ihn: zu pflücken, und er, der Konzertmeister, der wie ein Leithengst die Erstarrung durchbrochen hatte, riß die ganze Meute hinter sich mit zu gewaltig-volltönendem Akkord, das Publikum nickte ergriffen, ließ Taschentücher zu den Augen steigen, Hände die linke Seite der Brust schützen und Atem anhalten: Furtwängler! Wie hat er das wieder gemacht! Wie er das Orchester erblühen läßt, unnachahmlich, diese weich abgefederte Präzision, der Klang von strenger Zärtlichkeit, die heil'ge deutsche Tiefe! Beherrscher der Geigenbögen, Bändiger der Posaunen, Förderer der Bratsche und ihrer oft verkannten Elegien, um die Tücken des Oboen-Rohrs Wissender, um die Nöte der Hornisten, denen das Wasser im Waldhorn steigt, Furtwängler, der den Moment der Freiwilligkeit erreicht und damit den Atemzug des Orchesters, Klang entsteht: austariert mit der Feinheit einer Apothekerwaage –

Kam Meno, mochte es sein, daß eine Unterhaltung sich entspann über das Buch, das Meno überschätzt, und Fürnbergs »Mozart-Novelle«, die er unterschätzt und besser geschrieben als das Werk des berühmteren Dichters fand. »Fürnberg«, sagte Niklas mit seiner etwas brüchigen, sonoren Stimme, »die Partei, die Partei, die hat immer recht«, und nickte sinnend. Meno schenkte ihm eins von acht Exemplaren des Büchleins, die er auf Vorrat gekauft hatte. Niklas blätterte darin, lobte die Zeichnungen von Prof. Karel Müller, Prag, konventionelle Federstrich-Vignetten, äußerte sich anerkennend zum Druck und der schönen Schwärze der edlen Garamond-Drucktype, hatte auch etwas übrig für das verschossene Grün, das als Oval den in den Leineneinband geprägten Silhouettenkopf umrahmte: Schön, sehr geschmackvoll gemacht, wirklich: edel – sie hatten Liebe für das Buch! – und hob es sich »für später« auf.

– Jedoch, schrieb Meno, *ist es Furtwängler? Türen in den Wänden des Musikzimmers (und hörte die Spieluhr: Dresden … in den Mu-*

sennestern / wohnt die süße Krankheit Gestern); dort: die »Hungerbahn« nach dem Krieg, die Linie 11, wie sie den Mordgrund hinaufkeucht, beladen mit Brennholz und Pferdefutter, mit Kontrabässen für die Staatskapellen-Konzerte in der »Kulturscheune« in Bühlau, die »Hungerbahn«: wie jede ihrer Vorfahrinnen, in den Strudeln der Zeit vergangene Schattenbilder, die vom Bahnhof Neustadt mit Wäschewagen behängt den Berg hinaufsteuerten, ein müd geplagtes, unter der Last ächzendes Tier, dem der Schaffner kurz vor dem Zenit der Steigung Anfeuerungen, Flüche, Drohungen zumurmelt, mit der rechten Hand am Steuerhebel, mit der linken am Bremsrad, die Sicht eingeschränkt durch die auf dem Bugkorb verzurrten Instrumente, durch die Passagiere, die auf den Trittbrettern mitfahren, die Musiker, die sich, zur Traube geballt, ans Geländer des Bugkorbs klammern, die »Hungerbahn«, in der es nach Schweiß und dem sauren Atem aus knurrenden Mägen riecht, die auch in der »Kulturscheune« nicht schweigen werden, ein Brikett zum Eintritt, die Zuhörer, hungernd nach Kultur, ausgemergelte, von Entbehrungen gezeichnete Gesichter, drängen sich dicht aneinander, frieren in ihren Uniformmänteln, ihren vielfach geflickten, aus Lumpen oder Kartoffelsäcken genähten Hosen, den Posaunisten kippt in Bruckner-Sinfonien vor Schwäche der Atem weg; die Schallplatte brandet, Stimmen aus der Vergangenheit werden erwachen, gefleckt schon vom Rost, der über die Vinylscheibe gekrochen ist in den Jahrzehnten, die sie »bei den Schätzen« ruhte – in Niklas' Plattenschrank unter der gotischen Uhr, die wir so nannten, weil das Perpendikelchen in einer winzigen geschnitzten Abtsstube zu schwingen schien; »bei den Schätzen«: gehortet in Trüpels Archiv, an der Bautzner Straße, unter dem Schallplattenladen »Philharmonia«, oder bei Däne, dem Musikkritiker am »Sächsischen Tageblatt«, der in seiner von Noten und Papier zugewucherten Wohnung in der Schlehenleite dem »Freundeskreis Musik« allwöchentlich von seinen Entdeckungen Kostproben spielte; der Rost in den Stimmen, der Rosenrost der Großen Dresdner Oper, und vielleicht ist es Schuch in meergrüner Phantasieuniform, der den Stab hebt, vielleicht sitzt Hofmannsthal im Halbdunkel einer Loge, vor der die Wirklichkeit sich bunte Kleider übergestreift hat und ein Schiff mit gelben Riesensegeln am Fenster der Kindheit vorübergleitet, wo die Schatten spielen –

»Für später«: Manchmal ging Meno dann bedrückt nach Hause, gekränkt, und beteuerte sich zum x-ten Mal, daß seine Buchgeschenke Niklas im Grunde unwillkommen waren, jedenfalls hatte Meno diesen Eindruck; Niklas schien sie nicht zu lesen, und wenn man sich wiedersah, wurde nicht darüber gesprochen. Er ist kein Buchmensch, dachte Meno auf diesen dunklen Heimwegen, ihn interessieren die Bücher nur als schöne Schauobjekte, Füllsel im Schrank, akkurat aufgereiht und hübsch anzusehen hinter Glas, und wichtig ist, daß sie gut gebunden und auf feinem Papier gedruckt sind, gediegene Umschläge haben – nicht der Inhalt. Goethe ist ihm der wichtigste, aber nur, weil er allen hier oben der wichtigste ist, und er ist ihnen der wichtigste nicht, weil sie sich mit ihm auseinandergesetzt, ihn studiert und geprüft, seine manchmal wohlfeilen Sprüchlein an ihrer Wirklichkeit und Lebenserfahrung gemessen haben, sondern weil er anerkannt ist und sanktioniert, weil er des Bürgers, der sie im Grund ihres Herzens hier oben alle sind, liebster Jasager, oberster Ratsherr, Generalissimus der Meinungen und Gemütsfürst; weil er der Prägekönig ihrer Zitaten-Münze ist. Im Grunde, dachte Meno, interessiert Niklas sich nur für Musik und für historische Aufnahmen dieser Musik. Je toter, desto besser! Und so sind sie hier oben alle, am liebsten würden sie im Alten Dresden leben, dieser fein-barocken Puppenstube und pseudoitalienischen Zuckerbäckerei, sie seufzen »Frauenkirche!« und »Taschenbergpalais!« und »Hach, die Semperoper!«, aber nie »Außentoiletten! Die herrlich cholerabefördernden Sanitärbedingungen« oder »Die Synagoge!« oder »Die befreienden Wohnverhältnisse früher, zehn Mann auf eine Mietskasernenwohnung!«, sie sagen nie »die Nazis«, sondern »die Tiefflieger«, reden vom »Morgenstern der Jugend« und »wer das Weinen verlernt hat, der lernt es wieder beim Untergang Dresdens«, und dann schlug Meno vor Unmut mit der Faust gegen einen Baum. Es stimmte, und doch war er ungerecht. Wie furchtbar eitel du doch bist, dachte er. Alles, weil er dein Buchgeschenk nicht genügend gewürdigt hat, wie du glaubst! Wie wichtig du dich nimmst … Gar nicht gut, Eitelkeit schadet der Beobachtung und dient nicht der Wahrheit, pflegte Otto Haube zu sagen, wenn wir mikroskopierten. Wenn Meno den Brüdern Kaminski begegnete, grüßte er übertrieben fröhlich und kümmerte sich nicht um ihr Winken und Lächeln. Er dehnte seine Rückkehr in seine mit Schweigen und Büchern gefüllte Stube aus, machte große Umwege, um die Stunden mit Niklas – Gudrun war nur selten dabei, ebenso Reglinde und Ezzo – noch einmal aufzurufen.

– Und in Schriften über die Tiefsee, schrieb Meno, *seltsame Lebewesen vor den Fenstern der Häuser erscheinen, Gempylus, der Schlangenfisch, dessen Augen Metallscheiben gleichen, die in die Fenster starren; Wesen mit blinden, milchigen Kugeln statt der Augäpfel, und langen Barten, die wie Treibhaar schweben; der Schatten des tausendarmigen Wesens, das die Tiefe grau schreibt, Architeuthis, der Riese, den Poseidon kettete und dessen saugnapfbestückte Tentakel sich wie Tamarisken um die Häuser legen, wie Efeu Putz und Ziegelwerk durchdringen, sie umarmen, um zu saugen, Jahresring um Jahresring sich dichter anschnüren, vortasten mit der gleichen Schuppe für Schuppe die Stille zu etwas anderem stauenden Intensität, mit der die Nadel herabsinkt, nachdem Niklas ein letztes Mal das gelbe Staubtuch über die Scheibe wischen ließ, dann den Hebel neben dem Balancegewicht umlegte, und ich hatte das Gefühl, gleichzeitig eine Gegenbewegung zu sehen, als ob die Nadel über der kreisenden Schallplatte die Luft, die eine Fläche gewesen zu sein schien, punktierte, zu einem Nabel vertiefte, zu einem Trichter, dessen Wände weiterwuchsen, je tiefer die Nadel sank, die vielleicht schon stillstand, aber, da die Wände des Trichters sich aufwölbten und der kreiselnde Strom schon das Zimmer jenseits des maurischen Tischchens erreichte, auf dem der Plattenspieler stand, von der sich entgegendrehenden Schallplatte berührt wurde, ein elektrisches Fluid, aus dem vereinzelte Funken stoben; rieselnde Neurotransmitter, als ob zwischen zwei Körpern ein Staudamm stünde, der bei Annäherung unter eine bestimmte Entfernung, unter übermächtigem Druck, Risse bekommt und das, was er hält, auszuschwitzen beginnt; die Spannung von Wasser, das sich dem fremden, immer näher kommenden Körper entgegenbiegt, ein vorweggenommener Kontakt, die Nadel wurde mitgerissen von der zu einer Woge wachsenden Schallplatte, ein Moment, den Niklas mit angehaltenem Atem, die Hand noch beschwörend, zu raschem Eingriff bereit über dem Ab-*

tastarm in geduckter, sprungbereiter Haltung erwartete, während mein Blick vom steigenden Rauschen ins Zimmer gezogen wird, dies schöngeschnittene Zimmer mit der grünen Tapete, die von der Erbauerin des Hauses, einer Sängerin an der Dresdner Oper, überkommen war; die Tapete mochte so alt wie das Jahrhundert sein, die eingewirkte unterseeische Fauna blinkte kupfrig im Lichtrauch, der vom Plattenspieler tastete, Niklas fragte mich nie nach den Tieren, die aus den »Kunstformen der Natur« Ernst Haeckels stammten und mir vertraut waren, wie oft hatte ich als Student im Zoologischen Institut Jena vor den akademisch exakt ausgeführten Malereien gestanden und mich an den Farben, den Formen all der Staatsquallen, Portugiesischen Galeeren, der Desmonema Annasethe erfreut, die wie ein Belle-Epoque-Kopfputz zwischen den Vitrinen mit gebundenen Fachzeitschriften-Jahrgängen zu schwimmen schien; der Saphir glitt in die Spur, im Funkenspinnen der Platte, der Wanderdünung des Lichts begannen sie sich zu bewegen, die Strahlentiere und Urnensterne an den Wänden, die kristallinen schwebenden Monstranzen und gotisch nadelnden Kapellchen, vertieften sich, wie ich es von Malthakus' Postkarten kannte, wenn das Glöckchen über seiner Ladentür lange schon wieder verstummt und Malthakus, den es gerufen hatte, wieder nach hinten gegangen war, um sich über einen Katalog zu beugen und eine Sammlung Briefmarken, Spezial-Lupe, manchmal ein Uhrmacherglas vor dem Auge, auf ihren Wert zu taxieren, Wieder London und Prag, Herr Rohde? erkundigte er sich, wenn er mich begrüßte, oder darf's auch mal Rapallo sein? Da hab' ich was Brauchbares neulich 'reinbekommen, – und ließ mich allein mit einem Halbdutzend sepiabrauner Ansichtskarten, eine Bucht, mittelmeerische Vegetation, an der Seite ein Haus mit einem Altan auf antik anmutenden Säulen, eine Statue im Garten, ich hatte noch Schnee auf Mantel und Hut, die Geräusche der Straße im Ohr, der Schnee taute, und wie er sich verflüssigte, schmolzen auch die Konturen des Hauses, der Statue, die Segel des Schoners in der Bucht begannen zu flattern, die wie gemeißelte Brandung zerbrach und schäumte ans Ufer, – Brandung, die mit dem ersten, von fernher aufklingenden Ton des Orchesters aus den Nachtschatten des Musikzimmers schwillt –

Meno querte die Turmstraße auf Höhe des Lindwurmrings, der zur Bautzner Straße parallel die ihr zugewandte Seite des Viertels umgriff und den Wald auf dem Abhang zur Mordgrundbrücke begrenzte, an der die Straßenbahn Anlauf nahm für die Steigung zum Viertel. Rechts, in einem baufälligen Eckhaus, befand sich die Pension Steiner, wie bei den meisten Häusern war der Putz schrundig und in großen Placken abgebröckelt; das Rot der freiliegenden Ziegel wirkte entzündet, der Mörtel zwischen den Steinen war auf einzelne Kerne reduziert. Unter den Ecken der Ziegel konnte man ihn körnchenweise herauspolken. Die Ziegel selbst schienen wie von Fraßgängen winziger Insekten durchsiebt, porös wie Zwieback, manche trieben Gas aus, das aus den undichten Leitungen abwich, wölbten den Putz, wenn er noch vorhanden war, zu Buckeln und Blasen, und wo sie Feuchtigkeit schwitzten, kroch wie Aussatz der Schwamm. Ein Gerüst stand auf der Turmstraßenseite des Hauses, es stand da schon seit Monaten, Arbeiter hatte man darauf noch nicht gesehen. Solche Gerüste gab es in der Stadt viele, man munkelte, daß dies eine neue Methode sei, ein Haus kostengünstig abzustützen. Sommers standen die Fenster der Pension Steiner offen, man hörte das Klappern der Schreibmaschinen aus dem 1. Stock, wo sich ein Handelskorrespondenzbüro, eine Außenstelle des »Rats für Gegenseitige Wirtschaftshilfe«, befand. Im 4. Stock, über den Räumen der Pension, bewohnte Frau Zwirnevaden zwei Stuben, in einer davon betrieb sie ein Scherenschnittatelier, in dem sie Figurinen für das Trickfilmstudio Dresden herstellte. Über die alte Frau liefen im Viertel manche Gerüchte um, die Kinder fürchteten sich vor ihr, auch sah man sie selten. Sie trug schwarze Kleider und pantoffelartige Schuhe, die an den Spitzen aufgebogen waren, ließ ein Buchsbaumstöckchen mit Löwenköpfchen auf die Straße tacken, blieb vor den Schaufenstern der Geschäfte stehen und lockte hin und wieder mit welkem Zeigefinger. Eines der Gerüchte, von den beiden Uhrenhändlern des Viertels in Umlauf gebracht, besagte, daß alle Uhren zu schlagen begannen, wenn Frau Zwirnevaden vorüberging, und es mußte wohl, war sich die Mehrheit der Beobachter einig, etwas daran sein, denn die Uhrmacher Pieper und Simmchen, wegen seiner feinen Konstitution allgemein »Ticketack-Simmchen« genannt, waren spinnefeind und gönnten einander nichts. Aber Simmchen, dessen gleichnamiger Cousin ein Juweliergeschäft am Schillerplatz leitete, hatte flammend die Hände gehoben und zu Barbara gesagt: »Ich schwör's Ihnen, Frau Rohde! Alle Uhren auf einmal, und es war doch erst fünf vor zwölf!« Barbara hatte beim Weitererzählen in der Pelzschneiderei »Harmonie« zwar darauf hingewiesen, daß Simmchens Nase rot wie eine Feuerbohne gewesen sei, doch habe sich Simmchen während ihrer Unterhaltung mehrfach und ausgiebig schneuzen müssen. Ein anderes Gerücht stammte von Frau Zschunke, Betreiberin des »Obst-/Gemüse-/Speisekartoffeln«-Geschäfts, des sogenannten »Saftladens«, Ecke Rißleite/Bautzner Straße, eine etwa vierzigjährige, rosig beleibte, alleinstehende und den Außerirdischen-Theorien Erich von Dänikens restlos ergebene Frau, die alle Augenblicke etwas fallenließ, weil sie unter »Huch!« und »Hach!« fürchterlich über etwas erschrocken war und sich atemringend an den imposanten Busen griff. Frau Zschunkes Schreckhaftigkeit nutzte die Jugend des Viertels unter Zuhilfenahme von Plastspringspinnen, die es in der Spielwarenhandlung König in der Lübekker Straße zum Preis von zehn Pfennig pro Stück zu kaufen gab, weidlich aus; mit Vorliebe dann, wenn Frau Zschunke in den Korb griff, um die Früchte in einen Blechscheffel zu sammeln und gegen Gewichtstücke, die in Reihen in einem Holzkasten aufbewahrt wurden, abzuwiegen. Eines Tages war Frau Zschunke in die gegenüberliegende Konditorei Binneberg gerannt und hatte der um Törtchen und Mokka anstehenden Kundschaft eine verzweifelte Szene gemacht, »diese Frau«, »diese Zwirnevaden« habe ihr alle Kohlköpfe mit ihren Spinnenfingern »angetatscht« und sich murmelnd über die schlechte Qualität erregt (worauf einige der vor Binnebergs Eierschecke-Assemblée Wartenden kaltherzig nickten), ihr dann zwei der Kohlköpfe, einen weißen und einen roten, gereicht, worauf sie, Frau Zschunke, erst zur Weißkohl-, dann zur Rotkohl-Kasse gegangen sei – plötzlich aber Gesichter in den Kohlköpfen entdeckt habe! Eines davon habe dem Jungen vom Toxikologen Hoffmann aus der Wolfsleite ähnlich gesehen! – Doktor Fernau empfahl, die Diäten nicht nur auf Gelbe Köstliche zu beschränken, da in dieser Apfelsorte nur bestimmte Vitamine enthalten seien.

Winters waren die Rolläden vor den Fenstern der Pension Steiner herabgelassen. Kam man von der Straßenbahnhaltestelle, schimmerten die Lampen wie grüne und gelbe Augen durch die Jalousien, die schiefhingen und im Wind klirrten, dahinter wanderten Schatten auf und ab. In der Pension lebte ein ehemaliger Generalstäbler des Deutschen Afrikakorps' Tür an Tür mit einem untersetzten Mann mit mächtigem schwarzgefärbtem Schnurrbart und rasiertem Schädel, der sich Hermann Schreiber nannte und von dem die Fama ging, er trage in Wahrheit einen russischen Namen und sei in seiner Jugend Spion im Dienst der zaristischen Geheimpolizei Ochrana und gleichzeitig der noch illegal arbeitenden Roten Truppen gewesen. Rumänen, Polen und Russen stiegen auf dem Weg zur Leipziger Messe gern in der Pension ab und feierten mit den Fremdsprachenkorrespondentinnen des Handelsbüros, die Russen manchmal auch mit Offizieren aus dem Lazarett der sowjetischen Streitkräfte, das früher ein Sanatorium gewesen war, berüchtigte Feste. Gegenüber der Pension, auf der anderen Seite der Turmstraße, gab es die »Autoersatzteil-Zentrale«. An Tagen, wo der Sage nach Lieferung gekommen sein sollte, bildeten sich lange Schlangen davor. Aus lauter Panik, etwas zu verpassen, stellte man sich ebenfalls an. Von Autos verstand Meno nicht das geringste, aber auch er hatte sich, in einer Art von heroischer Anwandlung, einmal in diese Schlange gereiht, weil ihn das Besitzfieber gepackt hatte; in einem der Ausharrenden hatte er nämlich den Bildhauer Dietzsch erkannt, der ihn fragte, ob er nicht eine Autoanmeldung besitze: was der Fall war; »Aber Herr Rohde, Sie würden doch eh nie fahren, hab ich recht? Verkaufen Sie mir Ihre Anmeldung – ich zahle Ihnen fünftausend Mark!« Denn das war das erste Geschenk vieler DDR-Bürger an ihre Kinder, wenn sie Jugendweihe oder Konfirmation hatten: sie für ein Auto anzumelden, das nach fünfzehn Jahren Wartezeit, wenn sie Schule, Lehre oder Studium längst abgeschlossen haben und das Geld dafür verdienen würden, gekauft werden konnte … Eine Anmeldung wie Menos, die aus den frühen Siebzigern stammte, war Gold wert. Aber Meno hatte Verdacht geschöpft (außerdem war seine Anmeldung für Christian bestimmt), Erwerbstrieb entwickelt, sich angestellt und zwei Auspuffkrümmer für einen

»Polski Fiat«, einen »Wartburg«-Stoßdämpfer und drei komplette Sätze Scheibenwischer für einen »Saporoshez« käuflich erworben. Danach war »alles alle«, Herr Priebsch, der Verkäufer, hob bedauernd die Arme. Nicht einmal die aus einem Stück Draht gebogenen Röhrchen mit Haft-Saugnapf gab es mehr, in denen am »Trabant«- und »Wartburg«-Armaturenbrett eine Kunstblume aus Sebnitz in der Sächsischen Schweiz angebracht werden konnte, und die an diesem Tag eigentlich geliefert worden waren. Herr Klothe, der über den Rohdes im Italienischen Haus wohnte, Leiter der Abteilung Planung/Rationalisierung im VEB »Robotron« und nach Meno an der Reihe, nahm es mit der Gelassenheit, die man für diese Fälle entwickelt hatte: »Sagen Sie, Betten haben Sie wohl nicht mehr?« – »Nee«, antwortete der in einen blaugrauen Kittel gekleidete Herr Priebsch, »hier gibt's nur keine Winterreifen. Keine Betten gibt's im Möbelladen. Und auch dort werden Sie kein Glück haben, denn Betten werden ja hierzulande nicht mehr hergestellt.« – »Sachense bloß. Und wieso?« – »Ganz einfach, nicht nötig! Die Volksarmee steht auf Friedenswacht, der Intellekt ist auf Rosen gebettet, die Politiker schlafen im Ausland, die Rentner im Westen, die Künstler ruhen sich auf ihren Lorbeeren aus, die Partei schläft nie – und der Rest sitzt!«
Die erstandenen Schätze hatte Meno im Keller gehortet. Sie hatten sich als harte Währung erwiesen, war es doch Ingenieur Stahl gelungen, eine neue Mischbatterie für das Gemeinschaftsbad des Tausendaugenhauses für den »Wartburg«-Stoßdämpfer einzutauschen.

– *Und während die Nadel,* schrieb Meno, *die Musik aus der Schallplatte hob und Niklas' Gesicht sich veränderte, die Anspannung und Erstarrung einer glücklichen Ruhe wichen, begannen in meinem Kopf farbige, aus den Feuerfasern der Musik gewobene Fotografien zu erscheinen, glitten mit quallenweichen Umrissen auf, verharrten für Sekunden, in denen ich sie klar und wie Stücke einer mit Leben gefüllten, aus Leben bestehenden Retina sah; Brandung, die Dinge anschwemmt, Möblierung des Meeres: rundgeschliffene Kiesel, Hühnergötter, einen tangversponnenen Bernstein mit eingeschlossenem Insekt, einen ertrunkenen Fal-*

ter; die Dünung steigt, rollt auf ihre Gaben, bäumt sich zu einem Glasberg, und auf dem Gipfelpunkt stoppt die Bewegung, der Vorführer drückt auf einen Knopf, und die Brandung gerinnt; dann sah ich, wie die Musiker sich bewegten, die Spinne aus gleichzeitig auf- und niederfahrenden Geigenbögen, sah Gesichter, pockig vom Weinstein der Zeit, in den Urnensternen und Medusen des Zimmers treiben, hörte Niklas, wie er an einem anderen Abend, er und ich über ein hektografiertes Büchlein im Querformat gebeugt, die Gesichter benannte und Anekdoten zum besten gab: »der mit dem langen Hals, der da am Kontrabaß steht, das ist die Salon-Giraffe«, »der da, an jedem Finger einen Ring mit dickem Stein, den nannten sie in der Kapelle den Brillanten-Klops«, dann der »Flötist Alfred Rucker«, aus dessen Silberstab die Musikfurien donnerwetterten, »der groooße Rucker, genannt Taifun, der blies alles zusammen«, und schon beim Wort »groß« beugte sich Niklas zurück, längte das Kinn und schloß halb die Augen hinter der Vierkantbrille, um dem Attribut, das aus der Tiefe kam: seiner Stimme und der Musikgeschichte, jene träumerische Note zu verleihen, die ich von den Türmern kannte, wenn sie eine Leistung als unwiederholbar und grandios, als unrettbar in der Vergangenheit, in glänzenderen und vielleicht auch erhabeneren Epochen versunken, kennzeichnen wollten, als »ä Wunder«; und manchmal dachte ich, daß die Türmer sich auf ebenso sonderbare wie typische Weise durch die Zeit bewegten: in die Vergangenheit ging ihre Zukunft, die Gegenwart war nur ein blasses Schattenbild, eine unzulängliche und verkrüppelte Variante, ein fader Aufguß der großen Tage von einst, und manchmal hatte ich auch den Verdacht, daß es gut war, wenn etwas in die Vergangenheit sank, wenn es starb und verdarb, daß die Türmer es insgeheim billigten, denn dann war es gerettet – es gehörte nicht mehr der Gegenwart an, aus der man floh, und oft wurde genau das, war es tot, plötzlich in den Himmel ihrer Wertschätzung gehoben, was man, als es lebte, nicht einmal zur Kenntnis genommen hatte. – Die Musik scheint aus Niklas' Fingerspitzen zu fließen, die weiß sind, weil er Handschuhe trägt; ich sehe die signierte Fotografie von Max Lorenz an der Wand über dem Klavier, mit weisendem Arm schaut der Ritter in die Ferne, schwelgend wie ein blankes Schwert ragt die Stimme, sticht zu, die Platte tanzt, schwer von Spinnweb, Funken knistern, ein gelber Magnet das Etikett in der Mitte, und ich sah Niklas, während die Musik stieg, wieder unruhiger werden, ein Mensch, für den sie Lebenselixier war, der ohne sie nicht lange zu atmen imstande sein würde, und ich dachte, was geschehen wäre, mit ihm, mit seiner Welt, wenn ein Umstand ihm den Kontakt zur Musik genommen hätte, sein Sehnsuchts-Leben, in der Musik zu sein; die Fische im Zimmer dünten auf und ab, bewegten sich wie Taschentücher auf einer windgezupften Leine, die Rose unter dem Glassturz schien erstarrt –

Die alten Häuser mit dem angegriffenen Putz … Die Konturen begannen zu verschwinden, die Ascheloren des Lazarett-Heizhauses rumpelten; das dunkle Brummen setzte ein, dessen Herkunft er sich nicht erklären konnte, vielleicht kam es von einem Trafohaus oder einer Entlüftungsanlage; er hatte es schon oft auf seinen Abendspaziergängen gehört.
»So spät noch unterwegs?« Es war Judith Schevola. Er war zusammengezuckt und hatte unwillkürlich einen Schritt aus dem Licht gemacht, das von einer Laterne über der Kreuzung Lindwurmring/Mondleite dünn herüberfiel. »Haben Sie mich erschreckt. – Was machen Sie hier oben?«
»Wenn ich jetzt sagte: Ich wohne hier?«
»– Würde ich antworten: Dann wären Sie mir aufgefallen.«
»Aha, man kennt sich im Goldstaubviertel.«
»Wie sagen Sie?«
»Meine Großmutter nannte es so. Manchmal nahm sie mich bei der Hand, wir fuhren hierher, und sie sagte: Mädchen, wenn du mal groß bist, mußt du jemanden von hier heiraten. Aus dem Goldstaubviertel. Wo die Professoren, Ärzte, Musiker wohnen. Aber heute war ich nur spazieren. Ich fahre mit der Elf hoch, atme den Großkopfeten ein paar Züge ihrer kostbaren Luft weg und trolle mich wieder in mein Quartier. – Ich soll Sie grüßen.«
»Von Herrn Kittwitz?«
»Ihre Zunge nadelt, passen Sie beim Schlucken auf. Herr Kittwitz wohnt in Gruna. – Nein, von Herrn Malthakus.«
»Sie waren bei ihm? Er ist schon verheiratet, soweit ich weiß«, sagte Meno mit einem Lächeln.

»Jetzt haben Sie den typischen Ich-glaube-das-würde-sie-nicht-interessieren-Gesichtsausdruck.«
»Und Sie den Die-Männer-sind-doch-alle-gleich.«
»Malthakus und ich sind dabei, ein wenig Freundschaft zu schließen. Sympathischer Kauz, ich mag ihn. Er ist so genau, aber seine Uhren haben ein Herz, wenn ich so sagen darf.« Schevola suchte eine Schachtel Zigaretten hervor, bot Meno davon an. Er lehnte ab, gab ihr Feuer. »Kann ich Sie zur Haltestelle bringen?«
»Danke, lieber begleite ich Sie noch ein Stück, wenn Sie nichts dagegen haben.«
Er nahm es ohne Regung auf, daß Judith Schevola nun neben ihm ging, sah sich nicht um, als sie zur Kreuzung vorlief und lauschend stehenblieb, das Gesicht ihm zugewandt; obwohl er sich gern umgedreht und festgestellt hätte, woher sie so plötzlich aufgetaucht war; im Geist ging er die Hauseingänge durch, die sie passiert hatten, doch waren sie um diese Zeit gewöhnlich abgeschlossen, er hätte das Knarren einer Tür hören müssen; allerdings war er in Gedanken gewesen, und vielleicht hatte sie sich lautlos aus größerer Entfernung genähert. Die Konturen der Häuser waren nun gelöscht, die wenigen erhellten Fenster hingen als gelbe Flecke in der Dunkelheit. Meno wechselte die Straßenseite, die Hüte im Schaufenster von Hutmacher Lamprecht, das vom schmierigen Schein der Laterne auf der Kreuzung gestreift wurde, wirkten wie der sichtbare Teil von Wesen, die mit den Perücken aus dem Salon Wiener eine Verabredung hatten, die noch nicht ganz heran war. Schevola hielt sich die Nase zu: »Faule Eier, bah!«
An der Schneiderei Lukas vorbei, an der Tanzschule Roeckler, aus der das Tremolo eines bis zur Dünnhäutigkeit abgenutzten Flügels nieselte.

– *Er hatte Zahnschmerzen*, schrieb Meno, *dieser Flügel im Tanzsaal in der ersten Etage, so verstimmt und empfindlich klang er, und daneben rankten sich die Nosferatu-Finger eines von den Füßen bis zu den Ellbogen in Stuck gehauenen Cellisten um das Griffbrett seines verschnupften Cellos, die Glatze des Pianisten blinkte in rhythmischer Eintracht mit dem salonweichen Bogen-Aufundab des Geigers, der im Schniepel, abseits vom Cello und dem Flügel, in metallisch schimmernder Korrektheit neben einer Monstera mit senfblassen Blättern stand, Tangos über den Schachbrettboden der Tanzfläche schleichen ließ, zu den schmirgelnden Schritten der Anfängerkurse, wobei seine linke Hand Vibratos leierte, die dem Pianisten, mit einer Papierblume auf der Frackbrust, leere Blikke an die Saaldecke entlockten, wo sich Amoretten und geflügelte Nilpferdchen, die erst dem zweiten Blick gestanden, Engel zu sein, in Rosenwolken neckten; die Tannhäuser-Musik sprießt über die Szenerie, und ich könnte Niklas jetzt berühren, nur sein Körper ist anwesend, ist erstarrt und würde vielleicht nichts spüren, das Wort ist über ihn gesprochen, und der zweite Niklas: den nur er kennt, der seinen Körper bewohnt, ist fort –*

Dies Tremolo auf dem Gipfel stumpf gewordener Melodien weckte in Meno Erinnerungen an seine Schulzeit und manche vergeblich absolvierte Tanzstunde. Am Haus Zu den Meerkatzen vorbei und jetzt die Mondleite in Richtung zur Bautzner Straße hinunter kroch der Nebel aus der Grünleite, die als Sackgasse hinter der Kreuzung vom Lindwurmring abzweigte und wo sich Arbogasts Chemisches Laboratorium befand.
»Wollen wir weitergehen?« Meno wies auf den Nebel.
»Warum soll man nicht mal nach faulen Eiern riechen, wenn man nach Hause kommt«, entgegnete Schevola. »Was wird da eigentlich produziert?«
»Das weiß keiner außer dem Baron und seinen Mitarbeitern. Es unterliegt der Geheimhaltung, soviel ich weiß. Man munkelt allerlei.«
»Also gehen wir. – Erzählen Sie mir von sich.«
»Da gibt es nicht viel zu erzählen.«
»Sie sind ein verschlossener Mensch. Sie reden wenig und beobachten viel. Solche Menschen haben oft viel zu sagen.«
»Meinen Sie.«
»Ein Abenteurer scheinen Sie nicht zu sein«, kommentierte sie, als sie sich der Grünleite näherten und er stehenblieb. Es stank jetzt wie auf einer Müllkippe.
»Kommt drauf an, wo Sie das Abenteuer suchen würden.«

»Hier und jetzt gehen Sie keins ein, darauf wette ich.«
»Wetten Sie nicht zu hoch.«
»Wie wär's?« Sie wies in die Grünleite, auf die dampfenden Gebäude des Chemischen Laboratoriums.
»Und wenn es Wachen gibt?«
»Ich hätte also doch ziemlich hoch wetten können.«
»Wir müssen vorsichtig sein, ich weiß nicht, was passiert, wenn wir erwischt werden.« Er warf einen Blick auf ihre Kleidung. »Sie sind zu gut angezogen für das, was wir vorhaben. Und Ihr Mantel ist zu hell, man wird Sie sehen können.«
»Wird man nicht. Das ist ein Wendemantel. Moment.« Sie zog ihn aus, schlug das dunkle Futter nach außen. »Kennen Sie sich hier eigentlich aus?« Sie setzte ein herausforderndes Lächeln auf.
»Wir werden sehen.«
Die Grünleite war vom schwachen Lichtschein einiger Häuser beleuchtet, die zum Lazarett gehörten, sowjetische Offiziere und Ärzte wohnten darin. Eins der Fenster stand offen, Radiomusik schwappte heraus. Schevola wechselte auf die gegenüberliegende Straßenseite, die im Schatten einer hohen Mauer lag. Das Mauerwerk war stark angegriffen. Meno zog sein Taschenmesser hervor und stieß es probeweise in den Mörtel. Die Klinge versank bis zum Heft, ohne daß er den Stoß mit großer Kraft geführt hatte. Auf der Mauerkrone war Stacheldraht gespannt, aber an einigen Stellen ragten Baumkronen herüber. Es mußte sich um den Wald handeln, durch den weiter vorn der Kuckuckssteig von Arbogasts Chemischem Laboratorium hinab zur Bautzner Straße und zum Mordgrund lief. Fabian Hoffmann, der Sohn des Toxikologen aus der Wolfsleite, hatte ihn mit seiner Bande, zu der auch Ina Rohde und Fabians Schwester Muriel gehörten, ausgekundschaftet, er hatte Meno von verwitterten Statuen erzählt und von einer Mauer aus undurchdringlichem Gestrüpp, verwilderten Heckenrosen, die den Kuckuckssteig vom Wald des Chemischen Instituts abgrenzten. Schevola drehte sich gegen die Mauer und hustete unterdrückt. Der Nebel quoll wie feuchte Watte aus dem Eingangstor des Laboratoriums, das wie am Haus Arbogast aus einem kunstvoll gearbeiteten schmiedeeisernen Greif bestand, hier überwölbt von einem gelbschwarz

gebänderten Stahlbogen. Meno wunderte sich, wie die Anwohner bei diesem Gestank das Fenster offenlassen konnten, sie mußten unempfindliche Nasen haben oder waren Schlimmeres gewöhnt. Schevola spähte durch das Tor. »Niemand zu sehen. Am besten da«, sie wies auf das Ende der Sackgasse, wo neben einigen Garagen Müllcontainer standen, »wenn wir die an die Mauer rollen, müßten wir's schaffen.« Sie stand bis zu den Knien in dem gelblichen, jetzt nach Fischsuppe stinkenden Nebel, auf ihrem Gesicht lag ein zugleich gieriger und wacher Ausdruck, den sie in Menos Blick gespiegelt wiederzuerkennen schien: der Ausdruck verschwand sofort, es war, als ob sie ihn fallengelassen und einem feinen, raschen Radierstift überlassen hätte. »Sehen Sie mal.« Sie hielt den Zeigefinger hoch und präsentierte Meno einen schwarzen Klecks auf der Kuppe. »Wofür halten Sie das? Teer?«
Er prüfte den Klecks, dessen Schwärze glänzend war, zwischen Daumen und Zeigefinger, die Substanz war nachgiebig wie die Knete, mit der er in der Schule Kosmonauten und Jungpioniere geformt hatte, die Hündin Laika in der Raumkapsel, den Panzerkreuzer »Aurora« nach einer Vorlage aus der »Komsomolskaja Prawda«. Als Meno den Klecks an der Mauer abwischte, hinterließ er einen schwarzen Striemen. »Pech«, sagte er und versuchte den Striemen mit dem Schuh zu verwischen. »Und Vorsicht, davon scheint's noch mehr zu geben.« Er zog Schevola vom Stahlbogen weg. Über die züngelnd geschmiedeten Greifenfedern tropfte das Pech, zog Fäden, wenn es niedersank vom Schnabel, der wie eine triefende, kieloben liegende Gondel wirkte, zum Hals und zu den Löwenklauen, füllte die Lücken im Geflecht der Schwingen, bildete Zöpfe, die auf dem Boden im schwindenden Nebel zu Pechpfützen zerliefen, die Kontakt gewannen, kurz verharrten, als müßten sie sich verständigen, dann ineinanderglitten und in ständiger unruhiger, wie suchender Bewegung schienen, gespeist von der Torwölbung, aus der die schwarze Masse jetzt in großen, lange sich dehnenden, weich abreißenden Placken schlackte. Schevola blickte auf ihre Schuhe, runzelte die Stirn, sah Meno mißmutig an.
»Nun?« sagte er, »wir sollten uns beeilen.«
»Hm«, erwiderte sie.

»Sie haben wohl plötzlich keine Lust mehr?«
»Meine schönen Schuhe … echte Salamander, die waren teuer! Judith, du bist …« Sie gab sich eine leichte Ohrfeige. »Soviel dazu. Die sind nun einmal versaut, weiter geht's.«
»Sie schaffen das?«
»Jetzt klingen Sie wie Ihr Chef. Fehlt nur noch der Spiegel und der Kamm.« Sie blies amüsiert Luft durch die Nase aus. Mit der schmiegsamen Behendigkeit einer Katze war sie auf dem Garagendach. Meno las einige Kiesel auf und kam nach, auch bei ihm war nichts zu hören, was sie mit einem leisen Pfiff durch die Zähne quittierte: »Ehrlich gesagt wollte ich Sie das fragen; ich scheine Sie unterschätzt zu haben.« Sie preßte sich flach auf das Dach und starrte in die Dunkelheit vor ihnen.
»Achtung«, warnte Meno, sie schoben sich in Deckung hinter einen Baum, der den Rand des Daches erreichte. Ein Scheinwerfer flammte auf, suchte das Gelände ab, sie drückten sich in den Stammschatten, als das Licht an ihnen vorüberstrich.
»Über den Baum kommen wir wieder 'raus«, flüsterte Schevola.
»Untenbleiben.«
Meno warf einen Kiesel, als sich seine Augen wieder an die Dunkelheit gewöhnt hatten. »Wenn sie Hunde draußen haben, müßten sie kommen«, flüsterte er. Sie warteten. Nichts geschah. Er konnte nichts hören außer dem entfernten Brummen und den Geräuschen der Ascheloren vom Heizhaus des Lazaretts; die Radiomusik war verstummt.
»Die schmeißen ihre Asche einfach den Berg runter«, flüsterte Schevola. Ein Kessel zischte, eine Tür schlug zu, sonst blieb es ruhig.
Der Scheinwerfer tastete sich zurück, fräste einen Tunnel aus greller Helligkeit ins Dunkel, walzte über die Garagendächer, fuhr jäh in die Baumkronen, weißte die Mauer wie ein systematisch vorgehender Maler die Wände eines Zimmers, ruckte plötzlich hoch, kehrte in unberechenbaren Schwenks zurück; Meno und Schevola hoben vorsichtig die Köpfe, als der Lichttunnel sich entfernte.
»Haben Sie gesehen?«
»Ja«, murmelte sie. »Kehren wir um.«

29.
Kupfervitriol

– Die Schallplatte dreht sich wie eine Schiffsschraube, der Dampfer Tannhäuser legt ab, nimmt mich mit in die Zeiten (und hörte die Spieluhr: Dresden … in den Musennestern / wohnt die süße Krankheit Gestern), auf dem Deck Kapitän Tenkes und Sindbad, Osceola und Vier Panzersoldaten und ein Hund, Filme, die wir im Rundkino sahen, im Faun-Palast, in der Schauburg in der Neustadt, wo es nach Alaun gerochen hatte, wo der Chlorodont-Dunst aus dem Leo-Werk sich mit den Schokoladenaromen aus den Fabriken an der Königsbrücker Straße mischte; die Flüche der Kutscher mit dem Mißmut unverstandener Geister (»Soll ich Ihnen sagen, was Dresden ist? Dieses Emirat des Bohnerwachses und der Gummibäume?«), Kinos mit abgeschabten Sesseln und Vitrinen mit Filmplakaten und aus dem »Eulenspiegel« ausgeschnittenen Kritiken, die nur ich studierte, während Niklas nichts als eine wegwerfende Handbewegung dafür übrig hatte und die Jungs: Christian, Robert, Ezzo, Fabian, sich schon in die Schlange vor dem Kinosaal stellten, sie kannten alle diese Plakate, Belmondos Boxergesicht und die anziehende, kalte Verderbtheit in der Schönheit Alain Delons, die lauernde, bullige Korrektheit Lino Venturas, die zu Kommissaren paßte, denen man früher, als sie noch keine Kommissare gewesen waren, sondern auf dem Höhepunkt biederer Verbrechen standen, ein Angebot gemacht hatte, Menschen, die das Rauchen nicht lassen können, weil sie Dinge gesehen haben, für die ihr Scheitel, ihr Angestellten-Staubmantel, ihre Aktentasche nicht ausreichen; sie wissen es ohne Illusionen, daß die Vergangenheit sie einholen und eine Rechnung präsentieren wird; sie wissen, daß man die liegengelassenen Träume, auch wenn sie unverändert warten, auch wenn man das Jackett ausziehen, sie anfassen, nach dem Punkt suchen kann, wo man unterbrochen wurde, nicht zu Ende führen wird; Kinos, wo es Vorfilme gab und der DEFA-Augenzeuge an uns vorüberflimmerte, eine schwarzweiße Sonne, früher die UFA-Wochenschau und andere Menschen in den Kinos, zu denen die Wortschmiede sprachen, sie schienen ein Gesetz zu vertonen, diese Stimmen im Olympia-Tonbildtheater, im Capitol auf der Prager Straße, in den Stephenson- und UT-Lichtspielen, das

Gesetz, daß die Welt in Freund und Feind geteilt sei auf ewig, daß es Befehl und Verrat, Sieg und Niederlage gebe immerdar, und daß das Licht beim Volke sei, der Kreuzer Tannhäuser fuhr hinaus, Funkpeilungen und Lichtsektoren suchen im nachtdunklen Meer, Villen unterm Sowjetstern, wo die toxischen Rosen wuchsen und Schlaf, und brauner Schnee sank auf die Stadt und saurer Regen von den Braunkohle-Heizwerken, Leim kroch im Fluß vom Zellstoffwerk, und Pittiplatsch winkte vom Fernsehturm, und Sandmann streute Vergessen, die »Bols«-Ballerina tanzte zur Gesellenhochzeit im Schlachthof, zu Drehleier-Volksliedern und Hackbrett-Geklirr, und »Seychscherb« riefen sie neben der Blutrinne, der Bolzen steckte noch im Kopf der zappelnden Sau, und »Bruntzkachel« an der dampfenden Tafel, wo der Meister nach altem Brauch die Kesselgrütze mit Kanonenkugeln würzt; Fiedel und Brummtopf auf dem Titanic-, Panik-Deck (und hörte die Spieluhr: Dresden … in den Musennestern / wohnt die süße Krankheit Gestern) … eine Betäubung, vielleicht war es das, Niklas saß reglos vor dem Plattenspieler an den Abenden, wenn der Schnee sank oder das Licht eines Sommertags den Birnbaum vor dem Fenster zum Glimmen brachte, ich hatte das Gefühl, daß die Musik ihn gleichzeitig leersog und mit der köstlichen Substanz des Vergessens füllte, die Schallplatte war eine Spindel, deren Nesselfäden ausflogen und sich mit feinen Widerhaaren in ihm festfischten, bei jeder Drehung sich haltbarer garnten und sein Inneres hinüberzogen: wohin? nach dort, nach dort … Ich fragte mich, wie es möglich war, daß ein Mensch so in der Vergangenheit leben, die Gegenwart mit einer inneren Handbewegung beiseite zu wischen vermochte – ich sah eine äußere nicht, Niklas stellte sich nicht vor mir auf und hob den Arm zu einer theatralischen Verdammung all dessen, was in Licht und Schatten unseres Tages lag und was wir zum Jetzt zusammenfaßten –, eine Handbewegung, die ein brüskes Nein war, geführt mit jener unnachsichtigen Wut, mit der ein erwachsener Mensch vor seiner Angst kapituliert; wie er dieses Jetzt für nicht existent erklären konnte – war er ein Narr, der ein Abkommen getroffen hatte und es bezahlen würde, und bis dahin konnte er machen, was er wollte: manchmal dachte ich, er sei der Herrin der Uhren begegnet, und sie habe ihm ein Ziffernblatt bestimmt, das anders ging als die, welche sie uns zugeteilt hatte … aber was wollte er dort, in der Vergan-

genheit? Was war sie ihm? Was war sie den Türmern? War er anwesend, wenn ich an ihn dachte, bei ihm zu Besuch war, ihn mir vorstellte, wie er nachts allein im Musikzimmer saß und den Opernstimmen lauschte aus verschollenen Aufnahmen, die er bewahrte und vielleicht noch Trüpel oder Däne, und vielleicht noch der eine oder andere, von dem wir noch nichts wußten (aber eines Tages würde er zu Dänes »Freundeskreis Musik« stoßen, so mußte es kommen, und Däne ahnte, daß es diese noch unentdeckten Connaisseure gab, deshalb setzte er gern spezielle Aufnahmen, seltene Einspielungen, verborgene Werke auf die Agenda seiner Treffen, um sie zu ködern), und wenn Niklas vom Lindwurmring nach Hause ging, die zerschlissene Hebammentasche in der Hand, die Baskenmütze schräg über Scheitel und Wange gezogen, wie er würdevollen Schritts, leicht mit der anderen Hand wippend (nachklingende Takte einer Aufführung?), eine strenge Versunkenheit auf den Zügen näher kam, noch ohne mich wahrzunehmen, dann dachte ich: Ja, das ist er, einer von hier oben, ein Türmer: die von der Vergangenheit wie von einem Gelobten Land sprachen, sich mit ihren Insignien, heraldischen Erkennungszeichen, ihren Karten und Fotografien umgaben; was war sie ihnen? Ein Sternbild von Namen, eine Milchstraße von Erinnerungen, ein Planetensystem Heiliger Schriften, und die heiligste davon, die Sonne, hieß DAS ALTE DRESDEN, geschrieben von Fritz Löffler (und hörte die Spieluhr: Dresden … in den Musennestern / wohnt die süße Krankheit Gestern) … und erinnere mich an Abende im Haus Zu den Meerkatzen: Man trat durch die zerkratzte Schwingtür des Eingangs, lief über abgetretene, von der Zeit zur Farbe siechendes Rosenholz gebleichte Spannteppiche, die an den Seiten ausgefranst waren und Herrn Adelings tägliches Mißfallen erregten, an Kübelpflanzen auf den Etagenkehren vorbei, die mich an die jahrzehntelang in Formalingläsern schmollenden, nikotingelben Kraken zoologischer Sammlungen erinnerten, betastete bröckelnden, mit Szenen aus den »Meistersingern« verzierten Putz, hatte sich an die mit Ankerplast geklebten Scheiben in den Etagen-Flurtüren gewöhnt – und geriet vor einen Zeigefinger, fischblaß und arthroseknotig, über den sich ein Verschwörerlächeln schob: »Herr Rohde, kommen Sie herein, wir gucken 's uns gerade an!« Auf damastgedecktem Tisch, auf geschnitztem, mit Nußöl blankpoliertem und penibel trockengeriebenem Lesepult lag es und breitete seine Papierschwingen wie Engelsflügel aus: das Buch; kommt und labt euch, die ihr mühselig seid, und seid geborgen in der Unverrückbarkeit meiner Wohnung, kommt und genest. Aufgeschlagen: der Zwinger, Fotografie des Mathematisch-Physikalischen Salons. »Er entstand 1711 bis 1714, als frühester der Pavillons M. D. Pöppelmanns während des Reichsvikariats Augusts des Starken, wie das Auftreten des Reichsadlers im Schmuck des Giebelfrieses beweist.« Zuerst brüchige, dann von Kaffee mit Sahne, Kirschlikör und Eierschecke gefestigte Vorlesestimmen, Zeigefinger, die die Zeilen entlangrutschten, Fingernägel, die sich in einzelne Buchstaben bohrten, über dem Papier auf- und niederteleskopende Lesegläser: »Beweist, Herr Rohde, hören Sie: be-weist! Sie erinnern sich unserer kleinen Diskussion hier im Kreise über diese Thä-matik! Herr Tietze und Herr Malthakus waren auch da und meiner Meinung, während Sie, Herr Pospischil, doch nicht ganz das richtige getroffen haben, wie wir sehen.« Herr Sandhaus führte die Zunge zwischen die Zähne, ein leise fletschendes Geräusch ertönte, ließ seinen Oberkörper eine leichte Drehung nach links vollführen, wo Ladislaus Pospischil, geborener Wiener, gestrandet in den Wirren eines wirren Jahrhunderts in Dresden, Hotelier, Sommelier, Händler mit Gebrauchtwaren, Briketts, Konzertagent, inzwischen Betreiber des an der Bautzner Straße gelegenen Hotels Schlemm, einen der überaus blankgeputzten Silberlöffel der Witwe Fiebig musterte: »Beweist, Herr Pospischil. Es steht im Löffler, ich hab's Ihnen auch noch mal aus meinen älteren Äggsem-plarn rausgezo-chn. Wir haben ja auch mit Herrn Knabe darüber gesprochen.« Herr Sandhaus schob dem Hotelier rußige Schreibmaschinendurchschläge zu, versehen mit genauen Angaben über Fundort, Seiten- und Zeilennummer und, was das Auftreten des Reichsadlers im Giebelfries des Mathematisch-Physikalischen Salons des Dresdner Zwingers betraf, mit einer vergrößerten Fotografie. »Sähnse. Herr Löffler hat mir alles ooch per-söhnlich be-schtäticht. Ich muß äma sa-chn: Das Auftreten des Reichsadlers – das sollte er in der nächsten Off-lache ma verbessern, niwahr. Bloß ä bissl. Awwer da isser. Er tritt ähm tat-säschlisch off am Giebelfries, der vielbesungne Vo-chel. Ä Schlückschen Liköhr gefällich? Köstlich, die Eierschegge ma wieder, Frau Fiebich, wo hammsen die her, sachense ma?«

»Nu, vom Wachendorf, Herr Sandhaus, was denkense denn, und alles norwegen dor perseenlischn Beziehungen, niwahr. Was würdmer blos duhn ohne, wie mei Verwischener sisch aus-trückte.«
»Da hammse völlich recht, meine Toi-erste, awwer völ-lich. Man steischt aus seim Audo aus, dem ni-vorhandnen, geht ins Geschäft geschn-ieber und kooftzsch de Daschen voll, so sehr bräschn de Regale vor lauder Angebohtn, wies ähm so vorgommt im Lähm, niwahr. Wir können also diese Thä-matik zu den Aggtn tun, auf Ihr Spezielles, Herr Pospischil, un' nähmses dor' ni' grumm, niwahr.«
»Gespenstergesellschaft« nannte Hanna die Bewohner des Hauses Zu den Meerkatzen, »hoffentlich wirst du nicht auch noch dazugehören.« Der gelbe Nebel zog durch ihre Zimmer, laugte an den Häusern, machte den Dresdner Sandstein porös, überkrustete die Dächer, fraß an den Schornsteinen, ließ die Kittfassungen der Fenster brüchig werden, aber die Türmer hörten Tannhäuser in sieben verschiedenen Aufnahmen und verglichen sie miteinander, um sich über die »beste, die höchste, die schönste, die Standard-Aufnahme« zu streiten; sie maßen das zerstörte Kurländer Palais nach, in Gedanken und auf dem Papier, während ihre Wohnungen mürbe wurden und das Holz der Dachstühle zundrig, und so kannte ich es aus der ganzen Stadt, diesem zerschossenen Barockschiff im Waschzuber des Elbtals, dieser schimmernden Frucht gefangen im Uterus seiner eigenen, der parallelen Zeit; überall, wo ich hinkam, war es das gleiche: Kaffeetafeln, Eierschecke, DAS ALTE DRESDEN
– Hinaus fuhr Tannhäusers Schiff, und Witwe Fiebig ließ Rosen erblühen wie andere Kerzen anzünden, sie waren aus Stoff, diese Rosen, eingewölkt in Aromen aus Kölnisch Wasser, Staub, Möbelpolitur, das zarte Rosa hatte sich nur noch in den Schatten der innersten Blütenblätter gehalten, es war die Farbe von Tanzschuhen, die man auf dem Dachboden neben Bündeln von Briefen findet, Pastellpapier in gefütterten Kuverts, gehalten von vertrockneten Seidenbändern; die einladende Handbewegung, mit der Witwe Fiebig die Gäste in die Wohnung bat, ließ die Blüten im Zimmer aufbrechen, nahm den Häkeldeckchen die Distanz, verstärkte die Süße der Nippes-Schornsteinfegerchen, das Geschäker der Buchattrappen auf dem Regal neben dem Vertiko, in denen Witwe Fiebig die Kriegsorden ihres Mannes und Pralinen aufzubewahren

pflegte, sie rankten sich um die Noten auf dem Klavier, deren Umschläge Gartenlauben mit knienden und Herzen aus voller Brust ausstoßenden Jägerburschen und backfischhaft frivolen Engelchen zierten, sie knospten um das Kanarienvogelbauer, die Stoffrosen aus der Galanteriewarenabteilung des Kaufhauses Renner, in der Cläre Fiebig als Verkäuferin gearbeitet hatte; der Besuch kam in die gute Stube, Herr Sandhaus, der beim Rat des Stadtbezirkes Ost auf der Kohleninsel tätig war und sich vielleicht deshalb verpflichtet fühlte, für das Neue Deutschland zu sorgen, legte die Ausgaben einer ganzen Woche, säuberlich gefaltet und glattgestrichen, auf die dafür bestimmte Stelle des Tischs, in gekreuzte Bindfäden, richtete sich nach kurzem Besinnen auf, forschte, ob das Schokoladenmädchen auf der Reproduktion über dem Vertiko aus seiner Reglosigkeit erwachte, trat zur Seite, so daß Herr Adeling eine Woche Sächsische Zeitung auf das Neue Deutschland plazieren konnte, Kante auf Kante, Knick auf Knick, dann Niklas mit dem schmaleren Sächsischen Tageblatt, Schneider Lukas und Frau mit den Sächsischen Neuesten Nachrichten, Herr Richter-Meinhold mit der noch schmaleren, rotköpfigen Jungen Welt; ein Kilogramm Zeitungen; hammer alles? fragte Witwe Fiebig, zählte nachdenkend Finger ab, während Herr Adeling Kellnerhandschuhe überstreifte, den Papierstoß ausrichtete, verschnürte, den Stapel zwischen Daumen und Zeigefinger anhob und zum Fenster schritt, das Witwe Fiebig öffnete, Herrn Adelings ausgestreckter Arm, die weißbehandschuhte Linke, das Paket waren in der beginnenden Dämmerung über dem Lindwurmring zu sehen, mit an den Fingerspitzen zusammengelegten Händen und leicht geneigten Köpfen warteten die Versammelten auf den Schlag von Witwe Fiebigs Standuhr, gong gong, achtzehn Uhr, beim letzten Schlag schnappten Herrn Adelings Finger auseinander, der Zeitungsstapel klatschte in die geöffnete Mülltonne vor dem Haus, Witwe Fiebig zog das Tischtuch ab, Herr Adeling deutete eine Verbeugung in Richtung der Nachbarn an, klopfte die Handschuhe sauber, bevor er sie an den Fingerspitzen lüpfte und entfernte, folgte Witwe Fiebig und den anderen zum Händewaschen, schenkte Likör ein und wandte sich der Geometrie der Kuchenstücke auf dem Meißner Teller zu, der unter einer Glasglocke auf dem Vertiko schimmerte, tarierte sie mit einem Silberschäufelchen aus; Herr Sandhaus holte

das Lesepult (»echt Biedermeier!«) hervor, wartete auf Witwe Fiebig, die eine Spitzendecke auflegte; sie öffnete den Löffler und sagte mit der silbenmeißelnden Betonung des Dresdner Bürgertums, mit der es Verachtung von Wertschätzung, Niederes von Hohem, Müll von Rosen trennt: ßo. Unt jet-zt. KOMMEN wir. Zur Kul-tuhr.
– Tannhäuser-Karavelle, Tannhäuser-Funk, Echolote in die Zeit, schwarzgelb die Schallplatte Spindel,
Winter 1978/79: In der Johannstadt fallen die Zentralheizungen aus und drohen unter dem strengen Frost zu platzen, man spottet über die Zuversicht, die aus den Schwarzweißgesichtern in den Zeitungen glänzt, flucht über den Subbotnik, die gemeinnützige Arbeit am Sonnabend. Brigaden der Freien Deutschen Jugend rükken in Lausitzer Tagebaue aus und helfen NVA-Einheiten, Kohle für Dresden heranzuschaffen.
»Drei Waggons sollen die haben. Die sollen vorfahren sollen. Extra zum Beheizen des Kulturpalasts. Wissen Sie was Neues, Herr Tietze, Sie sind doch dabei?« Herr Sandhaus reibt sich die Hände. »Hab' ich doch tatsächlich noch zwee Karten erwischt!«
Niklas beugt sich über den Tisch, hebt den Löffel über Schwarzwälder Kirsch und flüstert: »Böhm wird dirigieren, sein erstes öffentliches Auftreten mit der Staatskapelle hier seit '43. Welche Blamage, wenn die es nicht fertigbringen, den Kulturpalast zu heizen!«
– Eisblumen wuchern über die Treppen. Schlaf. Schlaf im Winter, der kalte Schlaf vor den kreisenden Schallplatten, auf denen der Rauhreif knistert. Lampen raspeln, alt sind sie, aus Vorkriegszeiten, die Leitungsdrähte morsch und oxydiert, in manchen Häusern der Neustadt läßt man die Glühbirnen brennen, denn vielleicht springen sie nicht mehr an, wenn man sie ausschaltet, flackerndes Funzellicht im Winter, und das Schnarren der Heizlüfter, mit Gußeisen umkleidete Würfel, in denen sich ein zur Schlange gewundener Draht bis zum Glühen erhitzt, später gibt es die orangefarbenen Heizsteller aus Ungarn in den Badezimmern, den Küchen, den nach Asche riechenden Bücherzimmern der Stadt.
– Hinaus fuhr Tannhäusers Schiff,
und Herr Richter-Meinhold, ein hagerer Mann in den Siebzigern, ehemals Produzent von Wander- und Landkarten (gelb-rote Umschläge, das Papier auf Leinen gezogen, Geographien, über die

man in der Schule nichts hörte: Hultschiner Ländchen, Isergebirge), die wie Schätze gehütet wurden und in keinem Antiquariat lange vorrätig blieben, erst recht nicht, wenn sie das Gebiet der DDR zeigten (»sin' de eenz'schen, die ni' gefälscht sint, niwahr!«); Herr Richter-Meinhold hob die Hand (diese Dresdner Geste, dieses »so isses leider, wir könn's ni' ändern, 's geht ähm alles dahin«) und sagte: »Eine Kälte ist das, wie damals, beim Angriff. Übrigens, Herr Tietze, ist Hauptmanns Spätwerk voller verborgener Smaragde. Nicht unbedingt Diamanten. Aber Smaragde. Den Erhart Kästner, seinen Sekretär, habe ich ja noch gekannt. War Bibliothekar im Japanischen Palais und hat hier oben gewohnt. Weiß kein Mensch mehr.«

»Nee.«

»Hauptmann bin ich noch begech-net. Meine Tante lag nämlich im Sanatorium Weidner, von wo er den Angriff gesehen hat. Ich habe sie besucht und dabei ihn gesehen. Unvergeßlich, der Goethe-Nischel.«

»Wer das Weinen verlernt hat, der lernt es wieder beim Untergang Dresdens.« Sandor, aus Ecuador zu Besuch, beim Untergang zehn Jahre alt, schweigt, wendet sich ab. Sie erinnern sich. »Das war alles mal ganz anders hier. Was ist, ist nicht, was war. Kein Vergleich. Nee, nee. Heute: Dresdengrad. Provinz in der UddSR: Union der deutschsprachigen Sowjetrepubliken.« Ruinen stehen seit Jahrzehnten. Elektrifizierung plus viele Brachflächen, häßliche Magistralen, zugige Plattenbaugebiete, Fünfzehngeschosser, wie grobe Klötze eingerammt in die berühmte, jetzt lückenhafte Canaletto-Silhouette. Und früher: »Warn wir Residenz. Residenz! Tscha, früher ...« Sie seufzen. Fotos werden herausgesucht. Blick von der Brühlschen Terrasse zur Frauenkirche, eine Laterne mit nadeligem Licht in der Münzgasse. Die Beschwörungen beginnen, die Dresdner Sehnsucht nach Utopie, einer Märchenstadt. Die Stadt der Nischen, der Goethe-Zitate, der Hausmusik blickt trauernd nach gestern; die leidige, ausgehöhlte Realität wird mit Träumen ergänzt: Schatten-Dresden, Schein hinter dem Sein, fließt durch dessen Poren, erzeugt Hoffmannsche Zwitter. Doppelbelichtungen. Tannhäuser sang, sang vom Armeemuseum, wo die Zündnadelgewehre auf Napoleon wiesen, und Sachsens Glanz und Preussens Gloria, Ulanenlanzen und Kürassierhelme der

Belle Epoque (und hörte die Spieluhr: Dresden … in den Musennestern / wohnt die süße Krankheit Gestern), Lemuren im Gaskrieg der Schützengräben tappten, Blaukreuz Ypern, die Sappeure tanzten, Verdun, Doktor Benn ging durch die Morgue, Dix malte Vieh in Menschengestalt, und das zersplitterte Glas über dem Foto der alten Frauenkirche, Dresden … »Ich werde dieser Perle die rechte Fassung geben« … Die Synagoge brannte.
– Wie trinkt man den Wein zu Dresden, der Stadt mit dem schuldigen Lächeln? Hinaus fuhr Tannhäusers Schiff, zu Canalettos Archipel … Glocken läuten am 13. Februar. Aus allen Stadtteilen strömen die Menschen in die Innenstadt, stellen Kerzen auf an der Ruine der Frauenkirche, zwei große Trümmer, die sich wie Arme hilfesuchend zum Himmel recken. Der Kreuzchor singt Mauersbergers Requiem. Nachtfahrt nach Hause, in Hoffmanns Lada oder Tietzes Shiguli: Der über die Armatur zuckende rote »Woda«-Anzeiger ist in der Perspektive so groß wie die Birke auf der düster liegenden Schloßruine und scheint wie eine Phosphornadel unruhig die in die Tiefe gestaffelten rußigen Mauerreste abzutasten, die bei Tag noch Zimmerfluchten, eingebrannte Linien von Malereien erkennen lassen.
»Der Riesensaal im Schloß, was gab es da für herrliche Konzerte. Und Königs haben vom Schwanenservice gegessen, an einer Tafel mit tausend Teilen feinstem Meißner Porzellan«, erzählte Frau von Stern, die ehemalige Hofdame. »Lüster, die wie Lichtkorallenriffe herabhingen! Sie stürzten herunter, Glasklumpen am Boden, zusammengeschmolzen über Menschen, die Gesichter, die Gesichter.«
»Elbflorenz, so italienisch weich, eine lächelnde Stadt!«
»Und die soziale Lage? Wie lebte man damals wirklich? Eine schöne Fassade für viel Elend? Gab es nicht 100 000 Arbeitslose 1933? Waren die Mörder nicht unter uns?«
»Ach, Schluß! Hätteter de Nazis nich gewählt, würd's immer noch lächeln.«
»Du bist kein richtscher Dresdner, wenn du so was sagst, du liebst deine Stadt nicht!«
»Liebe heißt für dich beschönschen? Hör mir uff! Manschma denk ich, ihr braucht das ä bissel, ihr wärt im Grunde gar ni klücklisch, wenn's alte Dräsdn off äma wieder da wär!«

»Mit dir red'sch kee eenzsches Wort mehr!«
– Wer spricht? Sie sprechen, die Türmer, in den Soiréen, und Witwe Fiebigs Rosen blühten, dufteten nach Staub, Kölnisch Wasser und Möbelpolitur, blankgeputzte Silberlöffel tauchten in die Eierschecke der Konditorei Wachendorf, draußen wuchsen die Eisblumen, krochen über den Fluß und die Treppen und die Uhren; die Türmer saßen abends in ihren Wohnungen und erzählten, sie erzählten von ihren Leuchtern, die sie auf Dachböden oder in vergessenen Kisten (»irschendwo in dor Prä-rieh«) gefunden hatten, verrußt und unansehnlich, für den Laien – aber in ihren Augen sofort die Ziselierungen wert, die nach vorsichtigem, ahnungsvollem Reiben zum Vorschein gekommen waren; die Türmer kannten von diesen Leuchtern jede Schraube, und wenn sie sie nicht kannten, gerieten sie in Unruhe, denn sie mußten die Herkunft jeder Schraube kennen, mußten alle Hände kennen, die an diesem Leuchter gearbeitet hatten, und ich fragte mich manchmal: Wozu? wenn ich sie beobachtete. Was gab es ihnen, welche abenteuerliche Form von Befriedigung, wenn sie den Namen des Meisters kannten, der jenes Schräubchen schliff? War es Verzweiflung über die Unvollkommenheit der Welt, Verzweiflung über ein übersehenes Detail, das alles zum Einsturz bringen konnte?
– Zielkoordinaten: 13° 36' öL/51° 03' nB. Um 21.55 Uhr meldet ein Rundfunksprecher aus dem Keller des Albertinums den Anflug starker Kampfverbände, Lancaster-Maschinen der Royal Air Force. … »Ich werde dieser Perle die rechte Fassung geben!« Die erste Markierungsbombe fällt über dem Ostragehege, Schlachthofgelände im Elbbogen zwischen der Friedrichstadt, Übigau und Pieschen. Um 22.13 Uhr detonieren die ersten Bomben im Dresdner Zentrum
zum Einsturz, zur Vernichtung, zum Verlust, war es Verzweiflung über das Vergehen von Zeit?
… und höre die Stimme eines Dresdners, dessen rechte Hand wie unter einem Kontrollzwang immer wieder über die geschlossene Knopfleiste des Mantels tastet: »Ich habe meine Stadt geliebt, aber … Weil sie zerstört wurde, habe ich überlebt«, sagt nach langem Schweigen Herr Rosenbaum.
Die Türmer … Wollten sie eine fugendichte Welt? War ihr Gott der Gott der Kugel, der Ziffernblätter, der Schiffe?

Meerstern Abendstern sank, die Nadel trieb in die Leerlaufschleife, die Fische und Urnensterne in den Tapeten gefroren, Türen schlossen sich, die Fotografien an den Wänden erblindeten, Max Lorenz senkte das Schwert, das Rauschen der Wellen der Zeit der Zeit verstummte, Schiff Tannhäuser strandete
… Niklas blieb erstarrt, ich stand auf, um die Schallplatte zu wenden (und hörte die Spieluhr: Dresden … in den Musennestern / wohnt die süße Krankheit Gestern),
schrieb Meno

30.
Junge Frau in Windstille

Ruhe: Wie ein Boot nach einem letzten Ruderzug schien der Tag zu treiben, nicht mehr in Anstrengung, noch nicht am Ziel, der Himmel, an dem nur noch wenige, federleichte Wolkenbrauen staunten, dehnte sich zu Luftballonbläue, in die die Dächer der alten Akademie wie Segelflossen schnitten; darunter, im Park, tauchten Aquarelle von Grün, die weißen und violetten Rhododendren, schon in Dämmerung. Für einen Augenblick, als eine Garbe Schwalben sich flirrend im Isabellengelb über den Baumkronen vor der Hautklinik zerstreut hatte, schien eine Balance aller Waagschalen zu entstehen, in denen die Sinneseindrücke des späten Nachmittags gestiegen und gesunken waren: das »Trrapp-trrapp-trrapp-rratsch, Trrapp-trrapp-trrapp-rratsch« eiliger Krankenschwesternschritte; das metallische Rosa und Weiß von Kitteln und Hauben; Patienten in Bademänteln, die mit Röntgenfilmen unterm Arm durch den Park schlenderten; Ärzte, die Hände in den Kitteltaschen vergraben, wo sie sie ungeduldig bewegten, sobald eine Schwester auf Grußnähe herankam; der Duft der Apfelblüten, der von den Gärten an der Händelallee herüberschläferte; das Jaulen der Elektrowagen; Autos, die auf der Akademiestraße vorüberschlurrten.
Dann kam es zurück in Wellen und Ordnungen, Augenblicke nur, sein ermüdeter Körper, die stechende Helligkeit einer auf ihn gerichteten Lampe, Ansprüche, Forderungen, ein Student, der ihm zunickte und, als ob er etwas von ihm wollte, unschlüs-

sig stehenblieb; es kappte die Fäden zur Kindheit, die in einer langen Sekunde ausgeflogen waren, Jostas Brief, nach dem Richard tastete. Er war aufgestanden und gegangen, ohne den Studenten ermuntert zu haben; er hatte keinen Sinn für Gespräche über Vorlesungen gehabt, die Vergabe einer Doktorarbeit oder was den jungen Mann sonst beschäftigen mochte. Immer kamen sie mit Anliegen, diese jungen Leute, und immer waren sie ähnlich, und wenn sie Chirurgen werden wollten, dann gleich Neurochirurgen oder, noch besser, Herzchirurgen; und wenn sie Fragen hatten, waren sie kompliziert fast immer und einfach fast nie; warum zum Beispiel ein Geigenbogen in der Lage war, einen Ton zu erzeugen, schien sie nicht zu interessieren, oder warum alle Flüsse fließen, wenn die Erde doch rund war und es demzufolge doch einige Flüsse geben müßte, die einen Weg bergauf vor sich hatten. Oder warum man den Brief einer Frau mit sich herumtrug und nicht wußte, ob man sich freuen oder fürchten sollte, und warum ein Brief, nichts als ein Stück Papier, soviel wiegen konnte.
Er las den Brief nicht noch einmal durch, er kannte ihn fast auswendig. Warum kommst du nicht, warum meidest du mich, warum weichst du mir aus, wenn ich dich sehen möchte und wir uns in der Akademie begegnen, Lucie fragt nach dir, auch wir haben ein Recht auf dich, wir sind auch deine Familie, ich weiß nicht, wie lange ich das noch aushalte, irgendwann wirst du dich entscheiden müssen, oder hast du schon genug von uns, von mir, ist das jetzt dein »Zigarettenholen«?
Richard ging in die Klinik zurück. Er hatte eine Operation angesetzt und Patienten in die Handambulanz bestellt. Nach der Operation ging er auf Station, um einen Kaffee zu trinken und etwas zu essen. Seine Sekretärin war noch da. »Gehen Sie nach Hause«, sagte Richard, »die OP-Berichte können Sie auch morgen schreiben.«
»Frau Fischer aus dem Rektorat hat angerufen. Sie meldet sich noch mal.«
»Bin nicht da.«
»Es wäre wichtig. Es geht um Doktor Wernstein.«
»Ich bin in fünf Minuten in der Handambulanz. Dann soll sie mich meinetwegen dort anrufen.« Die Handambulanz war voll

besetzt, und er ließ das Telefon klingeln. Er hätte es ignoriert, aber die assistierende Schwester nahm ab. »Für Sie.«
»Richard, können wir uns sehen? Hast du meinen Brief gelesen?«
»Schönen guten Tag, Frau Fischer, was gibt's denn?«
»Kann ich auf dich warten, vor dem Rektorat, heute? Das fällt weniger auf als im Park, wenn man uns sieht«, sagte Josta rasch, vielleicht erwartete sie Einwände, die er in der unter Floskeln verborgenen Geheimsprache vorbringen würde, die sie sich für Telefonate in Gegenwart anderer ausgedacht hatten; »es ist im Moment ein bißchen ungünstig« hieß »20 Uhr, an dem von dir angegebenen Ort«.
»Es ist im Moment ein bißchen ungünstig –«
»Oder du kommst zu mir? Du kannst doch sagen, daß es in der Klinik länger gedauert hat.«
»Könnten Sie mich morgen noch mal zurückrufen? Danke.« Das hieß: Nein. Er legte auf.

Es war immer noch hell, als Richard die Klinik verließ. Er hatte sich langsam umgezogen, obwohl es auf 20 Uhr ging, als er den letzten Patienten aus der Ambulanz verabschiedete; er hatte sogar überlegt, sich zu rasieren, hatte den Apparat aber wieder in den Spind gelegt, als ihm eingefallen war, daß ein langer Arbeitstag und ein nach Rasierwasser duftendes glattes Kinn in einem Zweifel und neuerliches Mißtrauen weckenden Widerspruch standen. Er erkannte Josta schon von weitem, sie stand auf einem der von Forsythien gerahmten Wege neben der Augenklinik und unterhielt sich mit einigen jüngeren Ärzten, die die Bäuche einzogen. Es machte ihn wütend, daß sie sich nicht an die Abmachung hielt, daß diese Ärzte sie und vielleicht auch ihn beobachten würden, zugleich fühlte er den jähen Stich von Eifersucht, als er sah, wie sie kokett mit ihrem Pferdeschwanz spielte, lachte, den Kopf zurückwarf, wie zufällig, wenn einer der Ärzte beim Sprechen auf den Zehen wippte, an dem Forsythienzweig roch, den sie in der Hand hielt. Natürlich hat sie mich schon längst gesehen, dachte Richard, und nun macht sie mir klar, daß es sie bloß einen Fingerschnipp kostet. Josta löste sich und ging, etwa fünfzig Meter vor ihm, auf das Rektoratsgebäude zu, sie trug ein leichtes Kleid und hatte ihren Mantel über den Arm gelegt. Er wußte, daß er dieses Bild für immer im Gedächtnis behalten würde: eine junge Frau in der Windstille eines Maiabends, die hin- und herstreichenden Falten ihres Kleids, ein verlangsamter Augenblick in der schwimmenden Helligkeit der übrigen Passanten.

»Warum kommst du so spät? Warum läßt du mich warten? Weißt du überhaupt, wann wir uns das letzte Mal gesehen haben?«

»Du sollst mich nicht in der Klinik anrufen.«

»Ist es zuviel verlangt, wenn ich dich sehen möchte?«

»Josta … man weiß von unserem Verhältnis. Ich werde erpreßt. Man will uns auffliegen lassen, wenn –«

»Wer ist ›man‹?«

»– wenn ich nicht mit denen zusammenarbeite.« Er schluckte, atmete hörbar aus. »Berichte schreiben, Informationen sammeln.«

Sie runzelte die Stirn und sah an ihm vorbei. Er beobachtete sie aus den Augenwinkeln und war erstaunt, daß sie so ganz anders reagierte als Anne; ein zwischen Hochmut und Kälte pendelnder Ausdruck lag auf ihrem Gesicht, als hätte sie dergleichen weniger erwartet als erhofft, als hätte sie es, dachte er erschrocken, gewünscht.

»Eines Tages wirst du dich entscheiden müssen.« Ihre Stimme kippte. »Wenn du mich verläßt, tue ich mir was an.«

»Wirklich?« Das war der Zyniker, den jeder Chirurg in sich kannte, die skeptisch nüchterne Roheit, gegen die man nach einigen Jahren in diesem Beruf nicht mehr gefeit war. Er bereute es sofort. »Was ist mit Wernstein«, stieß er hervor, unfähig, in diesem Augenblick eine andere Entschuldigung zu finden.

»Er wird Probleme bekommen«, erwiderte Josta eisig, »vielleicht durch dich? Wie sagtest du? Berichte, Informationen –«

»Josta –« Er suchte ihre Hand, sie entzog sie ihm. »Ich hab's nicht so gemeint. Bitte. Es tut mir leid.«

»Kohler und eure Klinikparteileitung haben eine Beschwerde eingereicht. Verunglimpfung sozialistischer Errungenschaften«, sagte Josta nach einer Weile.

Kohler. Müllers Günstling aus der Allgemeinen Abteilung. Sehr

effizient, was das Klinikmanagement betraf, wie das neuerdings genannt wurde. Außer Müller und der Verwaltung schien ihn niemand zu mögen.
»Was ist das wieder für Unsinn!«
»Ich weiß nicht. Es liegt jedenfalls auf dem Tisch des Rektors.«
»Was wird er unternehmen? Eine Sitzung einberufen, die Schiedskommission? Wernstein entlassen?«
»Ich wollte dich nur vorwarnen. Es könnte sein, daß er diesmal durchgreifen will, es waren in letzter Zeit viele von der Bezirksleitung da und sogar aus Berlin. Es gab unschöne Wortwechsel, und irgend so ein Typ, dem man seinen Stall auf zehn Meter anriecht, hat ihm offen gedroht. Daß er als Rektor vielleicht überfordert wäre.«
»Komm, gehen wir ein Stück. Ich möchte nicht, daß man uns hier zusammen sieht. Sie könnten denken, daß du Geheimnisse ausplauderst. Was will dieser Kohler eigentlich? Hast du seine Beschwerde gesehen?«
»Nur das ›Betreff‹ und dann noch ein paar Zeilen, die waren deutlich genug. – Hochkommen will er. Nächsten Monat wird er auf deine Station versetzt, und da stört Wernstein. Sie schlagen vor, ihn aus der Rotation herauszunehmen und zu versetzen.«
»Sie wollen ihn aus der Klinik haben?«
»Müller hat schon mit dem Chef der Orthopädie in Friedrichstadt gesprochen.«
»Und davon weiß ich nichts. Verdammte Intriganten. – Wartest du draußen auf mich? Ich hol' das Auto.«
Er parkte in einer Nebenstraße unweit ihrer Wohnung.
»Willst du nicht doch mit raufkommen? Wenigstens für ein paar Minuten?«
»Versteh doch.«
Sie schwieg und starrte auf die Straße. Mädchen hüpften Gummitwist, ein mit Fässern beladener Dreiradwagen schlingerte vorbei. »Liebst du deine Frau mehr als mich?«
»Laß doch.«
»Warum können wir nicht zusammensein … Immer dieses Versteckspiel, immer ›Versteh doch‹ und ›Laß das‹ und ›Auf Wiedersehen‹ … Lucie hat neulich im Kindergarten von dir erzählt, daß du abends immer weggehst, wenn du uns besuchst. ›Du

hast ja ’n komischen Papa‹, haben die anderen Kinder zu ihr gesagt.«
»Ich hab’ dir doch gesagt, daß sie den Mund halten soll!«
»Ich kann’s ihr nicht verbieten, ich kann sie nicht immer kontrollieren.«
Nein, das konnte sie nicht. Es war doch natürlich für ein Kind, daß es von seinem Vater erzählte; was hätte er gesagt, wenn Josta ihm verraten hätte, daß Lucie gar nicht von ihm sprach. »Grüß sie von mir.«
Ohne ihn anzusehen, drückte sie seine Hand und stieg aus. Er kurbelte die Scheibe herunter. »Josta!«
Sie blieb stehen, drehte sich aber nicht um. »Entschuldige bitte.« Sie nickte. Die Mädchen spannten den Twistgummi höher. Ein Fenster öffnete sich über ihnen, ein Mann mit Hosenträgern über dem Unterhemd legte ein Kissen auf die Fensterbank und musterte die Mädchen.
»Ich wollte dir noch sagen –« Er fixierte das aufgeschwemmte, unrasierte Gesicht des Mannes über Josta; sie reagierte nicht. »Schönes Kleid hast du an.« Sie blieb noch eine Sekunde stehen, zog sich dann langsam den Mantel über, ging. Der Mann glotzte ihr nach. Als Richard nach Hause fuhr, stahl er für Anne einen Forsythienzweig aus einem Garten.

Am nächsten Tag war Chefvisite, ein weißbekittelter Troß walzte über die Nord-Stationen. Die Pflichtassistenten hielten Röntgenbilder vor Müllers und seiner Oberärzte Augen, die Stationsärzte murmelten Erklärungen, Schwestern nahmen mit sterilen Pinzetten die Verbände von den Wunden und reichten den untersuchenden Ärzten Handschuhe. Müller schaute immer wieder auf die Uhr, riß den Assistenten die Röntgenbilder aus den Händen, stach mit dem Zeigefinger darauf herum und warf sie auf die Betten. Selbst die Patienten spürten die dicke Luft, lagen stocksteif, Arme an der Seite, lugten ängstlich zwischen Müller und dem referierenden Arzt hin und her. An einem Patientenbett befand sich in einer Glasente noch ein Harnrest. »Ist es den verehrten Damen Krankenschwestern, die für dieses Zimmer zuständig sind, nicht möglich, die Pisse aus den Schwenkern zu leeren, wenn der Chefarzt Visite macht? Was ist das für eine

Schlamperei, Schwester Lieselotte?« Die Stationsschwester der Nord I wurde blaß. »Aber es gibt ja dieses Sprichwort vom Herrn und vom Gescherr«, fügte Müller hinzu. »Herr Wernstein findet zwei Patientenkurven nicht, Laborwerte fehlen, der Abszeß in der Zwo fiebert fröhlich vor sich hin … Was ist das für eine Bohememedizin in meinem Haus!?« Richard hob abwehrend die Hände. »Herr Professor, der Mann in der Zwo ist von den Anästhesisten zurückgestellt worden, wir kennen die Problematik, aber er steht unter Falithrom –«

»Seit wann«, schnitt ihm Müller das Wort ab, »seit wann, Herr Hoffmann, hindert uns ein Mittel gegen Blutgerinnung, unserer chirurgischen Pflicht nachzukommen und einen hochreifen Abszeß aufzuschneiden?«

»Herr Professor«, Trautson nickte Richard zu, »ich hatte im Dienst die OP angesetzt, aber der Kollege von der Anästhesie hat sich strikt geweigert –«

»Dann machen wir die Anästhesie eben selber, verdammt noch mal! Ein Abszeß am Oberschenkel braucht keine Vollnarkose, und Sie werden mir doch nicht erzählen wollen, daß der Mann von einer Abszeßeröffnung verblutet!«

»Wir riskieren eine Sepsis, wenn wir nicht operieren«, warf Kohler ein.

»Na, dann tun Sie's doch, Herr Kollege!« platzte Richard heraus. »Die Gerinnungswerte sind schlecht, und bisher haben die Antibiotika das Fieber beherrscht –«

»Bisher«, sagte Müller. »Herr Hoffmann, ich bin unzufrieden, ich möchte Sie heute nachmittag sprechen.«

Einen solchen Tadel am Leitenden Oberarzt, noch dazu vor allen Ärzten und Schwestern, hatte noch niemand erlebt. Richard kam sich wie ein Schüler abgeputzt vor. Der Troß zog auf die nächste Station. Trautson zog Richard beiseite. »Möchte wissen, was in den Alten gefahren ist. Der weiß doch ganz genau, daß die Anästhesisten recht haben. Und einen Zirkus macht er, weil zwei Kurven fehlen, dabei sind die doch schon im OP …« Trautson schüttelte den Kopf. »Prost Mahlzeit, da können wir uns auf was gefaßt machen. Ich würd's an deiner Stelle nicht schwernehmen, Richard. Wer weiß, was in Wahrheit dahintersteckt.«

»Herr Wernstein, kann ich Sie noch einen Augenblick sprechen?« fragte Richard. Sie gingen in den Aufenthaltsraum der Station. »Jetzt sagen Sie mir um Gottes willen, was Sie angestellt haben. Wenn ich schon für Sie Prügel beziehe, will ich auch den Grund wissen. Ich meine die Beschwerde von Herrn Kohler.«
Wernstein erzählte. Es ging um Anspruch und Wirklichkeit, wie so oft, und um den stacheldrahtbestückten Zaun dazwischen.
»Und dann habe ich ihm gesagt, er soll sich um seinen eigenen Kram scheren.«
»Gesagt?«
»– Mitgeteilt. Dieser Schlaumeier, wir wissen auch, was eine Sepsis ist!«
»Und er?«
»Daß er mich schon lange beobachtet. Ich sei ein Quertreiber.«
»Und Sie?«
»Daß der Quertreiber der Auffassung ist, daß vom Politschmus noch kein Patient gesund geworden ist.«
»Hm.«
»Naja, oder so ähnlich.«
»Statt Schmus haben Sie«
»– was anderes gesagt. Ja.«
»Mensch, Wernstein, sind Sie denn verrückt geworden.« Richard stand auf und begann unruhig im Zimmer auf- und abzulaufen.
»Sie wissen doch, wie der Alte zu Kohler steht. Und sonst.«
»Weiß ich«, knurrte Wernstein. »Die mit ihrem verdammten Karl-Marx-Jahr.«
»Die Frage ist, was wir jetzt tun. Die Beschwerde gegen Sie ist anhängig, wurde mir zugetragen. Kohler soll im nächsten Monat auf die Nord I wechseln, und Müller hat mit dem Chef der Orthopädie in Friedrichstadt gesprochen.«
»Mit anderen Worten … Man will mich loswerden.«
»Vielleicht nicht nur Sie, Herr Wernstein. Ich fürchte, daß ich Sie nicht decken kann. Ich schlage vor, daß wir erst einmal die Besprechung heute nachmittag abwarten. Vielleicht kann ich beim Rektor was erreichen.«
»Entschuldigen Sie bitte, Herr Oberarzt. Und danke.«
»Hauen Sie ab. – Operieren Sie gut.«
Richard rief Josta an. »Hoffmann von der Chirurgischen Klinik.

Frau Fischer, könnte ich bitte einen Termin bei Professor Scheffler haben? Dringend.«
»Worum geht es denn, Herr Dozent?« Jostas Stimme war kühl, sie klang unbeteiligt und geschäftsmäßig, das versetzte ihm einen Stich.
»Um einen Kollegen hier aus der Klinik, Herrn Wernstein.«
»Sind Sie auf Station? Ich rufe zurück.« Er hörte Augenblicke lang ihren Atem, bevor sie auflegte.
Die Nachmittagsbesprechung bei Müller entfiel. Richard ging ins Rektorat, wo er für siebzehn Uhr einen Termin bekommen hatte. Er mußte warten und ging hinaus, weil er befürchtete, daß Josta ihn beobachten, seinen Blick suchen würde trotz der zweiten Sekretärin, die im Rektorat arbeitete. Aber noch mehr fürchtete er, daß sie seinen Blick nicht suchen würde. Er versuchte sich auf das bevorstehende Gespräch zu konzentrieren, sich auszumalen, in welche Richtung es etwa verlaufen würde. Er kannte Scheffler nicht besonders gut, das letzte Mal hatte er wegen der Weihnachtsvorlesung mit ihm gesprochen. Bei den regelmäßig im Rektorat oder im Verwaltungsrat stattfindenden Chefarztkonferenzen, denen der Rektor vorsaß, war Richard nur selten dabei, die Unfallchirurgie war zwar formal der Allgemeinen Chirurgie angegliedert, besaß aber fast den Status einer selbständigen Abteilung. »Fast«: Es war in der Schwebe, manchmal bekam Richard eine Einladung, an einer Konferenz teilzunehmen, manchmal nicht, und Richard befand sich, wenn er eine Einladung erhielt, Müller gegenüber im Zwiespalt: einerseits wollte er ihn nicht übergehen, andererseits kam er sich wie ein kleiner Junge vor, der für alles um Erlaubnis bitten muß. Außerdem störte es ihn, daß Müller sich bei der Lektüre dieser Einladungen von ihm abwandte und ihm widerwillige Antworten gab wie: Er wisse nicht, was es nutzen solle, wenn das Rektorat zwei Leitende Ärzte der Chirurgischen Klinik von ihrer Arbeit abhalte.
Scheffler war Pathologe, und wie alle Pathologen, die Richard kannte, ein musischer Mensch. Er hatte ihn öfter mit seiner jungen und attraktiven Frau im Schauspielhaus gesehen, wo er sogenannten gesellschaftskritischen Stücken vorsichtigen Beifall spendete oder zu Arien aus Mozart-Opern die Augen schloß.

Scheffler rauchte, ungewöhnlich für einen Arzt, erst recht für einen Pathologen, der die Raucherlungen sah; er rauchte kubanische Zigarren, die es trotz sozialistisch-brüderlicher Wirtschaftsbeziehungen in hiesigen Geschäften kaum zu kaufen gab. Rektor Scheffler verfügte also über Sonderkanäle, und er schien ein Genießer zu sein, ebenfalls wie viele Pathologen. Hautärzte, Psychiater, Internisten schätzten schöne Frauen, wußten gute von schlechten Weinen zu unterscheiden, lasen die neueste Belletristik, zitierten Goethe und Gottfried Benn und liebten klassische Musik, besonders Klavierspiel, das sie oft auch selbst beherrschten. Außerdem wurden sie alt. Die Chirurgen liebten schöne Frauen und schöne Autos und starben mit fünfundsechzig, wenn die Rente begann. Mit Scheffler, hoffte Richard, würde man reden können.
»Magnifizenz, ich komme wegen eines Kollegen zu Ihnen.«
»Ich weiß. Es geht um Herrn Wernstein, Frau Fischer hat mich vorbereitet. Ja. Setzen wir uns doch erst einmal.«
Richard sah, daß das Breshnew-Porträt mit dem Trauerflor verschwunden und durch eines von Juri Andropow ersetzt worden war. Scheffler bemerkte seinen Blick. »Kann ich Ihnen einen Kaffee anbieten? Ein Mineralwasser?«
»Vielen Dank, ich möchte Ihre Zeit nicht unnötig in Anspruch nehmen, Herr Professor. Herr Wernstein ist –«
Scheffler wedelte müde mit der Hand, verlangte Kaffee und Mineralwasser über die Sprechanlage. Dann stand er auf und blieb mit auf dem Rücken zusammengelegten Händen vor den Fotos stehen. Das Telefon klingelte, aber er ignorierte es. Seine Schuhe waren aus feinem, durchbrochenem Leder gefertigt und stammten gewiß nicht aus einem volkseigenen Betrieb, sein Anzug war elegant geschnitten, Richard fragte sich, ob er beim Schneider Lukas am Lindwurmring arbeiten ließ; auch Scheffler wohnte in einer der Villen dort oben.
»Sie interessieren sich für Politik?« fragte er unvermittelt und drehte sich halb zu Richard um. Erst jetzt fiel ihm auf, daß Scheffler im Knopfloch seines eleganten Anzugs das Parteiabzeichen trug. Warum auch nicht, dachte er, Ulrich ist auch in der Partei, und Scheffler, als Rektor, kann gar nicht anders. Trägt er das immer? Zu Weihnachten habe ich es gar nicht bemerkt.

»Ich glaube, das sollte man tun, Genosse Rektor.« Scheffler hatte sich wieder Andropows Lächeln zugewandt und hob sanft, wie ein Dirigent bei einem »piano«-Einsatz, die Hand. »Oh, bleiben wir doch bei den akademischen Titeln, Herr Dozent Hoffmann, ich glaube, das ist Ihnen lieber. – Wissen Sie, daß Juri Wladimirowitsch«, er wies auf das Andropow-Bild, »ein Jazz-Liebhaber sein soll? Auch soll er mit Vergnügen westliche Filme sehen, und viel lesen. Ich habe ihn nicht darauf angesprochen, man muß nicht alles glauben, was in der Presse steht.«

Richard überlegte, in welcher Presse gestanden haben konnte, daß der Generalsekretär der KPdSU angeblich Jazz liebte und westliche Filme mochte. Im »Neuen Deutschland« bestimmt nicht. Josta brachte Kaffee – obwohl er abgelehnt hatte, waren es zwei Tassen – und Mineralwasser. Richard trank den Kaffee nun doch.

»Danke, Frau Fischer. Sagen Sie doch den Herren vom Ministerium, daß ich umgehend zurückrufen werde. – Übrigens haben wir uns auf deutsch unterhalten, er spricht es ziemlich gut. Orden kann er nicht leiden, glaube ich, es klirrte früher bedeutend stärker in den heiligen Hallen.«

»Magnifizenz, ich stimme Ihnen zu, auch die jüngeren Ärzte sollten sich stärker als bisher für Politik interessieren, es ist nur so, daß«

»– Herr Kohler Vorsitzender der Parteiorganisation der Chirurgischen Kliniken ist«, unterbrach Scheffler milde und kehrte zum Tisch zurück, »einer der idealistischen, heißspornigen, jungen Genossen, die nur Attacke kennen. Aber man sollte die Zweifler gewinnen, so wie Juri Wladimirowitsch es in seinem letzten Kommuniqué angedeutet hat.« Scheffler kritzelte etwas auf einen Zettel, zeigte ihn, gab ihn aber Richard nicht. Darauf stand: »Versprechen kann ich nichts. Aber ich mache Sie darauf aufmerksam, daß ich kein Karriere-Parteimitglied bin.«

»Ich danke Ihnen.« Richard erhob sich. Scheffler zerriß den Zettel in winzige Schnipsel und ließ sie in den Papierkorb rieseln.

Josta schrieb jetzt viele Briefe, sie kümmerte sich nicht darum, daß Richard sie aus dem vereinbarten Versteck – hinter einem losen Ziegel in den verzweigten unterirdischen Gängen der Akademie – nur unregelmäßig abholte; einmal fand er vier Briefe vor, die im Zeitraum von einer Woche geschrieben waren. Sie vermied es zu klagen und zu fordern, war um Alltäglichkeiten und kleine Zärtlichkeiten bemüht, aber Richard spürte, daß diese Munterkeit zu betont war, und machte sich Sorgen. Er schrieb ihr, daß er sie sehen wolle, an einem Donnerstag, bevor er ins Sachsenbad zum Schwimmen gehe, sie schrieb zurück, daß das nicht nötig sei, daß er recht habe, wenn er sie unbeherrscht genannt, und daß sie den Bogen überspannt habe. Sie sei zu ungeduldig und verlange zuviel von ihm, sie male zu viele Ängste an die Wand und gefährde dadurch ihre Beziehung, sorge durch ihre übertriebene Angst vor den Ängsten dafür, daß sie einträten wie bei einer »self fulfilling prophecy«. Er glaubte ihr den vernünftigen Ton nicht. Josta war vieles, vernünftig war sie selten. Die Sprache dieser Briefe schien eine Plane zu sein, dünn und aus angeblich feuerfestem Material, aber darunter warteten Brände auf das bißchen Sauerstoff, das genügen würde, aus dem verrückt schwelenden Weiß zwischen den Zeilen eine Lohe zu fachen. Einmal, an einem Mittwoch, fuhr er zu ihr und klingelte, aber sie öffnete nicht, obwohl er sich sicher war, in der Wohnung ein Geräusch gehört zu haben. Er schrieb ein paar Zeilen und schob sie unter der Tür durch. Im nächsten Brief warf Josta ihm vor, wie leichtsinnig er gewesen sei, gerade an diesem Tag habe sie den Schlüssel einer Bekannten gegeben, die auf Lucie aufpassen sollte, weil ihr Kindergarten sie eher nach Hause geschickt hatte; Daniel habe durch einen Zufall das Papier gefunden und an sich genommen, eigentlich war er nur hochgegangen, um sich eine Limonade aus dem Kühlschrank zu holen, ein paar Minuten später kamen Lucie und die Bekannte, die den Zettel bestimmt gelesen hätte. Aber dann hätte ich sie wahrscheinlich gesehen, dachte Richard, ich habe einige Zeit vor der Tür gewartet, und das Geräusch, das ich gehört habe, hätte Daniel gemacht. Hier stimmte etwas nicht. All das beunruhigte ihn, hinzu kam der Ärger mit Müller, der die Aussprache nachgeholt, dabei scheinheilig zuerst nach dem Querner-Gemälde gefragt und dann Richard noch einmal getadelt hatte, freilich nicht mehr für die unterlassene Operation – die Anästhesisten hatten sich auf nichts eingelassen und sich hinter die Unfallchirurgen gestellt –, sondern seiner mangelnden Vorbildwirkung hinsichtlich der politischen Einstellung seiner Assistenten wegen. Wernstein mußte sich vor allen Kollegen und Stationsschwestern bei Kohler entschuldigen, wurde aber nicht in die Friedrichstädter Orthopädie versetzt.

Plötzlich änderte sich der Ton von Jostas Briefen, Verzweiflung, Vorwürfe und Angst kamen zurück. Richard steckte in Arbeit, ein Ärztekongreß stand an, auf dem er ein Referat über Operationstechniken an der Hand halten sollte; Robert machte Schwierigkeiten in der Schule, er war jetzt in der neunten Klasse, mit deren Zeugnis man sich um einen der begehrten EOS-Plätze bewarb, und auch mit Christian schien etwas nicht zu stimmen, wie Anne sagte; doch wenn Richard ein Gespräch versuchte, wich Christian aus. Richard schob es der Pubertät zu, daß sein Sohn an manchen Wochenenden nicht nach Hause kam. Wenigstens seine Zensuren waren in Ordnung, Richard hatte mit dem Klassenlehrer telefoniert. Josta verlangte, daß er Anne verlassen solle, sie nannte ihn wieder »Graf Danilo«, was er nicht mochte, und zwar gerade deshalb, weil er wußte, daß dieser Spitzname etwas Wahres traf; er traute Josta nicht den psychologischen Scharfsinn und die Menschenkenntnis zu, ihn mit dem Namen dieses Operettenhelden zu titulieren; er glaubte, daß Josta ihm diesen Spitznamen nur wegen irgendeiner entfernten Ähnlichkeit zwischen einem Sänger der Staatsoperette Leuben und ihm gegeben hatte, daß der Treffer aus purem Zufall saß, und das gönnte er ihr nicht. Dieser Darsteller hätte genausogut einen Helden aus einer x-beliebigen anderen Operette spielen können, dann hätte Josta wahrscheinlich den Namen dieser Figur gewählt … Er glaubte, daß sie schlecht beobachtete, aber insgeheim wußte er, daß er sich irrte. Gegen Ende Mai kam ein Brief, in dem sie drohte, eines nicht mehr allzufernen Tages vor seiner Tür zu stehen und eine Entscheidung zu erzwingen, von seiner Feigheit war die Rede, von gemeinsamem Urlaub, von Lucie und Daniel, dann von Gas und Schlaftabletten. Richard nahm es nicht ernst, der Brief war zu sehr im Affekt geschrieben, wirkliche Selbstmörder drohten nicht, sondern handelten; er hatte in seinen Diensten zu viele dieser Fälle gesehen. Und sah sie noch – gerade jetzt im Mai schienen die Einsamkeit, die Verzweiflung, die Schmerzen für viele Menschen unerträglich zu werden. Josta bat um ein Treffen, er sagte zu, aber es kam etwas dazwischen, er verspätete sich, und als er zum verabredeten Ort kam, war sie schon gegangen. Sie hatte kein Telefon zu Hause; für solche Fälle hatten sie vereinbart, daß sie ihm ein Zeichen hinterließ, wohin sie gegangen war: ein scheinbar achtlos unter eine Parkbank gerolltes Papierkügelchen hieß: bin zu Hause; zwei gekreuzte Zweige: warte an der Trinitatiskirche auf dich; im Winter ordneten sie Schneebälle zu bestimmten Mustern. Diesmal fand er nichts. Er wartete, vielleicht war sie nur für einen Augenblick weggegangen. Sie kam nicht.

»Oh, Herr Hoffmann, warten Sie auf jemanden?« Das war Heinsloe, der Verwaltungsdirektor.

»Ich – N-nein. Nur ein bißchen frische Luft schöpfen.«

»Das tun Sie recht, Herr Hoffmann. Komm lieber Mai und mache … Man wird doch gleich ein anderer Mensch.« Heinsloe rieb sich die Hände. »Ich habe vor einigen Tagen einen Brief von Herrn Arbogast bekommen. Sie kennen ihn? Er schrieb in diesem Sinne. Er möchte mit der Chirurgischen Klinik, genauer: mit Ihrer Abteilung, zusammenarbeiten. Er wird Ihnen sicher auch noch schreiben. – Was Ihren Mittelantrag betrifft, so ist leider noch nichts entschieden. Haben Sie einen Augenblick Zeit?« Heinsloe faßte Richard am Arm, zog ihn Richtung Medizinische Kliniken mit sich. Richard hatte jetzt überhaupt keinen Sinn für Gespräche über Budgets, neue Geräte oder Mittel für einen eigenen Hand-OP, die er schon vor langer Zeit beantragt hatte und um die es Heinsloe wohl ging. Der redete eifrig auf ihn ein.

»Ich habe eigentlich keine Zeit, Herr Heinsloe, entschuldigen Sie –«

»Sie müssen noch mal in die Klinik?« Die Frage kam so unvermittelt, daß Richard nichts Besseres einfiel, als zu nicken. »Das trifft sich doch gut, ich wollte sowieso vorbeikommen. Da mach' ich das doch gleich. Gehen wir zusammen, da sparen Sie sich einen Termin bei mir.« Richard war überrumpelt und konnte wieder nur nicken. Auf dem Weg in die Chirurgische Klinik, mit Heinsloes Geschwätz im Ohr, verfluchte er innerlich den Zufall, der ihn ausgerechnet hier und ausgerechnet jetzt mit dem Ver-

waltungsdirektor hatte zusammentreffen lassen. Erst in der Ambulanz wurde er ihn los.
»Ach, und übrigens noch Glückwunsch zum Medizinalrat!« Heinsloe zwinkerte ihm verschwörerisch zu. Richard hatte keine Zeit, sich über diese plump vertrauliche Geste Gedanken zu machen, Pfleger Wolfgang winkte ihm: »Herr Oberarzt, man hat Sie gesucht. Anruf für Sie.«
Richard ging auf seine Station. »Ein Daniel Fischer, klang noch ziemlich jung«, sagte die Schwester, die den Anruf entgegengenommen hatte.
»Was wollte er?«
»Er hat nur gesagt, daß man seine Mutter ins Krankenhaus gebracht hat.«
»Aha. Und in welches?« fragte Richard, in Patientenkurven blätternd.
»Hat er nicht gesagt.«
»Danke. Schönen Dienst noch.« Richard gelang es nur mühsam, sich zu beherrschen und nicht loszustürzen. Von seinem Zimmer rief er die Leitstelle der Schnellen Medizinischen Hilfe an und erfuhr, daß Josta nach Friedrichstadt gebracht worden war.
»Und weswegen?«
»Moment.« Richard hörte, wie der Mann schnaufend aufstand und in Papieren kramte. »Verdacht auf Tabletteneinnahme in suizidaler Absicht. Darf ich Ihnen eigentlich gar nicht sagen, aber weil Sie's sind, Doktor Hoffmann.«
»Wie lange ist das her?«
»Gute Stunde.«
Richard drückte auf den Unterbrecher, schloß die Augen. Einige Sekunden blieb er so stehen, dann konnte er wieder klare Gedanken fassen.
»Hallo, Anne, es wird heute später. – Nein, Sitzung in der Verwaltung. Hab' Heinsloe getroffen, es geht um den Hand-OP. – Ich dich auch.« Er war überrascht, daß es ihm gelungen war, ruhig zu klingen. Er ging zum Waschbecken, wusch sich das Gesicht, betrachtete im Spiegel sein tropfendes Gegenüber und spuckte aus. Als er die Spucke mit einem Handtuch wegwischte, bemerkte er ein einzelnes Barthaar auf der Wange, das er beim Rasieren übersehen hatte. Er ging zum Schrank, in dem er für die Dienste

eine vollständig bestückte Waschtasche aufbewahrte, nahm den Rasierer und schnitt das Barthaar ab.

Josta lag auf der Station 4 im Krankenhaus Friedrichstadt, der Intensivstation. Richard kannte sie, oft genug hatte er als Diensthabender auf Notarztwagenfahrten Patienten einliefern müssen. Außerdem hatte er als Famulant in der Studienzeit hier gearbeitet. Die »Vier«, wie sie genannt wurde, hauste unter dem Dach einer der Friedrichstädter Kliniken, die den Krieg überstanden hatten. Wie in allen Krankenhäusern der starke Geruch nach Wofasept-Desinfektionsmittel, treppauf, treppab eilende Ärzte. Den blassen, sommersprossigen Pfleger Markus mit dem roten Vollbart hatte er noch als Krankenpflegeschüler auf dieser Station kennengelernt, jetzt war er Stationspfleger. Sie hatten ihn, des damals schon imposanten Bartes und des Namens wegen, den »Evangelisten« genannt. Richard hatte ihn bewundert, denn wenn es ans Blutabnehmen ging und alle versagten, rief man den Pfleger Markus … All das ging ihm durch den Kopf, während er an Markus vorbei einen Blick durch die offenstehende Tür des Reanimationsraumes zu erhaschen versuchte. »Ich möchte zu Frau Fischer. Wir haben einen Anruf bekommen in unserer Ambulanz.«
Markus wies auf eines der hinteren Zimmer. »Sie hat Glück gehabt. Ist jetzt stabil. Man hat ihr den Magen ausgepumpt, zwanzig Obsidan. Ist sie aus Ihrer Klinik?«
»Nein. Chefsekretärin unseres Rektors.«
»Ach du grüne Neune.«
»Kann ich zu ihr?«
»Fünf Minuten. Sie ist noch an der Überwachung.«
»Pfleger Markus –«
»Hm?«
»Wenn unsere hohen Tiere hier aufkreuzen …«
»Ja?«
»Erwähnen Sie doch bitte nicht, daß ich da war.«
Markus warf ihm einen raschen Blick zu.
»Kann ich mich auf Sie verlassen? – Ich sollte eigentlich in einer Sitzung sein.«
Markus sah an ihm vorbei, nickte. »Auch wir haben eine Schweigepflicht, Herr Oberarzt.«

»Danke. Kann ich Sie anrufen? Es ist doch Ihre Patientin? – Übrigens: So sieht man sich wieder«, fügte Richard lahm hinzu, in der Hoffnung, daß Markus diesen kleinen Brückenschlag annehmen würde. Er fühlte sich unbehaglich, hatte das Gefühl, daß die hin- und hereilenden, Klingeln und den Summtönen der Infusionsmaschinen folgenden Schwestern ihn mit fragenden und vorwurfsvollen Blicken bedachten; auch wollte er keinem Kollegen begegnen.
»Ich habe morgen Frühdienst«, sagte Markus, »Sie können mich anrufen.«
»Ihre Nummer weiß ich noch«, versuchte es Richard erneut.
»Kennen Sie ihre Angehörigen? Jemand, der ein paar Sachen bringen könnte?«
»Sie hat einen Sohn, soweit ich weiß. – Haben Sie ihr einen Schrittmacher gelegt?«
»Vorübergehend. Sie können trotzdem rein.«
»Vielleicht regt es sie zu sehr auf.«
»Soll ich was ausrichten?«, Markus warf ihm wieder einen raschen Blick zu.
»Schöne Grüße ... von Oberarzt Hoffmann.«
Er rannte die Treppe hinunter. Er hätte vor Pein in den Boden versinken mögen. Markus hatte ihn durchschaut, da war er sich ziemlich sicher. Schöne Grüße ... von Oberarzt Hoffmann! In der breiten, mit aschgrauem, bröckelndem Putz bedeckten Front des »R-Hauses«, wie die Klinik in Friedrichstadt hieß, standen viele Fenster offen. Krähen quarrten auf den Bäumen in der Mitte des im Karree angelegten Krankenhauses, Patienten spazierten auf den Parkwegen. Eine Sirene heulte aus der Richtung der Zigarettenfabrik »Yenidze«, Richard bekam einen Schweißausbruch und suchte eine Bank, hielt sich die Ohren zu. Als er sie öffnete, flaute die Sirene ab, die Glocken vom Marcolini-Palais, in dem sich die Krankenhaus-Verwaltung befand, und vom Alten Katholischen Friedhof auf der anderen Seite der Friedrichstraße läuteten. Ihm fiel ein, daß er nach den Kindern sehen mußte. Vielleicht waren sie zu Hause und warteten, vielleicht lief Daniel durch die Straßen, und Lucie war allein in Jostas Wohnung.
Er fuhr mechanisch, Straßen und Häuserreihen flimmerten vorüber, fast hätte er das Signal eines Verkehrspolizisten übersehen.

Die Trillerpfeife und das heftige Kreiseln des Stabes ließen ihn aufschrecken. Er klingelte an Jostas Wohnung, niemand öffnete. Er wartete, versuchte es noch einmal. Schließlich klopfte er und rief an der Türritze nach Daniel. »Mach auf, ich bin's.« Die Tür der auf halber Treppe gelegenen Toilette öffnete sich, die Spülung gurgelte. Jostas Nachbarin, Frau Schmücke, eine geschiedene, oft betrunken wirkende Verkäuferin in einem Fischgeschäft, trat heraus. »War vorhin der Krankenwagen da. Muß ganz schön was los gewesen sein bei dem Lärm, den die veranstaltet haben. Ich glaube, der Junge ist da, hab' seine Stimme gehört. Er hat den Krankenwagen gerufen. Sind Sie der Onkel? Frau Fischer hat von Ihnen erzählt.«

»Ja«, sagte Richard nach kurzem Zögern.

»Schlüssel hab' ich keinen.« Sie ging an die Tür und klopfte laut. »Daniel, dein Onkel ist da, mach auf!« Sie wandte sich wieder Richard zu. Sie trug zu einer abgewetzten Jeans ein farbverschmiertes Trikothemd, unter dem sich ihre Brustwarzen abzeichneten, und eine gehäkelte Stola, die verrutscht war. Sie bemerkte seinen Blick und warf die Stola über ihr Dekolleté. Ihre Hände waren voller Farbe.

»Wiedersehn«, sagte Frau Schmücke. Er sah auf ihre Hüften. Jostas Wohnungstür öffnete sich einen Spaltbreit.

»Kommst du auch schon«, sagte Daniel.

»Ich hab' deine Mutter besucht«, sagte Richard. »Läßt du mich rein?« Daniel machte ihm widerwillig Platz.

»Und wie geht's ihr?« Angst flackerte über das Gesicht des Jungen, das eigentümlich häßlich war: abstehende Ohren, der Kopf fast ohne Hals in die Schultern gedrungen. Wie Zwerg Nase, dachte Richard. Er wußte nicht, warum er das dachte und warum er noch Sinn für solcherlei Beobachtungen hatte, warum seine Augen sie ihm ohne Mitleid präsentierten. In einer Aufwallung von Scham strich er Daniel übers Haar, aber der Junge wich zurück.

»Besser. Sie wird bald wieder gesund.«

»Kann ich sie besuchen?«

»Nein. – Wo ist Lucie«, Richard spähte ins Wohnzimmer.

»Noch im Kindergarten. Josta hat sie nicht abgeholt.« Daniel nannte seine Mutter immer beim Vornamen, was Richard miß-

fiel, er hatte es ihm auch einmal verwiesen, aber Daniel hatte erwidert: »Du hast mir gar nichts zu sagen, Hilfs-Papa.« – War das die Liebe, die der Junge angeblich für ihn empfand? Josta hatte abgewiegelt: »Laß ihn doch. Ich mag's nicht, wenn er mich Mama nennt. Oder Mutti. Warum nicht Josta. So heiß' ich nun mal.«
Plötzlich wandte sich Daniel ihm zu.
»Schon gut, mein Junge, schon gut … Wird schon wieder.«
»Das Gas war auch aufgedreht, ich hab's wieder zugemacht und gelüftet, wie's unten an der Tafel steht«, sagte Daniel ruhig.
»Gut gemacht.«
»Hab' dein Taschenmesser noch.«
»Zeig mal.« Sie gingen ins Wohnzimmer, wo der Fernseher ohne Ton lief. Richard stellte ab, Daniel klappte das Taschenmesser auf. »Alle Klingen, und hier: die Schere. Sogar die beiden Pinzetten sind noch dran.« Richard nahm das Messer, Daniel blieb mit hängenden Armen stehen.
»Paß auf, Daniel. Ich hole jetzt Lucie ab. Du bleibst hier – nein, du kommst mit. Ja, so machen wir's. Wir holen sie zusammen ab.«
Daniel nickte. »Ich kann ja vor dem Kindergarten warten«, sagte er, ohne Richard anzusehen.
»Nein, das wird nicht gehen. Ich muß draußen warten. Ich bin ja bloß der Onkel, glaub' nicht, daß sie mir Lucie geben. Aber dir werden sie sie geben, du bist ihr Bruder. Kennen sie dich? – Gut. Komm.«
Lucie hatte völlig versunken gespielt und war froh gewesen, daß sie endlich einmal das ganze schöne Spielzeug für sich allein gehabt hatte. Die Erzieherin war erleichtert gewesen, daß Daniel gekommen war, glücklicherweise fragte sie ihn nichts. Sie hatte Josta nicht erreichen können; unter der für Zwischenfälle hinterlassenen Nummer, dem Anschluß von Jostas Friseuse, nahm niemand ab. Lucie genoß die Fahrt mit dem Auto, wenn sie an einer Kreuzung hielten, winkte sie den Passanten zu, von denen manche erheitert zurückwinkten. Richard war es jetzt gleichgültig, ob jemand, der ihn kannte, aufmerksam wurde; er pfiff vor sich hin, brach ab, als er im Rückspiegel Daniels Gesicht sah.
Josta hatte eingekauft, er fand Käse, Brot, Butter, Wurst im Kühl-

schrank, auch Fleisch und Eier waren da. »Soll ich euch was Richtiges machen?« Zu spät fiel ihm ein, daß er dann nach Bratenfett riechen und seine Ausrede, bei einer Konferenz gewesen zu sein, unglaubhaft werden würde. Zum Glück schüttelte Daniel den Kopf. »Hab' kein' Hunger.«

»Aber du mußt was essen, Junge.«

»Wo ist Mama?« fragte Lucie aus dem Wohnzimmer. Sie hatte den Fernseher angestellt, Richard hörte die Melodie der »Aktuellen Kamera«, kurz darauf knatterten Schüsse, wahrscheinlich hatte sie umgeschaltet, und es lief irgendein Abenteuerfilm.

»Lucie, was möchtest du zum Abendbrot?«

»Josta gibt ihr abends bloß was Leichtes, weil sie sonst schlecht schläft und Bauchschmerzen kriegt.«

»Was Leichtes, aha. Und – ist das was Bestimmtes?« Er wußte noch nicht einmal, was seine Tochter abends aß. Daniel seufzte. »Gib her, ich mach's. Und spätestens um acht muß sie ins Bett. Normalerweise nach dem Sandmann. Und sie will eine Geschichte.«

»Und du selber, wann mußt du ins Bett?«

»Och ...«

»He, mein Lieber, das läuft nicht! – Ich könnte euren Großeltern Bescheid sagen.«

»Weißt du denn, wo die wohnen?« fragte Daniel mißtrauisch. Richard wußte es nicht, und es gelang ihm nicht, das zu verbergen.

»Na, du gehst nachher sowieso. Sonst macht dir deine Anne die Hölle heiß. Josta ist im Krankenhaus, da kann ich machen, was ich will!« erwiderte Daniel trotzig und mit hämischem Grinsen, vor dem Richard erschrak. »Daniel, hör' mal zu. Du hast jetzt auch Verantwortung. Du hast alles prima gemacht, wie ein Großer. Aber solange Josta nicht wiederkommt, mußt du auf Lucie aufpassen. Und auf die Wohnung. Verstehst du mich? Vielleicht schicken sie von der Sozialfürsorge jemanden her.«

»Kommst du morgen wieder?«

»Ja, morgen ist Donnerstag, da kann ich nach euch sehen. Versprichst du mir, daß du vernünftig bist?«

»Versprichst du mir auch was?«

Richard zögerte, der Blick des Jungen verwirrte ihn, Haß, Trauer, Angst waren darin gemischt. »Was?«
Aber Daniel sagte nichts, lief plötzlich hinaus.
Richard war nicht wohl bei dem Gedanken, die Kinder allein zu lassen. Es konnte vierzehn Tage dauern, bis Josta aus dem Krankenhaus entlassen werden würde. Bis dahin mußte er jemanden finden, der regelmäßig nach ihnen sehen konnte. Daniels Vater? Er hatte ihn nie gesehen, kannte weder Namen noch Adresse; Josta war allen Fragen ausgewichen. Die Friseuse? Die würde erst abends Zeit haben, außerdem waren Frisiersalons Zentren des Klatsches. Und wenn seine mühselig aufrechterhaltene Tarnung inzwischen wahrscheinlich hinüber war – provozieren mußte man nichts. Würde Pfleger Markus den Mund halten? Gleichviel, Jostas Tat würde für Wirbel sorgen, man würde nach Gründen fragen, Nachforschungen anstellen, die Konfliktkommission oder sonst eine dieser um den Menschen bemühten Organisationen in der Akademie würden sich, wie man das nannte, »ihrer annehmen«. »Ihrer annehmen«, er sprach es leise vor sich hin, und dabei wurde ihm bewußt, was das für die Kinder heißen konnte: Wer hätte für sie gesorgt, wenn der Krankenwagen zu spät gekommen wäre; was, wenn Josta das wiederholte, was sie heute getan hatte, dann aber –
Hatte sie an die Kinder gar nicht gedacht? Das konnte er sich nicht vorstellen. Keine Mutter tat das. Jedenfalls war ihm eine solche Mutter noch nicht begegnet. Hatte sie darauf gehofft, daß er sich um die Kinder kümmern würde? Hatte sie jemanden informiert? Er durchsuchte die Wohnung nach einem Abschiedsbrief, fand aber keinen. In der Schublade ihres Nachtschränkchens lagen Unmengen von Schlaf- und Beruhigungstabletten, auch weitere Packungen Obsidan. Woher hatte sie die? Betablokker waren rezeptpflichtig, jemand mußte sie ihr verschrieben haben, oder sie hatte sie sich auf Schleichwegen besorgt; aber diese Medikamente waren registriert … Hatte sie eine Herzkrankheit, von der sie ihm nichts erzählt hatte? Welcher Leichtsinn, dieses Zeug hier aufzubewahren, die Kinder konnten heran, und zumindest Lucie war noch nicht aus dem Alter, in dem man alles in den Mund nahm. Er warf alle Tabletten weg, die Obsidan, wenn sie sie brauchte, würde sie wiederbekommen. Dann durchsuchte

er Jostas Kleider und Taschen im Schrank – nichts. Also eine Kurzschlußreaktion. Er setzte sich aufs Bett, wo das zerknüllte Laken noch die Spur ihres Körpers zeigte. Auf dem Nachtschränkchen war der Abdruck eines Flaschenbodens zu sehen, die Sanitäter hatten die Flasche wahrscheinlich, wie auch die Tablettenpackung, in die Klinik mitgenommen. Was sollte er jetzt tun? Wie würde es mit Josta, mit ihm, mit Anne, den Kindern überhaupt weitergehen? Lange Zeit saß er reglos. Nebenan lief der Fernseher, Lucie war offenbar zufrieden, er hörte sie hin und wieder lachen und in die Hände klatschen. Daniel saß vielleicht daneben und begutachtete das Taschenmesser … Oder überlegte, was er tun würde, wenn »sein Onkel« gegangen war. Dann fiel Richard wieder das ungelöste Problem ein, wer auf die Kinder aufpassen sollte.

Frau Schmücke hatte sich umgezogen und schien wieder betrunken zu sein, wedelte mit der linken Hand, doch er bemerkte, daß sie gerade dabeigewesen war, sich die Nägel zu lackieren, offenbar wollte sie ausgehen. Richard war erstaunt über die Fülle ungebändigten Haars, es war ihm vorhin nicht aufgefallen.

»Kann ich Sie … Verzeihung, ich habe Sie gestört. Kann ich Sie einen Augenblick sprechen?«

»Kommen Sie rein«, sagte sie nach kurzem Zögern.

»Nicht nötig, vielen Dank, ich wollte Sie nicht –«

»Hören Sie, auch wenn Mai ist, ich hab' immer noch geheizt, und zwischen Tür und Angel flutscht mir die Wärme raus. Es geht doch bestimmt um nebenan, das sollten wir nicht hier besprechen. Außerdem«, sie beugte sich etwas vor, ihre Stimme fiel in Flüsterton, »haben die Leute hier gerne ein Ohr im Hausflur, na, und nicht nur dort, denk' ich.« Sie trat in den Flur, er folgte ihr unsicher. Diese Frau erregte ihn, das fand er grotesk, doch betrat er die fremde Wohnung mit Herzklopfen, und das machte ihn zu seinem Erstaunen neugierig. Sie hatte einen weichen Gang und trug keine Schuhe, um die linke Fessel ein Kettchen, ihre Zehennägel waren ebenfalls lackiert. Der Anblick ihrer nackten Füße mit den roten Nägeln und dem Kettchen erregte ihn noch mehr. Im Flur und im Wohnzimmer hingen Bilder dicht an dicht; es roch nach Farbe. Die Bilder beunruhigten ihn, Totemmasken in schroffen Kontrasten, schreiende blaue Münder, gelbe Vögel mit schwarzen und grünen Köpfen waren zu sehen, an die Wohnzimmerdecke waren Malerpaletten genagelt, und auf einer Staffelei in der Ecke, wo in den meisten Wohnungen dieses Typs der Fernseher stand, hockte ein Bild aus brutalem Rot, das sich in Schlieren ballte, zu fetten Strudeln krümmte, in der oberen linken Ecke klaffende Schnitte ertragen mußte, in der Mitte um eine dunkler gehaltene Spindel schwelte. Alle Bilder wirkten kraftvoll und packend, aber dieses besonders; Richard war beeindruckt, wehrte es ab, er war nicht hergekommen, um sich Malerei anzusehen. »Von Ihnen?« fragte er hastig und mehr aus Höflichkeit.

»Wollen Sie was trinken?«

»Danke, nein.«

»Sie brauchen jemand, der sich um die Kinder kümmert.«

»Entschuldigen Sie, daß ich damit zu Ihnen –«

»Geschenkt.« Sie goß Cognac in zwei Gläser. »Ich hab' Frau Fischer schon öfter geholfen. Ich weiß auch, wo alles steht, was sie essen und was nicht, ich kann die Kleine in den Kindergarten bringen.«

»Nett von Ihnen.«

»Warten Sie's ab.« Sie kam mit den beiden Gläsern auf ihn zu. Er war so verdutzt, daß er das Glas nahm, das sie ihm reichte. »Wie meinen Sie?«

»Rauchen Sie?«

»N-nein –« Beinahe hätte er gesagt: natürlich nicht – und sie hätte zurückgefragt: Natürlich nicht? Wieso? und hätte vielleicht erraten, daß er Arzt war. Vielleicht wußte sie es ohnehin. Er fragte sich, wieviel Josta ihr erzählt hatte.

»Probieren Sie's mal, das beruhigt.«

»Arbeiten Sie nicht in einem Fischgeschäft?«

»Als Verkäuferin, stimmt. Ist gar nicht so übel da. Hin und wieder muß man einen Fisch töten. Man hat was zum Tauschen und Handeln, da hatte ich als Malerin schlechtere Karten. – Sie sind kein Mensch, der viel probiert?«

»Ich werde jetzt gehen. Bitte verstehen Sie, daß mir der Sinn nicht nach einer Unterhaltung steht. Tut mir leid. Ein andermal – gern, aber nicht heute.«

»Wonach steht Ihnen denn der Sinn?« Sie sah ihn ziemlich herausfordernd an. Er wich ihrem Blick aus, starrte auf ihre Füße. »Ehrlich gesagt, das weiß ich nicht.« Er hielt das Glas wie etwas Ansteckendes von sich weg, griff sich nervös an die Stirn. Was für eine blödsinnige Antwort. Ich muß völlig verrückt geworden sein!

»Sie möchten mit mir schlafen.«

»Was?«

»Glauben Sie, ich habe Ihre Blicke nicht bemerkt? Im Flur und im Spiegel vorhin?« Sie trank ihr Glas leer. »Sie waren geil, und ich bin's inzwischen auch.«

»Sind Sie …«, Richard lachte ungläubig auf, »sind Sie verrückt?«

»Nein. Nur allein.«

Er trank nun doch einen Schluck. Der Cognac war gut. Er haßte sich für diese Feststellung.

»Ich habe manchmal gelauscht, wenn Josta und Sie … Sie schien ziemlich glücklich zu sein.«

»Hören Sie, das ist«

»– beneidenswert. Ich möchte es auch mal wieder sein.«

»– vollkommen verrückt –«

»Und jetzt hab' ich die Gelegenheit. Den ›Onkel‹ können Sie sich abschminken.«

»Wollen Sie mich erpressen?« Wider Willen mußte Richard lachen.

»Nennen Sie's, wie Sie wollen. Ich nenne es: zugreifen. Ich will nicht als alte Jungfer sterben und den verpaßten Gelegenheiten hinterherjammern.«

»So … wollen Sie nicht.« Er mußte immer noch lachen. »Sind Sie betrunken?«

»Keineswegs. Und von dem bißchen Cognac gleich gar nicht. Ich wirke so, ich weiß. Bißchen … na, sagen wir's volkstümlich: duhn. Geht mir schon immer so. Bin im Uran großgeworden. Wir hießen ›das schlafende Dorf‹.«

»Was würden Sie sagen, wenn mir Ihre Erpressung egal wäre?« Sie nahm sein Glas und warf es zu Boden. »Ich würde sagen: Du weißt nicht, was du verpaßt.« Sie trat durch die Scherben auf ihn zu.

Aber dann saßen sie und schwiegen. Nach einer Weile zündete sie sich eine Zigarette an, zog, reichte sie ihm, er wehrte ab. Ihre Füße bluteten. Glassplitter in den Füßen waren schwierig zu finden, wenn sie nicht oberflächlich feststeckten, man sah sie nicht auf Röntgenbildern.
Er verließ die Wohnung. Verabschiedete sich von Daniel, der Lucie ins Bett gebracht hatte, wo sie mit offenem Mund schlief.

31.
Vanille & indigo

Die Mädchen liefen ein Stück hinter ihnen und waren weniger spöttisch als sonst, vielleicht lag es daran, daß Christian eingeladen hatte: Sie würden im Tausendaugenhaus, in Menos Wohnung, übernachten, Meno war in Berlin. Vielleicht lag es an den Stimmen, die aus den Gärten kamen, dem Jasmingeruch, der an den Abenden betäubend war und die anderen Gerüche durchdrang: Harz auf den Pflaumenbäumen, erwärmter Asphalt, all die rauschenden und abends zur Ruhe kommenden Gärungen aus geöffneten Fenstern und dem von Blüten entzündeten Elbhang mit seiner flüsternden, Niklas sagte: balsamischen, Zärtlichkeit. Christian und Falk machten Handstand, aber nur Siegbert schaffte es bis zur Litfaßsäule an der Kreuzung Mondleite und Lindwurmring, unter dem Geschrei und Beifall der russischen Offiziere, die vor der Villa Claar, wo sie wohnten, Volleyball gespielt hatten. In der Tanzschule Roeckler, wiederholte das Piano mit stumpfsinniger Geduld »An der schönen blauen Donau«. Heike hatte ihren Zeichenblock dabei, und Christian staunte über die rasche Schärfe, mit der sie Siegberts Triumph erfaßte: das prekäre Gleichgewicht, als er auf den Händen vor einem hupenden Auto die Straße überquerte, die nach unten verrutschten Hosen, die braune Stachelbeerwaden und Tennissocken freigaben, das Jackett, das wie ein Regenschirm umgeklappt war, seine um Gleichgültigkeit und ruhigen Atem bemühten Züge, als er aufstand und sich die Hände abklopfte, dann zeichnete Heike noch eine Gloriole über ihn, vom Pferd gestoßene Ritter daneben, Verenas und Reinas Gesichter zwischen Autogrammverlangen und nahender Ohnmacht. Die Prüfungen in Geschichte und Geographie lagen hinter ihnen.

»Christian, find' ich echt spitze von dir, daß du das mit deinem Onkel klargemacht hast«, sagte Reina. »Was hast du zur dritten Frage geschrieben? Die fand ich ziemlich beknackt, und ich weiß nicht –«

»He, nix mehr von der Penne, du wirst schon sehen, was du kriegst, kannst's doch eh nicht mehr ändern.«

»Falk Truschler, hab' ich dich nach deiner Meinung gefragt oder Montechristo«, gab Reina schnippisch zurück.

»Könnt ihr euch diesen blöden Spitznamen nicht mal abgewöhnen?«

»Meinen wir doch nett«, sagte Reina.

»Sieht gut aus, dein blaues Kleid«, sagte Falk, als Christian schwieg. Sie machten einen Umweg und gingen durch die Wolfsleite, Christian wollte Fabian und Muriel abholen; als er am »Wolfsstein« klingelte, öffnete niemand.

»Ich glaube, die sind schon gegangen«, sagte Herr Krausewitz, der beim Jäten war und einen Augenblick innehielt, um sich den Schweiß von der Stirn zu wischen. »Wir werden einen Sommer kriegen, wie wir ihn lange nicht mehr gehabt haben«, sagte er mehr zu sich als zu Christian, »ich wette, der wird noch verrückter als der letztes Jahr. – Wohin soll's denn gehen?«

»Zu Langes, wir übernachten beim Onkel.«

»Ist zum Verbandskongreß, hab' ich gehört. Na, grüß mal von mir.«

Im Garten von Haus Delphinenort gab es einen Springbrunnen, ein steinerner Delphin reckte sich über der moosigen Brunnenfassung, ein Wasserstrahl kam aus seinem Maul und plätscherte ins Becken, das bläulich und schwankend die siebenfingrigen Blätter einer Kastanie spiegelte. Die Mädchen blieben stehen, hörten zu, Heike zeichnete die Volute über der Mauerkehlung, die von Sandsteinsäulen flankierte Tür mit der Bienenlilie obenauf, und Christian kramte in Geheimnissen über Frau von Stern, der ehemaligen Hofdame, die Kaiser Wilhelm noch gekannt hatte und den letzten russischen Zaren, schwärmte von ihrer Wohnung und den Andenken, als er merkte, daß er Eindruck machte; nur Verena blieb mißtrauisch und fragte, woher er die Wohnung

kenne. Christian erzählte von den Abenden, wenn die Einladungen zu den »Soiréen« per Hand oder auf Schreibmaschinen geschrieben wurden, wenn man zusammenkam in den Wintern, wenn Eisblumen an den Fenstern wuchsen und Plisch und Plum in Hauschilds Kohlehandlung nur noch feuchte braune Brocken abwogen, mit denen man die Wohnungen nicht warm bekam; wenn man dann im Haus Zu den Meerkatzen, in der Tanzschule Roeckler, im Elefanten gegenüber vom Tausendaugenhaus oder bei Frau von Stern beisammensaß, einem Vortrag des Musikkritikers Däne über Webers Fagottkonzerte oder des Toxikologen Hoffmann über Vergiftungen lauschte; wenn man zu Schnittchen und Margonwasser die neuesten Gerüchte aus Stadt und Land besprach. Aber nur Reina hörte ihm noch zu, als er den Kopf hob, Verena war vor zu Falk und Siegbert gegangen, und Heike war vertieft in die Perspektiven eines Schuhs, der an den Resten seines Senkels in einem Rhododendron baumelte. Vor dem Italienischen Haus stand Ina mit einigen der »langhaarigen Typen«, über die sich Barbara beklagt hatte, einer hielt einen Stereorecorder am Ohr, aus dem zärtliche, brutale Musik dröhnte. Ina winkte. »He, Cousin, was machst du hier?«
»Prüfungen abfeiern. Wir wollen in den Bärenzwinger, können bei Meno übernachten. Was hört ihr?«
»Och, Bärenzwinger«, maulte einer der Langhaarigen, der Christians Sommeranzug abschätzig musterte. »Heißt Feeling B.«
Der am Stereorecorder drehte lauter. Christian stellte vor.
»Tachchen, hübscher Mann«, sagte Ina heiter, »Siegbert ist doch mal was anderes, die meisten, die ich kenne, heißen Ronny oder Mike oder Thomas. – Deine Freundin?« Verena legte die Hände auf den Rücken.
»– Naja, vielleicht sehen wir uns noch. Ihr geht zu Lange? Ich mag den alten Zausel mit seinem Seemannsgarn, hab' ihn schon ewig nicht mehr gesehen. – Bärenzwinger bringt's heut' wirklich nicht, wir wollen in die Paradiesvogel-Bar.«
»Wollen ist gut, reinkommen müßmer«, sagte der am Recorder und drückte auf Stop.
»Kriegen wir schon hin, laß Muttern ma' machen. Ich kenn' den Türsteher, muß ich eben 'n bißchen Bein zeigen. – Wenn du mitkommst, hübscher Mann, halt' ich 'n Tänzchen für dich frei.«

Siegbert setzte sein unergründlichstes Lächeln auf. Falk hob die Hand, aber einer der Langhaarigen drückte sie herunter: »Sie sagt: Für ihn, nicht für dich. Klaro?« Falk blies die Backen auf. Christian hörte im Weitergehen Gelächter und »Dorfschnösel« und »Mann, guck dir den an, selbstgenähte Klamotten«, Siegbert, der ein paar Schritte vor Christian lief, drehte um. »Stört dich das«, er zog den überrascht Ächzenden am Haar zu sich heran, mit der freien Hand griff er das Ohrläppchen und schraubte es zusammen, der andere ging in die Knie, Siegbert gab ihm eine Ohrfeige. Es war schnell gegangen; Ina fing sich als erste: »He, war nicht so gemeint. – Wirst mir immer sympathischer, hübscher Mann.«
»Blöde Zicke«, giftete Verena, die neben Christian getreten war. »Sind alle deine Verwandten so arrogant?« Ina schwieg, schätzte sie ab von oben bis unten, Sekunden, in denen sich die beiden Gruppen feindselig musterten. »Cousin, die wär' richtig«, Ina prustete los, es war kein bösartiges Lachen, es wirkte wie eine Wassergarbe, die man an einem heißen Tag aus einem zugehaltenen Gartenschlauch sprühen läßt, die Langhaarigen lachten ebenfalls, selbst Reina und Falk. Siegbert zuckte die Achseln, Verena und der Geohrfeigte lachten nicht. Er begutachtete seine Hosen, schaltete den Recorder wieder ein.
»Tut mir leid«, versuchte Christian, als sie auf die Mondleite kamen, »sie ist so.« Er nickte Siegbert zu: »Und das mit deinen Sachen ist nicht ihre Meinung, ihre Mutter näht auch selber. Ich wär' froh, wenn ich's könnte«, fügte er hinzu, Siegbert reagierte nicht.
»Wir müssen auf Heike warten, unser Bummelkind.« Reina war gehässig: Heike hatte nichts mitbekommen und wunderte sich, daß die anderen Blicke wechselten.
»Wie steht's mit deiner Bewerbung? Wann erfährst du, ob sie dich genommen haben?«
Heike blinzelte Falk zu, rollte die Schultern, blies eine Locke beiseite: »Weiß nich.«
»Was mußtest du malen?« fragte Verena.
»'n Latsch –« Sie blätterte im Skizzenblock und zeigte den Schuh, den sie im Rhododendron entdeckt hatte. »Sie wollten alle möglichen Perspektiven haben. War blöd, aber int'ressant.« Der Skizzenblock ging reihum, sie bewunderten den streng naturalistisch

dargestellten Schuh. In der Vorderansicht hatte er blaue Augen. Siegbert lief jetzt ein Stück vor ihnen. Christian schloß die Augen und öffnete sie abrupt, als wären sie die Blende einer Kamera, als wollte er Schnappschüsse von Siegbert im Gedächtnis behalten: ein schlanker junger Mann in heller Kleidung, die ein Schiffsoffizier oder Teilnehmer von Louis Alvarez' entomologischen Expeditionen hätte tragen können, wären nicht die seltsamen Details gewesen: am linken Hosenbein, in Wadenhöhe, hatte Siegbert einen lila Knopf angenäht, unter den Achseln Dreiecke aus grünem Stoff, und quer über den Rücken des Jacketts lief ein Reißverschluß. Augen auf-zu, auf-zu, innen waren die Lider orangefarben, Christian sah Siegbert, der einen Stein wegkickte, Siegbert, der den Kopf hob, als von der Elbe die Sirene eines Schleppers herüberdröhnte, Siegbert, der einen vom Winterfrost runzligen Apfel mit einem Knüppelwurf vom Ast pflückte und ihn Verena zuwarf; Siegbert und Verena, die neben ihm ging und den Apfel nach einem Biß auf einen Zaun legte, sich zurückfallen ließ zu Reina und Falk, wieder vorlief und die Straße durch ein Monokel mit grünem Glas betrachtete, das sie an einer Schnur um den Hals trug. Im Elefanten waren die Fenster geöffnet, Frau Teerwagen stellte eine Bowleterrine auf den Balkontisch. Dr. Kühnast wusch seinen Škoda. Heike betrachtete kopfschüttelnd die über und über erblühten Rosenhecken des Tausendaugenhauses.
»Was ist?« fragte Christian, klingelte bei Langes, denen Meno den Schlüssel gegeben hatte.
»Nee, nee, das mal' ich nicht, das ist ja Kitsch«, entschied Heike.
»Wenn's aber da ist?« spöttelte Falk.
»Das da ist da«, Heike wies auf die Blutbuche, die wie eine Rostlunge atmete.
Langes hatten im Garten gedeckt, im verwilderten unteren Teil wie in jedem Sommer den runden Eisentisch aufgestellt, der im Gartenhäuschen neben Blumentöpfen, Hackklotz und Sägebock, Gärtnerutensilien überwinterte; der runde Eisentisch, an dem der Schiffsarzt und Meno und manchmal Libussa und Niklas Tietze erzählten.
In Menos Wohnung roch es nach Büchern, Tabak und Pflanzen.

Er hatte die Spitzbogentür für Chakamankabudibaba offengelassen. Reina ging auf den Balkon, lehnte sich in die Kletterrosen, die am Spalier bis zum Wintergarten und den Fenstern der Kaminski-Zwillinge wucherten. In der Schreibmaschine steckte ein Blatt Papier: »Herzliche Grüße, fühlt Euch wie zu Hause. Falls jemand seine Zahnbürste vergessen hat: Es sind noch zwei neue oben im Badschränkchen. Glühbirnen (sollte eine kaputtgehen, passiert in letzter Zeit öfter) sind im Flurschrank. Handtücher und Seife habe ich zurechtgelegt. Falls nicht genug, fragt Libussa Lange. In meinem Bett könnten zwei schlafen; es sind Liegen unten im Schuppen, auch ein Aufpump-Frosch für Eure Luftmatratzen. Bitte Chakamankabudibaba nicht vergessen, Makrelen und Schabefleisch liegen im Kühlschrank, in der Zeitung mit dem lächelnden Generalsekretär. Gute Zeit! Meno Rohde.«
Die Zehnminutenuhr schlug, Siegbert betrachtete die Gravuren auf dem Sternkreis, Verena studierte die Titel in den Bücherregalen, Falk linste durch das Mikroskop.
»Schade, daß wir deinen Onkel nicht kennenlernen«, sagte Verena. »Tolle Bücher.«
»Guckt euch mal die Dielen an«, Heike zeichnete schon wieder: Maserungen der Lärchenbretter, Astaugen, Sonnenkleckse.
»Ich glaube, sie erwarten uns«, rief Reina. Als Christian hinaustrat, sah er Libussa am Gartenhaus winken. Er hielt beide Hände hoch, zehn Minuten, Libussa nickte. Reina beugte sich über die Brüstung, Christian war verwundert über die vielen Sommersprossen auf ihren Armen.
»Bist du oft hier?« Sie sah ihn nicht an, schirmte mit der Hand die Augen ab, wies auf einen in Blaßbläue schwimmenden Berg in der Ferne.
»Der Wilisch«, sagte Christian. »Nicht mehr oft.«
»Tut mir leid, das von damals am Kaltwasser.« Sie drehte das Gesicht weg, an ihrem Hals war eine Narbe.
»Woher hast du das?«
Reina wischte das Haar darüber. »Unfall.«
»Warte mal –« Er pflückte eine Heckenrose und steckte sie ihr ins Haar. Die Rose hielt nicht, er versuchte es noch einmal. Dann erschrak er, sah auf die Stadt, die Elbbiegung vor Blasewitz, ein

Segelflugzeug kreiste langsam in der Thermik. Reina sagte nichts; er ging wieder ins Zimmer.
»Ist das dein Onkel?« Verena und Falk standen vor den Fotos und wiesen auf das von Kurt Rohde und Meno beim Botanisieren.
»Mein Großvater. Der Junge ist mein Onkel.« Er nahm das Foto von Hanna. »Seine geschiedene Frau, meine Tante Hanna. Und auf dem hier meine Mutter, Meno, und mein zweiter Onkel, Ulrich. Der Vater von Ina, die wir vorhin getroffen haben. – Wenn ihr Lust habt, zeig' ich euch das Haus.«
Aber er erzählte nichts vom Dschinn, als sie durch den Korridor liefen, nichts von den Geheimnissen des Flurläufers und den bleiigen Schatten, die im Spiegel abends auftauchten, wenn Menos Wohnzimmertür geöffnet war. Heike fand den Tukan »urst«. Die Zehnminutenuhr schlug.
»Wir sollten runtergehen.« Christian sah, daß der Schlüssel zur Tür in der Salamandertapete nicht steckte. Verena wich seinem Blick aus, er entschied, nichts von der Wendeltreppe und vom Wintergarten zu sagen, nichts von den Fotos; freilich schienen Falk und Siegbert sie entdeckt zu haben, denn sie riefen von der Treppe den anderen zu, das müßten sie sehen. Reina war noch im Wohnzimmer geblieben.

Fabian und Muriel saßen zwischen Windlicht und Papiermond vor den Heckenrosen, die an dieser Stelle von den anderen Gartengerüchen nichts übrigließen; die beiden hatten sich wohl mit Bedacht dorthin gesetzt, Libussa und Alois Lange, die sie kannten, gegenüber, denn solange sich Christian erinnern konnte, hatten ihre Gesten zueinander etwas Zeremoniöses, ausgesucht Liebevolles, das sie fremden und eilig beobachtenden Menschen nicht für kurze Urteile überlassen wollten. Wenn er Fabian sah, die Locken und die eigenartigen Hemden, die er bevorzugte: mit Rüschen besetzt und mit viel zu langen Manschetten, die er wie Stulpen umschlug, dachte Christian: Jetzt fehlen ihm noch Haarbeutel und ein Degen an der Seite, dazu ein betreßter Dreispitz, und er wäre ein Vicomte, entstiegen einem der nach Parfum und Gift duftenden Briefromane der Empfindsamkeit; Barbara war an einem ihrer Sonntags-Mittagstische nachdenklich geworden, weil Inas Miene sich bei Fabians Namen verdunkelte, hatte »enöff« gesagt und daß Fabian ihrer Meinung nach »auf der anderen Seite« sei, worauf seine Hemden – Theaterfundus, Kostümverleih –, mehr als nur einen vorsichtigen Hinweis gäben, und sie finde auch, daß seine Eltern mit ihm darüber reden sollten, wenngleich sie an ihrer Stelle sich keine besonderen Sorgen machen würde, dergleichen käme schließlich vor, und Fabian sei doch erst vierzehn oder fünfzehn, da sei noch nichts entschieden. Worauf Ina den Kopf über die Kompottschüssel senkte und prustete. Übrigens habe er auf seine Art Geschmack, desgleichen seine Schwester. Jetzt hob Fabian eine Hand, um vornehm den Kopf abzustützen, müde und elegant, während er mit der anderen seiner Schwester eine Raupe übergab und ihre Hand darüber schloß. Sie wollten Künstler werden; »Ja«, hatte Meno ohne zu lächeln Barbaras Augenrollen kommentiert, »dazu verleitet eine Jugend in lauter Aromen, Gesprächen über Chopins Nocturnes und Gedichte, davon träumt man nach der Lektüre einer Betrachtung von Hermann Hesse über Abendwolken im Tessin. Vielleicht spricht Hans auch zuviel über Giftpflanzen.« – »Aber Iris Hoffmann ist doch technische Zeichnerin bei Pentacon«, – »Naja«, hatte Ulrich auf den Einwurf Barbaras erwidert, »aber die Theaterabende bei ihnen haben was, das muß man ihnen lassen, und Schmusel in der Rolle der Beinah Stummen ist ja auch bloß zweimal steckengeblieben; toll, diese Abende, und gutes Bier!« Muriel saß mit übereinandergeschlagenen Beinen, sie trug Knöpfstiefel aus der Jugend von Lucie Krausewitz, gerettet aus dem Fundus des Alberttheaters, das bei der Bombardierung von Dresden zerstört worden war, dazu einen umgeschneiderten pfirsichgelben Zweireiher mit schwarzen Streifen, den Bunbury oder Maurice Chevalier in einer seiner Rollen getragen haben mochten, und ein weit in den Nacken geschobenes Barett, Hutmacher Lamprecht sagte dazu: Man trägt »auf Durst«. So gekleidet gingen die beiden auch zur Schule und bildeten das sonderbarste Gespann in Roberts Klasse; aber da sie Zwillinge waren und Muriel den Schulrekord im Sechzigmeterlauf und Fabian als Torwart der Handball-Mannschaft der Fürnberg-POS spektakuläre Siebenmeter hielt, ließ man sie in Ruhe. Und Robert berichtete, daß manche sie insgeheim um ihre Sachen beneideten: Es war die Epoche der »Wisent«- und »Boxer«-Jeans, der Statussymbol-Klamotten »von drüben« oder aus dem »Exquisit«, dagegen behauptete das, was Fabian und Muriel trugen, eigentümliche Würde. Siegbert beobachtete die beiden, und sie beobachteten ihn; Fabians Blick blieb immer wieder an dem lila Knopf hängen, Siegberts an Muriels Haar, schwarzglänzend wie eine Feindrahtspule. Lange erzählte eine Schnurre aus seinem Seesack, es ging darin um eingeweckte Hortensien und ihre Eignung gegen Seekrankheit, worauf Siegbert zwischenwarf, das sei ihm neu.

»Christian«, sagte Alois Lange, »sei so lieb, hol doch mal mein Logbuch aus dem Wintergarten. – Ich werde es Ihnen beweisen.« Lange hatte eine Viertelstunde mit Siegbert über Kreuzerklassen und U-Boot-Typen gefachsimpelt, zum Verdruß der Mädchen, sie hatten unterdessen Libussa bei der Bowle geholfen, die sie aus »Hortex«-Erdbeeren ansetzte; das Glas warf eine dunkelrote Schattenellipse auf den Eisentisch, die gärige Süße zog Wespen und Schwärmer an; Reina fürchtete sich vor den Hornissen aus dem Nest am Gartenhaus.

Im Wintergarten saßen die Brüder Kaminski beim Schein einer Grubenlampe, sie unterhielten sich leise bei offenen Fenstern, rauchten, zeigten Christian ein freundliches Grinsen, auf das er nicht reagierte. »Hallo, wie geht's Ihrem Studienwunsch? Suchen Sie was Bestimmtes?« Er sah, daß sie in Langes Logbuch blätterten, ging auf sie zu, ohne sie anzusehen, streckte wortlos die Hand aus.

»Später, junger Mann, jetzt sind wir dran. Die Geschichten sind natürlich gewaltig übertrieben, sonst aber nicht schlecht, er sollte mit Ihrem Onkel sprechen.«

Christian ging ans Fenster: »Herr Lange?«

»Ach, so humorlos.« Sie gaben ihm das Buch. »Alles in Ordnung«, riefen sie in den Garten.

Es klingelte bei Meno. »Oh, Besuch«, sagte Judith Schevola, als Christian die Tür öffnete. »Sie sind –«

»Sein Neffe.«

»Herr Rohde und ich – wir arbeiten zusammen. Er ist mein Lektor.«

»Kommen Sie doch herein!«

»Ich wollte nicht stören …«
»Sind Sie nicht Judith Schevola?« Verena kam vom Haus, und als Schevola überrascht nickte: »Ich habe alles von Ihnen gelesen, schade, ich habe kein Buch dabei, sonst würde ich Sie um ein Autogramm bitten!«
»Unten gibt's Bowle«, sagte Christian.
»Was wird denn gefeiert?« fragte Schevola, die den beiden folgte, »hat jemand Geburtstag?«
Verena redete begeistert auf sie ein, nun war es nichts mehr mit Langes Seemannsschnurren, er machte eine heiter resignierende Bewegung. Siegbert und er zogen sich mit Logbuch und Windlicht zurück, bald tasteten sich die Rauchspindeln des Kopenhagener Vanilletabaks zum Eisentisch, wo die anderen saßen und Schevola mit Fragen bestürmten.
»Wie läuft denn so ein Kongreß ab?«
»Wollen Sie das wirklich wissen?« Schevola lächelte. »Laberlaber …«
»Kommt mir bekannt vor.«
»Und: geifergeiferzischelzischel. – Was lesen Sie denn am liebsten?«
»In der Schule? ›Die Abenteuer des Werner Holt‹«, rief Siegbert herüber. »Das ist endlich mal 'n Buch, das Spaß macht.«
»Dachte ich mir. Und ›Die Aula‹?«
»Verlogene Scheiße!«
Sie lachte. »Das war deutlich.«
»Und Sie sind 'ne richtige Schriftstellerin?« wollte Reina wissen.
»Ich schreibe Bücher, ja. Aber ob ich 'ne richtige Schriftstellerin bin … Manchmal denke ich, ich werde nie eine.«
»Also mir haben Ihre Bücher gefallen«, sagte Verena. »Man kann sich so richtig reinversetzen, und die Menschen bei Ihnen … die sind wie lebendig. – Ich glaube, Sie lieben sie sehr, sogar die unangenehmen«, setzte sie leise hinzu. Schevola kramte in ihrer Handtasche, fischte eine Zigarettenschachtel heraus. »Darf ich?« fragte sie Libussa.
»Aber ja, Kind. Meno viel hält von Ihnen, und glauben Sie mir, er hat Meinungen zu Autoren.«
»Kann ich mir denken.«
»Haben Sie oft«, Verena zögerte, »ich meine … Sie sind doch

so erfolgreich, meine Schwester ist in einer Bibliothek, und Ihre Bücher werden häufig verlangt, und alle, die ich kenne, mögen Sie –«
»Selbstzweifel? – Ja, die habe ich. Das sind so Heimsuchungen, da hilft kein Erfolg und kein Lob. Wissen Sie … Ach was, darf ich du sagen? – Abends ist man allein in seiner Stube, und die großen Autoren, die Meister, schauen einen von den Wänden an, ihre Bücher schweigen in den Regalen, und man sitzt über seinem Blatt und kritzelt vor sich hin –«
Verenas Gesicht erhellte sich. »Sie sind mir sympathisch, darf ich Ihnen das sagen? Und ich dachte, man hat immer bloß allein solche Gedanken.«
Schevola warf ihr einen Blick zu, blies Rauch zum Papiermond. »Schön hier.«
»Manchmal denke ich, das ist Eichendorffs Garten«, sagte Christian. Schevola lächelte. »Der aus dem Taugenichts, bei Wien, das Schloß der Gräfin, Raketen steigen, und es war alles, alles gut?«
Ina kam, man sah ihr schon von weitem an, daß sie frustriert war. »So 'n Mist, wir sind nicht reingekommen. War 'n anderer Einlasser heute. Und wißt ihr, wer spielt? ›Neustadt‹!«
»Ich denke, Auftrittsverbot?« fragte Libussa.
»Deshalb ist's ja heut' so voll.«
»Geht's um die Paradiesvogel-Bar?« fragte Schevola. Und als Libussa nickte: »Kann ich mal Ihr Telefon benutzen?« Schevola drückte die Zigarette aus und ging mit Christian nach oben. Nach fünf Minuten kamen sie wieder. »Wie steht's? Wer kommt mit?«
»Mensch, wie haben Sie das hingekriegt!« staunte Falk.
»Vitamin B. Also?«

Ladislaus Pospischils Paradiesvogel-Bar zehrte von früherem Ruf. In den sechziger Jahren hatte Verruchtheitsglanz über der parkettierten Tanzfläche gelegen, die Bands mit braven Namen, schlaksige Jungs in krokodilgelben Schuhen und Anzügen aus dem »VEB Herrenmode«, beglaubigt von Spaghetti-Krawatten, mit Bill Haleys und Elvis Presleys brandstiftender Musik bespielt hatten, nach zwei, drei Nummern zeigte die Spiegelwand nur noch Farbschlieren und die Umrisse von Körpern, schwitzte

unter »Karo«-Rauch und den Ausdünstungen von fünfhundert kreischenden und abhottenden Gästen, Kondensfeuchtigkeit und warmem, mit dem Finger umgerührtem Schampus. Billiges Bier wurde schal neben aufgeregten Gesprächen über Tischtelefone, auf denen rote Lämpchen funkten. In der Herrentoilette standen Gläser mit Zuckerwasser für ramponierte Entenschwanz-Frisuren, zwischen den Spiegeln hing eine Warnung vor Geschlechtskrankheiten, und Pärchen, die zwei Stunden am selben Cocktail tranken, wollten überwiegend zuhören. Vertreter der Ordnung und Rebellen hatten einander über Sprelacart-Tische hinweg feindselig gemustert, manche Dresdner Ehe war vom Zigarettengeist in den Séparées gestiftet worden, die man mit Vogelvorhängen Taschkenter Weber schließen konnte. Seit der Verstaatlichung war es bergab gegangen, Pospischil war Leitender Angestellter, nicht mehr Besitzer; der Schmugglerhöhle im Hotel Schlemm gingen die Schmuggler aus.
Christian war noch nie hiergewesen. Der betäubende Lärm, der wie eine Gummiwand auf ihn stürzte, der schreiende, lachende Menschenschlauch auf der Treppe, die von Qualm und Bierdunst wabernde Luft, die auf der Haut wie eine feuchtwarme Windel lag, die klaustrophobische Enge im Raum mit den hin- und herschwappenden Gästen, die ein schweres, dunkles Wasser zu bilden schienen, in dem ein paar Lampenbojen trieben; die auf ihn wie verzweifeltes Nichtschwimmergezappel wirkenden Bewegungen der Tanzenden auf der kleinen Fläche vor der Band: all das stieß ihn ab, und er war froh, als er einen Platz im Winkel der von Schevola reservierten Bank gefunden hatte. Neben ihnen saßen Soldaten in Ausgangsuniform und schielten sehnsüchtig, Schampusgläser zwischen den Händen rollend, zu den Mädchen. »Arme Schweine«, bedauerte Muriel nach einem Blick auf die Schulterklappen und forderte den Häßlichsten von ihnen auf, dem die Röte ins Gesicht wippte, die sich Sekundenteile später in den Gesichtern der anderen fortsetzte, als gäbe es eine Verbindung zwischen ihnen, Hoffnung auf ein gleiches Glück; aber Verena und Siegbert waren schon auf die Tanzfläche gegangen, Ina hatte Fabian mitgezogen, und Reina, nach einem Blick auf Christian, Falk; Heike schüttelte einfach den Kopf, als einer der Soldaten eine linkische Verbeugung versuchte, und

Schevola stand an der Bar, flankiert von einem Mann mit Pferdeschwanz und Rauschebart und einer Frau in einem sariähnlichen Kleid.
Die Musik dröhnte aus den Verstärkerboxen; wenn der Schlagzeuger seine Stöcke wirbeln ließ, bereitete der Anprall des Schalls körperliche Schmerzen, Christian hätte sich am liebsten die Ohren zugehalten. Er fragte sich, ob es die anderen nicht so empfanden, nein, es wurde ausgelassen getanzt und gelacht, Befreiung lag auf den Gesichtern, und Lust. Libussa und Alois Lange gingen auf die Tanzfläche, der Bandleader lächelte, beugte sich über das Mikro, kündigte »Oma und Opa Lange« – rempelig unverschämt, fand Christian, und woher kannte sie der Typ – als »Twist-Legenden aus den leggen-däh-ren Zeiten des alten Paradiesvogels« an, dann fetzten die Rhythmen von »Let's twist again« hoch, und inmitten von Jubel und gereckten Armen legten Libussa und Alois einen Twist hin, dem kein anderes Paar zu folgen vermochte; wir können nicht mehr tanzen, dachte Christian, und: Das darf doch wohl nicht wahr sein. So hatte er die beiden noch nie erlebt, und er glaubte sie doch gut zu kennen. Instinktiv wehrte er ab, was er sah, zwei weißhaarige Menschen, die auf einen Fingerschnipp und ein paar Takte einer mitreißenden Musik hin ihr Alter von sich warfen wie eine Zwangsjacke, die mit ihnen nichts zu tun und in die sie eine herrische Gewalt gesteckt hatte, die sie mißbrauchte – Christian beobachtete sie erschrocken und begann zu ahnen, daß man von anderen Menschen nur kannte, was sie zu erkennen gaben. Diese Beobachtung verletzte ihn, stimmte ihn eifersüchtig – das waren schließlich »seine« Leute, die Verena, Siegbert und den anderen etwas zeigten, das sie ihm noch nie gezeigt hatten; die sahen sie heute zum ersten Mal und gleich in einem Licht, von dem sie noch nicht einmal wußten, daß es neu war. Neu für ihn – plötzlich und gegen seinen Willen mußte er lachen: Du benimmst dich wie einer dieser Künstler, von denen Meno manchmal erzählt, sie glauben, die Menschen gehörten ihnen, und fühlen sich beleidigt, wenn die sich anders verhalten, als sie es in ihren Plänen vorgesehen hatten!
Christian trank sein Glas aus. Es war irgendein Cocktail für Jugendliche, vanillig schmeckend und aufgeregt über seinen eige-

nen Alkoholgehalt; die Zunge klebte davon. Verena und Siegbert hampelten herum, sie warfen die Arme wie im Schüttelfrost. Albern! dachte Christian. Wozu soll das gut sein, so auszusehen? Verenas Fieberaugen; in Reinas Gesicht, das sonst so blaß war, kroch Hitze wie verschütteter Rotwein auf einem Tischtuch. Es faszinierte ihn. Es ekelte ihn. Das Gesöff schmeckte widerlich, aber was sollte er sonst tun, als es trinken. Heike beobachtete ihn, er nahm es aus den Augenwinkeln wahr, er konnte es nicht leiden, beobachtet zu werden, starrte sie flackernd an, aber sie ließ sich davon nicht stören, verglich ihn mit der Zeichnung, starrte zurück, unbewegt, sezierend. Er fand die Musik schrecklich, aber sie war nur laut, nicht schlecht, sie war gut. Das war das Blöde: Sie war gut. Kein Twist mehr; eine Hommage an den »Lipsi«, der Keller brüllte vor Lachen. Gitarrenriffs mit geschlossenen Augen und abwesend offenem Mund. Das war dreckig wie Mülltonne, keine Diplommusik. Zähnebleckende Musik, im Arsch zerspringt ein Thermometer. Ja, genau dort, im Arsch, im Arsch! Christian flüsterte dieses Wort mit Gier. Diese Jungs da an ihren Instrumenten waren Könner, auch wenn sie nicht Cello spielten oder Klavier. Fünf Jungs, ein paar Jahre älter als er, schätzungsweise. Schätzungsweise, dachte Christian, vielleicht sollte ich Heike den Zeichenblock einfach wegnehmen? »Sag mal, Heike, geht's dir gut? Du malst die ganze Zeit«, stieselte er, schnappte sich ihren Cocktail. Sie hatte nichts dagegen, nickte bloß. Schluckte er ihn eben runter, ab dafür. Seine Haut brannte. Der Zigarettenrauch hing wie eine schwelende Glocke unter der Decke. Christian stellte sich vor, der heftig auf- und abwedelnde Drummer wäre eine Windmaschine, die den Rauch und die Stimmen und das über die Tische spickende Gelächter mit einemmal rausbliese, vor allem das Gelächter, das war wie zerreißendes Papier. Er kontrollierte, ob ihn jemand sehen konnte. Heike hatte andere Objekte gefunden. Die Soldaten waren an Röcken oder weiblichen Jeanshintern interessiert, er rückte tiefer in seine Schummerecke unter dem Waschküchenschein einer Ringlampe aus den Sechzigern, alles blieb beim alten, und er konnte nicht locker sein. Er stellte sich vor, wie er Cello in einem Dom spielte, eine in Andacht erstarrte Gemeinde, Bach zwang sie in die Knie, genau diese Leute hier, Libussa würde mit fahriger Hand Liedertäfelchen am Brett wechseln, der Schiffsarzt würde mit reuig gesenktem Kopf in einer harten Bank büßen, Verena und Siegbert würde das Lachen vergehen. Stille, kirchenkühle Ewigkeit, Bachs Harmonien, nicht dieses hausschlachtene und billig betextete Gejaule … Falk warf glücklich den Kopf zurück und schnappte wie ein Karpfen nach Luft. Christian sah ihn vor sich, wie er nach dem Gespräch bei Fahner weggegangen war, der Kamm in der Gesäßtasche, die tropfende Ruhe im Treppenhaus, und er hatte Falk mitleidlos hinterhergeschaut, auf die eckigen Schulterblätter und die wirklich, wie Reina gesagt hatte, für einen Jungen viel zu mageren Arme. Jetzt tanzte er wie verrückt, und hatte noch nach einer Woche, abends, auf dem Internatszimmer, seine Angst nur schlecht verhehlt: »Er hat ein bißchen herumgetobt, gar nicht mal laut, aber … Ihr kennt den ja. Passiert ist nichts … bis jetzt. Vielleicht kommt das dicke Ende noch, bei denen weiß man ja nie, und er schmeißt mich von der Schule.« Das waren Falks Worte gewesen, sie blendeten sich über die Stimmen in der Bar, die Musik. Rockballaden jetzt. Gut, gut, gut. Ja. Raus müßte man. Vielleicht mal auf Toilette. Nein, besser hierbleiben, sonst ist vielleicht nachher der Platz weg. Christian beobachtete Judith Schevola, die sich angeregt mit der Frau zu unterhalten schien, aber in den Gesprächspausen zu den Tischen spähte. Bloß der mal nicht unter die Lupe geraten, dachte er. Der Bandleader trug ein Armenierkäppchen auf dem kurzgeschorenen Kopf, einen Ledermantel mit Schulterklappen und Gürtel und einem »Schwerter zu Pflugscharen«-Aufnäher. Theatralische, ehrliche Bewegungen, so ausfahrend allergisch, daß seine Nachbarn an den Gitarren armlangen Abstand hielten. Der Drummer im Russenhemd, das strahlig durchgeschwitzt war; über seinem wild arbeitenden Kopf schummerte wie eine Aureole der Schweif eines aus farbigen Glas-Puzzlestücken gefaßten und von hinten beleuchteten Paradiesvogels.

»Na, was sagst du?« Ina ließ sich neben Christian fallen.

»Wie heißt der Typ, der so rumfuchtelt?«

»Der Frontmann? André Pschorke. He, willst du nicht mal tanzen?«

»Pschorke«, wiederholte Christian sinnend, »mit solchen Namen beginnen Weltkarrieren.«

»Du bist manchmal ganz schön arrogant, hat dir das schon mal jemand gesagt?«
»Die da«, Christian nickte müde in Richtung Verenas. »Ist mir egal. Immer nur schrumm-schrumm-schrumm –«
»Ach, du bist'n Langweiler, Cousin«, Ina winkte ab. »Du wirst noch mal gewaltig auf die Fresse fliegen. Deine Klassik ist was für Mumien. Kannst du dir an den Hut stecken. Verklemmte Feingeister, pah, können mir gestohlen bleiben.« Sie zündete sich eine Zigarette an.
»Hehehe, Cousine, komm runter.«
Ein Gitarrenakkord schnitt Inas Antwort ab, sie schüttelte den Kopf und ging, als die Tanzenden sich voneinander lösten, auf Siegbert zu. Muriel tanzte jetzt mit Falk, Verena mit Fabian, die Soldaten hüpften um Reina herum, die allein tanzte und die Augen geschlossen hielt. »Neustadt« sang von Pflastersteinen, vom Postinspektor Alfred, der durch die Vorstadtstra-ha-ßen mit Aktentasche und Stullenpaket zur Nachtschicht ging, vom Stückchen Himmel überm Hof, so blau wie Milkaschokolade – die Tanzfläche grölte –, sie sangen den »Aschesong«: »Nein, nicht, was ihr denkt«, rief André Pschorke den Soldaten zu, »es geht um … Asche liegt über der Stadt / Menschen haben sie im Haar / Asche, die Schlafs Farbe hat / das, was war, das, was war … // Sag, wo ist der Traum geblieben / den sie bei Sonnenaufgang hatten / haben sie ihn abgetrieben …«, die Zeilen beeindruckten Christian, er kritzelte sie auf einen Bierdeckel, auffällig, damit niemand ihn falsch einordnete. Sie sangen »Deine Augen«, eine langsame Sache mit viel Keyboard.
Schevola kam, hinter ihr die Frau im Sari. »Wir sehen, daß Sie fleißig zeichnen, darf ich mal sehen?« rief sie Heike zu. Sie blätterte den Zeichenblock auf, prüfte das Bild mit knappen Blicken, wie ein Handwerker den Inhalt eines Werkzeugkastens, blätterte weiter. »Du bist noch Schülerin?«
Heike reckte das Kinn und kräuselte eine Locke, die Frau im Sari nahm es wohl als Ja. »Was willst du mal machen, nach der Schule?«
»Malen«, sagte Heike. Die Frau im Sari nickte. »Wenn du möchtest, besuch mich mal. Ich heiße Nina Schmücke, tagsüber verkaufe ich Fisch, freitags schauen wir uns abends unsere Bilder an und diskutieren darüber.«

»Sie hatten das rote Bild in der Kunstausstellung«, sagte Heike.
»Einen Tag«, Nina Schmücke gab ihr den Block zurück. »Dann hat es jemandem, der was zu sagen hat, nicht mehr gefallen, und es wurde abgehängt.«
»Das hat Bärenkraft«, sagte Heike. »Darf ich wirklich zu Ihnen kommen?«
»Hast du was zu schreiben?«
Heike drehte den Block um, Nina Schmücke schrieb ihre Adresse darauf. Dann versanken die beiden in ihr eigenes Universum aus Malernamen und Bildern und Maltechniken.
Schevola setzte sich neben Christian. »Wollen wir uns unterhalten?« rief sie ihm amüsiert zu. Sie zeigte vage in Richtung Treppe. »Neustadt« schrubbte wutschnaubende Proteste.
»Worüber denn«, war alles, was Christian einfiel. Das hatte er in normaler Lautstärke gesagt, Schevola konnte es nicht verstanden haben.
»Sie tanzen wohl nicht?«
Er schüttelte den Kopf. Dann nahm er einen neuen Bierdeckel, schrieb: »Würden Sie den anderen sagen, daß ich schon gegangen bin? Es ist offen.«

Wie still es plötzlich war: Als hätte man einen Raum voller Lärm zugeklinkt, der hier nicht mehr galt, er zerstob und zerflatterte in den Gerüchen, die Christian wieder wahrnahm: vom Park her, wo ein großer Vogel abgestrichen war und ihn erschreckt hatte, vom Garten, vom Tausendaugenhaus. Fledermäuse huschten zwischen den Baumkronen, man sah sie als Schattenwinkel unter dem moorigen Himmel. Das Barometer zu Hause hatte »Schönwetter, konstant« gezeigt, und Libussa hatte gesagt, es würde keinen Regen geben. Chakamankabudibaba kam aus den Weinrosen neben dem Weg, berührte mit seinem Flaschenbürstenschwanz kurz Christians Wade, ein herablassender, registrierender Gruß, der Kater schleckte eine Vorderpfote, witterte in die Gartentiefen, verschwand so lautlos, wie er gekommen war. Teerwagens saßen auf dem Balkon, Schlagermusik dudelte aus offenen Fenstern, vielleicht war es »Da liegt Musike drin« mit Kammersänger Rainer Süß, eine beliebte Unterhaltungssendung des I. Programms. Halb zwölf: Nein, das lief nicht mehr um die-

se Zeit. Es war ungewöhnlich warm, er überlegte, draußen zu schlafen, ihm fiel ein, daß er noch die Liegen aus dem Schuppen holen mußte, und die Luftmatratzen waren noch aufzupumpen, er beschloß, es gleich zu tun. Bei Kaminskis und Stahls war es dunkel, aber als er an die Brüstung trat, unter der der Garten steil abfiel, sah er die Stahls im Licht der farbigen Glühbirnenkette sitzen, die sie sommers über dem Eisentisch aufhängten. Er ging hinunter, der Ingenieur fragte, ob Sylvia ruhig gewesen sei; Christian hatte nichts gehört, Sabine Stahl sagte, sie schaue manchmal noch heimlich fern, wenn sie hier unten im Garten säßen, das Flimmern könne man von hier aus nicht sehen. Christian sagte, daß es mit dem Waschen morgen früh Probleme geben könnte, aber Stahl meinte, Jugend müsse was aushalten, er habe die Zinkwanne im Garten gefüllt. »Bleibst du noch?«
»Ein bißchen.«
»Ihr müßt bald ins Wehrlager, hat uns Meno gesagt?«
»Ja.«
»Halt die Ohren steif. – Gut' Nacht, Christian.«
»Gut' Nacht.«
Die Stahls erhoben sich. Christian bemerkte Sabine Stahls gerundeten Bauch. Sie lächelte. »Meno wird uns das Schlafzimmer abgeben müssen.«
Sie schlenderten nach oben, Christian sah ihnen nach, zwei helle Flecke, die die Treppe zum Haus hinaufstiegen. Der leichte Rausch, den er von den Cocktails gehabt hatte, war verflogen; er schenkte sich ein Glas Bowle ein, sie schmeckte schal, er ließ das Glas stehen. Er drehte die Glühbirnen aus, löschte das Windlicht, setzte sich auf den Stuhl, auf dem der Schiffsarzt gesessen hatte, starrte zum Papiermond, der in den Luftströmungen schwankte, eine weiße Scheibe mit rot aufgemaltem Clownsgrinsen, in der man morgens verbrannte Insekten fand. Nachts war der Garten geheimnisvolles Gebiet, die Grillen sägten ihr schläferndes »Zig-zig« in die fernen Geräusche der Stadt und das Wispern der Bäume, überall schienen Augen aufgeschlagen, überall war Jagd im Gange. Ein Käfer krabbelte auf den Tisch, er hatte lange, nach hinten gebogene Fühler, die die Luft zu seihen schienen, Christian stand erschrocken auf: Das war etwas für Meno, nicht für ihn, Meno hätte gewiß sofort einen lateinischen Namen pa-

rat gehabt und ihm etwas über die Lebensgewohnheiten dieses Käfers erzählt. Christian fürchtete sich davor, für ihn war das Tier einer der Nachtgeister, ein Auge, mit dem die Natur auf das Menschenwesen blickte.

Er ging den Pump-Frosch aus dem Schuppen holen. Stahl hatte ein Windlicht neben die Zinkwanne gestellt, ein gelber Stecknadelkopf im Gartendunkel, das von den Blüten der Nachtfalterpflanzen weiß gefleckt war: ein narkotisches Vibrieren; er hatte plötzlich das Bedürfnis, eine Hand in das Regenwasserfaß neben dem Schuppen zu tauchen; dann die andere Hand: es erstaunte ihn, wie unangenehm es war, wenn man nur eine befeuchtete. Das Hornissennest war leer, ihm fiel ein, daß Meno gesagt hatte, daß Hornissen einjährig waren und die Königinnen sich nach dem Überwintern neue Nester bauten; auch gingen Hornissen, anders als Wespen, nicht an die Speisen; er hätte es Reina sagen können. Als er aufsah, war der Stecknadelkopf verschwunden. Er fand Kerzen im Schuppen, auch Streichhölzer, wahrscheinlich benutzte sie Meno, wenn er hier arbeitete. Auf einem Wandbord lagen Vorjahresäpfel, auf dem Fensterbrett Pappzylinder mit Blattlausgift; es roch nach Düngemittel und Gummistiefeln. Die Zinkwanne stand im untersten Gartenteil, auf einem terrassierten Rasenstück mit Tomaten und Himbeeren, um die Libussa mühselig Heckenrosen und Ahornschößlinge rodete, die von den großen Mutterbäumen unter dem Abbruch des Gartens – er fiel hinter einem morschen Lattenzaun um mehrere Meter ab, das angrenzende Grundstück war verwildert und schien niemandem zu gehören – im Herbst als eroberungssüchtige Propellertruppen landeten. Glühwürmchen schnurrten über den Weg, den Christian langsam hinabging, immer wieder kratzten Äste übers Gesicht; hier standen knorrige Obstbäume, der Cellini-Apfel, den Lange zum Mosten und für Mus nahm, Boskoop, Stern- und Graurenette; Langes besonderer Stolz, die alten Birnen: Gellerts Butterbirne, Gute Luise, ein Baum mit Christians Lieblingssorte, der rotgelben Dechantsbirne, Meno bevorzugte die zimtrote Madame Verté und die kugelige Grüne Jagdbirne; im Keller standen Hunderte Gläser mit eingewecktem Obst.

Er wartete. Eine Frauen- und eine Männerstimme, dann plätscherte es, und als sie auflachten, erkannte er Ina und Siegbert;

er ging in die Hocke und stand erst wieder auf, als die Beine zu schmerzen begannen. Wieder das Plätschern, sie lachten in der gedehnten Weise von Betrunkenen, Christian pirschte sich heran und sah ihre milchigen Körper in der Badewanne, sie lösten sich voneinander, murmelten, kamen aufeinander zu; Berührungen von einer Behutsamkeit, als wären sie zwei Ärzte, die sich gegenseitig mit den angewärmten Membranen ihrer Stethoskope abhörten.

Ja, dachte er, ja. Du solltest woanders sein. Aber er wartete, gierig und traurig.

Dann ging er nach oben, holte die Liegen, stellte sie in Menos Wohnzimmer auf, kümmerte sich um die Luftmatratzen. Seine Gedanken irrlichterten, und die Grillen zirpten übermäßig laut zur offenen Balkontür herein. Die Schreibtischlampe würde Insekten anziehen, er schaltete sie aus, ging nach draußen, um frische Luft zu schnappen. Der Garten war auf einmal fremd, die schaumigen, dunkelblauen Baumschatten bedrohlich, von irgendwoher kam immer noch die Schlagermusik, plötzlich zerschnitten von Gekreisch, als würde jemand durchgekitzelt. Wie langweilig, wie sinnlos! Und all diese Blüten und Gewächse, die einander wie Kräfte in einem höflichen und ungerechten Spiel bedrängten, gab es auch ohne ihn; diese Erkenntnis bestürzte ihn so, daß er es auf dem Balkon nicht mehr aushielt.

Die Tür öffnete sich. Verena schaltete das Licht ein, zuckte zusammen. »Hast du mich erschreckt. Ich wußte nicht, daß du da bist –«

»Wo sind die anderen?«

»Noch in der Bar. Siegbert ist mit Muriel und Fabian weg. Hast du Reina gesehen?«

»Nein.«

»Sie ist kurz nach dir gegangen. Christian … Darf ich dir was sagen?« Sie sah an ihm vorbei, er mußte schlucken. Verena wollte in den Garten gehen, an den Eisentisch, aber er wehrte ab, obwohl er, weil er Vorwürfe erwartete, für einen Augenblick Rachsucht verspürte.

»Na gut, wir können auch hierbleiben«, sagte sie.

»Nein, ich … Würdest du mitkommen? Ich möchte dir die Karavelle zeigen. Nur von außen –«

Sie zögerte, er wandte sich ab. »Wir brauchen nicht zu klingeln, ich mag nicht ins Haus … Es ist nicht weit«, sagte er leise.
Sie gingen durch die nächtlich leere Mondleite, auch bei Teerwagens war es jetzt dunkel. Verena sagte lange nichts, und er drängte nicht, erinnerte sich an den Spaziergang mit Meno im Winter, vor der Geburtstagsfeier in der »Felsenburg«, wie geheimnisvoll und voller Geschichten ihm das Viertel erschienen war, jetzt wirkte es verschlossen. Verenas Kleid bekam etwas Geisterndes über den wie graue Bänder liegenden Straßen, sie trug weiche Schuhe, er hörte ihre Schritte nicht. »Ich finde es nicht richtig, daß du einfach gegangen bist«, sagte sie, als sie schon auf der Heinrichstraße waren, auf der nur noch Licht bei Niklas und in der Nr. 12, dem Glyzinienhaus, brannte, dessen Duft sich mit dem des Holunderstrauchs vor der »Karavelle« mischte. »Wir hatten uns so auf diesen Abend gefreut, und dann –«
»Hier wohne ich sonst«, Christian zeigte über das bogig geschwungene Tor auf das Haus Nr. 11.
»Sei mir nicht böse, wenn ich dir das sage.«
»Nein.«
»Ich weiß nicht, ob du das selber merkst, aber du hast so eine Art … Wir tanzen, du sitzt in der Ecke. Wir sind fröhlich, du ziehst ein Gesicht.«
»Schon klar. Meine Arroganz –«
»Du brauchst nicht zynisch zu werden, bitte versteh' mich, ich müßte dir das alles nicht sagen –«
»Na, dann tu's doch nicht.«
»Eigentlich bist du ziemlich unreif«, erwiderte Verena leise. »Schade.«
»Aber Siegbert, der ist reif.«
»Laß uns zurückgehen. Du bist eingeschnappt wie ein Pfau. Hör mir doch mal zu! Oder verträgst du's nicht, wenn man dich kritisiert?«
Sie gingen schweigend zurück, nicht über die Wolfsleite, wo Muriel und Fabian wohnten; er wußte nicht, ob sie Verena ihre Adresse gegeben hatten.
»Na los, was wolltest du mir denn sagen?« stocherte er, als sie wieder auf der Mondleite waren.

»Ja, das ist Arroganz«, sagte sie nachdenklich, »du stellst uns in Frage, denn für dich ist das alles zu blöd, was wir machen … So ein niedriges Tanzvergnügen; dann dein Gesicht, so: Hachgott, was muß ich leiden, keiner liebt mich, in dieser Welt voll billiger Rockmusik und blöden Rumgehopses muß ich allein bleiben, keiner versteht mich, ich bin so verkannt, so arm dran!«
»Bach ist es wirklich nicht, was die da klampfen –« Christian fröstelte vor Wut.
»Ja, das meine ich. Diese Geringschätzung. Dein arrogant gekrümmter Mund dabei, da brauch' ich keine Lampe, um den vor mir zu sehen. Aber was die machen, ist mir zehnmal lieber als deine verwöhnten –«
»Ach, laß«, unterbrach er sie.
»Ich glaube, du bist feige«, rief Verena ihm nach.

32.
Ostrom II. Barsano

»Es interessiert mich nicht, was Fräulein Schevola meint!« Schiffner stand auf und begann erregt im Zimmer auf- und abzulaufen. »Ich möchte – nein: Ich verlange von Ihnen, daß diese Szene verschwindet! Wir kommen eben vom Kongreß, Sie haben die Direktiven genausogut gehört wie ich, und dann kommen Sie mir damit!« Schiffner warf die Seiten in die Luft, sie segelten langsam zu Boden.
»Wir zerstören das Buch, wenn wir darauf bestehen, solche Szenen zu streichen«, erwiderte Meno leise.
»Ach was! Dann muß sie den Kram eben umschreiben. Wozu ist sie Schriftstellerin geworden! Wissen Sie, wie viele Entwürfe Tolstoi zu seinen Arbeiten gemacht hat? Tolstoi! Und Fräulein Schevola und Sie faseln von ›das Buch zerstören‹ …« Es klopfte. »Herein!« brüllte Schiffner. Frau Zäpter erschien in der Tür, klein und verängstigt. »Barsanos Büro läßt ausrichten, daß es heute neunzehn Uhr beginnt.« Schiffner nickte und wischte Frau Zäpter mit einer groben Handbewegung hinaus. »Josef, was sagst du dazu?«
Josef Redlich senkte den Kopf und drehte nervös einen Ku-

gelschreiber zwischen den Fingern. »Aber es ist die Wahrheit, Heinz. Es ist nun einmal zu diesen … Vorfällen gekommen, das wissen wir alle, das wissen die Freunde zuallererst –« Schiffner schnitt Josef Redlich das Wort ab: »Wahrheit! Als ob es in der Literatur um Wahrheit ginge! Romane sind keine Philosophieseminare. Romane lügen immer.«

»Da bin ich nicht deiner Ansicht«, wagte Josef Redlich einzuwenden. »Du kennst meine Meinung: Literatur, die vor der Wirklichkeit kapituliert, ist keine, sondern Propaganda. Wir machen keine Propaganda, Heinz. Rohde hat mir das Manuskript gegeben, ich stimme ihm zu. Wir kastrieren das Buch ohne diese Stelle. Und es ist nicht mehr die Zeit des elften Plenums.«

»Das ist offensichtlich auch Ihre Meinung?« Schiffner beugte sich zu Stefanie Wrobel, die seinem Blick auswich. »Ich kenne ja nur diese Stelle, nicht den Zusammenhang –«

»Ich habe dir doch das Manuskript gegeben«, sagte Meno erstaunt.

»Ich bin noch nicht dazu gekommen. Herr Eschschloraque hat Priorität.«

»Gut, versuchen wir es«, lenkte Schiffner ein. »Aber auf deine Verantwortung, Josef. Ich mache meine Einwände geltend, wenn die Hauptverwaltung anruft und es Schwierigkeiten gibt. Ich beuge mich der Mehrheit meiner Lektoren. Aber ich sage euch beiden gleich«, Schiffner stützte sich auf den Tisch und fixierte abwechselnd Josef Redlich und Meno, »es ist euer Hintern, der brennt. Natürlich hat es das gegeben, wovon Fräulein Schevola meint berichten zu müssen. Aber die Frage ist, wem das nützt, wenn sie davon berichtet! Dieses Land hat es schwer genug, ebenso geht's den Freunden, und da kommt die mit diesen ollen Kamellen! Mein Gott, wer hat denn den Krieg angefangen! Das ist die Gegenrechnung, und die jammert rum, bloß weil ein paar Nazi-Weiber –«

»Es waren nicht nur Nazi-Weiber«, sagte Meno noch leiser. »Sie schildert ganz normale Leute.«

»Halten Sie doch Ihren Mund, Rohde. Genau diese von Ihnen so bezeichneten ›ganz normalen Leute‹ waren es doch, die Dreiunddreißig die Nazis gewählt haben! Sie haben Sturm gesät und wundern sich, daß ein Orkan zurückgekommen ist! Schon weil

Ihr Einwand möglich ist, müßte man die Szene streichen. Aber gut, ich habe euch gewarnt. – Ich möchte drei Außengutachten, dann muß das vorab ins Ministerium, ich möchte eine Übersetzung für die Freunde, und die geht auch vorab raus. Heute abend ist Berichterstattung über den Kongreß. Herr Rohde, Sie schreiben das bitte noch einmal und zeigen es mir dann.« Er ging zum Schreibtisch und gab Meno das Referat zurück, die Seiten waren voller Korrekturen in roter Tinte.

In der Mitte der Brücke nach Ostrom blickte Meno zurück: Eine gelbliche Dunstglocke hing über der Stadt, gespeist vom Rauch aus Fabrikschornsteinen; die Konturen von Vogelstroms Haus und der emporkriechenden Standseilbahn flimmerten in der Luft; der Elbhang trieb wie eine von Rosen zugewucherte Insel in der beginnenden Dämmerung. Moderduft wehte herüber, vielleicht kam der Wind von Arbogasts Chemischem Institut. Am Oberen Plan wartete Judith Schevola. Sie erzählte Meno vom Abend im Tausendaugenhaus und in der »Paradiesvogel«-Bar, und er ließ sie reden; er war in Gedanken schon bei Barsanos Empfang, der in Block D stattfinden würde, im Karl-Marx-Weg; es war der Sitz der Parteileitung, das ehemalige Schloß eines enteigneten Wettinerprinzen, der Schneckenstein. Judith Schevola schwieg und musterte Meno mit verstohlenen Blicken, Josef Redlich und Schiffner hätten die Situation ausgekostet und sie noch ein wenig auf die Folter gespannt; Meno mochte sie nicht, diese Machtspielchen mit Autoren, kleine Racheakte derer, die im Hintergrund standen und unbeachtete, wenig gedankte Kärrnerarbeit leisteten; er erzählte ihr vom Gespräch im Verlag.

»Drei Außengutachten«, sagte Schevola nach einer Weile leise, »und eine Übersetzung für die Russen … Das dauert ewig. Dann ist das Buch tot, das kommt nicht durch.«

»Ich verspreche Ihnen, alles zu tun, was ich kann.«

»Und was können Sie tun?« erwiderte Schevola auf Menos Einwurf gereizt. »Sie wissen doch genausogut wie ich, wie das läuft. Und am Ende geben Sie mir ein Honorar auf zehntausend, aber das Buch erscheint nicht.« Das war eine durchaus übliche Praxis, Meno bestritt es nicht: Der Verlag honorierte einem sogenann-

ten schwierigen Autor eine Auflage, die fiktiv war, zum Beispiel zehntausend Exemplare, aber es wurden von diesem Buch tatsächlich nur ein paar hundert gedruckt, die in irgendwelchen Giftschränken verschwanden – und der Autor, obwohl betrogen, konnte sich noch nicht einmal beklagen.
»Ich würde weit gehen«, sagte Meno. »Sie haben ein großes Talent, und ich … bin Ihnen dankbar, daß Sie mir als Lektor vertrauen. Sie schreiben ungewöhnlich. Sehr französisch. Elegant, leicht, schweifend, gar nicht so schwerfällig wie sonst viele deutsche Autoren, vor allem hiesige.«
»Das sagen Sie mir zum ersten Mal.« Schevola wandte sich ab.
»Ich will Sie nicht trösten. Ihr Buch durchzubekommen, wird eine harte Aufgabe werden. Sie haben Feinde.«
»Warum?«
Meno glaubte ihr das naive Erstaunen, das er auf ihrem Gesicht las. »Warum? Sie sind lebendig. Sie haben Temperament und Leidenschaft. Sie kennen Menschen, Sie haben eine Sprache, die den Namen verdient. All das zusammen macht, daß man, wenn man Sie liest, das Gefühl hat, etwas Wahres zu lesen. Nicht im Sinn von Propaganda.«
»Etwas Wahres, sagt mein Lektor! Dafür kann ich mir nichts kaufen. Ich habe den Eindruck, daß das Publikum das gar nicht wirklich will. Sie wollen Unterhaltung und Ablenkung, sonst hätten Sachen wie ›Die Aula‹ nicht solchen Erfolg.«
»Sie wollen Verkaufserfolge? Werden Sie nicht bekommen. Das ist auch nicht Ihre Sache, meiner Meinung nach.«
»Aber die anderen werden gepriesen und hofiert, ich muß Kratzfüße machen und antichambrieren –«
»Hören Sie«, unterbrach Meno, »keiner von denen ist in der Lage, eine Szene zu schreiben wie die, in der sich Ihre Heldin von ihrem Vater verabschiedet. Sie beklagen sich über Mißerfolg. Mißerfolg macht empfindlich. Empfindlichkeit ist, neben der Herkunft, das größte Kapital eines Schriftstellers. Lassen Sie sich nicht korrumpieren.«
»Sagte der Mann mit dem festen Einkommen. Sie haben leicht reden vom Mißerfolg. Und ich hab' zwar Talent, wie Sie sagen, aber keiner wird es wissen.« Er spürte, daß sie müde war, und erwiderte nichts. Sie bogen in den Karl-Marx-Weg. An der Torein-

fahrt zum Schneckenstein wurden sie von Soldaten angehalten, die ihre Ausweise und Menos Aktentasche kontrollierten. Ein Feldwebel rief im Schloß an, Meno und Schevola warteten, es hatte keinen Sinn, sich über die Prozedur aufzuregen und darauf hinzuweisen, daß Kontrolle und Anruf bereits bei den Wachtposten am Brückenauf- und -abgang erfolgt waren. Das Tor, eine mehrere Meter hohe Stahlwand auf Schienen, öffnete sich wie eine Kulisse und schloß sich hinter ihnen wieder.
Die Auffahrt war asphaltiert, früher mochten Kutschen die von Kugellampen illuminierten Serpentinen zum Schloßgebäude hinaufgefahren sein. Hohe Bäume beschatteten den Weg, es war hier merklich kühler; Meno gab der fröstelnden Schevola sein Jackett. »Kennen Sie Barsano?« Er fragte es, damit sie nicht ablehnte.
»Nur von fern. Und Sie?«
»Ich bin schon ein paarmal hiergewesen.«
»Sie sind in Moskau geboren, nicht wahr?«
Meno sah sie überrascht an. »Woher wissen Sie das?« Sie zwinkerte ihm zu. »Ich weiß gern über die Menschen Bescheid, mit denen ich zu tun habe. – Wußten Sie, daß Barsanos Vater Mitbegründer der Komintern war?«
»Und der KPD, zusammen mit Rosa Luxemburg und Karl Liebknecht. Dreiunddreißig ist die Familie nach Moskau emigriert, sie haben im Hotel Lux gewohnt, Barsano hat die Liebknecht-Schule besucht. Der Vater ist bei den Säuberungen ums Leben gekommen.«
»Das wußte ich nicht«, sagte Schevola.
»Erwähnen Sie's auch nicht. Mutter und Geschwister wurden verhaftet, er als Sohn eines Volksfeinds von der Schule relegiert und nach Sibirien verbannt. Er hat in den Bergwerken geschuftet und seinen linken Zeigefinger verloren. Tun Sie nachher so, als ob Sie es nicht sähen.«
»Wie lange sind Sie in Moskau gewesen?«
»Ich weiß es nicht genau. Ich habe nur verschwommene Erinnerungen. Manchmal fallen mir Bruchstücke von Kinderliedern wieder ein. Mein Bruder ist Achtunddreißig geboren, er weiß noch mehr. Meine Schwester war noch im Kindergarten, als wir zurückkehrten. – Können Sie Russisch?«

»Nur das Schulpensum, Nina Nina tam kartina ... und ein bißchen was ist hängengeblieben von Reisen. – Warum?«
»Weil da oben«, er wies auf das Schloß, »manchmal nur Russisch gesprochen wird. Fast alle von Barsanos Leuten sind ehemalige Moskauer, und ihre Kinder lassen sie in Moskau zur Schule gehen und studieren.«
»Die rote Aristokratie«, sagte Schevola. »Die im Westen gehen nach Paris und London und New York, die hier gehen nach Moskau. Paris ... Das ist die Stadt, in der alle Frauen Handschuhe und weiße Kleider mit schwarzen Punkten tragen. Naja. Muß das herrlich sein, von seinen Klischees kuriert zu werden. Ich möchte trotzdem mal hin.«
»Sie wären vielleicht enttäuscht.«
»Ja, die Trauben sind bestimmt sauer. Ich will aus einem einzigen Grund dorthin. Simenon läßt in seinem Roman ›Der Mann, der den Zügen nachsah‹ Kees Popinga, die Hauptfigur, einen Brief an den Kommissar schreiben: ›... er hatte absichtlich Papier mit dem Briefkopf des Lokals benutzt‹. Da gibt es also Lokale, die eigenes Briefpapier haben! Das finde ich wunderbar. Es klingt so selbstverständlich ... Als ob es dort oft vorkäme, daß man in Lokalen Briefe schreibt.«
»Sie sind eine Schwärmerin und ziemlich vertrauensselig«, warnte Meno lächelnd. »Sie wissen nicht, wohin ich gehöre.«
»Nein, das weiß ich nicht«, erwiderte Schevola nach einer Weile.
Das Schloß war ein Bau von kastellhaftem Klassizismus; das Hauptgebäude flankiert von zwei achteckigen Türmen, auf dem linken Turm wehte die Sowjetfahne, auf dem rechten die der Arbeiter- und Bauernmacht. Meno und Judith Schevola gingen über den mit Kies bestreuten Platz vor der Eingangshalle; ein Lenin-Kopf aus rötlichem Hartgestein lag wie ein Meteorit in der Ebene; das Tatarengesicht starrte mit feinem Lächeln in die Parkbäume; Schevola konnte es sich nicht verkneifen, mit dem Knöchel dagegenzuklopfen. »Massiv«, sagte sie erstaunt.
»Was dachten Sie denn«, sagte Meno noch erstaunter, »stellen Sie sich mal vor, das würde hohl klingen.«
Sie warteten im Foyer. Die verstaubten Messingzeiger auf der Deckenuhr klackten auf sieben. Max Barsano hörte man schon

von weitem lachen, sofort lockerte sich die Gruppe der Wartenden, bekamen die Blicke der Genossen Generalsekretäre auf den beiden fenstergroßen Porträts an den Schmalseiten der Halle etwas Aufmunterndes. Barsano blieb am Treppenfuß stehen, überflog die Anwesenden mit einem raschen Blick, traf eine Entscheidung und trat mit einem »Entschuldigt, Genossen« auf Judith Schevola zu, faßte ihre Rechte mit beiden Händen. »Bist ja gezaust worden, hab' ich gehört«, sagte er mit voluminöser Baßstimme zu ihr, die nicht zu seinem zarten Körper passen wollte, »macht nichts! Dann taugt's was! Schreib mal weiter, aus Kindern werden Leute, und du bist jemand, der das Zeug hat, eines Tages unsere großen Alten abzulösen.« Damit ging er an Meno vorbei zum Autor Paul Schade, der seine Orden aus dem antifaschistischen Widerstandskampf stolz auf der Brust seines Anzugs trug, und zu Eschschloraque, der dünn lächelte und beim Händeschütteln vornehm andeutend den Kopf senkte; Schiffner, den Barsano dann begrüßte, stand verlegen nach diesem im Foyer widerhallenden Lob, Josef Redlich mit im Gesicht glänzender Freude. »Heben Sie jetzt bloß nicht ab«, knurrte der Autor Paul Schade, Verfasser des revolutionären Poems »Brülle, Rußland«, von dem bedeutende Auszüge in den Schullesebüchern sämtlicher sozialistischer Bruderländer mit Ausnahme der UdSSR standen, »mit Ihnen befassen wir uns noch!« Schade bekleidete einen hohen Posten im Verband der Geistestätigen, er maß erst Schevola, dann Meno mit einem drohenden Blick. Barsano wandte sich den beiden Londoners zu, Vater und Sohn; Philipp im eleganten cremefarbenen Sommeranzug, noch mit Hut auf dem zu einem Pferdeschwanz gebundenen Haar, was sich wahrscheinlich nur er hier erlauben konnte: »Na, Herr Professor«, rief Barsano vergnügt, »morgen schick' ich dir mal meinen Friseur vorbei! Im Krieg hättste deine Pracht voller Läuse gehabt! – Sind eben junge Leute«, sagte er zu seinem Stellvertreter Karlheinz Schubert, der alle Anwesenden um mindestens einen Kopf überragte und in der leicht gekrümmten, achthabenden Haltung zu groß gewachsener Menschen nach Barsano die Honneurs machte. Der klopfte dem Alten vom Berge auf die Schultern, eine Geste, die zu burschikos und jovial-unehrlich gewirkt hätte, wenn nicht das Zögern vorher gewesen wäre, das

um Einverständnis zu bitten und zu fragen schien, ob er auch recht sei, dieser zurückhaltend geführte Schlag auf die Schulter; nicht jeder empfand das als Auszeichnung, mancher als kumpelhaft-plumpe Vertraulichkeit, mancher vielleicht sogar als Bezeichnung. Barsano begrüßte Meno, steckte die linke Hand in die Tasche seines schlechtgeschnittenen Jacketts – wieviel eleganter waren die Londoners, Eschschloraque und Schiffner gekleidet! –, nahm sie wieder heraus, als würde ihm bewußt, daß das, was man verbirgt, interessant wird, versuchte zu lächeln, unterbrach aber sofort, als die Unterhaltungen der anderen, ohnehin konversationell und abwartend, versickerten. »Wie geht's Ihrem Vater? Hab' ihn lange nicht mehr gesehen. Bereitet 'ne Reise vor?«
»Er hält Diavorträge. Zuletzt im Kulturhaus Magdeburg.«
»Soso, im Kulturhaus Magdeburg. Braucht er ja nur die Elbe runterzufahren. Trau' ich ihm zu. Kurt Rohde setzt sich in ein Kanu und schippert nach Magdeburg.«
Schubert und Josef Redlich lachten zuerst.
»Bist deiner Mutter wie aus'm Gesicht geschnitten«, sagte Barsano und dämpfte das Lachen durch eine Handbewegung. »Tapfere Luise. Hab' viele Erinnerungen.« Er wandte sich an Paul Schade. »Weißt du noch, wie sie vor Nadeshda stand und ihr den Brief von Wladimir Iljitsch zeigte?« Schades ledriges Gesicht erhellte sich. »Und die Handgranate, die sie zurück in den Zug geschmissen hat, eine echte Partisanin!« Dabei musterte er Meno mit einem abschätzigen Blick.
»Gehen wir in den Kinosaal«, entschied Barsano, »halb acht Gemeinschaftsempfang der Aktuellen Kamera, ab acht dann die Referate.«
Meno und Schevola gingen als letzte. Das Foyer füllte sich danach mit den Mitarbeitern der Behörde. Eine Sekretärin unternahm den Versuch, drei etagenhohen, gelben Gummibäumen mit Wasser und Torf frisches Leben einzuhauchen. Aus den Büros hörte man wieder Stimmen, in den Telefonzellen unter dem Bild des Generalsekretärs der KPdSU schlich nacheinander Licht auf.
»Wahrscheinlich ›WTsch‹«, meinte Schevola. Schwarze Telefonhörer waren schräg auf die Scheiben der Zellentüren gemalt,

darunter leuchtete gelb der ins Milchglas geschliffene Buchstabe F. »Kennen Sie den Mann mit dem Pferdeschwanz? Und können Sie mich mit ihm bekannt machen?« Schevola hatte sich nicht direkt an Meno gewandt, sondern an die Luft zwischen ihm und Philipp Londoner, der vor ihnen ging; sie hatte laut genug gesprochen, daß Philipp seinen Schritt verlangsamte, bis Schevola und er auf gleicher Höhe waren; sie versuchte Räuspern, das Meno unhöflicherweise mit einem »Wie geht's Marisa? Hast du sie in Leipzig gelassen?« und harmloser Miene durchbohrte, worauf Philipp nuschelte, sie sei noch erschöpft von einer Reise nach Moskau, als Mitglied der chilenischen Delegation zur Ernennung Juri Wladimirowitschs. Der Kinosaal war ein schachtelförmiger, holzverkleideter Raum in der ersten Etage. Nachdem er seine Gäste mit ungeduldigen Bewegungen auf die Plätze gescheucht hatte, drückte Barsano auf einen Knopf; vor die Fenster schoben sich Verdunkelungen, Fernseher glitten aus den Wänden, gleich darauf war die Erkennungsmelodie der »Aktuellen Kamera« zu hören. »Unterkiefer« sprach. So nannte der Volksmund einen Nachrichtensprecher mit schütterem Haar und Kastenbrille, der stocksteif im Bildschirm saß, einer Mumie ähnlich mit einem Blatt Papier zwischen den Fingern, das er vollkommen fehlerfrei und die Silben gleich betonend ablas – es war noch nie vorgekommen, daß Unterkiefer sich versprochen hatte, die ganze Republik schien auf dieses unerhörte Ereignis zu warten –, nur die untere Hälfte des kantigen Gesichts bewegte sich, mahlte Nachricht um Nachricht hervor, im steten, ruhigen Tempo, mit dem ein Kabel von einer Kabeltrommel abgerollt wurde. *… zielstrebige Verwirklichung.* Vor Meno saßen Schevola und Philipp Londoner, links von Schevola hatte sich in letzter Minute Barsanos Stellvertreter Schubert in die Sitzreihe gezwängt. *… umfassender Gedankenaustausch. … in schöpferischer Atmosphäre.* Auf den Bildschirmen fuhren Mähdrescher in geordneter Formation über die weiten Getreidefelder der Uckermark. *… eindrucksvolles Bekenntnis. … allseitige Stärkung.* Barsano wies auf den Fernsehschirm, ein Jubelmeer von Händen, als *der Generalsekretär des ZK der SED und Vorsitzende des Staatsrates der Deutschen Demokratischen Republik, Genosse …* dem *Vorsitzenden des Präsidiums des Großen Volkshurals der Mongolischen Volksrepublik,*

Genossen ... die Hand schüttelte. ... *vorrangiges Anliegen. ... unerschütterliches Fundament.* Nun wurde die Flaschenabfüllanlage des VE Kelterei und Konserven-Kombinat gezeigt, geräuschgedämpftes Klirren, während Abfüllmeisterin Genossin ... von den *übererfüllten Planziffern* bei Stachelbeer-Süßmost sprach. ... *millionenfache Zustimmung.* Das nächste Bild zeigte rollende Panzer während eines NATO-Manövers, Paul Schade brüllte »Ihr imperialistischen Hunde!« ... *unzerstörbares Vertrauensverhältnis.* Flugzeuge donnerten am Himmel, bedrohlich reckten sich Raketen. Schnitt: ein Major in »Felddienstuniform Sommer« der Landstreitkräfte der Nationalen Volksarmee, mit aufgesetztem Stahlhelm und Fernglas vor den Augen, den Horizont absuchend: ... *eindrucksvolles Bekenntnis.* Eschschloraque zog sein Taschentuch hervor und schneuzte sich trocken. Nun besuchten die Reporter der »Aktuellen Kamera« die Landwirtschaftliche Produktionsgenossenschaft »Vorwärts«, die den größten Kürbis der Republik geerntet hatte. »Kam schon in Außenseiter-Spitzenreiter!« krähte Paul Schade. ... *weltweite Anerkennung. ... dynamisches Wachstum.* Drei der vier Fernseher wurden plötzlich dunkel. Barsano drückte auf einen Knopf, es klopfte an der Tür, Herr Ritschel, im Kittel der Arbogastschen Institute, trat ein und fragte gleichmäßig betonend nach Barsanos Begehr. ... *tiefgreifende Veränderung,* kam es aus dem noch laufenden Fernseher; Barsano fuchtelte zu den drei Apparaten und verlangte, Genosse Ritschel möge sie umgehend instand setzen.
Er ließ Stühle in sein Kabinett bringen, ein karg eingerichteter Raum am Ende eines mit grauem PVC belegten Flurs, der die Schritte schluckte; das Stimmengemurmel hinter den Türen mit den Behörden-Schildern, das Geräusch geöffneter und geschlossener Rollschränke, Schreibmaschinengeklapper schien in den Lichtpfützen zu verebben, die von Neonlampen mit vergilbten Schutzlamellen hinterlassen wurden. Während Paul Schade am Rednerpult sein Manuskript ordnete und auf Barsanos Nicken hin begann, sah Meno sich um: Holztäfelungen, einige Furnierschränke, ein flächiger Schreibtisch mit einem Wimpel in der rechten und einem handsignierten Lenin-Porträt, worauf Barsano sehr stolz war, in der linken Ecke, Fotografien seiner Frau – sie war Ärztin im Friedrich Wolf-Krankenhaus, eine der

wenigen hohen Funktionärsgattinnen, die noch arbeiteten – und von seiner Tochter, über die, soweit Meno wußte, Barsano nicht sprach. Paul Schades Stimme höhte sich, hektische Röte stand in den Wangen des alten Arbeiterschriftstellers, und gleich würde geschehen, was auch auf dem Kongreß geschehen war: einer seiner gefürchteten, unflätig geifernden, von den Zuhörern mit geschlossenen Augen und versteinerten Mienen hingenommenen Tobsuchtsanfälle, der in Berlin grausig und grotesk geendet hatte: die Zahnprothese Paul Schades hatte sich gelöst und war, klappernd wie das Gebiß eines Gespensts, zwischen die Lippen gesprungen, was selbst dem Vorsitzenden des Verbands der Geistestätigen das Entsetzen ins Gesicht getrieben hatte. Schaudernd dachte Meno an den Lachreiz zurück, der ihn bei diesem Anblick, dem peinlich-eisigen Schweigen der Versammlung, in den Eingeweiden gestiegen war wie eine giftige, auf Hitzetiegeln rasch aufsiedende Flüssigkeit: wehe dem, der seine Beherrschung verloren hätte; um die Mundwinkel Judith Schevolas hatte es gezuckt wie jetzt, als Schade den linken Zeigefinger hob und auf »Schädlingen, Formalisten, abgehobener, volksfremder Schreiberei« herumdrosch, wobei er merkwürdigerweise nicht Meno, den Alten vom Berge oder Schevola ansah, wie in Berlin, sondern Eschschloraque, der in der ersten Reihe neben Barsano saß, ein Bein übers andere geschlagen hatte und seine Fingernägel mit desto gelangweilt-müderen Augenaufschlägen bedachte, je stärker Paul Schade in Rage geriet. Judith Schevola hatte wieder ihren Insektenforscherblick aufgesetzt, das kalte, steingraue Interesse an einem Mann, dem beim Schimpfen Orden und Auszeichnungen auf der Brust hüpften. Was dachte sie? Dachte sie darüber nach, daß Paul Schade im KZ gesessen, die Folterkeller der Gestapo kennengelernt hatte? Dachte sie an sein Buch, in dem er seine Kindheit in einem Berliner Arbeiterviertel beschrieb und mit dem er bekannt geworden war, bis ihn niemand mehr freiwillig las seit »Brülle, Rußland« und diversen Romanen, in denen Stalin als Vater und das deutsche Volk als wölfisches Geschlecht unverbesserlicher Faschisten – mit Ausnahme der in die Sowjetunion emigrierten oder im Untergrund arbeitenden Kommunisten – dargestellt waren? Josef Redlich, neben Schiffner in der zweiten Reihe, wand sich auf seinem Stuhl un-

ruhig hin und her. Konnte er nur das Geschrei nicht vertragen oder dachte er an Paul Schades Lektor, den niemand beneidete … Kunst sei Waffe im Kampf der Klassen, schrie Schade, es genüge heute nicht mehr, still in seinem Kämmerlein zu sitzen und gepflegte Sätzchen zu drechseln, es sei wieder eine Zeit der Bedrohung durch den alten Feind, den Imperialismus und seine Helfershelfer, da müsse die Literatur in die Offensive gehen, Romane müßten sein wie MIG-Flugzeuge und Artikel wie MG-Salven, und er fordere, Agitatoren an die Schulen zu schicken, die mit den Kindern revolutionäre Poesie übten; er beobachte, daß sich im Literatur- und Musikunterricht wieder bourgeoises Gedankengut einschleiche, Formalismus, Defätismus, er habe neulich in einem Schullesebuch Verse von Eichendorff entdeckt, das sei die blanke Reaktion. Und andere Romantiker! Früher habe so etwas am nächsten Laternenmast gebaumelt. Eschschloraque nickte.
Schiffner, der Paul Schade am Rednerpult ablöste, ließ Zahlenkolonnen rieseln, verweilte bei den übererfüllten Normen im Exportplan der Dresdner Edition ins Nichtsozialistische Wirtschaftsgebiet und der Devisenerwirtschaftung. Danach Josef Redlich über die politisch-ideologische Schulung der Autoren des Verlags, besonders der jüngeren; an dieser Stelle stand Judith Schevola auf und rief, sie ertrage es nicht mehr, verließ türknallend den Raum. »Keine Sorge, Gnädigste, wir werden Sie nicht behelligen, Sie sind weißglühend wie Eis!« spottete Eschschloraque ihr nach. Barsano kommentierte: »Ach, ist die empfindlich, dabei ist es korrekt, was Genosse Redlich fordert, nur zu korrekt! Haben die Zügel in letzter Zeit zu locker gelassen. Rächt sich immer. Hebt gleich die Reaktion ihre Schlangenköpfe. Glaubt, jetzt wär' wieder was zu holen. Müssen aufpassen, Genossen. Jugend ist immer gefährdet. Muß ideologisch gefestigt werden.« Meno wagte nicht, aufzustehen und sein Referat vorzutragen, nachdem Josef Redlich an seinen Platz zurückgegangen war, es handelte ausgerechnet von der »Rolle des Autors in der ESG«, der Entwickelten Sozialistischen Gesellschaft, das schon in Berlin kritisiert worden war; er blickte zu Schiffner, der rasch den Kopf schüttelte, obwohl er aus dem Manuskript die provokantesten Stellen gestrichen hatte, und wollte gehen, um nach Judith

Schevola zu sehen, wobei Paul Schade dies mißverstand: »Ihren Mist brauchen Sie hier nicht noch mal abzulassen, Rohde, für so was hätte Ihnen Ihre Mutter beizeiten links und rechts eine runtergehauen!« was schenkelschlagende Heiterkeit bei Barsano, Schubert und Schiffner hervorrief.
Meno verließ den Raum. Judith Schevola hatte das Fenster am Ende des Gangs geöffnet.
»Vorn gibt's einen Balkon«, schlug er vor. Sie nickte. »Ich brauch' frische Luft. Bloß weg hier.«
Ihre Schritte hallten auf den leeren Fluren. Nur noch aus wenigen Büros hörte man Stimmen und Schreibmaschinengeklapper. In der Rotunde schwelte das Gemurmel aus den Telefonzellen im Erdgeschoß, der Speisenaufzug im Schacht neben der Treppe setzte sich in Bewegung, eins der beigefarben lackierten Mikrofone der Haussprechanlage knackte, jemand räusperte sich, dann wurde es wieder still. Der Balkon lag auf der anderen Seite der Rotunde. Gardinen aus den Sechzigern, mit grauen Blumen bedruckt, verhängten die großflügelige Tür.
»Möchten Sie?« Er bot ihr von seinen »Orient« an, sie griff mechanisch zu, regte sich nicht, als er ihr Feuer gab.
»Darf ich Sie was fragen?« Sie wandte ihm das Gesicht zu, ohne ihn anzusehen; es wirkte blaß und müde, aber vielleicht täuschte er sich, von den Scheinwerfern, die vom Park auf das Schloß gerichtet waren, kam nur geringes Licht bis zu ihnen. »Was machen Sie eigentlich hier?«
Er schwieg, rauchte. »Und Sie?«
»Typisch. Sie sind vorsichtig wie … na, wie ein Lektor eben. – Ich habe an das alles mal geglaubt. Die bessere Gesellschaftsordnung … Aber mit denen?« Sie deutete vage über die Schulter zurück. Meno schob seine Ohren vor, worüber sie lächeln mußte. »Ach, wennschon! Die wissen doch eh Bescheid, glauben Sie nicht? Diese Phrasen … das kotzt mich an! Und Schade möchte uns am liebsten einsperren, wie zu Stalins Zeiten. Oder einfach pfft.« Sie machte die Halsabschneidegeste.
»Seien Sie doch still«, flüsterte Meno, »rauchen Sie wenigstens, aber halten Sie den Mund!«
»Soll ich Ihnen was sagen? Hab' keine Lust dazu.« Sie lachte das häßliche, sandige Lachen. »Meine Großmutter hat immer ge-

sagt: Kind, du bist nirgends so sicher wie unterm Schinken des Leibhaftigen.« Sie winkte ab, rauchte. »Und nachher spielen wir wieder hübsch mit, schweigen und besaufen uns. Klappe, fertig.«

»Es ist nicht einfach für mich«, sagte Meno nach langem Zögern. »Meine Mutter ... lassen wir das. Vielleicht später mal, wenn es Sie wirklich interessiert. Schade hat mich eben mit einer verbalen Ohrfeige rausgeschmissen.«

»Sie sind ein komischer Mensch«, sann Schevola. »Man wird nicht schlau aus Ihnen. Trotzdem vertraue ich Ihnen.«

»Wir sollten wieder reingehen«, lenkte Meno ab, »man verschwindet nicht einfach von einem Empfang bei Barsano, als wär's ein Kindergeburtstag, auf dem man sich gestritten hat.«

»Und was kommt nach den Beleidigungen?«

»Umtrunk, Film und Absingen von Revolutionshymnen. ›Wetschernij swon‹ scheint er zu lieben.«

»Und dann Tränen der Rührung?«

»So ungefähr.«

»Dafür bleib' ich.«

Sie rauchten ihre Zigaretten zu Ende. Entfernt war Hundegebell zu hören, und zum ersten Mal fiel Meno der betäubende, moorige Geruch des Schwarzen Bilsenkrauts auf, das bis an die Schloßmauern wucherte; der Park mußte anziehend für Nachtinsekten sein.

»Na, beruhigt?« fragte Barsano mit gelassen-ironischer Miene, als sie zurückkamen. »Seid mal nicht so empfindlich, bei uns geht's offen zu, da müßt ihr schon mal 'nen Knuff vertragen.«

»Konspiratives Treffen!« Schubert lächelte anzüglich.

»Können jetzt folgendes tun, Genossen«, sagte Barsano, wobei er an der rechten Hand abzählte: »Erstens: gucken uns einen Film an, Tschapajew oder Wesjolyje rebjata«

»Hast du die ganze Serie?« unterbrach Paul Schade.

»– Die ganze. Oder Oktjabr von Sergej Eisenstein. Zweitens: können was essen. Drittens: gehen runter in den Weißen Pavillon und schauen mal, wie weit Genosse Vogelstrom mit dem Revolutionspanorama ist. Viertens: was Besonderes. Zeige euch Dokumente aus der Kampfzeit. Also, wie steht's? – Gut. Essen 'ne Kleinigkeit und dann Gemeinschaftsempfang von? Oktjabr.

Schön. Gute Wahl.« Barsano drückte auf einen Knopf, die Türen eines Schranks öffneten sich, ein Schaltpult mit Hunderten von Knöpfen und Hebeln fuhr heraus. Es klopfte, nachdem er auf einen Knopf gedrückt hatte, ein Mann in Försteruniform trat ein. »Nicht doch«, beschied Barsano den Mann, »will den Genossen Diensthabenden Koch«, drückte auf einen weiteren Knopf, ein graubärtiger Mann in der Schaffneruniform der Deutschen Reichsbahn erschien. »Sie auch nicht, ist es denn nicht möglich –«, er suchte, kratzte sich im Nacken, drückte auf den nächsten Knopf, diesmal schien es der richtige zu sein, der Diensthabende Koch des Küchenkomplexes »Iwan W. Mitschurin« rollte einen Wagen mit Schüsseln und einem Kanister voll Kascha, auf dem Tablett darunter eine Minibar, herein.
»Buchweizengrütze«, ächzte Philipp Londoner Eschschloraque zu, bei dem er sich nach den Fortschritten seines Stücks und der Entwicklung der Nachtwächter-Problematik erkundigt hatte.
»Ihr seid viel zu verwöhnt«, murrte Paul Schade. »Wir alten Revolutionäre haben in der Kampfzeit manchmal Ratten gebraten und in Spanien wochenlang von trocken Brot gelebt! Und im KZ wären wir froh gewesen über eine Schüssel mit Buchweizengrütze. Laßt euch das gesagt sein! Ihr wollt die Revolution weitertragen, Junge Garde!« Sein tadelnder Blick umfaßte Philipp Londoner und Judith Schevola, die vor ihm in der Reihe wartete.
»Ein pädagogisch sehr wertvoller Hinweis«, pflichtete ihm der Alte vom Berge bei und schlug sich eine Portion in die Schüssel, die von echtem Appetit oder der Bereitschaft zu Erinnerungen zeugte. Paul Schade wandte sich verachtungsvoll ab, angelte sich eine Flasche Zubrowka. »Du brauchst mir nicht nach dem Munde zu schwatzen, Genosse Altberg. Spare dir deine Kommentare und beehre uns lieber mal auf einer Verbandssitzung mit deiner werten Anwesenheit! – Und Sie, *Herr* Eschschloraque, mal wieder auf Westreise gewesen?«
»*Genosse* Eschschloraque … Es ist *schade*, so verkannt zu werden.« Damit wandte Eschschloraque sich ab und begann, für Philipp Londoner und sich den Longdrink »Sanfter Engel« zu mixen: ein Teil Curaçao, ein Teil Sekt, ein Teil Orangensaft; Karlheinz Schubert goß sich ein Glas Wodka ein, »Sto Gramm«,

murmelte »Nasdarowje« und kippte es in wenigen, kauenden Schlucken. Der Alte vom Berge meinte, das werde ihm schlecht bekommen auf nüchternen Magen, aber der Stellvertreter verzog nur das Gesicht und schenkte sich ein zweites Glas ein. Barsano gab dem Schaltpult einen Tritt, dieses Ding habe ihm der Arbogast installiert, es funktioniere immer schlechter; er habe völlig vergessen, welcher Knopf für den Filmvorführer sei, aber der stand schon in der Tür und wartete auf Barsanos Wünsche. Die Kascha roch und schmeckte nach Dübelmasse, nur der Alte vom Berge war noch nicht fertig, als Barsano persönlich reihum ging und Wodka einschenkte, den er mit Pfeffer, Ingwer und Muskat, ein wenig Zucker und Zimt, gewürzt hatte, die »Ziehharmonika«-Mischung, die Meno von vergangenen Besuchen in leidvoller Erinnerung hatte. Barsano grinste, als er Meno das Glas randvoll einschenkte. »Hockst zuviel hinterm Schreibtisch, Genosse! Verträgst nichts! Na, will dir mal ordentlich einen ausgeben! Deine Mutter hat was vertragen, Revolutionärin von echtem Schrot und Korn. So, trink mal aus, dann wirste herrliches … Dings erblicken.« Herrliches »Dings« zu erblicken verspürte Meno wenig Lust, beim letzten Empfang war das ein Porzellan-Oval in Barsanos persönlicher Toilette gewesen; immerhin hatte Meno dort bemerkt, daß der Bezirkssekretär ein großer Fan der »Digedags«- und »Abrafax«-Serie sein mußte, die in voluminösen Stapeln auf einem Vorsprung inmitten des auf die Kacheln glasierten Panoramas »Unsere Welt von morgen« lagen: Blonde Kinder saßen auf den Armen prallbusiger Traktoristinnen und winkten ihren Vätern zu, die in Düsenflugzeugen über den wolkenlosen Himmel jagten; links ein Labor voller Mikroskope und Reagenzgläser, über die sich strahlendweiß bekittelte Forscherpersönlichkeiten beugten; Magnetschwebebahnen, eine unterirdische Hühnerfarm, Mehretagen-Hochstraßen, über die futuristische Autos glitten; Wüsten und Steppen wurden von Kanälen in blühende Landschaften verwandelt; an der rechten Wand sah man Sternenstädte auf fernen Planeten, umschwebt von Raumschiffen und Naherholungsinseln unter Glas; und auf dem Fußboden stand, im russischen Original, ein Lenin-Zitat: »Träumen wir also! aber unter der Bedingung, ernsthaft an unseren Traum zu glauben, das wirkliche Leben aufs genaueste zu beobachten, unsere Beobachtungen mit unserem Traum zu verbinden, unsere Phantasie gewissenhaft zu verwirklichen! Träumen ist notwendig … WLADIMIR ILJITSCH LENIN«.

»Wir trinken auf die Große Sozialistische Oktoberrevolution!« rief Barsano und hob das Glas. Schubert und Paul Schade brachten »Gorki, gorki« aus, wie es in der Sowjetunion üblich war – »bitter, bitter – und tranken ihre Gläser leer / als ob es reines Wasser wär«. Auch Judith Schevola schien die »Ziehharmonika« nichts auszumachen. Meno hatte sich nach dem Einschenken schnell vor den Schrank mit Geschenken befreundeter Regierungsdelegationen gestellt, dort gab es einen Teppich der Militärakademie Frunse, auf dem unter gekreuzten Kalaschnikows die Köpfe von Marx, Engels und Lenin mit winzig kleinen Glasperlen gestickt waren; einen Moskauer Fernsehturm aus Malachit; ein bulgarisches Weinfaß, das von Jungen Kommunisten aus halben Wäscheklammern geklebt war, mit eingebrannter Folklore; und einen »Pokal der Völkerfreundschaft« in Form einer Messingamphore, aus Griechenland: dies war Menos Ziel; er wollte nicht noch einmal mit dem Porzellanzentrum Unserer Welt von morgen Bekanntschaft schließen; er täuschte einen Hustenanfall vor, als er seine »Ziehharmonika« in die Völkerfreundschaft goß; es plätscherte darin. »Wir trinken auf das Andenken unseres großen Genossen Wladimir Iljitsch Lenin!« – »… auf das Wohl unseres Genossen Juri Wladimirowitsch Andropow!« – »… auf das Wohl der Partei!« – »… die Weltrevolution!«

Judith Schevola schwankte nicht einmal, als all die Toasts beendet waren. Paul Schade klopfte ihr anerkennend auf die Schulter: »Prachtmädel! Mit dir werd' ich noch ein Tänzchen wagen!«, und Schiffner, der selig lächelte, tätschelte ihr die Wange.

Inzwischen hatte Ritschel seine Arbeit im Kinosaal beendet. Der Filmvorführer verschwand mit mehreren Filmrollen auf den Schultern über eine Treppe in den Vorführraum; hinter einem schießschartengroßen Fensterchen stand ein fossiler »Ernemann«-Projektor, wie Meno von den Londoners wußte, die Barsano öfter zu einem seiner Filmabende lud. Der Kinosaal diente nicht nur Barsanos persönlicher Liebhaberei, hier wurden Filme vorab angesehen, hier wurde entschieden, ob ein Film der Bevölkerung gezeigt werden durfte oder nicht. Das Licht verlosch, als der Bezirkssekretär und die, die er neben sich in der ersten Reihe wissen wollte, auf ihre Stühle gefallen waren, die Maschine begann zu rattern, ein staubdurchwanderter Lichtschacht warf erste Bilder auf die geisterhaft emporgetauchte Leinwand; zunächst sah man eine weiße Tafel mit abgerundeten Ecken, durchhuscht von schwarzen Kratzern, in einem Fadenkreuz erschienen Ziffern, ein knistriger und zitternder Countdown, Barsano und Paul Schade rutschten erwartungsvoll auf ihren Sitzen hin und her.

33.
Wehrlager

Gartengerüche, Duft der Rhododendren, Jasmin, der sich abends blaßgesichtig öffnete, weiße Münder der murmelnden Dämmerung, und blaue, ocker- und wasserfarbene Strömungen, die der Wind fächerte; die Geheimnisse des Grases, das Kuckucksstreifen trug und sich am Rand der Wiesen zu Violett vertiefte, plötzlich der Ruf eines Vogels aus einer Ahornkrone voll rieselndem Grün, Holunder, dessen Flüstern klang, als ob jemand Sand schüttete,

ein Blatt, ein blinkendes Paddel, erfaßt von der Thermik, es wirbelte zurück und hielt auf dem Ast, von dem es gefallen war, inne, so daß man auf die Straße sah und sich vergewisserte, daß die Passanten nicht rückwärts liefen wie in Stummfilmen; jäh aufblitzende Fahrradspeichen, wenn am Wegrand ein Junge ein aufgebocktes Rad wendete; Dissonanz: eine Distel auf einer Streuobstwiese,

schlummernde Katzen auf Bretterstapeln hinter Schuppen, erst zwei, dann drei, dann noch eine graue, eine braune regte sich auf braunem Holz, und dort: eine getigerte, Dutzende Katzen hockten in der Sonne, in respektvoll-eigensinnigem Abstand zueinander, keine Katze sah eine andere an, keine lag zu einer anderen parallel oder einer anderen im Rücken, in genau austariert scheinenden, noch so minimalen Winkeln sahen sie aneinander vorbei, reglos, und immer mehr erschienen, lautlos wie Umrisse auf einer sich entwickelnden Fotografie, manche

mochten berührbar sein, manche nicht: als wäre diese Kolonie aus verschiedenen Junitagen zusammengesetzt, und durch eine Irritation im üblichen Ablauf der Zeit würden alle Katzen sichtbar, die in den vergangenen hundert Jahren an diesem Platz gesessen hatten,
dann kam der Sommer.

»Wir möchten dich bis auf weiteres nicht sehen«, hatte Josta nach ihrer Entlassung aus dem Krankenhaus geschrieben, und es war dieses »wir« – das auch Daniel und Lucie umfaßte, die noch gar nicht verstand, was vorgefallen war –, das Richard in Unruhe versetzte und die Melancholie verstärkte, die ihn nach den friedlichen Einladungen des Frühlings, seinem verletzlich und unpathetisch wachsenden Grün, in den heißen Monaten oft befiel. Der Sommer forderte, trieb an, alles lief hochtourig, rangelte in schweißnasser Hektik, der Himmel schien sich wie ein Mühlstein zu drehen, Baumspitzen und Dächer zu bedrücken, den Fluß zu einer blinkenden Klinge zu schleifen; die Blüten beruhigten sich nicht mehr, sie hatten, so schien es, keine Zeit und platzten auf, pumpten aggressives Weiß in die Straßen, das gegen Mittag, unter kieselgrauer, wie alte Filme zerkratzter Sonne, zu Hitzeschlieren gequirlt wurde, dann verdorrte und, wenn die Blüten knisternd fielen, wie Gipsstaub auf den Wegen qualmte. Richard ging schwimmen an den Donnerstagen – trotz der Hitze zog er das Hallenbad den Freibädern vor –, kreiste Jostas Haus ein, fand den Laden, in dem Frau Schmücke Fische verkaufte: »Der Junge hat bald Ferien«, sagte sie auf seine vorsichtige Erkundigung hin, als das Geschäft leer war und die Schleien im Aquarium sich träge wieder sinken ließen, »es sieht so aus, als ob sie wegfahren wollen. Die Kleine lacht nicht mehr. Übrigens ist für die Kinder jemand gekommen, ich brauchte mich nicht darum zu kümmern. – Eine Frau«, setzte sie hinzu, »ich kenne sie nicht. Von der Familienfürsorgestelle beim Rat der Stadt, hat sie gesagt.«
Die Jungen der 11. Klassen fuhren ins Wehrlager. Christian brachte eine hellgrüne Uniform und eine Gasmaske von der Einkleidung mit, über der Schulter ein Paar schwarze Schnürstiefel: »Es sind ja nur zwei Wochen«, beruhigte er Anne. Die

Uniform stammte aus einem Depot, roch nach Mottenmittel; Robert, dem es nicht gefiel, daß sein Bruder über die Ferien wieder in der Karavelle wohnte, riß die Fenster sperrangelweit auf: »Das Zeug verpestet die ganze Bude! – Und hör mal, Alter, hier ruft dauernd so 'ne Trulla an, ist das die aus Waldbrunn? Reina Kossmann. Reina – klingt wie chemische Reinigung!«
»Kümmer dich um deinen eigenen Kram«, sagte Christian. Bei Wiener ließ er sich die Haare kurz scheren: »Wennschon – dennschon«, ging in Uniform hin und Schnürstiefeln, das Käppi unter einer Schulterklappe; Wiener bediente schweigend im stumm gewordenen Salon, die Blicke wichen aus; erst als Oberst a. D. Hentter, der ehemalige Generalstäbler aus Rommels Afrikakorps, aufstand und Christian die Hand auf die Schulter legte, warteten Wiener und seine Gehilfen. »Wir dachten, wir haben bezahlt«, sagte Hentter, »solche wie dich hab' ich vor El Alamein sterben sehen wie Fliegen. Und du kreuzt hier in diesen Lappen auf, mein Junge. Geh nach Hause und zieh das erst an, wenn's nicht mehr anders geht.«
Christian war enttäuscht, daß der Oberst ihn nicht verstand. Er trug diese Uniform nicht aus Stolz, sondern weil er sich bedauern lassen wollte, vielleicht auch aus Trotz, ein masochistisches »Seht her«-Gefühl, die Ausstellung von Leiden. Noch immer waren die Russen in Afghanistan. Noch immer herrschte Kriegsrecht in Polen. Er ertrug den Gedanken nicht, frei herumlaufen zu können, während die Uniform schon wie eine Mahnung im Zimmer lag. In dem Moment, in dem er die Montur erhalten hatte, war auf seine Freiheit ein Schatten gefallen, war die Frist bis zur Abreise vergiftet – und er hatte das Bedürfnis nach Würde: nach außen hin paßte er sich an, innerlich sagte er: Ich trage diese Kleidung, ich habe sogar kurze Haare, ich tue mehr, als verlangt ist, und ihr habt trotzdem keine Macht über mich. Den eigentlichen Grund überspielte er: Damit der Abschied erträglicher würde, zog er die Uniform schon vorher an.
Richard sah Christian, als er vom Friseur wiederkam, dieser aufgeschossene Schlaks mit hochrotem, schuhbürstenkurz geschorenem Blondschädel sollte sein Junge sein? Anne, die im Garten gearbeitet hatte und eben eine Gießkanne neben den Rosenrabatten vor dem Tor abstellte, stieß einen Schrei aus, hob

die Hände, die Türen von Tietzes Shiguli schlugen, Richard sah, daß Niklas im weißen Kittel winkte, die Gießkanne stürzte um, das Wasser rann langsam, in großen blumigen Flecken, über die Gehwegplatten. Christian winkte zurück, blieb vor Anne stehen, sprach kopfschüttelnd auf sie ein, sie reagierte nicht, er nahm die Gießkanne und goß die Rosen, die in der Hitze wie Kreppapier raschelten.

Die Waggons waren überfüllt, die Reichsbahn hatte nur einige Sonderabteile zur Verfügung gestellt, in denen dicht an dicht hellgrün uniformierte Schüler aus ganz Dresden und Umgebung unter Aufsicht ihrer Lehrer hockten. Das Umarmen, Tränenvergießen, Liebesbriefzustecken war vorbei, Türen knallten, ein Schaffner pfiff durchdringend und hob die Kelle zur Abfahrt, langsam, wie eine Walze, die zwischen den aschbraunen Bahnsteigen rollte, setzte sich der Zug in Bewegung und ließ die winkenden, mitlaufenden, Küsse werfenden und nach den rudernden Händen besonders zarter oder bemutterter Jungen greifenden Menschen zurück, die so deutlich in die Kategorien »Eltern« und »Freundin« gehörten, daß Christian ihnen die geballte Sentimentalität nicht verzieh und einen Apfel, den Falk ihm anbot, ergrimmt ablehnte; er mochte diese Abschiedsszenen nicht, sie machten es nicht leichter, das Unabänderliche wurde durch verheulte Gesichter nicht weniger unabänderlich. Zum ersten Mal in seinem Leben hatte er seiner Mutter etwas verboten: ihn zum Bahnhof zu fahren; er hatte es so brüsk getan, daß ihm jetzt das Gewissen schlug. Anne hatte ihm eine Ohrfeige gegeben, die erste seit vielen Jahren, er hatte das Entsetzen in ihrem Gesicht gelesen und war doch türenschlagend hinausgelaufen. Tauben flatterten auf, Christian drückte sich in seine Ecke und sah zum Glasbogen an der Stirnseite der bierbraunen Halle; von den Stahlträgern hingen Riffe aus Vogelunrat. Nachdem sich Jens und Siegbert genug über Christians Frisur ausgelassen hatten, luden sie ihn zu einem Skatspiel ein, sie spielten um Achtelpfennige, und er verlor einige Groschen. Gegenüber saßen Kreuzschüler, tuschelten miteinander, sahen ihnen schläfrig zu. Die Kreuzschule genoß einen elitären Ruf in Dresden, der Chor der Kruzianer hatte unter dem Kantor Mauersberger

Weltruhm ersungen, der humanistische Zug der Schule stellte überdurchschnittlich hohe Anforderungen; mittlerweile war die Schule als »rot« verschrien, und auch die sängerischen Leistungen sollten, wie gesagt wurde, gelitten haben. Dennoch: Ein Kruzianer zu sein war etwas Besonderes, damit galt man etwas in Dresden; die Damen in den Kaffeekränzchen hoben die Brauen, die Großmütter schlugen die Hände zusammen und riefen »Ach nein, ach nein« vor Glück, wenn ihr Enkel es in die berühmten Hallen geschafft hatte. Meno war Kreuzschüler gewesen, ebenso Christians Onkel Hans, und sowohl Muriel als auch Fabian sollten diese EOS besuchen. Die Kruzianer frequentierten das Café »Toscana« und stellten dort jenen für sie seit Generationen typischen, gelangweilt-blasierten »Was kost' die Welt«-Ausdruck zur Schau, der sie im Bürgertum der Insel Dresden, wie Meno sagte, verläßlich und inzestuös »wie eine Eigenblutspende« verankerte. Christian beneidete sie um ihre Sicherheit. Siegbert achtete nicht auf die Jungs in den anderen Abteilen. Er hatte sich einen Stapel »Kompaß«-Abenteuerbücher mitgenommen und begann darin zu schmökern, als sie keine Lust mehr zum Skat hatten. Falk schälte seine Gitarre aus dem Futteral. Jetzt wurden die Kreuzschüler munter: »He, trifft sich gut, wollen wir nicht zusammen was spielen?« Ein braungebrannter Bursche mit schulterlangem Haar wies lässig auf ein Akkordeon in der Gepäckablage. »Und du kannst deine Trompete rausholen, Dicker!«
»Denkst du, ich bin schwul, oder was?!« Der als »Dicker« Angesprochene, ein vogeldünner Blondschopf, dem die Uniform um die Glieder schlotterte, drohte grinsend mit der Faust.
»Die mein' ich doch nicht, du Brot!« Der Braungebrannte hob das Akkordeon herunter. »Kruzianer – viva la musica!« Er lüpfte eine Braue und wandte sich an Falk. »Kannst du spielen?«
»Kannst du Noten?«
»Kannst du Ironie?« antwortete der Braungebrannte Christian. Die Kruzianer wollten lateinische Vagantenlieder singen, mußten das aber allein tun, da nur sie diese Lieder kannten. Falk begleitete auf der Gitarre, der Blondschopf blies gefühlvoll die Trompete. Die einzigen Lieder, die alle konnten, waren »Bandiera rossa« und »Wann wir schreiten Seit an Seit«, und da das niemand singen wollte, begannen die Kruzianer wieder mehr-

stimmige Chöre, der Braungebrannte spielte Akkordeon und dirigierte mit Kopfnicken.
Der Zug schlängelte sich durch die Lausitz, Landschaft der Umgebindehäuser und des Gaumen-»r«, verschlafener Dörfer und sanftwelliger, bis zum Horizont reichender Felder; hier wurden die Kartoffeln »Apern« genannt, und viele Ortsnamen auf den Schildern waren in zwei Sprachen zu lesen, deutsch und sorbisch. Wenn der Zug langsam fuhr, hörte man die schlagenden Lerchen über dem Blaßgelb des Weizens; es roch nach Schweiß und Staub und gesüßtem Hagebuttentee. Aus dem vordersten Abteil drang das Knacken der Revolverlochzange des Schaffners, Christian beugte sich vor, Stabenows jungenhafte Stimme war zu hören, er hielt irgendeinen begeisterten Vortrag, bei ihm saßen Hagen Schlemmer und einige andere Physik-Enthusiasten, die immer noch bei Namen wie Niels Bohr und Kapitza leuchtende Augen bekamen. Auch Stabenow trug die Wehrlager-Uniform. Dr. Frank leitete den Zivilverteidigungs-Kurs der Mädchen an der EOS.
Das Wehrlager, ein hektargroßer Bezirk mit Baracken, Fahnenmasten, Kantine und Appellplatz, lag am Rand des Städtchens Schirgiswalde inmitten von grünen Hügeln, auf denen, hoch oben, Einfamilienhäuser mit heruntergelassenen Rolläden und vereinzelte Miniaturfichten standen; sie wirkten künstlich wie die Staffage einer Modelleisenbahn. Die Waldbrunner wurden von einem Unteroffizier empfangen, der ihnen ihre Baracke zuwies: zwei Gemeinschaftsräume für je zehn Schüler, Doppelstockbetten, Wecken sechs Uhr, Frühsport, Laufschritt mit freiem Oberkörper zum Waschen im zentralen Waschraum, Bettenbau und Revierreinigen, Frühstück sieben Uhr, dann Ausbildung.
»Gibt's auch Freizeit?«
»Wie heißen Sie?« Der Unteroffizier baute sich vor Jens Ansorge auf, der kaugummikauend in der Tür stand. »Und Kaugummi raus, wenn ich mit Ihnen spreche.« – »Ansorge.« Der Unteroffizier notierte. »Sie sind hier nicht im Urlaub, merken Sie sich das. Sie haben den ersten Toilettendienst, Ansorge. Melden Sie sich nachher bei mir. Verstanden?«
Jens schwieg.
»Ob Sie kapiert haben, Sie Nullnummer!«
»Hm.«

»Hacken zusammen, Pfote zum Gruß ans Käppi und: Jawohl, Genosse Unteroffizier! – Das üben wir noch.«
Die Tage begannen mit einem durchdringenden Trillerpfeifenstoß, dem Unteroffizier Hantschs gebrülltes »Neunter Zug – aufstehen, fertig machen zum Frühsport!« folgte. Dann kamen ein, zwei zerstruwwelte, mißmutige Köpfe zum Vorschein, Gähnlaute, Seufzlaute, ungläubiges Grinsen, nicht zu Hause, im eigenen kuscheligen Bett erwacht und von einer liebevollen Mutter sowie dem Duft von Frühstück und Tee geweckt worden zu sein, sondern von ihm, dem Unteroffizier, der von einer Mot.-Schützen-Einheit nach Schirgiswalde kommandiert worden war und glaubte, dies sei die unmittelbare Verlängerung eines NVA-Kasernenhofs, auf dem man die verzärtelten und hochmütigen EOS-Laffen nach Herzenslust drillen konnte. Während des Morgensports, der aus Laufschritt, Häschen-Hüpf-Einlagen sowie Liegestütz und Kniebeugen auf dem Appellplatz bestand, beobachtete Christian Hantsch: Zum ersten Mal in seinem Leben lernte er einen Menschen kennen, dem es offensichtliches Vergnügen bereitete, andere zu kommandieren, ihnen seine Macht zu zeigen, indem er ihre Schwächen herauszufinden versuchte und, wenn er sie gefunden hatte (Hantsch schien dafür einen untrüglichen Instinkt zu besitzen), sie zu seiner Befriedigung und zur Qual des Opfers bloßstellte. Das war schamlos, und Christian verstörte es, daß Hantsch die Grenze nicht zu kennen schien (oder von ihr nichts wissen wollte), hinter der Demütigung begann. Natürlich entdeckte Hantsch, daß Christian nach dem Frühsport, wenn es mit nacktem Oberkörper im Laufschritt zum Waschraum ging, aus Scham über seine Akne das Handtuch wie eine Toga zu drapieren versuchte – was schon deshalb mißlang, weil das Handtuch viel zu kurz war –, daß er sich einen Platz ganz hinten in der Reihe suchte, damit die anderen seine Hautunreinheiten nicht sahen. Hantsch ließ den Zug halten, kam auf Christian zu, riß ihm das Handtuch von den Schultern, musterte Christian von oben bis unten mit dem Ausdruck der Überraschung und des Ekels und sagte: »Mensch, dich will doch nie eine vögeln. Alles kehrt!« Der gesamte Zug wandte sich um, Christian schloß die Augen, aber er spürte die Blicke der anderen auf seinem Körper brennen. »Na, jetzt ist er so rot,

daß die Pickel fast verschwunden sind. Ist ja direkt eklig, Mann, wäschst du dich nicht richtig, und kann man da nichts gegen tun?« Hantsch machte ein bedenkliches Gesicht, ließ kehrtwenden und abrücken. Im Waschraum stellte er sich hinter Christian und beobachtete, wie er sich wusch. »Und dein Pimmel?«
»Abends, Genosse Unteroffizier«, preßte Christian, taumelig vor Wut, hervor.
»Du läßt dein Ding tagsüber stinken, du Sau?«
»Lassen Sie ihn doch in Ruhe«, murrte Falk. Hantsch wandte ihm langsam das Gesicht zu, es wurde still im Waschraum. Hantsch zuckte gleichmütig die Achseln. »Na, mir egal. Abiturienten!« Er blies verächtlich durch die Nase.
Die Hitze machte das Exerzieren, das stumpfsinnige Auf-der-Stelle-Treten auf Hochglanz polierter, nach zwei, drei Schwenks auf den trockenen Wegen staubbedeckter Stiefel, das »Links um!« – »Rechts um!« – »Rechts, links schwenkt – marrsch!«, die Geländeübungen, bei denen nur Stabenow seinen Zug im Schatten der Brombeeren und Waldränder rasten ließ, das Sturmbahnlaufen auf der »Werner-Seelenbinder-Kampfbahn« des Wehrlagers zur schweißtreibenden Plage. Nur Siegbert schien sich wohlzufühlen, jedenfalls hatte er für den Tagesablauf nur ein Achselzucken übrig. »Mensch, das ist doch gar nichts!« sagte er leicht verächtlich zu Falk, der beim Marschieren immer wieder aus dem Takt geriet und deshalb von Hantsch als »Bewegungsidiot« eingestuft wurde. Siegbert wurde ungeduldig. »Paß doch auf und reiß dich zusammen! Das bißchen Sturmbahn wirst du doch wohl packen! Ich will nicht, daß du uns die Punkte vermasselst, diese Affen von Kreuzschülern müssen aufs Maul kriegen!« Es gab eine Tafel an der Strecke zur Kantine, wo der tägliche Punktestand im Wettbewerb der verschiedenen Züge notiert war; Siegbert wollte unbedingt als erster abschließen.
»Wir sind nicht im Krieg – und du bist nicht Gilbert Wolzow«, versuchte Falk entgegenzuhalten.
»Ach was, Reina hatte schon recht, du bist einfach nur zu schlapp!«
»Siggi, du spinnst wohl!« Christian stellte sich vor Falk.
Das Wehrlager kommandierte ein ehemaliger Major der NVA,

ein untersetzter Mann mit faltigem Gesicht und sonnenverbrannter Haut, dessen dicker Bauch die Uniform über dem Koppel blähte. Abends schritt er jovial und stolzgeschwellt die asphaltierte Lagerstraße auf und ab, begutachtete die Einkäufe der Schüler in der lagereigenen Verkaufsstelle (Vanilleeis zu zwanzig Pfennigen, rosarotes Erdbeereis, das nach Wasser und Erdbeere schmeckte, die dem Erdbeergeschmack auf die Spur gekommen war), grüßte hackenzusammenschlagend »seine« (so sagte er) Zugführer zurück, und manchmal beobachtete ihn Christian, wie er mit auf den Rücken zusammengelegten Händen am Lagerzaun stand und zu den Häusern mit den herabgelassenen Rolläden hinüberblickte. »Seine« Zugführer, »sein Objekt« (das Wehrlager), »seine Soldaten«, wie Major a. D. Volick die Schüler beim Morgenappell und bei den Ansprachen in der Kantine titulierte; sein Lieblingswort war »pikobello«. Ein jovialer, aufgeräumter Mensch, der mit sich und der Welt im reinen zu sein schien – und der mit der gleichen Jovialität und Aufgeräumtheit auch ein entsprechendes Lager vor fünfzig Jahren geleitet hätte, so kam es Christian vor. Er sprach mit niemandem über seine Eindrücke, schrieb auch nicht. Siegbert beantwortete Verenas Briefe, die fast täglich kamen; Christian erkannte sie an ihrer charakteristischen stacheligen Schrift; er selbst bekam einen Brief von Meno, der ihm mitteilte, daß es wenig Mitteilenswertes gebe: Hitze in Dresden, in der Elbe seien die Grundsteine sichtbar, Fische trieben in den Nebenarmen; zwei Mädchen namens Verena Winkler und Reina Kossmann hätten ihm einen Dankesbrief »für Gastfreundschaft und das schöne Erlebnis bei Ihnen« geschrieben. Dann erwähnte er die Kaminski-Zwillinge, die sich immer ungenierter benähmen, dann, daß es ihm gelungen sei, ein genaues Adjektiv für den Farbton eines der Saturniiden im Treppenhaus der Karavelle zu finden. Typisch Meno, dachte Christian.

Nun hatte es Richard gesagt; er wandte sich ab, vom Tisch, um den Barbara und Ulrich, Niklas und Gudrun, Iris und Hans Hoffmann saßen, drehte die Schulter zu Anne hin, die den Kopf gesenkt hielt, während das Ticken der Standuhr immer lauter ins Wohnzimmer der Karavelle griff, und Meno, der neben Regine saß, empfand tiefe Scham, er wußte nicht, warum, und Mitleid für seinen Schwager, der ihm immer so stark und unkompliziert vorgekommen war; die üblichen Trübungen, die das Leben mit sich brachte, gewiß, aber im Grund ein sonniges Gemüt, ein praktischer, wenig mit Grübeleien belasteter Mensch, dessen Wesen zu sagen schien: Was wollt ihr denn? Man kann auch anders leben, heiterer, aufgeschlossener für die einfachen Dinge, die über euch Kopfzerbrecher sowieso schon staunen – was ihr aus ihnen macht, wie es euch gelingt, auch noch einen frischen Zug Waldluft mit Komplexen zu behängen.

»Du mußt es deinen Kollegen sagen.« Barbara atmete aus.

»Aber die Kinder«, Anne hob ihr verweintes Gesicht, »die Kinder … Was tun wir, wenn die ihre Drohung wahrmachen?«

»Es wird alles nicht so heiß gegessen, wie's gekocht wird«, hoffte Gudrun.

»Meinst du!« Richard stand auf, wanderte hin und her. »Sind ja nicht deine Kinder! Würdest du's drauf ankommen lassen?«

»Meine Güte, dann studieren sie eben nicht … Hast du damit ein Problem? Ich liebe mein Kind, ganz gleich, ob es studiert oder nicht … Aber bei euch muß es ja unbedingt was Höheres sein! Ich fände es viel wichtiger, wenn sie ehrlich durchs Leben gehen könnten, wenn du reinen Tisch machst; dann hast du auch wieder ein ruhiges Gewissen!«

»Was für Phrasen«, höhnte Richard auf Barbaras Einwurf. Ulrich wollte beschwichtigen, nahm Barbaras Hand, die aufgebracht emporgeflattert war. »Flöckchen, beruhige dich. Du magst ja recht haben. Aber ich kann Anne und Richard verstehen. Die Zukunft der Kinder steht auf dem Spiel, und wenn es auch für dich keinen Unterschied macht, ob Ina studiert oder nicht – für sie macht es einen Unterschied.«

»Die Jungs *wollen* ja studieren«, pflichtete Meno bei, der sich bisher an der Diskussion nicht beteiligt hatte, »jedenfalls, soweit ich weiß. Anne und Richard möchten für sie das Beste, und das wäre, denke ich, wohl doch ein Studium –«

»Um den Preis, daß Richard seine Kollegen aushorcht?« Hans Hoffmann beugte sich vor, blaß geworden. »Das hätte ich nicht von dir gedacht, Meno. Du bist ja ein Opportunist!«

»Na, hör mal!«

»Man darf sie nicht reizen«, sagte Gudrun.
»Wir haben auch Schwierigkeiten mit Muriel, aber denkt ihr, wir geben uns für Spitzeldienste her? Nicht reizen! Was redest du da! Die reizen doch uns!«
Niklas hob die Hände. »Ich kann mich an einen ähnlichen Fall in der Staatskapelle erinnern. Da ging es darum, ob die Tochter auf die Hochschule darf. Er hat nach einer Weile alles gestanden. Er hat nur belangloses Zeug berichtet. Inzwischen war die Tochter auf der Hochschule – und durfte trotzdem weiterstudieren.«
»Woher weißt du, daß er nur belangloses Zeug berichtet hat?«
»Was willst du damit andeuten, Iris?«
»Du brauchst nicht laut zu werden!«
»Hört auf! Alle diese Für und Wider hatten wir schon. Was, wenn sie es bei mir anders halten?« Richard ging wieder auf und ab.
»Und wenn nicht?« fragte Barbara herausfordernd.
»Du hast gut reden! Es ist ja nicht dein Risiko! Es ist nicht Inas Zukunft, die auf dem Spiel steht«, rief Anne dazwischen.
»Man sagt ja, daß die Sicherheit sich nur an ganz bestimmte Leute heranmacht …« Gudrun sah Richard mißtrauisch an.
»Mir bleibt gleich die Luft weg! Meinst du etwa, daß dir das nicht passieren kann? Dein Wort im Ohr der Oberen … Und im übrigen: wart's ab!« rief Richard hämisch und verzweifelt.
»Wie wär's eigentlich, wenn wir Robert und Christian mal fragen würden, wie sie dazu stehen? Wir reden über ihre Köpfe hinweg, immerhin geht es aber auch um sie –«
»Du bist weltfremd!« schnaubte Richard Meno an. »Was glaubst du, was wir für Druck aufbauen, wenn wir sie in diese Runde laden und fragen, wie sie sich die Angelegenheit denken! Na? Habt Mitleid mit euren Eltern das ist das, was sie hier spüren werden, und dann werden sie sich zurückziehen und auf das Studium verzichten, zu ihrem Schaden. Ist das deine Vorstellung von Verantwortung? Damit würden wir sie delegieren, an Jungs in der Pubertät, die die Tragweite von Entscheidungen noch kaum überblicken. Außerdem wäre es feige. Nein, Meno, entschuldige, aber in diesem Punkt kannst du nicht mitreden.«
»Schluß jetzt!« Ulrich hieb auf den Tisch. »Wir müssen was tun!« Nun redeten sie durcheinander. Regine saß still und bedrückt neben Meno, der ebenfalls schwieg.

»Gib mal her«, Siegbert streckte die Hand aus. Jens warf ihm den Frosch zu, den er von einem der Kirschbäume gelesen hatte, die um das Lager massenhaft wuchsen. In der ersten Marschpause hatten sich die Jungs die Bäuche mit den gelben Kirschen vollgeschlagen, Hantsch hatte geduldig gewartet und Gasmaskentraining befohlen; Falk hatte sich die Maske vom Gesicht gerissen und war, obwohl Hantsch mit Extrastunden drohte, unter heftigen Magenstößen ins Gebüsch gerannt – danach hatte ihm Hantsch schweigend eine Wasserflasche gereicht.
»Schöner Frosch«, sagte Siegbert. Er überlegte einen Moment. Hagen Schlemmer lag mit ausgebreiteten Armen auf dem Waldboden, Christian beobachtete Falk, der mit hochrotem Gesicht und verklebtem Haar nach Atem rang. Siegbert griff in die Tasche, zog sein Taschenmesser heraus und schnitt dem Frosch, den er vor sich auf ein Stück Rinde streckte, beide Beine ab.
»Die rudern ja wirklich noch«, registrierte er. Falk öffnete den Mund; Hagen Schlemmer sagte »Äks«, Jens sah sich um: Hantsch war seitwärts gegangen, sie hatten überlegt, wie sie ihm das eine oder andere heimzahlen konnten (Brennesseln? gezielter Stoß, so daß er im frischen Haufen landete? aber er hätte sie gesehen); es war noch zu früh, es war noch nicht die Gelegenheit, sie waren übereingekommen, daß so etwas reifen mußte. Christian sah, daß der Rumpf des Froschs sich langsam von der Klinge und damit von den abgetrennten Beinen entfernte, die hilflos und roboterhaft auf- und zuklappten, das Tier quakte leise, und die Arme paddelten wie Scheibenwischer in der Luft herum; Christian konnte das nicht verstehen, sah nach oben, wo die Zweige flimmerten, wieder nach unten, auf das von Interesse wache Gesicht Siegberts; dann stand er auf, nahm das Messer, das zwischen Froschrumpf und Froschbeinen in dem Stück Rinde steckte, und stach es Siegbert in den Oberschenkel; er kam nicht sehr tief. Siegbert sagte nichts.
Christian drehte das Messer nach links und nach rechts. Erst jetzt schien Siegbert zu verstehen und protestierte überrascht. Christian zog das Messer wieder heraus und warf es ins Gebüsch. Dann sah er nach dem Frosch; auch Falk versuchte sich um das Tier zu kümmern; sie wechselten einen Blick, dann suchte Christian einen größeren Stein. Siegbert protestierte jetzt. Hantsch

kam. »Was ist hier los?« Sein Blick flog von einem zum andern, blieb schließlich an Christian hängen. »Was haben Sie gemacht, Hoffmann?« Er rannte zu Siegbert, sah das Blut. »Sind Sie wahnsinnig? Sie sind«, er schüttelte den Kopf, dann schien er etwas zu begreifen und mußte, vielleicht wider Willen, lächeln, »Sie sind … tot, Mann. Sie sind erledigt. Ich habe genau gesehen, daß Sie etwas weggeschmissen haben, das wird die Tatwaffe gewesen sein.« Christian dachte: Krimis scheint er zu lesen.

»Das stimmt nicht«, preßte Siegbert hervor, »Das stimmt nicht, Genosse Unteroffizier. Christian hat damit … gar nichts zu tun. Er wollte mir helfen. Ich bin blöd gefallen … genau in was Spitzes rein.«

»Und was soll das sein?« Hantsch beugte sich zum Boden, suchte ihn gierig ab. »Können Sie aufstehen? Sie beide tragen ihn mal beiseite«, er wies auf Jens und Hagen. »Nichts zu sehen. Wohinein wollen Sie also gestürzt sein?«

»Das war schon vorher, ich bin noch ein Stück gekrochen«, Siegbert war jetzt speckweiß. »Die anderen sind Zeugen.«

Hantsch richtete sich auf, starrte von einem zum andern. »Wenn Sie hier falsch aussagen, hat das für Sie Konsequenzen. Wir werden das schon herausfinden. – Zwei Mannschaften bilden, das Messer suchen!«

»Ich habe überhaupt kein Messer«, sagte Siegbert.

»Ich habe es doch selbst in Ihrer Hand gesehen, Sie haben einen Apfel geschnitten, gestern! Was erzählen Sie da, Füger? Hoffmann hat Sie niedergestochen, und aus falsch verstandener Kameradschaft –«

»Das behaupten Sie«, entgegnete Siegbert matt. »Das Messer habe ich mir von jemandem geborgt.«

»Von wem? Name!«

»Was weiß ich, kann mich nicht mehr erinnern … Verfluchter Mist, daß ich so stürzen muß. Ich kann nicht laufen.«

Hantsch befahl Tragenbau und ließ Siegbert in den Med.-Punkt bringen. Das Messer fand Falk. Er vergrub es, und sie mußten bis in die Abendstunden suchen. Da Siegbert bei seiner Version blieb und niemand etwas anderes aussagte, konnte Hantsch an Major Volick nur einen Unfall berichten. Die Verletzung war nicht ernsthaft, aber Siegbert hatte von nun an Innendienst.

Was Meno eher irritierte und nachdenklich machte als amüsierte – Amüsement über gewisse Lebensdinge, hatte der Alte vom Berge ihm gesagt, setzte auch eine gewisse Form von Unmenschlichkeit voraus, von oberflächlichem Leichtnehmen, das betörend, entwurzelt und entschwert wie ein Ballon über die Tage zog und so mit ihnen tiefer nicht zu tun hatte –, was ihm so sonderbar vorkam, daß es ihn nicht nur erheiterte, war, daß erlebte Szenen sich wiederholen konnten, an einem anderen Tag zur gleichen Stunde, bei gleichem Sonnenstand in den Zimmern (wieder war es in der Karavelle), gleichen Gerüchen und gleicher Sitzordnung; sogar Regine war nach der Arbeit im Joseph-Stift mit heraufgekommen, wieder hatte sie den Platz neben Meno auf der schwarzen Ledercouch gewählt, gegenüber der »Tauwetterlandschaft« Querners, neben dem »Junost«-Fernseher der Hoffmanns und der Standuhr mit dem Westminsterschlag; wieder die gleichen Argumente zu Richards Offenbarung, und wieder war Richard wie eine Raubkatze auf- und abgelaufen. Unebenheiten im Bild hoben die verwirrende Übereinstimmung mit dem Abend vor zwei Tagen nicht auf, schienen sie im Gegenteil noch zu betonen, als ob die Szene nur gespiegelt würde und der Spiegel zugäbe: Ich könnte genau sein, wenn ich wollte, aber ich habe keine Lust dazu, denn dann würde mich schließlich jeder bemerken können, das macht keinen Spaß; meine Bemühungen sollen etwas für die besseren Beobachter bleiben. Richard und Meno standen jetzt auf der Veranda, sahen aus dem offenen Fenster in den Garten und tranken Bier.

»Daß du das Wernesgrüner magst«, sagte Richard.

»Finde ich feiner, sprossiger, waldiger als das Radeberger«, sagte Meno. – Warum hat er uns eingeweiht? Hat er Angst gehabt, es könnte vor seiner Aussage einer von uns dahinterkommen; glaubt er, es würde jemand von uns etwas wissen?

»Es gibt immer bestimmte Bier-Typen, das ist mir aufgefallen«, sagte Richard. – Hält sich aus allem raus, der Schwager. Undurchsichtig. Mag ich ihn? Doch, irgendwie. Er ist kein Schaumschläger, kann den Mund halten. Warum hat er keine Frau? Ob er … Müßte Anne wissen. Aber was wissen Geschwister voneinander. Was weiß ich von Hans? Was er von mir? Vielleicht

ist Meno ein Schwerenöter? Aber stille Wasser sind manchmal einfach nur still.
»Obergärige und untergärige Typen? Solche, die dunkles Bier bevorzugen – und solche, die lieber helles trinken?« – Vielleicht versucht er etwas. Vielleicht versucht er herauszufinden, wie weit er gehen kann. Er hat gesagt, daß sie Klinikinterna von ihm wissen wollen. Er hat nicht gesagt, daß sie etwas über seine Verwandten wissen wollen, und wenn er es uns verschwiegen hat, hätte seine Offenbarung uns gegenüber keinen Sinn. Oder doch? Wenn er nun doch unter uns einen Spitzel vermutet? Hält mich für dubios. Ulrich auch. Genosse, Kombinatsdirektor, und wir beide in Moskau geboren, Kinder von Kommunisten. Er will sich sagen können, daß er alles getan hat, was gefahrlos möglich war. Er will, daß auch wir etwas gewußt haben.
»Wernesgrüner wird von Künstlern getrunken und von Menschen, die nicht das Zentrale, Akzeptierte, Populäre wirklich schätzen, sondern Mißtrauen bewahrt haben: Kann etwas, das allgemein anerkannt und von der Allgemeinheit in den Mittelpunkt gerückt wird, wie bei den Bieren eben das Radeberger, wirklich das Beste von allem sein? Wernesgrün-Typen suchen das Verborgene, sie suchen die Graue Eminenz. Oft sind sie selber Graue Eminenzen – oder glauben es zu sein. Musikalisch gesprochen sind die Wernesgrün-Typen die, die den Berliner Philharmonikern mißtrauen und die Wiener an die erste Stelle setzen. Niklas gehört zu den Wernesgrünern. Sie glauben auch an Verschwörungen. Und die Wernesgrüner würden immer eine Erzgebirgslandschaft jeder noch so exotischen Ferne vorziehen. Jedenfalls nachdem sie diese Ferne gesehen haben.« Richard prostete Meno zu. »Das Land der stillen Farben. Das lieben sie. Geht mir aber genauso, da brauche ich nur die Querners anzusehen. Obwohl ich zu den Radebergern gehöre.«
»Also ich bevorzuge die Staatskapelle.« Meno trank sein Glas aus. Das Bier schmeckte brunnig und war kalt wie ein alter Schlüssel.
»Der Amethyst macht sich gut vor den Insel-Bänden. – Mineralisch gesprochen würden sich die Radeberger also an Diamanten halten, die Wernesgrüner dagegen an Smaragde?«
»Weil sie im stillen glauben, eigentlich seien Smaragde das Eigentliche«, pflichtete Richard bei. – Ulrich und Meno sind im

Grunde rote Socken. Was mich nur wundert, ist, daß Anne davon völlig frei ist. Oder zu sein scheint. Was wissen Geschwister voneinander. Was wissen Eheleute voneinander. Bißchen weltfremd, der Schwager, mit seinen Insektenforschungen und seinen Schreibereien, die er nie jemandem zeigt. Kann also nichts taugen, sonst würde er's ja mal vorlesen, sollen doch alle eitel sein, die Autoren. Hockt im Verlag über beschriebenem und bedrucktem Papier, und ob sie das Komma nun so oder so setzen, was ändert's. Aber jeder ist gemacht, wie er gemacht ist. »Du sag mal, Meno, was ich dich schon lange fragen wollte, du kennst doch den Faun-Palast, da gibt's im Vestibül eine Pflanze, ich nenne sie Schlangenpflanze, weil sie gebänderte Blätter hat. Weißt du, wie sie wirklich heißt?«
»Ob's Christian gutgeht, was meinst du? Ich habe ihm geschrieben, aber er hat noch nicht geantwortet ... die könnten mich übrigens auch ziehen. Mein letzter Reservistendienst war vor knapp drei Jahren.« – Richard mit seinen Einschätzungen. Die Praxis obsiegt, und die Theoretiker sind Krüppel, die das Leben und die Welt nicht kennen. Dabei stehen wir alle mit beiden Beinen in Träumen ... Was er sagt, ist doch, daß die Wernesgrüner nicht wirklich zählen. So ein Unsinn. Und nur, weil Ärzte wichtig sind. Halbgötter in Weiß, pah! Sie machen Menschen gesund ... und wennschon. Wenn einer als Kranker ein Dummkopf war, ist er es als Gesunder auch. Und wenn ich nun plötzlich Radeberger trinke, was dann? »Habt ihr vielleicht ein Felsenkeller-Bier?«
»Das Wehrlager muß er durchhalten, das haben wir ihm gesagt. Wir können ihn da nicht raushalten, und wenn er den Studienplatz will, wird er sich die zwei Wochen zusammenreißen können«, sagte Richard.
»Es könnte eine Vriesea splendens sein, eine Bromeliacee«, sagte Meno.

Eines Abends in der zweiten Wehrlager-Woche las Christian ein Buch, eine in die »Junge Welt« geschlagene Lebensbeschreibung, Fraktur auf fleckigem Holzschliffpapier; jemand rief »Achtung!«, Schemel rückten, und noch ehe Christian reagieren konnte, wurde ihm das Buch aus der Hand gerissen. Christian starrte in Hantschs triumphierendes Gesicht. Er wollte vom Bett sprin-

gen und ihm das Buch wieder wegnehmen, konnte sich aber nicht bewegen. Das Buch hieß »Mein Weg nach Scapa Flow«, Verfasser war der U-Boot-Kommandant Günther Prien. Natürlich schlug Hantsch sofort das letzte Foto auf: Hitler überreicht Prien das Ritterkreuz; Hantsch schlug das Buch wieder zu, hielt es hoch: »Von wem haben Sie das?«
Christian sagte nichts, obwohl ihm die Angst bis zum Hals stieg. Er hatte einen schweren Fehler begangen, dieses Buch zu lesen, noch dazu hier, und er wünschte sich, die Zeit zurückdrehen zu können bis zu dem Moment, in dem Siegbert es ihm gab, und nicht Ja zu sagen, es abzulehnen aus dem mulmigen Gefühl, das er gehabt und auf das er nicht gehört hatte.
»Von wem Sie diese Schwarte haben, frage ich Sie!« Hantsch trat auf den Flur und rief die Schüler in den Raum, die draußen Stiefel putzten.
Christian schwieg. Siegbert stand blaß neben der Tür, sagte nichts, wich Blicken aus; Hantsch sagte so leise, daß Christian dachte, daß er vielleicht träume und die Klassenkameraden sich in wenigen Sekunden auflösen würden wie ein Spuk: »Es ist also Ihres, wie ich Ihrem Schweigen entnehme. Das wird Sie teuer zu stehen kommen, Hoffmann. Sie lesen Nazi-Literatur, Sie ... ein Abiturient. Ein Abiturient an einer sozialistischen EOS. Das habe ich noch nicht erlebt. – Sie alle hier«, er beschrieb einen Bogen durch den Raum, »sind Zeugen für diesen Vorfall. Es wird eine Untersuchung geben. Diesmal kommen Sie mir nicht davon, Hoffmann. Sie beide«, er bestimmte Siegbert und Jens, »passen auf, daß Hoffmann nicht abhaut oder sonst irgendwie verrückt spielt. Ich werde dem Kommandeur Meldung machen.«

»Herr Hoffmann? – Frank, Christians Klassenlehrer. Kann ich Sie sprechen? – Privat. Es geht um Ihren Jungen, es ist etwas vorgefallen.«
Frank hatte in der Klinik angerufen, auf Station; Richard setzte sich. »Was?«
»Am Telefon war die Rede von einem Hitler-Buch, das er gelesen hat. Ich habe versucht, mit meinem Kollegen zu sprechen, der in Schirgiswalde ist, aber sie sind noch beim Kommandeur. Es ist eine Untersuchung eingeleitet worden.«

Richard hörte zu, wie Frank etwas vorschlug, registrierte aber erst nach einigen Sekunden, daß er nach Waldbrunn kommen, Frank abholen und mit ihm nach Schirgiswalde fahren solle.
Er rief Anne auf der Arbeit an, erreichte sie nicht. Er rief zu Hause an: Robert nahm ab, Richard legte sofort wieder auf, er hatte sich nicht überlegt, ob es klug wäre, dem Jungen etwas zu sagen, damit er es wiederum Anne sagte; er hatte spontan nach dem Hörer gegriffen, jetzt kamen ihm Zweifel, ob es richtig war, Anne einzuweihen, vielleicht würde sie durchdrehen; dann sah er sie vor sich, und dann meinte eine andere Stimme in ihm, daß er sie unbedingt erreichen mußte, es wäre besser, wenn sie mitkäme; er sah hoch, die Schwestern musterten ihn, und er dachte: Wo ist denn deine Entscheidungssicherheit hin, Chirurg; dann rief er noch einmal zu Hause an: »Hör gut zu, Robert, was ich sage«, und erzählte ihm, daß er mit Christians Klassenlehrer nach Schirgiswalde fahre, »sag Anne Bescheid. Ich rufe an, sobald ich Genaueres weiß.«
In Waldbrunn wartete Frank schon; er berichtete ihm, daß Stabenow inzwischen angerufen und ihm Einzelheiten erzählt habe; kein Hitler-Buch, aber eines aus der Hitler-Zeit; er halte das für eine ernste Sache. Richard fuhr wie ein Irrer, verfuhr sich in Schirgiswalde, die Einwohner reagierten nicht auf ihre Fragen nach dem Wehrlager; erst ein VP-Streifenwagen, den sie mit Winken und Hupen anhielten, zeigte ihnen den Weg, nicht ohne zuvor um Richards Fahrerlaubnis und einen Alkoholtest zu bitten; jetzt hätte Richard Anne gern dabeigehabt, denn er fühlte sich imstande, die beiden Polizisten totzuschlagen; Frank wiegelte ab, zeigte einen Ausweis, der auf die beiden aber keinen Eindruck machte.

Christian sah seinen Vater nach Dr. Frank aus Major Volicks Zimmer treten, das kurzgeschnittene sandfarbene Haar, in dem es kaum graue Strähnen gab, trug noch die Einschnürung durch die OP-Haube, die dunkelblauen Augen sahen ihn nicht an.
»Komm mit«, sagte Richard nur. Sie gingen nach draußen. Auf dem Appellplatz wehten die Fahnen im Wind. Ein Zug Kreuzschüler übte Stechschritt. Christian beobachtete seinen Vater, plötzlich kam die Angst zurück, die er bei dem Verhör durch Volick und Hantsch nicht gehabt hatte. »Da hast du was ange-

stellt, Junge«, sagte Richard müde, er drehte sich zum Tor, wo zwei Wachen einige Schüler zur Lagerstraße passieren ließen, lallend und lachend schlenderten sie in Richtung der Unterkunftsbaracken.
»Ausgang gehabt«, sagte Richard, nickte zu ihnen hin.
»Sie waren in Wilthen, wo der Weinbrand herkommt.« Hätten ihn Anne und Richard an einem normalen Tag besucht, hätte Christian sich für die betrunkenen Schüler geschämt, jetzt empfand er nichts als Gleichgültigkeit.
»Haben wir dir nicht gesagt, daß du keinen Blödsinn machen sollst?«
Christian duckte sich, machte sich klein, zog Kopf und Arme an den Körper; er war entschlossen, nichts zu sagen. Richard hob die Arme, erwähnte Herrn Orré, das sei wohl sinnlos gewesen, pure Zeitverschwendung; er ließ die Arme fallen. »Junge – wie konntest du nur … du weißt doch ganz genau, wo du hier bist.«
»Ja.«
»Und? Warum hast du's gemacht? Mensch, in dem Buch ist eine Hakenkreuzfahne drin! Ich frage mich –« Richard griff sich an den Kopf. »Ich habe so ein Buch noch nie bei dir gesehen, aber was heißt das schon. Woher hast du das?« Er schien sich an diese Hoffnung zu klammern, griff plötzlich Christians Schultern, schüttelte ihn. »Woher? Von Lange, diesem alten Narren? Hat es dir jemand anderes geborgt? Du kannst doch nicht so blöd sein. Kann ich mir einfach nicht vorstellen.«
Christian schwieg, duckte sich noch mehr in sich zusammen.
»Und wir können dich jetzt wieder raushauen. Seht zu, wie ihr die Suppe, die ich eingebrockt habe, wieder auslöffelt. Du bist nicht nur blöd, du bist auch ein Egoist. Was denkst du, was Anne dazu sagt? Sie weiß es noch nicht, oder vielleicht sagt es ihr Robert gerade. Hast du dir das überlegt? – Natürlich nicht. Mein Sohn überlegt nicht, er handelt, ohne zu denken. Weißt du überhaupt, was das hier bedeutet?« Richard schüttelte Christian wieder. »Nein, weißt du nicht. Die haben von Militärstaatsanwalt geredet, vom Jugendrichter. Die sind der Meinung, daß wir dich nicht richtig erziehen, und daß deine Erziehung angemessener in einem Jugendwerkhof erfolgen kann. Dein Klassenlehrer hat sie so weit bekommen, daß dein Fall inner-

halb der Schule bleibt. Es wird ein Lehrerkollegium einberufen werden.«
»Ja«, sagte Christian mit tonloser Stimme, er mußte sich festhalten.
»Junge, jetzt hörst du mir genau zu. Wir müssen uns eine Strategie überlegen. Du sagst, daß du dieses Buch gelesen hast, weil du die Denkweise von Faschisten kennenlernen wolltest. Weil du verstehen wolltest, wie Hitlers Machtergreifung möglich war. Du hast dir darüber Informationen erhofft. Hast du mich verstanden?«
»Ja.«
»Hast du schon was anderes gesagt?«
»Nein.«
»Wollten sie schon Gründe wissen?«
»Nein.«
»Gut. Diese Version erzählst du. Und du bleibst dabei, egal, womit sie dich ködern wollen. Sie wollen bestimmt versuchen, dir was in die Schuhe zu schieben. Du argumentierst Rotfront. Hast du verstanden? – Ob du verstanden hast!«

34.
Die Askanische Insel

Relegation ja: Schnürchel, Kosinke, Schanzler, die beiden Direktoren: Engelmann und Fahner. Relegation nein: Frank, Uhl, Kolb, Stabenow, Baumann. Fünf gegen fünf. Christians Angelegenheit kam vor den Kreisschulrat.
»Hast du was über ihn rausbekommen?« fragte Ulrich, als Barbara, Anne, Meno und Richard sich vor der Abfahrt nach Waldbrunn trafen. Es war ein Sonnabend. Christians Großvater wollte mit dem Bus von Glashütte kommen, er kannte den Kreisschulrat, der ebenfalls aus Glashütte stammte.
»Er baut ein Haus«, antwortete Richard.
»Gut. Dann wird er, erstens, Materialprobleme haben und, zweitens, Ärger mit den Handwerkern. Noch was?« Ulrich war im Sonntagsanzug erschienen, mit dem »Bonbon«, dem Parteiabzeichen, im Knopfloch; Barbara war bei Wiener gewesen und

trug ein extravagantes weißes Kleid mit großen schwarzen Blumen darauf. Nach dem Termin beim Kreisschulrat wollte man die Zusammenkunft nutzen und essen gehen.
»Er fährt einen Saporoshez.«
»Dann wird er Termine in einer Werkstatt brauchen – und Ersatzteile jede Menge. Noch was?«
»Er ist vierundsechzig Jahre alt.«
»Also geht er spätestens nächstes Jahr in Rente. Das bedeutet, erstens, er hat keine Lust, sich noch einen schwierigen Fall aufzuhalsen. Er wird es kurz machen und sich absichern wollen. Wahrscheinlich wird er Christians Sache nach oben weiterreichen. Negativ. Das bedeutet, zweitens, daß er um so mehr an Hilfe für seinen Hausbau interessiert sein muß. Wem nutzt ein Kreisschulrat in Rente? Das werden sich auch die Handwerker sagen. Positiv.«
»Und wenn das Haus nun bis zum nächsten Jahr fertig wird?« warf Barbara ein. Ulrich lächelte wissend. »Wo denkst du hin, Flöckchen. Wir leben in der Planwirtschaft.«

TAGEBUCH:
Sonnenblumentapete, Preßspanplattentisch, beigefarbenes Telefon, an der Wand der Genosse Staatsratsvorsitzende, das verkniffene Konterfei der Ministerin für Volksbildung, gegenüber ein Makarenko-Porträt. Wir saßen im Halbrund vor dem Schreibtisch, und daß der Kreisschulrat aufstand, um die Jalousie vor dem einzigen Fenster herabzulassen, konnte ein Fluchtreflex des kleingewachsenen, kugeligen Mannes sein, vielleicht auch ein Versuch, Zeit zu gewinnen: sechs Augenpaare, die ihn erwartungsvoll, schmal, ängstlich, unruhig, abschätzend anstarrten, sechsmal Körperausdünstung an diesem heißen Tag, der seinen Zenit noch nicht erreicht hatte; Barbaras schweres und Ulrichs leichtes Parfum (Kölnisch Wasser, auch sein Brusttuch war getränkt, hin und wieder zog er es heraus, um sich damit über die Glatze zu wischen, auf der Anzugtasche ein Fleck, der langsam größer wurde) konkurrierten von den Seiten, und als der Kreisschulrat, der ein Schild mit dem Namen Röbach aus einer Schublade kramte, wieder Platz nahm, sagte Richard »Mein Sohn«, sagte Ulrich »Mein Neffe«, sagte Arthur Hoffmann »Mein Enkel«; dann sagte eine Weile nie-

mand etwas, und Anne begann. – Ich saß und wartete, wie sie vorgehen würden. Es interessierte mich. Der Spinnenforscher, hätte Barbara gesagt, wenn sie in diesem Moment Sinn für die Abschweifung gehabt hätte: mich zu beobachten anstelle des Kreisschulrats. Sie waren ein wenig gemein, und nur Anne wußte das nicht (ich bin mir nicht sicher, aber hinterhältig ist sie nie gewesen, meine Schwester); deshalb ließen sie sie sprechen – natürlich auch, weil ihr Instinkt ihnen sagte, daß es größeren Eindruck machen würde, wenn die Mutter sprach: die sonst zurückhaltend war, jedenfalls vor all diesen präsenten, auf den vorderen Stuhlkanten hockenden, inneren Drang noch eben bändigenden Männern; selbst Arthur Hoffmann, nur wenig kleiner als Richard, aber aufrecht wie ein in Ehren entlassener Offizier, der die Last seiner Orden auf der Brust balancieren muß, selbst er, der lange dachte, bevor er redete, schien ungeduldig darauf zu warten, daß Anne fertig werden würde, als wäre es nicht die Mutter, die am besten für ihr Kind sprach; als sähe er, der erfahrene Offizier, die jungen Leute eine Spielplatztaktik anwenden gegen einen abgebrühten, Danaergeschenke auslegenden Feind. Richard und Arthur Hoffmann hatten einander kurz begrüßt, Umarmung Wange an Wange, knappe Unterhaltung über die Platzreservierung im Restaurant, kein »Wie geht's?« oder »Lange nicht gesehen«, (eine Karte zu Weihnachten, das war alles, wie ich von Anne wußte, ein Vordruck mit Goldschrift und Engeln, die Unterschrift Arthurs wie gestochen, es war noch die Kerbe der Bleistiftlinie unter den Buchstaben zu erkennen); kein »Hallo, mein Junge« oder »Guten Tag, Vater«, sondern die wortkarge Verständigung, daß mit der Platzreservierung im Restaurant alles klargehe; dann gab Arthur Barbara die Hand, ignorierte zunächst Ulrichs dargebotene Rechte, nickte Barbara zu, liebenswürdig, zeremoniell, vertraut, und doch um Spuren betonter, als er Anne begrüßt hatte, Hut und Spazierschirm in der Linken. Ich hatte ihn seit fast zwei Jahren nicht mehr gesehen, er schien sich nicht verändert zu haben: das schlohweiße, dichte, geschorene Haar mit dem Wirbel wie bei Richard und Christian, die Goldrand-Bügelbrille, die Fülle seiner Blauaugen hinter den geschliffenen Gläsern, ein kühl-freundlicher Kornblumenblick; die bedächtigen, abgemessenen Gesten, die feingliedrigen Hände, die Richard geerbt hatte, und die mit den Uhren ohne

Sentimentalität umgingen, dennoch angemessen: ohne Glacéhandschuhe wie bei denen, für die Uhren, erst recht wertvolle, nur bestaunenswerte Schauobjekte waren; ohne die gedankenlose Rüdheit derer, die in Uhren bloße Gebrauchsgegenstände sahen und denen es gleichgültig war, was für ein tickendes Ding sie am Handgelenk trugen, wenn es nur seiner Funktion: die Zeit zu messen, möglichst genau und möglichst störungsfrei nachkam. Röbach unterbrach Anne nicht, obwohl er den Fall kennen mußte. Er hatte einen Hefter mit Christians Namen auf den Tisch gelegt, nickte zu Annes stockenden Ausführungen, die mit vielen Wiederholungen und tränenerstickten Beteuerungen darum baten, Christians Tat als Dummejungenstreich anzusehen. – Eben darüber sei er noch im Zweifel: Röbach bedauerte. Er habe Christians Akte von Direktor Fahner bekommen, und da weise doch das eine oder andere darauf hin, daß ... Röbach schwitzte und warf lange Blicke auf Ulrichs Taschentuchmanöver. »Sie können das Fenster ruhig aufmachen, wenn Sie wollen«, sagte Barbara. Röbach wehrte ab: Nein, nein, da käme bloß die heiße Luft von draußen rein, und ebenso sei es mit Ventilatoren, auch die wirbelten bloß die ohnehin schon warme Luft durchs Zimmer, sorgten aber nicht für Kühlung. – »Ja, kühl sollte es schon sein zu dieser Jahreszeit, in einem Zimmer, einer Wohnung!« rief Ulrich. Die Leute in den Dresdner Plattenbauten schwitzten ordentlich, so sei das bei Beton und Asphaltfugen und Blechdach, und nur mit Kölnisch Wasser sei da gar keine Abhilfe zu schaffen ... »Obwohl«, ergänzte er heiter, das eine Überlegung wert wäre, darüber müsse er mal mit seinem Kollegen, dem Technischen Direktor des Karl-Marx-Kombinates, so von Mann zu Mann und auf Augenhöhe sprechen: Kölnisch-Wasser-Duftstäuber in allen Neubauwohnungen. Es würde nicht viel nützen, fördere vielleicht bloß Allergien, Scherz beiseite: Wer dagegen ein Haus habe, könne sich glücklich schätzen, mit den neuen Dämmungsmethoden habe man es einerseits im Winter angenehm warm, andererseits im Sommer erfrischend kühl, schon die Vorfahren mit ihren Lehmziegelbauten hätten das gewußt, und im Kombinat hätte man dazu- beziehungsweise neugelernt, schauen Sie. Ulrich nahm ein Stück Papier: Dies-ist-das-Haus-vom-Nikolaus, in einem Zug hatte er ein Haus gezeichnet, das aussah wie eine Laterne: »Ganz einfach, wenn man das Prinzip kennt.« – Ja, das müsse man freilich: Röbach schien noch mehr zu schwitzen, »daß Sie das so mir nichts, dir nichts können, so quasi aus dem Handgelenk, Sie haben wohl Erfahrung?« Er kenne dieses Spiel recht gut, es gebe wohl auch mehrere Methoden, so ein Nikolaus-Haus in einem Zug zu zeichnen; er baue ja ein Haus, ein richtiges, und leider sei es da mit dem Zeichnen nicht getan! Ulrich nickte: »Wenn man sich Handwerker zeichnen könnte, so Strichmännchen«, er nahm den Stift und kritzelte ein paar, einem gab er sogar eine Schubkarre, »die einfach nur ihre Pflicht tun«, – »Nicht wahr?« Röbachs Gesicht glänzte: »Aber woher soll man die nehmen und nicht stehlen? Und noch dazu modernen Dämmstoff?« Ja, wenn in der Wirklichkeit alles so einfach wäre wie auf dem Blatt Papier, wo man mit dem Bleistift einen Pfeil von den Strichmännchen zum Nikolaushäuschen ziehen könne! – »Ja!« lachte Ulrich, »so etwa!« und zog den Pfeil. – Aber Dämmstoff sei ja nicht alles, meinte Barbara, als Röbach den Hefter ein wenig vor- und zurückschob, dann die Hände darüberließ, ohne ihn zu berühren; das heiße: Das sei schon viel, aber man könne ja den Dämmstoff auch anders auffassen, wesentlich konkreter, sie habe da zum Beispiel, als Kürschnerin, die auch gelernte Schneiderin sei, ein paar sehr schöne Dämmstoffe eben dabei, »fühlen Sie mal!« und reichte Röbach einen Fächer Stoffproben über den Tisch. – »Aber wir haben Ihre Zeit sicher schon zu lange in Anspruch genommen«, sagte Arthur Hoffmann, es wirkte wie eine Klinge, die den Raum zwischen Röbachs Hand (noch in der Nähe des Hefters) und Barbaras Stoffproben zerschnitt; daß es doch Sonnabend sei, beruhigte der Kreisschulrat und warf einen Blick auf seine Uhr: Bis zwölf habe er keine weiteren Termine; jetzt, indem er das Handgelenk kippte und nach der Zeit sah, griff er nach dem Fächer, rollte den Stoff zwischen den Fingern; – »Vor allem jetzt im Sommer«, ergänzte Barbara, und es solle ja ein sehr heißer Sommer werden, man spüre es schon, und auch die Kunden spürten es, denn die Belüftungsverhältnisse in Anzügen aus Stoffen dieser Qualität; – Es seien noch zweiundzwanzig Minuten nach seiner Uhr: Der Kreisschulrat nickte; Arthur Hoffmann lüpfte den linken Ärmel seines Jacketts, zwei Armbanduhren kamen zum Vorschein, Stücke aus seiner weit über Landesgrenzen hinaus bekannten Sammlung, er löste eine davon, reichte sie dem Kreisschulrat: »Neunzehn Minuten

präzis, wenn Sie sich überzeugen wollen … verzeihen Sie, wenn ich offen rede: Ihre ist von Poljot, nicht wirklich schlecht, gedacht für den sowjetischen Alltag, aber … dieser Kosmonaut auf dem Zifferblatt.«
Sie warteten.
»Nun ja«: Der Kreisschulrat seufzte tief, schob die Zeichnung, die Stoffproben, die Uhr von sich: »Ich muß es an den Bezirksschulrat weiterleiten.«

Flußabwärts, umschlossen von Nebenarmen der Elbe, lag die Askanische Insel. Dorthin wollten Richard und Meno, nachdem ein Treffen mit dem Bezirksschulrat ergebnislos verlaufen war: Er hatte sich als ängstlicher, unentschlossener Mann entpuppt, der Christians Akte wie eine heiße Kartoffel fallenließ: »Achgottachgott, was kommt da wieder auf mich zu, diese Schwierigkeiten immer, Herr Doktor Hoffmann! Sie ahnen ja nicht, was täglich so alles einläuft. Erst gestern hatten wir einen ähnlichen Fall … Was ist nur los mit unserer Jugend? Was kommt da wieder? Ich kann nichts machen, rein gar nichts. Das muß höher hinauf. Ich kann das nicht entscheiden, tut mir leid.«
Blieb Rechtsanwalt Sperber.
»Danke, daß du das arrangiert hast«, sagte Richard zu Meno. Sie standen vor der Grauleite, einen Teil der Arbogastschen Institute im Rücken. »Hat es dich große Überredungen gekostet – ich meine: War er ungehalten? Immerhin gehöre ich ja nicht zur Familie, und du bist nicht mehr mit Hanna verheiratet.«
»Er hat sofort zum Telefonhörer gegriffen.« Meno zündete sich seine Kugelkopfpfeife an, sah noch einmal die Papiere durch. »Ob wir Sperber trauen können, was meinst du?« Richard wirkte nervös, sie waren schon in Sichtweite der Wachen in der Grauleite, gleichzeitig konnte man sie von der Sibyllenleite sehen und vom Buchensteig, der hier mündete. Bis auf ein paar fußballspielende Kinder auf dem Platz vor Schloß Rapallo und dem Restaurant Sibyllenhof waren die Straßen leer, doch würde die Standseilbahn bald wieder Menschen hochbringen, die aus der Stadt von der Arbeit kamen. Aber es dämmerte schon, die in diesem Jahr unerbittliche Julisonne sank, die tagsüber wie eine Scheibe aus kochender Milch am steinweißen Himmel stand, kenntlich nur

durch Druckschlieren, die in Wellenkreisen abpulsten; als wäre die Luft ein Körper, dem die tiefstehenden Strahlen Schnittverletzungen zufügten, hatte sie eine Lineatur aus rötlich-metallischen Verfärbungen überzogen, wundgescheuertes Licht: Hämoglobin, das sich auf den Zäunen, den Glanzflächen dunkler, spiegeleiheißer Autodächer, dem rissigen Asphalt auf den Straßen in Flugschichten ablagerte, seine Lebensröte vorher und die Eisenmoleküle preisgab, glitzernder Rost, der liegenblieb.

»Natürlich hat er Kontakt zu denen«, Meno nickte zum Betonblock auf der Grauleite. Unter den Antennen sah er wie ein gespickter, mißratener Braten aus, der in einem Mauerring wie in einer hochbordigen Terrine schmorte. Aus einem Fenster war Schreibmaschinengeklapper zu hören. »Londoner sagt, wenn uns einer helfen kann, dann Sperber. Er hat auch Joffe angerufen, aber der hat abgelehnt: Kein Angeklagter, kein Verteidiger. Solche Angelegenheiten hätten in einer Kanzlei nichts zu suchen.«

»Die stecken doch alle unter einer Decke. Kein Anwalt hierzulande, der nicht ihre Schatten wirft. Wir haben bloß keine Wahl.«

Der Posten am Einlaß kontrollierte geduldig sämtliche Papiere, führte einige Telefonate und ließ die beiden Männer mit einem herrischen Nicken passieren. Am Ende der Straße stand ein schwarz-gelb gestreiftes Wächterhäuschen mit Schlagbaum, der wachhabende Soldat warf nur einen flüchtigen Blick in ihre Ausweise und gab ihnen, ohne eine Frage zu stellen, zwei Viertelscheine. Wenn Sperber das geregelt hatte, wie zu vermuten war, mußten sie sich auf ein langes Gespräch einstellen. Sie betraten die Brücke.

»Bist du schon mal hiergewesen?« fragte Richard, der vor Meno lief; auf der Brücke hatten kaum zwei Menschen nebeneinander Platz. Sie bestand aus Eisen und hatte ein mit Maschendraht geschlossenes Geländer; auf einem verwitterten Schild stand »Grauleite«, darunter kyrillisch »Min njet«, mit dem Soldaten der Roten Armee nach dem Krieg Häuser gekennzeichnet hatten.

»Einmal mit meinem Leitenden Lektor und einem Autor, einmal mit Hanna«, antwortete Meno, »aber beide Male waren wir nicht bei Sperber, sondern bei Joffe.« Joffe: der glatzköpfige Rechtsanwalt mit Hornbrille, den viele Menschen aus dem Fernsehen kannten: Schweres Geschmeide an den Fingern, die er zur wohlabgemessenen Rede spreizte, moderierte er die vierzehntäglich ausgestrahlte Sendung »Paragraph«, in der er schwierige und spektakuläre Fälle vorstellte und Zuschauerfragen beantwortete. Joffe schriftstellerte und hatte in der Dresdner Edition zwei Liebesromane veröffentlicht, brillante Plädoyers, die dem Autor viel Schweigen einbrachten. Eschschloraque und Joffe haßten einander, und auch das Verhältnis zwischen Sperber und Joffe sollte nicht zum besten stehen.

»Du kennst Joffe?« Richard betrachtete Meno erstaunt und mißtrauisch.

»Ich habe eben über ihn nachgedacht. Es gibt ja nicht viele Juristen hierzulande. Er kommt manchmal in den Verlag.«

»Bekennender Kommunist mit einer Vorliebe für kapitalistische Sportwagen«, sagte Richard.

Meno blickte auf die Uhr. »Wir sollten uns beeilen; wir haben noch einen weiten Weg.«

Sie befanden sich über der Rosenschlucht; einige Türmchen und Zinnen von Haus Arbogast lugten daneben aus den Gespinsten, ein Plateau mit einer Hollywoodschaukel, unweit davon die Arbogastsche Sternwarte. Kein Mensch war zu sehen, die Brücke bis in die Ferne leer; die Fensterscheiben von Haus Arbogast fingen die späten Sonnenstrahlen und warfen sie in warmen Kupfertönen zurück. Es war fast windstill, der Alte vom Berge, dachte Meno, hätte gesagt: Die Luft kramte ein wenig in ihren Taschen; es gab Strömungen, Abendthermik, starken Moorgeruch aus der Rosenschlucht mit ihren Tausenden, in der Dämmerung brandig wirkenden Blüten.

– Der brandige, auf der Seite liegende Leib einer Riesin, die Beine halb schamvoll, halb lasziv angezogen, schrieb Meno, *sie schien sich auf einen Arm zu stützen, geschmiegt an die Kurve, die die Brücke nahm; weiße und rote Inseln aufgebrochen auf dem Körper, und dies war zu hören: ein unablässiges, dunkles Summen, wie Trafo-Gebrumm, doch ohne das knackende An- und Abschalten; Myriaden von Bienen suchten die Rosen ab, ließen sie nicht gerinnen, wie es ihnen in der einbrechenden Dämmerung*

wohl zugestanden hätte, die rote, die weiße Flüssigkeit, Sud aus hundertblättrig geflochtenen Blütenkörben: zarte Materie, Häutchen, die aus alten, in Fragmenten sich äußernden Duftstoffen zu bestehen schienen: Narde, Schlachtfeldsüße, die im Moorgeruch gleichsam dünne Litzen bildeten, sich um die braun verrotteten Brückenpfeiler bemühten, wickenhaft emporkletterten – eine Vorhut von Rosen war schon unterwegs, entblößte schwengelhaft dicke Ranken –, gestärkt von Blütenballungen, die ihr Rot in den Zentren ins Purpurne trieben, überzogen von durchsichtigem Seim wie bei den Klebefallen der Kannenpflanzen, den sie, in der nicht mehr heißen, noch nicht zu kühlen Phase des Abends, im erwartungszitternden Stadium kurz vor einer Berührung entließen, einem Zustand des Schauders, unter den winzigen Gravüren von Insektenbeinen, aus denen der summende Faun der Bienen bestand; und ich mußte plötzlich, als der Farbton der von Rot satten, rottriefenden Wunden ähnelnden, Insektenschwärme ansaugenden Magnet-Blüten weiße Beimischungen erhielt – weiße Rosen, die ein für uns noch unspürbarer Wind aufgerührt hatte –, an einen meiner alten Lehrer denken, einen Chemiker, der die angehenden Zoologen an den Regalen seines Laboratoriums vorüberführte: Fuchsin-Präparate; Reginaviolett ›ist eine Bezeichnung für drei seit 1860 bekannte Teerfarbstoffe‹; Goldkäferlack: der über die ablandig rauschenden Blüten kippte und Feuernester aufglitzern ließ; Rokzellin, ein ›dem Echtrot nahestehender Azofarbstoff‹, mit dem die oszillierenden, wie getränkt wirkenden Strahlenpinsel die langsam auf- und abschwellenden Hecken lackten; wieder, als der Wind kehrtmachte, Güsse von Weiß inmitten der zu Tumoren geklumpten roten Rosen: Pikrotoxin, ›Giftstoff der Kockelskörner, bildet ein feinkristallinisches, weißes, äußerst bitter schmeckendes Pulver oder sternförmig gruppierte Kristallnadeln‹; oder waren es die Bienen, über und über bestäubt mit Pollen, die sich hoben und senkten und dadurch den Eindruck eines kreisenden, wiederholt ins Weiß entladenen Fließens erweckten –

»Sieh mal, da«, Richard wies an das Ufer der Schwarzen Schwester, die sich am Grund der Rosenschlucht, jetzt sichtbar, wie eine violett und teerschwarz schillernde Schlange wand.
»Die Statuen?«

»Ja. Möchte wissen, wem diese Wildnis gehört.« Richard zog das Jackett aus und warf es über die Schulter.
»Arbogast, nehme ich an. Liegt jedenfalls unter seinen Instituten. Früher soll es eine Rosenzucht gewesen sein, soviel ich weiß.«
»Soviel ich weiß, ist es das immer noch. – Hab' mal einen Patienten gehabt, der hier gearbeitet hat. Ein Arbeitsunfall mit interessanten versicherungsrechtlichen Folgen. Hat sich einen Dorn in den Zeigefinger gezogen, die Wunde ist vereitert, schließlich mußten wir amputieren. – Hier stinkt's wie Erdöl. Würde mich nicht wundern, wenn Arbogasts Chemielabor hier einleitet. Ist doch alles tot, da unten.«
»Wer weiß«, erwiderte Meno. Die Statuen, grün überwitterter Marmor, standen am Ufer der Schwarzen Schwester bis zu den Hüften in Brennesseln und Asphodelen; hier und dort war das Gesicht eines steinernen Kriegers in den umschlingenden Rosen zu sehen; Amazonen mit Pfeil und Bogen, die Meno beim letzten Besuch noch bis zur Brust frei gesehen hatte, waren von den Hecken fast vollständig verschluckt worden.
»Du machst ein Buch mit Arbogast, hat mir Anne gesagt?«
»Seine Autobiographie, ich helfe ihm, sichte Material, höre ihm zu. Er ist sehr für das Mündliche.«
»Was sagt er über seinen Aufenthalt in Sotschi? Es gibt ja allerlei Gerüchte.«
»Nicht Sotschi. Sinop.«
Richard nickte. »Ja, das weißt du besser, du bist ja dort geboren.«
Meno schien den Seitenhieb nicht zu bemerken. »Bisher haben wir noch nicht darüber gesprochen, und du weißt ja, wie es ist: Vielleicht bleibt dieser Abschnitt draußen. Es hängt nicht von uns ab.«
»Er hat mir einen Brief geschrieben, er will mit der Klinik zusammenarbeiten. Medizinische Projekte zur Tumorbekämpfung.« Richard war die kleine Spitze ohne langes Nachdenken entschlüpft, nun wollte er gern etwas Verbindliches zu Meno sagen, der ihm wortkarg und wenig zugänglich erschien; es mußte weder an ihm noch an Christians Sache liegen, vielleicht war es nichts anderes als die Hitze: »Übrigens, die Streichquartette, die du mir geschenkt hast – große Klasse. Das Amadeus-Quartett

spielt überragend. Die bei Eterna scheinen zu wissen, was sie für ihre knappen Devisen einkaufen.«
»Nur das Beste.« Meno lächelte. »Was sagt Niklas dazu?«
»Referenzaufnahme. Er hat sie ja. Allerdings nicht von Eterna, sondern das Original der Deutschen Grammophon. Er deutet an, daß ich den Unterschied zur Kenntnis nehmen sollte.«
»Ah«, Meno war nun um eine ernsthafte Stimme bemüht, »habt ihr schon getestet, welche Aufnahme den besseren Tonmeister hatte?«
»Das kann man nicht sagen, sowohl unser Mann als auch der von drüben ist ein Meister seines Fachs, aber die Grammophon hat nun einmal die besseren Mikrophone und Boxen, da beißt leider die Maus keinen Faden ab. Und natürlich das bessere Vinyl.«
»Aber du hast den besseren Plattenspieler?«
»Wo denkst du hin. Nicht einmal den besseren Saphir. Niklas ist da fair, das muß ich ihm lassen. Es wäre ja kein Problem für ihn, die Sache per Mitbringsel ein für allemal zu entscheiden. Aber das wäre Hochsprung auf dem Mond, da kommen nur die Amerikaner hin und siegen bloß über sich selber, das macht auf Dauer keinen Spaß.«
»So selbstironisch? Die heilige Musik, die deutsche zumal?«
»Naja, der Normalfall sind wir nicht, das geht mir schon auf«, Richard lachte. Meno hatte ihn zum letzten Mal auf der Geburtstagsfeier lachen sehen, als er die »Tauwetterlandschaft« bekommen hatte. Meno dachte an Christian und schwieg. Er sah hinüber zum Skatgericht, einem selbst in der Entfernung deutlich baufälligen pseudobarocken Palais, das früher einem Fotopapier-Hersteller gehört hatte; an den Fahnenmasten vor dem Gebäude schlappten vier Fahnen, Kreuz-As, Pik-Dame, Herz-König und Schellen-Zehn, Lichter brannten, man schien über Anfragen zu brüten.
Hinter der Rosenschlucht, im Tal der Schwarzen Schwester, befanden sich DEFA-Studios, man konnte von der Brücke aus die Baracken und Gleise sehen, auf denen Kulissen hin- und herfuhren. Das Studiogelände war eingezäunt, es gab Wachttürme, hohe, kobrahaft gebogene Peitschenlaternen mischten ihr trübes Licht in das der Scheinwerfer von den Türmen. Ein rie-

siger Sandmann grüßte, vom jenseitigen Talausgang kam sein Hubschrauber langsam auf ihn zu, auf einem dritten Wagen der Schlafsand, Richard und Meno beobachteten es in einen Winkel gedrückt, den die Rosen aus der Schlucht schon erobert hatten. Die Glühbirnen, die in einer Kette über der Brücke hingen, gingen an, aber nur etwa die Häfte brannte, manche raspelten, würden bald verlöschen.

»Komisch, daß man niemanden sieht«, sagte Richard, »die Kulissenwagen scheinen von allein zu fahren.«

»Vielleicht ferngesteuert«, Meno hob die Hand, aus einem der Studios ertönte Musik: Wir se-hen erst den A-ha-bend-gruuß – e-he je-des Kind ins Bettchen muuß ..., die bekannte Melodie der Sandmännchen-Sendung, die zehn vor sieben begann. Sie gingen weiter. Westernkulissen waren zu sehen, ein überlebensgroßer DEFA-Indianer schwang seinen Tomahawk auf einem Plakat. Daneben standen Batterien von Gartenzwergen, eine Laube war aufgebaut, wahrscheinlich für die beliebte Fernsehsendung »Du und dein Garten«. Scheinwerferlicht streifte die Wetterfee am Eingang des Geländes, einen auf einer Antenne hockenden Pappadler, Emblem der Montagabendsendung »Der schwarze Kanal« von und mit Karl-Eduard von Schnitzler, genannt »Sudel-Ede«. Hier arbeitet die Zwirnevaden, dachte Meno.

Je näher sie der Askanischen Insel kamen, desto nervöser wurde Richard, malte Schreckensszenarien, was mit Christian geschehen konnte, wenn Sperber keinen Ausweg finden oder sich des Falls, entgegen Londoners Versicherung, nicht annehmen würde. »Was könnten wir dann noch tun?« Er ging Namen durch. Ob Londoner selbst nichts unternehmen könne, immerhin sei er ein Vertrauter des Staatsratsvorsitzenden; ob Meno um einen Termin bei Barsano nachsuchen würde, oder vielleicht bei Arbogast? Der sei doch ein einflußreicher Mann, geschätzt von den Oberen, ein wichtiger Devisenbringer.

»Warten wir erst mal ab, was Sperber sagt«, versuchte Meno zu beruhigen. Aber auch er machte sich Gedanken, was man noch tun konnte, wenn Sperber sich reserviert zeigte. »Und Christian? Hat er inzwischen diesen Text geschrieben?« »Dieser Text« war Annes Einfall gewesen, Christian sollte seine Sicht der Dinge

darlegen, erklären, warum er die Erinnerungen eines U-Boot-Kommandanten aus Hitlers Kriegsmarine gelesen hatte.
»Ja. Dem Bezirksschulrat und auch der Schulkommission hat das vorgelegen.« Wieder verfiel Richard in Nachdenken, nannte neue Namen, prüfte sie, hieß gut oder verwarf.
»Hat er sich inzwischen ein bißchen erholt?«
»Er ist, sagen wir, wieder einigermaßen ansprechbar. Inzwischen scheint er begriffen zu haben, was er angestellt hat. Anne und ich haben beraten: Sollte das alles gutgehen, wäre es das beste, wenn er in diesem Jahr nicht mit uns in Urlaub fährt, sondern in sich geht, sich allein erholt. Bei Kurt. Du kannst ihn ja besuchen, das wird ihm sicher guttun. Er soll ein paar Wochen seine Freiheit haben und nachdenken. Vielleicht hat er eine Freundin? Mir sagt der Junge ja nichts.« Richard sah Meno an, Meno hob die Hände.
Die Brücke endete an einem Warnschild, das Unbefugten das Betreten der Insel in vier Sprachen verbot. Dichter Wald wuchs zu beiden Seiten des ausgetretenen Weges, durch die Baumkronen drang nur noch wenig Licht, Meno und Richard zuckten zusammen, als plötzlich eine Wache ihre Papiere zu sehen wünschte.
»Passieren«, sagte der Mann, die Silben gleichmäßig betonend, und winkte die beiden Männer in Richtung Fährstation durch. Faulgeruch breitete sich aus, im Zwielicht schlummerten gelbschwarze Blüten, Bilsenkrautwiesen in fimbrienfeiner, wie saugender Bewegung, obwohl kein Lüftchen ging. Der Waldboden war mit Fichtennadeln bestreut, es herrschte die wattige, schallschluckende Atmosphäre eines Treibhauses. Meno hustete: ein echolos kurzes, von der sirupartigen Luft sofort geglättetes Geräusch. Er wunderte sich, daß keine Vögel zu hören waren, auch keine sonstigen Waldgeräusche: Astknacken, Warnrufe eines Eichelhähers, die leise Gischt des Laubes in den lustlosen Feierabendwinden, die Tausende geruhsam auf- und abbewegter Zweige im Hintergrund die Dunkelheit heraufzeichnen ließen mit dem sanften, stimmlosen Strich von Bleistiften auf Papier.
Richard warf zwei Groschen in den Münzkasten an der Fährstation, Meno zog den Hebel, die beiden Geldstücke klickten aus

der gekammerten Drehscheibe; ein graubärtiger Schaffner kam aus dem Warteverschlag der Station, in deren Fenstern Geranientöpfe standen, wies die beiden Männer wortlos zur Fähre, einem rostigen Flachboot mit Schanzkleid und Steuerhaus. Der Graubärtige ließ den Motor an, die Fähre schob sich hinaus auf den pechschwarzen Flußarm, an dessen Ufern, metallisch weiß prangend in träger Strömung, Massen von Seerosen wucherten. Während der Überfahrt wechselten Meno und Richard kein Wort, jeder beobachtete hellwach.
Auf der Askanischen Insel wurden sie von einem Assistenten Sperbers erwartet. Er führte sie einen illuminierten Weg entlang; bald kamen, zwischen Ballungen milchigen Grüns, die barokken Schloßgebäude in Sicht, die ein Nachfolger des askanischen Herrschergeschlechts auf dieser Insel hatte errichten lassen.
»Er möchte Sie allein sprechen«, sagte der Assistent zu Richard.
»Was soll ich inzwischen tun?«
»Sie können im Sekretariat bei einer Tasse Tee warten, Sie können sich im Park frei bewegen – ganz wie Sie wünschen, Herr Rohde.«
»Dann werde ich spazierengehen. – Viel Glück, Richard.«
Richard folgte dem Assistenten. Sperbers Kanzlei lag in einem der pavillonartigen Nebengebäude, die das Askanische Schlößchen, Sitz des Obersten Bezirksgerichts, flankierten. Die Flure waren mit grauem, schrittdämpfendem PVC belegt, Neonröhren gaben das ungesund wirkende, eitergelbe Licht, das für Behörden typisch war. An einer Tür mit einem einfachen Schild »RA Dr. Sperber« klingelte der Assistent, kurz darauf summte es, die Tür öffnete sich. Sie war gepolstert. Am Sekretariat vorbei, in dem ein Telex-Gerät und mehrere schwarze Schreibmaschinen standen, gingen sie in Sperbers Büro. Der Assistent sagte »Herr Doktor Hoffmann« zur Zimmerdecke und zog sich zurück. Sperber saß am Schreibtisch und schrieb, ohne aufzublicken. Er wies Richard auf den Stuhl ihm gegenüber. Richard strich sich übers Jackett und setzte sich zögernd.
»Entschuldigen Sie, das ist dringend, bin gleich fertig.« Der Rechtsanwalt sah noch immer nicht auf. Hinter seinem Schreibtisch, an der Wand und auf einem Regal, tickte eine Uhrensammlung; sämtlich gute Stücke, wie Richard mit dem

geübten Blick des Uhrmachersohns feststellte. Einige gerahmte Grafiken des Malers Bourg, dicht schraffierte, spinnwebhafte Zeichnungen; Richard dachte an die »Schwarzen Pflanzen«, die bei seinem Bruder im Korridor hingen. Über einem Waschbecken ein kleiner Spiegel auf Krawattenknotenhöhe. In der Ecke ein bequem aussehendes Sofa mit Tisch und Sesseln, vielleicht für prominente Besucher oder für Sperber selbst, wenn er Zeitungen las: Stapel der »Frankfurter Allgemeinen«, der »ZEIT« und der »Süddeutschen Zeitung« lagen auf dem Tisch; offenbar gehörte Rechtsanwalt Sperber zur schmalen Schicht derer, denen ein Abonnement dieser Presseerzeugnisse gestattet – und finanziell möglich war. Über dem Sofa hing ein Querner. Matrjoschka-Puppen schien Sperber ebenfalls zu sammeln, ein Brett in den mit Akten vollgestopften Wandregalen gehörte ihnen. Ein Kachelofen, die Kacheln mit blauen Windmühlen in Delfter Manier. An freien Stellen neben der Uhrensammlung gerahmte Diplome und Dankschreiben; eine Urkunde für den Vaterländischen Verdienstorden in Gold.

Sperber wedelte das Frischgeschriebene trocken, tat es in die Ablage, zog zwei Hefter aus einer Schublade. »Herr Hoffmann, ich will weder Ihre noch meine Zeit verschwenden, darum gleich in medias res. Ich habe hier zwei Fälle. Für einen von beiden kann ich etwas tun. Unsere Rechtsprechung ist merkwürdig. Selten werden zwei einander ähnliche Fälle – wie eben der Ihres Sohnes und dieser hier – gleich beurteilt. Bekomme ich den einen, büße ich den anderen ein. Das habe ich oft erleben müssen. Ich werde also die Angelegenheit abgeben, die ich nicht annehme, das ist ein Gebot der Klugheit. Anderer Jurist – neue Chance. Leider besitzen nicht alle Kollegen meine Erfahrung; weshalb sich ja auch so viele Klienten an mich wenden, wir brauchen nicht um den heißen Brei zu reden. Welchen Fall soll ich Ihrer Meinung nach abgeben?« Er legte die gespreizten Finger auf die beiden Hefter und sah Richard neugierig an.

»Den meines Sohnes nicht«, antwortete Richard nach einer Weile.

»Sehen Sie, ähnlich hat der andere Vater auch geantwortet. Versetzen Sie sich in meine Lage … Was soll ich tun? Jener Vater

will, daß Ihr Kind verliert, dieser Vater will, daß dessen Kind verliert …«
»Wenn es eine Frage des Honorars ist –«
»Es ist keine Frage des Honorars, Herr Hoffmann. Es ist eine Frage der Zeit.«
»Aber könnte nicht, ich meine: Ihre Zeit eine Frage des Honorars … Sie lieben Uhren.«
Sperber lächelte. »Mit diesen Dingen fangen wir gar nicht erst an. Ich bin Jurist geworden, weil ich die Gerechtigkeit liebe. Wo kämen wir hin, wenn die Rechtsprechung denen folgt, die mehr zu zahlen imstande sind. Nein. Ich entscheide das auf meine Weise.« Sperber zog ein Geldstück hervor. »Ordnen Sie Ihrem Jungen Kopf oder Zahl zu.«
»Ist das Ihr Ernst?«
»Allerdings«, antwortete Sperber. »Und bevor Sie mich verurteilen, möchte ich Sie noch einmal bitten, sich in meine Lage zu versetzen: Einen Fall erlaubt meine Zeit – wie wählen wir demzufolge und bleiben einigermaßen gerecht? Also bitte: Kopf oder Zahl.«
»Darf ich … einen Augenblick rausgehen?«
»Nein, bleiben Sie hier, ich habe erstens nicht ewig Zeit für Sie, und zweitens machen es die Gedanken und grundlegenden Erwägungen, die Sie draußen zwangsläufig anstellen werden, nicht leichter. Kopf oder Zahl?«
»Kopf«, murmelte Richard. Sperber warf die Münze, und wie durch einen Dunstschleier sah Richard, daß sie auf den Tisch, die grüne Gummiunterlage vor Sperber zurückfiel, hüpfte, wieder hochprallte, auf der Kante stehenblieb, gemächlich den Tisch hinunterrollte, kippte und verschwand.
»Mist«, sagte Sperber, »das gilt natürlich nicht. Wir müssen sie suchen, ich nehme immer diese Münze zum Werfen.«
Richard blieb sitzen, unfähig, sich zu rühren, während Sperber um den Tisch herumkroch und das Markstück suchte. »Hier bist du ja«, rief er nach einigem Rumoren, kam rot und schnaufend unter dem Schreibtisch hervor, hielt es triumphierend in die Höhe. »So. Das passiert mir aber nicht noch mal.« Das Geldstück wirbelte, diesmal fing es Sperber auf und klatschte es auf den Rücken der anderen Hand. »Kopf«, sagte er, »also haben Sie

mich für Ihren Jungen. – Möchten Sie eigentlich den Namen wissen, um den es im anderen Fall geht? – Kann ich verstehen. Aber ehrlicher wäre es gewesen, wenn Sie ihn hätten wissen wollen.« Sperber schien zu überlegen, ob er den Namen nicht doch sagen sollte, besann sich aber, legte den anderen Hefter in die Schublade zurück. »Ich sehe übrigens gute Chancen, daß Christian heil aus der Angelegenheit herauskommt, und ich glaube, auch auf seinen Studienwunsch wird das wenig Auswirkung haben.«

Unterdessen erkundete Meno die Insel. Hinter dem Schloßpark, der gepflegt war – Agaven und Orangenbäume in Kübeln, Springbrunnen, kiesbestreute Wege –, begann Wildnis: Fichten und Buchen waren übersponnen von Schlingpflanzen, Schuppenbäume wuchsen dichter, je weiter Meno vordrang, Gewirr über- und ineinanderstürzender Blattmassen, Geknäuel der Lianen um moosverkrustete Riesen, Baumfarne, Leguminosen-Arten: es war die Vegetation vergangener Erdalter; er befand sich in einem Braunkohlenwald. Wie still es war: so still, daß ihm auffiel, daß noch immer kein Vogel rief, keine Mücken sirrten; daß er das Ticken seiner Uhr hörte. Die Fährstation lag auf der anderen Seite, der blechglatte Flußarm verbreiterte sich nach Norden zu einem See. Als Meno ans Ufer trat, bemerkte er Rohrleitungen unter der Wasseroberfläche, am jenseitigen Ufer, inmitten einer steilen Wand hochwurzeliger Sumpfzypressen bogen sie über Stützpylone nach oben; man hatte sie mit einem Tarnanstrich versehen. Meno hielt die Hand ins Wasser – Badewannentemperatur –, bevor er wieder lauschte und dem kaum merklichen Sog des Flusses zusah, dem schweigenden Sumpfzypressenwald. Sonnenstrahlen trafen schräg, wie lanzettförmige, vorsichtig operierende Skalpelle, die Wasseroberfläche, die sich mit metallischem Feuer füllte; der Waldsaum verschmolz mit dem Himmel zu einer ins schillernd Grünliche spielenden, osmotisch aktiven Schicht – Blütenrauch, Wasserdampf –; Farne und kolbig aufgetriebene Schachtelhalme schienen aus dem Boden entfernterer Schwemminseln zu klappen wie Schläfer, die erwacht sind. Auf einem Baumstumpf, der ins Wasser ragte, keinen halben Meter entfernt, sah Meno einen Kokon, eine handgroße, behornte, wie eine Seeschnecke geformte Schmetterlingspuppe, und den Be-

wegungen nach zu urteilen, die darunter sichtbar waren, mußte der Insasse kurz vor dem Schlüpfen sein. Meno blieb, fasziniert und verwirrt. Die Spindel platzte, Fühler tasteten, zuckten in den Luftströmungen, den olfaktorischen Reizen, Gefahrenwitterungen, dann drängte der Leib nach, die Augen kamen über den Rand der Puppenhaut, wie Teer glänzende Körbchen, dann die Vorderbeinchen, noch unsicher, die Flügel noch eingeschnürt und zusammengefaltet wie Regenschirme, die halb aus der Hülle sind. Die Zeichnung der Tracheen war zu erkennen, ein Flügel brach heraus. Veronesergrün, Mondflecken, Splitter von Rostrot auf dem Leib: ein Uraniide, tagaktiver Nachtfalter der Tropen. Erheitert lief Meno zurück.
Vor dem Gerichtsgebäude begegnete ihm Joffe. Der feiste Anwalt erkannte ihn, blickte in die Richtung, aus der Meno gekommen war, winkte ihn heran. »Sie sollten nicht darüber sprechen, Herr Rohde«, sagte er mit gutturaler, von eleganten Plädoyers und zahlreichen »Paragraph«-Sendungen geölter Stimme, »es gibt für alles eine Erklärung. Sie haben die Rohre gesehen. Nun, das sind Fernwärmeleitungen. Sie lecken ein wenig, es weicht Wärme ab, das ist alles. Im Winter haben wir hier schneefrei – und deswegen auch manch seltenen Vogel zu Gast. – Sie begleiten Herrn Hoffmann?«
»Ich gehe ein bißchen spazieren. Herr Hoffmann hat einen Termin bei Sperber –«
»Ich weiß«, unterbrach Joffe. »Übrigens, da ich Sie gerade treffe: Herr Tietze wird ja nächstens als Vertrauensarzt mit der Staatskapelle nach Salzburg fahren. Er sollte nichts für Frau Neubert unternehmen. Geben Sie ihm das zu verstehen.« Meno schwieg überrascht. Der Anwalt schien ungehalten über seine Begriffsstutzigkeit. »Herr Neubert gedenkt, sich mit Herrn Tietze in Salzburg zu treffen und ihm Geld für seine Frau mitzugeben, mit der Ihr Schwager befreundet ist, wie ich weiß. Dieses Geld sollte Herr Tietze lassen, wo es ist, wenn er sich Unannehmlichkeiten ersparen möchte.« Joffe blickte Meno prüfend an, schien die Wirkung seiner Worte auszukosten. Der Gesichtsausdruck des Rechtsanwalts wurde wieder freundlich. »Hat Herr Eschschloraque bezüglich dieser kleinen Angelegenheit«, Joffe wedelte mit der linken Hand, wie um lästige Insekten zu vertreiben, »dieser

Blödsinn mit dem Komma, das er Ihnen unterjubeln wollte, na, Sie wissen schon.«
»Er hat sich mir gegenüber nicht mehr darüber geäußert.«
»Ah, sehr gut. Ich habe von der Sache gehört und mir gedacht, daß man Herrn Eschschloraque vor unüberlegten Schritten bewahren sollte. Rachsucht ist etwas Häßliches, finde ich, und eines Kommunisten unwürdig.«
»Vielen Dank.«
Joffe lachte, seine Schultern schuckelten dabei. »Naja, lieber Rohde. Man tut, was man kann. Schönen Abend noch.«

35.
Dresdner Edition

Wenn Meno zu seinen Laudes aufstand, fühlte er sich zerschlagen und müde. Nachts sanken die Temperaturen nur um wenige Grad. Schwüle waberte in den Gärten, vom Fluß kam kaum Kühlung. Sumpfgeruch luderte im Elbhang. Manchmal hörte Meno die Kaminski-Zwillinge lachen, ihnen schien die Hitze nichts auszumachen, abends gingen sie murmelnd, wie aus dem Ei gepellt in weißen Stoffhosen zu weißen Hemden, vor der Brüstung mit dem Adler auf und ab, vielleicht lernten sie für eine Prüfung. Wenn die Schwüle unerträglich wurde, schlief Meno im Gartenhaus, wusch sich an der Regentonne und lief zum Trocknen nackt, Gummischlappen an den Füßen, durch den Garten. Es gab erste Wasserrationierungen, der Rat der Stadt hatte Merkblätter anschlagen lassen, die sich an den Bäumen wie Perückenlocken krüllten: kein Abwasch unter fließendem Wasser, Autowäsche nur noch aus dem Eimer, Gartensprengen nur noch mit Gießkanne gestattet.
Er fuhr mit der 11 zur Arbeit. Schon morgens, wenn die Fahrgäste dichtgedrängt standen, roch es in der Bahn nach Schweiß (Dederonhemden, Zukunftsgedanken) und übermäßig aufgetragenem Parfum, alle Schiebefenster und die Oberluken wurden aufgerissen, Fahrtwind kühlte; auf der Strecke zwischen Mordgrundbrücke und Pionierpalast, wenn rechts die Ausläufer der Dresdner Heide die Straße säumten, atmete man würzige

Luft. Am Dr.-Külz-Ring stieg Meno aus und lief zum Altmarkt; im Häuserblock neben der Kreuzkirche, Mansarddächer, historisierende Architektur sozialistischer Stadtplanung, lagen die Räume der Dresdner Edition, man betrat sie durch einen von Tütenlampen erleuchteten Flur, in dem es nach Frau Zäpters Kaffee, Josef Redlichs Knaster und der Abluft aus dem Verlagskühlschrank roch. Josef Redlich litt in diesen Tagen. Mit grämlicher Miene steckte er den Lektoren Manuskripte in ihre Fächer, schloß in seinem Stübchen das Fenster, das auf den Altmarkt ging – zuviel Lärm, zuviel unbarmherziges Licht auf Schreibmaschinentexten, er hatte nichts übrig für derlei Präpariersäle, Mikroskope, Halogenscheinwerfer, schüttelte über Meno den Kopf: »Wollen Sie nicht noch das Stethoskop anlegen, Herr Rohde?« und wies auf Papierstapel, die kreideweiß unter Lampenschirmen lagen, aus denen Röntgenstrahlen zu stechen schienen. Der Altmarkt flimmerte in dieser Jahreszeit wie eine Salzscholle, auf der sich verendete Auto-Fische reihten; das seltsam schlitternde Geräusch der Straßenbahnen auf der Ernst-Thälmann-Straße brach das Verkehrsgebrumm zwischen Post- und Pirnaischem Platz in unangenehm unregelmäßigem Rhythmus. Josef Redlich wollte Jalousienschatten im Zimmer haben, bevor er sich zur Literatur setzte – und bevor das Telefon, eine schwarze Kröte, die auf einem Tablett an einer Wandschere hockte, zu stören begann. Die Temperatur stieg schon an manchen Vormittagen über 30°, dann lockerte selbst Korrektor Oskar Klemm seinen Schlips, der Verbrauch an Leipziger Speiseeis, von dem im Verlagskühlschrank stets ein Vorrat lag, führte zu Lieferengpässen, und Josef Redlich stellte den Fußboden in seinem Zimmer voll bunter Plastschüsseln, die er mit kaltem Wasser füllte und barfuß abschritt – dabei legte er die Hände auf den Rücken, qualmte seine Knasterzigarren (Meno konnte nicht herausfinden, was für eine Marke es war, Redlich zog sie aus einem Lederetui; Madame Eglantine sagte: Bahndammernte), betrachtete manches Mal ein Hühnerauge auf dem mittleren linken Zeh, sinnierte: »Was das schon gesehen hat, wieviel Länder schon mit mir durchschritten!« und dachte nach, in der Josef Redlichschen, mit Lichtenberg-Zitaten beiseite träumenden Art. Manchmal hing er im Stuhl, die Weste spannte sich über dem runden Bauch, gab aber keinen Knopf nach, die Taschenuhr lag, noch an der Kette, aufgeklappt vor ihm auf dem Tisch, vom weißen Stärkhemd mit den stets untadelig glatten Ärmeln (er ließ bügeln, er war schon lange Witwer und trug auf dem rechten Ringfinger zwei Eheringe) waren die Manschetten umgeschlagen, Adern traten an den herabbaumelnden Händen hervor, auf den Kugelkopf hatte er ein nasses Taschentuch drapiert, von dem vier Zipfel wie Astronautenhörnchen abstanden. In diesen Augenblicken sah er aus, als hätte ihn der Schlag getroffen; aber wenn Meno besorgt näher kam, winkte er nur müde ab: »Oh, Herr Rohde, ich muß noch etwas Prose kommandieren, aber sehen Sie mich an … mit größerer Majestät hat selten ein Verstand stillgestanden!«

Josef Redlich hätte nie seinen privaten Geschmack zur objektiven Instanz erklärt. Das taten pädagogisch ambitionierte Imperatoren des bundesdeutschen Feuilletons wie der Großkritiker Wiktor Hart, dessen Artikel Josef Redlich mit starrer Zigarre las, wobei der Aschkegel zu statisch berückender Länge wuchs; dann legte er die Blätter beiseite (numerierte Kopien), tupfte den Stumpen ab und bemerkte: »Man sollte ihn ernst nehmen«, oder »Seine Stilmittel sind zaunskräftig, wenn Sie mir das Wort gestatten, ein Zaun entsteht ja gerade dadurch, daß er sein Grundelement, die Latte, immer wieder fortsetzt; es ist nicht klar, ob der Wunsch nach Abwechslung hier verfehlt wäre«, oder »Von Lyrik versteht er nichts, er verwechselt sie mit den Ausrufezeichen am Rand unserer Biographien«, dann äugte er zu Meno, heiter auf Widerspruch gefaßt, der auch nicht lange auf sich warten ließ, denn Meno las die mit Furor geschriebenen, kenntnisreichen und von der Sache der Literatur geradezu besessenen Kritiken gern; Hart teilte ohne Rabatt aus, ein Anwalt des gesunden Menschenverstands (der freilich in der Literatur, dieser vagen Kunst der Empfindungen, Widersprüche und Träume, nicht immer wunschgemäße Ergebnisse zeitigte: halbverrückte Autoren hatten halbverrückte Unsterblichkeiten verfaßt; mancher Vertreter des relevantesten Realismus' nichts als glasklare Schrullen); ein Wettergott, der grob wurde, weil er eine Nuance vernachlässigt fand, und der sich schützend vor sein Heiligtum stellte – wobei er selbst diesen Begriff nie gebrauchte, auch ein Wort wie Seele nicht, er verspottete es, schob es von sich, setzte es in Gänsefüßchen, witterte Schmus. Er verstand viel, so schien es Meno, und er besaß die Tugend des geborenen Kritikers: Er verriß nicht mit Genuß (wenngleich seine Verrisse genußreich zu lesen waren), und ihm stand die differenzierte, folgenreiche Klaviatur des Lobens zur Verfügung. Hart war eitel, aber er war es für die Literatur, und er war uneitel genug, manche Angelegenheiten aus Takt oder Diskretion unausgesprochen zu lassen; Meno spürte auch immer, daß er, im Grunde, von sich kein Aufhebens machen wollte, da gab es ein »Das gehört sich nicht« und viel stille Menschenkenntnis. Alle, die seine Kritiken bekommen konnten, lasen sie sofort, aber nicht alle im Verlag hatten dieses Privileg, Kopien gingen an Schiffner, die Leitenden Lektoren und die Parteisekretäre, in der Dresdner Edition an Lektor Kurz; daß Meno sie lesen konnte, verdankte er der Sympathie, die Josef Redlich offenbar für ihn empfand (und die, im übrigen, auf Gegenseitigkeit beruhte). Alle, die Hart gelesen hatten, nickten entweder heftig oder machten sich in entrüsteten Gesten Luft, gleichgültig ließ er niemanden, besonders nicht die Autoren, mit denen er sich beschäftigte: Eschschloraque wünschte sich Moskauer Verhältnisse, »wo ich dieses Subjekt hätte unschädlich machen lassen können«; der Alte vom Berge fand Hart »großartig, wissen Sie, er hat mich verrissen, aber ich sehe, daß er recht hatte«, und Schiffner sagte: »Ein wichtiger Mann, leider. Er hilft uns wirtschaften, wenn er lobt, er hilft uns wirtschaften, wenn er verreißt, wir sehen betroffen diese Frage offen, wenn er schweigt.«

Typograf Udo Männchen litt unter der Hitze offensiver als Josef Redlich: Häufiger als sonst trat er aus seinem Grafischen Atelier am Ende des Gangs, raufte sich die wuschelige Lockenpracht, hob die Brille gegen das Licht, ließ sie resigniert baumeln. Er wedelte eines seiner theaterhaft geschnittenen Oberkleider (indisch-hawaianisch-buddhistisch, Hemden waren es nicht) und rief: »Dante! Ich werde die Dante-Antiqua nehmen, denn wir brutzeln«, in den Flur.

»Ruhe!« rief aus dem Korrektorat, schräg gegenüber, Korrektor Oskar Klemm.

»Oder doch keine Dante«, Udo Männchen setzte die Brille wieder auf und ließ die Arme sinken. »Eschschloraque, der König der Zierfische, ist Klassizist; mit Dante aber hat der Untergang begonnen. – Was meinen Sie, Herr Rohde, sollten wir nicht gerade die Dante für ihn nehmen, als tiefempfindende Menschen?«

»Er würde es bemerken«, erwiderte Meno lächelnd.

»Bemerken, o ja! Das würde er! Und würde mich packen und zausen, er würde mich verdammen – Männchen, würde er drohen, das geschah auf den Flügeln schwacher Lungen! Das ist gewissermaßen intellektuell-elementar, was Sie sich da geleistet haben. Sie haben bei mir … wertester Lektor! Jetzt kommt was Schlimmes. Ein schmutziges, ein unbelletristisches Wort. Graphisch nicht anschaulich. Verschissen.«

»Er würde es nicht verwenden, Herr Männchen.«

»Nein, da muß ich Meno recht geben«, Stefanie Wrobel holte sich, wenn sie Udo Männchen hörte, gern einen Kaffee oder ein Eis, »wir wissen zuverlässig, daß ihn ein einziger sogenannter Kraftausdruck oft zwei bis drei Stunden kosten soll.«

»Ihm«, korrigierte Josef Redlich mit schwacher Stimme aus seinem Stübchen. »Ihm, Madame Eglantine. Wenn Sie schon Lichtenbergiana bringen, dann bitte korrekt falsch! Heft F, Anmerkung 1155: Wir wissen zuverlässig, daß ihm … undsoweiter.«

»Wieso ist es nur so heiß? Oder nehme ich die Walbaum … Eine schöne, eine edle Schrift. Goethes gesammelte Werke in der Insel-Dünndruckausgabe sind in der Walbaum gesetzt. Er würde es bemerken …«

»Herr Männchen, es gibt in diesem Hause auch noch Leute, die sich mit Arbeit beschäftigen«, knurrte Oskar Klemm, »und außerdem: Was wissen Sie denn von Goethe.«

»Oder verlasse ich mich auf die zarte Zeitlosigkeit der Garamond? Aber Eschschloraque vermeidet die Kursivschrift, und die Garamond ist die Königin der Kursiven. Man müßte überhaupt nur Kursives drucken, finden Sie nicht, Herr Rohde? Von den Mönchhandschriften ist die Kursive gekommen, bei den Mönchen beginnt die Ewigkeit. Mehr Ewigkeit in der Literatur! Oder eine Bodoni? Eine Bembo, diese Charakter-Antiqua, gereift wie ein alter Käse? Sie trägt den Namen eines Kardinals … Vielleicht müßte man ganz und gar radikal sein?« Männchen verdrehte die Augen und vollführte Karateschläge in der Luft. »Eine Sans-Serifen-Schrift, kahl und klar und schnörkellos wie ein Hakkebeil … Courier, das ist die Schreibmaschinentype. Freilich wieder eine Serife. Erinnert ihn an goldene Zeiten …? Vorladungsschrift, und keiner lacht mehr, keiner wagt zu mucksen … Übrigens, Herr Klemm, wissen Sie nichts von den Beatles.« Udo Männchen begann die Melodie von »Yellow submarine« zu pfeifen.

Meno und Madame Eglantine wechselten betretene Blicke. Oskar Klemm schwieg eine Weile. Er war fünfundsiebzig Jahre alt und sollte längst in Rente sein; die Rente aber, die er nach fast sechzig Berufsjahren bekommen würde, war lächerlich gering. Schiffner drängte ihn nicht hinaus, Oskar Klemm war eine Legende; zu Hause wartete niemand auf ihn, seine Frau war beim Bombenangriff auf Dresden ums Leben gekommen, seine Kinder wohnten längst außerhalb. Der Verlag war sein Leben, Goethe seine lebenslange Liebe, Pferderennen, die er auf der Galopprennbahn in Seidnitz und in Berlin-Hoppegarten verfolgte, seine Passion, Mozart gehörten seine Ergriffenheit und gut verborgenen Tränen; er konnte im Flur stehen, abends, wenn sich der Trubel gelegt hatte, der Plattenspieler ging, das Adagio der Gran Partita mit seinem duftenden, elysischen Bläsersatz, und hob, wenn Meno kam, den Finger an die Lippen, nahm die Brille ab, blieb mit weggewandtem Gesicht und geschlossenen Augen stehen. Herr Männchen gehörte zu einer anderen Generation; jugendliche Banausen, die nicht über den Tellerrand ihrer Schlaghosen-Interessen blickten; man mußte nachsichtig sein.

»Wissen Sie«, Oskar Klemm stand inzwischen in der Tür, »›Yellow submarine‹ ist sehr populär, aber ›Lucy in the sky with diamonds‹ oder ›A hard day's night‹ scheinen mir, rein musikalisch betrachtet, profunder. Und natürlich die unsterblichen ›Penny Lane‹ und ›Yesterday‹. Und daß ›She loves you‹ bei aller Einfachheit eine ganz gewichtige Aussage trifft, ist mir auch in meinen Jahren nicht zweifelhaft.«

Oskar Klemm ging leicht gebeugt, aber noch nie hatte ihn jemand ohne Krawatte gesehen. Außer im Verlag war er am liebsten auf der Pferderennbahn und in den verschiedenen Dresdner Antiquariaten, besonders gern bei Dienemann Nachf. und in Bruno Korras »Papierboot« auf dem Lindwurmring. Entdeckte er einen Fehler in einem schon vom Lektorat durchgese-

henen Text, beugte er sich in der Nachmittagssitzung über den Konferenztisch, nahm die Brille ab und blickte betrübt die Reihe der Lektoren entlang – außer Madame Eglantine, Meno und Parteisekretär Kurz noch Felizitas Klocke, genannt Miss Mimi, ein ältliches Fräulein mit einer Vorliebe für harte, aktionsgeladene Melodramen, Samuraischwerter und Alain Delon als jugendlichem Killerengel: Sie züchtete Kakteen, trug Bommelmützen, mochte Schlangen und Verschwörungstheorien und konnte kein Blut sehen; den Schreibtisch gegenüber hatte Melanie Mordewein, genannt Frau Adelaide, die die Romantiker betreute und viel träumte; sie wirkte so luftig, als wäre sie nicht geboren, sondern gehäkelt worden. Nachdem Oskar Klemm eine Weile Kummer geschwiegen hatte, flüsterte er, der im alten Insel-Verlag und in Kippenbergs Villa noch Hofmannsthal gesehen, dem Stefan Zweig Goethe-Memorabilien gezeigt hatte, dem ein falsches Komma, ein falsch recherchierter Begriff schlaflose Nächte bereitete: »Bitte … Meine Damen und meine Herren … Bitte, bädänken Sie … Es ist … Es soll sein … Literatur …! Also Sprache. Ein lebendiges Wesen aus Worten … Das Sprichwort sagt: Der Dichter lebt vom Sattel oder Stegreif – sprich: vom Raube unter freiem Himmel. Der Dichter darf. Wir aber müssen … nun, bitte … bädänken Sie. Der Dichter ist der Komponist. Wir sind seine Musiker … Wir müssen spielen, was in den Noten steht. Es muß sein. Seien Sie korrekt.«
Danach referierte Disponent Kai-Uwe Knapp den Stand der Angelegenheiten in der Druckerei. Weil Papier knapp und der Plan heilig war, weil Druckmaschinen knapp waren, weil Druckerschwärze auch schon knapp gewesen war, weil Drucker knapp sein würden, weil zu alledem die knappe Zeit und Koordinationsschwierigkeiten mit der Zentrale in Berlin kamen, würden die Manuskripte des Lektorats 7 dann gedruckt werden, wenn all diese Knappazitäten einmal nicht knapp gewesen sein würden. Da half auch der Klassenstandpunkt nichts, den Lektor und Parteisekretär Ingo Kurz mit Vehemenz vertrat. Er verstand trotzdem etwas von Literatur. Oskar Klemm saß während der Ausführungen von Kurz und Knapp mit gesenktem Kopf. Er hatte den Angriff auf Dresden erlebt. Er ließ seine Tür immer angelehnt.

36.
Erste Liebe

Grünes Wasser splitterte von den Schaufelrädern, zerstäubte zu Gischt, die am Dampfer entlangtrieb, am Heck ins breite Fahrwasser strudelte, in dem die auffächernde Kiellinie des mahlenden und stampfenden Schiffs allmählich verschwand. Christian stand an der Bugreling und ließ sich den Wind ins Gesicht wehen, der nach Gräsern und nassem Zellstoff roch – das Industriegebiet von Heidenau mit seinen Schornsteinen und Abwasserrohren, aus denen graue Brühe in die Elbe schwappte, glitt vorüber. Das Schiff war voller Ausflügler, Ferienlagerklassen mit aufgeregt schnatternden Kindern und genervt ermahnenden Betreuern; Rucksackwanderer, die sich abseits hielten wie die wenigen Elbsandsteingebirgs-Einwohner: zu erkennen an den verarbeiteten Gesichtern, der unmodischen Kleidung; die Frauen trugen Kopftücher, die Männer flache Schiebermützen aus braunem Leder.

Von Pirna-Sonnenstein blinkten die Fenster der Neubauviertel herab, Klötze und Quader, die man über dem Markt-und-Kirchen-Städtchen in die Ausläufer des Elbsandsteingebirges gerammt hatte. Hinter Pirna frischte der Wind auf. Das Elbtal, bisher geräumig, wurde von steilen Hügeln links und rechts eingeengt. Aufgelassene Steinbrüche mischten ihr Sandgelb in das lichte Birken- und dunkle Kieferngrün der Elbwälder. Jetzt roch es nach Sommer: Trockenheit, Kuhdung, wilder Dill von den Wiesen, Diesel und Schmierfett von den Bootswerften, Sonnencreme, die sich mit Schweiß zu einem öligen Film vermengte. Christian strich über die narbige Reling, freute sich über die Kühle des Eisens. Er versuchte, nicht mehr an das Wehrlager zu denken. Er hatte die Bewerbung um einen Medizinstudienplatz nach Leipzig geschickt, es hatte an der Universität ein Gespräch gegeben. Einer der drei Prüfer, ein Praktischer Arzt, hatte in seinen Akten geblättert. Warum er Medizin studieren wolle? Christian war von dieser Frage nicht überrascht worden; draußen stand Richard, der für ihn mehrere Antworten vorbereitet hatte. Christian wollte für sich entscheiden. Weil ich mal ein berühmter Forscher sein will, hatte er gedacht, und für einen Moment

hatte er große Lust, dies genauso zu sagen, so, wie es war, und nicht anders, die Wahrheit. »Weil ich mal in die medizinische Forschung möchte«, hatte er geantwortet.
»Ah, Sie wollen berühmt werden«, hatte der zweite Prüfer, ein Psychologe, mit ironischem Lächeln entgegnet.
»… Auch das. Ja.«
»Na, junger Mann, Sie sind wenigstens ehrlich«, hatte der dritte Prüfer, ein Professor für Innere Medizin, kommentiert. »Wissen Sie, was wir hier meistens zu hören kriegen? – Weil ich den Menschen helfen will. Manchmal sogar der Menschheit, das wird dann schon wieder interessant. Wenn Sie so etwas geantwortet hätten, und dazu noch Ihre Akte, wir hätten Sie abgelehnt. So werden wir uns für Sie einsetzen. – Wie geht es übrigens Ihrem Vater? Wir haben zusammen studiert. Na, jetzt raus mit Ihnen, und sagen Sie einer dieser Gänse Bescheid, die dem Menschen helfen wollen.«
Er schloß die Augen, hörte eine Weile dem Stampfen der Maschine zu. Er fröstelte, wenn der Dampfer in die Felsschatten geriet. In der harten Augustbläue bauschten sich Kumuluswolken. Sommerbläue, Angriffsbläue, erinnerte er sich; Großvater Kurts Worte.
Oberhalb von Wehlen stiegen die Felszinnen der Bastei aus dem Fluß; Reisegruppen drängten sich an der Backbordreling, wiesen nach oben, winkten. Christian winkte nicht, die Schroffen waren überhuscht von unzähligen Funken, er mußte die Augen zusammenkneifen und mit der Hand beschirmen. An Rathen vorbei beschrieb die Elbe eine weite Schleife, schnitt wie eine Stahlklinge zwischen Lilienstein und Königstein, waldbestandene Bergsockel, darüber Sandsteintafeln mit schründig abfallenden Wänden, in denen Myriaden von Mauerseglern nisteten.
Er tastete nach seinem Koffer, hatte plötzlich das Bedürfnis, seine Handkraft an den Verschnürungsriemen zu erproben, spürte mit Befriedigung den knautschigen Widerstand des Leders, das er nicht über ein bestimmtes Maß hinaus zusammenzuquetschen vermochte, sosehr er sich auch anstrengte. Eine Libelle landete auf dem Holzlauf der Bugreling, kaum einen Meter von ihm entfernt. Das faszinierte ihn: Wie diese Tiere aus unsichtbarem Flug abstoppten und gleichsam eingeschaltet vorhanden waren: blaue

Nadeln mit einem Doppelpaar durchsichtig-filigraner Flügel, und Christian hätte die Libelle gern erwischt, um herauszufinden, ob sich die Hautlanzetten wie Zellophan anfühlten, ob man sich daran schneiden konnte. Sie schnellte weg, ansatzlos wie der Tick einer Sekunde.
Schandau kam in Sicht, die Brücke, der staubige Bahnhof, dessen Gleise und Elektroleitungen in der Hitze zu schwimmen schienen, eine Lok schmauchte unter dem Stellwerk, Bohlen lagen inmitten von Unkraut aufgebockt. Die Kurmeile mit Hotels, mit Regattawimpeln und Lampenketten am Ufer vor dem Parkplatz, dahinter, verdeckt von den Häusern am Markt, der Haubenturm von St. Johannis. Christian atmete aus. Niemand wartete auf ihn an der Dampferanlegestelle. Eine Blaskapelle begrüßte die Ankommenden, blinkte auf der Terrasse des Elbe-Hotels, zwischen weißblauen Sonnenschirmen und gelassen auf- und abtragenden Kellnern. Er wog den Koffer in der Hand. Er war nicht relegiert worden. Er hatte das zweitbeste Zeugnis des Jahrgangs bekommen und es geschafft, Verena zu gratulieren.

Lene Schmidken hatte ihn gesehen, als er den Koffer abstellte und am Haus hinaufsah: Die Gardinen waren zugezogen, die Luken im Schindeldach geschlossen; Pepi, Kurts Schäferhund, kam um die Ecke gesaust, blieb hechelnd vor ihm sitzen, sah ihn treuherzig an.
»Kennst mich also noch, du Schlawiner. Na, wie geht's.« Er kraulte Pepi hinter den Ohren. Der sprang in großen Sätzen Lene Schmidken entgegen, die auf einen Stock gestützt näherhumpelte und seit dem letzten Besuch um einen halben Kopf kleiner geworden zu sein schien. »Willst was essen, Jung? Oder erst den Koffer hochschaffen?« Sie kramte den Schlüssel aus der Tasche ihrer Schürze, wo er Wäscheklammern, Eukalyptusbonbons, Einweckgläsergummis angeschwiegen haben mochte.
»Wie lange bleibst?«
»Weiß noch nicht genau. Zwei, drei Wochen vielleicht. Kommt drauf an, wann Opa wiederkommt.«
»Anfang September, hat er mir gesagt.« Sie griff in die Schürzentasche, bot ihm einen Bonbon, den er für alle Fälle einsteckte. »Wär' schön, wenn du dich um die Karnickel kümmern könn-

test. Und Pepi. Zum Mittagessen kommste rüber, Jung. Gibt Güwetsch. Un' morgen Husarenmarsch. Ißte doch gerne.«
»Hab' kein' Hunger, danke.«
Lene Schmidken gab ihm den Arm, setzte sich auf eine Treppenstufe, schüttelte den Kopf über die Hitze und die Thrombosestrümpfe, die ihr der Arzt verschrieben habe. »Ischtenem, seh aus wie Sarmalutze. Und – haste dein' Studienplatz?«
»Wird uns erst im neuen Schuljahr mitgeteilt. Vielleicht kommen Freunde von mir. Muß Opa nicht unbedingt wissen, bitte.«
Lene Schmidken nickte, erhob sich ächzend. »Kriegt er sowieso raus. Wenn du mal baden willst, hol' ich den Zuber aus der Waschküche. Kurt hätte die Zisterne vollmachen sollen, Trunnenbutzer der. Halt mal den Prikulitsch weg.« Sie stukte Pepi mit dem Stock.
»Hat Opa sonst noch was ausrichten lassen?«
»Ne. Hat ja bloß noch seine Reisen im Kopp. Ganz nevrozich isser. Dies' Jahr dacht' ich, er kippt um, als sie ihm die Ablehnung geschickt haben. Hat sich ja mit allen bekätzt, Krispindel der. Paar Wochen später kam die Zusage.«
»Davon hat er gar nichts gesagt.« Christian wandte sich wieder Lene zu, überrascht.
»Hatte aber noch kein' Paschaportes, Flebben, Reise-papuci, verstehst? Frißt alles in sich rein. Dann kam wieder 'ne Absage. Amazonas is' nich, Donaudelta darfer. Und nu isser ehmd bei'n Lippengabors.«
»Bei wem?«
»Palukesfresser. Ramasuri. Bei 'n Zigeunern.«
»Sind doch nicht alles welche, Lene.«
»Ach, laß man, Jung.« Sie neigte den Kopf ein wenig schief und schlurfte ihrem Haus zu, wo sie seit Jahren allein lebte mit einem Siebenbürgen, das es nicht mehr gab.

Er fürchtete sich vor den Totenmasken, den grellfarbigen, schroffgeschnittenen Gesichtern, dann drehte er den Fernseher an oder das Radio, suchte Orte, die sie nicht erreichten: die Kaninchenställe beim Kompost, das Plumpsklo hinten im Hof – dort hausten Fliegendämonen und Fotografien von Ostsee-Plattfischen, die niemandem etwas taten. Wenn die Dämmerung kam mit Wiesengeruch und blauen Schatten, schienen sich die Dinge im Haus gegen Kurts Reisen zu verschwören und zurückzukehren; Tonfiguren, Fladenwender, Vogelfederkronen wieder zu den Cayapa-Indianern nach Ecuador, Kupferkessel und Blasrohre mit Curare-Pfeilen wieder an den Amazonas, ins Gemurmel eines Stammes, der die Jagd vorbereitete. Christian hatte ein Biochemie-Lehrbuch mitgenommen, aber im Haus verlor es an Wirkung, sein Interesse erlosch mit den Stunden, die er die Stimmen aus den bunten Mündern hörte. Das Haus, der Sommer im Elbsandsteingebirge entfernten ihn von den Geschehnissen der letzten Monate; sie blieben am Ufer, und er trieb davon wie ein Boot. Kurt schien anwesend, wenn er auf den Dachboden stieg und in den Kisten kramte, die staubig und trocken zwischen fragilen Gleichgewichten aus Gerümpel standen. Er hörte Kurt die Filmrollen in den Regalen kommentieren: Regentanz der Crao-Indianer, 16-mm-Kamera. Geschichten von Faltbootfahrten in norwegischen Fjorden, lange vor dem Krieg. Jagdabenteuer im Eismeer. Christian sah Kurts knotige Hände vor sich, wie sie die Erzählungen sparsam untermalten im Rauch der Gartenfeuer und Sandblattstumpen, er sah Ina, die Fabian und ihn mit gewagten, in der »Harmonie« geschneiderten Sommerkleidern verwirrte, Muriel mit geschlossenen Augen, Meno, der in der Glut stocherte.

Nach einigen Tagen rasierte Christian sich nicht mehr. Lene sagte nichts zu den wolligen Inseln Dunkelblond auf seinen Wangen, dem Heiducken-Schnurrbärtchen, zum Stoppelhaar, das allmählich wieder auswilderte. Nach einer Woche kamen die anderen: Reina mit Rucksack und einem Köfferchen voll Kosmetik, über das Christian lachen mußte, was sie zurückprallen ließ; aber vielleicht war es sein Haarschnitt, über den sie erschrocken war, nicht die Waschschüssel, die er ihr gab, nicht der Hinweis auf das Plumpsklo im Hof. Siegbert und Falk waren in Blödellaune, beide schnappten sich Masken, aus denen Sekunden später Urwaldlaute röhrten; Pepi kam kläffend zornig angesprungen, Verena stieß einen Schrei aus, sie hatte Angst vor Hunden.

Die Tage verloren ihre Ränder, wurden Zeit. Sonne rädelte über den Bergen hoch. Farn bekam rote Spitzen, Nebelgeister spukten in den Gründen, bevor Augusthitze sie vertrieb. Hähne krähten aus dem Dorf, aber Christian war schon vorher wach und lauschte den Atemzügen der anderen, die besser schlafen konnten als er, obwohl es auf den Luftmatratzen heiß war und Stickluft im Raum zwischen den weit geöffneten Fenstern brütete. Er beobachtete die Mädchen, die vor ihm schliefen, Verena trotz der Hitze im Nachthemd, Reina mit nacktem Oberkörper, sie lag auf dem Bauch, das Laken verrutschte bis zur Taille. Dann stand er auf und ging nach draußen, der Wecker sagte: vier Uhr, vier Uhr zehn; Pepi hob müde den Kopf, wenn Christian an der Hütte vorbeikam, entschloß sich zu Nasenstüber und Schwanzwedeln: Bißchen früh für Fressen, schien er sagen zu wollen, wenn das Fleisch in den Napf schlappte, aber weil du es bist, na gut. Christian füllte die Eimer, die Kurt an die Zisterne gestellt hatte, wusch sich, goß das Wasser über den nackten Körper: so hielt es Kurt, so hielten es Meno und er, solange er sich erinnern konnte: Im Winter war es ein eisiger Peitschenhieb, der die Müdigkeit zerriß; jetzt war das Wasser lau und roch nach Kresse. Für die Mädchen machte er es in der Küche mit dem Tauchsieder warm.

Meno kam, brachte Vorräte mit, bezog seine alte Kammer unter dem Dach, in der eine »Fortuna«-Schreibmaschine, klobig wie eine »Konsum«-Registrierkasse, auf einem roh gezimmerten Schreibtisch inmitten von Salmiakgeist-Flaschen, einem Mikroskop, einer Schale mit Packungen »Carlsbader Insektennadeln«, Entomologen-Sammelgläsern stand: hierher zog er sich zurück, wenn er freihatte und für sich arbeiten wollte. Verena und Reina brachten ihm Blumen, denn er hatte sich Stille und Gesellschaft zum Geburtstag gewünscht, und gratulierten ihm nachträglich: Der 8. 8. war irgendwo in den blau gestuften Fernen elbabwärts versunken. Christian wehrte ab, wenn jemand ihn auf das Wehrlager, die Relegation ansprechen wollte. Sie trieben. Sie breiteten die Arme, trieben auf dem verdichteten Licht, das die Berge glasierte und sich erst in den Schluchten verlor. Wenn sie gefrühstückt hatten, sagte Meno: »Ihr müßt Pflanze sein und Tier. Horcht, lauscht, beobachtet. Der Körper hat eine Grenze, aber

sie löst sich auf, wenn ihr wartet und Vertrauen habt.« Sie wanderten früh. Der Falkenstein lag im Dunst. Die Schrammsteinwände waren noch dunkel wie Blei, im Hintergrund hob sich der Große Winterberg, dann seitwärts in der Ferne der ebenmäßige Kegel des Rosenbergs: Růžová hora, murmelte Meno; das war schon Böhmische Schweiz. Sie lehnten an Felsen und blickten auf den Elbbogen bei Schandau. Der Fluß schien sich in diesen frühen Stunden dehnen zu müssen, am Knie war er runzlig, nur in der Mitte münzenblank; Schleppkähne gravierten Nadellinien hinein. Verena und Falk wetteiferten in der Beschreibung der wechselnden Farbtöne: Lakritze, Pechblende, Mokka, Apothekenflaschenbraun, Ölgeschiller darin und Violettflecken, wenn die Sonne höhergestiegen war. Einmal, vom Postelwitzer Ufer aus, sahen sie tote Fische die Elbe hinabtreiben, so viele, als hätte jemand den Fluß mit Metallbarren gepflastert. Meno angelte mit einem Stock einige Fische heran, es waren Plötzen, unnatürlich groß. »Cadmium.« Sie zerflockten, als er sie in die Strömung zurückschob. Die Mädchen wandten sich ab.
In den Schlüften herrschte Farndunkel und Brodem, den erst die Mittagshitze zerstreuen würde. Die Felswände waren moosig, von Brauneisen und gelber Schwefelflechte durchzogen, glitschig wie Krötenhaut. Manchmal kam das »Achtung!« Menos zu spät, und Christian, der vor den anderen ein wenig prahlen wollte und leichtsinnig geworden war, blickte erschrocken dem Geröll nach, das seitlich in die Klamm sprang. Sie gingen ohne feste Routen, folgten Meno, der schweigsam voranlief und die Touristenwege und Ausflugsziele mied: die Bastei, von der aus man ins weite Land sehen konnte, auf gescheckte Felder, die Ebenheit mit ihren großen Linien, in der, schroffrückig wie Urzeittiere, die Tafelberge auszuruhen schienen: Königstein, Lilienstein. Anfangs schafften sie nicht mehr als zehn, fünfzehn Kilometer am Tag, kamen erschöpft zu Hause an, ohne Sinn für Menos Erklärungen. Er war hier anders, nicht mehr der ruhige, pfeiferauchende Lektor aus dem Tausendaugenhaus, der an den Abenden mit Niklas und Richard Musik hörte, Vorträgen im Kreis der Urania lauschte, mit Josef Redlich oder Judith Schevola über Literatur fachsimpelte. Hier war er aufgewachsen, hier nahm er wieder den sehnigen und raschen Gang der Gebirgler

an, die feine Witterung, die Christian bewunderte: dort die Spur eines Baummarders, die zu Menos Befremden für niemanden sonst zu erkennen war; hier die Reste eines Zapfens, ohne daß sie wußten, welches Tier ihn benagt hatte; sonderbare Laute an einer Schonung, vor der sie, überrieselt von Ameisen, quälend lange warteten: In der Dämmerung blockte ein Vogel auf, schwarz mit leuchtend rotem Scheitel, ein Schwarzspecht, den außer Meno noch niemand von ihnen gesehen hatte.

Nach einer Woche wurde selbst die blaßhäutige Reina braun. Sie schafften es, mit Meno mitzuhalten, ohne daß sie abends halbtot auf die Luftmatratzen kippten. Lene kochte, die Mädchen kauften ein, die Jungs hackten Holz vor für den Winter. Mit Raubtierhunger stürzten sie sich auf die siebenbürgischen Speisen mit den fremd klingenden Namen. Abends ging Meno allein oder schrieb auf der »Fortuna« in seinem Zimmer; sie hielten sich dann nahe beim Haus auf, nur einmal gingen Reina und Christian in der Dämmerung noch in den Wald. Sie nahmen Pepi mit und Taschenlampen.

»Wie du dein Haar zurückgestrichen hast, so affektiert«, sie ahmte es nach, zu seinem Ärger.

»Ich mach' das nicht aus Eitelkeit, sondern weil mich die Tolle stört. Ist mir unangenehm, wenn sie so in die Stirn fällt.«

»Dann schneid sie doch ab.«

»Damit ich aussehe wie 'n Stoppelkopf?«

»Den hast du doch jetzt auch. Sieht nicht schlecht aus. Würd's lassen, an deiner Stelle.«

»Wieso?«

»Verena gefällt's auch besser.«

»Woher weißt du das?«

»Magst du ›Montechristo‹ wirklich nicht?«

»Nicht besonders.«

»Aber es klingt so ernst, wenn ich Christian sage. Und wenn es so ernst klingt, muß ich lachen, und das will ich eigentlich nicht. – Weißt du schon was aus Leipzig, ob sie dich zugelassen haben?«

»Nein. Und bei dir?«

»Ich weiß nicht, ob Chemikerin für mich das richtige ist«, sagte Reina nach einigem Zögern.

»Aber du magst es doch sehr. Frank hält große Stücke auf dich. Du bist die beste in Chemie, mit Abstand. Hat mich geärgert.«
»Tatsächlich? Na, das find' ich ja spitze!« Reina lachte, kickte übermütig einen Zapfen weg. »Du, der du so ehrgeizig bist und immer gelernt hast ... weißt du, was sie über dich gesagt haben?«
»Nein. Aber du wirst's mir bestimmt gleich verraten.«
»Swetlana meint, du hast 'n Knall. Verena hat gedacht, dein Einigeln wäre so 'ne Art unreife Reaktion von dir, Kompensation von irgendwelchen familiären Traumen ...«
»Ich dachte, sie will Kunsthistorikerin werden, nicht Seelenklempner.«
»Verena will heute dies und morgen das. This tender butterfly with dark brown eyes. Sie kann froh sein, daß du ihren Siegbert rausgehauen hast.«
Christian ging nicht darauf ein. »Und du? Was hast du gedacht?« Er beobachtete Reina mißtrauisch.
»Willst du das wirklich wissen?«
»Darum frag' ich ja.«
»Ich dachte, du hast Angst vor Mädchen. Du müßtest dich mal sehen, wie du mit einem Mädchen sprichst. Immer halb abgewandt, immer in Verteidigungshaltung. Ich dachte ... du bist schwul. Das war das erste. Dann hab ich gedacht: Soviel Disziplin möchte ich auch mal haben.«
»Schwul, sagst du?«
»Du hast mich nach meiner ehrlichen Meinung gefragt. Übrigens ist mein Bruder schwul. Sehr netter Kerl, ich glaube, ihr würdet euch gut verstehen.«
»Sag mal, willst du mich verkuppeln?« Geruch nach trockenem Holz, Waldmeister, Meno hatte gesagt: Wenn die Hitze anhält, wird der Borkenkäfer zur Plage. Glühwürmchen geisterten über dem Weg. Pepi kam zurück.
»Mir hat noch nie jemand eine Blume geschenkt.«
»Auch nicht zum Geburtstag?« fragte Christian zweifelnd.
»Wird nicht gefeiert bei uns. Mein Vater sagt: Was soll ich dir gratulieren? Du kannst doch nichts dafür, daß du geboren wurdest. Uns müßten wir gratulieren, wenn. Und wenn's dir gefällt, daß du da bist, müßtest du eigentlich uns was schenken.«

»Klingt logisch«, frozzelte er.
»Dann hätte ich lieber unlogische Eltern. – Was machst du, wenn du dein Studium nicht kriegst?«
»Geh' ich ins Krankenhaus, arbeite als Hilfspfleger. Man kann sich jedes Jahr neu bewerben, irgendwann klappt's.«
»Christian … Wie war das genau im Lager? Erzählst du's mir?«
»Warum willst du's wissen?« entgegnete er abweisend.
»Es gibt zu viele Gerüchte drum, das stört mich.«
Jetzt dachte sie womöglich: Christian der Held. Aber er empfand nichts, wenn er sich an das Wehrlager erinnerte. Er sah Siegbert und Unteroffizier Hantsch, das verzweifelte Gesicht seines Vaters; er hörte sich der Kommission antworten. Mechanische, gelogene Antworten. Angst, relegiert zu werden. Angst vor Schlimmerem: was wußte man. Barbara hatte schwarzgemalt, von Verhaftung und Gefängnis geredet. Studienplatzentzug: Nichts war entschieden und vorüber. Reina ging schweigend neben ihm, drehte gedankenverloren einen Zweig in den Händen. Er mußte an Fahner denken und an Falk, wie er die Treppe im Schulhaus hinuntergestiegen war.
»Vielleicht später mal«, wich er aus. »Was willst du machen, anstatt Chemie?«
»Weiß nicht. Vielleicht mach ich's ja doch. Oder Medizin. Aber dafür müßte ich 'n besseren Durchschnitt haben. Vielleicht könnt' ich noch was im Außenhandel machen, das würd' mich auch interessieren. – Redet dein Vater viel mit dir über solche Sachen? Was du werden willst und was man dazu tun müßte?«
»Dauernd. Er kontrolliert auch meine Hausaufgaben. Für meinen Bruder hat er einen Aufsatz neugeschrieben, weil er zu unvorsichtig formuliert hatte.«
»Würde meinen Vater einen feuchten Kehricht kümmern. Was mein Bruder oder ich tun und lassen, ist meinen Eltern ziemlich egal.«
»Du Ärmste. Du tust mir so leid!« Auf einmal hatte er das Bedürfnis, zu spotten; vielleicht war sie ihm zu nahe, die anderen mochten schon reden, würden vielsagende Blicke wechseln, wenn sie wiederkamen.
»Na, und ich mir erst!« Reina lachte fröhlich, nahm plötzlich seine Hand, und er zog sie zu spät zurück.

War es das nun? Das sollte die erste Liebe sein? Ein bebendes, alles umstürzendes Großgefühl, wie er bei Turgenjew gelesen hatte? Reina seine Julia, und er ein außer Rand und Band geratener Romeo? – Er war enttäuscht, wenn er in sich hineinhorchte. Das war es nicht, was er sich vorgestellt hatte. Reina hatte einfach seine Hand genommen, ohne ihn zu fragen. (Was hätte er geantwortet, wenn sie gefragt hätte? eine seiner Brüskheiten wahrscheinlich). Und nun sollte man, wie es hieß, miteinander gehen. (Was machte man da eigentlich, wenn man »miteinander ging«? Er konnte sich darunter nichts als Langeweile vorstellen). Reina sollte die Frau sein, mit der er ein Leben lang zusammensein, Kinder haben würde? Kinder: Aus dem puren Zufall, daß Reina und er in eine Klasse gingen, sie jetzt hier war und den Mut gefunden hatte, seine Hand zu nehmen. Und daraus etwas so Unabänderliches wie Kinder … Und wenn nun Verena seine Hand genommen hätte? (Hatte sie aber nicht, und deswegen würden ihre Kinder Siegberts einsam-seefahrerhafte Gestalt haben, die hellen Augen von Corto Maltese, und vielleicht auch eine Grausamkeit, vor der Verena beklommen zurückweichen würde). Und überhaupt: Wie war das mit der Liebe – hatte er sie nicht gefürchtet, hielt sie nicht vom Lernen ab, machte sie nicht aus Männern, die große Forscher hätten werden können, beschränkte, sofabäuchige Familienbären?
Er erwähnte Reinas Geste nicht. Er beschloß, daß es sie nicht gegeben hatte. Reina erinnerte ihn nicht.

Moose blieben kühl in den Gründen. Bärenklau tauchte auf, reckte seine bedrohlich bedornten Glockenetagen, Falk machte einen Bogen. Schlenkernde Rede, Flachsereien über Reina, die schweigsam geworden war und sich von Christian fernhielt. Siegbert trug zerfranstes Selbstgenähtes und glich mehr denn je, dachte Christian, einem an fremder Küste gestrandeten Seemann, für den ein Krieg, eine Heimatlosigkeit, eine Verbannung vorüber war.
»Christian, wollen wir Freunde sein?« fragte er eines Abends. Meno und Falk gingen eigene Wege, die Mädchen sahen bei Lene fern. »Du und ich, wir beide auf Fahrt, das wär' 'ne große Sache. Ich als Offizier und du als Schiffsarzt. Wir beide. Als Blutsbrüder.«

»Und Verena?«
»Frauen an Bord ist Seemannsmord, sagten die alten Kapitäne.«
»Dann ist es nichts mit euch, Verena und dir?«
»Wer sagt, daß was zwischen uns ist?«
»Hör mal, wir sind nicht blind.«
»Du hast mich rausgehauen. Werd' ich dir nie vergessen. Wenn du mal was willst oder brauchst – kannst auf mich zählen.«
»Versprochen?«
»Geschworen. – Darf ich dir trotzdem noch was sagen?« Siegbert schien verlegen. Christian wartete mißtrauisch. »Ich weiß nicht, was zwischen dir und Reina läuft –«
»Gar nichts«, unterbrach Christian schroff.

Sie sahen zu, wie Holz am Großen Zschand gerückt wurde. Sie gingen in der Dämmerung in die Affensteine, um das Uhupärchen zu beobachten, das es dort noch gab. Sie nahmen eine Abkürzung hinunter zum Nassen Grund, in der die Wegweiser verwittert waren und Bäume übereinandergestürzt die Klamm versperrten. An einer Wegbiegung saß eine Krähe, die nicht davonflog, als sie sich, einige Meter entfernt, an ihr vorbeidrückten. Christian graute es vor diesem Tier. Lachend und kopfschüttelnd erzählte Meno nachher, daß es wohl ein Zauberer gewesen sei, denn er habe noch nie einen Vogel gesehen, der so langsam, wie ein Mensch, den Kopf habe drehen können. Zum Beobachten! Auch seien die Augen des Tiers voller Heimtükke gewesen. – Sie wisse gar nicht, daß Zoologen abergläubisch seien, Naturwissenschaftler mit einem materialistischen Weltbild: Verena wunderte sich ohne Ironie. – Es blieben bestimmte Dinge; kein Gynäkologe, beispielsweise, wisse das scheinbar Einfachste: Warum es überhaupt zur Geburt komme, antwortete Meno nach einer Weile.
Spinnen jagten Falter. Laufkäfer, Wespen, Raubwanzen, Ameisen stellten Insekten nach. Fledermäuse haschten nach Zappelndem. Raupenfliegen legten ihre Eier in Raupen. Schlupfwespen zwirbelten dünn-dünne Bohrer in die weichen, eiweißreichen Leiber, legten ihre Eier. Meno erklärte: eine Flaschenabfüllanlage, beispielsweise für Apfel- oder Stachelbeermost, und diese automatische Rückbewegung, Stückbewegung: so pumpten sie

ihre Eier in die wehrlose Raupe, die zum wandelnden Mutterkuchen und von den Wespenlarven von innen aufgefressen werde. Brackwespenpuppen klebten wie Reiskörner an zukünftiger Nahrung, Puppenräuber, schwarzlackglänzend, zerrten Beute ins Dunkle. – Nie eine haarige Raupe in die Hand nehmen! warnte Meno. Verena sagte, sie wolle nicht an die Küste ziehen. Bei einigen Spinnerarten besaßen die Raupen zwischen den Borstenhaaren bis zu 600 000 Brennhaare. Die brachen ab, verursachten Allergien, Hautentzündungen, Asthma. Reina hustete, Falk kratzte sich. Der Prozessionsspinner baute Raupennester; Meno zeigte ihnen die knisternd glitzernden Gebilde aus Häutungshemden, hielt die Finger in die Luft, es war windstill. Die Brennhaare verwehte der Wind, sie konnten jahrelang die Haut reizen. Schwammspinnerraupen glichen außerirdischen Kriegern: schwarz, mohngepunktet, mit roten Knopfwarzen (ein Speer-Wald, Stopfpilze voll winziger gesplitterter Lanzen), die ein gelber Kopf befehligte. Widderchen flog, zeigte roten Unterrock. Sie lernten Perlmutterfalter und Kaisermantel vom Großen Fuchs zu unterscheiden, den Mohrenfalter vom Waldpförtner: Tarnbraun zeichnete Türen in die Buchen.

Reina nahm Salz vom Wandbord; Christian sah, daß ihre Achsel rasiert war.

»Ob es Gott gibt, was glaubt ihr?«
»Christian will ein großer Forscher werden, aber fängt von Gott an«, Falk war noch beschwingt vom Mitsingen, sie hatten Hans-Albers-Platten gehört; »La Paloma« hatte den Sommer verbogen, Heimweh und blaue Augen waren zu musikalischem Nudelteig zerweicht, der Schlenker um den Vollmond machte. »Ich hab' 'ne andere Idee. Stellt euch mal vor, ganz Hiddensee wäre zu Kriegsende Gefangeneninsel geworden. So zirka fünf Millionen Gefangene. Die hätten jeden Morgen in die Ostsee gekackt. Dann wäre die Ostsee jetzt 'n Rieselfeld, auf dem man bis nach Dänemark käme.«
»Man kann auch auf'm Wasser nach Dänemark, wieso Rieselfeld?« Reina zeigte Falk einen Vogel. »Stell dir mal vor, du und Heike, ihr würdet heiraten. Da kommen nur Schlüsselkinder raus.«

»'n Rieselfeld wird fest in der Sonne«, sagte Falk unbeeindruckt. »Und denkst du, sie würden dich nicht verhaften, wenn du rübermachst auf deinem festen Rieselfeld?«

»Siggi, du denkst nicht mit. Es gäbe doch gar keine Grenzpatrouillen in dem Gestank. Das würde keiner aushalten.«

»Ich glaub' dran.« Verena saß mit angezogenen Beinen, starrte auf den Boden. »Wir werden geboren und leben – aber wozu, wenn es keinen Gott gibt?«

»Gott reimt sich auf Kompott«, Siegbert verzog verächtlich den Mund. »Und meine Mutter sagt Ogottogott, wenn ich was angestellt hab. Ogottogott, hühundhott, laß mich in Ruhe mit dem Schmott.«

»Roter Adler würde sagen, daß Gott eine Erfindung der Imperialisten ist, um die Menschen zu verdummen. Wie heißt's: Religion ist Opium für das Volk. – Was sagen Sie dazu, Herr Rohde?«

Meno, der schweigend der Diskussion zugehört hatte, warf einen Blick auf Reina, schüttelte den Kopf. »Ich geh' noch ein bißchen raus. Ich nehme Pepi mit.«

»Religion ist Opium für das Volk«, zitierte Christian, als Meno gegangen war, »– woher wissen die das eigentlich?«

»Die haben lange über diese Dinge nachgedacht und waren schließlich bißchen klüger als du«, stichelte Reina.

»Vor Marx und Lenin haben andere Philosophen auch lange über diese Dinge nachgedacht, und vielleicht waren sie größer als Marx und Lenin«, erwiderte Christian gereizt.

»Komisch, daß du dich nie im Unterricht traust, so etwas zu sagen. Nur vor uns. Aber vor Roter Adler oder Schnürchel kneifst du.«

»Und du – kneifst du etwa nicht?«

»Warum unterstellst du, die würden uns Blödsinn beibringen?«

»Weil –«, Christian sprang auf und lief erregt hin und her. »Weil sie uns belügen! Nur Marx, Engels und Lenin haben recht, alle anderen sind Dummköpfe … Und ihre Parolen? Alle Menschen gleich? Dann müßten ja auch alle Philosophen gleich sein, und damit mindestens so schlau wie die drei«, schlußfolgerte er mit einem hämischen Lächeln.

»Klar sind die Menschen gleich«, röhrte Siegbert, »Männer haben alle 'nen Schnibbel, und Frauen haben alle 'ne Muschi.«
»Moment! Dann gibt's aber noch Männinnen, Fränner und Zwitter«, gluckste Falk.
»Müßt ihr immer alles in den Dreck ziehen? Ihr seid wie kleine Kinder, könnt nichts ernst nehmen.« Christian sprach immer noch ruhig. »Du willst mein Freund sein, Siegbert, aber deine Ausdrucksweise ist … geschmacklos. Billig und ekelhaft. Wie kannst du so niedrig sein?«
Auch Siegbert stand jetzt auf. »Geschmacklos … ekelhaft … wie kannst du so niedrig sein«, höhnte er. »Du wirst dich noch wundern, Freund, wie's zugeht draußen. Du bist mit 'nem Silberlöffel im Mund geboren. Hat aber nicht jeder dran gelutscht, my dear. Für jemanden, der Arzt werden will, bist du reichlich hochnäsig, ich glaube, das sollte dir mal jemand sagen.«

Stundenlang tappte Christian im Wald umher und dachte an den Anblick von Reinas Achselhöhle.

Reina schien ihn gesucht zu haben, denn sie kam ihm entgegen, als er sich über Umwege dem Haus näherte.
»Warum hast du mir widersprochen? Ist das wirklich deine Ansicht?« fragte er sie.
»Ja.«
»Und warum hast du damals Verena verteidigt? Du weißt doch, daß es gelogen war, daß sie die Regel hatte und so.«
»Christian: Nur weil einzelne sich nicht so verhalten, wie es richtig wäre, ist noch nicht die ganze Idee schlecht. Warum sollte ich sagen, daß Verena lügt? Schnürchel ist 'n Schleimscheißer, und wenn er dreimal Kommunist ist.«
»Du lebst gern in diesem Land?«
»Du nicht?«
Jetzt wurde es gefährlich, Christian musterte Reina mit einem wachen, mißtrauischen Blick, brummelte etwas, das sie für Zustimmung nehmen konnte.
»Dieses Land ermöglicht dir kostenlosen Schulbesuch und Studium, kostenloses Gesundheitswesen, ist das etwa nichts? Findest du nicht, daß wir etwas zurückgeben müssen?«

»Du klingst wie Fahner, Reina.«
»Nur weil es Fahner sagt, ist es noch nicht falsch.«
Christian blies durch die Nase. »Dein kostenloses Gesundheitswesen pfercht alte Leute in Feierabendheime, dein edler Staat gibt denen, die ihn aufgebaut haben, eine Rente, die zum Sterben zuviel ist und zum Leben zuwenig!«
»Woher weißt du das? Woher hast du diese Informationen?«
»Woher, woher!« platzte Christian heraus, wütend über Reinas Begriffsstutzigkeit, wütend über sich selbst, daß er sich so erregte, sich so sehr öffnete. »Zum Beispiel von meinen Großeltern. Und von meinem Vater.«
»Er hat seinen subjektiven Standpunkt. Andere Ärzte sind anderer Meinung.«
»Glaubst du.«
»Nein, weiß ich. Mein Onkel ist auch Arzt, und der gehört nicht zu denen, die nur das Negative sehen oder nur Geld verdienen wollen.«
»Was unterstellst du meinem Vater!« rief Christian aufgebracht. Er wedelte mit der Hand durch die Luft, als wollte er ganze Schwaden Gras abmähen. »Aber lassen wir das! – Findest du es gut, daß die Jungs drei Jahre zur Armee müssen?«
»Sie müssen ja nicht. Anderthalb Jahre sind Pflicht. Alles, was darübergeht, ist freiwillig.«
Christian ließ die Arme fallen. Er konnte nicht glauben, daß Reina tatsächlich so naiv war. »Fahner hat uns den dreijährigen Ehrendienst ›nahegelegt‹; der Hefter mit unseren Beurteilungen und Studienwünschen lag gut sichtbar daneben! Schöne Freiwilligkeit!«
»Die amerikanischen Soldaten müssen nach Vietnam. Sie müssen töten für die Interessen der herrschenden Kreise, des Kapitals. Oder glaubst du etwa, die sind für humanitäre Zwecke dort? Und was ist mit dem Falklandkrieg?«
»Die Russen müssen nach Afghanistan. Das ist genauso ein Überfall. Und dort müssen sie auch töten. Und kannst du mir erklären, was die mächtige Sowjetunion eigentlich im armen Afghanistan zu suchen hat?«
»Das ist West-Propaganda. Ich glaube nicht, daß das stimmt. Das hast du aus dem RIAS, das sind Hetzer.«

»Was tun also dann die Russen in Afghanistan, deiner Meinung nach?«
»Sie sind von der Regierung um Hilfe gebeten worden, gegen die Konterrevolution.«
»Selbstverständlich. Wie Achtundsechzig in der ČSSR. Die haben die Russen auch zu Hilfe gerufen. Komisch nur, daß die Bevölkerung nicht dieser Meinung war.«
»Das ist wieder West-Propaganda. Die Leute haben den sowjetischen Soldaten zugejubelt, das hat man doch im Fernsehen gesehen. Christian, du solltest dir echt überlegen, was du sagst.«
Das klang nicht drohend, nur verwundert, trotzdem war er sofort ernüchtert. Aber ihn reizte das Thema, er konnte es nicht so schnell lassen, auch eine Ader zum Rechthaben pochte, er bog ab: »Du hast mir gesagt, daß dein Bruder homosexuell ist. Hat er keine Schwierigkeiten?«
»Mein Vater hat ihn rausgeworfen. Und für Mutter gibt's ihn nicht mehr. Sie sagt, sie hat nie einen Sohn geboren. – Sonst: Nicht, daß ich wüßte.«
»Es gab mal einen Paragraphen, nach dem hätte dein Bruder ins Gefängnis müssen. Nur wegen seiner Veranlagung. Er kann nichts dafür.«
»Bei den Amis gibt's Rassendiskriminierung. Im übrigen wurde dieser Paragraph abgeschafft. – Mein Bruder geht auch drei Jahre zur Armee.«
»Aus Überzeugung?« zweifelte Christian.
»Was willst du damit andeuten?«
Widerwillig mußte er lachen. »Nichts Anzügliches.«
»Ich würde auf dich warten«, sagte Reina.
Turgenjew-Herzklopfen nun doch; er wußte, daß er rot wurde und hielt sich in der Dämmerung des Weges; Reinas Achselhöhlen, Reinas Leib, von dem das Laken gerutscht war, wie einfach wäre es jetzt, sie zu berühren, die Lippen ihres schiefen, sommersprossenumstreuten Munds zu suchen, das übliche Zeug zu stammeln, wehrte er sich: seine Akne, über deren eiterbekappte Buckel ihre Finger tasten, für eine Sekunde zögern, sagen würden: Pickelvergiftung; widerliches Suppenhuhngefühl, ich will mir doch keine Pickelvergiftung holen, dann würde sie aus Takt etwas Besänftigendes murmeln und doch sich insgeheim ekeln:

eben doch abschmierendes Flugzeug das Ganze; wie würde es sein, mit Reina zu schlafen, er sehnte sich, fürchtete sich.
»Würdest du zu einer Überzeugung stehen, ganz gleich, was passiert?«
»Ich würde es versuchen«, antwortete Reina nach einiger Zeit, ohne ihn anzusehen, der Abstand zwischen ihnen war größer als ihr ausgestreckter Arm; seine Hand hätte helfen müssen.
»Auch wenn du erpreßt oder gefoltert werden würdest?«
»Wenn ich jetzt ja sage, denkst du, ich gebe an oder überschätze einfach, was ich aushalten kann. Wer kann das schon wissen. – Müssen wir darüber reden?« Reina war genervt, er hörte es, und trotzdem reizte er weiter, nun gerade, es bereitete ihm ein gewisses Vergnügen. »Und wenn sie nicht dich foltern würden, sondern jemanden, den du liebst?«
Reina holte tief Luft: »Wer sollte dich foltern wollen.«

»Hüte dich vor Reina«, sagte Verena eines Abends, »ich glaube, sie ist eine von denen. Sei vorsichtig bei dem, was du sagst.«

Eine Magnetnadel pendelte über den Kompaß, flatternde, unentschlossene Schwimmbewegungen; Verena schien unerreichbar, sie hielt nun offen Händchen mit Siegbert, und Christian konnte das Musikinstrumentenbraun ihres Haars so lange ansehen, bis ihm Schweißsträhnen und auf den Schultern der dunklen Nikkis, die sie trug, gepuderte Schuppen auffielen; er konnte ihren Blick ertragen, ohne sofort etwas zur laufenden Diskussion beitragen zu müssen, ohne mit einer fahrigen Geste: Faustkrampfen, Kopfkratzen, die Nacktheit dieses Blicktauschs zu verhüllen, alles entschieden wegzuschieben. Plötzlich war die Magnetnadel stehengeblieben.
Hüte dich vor Reina.

Aber er mußte nun sein, wo sie war; er konnte es nicht ertragen, wenn sie bergab das Gleichgewicht verlor und Falk oder Siegbert ihre haltsuchende Hand griffen; er glotzte, wenn sie rasteten, den Flaum ihres Nackens an, die verletzbaren, zu hellen Wirbeln gebogenen Haare, von denen ein gefährlicher Sog ausging: manchmal hatte er schon den Finger ausgestreckt, weil eine Mücke dort saß oder eine Vergewisserung notwendig war, auch glaubte er, daß die Narbe weh tun müsse und daß der Schmerz aufhöre, wenn er ihn berührte. Rechtzeitig genug fiel ihm ein, daß Falk auf seine Bewegung achtgab und es nur noch Sekunden dauern konnte, bis das Gespräch erstorben und Reina versteinert sein würde; abends wünschte er, sie läge noch immer auf der Matratze neben ihm, und er könnte bestimmen, wo sie der Schauer des ersten Kusses treffen sollte – aber sie hatte sich einen anderen Platz gesucht, weit weg von ihm. Rücken, Anlauf der Schulter, die Stelle der Haarwirbel (zu erwartbar, sagte er sich, vielleicht würde sie es später vergessen, wenn er sie danach fragte: Wo war mein erster Kuß, erinnerst du dich? oder ein anderer hatte sie bereits dort geküßt, sofort bildete er sich ein, daß es so sein mußte, wahrscheinlich auf die Narbe, so ging es in Piratenfilmen – er wußte ja nicht einmal, ob er für Reina der erste Freund sein würde: unwahrscheinlich, sicherlich hatte es Liebeleien in früheren Schuljahren gegeben; ob sie nicht überhaupt einen Freund hatte; er nahm sich vor, ihn zu verprügeln, den Mistkäfer); vielleicht doch die Narbe, oder besser einen Punkt auf der Linie, die das Bettlaken gezeichnet hatte und wo der Rücken ins Becken überging; ihr Ohrläppchen (rechts oder links? sie waren beide gut durchblutet), ihren Bauchnabel (bei dieser Vorstellung schrie er leise auf vor Freude: ihr Bauch würde kurz vor dem Kuß wie elektrisiert zurückweichen, wie wenn man ein Eisstück daraufwarf, würde langsam, wie beim Ausatmen, wieder hochkommen, genau in diese steigende Bewegung würde er seine Lippen halten, so daß ihr Nabel seine Lippen berühren würde, nicht umgekehrt), ihren Ellbogen (ungewöhnlich, aber trocken, so küßten, dachte er, Modelleisenbahner), ihre Nasenspitze (aber sie war schließlich keine Katze), ihren großen Zeh (der linke war schöner; ein tapferer, wahrscheinlich nach Sauerkraut schmeckender Kuß), besser noch der Ring-Zeh, der zweite von außen (da küßte nie jemand, aber würde sie sich das merken? vielleicht war das zu gesucht, zu kompliziert?), ihre Brüste (natürlich, na klar, logisch; er malte sich auf fiebrigen Spaziergängen die Farbe ihrer Brustwarzen aus, ob sie rosig waren oder blaßbraun wie Milchkaffee, ob er zart hineinbeißen könnte ohne ihr Schmerz zuzufügen, ob sie auf seine Zunge,

seine Lippen, womöglich sein Nasenloch reagieren würden – dies, wenn er besonders gierig schnüffelte), oder die Kniekehle? Nein.
Er würde ihre Achselhöhle küssen. Natürlich gab es noch ihren Mund, aber der kam nicht in Frage für den ersten Kuß, den würde er später besuchen. Der erste Kuß, beschloß er, sollte ihrer Achselhöhle gehören, der rasierten, schwitzenden, brötchenweißen, taubenbäuchigen Bucht unter ihrem linken Arm.

Kurt hatte kein Telefon, Einladungen erhielt er schriftlich, auch Lene hatte keins; Christian ging in den Ort, um Barbara anzurufen. Er wollte Anne nicht beunruhigen, und was Richard gesagt hätte, konnte er sich denken. Als er die Nummer wählte, sah er den baufälligen Balkon am Italienischen Haus vor sich, das Treppenfenster mit den Nachtviolen, die Meno und er im Winter, am Geburtstagsabend, bewundert hatten. Es war Freitag, Ina würde aus sein: Es hätte ihn sehr gestört, wenn sie ihm geantwortet hätte; Barbara kam freitags oft eher nach Hause; sie würde wahrscheinlich in der Küche stehen und kochen. Sie meldete sich. Er erzählte ihr von Reina.
»Und da fragst du, ob du das Mädel lieben sollst? Sag mal, bei dir knistert's wohl unterm Turban? Jetzt hör mal zu. Glaubst du, uns hat Politik interessiert, als wir in deinem Alter waren? Denkst du, Ina interessiert sich einen Deut für die politischen Einstellungen ihrer Aktuellen?«
Sollte sie vielleicht, dachte Christian.
»Aber das hast du von deinem Vater. Christian, eins im Vertrauen: Dein Vater ist ein bißchen … na, wie soll ich sagen? Verklemmt? Wir hatten neulich eine Diskussion, aber da fällt mir ein, von der darfst du gar nichts wissen. Enöff. Du brauchst eine Freundin, ein Junge in deinem Alter ohne, da würde ich mir als Mutter aber Gedanken machen. – Warum rufst du Anne eigentlich nicht an?«
»Sie soll sich keine Sorgen machen, Tante Barbara. Bitte sag ihr auch nichts.«
»Na, enöff. Ich bin verschwiegen wie ein Grab. Weißt du, wie ein Mädchen küßt, und was da sonst noch folgt … Rote Rosen, na ja, undsoweiter: Das hat mit Politik nichts zu tun.« Barbara seufzte, und er sah ihre gespreizten, beringten Finger vor sich,

hörte die Armreifen in der Telefonmuschel aufklirrren: »Du bist nur einmal jung!«
Meno warnte. So ungehalten hatte Christian seinen Onkel noch nie erlebt. Er hätte gern einmal mit ihm über Hanna gesprochen, aber niemand in der Familie schien je danach gefragt zu haben, warum Menos Ehe gescheitert war.
»Wenn sie dich denunziert? – Danach zu urteilen, was du mir erzählt hast, solltest du damit rechnen.«
»Du glaubst wirklich, sie würde mich denunzieren –«
»Obwohl sie dich liebt, wolltest du sagen? Die Schwärmereien passen zu Barbara, nicht zu dir, Christian. Was weißt du von Liebe? Was weißt du, was möglich ist?«
Christian war verletzt; Meno schien es zu spüren, er sagte: »Sie küssen dich, und sie verraten dich. Beides im gleichen Atemzug. Es muß nicht immer so sein. Aber manchmal ist es so, und du kannst nichts mehr riskieren. Vielleicht ist Reina eine Ausnahme. Aber eben nur vielleicht. Was, wenn du's testest und ins offene Messer läufst?«
»Ich mag sie sehr … Wie sie geht, wie sie sich bewegt und«, Christian zögerte, beobachtete seinen Onkel von der Seite, »ihre Achselhöhle«, setzte er lächelnd und vertrauensselig hinzu.
Meno lachte auf. Als ob eine Machete ihm zwischen Zeige- und Mittelfinger das Fleisch aufhackte, empfand Christian.
»Ihre Achselhöhle? Und das nennst du Liebe? Das ist nur Sexuelles. Du solltest allmählich begreifen lernen, daß du dich in diesem Land nicht wie ein kleines Kind benehmen kannst.«
»Jetzt klingst du wie Vater«, brauste Christian empört auf. »Nur, weil du und Hanna –«
»Nichts von Hanna.«
Christian tat es leid, aber er wollte sich nicht entschuldigen, er fühlte sich verletzt.
»Wir wollen dir nichts Böses. Schon gar nicht will das dein Vater. Aber er wird dir nicht mehr helfen können, wenn wieder so etwas wie im Wehrlager passieren sollte. Wenn du Reina verrätst, wie du wirklich denkst, und sie erzählt es weiter … Es muß nicht einmal in böser Absicht sein. Vielleicht nur aus Stolz auf dich, aus Naivität, oder schlicht, um peinliche Gesprächspausen zu überbrücken … Viel geschieht aus Langeweile. Willst du für

dieses Mädchen deine Zukunft aufs Spiel setzen? Kannst du für Reina die Hand ins Feuer legen? Kennst du sie so genau, weißt du wirklich, wie sie reagiert, was du für sie bist? Kennt sie sich selbst?«

»Also muß ich deiner Meinung nach, ehe ich mich verlieben darf, erst ein Dossier über das Mädchen anlegen?«

»So ist es«, erwiderte Meno kalt. »– Ich kann dich besser verstehen, als du vielleicht glaubst. Nein, man darf nicht jung sein hierzulande. Ich würde nicht so mit dir reden, wenn ich nicht jemanden gekannt hätte, dem das passiert ist, wovor ich dich warne.«

»Wer war es denn?«

»Vielleicht später«, wich Meno aus.

»Nein, jetzt«, beharrte Christian.

»Dein Großvater Kurt«, sagte Meno nach langem Zögern.

»Oma hat ihn angezeigt?«

Meno schüttelte den Kopf, setzte wieder zum Sprechen an, brach wieder ab. »Nein, umgekehrt. Es war in der Sowjetunion, in einer schrecklichen Zeit. Er hat es uns Kindern an seinem siebzigsten Geburtstag erzählt. Ich möchte, daß du mit niemandem darüber sprichst.«

Interludium: 1984

Abends öffneten sich Türen in den Traum. Abends blieben die Hüllen der Körper, wenn das mutabor gesprochen war. Im Januar '84 quollen die Mülltonnen über, die Asche mußte in den Schnee daneben geschüttet werden, manchmal wuchteten die Türmer, auf Initiative einer Bürgerversammlung, die Tonnen auf einen LKW, der die Asche in den Wald fuhr. Zeitungen stapelten sich, zerfetzten in frostscharfen Böen. Die Bezirkshygieneinspektion empfahl, Kalk über die Abfälle zu schichten. Der Kalk wurde an Straßenverantwortliche ausgeteilt, bei denen sich die Anwohner Eimer füllen ließen: Nicht in die Augen streuen. Nicht in Kinderhand.
Andropow starb.
»Und nun?« fragten die Türmer, wenn sie beim Bäcker, beim Fleischer oder vor dem Konsum in der Schlange standen. »Kommt der nächste jugendliche Held!« flüsterten sie achselzuckend bang.
Zigarettenqualm, aquarische Rauchkringel, Augen deckenwärts im Funzellicht einer Wohnung irgendwo im Prenzlauer Berg. Fensterläden, von denen die Farbe geplatzt ist, mit Zeitungen verstopfte Ritzen, steinharter, bröselnder Fensterkitt; der Kachelofen tut, was er kann, aber Sperrholz, Zaunlatten, schimmlige Kohle reichen nur für ein paar Stunden Wärme am Tag. Männer in Schafswollpullovern, mit biblischen Vollbärten, Arbeiterhänden, in den nikotingelben Fingern Bierseidel und eine »Karo« oder »f6«, hören einem Lyriker zu, der mit Schreibmaschine auf Holzschliffpapier geschriebene Texte vorliest, hastig, fehlerhaft, absichtlich ohne deklamatorischen Pomp, man ist unter sich, man wünscht hier nichts Hochgestochenes. Judith Schevola hört zu, beobachtet, raucht. Sie hat Meno in diese Kreise eingeführt, zu denen man erst nach Passage mehrerer Hinterhöfe mit Schußspuren aus dem letzten Krieg Zutritt bekommt, nach Nennung eines Losungsworts an der vorsichtig geöffneten Tür,

die kein Namensschild trägt, nach teils verstohlener, teils offen aggressiver Musterung, die der Neuling über sich ergehen lassen muß: es gibt zu viele Spitzel, und nicht immer ist die Witterung untrüglich. Meno spürt, daß er ein Fremdkörper ist, aber er wird geduldet, niemand scheint seinetwegen ein Blatt vor den Mund zu nehmen. Der Lyriker liest. Es sind Texte mit hochgestellten Kragen und tief herabgezogenen Schiebermützen. Er hat in einer der Zeitschriften veröffentlicht, die auf dem Tischchen in der Mitte des Zimmers liegen, dessen Luft von Menschendunst und Tabakrauch zum Schneiden dick ist. Das Tischchen würde ohne das »Kommunistische Manifest« unter einem Bein unweigerlich umkippen, das »Kommunistische Manifest« versieht diesen Dienst im Wechsel mit einer Broschüre über Geschlechtskrankheiten, nachdem es Proteste basisdemokratisch orientierter Zuhörer gegeben hat. Die Zeitschriften atmen die Frische der Unbotmäßigkeit, tragen Titel wie POE SIE ALL BUM, Anstöße, UND, POE SIE ALL peng, sind auf dünnes tschechoslowakisches Durchschlagpapier zum Preis von zehn Kronen á 2000 Blatt im Siebdruckverfahren gedruckt – nur für den innerkirchlichen Dienstgebrauch! so umgeht man die Druckgenehmigungsverfahren. Es fehlt an Klammeraffen, die zuverlässig mehr als fünfzehn Blatt zu heften vermögen. Es fehlt an Papier – der Eintritt zur Lesung bestand in einer bestimmten Menge Schreibpapier, das weiterhin für den innerkirchlichen Dienstgebrauch geheftet oder zu Leporellos gefaltet und mit brisanten Umweltthemen in einer Auflage von zehn bis fünfzig Stück gefüllt werden kann.
Meine Hand für mein Produkt.
Und dann? fragen die Türmer.
Sarajevo ruft, ein Wölfchen winkt den Zuschauern vor den Fernsehschirmen zu. Hochhäuser, kahle Berge um einen Talkessel, Tristesse, die von keiner Kamera, von keinem Reporter, der zu den ersten Winterspielen in einem sozialistischen Land akkreditiert ist, hervorgesucht und mit unbestechlicher Linse festgehalten wird. Da ist das Eisstadion, da ist die schön gespurte Loipe für die Skiläufer, die Sprungschanze, auf der Jens Weißflog aus Oberwiesenthal mit streng parallel geführten Brettern zu Gold und Silber springt. Erinnert man sich an einen Sommertag vor siebzig Jahren, als ein Student an einer Straßenecke auf das Auto

des österreichischen Thronfolgers wartete? Die Eiskönigin tritt an zur Kür. Ihre Trainerin steht mit hartem Gesicht hinter der Bande, während ihr Schützling, mit Flatterröckchen und Kirgisenbrauen, schleifenreichen Wohllaut auf die Eisfläche schreibt. Ausrufezeichen eines dreifachen Toeloops, Pirouettenwirbel, durchsichtig verpackte Rosensträuße, Heinz Florian Oertel schwelgt in Tüll und Taft. Torvill/Dean tanzen zum Bolero, ein Schwede läuft im Schlittschuhschritt die Hänge hinauf. Das schönste Gesicht des Sozialismus' lächelt.

Christian hatte Winterferien. Er war zum Medizinstudium zugelassen worden. Seltsamerweise empfand er kaum Freude darüber, eher Erleichterung, auch Müdigkeit; schlechtes Gewissen denen gegenüber, die abgelehnt worden waren. Das Berühmtwerden schien ihm nach den Erlebnissen im Wehrlager und mit Reina nicht mehr so wichtig. Seit Beginn der 12. Klasse lernte er kaum noch, seine Zensuren hatten sich verschlechtert, was nicht nur Dr. Frank beunruhigte. Es hatte Aussprachen im Lehrerzimmer gegeben; er sang nicht mehr in Uhls Chor mit, war aus dem Gruppenrat der FDJ ohne Angabe von Gründen ausgetreten, verschloß sich noch mehr. Als Hedwig Kolb einen Aufsatz über die wesentlichen Kennzeichen sozialistischer Literatur verlangte, schrieb Christian einen einzigen Satz: Sie lügt. Hedwig Kolb benotete seinen Aufsatz nicht, nahm ihn beiseite und sagte, sie müsse diesen Aufsatz verlangen: ob er nicht. Seine Zulassung sei vorläufig, er wisse das, ob er denn. Er bekam eine Stunde Nachsitzen, schmierte unter Aufsicht von Herrn Stabenow, der sich immer noch enthusiastisch für die Physik, kritischen Forschergeist und vorurteilsfreies Wahrheitsstreben einsetzte, irgendeinen Wisch mit den üblichen Phrasen zusammen, den ihm Hedwig Kolb ohne Kommentar und mit der Note Zwei minus zurückgab. Reina ging er aus dem Weg. Verena war jetzt oft in Dresden. Siegbert mußte sich einen anderen Beruf suchen, man hatte ihn wegen mangelnden gesellschaftlichen Engagements bei der Handelsmarine abgelehnt. Er wußte noch nicht, was tun. Wenn Swetlana am Abendbrottisch im Internat eine Diskussion anfing, löffelte Christian schweigend seine Suppe, und wenn Falk in Blödeleien ausbrach und Jens Ansorge ansteckte, ging er spazieren, stand lange an der Wilden Bergfrau oder am Kaltwasser, wo nur ein paar Eisangler mit Mormyschka-Ruten hockten und trübselig in die Wunen starrten. Auch zu Hause ging er oft spazieren, was Richard zu der Bemerkung veranlaßte, daß der Junge zuviel grüble und spintisiere in letzter Zeit, vielleicht täte ihm regelmäßige Ausarbeitung gut, eine Freundin; er in Christians Alter … Anne meinte, wenigstens käme er durch seine Spaziergänge an die frische Luft, und wenn er nicht reden wolle, solle man das respektieren. Christian vernachlässigte das Cello. In der Tasche trug er Reinas Briefe. Vor Hauschilds Kohlehandlung standen lange Schlangen, das scharfe Geräusch der Schaufeln, mit denen Plisch und Plum rasch kleiner werdende Briketthügel abtrugen, zerschnitt die Gespräche der Wartenden. Es war die Zeit der Theatervorstellungen, von Erik Orrés Rezitationsabenden, Kellner Adelings und Konditor Binnebergs »Schokoladenkochküche für Kinder und solche, die es werden wollen« im Foyer der »Felsenburg«: Blockschokolade wurde in Tiegeln und Töpfen zu dunkelbrauner, weihnachtlich riechender Masse geschmolzen, in Backmodel aus der Konditorei Binneberg gegossen: worauf Schokoladen-Karavellen ihre Buge wölbten, die der Konditor, ein feister Mann mit vielen geplatzten Äderchen in Boxerhundwangen, aus einer Spritztüte mit Zuckergußsegeln und süßtriefender Takelage versah; Pittiplatsch mit herausgestreckter Zunge und weißer Fondant-Stirnlocke sich wie in einem Spiegelkabinett auf den Tischkanten vervielfältigte; Napoleonköpfe und Feldschlangen von der Festung Königstein das Entzücken der Väter fanden. Pro Schokoladenguß verlangten Binneberg und Adeling eine Mark, gaben sie in einen Spartopf, auf dem »Solidarität« stand; davon kauften sie Spielzeug in der Spielwarenhandlung König in der Lübecker Straße und schenkten es den Kindern des Kinderheims »Arkadi Gaidar« auf dem Lindwurmring: Ein heruntergekommener, ausladender Bau im Schweizerstil neben den von der Roten Armee requirierten Villen.

Im Rundfunk werden mit Beginn der kalten Jahreszeit täglich die Heizstufen ausgegeben. Die Bekanntgabe der Heizstufen gilt für Betriebe und Einrichtungen, in denen Gebäude und Anlagen nicht mit einer funktionsfähigen Leistungsregelung ausgestattet sind. Sie beinhalten maximale Heizzeiten für die Raumheizung,

Heizstufe 1 entspricht einer täglichen Heizdauer von höchstens vier Stunden, wobei die Raumlufttemperatur (für Büroräume, Schulen, Kinos und andere gesellschaftliche Einrichtungen 19-20° C) nicht überschritten werden darf. Heizstufe 0: Keine Raumheizung für alle Betriebe und Einrichtungen, für ausgewählte Gebäude bzw. Räume (z.B. Krankenhäuser) bestehen Ausnahmeregelungen. Der Beginn von Raumheizung (Heizstufe 1) wird vom Kombinatsdirektor des Energiekombinates in Abstimmung mit dem Vorsitzenden der Bezirksenergiekommission entschieden.
»Von der Sowjetunion lernen, heißt frieren lernen«, witzeln die Wartenden vor Hauschilds Kohlehandlung.
Im Frühjahr trennte sich Josta von Richard. Sie schrieb ihm einen Brief: Da er sich von seiner Frau nicht scheiden lasse, habe sie die Konsequenzen gezogen; auch gebe es inzwischen einen anderen Mann. Sie werde heiraten. Sie und ihr Verlobter würden Richards Versuche, Lucie wiederzusehen, zu beeinflussen oder das Sorgerecht anzufechten, unterbinden lassen. Ihr Verlobter habe Beziehungen. »Lebe wohl.«
Eines Abends sah Christian seinen Vater um die Ecke Wolfsleite zur Turmstraße biegen. Richard hatte die Hände in den Manteltaschen vergraben und den Blick zu Boden gesenkt. Christians erster Impuls war, sich hinter einem der parkenden Autos zu verstecken und abzuwarten, bis sein Vater vorübergegangen war; aber Richard hatte ihn schon entdeckt: »Na, Junge«, sagte er und hob die Schultern dabei wie ein magerer, großer Vogel, der fror. Sein Blick wirkte müde, nicht kühl forschend wie sonst. »Kummer?« setzte Richard nach, berührte Christian leicht mit dem angewinkelten Arm, ohne die Hand aus der Tasche zu nehmen.
»Nee.« Christian bemühte sich, seiner Stimme einen unbeteiligt wirkenden Klang zu geben. »Du?« Er erschrak über seine Vertraulichkeit, die gewollte Lustigkeit hallte nach. So hatte er noch nie mit seinem Vater gesprochen, es gehörte sich nicht, so von gleich zu gleich, er zog den Kopf in den Kragen seiner Parka.
»Alles reinfressen, hm?« sagte Richard und lachte leise auf. »Alles reinfressen, so ist das. Hoffmanns und Rohdes: Man hält den Mund.«

»Meno sagt: Ein weiser Mann –«
»– geht mit gesenktem Kopf, fast unsichtbar, wie Staub. Chinesisches Sprichwort. Er hält sich ganz gut dran. Die Kunst des Lügens … Wird dir vielleicht noch nützen, wer weiß.«
»Gehst du nach Hause?« wehrte Christian ab.
»Noch nicht.«
»Kann ich dich begleiten?«
Richard sah auf, dann trat er plötzlich auf Christian zu und umarmte ihn. »Ich muß noch ein bißchen allein gehen, mein Junge. – Tut mir leid, daß ich nichts machen konnte, mit der Armee. Die vom Wehrkreiskommando hatten mir versprochen, daß sie dich zu den Sanis ziehen.« Aber so war es nicht gekommen, Christian war zu den Panzern gemustert worden.
»Werd's schon überstehen.«
»Geh du mal da lang, und ich gehe da lang«, Richard wies in die beiden Richtungen der Turmstraße. –
Es ist Lektüre-Zeit: Orwell wird gelesen, kursiert in mühselig hergestellten Schreibmaschinen-Kopien: Abschriften mit der Hand, wie bei den Mönchen, wären zu leicht erkennbar, man weiß von Fällen, in denen die Sicherheit allen Haushalten eines Stadtbezirks Einschreiben zustellen ließ, um eine Vergleichsprobe auf der Quittung zu bekommen, Diktate schulpflichtiger Kinder wurden geprüft, Klausuren von Studenten, Schriftstücke des Ehepartners, der das Einschreiben nicht quittiert hatte. Es ist die Zeit der Kettenbriefe, der Abziehbilder, der in den Schulklassen kursierenden Poesiealben, die Jungen im Stimmbruch mit funkelnden Einfallsreichtümern wie »Eigner Herd ist Goldes wert« oder »Sei wie die Lilie im Tale, / wie das Veilchen bescheiden und klein, / nicht wie die stolze Rose, / die immer bewundert will sein« füllen. Auf dem Postamt geht es betriebsam zu: Neben der summenden Fernsprechzelle – Herr Malthakus telefoniert mit einem Briefmarkenfreund aus Übersee –, neben der Zwanzig- und Zehnpfennigstücke schluckenden Ortsgesprächszelle – Gemüsehändlerin Zschunkes Mutter ist ins Krankenhaus eingeliefert worden – steht eine Warteschlange am Paketschalter, um Solidaritäts-Pakete nach Polen zu schicken. Pfarrer Magenstock hat eine Liste vor der Kirche anschlagen lassen, welche Güter am dringendsten benötigt werden, welche man (da sie auf den pol-

nischen Schwarzmärkten am meisten einbringen, dieser Grund steht freilich nicht auf der Liste) auf die weite Reise schicken sollte; auch Adressen sind angeheftet. Deutscher und Polnischer Post, Grenz- und Zollbeamten, dunklen Händen im Inneren der Volksrepublik schenkt man wenig Vertrauen. Kaffee, Zucker (die Kilopackungen zu 1,55 M werden einkaufsnetzweise aus dem »HO Lebensmittel« und dem »Holfix« geschleppt), Kinderkleidung, Zigaretten, Mehl. In der Pelzschneiderei »Harmonie« werden die Fellschnipsel gesammelt, »geht alles nach Polen!« gibt Barbara den Kindern zu verstehen, die an der Tür klingeln; in Sonderschichten nähen die Schneiderinnen Winterbekleidung aus den Resten, liefern sie stolz am Paketschalter ab, wo die Gehilfin, eine asthmatisch schnaufende Frau mit Thrombosebinden an den Beinen, in Pantoffeln mit rosafarbenen Plüschmäusen akkordweise, wie sonst nur zu Weihnachten, hanfverschnürte Quader auf die Stückgutwaage wuchtet und mit blauem Fettstift die Bestimmungs-Postleitzahl (Nullen groß wie Wärmflaschen) auf dem Packpapier wiederholt, den ausgefüllten Paketschein mit einem Leimpinsel tränkt und auf das Paket klatscht. Es riecht nach diesem Leim in der Post. Es riecht nach nassen Regenschirmen, die im Vorraum in einem Plastköcher trocknen; es riecht nach Postmeister Gutzschs Bernhardiner, der kalbsmaßig und teilnahmslos im Durchgang hinter den Schaltern auf einer Dekke liegt. Die Sondermarken, die anläßlich des bevorstehenden 35. Jahrestags der Republik herausgegeben werden, riechen nur schwach nach Gummierung und Gutzschs erkaltetem Stumpen, den er manchmal auf den Rand des Befeuchtungsschwamms legt, wenn er prüft, ob Adressat und Absender korrekt auf dem Briefkuvert vermerkt sind; am Stumpen vorbei zieht er eine der gedruckten und feinumrändelten Schmalspurbahnen durch den nassen Schwamm, oder aus foliantgroßer Postmappe eine Statue aus Balthasar Permosers Jahreszeiten-Briefmarkenreihe, sucht und mißt akribisch, bevor er den Frühling, den Sommer kleben läßt, greift zur Stempelbirne und läßt es zweimal knallen: ta-teng, zuerst ins Sattschwarz eines Vorkriegs-»Pelikan«-Stempelkissens, dann, mit Wonne, auf die jungfräuliche Marke; eine Prozedur, zu der Postmeister Gutzsch noch nie »entwerten« gesagt hat.

Regine wartete. Unter der Reispapierlampe im Wohnzimmer, die Jürgen gebastelt und mit Fliegenden Fischen bemalt hatte, im Garten des Blasewitzer Hauses in der Straße, die nach einer kämpferischen und aufrechten Sozialistin benannt worden war, am Waldpark, wo winters die Kinder rodelten und Schlittschuh liefen, sommers die Eis- und Limonadeverkäufer bunte Kälte anboten, – im Garten inmitten von Statuen, die Jürgen aus dem Sandstein der Lohmener Steinbrüche gehauen hatte: einem Würfelfries mit Kindern unter Früchten, einem Frauentorso, zwei Jungen nach den Kindern Hans und Philipp, saß sie und wartete. Sie wartete am Telefon, wenn Richard und Anne das Wohnzimmer in der Karavelle verließen, um sie mit der Stimme Jürgens allein zu lassen, die am anderen Ende der Leitung aus dem Trubel der großen und lichterdurchsprühten Stadt München knackend und fernrauschend, begleitet von einem zweiten Knacken, »Hallo« sagen würde, wenn sie spazierengingen, um Regines Schluchzen nicht hören zu müssen, nicht zu Zeugen des Schweigens zu werden, das nach fast vier Jahren Trennung hin und wieder entstehen mochte und das der Alltag nie ganz verschütten konnte: Wie geht es den Jungs? Kommen sie in der Schule klar? Habt ihr Wünsche, was soll ich euch schikken? – Und du? Hast du inzwischen eine Stelle gefunden? Eine Wohnung? Mein Gott, das ist ja alles wahnsinnig teuer. Regine wartete, wenn der Laternenmann die meterlange Stange mit dem Haken am Ende vom schwarzen Fahrrad nahm, den Haken in eine Öse im verschmutzten Glas-Sechseck einer Gaslaterne steckte, einen Lichtball aufblies, einen nach dem anderen in den Straßen des Viertels; sie wartete an den Donnerstagen, wenn der Eiswagen kam, gezogen von zwei teilnahmslosen Haflingerpferden, wenn die Glocke des Eismanns aufmerksamkeitsfordernd laut, wie gekränkt durch verschlossene Fenster und nicht aufgehobene Gardinen entlang der sommerlich stillen Straße, mit ihrem schrillen Hier bin ich! die Anlieferung frischer Eisblöcke verkündete, die der Eismann mit einer Bauklammer vom Wagen hinunterreichte – fischschimmernd, gläsern glatt wurden die Klötze in die Küchen-Eiskästen geschoben, wo sie in wenigen Tagen auf daruntergehängte Schalen tauten; vor-elektrische Kühle für Butter und Fleisch, Milch und Marmelade.

Es ist der Monat der Arbeiterfeierlichkeiten: »Alles heraus zum 1. Mai!« hofft ein Transparent an der Mauer des Städtischen Friedhofs Dresden-Tolkewitz.

Es ist die Zeit, in der jeden Mittwoch dreizehn Uhr eine Sirene über der Stadt aufheult und den Ernstfall probt, in der nachts von den sowjetischen Übungsplätzen rings um die Stadt Maschinengewehrknattern in den Schlaf dringt, tags Jagdbomber Kondensstreifen in die Himmelsbläue zirkeln, nach ein paar Sekunden folgt der Düsenschall donnernd nach. Und was hilft es, sich vor der Tatsache zu verstecken, daß auch die Kokosnuß, bekannt für ozeanische Wanderkraft, den Weg elbeaufwärts zu finden vermag und als filzig behaarte, kanonenkugelgroße Beschaffenheit auf einigen Obsthorden im Gemüsegeschäft der Frau Zschunke, an einem kalten Nachmittag im Mai, real zu existieren scheint? Witwe Fiebig sieht zuerst Frau Zschunke an, die den Blick niederschlägt und nickt. Dann sieht sie die übrige Kundschaft an: leidgeprüfte Hausfrauen, durch die Herumrennereien elastisch gebliebene Rentner, Herr Sandhaus: ein Verbündeter. Abgesehen davon, daß sie keine Chance haben, beschließen sie, fair zu sein: Witwe Fiebig sichert zunächst zwei der real existierenden Vorkommnisse in ihren Einkaufskorb und schärft Herrn Sandhaus ein, ihn nicht aus den Augen zu lassen. Dann rennt sie auf die Rißleite, direkt vor Binnebergs Konditorei, wo törtchenlöffelnde Dresdner Nostalgikerinnen ihr hastiges Benehmen bereits registriert haben, legt die Hände trichterförmig an den Mund und schreit dreimal KOKOSNÜSSE! in die Tiefen sozialistischen Stadtteillebens, das nicht umhinkann, die Daseinsweise der Eiweißkörper zu sein (wie Friedrich Engels schreibt), die wesentlich in der beständigen Selbsterneuerung der chemischen Bestandteile dieser Körper besteht. Witwe Fiebigs Ruf verhallt nicht ungehört, und da das Bewußtsein ein Entwicklungsprodukt der Materie ist, folgt die Einsicht in die Notwendigkeit, ebenfalls einen der befilzten tropischen Reisekader vom Volkseigentum in Frau Zschunkes »Saftladen« in Privateigentum zu überführen. Meno, zufällig zur rechten Zeit am rechten Ort, hat bereits ein Exemplar für die Hoffmann-Familie in der Heinrichstraße und eines für sich selbst (das heißt: für die Stahls und ihr wenige Monate altes Baby) sichergestellt, als ihn Frau Zschunke mit einem durchdringenden »Pro Nuß 'ne Nuß, nich mehr!« das überzählige Exemplar wieder zurückzulegen bittet. Als Meno die Hoffmannsche Kokosnuß vorbei an einer Hundertmeterschlange, wo finstere Blicke auf längst überwundenen Bewußtseinsebenen sprechen, in Richtung Heinrichstraße trägt, hat er seit langem wieder einmal das Gefühl, eine Tat, eine wirklich nützliche, runde, unhinterfragt gute, lobverdienende Tat getan zu haben – Judith Schevolas Buch wird im Verlag verzögert, Gutachten verbreiten ideologische Bauchschmerzen; Meno ist machtlos dagegen. Abends steht die Kokosnuß, gesäubert, entfilzt (Barbara: »Das Zeug nich wegtun, Anne, wer weiß, wozu man das noch mal gebrauchen kann!«), geschrubbt aufrecht wie Kolumbus' Ei auf dem Küchentisch und wird von der versammelten Familie ungläubig begutachtet. Die Küche ist klein, man steht eng, die Luft ist schlecht. Kerzen brennen rund um die Kokosnuß, eine von Barbaras übertriebenen Ideen, wie Meno findet, der seinen Triumph still genießt.

»Na los, Richard. Knack se«, reizt Ulrich. Robert hält das Kon-Tiki-Buch des norwegischen Ethnologen und Abenteurers Thor Heyerdahl in den Händen, falls jemand daran zweifeln sollte, daß Kokosnüsse Augen haben, die man anbohren muß, wenn köstliche Milch rinnen soll. Anne hat Schalen aufgestellt. Für jeden ein Schlückchen. Richard greift zum Korkenzieher und gräbt ihn in einen schwarzen Punkt, der ein solches Auge sein könnte, wie es Heyerdahl in seinem Bericht schreibt. Richard schafft es einige Umdrehungen weit, zerrt, die Nuß zwischen den Füßen, mit aller Kraft und bekommt ein Filz-Stöpselchen sowie den Korkenzieher verbogen zurück. Die Milch will nicht rinnen. Robert weist vorsichtig darauf hin, daß Heyerdahl von grünen Nüssen schreibe, wenn er und seine Männer auf den Marquesas-Inseln Kokosmilch tränken. Barbara schüttelt die Nuß: Sie bleibt rund, kompakt und innen still und stumm. Der Seiffener Nußknacker neben dem Samowar, ein Bergmann mit Klapp-Kinnlade, ist zu klein und verletzlich geschnitzt; es bedarf brachialerer Lösungen, aber Annes Fleischhammer nützt auch nicht: nur ein paar Stückchen Sprelacart splittern von der Anrichte ab, und Ina hält sich die Ohren zu, weil Ulrich seine Hiebe in erblindender Wut führt. Richard und Ulrich gehen auf den Balkon, wo etwas Werkzeug aufbewahrt liegt, geben der Nuß mit einem Amboß harten Boden, Richard hebt einen Zimmermannshammer, die Nuß glitscht seitlich weg, trifft Ulrich am Schienbein. Ob Richard keinen Vorschlaghammer habe, jetzt reiche es ihm, er lasse sich von so einer verdammten Kokosnuß nicht kleinkriegen, und wenn er mit dem Moskwitsch drüberrollen müsse! Richard hat keinen Vorschlaghammer. Weder die Stenzel-Schwestern noch Nachbar Griesel verfügen über dieses gewichtige Argument, André Tischer aber über einen Schneidbrenner, den Ulrich als letztes Mittel der Kokosnuß androht, Richard hat einen Schraubstock. Sie drehen, bis sich die Spindel biegt. Die Nuß, ein harter Schädel, denkt nicht ans Aufgeben. »Wir könnten das Ding vom Balkon auf die Gehwegplatten schmeißen, mit Schmackes!« – »Da springen doch die Trümmer sonstwohin, und ich möchte, nein: Ich will! Schnorchel, einmal in meinem Leben so was getrunken haben! Stell dir mal vor, da ist noch Milch drin – und dann auf den Gehwegplatten!« Sie versuchen es mit einer Säge, aber die faßt nicht, rutscht auf der glatten Oberfläche immer wieder ab. »Kann sein, die hat ’nen Schraubverschluß, und ihr seht ’n bloß nich«, wagt Robert anzumerken.

Der Sommer kam. Die 12. Klassen hatten Abiturprüfungen. Fahnenappell: Alles Gute für Ihren weiteren Lebensweg in unserer sozialistischen Gesellschaft! Blumen, Händeschütteln, noch einmal ein gemeinsamer Discobesuch, Suff und Zigaretten, abhotten.

Muriel wurde in einen Jugendwerkhof eingewiesen. Sie war verwarnt worden und hatte dennoch im Staatsbürgerkundeunterricht immer wieder ihre Meinung gesagt.

Hans und Iris Hoffmann wird Versagen bei der Erziehungsarbeit vorgeworfen, das Erziehungsrecht aberkannt. »Das Ziel der Umerziehung in einem Jugendwerkhof besteht darin, die Besonderheiten in der Persönlichkeitsentwicklung zu überwinden, die Eigenheiten im Denken und Verhalten der Kinder und Jugendlichen zu beseitigen und damit die Voraussetzungen für eine normale Persönlichkeitsentwicklung zu schaffen«, sagt die Richtlinie.

II. Buch:
Die Schwerkraft

37.
Abend im Haus Eschschloraque

Ruckend und knirschend, erhellt vom funzeligen Licht der Bergstation und einiger Lampen im Wageninneren, setzte sich die Schwebebahn in Bewegung, sank aus der Haltebucht heraus ins Freie und an einer Schiene unter den hufeisenförmig gebogenen Stahlträgern dem Tal zu. Es war ein kühler Spätherbstabend. Judith Schevola fror im dünnen Mantel, Philipp Londoner hatte ihr seinen Schal geliehen, den sie wie einen Spanischen Kragen um den Hals gewickelt trug, so daß nur die Nasenspitze und ihre kalt beobachtenden Augen hervorlugten; tief in die Stirn gezogen, ließ eine überdimensionale flache Mütze, wie sie UFA-Stars zu Knickerbockern getragen hatten, ihren Kopf einen Fledermausschatten werfen.
»Wenn mich der Posten oben noch mal nach meinem Ausweis gefragt hätte –«
»– wären Sie explodiert.« Schevola zog den Schal herunter, streifte Philipp mit einem spöttischen Blick. »Vermutlich hat er Ihnen das angesehen, und deshalb wollte er nichts riskieren. Wer weiß, vielleicht häuft sich das in letzter Zeit bei denen, die von Barsano kommen.«
»Sie tun das ab, als wäre es nichts. Barsano hat das Papier nicht mal angeschaut. Als bekäme er so etwas inzwischen täglich. Gelächelt hat er und aufs Büfett gezeigt, wie … wie ein Spießer. Und du«, er nickte Meno zu, »hältst dich immer schön zurück, schweigst und ziehst den Kopf ein, wenn einer deiner Vorgesetzten –«
»Philipp, du weißt genau, daß du Unsinn redest«, fiel ihm Meno ruhig ins Wort, »und was soll ich zu deinen Thesen und Zahlen schon sagen? Ich kenne sie ja nicht mal.«
»Ich muß ihn verteidigen. Er hat sich für mein Buch ganz schön ins Zeug gelegt, und nur, weil Redlich ihn unterstützt hat, macht das seinen Mut nicht kleiner. Sie sind brachial dazwischengeplatzt mit Ihrem Positionspapier.«

»Papperlapapp, dazwischengeplatzt! Jetzt will ich Ihnen mal was sagen. Das Treffen war eigentlich angesetzt, um Fragen zu besprechen, wie sie im Papier des Instituts aufgeworfen werden. Was ihr Literaten da zu suchen hattet, ist mir einigermaßen schleierhaft; vielleicht hat er euch sogar nur aus Feigheit eingeladen, als Alibi … Denn irgendeiner seiner Sekretärs-Lurche wird ihn auf das Thema vorbereitet haben.«
»Philipp«, Meno nickte warnend in Richtung Schaffner, der reglos vor dem Bedienpult am anderen Ende des Wagens saß. Philipp blieb unbeeindruckt. »Schön, sind sie eben keine Lurche, sondern Schleimschwänze, Quallen! – Übrigens ist das eine typische Antwort: Kenn' ich nicht, versteh' ich nicht, legen Sie das den zuständigen Leuten vor!«
»Ist Barsano zuständig?«
»Judith: Begreifst du nicht, worum es geht?«
»Judith nennst du sie, aha«, warf Meno überrascht ein. »Du wirst laut«, beeilte er sich hinzuzusetzen, als er die beiden Blicke wechseln sah.
»Darauf würde Eschschloraque einen geistreichen Spruch parat haben, etwa: Beethoven bleibt Beethoven, egal, wo der Lautstärkeregler steht«, sagte Philipp in ziemlich hochmütigem Ton. Schevola hauchte eine Fensterscheibe an, wischte, versuchte etwas zu erkennen. »Und du meinst, wir sind ihm willkommen? Nicht jeder mag unangekündigten Besuch. Hier in Ostrom schon gar nicht. Vielleicht ist er ein Abendmensch und schreibt gerade an einem seiner Stücke, in denen Nachtwächter verkleidete Staatsratsvorsitzende sind.«
»Daß ich komme, weiß er, daß ihr kommt, nicht. Überraschungen regen ihn an, sagt er. – Übrigens hast du mir auf meine Frage nicht geantwortet, Schätzchen.«
Philipp, fand Meno, hatte hin und wieder einen merkwürdigen Sinn für Humor. Judith Schevola schien der Spitzname zu amüsieren, vielleicht hatte sie ihn schon mehrmals gehört. »Setzen wir das doch draußen fort, Genosse Professor. Wir sind gleich da.« Sie hob das Gesicht und mimte abgebrühte Halbweltdame. »Schnuckelchen.«
Philipp klingelte, als der Kosmonautenweg in Sicht kam. Der Wagen glitt in die Halteinsel, kam schaukelnd zum Stehen; auf

der anderen Seite hielt der Gegenwaggon, Meno sah zwei Passagiere darin sitzen; sie nickten ihm zu: Musikkritiker Däne und Rechtsanwalt Joffe, sie schienen in angeregtem Gespräch zu sein. Vielleicht über die Semperoper, deren Wiedereröffnung am dreizehnten Februar bevorstand, vielleicht erkundigte sich Rechtsanwalt Joffe nach einem Opernkomponisten bei Däne, denn er hatte ein Kriminal-Libretto geschrieben, aus dem Erik Orré im vergangenen Winter blutrünstige Moritaten zum besten gegeben hatte. Die Türen schnarrten auf, Philipp reichte Judith Schevola die Hand zum Aussteigen, eine seiner inkonsequent bürgerlichen Galanterien, wie Marisa gesagt hätte; Meno reizte es, sich nach ihr zu erkundigen, unterließ es aber. Der Schaffner ließ den leeren Wagen nach kurzer Wartezeit, in der niemand zustieg, weiterfahren. Der Kritiker und der Rechtsanwalt schwebten eifrig gestikulierend den Berg hinan.

»Bei der Gelegenheit: Wollen wir uns nicht auch duzen?« Judith Schevola setzte sich auf das Treppengeländer und versuchte zu rutschen, aber Nieselnässe hatte es stumpf gemacht. Philipp Londoner lachte, schlug Meno freundschaftlich-herablassend auf die Schulter: »Wetten, daß er nein sagt, Judith? Bei mir hat er sich geziert wie eine Jungfer, und das, obwohl ich der Bruder seiner ehemaligen Frau bin. Werd' ich so bald nicht vergessen, was du zu mir gesagt hast: ›Wir haben noch nichts miteinander erlebt, was einen solchen Schritt rechtfertigen würde, wir haben noch nicht gemeinsam gekämpft; wir wissen noch nicht, was wir voneinander zu halten haben.‹ Meno, unser kleiner Militarist. Wie bist du bloß darauf gekommen?«

»Wenn es dir nicht wieder zum Spott dient: durch Erfahrung. Ich werde nicht gern enttäuscht, das ist alles. Und ich selber möchte andere auch nicht gern enttäuschen.« Er wandte sich an Judith Schevola. Sie sah der Schwebebahn nach, die als strahlig erhellter Bathyscaph im Gewirr der Stahlträger verschwand. »Ich möchte Sie nicht beleidigen, aber ich halte es für besser, wenn eine gewisse Distanz zwischen Autor und Lektor bleibt. Was machen Sie, wenn ich Sie duze und Ihnen gleichzeitig ein Kapitel kurz und klein schlage?«

»Ich werde ›du Arschloch‹ sagen und es lächelnd ertragen.«

»Laß es doch auf einen Versuch ankommen, Meno! Lächeln

wird sie ganz bestimmt nicht, eitel, wie sie ist.« Philipp hatte heute abend offenbar Vergnügen daran, sie zu reizen.
»Eitelkeit ist, wenn man zum Spiegelbild sagen kann: Na, auch so schlecht geschlafen? – Also?« wandte sie sich ungeduldig an Meno.
»Ich möchte beim Sie bleiben. Warten Sie's ab, Sie werden mir dafür noch dankbar sein. Außerdem möchte ich Sie nie als Jammerfrau erleben. Heulende Genies haben etwas Befremdliches, sie verlieren schlagartig an Stellung, und das Du verleitet zu Einblicken in Zimmer mit herumliegenden Zigarettenkippen und vergammelten Keksen. Nichts für mich.«
»Na gut, hätten wir das geklärt«, erwiderte Judith Schevola pikiert.
»So trocken hat dir wohl noch nie ein Mann was abgeschlagen?« Philipp grinste. Plötzlich verfinsterte sich sein Gesicht wieder. »Gehen wir! Wenn wir Eschschloraque schon überraschen, dann wenigstens pünktlich.«
Der Kosmonautenweg verlief in abschüssigen Windungen und endete als Sackgasse an einer Stiege, die für Autos unpassierbar war und durch wildromantisches, von Mauern abgestütztes Waldgebiet hinunter zur Pillnitzer Landstraße führte. Im Winter war die Stiege glatt, wer hinaufwollte, mußte sich mühsam am Geländer hochhangeln und seine Besorgungen, die er in der Stadt hatte machen müssen, wie ein Bergsteiger in einem Rucksack schleppen, um beide Hände freizuhaben. Im Sommer roch es nach Moos, war feucht und schluchtkühl in dieser Stiege, die zwischen Eschschloraques Haus und einem bewachten Grundstück einschnitt, dessen Einfahrt ein breites Eisentor schützte; man hatte den Park verwildern lassen. Es wurde gemunkelt, daß Marn, der Vertraute des Sicherheitsministers, sich von den Strapazen seiner hauptstädtischen Verpflichtungen hier zu erholen pflegte. Eine weitere Stiege verband den Kosmonautenweg mit den höhergelegenen Bezirken Ostroms, sie war kaum breit genug für einen Fußgänger und jetzt im Herbst, wenn die Regen begannen, voller moderndem Laub, auf dem man leicht ausrutschte; das Geländer war vermorscht und auf längeren Strekken ganz weggebrochen.
»Wie geht's eigentlich Ihrem Neffen?«

»Nicht besonders, nehme ich an. Er muß bald zur Armee, drei Jahre.«
»Ich denke gern an den Abend bei Ihnen im Garten zurück«, sagte Schevola nach einer Weile. »Ich fand Ihren Neffen – er heißt Christian, nicht wahr? – auf eine merkwürdige Art nett –«
»Was soll das heißen: auf eine merkwürdige Art? Vergreifst du dich jetzt schon an grünem Gemüse?« Philipp lachte, aber es klang nicht echt.
»Sehr charmant seid ihr Revolutionäre. Aber Revolution ist für euch sowieso nur ein Männerding.«
»Wenn es ans Kämpfen geht, schon.«
»Ja, und eure Frauen stellen inzwischen daheim die Pantoffeln für euch zurecht. Mit merkwürdig nett meine ich, daß ich normalerweise nie einen Mann, den ich als nett bezeichne, ganz ernst nehmen könnte. Ihr Neffe ist nett, aber ich nehme ihn trotzdem ernst, das finde ich merkwürdig. Er scheint viel zu wissen. Vielleicht ein wenig zuviel für sein Alter. Und er übt eine Anziehung auf Frauen aus. Das scheint er interessanterweise nicht zu wissen.«
»Sie brauchen ihm diesen Floh auch nicht ins Ohr zu setzen«, warnte Meno schroffer, als er gewollt hatte.
»Keine Angst«, erwiderte Judith Schevola, »ich glaube nicht, daß er bedenkenlos und animalisch genug ist, um mit Frauen ins Bett zu gehen, die doppelt so alt sind wie er und also seine Mutter sein könnten. Es gibt Männer, die gewissermaßen immer mit ihrer Mutter ins Bett gehen, und solche, die das hassen. Er dürfte eher zu dieser Kategorie gehören.«
»Junges Gemüse strebt zu jungem Gemüse!«
»Wie taktvoll du bist, Philipp. Mit reiferen Frauen könnten junge Männer lernen, was Sinnenglück und Diskretion ist. Die Lust zum Kriegspielen würde ihnen vergehen.«
»Du hast eine unangenehme Art, andere Menschen einzuschätzen«, bemerkte Philipp gekränkt, »oft baust du auf bloßen Äußerlichkeiten auf.«
»Komm mir doch nicht mit Tiefe, Genosse Professor. – Revolutionäre! Kaum kratzt man ein bißchen am Lack, kommt ein Einfamilienhäuschen zum Vorschein. Und eine Küche mit Herd und rotweiß gewürfeltem Tischtuch, auf dem der Ge-

mütlichkeits-Samowar herzwärmende Getränke zum Kuchen liefert.«
»Das unterstellst du mir? Mir? Spießertum? Ich glaube, dir müßte mal jemand den Kopf geraderücken.«
»Das wollen viele, mein Lieber, keine Sorge. Übrigens kannst du deine kleine Chilenin ruhig mal mitbringen. Bürgerliche Moralvorstellungen fand ich noch nie besonders spannend.«
»Wir wären da«, schlug Meno vor.
Eschschloraques Haus war an den Hang gebaut. Eine schadhaft aussehende Brücke mit Kanonenkugeln in Eisenkörben, zwischen denen Ketten als Geländer liefen, führte vom schmiedeeisernen Tor, obenauf eine verbogene Bienenlilie, zur ersten Etage des zwischen düsteren Fichten verborgenen, fremdartig wirkenden Baus. Die Peitschenlaterne an der Stiege zur Pillnitzer Landstraße erhellte fahl den Giebel und einen Teil des Daches, das, mit ornamentierten Schindeln gedeckt, schuppig wie Drachenhaut wirkte. »Haus Zinnober«, murmelte Judith Schevola die Inschrift nach, die zwischen Fachwerkbögen unter einer rostig knarrenden Wetterschlange geschrieben stand.
Eschschloraque riß die Tür auf, musterte Philipp, der noch die Hand nach dem Klingelknopf ausgestreckt hielt, dann Meno und Schevola. »Wir beschäftigen uns mit Leim«, sagte er und nickte einzutreten. »Für den fortgeschritteneren Teil des Abends hatten wir an Kollegs über Wiederholungen und Konservierungsmittel gedacht. Wer etwas dazu beizutragen weiß, sollte sich nicht schämen, die Hand zu heben; auch ließe es die Qualität des Mitschurin-Dinners verzeihlich erscheinen, wenn jemand noch beim Kauen dringend etwas richtigzustellen wünscht. Albin!« rief er den hinter ihm im Flur wartenden, lächelnden jungen Mann, der die gleichen Pastellfarben-Anzüge zu bevorzugen schien wie Eschschloraque, wenngleich Albins Anzug einen schillernden Fliederton und Eschschloraques den silbrigen von Fischflossen aufwies. »Wir haben Gäste.«
Albin trug Monokel und stellte sich mit Verbeugung, Judith Schevola mit gehauchtem Handkuß vor. »Albin Eschschloraque, ob angenehm, werden wir sehen. Ich bin – der Sohn. Vom Vater hab' ich die Statur, des Lebens angeknackstes Führen. Von der Mutter bitte nichts. Willkommen.« Er wies auf eine Reihe San-

dalen und durch den schwach möblierten Flur ins Wohnzimmer. Es schien die weitläufige Zelle japanischer Mönche zu sein, die sie in elegant-strenger Haltung zu empfangen schien; ein karger Raum, der nicht für abendliches Füßehochlegen gemacht war; zwei Arbeitspulte auf roh zugehauenen Baumstämmen standen in Entfernung einander wie stolze, unnahbare Häuptlinge gegenüber, eine Regalplanke, die in den Raum wie ein Sprungbrett ragte, hielt einige Bonsai-Bäumchen ins Grellweiß eines Punktstrahlers. Auf dem Sofa darunter saß der Maler Vogelstrom mit einem Skizzenblock auf den Knien, einige Blätter hatte er herausgerissen und vor sich auf den niedrigen, stark geflammten Holztisch gelegt. Das »Mitschurin-Dinner« duckte sich auf einem Rollwagen aus Edelstahl. Das Auffallendste im Raum war ein Aquarium, durch dessen von Sauerstoffblasen durchträumte Klarheit, in angenehmer, zeitlupenhafter Farbregie, die verschiedensten tropischen Fische wechselten.

»Lieber Philipp, bevor du mir verrätst, wie verständnisvoll Barsano gegenüber deinen gewiß scharfgeschliffenen, zahlenfunkelnden Ausführungen gewesen ist, möchte ich dich bitten, einen Blick in mein Aquarium zu werfen. Erkennst du, womit dieses Subjekt«, er wies auf Albin, der mit verschränkten Armen neben der Tür stehengeblieben war, »an meinen Lieblingen, an ihrer mozartischen Schwerelosigkeit, gefrevelt hat? Und Sie, Rohde, sehen Sie es, der Sie sonst mit roten Kommas Anspielungen ritzen? Ah, Fräulein Schevola, von der Schiffner wie ein Geißbock fistelt, zeigen Sie Ihre Beobachtungsgabe ungeschärft von der edlen Scheurebe, deren Etikett Sie eben prüften!«

»Sie müssen zugeben«, erklärte Albin, indem er sich vom Türrahmen löste und mit theatralisch heruntergeklappten Händen näher kam, »daß es nicht einfach gewesen sein kann. Die Glitschigkeit des Fischleibs im allgemeinen und der Schwanzflossen im besonderen, dünn und hauchig transparent, wie sie sind, widersetzt sich der Klebekraft auch der besten Leime. Übrigens, Leim: ist wasserlöslich, wasserlöselich, wasserlasserlich, ach.« Er kicherte barock. »Aber in diesem Land ist vieles mögelich. Auch Spezialkleber. Ein Punkt auf jede Schwanzflosse, ein wenig Druck unter hohler Hand – ihr Zappeln ist wie das von Schmet-

terlingen – dann frisch zurück ins nasse Element! Sieh da, es klebt, sie streben sinnlos in verschiedne Gegend.«
»Du hast meine wertvollsten Fische an den Schwänzen zusammengeleimt«, erwiderte Eschschloraque und angelte sich ein Schinkenbrot vom Mitschurin-Wagen. »Wolltest du ideologisch testen? Hü oder hott? Was hast du getrieben?«
»Wissenschaft, mein Vater. Die Herren baten um Bericht.«
»Wissenschaft! Der Gottheit bring' ich gern ein Opfer!« Eschschloraque nahm einen Kescher, ging zum Aquarium, hob die beiden zusammengeleimten Fische heraus. »Albin, ich will es dir zeigen.« Er winkte seinem Sohn, der mißtrauisch das Monokel zurechtklemmte. »Du willst mir Böses tun, Herr Vater. Selbst der Vogelstrom merkt es, hüllt die Karikatur, die ich nicht bin, in Schwammpilz und Zunder.«
»Ach was, komm her.«
Mit einem Satz war Eschschloraque bei Albin, der auf ihn zugetreten war, griff ihm an die Wangen und versuchte, ihm die Fische in den Mund zu schieben. Albin spuckte nicht aus, sondern biß zu und kaute, wobei er den zweiten Fisch wie ein Gummitier dehnte und abriß. Er warf ihn ins Aquarium zurück, wo das Tier lahm und mit halber Schwanzflosse hinter einen Stein schwamm. »Ich brauche was zum Verdauen. Magenbitter ist keiner da?« Albin wühlte auf dem Wagen herum. »Typisch, das vergessen sie immer.«
»Du Mißgeburt von einem Sohn«, Eschschloraque zündete sich ruhig eine Zigarette an, »wenn du ein Dramatiker werden willst, der mich übertrifft, mußt du dir Besseres einfallen lassen. Wiewohl ich zugebe«
»– daß ich Fortschritte mache? Liebster Herr Vater, was glaubst du, was es mich gekostet hat, diesen Spezialkleber zu beschaffen. Ich mußte ernste Opfer bringen!« Albin ließ in gespielter Empörung das Monokel aus dem Auge fallen. Judith Schevola beugte sich zu Meno, inzwischen hatten sie sich auf das Sofa zu Maler Vogelstrom gesetzt, ohne daß dieser ein Wort des Grußes gesprochen oder auch nur von seinen Papieren aufgesehen hätte: »Albin hat Ähnlichkeit mit einem kastrierten Seehund, finden Sie nicht? Die Äpfel auf seiner Krawatte sind so … geschmackvoll. Soll ich Ihnen eine Schale Erdnußflips mitbringen?« flüsterte sie.

Meno beobachtete sie von der Seite, sie schien entschlossen, die Szene auszukosten. »Woher wissen Sie, wie kastrierte Seehunde aussehen?«
»Herr Eschschloraque, darf man rauchen? – Ich habe Neigungen, von denen Sie nichts wissen«, bemerkte sie zu Meno und ließ den ersten Zug aus ihren Nasenlöchern qualmen.
»Sollten wir nicht lieber gehen?« fragte Philipp, sein Gesicht hatte einen abweisenden Ausdruck angenommen.
»So eilig, liebe Gäste? Fühlt ihr euch nicht gut unterhalten?« Eschschloraque lächelte höhnisch. »Nun, Söhnchen, was hat es dich denn gekostet? Übrigens empfehle ich dir, deine Gestik vor dem Spiegel zu kontrollieren. Ich weiß, daß es ein Klischee ist, daß Tunten tuntige Bewegungen machen, aber du gibst es wie nur je ein schlechter Schauspieler.«
»Muß ich von dir haben.« Albin schlürfte genießerisch eine Tasse Kaffee. »Schau, immer nur Goethe, Goethe, Goethe … Und dann reicht es nur zu Heiterkeit, zum Biß mit dritten Zähnen. Ein paar nach dem Gral schnappende Scherze, und in Wahrheit war es ein Napfkuchenblech, das vorüberschwebte! Statt Blut nur Himbeersoße … Das ist das Schicksal der Clowns.«
»Wissen Sie, was er mir übelnimmt?« Eschschloraque stippte Zigarettenasche ins Aquarium. »Daß ich ihn durchschaut habe, durchschaut bis ins Kammerwasser seiner ausdruckslosen Augen. Er ist so verzweifelt, er liebt mich im Grunde, das ist es, aber er würde eher vor Scham in den Boden sinken, als sich eine Sentimentalität zu erlauben …«
»Du hast mich Albin genannt. Albin! So heißen Enten oder Pinguine, wie soll man mit einem solchen Namen ernst genommen werden!«
»Ja, eben! Kannst du dir vorstellen, daß ein Dramatiker wirklich gut sein kann, der Albin heißt? Begabte Väter haben so gut wie nie begabte Kinder, heißt es. Heißt das aber auch, daß begabte Väter auf die Wonne! Kinder zu haben, verzichten sollen? Daran dachte ich in dem Moment, als ich dich … nun, sagen wir, auf die Reise schickte. Ich hätte verantwortungsbewußter handeln müssen.« Eschschloraque forschte im Gesicht seines Sohnes, das dieser ins grelle Licht unter dem Bonsai-Regal hielt, nach Wirkung, schlug unschuldig die langen, frauenhaft seidigen

Wimpern auf. »Es war übrigens ein höchstens mittelmäßiger Genuß.«
»Auch müd' gezündete Kanonen treffen«, Albin war kalkblaß, bewegte sich aber sehr ruhig und gemessen, nicht einmal die Flamme des Feuerzeugs zitterte, als er sich einen Zigarillo ansteckte.
»Schluß jetzt, ihr beiden«, Philipp stand auf, winkte mit seinem Positionspapier. »Wir haben Wichtigeres zu besprechen.«
»Wenn du meinst«, erwiderte Eschschloraque.
»Verflucht noch mal, keiner hört mir zu! Ihr pflegt hier eure privaten Streitereien, die ich, unter uns, ziemlich geschmacklos finde, vor allem gegenüber«
»– euch Gästen?« unterbrach Albin unbeeindruckt, »Na und? Sollen sie doch lernen, wie weit Verehrung gehen kann. Gäste? Mich stören sie nicht«, setzte er mit süffisant gespitztem Mund hinzu.
»Ich finde es nicht nur geschmacklos, sondern auch unreif, wie ihr euch benehmt. Es muß doch möglich sein, in einer Familie normal miteinander umzugehen, natürlich –«
»Normal! Natürlich!« Eschschloraque wirkte belustigt. »Unterhalten sich zwei Pathologen über ihre Klientel: War ein Künstler! Ist eines natürlichen Todes gestorben! sagt der eine. – Also hat er sich umgebracht? sagt der andere. Lieber Philipp –«
»Edu –«
Albin brach in quiekendes Gelächter aus. Eschschloraque schnitt es mit der Bemerkung ab, daß es eher albern als ehrlich erheitert klinge und daß auf diese Weise oft Leute lachten, die sich Leiden einbildeten. – Leiden! Albin lachte noch lauter. Danach schlug er vor, man solle endlich Philipp zuhören, denn was würde aus den Revolutionen ohne Positionspapiere. Philipp nahm es ohne Humor und begann, mit gesenktem Kopf und auf den Rücken verschränkten Händen, die er zu konzentrierten Fingerstichen unter bündiger Rede hob, die Ideen seines Arbeitsstabes auszubreiten. Es ging um Reformierung der Wirtschaftspolitik, ein Thema, das Judith Schevola sichtlich langweilte, denn sie begann Vogelstrom über die Schulter zu lugen, der jetzt Philipps Gesicht in verschiedenen Stadien zwischen Empörung und Entflammung skizzierte, bis Philipp traurig »es interessiert

euch nicht, wie Barsano«, feststellte und resignierend die Arme senkte. »Wenn nicht einmal ihr mir zuhört, für die sozialistische Ideale noch etwas gelten –«

»Für wen hier gelten denn sozialistische Ideale?« fragte Eschschloraque mit herrischem Kinnheben. »Rohde ist ein bloßer Opportunist, undurchsichtig und schweigsam, ein Maulwurf, vielleicht; Fräulein Schevola ist an Anekdoten und einprägsamen Episoden für ihren frechen Roman interessiert; Vogelstrom an seinen Kritzeleien; und dieser da«, er wies auf Albin, der sich grinsend in eine freie Ecke des Sofa gelümmelt hatte und wie ein Süchtiger an seinem Zigarillo sog, »ist kein Sozialist. Er ist ein Feind, ein Konterrevolutionär, schlimmer: ein Romantiker. Vielleicht ist er sogar ein Wagnerianer, das wäre das Allerschlimmste. Er wünscht uns den Untergang, Philipp, man müßte«

»– jaja, ich weiß, was ›man‹ müßte. Denunzieren müßte ›man‹, das wolltest du doch sagen? Wie es in der Epoche, die du für golden hältst, gang und gäbe war. Ohne Bedenken hättest du mich ans Messer geliefert, der Vater den eigenen Sohn. Wie viele hast du denn verpfiffen?«

»Welchen Ton erlaubst du dir, du Grünschnabel!« rief Philipp aufgebracht dazwischen. »Er ist immerhin dein Vater!«

»Laß nur«, wehrte Eschschloraque ab, »ich brauche keine Antwort zu scheuen. Ich habe diejenigen angezeigt – um ein Wort zu verwenden, das ich für angemessener halte –, die gegen das System waren –«

»Wirklich oder scheinbar? Oder hast du ›angezeigt‹, um deine Haut zu retten? – Übrigens«, wandte sich Albin an Philipp, »kann ich mich nicht erinnern, Ihnen das Du angeboten zu haben. Wir sind keine Lyriker oder Untergrundmusiker, wo das Du üblich ist. Ich für mein Teil bevorzuge die Distanz, also das Sie, denn es eröffnet unbekanntes Gebiet. Wer siezt, begreift die Lyrik oder Untergrundmusik als ein Land mit unüberschaubaren Terrains und nicht als Provinzfleck, wo jeder jeden kennt und im eigenen Saft schmort. Wer nicht sieht, daß derjenige, der siezt, auf der Würde seines Fachs besteht, weil er damit ausdrückt, daß es keineswegs ausgeschöpft ist, der beweist nur, daß er minderen Ranges, Denk-Ranges, Einfühlungs-Ranges ist.«

»Kommt mir bekannt vor. Ist das Ironie?« sagte Philipp ironisch, nickte Meno zu.
Eschschloraque maß seinen Sohn mit wohlwollenden Blicken. »Du kennst das Wort Unverschämtheit, du blickst durch das Glas der Verachtung, aber du ehrst nicht das Wort Untersuchung, und du liebst nicht das Wort Bessermachen, Söhnchen. Was weißt du von dieser Zeit … Ich brauchte nicht, wie du es formulierst, meine Haut zu retten. Ich war und bin bekennender Verfechter der von Stalin geschaffenen Ordnung, ich habe daraus nie ein Hehl gemacht. – Ein Hehl, denn es ist das Hehl«, sagte er zu Meno, »nicht einen Hehl, wie ich neulich in einer der Publikationen aus Ihrem Haus lesen mußte. Die Verderbnis der Zeit nimmt zu, denn es ist die Verderbnis der Sitten, und die Sitten verderben, wie das Gemüse, zuerst im Detail.«
»So, Details. Schöner Spruch. Immer nur Worte, Herr Vater. Wie stehst du zu den Morden, um über ein solches, na ja, ›Detail‹ zu sprechen? Oder leugnest du sie? Die Tschistka? Gab es sie gar nicht? Alles Propaganda der Imperialisten?«
»Nein. Die Morde waren notwendig, im großen ganzen. Bedrängte Zeit darf nicht bedrängte Mittel kennen. Die Sowjetunion war von allen Seiten eingekreist, was sollte der Schnurrbart tun? Was hättest du getan, an seiner Stelle? Warten, bis der Bürgerkrieg das ganze Land zerfetzt? Warten, bis die Faschisten Moskau erobern?«
»Ich hätte darüber nachgedacht, ob das Gute, das auf den Fahnen geschrieben steht, das Böse wert ist, das es zu kosten beginnt! Er hat die alten Bolschewiken töten lassen, die Gefährten aus den Zeiten der Revolution! Ihm ging es nicht um das Land, um das Wohl der Menschen, ihm ging es allein um Macht.«
»Seine Macht *war* das Wohl der Menschen«, entgegnete Eschschloraque ungerührt.
»Er hat die Idee des Sozialismus mit Füßen getreten!« rief Philipp erregt. »Edu, bist du noch bei Trost? Bin ich in die Gesellschaft von Verrückten geraten?«
»Ah, damit wären wir bei den Wiederholungen«, versetzte Albin, »das haben Sie uns schon beim letzten Mal gefragt.«
»Die Idee des Sozialismus mit Füßen getreten … Pah, so sprechen Kinder, die nichts verstehn vom harten Zwang der Zeit,

nicht wissen, daß die Spalte zwischen Wohl und Wehe die zerquetscht, die unentschieden zögern.«
»Hört den Herrn Vater! Allein, so groß ist der Verderb der Zeit, daß wir zur Pfleg' und Heilung unsers Rechts zu Werk nicht können gehen als mit der Hand des harten Unrechts und verwirrten Übels …«
»Wie es schärfer nage als Schlangenzahn, ein undankbares Kind zu haben.«
»Soll dankbar ich der Hand sein, die mich schlägt?«
»Du haßt die Hand, die dich ernährt!«
Albin drückte den Zigarillo aus, zündete einen neuen an, wobei er ein feingearbeitetes Lederetui reihum anbot, aber nur Judith Schevola hatte Lust zu probieren. »England war lang im Wahnsinn, schlug sich selbst: Der Bruder, blind, vergoß des Bruders Blut, der Vater würgte rasch den eignen Sohn; der Sohn, gedrungen, ward des Vaters Schlächter. – Ich habe einen Brief. Einen entzückenden, wahrhaft aufschlußreichen Brief, einen Durchschlag davon, um genau zu sein; ich trage ihn immer bei mir, obgleich es nicht nötig ist, denn ich kann ihn auswendig. Ein Dokument, man höre.« Albin lehnte sich zurück, blies Rauch aus und begann zu zitieren: »›Mein Sohn stammt von einer Musikerin und einem Schriftsteller, wird also, nach menschlich-genetischem Ermessen, ebenfalls ins künstlerische Genre streben, und also war es meine Pflicht als treusorgender Vater, ihm meine Liebe nicht nur zu zeigen, mit Worten zu behaupten, sondern zu beweisen – indem ich (eine ahnungslose Mehrheit wird wenig Verständnis äußern; wir aber haben Drachenmilch getrunken), – indem ich etwas unternahm, das ihm ein Leben neben meinem Schatten ermöglichen sollte: Ich habe ihn verstoßen, er wird Verletzungen erworben haben, aber das hat ihn, soweit ich erkenne, nicht umgebracht; Schmerz und Leid: das ist das glückliche Fundament des Künstlers; nun hat er etwas zu schreiben, er braucht sich nicht kümmerlich zu nähren, wie es wahrscheinlich gewesen wäre, hätte ich es ihm zu gut gemacht. Aber das ist das Wichtigste für den Künstler: sein Werk. Also mußte ich, als guter Vater, dafür sorgen, daß er ein Werk bekommt. Er hat Kraft, und er brauchte etwas, womit er diese Kraft füllen kann; ich habe es ihm gegeben, und daß das nicht wie Vaterliebe aussieht,

ist Kleinbürgerperspektive und läßt auf fehlenden Sinn für Besonderheiten schließen, auch mangelnden Sinn für Gesetz und Schicksal, das ich, nicht ganz so romantisch-pathetisch, lieber Lebensform nenne. Seien Sie versichert, werter Freund, daß ich diese Konfessionen nicht gern entblöße, aber Sie nahmen jüngst eine Haltung ein, wie sie gewissen Helden, die mit dem Schwert fuchteln und meist ihre Namen zu erfahren wünschen (als ob das etwas änderte), in gewissen Melodramen einnehmen. Cela.‹«
Eschschloraque wartete, niemand sagte etwas. Er breitete gelassen die Arme. »Und? Was bin ich? Ein pfeiferauchender Schakal?«
»Du rauchst ja Zigarette. Nein, nein. Du hast recht.«
»Du gibst mir recht?«
»Warum nicht. Ich hätte ungern einen Sohn wie mich. Ich bin für die Todesstrafe, aber ich hasse den Stalinismus.«
»Pfui Teufel«, murmelte Philipp. »Ihr seid verrückt.«
»Das ist die Äußerung eines Menschen, der das Leben nicht kennt, und er kennt es nicht, weil er sich nicht kennt, und er kennt sich nicht, weil er sich nie kennenlernen mußte.« Es war nicht klar, wen Eschschloraque angesprochen hatte, seinen Sohn oder Philipp; beide blickten ins Leere.

38.
Einberufung

… aber die Bahn fuhr an und ließ Simmchens Uhrmacherladen zurück, Matthes' Papiergeschäft, die tickenden Regulatoren bei Uhren-Pieper, Turmstraße 8, ließ die plätschernden Stimmen im Salon Wiener verebben, wo Oberst a. D. Hentter kleinen Jungs, die auf einen 50-Pfennig-Haarschnitt warteten, mit Schaumstoffköpfen und Lockenwicklern Schlachten rekapitulierte und Damen unter Trocknerhauben in vergilbten Ausgaben von »Paris Match« blätterten; Christian drehte sich nicht um und sah auf die Straße zurück, er dachte: Ich komme wieder; Malthakus beugte sich über Briefmarken, Fotoserien aus den ehemaligen deutschen Kolonien auf Neuguinea: Namen wie Gazelle-Halbinsel und Blanche Bai, Kaiserin Augusta-Fluß und Bismarck-

Archipel, dort waren Corto Maltese und Rasputin Leutnant Slütter begegnet, hatte Siegbert, Seefahrerhefte vor sich, erzählt; Christian schloß die Augen, um die Kinder nicht zu sehen, die mit umgeschnallten Ranzen zur Louis-Fürnberg-Schule trabten, an der SERO-Annahmestelle vorbei, dem Geklirr der leeren Flaschen in Sperrholzkisten, der blauen Tonnenwaage, auf die man sich nicht mit der Hand stützen konnte, wenn die verschnürten Zeitungsbündel abgewogen wurden, eine Holzklappe trennte Kundschaft von der blaubekittelten Altpapierhändlerin; Christian sah die Drogerie vor sich und Trüpel, der eine Schallplatte aus der Hülle zog und einem Kunden die schwarzseidige Scheibe präsentierte, zylinderblank und vom Freundeskreis Musik empfohlen, bitte sehr; die Bahn fuhr an, das Hotel Schlemm verschwand rechts, wo Ladislaus Pospischil törtchenlöffelnden, Wiener Eleganz nachahmenden Witwen zu ihren Erinnerungen an Vorkriegs-Herrlichkeiten klebrige, starkfarbige Liköre vorsetzen würde; der Kiosk an der Haltestelle blieb zurück mit seinen Filmspiegel-Heften, Bückexemplaren von Für Dich und Neue Berliner Illustrierte, mit Romy Schneider als Schwarzweißfotografie neben Deutscher Angelsport und Sputnik und FF Dabei, wo Heinz der Quermann lustige Geschichten über die Nacht der Prominenten im Zirkus Aeros zum besten gab; die Tannhäuser-Lichtspiele blieben links liegen, kein Junge stand zu dieser Tageszeit vor den Schaukästen und betrachtete die Plakate: »Spiel mir das Lied vom Tod« und »Sindbad und das Auge des Tigers«, Filme, die Robert und Ezzo so lange besuchen würden, bis sie die Dialoge mitsprechen konnten, bis sie wußten, was Hyperborea war, wo das geheimnisvolle Volk der Arimaspi lebte; bis sie es aufgegeben hatten, Sindbads Fabelwurf – sein Dolch hatte den vom Zaubersaft Zenobias geschwollenen Moskito an den Kajütpfosten genagelt – mit ihren Taschenmessern hinzubekommen; das Sanatorium blieb zurück, die auf Krücken humpelnden, die schlendernden Sowjetsoldaten mit Verbänden, Lenins versilberter Gipsschädel in der Mitte des Kurparks, das Heizhaus mit den ascheschüttenden Förderbändern, der Kuckuckssteig unter Arbogasts Chemischem Laboratorium

… aber die Bahn fuhr, und sein Vater hatte »Auf Wiedersehen« gesagt; Ulrich »Halt die Ohren steif, Junge«; Ina, er solle bloß nicht zu heulen anfangen; nur Anne hatte nichts gesagt und ihm einen Berg Schnitten geschmiert und war nach Leckerbissen *herumgerannt*, und Kurt Rohde hatte ein paar Zeilen auf eine Postkarte gekritzelt, die Christian im Brustbeutel wußte; eine Karte aus dem Donaudelta in stichigen Farben, ein melancholischer Wiedehopf hockte auf einem Baum und glotzte über Wasser und Röhricht: Erstens ist das Leben kurz, und zweitens geht es weiter; und Meno hatte gesagt: »Come what come may, Time and the hour runs through the roughest day«, … day day, hallte es im Gedächtnis nach wie Glockenschläge; Christian klemmte die Hände in die Taschen seiner Kutte, ließ den Körper nach vorn gleiten, um der Wärme von der Sitzheizung mehr Fläche zu bieten, zog die Reisetasche aus dem Gang: Es hatte zu regnen aufgehört, Wasserhaare strähnten die Fensterscheiben hinab, die ein- und aussteigenden Fahrgäste verteilten Feuchtigkeit auf dem Rillenprofil des Bodenbelags; er tastete mit der Schuhspitze nach der Bücherkiste: Reclamhefte, Erzählungen von Tolstoi, Gorkis »Werk der Artamonows«, Menos »Alte deutsche Dichtungen«, einiges aus der Schwarzen Reihe des Hermes-Verlags: er würde nicht verblöden, er würde die Sprache nicht vergessen, davor fürchtete er sich am meisten – daß es ihnen gelingen könnte, ihm einen Schnitt durchs Gehirn zu setzen

… aber die Bahn fuhr, und er machte die seltsame Erfahrung, an einem Ort zu sitzen, an dem er noch nicht anwesend war, er ging ja noch immer durch die Wolfs- und Mondleite und war auf dem Weg zum Tausendaugenhaus; er hörte noch immer die Grammophonmelodien der Stenzel-Schwestern in der Karavelle und sah Kitty beim Müllern zu, genoß die Stille im Wachwitzer Park, wo der Oktober wütenden Frieden schloß mit dem Sandplatz vor der römischen Villa und ihren Fenstern, die nichts dafür konnten, daß sich das Licht so verschwenderisch auf sie warf, daß die Büsche wie wartende, honigbekleckerte Katzen aussahen und die Rhododendren schon am Nachmittag verglühten; er ging noch immer durch den Park, sah die Gartengeräte, Schubkarren, Propangasflaschen und dachte an Flucht: *Hierbleiben Hiersein*, kniff die Augen zu: Welt in Orange, öffnete sie: Rotbraun und Ocker flitterte durch die Buchenkronen, Blätter kippten wie Visiere winziger Schildwachen, rostgefleckt und

bestimmt, noch flogen die Marienfäden, und er versuchte sie mit ausgestreckten Händen, weitgespreizten Fingern festzuhalten, als wären sie Geweb, das von den Wolkendampfern herabhing, und er könnte sie aufräufeln oder mitfliegen wie ein kleiner Junge; aber er konnte es nicht, er saß hier auf einem grauen Stuhl in einem Wagen der rotweiß lackierten tschechischen Tatra-Straßenbahnen – und war doch noch dort; es war, als ob er der Schatten wäre und der andere Christian der Mensch aus Fleisch und jetzt erstarrtem Blut (habe ich auch alles dabei? Einberufungsbefehl, Wehrdienstausweis, fahrig-hysterischer Griff zum Brustbeutel, Kurts Karte hat schon ein Eselsohr), und er, der Schatten, wäre mit dem anderen in jedem Körperpunkt durch Myriaden unzerreißbarer, aber enorm dehnbarer Spinnfäden verbunden, die ihn Molekül um Molekül abrissen und den Schatten füllten (wie bei Schwimmern, die am Beckenrand mit Gummischnüren festgeschnallt waren und die Bahn hinauskraulten, sie kamen dreißig, vierzig Meter weit, kämpften, den anderen Beckenrand wenigstens mit den Fingerspitzen anzutasten, die Arme rotierten wie Windmühlenflügel, quirlten Schaumsprudel, dann gaben die Schwimmer auf, stellten sich tot und trieben mit dem Gesicht nach unten zurück – er aber wurde abgerissen)
… denn die Bahn fuhr, er sah auf die Elbe, die sich links in weitem Bogen öffnete, drüben das Käthe-Kollwitz-Ufer, die drei Hochhäuser vor der Brücke der Einheit, Plattenbauklötze, in die Silhouette der Altstadt gepfählt, er ging noch einmal durch die Altstadt wie gestern: Die Kunstakademie schien in der blechweißen Sonne die Schultern hängenzulassen, über der Semperoper drehten sich Kräne, die Ruine der Frauenkirche streckte zwei verkohlte Armstümpfe zum Himmel, die Hofkirche lag wie eine behäbige Ente querschiffs zum Fluß und schien in Schlaf gebakken inmitten der Aufregungen des Morgenverkehrs; die Elbe, graubraun geschuppt, glich einem Saurier, der träge vorwärtskroch, und eben jetzt saß der andere, der wirklichere Christian bei Niklas im sprühhellen Musikzimmer auf der Récamiere, die Eltern, Lothar Däne, Schallplatten-Trüpel, Ezzo und Reglinde, Gudrun am Tisch mit den filigranen Meißner Gedecken, Gudruns Vater bärtig, mürrisch und verkannt im Sessel neben der Veranda: Geburtstagsgäste, Musiker aus der Staatskapelle stan-

den im Flur und erzählten Klatsch, Robert studierte Ezzos Angelausrüstung im Kinderzimmer, Christian saß neben Meno, der still wie immer blieb und die anderen beobachtete; der Kachelofen zwitscherte leise, Niklas fummelte am Plattenabtaster herum, pinselte den Saphir, überprüfte die Geschwindigkeitseinstellung, es würde Webers Freischütz geben, mit dem die Semperoper am 13. Februar wiedereröffnet werden würde, das war in der Stadt das Gesprächsthema seit Monaten

… aber die Bahn hielt nur kurz an der Rothenburger Straße, ließ die Pendler in Richtung Sachsenplatz und Äußere Neustadt aussteigen, nahm Schulkinder und ihre ermahnenden Erzieherinnen auf, Angestellte mit Aktentaschen und unter den Arm geklemmten Zeitungen, Christian dachte an Muriel, deren Einweisung in den Jugendwerkhof sich im Viertel herumgesprochen hatte

… und blieb nicht stehen am Platz der Einheit, am Hochhaus der Verkehrsbetriebe und der Otto-Buchwitz-Straße mit dem hellblauen Hauptpostamt, er hatte Lust, einfach auszusteigen und die Straße der Befreiung hinunterzugehen, am Denkmal für die Sowjetarmee mit ihren heldenhaften Rotgardisten vorbei und an der Schillerstele, an der Vierkugeluhr vorbei und dann zum Goldenen Reiter zu gehen hatte er Lust, und die Reisetasche in der Bahn einfach weiterfahren zu lassen, mochte sich doch darum kümmern, wer wollte; davonlaufen, ja: Warum konnte er nicht einfach davonlaufen (weil sie dich kriegen), warum mußte er hier sein (weil du Medizin studieren willst), aber haben es nicht auch solche zum Studium geschafft, die nur anderthalb Jahre dienten (mag sein, aber es gibt dieses Gesetz, daß mit dem Studium nur beginnen darf, wer seinen Wehrdienst abgeleistet hat … was, wenn sie dich jahrelang nicht ziehen?); er wollte den Goldenen Reiter sehen, jetzt, und sich über das kreisrunde Loch an einer bestimmten Stelle von August des Starken Pferd wundern (wo wurde das Dings aufbewahrt? war es tatsächlich aus Gold?); er wollte über die Dimitroff-Brücke laufen zur Brühlschen Terrasse und erinnerte sich gerade jetzt, als die Türen der 11 zuschlugen und auch schon Gesänge aus dem anderen Wagen hörbar wurden, so daß einige Fahrgäste ihre Zeitungen sinken ließen und die Köpfe schüttelten, an den von seiner Mutter auf einen weißen Porzellanteller gelegten Apfel, der letzte Apfel aus einer, wie Anne sagte, unbezahlbaren Naturaliengabe, die Richard von einem Patienten als Dank für gute Behandlung bekommen hatte; ein Korb mit alten Apfelsorten, unbezahlbar, weil in Geschäften nicht zu kaufen; Sternrenette, Erdbeerapfel, Roter Hauptmann, Mohrenstettiner, (Meno sagte: Schornsteinfeger, Richard kannte ihn aus dem Glashütter Garten seines Vaters als Roter Eiser), an denen sich Robert Bauchschmerzen geholt hatte, weil sie noch nicht ganz reif gewesen waren; Gelber Bellefleur, Pommerscher Krummstiefel, Zitronenapfel; sie wuchsen noch am Elbhang, doch wurden sie von ihren Besitzern gehütet und waren für den Eigenbedarf bestimmt; Jungen, die sie zu stehlen versuchten, mußten mit bissigen Hunden rechnen, und selbst Lange gab nur selten von seinen Obstschätzen ab (Meno bekam welche im Tausch gegen Bücher); Duft, Blätterknirschen, wenn die Herbstniesel kamen, Lackgrün, kräftige harlekinhaft gestreifte Früchte an den Zweigen, Christian erinnerte sich an das klare, beinahe unverschämte Rot des Apfels auf dem Teller, ein schiefes seichtes Schattenoval leckte wie eine Zunge über das Porzellan im Angoralicht eines Novembermorgens, das harte, glasiert wirkende Rot, neben der Wohnzimmertür stand ein Krug, von dessen Rand ein solches Rot in dekorativen Zapfen blutete; er hatte als Kind manchmal sein Ohr an den Krug gehalten, um die Stimmen gefangener Faune zu hören; eben jetzt ging er aus der Küche in den Flur und lauschte, trat auf eine knarrende Stelle im Parkett, weil es still war im Haus, kein Stenzelschwestern-Grammophon entwarf Gesten aus Wäschestärke und Melancholie, weder Rasenmäherlärm noch Pudelwehmut schlürften an den Fensterscheiben, auch Plisch und Plum schaufelten nicht, kein Ofengestocher sondierte die Stille; er überlegte, ein Stück aus dem Apfel herauszuschneiden und auf den Toaster zu legen – oder im Löffel an die Herdgasflamme zu halten, wie Robert es manchmal mit Kunsthonig machte, den er aus einem Pappeimerchen schälte (der Honig schmeckte nach gezuckertem Wachs), aber er legte den Apfel auf den Teller zurück und beschloß, noch einmal durchs Haus zu gehen, bevor er den Apfel essen würde; er hatte noch Zeit

… während die Bahn die Kreuzung Otto-Buchwitz-/Bautzner

Straße nahm und sich dem Neustädter Bahnhof näherte, ging er durch die Karavelle und dachte an den Apfel auf dem Teller, der rot wie eine Billardkugel war und genauso kühl sein würde, auch zu vornehm, seine Aromen auf Verlangen und restlos in den gierigen Mund zu kippen, das Fruchtfleisch würde knacken beim Zubeißen, vielleicht würde ein Blutsaum an der Zahnspur stehenbleiben; der Apfel würde nach Stolz, nach Herbst schmekken, genauer: nach der schaumigen Eintracht zwischen Zenit und absteigender Ruhe, in der jene *raphe* verlaufen war – den Begriff hatte er im Leipziger Anatomieatlas gefunden, den die Medizinstudenten, so war ihnen in einem Schreiben aus dem Studiendekanat empfohlen worden, schon vor der Einberufung beziehungsweise dem Praxisjahr kaufen sollten, Richard hatte ihm das opulente, dreibändige, orangefarben eingebundene Werk aus Doublettenbeständen einer verschlafenen Akademiebibliothek besorgt –; jene *raphe* (Christian mochte es gern, dieses Wort): die nur für Augenblicke zu Messerklingenschärfe emporlaufende Wucht, mit der September- und Oktoberbrandung aufeinanderprallten, dieser Zeitpunkt (aber es war ja keiner, Stabenow hatte von Punkt-Verwischung gesprochen, von Zeit-Ellipsen und Zeit-Klecksen), dieser Zeit-Klecks also würde aus ungeheuren Aromen die Essenz des Herbstes saugen: das waren Gerüche (für Christian begann der Herbst, der Oktober, der Monat seiner Geburt, mit Gerüchen: der Duft nach altem Brieftaschenleder, der aus den Lamellen von Pilzen stieg, der Geruch nach Pferden, der aus nassem Laub kam, die ohnmächtige Süße des Obsts in den »Anker«-Gläsern, die in den Einweckkesseln erhitzt wurden), das war hier- und dorthin gestellte, nervöse Hast, durchkreuzt von den Linien eines Haubentauchers in der blanken, schläfrig erzitternden Ruhe der Schlösser von Pillnitz, das waren wild hüpfende Bilder (Zitronenstäbe, Spinnensterne in den Bäumen, feuchtes Schwemmholz an den Ufern der Elbe, Moder, Moosgrün in vergessenen Kanalisationsrohren und zwischen den Mauerfugen an der unteren Rißleite, das Korallenrot der Ebereschenbeeren, Pfauenaugen auf dem ergrauten, sonnengewärmten Holz einer Fensterbank, die feinporige, an den Kanten leicht gelockte Stille einer Gießkanne in einer Gartenecke, kleine durchsichtige Kamele aus Wärme, die

von Heizungsrippen an Sesseln und Kanapees vorbei in Richtung Türritzen verschwanden); und dabei hatte der Apfel Makel und »Strumpfstellen«, wie es Barbara nannte: schuppige Kerben, die von Wuchsfehlern oder Schädlingen herrühren mochten, also würde er den Apfel nicht anbeißen, sondern mit einer japanischen Klinge aufschneiden, würde sich an dem Wasser des Schnitts ergötzen (der Stahl würde sich von der Apfelsäure blau färben und angenehm bitter schmecken), er vierteilte die Frucht nicht, wie es alle anderen taten, die er bisher beim Apfelessen beobachtet hatte, sondern schnitt den Apfel quer in fingerdicke Scheiben (Reina sagte, so hätte sie noch nie jemanden einen Apfel schneiden sehen),
Reina
bei einem Wirte wundermild, da war ich jüngst zu Gaste, murmelte er auf der Stiege zum Dachboden vor sich hin, Verse aus der Schulzeit, aus irgendeinem Lesebuch im Gedächtnis geblieben, Uhland hatte der Dichter geheißen, der seine durstige Kehle an einem Apfel gelabt hatte,
denk jetzt nicht
Reina
dachte er und hatte den Kampf mit dem Dachboden aufgenommen, haßte plötzlich die Stille und das Kupferrot der Pfetten, die Tontöpfe und die Korkschwimmgürtel der Stenzel-Schwestern, die ihnen – dann trugen sie mit Gummirosen bestückte Badekappen – beim Schwimmen im Massenei-Bad halfen, spürte Wut gegen die verrosteten, zentnerschweren Heizkörper neben Griesels Dachkammer, daß sie hier den Erinnerungen des Staubs zuhören konnten und nichts brauchten; er schloß die Hoffmannsche Dachkammer auf, öffnete den Koffer mit den Filmzeitschriften, nahm sein Taschenmesser, und hieb es mitten ins Gesicht des Mädchens auf Fanö, scharf ausgeleuchtetes Schicksals-Schwarzweiß auf einem der Programme, sah ein verlassenes Wespennest und dachte an den Apfel, das hungrige Rot, das die übrigen Gegenstände der Küche anzusaugen schien, brach ab, ging in die Wohnung hinunter, raffte seine Sachen zusammen, ließ den Apfel unberührt
… und begriff für Momente nicht, wieso der Neustädter Bahnhof in Sicht kam, wieso die 11 langsamer wurde und hielt; er

sah die Wartenden auf dem Dr. Friedrich Wolf-Platz schon von weitem, eine buntscheckige Masse, die von ankommenden Autos und taschenbepackten jungen Männern, wie er einer war, genährt wurde; sie staute sich vor den Bahnhofseingängen, und als er ausstieg, hörte er Rufe und Gegröle schon von der Haltestelle aus, die der großflächige, Himmelsbläue spiegelnde Platz vom Bahnhof trennte.

39.
Rosa ist die Waffenfarbe

Genosse Soldat! Genosse Matrose! Ein neuer Lebensabschnitt liegt vor Ihnen – der aktive Wehrdienst in der Nationalen Volksarmee. Durch Ihre Arbeit, Ihr Lernen haben Sie bereits unsere sozialistische Gesellschaft mitgestaltet. Jetzt verwirklichen Sie ein verfassungsmäßiges Grundrecht als Soldat, erfüllen Sie Ihre Ehrenpflicht, Frieden und Sozialismus gegen jeden Feind zuverlässig zu schützen

VOM SINN DES SOLDATSEINS

Ausbildungszentrum Q/Unteroffiziersschule Schwanenberg, 9. 11. 84

Liebe Eltern: 1000 Tage, aber die ersten sind vorüber. Vom Schwanenberger Bahnhof wurden wir in mehreren Raten zu je 30 Mann in die Kaserne gefahren. Es gab nur 2 LKW, so hatten wir 4 Stunden vor dem Bahnhof auf einem gepflasterten Platz an der Verladerampe zu stehen, hatten uns auf unsere Koffer und Taschen gesetzt, damit die im Nieselregen nicht so naß wurden; der begleitende Unteroffizier hatte uns verboten, uns unterzustellen. Ich fuhr mit der letzten Rate mit, es war schon dunkel, und wir schwiegen (man sollte nie eine Gelegenheit zum Schweigen ungenutzt verstreichen lassen, sagte der Unteroffizier mit wissendem Lächeln); ich saß an der Ladeklappe und konnte mich umsehen. Am Horizont der Widerschein von Industriegebieten, Hochofenabstiche lecken am Himmel, das Land ist flach, scheint hier eine Scheibe zu sein, nur wenige verkrüppelte

Bäume stehen wie frierende Posten am Rand der Tagebaue. Der LKW verließ die Stadt, die Straße wurde immer weniger befahren, dann sah ich den Ort Schwanenberg wie eine Raumstation sich entfernen (dabei entfernten wir uns ja, aber ich hatte das Gefühl, der LKW würde stillstehen und die bewohnten Gebiete würden von uns weggezogen), hier und dort ein paar Lichter, Positionslampen von Braunkohlebaggern, die sich wie Urzeittiere bewegen, äsende Mastodons in der Dunkelheit. In der Luft ist ein metallisches Singen, unterbrochen, wenn die Bagger versetzt werden, vom Quietschen ihrer rostigen Gelenke, man muß sich erst daran gewöhnen, es hallt über das Land und bricht sich nachts am Beton der Wohnblöcke in der Unteroffiziersschule. Dann Gerüche, die Erde riecht nach Metall, die Luft nach Feuersteinen, die man gegeneinanderschlägt; in Schwanenberg gibt es eine große Süßwarenfabrik, und wenn sie Schokolade abgießen, wabert der Geruch bis zu uns in Flur und Stuben, man kann sogar die Liköre unterscheiden, die sie für die Pralinenfüllungen verwenden. Dann, je nach Windrichtung, legt sich Kakaostaub auf Tische, Hocker, Betten, so feinverteilt, daß man ihn nicht sammeln kann.
Die Schule liegt mitten im Braunkohlenland, kein Haus, kein Baum in der Umgebung, Sträucher nur entlang der Anfahrt. Ein weitgedehntes Areal, hellgraue, fast weiße Betonplattenstraßen, die von Trupps mit Weidenreiserbesen gefegt werden. Dieses Scharrgeräusch, das Luftsingen von den Baggern, Krähengequarr, an Sonntagen Viervierteltakt aus den entlang der Objektstraßen aufgestellten Lautsprechern und die gebellten Kommandos sind unsere tägliche Musik. Wohnkästen, ein hektargroßer Exerzierplatz gleich vorn am Eingang (heißt hier KDL – Kontrolldurchlaß), ein paar niedrige Gebäudequader im Hintergrund, Wachttürme an den Ecken, Stacheldrahtzaun, eine Blumenrabatte vor dem Stabsgebäude: willkommen im Ausbildungszentrum Q »Hans Beimler«. Nach dem Absitzen mußten wir antreten, ein anderer Unteroffizier führte uns in eine Halle, wo eine zentrale Anwesenheitskontrolle durchgeführt wurde. Zu jedem Namen wurde die Einheit und die Nummer des Unterkunftsgebäudes geschrien; ich kam in den Block 1, ein Quader mit hunderten Fenstern in den Längsseiten und hundert

Meter langen (132 Meter genau, das ist vor Generationen schon ausgemessen worden) Fluren, mit schwarzweiß gesprenkelten, spiegelglatt gebohnerten Granitplatten belegt. Die schwarz- und weißen Sprenkel sind regelmäßiger verteilt als auf Doggenfell und sehen deshalb nicht schön aus. Wir hatten allein zu gehen. Kein Mensch zu sehen, Stille, Neonröhrenlicht, in der Mitte des Flurs ein einfacher Tisch und zwei Schemel, darüber eine mit rotem Tuch bespannte Wandzeitung mit der Aufschrift »Fachrichtung Panzer / Einheit Fiedler«, darunter ein großformatiger Tagesdienstablaufplan, ein Geburtstagskalender und eine Parole: »Je stärker der Sozialismus, desto sicherer der Frieden!« Direkt vor mir fliegt eine Tür auf, ein Mann in Tarnuniform tritt raus und schreit, daß ich die Tasche nehmen und ihm folgen soll. Er führt mich in einen kahlen, nicht allzu großen Raum, Tisch in der Mitte, daran ein weiterer Mann in Tarnuniform mit auffällig mongoloiden Zügen und ein bebrillter Mann in Tuchuniform, blaß, fischhaft, Tasche auspacken, befiehlt Fisch. Der Mongole packt die Tasche an, wahrscheinlich bin ich ihm zu langsam, und schüttet sie aus. Wäsche, ein Karton, damit ich die Zivilkleidung zurückschicken kann, meine Bücherkiste. Wassendas, fragt Fisch. Es sind Bücher drin, sag' ich. – Aufmachen. Er steht sogar von seinem Stuhl auf und kniet sich hin, denn der Mongole hat die Bücher ziemlich weit verstreut, wodurch er mir nicht sehr sympathisch ist. Bei Tolstoi, Lew Nikolajewitsch faßt sich Fisch an die Brille. Nach Hause schicken, umgehend. Die Kiste ist vorschriftswidrig. So viele Bücher können Se sowieso nich lesen. Oder brauchen Se's zum Scheißen? Feldwebel Rehnsen (so der Name des Mongolen): Das Paket über mich abmelden. Name? – Christian Hoffmann. – Was haben Se gelernt? – Nichts. Abiturient. – Hm. Was machen die Eltern? – Vater Arzt, Mutter Krankenschwester. – Hm. Hobbies? – Lesen, Angeln, Kunst, Geschichte. – Kein Sport? – Schach. – Wohl Witze machen, was? schnarrt der Mongole. – Wenn Se's über die Leine machen, Rehnsen, kann's anstrengend sein, sagt Fisch. Wer'n Se zu tun ham hier, sagt er zu mir. Zart's Blümelein will begossen sein. Unterfeldwebel Glücklich! (Herein tritt der Mann mit dem Schrei nach der Tasche) Kleiden Se'n ein! Glücklich brüllt, ich soll mein Gesumms zusammenpacken: Vorwärts, vorwärts, Sie sind hier nich im Kindergarten! Glücklich hat braune, gummiartig straffe Haut und sieht aus wie ein Inka, mit den Spitznamen waren wir Schüler (genannt auch »Tagesäcke«, »Lappen«, am besten finde ich das schlichte »Möbel«: Sie Möbel, brauchen wohl bißchen Politur, was?) uns ziemlich schnell einig. Inka stößt eine Tür schräg gegenüber dem Flurtisch auf: Ihre Stube! Tasche rin! Wir gehen zu einer anderen Tür, die er zärtlich aufschließt: die Kleiderkammer. Er klappt ein Brett vor, wirft mir eine Panzerhaube, ein verschweißtes Paket, eine Feldflasche, Unterwäsche, zwei braune Frotteehandtücher plus weißes Leinenhandtuch, Militärsocken, einen olivgrünen Wollpullover, Gasmaske, Stahlhelm, Schutzanzug und zwei Feldtaschen zu. Hemd aus, grünen Pullover an! sagt er zu mir, dem Möbel mit zwei Armen. Komm' Se komm' Se, stehn Se nich so rum, Sie sind hier nich zur Mast! Schnappen Se sich Ihren Kram und treten Se auffe Stube wech! Wenn einmal gepfiffen wird, treten Se raus! Die Stube (Nr. 227): klein, hell, ein großes Fenster gegenüber der Tür, ein Tisch, vier Schemel, an der linken Wand zwei Doppelstockbetten aus Stahl mit blauweiß gewürfelter Bettwäsche und einer Graudecke am Fußende, rechts vier altersbraune einfache Spinde, neben der Tür ein Besenspind. An einem Spind kein Namensschildchen; wir waren also nur zu dritt auf der Stube. Ich sah aus dem Fenster: ein trüber Abend, unten die Objekthauptstraße zum KDL, unter dem Fenster ein Rasenstreifen, hinter der Straße eine Reihe Wellblechschuppen. Rechts biegt die Straße aus meinem Blickfeld, am Scheitel steht ein Postenhäuschen an einem Ausfallstor mit Schranke, daneben ein Wachgebäude mit dem Schild »OvP« (Offizier vom Park / Technikpark). Hinter dem Stacheldrahtzaun das Braunkohleland. Ich schloß das Fenster, schaltete das Licht ein. Meine Sachen lagen noch genauso da, wie ich sie vor dem Einkleiden abgelegt hatte. Ich wollte sie aufräumen, wußte aber nicht, ob das Zweck hatte. Nach einiger Zeit hörte ich Schritte: die anderen kamen. Scharf der Pfiff: Alles raustreten!

Die Kameraden stehen vor Unterfeldwebel Glücklichs Kleiderkammer Schlange. Er wirft ihnen die Sachen ins Gesicht, brüllt Der Nächste, der Nächste, machen Se mal 'n bißchen Qualm! Der Mongole schreitet die Front ab: Mal herhörn! Im Anschluß wird jedem seine Stube und sein Spind gezeigt. Sie stellen die

Sachen nur vor dem Spind ab und treten nachher sofort wieder so an, wie Se jetzt stehn. Unterfeldwebel Glücklich, fangen Se an! Unterfeldwebel Glücklich zieht einen Zettel aus der Brusttasche und brüllt: Erster Zug, erste Gruppe – Schnack, Krosius, Lahse: 225! Müller, König, Zwieback (hier stutzt er, wechselt einen Blick mit dem Mongolen: Zwieback!? – Es meldet sich einer: Hier! – Sagt Inka: Frisch geröstet, was! Prost Mahlzeit!), Reß: 226! Hoffmann, Irrgang, Breck: 227! Erster Zug, zweite Gruppe …
Bin zu müde, muß erst mal Schluß machen. Bald mehr. Herzliche Grüße – von Eurem Christian

AZ Q/Schwanenberg 11. 11. 84

– weiter. Maskenball, wie die Einkleidungszeremonie hier genannt wird. Pfiff: Alles raustreten! Der Mongole hat die rote »UvD«- (Unteroffizier vom Dienst) Binde am Arm. Sie werden jetzt unter der Leitung von Unterfeldwebel Glücklich rüberrükken in die Zentrale Regiments-B/A-Kammer (B/A: Bekleidung/Ausrüstung) und dort Ihre restlichen Sachen empfangen! Sobald Sie fertig sind, komm Se selbständig in die Einheit zurück! Unterfeldwebel Glücklich: übernehmen! Abrücken!
Im Laufschritt: marsch!
Vor der Regimentsbekleidungskammer, einer orangefarbenen Wellblechhalle, warteten Hunderte Unteroffiziersschüler. Im Eingang Lichtschein, der nur die Vordersten beleuchtete. Regelmäßig streiften die Scheinwerfer der Wachttürme über die Schlange, die den ganzen Exerzierplatz umrundete. Es war still, die meisten schienen ihren Gedanken nachzuhängen (sofern sie welche hatten). Aus dem Inneren der Halle drang Lärm, ein Klopfen, Scheppern, Dröhnen, Brummen und Summen, hin und wieder Fetzen des Radetzkymarsches, Lautsprecherübersteuerungen. Schlangenschlucker, dachte ich, die Halle ist ein riesiger offener Rachen, der unsere Schlange schluckt. Einzelne Punkte dieser Schlange machten Kniebeugen, andere hüpften auf und ab, die Raucher unseres Zuges, der ganz hinten eingereiht war, klickten ihre Feuerzeuge und hielten sich die Flammen gegenseitig an die Hände; der Armeepullover wärmte kaum, und bis wir die Halle betraten, vergingen mehr als zwei

Stunden. Drinnen roch es nach Waschpulver. Der Lärm hieb auf die Ohren, es waren auch Geräusche da wie von Boxhandschuhen auf Sandsäcke, dieses weiche rieselnde Nachtaumeln. Meterhohe Stahlregale, kleine Scheinwerfer daran, immer in Bewegung komischerweise, als wären sie Fliegende Untertassen oder Kreisel. Das Licht bewegte sich nicht im Takt zum Radetzkymarsch, den sie über Tonband abspielten, manchmal geriet es ins Leiern und Holpern, wie wenn ein Zündschlüssel ein widerspenstiges Auto anzuwerfen versucht, dann dachte ich an Muskelfleisch, ein ewig Klimmzüge machender Bizeps, dem allmählich die Fasern springen. Die Stahlregale winklig und unübersichtlich aufgestellt, vollgestopft, soweit ich erkennen konnte, mit Uniformen, Stiefeln, Zeltbahnen, Koppeln, Käppis, neben einem Bündel Koppel lag eine Packung Brausepulver, die ich mir einsteckte. Vor jedem Regal ein Tisch, auf den die Sachen von herumkletternden Gehilfen geworfen wurden, nachdem man ihnen die Bekleidungsgröße zugeschrien hatte. Einkleider rannten hin und her. Immer Schübe zu viert: Wir wurden vor das Stiefelregal geschubst, hier hing ein Pappschild: STATION 1. Der Einkleider flüsterte (so sah es aus, ich konnte nichts verstehen, weil ein Radetzkymarsch-Lautsprecher direkt über uns hing), ich brüllte meine Schuhgröße zurück, er kraxelte, schwitzend und hochrot, auf eine Leiter und schmiß mir zwei Paar Stiefel an den Kopf. Mein Bettnachbar Irrgang wies nach oben: Da hingen Badewannen. Es waren Badewannen mit Löwenfüßen, die Spritzer des weißen Emails gingen wie Sterngestöber ins Schwarz des Wannengrunds über. Ich verlor eins der Stiefelpaare, sie waren mit Bindfaden aneinandergeknüpft, bückte mich, einer der Nachdrängenden stolperte über mich, riß andere mit, ich war unter fünf oder sechs Leuten, sah Arme, die Last wurde schwerer, vielleicht fielen noch mehr, dann sah ich Irrgang, der einigen heftig in den Hintern trat, so daß sie wegkrochen. Der Einkleider schrie: Mensch, Sie halten hier alles auf, komm' Se, komm' Se, vorwärts, immer den Kreidestrich lang, ich zog mich an Regalstreben hoch, sah den roten Strich und stolperte weiter. STATION 2: Zeltbahn, Dienstuniform Winter, Mantel. Der Einkleider an dieser Station winkte uns an den Tisch, klatschte vier Zeltbahnen drauf, Krempel da reinpacken, musterte mich und flederte mir zwei steingraue Uniformen (»Filzlaus«) und einen schweren Militärmantel um die Ohren, grobes Tuch, filzig, hier roch es noch stärker nach Waschpulver, wahrscheinlich waren die Sachen in der chemischen Reinigung gewesen. Ich ekelte mich, sonstwer hatte sie vor mir getragen, dachte ich, sonstwer hat sie vollgeschwitzt und anderweitig verdünstet. Krempel in die Zeltbahn, müßt einen Sack draus knüpfen, Knöppe sind an der Seite, und bilden Se mal kein Korallenriff, weiter, weiter! STATION 3: Turnschuhe, Ausgangsschuhe, Käppis, Tragegestell und Koppel, ein paar Würfe ins Gesicht. STATION 4: Trainingskleidung, brauner Trainingsanzug, gelbes Turnhemd, rote Hose, die Farben des Armeesportvereins. STATION 5: Schwarzkombi für Arbeiten am Panzer, Felddienstuniformen. (»Einstrichkeinstrich«) Größe! – M 48. Die Schwarzkombi, zwei gefütterte und eine ungefütterte Tarnuniform flatterten durch die Luft wie Waldvögel. Da raus, und bißchen Ballett, wenn ich bitten darf, Unteroffziersschüler! Ein Gang, von ein paar Scheinwerfern gehöhlt, tatatamm-tatatamm-tatatatatamm schepperte der Radetzkymarsch, hier war der Waschpulvergeruch am intensivsten, Irrgang wies wieder auf eine Wanne, nur daß sie diesmal auf dem Erdboden stand, Gehilfen tauchten Klobürsten hinein und schrubbten die durchhastenden Unteroffiziersschüler ab, brüllten »Ohren, Ohren« und »Durch's Arschloch geht's raus« dazu, hüpften vor Lachen. Weiter geht's auf Kompanie. Alles antreten! Spindbau! raunzt Inka. Ein Unteroffizier kommt, den wir noch nicht kennen. Das ist, wie wir erfahren, der »Guffdi« (von GuvD: Gehilfe des Unteroffiziers vom Dienst). Der Guffdi hält eine Papptafel mit einem gezeichneten Norm-Spind hoch, betont, wenn er bellt, jede Silbe, so daß ich, als er sich umdreht, zwischen seinen Schulterblättern unwillkürlich nach einem Schmetterlingsschlüssel zum Aufziehen suche. Wir bauen die Spinde: Hemden auf Kante, Kragenbinden auf Kante, Wertsachen und Wehrdienstausweis in ein abschließbares Fach, Eßbesteck und brauner Becher ins Fach mit Lüftungssieb, Uniformen auf Bügel, Stahlhelm, Panzerhaube, Gasmaske (hier Schutzmaske genannt), Feldtaschen (genannt Affen) und Schutzanzug (genannt Jumbo) auf den Spind. Der Mongole geht durch und nimmt die Spinde ab. Die meisten werden grußlos ausgekippt:

alles von vorn. Ihr Spind sieht aus wie Huf! Neubau! Machen Se Lack! Es gibt ’ne Normzeit, Genosse Unteroffiziersschüler! Pfiff. Alles raustreten! Maskenball! raunzt Inka. Klamotten aus den Schränken, die wir eben mühselig in Norm-Spinde verwandelt haben, wieder raus, der Mongole grinst, der Guffdi brüllt Gemaule nieder. Vor jedem Unteroffiziersschüler steht jetzt der Karton, in dem die Zivilkleidung, einschließlich Taschentücher, Socken und Schuhe, nach Hause geschickt werden soll. Daneben liegt die Zeltbahn mit den Armeesachen. Der Guffdi hält Papptafeln hoch, auf denen je ein Norm-AA (Armeeangehöriger) zu sehen ist. Es muß ungefähr drei Uhr morgens sein, als wir uns hinhocken. Erster Befehl: Artikel Stahlhelm! Rechte Hand ausstrecken, Stahlhelm ergreifen. Dem Mongolen geht’s nicht exakt genug: Alles auf! Strammstehen, Hände an die Hosennaht. Nieder! Hinknien. Artikel: Stahlhelm! Rechte Hand ausstrecken, Stahlhelm ergreifen. Zweiter Befehl: Vorzeigen! Aus der Hocke in den Stand, Präsentation des Stahlhelms mit ausgestrecktem Arm. Einer will schon sinken lassen, da brüllt der Mongole: Hab’ ich was von Ablegen gesagt? Inka geht die Reihe entlang, schön langsam, der Stahlhelm am ausgestrecktem Arm wird immer schwerer. Endlich: Ablegen! Also Niederknien. Und so geht das mit jedem Artikel. Kniebeugen, unterbrochen von Kleiderwechseln, natürlich auf: Normzeit, Genossen! Es gibt zuwenig Schulterstücke, wir müssen bei jedem Uniformwechsel Schulterstücke von der eben abgelegten Uniform umknüpfen. Wir wechseln die Kleider, knüpfen die Schulterstücke mit den rosafarbenen Streifen um. Mein Nachbar Irrgang verheddert sich, weil die Ärmel seiner Schwarzkombi zugenäht sind, auch so ein Spaß. Guffdi Schmetterling läßt unterdessen viel Luft mit Tönen ab. Vielleicht ist er wütend, weil er wegen uns noch nicht schlafen gehen kann. Wir sind eine Kolonie brütender Albatrosse, so aufgeregt flattern die Ärmel und Hosenbeine. Kontrolle. Strammstehen. Einer der Unteroffiziersschüler aus der zweiten Gruppe trägt Bart. Der Mongole, der, wie wir inzwischen wissen, Schauspieler werden möchte und das allmorgendliche Wecken zum Frühsport nicht nur mit einem Fußtritt gegen das Bett, sondern auch mit Dramenmonologen zu würzen liebt, faßt den Schüler am Kinn, sagt Kille kille und rasier, sonst wirst du mein Lieblingstier! Der

Schüler stutzt, versteht nicht. Wegtreten zum Bartkratzen, Sie Ginstergesicht!

Friseur. Der ist im Schwimmbad, das Becken leer zum Haaresammeln. Ein paar mürrische Soldaten lassen die Haarschneidemaschinen rattern. Rübe runter! Stillgehalten! Neben jedem Schemel steckt ein sogenannter »Normkürbis« an einem Besenstiel in einer Fahnenhalterung. Der Normkürbis ist ein grinsender Landserkopf aus Pappmaché mit vom Filzstift gezogener Haargrenzlinie. Ich hätte also vorher nicht zu Wiener zu gehen brauchen. Neben mir schreit Breck auf, mein zweiter Stubenkamerad. Ist bloß 'ne Warze, du Tagesack, sagt der Genosse Friseur und klatscht einen sepsogetränkten Wattebausch auf die blutende Stelle, den er aus einer Dose »Karlsbader Oblaten« nimmt.

Nächste Station, der Fotograf, gleich nebenan. Wir treten hinter eine kopflose, längs aufgesägte Puppe, der vorn eine Ausgangsuniform nebst Schulterklappen, Hemd und Schlips aufgeklebt ist. In die Puppe stellen, Hals in den Hals! Foto. Weiter! Im Med.-Punkt bekommen wir eine Tetanusspritze in den Oberarm verpaßt. Die Sanitäter bewältigen soviel Andrang kaum und stöhnen, man müßte diese halbjährlich nachwachsenden Uffz.-Schüler vergasen. Zurück in die Kompanie. Pfiff: Nachtruhe einhalten! Inzwischen ist es dreiviertel sechs. Bis wir uns gewaschen, die Schlafanzüge angezogen und uns in die Betten fallengelassen haben, ist es vier Minuten vor sechs. Um sechs pfeift Inka: Vierte Kompanie – aufstehen! Nachtruhe beenden!

Das war der erste Tag. Heute ist Sonntag, es gibt etwas Freizeit. Viele Grüße! Euer Christian

AZ Q/Schwanenberg, 12. 11. 84

Liebe Eltern: Das Paket mit meinen Zivilsachen müßte inzwischen bei Euch eingetroffen sein? Habt doch da bitte ein Auge auf die äußere Verpackung, es ist ein Zettel in einer ihrer Falten versteckt.

Heute war unser »Faschingsanfang«. Um 5 Uhr wurden wir geweckt, danach die üblichen 10 min Zeit für Waschen, Anziehen, Sachen zurechtlegen, In-Reih-und-Glied-Stehen. Abmarsch, Ziel unbekannt. Wir marschierten im Geschwindschritt eine

Straße entlang, plötzlich wurde befohlen »Gas!« (Schutzmasken auf, und da blieben sie 3 km lang). Wir waren von oben bis unten beladen mit: Gewehr, Gurtriemen (mit Gurtriemen beladen, haha, lieber Pa, hast Du mir nicht gesagt, ich solle nicht übertreiben, das wäre undresdnerisch? Herr Orré hat uns das auch beigebracht, frag Ezzo), Feldflasche, Bajonett, Tragetasche, Munitionstasche. Nach den 3 km fielen manche einfach um. Doch das war erst der Beginn der Ausbildung; es kam 1. das Bewegen im Gefechtsfeld: Eineinhalb Stunden lang robbten, krochen und sprangen wir über Schlammacker (es nieselte den ganzen Tag) und waren durchgefroren like storks, klapperklapper. Es folgte 2. das Tarnen. Das bedeutete, daß man eine Zeitung verbrennen mußte, um sich mit der Asche das Gesicht und den Hals zu beschmieren, eine Schweinerei. Dabei ebenfalls Robben, Kriechen etc. Bei mir starke Gelenkschmerzen durch anhaltenden Bodenkontakt. (Ist aber inzwischen nicht mehr anhaltend, der Bodenkontakt.) Dafür das Gesicht schön schwarz. Die Kleidung war kalt wie das kalte Herz und mit Dreck geradezu imprägniert. Aber es folgte 3. das Ausheben einer Gefechtsstellung. Liegend mußte man innerhalb von 30 min ein 1,80 m langes, 60 cm breites und 50 cm tiefes Loch ausheben, das eine bestimmte Gestalt aufzuweisen hat. Kein Zuckerschlecken mit dem schweren Gepäck. Beim Schützenmuldenbuddeln dachte ich, daß Totengräber kein leichter Beruf ist.

Der Nachmittag war ausgefüllt mit Waffenreinigen, Sachentrocknen und –ausbürsten sowie dem üblichen Hin- und Hergehetztwerden. Jetzt sitze ich beim Schein der Taschenlampe (es ist Nachtruhe) und schreibe; meine Zimmergenossen tun es ebenso. Die Nachtruhe ist die einzige Tageszeit, zu der man nicht ständig herausgepfiffen wird. Leider ist sie allzu kurz: Es winkt schon wieder der Frühsport, 3000 m in vollständiger Uniform. Ich habe jetzt fortwährend Herzschmerzen und Schwindelgefühle. Kann aber Einbildung sein. Wenn Stahlhelmtragen befohlen ist, bekomme ich von diesem Monstrum bald Kopfschmerzen. Die denke ich mir dann einfach weg (man muß ja nicht viel denken beim Marschieren).

13. 11. Leichte Taucherausbildung für uns, die 4. Kompanie. Im Laufschritt: marsch! zur Objektschwimmhalle (so heißt das

hier); wir entkleideten uns, saßen 4 Stunden am kalten Beckenrand. Dann bekamen wir eine Atemmaske und eine klitschnasse, schwere Uniform übergestreift und mußten, vollständig vermummt in diesem ekelhaften Zeug, eine Viertelstunde ums Becken spazieren. Das ist eine Viertelstunde Nach-Luft-Ringen. Dann ab ins Wasser, das eiskalt war. Ließ man in den Atemschlauch etwas Wasser dringen (man brauchte nur zu lächeln), konnte man auch ertrinken, trotz Sicherheitsleine, denn die Kleidung war schwer, außerdem trugen wir Bleiplatten an den Füßen, so daß die Ausbilder einen wohl nicht so schnell aus dem Becken hätten ziehen können (es war etwa 6 m tief). Na ja, vielleicht wäre man auch nicht ertrunken. Der Anblick unter Wasser war grotesk, wie große schwarze Embryos an langen Nabelschnüren hüpften wir auf dem Bassingrund umher, ich kam mir vor wie ein junger Hund, den man zu irgendwelchen Apportierkunststückchen abrichtet.
Wie geht's Robert auf der EOS? Wie ist seine Deutsch-Hausarbeit ausgefallen? Hat es bei Reglinde geklappt mit einer Kantorenstelle? Hier gibt es eine MHO (Militärische Handelsorganisation, die sonntags für Unteroffiziersschüler geöffnet hat), da habe ich Dachpappe gesehen, könnt Ihr Tietzes sagen. Niklas wollte doch das Leck überm Musikzimmer abdichten. Wenn ich sie schicken soll, müßte er mir ein Paket senden, das groß genug ist dafür, denn hier gibt es keine Pakete. Übrigens bekomme ich 225 Mark monatlich. Schöne Grüße an Euch alle von Christian

AZ Q/Schwanenberg, 15. 11. 84

Liebe Eltern: Herzlichen Dank für Euer Paket, das gestern angekommen ist. Das war genau der richtige Zeitpunkt, wir konnten nichts zu Mittag essen, da wir Ausbildung hatten. Vor allem die Äpfel sind wichtig, wir haben schon ordentlich dran gezecht (manchmal fällt mir das ein: »Bei einem Wirte wundermild …«, aber niemand hier liest Uhland). Es gibt nur selten Gemüse, Obst gar nicht, aber wir leben ja sonst sehr gesund (viel sportliche Betätigung). Falls Du also, liebe Ma, irgendwann noch ein Päckchen schicken solltest, dann nach Möglichkeit nur Äpfel, Möhren, etwas Seife, einen Salzstreuer. Und Barbara soll mir

das Radio bitte nicht schicken (ich wollte ihr schreiben, hab aber bloß Zeit für einen Brief), Radios sind auf den Stuben verboten. Dem Musikmangel könnte man vielleicht anderweitig abhelfen, denn ich habe bisher im Kompanie-Exemplar der Innendienstvorschrift keinen Paragraphen finden können, der ein Cello verbietet. Aber es müßte schrumpfen können, denn das Problem ist der kleine Spind, und auch aus dem Panzer würde das Cello oben zur Luke rausgucken. Immerhin: Wenn ich Herrn Violon Cell die Panzerkappe aufsetze und das Grüßen beibringe, könnte er glatt für mich durchgehen, denn das Brummen und Grunzen ins Bordmikro schafft er bestimmt.
Heute sind wir 6 Stunden marschiert, Exerzierausbildung, alles im »Rokokostil« (die Beine müssen gestreckt und mindestens 30 cm über den Erdboden gehoben werden und drehen ganz, ganz kleine Schleifen). Rechts um, links um, machen Se Qualm, Mensch Schütze Arsch im letzten Glied, raffen Se Ihre Bewegungsbananen! Danach hatten wir Arbeitseinsatz, von mittags 13 bis abends 21 Uhr im Akkord Panzer schrubben, Rost kratzen, streichen, hinter dem Uffz.-Schüler steht der Uffz. und pfeift mit der Trillerpfeife. Besonders schön ist die Gegend um unser Objekt, kahl wie ein Kosakenschädel, ohne Baumbestand, am Horizont Kräne, Industrieschlote, hallenähnliche Gebilde. Hier der Text eines Marschlieds, den wir lernen müssen, denn es ist unser Lied, das »Lied der Panzersoldaten«: »Rosa ist die Waffenfarbe, / die so stolz ich trag', / rosa ist ein Kleid von dir, / das so gern ich mag. // Von den Feldern winken Tücher, / eins davon gilt mir, / in Gedanken küß' ich dich, / bald bin ich bei dir. // Freust du dich auf heute abend, / auf den Tanz zu zweit, / dort wirst du die Schönste sein, / du im rosa Kleid. // REFRAIN: Durch das kleine Dorf marschiert / unsre Kompanie, / wo der Weg zu dir hinführt, / das vergeß' ich nie.«
Wir singen es allabendlich beim Marsch zum Essen, Melodie egal, jeder kräht, wie es ihm paßt, Hauptsache laut. Die anderen Kompanien singen das gleiche Lied, ändern aber die Waffenfarbe: statt rosa (Panzer) setzen sie grün (Chemische Dienste), schwarz (Pioniere), rot (Artillerie), weiß (Mot.-Schützen) oder gelb (Nachrichten). Das holpert zwar, aber laut geht trotzdem.
Deine Anfrage bezüglich der Vereidigung, liebe Ma, muß ich

negativ beantworten. Unsere Panzereinheit darf keine Angehörigen einladen, da sonst die Platzkapazität in den Schwanenberger Gaststätten überschritten wird, heißt es. Ich muß Euch also auf meinen Urlaub vertrösten. Habt Ihr was von Muriel gehört? Und stimmt es, daß Ina sich verlobt hat? Möchte, mit schönen Grüßen an alle, Euer Christian wissen.

Hans-Beimler-AZ, Schwanenberg, 19. 11. 84

Liebe Tietzes: Es riecht nach Schokolade, die Schwanenberger Süßwarenfabrik gießt Pralinen. Die Kompanie ist beim Stuben- und Revierreinigen, was vor allem Kakaofegen heißt: Der Wind treibt den braunen Staub über Kilometer heran. Ich aber sitze auf dem Lokus und schreibe Euch rasch diese Zeilen.
Die eingeweckten Birnen sind heil angekommen, besten Dank für Eure Gaben im Paket meiner Eltern. Den Nierenwärmer, den Du mir gestrickt hast, liebe Gudrun, werde ich beim Wacheschieben und im Feldlager gut gebrauchen können; hoffentlich wird er mir nicht gestohlen oder als dienstvorschriftswidrig verboten.
Zur Zeit werden wir in die Feinheiten der innermilitärischen Kommunikation, speziell des Gruß- und Fluchwesens, eingewiesen. Das tut ein Feldwebel, den wir den »Mongolen« nennen.
Genosse Dienstgrad, gestatten Sie, daß ich spreche?
Genosse Dienstgrad, gestatten Sie, daß ich vorbeigehe?
Genosse Dienstgrad, gestatten Sie, daß ich wegtrete?
Genosse Dienstgrad, gestatten Sie, daß ich teilnehme?
Meldet sich Irrgang, mein Stubennachbar. Jenosse Feldwebel, ich hab' mich da ma' 'ne Frage! Was, wenn ich ma' muß, und neben mich sitzt der Jenosse Oberleutnant auffer Brille? Jenosse Oberleutnant, gestatten, daß ich teilnehme?
Antwortet der Mongole: Der Schüler Hülsensack, Unteroffzierschüler Irrgang, wird nie neben dem Genossen Oberleutnant scheißen. Nicht in der Nationalen Volksarmee. Never ever.
Meldet sich Irrgang erneut. Da hab' ich mich ma' noch 'ne Frage! Wenn mich der Jenosse Oberleutnant begechnet, und mich der Jenosse nich gestattet, daß ich spreche, wie kann ich da fragen, ob ich vorbeigehen kann?

Der Mongole zuckt die Achseln, fährt fort im Stoff. Wir üben das Grüßen.
Meldet sich Irrgang neuerlich. Ich hab' mich da ma' 'nen wichtiget Problem! Wenn mich der Jenosse Oberleutnant begechnet, und daneben geht noch 'nen Jenosse Oberleutnant, also zwee Jenossen links und rechts und zur gleichen Zeit, soll ich mich dann beede Hände zugleich anne Denkwaffel klemm'?
Unteroffiziersschüler Irrgang ist an diesem Abend auf der Sturmbahn tätig.

Lieber Niklas, warst Du in der Semperoper? Wie sieht der Bau aus? Viele Grüße! Euer Christian
freut sich über Post.

AZ Q/Schwanenberg, 24. 11. 84

Liebe Eltern: Ina ist mit Herrn Wernstein verlobt?? Wie das! Vielen Dank für Eure Nachrichten und für das Paket. Das habt Ihr Euch aber was kosten lassen. Ich weiß gar nicht, wie wir auf dem Zimmer das alles aufessen sollen, ohne regelrecht fett zu werden! Liebe Ma, wenn Du mir Bücher schicken willst, bitte sie in das Papier einzuschlagen, das ich Dir gezeigt habe (die eingehenden Sendungen müssen für Kontrollen geöffnet werden).
Heute nun war der Tag der Vereidigung. Ich mußte nach dem öffentlichen Zeremoniell (hab' beim Schwören die Finger gekreuzt) in dem innerhalb der Kaserne gelegenen »Haus der NVA« auf Befehl des Kompaniechefs einen Toast ausbringen (vorher hat er ihn auf Fehler und ideologische Unsauberkeiten durchgesehen), danach bin ich in unseren Block zurückgegangen und nicht mit nach Schwanenberg gefahren, so hatte ich wenigstens einen ruhigen Nachmittag, habe mich auf dem Klo eingeschlossen und konnte ein paar Briefschulden abtragen. Außerdem habe ich Schwanenberg schon vor ein paar Tagen gesehen, als ich in der dortigen Kaufhalle in Begleitung eines Unteroffiziers für den Kompaniestab einkaufen mußte. Schwanenberg ist Garnisonsstadt, vorwiegend kahl und rechteckig. Diese Eigenschaften besitzt seit dem »Maskenball« auch mein »Nischel«; aber die Haare wachsen ja wieder. Grüße an Tante

Iris und Onkel Hans, auch an Fabian. Und seid selbst gegrüßt von Christian

AZ Q/Schwanenberg, 25. 11. 84

Liebe Eltern: Robert denkt, ich übertreibe, wenn ich schreibe, daß wir nur sonntags drei Stunden Freizeit haben. Unser Tagesdienstablaufplan sieht mit kleinen Variationen so aus: 6 Uhr Wecken, dann Rot/Gelb/Trainingsanzug anziehen in 2 min, 6.02 Uhr raustreten, Frühsport bis 6.30 Uhr, einrücken ins Gebäude, waschen, anziehen, Sportsachen verstauen bis 6.40 Uhr, 6.40 Uhr antreten, im Laufschritt zur Objektkantine, Frühstück bis 7 Uhr, im Laufschritt zurück in die Kompanie, von 7-7.30 Uhr Bettenbau, Stubenreinigen, von 7.30 Uhr bis 15 Uhr Ausbildung, dazwischengeklemmt das Mittagessen (reinschlingen, was sonst), von 15-16 Uhr großes Stuben- und Revierreinigen (jeder hat ein bestimmtes Revier, das heißt eine bestimmte Räumlichkeit zu reinigen), von 16-18 Uhr Exerziertraining und eine zusätzliche physische Ausbildung (zu den morgendlichen 3000 m kommt die Sturmbahn, 500 m lang, mit 22 sog. Schikanen, dazu Gewichtstoßen mit dem 50-kg-Gewicht, Norm 16x, Übungen mit dem Panzerkettengewicht); Laufschritt zurück, Waschen geht nicht, 18.05-18.20 Abendbrot, danach tägliches Waffenreinigen sowie Pflege der persönlichen Schutzausrüstung (Schutzmaske und Schutzanzug), dazwischen Gemeinschaftsempfang der Aktuellen Kamera von 19.30 Uhr bis 20 Uhr, von 20 Uhr bis 21.30 Uhr Außenarbeiten (Panzerreinigung, Anstrich von Zäunen, Rasenpflege, wenn der Mongole Lust hat, mit der Nagelschere, Objektwege fegen), 21.30 Uhr bis 22 Uhr Stuben- und Revierreinigen, Sportpäckchenbau, Waschen, Stubendurchgang, 22 Uhr Nachtruhe. Briefe kann ich nur in der Nachtruhe oder sonntags schreiben. Es gibt nur eine Zeit am Tag, zu der man sich etwas entspannen kann: die Aktuelle Kamera, die wir im Clubraum sehen, den wir sonst nicht betreten dürfen. Täglich sieht man also wenigstens einmal Zivilsachen. Einmal wöchentlich ist Duschen, zugweise betritt man eine Duschhalle, jeweils 200 Mann stellen sich unter 150 Duschen und haben 10 min Zeit, sich abzuseifen und abzuwaschen – wenn die Unteroffiziere, die die Duschanlage betreuen, sich nicht einen

Spaß erlauben und mittendrin das Wasser abstellen oder nur noch kaltes laufen lassen. Es sind EK (Entlassungskandidaten), die haben Narrenfreiheit; wir sind »Frische« und »Befehlsempfänger«. Es grüßt Euch alle Christian, auf dem Weg zur AESPE (Allseits Entwickelte Sozialistische Persönlichkeit)

PS: Natürlich übertreibe ich, sonst würdet Ihr mir am Ende noch glauben!

Schwanenberg, 25. 11. 84

Sehr geehrte Frau Dr. Knabe: Vielen Dank für Ihr Schreiben vom 23. d. M., das meterlange Paket mit der Broschüre »Deine Zahngesundheit«, die Sie und Prof. Staegemann herausgegeben haben. Odile Vassas und Dr. Vogel vom Hygienemuseum haben sich große Mühe gegeben. Der Zwerg Kundi ist wirklich gut zu erkennen, desgleichen seine Feinde Dreckfinger, Stinkfuß, Tropfnase, Schwarzohr und eben Faulzahn. Wenn sie in den sozialistischen Kindergarten eindrangen, war Kundi mit Zahnpasta-MPi und Waschlappen-Granate zur Stelle. Ich glaube, jede Dresdner Schulklasse hat die Trickfilme mit dem Zwerg gesehen; ich erinnere mich, daß er kontrolliert hat, ob seine Appelle auch wirklich befolgt wurden – er sah die faulen Kinder auf einem Kontrollmonitor, hatte ein Telefon, um die Erzieherinnen zu informieren, und ein magisches Fernrohr. Wenn er es auf die Unteroffiziersschule richten würde, könnte er unsere Ernährungsgewohnheiten studieren: Wir gehen (aber gehen bedeutet rennen, der Laufschritt ist die natürliche Fortbewegungsform des Armeeangehörigen) ins »Interhotel«. An langen Sprelacart-Tischen, auf Schemeln, nach der höflichen Aufforderung, bitte Platz zu nehmen und »das Essen durchzuführen«, beugen wir uns über die »Komplekte«, schlürfen feinsten ungezuckerten, schwach an Pfefferminze erinnernden Tee, dem man unter dem Spitznamen »Hängolin« oder »Impo-Tee« gewisse beruhigende Wirkungen nachsagt und den uns Kellner in Graukitteln mit ausgesuchten Manieren in Bottichen auf den Tisch stemmen; sonntags gibt es, wenn man sich etwas beeilt (und wer tut es nicht), heiße Milch und 1 Stück Kuchen zum Frühstück. Komplekte … Wie soll ich sie beschrei-

ben? Du köstliches Gemisch aus Atombrot, Kosmonautengrütze und Standhaftigkeit gegenüber dem Aggressor! Nachgiebig wie Knete hängst du, du Freundin aus der Sowjetunion, dem Soldaten zwischen den Zähnen, sättigst ihn gründlich und sorgst für Darmgalopp. Sei umarmt, Geschmacksknospe! rufst du schon von weitem, und sei versichert, wir lieben dich auch. Wie schön ist es, rund, scharf und zufrieden wie ein Pfefferkorn dazuliegen, dann allmählich zum Ballon zu werden, dein knatterndes Lied im Traum zu singen, allen Ballast einfach loszuwerden – da rauscht er hin und wiehert nicht mehr. Alles fließt, die Komplekte aber durch Dick und Dünn. Schon ihr Duft vergoldet unsere Nasen, planscht nicht sinnlos in Dromedarpansen, taucht durch Kakerlaken, umkreiselt Fliegenpapierstreifen, zupft die aus Sülzwurst geschnitzte Balalaika, lispelt süßes Liebeslied durch den Auspuff eines Trabbis – und läßt am Ende nichts anderes als Mehlbomben fallen; sondern tanzt auf den Kongressen der Wiener Schnitzel, schwitzt Rosenöl und wirft, während sie den Großen Zeh ins Wasser des Lächelns tupft, unsere Hungerpropeller an. Komplex ist die Komplekte, ein wahres Wunder, und kein Koch, der auf Ehre hält, wird Ihnen je das Rezept verraten …
Die Dachpappe (3 Rollen) geht in Ihrem Karton an Sie ab, desgleichen 1 Packung Dachpappennägel, die die Verkäuferin ebenfalls vorrätig hatte. Vom Tod des Staegemann-Sohnes habe ich von meinem Vater gehört. Daß mein Bruder Robert noch Klarinette spielen kann nach dem Ski-Unfall damals auf der Unteren Rißleite, verdankt er Prof. Staegemann. Der zersplitterte Schneidezahn wurde mit einer Technik aus dem Westen wieder aufgebaut (eine durchsichtige Flüssigkeit, die unter einer Lampe aushärtet; ich weiß noch, wie erstaunt Sie waren). Und was Sie mir von Muriel und ihren Eltern schreiben, klingt auch düster. Mein Vater sagte mir, daß gemeinsam ein Brief an die Pädagogische Ministerin geschrieben werden soll. Viele Grüße an Sie, Ihren Mann (vielleicht habe ich mal Zeit im Urlaub für einen Zwinger-Besuch, war lange nicht mehr da), die Krausewitzens, Herrn Dietzsch und Herrn Marroquin, an den ich während unserer Einkleidungszeremonie, genannt »Maskenball«, denken mußte. Ihr Christian Hoffmann

AZ Q/Schwanenberg, 28. 11. 84

Liebe Eltern: Euer Paket hat mich gestern wohlbehalten erreicht, vielen Dank für die Mühe und den Aufwand. Die Äpfel sind schon wieder alle. Bitte in die Pakete nichts stecken, das auch nur entfernt nach Westen riecht. Die Pakete müssen beim Spieß (so heißt der Mann, der sich um Bekleidung, Ausrüstung, Post, Essensbelange etc. kümmert) geöffnet werden, und alles, was nach Fühlern aussieht, die »der Gegner« nach unschuldigen Unteroffiziersschülern ausstrecken könnte, wird beschlagnahmt, und sei es eine Mücke, die von drüben ist. Könntest Du mir, liebe Ma, vielleicht eine Flasche Rasierwasser besorgen? Aber nicht »Dur«, das es in der hiesigen MHO gibt – bzw. eben nicht mehr gibt, seitdem uns einer der BU (Berufsunteroffiziere, die unsere Fahrausbildung leiten) verraten hat, daß »Dur« »Umdrehungen« (höhere Prozente) hat. Selbigen Abends waren Irrgang und Breck besoffen und dürfen jetzt Strafwachen schieben. In der Drogerie habe ich letztens noch ein paar Flaschen »tüff« gesehen, das vielleicht.
Gestern war ich »Küchenschabe«, d. h., ich hatte Küchendienst. Mich verschlug es an finsteren Ort, die sog. Topfspüle, das Zentrum real existierender Abwascharbeit. Der Dienst beginnt um 18 Uhr, man bekommt sog. Hygienekleidung (Graukittel, die merkwürdige Pulverschmauch-Löcher haben, vielleicht von unbekannter Motten-Spezies? und von den Köchen hin und wieder als Taschentuch benutzt werden). Man arbeitet bis 22 Uhr. Am nächsten Tag geht es um 4.30 Uhr weiter bis wiederum 18 Uhr. Die Topfspüle ist der Ort wahrhafter Empfindungen. Töpfe sehen aus wie Funktionäre, die sich den Hintern verbrannt haben, dieses gewisse Lederhosige, das Meno einmal andeutete, auch sind Ohren dran, labbrig wie Marzipanfahnen, Dampf strömt aus, und beim Schrubben flattern sie. Die Topfspüle kennt die Feinheiten des Mischobstkessels, der leer aus dem Interhotel (die Kantine vorn) zurückkehrt, und den wir Küchenschaben vorher gefüllt haben.
Man nehme:
150 Gläser Mischobst-Konserven,
einen Blechtrog mit Fassungsvermögen ca. 1 m^3,

das »Krokodil«: ein Riesen-Multifunktions-Rühraggregat, das von zwei Küchenschaben gehalten und dessen Kurbel an der jetzt mit Rührarmen bestückten Rührtrommel von weiteren zweien gedreht werden muß. Das Krokodil verschafft den Mischobstkonserven im Mischobstkonserventrog jene musige Konsistenz, die am Mischobst so begehrt ist und den Küchenschaben, die den Trog ins Interhotel vorn schleppen müssen, höchste Komplimente einbringt, die sie in der Regel mit vorsichtigem Erheben des Mittelfingers erwidern. Die Topfspüle kennt die Vorzüge des Dampfstrahlschlauchs, auch als »Kobra« bezeichnet, jenes gelbschwarze Etwas, das hin und wieder unbezähmbaren Freiheitsdrang verspürt und sich unter pfeifend entweichendem Dampf selbständig macht. Dann müssen wir, die beiden Topfspülen-Küchenschaben, »zum Fakir werden« und »der Kobra die Flötentöne beibringen«, heißt: unter den wilden und kochheißen Schlängeltänzen durchkurven und das Dampfventil am Eingang der Topfspüle drosseln, bis das Manometer daneben wieder gezähmte Werte zeigt. Die Topfspüle allein bietet dem Betrachter den Anblick der »Cacerlaca superdimensionalis«, kurz »Super-Kack« genannt, die in Pfannen und Kesseln, Bottichen und Kübeln nach den Resten der Komplekte sucht – und das ohne Schulterstücke und Hygienekleidung! Wer diese Armeeangehörigen sieht, muß »Mondkalb« rufen. Mondkalb ist der Küchen-Ghul, ein Berufsunteroffizier, der seine 10 Jahre längst abgedient hatte, draußen aber nicht mehr zurechtkam und reuig in seine gewohnte Umgebung zurückkehrte. Er wirft regelmäßig Popel in die Eintopf-Kessel, geht gebeugt und trägt den Hygienetornister, an dessen Seite sich ein Hebel befindet, der »so 'n Zeugs« sprüht. Normalerweise müssen wir dann eine Stunde Abzug machen und dürfen die Topfspüle nicht betreten. Mondkalb aber sprüht nur pro forma, die Kakerlaken liegen auf dem Rücken und lachen. Euer Christian

AZ Q/Schwanenberg, 2. 12. 1984

Lieber Meno: Heute ist 1. Advent, und bei Euch werden die Lichter brennen. Ich danke Dir für Dein Angebot, aber schicke mir bitte keine Bücher. In den wenigen freien Stunden komme ich doch nur zum Briefeschreiben oder muß Schlaf nachholen. Ich hatte eine Bücherkiste dabei, die mußte ich zurückschicken. Es ist auch nicht ratsam, allzuoft mit einem Buch in der Hand gesehen zu werden. Dann gilt man als »Brille«, und »die Brille glaubt, was Besseres zu sein«. Sie wird zur »Sonderbehandlung« freigegeben. Fisch (so nennen wir unseren Zugführer, ein Genosse Oberleutnant) schleift »Brillen« gern abends privat nach der Aktuellen Kamera auf der Sturmbahn. Übrigens trägt er selber eine Brille, was mich immer wieder irritiert (trägt Dummheit Brillen?). Auch unter den Kameraden Unteroffiziersschülern gibt es manche, die etwas gegen Bücher haben. Die Sonderbehandlungen gibt es von oben und von unten, letztere dienen der »inneren Erziehung« und werden von den Vorgesetzten stillschweigend geduldet. Eine solche innere Erziehung wurde vor ein paar Stunden Unteroffiziersschüler Burre zuteil. Er gehört nicht zur 4. Kompanie, in der ich ausgebildet werde (Panzerkommandanten), sondern zur 3., den Panzerfahrern, die einen Flur tiefer untergebracht sind. Mein Stubennachbar Irrgang und ich hörten Lärm und liefen runter. Einer der angehenden Panzerfahrer stand vor versammelter Mannschaft und las den übrigen ein Liebesgedicht vor, das Burre geschrieben hatte. Es war ein kitschiges Gedicht, mich reizte es zum Lachen wie die andern. Es verging mir aber, als Burre dem Vorleser an den Hals sprang. Der kleine, dicke Burre wurde von dem Vorleser mit ein paar Fausthieben niedergeschlagen (ein merkwürdiges Geräusch, ganz anders als in den Filmen, wo Geräuschemacher nachhelfen), dann wurde Burre von vieren gepackt, in die Luft gehoben, Hosen runter, während der Vorleser sich Arbeitsfäustlinge und eine sog. »Bäfo« (»Bärenfotze«, so wird die Schapka genannt, die wir winters tragen) holt und ins Gejohle der Umstehenden schreit: Brötchen (offenbar Burres Spitzname) – jetzt spiel'n wir Sigmund Freud! Vater und Du, Ihr habt mir immer gesagt, daß ich genau hinsehen soll, so präzise wie möglich solle ich sein, solle versuchen, so exakt wie möglich das, was ich sehe, zu beschreiben. Aber ich habe Burres Gesicht nicht angesehen, nur sein Atmen gehört. Burre strampelt und versucht, mit dem Unterkörper auf- und abzuwippen, aber die vier Mann halten fest. Der Vorleser faßt Bur-

res Glied mit dem Arbeitshandschuh, hält den Zettel mit dem Gedicht hoch, rezitiert (O Melanie, im Mond möcht' ich dich küssen …), alles auf dem Flur, die übrigen Unteroffiziersschüler feuern den Vorleser an (Wichs ihn! Mal sehen, ob Brötchen ein' hochkriegt! Na, wo isser denn?! Mensch, Fettsack, du stinkst wie Nutria!), der Vorleser drückt jetzt die Bäfo auf Burres Glied und beginnt zu »melken«.
Ich ging zum Vorleser und sagte: Hör auf. Er glotzte mich an, als könnte er nicht verstehen, was ich meinte. Irrgang half nach: Ich will dich das ebenfalls mitteiln, Kamrad. Lassen doch in Ruhe. Die anderen lachten bloß, auch der Vorleser, dann machte er weiter. Er ist breit wie ein Kleiderschrank, ich wie der Schlüssel. Dann sagte Burre plötzlich: Och, mir geht's ganz gut, laß die Idioten doch! Da lachten sie noch lauter. – Bitte erzähl' den Eltern nichts von diesem Brief. Wahrscheinlich werden wir über Weihnachten keinen Urlaub bekommen, da für uns eine »Wachkomplex I«-Woche mit GWA (»Gesellschaftswissenschaftliche Ausbildung«) angesetzt wurde. Wie geht's dem Kleinen von Stahls? Wie geht's im Verlag? Arbeitest Du noch am Schevola-Buch? Salve! grüßt Christian

tarif militaer/Schwanenberg, 4. 12. 84

lieber pa: herzliche glueckwuensche zum geburtstag +++ konnte leider kein geschenk besorgen +++ ruecken ins feldlager aus +++ brief folgt +++ alles liebe christian

AZ Q/Schwanenberg, 16. 12. 84

Liebe Eltern: Heute habt Ihr 3 Kerzen angezündet, und ich will Euch den versprochenen Brief schreiben. Vielen Dank für Euren, der mich noch im Feldlager erreichte. Liebe Ma – ich habe nicht nachgedacht, bitte entschuldige. Ich hätte mir überlegen müssen, was Euch für Gedanken durch den Kopf gehen, wenn der Telegrammbote vor der Tür steht. Aber ich wollte doch Pa noch zum Geburtstag gratulieren, und für einen Brief war keine Zeit mehr.
Es könnte sein, daß sie die Briefe lesen, aber es ist mir egal. Ich weiß, daß es verboten ist, so offen über die Dinge hier zu schrei-

ben. Wenn Ihr Euch beschwert und gefragt wird, wie Ihr an die Informationen gekommen seid, würde ich wahrscheinlich Schwierigkeiten bekommen. Als wenn's nicht Tausende erlebten und irgendwann zu Hause erzählen.
Feldlager. Am 4. ging's früh um 3.30 Uhr mit »Gefechtsalarm« los. Trillerpfeifen, Geschrei, Hektik. Innerhalb einer Normzeit abmarschbereit stehen, Graudecke lang übers Bett. Abrücken auf einen vorgegebenen Stellplatz, dort warten wir. Plötzlich befiehlt Fisch: Ganze Abteilung – kehrt! Wir drehen uns um 180°. Fisch tritt neben uns, weist zum Horizont: Sehen Sie sich den Sonnenaufgang an – so was ist selten! Sehn Se vielleicht nie wieder in dieser Pracht! Die Kompanie wird bei Erscheinen des Wachhabenden in Gruppen aufgeteilt. Irrgang, Breck und ich gehören zur Munitionsgruppe. Ab geht's in den Technikpark, 60 Panzer, die von werweißwoher anrücken, sind aufzumunitionieren. Munitionskisten schleppen. Ein Panzer enthält einen Kampfsatz von 43 Granaten, jede davon wiegt 50 kg. 43 x 50 = 2150 kg. Wir sind zu zehnt, also 2150 x 60 : 10 = 12900 kg aufzumunitionierende Granatlast für jeden. Die Granaten müssen »in Kette« zugeworfen werden, im Panzer schiebt sie ein Fahrer in die Halterungen. Nach dieser Übung habe ich mich beim Geradeausstarren, beim sog. »Atmen«, ertappt. Man steht da und atmet. Das ist alles. Die Panzer, die mit uns ins Feldlager fahren, werden auf dem Güterbahnhof auf bereitgestellte Waggons verladen. Wir fahren in Viehwaggons, wo uns der Mongole erlaubt, uns auf das Rüttstroh zu legen, in Richtung Cottbus, werden stundenlang rangiert, dann weiter in Richtung Frankfurt/Oder. Das Feldlager liegt in der Nähe der polnischen Grenze, die Oder ist nicht weit. Als wir ins Lager marschierten, konnten wir den Eisgang hören. Das Lager steht im Wald, 20 Waggons aus den Kriegsjahren im Karree, dahinter ein Steingebäude für die Fahrlehrer und Offiziere; die Waggons sind unsere Unterkünfte. In den Waggons befinden sich ein Tisch, ein Ofen (bei allen fehlt das Ofenrohr), zum Schlafen dient ein Bretterboden, der sich auf beiden Schmalseiten quer durch den Waggon zieht. Wir sind zu 16, 4 oben, 4 unten, gegenüber ebenso, für jeden knapp 1 Meter Platz. An meinem Platz lag 1 toter Hirschkäfer (Weibchen), ich hatte nur leider nichts zum Aufbewahren und wußte nicht, wohin da-

mit, konnte ihn ja auch nicht in den Brief stecken (die Stempel beschädigen so). Irrgang sagt: Gib mich ma' her, das Vieh, ist immerhin 'n bißchen Eiweiß, und wer weiß, ob wir hier nich nur mit Komplekte feiern! Gefrorener Staub überall, von der Decke hängt er wie 1 Wald aus schmutzigen Häkelnadeln. Immerhin ist Strom da, 1 Glühbirne wirft 1 Lichtkreis. Als erstes verstauen wir die Ausrüstung, dann graben wir die Kompanietoilette. Muß jeder Jahrgang aufs neue machen. Zum Waschen gibt's eine Freileitung, natürlich zugefroren, aber die Fahrlehrer haben dran gedacht und tauen sie per Flammenwerfer auf. Das Wasser kommt per Pumpe aus dem Waldboden, läßt die Haut jucken, weil es sauer ist (und natürlich nicht trinkbar). Waschen wird so zum wahren Vergnügen: Jeden Morgen treten wir in Turnhose, sonst nackt bis auf die Stiefel, bei erfrischend kühlem Winterwind vor den Waggons an und rücken im Laufschritt: marsch! durch den Pulverschnee an die Tröge, in denen das Wasser gefroren ist, zum Waschen ab, hacken das Eis mit der Panzeraxt auf und genießen das Vollbad. Worin besteht der Unterschied zwischen einem Stinktier und einem Unteroffiziersschüler nach einigen Tagen Feldlager? Der Unteroffiziersschüler hat kein Kölnischwasser. Jeden Morgen wird um 5 Uhr geweckt, dann 10 min Zeit zum Waschen, 10 min zum Herstellen der »inneren Ordnung«, Frühstück: »E-Büchsen« (E für Einsatz). Dann Abmarsch zur Ausbildung, die von 6 Uhr bis 20 Uhr dauert. Schießübungen mit Einsteckrohr (wird in die Panzerkanone geschoben, um Granaten geringeren Kalibers verschießen zu können), mit dem Panzer-MG. Übungen mit der scharfen Handgranate. Wir marschieren mit den »Zitronen«, wie sie heißen, in den Beintaschen zu einem ausgebrannten T 34, der hier im Forst steht, klettern rein, ziehen den Ring an der Granate, heben uns kurz aus der Deckung und werfen die »Zitrone« in Richtung eines aus einer abgesägten Kiefer hergestellten und von der Zitronenwirkung schon sehr mitgenommenen Klassenfeinds. Irrgang: Was mach ich, Jenosse Untafeldwebel, wenn mir die Granate offe Flossen fällt? – Hamse schon gezogen? fragt Unterfeldwebel Glücklich. – Denke doch, Jenosse Unterfeldwebel! – Was regen Se sich dann uff? Müss'n doch nich mehr saubermach'n!

Taktikausbildung: Dazu geht es auf das Tiktak-Gelände. Denn

Taktik ist so erfrischend wie ein Tictac. Und alles in der Nähe, nur wenige Kilometer durch den Winterwald. Robben bis zum Horizont, anschlagen und zurück, Laufen, Kriechen, Gleiten, Krauchen, Schmauchen, Bauchen, wiederum Robben, sich mit Holzgewehren in Scheingefechten verglobben usw. Panzerfahrübungen. Das, wofür ich wirklich geboren bin. Ich bin der Sohn eines gelernten Schlossers, ich bin der Sohn eines Unfallchirurgen, ich bin keine Brille, sage ich mir immer wieder. Ich bin ein Möbel, ein Lappen, und ist schon mal ein Lappen schlecht Panzer gefahren? Also: Da ist Gas, da die Bremse, Kupplung dort, zum Motoranlassen Ölpumpe drehen, Öl vorpumpen, dann Anlasserknopf drücken, Motorgas auf 500 U/min, zum Lenken hast du die beiden Lenkhebel, einen links, einen rechts, zum Sehen ein Schlitzluk. Wir üben auf einer Wehrmachtsschulungsstrecke, der Panzer wippt wie ein Schaukelstuhl, der Fahrlehrer oben im Kommandantenluk brüllt über die Bordfunkanlage, die mit der Panzerhaube verstöpselt ist: Hör uffen Motor, du Blindgänger, Gas, hörste nich, dasser untertourig läuft? Kammschaltung, Zwischengas beim Schalten. Brackwasser kommt durch die Luken. MG-Schlitz geschlossen, vorn auf der Kanone der »Elefantenpräser«, eine Gummihülse, zum Schutz. Iwan von rechts! brüllt der Ausbilder plötzlich. Hab' ich mich verhört? Iwan? Kämpfen wir nicht Seite an Seite, wir Waffenbrüder des Warschauer Vertrags? Der Panzer kreiselt nach rechts. Rattatatatatt! kreischt der Ausbilder, weg isser! Nach dem Fahren Panzerputzen und -einölen. Jedes Metallteil wird blankgerieben, und ein Panzer besteht bekanntlich komplett aus Holz. Und natürlich schrubben die Möbel, während sich die Ausbilder um einen Ofen scharen und Kaffee trinken.

Wache schieben. Nachts glitzern die Wintersternbilder, schöner als auf Menos Zehnminutenuhr. Der Mond sieht aus wie 1 Mark, man steht für 2 Stunden auf dem Posten, die Kälte kriecht von den Zehen hoch, erreicht Hintern und Rücken (um die Nieren habe ich Gudruns Gürtel, der hält warm), bringt die Muskeln zum Zittern, an der Nase sitzt 1 Rasiermesser, und der Urin, den die Posten vom Wachstand ablassen, bildet Stalagmiten, die wie bizarre gelbe Blumen aus dem Schnee stechen. Am 3. Tag hat es ein »BV« gegeben (»Besonderes Vorkommnis«): Uffz.-Schüler

Breck schob Wache und wurde nervös, als es in der Schonung vor dem Wachstand zu rascheln begann. Als nach mehrmaligen Anrufen das Rascheln stärker wurde (feindlicher Agent! Fallschirmjäger! NATO-Vorhut!), hob Breck die Kalaschnikow und feuerte ein halbes Magazin Leuchtspurmunition in die Schonung. (Normalerweise hätte er zuerst einen Warnschuß in die Luft abgeben müssen, aber Uffz.-Schüler Breck hatte vor der Wache mit dem Soldatentröster »Dur« gesprochen.) Jedenfalls war nun ein Wildschwein tot. Hauptmann Fiedler, unser KC (Kompaniechef), fluchte über dieses Besondere Vorkommnis – immerhin kann man in einem Staatsforst nicht einfach ein Wildschwein abknallen. Fisch aber sagt: Na, jetz', wo's tot is', könn' wer's doch fress'n. – Fiedler: Hamse so was schon ma' gemacht, Genosse Oberleutnant? – Fisch: Nee. Wird doch aber wohl 'n Koch untern Schülern sin. (War aber keiner). Feldwebel Rehnsen: Aufspießen müßmers. – Inka: Und wie? Hab' schon geguckt, das Arschloch is' zu, und wo willst'n Spieß herneh'm? – Rehnsen: Wir schmeißen's in'n Kessel und kochen's? – Und wo willste den Kessel hernehm? Und die Haare noch dran am Schwein? Breck, Sie Sau, Sie schrubben die Sau, daß das klar is'! Und Sie, Hoffmann, Irrgang, machen Se Vorschläge, anstatt bloß blöd zu grinsen!
Wie also wird ein Wildschwein im Wald von denen gebrutzelt, die Hunger und keine Ahnung haben? Unteroffiziersschüler heben eine Grube aus, hacken Holz und schichten die Scheite am Grubengrund. Dann fahren Panzer an, einer steht links, einer rechts neben der Grube. Breck, Irrgang und ich streifen Arbeitsfäustlinge über und versuchen die Haare abzuschaben. Es mißlingt, sie sind zu störrisch. Also hält Fisch den Flammenwerfer drauf. Das Schwein sieht jetzt wie ein gerösteter Fußabtreter aus. Es bekommt eine Stahlschlinge mit einem Haken um den Hals. Eine Stahltrosse, wie sie jeder Panzer besitzt, wird zwischen den beiden aufgefahrenen »Böcken« gespannt, der Haken wird an die Stahltrosse gehängt. Dann wird das Feuer angezündet und das Schwein gebraten, nach einer halben Stunde glüht die Trosse. Das Schwein steckt voller geräucherter Parasiten. Fisch rammt sein Bajonett ins Fleisch und puhlt ein paar raus. Ich weiß nicht, wer vom Braten gegessen hat, ich habe wieder Wache, höre dem fernen Eisgang der Oder zu.

Aus dem Weihnachtsurlaub wird nichts. Wir sind zum »Wachkomplex I« eingeteilt, das bedeutet Wacheschieben und GWA (Rotlichtbestrahlung) im Wechsel, bis zum Silvesterabend. Hier in der Unterkunft legt sich allmählich Kakaostaub auf die verstreuten und verdreckten Sachen aus dem Feldlager (wir haben trotz der Kälte und der ungünstigen Windrichtung das Fenster sperrangelweit aufgerissen). Ich sitze mitten im Tohuwabohu und beende diesen Brief mit schönen Grüßen. Euer Christian

40.
Das Telefon

Der Alte vom Berge sagte lange nichts, wenn das Telefon bei ihm klingelte und Londoner am anderen Ende war, was Meno aus verschiedenen Anzeichen herausspürte: unwillkürlich straffte sich Altbergs Rücken, wenn er abgenommen und seinen Namen gebrummt hatte, und das tat er nicht, wenn er mit Schiffner oder mit einem Kollegen telefonierte. Im Gegenteil schien er dann noch mehr in sich zusammenzusinken, sein Gesicht knitterte, als nähme er einen Tadel, einen als Tadel getarnten Angriff vorweg und ebenso den Ärger, den ihm das bereiten würde, ärgerte sich also gewissermaßen auf Vorrat, um das, was an tatsächlichen Unannehmlichkeiten aus dem Hörer käme, nichtig werden zu lassen neben dem, was er bereits vorweggenommen hatte. Und es somit in Schranken zu weisen: wer sich innerlich darauf einstellt, etwa, wenn er zum Zahnarzt geht, drei Stunden in ärgster Pein zuzubringen, für den ist die halbe Stunde, in der das Sirren des Bohrers zwar oft auf-, oft jedoch auch wieder abschwillt, beinahe ein Klacks; Meno dachte: Spatz, auf den man solcherart mit Kanonen schoß, wenngleich man diesen Spatz nicht allzu häufig hören wollte, denn es war ein recht robuster Spatz. Was Schiffners Anrufe oder diejenigen wenig geliebter Kollegen betraf, so murmelte der Alte sein »Ja« oder »Jaja« oder »Jaja, natürlich« oder »Jajaja, das ist ganz klar« wie Bannsprüche in die Muschel, wandte Meno das Profil zu, wehrte jedoch ab, wenn Meno aus dem Zimmer gehen wollte, schien sogar böse über die Geste zu werden: er ließ die flach ausgestreckte Hand wie eine Presse nach unten fahren und schüttelte heftig den Kopf, was Meno als eine Art Befehl zum Sitzenbleiben auffaßte, den er, wenn auch unwillig und zweifelnd, befolgte. Der Alte duldete es nicht einmal, daß Meno, wenn er schon das Zimmer nicht verlassen durfte, umherging, bis er zumindest einen Anstandsabstand erreicht haben würde und sich unter den Büchern in den Wandregalen umtun konnte, vernehmlich mit den Seiten zu knistern und mit einem Ausdruck von solch gebannter Intensität aufs Papier zu starren, daß wenigstens bei der Haushälterin, sollte sie zufällig hereinkommen, kein unliebsamer Eindruck entstand. Meno hatte dieses Manöver einmal versucht, worauf der Alte den Hörer sofort mit der Hand bedeckt und Meno mißtrauisch angefunkelt hatte; in der Nähe der Bücherschäfte befand sich der Schreibtisch mit dem ziegeldick getürmten Manuskript, einer Batterie von Leimtöpfen sowie einer Schüssel für Papierschnipsel, und Meno hatte des Alten zwar lächelnd, aber scharf vorgebrachtes »Herr Lektor, dort ist nichts für Sie«, schleunigst wieder in den Sessel getrieben. Rief Schiffner an, wickelte Altberg während des Telefonats die litzenumsponnene Telefonschnur um den Finger, wobei er dies manchmal vergaß und den Stecker aus der Steckdose zog. War es ein Kollege, der anrief, ging Altberg ruhelos auf und ab und duckte sich bei jeder Kehrtwendung ein Stückchen tiefer, als könnten Fausthiebe durch den Hörer in die Magengrube dringen, bis er, soweit es die Telefonschnur zuließ, wie auf der Pirsch durchs Zimmer schlich. Warum Meno während dieser Telefonate anwesend bleiben mußte, wurde ihm klar, als der Alte ihn einmal mit Verschwörermiene beiseite zog und aus dem Regal mit den Apotheken-Utensilien eine große, braune Arzneiflasche nahm: »Der Stöpsel, lieber Rohde, schließt auf den Hundertstel Millimeter, so präzis ist das geschliffen, aber Sie können ihn bewegen – hier«, und begann den Verschluß in der Flasche zu drehen, was ein fürchterliches, zerriebenes Kreischen ergab, das Altberg kunstfertig und mit wissendem Grinsen in schrille Höhen schraubte, »wenn ich Ihnen mal ein Zeichen gebe, fangen Sie bitte damit an, Sie stellen sich unmittelbar neben mich und beginnen links herum«, und als ein Anruf gekommen war, den Altberg auf diese Weise behandelt wissen wollte, hatte Meno ein zitronensaures »Schriiek-schriiek« angestimmt, während der

Alte mit hochkonzentrierter Miene und Augen, als gälte es des Mimen Schwanengesang, die Geräusche einer defekten Nähmaschine nachgeahmt hatte, skandiert von Zungenblubbern in der Wange, zarten Schnarch- und metallisch aufgehöhlten Grunzgeräuschen, und immer wieder unterbrochen vom verzweifelt an die Zimmerdecke gerufenen »Können Sie mich hören? Hallo? Sind Sie noch dran?« bevor Altberg schließlich mit befriedigter und erschöpfter Miene auf den Unterbrecher tippte.

Das »Nichts-Sagen«, war Londoner am Telefon, wurde nach langer Minute von einem »gut« oder »interessant« oder »Hast du das von ihm? Von ihm persönlich? – Oh, übers obere Telefon« gekappt, wodurch Meno aus der Überlegung schreckte – beim zweiten oder dritten dieser Anrufe, nachdem er hatte Beobachtungen sammeln und sie zu Schlußfolgerungen ausfällen können –, woher er wußte, daß Jochen Londoner mit dem Alten vom Berge sprach: auch bei anderen Telefonaten mochte der den Rücken straffen, lange den Hörer schweigend am Ohr halten, auch in anderen Gesprächen nervös über die Hausjacke oder, wenn er ein Sakko trug, über die Taschen fahren, um den Sitz der Patten zu kontrollieren, den Hörer nach dem Abnehmen ans linke Ohr führen, ihn aber nach einer Sekunde ans rechte wechseln; vielleicht gab es neben dieser Gemeinsamkeit: dem Ohrwechsel nach dem Abnehmen – Londoner tat das, wenn er einen offiziellen oder auch nur einen offiziösen Anruf erhielt – noch eine Reihe von weiteren, die beide Männer beim Telefonieren hatten und Meno abergläubisch schlußfolgern ließen: telefonierte der eine so wie der andere, dann mußte der eine, wenn er die gleichen Eigenheiten zeigte wie der andere, den anderen auch im Gespräch haben – was unlogisch war, aber im Fall des Alten vom Berge zu Menos Erstaunen zutraf. Zu Schlußfolgerungen ausfällen: Meno benutzte bei sich diesen chemischen Fachbegriff, denn er zog gern die Verbindung vom Beobachten und Schlußfolgern zur Anordnung eines Versuchs, in dem ein Stoff vorsichtig und schrittweise angereichert wurde, um mit einem zweiten Stoff – mit einer anderen Beobachtung – eine Verbindung eingehen zu können, die, wenn ein bestimmter Konzentrationspunkt überschritten war, in der Lösung erscheinen – ausgefällt werden – würde. Der Alte vom Berge hatte ein

Telefontischchen gut sichtbar in der Mitte einer Zimmerwand nach vorn gestellt; bei Londoner stand das Telefon, genauer: das von der Familie so genannte »untere Telefon«, in der Diele auf ähnliche Weise prominent. Dieses Prominentstehen hatte zwei Seiten, und Meno wußte nicht genau, für welche sich Londoner entschieden hatte, als er beschloß, das Tischchen derartig weit in die durch Unmengen Bücher beengte Diele vorzurücken, so daß schon mancher Gast, besonders wenn es spät geworden war und man Londoners vorzüglicher Sherry- und Portwein-Sammlung zugesprochen hatte, gegen das Tischchen gestoßen war – wobei das Telefon keinen Schaden nahm, es war ein schwerer Amtsapparat mit hochliegender Wählscheibe, der in solchen Fällen auf ein von der Hausfrau vorsorglich bereitgelegtes Kissen fiel. So war es Brauch im Hause Londoner, das Tischchen wurde nicht zurückgestellt.

– *Eitelkeit war es nicht*, schrieb Meno, *jedenfalls nicht allein, denn die meisten Gäste, die mit dem Apparat auf diese Weise Bekanntschaft schlossen, hatten selbst einen zur Verfügung und schüttelten die Köpfe über Londoners merkwürdige Sitte, und auch, wenn ich die schauspielerischen Talente meines ehemaligen Schwiegervaters keinesfalls unterschätze – er hatte Vergnügen an jeder Art von Theater, liebte Vaudeville-Stücke und Shakespeare, den er im Original, eine englische Pfeife zwischen den Zähnen, mit jener Neigung zur Systematik, zum Ordnungschaffen und dem Mut zum Angriff auf uneinnehmbar scheinende Bastionen studierte, die ihm eine gewisse Berühmtheit im Land verschafft, seinem oft gedruckten und im Ohr der Mächtigen nachklingenden Wort spezifisches Gewicht verliehen hatten; auch wenn er gern Dramatikerjamben rollen und seine Augen dabei Flammenblitze der Leidenschaft oder den Samt der Einschmeichelung verausgaben ließ, und Eschschloraque, den Klassizisten und sozialistischen Marschall des Maßes, nicht nur zu einem der unvermeidlichen Ostrom-Umtrünke einlud, sondern gern auch sonst, privatim, um sich an der Lesung eines Stücks mit verteilten Rollen zu erlaben –: seine eigenen histrionischen Gaben schätze ich nicht so hoch ein, daß er dem Gast hätte Verlegenheit, gar leise Scham, angesichts des Umstands hätte aufbinden können, daß er, Jochen Londoner, das Pri-*

vileg eines eigenen Telefons besaß, wenn er »nicht die Bohne« – hätte er zu dieser Situation gesagt – verlegen gewesen wäre; er war es, und genau deshalb stellte er das Telefon so gut sichtbar in den Flur, wie ein Neureicher sein Geld blinken und protzen läßt – allerdings kaum aus Verlegenheit –, stellte es in den Flur, um damit zu sagen: Es ist nun einmal so, ja, ich habe ein Telefon, tut mir leid; aber da ihr es viel eher entdecken würdet, hätte ich es dezent in eine Ecke gestellt – denn ihr würdet sagen: Ah, er hat schon einen solch selbstverständlichen Umgang mit dem Telefon, daß er es sich leisten kann, es nicht mehr zu beachten –, konnte ich es euch gleich unter die Nase wenden; also bitte entschuldigt schon, daß mir dieses verdammte Ding zugeteilt worden ist. Für eine gespielte Verlegenheit faßte er sich zu oft an die Oberlippe, wenn Besuch gekommen und Irmtraud damit beschäftigt war, Schal und Mantel auf dem Kleiderständer zu verstauen; hob er zu oft die Hand, um sich – über etwas nachdenkend, sich an etwas erinnernd? – an die Stirn zu fassen und dabei das Telefon im Schatten seines Tweedsakkos zu lassen, das Schneider Lukas aus englischem Harristweed gemessen und in mehreren gleichen Exemplaren hergestellt hatte. Vielleicht war die Prominenz, mit der das untere Telefon vor der Wand residierte, nur als eine Art von Köder gedacht, den hungrige und sensationslüsterne Beobachter schlucken sollten, indem sie Londoner Eitelkeit und einfältigen Stolz unterschoben: Da hat er's nun endlich auch zu einem Telefon gebracht, und um es uns auch ja recht zu präsentieren, schiebt er es in den Flur vor, daß man sich daran die Beine stößt! Der hat's also nötig! – ein Köder, mit dem er vom weitaus wichtigeren zweiten Telefon, dem oberen in seinem Arbeitszimmer, ablenkte, das nicht über den gleichen Anschluß wie das untere lief – so daß er, hätte er von oben anrufen wollen, die Leitung des unteren aus der Anschlußbuchse hätte ziehen müssen –, sondern Extra-Anschluß und -Telefonnummer besaß, die nur wenige kannten. Er stellte, so schien es mir, sein Licht unter den Scheffel, wurde auch ungehalten und nervös, wenn während einer Unterhaltung das Telefon oben klingelte; strikt hatte er es uns: Hanna, Philipp und mir, verboten, ihn privat über das obere Telefon anzurufen. Dafür gab es den Apparat in der Diele. Er gehörte zu Irmtrauds Bereich: Sie war es, die abnahm, deren Stimme man hörte; wenn es für Jochen Londoner war, ließ er sich rufen;

nach Stimmung oder Namen, den Irmtraud bei zugehaltener Muschel nannte, auch verleugnen. Ich zögere, überlese die vorstehenden Zeilen und bin mir nicht sicher, ob ich Londoner nicht überschätze, ob die psychologischen Pirouetten, die ihn einzukreisen versuchen, in Wahrheit ein Phantom umfahren, denn warum kann ein Gelehrter wie er, Mitglied verschiedener Akademien, geschätzter Beiträger in Tageszeitungen und gelesenen Wochenzeitschriften, warum kann er, der die Feinheiten der Sonette des Schwans von Avon kennt, er, hinter dessen warm blickenden braunen Augen, eingefaßt von bemerkenswert ausgeprägten Tränensäcken, soviel Marxismus und soviel englische Lebensart zu Hause ist – warum kann er nicht einfach eitel sein? Fang die Fische nicht auf Bäumen, pflegte Vater zu sagen. Denn wie Londoner die Zeitungen zusammenraffte, wenn das charakteristische Klingelgeräusch des grünen »RFT«-Apparats ertönte, wie er sich aus dem Schaukelstuhl herausarbeitete, in dem er, eingewickelt in eine Dekke, die Artikel weniger gelesen als durchbrummelt hatte, Kommentare und ausschweifende Erwägungen anstellend, minutenlang den anderen im Raum, ob sie es wollten oder nicht, schlechtes Journalistendeutsch zitierend, wie er die Zeitungen von sich warf – wobei er aus dem Schaukelstuhl nach vorn schwankte und balancierend die Arme auswerfen mußte wie ein Schwimmer, der sich kopfüber ins Wasser stürzt – und elektrisiert nach oben stürmte, als hinge von diesem Anruf die Welt ab, wenn nicht gar Dresden: all das sprach von Gier, mit der Süchtige nach dem Gegenstand ihrer Sucht lechzen, eine verblüffte, vielleicht sogar über sich selbst erschrockene Gier; wie der Schaukelstuhl noch geraume Zeit vor- und zurückpendelte, bis es Irmtraud oder Hanna zuviel wurde: die bühnenhaft aus dem Halbdämmer des Zimmers auftauchende Hand, die den Schaukelstuhl stoppte, so daß sich die Stille vertiefte und etwas Beklemmendes erhielt, Irmtrauds banger Blick, den sie zu kaschieren versuchte, Philipps herausforderndes Räuspern und genüßliches »Ach, übrigens, Meno, kennst du den?«-Witzeerzählen justament dann, wenn die Stille am tiefsten und, so empfand ich, am verletzlichsten war, als wäre sie eine weiße Fläche, auf der, schwarz, ein Urteil erscheinen würde – Irmtraud wagte nicht einmal, die Studienjahres-Broschüren der Partei weiterzulesen oder eine von Philipps Veröffentlichungen; sie rührte nichts an während des Telefonats, als wäre der Sherry eine Belohnung, die ihr womöglich nicht zustand, woran sie das Klingeln des Apparats und, davon losgelöst, komplizierte psychologische Prägungen gemahnt hatten, die sonst, im Alltag, in Vergessenheit geraten waren wie schlechte Träume, die man beim Erwachen, froh und beruhigt angesichts des beginnenden Tages, abschüttelt, bis man einen Gegenstand aus dem Traum auf der Kommode im Flur entdeckt –; wie Jochen Londoner dann wiederkehrte, das Gesicht undurchsichtig, der Blick gleichgültig, wie er in die Küche ging, um sich ein Glas Wasser einzuschenken, das er in Schlucken trank, die mit Kosten, Abschmecken, umsichtiger Beobachtung langsam an der Wasserhahntülle nachreifender Tropfen verbrämt waren, wie er zurück ins Wohnzimmer kam, ohne sich um die Stille, um Irmtraud, die das Sherryglas abgestellt hatte, um Hanna oder Philipp zu kümmern, die das Spiel – aber war es eines? – mitspielten, was mich immer aufs neue verwunderte; Hanna starrte auf den Tisch, Philipp hatte das Kinn gereckt und die Witze – herrliche jüdische Witze, die mich trotz Irmtrauds vorwurfsvollem Blick in der Zeit der Stille zum Lachen brachten, was Irmtraud wahrscheinlich als Ohrfeige empfand; aber diese Witze, besonders die mit Rabbinern, besaßen köstliche Pointen –: diese Witze hatte Philipp entschieden, wie unwillig über sich selbst, beiseite gewischt, wenn sein Vater ins Zimmer zurückkam; und wie Londoner dann an den Tisch trat, sich nicht in den Schaukelstuhl, sondern neben seinen Sohn auf die Couch setzte, bedächtig, die breiten Hände auf den Knien, die Beine einknicken ließ: das konnte man, glaubte ich in kühleren Minuten, durchaus als eitel bezeichnen, auch alle nun folgenden Räusperer und Gesichtsmuskelspiele wiesen darauf hin, daß das eben geführte Gespräch am »oberen Telefon« von ungeheurer Wichtigkeit gewesen war –

Im Gegensatz zu Londoner und seiner Frau nannte der Alte vom Berge am Telefon seinen Namen. Irmtraud Londoner, wenn sie das untere Telefon abnahm, sagte »am Apparat«, nichts weiter zur Begrüßung, und Meno fragte sich, woher sie wissen konnte, daß der Gesprächspartner wußte, daß sie es war, die da »am Apparat« sagte; Jochen Londoner, nahm er das obere Telefon ab, sagte nichts, wie Meno von Hanna wußte, nahm einfach nur ab und schwieg in den Hörer. Meno hatte nie herausfinden können, was der Grund für dieses Verhalten war, sowohl Jochen und Irmtraud als auch Hanna und Philipp waren seiner Frage ausgewichen. Keine Namen am Telefon, keine Zettel mit Adressen. Schon gar nicht: Zettel mit Adressen im Haus liegenlassen; Briefe gehen offiziell über das Institut, das Sekretariat, die Akademie und werden auf dem verbreitetsten Schreibmaschinentyp verfaßt, Handgeschriebenes existiert so gut wie nicht und wird als Zeichen hohen Vertrauens behandelt, dachte Meno; die einzige handschriftliche Notiz, die ich je von ihm bekam, war, als er mich zu Weihnachten lud: Du gehörst doch zur Familie. Hanna ist in Prag, Philipp wird dasein, und wir haben Altberg geladen, der allein zu sein scheint. Er hat uns eine Überraschung versprochen.

»Sie wollen mich tatsächlich zu sich zum Weihnachtsfest bitten? Herr Londoner, ich wußte gar nicht … Oh, dann bin ich Ihnen etwas schuldig«, sagte Altberg, und Meno war irritiert, daß er Londoner plötzlich siezte, bis ihm klarwurde, daß Altberg offensichtlich mit Philipp sprach, »– aber hat Ihr Vater denn … aha. Jedoch, verstehen Sie bitte … ist er zu sprechen? Hm. Das ist mir ein wenig peinlich, das kommt überraschend für mich, müssen Sie wissen, natürlich bin ich Ihnen sehr dankbar, das können Sie mir … wie? Da haben Sie auch wieder recht … Würden Sie Ihren Eltern etwas ausrichten?« Dann drückte Altberg aus – Meno wollte ihn dabei nicht beobachten, empfand aber eine sonderbare Genugtuung, Altberg in dieser Situation zu sehen, so daß er sitzenblieb –, Altberg versuchte auszudrücken, indem er nach dem rechten Wort rang und, da er es nicht auf die Sekunde fand, es mit vielerlei rhetorischen Netzwürfen herbeizufischen unternahm: Ob Philipp so freundlich sein wolle, den Eltern seinen, Georg Altbergs, Entschluß … nein Entschluß klinge unangemessen, zu leutselig, Philipp wisse schon und müsse doch denken, wie herablassend … Er arbeite gerade an einer Geschichte, in der ein Bettler vorkomme, natürlich nichts von hier und heute, denn wo gebe es in unserem Land Bettler, ein solcher aber komme eben bei ihm vor, und welch schöner Mißklang wäre es, würde er diesen Bettler sich entschließen lassen, die freundlich dargebotene Gabe anzunehmen; ob der Vater denn arbeite oder

dringend in die Akademie bestellt sei? – Er wolle ihm jedenfalls seine Absicht mitteilen, »hm«, lächelte Altberg und kratzte sich am Kopf, den er beim Auf- und Abgehen schräggelegt hielt, »hm … Meine Absicht, Herrgott, vergessen Sie bitte ganz schnell diese verbale Entgleisung, lieber Philipp«, das Telefon sei doch eine recht seltsame Sache, bei Lichte besehen, man spreche in die Muschel zu einem anderen Menschen, der ganz Stimme sei und dessen körperliche Erscheinung man sich zu dieser Stimme hinzudenken müsse, was nicht immer zufriedenstellend funktioniere, Philipp wisse natürlich, daß es selbstverständlich auch nicht seine, Altbergs, Absicht sei, das heißt, das sei es sehr wohl, nur beabsichtige er eben nicht in der in diesem Wort doch sacht mitschwingenden Siegesgewißheit, »beabsichtigen … Mensch, Altberg, hast du's wieder hochtrabend heute«, streckte die Hand aus und fächelte ein wenig um den Telefonhörer herum, als könnte er so das ihm unangenehme, aber einmal gesagte und vom Gegenüber gehörte Wort in kleine Bestandteile stäuben, die ihre ursprüngliche Form nicht mehr erkennen lassen würden; »das heißt ganz einfach, ich will, soll sagen: ich möchte … Würden Sie ihm sagen, daß ich komme?«
Meno war zu sehr in Erwägungen, um Altbergs Blick und Schweigen, nachdem er den Telefonhörer aufgelegt hatte, als auf sich gemünzt wahrzuhaben; es war einer jener prüfenden Blicke, hinter denen Gedankenkreise ablaufen, die nach etwas suchen und es, als mögliche Antwort auf die unausgesprochene Frage, plötzlich vorweisen; es war das Schweigen, das weiß, daß es die letzte Barriere vor einem womöglich unüberlegten, weil in zu raschem Vertrauen gesagten Wort ist, das Schweigen vor der Ungewißheit, inwieweit der andere das ist, was er zu sein scheint, und ob man es nicht bitter bereuen wird, wenn man das Wort ausspricht, das jetzt noch wohlbehütet in den Tiefen der komplizierten Maschinerie steckt, die es erst zu Sprache und Stimme prägen muß; man weiß nicht, ob der erste Impuls, das Wort gleich ausschlüpfen zu lassen, ein tatsächlich befolgenswerter ist und ob das geprägte Wort, einmal und damit unwiderruflich gesagt, zur Münze wird, die die Torwache des anderen Schweigens besticht, oder zum Judaslohn für den verräterischen Unbekannten im eigenen Innern, der seine vorzügliche Tarnung für einen

kurzen, gefährlichen Moment verließ. Meno sah Londoner vor sich, wie er am Schreibtisch saß und etwas exzerpierte, neben sich einen Zettel mit Namen, die er gegeneinander und auch gegen Vorstellungen abwog, die man in Betrachtung seiner Fingernägel anstellt; wie Londoner bei Altbergs Namen vielleicht schon zum Telefonhörer gegriffen, die Hand aber noch in der Schwebe gelassen hatte, um dann Philipp zu rufen und ihm aufzutragen, Altberg die Einladung zu übermitteln; und nachdem Philipp aus dem Zimmer gegangen war, hatte, vielleicht, Londoner mit übereinandergeschlagenen Beinen dagesessen und das Bleistiftende mit dem Radiergummi in kalter Überlegung gegen das Kinn getippt, einige Sekunden lang, bevor er den Zettel in Stücke zerriß, auf denen nicht einmal die Buchstaben der Namen mehr lesbar waren.

41.
Ausreisen

Das Glas zu berühren. In eine prallgefüllte Kilopackung Zucker zu stechen. Das Vogelei, das sie in der Kindheit aus dem Nest genommen hatten, zu zerbrechen. Erst Klarheit, das Dotter an glasigen Fäden, dann kippte das Eigelb weich wie eine Dali-Uhr über den gezackten Rand der Eierschale und in den Mund. Solche Träume.

Wenn er nachts nicht schlafen konnte und Anne im Dienst war, wanderte Richard durch das Wohnzimmer. Er wachte jetzt oft auf, lag eine Weile schlaflos, zog dann den Bademantel über. Wenn sie Nachtdienst und er keine Rufbereitschaft hatte, nahm Anne das Auto. Stand es unten, zog er sich an und fuhr irgendwohin. Er blieb nicht lange weg. Wenn er zurückkam, fragte sie nicht, bat ihn nur, leise zu sein und Robert nicht zu wecken. Manchmal erwachte er schweißnaß und mit verkrampften Händen, starrte ins Zimmer, in das eine Straßenlaterne blaßsilberne Schleier warf, und fürchtete sich. Die Konturen der Schlafzimmerschränke, des Wäschekorbs, des Leuchters mit den Lichttellern waren in dünnen Linien gezeichnet; die Schränke standen wie Blöcke, dunkler als das übrige Zimmer, vor den Fußkanten der zusammengestellten Betten, die ihm wie eine viereckige Insel vorkamen, ein Floß, auf dem Anne und er Zuflucht gefunden hatten. Es bewegte sich nicht. Die Stadt, das Land schliefen, manchmal hörte man fernes Manöverfeuer von den Schießplätzen der Russen. Anne schlief gut, er nicht mehr, Folge der von Anrufen und Türenklopfen durchlöcherten Nachtdienste, der Unruhe. Manchmal tastete er nach Anne, und sie reagierte, murmelte im Schlaf, was ihn rührte, aber nicht beruhigte. Wenn sie nicht da war, hatte er das Gefühl, daß sich Gestalten näherten, daß die Blöcke vor ihm keine Schränke, sondern geheime Tore waren, durch die sie eindrangen. Er öffnete und schloß die Hände, die Rechte mit den vernarbten Sehnen schien in diesen Stunden des Wachseins unter einer Nähmaschine zu liegen, deren Nadel langsam, als würde der Stromgeber vorsichtig ausprobiert, die Zackennaht einstach.

Manchmal nahm er einen von Christians Briefen, die Anne in einer Mappe bei den Sachen aufbewahrte, die im Fall eines Brandes (eines Bombenangriffs, so war es bei Emmy und Arthur gewesen; einer Verhaftung: bei Kurt und Luise) sofort griffbereit sein mußten. Er las einen oder zwei Briefe und legte sie wieder weg. Er hätte sie gern zerrissen oder dem Jungen so, daß es ihn nicht kränkte oder niederschlug, zu verstehen gegeben, daß er keine mehr schreiben solle, denn es quälte ihn zu sehen, wie Anne litt. Er wußte nicht, ob alles stimmte oder der Junge aus bestimmten Gründen übertrieb – Hang zur Interessantmacherei, Einforderung von Liebesbeweisen, verbunden mit einem gewissen Erpressertum, eine masochistische Ader (seht her, wie ich leide)? Richard hatte seiner Verletzung wegen nicht dienen müssen, Ulrich und Meno hatten in Schreibstuben gehockt, Niklas war nur zum Reservistendienst einberufen worden und hatte acht Wochen die Rollbahnen eines Militärflugplatzes gefegt.

Wahrscheinlich war er ungerecht gegen den Jungen.

Wenn er Motorgeräusch hörte, erschrak er, wartete. Die Haustür war abgeschlossen, dafür sorgte Griesel, aber das würde sie nicht stören, die kamen in jede Tür. Sie kamen nachts, wenn alles schlief, wie ihre in Blousons und Bügelfaltenhosen gekleideten Brüder überall auf den Inseln des Sozialistischen Archipels.

Seitdem sich Josta von ihm getrennt hatte, hörte er nichts mehr von ihnen. Keine Vorladung, keine vertrauliche Mitteilung, kein Anruf, bei dem der Anrufer seinen Namen nicht nannte und man nur den Atem hörte; niemand, der eine Zeitung zusammenfaltete, wenn er die Klinik verließ, und ihm folgte, bis ein Wagen an den Straßenrand fuhr und bei laufendem Motor eine Tür geöffnet wurde. Sie schienen zu warten. Aber worauf? Ließen sie es Christian entgelten? Der Posten bei den Sanitätern, vom Mann einer ehemaligen Patientin, der im Wehrkreiskommando arbeitete, ihm fest zugesichert, war auf dubiose Weise weitergeschoben worden … Bereiteten sie etwas gegen ihn vor? Gegen Robert? Anne? Würden sie sich an Lucie vergreifen? Er zermarterte sich den Kopf. Manchmal, wenn er das Zimmer dunkel ließ und die Straße beobachtete, hatte er den Eindruck, eine Zigarette vor dem gegenüberliegenden Haus aufglimmen zu sehen … Das hieß, daß sie ihrerseits ihn beobachteten, wußten, daß er nicht mehr schlafen konnte. Angst hatte. Und sie wollten, daß er sie bemerkte, sie kontrollierten das Terrain und wiesen ihn nicht einmal besonders diskret darauf hin. Wenn sie sich zeigten, konnten sie es sich leisten … Dann ging er in den Flur und öffnete leise den Kleiderschrank vor Roberts Tür, wo er, ohne Anne etwas davon zu sagen, eine seiner Arzttaschen versteckt hatte. Sie war mit allem gefüllt, was er für notwendig hielt, und wenn sie kamen, würde er bereit sein. Manchmal glaubte er es nicht mehr aushalten zu können, wäre am liebsten auf die Straße gerannt, um den Aufpasser zu stellen und ihm zu sagen, er solle sich zum Teufel scheren. Aber er wußte nicht, ob er sich diesen Aufpasser einbildete, die aufglimmende Zigarette konnte eine Täuschung sein, die Sicht war durch Hecken und Bäume eingeschränkt. Und selbst wenn er sich nicht getäuscht hatte: Vielleicht rauchte dort jemand, der von ihm gar nichts wissen wollte. Vielleicht hatten sie ihn sogar aufgegeben, stillschweigend und ohne ihn davon zu informieren … Josta hatte sich von ihm getrennt, die Erpressung zog nicht mehr. Und inzwischen glaubte er, daß Anne alles wußte, zumindest ahnte: ein anonymer Brief, zugestellt, wenn sie zu Hause und er in der Klinik war, würde wie naßgewordenes Pulver nicht mehr zünden. Aber wer weiß: Er mußte mit Glodde sprechen, dem schieläugigen Briefträger.

Er wartete, fixierte die Standuhr, die Zeiger mit den herzförmigen Spitzen, das gewölbte Glas über dem Ziffernblatt. Der obere Haken an der Perpendikeltür, die man zum Aufziehen der drei Bleizapfen öffnen mußte, durfte nicht geschlossen werden. Es sei Druck auf dem Glas, es könne springen, wenn man den Haken schließe und Temperaturschwankungen im Raum die Elastizität des Glases veränderten, hatte sein Vater gesagt. Richard trat vor die Uhr. Das Glas übte einen Sog auf ihn, aber es würde zerspringen, sobald er den Finger ausstreckte, davon war er überzeugt.

Weihnachten verging in gedrückter Stimmung. Anne weinte, weil Christian nicht da war, bei eisigem Wind auf dem Wachtturm hocken oder mit schrecklichen Menschen in Feldlager fahren mußte. »Wenn dem Jungen was passiert … Er hat doch von diesen technischen Dingen gar keine Ahnung. Diese fürchterlichen Panzer, ich kann mir Christian gar nicht darin vorstellen, und dann trainiert er, auf andere Menschen zu schießen …«
Arthur Hoffmann lag nach einem unglücklichen Sturz (sonntags zog er alle Uhren seiner Sammlung auf, zu den Kuckucksuhren mußte er auf eine Leiter steigen) mit gebrochenem Knöchel im Glashütter Krankenhaus. Er wollte nicht von Richard operiert werden: »Bei deinem Vater zittert dir die Hand, und wer weiß, vielleicht willst du dich an mir, wenn ich wehrlos bin, auch für dies und jenes rächen!« kommentierte er mit grimmigem Humor. »Außerdem will ich keine Sonderbehandlung. Hab' ich nie gebraucht! Lehne ich ab!« Im Glashütter Kreiskrankenhaus war die Versorgungslage, da es sich tief in der Peripherie befand, spürbar schlechter als in den Kliniken der Bezirkshauptstadt. Richard sprach mit dem Leitenden Chirurgen und erreichte, indem er den Akademie-Apotheker mit einigen von Meno gestifteten »Hermes«-Büchern bestach, daß wenigstens einige wichtige Medikamente aus den Depots der Akademie in die der Station, auf der Arthur Hoffmann lag, wanderten.
Emmy malte den ganzen Heiligabend über schwarz, ließ sich weder von den Sphärenklängen des Kreuzchors unter Mauersberger noch durch einen Einkaufsrolli mit Schottenmuster-Stoffbespannung davon abbringen, daß alles bald in die Luft fliegen werde und ihre Nachbarin eine Hexe und neidische

Henne sei, die sich gegen sie verschworen habe und ihr nach dem Leben trachte. »Wirklich, so wahr ich hier sitze! Nachm läbändschen Lähm trachtet se mir, die Gewiddermuhme!« Außerdem finde die Nachbarin »alleweil« Geld, was ihr, Emmy, noch nie gelungen sei. Aber die Nachbarin habe auch den ganzen Tag ihre Nase auf dem Trottoir, ihre Ohren an der Wand, ihre Finger in fremder Leute Briefkästen und an fremder Leute Obst, auch wenn es nicht über den Zaun ihres Gartengrundstücks hänge. Als Robert, von Richard leidenschaftlich gebeten, eine Folge von heiteren Klarinettenpiècen spielte, winkte sie ab und bemerkte grämlich, der Junge werde es nie und nimmer zu etwas bringen, er sei nun einmal ein Hoffmann, und die Hoffmanns blieben immer stecken. Und außerdem habe Arthur sie verlassen.

Schnee fiel in weichen, großen Flocken, hing wie Grießbrei in den Bäumen, bedeckte die ascheverschmierten Straßen. Die Schwestern Stenzel holten ihre Stahlkantenskier vom Dachboden, die Tropfenspitzen und Federbindungen hatten und Innsbruck gesehen, das Norwegen der Telemarkschwünge und des Kristianiabogens, die Loipen Oberwiesenthals und Oberhofs, wo Kitty im Leichtsinn noch jungen Rentnerdaseins und mit der Tapferkeit einer Voltigierreiterin vom Zirkus Sarrasani heimlich von der Schanze gesprungen war.

Meno saß abends im Tausendaugenhaus im Mantel an der Schreibmaschine oder am Mikroskop, trug Handschuhe mit abgeschnittenen Fingerspitzen, tüftelte an Gutachten und an Judith Schevolas Prosa, studierte zoologische Präparate, die ihm Arbogast geliehen hatte. Im Land schien etwas vorzugehen, die Starre und Trägheit war nur noch eine dünne Schicht, unter der sich etwas regte, ein Embryo mit noch unscharfen Konturen, der in der Gebärmutter aus Gewohnheit, Resignation, Ratlosigkeit reifte, manchmal schienen die Menschen die Fruchtbewegungen zu spüren, die Schwangerschaft der Straßen, der rauchverhangenen Tage. Angeregt von Ulrich hatte Meno begonnen, Bücher über Ökonomie zu lesen, eine Materie, die ihn nie sonderlich interessiert hatte und deren zahlenklirrende Exaktheit, mathematische Profile und scheinbar unumstößliche Selbstgewißheit ihn ebenso abstießen wie die Nüchternheit, mit der Menschliches, also Fehlbarkeit, Verliebtheit und Inkonsequenz, auf das sternenkalte Reißbrett der Naturgesetze gespannt wurden. Aber er begann etwas zu ahnen ... Die Furcht der Menschen, daß diese kristalline Wissenschaft, ihre Axiome, gegen die sich das hiesige Gesellschaftssystem seit fünfunddreißig Jahren stemmte, recht behalten könnte ... Die Pro-Kopf-Kohlenzuteilung war gekürzt worden. Meno als Junggeselle, der nur Bücher zum Bestechen bieten konnte (die Autoersatzteile mußten für dunklere Zeiten aufgehoben werden), hatte bei Hauschild schlechte Karten. Man konnte auch nicht zu einem anderen Kohlenhändler gehen, um dort fehlende Zentner zu kaufen: die Händler arbeiteten nach dem Stadtteilsystem und verfügten über Listen der dort gemeldeten Einwohner. Meno heizte mit Holz, das Ingenieur Stahl und er im Wald illegal geschlagen hatten; sie machten sich strafbar, aber Stahl sagte, das sei ihm gleichgültig – wenn es der Staat nicht fertigbringe, seinen Kindern Heizmaterial zur Verfügung zu stellen, müsse eben er, Gerhart Stahl, sich selbst bedienen. Die Kaminski-Zwillinge bemerkten diese Waldgänge, warteten, die Hände in den Hosentaschen, im Flur und fragten, ob sie sich ebenfalls nützlich machen könnten. Stahl blieb mißtrauisch, aber vier Hände und vier Ohren mehr konnte man gut brauchen. Förster Busse und sein Hund bekamen ein schweres Amt, denn natürlich wurde der große, mit einer Plane bedeckte Schlitten, mit dem die Männer aus dem Tausendaugenhaus ihre Beute transportierten, auch in der Dunkelheit von nachdenklichen Augen bemerkt.

Am Silvestertag des Jahres 1984 kam eine Inspektion von der Kommunalen Wohnungsverwaltung. Sie stellte fest, daß Meno Rohde und die Langes pro Kopf zu viele Quadratmeter bewohnten und Stahls Menos Schlafzimmer unrechtmäßig für ihren Jungen Martin beanspruchten. Aus dem Schlafzimmer, der Kajüte und dem flurseitig gelegenen Arbeitszimmer Alois Langes wurde, mit Recht auf Benutzung des Lange- und Rohdeschen Bades, eine neue Wohnung gebildet, deren einzelne Zimmer im ganzen Haus verstreut lagen. Im Souterrain, neben dem Waschhaus, befand sich die ehemalige Mägdeküche (in der Libussa Obst einzuwecken pflegte), auch sie wurde der neuen Wohnung zugeschlagen. Alle Proteste Stahls, Langes und Menos nützten nichts, die Kommunale Wohnungsverwaltung ließ nicht mit sich reden, verwies auf ihr Zuweisungsrecht. Anfang Januar zog ein Ehepaar in mittleren Jahren ein, das den Hausfrieden noch stärker erschütterte, als es die Kaminski-Zwillinge mit ihrem ungebetenen Erscheinen im Wintergarten getan hatten.

Mitte Januar erhielt Regine einen Brief von der Kohleninsel. In dürren Worten teilte man ihr mit, daß ihr Ausreisegesuch abschlägig beschieden worden sei.
»Was willst du tun?« fragte Anne. Man war bei Niklas zusammengekommen, um die Lage zu beraten.
»Ich habe bisher alle vierzehn Tage meinen Antrag erneuert, das gedenke ich auch weiterhin zu tun.«
»Dann machst du dich strafbar«, sagte Richard. »Ich habe mit Rechtsanwalt Sperber gesprochen, der dir dringend von weiteren Antragstellungen abrät. Du bist abschlägig beschieden worden, und sie können dich verhaften, wenn du wiederkommst.«
»Schweinebande«, sagte Niklas.
»Aber wie soll es denn dann weitergehen?« Regine bedeckte das Gesicht mit den Händen. Sie war abgemagert und hatte tiefe Schatten um die Augen. Gudrun ging, um ihr einen Tee zu kochen; es war nicht warm im Wohnzimmer, sie trugen Strickjacken über mehreren Pullovern oder selbstgenähte Westen aus Fellresten der Pelzschneiderei »Harmonie«; Ezzo übte nebenan, Reglinde lag krank mit Handschuhen, Wollschal und Pudelmütze in ihrer kleinen, rauchkalten Kammer neben Tietzes zweiter Toilette, die im Winter zufror.
»Wenn sie dich einsperren, nehmen sie dir die Kinder weg, vielleicht schon vorher«, sagte Anne. Sie war blaß und spitz um die Nase; Christian schrieb weniger Briefe.
»Es war gut, daß Jürgen einfach drüben geblieben ist. Ich kenne jemanden in der Kapelle, dessen Bruder hat den Sozialversicherungs-Ausweis mitgenommen; die Frau konnte also nicht beweisen, daß sie vorher nichts gewußt hat, sie wurde auf Mitwisserschaft verklagt, und der Sohn ist in ein Heim gekommen«, sagte Niklas.
»Psst!« machte es von mehreren Seiten. Zeigefinger wiesen an die Zimmerwände.

»Ach, nun übertreibt mal nicht.« Niklas winkte ab.
»Ich muß das Auto verkaufen. Das bißchen Geld als ungelernte Sekretärin … Im letzten Jahr habe ich einige Möbel verkauft, da ging's einigermaßen. Hansi wird sechzehn und wächst aus allem so schnell raus, Philipp braucht auch ständig was Neues … Pätzold will das Auto für zwanzigtausend nehmen.«
»Für einen Wartburg mit noch nicht mal hunderttausend Kilometern? Der ist doch gut in Schuß, Jürgen hat ihn prima gepflegt! Willst du nicht annoncieren, auf ein besseres Angebot warten? Ich bin auch bei Pätzold … dieser Gauner!« rief Niklas entrüstet.
»Die Schätzstelle hat mich an ihn verwiesen. Übrigens muß ich die Hälfte des Geldes an den Staat zahlen … Außerdem hat Pätzold mir schon einen Vorschuß auf das Auto gegeben, im Januar, ich brauchte das Geld … fünftausend Mark.«
»Warum hast du uns nicht gefragt?«
»Bei Geld hört die Freundschaft auf«, wies Gudrun Anne zurecht und stellte die Teetasse vor Regine hin. »Ihr könnt die Nase über mich rümpfen, aber eine Wahrheit bleibt es doch.«
Richard zeigte auf das »Sächsische Tageblatt«, das aufgeschlagen auf dem Tisch lag und einen zuversichtlich lächelnden Barsano neben dem Generalsekretär des Zentralkomitees zeigte. »Habt ihr gelesen, was die wieder von sich gegeben haben? Ich habe gehört, daß es Tschernenko sehr schlecht gehen soll … Warum ist der Barsano mit in Moskau, das frage ich mich. Übrigens stimmt es, daß seine Tochter die Ausreise laufen hat. Wie die rumgetobt hat! Ich seh's vor mir, als wär's gestern gewesen! Hast du was bemerkt?«
»Nein«, antwortete Regine. »Im Zimmer war sie ruhig. Vielleicht war es inszeniert?«
»Kann ich mir nicht denken«, sagte Niklas. »Warum sollte sich die Tochter des Ersten Sekretärs als Punkerin verkleiden, um euch in der Reihe einzuschüchtern? Das kann man doch einfacher haben. Nein, den Bonzen laufen die eigenen Kinder weg. Die glauben selbst nicht mehr dran!«
»Ich kenne sie mittelbar«, warf Meno ein. »Ein Kollege im Verlag ist mit ihrem Freund per Du. Ihr Freund ist übrigens derselbe, der Pätzolds Tochter geschwängert hat, ihr habt darüber damals

in der Felsenburg gesprochen … Jetzt lebt er mit Alexandra Barsano zusammen. Sie war auch mit Muriel befreundet, wußtet ihr das?«
Die Abtsuhr schlug schneeglöckchenfein.
»Wie geht's Hans und Iris?« wollte Gudrun von Richard wissen.
»Kann ich nicht sagen, wir sehen sie kaum. Wenn man sich zufällig begegnet: Tag, Hans – Tag, Richard. Sie machen auch nicht auf, wenn man klingelt. Und wenn wir anrufen, sind sie kurz angebunden, wehren ab.«
»Auf den Brief haben wir noch keine Antwort.«
»Da wird auch keine kommen, lieber Schwager. – Bist du erkältet? Du redest so verschnupft.«
»Dabei habt ihr ordentlich Holz gemaust, ihr Schlawiner!« Niklas lachte beifällig. »Paßt bloß auf, daß die euch nicht erwischen. Denkt ihr, das bleibt unbemerkt? Neulich hat mich der Kühnast darauf angesprochen, als wir beim Priebsch nach Zündkerzen anstanden.«
»Wir müssen überlegen, was Regine tun kann«, half Anne ihrem Bruder.
»Da gibt's für mich nicht viel zu überlegen. Ich werde weiterhin dort aufkreuzen … Ich habe Familienzusammenführung beantragt, inzwischen sind viereinhalb Jahre vergangen, seit Jürgen und wir getrennt sind …«
»Und die Kinder? Denk dran, Sperber hat dich gewarnt!« beharrte Gudrun.
»Ich weiß, wie ich vorgehe.«
»Und wie?« hieß es aus mehreren Mündern gleichzeitig.
»Versteht mich nicht falsch. Aber es könnte doch sein … Ich meine, Niklas: Kannst du es wissen? Und Richard: Immerhin hast du zugegeben, daß sie dir –«
»Du verdächtigst mich, ich würde dich verpfeifen?«
»Entschuldige, so hab' ich's nicht gemeint. Ich bin ein bißchen mit den Nerven runter.«

Pedro Honich war ein ordnungsliebender Mann. Einen Tag nach dem Einzug im Tausendaugenhaus fragte er, wer eigentlich das Hausbuch führe: Schiffsarzt Lange, der es seit Jahr und Tag vernachlässigt hatte.

»Herr Doktor Lange, das geht nicht. Das muß seine Ordnung haben«, tadelte der hauptamtliche Kampfgruppenkommandeur und bot dem Schiffsarzt an, das Hausbuch künftig selbst zu führen. »Bei Herrn Rohde ist ja nichts eingetragen, dabei empfängt er öfters Besuch.«
»Ja, wissen Sie, Herr, äh, Honich –«
»Genosse Honich. Ich bin Mitglied unserer Sozialistischen Einheitspartei.«
»– ich nicht. Wir sind keine Spitzel, und ob Herr Rohde Besuch hat oder nicht, und wer das ist und wie lange er bleibt, geht nur ihn etwas an, finde ich.«
»So, finden Sie.« Herr Honich sprach von bürgerlicher Überheblichkeit und Schlupflöchern, die es zu verschließen gelte. Einige Tage danach berief er eine Hausgemeinschafts-Versammlung ein.
»Müssen wir das machen?« fragte Ingenieur Stahl. »Was will der Typ eigentlich? Glaubt er, wir sind Mitglieder seiner Kampfgruppe?«
»Hören wir uns an, was er zu sagen hat«, meinte Schiffsarzt Lange.
Die Versammlung fand wegen Platzmangels im oberen Flur statt. Frau Honich hatte ein Büfett mit geschmierten Schnitten, Bier und Mineralwasser vorbereitet, das nur die Kaminski-Zwillinge anrührten.
Herr Honich trug Kampfgruppenmontur, erhob sich und erklärte die Versammlung mit einer Anwesenheitskontrolle für eröffnet. Sylvia Stahl war entschuldigt, sie hatte einen Abend bei der Patenbrigade im Hotel Schlemm. Dann stellte er seine Frau und sich vor. Die Frau hieß Babett, stammte aus Karl-Marx-Stadt und war die neue Pionierleiterin der »Louis-Fürnberg«-POS. Herr Honich kam, wie er betonte, aus einer Arbeiterfamilie im Dresdner Stadtteil Mickten. Die Hobbies seiner Frau seien der Garten und die Timurhilfe für ältere und behinderte Menschen; er selbst fahre leidenschaftlich gern Motorrad, sei ein großer Fan von Dynamo Dresden und spiele selbst gern Fußball. Er habe vor, einen Straßenclub zu gründen, und hoffe auf rege Beteiligung vor allem der Jugendlichen; wenn sein Beispiel Schule mache, könne man Straßenmeisterschaften austragen, welche die

Frauen mit Solidaritätstombolas, Bastelbahnen für die Kleinsten und Essen aus der Gulaschkanone für die Aktiven unterstützen könnten; die Gulaschkanonen zu besorgen sei kein Problem. Sein Ehrgeiz sei es, die »Goldene Hausnummer« im sozialistischen Wettbewerb zu erringen.
»Um Himmels willen«, flüsterte Ingenieur Stahl Meno zu, »was haben die uns da für einen reingesetzt!«
»Das ist ja alles ganz gut und schön«, unterbrach Sabine Stahl, »aber wissen Sie, wir sind werktätige Menschen und haben für solche Dinge in der Regel wenig Zeit. Mich interessieren zunächst praktischere Fragen, zum Beispiel, wie wir das Bad nutzen. Mit Herrn Rohde allein ging es noch, aber jetzt sind wir neun, die morgens und abends ins Bad wollen, und unser Junge ist noch völlig unberechenbar. Wie wollen wir das lösen?«
»Ich schlage vor, daß wir einen Plan ausarbeiten, wer wann das Bad benutzt, Bürgerin Stahl. Sie als Mutter haben natürlich Vorrang.«
»Plan, Plan! Glauben Sie, wir können nach Plan aufs Klo? Wie Sie vielleicht bemerkt haben, befindet sich die Toilette ebenfalls im Bad, und was nun?«
»Das haben wir sehr wohl bemerkt, Genosse Stahl.«
Der Ingenieur griff sich erbost ans Revers seines Jacketts, wedelte es hin und her. »Sehen Sie hier ein Abzeichen? Nein? Ich bin kein Genosse!«
»Was wollen Sie damit sagen?«
Frau Honich klopfte ihrem Mann sanft auf die Hand. »Wir haben es bemerkt«, entgegnete sie ruhig. »Vielleicht können wir Ihre Toilette mitnutzen?« wandte sie sich an die Kaminskis, die erschrocken die Hände hoben und protestierten.
»Seit 1975 haben wir einen Antrag auf einen Badneubau laufen. Der kommt aber nicht vorwärts. Statt dessen setzt uns die KWV Sie ins Haus. Ein Skandal! Genauso finde ich es, da Sie als Genosse ja offene Worte schätzen, skandalös, daß Sie, kaum sind Sie hier eingezogen, einen Telefonanschluß bekommen, während Herr Rohde und ich seit zig Jahren darauf warten.«
»Aber ich bitte Sie, Bürger Stahl, wir können doch nichts dafür. Ich muß schließlich rund um die Uhr erreichbar sein. Ich sehe

ja, daß es ein Problem gibt. Vielleicht kann ich etwas machen«, lenkte Herr Honich ein.
»Sie haben Beziehungen?« krächzte Libussa, die einen dicken Schal um den Hals trug und an einem Glas Honigmilch schlürfte.
»Nun … Wissen Sie, man hat uns zur Einweisung auf ein Badehaus in der Querleite verwiesen, das soll in einer der ehemaligen Sanatoriumsvillen sein.«
»Ist es auch. Haus ›Veronika‹. Ja, gehen Sie dorthin! Aber Obacht, die Fußroste nicht ohne Badesandalen betreten, Fußpilzgefahr«, rief Ingenieur Stahl gehässig.
»Hör mal, Gerhart, das ist auf Dauer keine Lösung«, versuchte Meno ein wenig abzuwiegeln. »Wir müssen uns alle irgendwie arrangieren. Wir werden schon eine Lösung finden. Wir könnten ja reihum ins Badehaus gehen, dann wäre das Bad jeden Tag für zwei Parteien nutzbar, und als Toilette haben wir noch das Plumpsklo im Gartenhaus.«
»Das kannst du gerne wieder fitmachen«, empörte sich Sabine Stahl, »viel Vergnügen, vor allem jetzt im Winter!«
»Darum würde ich mich kümmern«, sagte Herr Honich.
Ingenieur Stahl warf wütend die Arme hoch. »Sagt, was ihr wollt, mich kriegt ihr nicht auf diese … Schlotte! Und wie habt ihr euch das mit dem Badehaus morgens gedacht? Sollen Sabine oder ich morgens mit den Kindern da rübertraben, daß sie sich den Tod holen bei der Kälte?«
»Ich werde mich bei der KWV melden, Bürger Stahl, und versuchen, was ich tun kann.«
»Hören Sie doch auf mit diesem ›Bürger Stahl‹. Ich werde eine Eingabe schreiben. Unglaubliche Zustände!«

»Seltsame Dinge gehen vor in Moskau, seltsame Dinge«, raunte die Zeitungsverkäuferin Meno eines Morgens zu, als sie ihm, er wartete rotnasig und verschnupft an der Haltestelle der 11, das Exemplar der »Iswestija« durch das Fensterchen reichte, in dem sie gerade gelesen hatte.

Am 12. Februar um 20 Uhr, Richard und Anne waren bei Regine zu Besuch, klingelte ein Bote und gab eine Benachrichtigung ab, daß sich Regine am nächsten Morgen im zweiten Stock, Flügel

F der Kohleninsel, zu melden habe. »Ruf uns sofort an, was die wollen«, sagte Anne. »Ich habe morgen frei, und wenn du das Auto brauchst, könnte ich dich fahren.«
»Ich habe die Auflage, das Gebiet der DDR bis 0.00 Uhr zu verlassen«, murmelte Regine am nächsten Morgen ins Telefon. Richard war gerade aus dem OP gekommen.
»Ist irgendwas Schlimmes, Herr Oberarzt?« erkundigte sich eine der Schwestern besorgt. »Sie sind auf einmal ganz blaß!«
Richard wehrte ab. »Regine, ich kann heute wahrscheinlich normal Schluß machen. Ruf Anne an, sie hat das Auto. Heute abend habe ich Theaterdienst.«
»Sie Glücklicher!« rief die Schwester, »Mein Mann wollte Ihnen fünfhundert Mark zahlen, wenn er diesen Dienst hätte machen können.«
Regine legte auf. Richard saß noch sekundenlang reglos.
Nach Dienstschluß nahm er ein Taxi in die Lene-Glatzer-Straße. Meno und Hansi packten Koffer in den Hoffmann-Lada. Die Tür zu Regines Wohnung stand offen, im Hausflur brannte Licht. Jemand hatte seinen Aschkasten in Philipps Kinderwagen ausgeleert. Auf Neuberts Briefkasten ein Pflasterstreifen, darauf mit Filzstift geschrieben »Verräter«. Richard riß es ab.
Im Wohnzimmer saßen Regine und Anne und weinten. Meno hatte Regine geräumige, solid gezimmerte vietnamesische Teekisten besorgt, die der Hermes-Verlag für größere Buchsendungen benutzte. Nach Richard kam Hansi herein, sechzehn Jahre alt inzwischen, fast so groß wie Richard. »Mama, wir müssen uns beeilen, der Zug fährt um 22 Uhr, und sie haben Glatteis angesagt«, mahnte er.
»Hast du die Schneeketten dabei?« fragte Richard Anne, die mit den Schultern zuckte. Richard lief nach draußen. Die Schneeketten waren noch im Keller, oben in der Karavelle. Zu spät, sie zu holen. »Fährst du mit? Prima. Paß auf, daß Anne vorsichtig fährt, ja?« bat er Meno. Hansi kam mit Gepäckstücken, sie hatten dreizehn Koffer für die Fahrt gepackt. Einige mußten sie aufs Dach schnallen. Der Tag war mit der Abarbeitung des Laufzettels vergangen: Staatsbank, Schuldenfreiheit bescheinigen lassen, Wohnungsamt, Schulbehörde, Ausbürgerung mit Identitätsbescheinigung.

»Na, Hansi, deine Geige ist ja kein staatswichtiges Kulturgut«, versuchte Richard zu scherzen. Der Scherz mißlang, der Junge sah nervös auf die Uhr. »Wir müssen noch zu Opa, uns verabschieden –«

»Ich sag schon mal tschüß, Hansi; ich muß bald los.«

»Du bist heut' in der Semperoper?« Der Junge blickte ihn an, in einer Mischung aus Wehmut und Verständnislosigkeit.

»Konnte den Dienst nicht tauschen.«

»Na, tschüß … Darf ich Richard zu dir sagen? Das blöde ›Onkel‹ stimmt ja nicht.«

Richard trat auf den Jungen zu und umarmte ihn linkisch. »Leb wohl, Hans. Grüß deinen Vater. Und viel Glück da drüben.«

Regine kam mit zwei Koffern heraus. »Kurz und schmerzlos …«

»Ja, kurz und schmerzlos. Ist immer am besten.«

»Vielen Dank für alles, Richard. Und wenn's so weitergeht, kommt ihr nach …«

»Und heute ist Schluß«, sagte Richard.

»Hoffentlich geht nichts mehr schief. Hansi, hast du alles?«

»Heut' siehst du Jürgen wieder –«

»Ich weiß gar nicht, ob ich lachen oder weinen soll«, sagte Regine. »Diese Zustände! Eine Wut hatte ich, und dann mußte ich heulen … Erzähl mir von der Oper, wie's war, wie sie gespielt haben, was die Leute gesagt haben … Die Pegasus-Medaillons überm Wallenstein und der Iphigenie, die sind von Jürgen!«

»Ruf an«, sagte Richard.

»Ich werd' schreiben«, sagte Regine.

Hans tippte vorsichtig mit dem Fingernagel auf seine Uhr.

42.
Eiserner Vorhang

Richard hob die Arme. Der Leibwächter flöhte ihn ab. »Ich muß Sie bitten, sich auszuziehen, Doktor.«

»Wollen Sie das bei jedem Besucher so machen?« fragte Richard mehr erstaunt als ungehalten, als er in einem Raum neben der Garderobe zuerst von einer Vorhut des ostdeutschen, dann des westdeutschen Personenschutzes untersucht wurde. Sie leuchteten ihm sogar in den Mund, besahen sein Haar und ließen sich auch nicht durch Protest davon abbringen, seine Intimzonen zu inspizieren.

»Glauben Sie, ich habe eine Giftkapsel in meinem Hintern versteckt? Ungeheuerlich, wie ich hier behandelt werde!«

Die Leibwächter blieben unbeeindruckt. »Hat man Sie nicht instruiert?«

»Nicht über Ihre Methoden!«

»Wir haben unsere Befehle. Sie als Arzt könnten in Kontakt mit den Schutzpersonen kommen. Halten Sie sich bitte nachher für eine Inspektion bereit. Die beiden Leibärzte werden mit Ihnen den Krankenraum, Medikamente und den Arztkoffer kontrollieren. – In Ordnung, Sie können sich wieder anziehen.«

Richard hatte sich zwei Stunden vor Premierenbeginn in der Semperoper einfinden müssen. Voller Wut über die entwürdigende Untersuchungs-Prozedur warf er seinen Mantel auf die Garderobentheke. Wie ein Verbrecher! dachte er. Und da wundern die sich, daß ihnen die Leute weglaufen ... Er dachte an Regine und Anne, die jetzt unterwegs sein mußten. Bei einigermaßen guten Straßenverhältnissen konnten sie in anderthalb, zwei Stunden in Leipzig sein.

»Wenn Sie wollen, können Sie noch ein wenig durchs Haus gehen, Doktor. Sie kriegen ein Walkie-talkie, wir rufen Sie, wenn der Vorauskonvoi eintrifft.« Das Funkgerät des Leibwächters meldete sich. »Aha. Gut. – Das war er schon. Sie werden gebeten, noch einmal telefonisch sicherzustellen, daß die entsprechenden Krankenstationen in der Stadt vorbereitet sind. Sie werden um Rückruf gebeten.«

»Vom Generalsekretär?«

Der Leibwächter forschte in Richards Gesicht. »Von seinem Leibarzt natürlich. Informieren Sie mich, wenn Sie soweit sind, ich stelle die Verbindung her.«

»Wo kann ich anrufen?«

»Da drüben.« Der Leibwächter wies auf das Zimmer neben dem Untersuchungsraum. »Es sind direkte Leitungen geschaltet.«

»Müller.«

»Hoffmann.«

»Ja, bin bereit, wie oft werde ich heute abend noch angerufen, verdammt noch mal«, knurrte Richards Chef.
»Tut mir leid, ich bin angewiesen worden, die Verbindungen zu prüfen.«
»Hm. Na schön, sie scheinen zu funktionieren. – Und?«
Richard schwieg, er wußte nicht, was Müller meinte.
»Wie sieht sie aus, die Oper?«
»Hab' noch nichts gesehen.«
»Hm. Ich erwarte morgen Ihren Bericht, Herr Hoffmann, wenn ich schon für meinen Oberarzt Hintergrund schieben soll! Haben Sie genügend Batterien für Herzschrittmacher dabei?«
»Konnte ich noch nicht überprüfen.« Richard mußte lachen.
»Esse gerade ein Stück Kirschkuchen nach dem Rezept Ihrer Gattin«, knurrte Müller. »Sehr gut, aber die Oper wär' mir lieber! Na, viel Vergnügen.« Und legte auf.
Richard rief die Innere Klinik an. Reucker gab ihm ein paar Tips, was er bei Herz-, Schlag-, Asthmaanfällen tun solle. »Aber Sie werden ja instruiert worden sein, nehme ich an, Herr Kollege? Ich meine, wenn die Traumatologie schon Theaterdienst macht …«
»Ich habe mir einige Notarztfortbildungen –«
»– angeschraubt? Wie damals bei Ihrem Weihnachtsbaum? Naja, hoffen wir, daß nichts passiert.«
Meine Güte, dachte Richard, sind die alle gereizt! Neideten sie ihm den Theaterdienst? Schön! Er hieb auf den Tisch, daß die Telefonhörer tanzten. Reuckers und Müllers Gesicht hätte er sehen wollen, wenn ihnen eine Taschenlampe in den Hintern leuchtete!
Urologie. Der breite, behäbige Baß Professor Leusers dröhnte im Telefonhörer. »Wenn die 'n Nierenstein ha'm, lassense se mal vom Stuhl springen; ne Phimose is' kein Notfall, und wenn der Mast juckt, isser entweder ungewaschen oder 's klettern 'n paar Sackmatrosen droff rum! Ooch kee Notfall, Herr Hoffmann! Un' wennse mehrstrahlig pinkeln, würdsch ma' empfehln, 'n Hosenstall offzumachn! Katheter wird ja wohl da sein, meine Güte, so 'n Affentheater!«
Sogar die Gynäkologische Klinik hatte man in Alarmbereitschaft versetzt; es hieß, daß eine Frau aus dem Troß des Alt-Bundes-

kanzlers schwanger sei. Richard informierte den Leibwächter, daß die Leitungen stünden und alle Ärzte sich in Bereitschaft befänden. Er rief den Vorauskonvoi an, in dem der ost- und der westdeutsche Leibarzt saßen. Der Garderobenbereich war jetzt voller gestikulierender, telefonierender, wichtigtuender Menschen. Richard lief ins Vestibül. Als er die mit rotem Teppich bespannte Treppe sah, die zum I. Rang führte, hatte er Lust, hinaufzustürmen, zwei, drei Stufen auf einmal zu nehmen, vor Freude an den roten Kordeln zu zerren, die man als Geländer links und rechts angebracht hatte, einen Jubelruf auszustoßen, so überwältigt war er von der Pracht des Hauses, die er kostbare Minuten, vielleicht nur Augenblicke (er hörte Schritte und Stimmengemurmel) für sich allein haben konnte. Was er kannte, war die Ruine des Opernhauses, die bäumchenbewachsen, mit eingestürztem Giebel, ausgebranntem Zuschauersaal und vermauerten Türen über Jahrzehnte das Bild des Theaterplatzes bestimmt hatte. Mit offenem Mund blieb er auf der Treppe stehen und sah sich um. Dann lief er die Treppe wieder hinunter, um die festliche Perspektive des Aufgangs noch einmal auf sich wirken zu lassen, lief hinauf, tastete über die Marmorsäulen, verschlang Bilder, Ornamente, die im wie Champagner moussierenden Licht hunderter Lampen frisch gewaschen und neugeboren ihre Augen öffneten, mit hungrigen Blicken. Da war dieses Bild, dieses Blau, dort eine Szenerie aus Gralsrittern, beflügelten Madonnen und Schwänen; in den Lünetten bukolische Landschaften; Namen von Opern blinkten in Blattgold, wetteiferten mit Komponistenbüsten um seine Aufmerksamkeit, hell und dunkel geflammter Marmor (vieles Imitat, wie Richard aus Zeitungsberichten wußte) vermittelte ihm das Gefühl, inmitten einer blendenden, gediegenen, zugleich gefährlichen Kraft zu sein, einem durch starken Willen gebändigten Feuer, das nach hierhin und dorthin leckte, den Glanz der Lüster, Spiegel, polierten Simse befachte, an den Fensterscheiben der Galerie in tausende schöne Scherben zerbrach. Er hatte das Gefühl, getragen zu werden, von dieser großen, sonnenmähnigen Kraft bis in die Fingerspitzen aufgeladen zu werden; er federte, lachte, drehte sich wie ein Kreisel nach links und rechts, soff mit den Augen, spürte seine Schuhe nicht mehr. Ihm war nach Tanzen zumu-

te – wie gern hätte er jetzt mit Anne hier einen Walzer hingelegt! Er steckte das Walkie-talkie in die Tasche, sah sich um.
Arbogast stand hinter der Biegung der Galerie; Richard schlitterte auf ihn zu. Der Baron lächelte. »Da wird man wieder jung, Herr Hoffmann, nicht wahr? wenn man all das hier sieht. Sind Sie zum ersten Mal drin?«
Richard nickte, noch ein wenig atemlos und beschämt. Der Baron erwähnte den Brief, den er an Verwaltungsdirektor Heinsloe geschrieben und den Richard beiseite gelegt und schließlich vergessen hatte. Arbogast sprach von Sauerstoff und Wundheilung. »Atmen! Herr Hoffmann, wer leben will, muß atmen!« verkündete er in offensichtlich aufgeräumter Laune, schlug Richard vorsichtig und kameradschaftlich auf den Rücken. »Vielleicht können wir mit Sauerstoff den Krebsgeschwüren zu Leibe gehen. Mitarbeiter meines Instituts forschen an dem Problem … Eine lohnende Aufgabe.« Er trat ans Fenster, winkte Richard. Auf dem Theaterplatz hatte sich eine große Menschenmenge versammelt. Eine Tribüne war aufgebaut worden, die Polizei hatte einen Kordon gezogen. Barsano sprach, aber niemand schien ihm zuzuhören; die Augen der Versammelten waren auf die Oper gerichtet, bewunderten den reichen, feuerfischenden Bau.
»Jaja, die lieben Dresdner«, sann Arbogast, »sie wollen immer nur zurück. Neo-Gotik, Neo-Renaissance, Neo-Monarchien. Groß werden sie dort, wo sie etwas ›wieder‹ haben, wieder bauen können … Ihr Stil ist zusammengestohlen, eklektisch, nicht primär … und doch hat er etwas Eigenes im ganzen, und er ist auch liebenswert. Vielleicht ist das die Kunstausübung der Zukunft: Etwas noch einmal machen, wenngleich der Zeit tributzollend, wodurch das Gewesene doch ein heimlich Neues wird, womöglich auch in seinen Tiefen erkannt und somit gewürdigt werden kann. Eine Übersetzungs-Kunst, gewissermaßen … Sie verstehen? Übersetzer sind die genauesten Leser. Sagt mir Ihr Schwager. Wen interessiert die Realität, solang wir wünschen können … Diese ganze Oper hier ist ein Traum, das Nutzlose, Überflüssige in gestaltgewordener Form. Und dabei nicht billig, wie immer. Hunderte Millionen für – Seifenblasen …«
»Es sind aber sehr schöne Seifenblasen«, wagte Richard einzuwenden.

»Ja, sehr, sehr schöne«, Arbogast hüstelte, »– Seifenblasen.« Damit und kopfnickend ließ er Richard allein.
Sonderbarer Kerl! Er sah Arbogast nach. Das Stöckchen des Barons tackte auf den Fußboden, als wollte es testen, ob es darunter solid zugehe.

Anne war müde, Meno goß ihr die dritte Tasse Kaffee aus der Thermoskanne ein; sie trank hastig, gab ungeduldig Lichthupe, wenn entgegenkommende Autos zu spät abblendeten. Das regelmäßige »Bu-bumm«, wenn der Lada über eine Asphaltfuge zwischen den Betonplatten fuhr, hatte Philipp eingeschläfert, er hatte den Kopf auf Regines Schoß gelegt und wachte auch nicht auf, wenn sie durch eins der vielen Schlaglöcher hüpften, was Anne jedesmal leise fluchen ließ.
Auch Meno war unruhig. Das dunkle Land ringsum bedrückte ihn, die vereinzelten Lichter in den Ortschaften wirkten wie Periskope, die aus untermeerischen Zonen auf eine bleifarbene, nebelige See starrten; aber sie waren verlassen, so schien es Meno, sie gehörten zu einer Flotte, die in der Finsternis des Eismeers trieb, die Besatzungen hingen wie cartesianische Taucher an Atemschläuchen und schliefen betäubt. Was war nur mit diesem Land, welche Krankheit hatte es befallen … Die Zeiger auf den Uhren wälzten die Stunden vor sich her, die Zeit schien wie kalter Honig dahinzurinnen. Philipp Londoner war besorgt, aus Moskau drangen Gerüchte, widersprüchlich und undeutbar, der Kreml schien kopfzustehen, der Generalsekretär der KPdSU sollte in Agonie im Regierungskrankenhaus liegen … Meno schreckte aus seinen Gedanken, als Anne hupte: Sie fuhren hinter einem Konvoi Schwerlasttransporter, von denen Baumstämme ragten, eine Motorradeskorte versperrte die Überholspur. Nach einigen Minuten wurden sie herrisch vorbeigewinkt. Eine Motorradeskorte für einen Holztransport? Meno sah genauer hin, als sie passierten: zylindrische, vorn sich verjüngende Körper zeichneten sich unter den Planen ab; am Steuer der Sattelschlepper saßen Soldaten der sowjetischen Armee.
»Raketentransport«, unterbrach Hans das Schweigen, »das sind SS-20-Raketen, getarnt als Langholzfuhren.« Er wisse das von einem Schulfreund.

»Dawai, dawai!« schrie ein Motorradfahrer.
Sie überholten und schwiegen. Meno dachte an das Ehepaar Honich, mit dem Streit und eine Art von FKK-Unbekümmertheit ins Tausendaugenhaus eingezogen waren … Jedenfalls ging es jetzt laut zu. Herr Honich machte Frühsport am offenen Fenster und bei schallender Volksmusik (»Im Frühtau zu Berge wir ziehn, fallera …«), klopfte bei Meno, um ihn zur Ertüchtigung einzuladen (sobald das Radio ansprang, war es mit der Konzentration sowieso vorbei), er habe es nötig, wo er doch den ganzen Tag in sitzender Position verbringe; Frühsport stärke die Konzentrationsfähigkeit und mache munter … Von Menos anfangs höflicher, doch von Tag zu Tag deutlicher werdender Abwehr schien sich Herr Honich nicht beeindrucken zu lassen. Noch schlimmer aber schlug Meno die Frau auf den Magen. Sie beanspruchte, den Balkon mitnutzen zu dürfen, klingelte zur Unzeit und ließ sich auch durch Proteste nicht davon abhalten, die Balkontür aufzureißen, wodurch die Wärme im Wohnzimmer verlorenging. Meno hatte Möbel und Regale umgestellt, um die Verkleinerung der Wohnung auszugleichen, aber die entstandene verwinkelte Rückzugsecke machte Frau Honich neugierig, keine halblaut herausgepreßte Verwünschung konnte sie fernhalten; sie klopfte ans Regal, quetschte sich durch, fragte, als sie schon vor seinem Schreibtisch stand, ob sie nähertreten dürfe, lächelte dem gequälten Meno, der rasch seine Manuskripte verbarg, ins Gesicht. Was er da mache, wollte sie wissen. Er arbeite. Aber woran? Etwa an Lürik (sie zerrte das Ypsilon wie ein Gummitier nach unten), an Gedichten? Oh ja, natürlich an Gedichten, wie schön; aber die brauche er doch nicht vor ihr zu verstecken, sie finde Gedichte schau (nach diesem Backfischausdruck bückte sich Meno, um seine Wut zu bezähmen), ob er nicht … Oh ja! rief sie, er sei doch ein Fachmann, er verstehe etwas davon, er könne ihr bestimmt beibringen, wie man Gedichte schreibe! Das sei schon lange ihr Wunsch, und nun habe sie jemanden getroffen, noch dazu in unmittelbarer Nachbarschaft, wenn das nichts zu bedeuten habe, neckte sie und drohte ihm schelmisch mit dem Finger. Sie wolle es lernen.
Am nächsten Tag hatte Meno die Kohleninsel angerufen und sich beschwert. Jedoch: Nach Satzung sowieso, war ihm erklärt

worden, habe die Bürgerin Honich das Recht, den Balkon in seiner Wohnung mitzunutzen, und er dürfe ihr, wenn sie von diesem Recht Gebrauch zu machen wünsche, den Zutritt in die Wohnung nicht versperren. Warum es immer wieder Schwierigkeiten mit den Bewohnern der Mondleite Zwei gebe; man habe kein Verständnis dafür!
Ingenieur Stahl meinte, daß man sich wehren müsse, und drehte den Honichs regelmäßig die Sicherungen heraus. Dann saßen sie im Dunkeln, und die Schlagermusik (Oberhofer Bauernmarkt, Regina Thoss, Dorit Gäbler) trudelte zu Boden. Im Gegenzug drohte Herr Honich Ingenieur Stahl mit einer Klage, weil er Deutschlandfunk höre und wiederholte Aufforderungen, sich am sozialistischen Wettbewerb zu beteiligen, wiederholt mit Vergleichen aus der Tierwelt beantwortet habe; seine Frau Babett sei Zeugin!
»Du bist so in Gedanken, Mo.«
»Dies und das.«
»Ärger?«
»Nichts besonderes. – Wie geht's bei dir?«
»Sie haben uns die Schichten verlängert. Ein Arzt und eine Krankenschwester sind ausgereist. Bei Richard gibt's Intrigen. Einer der Ärzte scheint ihm nachzuspüren, der Parteisekretär. Den muß er einarbeiten. Man sieht es nicht gern, wenn Wissen sich ihrer Kontrolle entzieht, und in der Handchirurgie gibt es nicht so schnell einen anderen, der Richard ersetzen könnte, jedenfalls nicht in Dresden. Robert hat eine Freundin. Eigentlich ein bißchen früh, finde ich. Aber er weiß ja Bescheid über das mit den Bienen. Barbara hat den Kopf voll mit Hochzeitsvorbereitungen. Bei Ina ist anscheinend schon was unterwegs. Kuck mal, da.« Sie wies auf eine Reihe Windmühlen, die sich im leeren Land vor einem von azurgrünen Streifen aufgehellten Himmel drehten, wie in Zeitlupe, überschwärmt von Myriaden lautlos auf- und absteigender Krähen. Regine sagte nichts. Meno sah nach draußen.

»Erlauben Sie?« Rechtsanwalt Sperber deutete auf den freien Stuhl neben Richard, der üblicherweise für den Partner des Theaterarztes reserviert war. »Ihre Frau kommt ja nicht.«

»Woher wissen Sie das?«
Sperber schmunzelte. »Man kennt seine Fälle, man kennt die Fälle der Kollegen. Und die Nöte von Freunden. Sie haben ja mit mir über Frau Neuberts Fall gesprochen … Oh, das verletzt keineswegs das Berufsgeheimnis. Ein gewisser Austausch ist notwendig, man muß sich abstimmen, will man den Staatsanwälten etwas entgegenzuhalten haben. – Wie finden Sie sie?« Sperber wies ins Zuschauerrund, das sich allmählich mit Gästen füllte; sie blieben an den Logenbrüstungen stehen, reckten im Parterre die Hälse, erwartungsfrohe, stolzerfüllte Gesichter; viele Besucher hatten Taschentücher in der Hand. »Ist das nicht eine Leistung, die unser kleines Land vollbracht hat?« fragte Sperber, ohne Richards Antwort abzuwarten. Die geläufige Wendung hieß »unser Staat« oder »unsere sozialistische DDR« (merkwürdiges Attribut, ging es Richard durch den Kopf, als ob es eine andere gäbe); »unser kleines Land« ließ Richard aufhorchen.
»Wenn Sie wollen, kommen Sie uns doch einmal besuchen, Herr Hoffmann. Die Einladung gilt natürlich auch für Ihre Frau«, beeilte sich der Rechtsanwalt hinzuzufügen. »Wir würden uns freuen, Sie näher kennenzulernen. Moment«, er fischte eine Visitenkarte aus dem Lederhandtäschchen und drückte sie Richard in die verdutzt geöffnete Rechte. »Der ›Freischütz‹ ist ja nicht ganz mein Fall, viel Romantik und Schützenfestgetue. Ein schöner Traum, zu dem wir uns hier versammeln, und jeder wird ihn anders verstehen. Aber die Musik ist bewundernswert, und für unseren Herrn und Meister«, Sperber nickte vorsichtig in die Staatsloge hinüber, »dürfte es genau das Richtige sein. Erst vorigen Samstag hat er einen Zwölfender geschossen. Entschuldigen Sie mich für ein paar Minuten.«
Sperber verschwand, tauchte nach einigen Augenblicken drüben in der Staatsloge auf, wo langwieriges Händeschütteln begann.

Der Zug hatte Verspätung, nun standen sie, nachdem sie gerannt waren, auf dem Bahnsteig und warteten. Das wäre jetzt die Zeit für den Abschied gewesen, aber die Bahnhofsansage hatte von einer Stunde gesprochen. In der Mitropa bleiches, schleimiges Licht; Kakerlaken huschten über die Tische wie ertappt. Es gab im Tagesangebot messinggrüne Brühe, Leipziger Allerlei,

Schnaps und Bier. Hans ekelte sich, wollte wieder hinaus. Meno kaufte eine Packung »Marie«-Kekse. »Liest du gern?« fragte er Hans draußen.
»Kommt drauf an, was. Am liebsten Karl May.«
»Hier. Vielleicht hast du auf der Reise Langeweile.« Er steckte dem Jungen einen Band Poe zu, Erzählungen, illustriert von Maler Vogelstrom.
»Bestimmt nicht. Danke.« Hans nahm das Buch, schob es in die Innentasche seiner Kutte.
»Ist das kalt«, klagte Regine, als sie zurückkamen. »Hoffentlich geht nichts mehr schief –«
»Wißt ihr, warum es Verspätung gibt?« fragte Meno. Regine, wieder in Tränen, wandte sich ab.
»Zugefrorene Weichen. Der Zug kommt aus Rostock«, antwortete Anne. Sie hatten für Philipp auf den Koffern eine Art Bett gebaut, ihn mit Kleidungsstücken zugedeckt, aber er schlief nicht, blickte zum Deckengewölbe des Bahnhofs, von dem verkrustete Asche in Zapfen herabhing, Darmzotten eines Gulliver im Lande Liliput; hunderte Tauben hockten auf den Querstreben und hatten die Köpfe in die Flügel gesteckt, eng aneinandergedrängt, so daß keine der anderen gefährlich werden konnte in der Nacht, dachte Meno, wahrscheinlich wärmten sie einander auch. Die Lautsprecher über dem Bahnsteig knackten, eine Frauenstimme dehnte in breitem Sächsisch die Verspätung des Zuges ins Unbestimmte. Regine bedeckte den Mund mit der Hand und beugte sich nach vorn, es sah aus, als ob sie ein Gähnen unterdrücken wollte, aber sie schrie gegen ihre Hand. Hans zog Regine beiseite, sie gingen auf und ab. Auf dem Bahnsteig wartete niemand außer ihnen. Transportpolizei kontrollierte einige Betrunkene auf entfernteren Gleisen.
»Schrei, wenn du willst«, sagte Anne, »mich stört es nicht, und man soll es ruhig hören.«
»Damit sie uns zu guter Letzt noch verhaften?«
»Hans«, bat Regine leise.
»War nicht so gemeint.« Von Annes Mund stieg Rauch, Meno beobachtete seine Schwester aufmerksam. Vielleicht aus Scham zog sie ihren orangefarbenen Schal bis unter die Augen, sie trug eine Schapka, die Barbara genäht hatte, knüpfte die Ohrenklap-

pen zu. Meno stopfte sich eine Pfeife. Jetzt nahm Anne Regine unterm Arm, sie gingen im Kreis, besprachen Einzelheiten der Wohnungsauflösung. Die vietnamesischen Teekisten konnten an Jürgens Adresse in München geschickt werden; das Geld dafür solle Anne aus dem Verkauf der Möbel nehmen, die Regine hatte zurücklassen müssen.

»Was hattest du dir denn überlegt?«

Regine drehte sich zu Meno um, der dem starken Vanillegeruch des Tabaks nachschnupperte, Mißtrauen veränderte Hans' Gesicht, dabei hatte Meno nur aus Neugier gefragt und um die Zeit zu vertreiben. »Ist ohne Bedeutung.«

»Richard meint, ihr müßt drüben sofort gegen die Beschlagnahme eurer Bilder Klage einreichen, auch wenn es natürlich keinen Erfolg hat.«

»Die Bilder sind weg, Anne, und Jürgens Skulpturen auch, das ist der Preis.«

»Ebenholz.« Rechtsanwalt Sperber musterte die Standuhr neben der Schleiflacktür mit den beiden zierlichen Sesseln, in denen Arbogast und Rechtsanwalt Joffe plauderten. »Was sagen Sie als Fachmann?« wandte er sich an Richard, der neben ihm stand und unbehaglich immer wieder auf die Tür mit dem leuchtenden »Loge« darüber blickte. »Ich war schon öfters bei Ihrem Vater in Glashütte. Er besitzt eine ausgezeichnete Sammlung und war so freundlich, mich beim Ankauf diverser Stücke zu beraten. Einige davon haben Sie bewundert, als Sie das erste Mal zu mir kamen.«

Die Tür wurde geöffnet, der Generalsekretär ließ Barsano und dem Altbundeskanzler den Vortritt. Richard blickte zum Büfett, Kellner standen in Galalivree, verharrten in Verbeugung. Auf den damastgedeckten Tischen lagen einige Buttermesser mit abgerundeten Klingen. Richard erschrak, daß ihn, als er die Buttermesser und dann das helle, glänzende Gesicht, den von einem schneeweiß gestärkten Hemdkragen gesteiften Hals des Genossen Staatsratsvorsitzenden sah, die Vorstellung überfiel, wie gut solche Hälse zum Durchschneiden oder Hängen geeignet schienen, auch der des Altbundeskanzlers und Barsanos; dabei bestanden sie doch aus dem gleichen Material: verletzlichem

Menschenfleisch, wie die Hälse der sogenannten gewöhnlichen Menschen, und obwohl sie so zart und saubergewaschen wirkten, hielt Richard doch unwillkürlich Ausschau nach einem Mal, das sie bezeichnete. Perfide, unerlaubte Gedanken!
»Ich kenne diesen Gesichtsausdruck zwischen Vergnügen und Schrecken, den Sie gerade haben«, flüsterte Sperber. »Das ist die Mimik des Verbrechens.«
»Sie scherzen, Herr Sperber?«
»Ich bilde mir einiges auf meine Menschenkenntnis ein«, der Rechtsanwalt lächelte flüchtig, »und Sie lieben das riskante Spiel. Es hat einiges für sich, hier eine solche Unterhaltung zu führen. Übrigens sind mir solche Gedanken keineswegs fremd. Die Angst vor dem Verbrechen, das sie begehen könnten, treibt junge Leute in meinen Beruf. Mich interessieren die Abgründe im Menschen. Ich habe eine ganze Sammlung.«
»Wie sammeln Sie das denn?«
»Nicht in Form geologischer Karten oder Bergschnitte, wie Sie vielleicht vermuten. – Geben Sie ihm nicht die Hand, wenn Sie ihm vorgestellt werden; er schätzt das nicht sonderlich. Er ist es, der die Form der Vertraulichkeit festlegt.«

»Die können einem leid tun.« Anne nickte in Richtung der Soldaten, die vor einem Panzertransportzug Wache standen.
»Was hast du vor?« fragte Regine, als Anne in ihrem Portemonnaie nachsah.
»Ich will ihnen zu essen bringen.«
»Aber das sind Russen.«
»Die frieren auch. Kommst du mit, Mo, allein kann ich nicht soviel tragen.«
Sie gingen in die Mitropa, kauften heißen Tee, Kartoffelsuppe mit Bockwurst und Semmeln; den Kessel schleppten Meno und ein murrender Kellner mit Zigarettenbrandlöchern im blütenweißen Jackett. Die Soldaten standen auf einem Außengleis auf der anderen Seite des Bahnhofs. Mißtrauisch, fast ängstlich tasteten sie nach ihren Kalaschnikows, als Anne ihnen die mitgebrachten Schüsseln zeigte. Meno sagte auf russisch, daß sie etwas zu essen brächten, zum Aufwärmen sei Tee da. Die Soldaten, Kindergesichter mit Stoppelschädeln und »auf Durst« ge-

schobenen Käppis, blickten begehrlich auf den Kessel, zögerten aber, näher zu kommen; einer rannte nach vorn an die Spitze des Zuges, wo ein Offizier von einem Waggon gesprungen war und seine Tellermütze abklopfte. Sie berieten sich. Ein zweiter Offizier erschien, offenbar ranghöher als der erste, denn der erstattete Meldung. Der zweite Offizier nahm seine Tellermütze ab, kratzte sich am Hinterkopf, drehte die Mütze eine Weile in der Hand, kam langsam auf die drei Solidaritätshandelnden zu, wartete, ging zurück, klopfte an einen Waggon. Nach einer Weile erschien ein dritter Offizier, dem diesmal der zweite Meldung erstattete.

»Na, ich werde mal wieder an meinen Arbeitsplatz gehen«, sagte der Kellner. »Das darf ja wohl nicht wahr sein. Und außerdem hab' ich grade erst 'ne Erkältung weg. Nischt für ungut.«

Er steckte die Hände in die Hosentaschen und schlenderte davon. Die drei sowjetischen Offiziere wechselten Blicke. Die Soldaten vor Meno und Anne standen reglos, mit ängstlich verschlossenen Gesichtern, hin und wieder musterten sie rasch die Schüsseln, Annes Mantel, Menos Schuhe. Der Kellner kam zwischen zwei Bahnhofsstreifen zurück. »Was gibt es hier, Bürger?«

Lautlos und unangekündigt rollte auf Regines Gleis ein Zug ein. Anne stellte die Schüsseln auf den Boden und wollte losrennen.

»Halt!« rief einer der Polizisten und nestelte an seinem Koppel herum. »Wo wollen Sie hin, Bürgerin?«

»Da sind Freunde von uns … der Zug –«

»Das ist der Kurswagen nach München«, sagte der andere Polizist. »Was haben Sie dort zu suchen?«

»Wir haben unsere Freunde begleitet –«

»Sie wollten wohl einen Fluchtversuch unternehmen!«

»Was?« brachte Meno völlig perplex heraus. Der oberste sowjetische Offizier näherte sich den beiden Polizisten, wies auf die Schüsseln, den Essenkübel, den Tee.

»Was für ein Quark«, der Kellner griff sich an den Kopf.

»Wir müssen Sie bitten, uns zu folgen!« Der erste Polizist stellte sich vor Meno und Anne, der zweite faßte den lachenden Kellner am Arm. Drüben schrien und winkten Regine und Hans. Als ein Pfiff ertönte, rannten sie los, stolpernd und gehetzt mit

den dreizehn Gepäckstücken, Hans blieb noch einmal stehen, hob Philipp auf die Schultern, der, soweit Meno erkennen konnte, vergnügt mit den Ärmchen dirigierte.
»Wir werden untersuchen, was Sie in der Nähe der sowjetischen Streitkräfte wirklich vorhatten! Vorwärts!« befahl der erste Polizist.

43.
Hochzeit

Hoffmanns Barometer wies auf »veränderlich«. Die ersten drei Tage des Mai waren kalt. Es hagelte und schneite, dann kam die Sonne, noch blaß und schlaftrunken; plötzlich, wie nach abruptem Entschluß, kletterte sie voller Energie aus dem Bett. Am 4. begannen die Bienen zu schwärmen. In den Gärten am Elbhang brandete der Löwenzahn. Wild- und Süßkirsche blühten, am 13. trug Meno Pflaumen- und Birnbäume in Libussas Frühjahrskalender ein, zwei Tage später die Cellini-Äpfel. Wenn Meno von Langes Wintergarten in Richtung Pillnitz blickte, sah er den Blütenschnee wie Daunen aus tausenden zerschlitzten Kissen auf den noch winterdunklen Bäumen liegen.
An einem Sonntag Mitte Mai stand eine Hochzeitsgesellschaft vor der Kirche Pfarrer Magenstocks und wartete auf das Brautpaar. Barbara jammerte, nach einem Blick auf die Uhr, einem zu Ehrwürden Magenstocks abwiegelndem Arm und einem zum Himmel, daß es wie verhext sei: Wo blieben die beiden? und gerade jetzt fielen die ersten Tropfen dick und schneckenweich auf die Ulmenleite.
»Macht doch nichts«, Niklas öffnete mit demonstrativer Lässigkeit den Tietzeschen Familienschirm über Gudrun und Reglinde; er selbst schützte die graumelierte Grandseigneursfrisur, die noch nach dem Wienerschen Birkenhaarwasser duftete (Meno mußte an einen russischen Feldweg mit jubilierenden Lerchen und obligatem Pferdegespann denken), unter dem Vordach, aus dem hin und wieder ein Klecks fiel. Ehrwürden Magenstock war stolz auf die Vogelnester und vielen Spinnennetze. Gottes ist, was kreucht und fleucht, hatte er vor Barbara beharrt, die ärger-

lich erwiderte, der Herr solle sich lieber an die Schneider und ihre mühseligen Hochzeitsvorbereitungen halten, und ob es ihm gleichgültig sei, daß das Zeug an den Schuhsohlen hängenbleibe und damit in der Kirche. Ehrwürden hatte sich leicht verneigt. Pfarrer Magenstock, wußte Meno, hatte besondere Auffassungen von Seelsorge und darüber, was es bedeutete, Hirte in schwieriger Zeit zu sein. Das Schiff der Christenheit steuerte auf gefährliche Untiefen zu, und manchmal, wenn sich Pfarrer Magenstock zu nächtlicher Stunde an das Bildnis von Bruder Luther wandte – flammenstreiterischen Antlitzes, Hammer der Wegpflöcke, Löwe der Schrift und Morgenstern der Zwiste –, um ratsuchend vom Geist seiner Kraft zu trinken, hörte er nichts als das vertraute Klappern der undichten Fensterläden und die Atemzüge seiner sieben Lieben.
Ulrich riß das Handgelenk mit der Uhr vor die Augen, breitete die Arme, daß Josta und ihr Mann zurückprallten (ein Studienkollege Wernsteins, wie Richard erfahren hatte, der im Seitenschiff der Kirche einen unwahrscheinlich mild und verklärt aufblickenden Heiligen anstarrte), Ulrich rieb sich das Kinn, das wie alle Männerkinne dieser Hochzeitsgesellschaft (auch Roberts und Ezzos, Ulrich hatte darauf bestanden, der Fotos wegen) von Lajos Wiener persönlich rasiert worden war mit schwerer, auf Juchtenleder abgezogener, blaugepließteter Solinger Klinge. Alles, was Ulrich hören ließ, war ein durch zusammengebissene Zähne gesiebtes »Herrgottnochmal!« (das Parteiabzeichen trug er nicht, stellte Meno fest), worauf Barbaras Lehrer, der schlohhaarige Kürschnermeister Noack aus Leipzig vom Brühl, mit Barbaras Bruder Helmut Hoppe, Konditor und Pâtissier im VEB »Elbflorenz«, besorgtes Einverständnis tauschte und zum Himmel wies, an dem es zu grollen begann.
»Ist doch wahr«, Ulrich blickte achselzuckend nach oben, »verträgst wohl keine Kritik, was?«
»Aber Herr Kannegießer müßte es doch schaffen?« Annes Frage sank in die dezente Unergründlichkeit von Ehrwürden Magenstocks Gesicht. Wer wußte schon, ob der F 9 des Kantors die Steigung vom Mordgrund, am Lazarett vorbei bis zur Turmstraße, noch bewältigte.
»Ich setz' mich gleich noch mal ins Auto und fahr' ihnen entge-

gen.« Ulrich schob wütend den Unterkiefer vor, quetschte das Schlüsselbund in der Faust. »Irgendwo müssen sie doch stecken. Und auf die Idee, hier anzurufen, wenn sie eine Telefonzelle sehen, kommt wohl weder deine Tochter noch unser Schwiegersohn?«

»Du rufst ja auch nie an, wenn du dich verspätest. – Vielleicht sind sie heimlich auf und davon!« Sie habe, entsetzte sich Barbara, schon manches erlebt in ihrem Dresdner weiten Wanderleben.

»Nu klar«, Helmut Hoppe griff in die Innentasche seines Jacketts und zog einen Flachmann heraus. »Schwester, nimm erst mal 'n Schluck Eierlikör. Haben wir selber gemacht, schmeckt besser wie von drüben. Die Eier direkt vom Bauern direkt in unsere Rationalisierungsabteilung. Die rationalisieren dann dieses Stöffchen, meine Gutste, wenn der Tag lang ist, und in der Rationalisierungsabteilung ist der Tag immer lang.«

»Da kommen sie ja«, sagte Christian. Daß er hier sein konnte, verdankte er einem Versprechen, das er nach einem Briefwechsel mit Meno dem über die Urlaubsanträge gebietenden Spieß seiner neuen Einheit hatte geben können. »Uffz. Hoffmann«, hatte Stabsoberfähnrich Emmerich, genannt Schlückchen, gesagt, »du bist ein Ohrli im zweiten Diensthalbjahr, und Ohrlis fahren eigentlich nicht auf Urlaub. Aber wenn du tatsächlich einen Auspuffkrümmer Polski Fiat zu bieten hast …« Meno hatte ihn schon bereitgelegt.

Ina stieg lachend aus dem Auto. Wernstein und Dreyssiger, sein Trauzeuge, sahen wie Färber aus; beide im Unterhemd und trotz der Wärme schlotternd; die Arme waren bis zu den Ellbogen schwarzverschmiert. Ina trug ihnen die weißen Hemden und die Frackoberteile hinterher.

»Um Gottes willen, Kind, was ist denn passiert!«

»Motorschaden, Schwiegermutter.«

»So was Blödes! Hättet ihr die Karre doch stehengelassen und ein Taxi genommen!«

»Wollten wir ja. Keins frei! Und per Anhalter ging auch nicht, war nichts zum Anhalten da.«

»Wie ihr ausseht! Himmel! Herr Magenstock, können sich die beiden bei Ihnen waschen?«

»In der Kirche habe ich nur kaltes Wasser. Wir gehen rasch in meine Wohnung.«

Christian beobachtete Ina, als die drei, gefolgt von Magenstock, aus dem Pfarrhaus wiederkamen; sie hatte sich noch immer nicht beruhigt und mußte sich am Zaun festhalten, um dem erschöpften Körper für Augenblicke ein Kräftesammeln zu gönnen, wie es zwischen Wehen oder nach dem lindernden Erbrechen bei Magen-Darm-Grippe seine zerzausten Wellenkreise breitet, dann blickte sie auf und sah Barbara ins Gesicht, das in Momenten großer Aufregung dem einer entsetzten Elster glich. Ina hob schlaff und aufstöhnend die rechte Hand, legte sie auf die Stirn, dann wurde sie wieder von konvulsivischem Lachen geschüttelt. Wernstein und Dreyssiger henkelten sie unter, Pfarrer Magenstock versuchte einen Schirm über die Braut zu halten. Frau Kantor Kannegießer hatte angerufen, während sie oben gewesen waren, ihr Mann sei erkrankt, Doktor Fernau stehe neben ihr und habe strenge Bettruhe verordnet; sie habe mit Herrn Trüpel gesprochen, er sei bereits mit einer Plattenauswahl unterwegs zur Kirche.
»Und da isser schon; ein Mann im Sonnenschein«, Ulrich grinste.
»Bloß gut, daß wir so schöne Schirme haben. Mensch, sind wir schadenfroh. Herrlich«, Helmut Hoppe leckte einen Tropfen Eierlikör vom Rand des Flachmanns und betrachtete mit Interesse den im nun rauschenden Regen wie eine Ralle heranflatternden, vom Gewicht des Phonokoffers gebeugten Rudolf Trüpel.
Schon viele Male, wenn Kantor Kannegießer erkrankt war, hatte der Inhaber des Schallplattenladens »Philharmonia« bei der feierlichen Umrahmung von Hochzeiten, Taufen und Begräbnissen ausgeholfen. Meno erinnerte sich an Weihnachtsgottesdienste mit Jubilaten und Toccaten, gegriffen von einem auf keinen Gemeindechor Rücksicht nehmenden Musik-Erlösungssucher an einer Silbermann- oder Arp-Schnitger-Orgel, deren orkanische Orchester den Sündern brausend ins Gewissen fuhren, sobald sie Rudolf Trüpel, mit stiller Befriedigung und pädagogischer Angriffslust, aus der japanischen Hi-Fi-Anlage erschauern ließ, die qualitätsbewußte Mitglieder einer hamburgischen Partnergemeinde gespendet hatten. Meno erinnerte sich, daß sein Vater ihm als Kind von der Wohnung der Ruhe erzählt hatte, als wäre die Ruhe eine Mieterin mit Mietvertrag und Hausord-

nungskalender, und wenn er sich an die farbigen Kuppeln der Basiliuskathedrale auf dem Roten Platz erinnerte, dachte er, daß sie in Moskau dort wohnte, nicht im Arbat und nicht im Büro des Direktors der Lubjanka, wo ein Telefon gellend schwieg. In Schandau hatte ihm der Haubenturm von St. Johannis diesen Eindruck vermittelt; nun aber, in der Ulmenleite, riß die Kette der Assoziationen. Die Hochzeitsgesellschaft vor der Kirche wurde allmählich ungeduldig (Barbara mit mißmutig gerunzelter Stirn), denn es dröhnte mit der Kraft eines Alphorns, geblasen neben dem Ohr eines schlafenden Säuglings, ein Bachscher Begräbnis-Trost-Choral nach dem anderen heraus.

»Feiner Chor«, sagte Niklas, »könnten die Thomaner sein. Das Orchester ist das Gewandhaus, die Geigen reden Sächsisch, aber nicht Residenz.«

Ein weiterer Versuch brachte Schwermut, Aufbegehr, und Gott mit offenen Armen.

»Manche Ehen sind so«, stellte Helmut Hoppe fest. »Ein Schelm, wer dabei an Eierlikör denkt.«

»Du und deine Anzüglichkeiten«, seufzte Helmut Hoppes Frau Traudel, »kannst du sie dir nicht wenigstens auf der Hochzeit deiner Nichte sparen.«

»Nee. Wär' schön, wenn die Hochzeit mal weitergeht. Man wird nicht trockener. — Nuguckemada. Da breitet einer ziemlich verlassen die Arme. Kenn ich aus'm Betrieb. Da heißt's dann: improvisieren.«

In der Kirche wartete die Gemeinde. Herr Trüpel beriet sich mit Pfarrer Magenstock. Was Meno verstand, war, daß Trüpels Sohn die Inhalte der Phonokoffer (Taufe, Trauung und Beerdigung) vertauscht haben mußte. Magenstock nickte, besann sich, rückte die Brille zurecht. Reglinde schüttelte kategorisch den Kopf. Sie hatte die Kirchenmusikschule zwar abgeschlossen, aber keine Stelle als Kantorin angetreten. Sie arbeitete jetzt im Zoo als Hilfstierpflegerin. Robert hatte eine Idee, und als die Hochzeitsgesellschaft nach Braut und Bräutigam und Pfarrer Magenstock die Kirche betrat, improvisierte ein Chor, gestaffelt zum Kanon, den Mendelssohnschen Hochzeitsmarsch von der Empore: Trüpel dirigierte, Niklas' Baß imitierte die Orgel, Gudrun die Oberstimmen, dazwischen ließen Ezzo und Christian zart gedudelte Arabesken

wachsen, während zwei von Inas Kommilitoninnen und Robert die Melodie intonierten. Pfarrer Magenstock begrüßte Brautpaar, Familie und Freunde. »Wir beginnen diesen Gottesdienst im Namen des Vaters, des Sohnes und des Heiligen Geistes.«
»Amen.«
»Laßt uns beten mit Worten des sechsunddreißigsten Psalms: Herr, deine Güte reicht, so weit der Himmel ist, deine Wahrheit, so weit die Wolken gehen …«
»Also is' unter Wasser nischt mehr los, da darfste lügen wie gedruckt«, flüsterte Helmut Hoppe Barbara zu, die vor Meno saß.
»Ich glaub' auch nicht dran, aber enöff! In der Kirche lästern bringt Unglück!«
»… in deinem Lichte sehen wir das Licht. Ehre sei dem Vater und dem Sohn und dem Heiligen Geist. Wie es war im Anfang, so auch jetzt und alle Zeit und in Ewigkeit.«
»Amen.«
Pfarrer Magenstock gab dem Chor ein Zeichen. Eine feste Burg ist unser Gott, ein gute Wehr und Waffen: dirigierte Trüpel mit ergriffenem Elan. Die Stimmen Kürschnermeister Noacks und der Stenzel-Schwestern hoben sich dünn und zittrig in die Höhe. Richard hielt den Blick zu Boden gesenkt. Meno wußte, daß er nur Anne und heute seiner Nichte zuliebe in die Gottesdienste ging. Kurt Rohde würde später kommen und draußen vor der Kirche Malivor Marroquin erwarten, der die Hochzeitsfotos aufnehmen sollte. Der Gesang flaute ab, zerflatterte schamvoll; Trüpel ließ den Chor noch einmal aufleben, um das schaukelnde Ersterben unten in den Bankreihen aufzufangen und mit einem bündigen Ende zu versehen. Magenstock bestieg die Kanzel und begann über den ausgewählten Trauspruch zu predigen. Wer aber die Wahrheit thut, der kommt an das Licht, daß seine Werke offenbar werden; denn sie sind in Gott gethan.
Richard beobachtete Lucie. Sie hatte mit anderen Kindern die Blumen gestreut. Jetzt saß sie zwischen Josta und dem fremden Mann und ließ verstohlen die Beine baumeln. Daniel lümmelte mit verschränkten Armen neben Josta, blies Kaugummiblasen, drehte hin und wieder den Kopf.
»Was für ein ungezogener Junge«, flüsterte Anne, »Wieso grinst er dich dauernd an? Kennst du ihn?«

»Nein. Vielleicht der Sohn eines Patienten.«

Richard hörte der Predigt eine Weile zu, schaltete auf Durchgang, als Magenstock zum dritten Mal zu einem biblischen Gleichnis griff: Das Himmelreich sei ein Netz, das ins Meer geworfen werde, so daß sich allerlei Gattung fing; die guten wurden in ein Gefäß gelesen, die faulen aber weggeworfen. Richard gab das zu denken: Hieß es nicht: Wie du bist, so darfst du kommen und wirst gnädig aufgenommen? Das Himmelreich hatte es also nötig, sich seine eigenen Bewohner zusammenzufischen … Verspürten die Fischlein also gar keine Lust, ins Himmelreich zu schwimmen, und mußten mit Gewalt aus ihrer Dummheit ins Paradies gerissen werden? Wenn es aber so prachtvoll war da oben, warum kamen dann die Fische nicht von selbst? All das kam ihm bekannt vor. Er beobachtete Magenstock, der freudig erregt auf der Kanzel stand und der Gemeinde predigte. Auch mußte er an die Szene im Wald denken, als Wernstein, Dreyssiger und er versucht hatten, einen Weihnachtsbaum zu stehlen. Ein Lied erklang, er sang nicht mit; zu stolz zu heucheln. Er beherrschte keines dieser Lieder, und Ina, dachte er gereizt, hatte es versäumt, für Ignoranten wie ihn die Texte abzuziehen. Natürlich gab es nicht einmal genug Gesangbücher. Ulrich schien ganz gut mithalten zu können … Interessant. Die Stenzel-Schwestern brauchten kein Gesangbuch. Aufrecht standen sie in ihrer Reihe und maßen ihre Nachbarn, Ärzte aus der Akademie, die mit ihren Nasen an den Zeilen eines gemeinsamen Gesangbuchs entlangrutschten, mit steifer Befremdung. Als Ina Wernstein den Ring auf den Finger steckte (schmunzelnd, wie Richard selbst von schräg hinten erkennen konnte: Wernsteins Fingernägel hatten Motorenöl-Trauerränder behalten), schrie Barbara um Hilfe, fuhr sich wild auf dem Dekolleté herum: Ein Skorpion sei auf sie gefallen! und rannte hinaus, Ulrich hinterher. »Ein Ohrenkneifer«, raunte er, als sie zurückkamen.

»Vater unser, der du bist im Himmel.«

Richard nahm sich vor, nach Wernsteins Angehörigen zu fragen; die Hochzeitsgesellschaft schien nur aus dem Rohde-Flügel und einigen Kollegen Wernsteins aus Akademie und Studium zu bestehen.

»Bitte kuk-kähn auf die kleine Stie-klitz, bitte vorstellen, daß

Vögelchen flieg, und lachen.« Vor der Kirchentür, im feuchten Licht einer zaghaft zurückgekehrten Sonne, korrigierte Malivor Marroquin die Positionen für das Standfoto. Kurt Rohde küßte Ina auf beide Wangen, musterte Wernstein, indem er sein Gesicht nach links und rechts drehte, klopfte ihm knapp, doch burschikos auf die Schulter; Meno dachte: Er hat ihn gern, der Rest ist Verlegenheit. Typisch Türmer. Sie haben sie, die großen Gefühle, aber sie spielen sie herunter und machen sie eher lächerlich, als sie einzugestehen; sie allzu offen zu zeigen, käme ihnen wie ein Affront vor, eine Indiskretion, eine Verletzung des unüberschreitbaren inneren Kreises. Wer die Geheimnisse benennt, verliert sie, wer mit den großen Gefühlen verschwenderisch umgeht, hat keinen Respekt davor; sie meiden Kitsch und drehen gern das Pathos leiser; sie fürchten die Ausverkaufspreise auf den Dingen, die ihnen wichtig sind. Marroquin hielt einen Belichtungsmesser hoch, stellte das Stativ an den drei Flügelschrauben nach, die auf den Holzstützen wie Propeller steckten, die es mit vereinten Kräften schaffen würden, den zerschrammten, klobigen Kamera-Kasten mit messinggefaßter Linse und Schwarztuch in die Lüfte zu heben und den verdutzten Fotografen mit dem abgerissenen Fernauslöser in der Hand alleinzulassen. Marroquin hatte die Straße mit zwei Warndreiecken (»Achtung, Fotografie!«) abgesperrt. Er ließ sich nicht davon beirren, daß Autos zu hupen begannen, warf, indem er mit dem Zeigefinger drohte, herausfordernd den fahnenroten Schal über die Kutte, aus deren von Schneider Lukas nach Marroquins Wünschen aufgebrachten Taschen Fotografenutensilien lugten, dazu allerlei Accessoires, die sich bei einem Termin der üblichen Art (»Wie soll's denn sein, was haben Sie für Vorstellungen? – Keine Ahnung, Sie sind doch der Fachmann«) als nützlich erweisen konnten: Pappnasen, Papier-Chrysanthemen, für Kinder eine Makarov-Zündblättchenpistole. Marroquin trug ein Barett mit einem Anstecker über dem Kranz langen weißen, unruhig mit den Bezauberungen der Mailuft philosophierenden Haars; auf dem Anstecker standen die Worte No pasaran in entgegengesetzten Ausrufezeichen, die auf Meno wie zwei streitende Fausthiebe und eigentümlich ironisch wirkten (wozu zwei Ausrufezeichen, genügte eines nicht?); jedenfalls mußte er

lächeln, wenn er sich Parteiparolen zwischen den antagonistischen Boxelementen vorstellte.
»Wollen Sie, daß man kleine Stie-klitz sieht oder nicht?« Marroquin tauchte unter dem schwarzen Pharaonentuch auf und wies auf Inas Bauch. »Dann bitte kuk-kähn auf Domizil von Steigbügel des Imperialismus.«
Magenstock antwortete mit einem gelangweilten Brauenlüpfen. »Luft anhalten. Achtung: ... Zwei Knirrpse haben Zunge rausgestreckt, noch mal? Fällt aber dann aus Tarrif!« Wernstein und Ina winkten ab, obwohl Barbara ihnen Vorhaltungen machte und Traudel Hoppe hatte niesen müssen. Den Brautstrauß fing Kitty Stenzel.

Die Feier sollte im Tausendaugenhaus stattfinden. Zwei Tage vor der Hochzeit waren im Italienischen Haus Ballons mit Brotwein geplatzt, den Ulrich angesetzt hatte; er war ungeduldig gewesen, hatte Raumheizer danebengestellt, der Gärdruck hatte kreisrunde, wie mit dem Glaserdiamanten geschnittene Scheiben aus den Gefäßen springen lassen. Im Garten zogen Meno und Ulrich die vollgesogenen, klebrigen afghanischen Brücken und Tibet-Läufer, den großen Vietnam-Perser aus dem Wohnzimmer, Barbaras Fuß-Fernreisen und täglich staubgesaugter Stolz, durch Zinkwannen mit heißem Wasser. Der Brotwein sickerte durchs Parkett in die daruntergelegene Wohnung – ein Apparat mußte besorgt werden, der die Feuchtigkeit aus den Wänden zog (Herr Klothe, der auf dem Balkon saß und einen Kringel in ein Teeglas tunkte, als die Teppiche wie farbenfrohe Rochen in den Garten klatschten, kannte jemanden, der jemanden kannte); eine Malerbrigade organisiert und aller Mut zu einem reumütigen Klingeln an einer abweisend verschlossenen Tür zusammengekratzt werden: Ob Familie Scholze als vorläufigen Trost eine Einladung zur Hochzeit anzunehmen bereit sei? Jetzt stand Herr Scholze neben Pedro Honich auf dem Wäscheplatz vor der Brüstung mit dem Adler und fachsimpelte über die Zubereitung des Spanferkels. Er favorisierte Le Pourcelet Farci, aber Honich fand keinen Fleischer, bei dem man die Füllungen für das gefüllte Ferkel bekommen konnte (»gekochter Schinken? vierhundertfuffzch Gramm? hammer ni!«), keinen Händler, der im

Mai fünfzig Kastanien vorrätig hatte, kein Molkereigeschäft, das Parmesan Grana oder gereiften Comte-Käse anbot, und nicht einmal im »Delikat« gab es Safranfäden. Pedro Honich blieb bei Spanferkel serbisch, er sagte: »jugoslawisch«. Helmut Hoppe und Kürschnermeister Noack gesellten sich dazu, gaben kluge Kommentare und trugen die Verantwortung, während Honich Bratwurstfülle bereitete, Paprika schnitt, das Ferkel von innen mit Salz abrieb, Pußtasoße und Bier erhitzte. Meno hielt sich abseits. Die Kaminski-Zwillinge waren verreist und hatten ihre Wohnung verschlossen, sonst standen alle Türen im Haus offen. In der Remise hatten Meno und Ingenieur Stahl einen Tisch mit Broten und einen mit Kaltem Büfett aufgebaut, das die »Felsenburg« geliefert hatte; Kellner Adeling und Reglindes Freundin, inzwischen in der »Felsenburg« angestellt, servierten Dänische Soße mit Klößchen.

Von Arbogasts Chemischem Laboratorium her roch es zuerst nach Pfirsich, dann nach Gülle. Christian hielt nach Fabian und Muriel Ausschau, sah sie aber nicht, auch ihre Eltern waren nicht da, hatten sich jedoch mit einer Kamera beteiligt (Modell »K 16«, Christian kannte es vom »Unterricht in der technischen Produktion« bei Pentacon), die bei den anderen Hochzeitsgaben auf einem Tisch im Gartenhaus lag; Alois und Libussa hatten ihn vor dem Regen in Sicherheit gebracht. Schallplatten, Bücher (medizinhistorische Schweinslederbände aus Ulrichs Sammlung, eine komplette Chirurgie nebst Gipslehre von Lorenz Böhler, alle anwesenden Chirurgen hatten Wernstein darum beneidet); daneben von Anne, Richard und Meno ein »dkk«-Kühlschrank mit Zwei-Stern-Kältefach; von den Hoppes ein Kinderwagen und Babysachen (»Das Windelhöschen Baby-Schick / Ist jeder Mutter höchstes Glück«); Barbara hatte für ihren Schwiegersohn einen Winter- und einen Sommeranzug genäht; Kurt und Ulrich schenkten eine Reise (mit der MS »Arkona« nach Kuba, Ina war außer sich vor Freude gewesen); Christian sah eine Waschmaschine, Gutscheine für Möbel (Tietzes, Niklas hatte noch eins seiner Petersburger Stethoskope draufgelegt); von Kürschnermeister Noack ein Marderpelzmuff »für die Dame« (angedeuteter Handkuß), ein Mantelkragen aus Lammfell »für den Herrn« (angedeutete Verbeugung); von Wernsteins Kollegen ein Paddelboot. Neben all diesen nützlichen Dingen nahm sich dagegen sein Geschenk … Christian konnte es nicht recht in Worte fassen, erinnerte sich an die Stunden mit Meno vor den Saturniiden in der Karavelle; ein hilfloses, etwas tapsiges, aber doch rührendes Kind in einer Gesellschaft von Erwachsenen: so kam ihm der grüne Krug vor, den er ohne langes Suchen im Atelier einer Töpferin in der Neustadt gekauft hatte; ihm waren nur zwei Stunden Zeit geblieben zwischen der Ankunft auf dem Bahnhof und dem Beginn der Trauung auf dem Standesamt, und eine gute Stunde hatte er in einem »An- und Verkauf« verloren, ebenso verzweifelt wie unentschlossen, geschoben von gierig knuffenden Ellbogen, von einem unbrauchbaren Schneiderbügeleisen zum anderen reparaturbedürftigen (und trotzdem eine »2« vor dreimal Null teuren) Fernseher drängelnd. Der Krug hatte inmitten von Tapetenrollen und Eimern mit Wandfarbe gestanden, Pinsel weichten darin. – »Nein, diesen Krug, wenn er zu verkaufen ist«, hatte er abgewehrt, als die Töpferin, die sich erstaunt die Hände an der Schürze abwischte, ihm ihre Ware zeigen wollte – der Krug stammte nicht von ihr, aber sie war nicht beleidigt, obwohl Christian ohne Besinnen den Wunsch geäußert hatte, ihn zu kaufen; vielleicht imponierte ihr der Starrsinn, die Spontaneität, vielleicht seine Erklärung, daß er zur Hochzeit seiner Cousine unterwegs sei (er trug noch Ausgehuniform); sie hatte die Pinsel aus dem Krug genommen, ihn gespült und in eine verschmierte »Union« gewickelt; Christian hatte ohne zu zögern den geforderten Preis bezahlt. Am liebsten hätte er den Krug selbst behalten. Das Grün war das Grün der Stechpalmenblätter, diesen Farbton, dunkelsatt, schlackig, mochte er sofort, auch die einfache, uralte Form des Krugs bei subtiler Asymmetrie; irgend etwas daran hatte gesagt: Ich bin für dich, ich bin ein Stück von dir in einer anderen Welt. Christian kämpfte mit sich, erinnerte sich, als die Häuser des Lindwurmrings schon in Sicht gekommen waren, daß Meno einmal zu ihm gesagt hatte, daß man genau das schenken solle, wovon man sich am wenigsten zu trennen bereit sei. Er hatte Ina den Krug wie er war, in der verschmierten Zeitung, in die Hand gedrückt.

»Der Nachteil wäre, daß wir wahrscheinlich mit jedem Loch vorliebnehmen müssen. Eine Kommilitonin von mir kennt jemanden in der Wohnraumlenkung, und es heißt, daß Lehrer bevorzugt behandelt werden. Mal sehen. Immerhin, es ist Berlin, und du hast ja angedeutet, daß es für Thomas aussichtsreicher sein könnte als hier.«

»Ja, das wollte ich mit euch besprechen. Ich darf doch jetzt du sagen?« Richard zupfte Wernstein spielerisch am Ärmel des Fracks, den Barbara geändert hatte; man sah am Schnitt, daß Wernstein ihn geerbt haben mußte, und alle Lavendelessenz aus Barbaras Geheimkrämerei konnte den Mottenkugel-Geruch nicht überstimmen, der aus dem Schwalbenschwanz und den glänzenden Spiegeln stieg, die eine rosafarbene, schwarzgepunktete Fliege auf weißem Jabothemd einfaßten. »Solange Müller Chef ist, kann ich mir nicht vorstellen, daß du auf einen grünen Zweig kommst. Grefe ist Assistent auf der Süd Eins, von da sind die meisten Karrieren gestiegen, solange ich bei Müller bin. Ich kann dir anbieten, in der Orthopädie für dich zu sprechen oder in Friedrichstadt; Pahl ist ein zugänglicher Mann, einer von uns.«

»Dort wäre ich auch nur Assistent, ich würde nichts gewinnen«, sagte Wernstein nach einigem Besinnen.

»Wenn sie die Unfallchirurgie von der allgemeinen abtrennen, und Pahl hat mir gesagt, daß sie seit einiger Zeit darauf hinarbeiten, wird er Chefarzt, und du könntest dich um eine Oberarztstelle bewerben. Allerdings müßtest du damit rechnen, daß sie bereits intern vergeben ist. Und in die Orthopädie willst du ja nicht, hast du gesagt.«

»Du könntest die Stelle in Buch übernehmen.«

»Da würde ich festsitzen, mein liebes Eheweib. Ich könnte mich nicht entwickeln. Sie haben ganz andere Forschungsschwerpunkte, und ich möchte mich in der Unfallchirurgie habilitieren. Darüber haben wir schon gesprochen, und wir müssen das nicht wieder aufkochen. Vor allem nicht heute.«

»Du würdest bedeutend mehr verdienen als an der Charité.«

»Mag sein. Aber ich wäre an der Charité ... Sauerbruch, Brugsch, Felix, Frey, Nissen ... Dort könnte ich weiterforschen. Hier läßt mich Müller hängen.«

»Du wirst bald Vater, möchte ich dich erinnern. Du solltest deinem Sohn etwas bieten können, wenn dir schon deine Frau nicht so wichtig ist. – Jaja, wir kommen gleich!« rief Ina einigen Gästen im tieferen Teil des Gartens zu.
»Wann ist es denn soweit? Und wißt ihr schon –«
»Es wird ein Sohn«, sagte Ina mit Bestimmtheit.
»Nein, es wird ein Mädchen.« Wernstein lachte. »Übrigens sind wir bei Weniger. – Was halten Sie … was hältst du von ihm?«
»Einer der besten Gynäkologen, den ich kenne. Alte Schule.«
»Fünfter Juli«, sagte Ina. »Es wird ein Sohn. Du hast deine klinischen Weisheiten, aber ich bin die Mutter, ich weiß, daß es ein Sohn wird. Onkel Richard: Würdest du für Thomas ein Empfehlungsschreiben ausstellen?«
»Ja, natürlich«, sagte Richard, verblüfft über Inas Direktheit.
»Darf ich dich was fragen? Was hältst du eigentlich von ihm, als Chirurg?«
Richard warf ihr einen forschenden Blick zu. Wernstein war feuerrot geworden und wehrte ab; sie schüttelte den Kopf. »Ich weiß, daß ich taktlos bin, aber ich möchte es gern wissen. Ich wünsche mir, daß du mir eine ehrliche Antwort gibst, und wenn du meinst, daß es nichts für seine Ohren ist, schicken wir ihn weg. – Übrigens sieht Christian nicht gut aus. Vielleicht übertreibt er? Ein bißchen pathetisch war er ja schon immer.«
»Ich glaube nicht, daß er übertreibt. Er ist jetzt im Städtchen Grün bei der Truppe.«
»Er hat mir einen Krug geschenkt. Ich glaube, ich werde ihn sehr gern haben.«
»Den Krug oder Christian? Dann sollten wir deinen Mann wirklich wegschicken.«
»Wir müssen mal wieder richtig flachsen, Onkel Richard. Meinen Sohn.«
Richard legte die Hände auf den Rücken, spürte, daß sowohl Ina als auch Wernstein neugierig waren, was ihn unangenehm berührte, er empfand es als ein wenig ungehörig, auch störte ihn die leise Gier, der Anflug von Berechnung in Inas Frage – als würde sie ahnen, daß es ihm unter diesen Umständen: allein mit dem Hochzeitspaar, nicht möglich sein würde, auszuweichen. »Ich würde dir deine Frage nicht beantworten, wenn ich aus Rück-

sicht auf eure Hochzeit lügen müßte. Ich hätte mich dann schon rausgewunden, glaub' mir. Aber da ich euch den Tag nicht trüben muß, wie ich hoffe, kann ich auf eine ehrliche, direkte Frage eine ehrliche, direkte Antwort geben. Ich halte deinen Mann für einen geborenen Chirurgen und verspreche mir viel von ihm. Ich wäre froh und stolz, wenn meine Söhne seine Fähigkeiten hätten. Ich kann auch sagen, daß er so etwas wie ein Sohn für mich ist. Eigentlich hatte ich mir gewünscht, Thomas, daß du meine Nachfolge antrittst, aber ich sehe, du hast andere Pläne. Wenn du Wert auf meine Meinung legst: Ich an deiner Stelle würde genau das tun, was du zu tun vorhast. Leider hat Müller mir als Assistenten nicht dich, sondern Kohler zugeteilt.«
»Ausgerechnet den!«
»Kein schlechter Chirurg, aber er kann dir nicht die Klinge reichen. Mal sehen, was ich für dich tun kann. Ich kenne einige Leute an der Charité. Übrigens könntest du auch abwarten, Müller wird nächstes Jahr emeritiert. Was nicht heißt, daß es dann leichter wird. – Vielleicht reden wir später weiter, oder ein andermal, eure Freunde sind schon ungeduldig. Wie fandet ihr die Predigt?«
»Du solltest nicht so streng sein, Onkel Richard. Paps war auch gegen die kirchliche Heirat, aber ich wollte es so. Für einen, der Gottes Wort mitten im Atheismus verkünden muß, macht er es sehr gut, wie ich finde.«
»Schon recht, schon recht«, lenkte Richard ein. Er sah den beiden nach, als sie sich in Richtung Gartenhaus entfernten. Sie wechselten ein paar Worte mit Josta und ihrem Mann; Josta hielt Lucie an der Hand und ließ nicht los, und bevor seine Tochter zu ihm sah, drehte sich Richard um und ging schnellen Schritts davon. Dieses Jahr kommt sie in die Schule, dachte er.

Meno wunderte sich über den Brauch, zur Hochzeit einen Baumstamm zu zersägen. Zwei Menschen verbanden sich miteinander und bekräftigten diese Verbindung ausgerechnet dadurch, daß sie, wie jetzt Ina und Wernstein, eine Zimmermannssäge an einen Stamm mit dem Durchmesser eines Telegrafenmastes setzten und unter den Anfeuerungs- und Neckrufen der Gäste begannen, sie hin- und herzuschwingen. Ina erlahmte bald und

bettelte lachend um Ablösung. Helmut Hoppe rief, daß damit schon die Untreue beginne, daß es auch bei der Geburt keine Ablösung gebe, »also sägen, Kind!«, andernfalls habe man eben zu hören bekommen, daß die Braut selbst nach ihrer Rivalin rufe.
»Meno, du denkst wieder mal völlig quer. Gemeinsam eine Prüfung meistern, das ist der Sinn. Du mußt auch jedes Ding so lange betrachten, bis das, was gerade war, schief wird und aus einer Katze plötzlich ein Hund. Was bei euerm Chakababa oder wie er heißt, der Name ist ja völlig unaussprechlich, schon beinahe der Fall ist. Vor dem haben bestimmt sogar die Ungeheuer vom Arbogast Angst. Übrigens eine Unverschämtheit, die Straße so mit Giftgasen zuzustänkern! Ja, Giftgase, ich weiß genau, was ich sage. Ein ganz zwielichtiger Typ ist dieser Baron, der soll ja bei den Russen … na, dem traue ich alles zu. Giftgase. Wie das stinkt, und das, wenn wir Hochzeit feiern. Dabei haben wir Anschläge gemacht, auf denen es klar und deutlich zu lesen steht. Das sind richtige Geruchsverbrecher da in seinem dubiosen Institut. Enöff.« Barbara wischte etwaige Einwände Menos mit einer energischen Geste beiseite. Er war neben Gudrun stehengeblieben und versuchte Braut und Bräutigam im Blick zu behalten, während Barbara eine Kleiderbürste hervorzog und ihm Schuppen vom Jackett kehrte. »Wie findet ihr ihn? Ist das nicht ein toller Mann? So attraktiv! Und hat was im Kopf, ein Arzt, ein Chirurg, der wird nie verhungern, und Ina wird es immer gutgehen.«
»Wenn er treu ist«, dämpfte Gudrun. »Ich an Inas Stelle hätte ihm aus der Hand lesen lassen. Eine Kollegin von mir macht das, gar nicht teuer.«
»Glaubst du etwa daran?« Barbaras Armreifen klirrten, als sie von Meno abließ und sich durchs Haar fuhr, das in beeindrukkender Festigkeit auf einer Lajos Wienerschen Experimentalfrisur bestand (Dreiwettertaft, eines von Ulrichs Tauschgeschäften, die er unterderhand und inzwischen ziemlich erfolgreich betrieb); ihr Blick pendelte von einem Auge Gudruns zum andern, doch Gudrun wählte umständlich einen Wurstspieß von ihrem Imbißteller, ehe sie antwortete: »Man kann daran glauben – oder an etwas anderes, das bleibt sich am Ende gleich. Auf jeden Fall wäre es ein Punkt, auf den man achten könnte. Man hätte ihn

berücksichtigt, braucht sich später keine Vorwürfe zu machen. Und meine Kollegin hatte bisher immer recht.«

»Tatsächlich? Na so was, Donnerwetter. Und liest sie nur für Hochzeiten aus der Hand oder auch allgemein? Könnte ich sie zum Beispiel fragen, wie lange ich lebe?«

»Denke schon, obwohl ich glaube, daß sie auf Treue spezialisiert ist.«

»Jaja, Gudrun ... Und gar nicht teuer, sagst du? Es heißt ja, daß die dunkelhaarigen Männer mit blauen Augen untreu sind. Robert zum Beispiel. Findest du nicht auch, daß es erschreckend ist, wie schnell sich die jungen Leute heutzutage entwickeln? Andererseits hat das entschieden etwas Positives. Ich dachte immer, daß mir Ina so einen Langhaarigen anschleppt, aber nein, es ist meine kluge Tochter, hat meinen Instinkt geerbt. Eines Tages steht sie vor der Tür und sagt: ›Mam, das ist Thomas, wir sind uns eigentlich einig.‹ Und ich habe nichts bemerkt, überhaupt nichts! Ich muß krank gewesen sein, anders kann ich mir das nicht erklären!«

»Schwarzhaarige Männer mit blauen Augen sind untreu? In ›Paris Match‹ bei Wiener stand in einem Artikel über Alain Delon, daß er sehr treu ist. Romy Schneider und er –«

»Zeitungsblödsinn, Gudrun! Damit wollen sie seine weiblichen Fans bei der Stange halten. Treu? So wie der aussieht? Naja. Anne sagt, daß Robert schon eine Freundin hat – aber ich sehe sie nicht, er hat sie nicht mitgebracht. Hat er also schon 'ne andere. Und ob Richard so treu ist ... Freilich hat er blondes Haar, aber die Augen sind doch ziemlich, ziemlich blau. Ich meine, was findet er schon an Anne, sie ist doch recht hausbacken geworden in letzter Zeit, sie sollte mehr für sich tun. Richard ist ein Mann in den besten Jahren, hat eine gute Stellung, stellt was dar, die Kinder gehen allmählich aus dem Haus, da wird man wieder offen für gewisse Angebote ...«

Barbara machte eine um Nachsicht bittende Geste, um Meno zu halten: »Ich weiß, sie ist deine Schwester, und was ich gesagt habe, könnte beleidigend klingen, aber so meine ich es nicht. Ich finde es schlimmer, wenn einem niemand was sagt und man eines Tages vor Scherben steht – und ringsum nicken sie alle und haben alles schon längst gesehen und gewußt. Über

Richard wird allerlei geredet; ich habe mich mit Thomas eingehend unterhalten …«
»Was wird denn geredet?« fragte Meno.
»Siehst du, jetzt wirst du neugierig und schaust schon weit weniger streng drein. Dies und das wird geredet. Was soll's, Dresden ist klein. Und du erinnerst dich daran, was er uns selbst gestanden hat.«
»Ich glaube, Dekonspiration ist die beste Methode, um mit denen gerade nicht zusammenzuarbeiten. Ich muß Richard in Schutz nehmen.«
»Damals hast du ein bißchen anders geredet, Gudrun. Du sagtest, daß sich die Sicherheit nur an ganz bestimmte Leute heranmacht … und daß man sie nicht reizen soll. Kann mich recht gut daran erinnern. Guckt mal, da kommt die Hochzeitstorte. Ist das nicht ein Prachtstück? Die Idee mit der abgeschnittenen Hand hatte Ina, sie fand das irgendwie – chirurgisch. Für das Blut haben sie rote Grütze genommen. Oder war's Ketchup? Na, ihr werdet's ja merken.«
»Und die Elle steht für Pädagogik? Ist die aus Zuckerguß? Übrigens finde ich es nicht sehr nett, wie hämisch du mir meine tatsächlichen oder angeblichen Worte auftischst. Das hat was Tükkisches, als würdest du heimlich alles notieren, was wir sagen, nur damit du uns Jahre später mit Widersprüchen konfrontieren kannst, die Weiterentwicklung oder eine geänderte Meinung wie Blödheit aussehen lassen. Was würdest du davon halten, wenn ich Jahre später und bei jeder Gelegenheit den Schrei nachahmen würde, den du vorhin in der Kirche ausgestoßen hast?«
»Könntest du sicher sehr gut. Schlägt ja in dein Fach.«
»Enöff, Barbara, enöff«, Gudrun traf genau den Ton, und Barbara wußte eine Weile nicht, wie sie es verstehen wollte, dann wischte sie, die Augen schließend, durch die Luft.
»Sie sind doch ein schönes Paar, findet ihr nicht? Er himmelt sie nicht an, das wäre ganz verkehrt, er würde enttäuscht werden und sich in Arbeit, Suff oder Affären flüchten. Es ist nicht so, daß ausgesprochen hübsche Frauen, wie Ina ja eine ist, keine Fehler haben. Sie ist schon ein wenig verwöhnte Prinzessin, wir haben sie vielleicht zu locker erzogen, und wenn das Kind da ist, er den ganzen Tag arbeitet, abends womöglich noch an seiner

B-Promotion, wird sie sich umsehen und merken, was Familie heißt. Sie wollen ja nach Berlin. Der Umzug bleibt ja dann auch an ihr hängen.«

»Das beste ist, gleich ein paar Termine bei einer guten Kosmetikerin zu machen. Geburt und das danach, wenn so ein kleiner Hosenscheißer von früh bis spät an deinen Nerven zerrt, sind nicht gerade gut für den Teint. Und Ina ist schon hübsch, da hast du recht, aber sie gehört, glaube ich, in die Kategorie derer, die früh verblühen … Ihre Haut wirkt ein wenig spröde. Sie lagert auch ein, soweit ich sehen kann, das deutet auf schwaches Bindegewebe, das bleibt auch nach der Geburt ausgeleiert. Nicht gerade das, was sich Männer wünschen. Gerade für Frauen mit schwachem Bindegewebe ist das erste Kind oft eine Katastrophe, sie gehen auseinander wie die Russinnen, und Ulrich ist ja in Moskau geboren.«

»Schaut mal, der Bräutigam will was sagen«, versuchte Meno. Wernstein hielt eine kurze Rede, dankte den Gästen, nahm Inas Hand und küßte sie. Adeling trug Tabletts mit Krimsekt, Ulrich tupfte sich die Stirn mit seinem Brusttuch und klopfte mit einem Löffel gegen sein Glas.

»Sympathischer Junge, denkt nicht, er ist was Besseres«, Barbara ließ Gudrun, die den Hals reckte, keine Chance, etwas von Ulrichs Rede mitzubekommen. »Und so tragisch! Hat überhaupt keine Verwandten mehr. Seine ganze Familie kommt aus dem Uran. Gottseidank brauchte ich nicht mehr zu fragen, ob es bei ihm … na, enöff. Schnorchel und ich hatten schon einen Nachmittag dafür angesetzt, es wäre ja eher sein Ding gewesen, unter Männern, aber er hat sich nicht getraut, konnte die ganze Nacht nicht schlafen vor lauter Überlegungen, wie er's anstellen könnte … Gott, was für Formulierungen. Am nächsten Tag kam Ina mit dem positiven Test vom Frauenarzt.«

»Sag mal, was ich noch fragen wollte, Barbara: Wieso ausgerechnet Brotwein? Ich meine, das ist doch Kwaß. Oder wollte es Ulrich so? Träumt er eigentlich manchmal auf russisch? Oder du, Meno?«

»Das kann Meno doch nicht wissen. Es liegt doch niemand neben ihm, der es ihm am nächsten Morgen sagt. Schade eigentlich. Warum heiratest du nicht wieder? Hanna war einfach nicht die Richtige für dich, das hätte ich dir von Anfang an sagen können. Sie wußte ja nicht mal, wie man ein Suppenhuhn zubereitet. Wenn du mich fragst«, Meno fragte nicht, hörte Barbara aber amüsiert zu, »du brauchst eine Frau, die dir sagt, wo's langgeht. Die was von den praktischen Dingen versteht. Ich meine, du hast doch noch nicht mal 'n Auto. Kannst du überhaupt fahren? Aber woher nehmen und nicht stehlen bei dem bißchen, das du nach Hause bringst. Schnorchel sagt, du könntest sofort bei ihm im Betrieb anfangen, sie suchen einen – wie hat er gesagt –, so eine Art Koordinator im Kombinat. Du könntest mindestens das Doppelte haben. – Der Brotwein war meine Idee, Gudrun. Ich trinke ganz gern mal ein Schälchen davon, und für eine Hochzeit wäre es doch mal was anderes gewesen, nicht wahr. Wir haben einfach zu spät angesetzt, Schnorchel meinte, die Heizsteller würden das richten ... und dabei habe ich die Ballons noch mit Kokosfasern abgedichtet. – Na, enöff, jetzt werden Toasts ausgebracht, stoßen wir an.«

Christian stand am Fenster des Wintergartens und lauschte den Geräuschen, die von unten und aus dem Haus herandrangen, Stimmenschleier, Auflachen, Musik aus den Gärten jenseits des Parks, in dem leichter Wind Lichtfasern hin- und herhuschen ließ. Die Farben waren durch den Regen erfrischt, das noch junge Grün der Buchen und Ahorne mischte sich in unruhigen Wellen unter die Blüten von Mandelbäumen und Rhododendren, die am oberen Rand des abschüssigen Parks standen. Leise, laut; dazwischen Keile von Melancholie. Er wollte allein sein. Wenn er die Augen schloß, sah er Bilder aus der Grüner Kaserne vor sich, hörte Stiefelschritte auf den endlosen Fluren, hörte den langsamen, schwermütigen Tanz der Bohnerbartel, die beim Umschwung, knapp bevor sie an die Wände schlugen, ein charakteristisches Geräusch machten: Die Kugeln am Ende der Stiele klickten gegen die Kreuzführungen der Blockerbürsten, rissen sie zurück; diese roh gebändigte Eleganz erstaunte ihn immer wieder, und ebenso die Gleichmäßigkeit, mit der die Gewölbedecke der Flure abends, im Schein nackter Glühbirnen, Streifen um Streifen im Parkett wiederkehrte, nach all den Zertrampelungen des Tages. Unten hatte offenbar jemand einen Witz erzählt, er hörte Adelings meckerndes Lachen, Alois Lange sagte mit klar zu verstehender Stimme, die Dänische Soße sei sehr gut. Kürschnermeister Noacks weißes Haar wurde von einer Wolke aus Pflaumenblüten aufgesogen, als er sich über das Büfett beugte, um seine Gabel in das blitzende Stricken der anderen Gabeln einzuspielen, die Gesichter darüber hatten einen hungrigen Ausdruck, die Augen befahlen den Händen hurtige, mißgönnende Stiche. All diese Dinge gingen ihn auf einmal wenig an; das Haus, die Menschen: alles erschien ihm fremd. Die Zivilkleidung, die er trug, kam ihm wie etwas Unerlaubtes, ihm nicht Zustehendes vor – er wäre nie auf die Idee gekommen, die anderen danach einzuschätzen, ob sie würdig seien, Zivilkleidung zu tragen; doch vorhin, als er neben Herrn Honich gestanden und den Gästen zugesehen hatte, wie sie einen Toast auf das Brautpaar ausbrachten, hatte er sich dabei ertappt, wie er unwillkürlich jeden einzelnen taxierte, ob er oder sie es wert war, hier zu sein, zu lachen, zu essen, mit den anderen fröhlich zu sein und Kleidung zu tragen, deren Auswahl ganz ihnen (sowie dem Angebot der Geschäfte) überlassen war, sie brauchten niemandem darüber Rechenschaft abzulegen. Wenn seine Mutter sich näherte, wich er aus. Ezzo und Robert, Niklas und Ulrich redeten über Fußball, Wembley, das Endspiel im Wankdorfstadion; Ulrich erklärte ein Fritz-Walter-Tor, den berühmten Leipziger Schuß mit der Hacke über Rücken und Kopf; Christian kam es belanglos vor, er konnte nicht verstehen, daß Ulrich es nachzumachen versuchte und einen Gelben Köstlichen vom Vorjahr an Herrn Adeling vorbei in die Remise schoß (Ulrich stützte sich mit den Armen und kippte mit dem Gesicht voran in ein Rhabarberbeet); Christian ging traurig weg. An der Zinkwanne spielten Kinder unter Aufsicht von Babett Honich; am Eisentisch saßen Stahls, winkten ihn zu sich, aber er schüttelte den Kopf. Nun war er hier, im Wintergarten, betastete die Pflanzen, als ob sie verschwinden könnten, suchte Chakamankabudibaba in seinem Versteck in der Sagopalme, bückte sich, legte die Hand auf den Schachbrettboden, der kühl war. Das staubfeine Licht wurde von Blattschatten wie von grauen Fischen durchschwommen, langsame Strömungsbewegungen, die ihn beruhigten, erfreuten. Bevor jemand kam, ging er in den Park.

One of those Ulrich-things, dachte Meno, als sein Bruder das Gesicht mit dem Kölnischwassertuch abwischte und freudestrahlend die Arme ausbreitete: Gelungener Schuß, würde er später sagen, das Foto von Malivor Marroquin in der Hand; der Chilene hatte seelenruhig mit dem Finger am Abzug einer »Praktika« gewartet und sowohl den fliegenden Gelben Köstlichen als auch Ulrichs Landung fixiert; die Plattenkamera hielt Umschau auf Menos Balkon. Ein anderes war, daß sich Ulrich überlegte, am Silvesterabend eine Karte an seinen Zahnarzt zu schreiben. »Niemand wünscht seinem Zahnarzt ein gutes neues Jahr. Und dabei – wer weiß, was für ein leidgeprüfter Mensch das ist. Ich sage immer, schenke einer Blumenverkäuferin Blumen und einem Zahnarzt ein Lächeln zum neuen Jahr. Warum nicht. Auch wenn es von ihm ist. Und auch, wenn er Frau Doktor Knabe heißt.« Wenn er wie jetzt an der Stirnseite eines reichlich gedeckten Tischs Platz nahm, an dem sich genügend Zuhörer fanden, brachte er gern Wissen im Brustton der Überzeugung vor, das lückenhaft war und einer Überprüfung nicht standgehalten hätte; doch obwohl auf manchen Gesichtern Zweifel keimte, schien Ulrichs selbstbewußte Körpersprache, der Gesichtsausdruck mehr verschweigender als aussprechender Gewißheit überzeugend genug, um die Skepsis nicht lautwerden zu lassen. Man kroch in sich zurück, wußte es plötzlich nicht mehr genau, fürchtete, sich zu blamieren – wie man es wagen konnte, an einer Kapazität wie dem ältesten der Rohde-Geschwister, dem Technischen Direktor eines bedeutenden Dresdner Betriebs (man stellte Schreibmaschinen, Kleinmotoren und Federn her, letztere von der Matratzen- bis zur Blattfeder für Reichsbahnwaggons), einem »Held der Arbeit« (einen Teil der damit verbundenen zehntausend Mark hatte Ulrich für die Kuba-Reise gespendet) und intimen Kenner der Auf und Abs (und vor allem der Hin und Hers) der Planwirtschaft zu kratzen; man wagte es nicht und schwieg, zu Hause aber sah man nach, schmunzelte oder schlug sich aufs Knie in rechtschaffenem Ärger und im festen Vorsatz, Ulrich beim nächsten Mal zu entlarven. Gudrun allerdings schwieg nicht: »Das finde ich interessant, Uli. Du bist sehr überzeugend, du könntest ohne weiteres einen Direktor in einem Stück über, sagen wir, einen sozialistischen Schnellmau-

rer spielen. Fast findet man es schade, daß deine felsenfesten Gewißheiten falsch sind. Zum Beispiel heißt die Dresdner Garnisonkirche eben Garnisonkirche und nicht Garnisonskirche, obwohl sie korrekterweise so heißen müßte. Sonst wäre es ja eine Kirche in Form einer Garnison, nicht wahr? Aber alle Achtung, du bist ein Naturtalent, Uli, das muß ich dir lassen, und du wirst es noch weit bringen, vielleicht bis zum Schnellmaurer.«
Ulrich stutzte dann, prüfte die Wirkung, die der Einwurf bei den Zuhörern hinterlassen hatte, machte eine Bemerkung über die bekannte Weltfremdheit der Kulturschaffenden und fuhr in der Rede fort. Außerdem gab es Onkel Schura. Weder Meno noch Anne hatten ihn je gesehen, Kurt zuckte die Achseln, wenn man ihn auf diesen ominösen Onkel ansprach; Ulrich beteuerte, ihn seit der Kindheit zu kennen und auch jetzt noch (er sei ein sehr einflußreicher Mann in Moskau, wirke aber »hinter den Kulissen«) mit ihm »Geschäfte zu machen«. Von diesem Schura stammten angeblich allerlei Rezepte, die Ulrich als »wirklich gediegen« und aus den »Tiefen des russischen Volkes auf uns gekommen« bezeichnete, zum Beispiel eine Anleitung zur Herstellung von Schnellgurken, die Onkel Schura von seiner Babuschka und diese von der Baba-jaga selber bekommen habe. Die Babuschka habe das Rezept dem Onkel Schura auf dem Sterbebett mitgeteilt, gewissermaßen verhauchend, mit kaum noch vernehmbarer Stimme, nachdem sie die Ikone geküßt und sich bekreuzigt hatte; und Onkel Schura wiederum habe es ihm, seinem Freund von Jugend auf, unter dem Siegel strengster Verschwiegenheit und zur Verbesserung der Völkerfreundschaft weitergegeben (wenn auch nicht auf dem Sterbebett). Ebenso ein Rezept für Kwaß und eine Spezial-Methode zur »ultimativen« Reparatur von Fahrradreifen. Auch der Wodka, der Helmut Hoppe allmählich fidel werden ließ, entsprang der russischen Unergründlichkeit, mit der Onkel Schura in traumwandlerisch-geheimnisvoller Verbindung stand.
»Na, Uli, nu laß ma' guck'n!«
»Ich mach' mich schuldig, wenn ich's dir verrate. Vom Sterbebett der Großmutter stammt's, da geht man eine Verpflichtung ein, das plaudert man nicht aus!«
»Versteh' ich ja. Aber wir sind deine Verwandten, dein eigen

Fleisch und Blut! Du willst nich mit uns teil'n, willst alles für dich behalten, pfui, mei Gudster, schäme dich. Hättsch ni' von dir gedacht, hätt isch ni'.«
»Na schön, weil du's bist! Ich will mir nicht nachsagen lassen, daß ich auf der Hochzeit meiner Tochter geknausert hätte.«
»Nee, ä Geizkra-chn bisde ni' gewäsn, mußsch zugähm. Wie lange hast'n gebraucht, um das alles ranzuschaffen, hä? Womit hast'n die Brieder geschmiert, die Malefiezkärle? Hast wohl paar Maddrazzenfädern schbringn lassn? Awwer du drickst disch dor schonne widder, mei Uli, du länkst dor schonne widder ab. Isch gloowe ni', daß dor Ongel Schuhrah das guhdheißn däde, der völgerfreund-lische Gnagger. Nu awwer ma här mit dähm Rä-zäppd für das Wässerschn. Iebrischns, Meesder«, Helmut Hoppe wandte sich an Herrn Honich, »is' Ihr Schban-färgelschn gans grose Glasse, gönnt misch direkt dran fäddfressn gönnt isch misch.«
»Also. Du nimmst Sprit, sechsundneunzigprozentig, den gießt du mit destilliertem Wasser nach der gewünschten Menge zusammen. Dazu ein Stück Würfelzucker und drei Tropfen reines Glyzerin. Flasche schließen.«
»Das is' alles?«
»Weiter im Frühling gepflückte Blätter von schwarzen Johannisbeeren.«
»Wieso im Frieh-ling gepflickt?«
»Weil sie dann voller Saft stehen, nehme ich an. Du tust sie in eine kleine Flasche mit reinem Alkohol. Flasche zumachen und zehn Tage in der Sonnenwärme am Fenster stehenlassen.«
»Und wenn's nu zehn Ta-che regnen duhd? Dann is' wo Ess'sch?«
»Von diesem Extrakt gibst du drei Tropfen in die große Flasche.«
»Drei Drobben blos? Glingt ä bissel aggubunkturell, wennde misch fra-chst. Un' dann?«
»Ist der Wodka färdsch.«
»Färdsch?«
»Färdsch.«
»Gloobsch ni'.«
»Doch.«
»So rischdsch färdsch?«
»Nu.«

Helmut Hoppe betrachtete sein Glas. »Nu ja, jezz, wodes sa-chst, schmecksch direkt ä paar Johannisbärn dursch. Habbder die Weizsägger-Räde gehört?«
»Nee.«
»Awwer ich.«
»Und?«
»Nu. Mehr wie drei Drobben Johannisbärn drinne. Ä feiner Mann, ä rischdscher Bundespräser ähm. Där machd was här, ni' so wie unsre Na-bopps. Isch bin ja ma' geschbannt, wie das in dor Soff-jettunjohn weidergäht. Jezz dürfense ja nischema mähr in de Johannisbärn, gewissermasn. Dei Ongel Schuh-rah nibbt jezz am Wasser schdadd am Wässerschn. – Warded ma: Jezz is' Danz.«

Richard saß neben Niklas am anderen Ende der Tafel, hörte nur bruchstückhaft, was vorn gesprochen wurde, beobachtete Josta, die zu seiner Erleichterung weitab von Anne bei Wernsteins Kommilitonen saß, an einem Tisch unter den blütenfrischen Birnbäumen. Lucie sah sich nicht nach ihm um. Der Mann schnitt ihr Essen vor, wischte ihr den Mund ab, hob zwei-, dreimal den Zeigefinger, worauf sie den Kopf senkte und nickte. Am liebsten wäre Richard aufgestanden und hätte den Kerl niedergeschlagen, es kostete ihn größte Beherrschung, unbeteiligt zu wirken, am Weinglas zu nippen und Niklas' Erzählungen über die Wiederwahl von Ronald Reagan, Michel Platinis Tore bei der Fußball-Europameisterschaft, das plötzliche Verschwinden von Autoreparaturlack-Spray aus den Geschäften (es hatte einen Film namens »Beat Street« gegeben, in dem Züge mit Graffiti verziert worden waren) Anteilnahme heuchelnd zu folgen. Anne warf hin und wieder einen Blick auf ihn, das erboste ihn noch mehr, und als Herr Scholze und Alois Lange witzereißend auftauchten, entschuldigte er sich und stand auf. Bewegung kam in den Garten, als die ersten Melodien vom Platz vor dem Tausendaugenhaus herüberstolperten. Als Richard in Richtung Eisentisch ging, zog ihn jemand in die Hecken. Es war Daniel.
»Blöde Situation, was?« Der Junge grinste. Er war hochgeschossen, mit seinen vierzehn Jahren fast so groß wie Christian. »Wie wär's mit 'nem kleinen Geschäft?«
»Was für ein Geschäft?«

»Na, ich stelle mich nicht hin, klopfe mit einem Löffel gegen das Glas und erzähle was von dir und meiner Mutter – dafür löhnst du mir 'nen Blauen.«
Richard schwieg.
»Ich mein's ernst«, lächelte der Junge. »Ich hab's auch wirklich drauf, zu deiner Frau zu gehen und ihr was zu flüstern.«
»So, hast du«, Richard sah sich um.
»Keine Angst, hier ist niemand. Außer vielleicht so 'n verdammter Kater. Deine Frau wär' begeistert.«
»Sie ahnt sowieso schon was«, erwiderte Richard müde und entsetzt.
»Aber sicher bist du dir nicht? Willst du's draufankommen lassen? Wär' 'ne feine Sache, so 'ne Bombe mitten in 'ner Hochzeit.«
»Da hat Lucie also einen Lumpen zum Bruder.«
»He, wag's dir, mich anzurühren! Los, machen wir's kurz, bevor jemand kommt. Ich krieg' hundert Mark, oder –«
Richard sah in seiner Brieftasche nach. »Ich hab' aber bloß fünfzig einstecken.«
Daniel stutzte, schien unruhig zu werden, dann fiel sein Blick auf Richards Armbanduhr. »Dann gib mir die da.«
»Nein.«
»Her damit!«
»Nein. Das ist ein Erbstück, soll mein Ältester mal bekommen.«
»Lange und Söhne«, las Daniel mit schräggelegtem Kopf. »Jetzt krieg' ich sie, sonst bist du in zwei Minuten tot, versprochen.«
Richard starrte Daniel an. »Können wir nicht miteinander reden?«
»Kein' Bock drauf. «
»Wir können uns auch mal treffen.«
»Gib mir die Uhr!«
»Na schön, Freundchen. Was sage ich meiner Frau, wenn sie mich nach der Uhr fragt? Sie hat gesehen, daß ich sie umgemacht habe.«
»Mir doch egal. Laß dir was einfallen. Sag ihr doch, sie wurde gestohlen.«
»Würd's ja auch so ziemlich treffen.«
»Im Sachsenbad zum Beispiel. Beim Schwimmen an einem Donnerstag.«

»Und heute hab' ich sie vor ihren Augen umgemacht? Junge.«
»Dann wurde sie eben hier gestohlen. Vielleicht vom Bräutigam selber, bevor er nach Kuba abgedampft ist.«
»Dann würde ich doch sofort zu ihr gerannt kommen, und wir würden alles auf den Kopf stellen. Sie würde wahrscheinlich auch vermuten, daß du sie hast. Sie hat dich beobachtet, vorhin in der Kirche. Und glaubst du, ich merke es nicht, wenn mir jemand meine Uhr vom Handgelenk klaut?«
»Dann bringst du sie mir am nächsten Donnerstag ins Sachsenbad, dann kannst du sagen, daß sie dir dort gestohlen wurde.«
»Dann kannst du mich hier nicht mehr erpressen. Und wenn deine Erpressung auffliegt, gehe ich womöglich in Scheidung – aber du vor den Jugendrichter.«
Daniel zögerte, brach einen Zweig ab, zerknackte ihn in kleine Stücke. Richards Wut verflog, jetzt hatte er Mitleid mit dem Jungen. »Wofür brauchst du das Geld eigentlich?«
»Hab' Mist gebaut«, antwortete Daniel nach einer Weile.
»Weiß Josta davon?«
»Nein. Auch der Neue nich.«
Richard beobachtete den Jungen. Erpressung im Stimmbruch hatte etwas Komisches. Plötzlich machte Daniel einen Schritt auf ihn zu und umarmte ihn.

»Geh' ich dor' dursch de Säggs'sche Schweiz und find' mich pletzlisch under eem ries'schen Felsen widder, so ä rischdscher Globber. Sa-ch ich mir: Wenn der 'nundergommt, den fängste dor' ni' im Ganzen off? Meno, drink was, dann gehn mer danzen!« Helmut Hoppe schwankte leicht, als er aufstand. Er holte eine Schnapsflasche, musterte die Gläser auf dem Tisch, als wollte er einen Parcours bestimmen, besah sich das Etikett, dann das Metallschnabel-Mundstück auf der Flasche, riß sie wie eine Fahne, die er dem Zugriff eines Feindes entzog, zur Seite und schwang Klares in rauschenden Kurven über die Gläser, Hosen und Schultern.
»Ich hab' mich in deine Bücher vertieft«, sagte Meno zu Ulrich, der mit einem ironisch-abwartenden Brauenheben antwortete, während er einige Schnapsspritzer kostete, die er vom Anzug gewischt hatte, »also, wie ich es verstehe, ist alles letztlich eine Frage

der Energie. Braunkohle ist unser Primärenergieträger. Aber an die muß man rankommen. Wenn ich die Tabellen in dem Papier richtig lese, kostet's mehr Geld, eine Einheit Abraum wegzubewegen, als die gleiche Einheit Braunkohle an Ertrag einbringt?«
»Wirtschaft«, setzte Ulrich an, aber Honich unterbrach ihn: »Wo haben Sie das gelesen?«
»In einer Denkschrift, die das Sekretariat für Wirtschaftsfragen beim ZK herausgegeben hat.«
»Für den Dienstgebrauch«, sagte Ulrich. »Das muß unter uns bleiben.«
»Aber sie werden über Reserven verfügen, von denen wir hier unten nichts wissen.« Honich nickte bestimmt. »Es ist manches schwer zu verstehen, aber die Genossen im ZK sind keine Dummköpfe, und wir haben bisher alle Schwierigkeiten gemeistert. Die Einheit von Wirtschafts- und Sozialpolitik«
»– kostet mehr, als wir uns leisten können«, sagte Ulrich.
»Das meinen Sie doch nicht im Ernst?«
»Aber ich bitte Sie, das ist doch kein Geheimnis, fragen Sie doch mal in Ihrem Betrieb nach! Fragen Sie die Männer, mit denen Sie Ihre Übungen machen. Letztens war ich zu einer Sitzung in der Plankommission, da wurde genauso offen gesprochen!«
»Na, gibt's wieder Nachhilfe?« fragte Gerhart Stahl im Vorbeigehen, als er die betroffenen, auch ängstlichen Gesichter sah. »Paßt bloß auf, was ihr sagt, der Himmel ist nicht blau, auch wenn ihr's alle so seht, sondern rot, und Moskau ist weit!«
»Unterlassen Sie doch Ihre ständigen feindseligen Anspielungen, Herr Stahl! Ich warne Sie, irgendwann wird das für Sie Konsequenzen haben!« Pedro Honich wandte sich wieder Ulrich Rohde und Helmut Hoppe zu. »Sie haben recht, es gibt Mängel. Ich bin nicht blind – auch wenn Herr Stahl mir das unterstellt. Aber bedenken Sie doch, was wir vorhaben, was unser Land geleistet hat, welche Ruinen zu beseitigen waren, und was es leisten könnte, wenn unsere Menschen … Diese Kinderkrankheiten können doch überwunden werden, gemeinsam können wir an einer Zukunft bauen, in denen wahrhaft sozialistisches Leben blüht –«
»Wissense, was Wirdschafd is'?« Helmut Hoppe kippte einen Schnaps. »Ich will een Staubsauger – und kann mir aus fümf'n

een aussuchen, ooch wenn er aussieht wie meine Frau. Und wissense, was Blanwirtschafd is? Wenn's nischema Staub gibt.«
»Entschuldigung, aber das ist immer dieselbe Leier. Geht's Ihnen so schlecht? Wenn ich mir das Essen auf dieser Tafel ansehe, die Geschenke für das Paar – und vergleiche, was wir früher hatten … Worüber beschweren Sie sich?«
»Na gudd, da hammse räschd. Das schdimmd. Als ich junk war, da haddsch deilweise noch kee Audo … Und nach Guba gonnden meine Draudel und isch oo' ni' fahrn, da gab's von Guba blos 'ne Guba-Grise.«
»Ich hoffe auf Gorbatschow«, sagte Pedro Honich. »Ich glaube, das ist ein guter Mann.«
»Offenheet, Klas-nosst! Wenn der so für Offenheet is', na gudd, was wird denn schon geoffenheedet? Daß de Braungohle Dregg machd? Weeßsch alleene, das brauchsch ni' noch inner Zei-dunk läsn! Und Berestroiga und Boddi lohschn beginn' bloß beede mit B, wie meine Draudel sa-cht.«
»Wenn alle Angehörigen der Arbeiterklasse so argumentieren würden wie Sie …«
»Hörnse uff. Isch gomm aus'm real existierenden Betrieb, mei Härr. Un' dorte verläufts Lähm folschndermasen: Die Leude arbeidn, und wennse Feierahmd ham, gibt's nischd mehr indn Lädn. Also gehnse währnd der Arbeed einkoofn. Und isch, der Meesder, soll ihnen das verbiedn? Machsch dor selber so. Mir stell'n här, wasses ni' gibt, und wenn's was gibt, stell'n mer uns an. Und selbst dor Genosse Schdaadsradsvorsitzende sa-chte, aus unseren Betrieben is' noch viel rauszuholn.«
»Deshalb liegen die Probleme, wie sie liegen«, erwiderte Pedro Honich. Malivor Marroquin schlich vorbei, schoß Fotos. Helmut Hoppe stellte das Schnapsglas ruhig auf den Tisch. »Ich bin mehrmaliger Aktivist«, sagte er langsam und betont, wobei sich sein starker Dialekt verlor, »und was der Uli ist, der ist sogar Held der Arbeit. Wollen Sie mir sagen, wie's in meinem Betrieb aussieht?«
»Kommt rüber!« rief Kurt Rohde vom Balkon, »wer Tanzkönig wird, kriegt einen Kuß von der Braut, die Tanzkönigin einen vom Bräutigam!«
Josta und ihr Mann brachen auf. Richard ging ins Gartenhaus. In einem Winkel küßte Robert eine von Inas Kommilitonin-

nen. »Laßt euch nicht stören, bin gleich verschwunden«, sagte er, nachdem er kurz gestutzt hatte. Er prüfte den Luftmatratzen-Aufpumpfrosch. Als er sich umdrehte, sah er, daß die Bluse des Mädchens verrutscht war. »Was Ernstes zwischen euch? Ich meine, ich muß das Schild an unserer Wohnungstür sowieso ändern. – Nehmen Sie die Pille?«
»Sind Sie immer so direkt?« Das Mädchen ordnete verdattert ihr Haar. Robert griff in die Hosentasche und hielt eine Packung »mondo«-Kondome hoch.
»Na, so genau wollt' ich's auch nicht wissen«, brummte Richard. »paßt aber auf, manchmal platzen die Dinger.«

Ein gelber Lederhandschuh auf einer Zaunspitze, daneben ein Zettel in Folie: »Den anderen habe ich hier verloren, dem Finder auch der linke«, eine Schere auf dem Fensterbrett einer Garage, der rostige Nautilus am Philalethesblick. Christian sah zum Himmel, der sich von Süden mit dunklerem Blau überzog. Einige Jungs wollten Fußball spielen und losten um Namen: »Ich bin Pelé!« – »Quatsch, du bist Zoff und stehst im Tor!« – »Aber ich bin Beckenbauer!« – »Na gut, dann bin ich Rummenigge.« Männer hatten Wassereimer geschleppt, um ihre Autos zu waschen, verständigten sich über den Himmel, stemmten die Arme in die Seite. Andere standen in Hauspantoffeln am Straßenbriefkasten: Nicken, Abwinken, leichte Handrückenschläge gegen die mitgebrachte Zeitung. Die Ulmen entlang der Mondleite ballten ihr Grün, entließen es wieder wie alte Damen ihren angehaltenen Atem nach den spannendsten Momenten einer Operntragödie; der Wind legte sich, frischte auf, hob Blütendust und Winterasche in feinen Schärpen – unschlüssig wie ein Kind, das mit Sand spielt und sich langweilt. Die ersten Regentropfen brachen Kleckse Schiefergrau in die Helligkeit der Straße. Christian ging zum Tausendaugenhaus zurück, als der Himmel einem Schwimmbad aus Tinte glich, eingefaßt von rudernden Baumkronen; in den Gärten wurden hastig Tische abgeräumt oder mit Planen geschützt, Kofferradios und Kinder in Sicherheit gebracht. Ein Hündchen kam über einen Gartenweg gerannt und kläffte, wirbelte zornig mit den kleinen Pfoten am Tor. Wie geheimnisvoll das war.

Tanz; die Kapelle aus der Tanzschule Roeckler zog sich, ohne einen der Titel zu unterbrechen, unter das Blätterdach der Eichen und die dort aufgespannte Persenning zurück, Instrument für Instrument, zuerst das Cello, dann die Geige, zuletzt wurde der Flügel samt Pianist unter die Bäume gerollt. Dann fiel der Regen so dicht, daß die Luftschlangen über den Weinrosen zerrissen und für einen Augenblick Unsicherheit aufkam. Herr Adeling aber blieb im Tor stehen, kerzengerade im Frack und durchsichtig werdendem weißem Hemd, die Linke hielt ein Tablett mit Sektgläsern, ein Serviertuch hing über dem Arm wie ein totes Hermelin. Da faßte Gudrun Niklas fester; Herr Honich, der beste Tänzer, harrte mit Traudel Hoppe aus; Barbara und Ulrich warfen ihre Schuhe beiseite, denn schon entstanden Pfützen. »Über sieben Brücken mußt du geh'n«. »Kalimba de luna«. »Goodbye ruby tuesday«. Meno beobachtete, wie der Regen allmählich den Sekt in den Gläsern ablöste, bis die Flüssigkeit wasserklar geworden war. Herr Adeling bewegte sich nicht. Unter Jubel und Hurrarufen wurden Gudrun Tietze und Pedro Honich als beste Tänzer geehrt. Doch blieben sie ungeküßt: Ina und Thomas Wernstein waren verschwunden.

44.
Mach es wie die Sonnenuhr

Sich als Sozialist in der Nationalen Volksarmee zu bewähren, als Soldat stets im Sinne der Arbeiterklasse zu denken und zu handeln, das heißt für Sie nunmehr, sich den Gesetzen des militärischen Lebens unterzuordnen

VOM SINN DES SOLDATSEINS

»Schnauze«, grollte es aus der Kommandantenstube, als Christian geklopft hatte.
»Genosse Feldwebel, gestatten Sie, daß ich eintrete.«
»Das Ohrli ist also aus dem Urlaub zurück, sieh mal an.« Feldwebel Johannes Ruden, Stubenältester, war ein vierundzwanzigjähriger Mann mit grauen Haaren. »Auch noch eher, als er

müßte. Kriegt Urlaub, das ist schon mal der Hit, und dann ist er auch noch blöd, bleibt nicht bis zur letzten Minute. Merk Dir: Ein Panzerlude schenkt der Truppe nix, mein Freund. Steh nicht so dumm rum, mach das Brett ran. Rogi, was schlägst du vor?« Unteroffizier Steffen Rogalla, wie Ruden im sechsten Diensthalbjahr und damit Entlassungskandidat, spannte die Daumen unter die Hosenträger über einem zivilen Nicki und dachte nach, während Christian die Tasche auf sein Bett hob und zum Spind ging, um die Ausgangs- gegen die Revieruniform zu tauschen.

»Erstmal die Tasche her.« Rogalla ließ die Hosenträger schnipsen. »Wollen sehn, was Ohrli von zu Hause mitgebracht hat.«

»Genosse Feldwebel, gestatten, daß ich spreche?« Christian, der auf der Unteroffiziersschule gelernt hatte, sich in rasender Schnelligkeit umzuziehen, nahm vor Ruden Haltung an. Der winkte gnädig. »Der Urlaub wurde mir vom Genossen Stabsoberfähnrich Emmerich genehmigt.«

»Gegen einen Auspuffkrümmer Polski Fiat, wissen wir. Hier ist er.« Rogalla hielt ihn hoch, fuhr dann fort, in der Tasche zu wühlen, die er auf den Tisch gestellt hatte. »Dafür kriegt ein Ohrli keinen Urlaub. Du hättest 'nen Brief schreiben und dir das Ding schicken lassen können. Statt dessen kriegst du Höhe und fährst zu Muttern, während die höheren Diensthalbjahre hier für dich rackern müssen!«

»Hab' dein Revier übernommen, du Tagesack!« krähte Thilo Ebert, Unteroffizier im dritten Diensthalbjahr, und spielte mit der Kontermutter an seinem Schlüsselbund. Ruden war es, der die Spitznamen an die Kommandanten unter dem dritten Diensthalbjahr vergab. Da er Altphilologie studieren wollte, waren es lateinische und griechische; Thilo Ebert hatte er Muska getauft, die Fliege, denn nur jemandem mit einem Fliegengehirn könne es einfallen, Gefrierschutzmittel zu kippen. »Soll heißen, du Arsch, wenn du schon in Urlaub wegtrittst, dann nicht heimlich, still und leise, wie du's gemacht hast, sondern nachdem wir dir das Wegtreten erlaubt haben!«

»Junge, Junge«, flüsterte Rogalla entzückt, »hat Muska eben was von Tagesack geblubbert? He, Äpfel! Und Kuchen!«

»Du bist nun vierzehn Tage hier, Ohrli, davon mußtest du zwölf

ohne uns auskommen, was du bestimmt sehr schade gefunden hast.« Ruden entblößte beim Lachen einen abgebrochenen Schneidezahn. »Weil wir die Scheiß-Gefechtsübung gefahren sind. Wir hatten Sackgang und du Mast. Warst natürlich schlau genug, dich zu verdrücken. Weißt genau, daß wir dich nicht hätten fahren lassen.«
»Mann, ich hab' was gegen Klugscheißer«, sagte Unteroffizier Jens Karge, genannt Wanda, viertes Diensthalbjahr. »Kannst die Filzlaus gleich wieder abpellen, Lehmann.«
»Hoffmann«, wagte Christian.
»Lehmann, sag' ich doch. Schwarzkombi an, du gehst mit diesem Analphabeten, wie heißt die arme Suppe?«
»Irrgang«, half Rogalla aus, der inzwischen den Tascheninhalt auf den Tisch gekippt hatte. »Aber noch schärfer ist dieser Burre. Der hat echt 'n Rad ab.« Er zog ein Stück Papier aus der Hosentasche. »Hört mal.« Er setzte sich in Positur, räusperte sich, begann in pathetischem Ton zu deklamieren. »WENN DIE LIEB NICHT WAER –«
»Hä? Wa-ehr?« Ebert legte die Hand ans Ohr.
»Er schreibt ae statt ä. Und alles groß. Ist 'n Gedicht, du Banause. WENN DIE LIEB NICHT WAER, GAEBS / KEINE GESCHLECHTSKRANKHEITEN / WENN DIE LIEB NICHT WAER, HAETTEN WIR / KAUM WAS ZU SAGEN / WENN DIE LIEB NICHT WAER, GAEBS / MICH NICHT / UND DAS WAER SCHEISSE«.
Ruden ging zur Tür. »Popov!«.
»Wassenlos«, kam eine träge Stimme aus der Stube der Lehrgefechtsfahrer.
»Burre zieht Luft, Sonderbehandlung!«.
»Schon wieder«, rief Unteroffizier Helge Poppenhaus, fünftes Diensthalbjahr und somit »Vize«, zurück.
»Nun zu dir.« Ruden nahm einen Schluck aus der Branntweinflasche, genannt »Rohr«, die auf Rogallas Platz am Tisch stand. »Wir müssen untersuchen, ob du Alk schmuggelst.« Er nahm ein Messer und begann die Äpfel aufzuschneiden. »Es gibt die unmöglichsten Verstecke. Ich kannte mal einen, der hatte entdeckt, daß in die Panzerkanone genau sechzehn Rohre passen. Und zwar so, daß sie nicht kaputtgehn beim Fahren. War 'n cleverer Junge und hatte danach ausgesorgt.«

»Ich kannte mal einen, der hieß Johannes Ruden und hat Heliumballons mit Pfandanhang zur Kommandantenstube steigen lassen«, sagte Rogalla. Ruden tippte Christian auf die Stirn. »Du sagst ja, daß du Medizin studieren willst. Die Sanis im Med.-Punkt sind dauernd besoffen. Die schmuggeln den Alk in Pferdespritzen, bevor sie sie uns gegen Tetanus in den Arsch rammen.« Er verteilte die Äpfel, sie wurden genüßlich aufgefressen.
»Also, in meine hat er nischt geimpft«, murrte Unteroffizier Ebert. »Trocken wie 'ne Omatitte. So 'n Blödmann aber auch.« Er ließ den Griebs zu Boden fallen, sah Christian enttäuscht an. »Wir sind deine Kameraden, hier wird alles geteilt. Hättest ruhig an uns denken können. Ich an deiner Stelle hätte 'nen Kuchen mit mindestens fuffzich Umdrehungen gebacken.«
»So was wie du säuft auch Panzersprit.« Im nächsten Moment schlug Ruden zu, Christian sackte nach vorn, bekam sekundenlang keine Luft, dann fing die Leber an zu wüten, die Stube begann sich zu übergolden. Er kam zu sich vom Tritt eines Stiefels.
»Den Griebs aufheben!« Ruden zerrte Christian hoch und hieb ihm mit der flachen Faust aufs Ohr. Das war wie eine Explosion, platzendes Rot. »Was sagst du? Kann nichts verstehen!«
»Jawohl … Genosse Feldwebel.«
»Ich höre nichts!« Wieder traf ihn Rudens Faust auf dem Ohr, Christian wehrte taumelnd ab, aber Ruden war ein Bulle, auf seinen Unterarmen drehten sich Muskelstränge wie Stricke.
»Jawohl …« Christian riß die Arme hoch, um den Schlag abzuwehren. Rogalla und Karge zogen Heulgrimassen. »Eh, Papa, hau mich nicht!«
»Wir hören nichts! Am Loch üben!« schrie Ebert. Rogalla und Karge packten Christian, schleppten ihn auf die Toilette. Ein paar Soldaten, die am Kompanieaschenbecher rauchten, sahen zu. Der UvD schrieb, der GUvD leitete ein paar »Frische«, eben eingezogene Soldaten, die ihre Grundausbildung bei der Truppe absolvierten, beim Flurblockern an. Ruden öffnete eine Kloschüssel und stauchte Christians Kopf hinein.
»Jawohl, Genosse Feldwebel!« schrie Christian, so laut er konnte. Karge und Ebert lehnten lachend an der Wand. Rogalla zog die Spülung.

45.
Die Papierrepublik

»Zu Ihnen kommen wir noch, Kollegin Schevola, keine Sorge. Da Sie mich erneut zu unterbrechen versuchen, möchte ich darauf hinweisen, daß es der Anstand nicht nur unter Kollegen gebietet, einander zuzuhören und ausreden zu lassen. Ich fahre fort im Referat. – *Die Schraube* nannte ich es. Nun, viele unter unseren Kollegen sind nicht mit Stift oder goldenem Löffel großgeworden, sondern haben einen Phasenprüfer, eine Maurerkelle, einen Maulschlüssel in der Hand gehabt. Nun werdet ihr, liebe Kollegen, mir sicherlich zustimmen, wenn ich sage, daß werktätig sein nicht nur bedeutet, in einem Werk zu arbeiten, sondern auch an einem Werk. Die Schriftsteller unseres Landes sind werktätig; sie mauern und bauen mit dem Geist, und nur manche, die nicht wissen, wie Wagenschmiere riecht – oder die es vergessen haben –, die nicht wissen, wie ein ehrlicher Händedruck des Brigadiers sich anfühlt oder die Hitze beim Stahlabstich vorm Hochofen; manche Kollegen also, es sind nur ganz wenige, scheinen sich nicht mehr bewußt zu sein, was dieses unser Land ist, wofür es steht, und wer diejenigen sind, die es aufbauen. Wir Schriftsteller werden geachtet in diesem unserem Land. Wir sind nicht den Verlogenheiten der kapitalistischen Presse ausgeliefert, die noch über meinen letzten Roman, ›Die stille Front‹, ihre Häme ausgoß – daß ich ein fragwürdiger Geselle sei, der es mit der Wirklichkeit unserer Zeit nicht so genaunehme und bloß Propaganda verbreite; der angeblichen Pappkameraden Klischees in den Mund lege, wenngleich nicht vom Geschlecht der Langweiler, wie Herr Wiktor Hart zu formulieren wußte … Unsere Rezensenten sind keine bezahlten Knechte von Springer und Co., unsere Rezensenten sind Angehörige der Arbeiterklasse. Für sie schreiben wir, ihnen verdanken wir das Privileg, unsere Zeit in ihren Kämpfen und Nöten schreibend begleiten zu dürfen … Die Schraube also, dieses unscheinbare, aber interessante Bauelement, ohne das wir uns nicht in dem schönen Rahmen hier aufhalten könnten, ohne das dieses Pult mit meinem Redemanuskript in der Mitte kein Pult, sondern nur ein Haufen Bretter wäre, die Schraube, die den Stuhl zusammenhält, auf dem einige Kollegen kippeln, die Schraube ist es, klein, aber fein, die ich näher betrachten will … Sie steckt natürlich auch in der Post, will sagen: im Postamt, wo die Briefe aufgegeben werden, über die wir heute auch sprechen müssen. Hiobspost, Taubenpost, Post für taube Ohren, Postillon d'amour, Post an diverse westliche Medien, die uns zwar angeht, aber zuvor nicht erreichte. Post von vier Kollegen, deren literarische Leistungen unterschiedlich, doch immer von uns anerkannt worden sind, die sich nicht zu beklagen brauchten, was die Veröffentlichung ihrer Bücher anbelangt, für deren Nachauflagen wir immer einen Weg gefunden haben, so daß der Begriff Zensur, der in der Kollegenpost auftaucht, zum immer wieder abgeklapperten Gemeinplatz wird, den auch des geschätzten Kollegen David Groth Formulierungskünste nicht wohnlicher machen … Er versteckt sich hinter allgemein gehaltenen Bezichtigungen, verdreht mir die Worte im Mund, Sie kommen schon noch dran, Kollege Groth, und stellt sich mit der Veröffentlichung seiner Post außerhalb der Gesetze unseres Staates. Er verletzt die Statuten des Verbands, dem er angehört, wobei die Vorteile seiner Mitgliedschaft in seinem von den bekannten Hetzern der Springer-Presse gedruckten Brief nicht zu lesen stehen … Kein Wort über die Reisen, die genehmigt wurden, dagegen lauthalsiger Protest, weil eine Reise eines Kollegen gestrichen wurde, die zu einer Lesung im Bayerischen Parlament geführt hätte, wo am schlimmsten gegen uns Front gemacht wird … Sie wollen mich moralisch belehren, Kollege Groth, lassen aber Ihren literarisch mindestens zweifelhaft zu nennenden Roman ›Trotzki‹, der Tatsachen der Geschichte unserer sowjetischen Freunde auf das übelste verdreht und den literarisch ernstzunehmende Autoren wie mein Freund Eschschloraque und Kollege Altberg mir gegenüber brieflich als Kolportageschund bezeichnet haben, unter Umgehung geltenden Rechts im Westen erscheinen! Jawohl, unter Umgehung geltenden Rechts – Sie kennen die Adresse unseres Büros für Urheberrechte genausogut wie wir, die Mitglieder des Präsidiums des Verbands, und sonst alle anwesenden Kollegen! Und es ist keineswegs eine Infamie – Sie sollten Ihre Worte sorgsamer wägen –, wenn ich mich gegen Ihre Unterstellung wende, daß Kollege Rieber und Kollege

Blavatny nur deshalb vor dieses ›Tribunal‹, so beliebten Sie unsere Jahreshauptversammlung zu bezeichnen, ›gezerrt‹ wurden, weil sie Kommunisten sind, die das Denken nicht aufgegeben haben … Blavatny nennt mir gegenüber in einem Brief – wir wären wieder bei der Post – eine Kollegin ›Blubo-Bardin‹, weil in einem Gedicht von ihr Gräser und Boden vorkommen: Das darf ich Ihrer Meinung nach nicht als den beschämenden Unsinn kennzeichnen, als ehrabschneiderische Verleumdung, die es ist? Wo sind Ihre Maßstäbe, Kollege Groth, die Sie wiederum von uns einfordern? Zensur. Ach je. Wer die staatliche Lenkung und Planung auch des Verlagswesens Zensur nennt, braucht doch das Wort Kulturpolitik, um das er sich angeblich so große Sorgen macht, nicht in den Mund zu nehmen. Die Wahrheit ist doch, daß er sie nicht will. Kritische Schriftsteller sollen mundtot gemacht werden? Ich schaue mich um, sehe in so viele mir vertraute Gesichter – kein einziges ist darunter, das nicht zu einem kritischen Schriftsteller gehört. Aber es gibt kritische Schriftsteller, die hier in unserem Land und für unsere Gesellschaft wirken wollen und nicht bei jeder Kleinigkeit einem abgehalfterten Westkorrespondenten einen ›subversiven Text‹ – oder wie sich das nennt – zuspielen müssen, weil sie sonst nicht wahrgenommen werden würden … Kollege Blavatny, aus Nürnberg zu uns gekommen, wurde erst zu Hause nichts, dann wurde er auch hier nichts, weil man in einen Verlag eben nicht mit dem Parteibuch kommt, sondern mit einem Manuskript, das etwas taugen muß. Er lernte schnell. Abgelehnt von den qualifizierten Lektoren des Hermes-Verlags, dachte er sich flugs eine Geschichte von Unterdrückung und staatlicher Willkür aus, mäntelte damit seine mageren Produkte ein und bot sie drüben feil, wo man die dürftige Qualität natürlich ebenso erkannte, aber an Nachrichten aus der angeblichen Finsternis hierzulande immer interessiert ist. So stehen die Dinge, Kollegen. Die Schraube kann ein Schräubchen sein, das locker geworden ist, und die ganz kleinen Schrauben heißen, wie ich mich aus meiner Lehrzeit erinnere, Maden. Wir im Präsidium sind keine Freunde von rüden Tönen. Wir scheuen weder Auseinandersetzungen noch Offenheit. Die sowjetischen Genossen machen es uns vor, und wenngleich wir nicht alles nachmachen müssen, denn hin und

wieder liegen die Verhältnisse anders, hin und wieder paßt eine Moskauer Mutter nicht auf eine hiesige Schraube, so besteht doch prinzipielle Einigkeit. Sanft sein zur rechten Zeit, das ist wohl schön, doch sanft sein zur Unzeit, das ist häßlich, denn es ist feig, sagt Hölderlin. Und schreibt Kollege Rieber in einem weiteren Brief, in dem er sich dafür bedankt, daß ich in einer Besprechung im Neuen Deutschland auf die Gefahren, die sein unzweifelhaft vorhandenes Talent bedrohen, aufmerksam gemacht habe ... Er habe sich durch meine ehrlichen Worte gestärkt gefühlt, denn allzuoft tappe man, als einsamer Schreibtischarbeiter, der die Heimat des Verbandes nicht allzeit spüre, im Dunkeln seiner Not ... Und da, werter Kollege, schreibst du anderswo, daß ohne den Westen bei uns kein Echo zu erreichen sei? Da muß ich dich der Lüge zeihen. Vernünftig vorgebrachte Fragen bekommen vernünftig vorgebrachte Antworten bei uns, das liegt im Wesen unserer Gesellschaft. Im Wesen unserer Gesellschaft liegt es ebenso, mit Schrauben sachgemäß umzugehen, denn sie ist die Gesellschaft der Arbeiterklasse, die mit Werkzeug und Produktionsmitteln vertraut ist. Sie werden, im Gegensatz zu anderen Gesellschaftsordnungen, zum Befestigen gedreht, aber nicht verdreht oder gar überdreht. Wir bauen weiter nach unseren Plänen.«
»Genosse Mellis, wir danken dir für deine festen und klaren Worte. Mit besonderer Herzlichkeit möchte ich noch einmal unsere Gäste begrüßen: Unseren Buchminister, Genossen Samtleben, und Genossin Winter von der Abteilung Kultur des Zentralkomitees der Sozialistischen Einheitspartei. Bevor Genosse Schade in seiner Eigenschaft als Erster Sekretär des Bezirksverbands das Wort nimmt, seien mir noch einige Bemerkungen gestattet. Der Klassenkampf verschärft sich. Ein Rauschen geht durch den bundesdeutschen Blätterwald: Klassenkampf sei von gestern, und wir gehörten ins Museum. Ins Museum, Genossen! Und Kollegen. Dabei sind diese Hetztiraden das genaue Beispiel dafür, daß es keineswegs falsch ist, vom Klassenkampf zu reden. Die Errungenschaften unserer Republik werden angegriffen, unsere Republik selbst in ihrer Existenz in Frage gestellt. Aber was haben denn die Angriffe gegen uns zu bedeuten? Ich bin bei einem Förster in die Lehre gegangen und habe gelernt: Stirbt

der Baum, schickt er all seine verbliebene Kraft in Früchte oder Zapfen. Mit solchen Zapfenstreichen haben wir es hier zu tun. Diese vielen Zapfen, mit denen gegen uns geworfen wird, sind Zapfen des Todes. Es sind Früchte des Zorns, einer untergehenden Gesellschaftsordnung anzugehören, es ist die Angstblüte des letzten Stadiums des Imperialismus. Man wühlt und wühlt und gibt sich nicht zufrieden, bis man einen Fehler gefunden hat. Und dieses Gift sickert immer wieder durch die Ritzen unserer Nachsicht, unserer Freundlichkeit! Von gewissen Leuten und Kräften hat man den Eindruck, daß ihre angebliche Besorgnis um die Entwicklung unserer Republik in Wahrheit nichts anderes ist als die unablässige und als solche eigentlich krankhafte Suche nach Fehlern und Dingen, um diese Entwicklung in Frage zu stellen. Sie brauchen gar nicht den Kopf zu schütteln, Kollege Eschschloraque, und Sie, Kollegin Schevola, sollten ruhig im Saal bleiben, damit Sie dann, wenn Sie dran sind, uns nicht das Wort im Munde herumdrehen. Unsere Gesamtpolitik und damit auch die Kulturpolitk hat sich bewährt. Die Kulturpolitik in unserem Lande ist keinen Schwankungen, keinen zeitweiligen Änderungen unterworfen; wir sind keine Konjunkturritter, die nach kapitalistischem Wolfsgesetz ihre Lügen verbreiten. Gewisse Leute führen ständig das Wort Wahrheit im Mund. Mit anklagendem Zeigefinger weisen sie auf uns. Aber von welcher Wahrheit sprechen wir denn? Von den hohen Auflagen, die Kollege Groth dank unserem unermüdlichen Einsatz – ein Einsatz nicht nur für sein Wohlergehen, sondern auch für das Wohlergehen aller Verbandsmitglieder – erzielt? Und zwar hüben wie drüben? Darf er nicht reisen? Im vergangenen Jahr hast du, Kollege Rieber, allein fünf Reisen ins nichtsozialistische Ausland beantragt – haben wir dir auch nur eine einzige abgelehnt? Ich sage das, weil es durchaus schwere Bedenken gab, dich reisen zu lassen. Deine Auftritte dort drüben waren von Ressentiments und Klischees bestimmt; immer wieder hast du die Leier von der Unterdrückung der Kunst und der Künstler hierzulande gedreht. Und warst immerhin so unterdrückt, dies mit unseren Devisen zu tun, versehen mit dem Reisevisum, das man im Schriftsteller-Volksmund, wie mir bekannt ist, den ›Fliegenden Koffer‹ nennt … Ist das keine Heuchelei? Aber lange Rede, kurzer Sinn.

Wir sollten bei allen Entscheidungen, bei jeder Beurteilung politischer Ereignisse von einer einfachen Grundfrage ausgehen. Sie lautet: Wer gegen wen? Bertolt Brecht, ›Das Lied vom Klassenfeind‹, letzte Strophe, ja, gern, Genossen, erheben wir uns, Improvisationen stehen nicht im Protokoll, erfrischen aber das Leben; sicherlich können die meisten von uns Brechts Worte mitsprechen: ›Da mag dein Anstreicher streichen / Den Riß streicht er uns nicht zu / Einer bleibt und einer muß weichen / Entweder ich oder du / Und was immer ich auch noch lerne / Das bleibt das Einmaleins: / Nichts habe ich jemals gemeinsam / Mit der Sache des Klassenfeinds / Das Wort wird nicht gefunden / Das uns beide jemals vereint: / Der Regen fließt von oben nach unten / Und du bist mein Klassenfeind.‹ Das Wort hat jetzt Paul Schade.«

»Lieber Genosse Bojahr: Das war aber deutlich! Du nimmst mir fast ein wenig den Wind aus den Segeln. Aber nur ein bißchen. Kolleginnen und Kollegen! Den heutigen Vormittag habe ich damit verbracht, das Manuskript meines neuesten großen Poems, ›Buchenwald‹, Blatt für Blatt trockenzufönen. Die gestrigen starken Niederschläge hatten mir eine böse Überraschung bereitet! Sie waren durch das Blumenfenster in meinem Arbeitszimmer gedrungen, hatten sich auf verschlungenem, aber zielsicherem Weg vorwärtsgearbeitet und waren in meine Gedichte getröpfelt. Bei den Aufräumungsarbeiten fiel mir sofort der unheimliche Symbolgehalt dieses Vorgangs auf. Da das Blumenfenster – meine politischen Illusionen, den Unwettern des realen Sozialismus nicht standhaltend. Da meine Gedichte – meine und so vieler Genossen Vergangenheit. Ich hatte sie mit ›Barock‹-Eisengallustinte geschrieben, denn die Wissenschaftler in zweihundert Jahren sollen sich ja nicht über verblaßte Manuskripte ärgern, und war beim Wiederlesen der durchnäßten Zeilen mehr als sonst erschüttert. Wie konnte das Malheur geschehen? Ich stellte fest, daß der Regen, anstatt wie üblich von der westlichen Wetterseite, ungewohnterweise direkt von Osten auf meine Dichterklause losgegangen war. Was war das nun wieder für eine Schweinerei? Was erlaubte sich der Regen mit meinem Manuskript? War da etwa die Hand Moskaus mit im Spiel? Und nun hätte das bundesdeutsche Fernsehen, das ich hier so treffend persifliere, sicherlich gefragt, wie der Dichter Paul Schade so charakterlos sein und den Regen dennoch nicht beschimpfen konnte. Ich sage: Im Interesse der Blumen im Garten. Im Interesse der Rabatten mit Rhabarber und Kohl. Der Beete mit Stiefmütterchen meiner Frau. Im Interesse meiner Freilandgurken und Tomaten. Spaß beiseite, Kollegen! Ich habe den Einstieg ins Thema nicht von ungefähr gewählt, denn wahrlich, mir ist eher zum Heulen als zum Lachen zumute. Als ob wir das nicht schon mehrfach erlebt hätten. Als ob uns die Methoden der Gegner innen und außen neu wären. Als ob wir nicht wüßten, wie wir diesen Methoden zu begegnen haben. Ihr kennt mich: Ich war nie ein Freund lauer Streicheleinheiten für bissige Tiere. ›Buchenwald‹ heißt mein Poem. Wir, die wir dort gewesen sind, wissen, was Faschismus heißt, und wir wissen ebenso, daß es die Flötentöne des Monopolkapitals sind, die die ewige Schlange des Nazismus immer wieder das giftige Haupt heben lassen. Wir, die wir Faschismus und Konzentrationslager überlebt haben, sind mit den Genossen der Roten Befreiungsarmee im festen Schwur angetreten, nie wieder ein solches Verbrechen zuzulassen. Aber der Schoß ist fruchtbar noch, aus dem das kroch! Das ist mein klarer Standpunkt, der Standpunkt eines Kommunisten, der sein ganzes Leben dem Kampf gegen Revanchismus, Revisionismus und die vielfältigen Bestrebungen des Aggressors, uns zu vernichten, geweiht hat – mit der Waffe, aus der Patronenhülsen klirren, und mit der Waffe, von der Bleistiftspäne hobeln! Oh, ich verstehe sehr gut, was einige der anwesenden Herren und Damen bezwecken, auch wenn ihre Gesichter aufmerksam und scheinbar freundlich blicken. Sie wollen, daß wir so entscheiden, wie es dem Klischee über uns zupaß kommt; daß wir heute etwas tun werden, das wir zwar zu tun gezwungen sind, was aber gewissen Leuten aus den westlichen Medien nur das bestätigt, was sie uns von vornherein unterstellen. Sollten wir es diesen Typen wirklich so leicht machen? Andererseits: Sollten wir es uns leicht machen, indem wir die Dinge auf sich beruhen lassen? Manchmal muß man den Mut haben, das Erwartete zu tun. Manchmal muß man die Größe haben, berechenbar zu sein. Deshalb schlagen wir vor, daß nach der Diskussion unsere Versammlung folgenden Beschluß faßt:«

»Wieso kommt der Beschluß vor der Diskussion, Herr Schade?«
»Kollege Blavatny, das ist nur ein Beschluß-Entwurf. – folgenden Beschluß faßt: Die Jahresvollversammlung des Verbandes der Geistestätigen unserer Republik hat sich mit dem Verhalten einer Reihe von Mitgliedern befaßt, die gegen ihre Pflichten als Verbandsmitglied verstoßen und das Ansehen des Verbands geschädigt haben. Die Versammlung erfüllte damit den Auftrag des zentralen Vorstandes des Verbandes der Geistestätigen, mit den von Günter Mellis in seinem Referat genannten Verbandsmitgliedern auf der Grundlage des Statuts des Verbandes der Geistestätigen eine prinzipielle Auseinandersetzung über ihre Positionen zu führen. Die im Referat von Genossen Mellis dargelegten Fakten beweisen, daß diese Verbandsmitglieder entgegen ihrer im Statut verankerten Verpflichtung, als aktive Mitgestalter der Entwickelten Sozialistischen Gesellschaft zu wirken, es für richtig und angebracht hielten, vom Ausland her gegen unseren sozialistischen Staat, die Kulturpolitik von Partei und Regierung und gegen die sozialistische Rechtsordnung in verleumderischer Weise aufzutreten. Damit haben sie sich in den Dienst der antikommunistischen Hetze gegen die DDR und den Sozialismus gestellt. Sie verletzen damit eindeutig das Verbandsstatut, besonders die Artikel I.1, II, III.2, IV.2, und erweisen sich der Mitgliedschaft im Verband der Geistestätigen der DDR als unwürdig. Die Mitgliederversammlung sieht sich daher gezwungen, die notwendigen Konsequenzen aus diesem Verhalten zu ziehen. Sie faßt den Beschluß, Judith Schevola, David Groth, Karlheinz Blavatny und Jochen Rieber aus den Reihen des Verbands der Geistestätigen der Deutschen Demokratischen Republik auszuschließen.«
»Kollegen, wir haben den Beschluß, also, das Referat gehört, den Entwurf des Beschlusses, den der Vorstand der Vollversammlung vorschlägt. Wir kommen jetzt zur Diskussion. Es liegen eine Reihe von Wortmeldungen vor. Ich bitte darum, sich kurz zu fassen. Wir sind bereit, weitere Wortmeldungen entgegenzunehmen. Als erstes spricht David Groth.«
»Das Referat des Kollegen Mellis mit den Angriffen gegen meine Kollegen und mich stand in unserem Zentralorgan, dem Neuen Deutschland, unter einem Brief, den der geschätzte Kollege

Lührer an den Genossen Staatsratsvorsitzenden richtete und in dem er die Kollegen Schevola, Blavatny, Rieber und Groth als Schädlinge und kaputte Typen zu titulieren beliebte. Ich fordere nun den Vorstand ausdrücklich auf, dafür Sorge zu tragen, daß meine sowie die Stimmen der mit mir angegriffenen Kollegen ebenfalls im Neuen Deutschland abgedruckt werden und wir uns ebenso öffentlich verteidigen können, wie wir angegriffen werden.
Wir, die kritischen Geister, sind in diesem Land Untertanen auf Kündigung. Kritisch meint, daß wir der alleinseligmachenden Meinung der Partei dort zu widersprechen wagen, wo sie nach unserer Auffassung mit der Wirklichkeit nicht übereinstimmt. Sie, werter Kollege Mellis, sagen, daß es sehr wohl möglich sei, seine Meinung in unserem Land frei zu äußern. So steht es im Artikel 27 der Verfassung, der allen Bürgern, also auch Autoren, das Recht auf freie Meinungsäußerung zubilligt. Ich frage Sie aber, ob dies der Wahrheit entspricht. Die Antwort auf diese Frage kann, sofern man nicht völlig verdorben oder blind ist, nicht anders als Nein lauten. Es ist leider so, daß bestimmte Probleme, die uns betreffen, in den hiesigen Medien nicht debattiert werden. Daß bestimmte Bücher von unseren Verlagen nicht veröffentlicht werden. Wollen Sie das bestreiten? Machen Sie sich nicht lächerlich. Kein einziges Mal habe ich eine Erwiderung auf Schmähungen, wie sie Herr Lührer für notwendig hält, in einer unserer Zeitungen lesen können, kein einziges Mal in der Aktuellen Kamera eine Darstellung der tatsächlichen Verhältnisse in unseren Betrieben, der Umweltproblematik, der zunehmenden Verrohung unserer Gesellschaft gesehen. Oder meinen Sie, all das existiere gar nicht? Dann sehen Sie mit dem Blinden Fleck, und mir bleibt nur, Ihnen zu dieser Leistung zu gratulieren: sie ist ein wissenschaftliches Novum. Sie, werter Kollege Mellis, wenden sich dagegen, daß ich Zensur und Strafgesetzgebung verbinde. Jeder Autor freilich, der ein Buch veröffentlichen möchte, das hierzulande nicht genehmigt wird, muß automatisch mit dem Devisengesetz in Konflikt kommen. Meine Kollegin Schevola und ich haben uns strafbar gemacht, weil wir uns einen Verlag im Westen für unsere Bücher gesucht haben, da sie hier nicht erscheinen dürfen. Ich finde es strafbar, daß

unser Verhalten strafbar ist. Der Sinn einer solchen Kopplung von Zensur und Strafprozeßordnung kann nur darin liegen, Autoren, die sich mit Lügen nicht zufriedengeben wollen und sie auch Lügen nennen, mundtot zu machen. Oder wird man endlich gestatten, daß Schriftsteller in der DDR auch über Themen schreiben, die bisher oder schon wieder als tabu gelten? Wird man, statt kritischen Autoren ein Tribunal zu bereiten und sie mit Beleidigungen zu überziehen, sich lieber mit den kritisierten Zuständen befassen? – Noch ein persönliches Wort sei mir gestattet. Weder steht es mir zu noch entspricht es meinem Wesen, Sie moralisch belehren zu wollen, Herr Kollege Mellis. Sie suggerieren, daß es unmoralisch ist, im Westen zu veröffentlichen. Ich sage dazu nur, daß Autoren, die hier zum Schweigen gebracht werden sollen, ja gar kein anderer Weg offenbleibt. Unseren gepeinigten Kollegen in der Sowjetunion oder in Rumänien steht dieser Weg nicht offen. Nicht drüben zu veröffentlichen ist unmoralisch, sondern hier zensiert zu werden. Im übrigen: Wer in der falschen Uniform, unter falschem Abzeichen in ein falsches Lager geriet, sollte lieber nicht gegen die zu Felde ziehen, die damals in der richtigen Uniform, auf der richtigen Seite für die richtige Sache gekämpft haben. Ich brauche mich meiner Vergangenheit nicht zu schämen, denn ich wurde nicht nur meiner ›jüdischen‹ Nase wegen verfolgt. Nein, es geht in Wahrheit nicht um Devisenvergehen oder ähnliches. Es geht darum, eine bestimmte Literatur zu verhindern, diejenige nämlich, die von rosaroten Brillen nichts wissen will. Die Jahreshauptversammlung wird heute abstimmen müssen über den Ausschluß einiger Kollegen aus dem Verband. Sie alle wissen, daß viele von Ihnen vor dieser Versammlung zusammengerufen und unter Disziplin genommen wurden. Wir alle wissen, was für den einzelnen von seinem Votum abhängt: Westreisen und Stipendien, Auflagen und Aufführungen, Verfilmungen und Preise. Ich werde es keinem übelnehmen, wenn er oder sie in Erwägung solcher Vorteile für meinen und der anderen Kollegen Ausschluß stimmt.«
»Das ist ja unglaublich! Was reden Sie da! Aufhören!«
»Ich tue Ihnen und mir sogleich diesen Gefallen. Möge Ihnen die Scham und das schlechte Gewissen, wenn Sie nach Hause

gehen, nicht zuviel Bedrückung bereiten. Bedenken Sie, wenn Sie abstimmen, daß es die Zeit gibt, und daß Dinge, die starr und unveränderlich scheinen, sich zu ändern vermögen; manchmal schneller, als man es für möglich gehalten hätte. Es könnte sein, daß Sie eines Tages Ihren Kindern werden Antwort stehen müssen; oder Menschen, in deren Namen mancher Kollege hier zu sprechen vorgibt. Dann könnte es sein, daß sie fragen werden: Wie habt ihr euch damals verhalten, Meister des Worts, als es darauf ankam, sich zählen zu lassen?«

»Es spricht Karlfriede Sinner-Priest.«

»Danke Kollege Bojahr. David Groth: Ich erinnere mich an einen Mann, der durch die Tore Buchenwalds kam, in amerikanischer Uniform, und der in die Gesichter zweier Kollegen sah, Paul Schades und meins, in mein häßliches Gesicht, ich hatte keine Haare mehr und vom Skorbut und von den Schlägen kaum noch Zähne. In die Gesichter der Häftlinge sah er, setzte sich hin und nahm den Helm ab. David Groth: Ich erinnere mich an einen Autor, der bewegende, lebenspralle Bücher über den schwierigen und von manchen Widersprüchen gekennzeichneten Beginn der neuen Zeit schrieb. Die Zeit, die ein kleines Kind war und immer noch nicht recht erwachsen geworden ist, denn gesellschaftliche Prozesse rechnen nicht in Menschenzeit. Verzeiht, wenn ich hier eine emotional-private Komponente in die Diskussion trage, aber ich frage mich, was Zeit und vielleicht auch Ruhm aus dem David Groth gemacht haben, den ich einst als glühenden Verfechter unserer Sache, als Kämpfer für eine bessere und gerechtere Welt, gegen Faschismus und Imperialismus, gekannt habe. Gestern saß ich und blätterte Briefe durch, die er an mich schrieb, las Dokumente in alten Zeitungen, las in seinen früheren Büchern. Den Autor der ›Soldaten‹ und der ›Morgenröte‹ werde ich nicht vergessen, den Verfechter des Bitterfelder Wegs und der harten, aber angebrachten Worte gegen Kräfte, die ich nicht nenne, da sie das Protokoll nicht beschmutzen sollen. Der Autor des ›Trotzki‹ ist ein, der Begriff fiel bereits, Kolportageschriftsteller, dem keine Verleumdung, kein billiger Trick zu schlecht sind, wenn sie seinen Zwecken zu dienen versprechen; Zwecke, die ich nicht kenne und bei der Lektüre gescheut habe, denn ich wagte nicht zu glauben, was ich las, und sah mehrfach auf dem Titelblatt nach, ob sich da jemand einen üblen Scherz erlaubt und ein Schundmanuskript unter dem Namen David Groths abgeliefert habe. Gewisse stilistische Eitelkeiten und Schiefheiten, schon immer vorhanden, früher aber von der Substanz seiner Bücher mitgetragen, belehrten mich leider eines Besseren. Nicht jeder, der in die große Moraltrompete pustet, ist ein guter Schriftsteller; nicht jeder, der im Westen den ehrbaren Dissidenten spielt, ist, ohne Rabatt betrachtet, ein Dichter, der den Namen verdient. Ich habe die Zeit nach dem Krieg mit einem Kind verglichen. Die meisten von uns dürften Kinder haben. Sagen Sie dauernd Ihrem Kind, daß es häßlich ist? Sehen Sie nur das Häßliche an Ihrem Kind? Oder sind Sie nicht einfach stolz und glücklich über dies große Geschenk? Unser Kind Sozialismus aber bekommt von Nörglern und Miesepetern immer wieder unter die Nase gerieben, wie fehlerhaft und häßlich es doch sei; da seien seine Beinchen zu krumm, dort seine Arme zu kurz, sein Leib zu mager, die Stimme brüchig, seine Lippen verkniffen und dünn, seine geistigen Fähigkeiten schwach … Das ist die Brille, die an allem nur das Schlechte und Häßliche sehen läßt, das Gute als belanglos oder unwichtig abtut. Es ist nun einmal so: Wir haben ein Statut, eine innere Verfassung, wenn man so will, und daran hat man sich zu halten, will man Mitglied unseres Verbandes sein. David Groth, du und eine Reihe anderer Autoren, von denen mich vor allem Fräulein Schevola enttäuscht, denn von ihr hätte ich mehr erwartet: Ihr haltet euch nicht daran. Beklagt euch, daß man nicht reden könne – schaltet aber die Westmedien ein, bevor ihr mit uns Kontakt sucht. Wir haben euch das nachgesehen und unsererseits erfüllt, was in den Statuten steht, Absatz III.7: daß der Vorstand Gespräche führen soll, ob die Voraussetzungen zur Mitgliedschaft weiterhin gegeben sind. Ihr sagt, eure Sorge um die sozialistische Kulturpolitik sei so schwer, daß ihr die Westmedien nicht mehr als Instrument des Klassengegners, sondern als Hilfe bei der Veränderung dieser angeblich so schreckensvollen Verhältnisse anseht. Ihr sagt, daß ihr euch kritisch äußern wollt, aber zu Verbandsversammlungen, wo ihr das frei tun könnt, kommt ihr nicht. David Groth: Die Entscheidung fällt mir nicht leicht. Ich habe schlaflose Nächte hinter mir. Und doch ist alles bereits entschieden. Durch dich, durch jene anderen Autoren, die uns verunglimpfen. Nicht wir entfernen uns von euch – ihr entfernt euch von uns. Du und deine Kollegen: Ihr habt euch selbst ausgeschlossen.«

»Danke, Karlfriede Sinner-Priest. Es spricht Kollege Altberg.«

»Meine Damen und Herren, ich habe kein vorbereitetes Redemanuskript, denn das Thema unserer Jahresvollversammlung ist mir erst hier bekanntgeworden, und wie mir könnte es den meisten von Ihnen gegangen sein. Freilich hat die ungewöhnliche Bestimmtheit des Einladungsschreibens mich in ahnungsvolle Aufregung versetzt. Ich sehe unter Ihnen viele Gesichter, die ich in unserem Verband noch nie gesehen habe, frage mich, ob sie zu Autoren gehören – und was diese Autoren, wenn es welche sind, veröffentlicht haben mögen. Der Verdacht beschleicht mich, daß es um Abstimmungsmehrheiten geht. Geht es auch um Literatur? Literatur ist nicht die Magd der Politik, die Illustratorin des gerade aktuellen Zeitgeists. Nur Dummköpfe oder böswillige Untersteller glauben, Figurenmeinung sei Autorenmeinung – nun, es gibt Figuren im Leben, die ich nicht mag, für die ich aber dennoch Interesse aufbringen muß, wenn ich das Leben nicht nur in seinen mir genehmen Aspekten darstellen will. Nur Einfaltspinsel glauben, Judith Schevolas graues Haar oder die Anzahl der Haare auf Georg Altbergs Nasennebenwarze sage auch nur das geringste über ihre Bücher aus. Nicht, nicht? Literatur heißt Lyrik, Essay, Roman, Drama; es heißt nicht: Interview. Es gibt Kollegen, deren Interviewtätigkeit ihre literarische Produktion um vieles übertrifft, und oft nicht nur an Umfang. Sie wissen über alles und jedes Bescheid, äußern sich mit der unbefangensten Miene zu Raumflug und Abrüstung, Frauenfragen und Kulturpolitik; aber ihre Romane und Gedichte sind dünne Produkte, arm an Leben, arm an Welt. Wir, deren Aufgabe die Sprache und das Wort ist, sollten nicht mitfahren im bunten Karussell der Meinungen. Das ist der Platz der Schauspieler, der Politiker und Sportler. Ich möchte nicht mißverstanden werden. Es ist ja eine hierzulande beliebte Übung, die Arbeiter des Worts, des Geists als publicitysüchtige Hampelmänner abzukanzeln, wenn sie gewisse Probleme ansprechen, die nach Meinung gewisser Funktionäre unterm

Teppich bleiben müßten. Das ist Denunziation. Denunziation ist es meiner Meinung aber auch, lieber David, Herrn Mellis mit der Formulierung, Moment, ich habe mir das notiert, ›Wer in der falschen Uniform, unter falschem Abzeichen in ein falsches Lager geriet‹ zu antworten. ›Ich brauche mich meiner Vergangenheit nicht zu schämen‹, sagtest du. Ich sage: Ich schon. Und ich glaube, Günter Mellis tut es auch. Beide haben wir für die Irrtümer und Verblendungen unserer Jugend schwer bezahlen müssen, und der Alptraum der Vergangenheit ist für mich eine nächtlich wiederkehrende Heimsuchung. Jeder muß für sich mit dem fertigwerden, was er getan oder nicht getan hat, jeder hat seine Gespenster im Schrank – und jeder sollte sich hüten, dem anderen als Besserwisser oder gar als Richter gegenüberzutreten. Wir werden alle gerichtet – anderswo.
Toleranz: Das Wort, das heute, glaube ich, noch ungesagt geblieben ist. Es gibt das Gesetz, und es gibt die Menschen, doch das Gesetz ist für die Menschen gemacht, nicht die Menschen für das Gesetz. Ich weiß, daß meine Worte bei manchen hier im Saal auf taube Ohren stoßen, das sind jene, die Verluste für unumgänglich halten, die sie manchmal – einige dieser Menschen, ich hoffe, es sind nicht allzu viele – womöglich sogar erhoffen, weil sie glauben, ihre eigene Geltung würde steigen, wenn andere nichts mehr gelten. Judith Schevola muß man nicht mögen, aber sie ist eins der bedeutendsten Talente des Ostens, neben einem, der als Abräumer in einer Ausflugsgaststätte tätig ist. Haben wir so viele Talente, daß wir es uns leisten können, sie zu vertreiben? Ist Diffamierung, Intoleranz, Beschränktheit die angemessene Weise, mit Talenten umzugehen? Muß unsere Gesellschaft, will sie für die Menschen attraktiv bleiben, nicht lernen, ihre Kritiker zu ertragen?
Kollegen! Ich fordere euch auf, ich bitte euch inständig, einem Ausschluß nicht zuzustimmen! Es wäre eine Katastrophe mit unabsehbaren Wirkungen, sollten unsere Kollegen ausgeschlossen werden. Sie alle wissen, daß ihre Existenzen dadurch zerstört werden würden, daß es für sie nahezu unmöglich wäre, hier weiter ihrem Beruf nachzugehen. Ein Ausschluß wäre nicht das Ende unserer Sorgen, sondern der Beginn der nächsten Schraubendrehung.«

»Es spricht Eduard Eschschloraque.«
»Schwer ist's die Wahrheit sagen, wenn / die Lüge hoch im Ansehn steht. / Wer schätzt die Sonne, die verbrennt? / Die Wüste ohne Schatten und Oase, / die reine, echolose Schiefertafel, / den Spiegel, der zurückschenkt nur das Nichts? / Ein Ding allein ist sinnlos nur und traurig, / erst zwei zusammen tauschen ihre Stimmen / und stützen gegenseitig ihre Schwäche. / Nun will ich böse sein und gute Fragen stellen: / Was Freiheit sei, wenn alle Schranken fallen, / denn Goethe sagt es vom Gesetz: / Nur dieses kann uns Freiheit geben. / Was die Verfassung sei, die als ein Eisenring / sich um die Zungen schnürt und Menschenfleisch, / das alt wird und vergeht. / Was uferloses Meer dem Schiff, / gesteuert nach der Hand / der Galionsfigur am Bug?«
»Mensch, auswendig.«
»Schlechte Leute sind's – und gute Musikanten, / sagt Brentano, Ponce de Leon. / Und traten wir nicht an, einander uns zu lieben / jedoch: ›Was halten Sie von ihm … so unter uns? / Ist eine Kröte voll Juwelen, die verwest. / Da kommt er, Achtung. – Mein lieber Eschschloraque / schon lang verlangte mich zu sagen / wie tief ich Ihre Sch…tücke schätze /, wie sehr auch Ihren Mut, den Zeitgeist / als Wasserspiegel eines Klos zu sehen, / und was drin schwimmt, ist wert, daß man's hinunterspült.‹ / – Die Heuchelei zum Beispiel. / In meinen Händen seht ihr einen Katalog / voll Klassenfeinde stecken, hübsch gedruckt / von einem garstigen Verlag im Westen. Mittendrin / steckt unser lieber Günter Mellis; und andres / Staatsgefieder sah ich auch. Bestrafung: ja. Doch / fordre ich sie ebenso für Mellis und Genossen / denn Schweine sind's, die andre Schweine nennen / und selber aus den Schweinetrögen fressen.«
»Unverschämtheit! Raus, raus!«
»Verwirrt sind Tag und Zeit, / doch ich bin treu den Vatersitten / halt die Gesetze eng, das macht die Träume weit / und Menschenwesen unzerstritten. / Süßer Honig oft aus bittren Waben! / Den Widersinn durchbrechen! – Indem wir uns Verfassung gaben: / Die Küche lebe – Tod den Küchenschaben! / Ordnung muß selbst Ordnung haben / Der Streit wird nie vom Streit begraben. – Übrigens, Herr Schade, sollten Sie Ihr Deutsch prüfen.

›Waffe, von der Bleistiftspäne hobeln‹ – *die* Sprache ist ein Affe, um den Flöhe knobeln.«
»Herr Rohde, Herr Groth, als Diskussionsleiter ist es meine Pflicht, Sie darauf aufmerksam zu machen, daß das Mitstenographieren von unseren Protokollführern besorgt wird! Nach Herrn Eschschloraques Beitrag, der hilf- und geistreich war wie immer, spricht als letztes vor der Pause Judith Schevola. Danach ist am hinteren Ausgang das Büfett eröffnet.«

46.
Hispano-Suiza

Bildhauer Dietzsch kickte gegen das Schloß, eins der waffenbraunen, käferförmigen »aus der guten alten Zeit«-Stücke, wie es sie bei Eisen-Feustel in der Nähe der Rothenburger Straße für besondere Kunden hin und wieder gab; ein Schloß mit fingerdickem Bügel, der erst beim vierten oder fünften Schlag von unten mit dem Pinnhammer aufschnappte »wie die Kinnlade eines Krokodils, das den Widerstand eines Kaugummis überwunden hat«: sagte Dietzsch; Richard fand den Vergleich kindlich und hatte Vergnügen daran; der Maler ließ das Schloß noch mehrmals auf- und zuklacken, es mußte ein gutes Gefühl sein, Sicherheit, Gediegenheit, Teile, die glatt verklinkt ineinanderpaßten; manche Menschen wurden Gefängniswärter für dieses Gefühl. Ingenieur Stahl war ein Stück zurückgegangen, was Richard wunderte – interessierte er sich gar nicht dafür, was Dietzsch ihnen zeigen wollte und wofür sie einige Kilometer gefahren waren; der Steinbruch befand sich in Lohmen, einem kleinen Ort bei Pirna. Dietzsch hatte viel Wesens gemacht und die Miene eines Mannes angenommen, der beschließt, »jetzt mal wirklich etwas kucken zu lassen«, wie gesagt wurde, »ich weiß ja von Ihrem Hobby, Doktor Hoffmann, und Sie haben mir dieses schreckliche Karpaltunnel-Dingsda prima wegoperiert; ich glaube, ich hab' da was für Sie«. Stahl beobachtete zwei Bildhauer, die am anderen Ende des Steinbruchs arbeiteten. »Jerzy, unser Pole, und Herr Büchsendreher«, rief Dietzsch ihm zu, wies auf einen Felsen über ihnen, der mit bärtigen Gesichtern

bemalt war, »Jerzys Arbeit, Kunst ist Waffe; aber er tut niemandem etwas.«
Stahl schirmte die Augen mit der Hand, ließ den Blick über die Felskanten gleiten, das dichte Gestrüpp darüber. »Sagen Sie, gibt's hier nur den einen Zugang vorn übers Tor?« Stahl drehte sich nicht zu Dietzsch um, musterte Kipploren, Flaschenzüge an Gestellen über Sandsteinblöcken, Gleise, die vom Tor zu einigen verloren in der Sonne brütenden Waggons führten, nahm die Hand herunter und wieder hoch, als Dietzsch antwortete; die Sonne schüttete grelles Licht über herumliegende Rohlinge und vereinzelt stehende Skulpturen.
»Ja, und für gewöhnlich ist er abgeschlossen, selbst wenn wir hier arbeiten. Wir mögen Besuch nicht besonders, wissen Sie, schon gar keinen unangekündigten. Manchmal kommen Kinder, die haben's schon fertiggebracht, uns Skulpturen zu zerschlagen. Sind übers Tor geklettert. Wir haben Stacheldraht aufgeschweißt, seitdem ist Ruhe.«
»Wie kommen wir dann hier rein? Durchs Gestrüpp?«
»Da kommt keiner durch. Jerzy hat's schon probiert, ist keine zwei Meter weit gekommen. – Wenn wir das Geschäft machen, kriegen Sie einen Schlüssel von mir. Sie kämen dann auch am Wochenende rein, da ist hier für gewöhnlich niemand. Strom haben wir, Wasser müßten Sie sich mitbringen, hier gibt's nur einen Anschluß, wird übers Wochenende gesperrt.« Dietzsch wuchtete den Riegel zurück, öffnete die Schuppentür, ließ Richard und Stahl den Vortritt. Die Augen mußten sich ans Halbdämmerdunkel gewöhnen. Der Bildhauer scheuchte einige Hühner weg, die wohl durch das schadhafte Dach in den Schuppen gefunden hatten. Einzelne Verschläge teilten den großen Raum, in dem ein Durcheinander von Skulpturen, Obstkisten, Benzinkanistern, Werkzeug herrschte, ganz links Strohballen und Pferdekummets, ein unförmiges Etwas unter einer Persenning. Dietzsch riß sie weg. »Für fünftausend Mark, dachte ich, ist er Ihrer.«
»Hispano-Suiza«, Stahl beugte sich über den Kühler.
»Moment«, Dietzsch machte sich an einem Fensterladen zu schaffen, die plötzlich einbrechende Helligkeit blendete.
»Ein Oldtimer.« Stahl ging langsam um das Auto herum. Richard

war hinter dem Bildhauer stehengeblieben, immer hinter dem Verkäufer halten, das war Arthurs Taktik, wenn er auf Uhrenkauf oder -tausch ging; nie zuerst etwas über die Ware sagen, wenn überhaupt reden, dann etwas Beiläufig-Belangloses, um die Stimme in den Griff zu bekommen, Erwartungen zu enttäuschen, Spannung abzuleiten, keine verräterischen Gesten, keine Gleichgültigkeit, die als eine gespielte durchschaubar sein konnte.

– *Stundenlang konnte er seinen Zuhörern von Karosserien vorschwärmen*, schrieb Meno, *bloßen Hüllen – freilich hätte er sie nie so bezeichnet – für Technik, die mir nichts sagte und mich (ich nahm an, wie die meisten Gäste, vor allem die Frauen) langweilte; was mich nicht langweilte, war er, ein Chirurg, der die Hände hob und Formen andeutete, zärtlich und beschämt, als ob es Frauenkörper wären, die der Arzt in ihm mit fachlichem Blick und dennoch empfänglich ansah; Namen prasselten auf unsere armen Köpfe nieder, nur Robert schien Feuer zu fangen, spielte seinem Vater die Namen wie Tischtennisbälle zurück. »Saoutchik: Meno, hast du das gehört? Ist das nicht ein Name, ein Klang, bei dem es einem heiß den Rücken herunterläuft? Maybach und Duesenberg, Rolls Royce und Bugatti – klingt das nicht wie ausgestorbene Riesentiere? Diese Konstruktionszeichnung, wie die Linien ineinanderspielen, elegant und klar, also, wenn du mich fragst, Meno, was Poesie ist: Das ist es! Wenn ich Maler wäre, ich würde solche Konstruktionsblätter malen. Gerhart Stahl, ich rufe dich bei vollem Namen, denn du verstehst mich. Wir benutzen alle diese Dinge im Alltag, aber kaum jemand außer den Professionellen macht sich darüber Gedanken. Was, zum Teufel, ist eine Bremse? Glaubt ihr etwa, daß es selbstverständlich ist, wenn ein Lenkrad links sitzt? Könnt ihr euch vorstellen, daß es Karosseriebauer gab, die Kotflügel mit Leder bezogen? Wißt ihr, wie es ist und was es bedeutet, einen solchen Kotflügel zu betasten? Ich habe gehört, daß es in Washington in einem Museum Mondgestein geben soll, und daß niemand daran vorübergehen kann, ohne es zu berühren – fühlt es sich wie Erdgestein an? Mein Gott, kriege ich jetzt extraterrestrische Krankheiten, gibt es unbekannte Strahlen in diesem Ding? Ein lederbezogener Kotflügel, das ist die Haut eines Tiers auf einer*

Maschine, die vibrieren wird vor Kraft. Geschmiedete Muskeln, Adern aus Kupfer, Gelenke aus rostfreiem Stahl. Giraffen-Netzmuster auf einer Kühlerhaube, schwerer dunkelblauer Lack auf einem Horch, einem Daimler-Benz, einem Bugatti La Royale, einem Isotta-Fraschini Tipo 8 B mit einer Landaulett-DeVille-Karosserie des Mailänder Karosseriebauers Castagna. Und was haben wir? Einen fahrenden Hut namens Dacia, eine in einen Frosch verwandelte Sardinenbüchse namens Saporoshez, einen Kleinbürgertraum mit der Aerodynamik eines Schneepflugs namens Wartburg; wir haben ein stotterndes Kommißbrot, geheißen Polski Fiat, eine heulende Zumutung namens Trabant, genannt Rennpappe, Zweitakter mit Schaltung an der Lenkstange, Choque und Auspuffgift, nicht serienmäßig die Ohrenschützer, die wir tragen müßten, wenn wir mit Tempo 70 an die Ostsee knattern und glauben, uns im Inneren eines schreienden Babyrachens zu befinden!« So sagte Richard, trug er es in Weihnachtsvorlesungen Studenten vor. Nur Robert und Ulrich zeigten Interesse, Christian, die Arme verschränkt, blickte zu Boden, als wäre es ihm peinlich, seinen Vater in der Rolle eines Schwärmers zu sehen, Barbara sammelte Fussel von den Blusenärmeln, Niklas und Gudrun begutachteten die farbigen Automobil-Darstellungen, die Richard über den Tisch schob, und wandten sich dann wieder den Kuchenstücken auf ihren Tellern zu) –

»Ein Oldtimer, ja«, sagte Richard.
»Nicht irgendeiner«, sagte Dietzsch, »Ein Hispano-Suiza H6B, Baujahr 24, Lenkrad rechts, Sechszylinder-Motor mit 6,5 Litern Hubraum, Hinterradantrieb und 130 Sachen Spitzengeschwindigkeit.«
»Mechanische Servobremsunterstützung«, sagte Richard.
»Funktioniert im Rückwärtsgang nicht ganz so gut«, sagte Dietzsch. »Rolls Royce hat das verbessert. Im Grunde eine normale Trommelbremse. Die innere Trommel ist über eine Schneckenwelle mit der Antriebswelle verbunden.«
»Dadurch tordiert das ganze System«, sagte Richard. »Die Welle macht aber eine Drehbewegung gegen den Uhrzeigersinn. So werden die Kabelzüge für die Vorderräder und die Hebelstangen für die Hinterräder bewegt.«
»Ein Kabelzug fehlt«, sagte Dietzsch.

»Das Auto ist gelb«, sagte Stahl.
»Das Leder ist schwarz«, sagte Richard.
»Doppelt abgesteppptes, roßhaargepolstertes, pflanzengegerbtes Leder von provençalischen Rindern«, sagte Dietzsch. »Das Gelb ist interessant, hat mir schon Kopfzerbrechen bereitet. Für Pampelmusengelb zu satt, für Bananengelb zu geruchlos, weder Cadmium- noch Indischgelb, Schwefel ist zu grell, es ist auch nicht der Ton von Gummigutt oder Butterblumen, auch kein Nankinggelb, kein Neapel-, kein Hansagelb, kein Eidotter-, kein Safrangelb.«
»Sondern?« sagte Stahl.
»Am ehesten Vatikangelb«, sagte Dietzsch. »Vatikanflaggengelb. Papstgelb.«
»Was ist das für ein Vogel?« Stahl tippte an die Figur auf dem Kühler, sie war über einem querliegenden Rhombus mit geflügeltem Schweizerkreuz angebracht.
»Ein Storch«, sagte Richard.
»Aha, ein Storch«, sagte Stahl.
»Haben Sie was gegen Störche?« sagte Dietzsch.
»Nein«, sagte Stahl.
»Hast du doch«, sagte Richard. »›Aha, ein Storch‹ – das klang wie: Alle Tiere mit Flügeln sind Amseln, fliegen sie in der Dämmerung, sind's Fledermäuse, haben sie einen roten Fleck am Hals, Rotkehlchen.«
»Es fehlen zwei Reifen, der Auspuff hängt, und kann ich mir mal den Motor ansehen?« sagte Stahl.
»Der Storch hat eine Geschichte«, sagte Dietzsch.
»Klar«, sagte Stahl.
»Dann eben nicht«, sagte Dietzsch.

– *Wenn Museum, dann Verkehrsmuseum,* schrieb Meno, *oder Gemäldegalerie; auf Drängen Annes 1984 in die Klee-Ausstellung im Albertinum, vor dem die Dresdner im Wintermatsch Zweihundertmeter-Schlangen bildeten; mit Ulrich in die Franckeschen Stiftungen nach Halle, eine medizinische Präparatesammlung anzusehen. Im Verkehrsmuseum kannte Richard jeden Winkel. Manchmal ging er mit Vater hin, das Verkehrsmuseum gehörte zu den wenigen gemeinsamen Interessen. Kurt sagte: »Guck mal da, Richard.« Richard sagte: »Guck mal dort, Kurt.« Beide sagten: »Guck doch mal, Meno.« Richard sprach über Zündkerzen, etwas, das Dauer habe trotz hoher Belastung, soweit bei irdischen Dingen von Dauer die Rede sein könne. Keine Fehlzündung bis ans Lebensende, jedenfalls im Westen. Vor dem Benz erzählte er von der ersten Langstreckenfahrt mit einem Automobil, ironischerweise sei der erste Autofahrer überhaupt eine Autofahrerin gewesen: Bertha Benz, die Frau des Konstrukteurs, besteigt in der Hühnerfrühe eines Augusttags 1888 mit ihren beiden Söhnen, nicht ohne ihrem Mann einen Zettel zu schreiben, daß man ihn nicht zu verlassen gedenke, den knatternden, einer Kutsche ohne Pferde ähnelnden Wagen und macht sich von Mannheim nach Pforzheim auf den Weg, die Mutter zu besuchen. Schwarzwaldhügelan müssen Bertha und der fünfzehnjährige Eugen absteigen, der dreizehnjährige Richard lenkt. Hügelab geht's mit rauchenden Bremsen; die ledernen Bremsbeläge verschleißen derart, daß Bertha sie unterwegs von Schuhflickern ersetzen lassen muß. Mit einer Hutnadel wird eine verstopfte Benzinleitung gereinigt, mit einem Strumpfband ein Zünddraht nach einem Kurzschluß isoliert. Benzin kauft man in der Apotheke. Überall stehen und gaffen die Leute, in einem Gasthaus wollen sich zwei Bauern einen Faustkampf liefern, weil sie sich nicht einigen können, ob der Wagen durch ein Uhrwerk – wo aber ist der Aufziehschlüssel, er muß riesig sein – oder durch übernatürliche Kräfte angetrieben wird. Man erreicht Pforzheim vor Einbruch der Dunkelheit. Danach beginnt der Siegeszug des Automobils. Wir besuchten das Verkehrsmuseum, sahen Flugzeuge, Schiffe, Eisenbahnen, die Phalanx der Oldtimer im Lichthof; Richard ging umher, immer mehr Kinder und Erwachsene blieben stehen bei seinen Ausführungen – ich hatte den Eindruck, daß er absichtlich laut sprach, um mit seinen Kenntnissen zu prahlen, jedenfalls schien er nichts dagegen zu haben, wenn Fremde zuhörten. Nach wenigen Minuten begleitete ihn ein Troß lern- und anekdotenbegieriger Besucher; Museumswächter, solange sie in Sichtweite zu ihren Ausstellungsstücken bleiben konnten, eingeschlossen –*

Nach dem Kauf des Wagens fuhr Richard so oft er konnte nach Lohmen. Stahl hatte mehr Zeit; er arbeitete in einer Abteilung für Rationalisierung und Neuererwesen, und was er zum Rationalisieren oder Erneuern vorschlug, kam bei der Betriebsleitung meist nicht durch. An den dienstfreien Wochentagen fuhr Richard abends, an den Wochenenden bei Sonnenaufgang. Das Geld für Daniel hinterlegte er bei Nina Schmücke.

47.
… zähl die heitern Stunden nur

Deshalb dürfen Sie niemals abseits von Ihrer Gruppe, Bedienung oder Besatzung stehen. Nur im Kreise der Genossen können Sie sich als sozialistische Soldatenpersönlichkeit entwickeln und bewähren

VOM SINN DES SOLDATSEINS

Er mußte immer wieder an den Frosch denken, dem Siegbert im Wehrlager die Beine abgeschnitten hatte. Verzweifelt im Dunkeln seiner Sprachlosigkeit kämpfendes Tier, die langsamen, wie gleichgültigen Abwehrbewegungen – ging ihn das etwas an, konnte man nicht sagen: Es ist doch nur ein Frosch! Und wer weiß schon, ob er tatsächlich Schmerzen spürt? Christian hörte die Stimmen im Block, das rohe Gelächter, wenn sie wieder jemanden jagten. Burre war nicht sprachlos. Burre schrieb Gedichte. Sentimentale, schwache Gedichte, aber er äußerte sich. Der wäre eigentlich etwas gewesen zum Befreundetsein, dachte Christian. Wäre. Denn er wollte nicht mit Burre befreundet sein. Burre war schwach, und er dachte darüber nach, warum er Burre dafür geringschätzte. Und er, was war er selbst? Konnten sie mit ihm nicht machen, was sie wollten? Aber Burre war ergeben. Oder es schien so. Sie quälten ihn, weil einer zum Quälen da sein mußte. Sie mußten ihre eigenen Qualen abquälen. Aber bei ihm, Christian, war es nicht nötig, und das wußten sie. War Burre zu quälen nötig.

Sie fuhren ins Feldlager und kehrten zurück, sie hatten sich zehn Tage nicht gewaschen, und zum Zähneputzen gab es Kieferntau, oder Wassertropfen, mit Diesel vermischt, aus dem Tank des Schlepperpanzers, dessen Kommandant, ein mürrischer Unteroffizier, sie als schweinische Dreckluden bezeichnete, denen er sein kostbares Wasser nicht gebe. Sie polierten ihm ein bißchen das Antlitz, machten ein bißchen sursum corda, wie Ruden es nannte, und Christian erinnerte sich lächelnd an das verzerrte Gesicht, als Ebert zwecks »Verbesserung der Fähigkeiten und Fertigkeiten« mit Schraubstockfingern an der Nase des Kerls drehte; wie komisch sah der aus, wie grotesk verschob sich das Fleisch seines Hängebackengesichts, wie reizte das Geräusch zum Lachen, wenn Ruden und Rogalla abwechselnd zuschlugen: poff, botsch, gump … Christian entdeckte, daß es ein Spaß sein konnte, wenn jemand verprügelt wurde; Gott, wie absurd rollten die Augen, verzogen sich die Fressen, wie quäkend und ferkelmäßig grunzend klang das Gejammer, zum Prusten war das Gestolper bei schlechtem Licht … Macht. Wenn die Panzer ansprangen, wenn der Fahrer sein Luk zuzog mit der linken Hand, den Hebel nach unten klinkte, um das Luk zu arretieren, die schiere Kraft, die man für diese Bewegung brauchte – in der Unteroffiziersschule hatten sie es, taubgebrüllt vom Fahrlehrer oben im Kommandantenturm, mit beiden Händen und unter Aufbietung des ganzen Körpergewichts kaum geschafft –, wenn die Ölpumpe zu hören war, der Fahrer den Anlasserknopf drückte, das Wettern von Stahl, dann dröhnte der Zwölfzylinder auf, ein finsteres angriffsbereites Tier; wenn die Gleisketten die Erde zum Singen brachten und sie über Stock und Stein, durch Matsch und Gruben und Wasser *riemten*: das war Macht. *Auf die Schnauze hauen*. Manchmal kam einem auch ein Baum in die Quere, der zum Schießen aussah. Ein Fisch, der auf dem Trokkenen fürchterlich zappelte. Ein Hirsch mit so vielen Enden am Geweih, daß er, Monument eines grausig nutzlosen Männlichkeitsstolzes, unter der Last keinen Schritt mehr weiterkonnte. Zum Lachen. Was konnte man mit solch einem Hirsch tun? Der schrie doch nach der Kalaschnikow. MPi entsichern und feuern, *daß die Fetzen fliegen*. Fetzen, Fetzen. Er kaute dieses Wort. Ein dampfendes, bizarres, rohes Wort. Wie *ficken*. So etwas durfte er zu Hause nie aussprechen. So etwas hätte er zu Hause nie ausgesprochen. Jetzt, hier, sprachen es fast alle aus, inzwischen hatte er sich daran gewöhnt. Es kam in jedem zweiten oder dritten Fluch vor. Eine Frau, so lernte er hier, wurde nicht geliebt oder geküßt oder einfach in Ruhe gelassen, eine Frau wurde gefickt. Fick deine Alte, du Ludensau. Ja. Fick dich ins Knie, du elendes Stück Scheiße. Fick dich selber. Ich rede nicht so. Das paßt nicht zu mir, dachte Christian. Was zu einem alles nicht paßt. Ballern. Daß die Hülsen deinen Standpunkt sprenkeln. In die Fensterscheiben. Das ganze Magazin. Und das drangeklebte, wie es die Russen beigebracht hatten, hinterher. Dauerfeuer. Bis die ganze verfluchte Kaserne in Schutt und Schotter liegt. *Und ficken. Mal 'ne Frau ficken.* Mit ihr schlafen, dachte er. Mit ihr ausgehen. Mit ihr reden.

Sie munitionierten die Panzer auf, sie munitionierten die Panzer ab. Schoben Wache bei Hitze, hörten das Knistern der Kiefernwälder, wenn sich ein Wind erhob. Sie schliefen in Zelten, die sie in schwarzen Sand bauten. Nachts war es so heiß, daß den Langgedienten die Hände von den Mündern ihrer Opfer abrutschten und das Wimmern, die Schreie zu hören waren, Keuchen und verzweifelt erleichtertes Aufstöhnen. Christian hatte sein Messer neben sich. Muska soff »Dur«, Rogalla soff »tüff«. Die Russen, mit denen ihr Bataillon Manöver fuhr, hatten Wodka und Kühlflüssigkeit. Sie luden die Panzer nicht über die Rampen von den Eisenbahnwaggons, sondern zogen einen Lenkhebel, bis der Panzer querstand, gaben Gas und ließen ihn rückwärts runterplumpsen. Krach, machten die Achsen. Friß Dreck, machten die Russen. Parny, sagten sie zu ihren NVA-Waffenbrüdern, spuckten aus und winkten, ein Panzer braucht nicht alle Achsen. Konjeschno. Wenn sie betrunken waren, zogen sie ihre Makarovs, steckten sie in einen Sandhaufen und bewiesen, daß sie auch dann noch schossen. Otschen choroscho! Dann sangen sie, tanzten ums Feuer, fütterten es mit Leuchtspurmunition, freuten sich über die stiebenden Funken. Mit den Bauern im Gebiet gab es Ärger, die Russen hungerten, man sah es ihnen an. Sie holten sich das Essen, wo sie es kriegen konnten. Zum Beispiel an der Gulaschkanone der Waffenbrüder. Im Hühnerrupfen waren sie geschickt. Sie tanzten wie Verrückte. Einer von ihnen forderte Ruden heraus. Ruden war gut, aber nicht so gut wie der Russe. Er brachte den deutschen Parny Nahkampftricks aus Afghanistan bei. Wie man als Aufklärer einen Posten mit dem Messer abmurkst. Christian übersetzte. Für »abmurksen« wußte er das

Wort nicht. Wie man eine Siedlung »plattmacht«, aber die Frauen möglichst verschont. Für »ficken« genügte eine Geste.
Mit ihr reden.
Sie sangen gut, und dann waren alle schlechten Worte, der Schmutz auf einmal wie weggeblasen. Viele von ihnen konnten ellenlang Puschkin rezitieren; danach wurde es gefährlich; einmal jagte einer ein Fla-MG-Magazin in gestapelte Munitionskisten. Den Waldbrand nach der Explosion konnten die Soldaten nur eindämmen, weil sie sich auf die Panzer schwangen und breite Schneisen um die fackelnden Kiefern walzten. Von einem Zeltplatz in der Nähe, an einem See gelegen, hörte man nachts, wenn der Wind ruhte oder günstig stand, Gespräche, dann Gelächter, dann Beischlafgeräusche. Muska sagte, er würde sich schon zutrauen, paar Kirschen aufzureißen. Die anderen sagten, er solle das Maul halten, man höre ja nichts. »Daß mir hier keiner wichst, ihr gottverdammten Schweinehunde!« brüllte Ruden, der die Wache aufzog.
Ruden. Der Altphilologie studieren wollte. Der Nietzsche kannte. Gelobt sei, was hart macht. Was mich nicht umbringt, macht mich stark. Ruden hatte eine Freundin, die ihn im Sommer 85 verließ. Da stand er vor dem Foto am »persönlichen Fach« seines Spinds, der große bullige Entlassungskandidat, Feldwebel, Besitzer des goldenen Sportabzeichens und diverser Schießauszeichnungen, hielt den Brief in der Hand und sagte nichts. Er wollte auf Urlaub, eine Übung stand an, den Urlaub strich ihm der Kompaniechef. Ruden schrie ein bißchen herum, auf dem Flur. Der Kompaniechef blieb kühl. Ruden vor den Augen der Soldaten *rundzumachen* hätte bedeutet, daß den EK sofort die Schraubenschlüssel aus der Hand gefallen wären: adé, Note 1 im sozialistischen Wettbewerb. Ruden las Caesar und Xenophon, Schlachtbeschreibungen. »Wie heißt du?« fragte er Christian bei der »Taufe«.
»Christian Hoffmann, Genosse Feldwebel.«
»Nein. Du bist Niemand. Also Nemo. Ab jetzt heißt du Nemo.«
Die Fahrer hatten für ihre *Ohrlis* Schnitten geschmiert: auf einer war Mostrich, auf einer war Schuhcreme, auf Burres war Kot. Sie hielten ihn fest, als er nicht essen wollte, und schoben ihm das mit Kot beschmierte Brot in den Mund. »Friß Scheiße! Du

bist beim Barras, Kamerad.« Sie tauften ihn Nutella, nach dem West-Brotaufstrich.

»Taufe«: Irrgang war *Wasserträger*. Er bekam einen Teelöffel. Ein voller Wassereimer stand im Erdgeschoß des Bataillons, ein leerer im dritten Stock, in der Stabskompanie.

Christian kam erst nachts an die Reihe, als er schon schlief. Er wurde in seine Bettdecke geschnürt, in den Park geschleppt und vor einen Panzer gelegt. Popov ließ den Motor an und rollte über den bewegungsunfähig liegenden Christian hinweg. Er sah, wie sich die Wanne über ihn wälzte, sah Schrauben, die Notausstiegsklappe. Das Spiel hieß *Hot dog*. Dann befreite ihn Rogalla, reichte ihm eine Feldflasche. »Trink, Kamerad, wir mußten alle durch. Ruden haben sie den Kompanieflur lecken lassen und ihm mal fast 'n Auge ausgeschlagen. Und bei mir war Pisse in der Flasche. Ach, übrigens, frisches Bettzeug gibt's in vierzehn Tagen.«

Mit ihr reden.

Lars Dieritz, genannt Costa, die Rippe, war der traurigste Vize, den Christian kannte. Er war erbarmungswürdig dünn, wie ein Vogeljunges, aber zäh und ausdauernd, nur Christian nahm es beim 3000-Meter-Lauf mit ihm auf. Costa, die Rippe, hatte alle Rechte seines Standes, aber niemand von den höheren Diensthalbjahren achtete ihn. »Du bist ein Weichei«, sagte Ruden, »du bist kein Krieger, sondern ein Muttersöhnchen. Und so was bei der Kavallerie! Wir sind die Garde der Armee! Würde dir Beine machen, wenn du jünger wärst.«

»Ach, halt die Klappe.« Costa wollte es einfach nur hinter sich haben, wollte einfach nur nach Hause. Rudens und Rogallas Prahlereien, ihr Muskelprotzertum widerten ihn an, für das Heldenspielen hatte er nichts übrig.

»Warum hast du dich dann für drei Jahre verpflichtet? Nemo macht's für sein Studium, ich genauso. Aber du? Keiner hat dich gezwungen.«

»Hab' Versprechungen geglaubt. Hatte für den Staat was übrig, stell dir vor. Und Null Sicht, wie beschissen es hier ist.«

»He, Rogi, wenn wir weg sind, bricht alles zusammen. Costa und EK ...« Ruden winkte verächtlich ab. »Kann mir gar nicht vorstellen, wie der die stolze Tradition der E-Bewegung hochhalten will. Na, Wanda wird's schon richten.«

Costa hörte gern Musik, am liebsten die schwermütige von Leonard Cohen; als Vize durfte er einen Plattenspieler haben. »Mensch, bist du beschränkt, Ruden. Willst du nicht studieren? Schmeißt mit lateinischen Brocken um dich … Ich bin bloß 'n Elektriker, aber es könnte sein, daß meine Birne heller brennt als deine.«
Im Politunterricht hörten sie von der klaren ideologischen Position der sozialistischen Armeeangehörigen, von der Gefahr eines atomaren, die Existenz der Menschheit bedrohenden Krieges, die der Imperialismus heraufbeschworen habe, von den Aufgaben, die vor ihnen, den Genossen Unteroffizieren und Soldaten, stünden. Der Sozialismus brauche klassenbewußte, gut ausgebildete und standhafte Kämpfer, die jederzeit zuverlässig ihre militärische Pflicht erfüllten, damit durch die Kraft des Sozialismus die friedliche Zukunft der Menschheit gesichert und der Sieg über den Krieg errungen werde, bevor dieser ausbreche. Sie sangen. Sangen das Lied vom Feind. Der Politoffizier hatte gefragt, wer ein Instrument spielen könne. Costa und Popov konnten ein paar Griffe auf der Gitarre. *Soldat, du hast ein Gewehr in der Hand, / und ein Arbeiter hat es dir gegeben, / und du trägst das Gewehr für dein Vaterland, / und du bürgst für das Arbeiterleben. // Der Feind ist ohne Erbarmen und schlau, / und er nahm uns schon manchen Genossen, / er fragt nicht nach Liebe, nach Kind und Frau / und nach Tränen, so bitter vergossen …*
In der Freizeit saßen sie im Kompanieaufenthaltsraum zum Gemeinschaftsempfang der »Aktuellen Kamera«, bastelten Panzer aus Streichhölzern für den Solibasar einer Pionier-Patenschaftsklasse, schrieben Briefe. Muska hatte sich in voller Montur aufzustellen und wurde von einem Soldaten für das Bataillonstagebuch porträtiert: »Der Panzersoldat«. In der FDJ-Gruppe wurden die Leistungen der Genossen Armeeangehörigen ausgewertet. Christian, der noch unerfahren war und den Panzer nicht richtig beherrschte, wurde in den Technikzirkel delegiert, den sein Zugführer leitete. Nach dem Dienst ging der Technikzirkel in den Park. *Es läßt sich nur eine Gewähr / gegen den Aggressor schaffen: / besser gerüstet sein als er / und besser geübt in den Waffen!*
Stabsoberfähnrich Emmerich, genannt Schlückchen, schwank-

te beim Postverteilen, und wenn er die Namen verlas, wenn er Befehle erteilte, artikulierte er nicht richtig, seine Stimme schrammte über die Umrisse der Worte, grunzte die kurzen heraus und verrührte die mehrsilbigen zu einem Sprachbrei, aus dem das geschärfte Ohr der Soldaten herausfischte, was er, der Kompaniespieß, wollte. Schlückchen hatte das strohige Haar und die aufgespannt wirkende Gesichtshaut schwerer Trinker, und in den großen, schrägen Poren seiner Haut steckten Mitesser tief und unzugänglich wie Wespenpuppen in ihren Brutröhren. Er hatte fünfzehn Jahre gedient und war in Ehren entlassen worden, aber zu Hause, in einer Neubauwohnung am Rand des Städtchens Grün, hatte er mit sich nichts anzufangen gewußt. Die Kompanie war sein Reich, die Soldaten waren seine Zöglinge, er kümmerte sich von früh bis spät um frische Wäsche, Urlaubsanträge, Reparaturen, ließ die Badeöfen heizen, organisierte Tee und belegte Brote für die Truppe, wenn sie müde und dreckig aus den Feldlagern in die Kaserne zurückkehrte. Er wußte nicht mehr, wie viele Truppenübungen er mitgemacht hatte. Er war bei den legendären »Waffenbrüderschaft«-Manövern dabeigewesen, er kannte Kapustin Jar in Kasachstan, wohin Bataillone des Panzerregiments 19 »Karl Liebknecht«, in dem Christian diente, mit Artillerieeinheiten anderer Regimenter fuhren; er kannte alle Truppenübungsplätze der Republik, wußte um die Tücken der Schieß- und Fahrstrecken. Er teilte das Bohnerwachs zum Flurblockern aus, er genehmigte die Radios, er ließ bei den Kassettenrecordern die Kassettenfächer petschieren, er markierte mit Filzstift die erlaubten Sendereinstellungen. Ihm unterstanden Unteroffizier und Gehilfe des Unteroffiziers vom Dienst, höchstpersönlich machte er sie auf *Much* in den Zimmern aufmerksam (Christian lernte, daß so der Schmutz bezeichnet wurde, ein anderes Wort dafür war *Siff*), höchstpersönlich leitete er die beiden an, wie die Öfen im Bataillonsstab – wenn die Bäume an den Objektstraßen gelb wurden – zu heizen seien; höchstpersönlich nahm er die Stuben- und Spindkontrollen vor und fahndete nach Alkohol, Westzeitschriften oder geheimgehalteten Radios; höchstpersönlich drückte er nach Dienstschluß das Aluminium-Petschaft in die mit Knetmasse gefüllten Kronkorken an den Türen der Geheimnisträger. Und höchstpersönlich wachte

er darüber, daß vor dem Besuch hoher Tiere auch die Birkenstämme an der Straße vor dem Bataillonsgebäude abgewaschen wurden. Beim Morgenappell kontrollierte er die Kragenbinden und zog eine angeekelte Grimasse, wenn er eine schmutzige entdeckte. Die Vorgänge um die jungen Soldaten waren ihm, wie den Offizieren auch, genau bekannt; Beschwerden versandeten oder wurden abgewehrt, Schlückchen meinte, die E-Bewegung gehöre zur inneren Erziehung der Truppe. Zu seinen liebsten Vergnügungen gehörte es, nachts heimlich in die Kaserne zu kommen. Wenn Christian UvD stand, roch er die Schnapsfahne schon, bevor Schlückchen die Treppe hochgestapft kam. Laut Vorschrift hätte der Diensthabende Meldung machen müssen, aber Schlückchen legte einen Finger auf die Lippen, klopfte auf eine Tasche, die über seinen Schultern hing. In der Tasche steckte der »Erpel«, Stabsoberfähnrich Emmerichs persönliche Handsirene. Betrunken und glücklich wankte Schlückchen durch den abgedunkelten Flur, nachdem er die Waffenkammer aufgeschlossen hatte, drehte die Kurbel des »Erpels« wie ein Leierkastenmann, johlte: »Vierte Komp'nie: Gefechtsalarm!«
Eines Tages befahl Schlückchen Christian zu sich ins Zimmer. Er ließ eine Reihe Postkarten über den Daumen schnurren. »Hoffmann, der Brief ist beschlagnahmt. Da sind ja Markierungen aus dem nichtsozialistischen Ausland. Vom Klassenfeind! In ein Objekt der Nationalen Volksarmee!«
Christian erkannte Inas Schrift auf dem Umschlag.
»Genosse Stabsoberfähnrich, Kuba ist ein sozialistisches Land. Meine Cousine war dort auf Hochzeitsreise.«
»Es ist aber ein Stempel von Hamburg drauf. Es gibt jetzt zwei Möglichkeiten. Wir hängen es an die große Glocke, du beschwerst dich … oder wir lassen den Brief in der Versenkung verschwinden. Du solltest mir dankbar sein. Laut Vorschrift …«
Christian starrte auf Schlückchens Topfpflanzensammlung. Anne hätte ihm geraten: Laß ihm doch den Brief. Meno hätte wohl abgewartet, was sein Neffe tun würde, in seiner interessierten, kalt beobachtenden Wissenschaftler-Art. Robert hätte gesagt: Verkauf ihm den Brief. Du siehst doch, wie scharf er darauf ist, die arme Suppe. Versuch was rauszuschlagen. Nur Richard wäre wütend geworden; Richard, von dem Christian den »Ge-

rechtigkeitsfimmel«, wie Barbara sagte, geerbt hatte. Aber sein Vater war nicht hier. Was passieren würde, wenn er auf Herausgabe des Briefs bestand, interessierte Christian schon. Das Hoffmannsche Husarentum. Die Kugel werfen und sehen, was das Roulette zeigt. »Zu Befehl, Genosse Stabsoberfähnrich.«

48.
ORWO-Schwarzweiß

Schluckern und Tuckern, Dröhnen und Stöhnen, bubumm, bubumm,
»Da klappert was, mach mal die Tür zu, Robert.« – »Ist zu.« – »Ich sag' doch, da klappert was«, bubumm, bubumm,
Schleichen (die Staus am Berliner Ring) und Schlatzen (die heißen Pneumants über Asphaltwülste, die aus den Fugen zwischen Betonplatten quollen), Schmatzen (hartgekochte Eier, Wurstbrote, Gelbe Köstliche, geschälte Gurken und Möhren an den Betontischen der Autobahn-Rastplätze) und Seichen (sagte Niklas, man könne es ja nicht anders bezeichnen, wenn man in die dürren Kiefern neben den Rastplätzen müsse, wo Plasttüten, leere Flaschen, fliegenumwölkte Vorgänger-Spuren – für die Frauen führte ein Pfad ins Innere des Wäldchens –, rauhe Mengen Toilettenpapier zu sagen schienen: Oh Gott, wie waren wir fröhlich), bubumm, bubumm,
Plaste und Elaste aus Schkopau, bubumm,
schneller – höher – weiter, bubumm,
Plaste und Elaste aus Schkopau, bubang (Schlagloch),
Vorwärts zum … Parteitag der SED, bubumm,
Plaste und Elaste aus Schkopau, buteng (tiefes Schlagloch),
Tanken (VK 88, der Kraftstoff, der dich weiterbringt), bumm (Schlagkrater – Niklas fuhr an den Seitenstreifen und sah nach: Die Stoßstange war noch dran),
und Danken (noch mal davongekommen, ächzte Gudrun in Stralsund, man bog sich gerade):
so fuhr man in den Urlaub durch die Deutsche Demokratische Republik.

Stralsund war eine traurige Stadt. Keine stolzen Hanse-Wimpel mehr, keine hehren Regatten, und Störtebeker war tot. Kopflos war er über das Bein eines Funktionärs gestolpert. Bröckelnder Backstein, zernagte Dächer. Die Sonne war grau, in feuchte Kehrichtwolken gehüllt, stand flach über dem Sund. Sie stellten die Autos auf einen Parkplatz, ließen Menos Gepäck aber noch verstaut. Er würde allein weiterreisen. Bis zur Abfahrt der Fähre nach Hiddensee blieben einige Stunden. Gudrun schlug einen Stadtbummel vor; Anne und Niklas wollten die Kirchen besichtigen; Christian, Robert, Richard hatten Hunger; Meno wollte ins Meeresmuseum. Der Marktplatz lag bauchoben wie ein toter Fisch, glänzte in der fettigen, von Küchendünsten gesäuerten Luft; vom Licht waren nur bräunliche Schlacken übriggeblieben, die an den Häusern wie Zahnsteinspuren hafteten. Die wenigen Menschen auf dem Marktplatz, der das Zentrum der Stadt nicht mehr zu sein schien, verschwanden hastig und geduckt, als würden sie verfolgt, in den Seitengassen. Das Rathaus mit seinem gotischen langspitzigen Giebel wirkte klirrend fremd; Schwamm und Braunkohlenfraß hatten sich der Stadt bemächtigt. Vor einer Softeisbude stand eine lange Menschenschlange, es gab weißes Vanilleeis zu fünfzig Pfennig in einer Muschelwaffel, zu einer Mark im Waffelkegelstumpf; die Wartenden hatten die blasse, dürftige Haut innerländischer Sommerfrischler vor dem Urlaub. Christian und Robert reihten sich ein. Meno, der in der Stadt zuletzt als Student gewesen war – Jugendherberge, Exkursionen zum Meeresmuseum – wollte sie auf eigene Faust wiedersehen.
»In zwei Stunden beim Auto!« mahnte Anne, die seinem Orientierungssinn mißtraute.
In den Seitengassen hoben und senkten sich vergilbte Gardinen. Die Fensterrahmen waren rissig, gesprungenes Glas war mit Schrauben fixiert oder durch Sperrholz ersetzt. Vor einer Fleischerei blieb Meno stehen; zwei Speckseiten und eine Wurst hingen darin, er verstand nicht, weshalb es trotzdem eine Warteschlange vor dem Geschäft gab. Schon als er sich vorbeugte, um durch das Schaufenster zu sehen, in dem über gestapelten Konservendosen das Transparent »Es lebe der Marxismus-Leninismus!« hing, begann ein Frau zu zetern, er solle sich gefäl-

ligst, wie alle anderen auch, hinten anstellen. »Touristen!« hörte er schimpfen, »wohl aus Berlin, was? Hier alles leerkaufen, und dann dicke tun!« – »Verschwinde!«
Der Weg zum Meeresmuseum war ausgeschildert; Meno ging erst langsamer, als er die Verwünschungen nicht mehr hörte. Er dachte an Judith Schevola. Er hatte sie seit den Vorfällen auf der Jahresvollversammlung nicht mehr gesehen; wahrscheinlich stand sie an irgendeiner Maschine und ging einer Arbeit nach, die sonst niemand tun wollte. Nach dem Ausschluß aus dem Verband würde ihr kaum etwas anderes übrigbleiben. Vielleicht wußte Philipp Genaueres. Immerhin, das Buch war gedruckt worden, im Westen, in Munderlohs Verlag. Gewiß hatten schon einige Schmuggelexemplare ihren Weg durch den Zoll gefunden und kursierten in der Nomenklatura oder, als schulheftähnlich zusammengeklammerte Schreibmaschinen-Auszüge, im Tal der Ahnungslosen. Höhere Parteikreise und wohlgelittene Verbandsfunktionäre hatten solches Versteckspiel nicht nötig, sie bezogen Bücher aus dem Westen ganz legal. Vielleicht besaß Jochen Londoner das Buch und konnte es ihm leihen.
Sonderbare Idee, ein Meeresmuseum in einem ehemaligen Kloster unterzubringen. Und ebenso sonderbar, daß sie zusammenklangen, das Backsteingemäuer der Katharinen mit den Aquarien, daß strenge Zeichnung, gotischer Silberstift und schweifende Malerei, Spielsinn der Farbe, wirklichkeitsbeschmutzt und nie ganz rein zu haben, so versöhnlich beieinanderwohnten. Vom Gewölbe hing das Skelett eines Finnwals mit schuhförmigem Riesenmaul und armdicken Kiefernbügeln. Kinder, wahrscheinlich aus einem Ferienlager, lärmten unter der schrillstimmigen Aufsicht zweier Erzieherinnen. Das, fand Meno, war das Unangenehme an Naturkundlichen Museen: Immer, sogar in der schulfreien Zeit, wuselten Kinder herum, schrien und kasperten ohne Rücksicht, ohne Sinn für die Faunenstille, schreckten Korallen aus dem Schlaf, brachten selbst aus Kunststoff nachgebildete oder in Formalingläsern vereinsamte Schnecken dazu, ihre Fühler einzuziehen. Warum hielten Menschen die Stille nicht aus? Die Zoologie war eine stille Wissenschaft, er erinnerte sich, während er an präparierten Delphinen und sauerstoffdurchperlten Aquarien vorüberging, an manche Szenen aus seiner Studi-

enzeit in Jena bei Falkenhausen, dem hektischen und schweigsamen Präzeptoren der mitteldeutschen Spinnenwelt, der seinen Vorgänger Haeckel einen Narren, aber einen verdienstvollen, nannte und das Phyletische Museum, das vom Institut betreut wurde, einen Planet Goethe. *Kunstformen der Natur*. Getrocknete Pflanzen, staubumsponnene Leuchter in Form von Quallen, aus Glas geblasen, Zeichnungen untertassengroßer Kieselalgen, Strahlentierchen, Urnensterne: Ein gestrandetes Königreich versteinerte allmählich.
Kein Lärm mehr, die Kinder waren fort; außer einem im Stuhl dösenden Museumswächter war niemand zu sehen. Jemand leckte Meno die Hand; im Aquarium, vor dem er stehengeblieben war, erschien das treuherzig hechelnde Gesicht eines schwarzen Hundes.
»Entschuldigen Sie. Kastschej ist immer noch ungezogen. Es ist schwer, dieser Rasse etwas beizubringen, aber sie sind gute Hüter. Und wen sie einmal ins Herz geschlossen haben … Guten Tag, Herr Rohde.« Arbogast tippte mit dem Greifenstock leicht gegen die Sportmütze. Der Baron wirkte gesund und frisch, sein sonst graues Gesicht, dem die Stahlbrille noch zusätzliche Kühle gab (jetzt trug er eine Brille mit getönten Tropfengläsern, ein westliches Modell), war tief gebräunt. Wo sonst Uhr und Ring saßen, war die Haut hell geblieben. Arbogast bemerkte den Blick, und indem er Meno mit kennerisch-ciceronehafter Geste einlud, weiterzugehen, erklärte er, daß er die Uhr in diesem Jahr, entgegen seiner Gewohnheit, nicht vor dem Urlaub abgelegt habe, ebenso den Ring, den er bei den Tagesgeschäften überhaupt nicht mehr bemerke; allerdings habe er beim Segeln gestört. Gegenwärtig liege sein Schiff im Hafen von Stralsund. Ob Herr Rohde die Sendung Bleistifte – »wie versprochen!« lächelte Arbogast – bekommen habe? »Nein? Dann ist sie noch unterwegs oder hat Sie nicht mehr getroffen. Sie sind ja gewissermaßen aufgerückt, es hat in unserem Institut einige Veränderungen gegeben. Vermutlich wissen Sie das schon von Fräulein Schevola?«
Meno verneinte.
»Einige meiner Physiker, darunter Herr Kittwitz, sind von einem Kongreß in München nicht zurückgekehrt. Es gab ziemlichen Wirbel. Ich habe mich für sie verwendet, damit sie fahren konn-

ten, doch mißbrauchten sie den Dienst, den ich ihnen erwies. Es gehört eine gewisse Phantasielosigkeit dazu, oder besser: ein gerüttelt Maß an Egoismus, einfach so abzuhauen! Reisen – was ist das schon! Indien wollen sie sehen. In Indien gibt es viel Elend! Und man sollte doch nicht glauben, daß im Westen alles Gold ist, was glänzt.«

Du hast es nötig, dachte Meno, schwieg aber. Die Nachricht von Kittwitz' Flucht überraschte ihn, gab ihm auch einen Stich, denn obwohl er dem Physiker nur einmal begegnet war, hatte er das Gefühl eines Verlusts: Die Gleichaltrigen bilden eine Gilde; sie achten aufeinander, auch wenn Jahre vergehen und niemand eine Andeutung macht.

»Sie werden denken, daß ich Wasser predige und Wein trinke.« Arbogast wies in einen Raum mit Aquarien, die nach Themen angelegt waren, eines hieß »Die Ostsee«, eines »Symbiosen«, eines »Giftige Meerestiere«. Kastschej zog es zum »Hafenbecken«-Aquarium, in dem Lipp- und Butterfische, junge Dorsche mit Unterkiefer-Barten (Meno mußte an Schiffsarzt Langes Ziegenbärtchen denken), Steinbutte und Makrelen Kreise zogen.

»Ich möchte nicht unhöflich sein; ich für mein Teil würde gern reisen, und ich glaube, mit diesem Wunsch stehe ich nicht allein da. Wie es in der Welt aussieht, möchten viele Menschen sicherlich eher selbst feststellen als stellvertretend festgestellt bekommen.« Meno betrachtete einen dunkelblau getüpfelten Kuckucksrochen, der mit ruhigen Flimmerbewegungen stieg.

»Natürlich. Wir sind da gar nicht auseinander, lieber Rohde. Die Führung sollte diesen Wünschen nachgeben. Unter vier Augen habe ich das dem Generalsekretär auch geraten. Ich fürchte, daß er gezwungen ist, für diese Empfehlung taub zu sein. Leider. In ihrer Gier würden die Menschen den Westen mit dem Paradies verwechseln und nicht zurückkehren.« Arbogast wies auf einige Seenelken, die farbig irisierten. »Aus unseren Züchtungen! Wir sind auf Messen recht erfolgreich.« Er faßte Meno unter den Arm und ging einige Schritte, wie es ein leutselig gestimmter Landesvater mit jemandem »aus dem einfachen Volk« macht, wenn es politisch opportun und eine Kamera in der Nähe ist. »Das Land würde sich leeren wie vor Anno einundsechzig. Die Zeit, bis die Menschen ihren Irrtum eingesehen hätten, würde genügen, daß

das nützliche und sinnvolle Experiment Sozialismus kollabiert. Wie stehen unsere Angelegenheiten in der Thomas-Mann-Straße?« Dort befand sich die Zentrale des Hermes-Verlags. Meno zögerte. Arbogast suchte aus der Innentasche seines eleganten, weißleinenen Sommeranzugs ein Brillenetui hervor, wechselte die Gläser und betrachtete vorgebeugt, mit leicht geöffnetem Mund, einen Rotfeuerfisch, der träge seine Stachelflossen fächerte. Die zuckerstangenhaft rotweiß gestreiften Antennen waren aufgerichtet.
»Wir sind auf der langen Bank.«
»Heinz, Heinz«, Arbogast tippte ans Glas, der Rotfeuerfisch drehte ab, »so geht man nicht mit originellen Projekten um. – Sie haben doch Urlaub? In hiesigen Gewässern«, Arbogast hob ironisch eine Braue.
»Auf Hiddensee.«
»Kloster? Hab' ich's doch getroffen. Ich kann Sie mitnehmen.«
»Wir sind zu sieben«, log Meno.
»Schöne Ziffer. Meist ist einer zuviel, und es gibt Streit. Nichts für ungut, Sie wissen, ich bin für Scherze. Der da ist auch einer, den sollten sie ins Quarantänebecken setzen.« Ein Petermännchen mit halbierter Schwanzflosse lahmte vorüber. »Für mein Schiff wäre es kein Problem, sieben Leute mehr zu transportieren.« Eine regelrechte Jacht sei es, erklärte Arbogast, und natürlich nicht nur zum Boddenschippern gedacht. Auch seine Frau sei mit von der Partie, es gehe über die Ostsee hinauf in die Sowjetunion, er verfüge über die Genehmigungen zum Befahren der Territorialgewässer, Nachtsegelgenehmigung und PM 19, die Erlaubnis zum Törn ins sozialistische Bruderland. Meno zögerte.
»Na, ich habe Sie überfallen. Kommen Sie doch wieder einmal zu unseren Abenden! Man vermißt Sie schon. Wir haben ein interessantes Programm.« Arbogast winkte Kastschej.

Hühnergötter hielten Unheil ab. Im Saisonarzt-Bungalow hingen einige über der Tür zum Warteraum, auf eine verbleichte Wäscheleine gefädelt, zwischen den Steinen durchbohrte blendweiße Muscheln. Einen abzunehmen und für später einzustekken hätte bedeutet, Glück zu stehlen, und das galt nicht; weder

Christian noch Robert rührten die Kette an. Echte Hühnergötter waren schwer zu finden. Im graugelben Sand des Boddenstrands fand man leere Tintenpatronen, Glasscherben, vertrockneten Hundekot und wenn es hoch kam einen verrosteten Schlüssel; aber die weißen, von der See rundgeschliffenen Flintsteine mit einem Loch, durch das man eine Schnur ziehen konnte, waren selten. Meist war ein mehr oder minder tiefer Nabel in den Stein gehöhlt. Aufbohren galt nicht. Das Loch mußte durchgängig sein, ein Talisman-Auge für die Aussicht vom Fuhlendorfer Strand über den Bodstedter Bodden bis zum Darß, für die perlmuttweißen Kugeln, die das Badegebiet einkarrierten, den Steg mit Bootshaus, die Reusen weiter draußen, auf denen Kormorane und Möwen hockten; durchgängig für den Ostseehimmel, das Schilf, in dem sich der blaßhaarige, sommersprossige August wiegte. Anne fand den Bodden zu warm, zu flach, zu unappetitlich. Kinder mit bunten Plasteimern bauten Kleckerburgen, warfen im Wasser mit Schlamm, paddelten, während ihre Mütter unter Sonnenschirmen dösten, auf Luftmatratzen und träumten, sie wären auf der Kon-Tiki, unter ihnen fünftausend Fuß Humboldtstrom voller Bonitos und Schlangenmakrelen, über ihnen Passatwolken, vor ihnen Südseeinseln. Im Bodden gab es Kaulbarsche, Plötzen, selten Aalmuttern. Für Zander brauchte man ein Boot. Robert hatte seine Angelausrüstung dabei und ging auf Friedfische, Christian nahm die Spinnrute, knüpfte das Wolfram-Vorfach an eine fünfunddreißiger Schnur grün, warf Löffelspinner und Zepp-Blinker. Kaulbarsche bissen, kleine getüpfelte Kerle mit Stachelflossen und Riesenappetit, manche waren kürzer als der Blinker, den sie für Beute gehalten hatten.
Der Saisonarzt, für drei Wochen im August hieß er wechseltäglich Richard Hoffmann, Niklas Tietze, bewohnte mit Familie den Bungalow an der Dorfstraße. Eine weiße Fahne mit rotem Kreuz wurde ausgerollt und in die Halterung neben einer mückenverklebten Lampe gesteckt. Sobald die Einwohner Fuhlendorfs, des nahen Bodstedt und der Gemeinden bis hin nach Michaelsdorf die Fahne sahen, erinnerten sie sich verschiedener Gebrechen, die den weiten Weg bis in die Poliklinik Barth nicht vertrugen, und besetzten schweigsam und befugt die mit Plastleinen bewikkelten Warteraumstühle. Es gab vier Zimmer im Bungalow, da-

von diente eins als Praxis. Zwei WC (privat und Patienten). Die Zimmer hatten je zwei Doppelstockbetten übereck, zwei Spinde und ein Waschbecken mit Kaltwasserhahn. Wer duschen wollte, packte Badelatschen ein, nahm den Kulturbeutel und ging durch das Ferienlager der Deutschen Post, zu dem der Saisonarztbungalow gehörte, in die Duschbaracke neben der Großküche, wo man seine Siebensachen unter einen der halbblinden Spiegel im Laufgang hängte und auf gebleichten, fußpilzverdächtigen Lattenrosten in den zum Gang offenen Kabinen, von fröhlichen und schimpfenden Stimmen umgeben, auf warmes Wasser wartete.
Hoffmanns fuhren seit 1972 nach Fuhlendorf, Richard teilte sich die Praxis mit Kollegen (lange war Hans dabeigewesen), konnte so seiner Familie begehrte Ostseeurlaube bieten und verdiente ein zusätzliches Monatsgehalt. Nur ein einziges Mal war es der Familie gelungen, einen Ferienplatz zu ergattern, der nicht mit Arbeit für Richard verknüpft war: Born am Darßer Bodden, in einem FDGB-Urlauberheim. Das Essen war schlecht gewesen, noch schlechter das Wetter, der Bodden in jenem Jahr voller Quallen und Tang. Wecken mit Flursirene, unabschaltbares Wand-Radio. Dann schon lieber Fuhlendorf, auch wenn die Bungalow-Betten Roßhaarmatratzen hatten, die von Arzt zu Arzt gewendet wurden, und Stahlfederböden, an deren Widerklammern sich Richard, der unten schlief, beim Aufstehen regelmäßig die Kopfhaut aufriß. Tietzes bezogen das Zimmer 1, Hoffmanns das Zimmer 2. Es ging zur Dorfstraße, und Christian wußte, daß das ein Nachteil sein konnte, denn oft grölten Betrunkene, die vom »Nachtangeln« aus dem Café »Redensee« schräg gegenüber kamen, am Bungalow vorüber, wummerten an die Tür, verlangten Krankenschwestern und Flundern. Vor einigen Jahren war im Morgengrauen ein Soldat der sowjetischen Streitkräfte aufgetaucht, hatte mit vorgehaltener Kalaschnikow das Dienstmotorrad, eine altersschwache Zündapp, gefordert, war schlingernd davongebraust und Stunden später gefesselt, links und rechts von finster blickenden Vorgesetzten gehalten, zur Versorgung diverser Knochenbrüche zurückgebracht worden.
Fuhlendorf war Christian sofort wieder vertraut. Die Storchennester auf den reetgedeckten Bauernkaten. Der dauerkläffen-

de Spitz im Grundstück nebenan. Der hellblaue Taubenschlag voller schneeweißer Tauben, deren Gegurr und Geflatter Tietzes gegen die Dorfstraßenrisiken wogen. Das Ferienlager mit den Dutzenden in die Tiefe gestaffelten Bungalows, aus denen Kindergesichter blickten. Die schotterbestreuten, mit weißgestrichenen Steinen gefaßten Wege, erhellt von geschweißten Fliegenpilz-Lampen. Sechs Uhr Wecken per Morgengruß aus den Lager-Lautsprechern. Einmal wöchentlich Sirenenprobe. Appelle, Besteckklappern zu vorgeschriebenen Zeiten in der Lager-Kantine. Sozialistischer Wettbewerb: Wettlauf, Fuß- und Volleyballspiele, Tischtennis auf Betonplatten, die Netze abzuholen gegen Quittung in der Lagerverwaltung. Im Sommerwind flatternde Fahnen.
Christian hatte Erholungsurlaub, den ersehnten E. U. der Armeeangehörigen. Er sprach wenig. Wonach roch es im Bungalow? Trockene Luft, Anisdrops aus der Verkaufsstelle in der Posturlauber-Kantine, die Rolle zu 24 Pfennig, die Drops immer verklebt. Es roch nach den Toiletten, auf deren Spülkästen Weberknechte hockten. Vita-Cola roch nicht, schmeckte aber, eiskalt temperiert vom brummend arbeitenden Kühlschrank des Aufenthaltsraums. Dort stand wie in den vergangenen dreizehn Jahren der »Junost«-Fernseher mit unabänderlich defekter Antenne, lieferte Fernsehen der DDR 1 und 2 sowie ein Grießbrei-Bild des Zweiten Deutschen Fernsehens, das zusätzlich Militärfunk-Ostseewellen störten. Es roch nach dem Verschalungsholz der Außenwände, dem die Winterwetter zusetzten, nach Florena-Sonnencreme, Sand, Heidekraut: Neben dem Bungalow, abgegrenzt von einem Maschendrahtzaun, ging ein Weg in ein Kiefernwäldchen. Bohnerwachs, Insektenmittel, Medikamente. Essigsaure Tonerde gegen Wespenstiche, Ankerplast-Spray als Pflasterersatz, Panthenol gegen Sonnenbrand, Sepso-Tinktur. Die Glasspritzen klirrten in den emaillierten Nierenschalen, schwitzten im Zylinder-Sterilisator Strepto- und Staphylokokken aus. Holzspatel erregten beim bloßen Anblick Würgreiz. Scheren und Skalpelle schwammen in Desinfektionslösung. Mullbinden, Gothaplast, Gummigeruch: auf der Pritsche die backsteinrote, abwaschbare Unterlage, die Klistierballons, der Tritt der beigefarben gelackten Personenwaage, zum Wiederverwenden

trocknende, mit Talkum gepuderte Handschuhe. Es roch nach Brackwasser, Luftpumpenluft, nach Zitronenrauch, den Gudrun gegen all die anderen Gerüche im Bungalow versprühte.

»Hiddensee!« hatte Schiffsarzt Lange ebenso neidisch wie anerkennend gerufen. »Da hat unsereiner noch nie Urlaub gemacht. Schreib uns 'ne Karte!«

Ohne das Angebot der Verbandsgewerkschaftsleitung wäre Meno wieder in die Sächsische Schweiz gefahren, hätte sein Stübchen bezogen, einen Bogen Papier in die »Fortuna«-Schreibmaschine gespannt; aber in diesem Jahr, hatte man ihm mitgeteilt, war er an der Reihe, eines der Zimmer im verbandseigenen Erholungsheim »Lietzenburg« »zu Urlaubszwecken zu nutzen«, wie es im Funktionärsdeutsch hieß; beigefügt war eine dreiseitige Hausordnung. Meno wußte, daß er das Privileg, in der »Lietzenburg« zu wohnen, voraussichtlich nur dieses eine Mal haben würde. Der Wartezeitenturnus betrug etwa dreißig Jahre. Menos Antrag lief seit 1974, er hatte also Glück gehabt. Außerdem wurden Verheiratete bevorzugt. Lektoren zählten zum Fußvolk im Verband. Nur der Leiter des Lektorats I in der Verlags-Zentrale sollte es schon zweimal in die »Lietzenburg« geschafft haben.

Die Fähre tuckerte vom Strelasund, über dem sich die nadeligen Risse der Jakobi-, der Marien- und Nikolaikirche in den schweren Himmel hoben, nach Norden, passierte Altefähr auf Rügen, das wiesenflache Ummanz. Arbogasts Schiff fuhr mit halben Segeln eine Weile parallel, dann frischte Wind auf; der Baron, am Steuerrad, nickte Meno zu, der an der Fährenreling stand und den Manövern zusah, die Herr Ritschel, eine Bootsmannspfeife im Mund, den mit gleichmäßigen Bewegungen kletternden Matrosen pfiff. Die Segel faßten Wind, blähten sich, die schwarzkalfaterte Jacht schnitt fast lautlos vorüber, verschwand im Dunst. Meno stopfte die Kugelkopfpfeife, sah in die flaschengrünen Wellen, auf denen Schwimmfeuer flackerten, bot zuerst Judith Schevola, dann Philipp Londoner von seinen »Orient«-Zigaretten an, lauschte den von Lautsprechergeräuschen zerkratzten Erzählungen des graubärtigen Kapitäns über den Dampfer »Caprivi«, der den Dichter Gerhart Hauptmann nach Hiddensee gebracht habe, über die Palucca und ihre Sehnsucht nach Tanz im flachsblonden Licht des Nordens, das man sonnenanbetend und nackt bei Morgenaufgang begrüßte. Zwischen Ankündigungen von Linseneintopf mit heißen Würstchen fragte der Kapitän, ob alle Passagiere eine Münze in der Tasche hätten, denn das, was in den Wellen trügerisch glitzere, könnten die goldgedeckten Dächer Vinetas sein, das alle Jahrhunderte auftauche, um erlöst zu werden. Einem Jungen namens Lütt Matten sei es erschienen, alle Schätze habe es ihm geboten um eine Mark, einen Groschen, einen roten Heller nur, doch der Junge, in Badehose, habe keine Münze bei sich gehabt, und so sei die Stadt klagend wieder versunken.

»Vielleicht sollte unser Generalsekretär hier tauchen.« Philipp hatte zu Judith Schevola gesprochen, aber sie schwieg, formte mit gespitztem Mund Rauchkringel, die der Fahrtwind zerblies. Wolkenstreifen, rosig und ockerfarben durchblüht, kündigten die Insel an.

Es war Abend, als die Fähre in Kloster anlegte. Philipp Londoner und Meno trugen die Koffer zum Bollerwagen der »Lietzenburg«. Sie warteten, bis die letzten Tagestouristen an Bord gegangen waren, die wenigen Inselgäste landeinwärts sich verlaufen hatten. Die Fähre legte ab, bog in die Fahrrinne nach Schaprode. Judith Schevola machte einen Handstand an der Kaikante, spuckte ins Wasser.

»Riskant«, sagte Meno, als sie sich zurückkippen ließ. »Ich hätte Sie ungern rausgefischt.«

»Über Risiken haben wir uns schon mal unterhalten.« Judith Schevola zerstruwwelte sich das Haar, bis es abstand wie die Borsten einer Flaschenbürste. »Mein Gepäck ziehen die Herren.«

»Wie kommt es, daß Sie einen Platz bekommen haben? Wenn ich fragen darf.«

»Sozialistische Bürokratie. Der Verband hat mich rausgeschmissen, aber Gewerkschaftsmitglied mit Anspruch auf einen Urlaubsplatz bin ich noch. Und da ich sowieso nichts vorhatte –«

»Wovon lebst du jetzt eigentlich«, fragte Philipp ziemlich schroff; vielleicht war er auch nur wütend, daß er sich mit dem Bollerwagen plagen mußte, dessen Reifen schlaff über die Wegplatten schlurrten. Von den zehn Gepäckstücken gehörten sechs Judith Schevola.

»Du wirst es nicht glauben, ich bin jetzt Nachtwächterin.«
»Welcher Hirnverbrannte stellt denn für so was eine Frau ein.«
»Einer, der nicht einmal mehr Rentner dafür kriegt. – Auf einem Friedhofs- und Krematoriumskomplex. ›Zuviel Zukunft, zu viele Bekannte‹, hat mein siebzigjähriger Vorgänger gesagt, als er mir die Schlüssel in die Hand drückte.« Sie zog Schuhe und Strümpfe aus, warf sie in den Wagen, den Meno ziehen half, krempelte die Jeans hoch, platschte durch eine Pfütze. Pferdekutschen kamen entgegen. Radfahrer klingelten um Platz. Es wurde kühl, der Wind strich von See. Die Mücken sirrten, Philipp klatschte sich fluchend auf den Nacken, betrachtete angewidert, was er erschlagen hatte. Die alten Kastanien entlang der Hauptstraße von Kloster mischten ihren Duft in den von Kuhdung und Heu, der von den ausgestreckten Wiesen zwischen Kloster und Vitte kam. Ein »Schwalbe«-Moped näherte sich, stoppte die drei; der Abschnittsbevollmächtigte tippte an seine Mütze, verlangte die Zimmerbescheinigungen zu sehen. Als er »Lietzenburg« las, wies er darauf hin, daß Musenküsse nach zwanzig Uhr nicht gestattet seien. Der Weg wurde sandig, als sie von der Hauptstraße, an der Bäckerei Kasten vorbei, in Richtung Norden abbogen. Urlauber kamen ihnen entgegen, gebräunt und aus der Zeit gefallen. Frauen in wallenden Batikkleidern, viel Holzschmuck, Armreifen aus farbigen Lederriemchen, Sandalen mit Glasperlenschnüren; pfeiferauchende Männer mit Künstlermähnen und Jesus-Look, seltener kurzgeschorenem Haar und Proletarierjoppe à la Brecht. Unter den ausladenden Kastanienkronen reetgedeckte Häuser, erste Lichter huschten auf.

Er hätte weggehen können, und vielleicht wäre ihm Anne nicht gefolgt; Christian spürte, daß sie mit ihm sprechen wollte, aber er haßte Sentimentalitäten: Tränen, Eingeständnis von Schwäche, Verzweiflung, er dachte: den ganzen Frauenkram eben; er stellte sich vor, seine Mutter würde ihn auf einem solchen Spaziergang mit Gejammer und Schluchzen – oder noch schlimmer: mit nichts von alledem, nur mit *verständnisvollem Schweigen* – windelweich machen: wozu? Was hätte es geändert? Sie saßen vor dem Bungalow, ein Windlicht brannte, nicht genug für Regines Briefe, die Richard vorlesen wollte; Niklas knipste die Lampe über dem Eingang an. Christian ging nicht. Er war müde, angenehmerweise fragte ihn niemand etwas, die Luft war lau, Grillen zirpten schläfernd, im Liegestuhl lag es sich bequem. Gudrun machte den Vorschlag, auf der Rückfahrt Ina in Berlin zu besuchen; der kleine Erik sei inzwischen aus dem Gröbsten heraus, da falle Besuch nicht mehr lästig. Anne hatte Tee gekocht. Trillerpfeifengeschrill zerkleinerte die Ferienlagerruhe, Kinder traten vor den Bungalows in zwei Reihen an. Richard las nicht lauter.

»… die Tür wurde von außen zugeschlagen. Schon fuhr der Zug an. Wir verstauten das Gepäck. Keine Umarmung vor der Grenze, wir waren abergläubisch! Der Zug hielt auf freier Strekke. Draußen rannten so kleine Uniformierte herum, ich dachte, das sind Russen; ein Gewusel und Getrappel, schon stand einer im Abteil. »Ausweise und Zollkontrolle!« im vogtländischen Dialekt. Und noch mal Angst, geht alles gut? Die Gepäckstücke wurden gemustert. Als erstes kramte er in meiner Handtasche. »Was ist denn das«? Philipps Wunschliste, ich hatte sie für ihn aufgeschrieben. Darauf stand: Papa. Ein Pfirsich, so groß wie ein Fußball. Der Uniformierte steckte den Zettel ein. »Und das?« Ich hatte für Philipp eine Fahrerlaubnis mit Paßbild und gemaltem Stempel für seinen Liliput gebastelt (er war ein Meister auf dem Tretroller, konnte besser rückwärts einparken als ich mit dem Auto). Ich rang mir eine Erklärung ab. Meine Nerven waren ziemlich überreizt. Er klappte das Mäppchen zu, steckte es in die Handtasche, gab sie mir. »Gute Reise!« – und war aus dem Abteil. Kurze Zeit noch Lärm auf dem Gang, Poltern, mißvergnügte Stimmen. Dann setzte sich der Zug wieder in Bewegung. Hansi ärgerte sich, daß der Kerl die Wunschliste gestohlen hatte. Philipp hat seelenruhig alles verschlafen. Vor Erschöpfung sind wir dann auch eingenickt. Bremsengekreisch, »Loandshuut« von draußen. Gegen 11 Uhr war die Familie glücklich im Hauptbahnhof München vereint.«

Robert ging in den Bungalow; er wollte zum Nachtangeln an den Bodden. Das Windlicht knisterte von stürzenden, aufflitternden Insekten. Die Fliegenpilzlampen wehten an, eine nach der anderen, und aus jeder fiel Helligkeit, dachte Christian, wie

Milch aus einem Krug in der Hand eines Mädchens. Da war ein Sog in der Kiefernwand hinter dem Ferienlager, Rausch und Auflösung am fließend ins Dunkle gezogenen Himmel, Christian fühlte sich beklommen. Niklas zündete sich die Shagpfeife an. Gudrun gurgelte mit Tee, lehnte sich zurück, beide Arme auf den Liegestuhlstützen; begann zu rezitieren, Verse, die Christian nicht kannte:

»Schlaflosigkeit. Homer. Die Segel, die sich strecken.
Ich las im Schiffsverzeichnis, ich las, ich kam nicht weit:
Der Strich der Kraniche, der Zug der jungen Hecke
Hoch über Hellas, einst, vor Zeit und Aberzeit.«

Sagte: »Mandelstam«. Jetzt nahm Niklas die Pfeife aus dem Mund und deklamierte:

»Und vom Apfelbaum fällt der Schnee
in des Vaters Bart blütenweiß.
Wie ein goldner Frosch weit im See
schwimmt der Mond seinen stillen Kreis.«

Sagte »Jessenin«. Sagte Anne:

»Wie jener Kranichkeil, in Fremdestes getrieben –
Die Köpfe, kaiserlich, der Gottesschaum drauf, feucht –
Ihr schwebt, ihr schwimmt – wohin? Wär Helena nicht drüben,
Achäer, solch ein Troja, ich frag, was gält es euch?«

Sagte »Mandelstam«. Sagte Robert: »Ich geh' jetzt angeln.« Sagte Christian nichts.
Holte Richard das Akkordeon, sang:

»Hand und Wort? Nein, laß – wozu noch reden?
Gräm dich nicht und werd mir nicht so fahl.
Sterben –, nun, ich weiß, das hat es schon gegeben;
doch: auch Leben gabs ja schon einmal.«

Setzte ab, sagte: »Jessenin«. Sagte Gudrun:

»Homer, die Meere, beides: die Liebe, sie bewegt es.
Wem lausch' ich, und wen hör ich? Sieh da, er schweigt, Homer.
Das Meer, das schwarz beredte, an die Ufer schlägt es
Zu Häupten hör ichs tosen, es fand den Weg hierher.«

Sagte: »Mandelstam«. Christian sagte nichts. Anne weinte.

49.
Auf Hiddensee

Trudelte da nicht eine von den grauen Schwestern, wie Falkenhausen sie genannt hatte? Kreuzspinne mein, Querspinne dein. Oder war's eine Flügelfrucht von den Schattengebern, die um die »Lietzenburg« standen und der Sonne nur Zehenspitzen gestatteten? Die Spinne trippelte am Fensterrahmen hoch, verharrte, hob das Hinterteil (jetzt ließ sie wohl die Flugfäden schießen, man sah es nicht), wartete, bis die Zugspannung ihr signalisiert haben würde, daß sie loslassen konnte – weg. Meno sah zum Himmel: klare, wolkenlose Tage, trockenes Blau, Marienwetter, hatten das die alten Leute in Schandau genannt. Angeschürfter, nicht mehr müheloser Sommer, erste Wärmeschulden, quittiert von Nachtkälte; Überhänge schon im Blüten- und Insektengeschehen, Last, die aufwärtsweisende Kräfte niederbog. Er dachte an die Kliffs im Norden der Insel. Dort quirlte Svantevits Zorn, kochte Strömung und Schlamm, fuhr über Lehmkleister, das glattgespülte, kitthelle Zahnfleisch des Strands, drehte Dünungs-Töpferscheiben, knarrte auf Wasserorgeln, zurrte Wellen-Frisbees, die jeden Schwimmer mitrissen, spitzte die Brandung zu Messern, die tief in den Inselrumpf stachen, krallte sich Kies und Ton, schälte, unermüdlich in immer neu aufgeschaukelter Rage, Hohlkehlen, Stollen, Höhlen in die Steilwände, von denen es bröselte, bröckelte, sackte; Miniergänge rutschten zwischen Steinnasen voran, die längst zernagtes Festland markierten und, angekündigt von rieselndem, kollerndem Grus und Staubfahnen, in die See oder auf den schmalen, noch verbliebenen Strandstreifen brachen.

An der Hangkante rissen Wiesen wie nasses Papier. Kiefern, tapfer und zäh gegen Wind-, gegen Orkankarussells, knickten nach unten. Die karge Vegetation auf den lichtlastenden Kliffflanken wurde geschleift. In den Brandungsrinnen gluckerte, toste, peitschte, schluchzte, sirrte, paukte, stampfte es, nach Windrichtung und -stärke; in den Herbstböen, sagte der Alte vom Berge, der das Zimmer gegenüber Philipp Londoners am Ende des Flurs hatte, hörte es sich manchmal an wie ein wrackgehendes Schiff: Holzknirschen, Mastsplittern, brodelndes, in die Meeresgurgel geschlungenes, vom Knurren und Heulen der Sturmorchester umtanztes Ertrinken. Kreuzspinne auf der Räderharfe. So flogen sie also schon, die jungen Spinnen. Kam der Altweibersommer früh dies' Jahr. Für Judith Schevola nur ein Grund mehr, sich fremde Kleidung zu borgen (trotz Gepäck im Halbdutzend – »ich finde immer jemanden, der mir das schleppt«), zu Philipps Anzügen Menos Pullover zu tragen, wenn man abends in der Halle am Kaminfeuer beisammensaß. Es klopfte.
»Kommen Sie mit? Wir wollen baden.« Judith Schevola wog eine aus Stoffstreifen zusammengenähte, regenbogenbunte Strandtasche mit dem Zeigefinger ihrer Linken, kam ins Zimmer, ohne auf Menos Antwort zu warten, verschob den Schlitten der Schreibmaschine bis zum »Pling« des Glöckchens, öffnete, nachdem sie die Tasche an das Zeilenschaltrad gehängt hatte, den Spind und begann Menos Sachen zu durchwühlen. »Ich hätte wetten können, daß Sie mehrere von diesen Dingern haben. Eine zum Trocknen, eine zum Gebrauch, eine als Ersatz. Na bitte.« Triumphierend hielt sie drei Badehosen hoch. »Wie kann man bei diesem Wetter nur hier drin hocken und – was tun? Sagen Sie bloß, Sie schreiben. Gedichte?« Ihr sandiges Lachen hatte sich etwas geglättet, die Seeluft bekam ihr offenbar, und sie schien weniger zu rauchen. »Hier kann man doch nicht schreiben. Diese gehäkelten Lampenschirme, diese Tischdecken, ein Karo rot, ein Karo weiß, das gleiche auf der Bettdecke, Karo rot, Karo weiß, und ganz kleine Karos immer.« Sie stellte den Zimmer-Rundfunk an. »Man hört: das Meer!« kommentierte sie die von Knistern und Knacken, einzelnen Tiefsee-Skandinaviern und ebenso abrupt glasklaren wie abbrechenden Tschaikowski-Klängen durchkreiselten Gischtgeräusche aus dem »RFT«-Gitter

unter der gebleichten Fotografie des FDGB-Vorsitzenden. Meno sah auf Judith Schevolas nackte Füße, die beim Gehen, vielmehr: Tänzeln, die fransigen Jeansröhren in den Kniekehlen zu einer vorwitzigen Knick-Mimik brachten. Sie lief zum Waschbecken, roch an der »Fa«-Seife (ein Geschenk von Ulrich), schnupperte am Rasierwasser, beäugte den buschig geblähten, gamsbarthaften Rasierpinsel, schraubte die Zahncremetube auf, drückte ein Würstchen auf den Zeigefinger und fuhr sich damit rasch und ungründlich im Mund herum. Dann gurgelte sie, spuckte aus, sagte zu ihrem Spiegelbild »Gurke«, streckte dem fasziniert-verdatterten Meno die Zunge heraus. »Na los! Worauf warten Sie? Daß uns dieser Heimdrache mit sozialistischer Moral kommt?«
Von der »Lietzenburg« führte ein Pfad durch Heckenrosen und Sanddorngestrüpp. Bilsenkraut roch. Auf geborstenen Treppenstufen sonnten sich Eidechsen und wichen nur zögernd dem vorsichtigen Fuß. Philipp Londoner und der Alte vom Berge waren schon am Strand. Philipp hatte eine Sandburg gebaut, in den Wall einen Windschutz gesteckt. Jetzt war er damit beschäftigt, mit Kieseln die Namen der Nutzer zu legen, SCHEVOLA und ALTBERG hatte er schon fertig. Er saß nackt und gebräunt, ganz vertieft in diese, wie Judith Schevola lachend befand, sehr deutsche Tätigkeit, hatte einen Strohhut aufgesetzt, unter dem das lange Haar offen im Wind wehte. Auch der Alte vom Berge war nackt. Meno hatte etwas gegen FKK, und erst recht gegen die ungezwungene Art, mit der Schevola damit umging. Mit raschen Griffen war sie ausgezogen, behielt nur die Gummisandaletten an; der Strand war steinig, wie überall an diesem Küstenabschnitt. Etwas entfernt winkte der Autor Lührer, wies nach oben, wahrscheinlich war das Fernrohr der »Lietzenburg« auf Judith Schevola gerichtet. Meno beobachtete sie. Auf ihren Lippen lag ein boshaftes Lächeln, sie cremte sich genüßlich ein. War man nicht schon genügend Indiskretionen ausgesetzt hierzulande? Der nackte Körper war Geheimnis, und er sollte es bleiben. Der gleiche nackte Körper war beim Baden unberührbar, bei Flirts geisterte er in den Vorstellungen; er fand, daß man sich etwas vergab, wenn man ihn ohne Hüllen präsentierte, mochte er auch noch so anziehend sein. Man hatte ihn gesehen, für die Phantasie blieb kein Raum mehr. Im Tausendaugenhaus, im

dichten Gartengestrüpp allein an heißen Sommermorgen, war Nacktheit etwas anderes. Meno starrte auf Schevolas Strandtasche, Philipp auf seine Steinchen, der Alte vom Berge spitzte die Lippen und tat angelegentlich, als ob er sich die Ohren ausschütteln müßte.
»Könnte einer der Herren so nett sein, mir den Rücken einzureiben?«
Philipp warf die Kiesel beiseite, Meno wich dem Blick des Alten vom Berge aus, der sein silbernes Brustfell kraulte, den Kopf schräglegte und mit verzwickten Entschuldigungen, auch wortreicher Selbstironie die Aufgabe übernahm.
Das Wasser war kalt, hellgrün in den flacheren Bereichen, leicht pfefferminzig im Geschmack. Meno ertrug es stoisch, daß Judith Schevola ihn vollzuspritzen versuchte. Es schien sie zu enttäuschen, daß er nicht kreischte. Das Zisternenwasser zu Hause im Elbsandsteingebirge war auch nicht wärmer. Philipp war ein guter Schwimmer, er wollte ans Kap und hinaus, der Alte vom Berge warnte ihn, es gebe unberechenbare Strudel, und die Küstenwacht – er nickte zum Betonturm auf dem Dornbusch – möge sie nicht, die Schwimmer in Richtung offene See. So spielte man eine Weile mit Lührers dunkelblauem »Nivea«-Ball.
Meno schwamm, kraulte mit langen, gleichmäßigen Zügen, legte sich auf den Rücken. Die Sonne hatte die scharfe Klarheit eines Brennglases. Er sah das Kap. Dort war ein Gürtel aus Wellenbrecher-Steinen gezogen, die Gischt toste dagegen an. Zeit, Aberzeit. Ihm fielen die Mandelstam-Verse ein, Anne und er hatten sie auswendig gelernt; er hatte sie in einem Reclam-Band namens »Hufeisenfinder« wiedergesehen, den ihm Madame Eglantine geliehen hatte, das Buch war auf schlechtem Papier gedruckt und mit einer Phalanx von Nachworten gegen die zu erwartenden Einreden bewaffnet. Neunzehnachtunddreißig gestorben im GULag. Jetzt gab es Gorbatschow, und niemand hatte vergessen. Ihr schwebt, ihr schwimmt – wohin? Der Ball klatschte neben ihm aufs Wasser, Schevola rief etwas herüber; Meno boxte ihn zurück in Richtung der Rufe. Fächelte leicht mit den Armen, spürte, daß er in tieferes Wasser geriet, es wurde dunkler, kälter. »Bessoniza. Gomér. Tugije parußa«, murmelte er vor sich hin. Legte sich mit dem Gesicht nach unten, sah noch die

Sandstriche, fein geriffelt wie mit Harken oder Bildhauerkämmen gezogen, in verlockender Tiefe schon, er wunderte sich, daß er keine Angst spürte. Sie riefen, er wollte ein wenig weiter. Pulsklopfen plötzlich nun doch, gerade deswegen noch ein Stück. Sog erfaßte ihn, fimbrienartig, schmeichelnd, blaudurchspültes Haar, dann feine zärtliche Finger; für einen Augenlick verlor er die Orientierung, paddelte los und merkte erst an der steigenden Wasserwand, daß es die falsche Richtung gewesen war; tauchte, der Berg dröhnte über ihn hinweg, trug ihn zurück ins Hellgrüne, Antike, jetzt schwamm er panisch, denn vom Strand kehrte es schon wieder um, mischte sich mit Landeinwärtsdünung, Vor und Zurück kämpften gegeneinander, oben packten Wellen ihn am Kragen, stießen ihn zum Strand, unten hatten Strömungsarme, die hinaus wollten, an ihm Gefallen gefunden; er kam nicht voran. Ließ sich in die Senkrechte: kein Grund; täuschend war die Nähe der glatten, in der Sandsauberkeit steckenden Steinbuckel, der Tange und Muscheln.
Draußen hoffte er, daß man ihm nichts ansehe. Winkte Philipp fort, der mißtrauisch geworden war. Fühlte Schevolas Spott im Rücken und war dem Alten vom Berge dankbar, daß er seinen »philosophischen Strandgang« unterbrach (hängende Schultern, braungebrannter, leicht geblähter Bauch, vorstehende Rippen und entig platte Füße mit weit vom Restfuß abgelegenen, den Sand punktenden Zehen) und Bedingungen für ein Volleyballspiel auszuhandeln begann; Schevola, sah Meno über die Schulter, schien darauf einzugehen, wenigstens etwas Takt war ihr also geblieben. Meno schlang ein Handtuch um die Hüften, zog den Bauch ein, stopfte Tuch unter Tuch, prüfte die Festigkeit des Röckchens. Die Badehose hing wie eine durchweichte Windel auf seiner Haut. Er klapperte im kantiger gewordenen Wind, hüpfte, nachdem er Schlüpfer, Hemd und Hose zu einem balancebietenden Bündel geknüllt hatte, auf die Dünen zu. Doch kein Volleyball, sah er aus den Augenwinkeln. Der Alte vom Berge hatte seinen Gedankengang wiederaufgenommen, Schevola, Philipp, Lührer aalten sich auf Strandtüchern neben der Sandburg, blickten nach links, nach rechts, Schevola nach unten; aber jetzt, der Gummiriemen von Menos linkem Badeschuh war schmerzhaft zwischen Groß- und längsten Zeh gerutscht,

hob sie den Kopf. Meno hüpfte die Düne hinauf. Die Stelle, wo der Strandhafer besonders hoch und dicht stand, war schon von einem Liebespärchen besetzt. Das Hüpfen strengte an, er versuchte zu laufen, brachte aber unter dem enggeschnürten Handtuch, das er mit einer Hand zusammenhielt, während die andere das Kleiderbündel bugsierte, nur kleine, lächerlich watschelnde Schritte zustande. Inzwischen widmete Schevola sich ihm mit voller, ungenierter Aufmerksamkeit. Das erboste ihn. Er war kein Studienobjekt! Jetzt hüpfte er wieder, und zwar in rücksichtslosen Sprüngen. Zu spät fiel ihm ein, daß er die Sandburg hätte benutzen können. Er ärgerte sich so sehr, daß er auf die Steine nicht achtete, die braun, glatt und halbrund wie Stopfpilze im Sand steckten. Sein Fuß rutschte ab. Meno knickte nach vorn, ruderte mit dem freien Bein, hielt unnachgiebig das Handtuch mit der Rechten fest, angelte mit der Linken nach Ausgleich, das Bündel aber gab ihm Unwucht, er wischte eine Weile damit in der Luft herum und tunkte es schließlich in den Sand. Die Standwaage, in die er sich zurückhob, wackelte, Arm und Bein bildeten eine abwärtsweisende Schräge, das Handtuch klappte um, und Sonne beschien Lektors weißbrotbleiche Gemütsruhe. »Kreuzspinne und Kreuzschnabel!« murmelte er Herrn Fuchs' aus Sandmännchens Abendgruß wohlbekannten Fluch.

TAGEBUCH:

(Dienstag)

Ihr Haar ist inzwischen eher weißblond als grau. Kim Novaks Haar in »Vertigo«. Wasserstoffsuperoxyd. Glaube nicht, daß Judith es benutzt. Sie fragte mich nach Christian – und ob ich meinen »Morgenröte«-Wecker mitgenommen habe. Dann unterhielten wir uns über Pflaumen (der Alte vom Berge hat Zibartenwasser mitgebracht, eine köstliche Spezialität). Ich sagte ihr, daß die Zibarte eine Wildpflaumenart aus spätkeltischer Zeit sei. Sie zuckte die Achseln. Ich: »Ich mag Pflaumen am liebsten jung und fast noch grün; sie haben schon Saft, sind prall, aber ohne Würmer.« Sie: »Aber reif sind sie süßer, schwerer, intensiver. Die jungen Dinger. Holen Sie sich da keine Magenverstimmung?« Ich: »Natürlich nur, wenn man unersättlich ist.« Sie: »Sie sind nicht unersättlich – bei Pflaumen?« Ich: dozierte weiter über die Zibarte, interessan-

ter Abstecher in die Pflanzenkunde. Judith wandte sich gelangweilt (?) ab. Dabei gibt es hier Kirschpflaumen, größer und schöner, als ich sie je am Elbhang gesehen habe! »Kirschpflaume« als Name ist eigentümlich phantasielos; ich hätte Prunus cerasifera »Pfirsche« getauft. Der Alte vom Berge bewegte nachsichtig den Kopf und erklärte, daß man nicht umtaufe, was den zeitentiefen Namen »Myrobalane« trage. – Woher weiß Judith, daß ich einen Wecker besitze?

(Mittwoch)

Ein Wort zum Frühstück, denn vom Frühsport, der hier eher vorgeschlagen (ich will fair sein) als befohlen wird, nur soviel: Da es mir bislang auch hier gelingt, um fünf Uhr morgens zu meinen Laudes aufzustehen und mit meiner kleinen Willensschere ein Stück vom Tagwerk abzutrennen, kann ich die Versammlung Körperertüchtiger auf dem Sportfeld hinter der »Lietzenburg« mit leichteren Augen beobachten. Die Armee-Trainingsanzüge bekommt man geliehen, gegen Quittung natürlich. Der Betreuer für Sport, Spaß und Spiel (so die offizielle Bezeichnung) ist bei späterem Tage der Heimelektriker – Günter Mellis, erzählt man sich, geht ihm, wenn er hier weilt, generös zur Hand –, Hausmeister, Botengänger, im Winter außerdem Heizer. Ich überlegte lange hin und her, wo ich ihn schon einmal gesehen hatte: als ich zum Alten vom Berge unterwegs war und Arbogast traf. Der Mann, der die Studenten aus dem »Haus des Lehrers« führte. Unser Betreuer für S-S-S wollte ihn gar nicht kennen. Er sei schon immer hier auf der Lietzenburg beschäftigt. Und so Frau Kruke, Aufwartefrau, Haushälterin, Aufpasserin, Judiths »Hausdrachen«. Von Else Alke will sie noch nie gehört haben, obgleich sie ihr wie aus dem Gesicht geschnitten ist. Eine Zwergin in Schlurfpantoffeln. – Zurück zum Frühstück, das sie betreut. Der Autor Lührer steht in der Warteschlange vor Judith, wünscht ihr, als sie ihre Plast-Assiette mit (einheitlich) zwei Scheiben Tilsiter Käse, zwei Scheiben Blutwurst, zwei Lyoner, einem Stück Hotelbutter und zwei Scheiben Schwarzbrot (sonnabends Semmeln aus der Bäckerei Kasten, sonntags ein Stück Kuchen) entgegennimmt, guten Appetit und bittet um Entschuldigung dafür, daß er »neulich« für ihren Ausschluß gestimmt habe, sie müsse verstehen, er habe vier Kinder zu versorgen. – Auch das noch

(Judith). Das Frühstück beginnt pünktlich um acht Uhr. Zur Zeit sind zweiunddreißig Gäste im Haus. In der Kantine schweigen acht mit rotweiß gewürfeltem Tischtuch bespannte und mit je einer Vase aus durchsichtig hellgrünem Plast gekennzeichnete Tische. In jeder Vase hockt Wasser bis zur einen Zentimeter unter Rand befindlichen Meßkerbe, punktiert von je einer Kunstblume, Typ rote Margerite, aus den Sebnitzer Werkstätten. Alle Margeritenstengel sind kanülenförmig angeschliffen und leicht gebogen, die Neigung weist, vom Kantineneingang aus gesehen, nach rechts, so daß die Blütenkörbe nach Osten blicken und alle zugleich Punkt acht Uhr (vorausgesetzt, daß es ein freundlicher Tag wird) ein daumennagelgroßes Mützchen Licht aufsetzen. Auf jedem Tisch, in halbsonnenförmigen Aluminium-Serviettenhaltern, begrüßen die Gäste druckfrische Exemplare des »Neuen Deutschland«, der »Jungen Welt«, der »Ostsee-Zeitung«, an den Herrentischen außerdem das »Magazin«, an den Frauentischen die »Für dich« und die »Sowjetfrau«. Das wöchentliche Exemplar des »Eulenspiegel« ist angekettet und kann wegen der begrenzten Kettenlänge nur am Beistelltisch neben dem Eingang gelesen werden. Die Sitzordnung ist nicht frei wählbar. Es gibt eine Tafel mit Einsteckstreifen (schreibmaschinebeschriftet, blau und rosafarben), jeden Morgen orientiert man sich, wo man sitzt. Um größtmögliche Vermischung und damit »ein Höchstmaß an kommunikativem Kontakt zu gewährleisten« (Zitat Hausordnung), wandern die Herren, wandern die Damen; immer getrennt. Aber was nützt all das, wenn der Alte vom Berge seine private Serviette ausbreitet, Philipp sein eigenes Besteck mitbringt, Judith auf Karlfriede Sinner-Priests Bemerkung, Fräulein Schevola dürfe eigentlich nicht hier sein, die Assiette beiseite fegt und aus dem Raum schlendert, und der Autor Lührer allzu betont ein »Nutella«-Glas zwischen sich und den armen Lektor Rohde schiebt.

(Mittwoch, abends)

Grillen –
Prag 68. Der dritte Weg. Versteinerte, monumentale Gesichter an den Canyons Heiliger Theorien. Das kahle Du oder Ich, das, wie alle Unausweichlichkeiten, weder ohne Komik noch ohne Langweile ist. Dort, in der ČSSR 68, schien sie möglich, die humane Gesellschaft, die nicht vergißt, daß sie aus Individuen besteht. De-

mokratie und Offenheit im Gespräch. Kritische, aber nicht Öffentlichkeit um ihrer selbst willen.
Schevola: »Ein Traum, Herr Rohde. Von Panzern überrollt.«
Der Alte vom Berge: »Vielleicht haben Dubček und seine Freunde nur Glück gehabt.«
Philipp: »Sie als Ketzer? Man höre!«
Der Alte vom Berge: »Die leuchtendsten Träume sind die, die nie Wirklichkeit zu werden brauchten. Halten Sie denn, Herr Londoner, einen kapitalistischen Sozialismus ernsthaft für möglich? Freiheit der Produktion, der Reaktion auf den Markt, erfordert Freiheit der Gedanken. Ihr Vater hat jüngst Interessantes darüber geäußert.«
Philipp: »Die Gedanken müssen nicht unfrei sein im Sozialismus. Der unfreie Sozialismus ist keiner. Die echte sozialistische Gesellschaft entwickelt sich aus ihren benannten und bemeisterten Widersprüchen.«
Schevola: »Dann leben wir nicht im Sozialismus.«
Der Alte vom Berge: »Sagen Sie das nicht so nachdrücklich, meine Liebe. – Dubček steht als Märtyrer da, Prag achtundsechzig als Legende. Sie konnte ein Mythos werden, weil ihr das Scheitern erspart worden ist. Nun sind die Bruderstaaten schuld, und wir haben eine Märchenblume, die nie im Acker der Wirklichkeit beweisen mußte, ob sie tatsächlich so schön blüht wie verheißen. – Sie halten mich für einen Opportunisten. Mag sein, daß ich das bin. Mag sein, daß ich feige bin. Ich sitze in Verlagsbeiräten, habe hin und wieder das Ohr des Buchministers – und habe es nicht gewagt, energisch für Ihr Buch einzutreten, Judith. Ich bin sogar bereit, in mir selbst zu forschen und zuzugeben, ein häßliches Stückchen Neid dort unten entdeckt zu haben. Ich bin ein Zensor, und kein angenehmer. Ich war in der SA. Ich war Soldat in der Wehrmacht. Ich war im Lager. Ich glaubte an das Gute im Menschen, trotz allem, was ich sah. Ich bin ein Kind geblieben. Ich habe Angst. Auch um dieses Land. Ich bin nicht mehr jung, und mein Leben bestand aus kaputtgehenden Träumen, Tag um Tag. Ich glaube an nichts mehr.«
Schevola: »Amen.«
Philipp: »Sie sind alt, das ist alles. Verdauungsprobleme, Juckreiz, man hat alles schon gesehen … der ganze Kram eben! Aber uns

machen Sie es schwer. Solche wie Sie gibt es viele hierzulande, und leider oft in einflußreichen Positionen. Abwinken, müde Hände, müdes Blut – aber wir brauchen Kraft, Zuspruch, es ist nicht leicht«
Schevola: »– ein Revolutionär zu sein? Täterätää! Es ist so schwer, die Menschheit zu beglücken.«
Der Alte vom Berge: »Und dabei höflich zu bleiben. Ich nehme Ihnen nicht übel, daß Sie mich als alten Mann abtun. Aber der Juckreiz … das ist indiskret, mein Junge.«
Philipp: »Judith Schevola, die Gelassene, die Zynische, die Ironische. Reiß nur deine Klappe auf. Mach dich lustig über uns. Wir glauben noch an etwas. Und woran glaubst du? An nichts! Wie Sie, Herr Altberg.«
Der Alte vom Berge: »Jaja, ich sagte es schon. Früher hieß das Defätismus. Erschießen stand darauf.«
Philipp: »Dann treten Sie doch ab, wenn Sie nicht mehr können! Ihre Generation klebt an der Macht, eher stirbt man, als das Steuer anderen zu überlassen. Und was soll uns dann das Gedöns von der Jugend, der Kampfreserve der Partei, wenn sie genau das bleibt: Reserve … Ach was, das ist ja gar nicht das Problem. Sondern daß die Geronten das Land in den Abgrund fahren! Wir haben neue Daten, die Wirtschaft steuert auf eine Katastrophe zu – und niemanden scheint's zu kümmern!«
Schevola: »In Polen wurde ein Priester ermordet. Popieluszko heißt er. Das kümmert mich.«
Philipp: »Du glaubst, du hast jetzt Narrenfreiheit.«
Schevola: »Ich werde für eine Weile denken, was ich sage. Rausgeschmissen habt ihr mich doch schon. Bleibt einsperren oder totmachen. Ach was, Herr Altberg. Das Kastanienlaub über uns nimmt auch bei längerem Hinsehen nicht die Form von Ohren an.«
Der Alte vom Berge: »Doch. Von Dackelohren. Uns bleibt nichts als Genauigkeit.«
Schevola: »Wie stellt ihr euch das eigentlich vor, so eine Weltrevolution? Bißchen Che Guevara im Urwald spielen? Damit verführt man nur unbedarfte Studentinnen.«
Philipp: »Mach dich lustig, wenn du willst. Was tut's. – Übrigens wird Marisa herkommen.«
Schevola: »Deine chilenische Hure.«

Philipp: »Naja, weder unbedarft noch Studentin, was bleibt dir da schon. Wie war das, als wir zu Eschschloraque unterwegs waren?«
Der Alte vom Berge: »Herr Rohde, erklären Sie mir doch mal dieses Kreuzspinnennetz.«
Schevola: »Bleiben Sie ruhig hier, wir haben nichts zu verbergen. Wär' doch schade um den schönen Klatsch, der Ihnen entginge, Herr Altberg. Keine Angst, ich stand damals nur in der Nähe; Herr Rohde ist verschwiegen wie die Prawda.«
Philipp: »›Bürgerliche Moralvorstellungen fand ich noch nie besonders spannend … kannst deine kleine Chilenin ruhig mal mitbringen!‹«
Schevola: »Quak, quak, quak!«
Wir sahen die Bucht, im Dunst die Klippen von Møn. Sonne legte sich auf die tiefenklare Bucht; ein endloses Flirren auf der schleppenden Wasseroberfläche: als ob Schwärme von Heuschrecken die Flügel summen ließen. Daneben Szenerien, so friedlich wie ein Nachtcreme-Topf.

(Donnerstag)

Schriftsteller brauchen Schulung! Aber den Dozenten, der von Stralsund mit der Fähre gekommen war, Softeis mitgebracht hatte, Kopien aus dem »Parteilehrjahr« und einer Zeitschrift für Gesellschaftswissenschaften, machte Philipp »fix und fertig« (»rund«, sagte der Alte vom Berge nachher schadenfroh, »kugelrund«), wies ihm Denkfehler nach, ungenaues Zitieren – Philipp hatte das meiste, was der Dozent aus fleißigen Schreibmaschinenskripten herausbuchstabierte, auswendig parat, exakt bis in die originale Orthographie (»Gemüth«, »Styl«); und da saß er, der junge Professor, eine Strähne seines langen Haars in der linken Faust, einen Bleistift, den er Spitze-Ende-Spitze-Ende Halbkreise klopfen ließ, in der Rechten, die Füße in den durchbrochenen Slippern wippten im Takt zum Aufklacken des Bleistifts auf der Sprelacart-Platte, bis der Dozent angeödet seine Fingerspitzen betrachtete und vorschlug: 1) Genosse Neunmalklug möge doch bitte übernehmen und 2) was man davon halte, das Studium der Klassiker an den Strand zu verschieben? Philipp sprang auf, schrieb an die Tafel:

Kleinbürger	*(Bildungs-)Bürger*
Vertiko, Wellensittich, Nippes, Schondeckchen	Telefon, Insel-Bücherei, Pfeifensammlung
Besuch: Schuhe werden gewechselt (Gästepantoffeln)	Schuhe können anbleiben
Umhäkelte Toilettenpapierrolle im Auto, Duft-Tannenbäume überm Armaturenbrett, Wackel-Dackel, Schlümpfe	Verkleideter Schaltknüppel, Aufkleber: Rauchen verboten, »Ein Herz für Kinder« auf dem Armaturenbrett
Wenn Hund: Schäferhund, Spitz, Promenadenmischung	Wenn Hund: Pudel, Afghane, Dogge
Einladung zum Grillfest	Einladung zum Kaffee oder Tee
Brigadefeier, Hausgemeinschafts-Bowle	Einsame Spaziergänge (mit Handgelenkstasche)
Geht zum Fußball (mit Fan-Schal)	Redet über Fußball, zitiert präzise aus der legendären Zimmermann-Übertragung von 1954
Vorwärts nach Mallorca	Zurück zur Natur
Die Frau kocht, putzt, geht arbeiten, kümmert sich um die Kinder	Die Frau kocht, putzt, geht arbeiten, kümmert sich um die Kinder
Kleingartensparte, Hollywoodschaukel, Gartengrill, Regentonne, Biervorräte, portabler Fernseher	Datsche
Hofft auf den Bundeskanzler	Hofft auf M. Gorbatschow
Die Welt des frühen Aufstehens	Die Welt des Spätnachhausekommens

Ich gehöre der Arbeiterklasse an, sagte der Dozent eisig, ich halte es mit Marx, Engels und Lenin! Er verlangte »Ihren Namen, Genosse«, Philipp bedauerte, daß immer mehr Kader immer weniger Spaß verstünden, nahm eine Broschüre aus dem Institut für Gesellschaftswissenschaften vom Pult, suchte ein wenig, wobei er sich die Schnurrbartenden zu Schlittenhörnchen zwirbelte, gab dem Genossen Dozenten ein Autogramm.

(Freitag)

Wahlprogramm (»die Heimleitung empfiehlt«): Ausflug zur Warnowwerft in Rostock (5 Stimmen), Besichtigung von Saßnitz und des kleinsten Museums der Republik (der vor dem Bahnhof ausgestellte Waggon, in dem Lenin, Funke in einer langen Lunte, ins Pulverfaß des vorrevolutionären Rußland reiste, 4 Stimmen). Daneben hatte ein Witzbold BADEN gekritzelt (19 Stimmen). Also Warnowwerft. Ich schrieb dem Schiffsarzt eine Karte (das maritime Motiv des Neubaugebiets Lütten Klein war mir gerade recht), dann rief ich Libussa an. Arbogasts Bleistift-Sendung ist eingetroffen. Sie meinte, die Honich würde bei mir herumschnüffeln, und schlug vor, mit der Polizei zu drohen. Ich habe meine Manuskripte Anne zur Verwahrung gegeben, riet also zum Frieden, wenngleich mir der Gedanke schwer erträglich ist, daß dieses Weibsstück an der Zehnminutenuhr – wie vertraut, wie beruhigend der Gong, den ich durchs Telefon hörte – herumfingert, womöglich, um sie zu demolieren: manche Menschen können fremdes Glück nicht ertragen, manche Menschen reizt die Würde aristokratischer und wehrloser Gegenstände, sie zu verkrüppeln. Libussa sagte, Chakamankabudibaba habe eine schlechtverdaute Maus auf den Schelling erbrochen.

(Sonnabend)

Wer trägt noch weiße Handschuhe? Marisas schienen aus Rehleder zu sein, so fein gegerbt, daß sie, wenn Marisa die Finger zur Faust schloß, über den Knöcheln glänzende Säuglingsnasen bildeten. Sie trug sie zu khakifarbenen Drillichhosen, aus deren rechter Vordertasche der Kopf einer Zahnbürste lugte, einem leuchtendblauen Nicki mit aufgedruckten orangeroten Flamingos und einer Jeansjacke, die sie lässig über die Schulter geworfen hatte und mit

dem kleinen Finger hielt. Sie kam ohne Gepäck. Als sie mich sah (ich hörte gerade mit dem Stethoskop einige Bäume ab, vor allem anbrüchige sind akustische Kathedralen, Ulmen wachsen mit anderen Geräuschen als Buchen), riß sie die Militärmütze herunter und schwenkte sie rundherum, als wollte sie einen Flugzeugpropeller anwerfen. Eben hatte ich mit Judith einen kleinen Disput über Wirklichkeit gehabt – Judiths Antwort auf meine Aufklärungen war, daß sie eine Brennessel ausriß und mir unbewegten Gesichts vorwies: »Das ist für mich Wirklichkeit«; da, die Brennessel noch in der Hand, auf der sich schon Quaddeln und rote Juck-Atolle gebildet hatten, sah sie Marisa, wie sie fröhlich die Mütze schwenkte. Philipp schaukelte hinter uns in der Kniekehle eines elefantenbeinstarken Ulmenasts und blätterte in einem Reclamband über utopische Sozialisten (Babeuf, Blanqui); der Alte vom Berge streifte an der Westseite der »Lietzenburg« auf und ab, bewunderte die architektonische Mischung aus Jugendstil und englischem Landhaus, die weitarmigen Frau-Holle-Fenster; hin und wieder rief er einen Vers: »Jetzt gleich wie wenn im Keller zwischen Tod und Leben / Der Blumen Knospen ein vergrämtes Dasein weben.« – Sah Judith Marisa, ging lächelnd auf sie zu, umarmte sie, hob die Hand mit der Brennessel.
»Ach, Sie sind das«, sagte Marisa. Ihr Deutsch war inzwischen fast ohne Akzent.
»Ja. Schönes Nicki haben Sie an, Frau Sanchez.«
»Aus Santiago de Chile. Darf ich mir erst noch meine Handschuhe reinigen? Ich habe vorhin dummerweise ein klebriges Eis gegessen. Guten Tag, Herr Rohde.« Ich nahm die Stethoskopbügel von den Ohren.
Judith: »Ich hab' ein Messer.«
Marisa: »Ein gutes?«
Judith reichte es Marisa, die es aufklappte und kennerisch untersuchte: »Ein gutes Messer«, sagte sie und gab es Judith zurück, »woher haben Sie das? Wissen Sie auch, wohin Sie stechen müssen?«
»Dahin, wo es weh tut, nehme ich an. Es ist ein echtes französisches Laguiole, ein Leser hat es mir geschenkt.«
»Ich bitte Sie – schenken Sie mir das Messer. Sie können ja doch nicht damit umgehen.«

»Ich würde Ihnen jetzt gerne eine verpassen. Dahin.« Judith hob die Faust und stoppte kurz vor Marisas Jochbogen.
»Hat wenig Wirkung, wenngleich es spektakulär aussieht. Sie dürfen sich auch nicht täuschen: Ins Gesicht zu schlagen fällt den meisten Menschen schwerer, als sie glauben. Ich würde schneller sein als Sie, den Schlag nach oben lenken, sehen Sie, so«, Marisa demonstrierte es, »und Sie dann dort treffen«, Marisa stoppte ihre kleine weißbehandschuhte Faust vor Judiths Adamsapfel.
»Erst der Mann, dann das Messer.« Judith betrachtete die offene, stabheuschreckenhaft schlanke Klinge.
»Sie würden für Philipp zustechen?«
Judith blickte sich nach Philipp um, der das Buch beiseite gelegt und rittlings auf dem Ast sitzend begonnen hatte, sich die Fingernägel zu schneiden. Hin und wieder rief er »albern«, schob sich den cremefarbenen Hut aus der Stirn, kam aber nicht näher, und ich sah nach dem Alten vom Berge, der inzwischen an seiner Schreibmaschine in der Sonne saß, Leimtopf, Konzeptpapier und Schere neben sich, und ohne aufzumerken am Bergprojekt werkelte. Judith sagte: »Sie können das Messer haben. Ihre Forderung ist derart unverschämt, daß sie mir schon wieder gefällt. Ich mag es, wenn eine Waagschale eindeutig nach unten saust. Wenn schon verlieren, dann richtig, sagt die andere Schale. Aber sie ist leer und frei.«
»Sie wollen von außen zustechen, aber das ist ganz falsch. Kommen Sie, ich zeige es Ihnen.« Marisa entwand ihr das Messer, henkelte Judith unter, sie gingen in Richtung »Lietzenburg« davon, in ihr Gespräch vertieft, die Köpfe eng beieinander.

Der Alte vom Berge schrak zusammen beim Klang der Uhr; im Bibliothekszimmer der »Lietzenburg« saß außer ihm und Meno niemand. Er nahm die Lesebrille ab, erhob sich ächzend, stellte das Apollodor-Buch zurück ins Regal neben den Stapel »Sibylle«-Zeitschriften, aus denen Karlfriede Sinner-Priest abends, wenn der Wachtturm auf dem Dornbusch Lichtsektoren über die Insel und das Meer tasten ließ, Stil-Kostproben zum besten gab; es waren vom Ticktack der Standuhr und, da es mit Einbruch der Dämmerung schon kalt wurde, dem beifälligen Schmauchen des mit Windmühlen-Kacheln verkleideten Ofens gehätschelte

Stunden. Da saß Zensor neben Zensorin, sie in Häkel-Stola, er in Strickjacke, und beide mit beflogenen Wangen, denn machte ihr Schaukelstuhl »knirr«, machte sein Schaukelstuhl »knarr«.
»Zeit, Herr Rohde. Barsano läßt man nicht warten.«
Marisa und Philipp stießen am Strand zu ihnen. Sie trugen Gitarren an folkloristisch bunten Flechtgurten geschultert und sahen wie Abenteurer aus mit ihrem salzstarren Haar unter Strohhüten, die zerfranste Schattensterne auf die Füße warfen, die sie, am vor- und zurückschwingenden Wassersaum mit seinen bewußtlos taumelnden Muscheln watend, von glitzernden Händen abtasten ließen. Sie gingen in Richtung Kap, dessen Schroffen schon Abendröte sammelten, nahmen einen der Pfade, die davor die Steilküste hinaufführten. Am Pfadrand wuchsen Odermennig und Schafgarbe, Schwarze Königskerze und der Bittersüße Nachtschatten, die der Alte vom Berge, zu Menos Erstaunen, ohne langes Besinnen ansprach: »Ein Apothekerssohn, Herr Rohde, sollte hinreichende botanische Kenntnisse besitzen –«. Den Rest des Satzes verschluckte Motorengebell. Hinter dem Kap preschten Buggies durch die Brandung und die Düne hinauf, die hier durch Sandabbrüche flacher anstieg. Philipp beschattete die Augen. Meno erkannte die Kaminski-Zwillinge, in den übrigen drei Wagen saßen Mitglieder des Zentralkomitees der Sozialistischen Einheitspartei Deutschlands. Einer der Zwillinge brauste die Anhöhe hinauf, stoppte vor Philipp. »Na, Herr Londoner, in welche Spalte Ihrer Tabelle fällt diese Aktivität?«
»Frechheit«, versetzte Philipp, ohne sich zu besinnen; Meno griff ihm in den Arm.
»Hüten Sie Ihre Zunge, Meister Londoner, das haben wir Ihnen schon mal gesagt. Ah, Herr Rohde, auch eingeladen? Wie geht's daheim? Frau Honich wird sich grämen, daß Sie nicht da sind.«
Kaminski – Meno konnte immer noch nicht sagen, wer von beiden Timo war und wer René – grinste, warf einen flüchtigen Blick auf Marisa, übersah den Alten vom Berge.
»Ich dachte, auf der Insel wären Motorfahrzeuge verboten?« Philipp starrte Kaminski an, der gelassen an seinen Rennfahrerhandschuhen aus durchbrochenem Wildleder zog. »Auch 'ne Runde? Ich heiße Timo.«
»Danke, nein, Compañero.« Marisa versuchte Philipp zum Wei-

tergehen zu bewegen, aber da winkte schon Barsano. Timo Kaminski grüßte mit zwei Fingern am Basecap, der Buggy schoß aufheulend in Richtung Strand. Philipp schickte ihm einen Fluch hinterher. Der Vater sei ein hochgestellter Nomenklaturkader, ein echter Kämpfer noch, aber seine Brut, Philipp spuckte aus, verrate die Ideale der Revolution; Prasser seien die und Vorteile-Ausnutzer: »Eine Wohnung – wer kriegt die schon in diesem Alter, ledige Studenten, pah!«
»Du ja auch«, wagte Meno einzuwenden, aber das stachelte Philipps Wut noch mehr.
»Bei mir ist das was anderes, ich habe mir meine Bude über Bekannte … erkämpft. Ja, das kann man ruhig so nennen. Und außerdem bin ich kein Student mehr!« Philipps Neigung, aufzubrausen, laut zu werden; Philipps Blindheit für Parallelen (was er mit Hanna gemeinsam hatte); Meno schwieg, dachte an Judith Schevolas Wort auf dem Weg nach Ostrom: die rote Aristokratie!
»Ich kann mir schon denken, was du denkst«, Philipp gab einer vom Zenit ihrer Möglichkeiten träumenden Staude einen Fußtritt, »ich möchte dich daran erinnern, daß ohne Vaters Intervention du die Wohnung auf der Mondleite nie bekommen hättest. Geschenkt! Aber diese Typen … das sind Gangster, die kennen keine Skrupel, und gehören zu unserer Partei – sie ist schon völlig korrumpiert von solchen Schweinehunden!«
»Philipp, er kann dich vielleicht hören«, mahnte Meno, in Richtung Barsano nickend, der aus seinem Buggy gestiegen war und die Düne hinaufklomm. Der Alte vom Berge flüsterte, es sei unhöflich, stehenzubleiben, wenn sich der Erste nähere, noch dazu von unten; er bückte sich und ging Barsano entgegen.
»*Die* haben die Macht in der Partei, nicht die ehrlichen Genossen, die sich an der Basis krummlegen, um wenigstens noch etwas zu retten … Na, verpfeif mich nicht«, sagte Philipp abrupt, äußerlich schon wieder beherrscht zu Meno. Sie folgten dem Alten vom Berge, doch Philipp hielt sich stolz aufrecht.
»Paar Spielzeuge«, der Erste Sekretär winkte ab, »hat Vater Kaminski ans ZK-Heim liefern lassen. Kamen gestern per Boot von Rügen. Hätte nicht gedacht, daß das solchen Spaß macht, die zu fahren. Wo habt ihr die Schevola gelassen? Wollen wir nicht

mehr sehen. Hat abgegessen. Schade, hübsche Frauen sieht man selten«, sagte er zu Marisa, gab ihr mit einer Bemerkung zur Arbeit des chilenischen Solidaritätskomitees die behandschuhte Hand. »Sind aus der BRD, die Dinger. Müßten wir auch bei uns bauen. Kriegt vielleicht der Arbogast hin. – Geht mal schon rauf, Genossen, oben gibt's was zu trinken.«

50.
Und hast du Kummer oder Sorgen

Klassengenosse – befiehl! Klassengenosse – führ aus! Gleicher Willen. Gemeinsames Ziel. So wird Vertrauen daraus

VOM SINN DES SOLDATSEINS

Kam der Herbst, kam die Asche. Kam November, kamen die Regen und die neuen Rekruten nach Grün. Die letzten zehn Tage ihres Dienstes zeigten Rogalla und Ruden jedem, der sie aus ihrer heiteren und trotzdem, an den Nachmittagen, ungeduldigverzweifelten Rauschruhe aufzustören versuchte, einen flachgewalzten Alulöffel, der eine Reichsbahnschaffnerkelle imitierte, hielten zuerst die signalrot, dann die papageigrün lackierte Seite hoch: Stop. Abfahrt. Die aus Messing-Granathülsen gedrehten und mit 150-cm-Schneidermaßbändern (gab es nicht irgendwo einen VEB, überlegte Christian, der hier stolze Planübererfüllungen vermelden konnte?) bestückten EK-»Maßel« waren, Tag um Tag und Zentimeter um Zentimeter, kürzer gefallen, wenn eine »arme Suppe« nicht wußte, daß im beginnenden Herbst ein Feldwebel mit Filzkäppi wahrscheinlich ein »Uhu« war: *u*nter *hu*ndert Tage noch.

Manchmal ging Christian, wenn das Stuben- und Revierreinigen vorüber war, die Blockerbürsten nicht mehr über den Flur klinkerten, gemeinsam mit Burre zum Kohlenholen, das eine der Aufgaben der »Ohrlis« war. Burre, der mit Vornamen Jan hieß – bei seinem Spitznamen nannte ihn Christian nie –, tapste, ein ungeschickter junger Bär in Schwarzkombi, die kappenlosen Gummigriffe fest in den Arbeitsfäustlingen, murmelnd und summend voran, ließ die luftbereifte Schubkarre über die Pflasterköpfe der vor Jahren asphaltiert gewesenen Bataillonsstraße hüpfen, am Med.-Punkt, aus dem die Bettlägerigen in braunen Trainingsanzügen hämische Kommentare riefen, der Instandsetzungskompanie und der Schneiderei vorbei; schwenkte, schon singend, zum Stabsgebäude, hinter dem, abgeschirmt von einigen Flachbaracken und dem Ausbildungsschwimmbad, die Kohlevorräte des Regiments lagerten. Auf den Halden wucherte Unkraut – die Kohlen mußten lange im voraus bestellt werden und wurden im Frühjahr geliefert –, magere Katzen hatten sich Mulden gegraben (die Kohle war grusig, bestand mehr aus Brokken und Staub als aus Briketts), Krähen stritten sich um Abfälle: Die Küchen-Müllcontainer standen neben den Kohlehügeln, nie ganz schließbar, in ihrer eigenen Art von Melancholie. Sahen Burre und Christian Schubkarrenfahrer vom 1. und 3. Bataillon, begannen sie zu rennen, suchten sich, wenn ihnen noch niemand zuvorgekommen war, die besten Plätze und fingen an, wie wild zu schaufeln – wer die besten Kohlen hatte, bekam die Stuben- und Badeöfen am wärmsten. Die vollen Schubkarren wogen gut einen Zentner, und Christian hätte nie gedacht, daß es ihm, dem verwöhnten Abiturienten und Abkömmling von Bildungsbürgern, je möglich sein würde, eine solche Last nicht nur zu heben, sondern auch vorwärtszubewegen, über schmierige Holzplanken zwischen den Grushügeln und Hindernisse hinweg, die die Kohlen auf dem eigensinnigen, wie eine bauchoben sezierte Kröte wirkenden Gefährt munter hüpfen ließen. Zudem konnte man die Last nicht trimmen, die Schubkarren eierten auf ihren schlecht aufgepumpten Reifen hierhin und dorthin, die Kohlenholer taumelten wie Betrunkene; Christian hatte das Gefühl, einen Ochsen auf einem Lineal transportieren zu müssen. Auf dem Rückweg sang Burre lauter, das Murmeln ging in Brummen und rhythmisches »da-da-da« über. In diesen Momenten tat er Christian so leid, daß er die Schubkarre absetzen und gegen das wie aus einem verrückt gewordenen Gartenschlauch aufkreiselnde Weh einen Augenblick verschnaufen mußte. Die Birken flimmerten, vom Platz vor dem Stabsgebäude hörte man den Offizier vom Dienst »Vergatterung!« schreien, auf der von Ulmen überwölbten Kasernenmauer jagten Eichhörnchen, schwerelose, lohrote Gesellen. Dabei war Burre in diesen Momenten vielleicht glücklich; er schien ganz in seiner eigenen Welt zu sein, hielt den Kopf gesenkt, sang und brummte gegen die dickfellige Schubkarre, die Abendgeräusche der Kaserne, gegen das Schniefen seiner Nase an, die vom Kohlenstaub schwarz glänzte. Christian dachte an die schneckengelbe Waschpaste voller Schleifklümpchen, mit der sie sich nachher Gesicht, Hals, Hände schmirgeln mußten; wollte nicht, aber dachte doch an die schwarzen, pferdebohnengroßen Schleimpfropfen, die sie sich aus den Nasen trompeten würden, gefolgt von Kratzhusten und schüttelfrostigem Entsetzen darüber, was da aus ihren Körpern in die Abflüsse der Waschrinnen trieb. Burre torkelte, und regelmäßig auf Höhe des Werkstatthangars der Instandsetzungs-Kompanie passierte es: dort gab es eine Bodenschwelle, die er mit Anlauf zu nehmen versuchte – die quer über der Schubkarre liegende Schaufel sprang hoch und beiseite, emporgeworfelte Kohlebrocken fielen aufs Pflaster. Burre, im Bemühen, das Gleichgewicht zu halten, kurvte wie ein Eiskunstläufer, dessen Schlittschuhe gegen die Fliehkraft des Bahnovals einen neuen Sprung klöppeln, stemmte sich, immer noch singend, in immer wilderen Balancen gegen die störrische Fallsucht der Karre, und sprang schließlich beiseite, um ihr den banalen und ahnungslosen Willen zu lassen. Dann begann Burre zu lachen, und Christian hatte den Verdacht, daß Burre sich in diesem Moment von außen sah, daß er über seine eigene Hilflosigkeit und die zeichentrickhafte Unausweichlichkeit des Umkippens in Gelächter ausbrach, eine wabbelnde, verschämt vorgetragene Erheiterung, die Christian ebenso rätselhaft blieb wie der Umstand, daß Schlückchen es nie gestattete, vor dem Stuben- und Revierreinigen die Kohlen zu besorgen. Denn sie mußten ja noch die Treppen hinauf, und dafür gab es nichts anderes als den »Schweinetrog«, wie das ehemals militärgrün gestrichene, wohl aus einer alten Munitionskiste gefertigte, mit zwei ausgemusterten Barrenholmen unterlegte Transportmittel genannt wurde, zwischen dessen zerschrammten Sparren, unbeeindruckt vom Keuchen, den Flüchen und preßatmigen Momentanweisungen des »Ohrlis« vorn, des »Ohrlis« hinten, Braunkohlepulver rieselte und auf Treppenstufen, dem frischgebohnerten Flurparkett eine Lunte hinterließ.

Burre stammte aus Grün. Er bewohnte allein mit seiner Mutter – der Vater hatte sie sitzenlassen, als Burres kleine Schwester eines Winters im Feuerlöschteich ertrunken war – zwei Zimmer in einem der baufälligen Fachwerkhäuser hinter dem Markt; er hatte Christian eines Abends Fotos unter der Trennwand der Toilette durchgeschoben: dort, auf einer der vier stinkenden, mit buntschillernden Fliegenfängern behängten WC-Buchten, war der einzige Ort, an dem man ungestört, für sich sein konnte, wenngleich die älteren Dienstjahrgänge dies selbstverständlich wußten, und Muska sich gern einen Spaß daraus machte, an der Tür wie an einer Eskaladierwand hochzuspringen, um nachzusehen, was es dahinter gab.

Burres Mutter arbeitete im Schichtdienst als Einstellerin im Grüner Metallwerk. Alle zwei Wochen schickte sie ihrem Sohn ein Paket, eine umständliche (denn die Post befand sich am anderen Ende des Städtchens) und teure Umgehung unzuverlässiger Posten am Kontrolldurchlaß, denen sie anfangs die Pakete übergeben hatte – Burre bekam keinen Ausgang, Schlückchen mochte ihn nicht, weil er, wie der Stabsoberfähnrich zu verstehen gegeben hatte, zu denen gehörte, die »die Bilanzen der Kompanie versauen«.

»Ungerechtigkeit ist die Würze der Welt«, philosophierte Panzerfahrer Popov, betrachtete seine lüftenden, pflegebedürftigen Zehen, schob sich gleichmütig das Käppi über und eine Teigtasche in den Kopf: Die vierte Kompanie war zur Wache eingeteilt, fünf Tage vor Entlassung der Soldaten des dritten und der Unteroffiziere des sechsten Diensthalbjahres. Christian sah Burres Mutter vor Muska, Costa, einigen Fahrern sitzen, die wachfrei hatten; sie sprach stockend, murmelnd, die Ähnlichkeit des Timbres mit dem ihres Sohns (auch Burre hatte diese wie von Schiefern durchsetzte, entfärbte Zwischenlagenstimme), die Ähnlichkeit der Gesichtszüge verwunderte Christian, hatte zugleich etwas Bedrückendes, und während er die MPi Ruden übergab, der sie in einen Waffenschrank schloß, während er Käppi und Koppel ablegte (jedesmal eine kleine Freude), versuchte er sich an etwas zu erinnern, das mit dieser Bedrückung in Zusammenhang stand; doch erst, als er sich durchs geschorene Haar fuhr, fiel es ihm wieder ein: »Die Scheitelwirbel der Hoffmanns«, hat-

te der Uhren-Großvater gesagt, »mein Vater hatte sie, ich hab' sie, dein Vater hat sie, und wenn du mal Kinder hast, Christian, wirst du sie ebenso getreulich wiederfinden … vielleicht wirst du bald verstehen, wie komisch und traurig das ist, man lacht und resigniert – Erziehung? ach was« – Christian hatte es behalten, obwohl ihm der Sinn dunkel geblieben war. Burres Mutter hatte sich, wie man sagte, »fein gemacht«, und bald begriff Christian, daß sie gekommen war, um für ihren Sohn zu bitten.
Ruden schlenderte nach vorn, schwieg; keiner rührte den Umschlag mit dem Geld an. Rogalla erklärte, daß ihn das nichts mehr anginge; Ruden, der wohl etwas hatte sagen wollen, nickte, erleichtert über die Hans-im-Glück-Lösung, die ihn plötzlich und unerwartet entband; er folgte Rogalla, den Löffel mit der grünen Seite nach oben stechend, nach draußen.
»Das waren die schlimmsten«, sagte Costa, »die gehen in fünf Tagen. Dann hat er das Gröbste überstanden.« Burres Mutter reagierte nicht darauf, sie hatte ihr Kopftuch nicht abgelegt und saß noch im Trenchcoat da, einem jener kittgrauen, mit Knöpfen groß wie Taschenuhren besetzten Stücke, die es, außer olivgrünen und waldbraunen Parkas, in den Läden noch zu kaufen gab, wobei sich die Exemplare für Männer und Frauen einzig dadurch unterschieden (behauptete Barbara), daß bei den Frauen die Knöpfe links, bei den Männern rechts saßen.
»Haben Sie keine Mutter«, wandte sie sich nach einer Weile an Muska.
»Nein«, lehnte der ab, »und wenn ich eine hätte, wär' sie nicht einfach hier reinspaziert mit fünfhundert Mark in 'nem Kuvert.«
»Sie haben keine Mutter?«
»Nein, hab' ich nicht! Ich komm' aus 'm Heim, wenn Sie verstehen, meine Alte hat sich in die Radieschen gesoffen, und ich bin ihr einfach aufs Schwein gegangen; als ich klein war, hat sie mich mit Rotwein aus 'm Fläschchen bedient! War ich still danach. Aber Sie – schieben hier einfach rein, knallen Geld und schöne Worte auf 'n Tisch: *sensibler Junge* – meine Herrn, ich bin auch sensibel! Wenn Sie wüßten, wie sensibel ich manchmal bin und wie sehr mir meine Kamraden hier manchmal auf 'n Sack gehn –«
»Hehehe!«

»Schnauzeduarsch. – Also, was sagen Sie dazu?«
Aber Burres Mutter antwortete nicht, denn ihr Sohn war hereingekommen. Er schien zunächst nicht zu verstehen, blickte irritiert von einer Seite des Tisches zur anderen, dann, als er den Umschlag gesehen hatte, wandte er sich abrupt um, senkte den Kopf, wie um zu überlegen, nestelte am Tragegestell mit den Reservemagazin-Taschen und der Feldflasche, die er dort vorschriftswidrig eingehakt trug: »Du solltest nicht herkommen, ich habe dich darum gebeten. Und Geld schon gar nicht. Haben wir einen Dukatenesel?« und drehte sich nicht um, sprach erregt, mit hochgezogener Schulter, zu einem unverständigen Teil des Fußbodens, von dem die Antwort seiner Mutter ihn wie über Bande würde erreichen können.
»Sie haben doch gesagt, er wird nicht kommen«, murmelte Burres Mutter Costa zu, mit müder, monströs trauriger Stimme. –

Kam der Herbst, gingen die EK. Gaben noch Ratschläge: Halte deine Panzerwasserflasche sauber. Dein Einsatzpäckchen in Ordnung. Sagt den Frischen, sie sollen sich Mitella und Motorradbrille besorgen.
Es kamen die neuen »Ohrlis«, gefüttert mit Gerüchten, von »draußen« und von den Unteroffiziersschulen; sie näherten sich verschreckt, keuchend unter den vollgestopften Zeltbahnen, angetrieben von einem Befehlsmeister, der die Hände auf den Rücken gelegt hatte, verteilten sich auf die einzelnen Kompanien wie ein Ameisenzug, der einer Prozession wandelnder Blätter gleicht – mit einer Ausnahme: Steffen Kretzschmar, den sie sofort und einhellig, der Bäckerhände und des runden Gesichts mit den henkelartig abstehenden Ohren, des schwarzen kurzgeschorenen Drahtbürstenhaars wegen, »Pfannkuchen« tauften. Pfannkuchen zog einen Leiterwagen hinter sich her, in dem er seine Siebensachen (nur die älteren Diensthalbjahre verfügten über Seesäcke, aus Marinebeständen umgeleitet), ein »Weltmeister«-Akkordeon mit zersplitterten Perlmuttknöpfen, eine Gewichtheberhantel und eine Kiste mit Jonglierbällen transportierte. Wenn Muska triumphierte, dann kindlich offen, er schob das Käppi »auf Durst«, daß die drüsig ausgewölbten Augäpfel im lachstrahlendurchrissenen Gesicht ein fliederblaues Zen-

trum bildeten: geweitet um Erkenntnisse oder Vorstellungen, die noch im Zustand glucksender Vorfreude verharrten und erst nach einigen Sekunden wie eine Art von Nesselsucht den mageren Körper überfiebern würden.
»Guckt euch die Suppe an! Mit'm Leiterwagen unterwegs, wo gibt's denn so was!« Er ging zum Spind, legte das Koppel an, pfefferte Karge einen Pfirsichkern, dessen Rot noch betörend war, in die Koje: »Eh, Wanda, zieh'n Finger, die Glatten kommen, und einer zum Rundmachen!«
Auch Christian war eigentlich zu groß für den Panzer, die Grenze lag bei einsachtzig; aber Pfannkuchen maß mindestens einsneunzig. »Dem muß die Luke doch 'n Schädel einquetschen«, sagte Popov anerkennend, »na, vielleicht haben sie ihn gerade deshalb zur Kavallerie gesteckt. Wie der seine langen Stelzen zwischen Kupplung und Bremse parken soll … und 'ne Haube für *den* Nischel gibt's doch gar nicht.«
Muska baute sich vor Pfannkuchen auf, was einigermaßen lächerlich aussah, denn er war einen Kopf kleiner und wirkte wie eine zeterndes Insekt, das, um endlich die Aufmerksamkeit des hünenhaften Forschers zu gewinnen – Christian beobachtete Pfannkuchen, der verwundert, doch zunehmend interessiert auf Muska hinabblickte –, sich in eine tanzende Spinne, einen tobsüchtigen Frosch, einen Kontrabassisten beim »Hummelflug« verwandelt; nur daß Pfannkuchen nach einer Weile »Was willst du?« fragte.
»… und überhaupt!« Muska fuchtelte herum, Pfannkuchen hob ihn mit einem Arm hoch, stemmte ihn über Kopf, steckte sich mit der Linken eine Zigarette in den Mund, zündete sie mit der langen Flamme eines roten »Bic«-Feuerzeugs an (Muska japste, die Feuerzunge sengte an der Hosengabel), wartete, bis Muska die Stiefel verloren hatte und setzte ihn behutsam in eine Novemberpfütze ab, seinen in die Luft klopfenden Fäusten geschickt ausweichend. Karge wollte sich halb totlachen. »Gebratne Kommandanteneier, garantiert ungewaschen –«
Costa meinte, das geschehe dem Maulaufreißer recht. Irrgang kam vom Park und rief, wenn das auch zur E-Bewegung gehöre, sei er dabei.
Pfannkuchen ließ sich seinen Spitznamen gefallen, schien ihn

sogar mit Wohlwollen und behäbig der Kategorie Schmeichelei zuzuordnen, denn er begehrte nicht dagegen auf, meldete sich hin und wieder, wenn er Dienst stand, mit »Unteroffizier Pfannkuchen«, maliziös lächelnd über die Verwirrung, die er anstellte. In den ersten Tagen, so schien es Christian, probierte er aus, besah sich die Offiziere, hatte Respekt vor Schlückchen, der ihn mit Blicken aus vergilbten Skleren bedachte, ein »Stunkmachenbestimmeichissasklar Genosse« hochprozentig ausatmete, taxierte den Bataillonskommandeur, Major Klöpfer, (den sämtliche Soldaten seines Bataillons für komplett unfähig hielten, was er selbst nicht zu bemerken schien), hörte dem Polit mit halbgesenkten Lidern zu, beobachtete Christian, der sein Kommandant war. Pfannkuchen schien eine intuitive, rasch urteilende Menschenkenntnis zu besitzen, ein kühl hinter Geschrei und Pose blickendes Organ, das in »nützlich«, »unnütz«, »gefährlich« und »ungefährlich« einstufte, eine grobe, aber wahrscheinlich bewährte Registrierung, nach der er sein Verhalten richtete. Christian schien er nicht eindeutig zuordnen zu können, mehr als einmal begegnete Nemo, wie auch Pfannkuchen ihn nannte, den Forschungen seiner Graupunktaugen unter den schläfrig schweren Lidern. Den armen Burre ernannte Pfannkuchen nach einigen Tagen zu seinem »Sklaven« (was Christian wunderte: daß keiner der übrigen Fahrer dagegen protestierte; vielleicht hatte sie seine Vorstellung mit Muska gänzlich überzeugt?); das Brummkreiseln Schlückchens tat er mit einem fleischigen Mundwinkelzucken ab; der Kompaniechef mischte sich nicht in die Angelegenheiten der unteren Dienstgrade, und beim Zugführer, der bei jeder Entlassung jammerte, daß immer die Erfahrenen gingen und nun die Plage mit den jungen Genossen aufs neue beginne, war Pfannkuchen wohlgelitten, denn er war der beste Fahrer, den das Bataillon je gesehen hatte. Er war besser als Popov, denn Pfannkuchen getraute sich, seinen T 55 mit Vollgas rückwärts in den Panzerhangar des Technikparks zu fahren (und ohne Einweiser, so ging das Spiel, bei dem der Sekundenbruchteil eines Lenkhebeleinschlags über »Ach« oder »Krach« eines Doppel-T-Trägers entschied); er unterbot auf der von der Wehrmacht überkommenen und auf russische Verhältnisse angelegten Lehrfahrstrecke den Regimentsrekord, den ein

legendärer Reservist in den frühen Siebzigern aufgestellt hatte; in Pfannkuchens Faust wirkte die »Luken-Elli«, der rechtwinklig gebogene Stahlhaken zum Öffnen der Einstiegsriegel, so zart wie der Griff eines Damenhutkoffers.
Es gab keine Taufe. Sie versuchten zu fünft, Pfannkuchen zu überwältigen; Christian, der UvD stand, schreckte aus dem Flimmerschlaf, als sie die Tür zur Fahrerstube aufrissen; den ersten warf Pfannkuchen aus dem geöffneten Fenster (einen grobkehligen Ladeschützen, für jede Sauferei und Prügelei zu haben, auch wenn es um einen Unteroffizier ging – sonst herrschte strenge Trennung zwischen den Mannschaftsdienstgraden); dann legte Pfannkuchen einen Schlagring an, setzte sich an den Tisch, vor sich ein aufgeklapptes Messer, trank einen Schluck Tee und erklärte seelenruhig, er könne auch anders. Er schien nachzudenken, während die anderen unschlüssig zwischen Tür und Angel stehenblieben, dann hob er lächelnd den Zeigefinger, ließ ihn gegen den Spind und einen Silberpapierblock kreiseln, verpaßte dem Bett, in dem Burre schlief, einen Stiefeltritt: »Los, Nutella! Servier uns die Steaks!«
Die Neuen: bei den Kommandanten ein käsehäutiger, aknezerfressener Mensch, der sein Gesicht wie eine Handpuppe in Falten legte, wenn ihm etwas nicht gefiel – und dann alle Naselang zum Politoffizier rannte, der seinen Eifer mit allerlei Belobigungen dämpfte. Ein schweigsamer Goldschmied, der mit Serviette aß und sie faltete, bevor er sie wegwarf. Es gab Streit um die Reviervergabe, Burre wollte die Toilette behalten. Christian wußte, daß es ihm nicht um die verdreckte Mannschafts-, sondern um die Offizierstoilette ging, die man abschließen konnte. Pfannkuchen jedoch meinte, da wolle er bloß abducken und Schweinkram verfassen, es genüge, wenn er sich den Fahrern zur persönlichen Verfügung halte.
»Ich will aber die Toilette«, beharrte Burre. Ein stämmiger, untersetzter Fahrer gab ebenfalls nicht nach.
»Ah, ihr Sklaven *wollt* was! Na schön«, Pfannkuchen stellte zwei Püppchen auf den Tisch, aus Holz geschnitzt, eine grüne und eine rote. »Ich kenn's so. Es gibt im Grunde zwei Sorten von Menschen: die oben und die unten, die mit Knete und die ohne. Diejenigen, die Befehle erteilen, und diejenigen, die sie kriegen.

Und wenn der eine was will, und der andere will's nicht, na, Gott, was passiert dann? Wenn zwei die Schlotte bürsten wollen, aber nur einer darf's am Ende machen, müssen sie drum kämpfen.«
»Wir könnten sie ihre Schwänze vergleichen lassen«, schlug Karge vor. »Aber das ist unfair, Nutellas ist vom dauernden Wichsen geschwollen.«
»Es muß gerecht zugehen!« krähte Muska. »Schlaumeier haben immer kleine Schwänze. Und wer weiß, ob der Muchpilz hier«, er wies auf den Fahrer, »meine Klobrille so gut wienert wie Nutella.«
»Oh Mann«, seufzte Popov, »daß ich das noch erlebe: Zwei Ohren kloppen sich drum, wer das Scheißhaus schrubbt. Na dann, ich will Blut sehen.«
»Sie sollen Hanteln stemmen. Ein fairer Wettbewerb.« Pfannkuchen bewegte sich zu seinem Bett, rollte die Hantelstange mit den beiden 50-kg-Scheiben vor. Er stammte aus einer Zirkusdynastie, seine Vorfahren waren Eisenbieger, Kraftartisten, die mit Halbzentnerkugeln jonglierten, Ringkämpfer und Wettbewerbsesser gewesen; er selbst hatte bei »Aeros« und »Berolina« als Schmied gearbeitet; es hatte Streit gegeben, eine »Sache, eine Erledigung«, wie er mit seinem maliziösen Lächeln formulierte; seit einiger Zeit handelte er mit Autos, und es hieß, er sei einer dunklen Angelegenheit wegen für drei Jahre in die Armee abgetaucht (auch hier gab es Planvorgaben, was scherte einen Werber die Vergangenheit, wenn er einen brauchbaren Unteroffizier dafür bekam). Pfannkuchen hob das Gewicht ohne Mühe. Zuerst versuchte sich der Fahrer, sein Kopf wackelte wie bei einem halsmuskelschwachen Säugling; aber schließlich bekam er die Arme gestreckt. Burre trat vor, und als er sich bückte, wußte Christian, daß er die Last nicht hochbekommen würde. Die dünnen Arme schlenkerten über der Hantel, dann legte Burre die Brille auf den Tisch, spuckte in die Hände und begann theatralisch herumzutänzeln, eine Art Voodoo oder Beschwörungsspiel; vielleicht half's; immerhin riß er das Gewicht mit einem energischen Ruck an die Brust – Christian hätte das dem dicklichen, unbeholfen wirkenden Burre nicht zugetraut –, ein Kampfschrei folgte, wie ihn die Gewichtheber in »Sport aktuell« ausstießen, Ausfallschritt rechts, noch in den Knien, er pustete, die Hände

unter der Stange wurden weiß, konzentrierte sich, das rechte, winklig vorgestellte Bein begann zu schlottern, Muska sagte: »Jetzt bloß nicht lachen«; Burre schloß die Augen, kämpfte, sein Gesicht verfärbte sich, dann stieß er einen dumpfen Laut aus, es klang wie beiläufige Enttäuschung, mit Erstaunen gemischt, dieses den eigenen begrenzten Körper und seine Schwäche verdammende »Oooh« Burres, dem im Moment des Umgriffs, der entscheidenden Kraftanspannung zum Emporstemmen der Hantel, alle seine Gedichte nicht geholfen hatten.

Nachts, vor dem Einschlafen, hatte Christian das Gefühl, sein Körper würde davontreiben, eine Auflösung geschähe in der Gegend des Atemholens, etwas franste aus (er dachte an sein Cello, nur kurz, drückte es aus dem Sinn: tot, tot, *was sollen mir die alten Gespenster*, das Cello schien vor seinem inneren Blick wie ein erhitzter Zelluloidfilm zu zerschmoren); eine Brücke riß, und dunkles Wasser nahm die Stimmen (Reinas, Verenas) mit sich, die wärmenden Erinnerungen an Dresden, das jetzt geheimnisvoll und reich mit Gesprächen, Musik, alten Theaterstücken gefüllt sein mochte wie Ali Babas Höhle mit Schätzen; Sesam, Sesam. Aber der Brunnenwels vor Vogelstroms Burg würde sein Mooskleid aus Schweigen nicht ablegen, in der Karavelle würde sich der Klang einer auf die Untertasse abgesetzten Kaffeeschale aus Porzellan, durchschnitten vom Hin und Her des Standuhrperpendikels und dem steten violetten Leuchten der Amethystdruse, nicht ändern. Er dachte an zu Hause, hatte Mühe, die Bilder zu beschwören. Gab es sie überhaupt, die Karavelle, das Tausendaugenhaus, die Rosenschlucht, aus der gerade jetzt der schwere Schlaf über die Stadt fließen mochte, Haus Abendstern, wo Niklas erstarrt war, eingesponnen in Musik und Stimmen aus den Archiven, krank vor Heimweh nach dem Nürnberg der Meistersinger? Christian bewegte sich und war wieder hier, in seinem Bett in der Kommandantenstube des 2. Bataillons des 19. Panzerregiments, das ebenfalls verschwinden würde, sobald er die Augen schloß.
Die Kompanie schlief. Traum und Heimsuchungen hatten sich ihrer bemächtigt. Die Ausgänger würden erst kurz vor sieben Uhr, dem offiziellen Dienstbeginn, zurückkehren, sie hockten in

der »Feuchten Fröhlichkeit«, der einzigen Grüner Kneipe, die nicht um Mitternacht zusperrte. Dort rückten die verbrauchten, ledig gebliebenen Arbeiterinnen aus dem Metallwerk nach der zweiten Schicht ein, die späten Mädchen des Ortes, trink- und fluchfest; sie sagten nicht »ein Mann«, sondern »'n Kerl« oder »'n Macker«. Und Christian hörte: lauschte: Da war das Erzittern des Blumenwassers in den Plastvasen auf den Kneipentischen, zwei, drei Schwenks eines Servierhandtuchs vertrieben die Gerüche, die Krümel, die essenslastige Präsenz des letzten Gastes, bevor der Kellner den Daumen in einer knappen Bewegung zur noch warmen Sitzfläche des Stuhls kippte, der Nächste bitte, Abfertigung im 30-Minuten-Takt, nur der Tisch mit dem sorgfältig bemalten, eichenlaubumkränzten Schild in der Mitte wurde in Ruhe gelassen; und waren es in Schwanenberg die Geräusche der Braunkohlenbagger gewesen, das entfernte Quietschen (oder war es Schreien? Kreischen? Hungerhaben? Gefoltertwerden?) skelettarmiger Urzeitriesen, die gegen einen von Burgunder-, Klavier-, Schokoladen-, Hydrantenrot, Flamingo- und Zahnfleischrosa, Inseln von Schluckimpfungstropfen- und Zündholzrot, Schließ-die-Augenlider-Orange zu Katzenpfoten- und Liebesbriefrosé gestuften Himmel ihre sumoringerhaft schwerfälligen Standwechsel vornahmen; Tiere, unter Eimerketten begraben, wühlend in den Kreis-Göpelwerken der Tagebaue; diese Geräusche gepeinigter Kreatur, die Christian nicht vergessen konnte – so hier im Städtchen Grün die flimmernden Pfiffe der Güterzüge, die vor allem nachts durch den Provinzbahnhof rollten, polternde Waggon-Bandwürmer, gefüllt mit Erzeugnissen des Grüner Metallwerks, mit Kohle, mit Holz aus den umliegenden kahlgefressenen, von saurem Regen zerlumpten Fichten-Monokulturen, mit Gestein aus dem Gebirg, aus dem sie in der Hütte westlich des Städtchens noch ein paar Gramm Buntmetall herauskochten, mit Chemikalien, unverdaulich brauende Mahlzeit, gezapft von einem im Koma liegenden Wirt. Die Pfiffe der Güterzüge, und er dachte an daheim. Er dachte ans Donaudelta und den Wiedehopf, den ihm Kurt auf einer Postkarte geschickt hatte, im privaten Fach seines Spinds hatte er sie befestigt, dort, wo andere das Bild der Frau oder Freundin, ein Foto aus dem »Magazin« hatten. Er dachte an die Sternbilder auf

Menos Zehnminutenuhr, an das Kreuz des Südens, das er nie zu sehen bekommen würde, und in welche Himmel es seine Silbernägel wohl geschlagen hatte.

Die EOS mit ihren Problemen, die Abiturprüfungen mit wochenlangem Lernen vorher, die Furcht vor den Lehrerkollegien in überheißen Klassenzimmern, wenn man zur Prüfung gebeten worden war, die Diskussionen mit Reina, Falk und Jens am Kaltwasser schienen unendlich lange zurückzuliegen; sein Zeitsinn sagte: in einem anderen Leben. Hatte er je Abitur gemacht? In einem Klassenzimmer gesessen, in Zivilkleidung und mit Hausschuhen an den Füßen, über ein Buch oder ein Blatt Papier gebeugt? In einem anderen Leben. Zwischen dort und hier war eine Schranke gefallen. Obwohl er müde war, tat es weh, wenn er die Augen schloß; ein salziger Schmerz; aber der innere Antrieb wälzte im schlafbereiten, schlafdurstigen Körper noch aus Gewohnheit weiter, konnte nicht plötzlich anhalten. Er sah Burre vor sich, das verschlossene, um Würde bemühte Gesicht; es peinigte ihn, daß die anderen mit Burre so umsprangen. Das war nicht gerecht … Gerecht, gerecht! höhnte es aus dem dunklen Zimmerwinkel, wo Muska und Wanda längst in den Klauen einer rasselnden, auf ihre Weise fürsorglichen Nachtgottheit hingen. Was konnte man tun? *Was kann ich tun?* –

Eine Eingabe schreiben. Alles erzählen, die Verhältnisse hier, die Wirklichkeit. An den Minister für Nationale Verteidigung oder, noch wirkungsvoller, gleich an den Generalsekretär persönlich. Es hieß, daß solche Eingaben beachtet wurden … Aber die Briefkästen wurden observiert, und der im Regiment erst recht. Und wenn man seine Beschwerden tatsächlich prüfte, würde Schlückchen ein hübsches Potemkinsches Dorf bauen lassen, die Einwohner hätten blütenweiße Kragenbinden, reinliche Fingernägel; es gäbe nur überaus zufriedene Genossen (»Ich diene der Deutschen Demokratischen Republik«, lautete die vorschriftsmäßige Dankesformel), und einen wie Burre würden sie an diesem Tag auf Urlaub schicken. Und wenn die Beschwerdeprüfer gegangen wären, kopfschüttelnd über die völlig haltlosen, verleumderischen Beschuldigungen dieses Unteroffiziers Hoffmann …

Gleiskettengeräusche von draußen, an der Einfahrt zum Technikpark: Das 3. Bataillon kehrte von einer Übung zurück. Hustete draußen jemand, etwa Schlückchen mit seinem »Erpel«? Christian wurde unruhig, stand noch einmal auf. Der Flur lag leer, glänzend von der Abendarbeit der Bohnerbartel; der Tisch des Wachhabenden schwamm wie eine winzige Insel mit einem gelben Positionslicht in der Dunkelheit vor der Treppe, Costa saß daran und las.

Auf der Toilette brannte kein Licht. Christian spürte, daß jemand hier war, er hatte einen sechsten Sinn dafür, konnte verschlossenen Briefkästen ansehen, ob sie gefüllt waren oder nicht (eine »Aura«, irgendein Überbleibsel vom Postboten, eine wimpernleichte Änderung in der Resonanz des Briefkasteninneren, Nachhall des Klappenschlags?); er sah Softeis an, ob es zuviel Milchfett enthalten und ihm daher nicht schmecken würde; er spürte, daß jemand reglos, wahrscheinlich mit angehaltenem Atem und die tintige Dämmerung über dem Türrand absuchenden Augen in der Box am Fenster saß: und daß es Burre war. Er nahm die Nebenkabine, wartete.

»Christian?«

»Ich wollte dich was fragen, Jan. – Kann ich irgendwas für dich machen? Ich hab' einen Onkel, der kennt Leute.«

»Warum machst du's nicht für dich selbst? Ich brauch' keine Hilfe.«

»Du willst keine.«

»Ich kann für mich selber sorgen. – Kommst dir edel vor, was? Warum lachst du über meine Gedichte?«

Pause; aber Christian wollte nicht ausweichen. »Weil sie nicht gut sind. – Glaub' ich. Ich lach' nicht drüber.«

Burre schwieg, Papier raschelte, ein Stab Helligkeit schwankte über den Boden. »Ich weiß, daß sie nicht gut sind.«

»Mein Onkel ist Lektor, vielleicht kann er dir helfen.«

»Aber ich hab' nichts anderes.« Burre knipste die Taschenlampe aus, als draußen Stiefelschritte zu hören waren. Dann war es still, Costa mochte eine Runde drehen. »Ich wär' gern mit dir befreundet.«

Christian, nur im dünnen Schlafanzug, begann zu frösteln. »Dieser Pfannkuchen … vielleicht könnte man sich irgendwo beschweren?«

»Vielleicht schlag' ich ihn tot, eines Tages«, sann Burre, »als sein ›Sklave‹ lerne ich ihn besser kennen als er mich, und irgendwann, vielleicht, wenn er schläft … Ist mir egal. Ich hab' die Schnauze voll, ich hab's so satt manchmal …« Burre sprach hastig und gepreßt, voller Haß. »Und im Betrieb schuften sie sich die Knochen kaputt, alles für die Planerfüllung, und wenn meine Mutter nach Hause kommt, ist sie so fertig, daß sie vorm Fernseher einschläft …«
»Jan, ich verpfeif' dich bestimmt nicht – sei vorsichtig.«
»Ja. Dachte ich mir, daß du das nicht machst. – Jetzt geh, ich möchte noch ein bißchen für mich sein. – Danke.«
Christian fragte nicht, wofür. An einem der nächsten Tage, es stand die »VNP« an – Vorbereitung auf die neue Nutzungsperiode: Panzerketten lagen vor den Hangars wie vertrocknete Häute einer Drachenkolonie –, sah er Burre vor dem Stabsgebäude des Regiments stehen. Er blickte sich hastig um, schien Christian nicht zu entdecken, betrat das Gebäude.

51.
Im Tal der Ahnungslosen

November; stärker als sonst an den Abenden, nach den Diensten, den OPs, begann Richard seinen Körper zu spüren. Arm und Hand schmerzten, auch die Stelle am Oberschenkel, wo man ihm die Hauttransplantate entnommen hatte. Etwas in seinem Innern schien zu verrutschen an diesen kurzen, wächsernen Tagen, die ohne Elan und in flacher Bahn vorüberdrehten, nicht richtig geboren und für ein frühes, regenblasses Sterben bestimmt; er mochte sie nicht, diese Grauhimmel-*Epoche* (denn waren auch die Tage kurz, die Zeit, zu der sie sich verbanden, war es nicht, und das Jahr schien aus zwei Uhren zu bestehen: einer kleinen für Blüte, Frühling, Sommer – und einer großen mit den langsamen, traumklammen Novemberziffern); er wurde trübselig in dieser Atmosphäre aus Mißgelauntheit und Kopfeinziehen (würden sie je verschwinden, diese braunen und grauen Mäntel mit aufstellbarem Kragen und Taschen, in denen die Arme bis zu den Ellbogen verschwanden, so daß er sich

unhöflich vorkam, wenn er einen Bekannten traf und ihm die Hand zum Gruß reichte); und im Gegensatz zu Meno, der Spaziergänge jetzt besonders gern unternahm (Hut, Pfeife, Schal, Schnupfen und Erinnerungen), konnte er auch der Stadt in dieser Zeit nichts abgewinnen, den schlierigen Straßen, katarrhgedämpften Häusern. Ihn bedrückten die Ruinen, Frauenkirche, Schloß, Taschenbergpalais, die verfallende Rampische Gasse, die jedem, der vorüberkam, zu verstehen gaben, daß Dresden nur noch ein Schatten war, zerstört, krank. Auf den riesigen, windüberpfiffenen Brachen der Stadt wucherte Unkraut, in den Neubaugebieten wurden die Wege unkenntlich unter Morast und Schlamm. Regen … In der Neustadt lagen die Häuser wie verfaulende Schiffe in der sickernden, feinste Poren tränkenden, von Dächern geseihten und zu Tropfmetronomen gemästeten Nässe. Vorwinterschweißausbruch der Fassaden, der kalte Schweiß eines Moribunden, behördlich nicht genehmigt … In der Gemäldegalerie haftete er als fettiger Film an den Wänden, entrückte Giorgiones Venus in unerreichbare Ferne, überzog die fleischfreudigen Rubensszenerien mit Melancholie, gab der Brombeerpastete de Heems etwas Verwelktes, sogar den posaunenbäckigen Schlingelgesichtern der Engel unter der Sixtinischen Madonna. Über den Elbwiesen hingen Nebel. Die Seitenwege in der Akademie waren aufgeweicht, die Springbrunnen abgestellt. Wenn Richard von einer Konsultation kam, sah er zu den Akademiegebäuden an der Fetscherstraße, überlegte, woran ihn die Sandsteinschnecken an den Dächern erinnerten (die Perückenlocken englischer Richter – immer wieder vergaß er es, auch das war ein Ärgernis!), sah zu den Lichtern, die nun auch tagsüber brannten und wie stoffwechselnde Leukozyten in den glasig-dürren, kriechenden Blutgefäßen der Parkbäume auf- oder abtauchten.
Wernstein war an der Charité, kein Ersatz für ihn gekommen.

»Sie fordern immer nur Personal, Personal!« Rektor Scheffler hob die Hände nach Müllers Ausführungen. Freundlich, unretuschiert und in Farbe blickte Gorbatschows rundliches Bauerngesicht von der Stelle, wo vorher Andropow und Tschernenko gehangen hatten, auf die Konferenz. Josta brachte Unterlagen;

sechster oder siebter Monat, schätzte Richard nach einem Blick auf ihren Bauch.

»Wir haben keins! Das wissen Sie so gut wie ich. Die Bedarfsplanung –«

Rykenthal fiel ein, der Chef der Kinderklinik, und wiederholte höhnisch das Wort Bedarfsplanung. Die Kinderklinik war baufällig, das Dach undicht; im Obergeschoß hatten die Wasserflekken einander inzwischen bei den amöbenhaften Fingerfortsätzen gefaßt; der Schwarze Schimmel sproß wie Bartwuchs in den baupolizeilich gesperrten Zimmern. Natürlich verlangte Rykenthal, der stämmige Mann mit der Aura eines Nilpferds, mit Zauberkünstlerfliege und schmetterlingsblauen Pädiateraugen, daß diese Mißstände (»ich weiß nicht, Kollegen, zum wievielten Mal ich das vorbringen muß«) endlich abgestellt würden, worauf Reucker unruhig wurde und auf die seiner Meinung nach dringlicheren Probleme in der Nephrologie hinwies; Verwaltungschef Heinsloe war gefragt, und wie so oft blieb ihm nur, bedauernd die Arme zu breiten: »Die Mittel, liebe Kollegen, die fehlenden Mittel! Und woher Baukapazitäten nehmen!« Material, er könne nicht hexen!

»Seit über fünf Jahren steht der Antrag auf einen Hand-OP«, unterbrach ihn Richard wütend, als er bemerkte, daß Josta wohlgefällige Blicke folgten. »Es ist doch nicht möglich, daß es in ganz Dresden keine Mittel gibt, um diese kleine Sache zu bewerkstelligen!«

»Kollege Hoffmann, Ihre privaten Ambitionen in Ehren, aber ich darf doch daran erinnern, daß die Hals-Nasen-Ohren-Heilkunde seit dreizehn Jahren den Antrag auf einen neuen OP –«

»Private Ambitionen nennen Sie das?«

»Die Hand-OPs können Sie doch wie bisher in der Ambulanz machen, Herr Hoffmann; aber es ist doch ein Unding, daß meine Patienten ihre Dialyse auf dem Stationsgang bekommen müssen, weil der längst versprochene Anbau –«

»Ich bitte, meine Herren! Unsere Mittel sind begrenzt. Überlegen wir, wie wir sie am sinnvollsten einsetzen. Am dringlichsten erscheint mir die Sanierung der Kinderklinik. Mein Enkel hat neulich dort gelegen, im Obergeschoß tropft es von der Decke, die Schwestern stellen Schüsseln unter …«

Clarens saß bescheiden in einer Ecke, strich sich den Bart, sagte nichts und wurde auch nichts gefragt; ein schmächtiger Mann, dem man, dachte Richard, unwillkürlich etwas Gutes tun wollte, eine Apfelsine schenken beispielsweise: weniger aus Freundlichkeit oder Aufmerksamkeit als aus einer Art höherer Scham, und um von ihm geachtet zu werden – Clarens saß, als würde er die Sünden zählen, konnte nicht kämpfen, verschwand beinahe neben den breitschultrigen, von ihrer Bedeutung und derjenigen ihrer Anliegen unzweifelhaft überzeugten Vertretern der operierenden Fachgebiete. Bei Leusers Urologenwitzen schien Clarens körperlich zu leiden, Hände und Ohren nahmen ein entrüstetes Himmelgrau an, das in Kunsthonigblässe überging, wenn der hauptamtliche Parteisekretär der Medizinischen Akademie sprach, ein humoristisch-hemdsärmeliger, am Machen mehr als am Reden interessierter, skrupulösen Alltag gern in die Perspektive eines pionierlagerhaften festlichen Morgen einschwenkender Arbeits-Bulldozer, dessen Schto djelatch?: Was tun? Und Kak tebja sowut?: Wie heißt du (Schwierigkeit oder Feind) von einer sibirischen Staudamm-Großbaustelle übriggeblieben waren, auf der er in »herzerfrischenden! herzerfrischenden!« FDJ-Funktionärszeiten Hand an den Kommunismus gelegt hatte.
»Immer dasselbe«, klagte Richard draußen, »viel Gerede, und es passiert nichts.« Clarens und er liefen vom Rektorat die Akademiestraße vor. Clarens sprach über Selbstmord. Er war ein international geachteter Selbstmordforscher und sagte manchmal, daß er das Glück gehabt habe, seiner Passion in diesem Land nachgehen zu dürfen, denn nur Österreich-Ungarn biete reichlicher Material. »Ach, ein Wiener Psychiater zu sein!« seufzte Clarens. Die k.u.k. Fälle zeichneten sich durch größeren Einfallsreichtum, eine Neigung zum Skurrilen und Entlegenen aus, während die Deutschen gewissermaßen quantitativ »Schluß machten«, wobei Clarens hinter seinem Hals in die Luft griff und röchelnd die Zunge herausstreckte. Natürlich, auch Gastote mit ihrem friedlichen Gesicht und den kirschzarten Wangen; Spitzen im Mai und zu Weihnachten; natürlich Schlafmittel, vor allem bei Frauen, die Männer bevorzugten in der Regel härtere Methoden. Den Bohrhammer zum Beispiel, mitten ins Herz hinein. Richard erinnerte sich an den Fall: Der Mann, ein Verdienter Ei-

senbahner, war mit steckendem Bohrer in und all seinen Orden auf der Brust in der Nacht nach der Feier seiner Verrentung in die Ambulanz gekommen, hatte wie jeder andere vor der Kanzel der diensthabenden Schwester gewartet und, als er an der Reihe war, »sein Anliegen vorgebracht«. Oder der Meister aus der Ziergärtnerei, der eines Abendbrots eine Schüssel kleingeschnittene Dieffenbachia, angerichtet mit Salatwürze, verspeist und sich anderntags mit ausgepumptem Magen auf der Intensivstation wiedergefunden hatte. Clarens' Begeisterung schlug in Verdruß um: International schätze man ihn! National dagegen … reichlich Material zwar, aber auch reichlich Hemmnisse und Hürden. Die bekomme er vor allem dann zu spüren, wenn er Ursachenforschung betreiben wolle. Unversehens schwenkte er um: »Hast du noch Kontakt zu Manfred?«

»Seit einiger Zeit sehen wir uns selten.«

»Er scheint dir irgend etwas übelzunehmen. Er spricht nicht gut über dich. – Ach, dieses Novemberwetter! Ganz trübsinnig wird man. Und was nützt meinen Patienten ein schwermütiger Psychiater? Übrigens ist Frost angekündigt.«

Richard antwortete nicht. Ihn beschäftigte der Zwiespalt, in dem er seinen Begleiter sah: schütterer Anschein – und joviale Robustheit bei seinem Fach-Lieblingsthema … Clarens hatte auch andere Lieblingsthemen, schätzte die Bildenden Künste, weniger die Plastik dabei als die Zeichnung, die er »Kammermusik der anschauenden Kunst« nannte, er ging in manchen Ateliers ein und aus, kannte recht gut Menos Chef, kannte auch Nina Schmücke und ihren Kreis. Ein weiteres Lieblingsthema war die Dresdner Stadtgeschichte, weswegen Clarens, der in Blasewitz lebte, oft zu Fuß das Blaue Wunder überquerte, um mit der Standseil- oder Schwebebahn hinaufzufahren zu den Treffen der Urania, den Abenden der Witwe Fiebig im Haus Zu den Meerkatzen.

»Hat's geklappt mit dem Durchlauferhitzer?« fragte er, indem er die Arme über Kreuz um den Oberkörper schlang. Als sie zur Rektoratssitzung gegangen waren, hatten sie ihren Atem noch nicht sehen können. Elektrowagen klirrten und klapperten vorüber, Studenten zogen fröstelnd in Richtung Mensa.

»Nein. Ich kenne einen Ingenieur, der was zurechtgezaubert hat.«

»Der, mit dem du in Lohmen an deinem Oldtimer bastelst?«
Richard sah überrascht auf: »Woher weißt du das?«
»Hab' neulich den Dietzsch besucht und eine kleine Grafik gekauft. Gut angelegtes Geld, möchte ich meinen.« Clarens erzählte, daß sich bei einigen Malern, die er kenne, in letzter Zeit so etwas wie ein zweiter Markt entwickelt habe, Galeristen aus der Bundesrepublik gingen inzwischen in den Ateliers ein und aus, sähen manches, kauften manches. Und begrüßten ohne Scheu Damen und Herrren, die auch manches sähen und inzwischen auch manches kauften.
»Was redet denn Manfred über mich?«
»Ach, nicht gut, nicht gut. Ich dachte, ihr seid befreundet?« Clarens atmete tief und, wie es Richard schien, genießerisch ein. Er würde nicht sagen, was es war, das »nicht gut« war. Verleumdete er Weniger? Was würde passieren, wenn man Clarens bei der Krawatte nähme und schüttelte … was käme zum Vorschein, eine Fratze, ein Kobold mit giftverzerrten Zügen? Wenn man nur hinter die Masken sehen könnte, hinabsteigen in die Bergwerke im Inneren der Menschen.
»Viel taubes Gestein«, murmelte Richard.
»Und eine Stecknadel aus Gold«, murmelte Clarens, faßte Richard am Arm und wies auf die Ebereschen entlang der Akademiestraße, die sich vor ihren Augen mit Reif überzogen.
»Diese Sitzung hat mich doch ziemlich abgespannt«, sagte Clarens. »Schwierigkeiten, Neid, laufende Psychosen … Leusers Koprolalie, und der Hauptamtliche ein Blindissimus realitensis totalis.« Der Psychiater winkte ab. In solchen Situationen gehe er gern in die Wäscherei. Irgendein Kittel zum Abholen finde sich immer, der Dampf erinnere ihn an seine Kindheit, und das Wirken und Weben der Bügeleisen sei so beruhigend. Gott, die Selbstmörder, die Irren, darunter Parteisekretäre, und andere Psychiater!
Richard ging auf Station. Schwester Lieselotte wartete mit dem Visitenwagen. »Ihr Sohn ist gekommen.«
»Christian? Was ist passiert?« – Schrecken des Unfallchirurgen, der in Knochenbrüchen, Aufpralltraumen, Verkehrsunfällen und Verletzungen an Maschinen denkt.
»Na, ich bin's bloß«, Robert kam aus dem Schwesternzimmer,

mit dem Ausdruck sanfter, seine Jahre, dachte Richard, noch übersteigender Nachsicht.
»Kaffee?« Schwester Lieselotte zog ihren forschenden Blick von Richards Gesicht ab, das allmählich wieder Farbe gewann; er nickte, war noch verwirrt, umarmte Robert scheu. Patienten am anderen Ende des Flurs, in Bademänteln, kleinschrittig Ständer mit Infusionsflaschen schiebend, blieben stehen.
»Die Schwestern sagen, du machst Visite; kann ich mitkommen? Kittel hab' ich«, Robert hielt am Zeigefinger einen der waschbrüchigen, hinten schließbaren Präpariersaalkittel hoch, die für vergeßliche Studenten auf Station vorrätig lagen.
»Ich denke, du bist im Internat? – Hast du keine Schule?«
»Vorbei. Bin mit dem Bus gekommen, dachte mir: Guckst mal, was der Richard so macht.«
Wie damals, als Josta in Friedrichstadt lag und Daniel sie bei ihrem Vornamen nannte, das muß inzwischen so üblich sein, dachte Richard. Meinetwegen. Schwester Lieselotte brachte seine Mug mit Kaffee, für Robert ein Stethoskop, Reflexhammer und Winkelmesser.
Im ersten Zimmer lagen acht Patienten. Krankengeruch schlug den Visitierenden entgegen, ein Geruch, den Richard seit seiner Studentenzeit häufiger eingeatmet hatte als das, was man als »frische Luft« bezeichnete; Krankengeruch: diese Mischung aus Urin, Faeces, Eiter, Blut, Medikamenten und seröser Flüssigkeit in den Wundverbänden und Drainflaschen, der Geruch nach kaltschweißiger, unrasierter Haut (sie waren in einem Männerzimmer, bei den Frauen würde es mehr nach Urin, titriert mit den süßlichen und kamillelastigen Bemühungen einer stiefkinddemütigen Kosmetikindustrie riechen), nach Franzbranntwein, Bakteriennährböden, Melissengeist und Essig (das Staubwasser, in das die Schwesternschülerinnen und Hilfspfleger ihre Lappen tunkten, um Bettgestelle, Lichtleisten, Nachttische zu reinigen); der Geruch von PVC, mit Wofasept gewischt; nach etwas Uraltem, das in den Wänden der Krankenzimmer zu brüten schien, in der abwaschbaren weißen Ölfarbe mit dem olivgrünen Streifen in Brusthöhe, dort, wo man die Arme bei Verhaftungen bindet, wo die Lungenbäume sich verzweigen, wo das Herz sitzt. Sieben der acht Patienten hatten sich in ihren Betten aufzurich-

ten versucht und waren in dieser Habachtstellung (so nannten sie die Schwestern) verblieben, eine Hand am Strick des Bettgalgens, der aus rostigem, zahngelb lackiertem Stahl bestand und sich unter der Last bog; der achte Patient lag im Gipsbett, Arme und Rumpf eingemauert im weißen Panzer, der über Wunden viereckig gefenstert war, um Drains (fingerdicke, schusterahlenförmig gebogene, perforierte Kunststoffrohre) die Ableitung des Wundsekrets zu ermöglichen. Das linke Bein, ebenfalls gegipst, hing über einen ins Fersenbein gebohrten Kirschner-Draht mit Bügel schräg nach oben, belastet mit Eisenscheiben, die über Rolle und Schnur nach unten zogen und deren ehemals weißer Lack fast vollständig abgeblättert war. Der Kopf, aus dem der Schwester und Richard ein ängstlich-stilles Augenpaar entgegenstarrte, steckte in einer Crutchfield-Klammer, die, verankert im Schädelknochen oberhalb der Ohren, die Halswirbelsäule, ebenfalls über Zug mit Gewichten, dehnte. Der Augenoptiker, zweites Bett links, wiederholte sofort seinen Heiratsantrag an Schwester Lieselotte und meinte, bei ihm würde es ihr nie an Brillen fehlen, außerdem sei es sinnlos, auf den armen Kerl mit dem Gehirnreifen Geld und Zeit zu verschwenden, der gehe doch, lachte er mit dem derben Humor vieler Patienten, eh übern Jordan; dagegen sei sein Bein: wann? gesund? und bestellte bei Schwester Lieselotte, die ihm ungerührt Blicke voller Körbe zuwarf, einen Vorschlaghammer, mit dem er die ewige Blasmusik des Mitarbeiters der fünften Himmelsrichtung (zweites Bett rechts, ein fischfiletblasser Vikar mit Unterschenkelbruch, den er sich beim Abmontieren zweier Wanzen: aus dem Beichtstuhl und aus der Dornenkrone des Erlösers, zugezogen hatte) sowie die ewigen Revolutionshymnen jenes Genossen Abschnittsbevollmächtigten (drittes Bett rechts, Mittelgesichtsbruch, eben saß er auf dem Topf hinter einer Spanischen Wand, auf dem Nachtschränkchen lag Maykarl neben Marxkarl) endlich zerschmettern könne, der Ideologenkrieg sei ja nicht zum Aushalten.
»Na, junger Mann, frisch von der Uni?« Erstes Bett rechts, ein Professor für Slawische Linguistik, Emigrant vor den Nazis aus den Sudeten, Emigrant vor den Tschechen aus den Sudeten, unter der weißen, aus dem Fell von Rosettenmeerschweinchen gearbeiteten Rheumadecke mühten sich zerhackte Arme vor;

Säbelhiebverletzungen (alte Eifersucht, alter, hiebwaffensammelnder Rivale).
»Mein Sohn! Er ist einfach so von der Schule in Waldbrunn zu uns auf Station gekommen, wollte sehen, was ich so mache.«
»Mächtig stolz, unser Dokter! Na, früh übt sich der Zeisig«, rief der Binnenschiff-Maschinist im vierten Bett rechts, schlug einen Toupet-Katalog zu, winkte mit zwei zertrümmerten Fingern; er war zweiundzwanzig Jahre alt und trug sein Haar immer noch lang, obwohl ein beträchtlicher Teil davon in den Rotor seiner Maschine geraten war und ein handtellergroßes Stück Kopfhaut abgerissen hatte. Das Licht ging aus.
»Gute Nacht.« Drittes Bett links, ein Gabelstaplerfahrer aus der »Kofa«, der Dresdner Konservenfabrik; Schädel-Hirn-Trauma nach Sturz in Trunkenheit von der Staumauer des Waldbrunner Kaltwassers. Im Stationszimmer saß der Spätdienst im Dunkeln, eine Schwester zündete Kerzen an; im Flammenlicht wirkte ihr Gesicht ruhig; die Gegenstände im Helligkeitskreis bekamen etwas weihnachtlich Unwirkliches, Entrücktes. Schwester Lieselotte war mit nach vorn geeilt, schloß den Apothekenschrank auf, wo sie einige Taschenlampen nebst Ersatzbatterien verwahrte. Richard dachte: die ITS, dann kam schon Kohler durch die Stationstür gerannt, hinter ihm Dreyssiger, Lichtbündel tasteten über die Wände der Nord I. Dreyssiger rief: »Der OP, sie stehen unten, nichts geht mehr. Die Herz-Lungen-Maschine ist ausgefallen.«
Das Telefon funktionierte noch. Richard rief die Intensivstation an, niemand nahm ab. »Was ist mit den Anästhesisten, können sie beatmen?« fragte er Dreyssiger über die Schulter.
»Nein.« Einfach nur »nein«; trocken, tonlos hatte es Kohler vorgebracht. »Wenn das Notstromaggregat nicht anspringt«
»– springt es an«
»– müssen sie per Beutel beatmen«
»– wieso springt es nicht an«
»Wie im Krieg«, sagte eine der Schwestern angstvoll, die fast siebzig Jahre alte Gerda.
»Afrika.«
»Und wie sieht's im OP aus?«
»Afrika, sag' ich doch.«

»– es springt eben nicht an«
»Bananen, Dschungel«
Im Stationszimmer roch es nach Eukalyptusöl, Kohler hatte den Apothekenkorb vom Tisch gestoßen.
»– eher Rußland. Rußland, also«
»Afrika.«
»Halten Sie doch mal die Klappe!«
»– oder hören Sie was? Es springt nicht an.«
»Es tritt der Notfallplan in Kraft.«
»Komisch, daß das Telefon noch geht.«
»Läuft über Relaisstationen, Niedervoltage. Da kann rings alles tot sein, und Sie kriegen immer noch ein Freizeichen«, sagte Dreyssiger.
»Afrika. Zentraler Kongo.«
»Wir müssen auf die ITS«, sagte Richard. »Schwester Lieselotte, rufen Sie bitte alle verfügbaren Kräfte rein. Robert, du kommst mit uns, wir können jetzt jede Hand gebrauchen.«
Sie rannten zur ITS. Lichtzylinder blendeten auf, stanzten Essenwagen, Schwesternbeine, verstörte Gesichter aus dem Tiefseedunkel der Klinik, irgendwo fiel eine Bettpfanne scheppernd zu Boden. Jemand wummerte gegen eine Aufzugtür. Schritte hallten gespenstisch durch das Treppenhaus. Die Medizinische Akademie war eine Ballung aus schwarzem Gestein; in der Nuklearmedizin brannte noch Licht, ebenso drüben in der Verwaltung. Schemenhaft waren hin- und hereilende Menschen zu sehen. Auf der Intensivstation hingen Taschenlampen an einer Schnur über den Beatmungsbetten, Kerzen waren angezündet worden. Der diensthabende Anästhesist stellte gerade die Beatmung auf Druck-Sauerstoff um; der Kompressor für die Raumluftbeatmung, die aus den Wänden kam, war ausgefallen, ebenso die Monitore über den Köpfen der Patienten. »Ein instabiler Patient, Oberarzt.«
»Immer noch kein Saft auf den Notstrom-Steckdosen«, eine der Schwestern steckte Kabel um. »Schöne Schweinerei.«
Richard sah zum Noradrenalin-Tropf. Der Patient darunter wirkte friedlich, eine Figur wie auf einem Gemälde der Alten Meister; Höhlenszenerie. Eine Schwester maß ständig den Puls, eine andere den Blutdruck. Geringstes Zuviel oder Zuwenig

Noradrenalin ließen ihn wie auf einer Achterbahn schwanken, man mußte gegensteuern, das band Personal.

»ZVD?« fragte der Anästhesist, drückte einen Fingernagel des Kranken, bestimmte die Rekapillarisierungszeit. Eine Schwester beugte sich zum Venotonometer, der den zentralen Venendruck maß.

»Einen Mann könnten wir brauchen«, sagte der Anästhesist. »Bis unsere Leute hier sind, das kann dauern. Die meisten haben kein Telefon.«

»Wie sieht's im OP aus, wissen Sie was?« fragte Richard.

»Ihr Chef hat abgebrochen. Die Beatmung fährt manuell weiter. Ein Patient im Aufwachraum, bombiger Überhang, kann der Kollege auch nicht weg. Und da wollten die Neurochirurgen noch an 'nen Tumor ran. Ha-ha.«

Kohler blieb auf der Intensivstation; Richard, Dreyssiger und Robert liefen in die Notfallambulanz. Die Gänge, ebenfalls von Taschenlampen an Bindfäden erhellt, waren von Tragen mit klagenden Patienten verstopft; Krankenwagensirenen schwollen auf und ab. Niemand schien zu koordinieren, Ärzte und Schwestern hasteten hin und her. Krankenträger brachten immer neue Patienten; Türen schlugen auf und zu, aus den Behandlungszimmern riefen gereizte Stimmen nach Verbandmaterial, Schwestern, Medikamenten. Der Wartebereich vor der Kanzel, in der Pfleger Wolfgang mit stoischem Gesichtsausdruck Beschwerden und Forderungen entgegennahm, glich einem Lazarett. Vom Kerzenschimmer aus der Kanzel schwach beleuchtet, saßen Verletzte auf dem Boden, wiegten die Oberkörper; auf eine Decke hatte man ein junges Mädchen gelegt, bleich und stumm ertrug sie das Gejammer zweier älterer Frauen. Dreyssiger bahnte robust und vertröstend den Weg in die Kanzel. In den Rollstühlen der Notfallambulanz warteten schweigende oder mit den Armen fuchtelnde Leidende, die meisten wahrscheinlich mit Sprunggelenksverletzungen, Richard musterte im Vorübergehen die geschwollenen Knöchel, versuchte die aufflutenden Bilder zurückzudrängen, Erinnerungen an seine Verletzung während des Angriffs am 13. Februar, die schreienden, wimmernden Verwundeten, die mit ihm unter Bombeneinschlägen, MG-Geknatter einer versprengten Wehrmachtseinheit, Hitze von der bren-

nenden Chirurgischen und der Kinderklinik gewartet hatten; damals hatte die Akademie noch nach einem Reichsärzteführer Gerhard-Wagner-Krankenhaus geheißen.
»Haben Sie einen von diesen Technikfritzen gesehen?« rief Pfleger Wolfgang Dreyssiger zu. »Die könnten mal ein Kabel legen lassen!«
»Röntgen möglich?«
»Nein. Auch kein CT.«
»Dann sperren«, sagte Richard. »Das bewältigen wir nicht. Wir können nicht operieren.«
»Hab' die Leitstelle schon angerufen, Herr Oberarzt. Die sagen, alle Dresdner Krankenhäuser wollen sperren.«
»Aber es haben doch wohl nicht alle Stromausfall.«
»Sie bringen uns keine Polytraumen, das ist alles, was ich machen konnte.«
»Wer koordiniert?«
»Grefe. Aber der kommt nicht aus 'm Gipsraum raus.«
»Haben wir überhaupt noch Betten?«
»Nee.«
Dreyssiger ging in einen Behandlungsraum. Richard griff zum Telefon. »Der Chef wird sicher auch bald aufkreuzen. Bis dahin koordiniere ich für die chirurgischen Kliniken. – Besetzt.«
»Eddi!« schrie Wolfgang, winkte heftig einem bulligen Mann im blauen Kittel des Technischen Diensts. Eddi war dessen »Scheff«, ein ehemaliger Boxer, in seinem Büro hing ein Sandsack, an den Wänden, zwischen Trauben von Boxhandschuhen, Fotos von Welter- und Schwergewichtsgrößen. Eddi keuchte: »Der Diesel! Jemand hat den Diesel aus 'm Notstromaggregat abgezapft!«
»Quatsch.«
»Wenn ich's sage, Wolfgang! Und keine Reserve, ich werd' verrückt!«
»Es muß doch im ganzen Klinikum 'n paar Scheiß-Liter Diesel geben! Im Fahrstuhl stecken Leute fest!«
»Schon in Arbeit, müssen wir aufstemmen. Innere und Gyn haben Diesel, aber den brauchen sie für ihre Aggregate.«
»Papa«, meldete sich Robert, der sich in eine Ecke der Kanzel gequetscht hatte, »vorn am Parkplatz stehen welche vom ZDF. Vier dicke Diesel, hab's gesehen, als ich zu euch bin.«

Eddi klopfte auf Holz, Robert und er rannten davon.
»Stehen Sie hier nur rum, oder kümmert man sich auch mal um uns?« meckerte ein Mann mit Lederhütchen durch das Schiebefenster der Kanzel. »Oh, Herr Hoffmann«, Griesel wich zurück. »Konnte ich ja nicht ahnen, Herr Nachbar. Es kann doch nicht sein, daß man bei Ihnen so lange warten muß.« Plötzlich änderte sich sein Gesichtsausdruck. »Wäre es nicht möglich …«
»Alle Patienten haben die gleichen Rechte«, antwortete Richard lauter, als Griesel lieb war.
»Mich hat's auf dem Weg von Arbeit erwischt, wissen Sie …«, lenkte Griesel ein und bückte sich katzenfreundlich. »Übrigens ist unser Haus nicht betroffen.«
Emotionen, die sich ein Arzt nicht leisten durfte, siedeten wie der Brei im Töpfchen-koch in ihm auf, als er Griesel nachsah, der sich durch die Patienten wieder zu seinem Platz drängte; Haß und Verachtung gegen diesen Mann, die Zustände, das ganze System. Einmal davon etwas zurückgeben, Macht mit Macht vergelten können, ein Ventil haben für die ohnmächtige Wut, die sich Tag für Tag aufstaute! Der kommt zuletzt dran, wollte Richard sagen, Wolfgang hätte es verstanden und wahrscheinlich gebilligt. Der zähwurzelige, gefürchtete Korpsgeist der Mitarbeiter des Gesundheitswesens. Richard sagte es nicht. Alle Patienten haben die gleichen Rechte. Das Wohl des Kranken ist das höchste Gesetz, so stand es lateinisch auf einer Tafel im Flur der Notfallambulanz, salus aegroti suprema lex.
Tumult vor dem Eingang, Scheinwerferlicht schwankte hin und her, Schnee pulverte zur Tür herein. Eddi und ein Gehilfe führten Robert, der sich den Arm hielt.
»Bin ausgerutscht und blöd gefallen«, Robert zuckte mit den Schultern, »alles überfroren draußen. Aber Diesel haben wir.«
Das Handgelenk war geschwollen, die Hand stand aber nicht in Bajonettstellung wie beim loco-typico-Bruch. Robert schrie leise auf, als Richard untersuchte.
»Speichenbruch nach volar, der untypische Fall.«
»Heißt?« fragte Robert betont gelassen.
»Kribbeln die Finger? Irgendwelche Taubheitsgefühle?«
»Bißchen schon. Kalt draußen.«
»Wir müssen röntgen. Wenn sich bestätigt, was ich denke, heißt

das OP. Du kannst drinnen warten.« Richard wies auf die Kanzel. Als Robert verschwunden war, konnte er sich nicht mehr beherrschen und fluchte. Wäre der Junge mit ausgestrecktem Arm gefallen, dann hätte es ein Gipsverband getan!
»Smith-Thomas?« fragte Wolfgang, der Richard hatte untersuchen sehen, mit dem Fachausdruck für diesen Bruch durchs Kanzelfenster.
»Klinisch ja.« Richard stampfte vor Wut mit dem Fuß auf, für die wartenden Patienten wahrscheinlich ein lächerlicher und wenig vertrauenweckender Anblick.
Müller kam herein, hinter ihm der Mann mit dem Scheinwerfer, gefolgt von einem, der an einem langen, angelrutenähnlichen Ausleger ein Mikrofon trug; drei weitere Männer, in Bügelfaltenhosen und Blousonjacken, hatten den Kameramann überwältigt und zerrten ihn aus dem Schneegestöber, wo ein zweiter Kameramann die Szenerie kaltblütig filmte, in den gestopft vollen Wartesaalbereich hinein, stutzten einen Moment, als sie die vielen Kranken sahen. Der festgehaltene Kameramann nutzte den Augenblick, um sich freizumachen und schreiend zu protestieren. Der Scheinwerfer grub einen Tunnel Grellweiß durch die Ambulanz.
»In meiner Klinik wird nicht gefilmt, und schon gar nicht von Ihrem Lügensender!« rief Müller erbost.
»Aber unseren Sprit nehmen Sie!«
»Der Diesel ist beschlagnahmt«, verkündete einer der drei Herren in Blousonjacken, »dies ist ein Notfall, wir haben Ihnen das schon erklärt.«
»Selbstverständlich bekommen Sie die Ihnen zustehende Treibstoffmenge ersetzt, Bürger Kapitalist«, rief der zweite in die rings entstandene Stille; sogar die beiden Frauen neben dem jungen Mädchen hatten ihr Jammern unterbrochen.
»Wir können jede Hand gebrauchen.« Müller zeigte auf die drei Blousonträger. »Sie helfen beim Beschicken der peripheren Sterilisatoren. Papperlapapp, meine Herren, wir haben keine Zeit für Erörterungen. Sie tun, was ich Ihnen als Leiter dieser Klinik und des Notfall-Einsatzstabes sage, bis Rektor Scheffler und Ihre direkten Vorgesetzten eintreffen! Ohne steriles Material keine OP. Der Zentral-Steri ist ausgefallen. Sie«, er wies auf die Mit-

arbeiter des Zweiten Deutschen Fernsehens, »machen sich beim Krankentransport und bei der Wegeberäumung nützlich. Pfleger Wolfgang, lassen Sie sie einweisen. Herr Hoffmann, kommen Sie mal bitte.« Müller winkte Richard auf den Flur hinter der Schwingtür zu Vestibül und Stationen. »Auf ein Wort. Eine schwierige Situation inmitten der schwierigen Situation. Eben erhielt ich einen Anruf.«
Und als Richard schwieg: »Einen Anruf von weit oben, Barsano persönlich. Seine Tochter ist auf dem Weg zu uns, wie er wissen will. Bei diesen afrikanischen Verhältnissen draußen ... Er bittet mich, daß unser erfahrenster Unfallchirurg seine Tochter operieren möge, falls da etwas zu operieren wäre.«
»Mein Sohn ist verletzt, Herr Professor.«
»Ach.«
»Volare Radiusfraktur, wahrscheinlich ist der Nerv komprimiert.«
»Hm. Aber Sie können doch reponieren und gipsen, Herr Hoffmann. Ich weiß, das hält nicht. Aber bis morgen früh reicht es, und dann könnten Sie in Ruhe ran.«
»Ich möchte nicht bis morgen früh warten. Die Ergebnisse werden nicht besser.«
»Das weiß ich«, gab Müller gereizt zurück, wischte mit der Hand durch die Luft. »Ich mache Ihnen einen Vorschlag: Wenn das Aggregat anspringt, haben wir wenigstens wieder Strom auf der ITS, dann kann Herr Kohler zu uns stoßen. Operiere nie einen Verwandten, Sie wissen ja. Sie haben Herrn Kohler doch gut angelernt.«
Richard schwieg erschrocken. An diese Möglichkeit hatte er nicht gedacht. Die Maxime, die er beim Anlernen Kohlers befolgt hatte, stand nicht im Eid des Hippokrates: Sollst du Lehrer deines Feindes sein, bringe ihm gerade soviel bei, daß er den Patienten nicht schadet, aber nicht genug, daß er dich ersetzen könnte.
»Alle Patienten haben gleiche Rechte«, murmelte Richard. Aus dem Fahrstuhlschacht kamen Hebelgeräusche, Metall klopfte auf Metall, jemand rief nach einer Zange.
»Ich kann Sie verstehen, glauben Sie mir. Aber Barsano hat auch über Sie schon seine schützende Hand gehalten. Es gibt Kräfte

nicht nur hier in der Klinik, die mit Ihren oft recht freimütig geäußerten Ansichten zu gewissen Dingen nicht einverstanden sind.« In den Stein auf Müllers Siegelring schlüpfte ein Rest Taschenlampenlicht von der Süd I. Schön geschliffen, dachte Richard. Bekommt er ihn überhaupt ab, wenn er operieren will? Paßt doch schlecht unter die Handschuhe, und chirurgische Desinfektion ist auch nicht möglich. Warum nicht Robert operieren, gemaßregelt werden und kündigen?
»– Und Bewährungen vorschlagen. Blödsinn, wenn Sie mich fragen. Als ob Sie sich nicht bei uns bewährten.«
Keine Drohung, eher freundliches Bitten um Verständnis. Richard spürte, daß er so nicht weiterkam. »Wir haben keinen Strom bislang, kein Röntgen, wir können doch, wenn überhaupt, nur einen Saal fahren«, versuchte er.
»Das CT läuft wieder. Tellkamp ist informiert, er wartet schon. Die Techniker legen gerade Kabel von der Verwaltung und der Nuklearmedizin zu uns. Wir werden wieder operieren und röntgen können, auch wenn der Strom nicht in Bälde wieder anliegt – womit ich allerdings rechne. Für die ITS dürfte das Aggregat vorläufig ausreichen. – Ich bin mit meiner OP auch erst halb fertig.« Müller schlug einen ungewohnt einfühlsamen Ton an: »Wird schon klappen! Am Ende kommt die Barsano gleich, und Sie können beide operieren. Wer weiß auch, was die hat. Gemeldet: Polytrauma, gekommen: Fußpilz.«
»Warum ausgerechnet hier, kann sie nicht oben im Friedrich Wolf behandelt werden?«
»Die haben bestimmt keinen Stromausfall«, nickte Müller, »keine Ahnung, Herr Hoffmann. – Danke, daß Sie kooperieren.«
Die Notfallambulanz leerte sich nicht. Die Ärzte der operativen Fächer hatten Teams gebildet (»Kollektive«, dachte Richard, sagte hier keiner mehr), die Internisten pendelten zwischen den Stationen, der Endoskopie und der Ambulanz hin und her. Jedesmal, wenn Richard glaubte, daß der Patientenstrom abebbte, klappte die Eingangstür auf, und die Schnelle Medizinische Hilfe, ein Taxifahrer, ein Angehöriger brachte neue Verletzte. Sie brachten auch Nachrichten, wie es in der Stadt aussah. Nach diesen Informationen, die sich, aufgenommen und weitergetragen von den ein- und auseilenden Schwestern, von Ärzten,

Krankenwagenträgern, wartenden Patienten sofort verbreiteten, mußten dort chaotische Zustände herrschen. Straßenbahnen steckten am Platz der Einheit fest, auch dort war der Strom ausgefallen, Fahrgäste hatten die Türen aufgehebelt – die Neustädter hatten es nicht weit und konnten zu Fuß nach Hause stapfen, wer über die Marienbrücke ins Stadtzentrum wollte, versuchte eines der voranschleichenden Autos zu stoppen und sich mitnehmen zu lassen; besonders schlecht dran waren die, die hinauf zum Villenviertel wollten: ohne Mitfahrgelegenheit stand ihnen ein kilometerlanger Fußmarsch bevor. Die Elbe hatte sich mit Eis bedeckt, ein tschechischer Schlepper war gegen das Blaue Wunder gedrückt worden, die Brücke hatte gesperrt werden müssen. Keine der Fähren zwischen links- und rechtselbischem Ufer fuhr mehr. Wenn Richard vor die Ambulanz ging, um Luft zu schnappen, sah er die Akademie wie einen dunklen Bienenbau: die Dächer wächsern von Eis, auf den Wegen lag knietiefer Schnee. In vielen Zehngeschossern der Johannstadt, in den Neubaugebieten von Prohlis und Gorbitz waren die Zentralheizungen ausgefallen, dort lagen die Menschen schlotternd in ihren Betten und beneideten die Elbhangbewohner mit ihren rußenden, kohlehungrigen, asche-, aber eben auch wärmeproduzierenden Kachelöfen.

In der Ambulanz schien niemand mehr die Übersicht zu haben, wer schon behandelt worden war, wer noch behandelt werden mußte, wer auf eine Station verlegt werden konnte und wo welcher Kollege gerade an welchem Fall zugange war. Wolfgang hielt die Stellung in der Kanzel, links und rechts Papiere, auf die er provisorisch ankommende und abgehende Patienten zu erfassen versuchte, Telefone klingelten, ständig wollte jemand etwas wissen: Patienten, wann sie an die Reihe kämen, Angehörige, wo ihre Verwandten abgeblieben seien, Personal, wo es Nachschub an Spritzen, Verbänden, Aufnahmebögen gebe – und ob nicht endlich mal jemand einen vernünftigen Kaffee kochen könne, inzwischen laufe doch das Notstromaggregat wieder!

»Ja, auf der ITS und am Transportfahrstuhl zum OP, du Schlaumeier!«

»Selber Schlaumeier! Sollen sie eben oben Kaffee kochen und uns welchen runterschicken!«

»Und wann geht hier endlich das Licht an? Oh, Schwester, schon wieder danebengegriffen! Aber man sieht ja kolossal wenig!«
»Entschuldigen Sie, wenn ich das jetzt so frank und frei sage, aber Sie sind ein Ferkel.«
»Schwester, Sie verkennen mich völlig. Das muß an dieser ägyptischen Finsternis liegen. Ferkel haben doch nur ein Schwänzchen.«
»Wo ist der Hoden?« grunzte Frau Dr. Roppe, Urologin, quer durch die Ambulanz und stemmte die Hände in die Hüften. »Der eingeklemmte? – Wolfgang, Ihr habt mich von 'nem vereiterten Katheter weggerufen, wehe, das war Fehlalarm!«
»Hier«, meldete sich ein schüchternes Stimmchen, »hier, Herr Doktor.«
Ein Tankwagen der Nationalen Volksarmee wurde erwartet, blieb aber überfällig. Rektor Scheffler hatte einen Krisenstab gebildet und die Kliniken inspiziert. Tragbare, eingeschweißte Funkgeräte waren dem Rektorats-Safe entnommen, wichtige Telefonate nach einem versiegelten Plan in der angegebenen Reihenfolge geführt worden. Die Intensivstation der Inneren wurde vom dortigen Notstromaggregat versorgt, auch das der Gynäkologie funktionierte. Die Überlegung, dringende chirurgische Fälle dort zu operieren, wurde verworfen: Der Umzug mit sämtlichen Materialien würde zu aufwendig sein; außerdem waren Eddi und seine Männer gerade dabei, durch das Tunnelsystem unter der Akademie Kabel in die Ambulanz und den OP-Trakt der Chirurgie zu verlegen. Einstimmiges »Aah!« erscholl, als wieder Licht aufflackerte. Die schweren Röntgenapparate begannen zu summen, der Kaffeekocher im Aufenthaltsraum hustete Wasser über das Kaffeepulver, in den Lichtkästen erschienen Röntgenbilder, die Schwester, die im Raum für die Kleine Chirurgie eine Taschenlampe über Schnitt- und Kopfplatzwunden gehalten hatte, konnte andere Aufgaben übernehmen. Richard half Grefe beim Reponieren gebrochener Knochen und dem nachfolgenden Gipsen, zwischen den Behandlungen (ein ermüdendes, leise komisches Klinkengeben von Speichenbrüchen links, Speichenbrüchen rechts) lief er zur Kanzel vor, hielt ungeduldig Ausschau nach Alexandra Barsano, telefonierte mit der Intensivstation, aber noch war Kohler dort nicht entbehrlich. Richard hatte

Robert selbst den Bluterguß am Handgelenk punktiert und die Betäubung gesetzt, die das Reponieren, die Einrenkprozedur, für die Patienten erträglich machte. Er hatte Dreyssiger gebeten, es zu tun, dies brutal wirkende Auf- und Abknicken über das gebrochene Handgelenk; dann hatten sie gegipst, eine Röntgenkontrolle gemacht (Dreyssiger hatte ausgezeichnet reponiert, aber Richard bestand auf der Operation: dieser Bruchtyp blieb meist nicht stabil), und Robert ins Dienstzimmer gesetzt. Kohler kam eine Stunde später.

»Ich werde Ihren Sohn nicht operieren, jedenfalls nicht sofort.« Kohler wartete nicht ab, bis Richard etwas entgegnete. »Alle Patienten haben gleiche Rechte, das haben Sie selbst mir immer wieder gesagt, Herr Oberarzt, und ausgerechnet heute soll es nicht gelten?«

»Es ist mein Sohn, er will Arzt werden … seine Hand, er braucht seine Hand«, Richard war so befremdet von Kohlers Verhalten, daß er nicht ihn, sondern Müller fragte, der herantrat: »Würden Sie Ihren Sohn nicht bevorzugt behandeln?«

»Mein Vater sitzt draußen«, versetzte Kohler gleichmütig. »Wolfgang hat mir die Patienten nach Reihenfolge genannt. Andere sind vor ihm dran. Ich möchte niemanden bevorzugen und niemanden benachteiligen.«

»Streng nach Reglement … wie ein Holzkopf!« brauste Richard auf. Was erlaubte sich dieser Kerl, er hatte ihm eine dienstliche Anweisung gegeben! »Stur nach Plan, stur über Leichen, so läuft das … Sie lassen den eigenen Vater sitzen für Ihre Überzeugung?« fragte Richard, plötzlich interessiert.

»Ich gebe anderen die gleichen Rechte wie ihm. Und wissen Sie was?« Kohler schlug einen ungeduldigen, feindseligen Ton an: »Das billigt er sogar. So hat er mir beigebracht zu leben. Als überzeugter Kommunist. Der Sie nicht sind.«

»Meine Herren«, Müller ging zwischen die beiden, einen Augenblick wunderte es Richard, daß er nicht tobte, daß er die offene Weigerung Kohlers überhört zu haben schien, »meine Herren«, wiederholte er, eine sinnlos weinerliche Bitte, »meine Herren!«

»Es widerspricht meiner ärztlichen Überzeugung, jemanden bevorzugt zu behandeln!«

»Herr Kohler«, Müller bat ihn hinaus.

»Herr Oberarzt«, rief Wolfgang aus der Kanzel, »Frau Barsano ist da.«
Aber es war nicht Alexandra Barsano, die auf Richard zukam, als er vor die Ambulanz trat, sondern die Ehefrau des Bezirkssekretärs. Sehr aufrecht wartete sie neben der Tür ihres Wartburgs. Richard stapfte auf sie zu, das Schneegestöber hatte ein wenig nachgelassen, vor der Akademieschranke waren Räumtrupps zu erkennen, ein LKW, vielleicht der ungeduldig erwartete Armee-Tankwagen, gab Blinksignale. Die gleichmäßige, feinpulverige Schneedecke schien Helligkeit zu sammeln und auf die Wege, bis in Hüfthöhe der Passanten, zurückzupulsen. Frau Barsanos Gesicht wirkte verschlossen, als Richard ihr die Hand reichte. Das Wagenlicht flackerte, er konnte Alexandra Barsano erkennen, sie blickte ins Leere und hielt sich über dem linken Handgelenk eine dunkel verschmutzte Mullbinde.
»Wir sind ja Kollegen«, begann Frau Barsano ohne Umschweife, »und Sie haben hier ein Problem. Übrigens wird daran auf Hochtouren gearbeitet, mein Mann schätzt, daß Sie in einer, spätestens zwei Stunden wieder Strom haben.« Sie zündete sich eine Zigarette an, blies den Rauch aus, betrachtete den Glutkegel, der beim Aufglimmen ihre Züge erhellte. »Ich schlage vor, daß ich meine Tochter bei uns behandle, ich meine, im Friedrich-Wolf-Krankenhaus. Herr Müller«
»– hat mich informiert. – Wie Sie wollen, Frau Barsano.«
»Es ist auch der Wunsch meiner Tochter. Wir haben bei uns alle Möglichkeiten.«
»Sie sind mir keine Rechenschaft schuldig. Auch Ihre Tochter nicht.«
»Wir haben sogar Lupenbrillen und ein OP-Mikroskop bekommen. – Gut. Ich möchte, und auch mein Mann möchte«, sie inhalierte, warf dann die Zigarette weg, »daß von unserem Gespräch nichts nach draußen dringt. Können wir uns darauf verlassen? Ich danke Ihnen. Auf Wiedersehen, Herr Hoffmann.«
»Auf Wiedersehen.«
Der Wartburg schlingerte davon, Richard sah ihm nach. Einige Minuten später löste sich eine Gestalt aus dem Schatten des Parks, sprach etwas in ein Funkgerät. Das Schneegestöber war wieder dichter geworden. Augenblicke stand der Mann un-

schlüssig, dann hob er den Arm zu einem ungelenken Gruß. Ein Wagen fuhr vor. Als der Fahrer die Tür öffnete, krümmte sich der Mann auf den Sitz; das Lämpchen erhellte Max Barsanos Gesicht.

52.
Schallplatte und Abtastnadel von Staub freihalten

Der Wind hatte sich gelegt, die Parteisekretäre schwiegen, in den Wohnzimmern flimmerte das Abendprogramm: »Ein Kessel Buntes«, »Schätzen Sie mal«, »Porträt per Telefon«, ein Indianerfilm mit Gojko Mitić. Meno glaubte es hören zu können, das Aufatmen im Land: Wenigstens das war geschafft, eine gemütliche Vorweihnachtszeit, mit Festtagsbraten, warmen Öfen, Pantoffeln und genügend Bier. Die Versorgung mit Salzstangen und Erdnußflips war, wenn die Leute nicht völlig verrückt werden würden, für den Jahreswechsel sichergestellt. Die Barden der Unterhaltung, des Volkskitzels, der Beruhigung und des lullenden Schlafs hatten den Stafettenstab übernommen, Willi Schwabe stieg zu den gläsern-puppenhaften Klängen der Bonbonfee Tschaikowskis zu seiner Rumpelkammer hinauf und plauderte, nachdem er die Kutscherlaterne an einen Haken gehängt hatte, angetan mit Samtjoppe, das weiße Haar zu elegantem Scheitel gelegt, vom Land des Lächelns, das in den UFA-Studios von Potsdam-Babelsberg oder der Wien-Film errichtet worden war … Tänzelte elegant, Charmeur und gepflegtliebenswürdiger *esprit* aus der Welt von gestern, vor Kulissen aus Schwarzweißfotos und Theaterdraperien, lehnte sich in die Biegung eines Flügels, auf dem eine Kerze brannte. Meno liebte diese Sendung, »Willi Schwabes Rumpelkammer«, er verpaßte sie ungern, und wenn er an manchen Montagen verspätet aus dem Verlag kam, sah er in vielen Fenstern des Viertels die gleichzeitig wechselnden Bilder von Fernsehen der DDR 1 und meinte die wohltimbrierte Stimme des Conferenciers durch die Scheiben über Hilde Hildebrandt, Hans Moser, Theo Lingen, »die große Wessely« parlieren zu hören. Es war, es war … und in gänseweißen, rußdurchkörnten Flockendaunen, Organismen

(Seesternen, Kinderhänden) ähnlicher als leblosen Kristallen, schwebte der stille Schnee durch die Gleichmäßigkeit der Tage. Es war, es war … aber die Uhren schlugen, die Zehnminutenuhr wies mit weich nachvibrierendem Gongen die Stunden; abends kroch die Melodie der »Aktuellen Kamera« durch die Häuser, bahnte sich ihren Weg durch die Wohnungen am Lindwurmring, brachte Hutmacher Lamprechts Kreationen nicht aus dem Konzept, ließ die Lehrlinge im Friseursalon Wiener beim Zusammenfegen der Tagesproduktion Haarabfall nicht innehalten, stöberte in den Räumen der Pelzschneiderei »Harmonie«, wo der Abteilungsleiter noch über Abrechnungen saß, eine pflichtbewußte Nähmaschine an Fellwesten oder Fäustlingen surrte (nein, Meno wußte es besser: Um diese Stunden nähte niemand mehr für das Volk); kümmerte sich nicht um Doktor Fernaus Flüche, die er in Kamelhaarpantoffeln, ein Felsenkeller-Bräu geöffnet, dem Ansager mit dem fehlerfrei die Erfolgsberichte vor Jahresschluß hervormahlenden Unterkiefer zuprosten würde, ließ Niklas Tietze auf dem Weg von der Praxis, wenn er unter den Fenstern der Tanzschule Roeckler stehenblieb, um der Musik vom verstimmten Klavier, den Schleifwalzern von Violoncello und Violine nachzulauschen, die Tasche öffnen und seinen zerfledderten Kalender auskramen: denn es war die Zeit, das Signal, das in unsicheren Umrissen aus den Fenstern und durch die Hausflure spindelte, es waren die Uhren, die ihn an die Zeit erinnerten: War heute nicht Donnerstag schon und man also eingeladen zur *Festen Stunde* auf der Schlehenleite beim Musikkritiker Däne, hatte ihm Gudrun etwas aufgetragen, das zu erledigen er womöglich vergessen hatte, standen noch Hausbesuche an, bei Frau von Stern beispielsweise, die sich eisern hielt, aber ebenso eisern auf der wöchentlichen Untersuchung durch Doktor Tietze beharrte, der »wie immer« kalte Güsse anordnete, die ihr, der über neunzigjährigen »alten Echse« (Frau Zschunke), nicht schadeten, »wie immer« Herztropfen und Digitoxin-Tabletten verschrieb, die sie regelmäßig in der Apotheke einlöste (»man darf's ja nicht umkommen lassen, nichtwahr«) und regelmäßig, wie Meno wußte, ins Futter für die altersschwachen Katzen mischte, die sie namentlich aufrief, um zu verhindern, daß die jungen ihnen das Futter wegschnappten …

… Atlantis, dessen Konturen Meno hinter den Zimmern zurückkehren sah, eine Art Parallelverschiebung, eine flackernde Projektion; Brückenstäbe, Brückenplanken über der Rosenschlucht, verkrustet und mit Seepocken-Rost besetzt, die Grauleite lauschte mit langsam drehenden Parabolschüsseln, über die Turmstraße liefen zur Stunde, wenn die hölzernen Schneeschieber die Wege zwischen den Heckenrosenranken freischabten und abgeklopft wurden auf den Bürgersteigen vor den hochverschneiten Autos, Schüler der Polytechnischen Oberschule »Louis Fürnberg« zur Standseilbahn, warfen Schneebälle auf das Dach der kleinen Arbogastschen Sternwarte, die feinzifferigen schwarzen Hausnummern auf den ovalen weißen Emailschildern – und Meno hörte, wenn die 11 wieder einmal nicht fuhr und er die Standseilbahn benutzen mußte, um in die Stadt zu gelangen, die Schüler im Wagen fröhlich über Fußball palavern (Dynamo Dresden, BFC Dynamo): Sie fuhren ins Rittergut Helfenberg zum »Unterrichtstag in der technischen Produktion«, wo sie »K16«-Kameras zusammenbauen würden gegen Norm und Note. Und wieder schifterten die elefantenrückigen Müllautos der Stadtreinigung über die Straßen, hinterließen Ascheschlangen neben den Spurrillen. »Milchreis und Zimt«, sagten die Dresdner, froh, daß die Wagen mit den wortgroben, auf den Trittbrettern unter der Kippvorrichtung stehenden Müllmännern fuhren, die so zuvorkommend waren, die verbeulten Mülltonnen aus den gefälligst beräumten und gestreuten Grundstükken zu kegeln; es hieß, daß sie die bestverdienenden Arbeiter seien, angeblich bekamen sie mehr als Professoren der Technischen Hochschule. Schiffsarzt Lange, im Qualm seiner Knasterzigarren, brummte Unverständnis über den in diesen Gerüchten mitschwingenden Neid, sann laut nach über Lohn für fleißiger Hände Arbeit, bevor er im Haus Zu den Meerkatzen anrief, ob er noch ein »propres Fläschchen« mitbringen solle zum Rommé-Abend bei Witwe Fiebig.

Am Mittwoch nach Richards Geburtstag beschloß Meno, Madame Eglantine darum zu bitten, ihn am Donnerstag daran zu erinnern, daß er am Freitag schließlich und verdrießlich mit der Winterwäsche beginnen wollte. Winterwäsche! Ihn graute vor dem Anblick des Wäschepuffs voll gebrauchter Laken, Bett- und

Kissenbezüge, den er im Sommer Anne und manchmal, wenn die Waschmaschine nicht defekt war, Libussa anvertrauen durfte – jetzt im Winter war das nicht möglich, die Frauen hatten mit Weihnachtsgeschenkeergattern, Plätzchenbacken, Silvesterknaller- und Wunderkerzenbesorgen genug zu schaffen. Madame Eglantine grinste beim Erinnern, und Meno fuhr am Freitag mit dem unguten Gefühl nach Hause, eine schier nicht zu bewältigende Bergbesteigung vor sich zu haben. Pech, daß die Dampfwaschanstalt in diesem Jahr keine Aufträge mehr annahm! Der Wäschepuff, ein aus Weide geflochtenes, ringbandverstärktes Wölb-Volumen, brütete in einer Ecke des Schlafzimmers, schien ihm hämisch aufzulauern. Meno wuchtete den Puff vor, versuchte ihn auszuschütten, die Wäsche steckte fest wie ein tiefsitzender Furunkel. Nachdem es ihm gelungen war, die obersten Laken herauszuzerren, platzte der Rest der Wäsche auf den Boden, blähte sich, atmete auf. Meno ging in die Waschküche, noch als er die Tür aufschloß, hüpfte ein Restchen Hoffnung in ihm, daß Libussas Waschmaschine inzwischen zur Reparatur gewesen war, aber der Platz war leer, das VEB Dienstleistungskombinat tüftelte seit den Sommerwaschtagen an dieser Aufgabe. Meno sah sich um. Wie haßte er diese subterrane Kammer! Er haßte sie mit dem Haß der Junggesellen, die lesen und ein Pfeifchen auf dem Balkon rauchen wollen, bevor sie in ihre warme Stube schlendern, licht und gelassen und voll Klarheit über Welt und Dinge, den Duft nach frischer Wäsche in der Nase, der traumseligen Schlaf verspricht. Wie hatte Barbara gesagt? Die Wäsche würde weißer werden, wenn man sie über Nacht einweichte. Spee und einige Löffel Schneeberger Blau, und hinein, ihr Kindergespenster, in die Lauge!
Am nächsten Morgen, gegen vier Uhr, erwachte er nach einem schrecklichen Traum: Ein Alb hockte auf ihm, ein Laken-Dämon, der immer neue Tücher durch die Lüfte herbeirief und sich grinsend aufhuckte – dabei war nur Chakamankabudibaba ins Bett gekrochen und hatte sich auf seinen Bauch gelegt. Die Fensterscheiben trugen Eisfarne. Meno ging in die Waschküche. Die Wäsche war in den Zubern gefroren; er nahm die Holzkelle vom Waschherd, zerschlug die Eisschicht: Die Laken trieben wie gefrorene Stockfische in der Lauge. Zu früh, um den

Herd anzuheizen; bleimüde kroch Meno noch einmal ins Bett, obwohl es ihn reizte, den neuen Nachbarn die rücksichtslosen Herausklopfereien heimzuzahlen, die widerwärtig siegesgewisse Rundfunkmusik, die Honichs Gymnastik begleitete, bevor er die Haustür zuschlug und sich zum Frühsport aufmachte. Aber auch einen Kampfgruppenkommandeur erschöpfte der Winter; nachdem die Kaminski-Zwillinge ebenfalls mit Honich in Streit geraten waren, nahm er wenigstens an den Wochenenden Rücksicht. Meno träumte, schlafen zu können … Chakamankabudibaba aber strich grummelnd ums Bett, und oben hörte Meno schon Libussa mit dem Kohleneimer für den Badeofen hantieren. Er träumte von der Waschküche … Sah die ochsenhaften, mit Ringbändern beschlagenen Waschzuber, noch vom Böttcher gefertigt in früheren Zeitaltern, Qualitätsware, die der Seifenfabrikant sich wohl schuldig gewesen war. Auf Holzböcken dräuten sie über dem Abfluß, der immer wieder verstopfte. Dann mußten die männlichen Hausbewohner mit langen Eisendrähten in der Finsternis darunter stochern, in der Hoffnung, daß die stehengebliebene Waschlauge dann zu den Hangrohren im Garten finden würde … Dorthin leiteten auch die Toiletten des Tausendaugenhauses ab, auch sie neigten zu Verstopfungen; Stahl hatte es Meno so erklärt: Liefen solche Rohre zu steil nach unten, verschwand zwar das Flüssige rasch, das Feste aber blieb liegen – und man mußte stochern. Dafür gab es, aufbewahrt im Gartenhaus, etwa fünf Meter lange Eisenruten mit Ösen, und als Hanna und Meno ins Tausendaugenhaus gezogen waren, hatte der Schiffsarzt einen kleinen Einführungskurs in die Tücken und Besonderheiten des Wohnalltags in einem seit Jahrzehnten unsanierten Altbau gegeben. Hanna hatte über die Waschküche nur ungläubig den Kopf geschüttelt, bis zur Heirat hatte ihre Mutter für sie gewaschen, sie wußte nichts von unzuverlässigen Wasch-»Vollautomaten«, nichts von winzigen Schleudern, in denen die Trommel hochkant stand, die mit zwei Handtüchern schon gefüllt waren und beim Stromgeben mittels Plastbügel, der wie ein Schallplattenabtaster über den Schleuderdeckel ragte, eine solche Unwucht entwickelten, daß das Gerät zu wandern begann, das Wasser aus dem Ablaufschnabel neben die Schüssel lief und die Schleuder sich selbst ausschaltete, indem sie den Stecker aus der Steckdose zog. Meno erinnerte sich, wie Hanna durch die Waschküche gegangen war. Der Waschherd, gemauert und mit eingelassenem Zinkbottich, mußte befeuert werden, Briketts und Holz dazu nahm jede Mietpartei von ihrem Kontingent. Es gab einen Legetisch, Kernseife in klobigen Würfeln, Packungen feinpulveriges Schneeberger Blau, das man der Wäsche, war sie vergilbt, nach der Komplementärfarbenlehre als Weißmittel zusetzte. Wenn man wusch, gab es Wrasen, den warmen, feuchtigkeitsgesättigten, wattig schlappen Dampf, der die Kleidung am Leib kleben ließ, das Atmen zum Kampf und die Küche zum tropischen Ort machte, Wrasen, der als Kochhitze aus dem Kessel brandete, wenn man, geschützt von Gummihandschuhen, den Holzdeckel lüpfte, um mit der Waschkelle (»Butterstampfer«, nannte sie Libussa) den 95°C heißen Schleim umzurühren, in dem, lang, dünn und schön wie eine Schneiderelle, ein Stahlthermometer steckte. Es gab ein Waschbrett für Hemden und Unterwäsche; Meno träumte von schrubbenden Händen, an denen statt Seifenblasen Plektrons wuchsen, zum rhythmischen Schnarren beim Jazz … Unerbittlich senkte sich das Kreissägenkreischen des »заря«-Weckers in seine Betäubung.

Eine Woche später war die Wäsche gewaschen und auf dem Dachboden der Karavelle getrocknet. Meno und Anne hatten einen Termin für die Mangel bekommen, die sich neben der Dampfwaschanstalt, einem achtzigjährigen Fossil, in der Sonnenleite befand.

»Na, Herr Rohde«, lockte Udo Männchen in der Dresdner Edition, »brauchen Sie mal wieder einen Haushaltstag?«

»Sie haben gut reden«, wies Meno das Vergnügen des Typografen von sich, »Sie wohnen Dreiraum-Vollkomfort, und Ihre Frau kümmert sich um Ihre, na, Stoffe.«

Der Typograf trug jetzt weitärmelige Blusen mit Bündchen über den Handgelenken, selbstgeschneidert, selbstgenäht, Seide und Leinen kombiniert und farbenfroh wie die Flaggen von Entwicklungsländern.

»Was finden die Leute in der Zentrale nur immer an dieser Garamond. Warum nicht mal eine Baskerville wie bei der Virginia Woolf-Ausgabe, die Insel macht? Dreiraum-Vollkomfort!

Sie wollen mich wohl veräppeln? Bei dem Stromausfall neulich war's Dreiraum-Blindekuh! Ich sage Ihnen, da kommt einiges zu auf die Geburtskliniken in dieser Stadt.«
»Pösitiv, pösitiv«, meinte Miss Mimi in tapfer-entschlossener Kakteenumstachelung französischer Sehnsüchte.
»Haushaltstag? Herr Rohde, Sie sind, wie ich annehme, keine verheiratete berufstätige Frau, somit steht Ihnen ein Haushaltstag nicht zu«, bedauerte Josef Redlich. »Sehen Sie, auch ich, obwohl ein runzelreicher Karrenzieher, muß Urlaub nehmen, wenn mir die Wäsche über den Kopf wächst. ›Die Täfelchen von Schokolade und Arsenik, worauf die Gesetze geschrieben sind‹, Heft D.« –
Entferntes Knirschen in der Morgendämmerung, gemischt, als Meno und Anne von der Riß- in die Sonnenleite bogen, mit dem Poltern von Kohlen, die der Lehrling der Bäckerei Walther in die Schubkarre schaufelte, mit dem Brummen eines Trafohäuschens, dem Raspeln der Eiskratzer auf den Auto-Windschutzscheiben. Das Knirschen kam näher, strahlig vom Lindwurmring, der Rißleite, von der unteren Sonnenleite her; bald erkannte Meno dunkle, mühsam näher stapfende Flecke: Frauen des Viertels, die an diesem Dienstag wie Anne Haushaltstag hatten und die Wäsche auf Leiterwagen zur Dampfwaschanstalt brachten. Sie kamen näher im grauwelligen Schnee, allmählich lösten sich die hellen Flecken der Gesichter aus den dunklen der Rümpfe (die Mäntel reichten bis übers Knie, die klobigen Stiefel versanken im Harsch, dem die wenigen, weiß brennenden Laternen das Aussehen von Papier gaben; Schneeschieber und Winterdienst würden später zu arbeiten beginnen); jener breitschulterigen, vermummten, geschlechtsneutralen Rümpfe, die, wie von einem Magneten gezogen, dem imaginären Schnittpunkt ihrer Wege zustrebten (es schien die Bäckerei Walther zu sein, die ab sieben Uhr Semmeln verkaufte, schon jetzt hatte sich eine Warteschlange gebildet), sich zu einem Schattenpfeil finden würden, der auf die Waschanstalt zielte. Die Frauen nickten Grüße, sprachen noch nicht. Das Knirschen war ein akustischer Fremdkörper in der Morgenstille, Meno dachte: ein verrosteter Stab, durch ein Fell gerieben; unangenehm, als zerrte es schlechte Träume aus der Nacht in den Tag hinüber: Es war das Geräusch der Leiter-

wagen, in denen die Frauen ihre Wäsche transportierten, der in trockenen Lagern schmirgelnden Holzräder, die mit Eisenspangen beschlagen waren, bei manchen Wagen fehlten Viertel- und halbe Kreise dieser Kutschenrad-Beschläge, oder es hatten sich die ungeschlachten Vierkantnägel aus den Reifen gelockert, wodurch die Wagen bockten und holperten; es war das Quietschen der Deichsel im Deichselarm, das Knurren der Rungen über den Vorder-, das Geklopf der Lissen über den Hinterrädern; ein Geräuschgemisch, treibholzgrau: so auch die Farbe der von Regen und Sonne ausgelaugten Wagen.

»Und ich weiß eben nicht, ob Richard Stahl trauen kann«, fuhr Anne fort. »Sie verbringen ganze Wochenenden dort draußen in Lohmen. Er sagt Gerhart, der sagt Richard. Ich frage ja nicht für mich, und Robert bleibt auch oft übers Wochenende im Internat … trotzdem könnten wir wieder mal was gemeinsam unternehmen.«

»Durch die Sächsische Schweiz, so wie früher«, sagte Meno, »Enöff tischt Klatschgeschichten auf, ärgert sich, daß sie keine Pilze findet, hat die falschen Schuhe an, weil sie dachte, wir gehen zum Tanzvergnügen, und Helmut schlittert heiter in eine Felsspalte? Und Enöff sagt, wenn wir ihn rausgehievt haben: ›Aber wir sind keine Piepse, aber keine Piepse sinn' wer' nich?‹«

»Plätze in der falschen Gaststätte bestellt, Niklas schmettert Opernarien, Gudrun redet über Bachblütentherapie, Umkehr nach Schandau …«

»… wo wir alle bei Lene einkehren«, vollendete Meno den Satz in Annes Lachen hinein. »Die gute alte Schmidken. – Warst du mal wieder draußen?«

»Uli wollte fahren. Aber jetzt, so kurz vor Weihnachten, sitzt ihnen die Plankommission im Nacken. – Ihren Oldtimer zeigen sie ja niemandem. Du bist doch Stahls Nachbar.«

»Ich glaube nicht, daß er in die Grauleite gehört«, antwortete Meno. »Aber was heißt schon ›glauben‹ und ›ich kann mir nicht vorstellen‹. Jedenfalls haben die Stahls Schwierigkeiten mit den Neuen.« Die »Neuen«: Honichs wohnten nun schon fast ein Jahr im Tausendaugenhaus; aber so war es hier oben: kaum Zu- und Wegzug, viele Bewohner lebten seit dreißig, vierzig Jahren in den Häusern mit den seltsamen Namen, da konnte leicht jemand

»der Neue« sein, der es erst auf ein stilles, kaum zum Akklimatisieren genügendes Jahrzehnt gebracht hatte.
»Hanebüchne Leute müssen das sein. Lassen sie dich inzwischen einigermaßen in Ruhe?«
»Soso«, erwiderte Meno schmunzelnd – färbte die Atmosphäre so auf Anne ab, daß der Kindheitsmund ausgetauscht wurde gegen den wählerischeren derer hier oben? Sie benutzten, hatte Meno beobachtet, im alltäglichen Umgang Worte, die manche Autoren selbst in ihrem Schriftlichen mieden, Kunigundenworte gewissermaßen, »hanebüchen« (»ohne h!« hätte Sperber bei Gelegenheit eines Urania-Abends geschulmeistert), wo »derb« oder »ungehobelt« nicht genau genug zu treffen schienen; sie gingen »vor den Kadi« und nicht »vor Gericht«, sie nannten ein Fensterbrett gern »Sohlbank« und einen Süßhahn »Süßhahn« (mit h).
»Vielleicht meinen sie es nicht einmal aufdringlich, vielleicht denken sie, daß ihre Kleingärtnerfreuden für alle das Glück bedeuten müßten – und sind ganz verblüfft, daß es Menschen gibt, die das anders sehen.« Meno zog den Leiterwagen an der Warteschlange vorbei, die von der Dampfwäscherei bis zum vermorschten Grundstückszaun reichte. Schleppende Gespräche, scheele Blicke, die sich erst lösten, als Meno die Tür mit der Frakturbuchstaben-Aufschrift »Mangel« ansteuerte. Sie hatten einen Termin für 7.30 Uhr bekommen.
»Naja, vielleicht bin ich zu anspruchsvoll Richard gegenüber. Er ist ziemlich überarbeitet, das macht mir Sorgen. Weißt du, ich hab' mich so gefreut, wie er neulich nach diesem schrecklichen Dienst aus der Akademie kam. Robert dabei! Der hätte doch in der Schule sein müssen! Packt er den Jungen bei den Schultern, schiebt ihn lachend in die Wohnung. Ich hab' ihn noch nie so stolz auf Robert gesehen. Auf Christian – ja. Das aber auch mehr still, er zeigt es nicht so, jedenfalls nicht mir oder den Jungen. – Wir müssen vielleicht die Wäsche noch bißchen vorbereiten. Das Plättweib ist ein Drachen. Wir dürfen nicht überziehen, sie fängt gleich an Krawall zu schlagen.«
»Morgen, Herr Rohde!« knarrte die rostige Stimme Else Alkes vom Eingang der Wäscherei herüber. Dampf wölkte zur Tür hinaus, kleingequetschte Kofferradio-Musik. »Die Weste vom

Herrn Baron hierhin«, befahl sie einem Gehilfen. »Und noch einmal die Knöpfe zählen!« Das Rot der Weste, die blinkenden Stahlknöpfe erfrischten den Blick.

»Herr Baron wird Ihnen eine Einladung zukommen lassen«, knarrte die Alke, bevor sie mit einem hochmütigen Nicken dem Gehilfen den Arbogastschen Leiterwagen überließ.

53.
Die Wäschemangel

Das Plättweib, eine hochbusige Schweinchenäugin mit rötlichem Haarflaum auf Fingerrücken und Oberlippe, wies barsch in die Handhabung des Apparats ein, nachdem sie in einer Kladde den Termin kontrolliert und mit einem scharfen Bleistifthaken gestrichen hatte. Weder Anne noch Meno waren zum ersten Mal hier, das Plättweib mochte sie auch wiedererkennen; aber die neuerliche Einweisung war Vorschrift, wie der aufmerksame Besucher dem ausrufezeichenhaltigen Teil der hinter Glas gehängten, mit Schreibmaschine geschriebenen Papiere neben der Tür ablesen konnte, die den Mangelraum mit der Dampfwäsche verband, in der das Plättweib als Büglerin und Verwalterin der Ersatzknopfabteilung (vorwiegend litzenumsponnene Bettwäscheknöpfe) wirkte. Der andere Teil der Papiere, unvergilbt und in Fraktur gedruckt, bot Sinnsprüche aus der Waschhistorie und war von den längst enteigneten und gen Westen verschwundenen Vorbesitzern der Dampfwaschanstalt hinterlassen worden: »Die Seife ist ein schönes Stück / Sauberkeits- und Menschenglück«; »Auf weißem Linnen / dein End' und dein Beginnen«; »Was glättet die Falten / macht jung das Gesicht / das Bügeln und Mangeln / mit schwerem Gewicht«. Meno, gefesselt von diesen Beobachtungen, hätte am liebsten sofort darüber nachzudenken begonnen, vor allem reizte es ihn, den Wahrheitsgehalt dieser als Volksweisheiten (und damit unfehlbar) ausgegebenen Sprüche zu prüfen: auf weißem Linnen … Ulrich und er waren in einer Moskauer Klinik zur Welt gekommen, hatte es da weiße Laken gegeben? Und für die im Krieg Geborenen? Anne zeigte auf die an zwei Streben von der Decke über dem Legetisch hängende

Uhr, ein achteckiges Modell mit Herzzeigern, geschweiften Ziffern auf ergrautem Blatt; Anne lächelte nicht wie sonst oft, wenn sie ihren Bruder aus seinen Abwesenheiten zurückbat (eine Berührung, ein andauernder Blick), sie wirkte nervös – Meno wußte, daß sie sich vor dem Ungetüm in diesem Raum fürchtete. Selbst im nüchternen 100-Watt-Licht aus einer im Lampenteller nackten Glühbirne wirkte die Mangel wie eine auf den Rücken gezwungene und geknebelte Tarantel; eines der wolfshaarigen Giganten-Exemplare, die in den Dioramen naturwissenschaftlicher Museen, aus Kunststoff nachgebildet, an tertiären Insekten saugten (die Stielaugen im wolligen Fleischfressergesicht wie ein Scherenfernrohr ausgefahren) und auf Spinnenforscherkongressen in Form von gleichzeitig belächelten wie für handwerkliche Meisterschaft bewunderten Kupferstichen zirkulierten, wie sie für »Brehms Thierleben« gefertigt worden waren. Meno dachte an das »Freundin Arachne« Arbogasts, als er das Absperrgitter öffnete, um die drei Buchenholzrollen vom Gleittisch vor dem zurückgefahrenen Mangelkasten zu nehmen – er angelte sich zuerst die entfernteste, darauf gefaßt, daß der mit Wackersteinen gefüllte tonnenschwere Mangelkasten wie ein bösartiges Fanginstrument, ein Kieferhaken, nach vorn schnellen würde, um ihn in den Schlund zu reißen (zwar gab es keinen, hinter der Mechanik war eine schwarzgelb gestreifte Mauer zu sehen, aber ihn plagte die Vorstellung, daß Verdauungsorgane hinter der Kastenverschalung verborgen seien); Meno griff übertrieben schnell die anderen beiden Rollen heraus und reichte sie Anne, die sie ihm stumm und ebenso übertrieben schnell abnahm und erleichtert, wie ihm schien, mit den Rollen zum Legetisch ging. Sie spannte die Wäsche auf: die trocken sein mußte für diese Maschine. Jetzt kam der schwierigere Part der Vorbereitung: Meno verteilte die drei mit Laken und Bettbezügen umwickelten Rollen auf dem Gleittisch, wie das Plättweib es ihnen demonstriert hatte (in maulenden, kaum zu verstehenden Worten und ohne die Mangel einzuschalten); Rollen und Bahnachse in exakt rechtem Winkel zueinander, nur so war freie Rotation in beide Richtungen möglich, nur so verkantete sich nichts – die Hölzer rollten frei unter dem Kasten –, wurde die Wäsche nicht zerrieben, sollte durch falschen Winkel der Gleitprozeß gestört werden. Die Schwierigkeit lag in dieser Genauigkeit, mit der die Zylinderhölzer ausgerichtet werden mußten; der geknebelten Tarantel volle Rollen anzubieten machte Meno weniger angst als die Entnahme der leeren vorhin – er trat zurück, ließ das Schutzgitter herunter, blickte bang auf den Kasten, der an einer gezähnten Schiene auf Annes Knopfdruck heransurrte und sich langsam, wie ein Schott, über die Rollen schob, die die Bewegung glatt aufnahmen. Anne nickte, drückte auf den zweiten Knopf, und jetzt schien eine Peinigung zu beginnen, Qual und Schmerz über das solide, in Gebrauchsjahrzehnten abgegriffene Buchenholz der Mangel zu fliegen, hin- und herwebend, schütternd und rasselnd die Steine im Kasten, ein konvulsivischer Tremor unter Transmissionsriemen, die über Treibräder an der Seite der Maschine liefen und den blinden, empfindungslosen Voltbefehlen eines Motors gehorchten. Für Augenblicke gab es nichts zu tun. Durch das Fensterchen in der Tür sah Meno in die Wäscherei: Dampf stieg aus großen, autoklavenähnlichen Kesseln mit eingeschobenen Stab-Thermometern, auf die ein graubekittelter Gehilfe sein Auge hatte (das andere war, deutlich zu erkennen, aus Glas); hin und wieder zog der Einäugige eine Art Messingschalmei, die in einen endoskopisch beweglichen, in die Wand führenden Schlauch mündete, zu sich heran und grunzte etwas hinein, wahrscheinlich galt es einem im Keller verborgenen Heizer, der den Dampfdruck der Waschkessel regulieren sollte. – Das Plättweib erschien pünktlich.

54.
Sei zu Hause

… aber die Uhren schlugen, es wurde kälter, es wurde wärmer, tagelang schien es, als ob es in diesem Jahr eine grüne Weihnacht gäbe, doch am dritten Advent wurden die Himmelskissen geschüttelt, die Schwibbögen in den Fenstern, die Herrnhuter Sterne auf den Balkonen, in den Baumkronen (Ingenieur Stahl hatte gegen Pedro Honichs Protest einen in die Blutbuche gehängt) versanken im Schneedunst; die Laternen, wenn Meno abends durch die Straßen stapfte, seinen jugoslawischen Hut tief in die Stirn gezogen, die Kugelpfeife gefüllt mit Kopenhagener Vanilletabak, hingen wie Quallen unter den Ulmenästen der Mond- und Wolfsleite, hatten gelatineartige Lichtkoronen. In den Küchen roch es nach Lebkuchenteig und Zimt; weder im »Holfix« noch im Lebensmittelgeschäft an der Bautzner Straße gab es noch Puderzucker, Kakao- und Bunte Streusel, und wenn Meno vor der Karavelle an der Tür stehenblieb, die Hand schon innen am Öffnerzapfen, sah er die Flügelschatten einer Seiffener Pyramide über die Wohnzimmerdecke der Hoffmanns wandern. Im Haus Abendstern brannte im Bad der Orrés Licht (Erik Orré pflegte seine Texte in der Badewanne zu lernen), bei Tietzes war das Musikzimmer erleuchtet, der gelbe Schein sickerte durch die baufällige, von einer Fichte halbverborgene Veranda; Meno sah einen Schattenbogen an der Kinderzimmerdecke auf- und abtanzen: Ezzo übte. Ob er Annes Kinnstütze benutzte? Für Niklas' Musikstunde war es noch zu früh. Wenn Gudrun nicht ins Theater mußte und Niklas keinen Hausbesuch mehr zu erledigen hatte, war um diese Zeit das Musikzimmer von feinem Bratapfelduft erfüllt; der Kachelofen neben Spiegel und Récamiere hatte über dem Sims eine Wärmeröhre, in der Niklas die Purpurroten Consinot, Cox Orange, Rheinischen Krummstiefel, Winterstettiner aus den Gärten des Elbhangs eher dünstete als briet – mit unvergleichlichem Ergebnis, nie hatte Meno ähnlich wohlschmeckende Bratäpfel wie bei Tietzes gegessen. Wenn er nach einigen Minuten die Heinrichstraße hinunterging, wurde er oft von lautem »Bahne frei!« aus dem Sinnieren gerissen: Rodelschlitten mit aufgebogenen Hörnern und »Hitschen« (flache aus Holz, Marke »Davos«, oder aus Eisen und Olims Zeiten, mit Rundkufen und Sitzen aus geflochteten Lederstreifen) wollten zur abschüssigen Dachsleite, wo fröhlicher Ski- und Schlittenbetrieb herrschte, unbeeindruckt von Dunkelheit und Schneetreiben.

Zur Weihnacht stellten die Familienväter die Tannenbäume auf, die sie auf dem Striezelmarkt oder bei Förster Busse (das waren die besseren, freilich auch teureren) gekauft hatten, holten die Tannenbaumständer vom Dachboden, die Engel und farbigen Glaskugeln zum Schmücken, hängten Lametta über die Zweige. Niklas besaß noch Stanniolstreifen, und stilecht dekorierte er den

Baum mit dem einfachen erzgebirgischen Holzschmuck, der von Generation zu Generation weitergegeben worden war, und mit echten Kerzen, für die er Tannenzapfenhalter anzweckte. Grüne, rote und silberne Kugeln, am höchsten Wirtel der Stern, dazwischen die knittrigen Alufransen, die in der Weihnachtsabteilung des »Centrum«-Warenhauses unter »Lametta« angeboten wurden: so ausstaffiert stand die Dresdner Durchschnittstanne (die in Wahrheit eine Blaufichte war) auf ihrem Ehrenplatz in den Wohnzimmern und warf bereits vor dem Kirchgang ihrer Besitzer die ersten Nadeln ab. Meno verbrachte den Heiligabend bei Londoners; Jochen Londoner hatte ihn eingeladen: Hanna habe Dienst in der Prager Botschaft, Philipp und »Gefährtin« (so der alte Londoner nach einer Bedenksekunde) würden »der Jugend Farb' und Lebenslust / ins Rauchgrau unsrer Tage mischen«. Ein Geschenk besorgte Meno nicht; Libussa schnitt ihm Rosen für Irmtraud Londoner ab und machte die Augen weit über seine Bemerkung, dies sei ein Mitbringsel, kein Geschenk, und er blieb dabei, obwohl er wußte, wie sehr sich Irmtraud Londoner über Blumen freute. Mit einem schönen Blumenstrauß in der Hand konnte sie sogar, was sonst nie vorkam, soweit Meno wußte, krallig gegen ihren Mann werden: Siehst du, Jochen, du studierst die Wirtschaft und hast das ganze Haus voller gelehrter Untersuchungen; aber dieser junge Mann hier ist es, der mir Rosen im Winter bringt. Libussa wollte nicht gekränkt sein, denn für die Rosen würde sich Meno mit Holzhacken und Kohlenschleppen revanchieren, vier Eimer, die darüber nötigen wollte Pedro Honich »in Timurhilfe« übernehmen. Frau Honich, die mit Einwickelpapier zur Stelle war, setzte ein streichzartes Lächeln auf, als sie sich vergewisserte: Londoner – habe sie da eben richtig gehört? – Sie habe. – Der berühmte Jochen Londoner, der im Wochenmagazin »Horizont« schreibe – und hin und wieder auch ein Buch?

Hin und wieder: Londoners Ausstoß war berüchtigt; er fand nichts dabei, Reste zu verwerten, längst Gedrucktes umzuarrangieren und für neu auszugeben; Meno erwiderte das Babett Honichsche Lächeln (wenn auch argwöhnisch); ihm war eingefallen, daß dies Londoner-Worte gewesen waren: »und hin und wieder machen wir ein Büchlein«, dies pflegte er in seinen zahlreichen Interviews zu wiederholen, denen niemand dieses »wir«: pluralis majestatis? Londoner Oberhaupt eines kapitalistisch geschäftstüchtigen Familienunternehmens? herauszuredigieren wagte. – Aber da sei der Herr Rohde ja ein bedeutender Mensch, wenn er mit Londoner Umgang habe! Babett Honich war ganz Feuer und Flamme. Sie habe es gleich gewußt, daß der Herr Rohde aus feinerem Holz geschnitzt sei, sie meine, wer heiße schon Meno, da sei »so was Gewisses« um ihn (»aber daß Sie ausgerechnet über Spinnen schreiben, mein Gott, pfui Teufel!«); und ob er nicht den Herrn Londoner zum Tee hierher einladen könne? – Herr Rohde müsse jetzt gehen, er habe es eilig, und soweit *sie* wisse, trinke der Jochen gar keinen Tee.

Noch auf der Turmstraße, als er den Vorübermarsch einer Kompanie Weihnachtsmänner abwartete (die Grauleite hatte Sonderschichten für die Kinder Ostroms übernommen), freute sich Meno über Libussas Geistesgegenwart und das lässig-kecke, »der Jochen«, das Babett Honich zum abrupten Verstummen gebracht hatte. Der Posten im Wachhäuschen kontrollierte Papiere und Einladung gründlich.

»Zweck des Besuchs?« Aus dem Oberleutnant war inzwischen ein Hauptmann geworden. Er wartete, die Finger auf der Schreibmaschinentastatur, auf Menos Antwort.

»Verbringung des Chanukka-Fests bei Genossen Jochen Londoner.« Meno wußte selbst nicht, warum ihn plötzlich der Hafer stach. Chanukka-Fest! Damit würde der Diensthabende, der sicherlich auch Frau und Kinder hatte und, statt Weihnachten bei ihnen zu sein, hier Wache schieben mußte, wahrscheinlich nichts anzufangen wissen.

»Schanugga? Wollen Sie mich auf den Arm nehmen?« Der Genosse war sofort gereizt. »Das haben wir gleich.« Er griff zum beigefarbenen Telefon. Das Breshnew-Porträt war aus dem Wachstübchen entfernt worden, man hatte es nicht durch eines von Gorbatschow, sondern durch ein sauertöpfisches Schwarzweiß-Konterfei des Sicherheitsministers ersetzt. »Aha.« Der Hauptmann blieb skeptisch. »Vollschein? Das ist für Besucher neuerdings verboten, Genossin Londoner. – Weiß nicht, warum. Anordnung von ganz oben. – Wenn er einen Halbschein bekommt, müßte er sich morgen früh am Oberen Plan melden,

das ist korrekt, Genossin Londoner. – Nein, dürfen wir nicht. Zwei Drittelscheine, das ist das höchste, was mir gestattet ist.« Damit legte er auf, tippte, spannte einen zweiten Bogen Papier in die Maschine. »Hier quittieren.« Meno nahm Kugelschreiber und Formular vom Drehteller, und während er unterschrieb, hörte er, wie der Hauptmann »Schanugga, Schanugga« vor sich hinmurmelte. »Sachen gibt's. Hieß das nicht Weihnachten? Ist das jetzt offiziell?«
Meno tippte an den Hut, schlug den Kragen auf und ließ den Hauptmann ohne Antwort zurück. Die Brücke sang unter Windböen, die Glühbirnen, von denen nur wenige brannten, schaukelten zwischen den Brückengeländern; Meno klemmte die Rosen ins Mantelrevers. Das Maultier sucht im Nebel seinen Weg, dachte er; der tiefe Schnee auf der Brücke wirkte wie Dunst, die Spuren der Weihnachtsmänner waren schon verweht. Bei jedem Schritt versank Meno bis zu den Knien, so daß er langsam vorankam, die rechte Hand am Geländer. Das Spinnwebhaus dräute schwarz in der weißrauchigen Luft, in der über dem Taldurchstich Wirbel und Schneespindeln tanzten; vielleicht arbeitete Vogelstrom am Revolutionspanorama oder hielt im Dunkeln Zwiesprache mit den gemalten Gartenszenerien, vielleicht war er verreist, feierte Weihnachten bei seinen Kindern, von denen der Maler freilich nie gesprochen hatte. »Will nichts besagen!« preßte Meno in den angreifenden Wind. »Du himmlisches Kind!« Ein ungebärdiges, eigensinniges Kind, eine tobsüchtige Range. Manchmal hielt es still, dieses Kind, schien zu überlegen, wie es dem einsam voranstiefelnden Mann auf der Brücke beikommen könne, huschte nach vorn, bog über den Hut und fiel, um es schneestäubend von hinten zu versuchen, klirrte von links und rechts heran, um nach angeberischem Schaudergetös, rachsüchtigem Gerüttel an den Spanntrossen der Brücke in sich zusammenzufallen, als hätte seine Wut ein Fingerschnipp von da oben, aus den Lüften, kassiert: dann war, beruhigend bronchitisch, das rauhe Rauschen der Weißen Schwester zu hören. Meno beeilte sich. Zwar hatte Jochen Londoner keine Zeit genannt. War man in Ostrom bereit, Weihnachten als offensichtlich unausrottbares christliches Relikt zu dulden, bis es in der Epoche des Übergangs vom Sozialismus zum Kommunismus keinen Platz mehr dafür

geben würde, war man bereit zu schweigen, dem Komment mit Tannenbaum und Fensterdekoration Genüge zu tun, im übrigen die Füße auszustrecken und nach der Bescherung für Frau und Kinder in Familie das Fernsehprogramm zu genießen, war Jochen Londoner ein Oströmer, dazu einer, der manchen Spott für diesen Abend hatte: so feierte man dennoch, und Londoner hielt sowohl Irmtraud als auch seine Kinder an, zuerst die Bräuche zu achten, dann »kritisch das Fest zu begehen«. Das nannte er Dialektik. Hieß: Er achtete das Dekor, begegnete aber dem Ritual, dem doch das Dekor abkürzendes Sinnbild war, mit achselzukkender Gleichgültigkeit, sogar mit Herablassung und abweisendem Stolz, Stolz auf halbe Kenntnis, auf eine Freiheit, die für ihn darin liegen mochte, einem Klischee und den darin verborgenen Forderungen nicht zu genügen. Er, der »fröhliche Marxist und Akribiker«, wie er sich selbst halb ironisch, halb drohend nannte, war so frei, mit Laisser-faire dort aufzuwarten, wo andere es nicht erwarteten, wo sie betreten oder »bestenfalls« (manchmal sagte er auch »schlimmstenfalls«) neugierig auf das entlarvte Schablonendenken reagieren würden: »*Der Jude*«, knurrte er dann gereizt, »war im Exil, und *der Jude*, der im Exil war, muß doch die Bräuche des Judentums kennen, nicht wahr? Und wenn er sie kennt, muß er sie doch auch befolgen? Nicht wahr, das denkt ihr doch noch immer? Denn wie kann es sich *der Jude* erlauben, Bräuche zu mißachten, die so viele Leidensgefährten das Leben kosteten?« Und als Meno entsetzt schwieg: »Aber ich nehme mir a) die Freiheit, selbst zu bestimmen, wer oder was ich bin; ich bin kein Jude, ich bin ein Mensch, und als solcher nehme ich mir b) die Freiheit, über die Bräuche, die mir wichtig sind oder nicht, die ich befolgen *muß* oder nicht, ebenfalls selbst zu befinden!« So zündete er einen Chanukka-Leuchter an und die Lichter am Weihnachtsbaum, buk mit Irmtraud und Hanna, wenn sie über die Feiertage zu Hause war, Lebkuchen und Suffganioth, die wohlschmeckenden Ölkrapfen, frittierte Latkes, zu denen Philipp Kartoffelpuffer sagte, hängte Lametta und Treidel, kleine Spielzeugkreisel, an den Tannenbaum. »Wir feiern Weihnukka!« Und statt des »Maos-Zur-Jeschuati« oder »Stille Nacht, heilige Nacht« schallten die Beatles durch das Haus Nr. 9 am Zetkinweg, einer Sackgasse am Ende der Krupskaja-Straße.

Schokolade und Holz: Das war der Geruch der Bücher, und Meno kannte kein Haus, in dem er so gebietend und so einladend lebte wie im Haus Londoner.
»Chanukka!« rief Irmtraud beim Öffnen, faßte Meno bei den Schultern und berührte ihn »Wange-an-Wange«, eine Begrüßung, die er liebte, ihrer zarten, unaufdringlichen Intimität wegen, »Da hast du dem armen Kerl ja einen schönen Schreck eingejagt. Ich mußte es ihm erklären! Der wird jetzt telefonieren. – Aber du weißt, daß Jochen solche Scherze nicht mag, sag ihm nichts; er meint, das geht niemanden an, was und wie wir leben. – Sei zu Hause.«
Sei zu Hause, nicht »fühle dich« oder »fühle dich wie« zu Hause; dies einfache Willkommen hatte Meno immer gerührt; er schämte sich etwas, die Rosen so unfeierlich aus dem Mantel wickeln zu müssen, da er vergessen hatte, sie vor der Klingel aus dem Papier zu nehmen – und da er seine Rührung verbergen wollte, drückte er die aufknospenden »Maréchal Niel« Irmtraud, die seinen Hut und Handschuhe in den Händen hielt, mit einer schiefen Entschiedenheit entgegen, die nichts anderes war als Verlegenheit, welche er bei den Londoners nie ganz abzustreifen vermochte. Jochen wußte das. Meno polkte ausgiebig an den Schnürsenkeln herum, Tropfnässe oder Straßenschmutz auf den Teppichen brachten Irmtraud in Rage. Bei seinem ersten Besuch, dem Vorstellungsbesuch als Hannas »Freund«, vor dem Meno in Ermangelung anderer Mutmacher drei Fläschchen Magenbitter aus Schiffsarzt Langes Vorrat getrunken hatte, konnte der »alte Daseinskenner« (so Herr Professor, der Jochen Londoner für Meno damals gewesen war, mit verständnisvollem Nicken und ironisch einwärtsgekehrtem Daumen) sie ihm durch nichts zerstreuen: nicht durch eine Führung durch die Hausbibliothek, aus der er Kant-Erstausgaben und Brecht-Autographen zog und verschwenderisch ausblätterte, nicht durch den mit Leckereien bespickten Tisch, an den sich der Gelehrte demonstrativ hausväterlich in Strickjacke und schottisch gemusterten Pantoffeln setzte, durch keine der liebenswürdig eingehenden und weitgreifende Interessen anbietenden Fragen. Im Gegenteil hatte der Reichtum des Londoner-Haushalts (der ideelle sowohl wie der tatsächlich materielle auch) Meno noch mehr eingeschüchtert,

und Londoner mochte das gespürt haben, denn danach änderte er seine »Taktik«, wie er sagte, den »Empfangsbahnhof«: Irmtraud begrüßte Meno seitdem, »sei zu Hause«, und nannte ihn »Menodear« oder »my dear«, was er lange für ein merkwürdiges, saxonisch geweichtes Kosewort hielt, bis er es in der Anrede eines ihrer Briefe las und begriff, daß sie Englisch sprach.
Aber diese Fledermausmütze auf dem Kleiderständer kannte er, lauschte ins Wohnzimmer statt auf Irmtrauds Lob- und Preisworte, und da er es hören wollte, ließ es auch nicht lange auf sich warten, Judith Schevolas sandiges Lachen. Philipp renommierte, auch das hörte Meno, den Irmtraud nun allein ließ, stumm und verschwörerisch auf die Treppe zur Küche weisend, die sich im Souterrain befand. Kurze, herzliche Begrüßung, eine anheimstellende Geste, dann konnte der Gast, wenn er ein Freund des Hauses war, bis zum offiziellen Teil der Einladung (deren Beginn ein Essensgong oder ein Glöckchen vorschlug, wie es im Fernseh-»Professorenkollegium«, in dem Londoner Mitglied war, der Vorsitzende schwang) noch eine Weile tun und lassen, was er wollte: sich in den Ohrensessel im Wohnzimmer setzen und in einer der ausliegenden Zeitschriften schmökern (»Literaturnaja gaseta« und »Times Literary Supplement« waren darunter), in den Büchern blättern oder, war man zu zweit, eine Partie Eishockey am Automaten spielen, der in einer Souterrainnische stand; eine Packung dafür notwendiger Zehnpfennigstücke lag immer bereit; warf man einen Groschen ein, konnte man über ein Rad die roten oder blauen Bleifiguren mit ihren von der Stahlkugel verzogenen Schlägern drehen. Man konnte auch wieder gehen, so wie es Eschschloraque einmal getan hatte: Tief in einer Bücherwand auf der Stiege nach oben, zum Londonerschen Heiligtum (»the haunted chamber« stand am Arbeitszimmer in Schreibschrift auf getöpfertem Oval), hatte den Dramatiker eine Szene gepackt, er war mit glasigem Blick, armerudernd (Meno hatte ihm rasch einen Stift in die Hand gedrückt) zum Telefontischchen gedriftet, wo er ohne Erfolg und in zunehmender Verzweiflung nach einem Stück Papier fahndete (er fand keins, bedruckte Seiten gab es im Haus Londoner zu Millionen; leere verwahrte der Alte in »haunted chamber« und wachte streng über die Verteilung: Nichts Handschriftliches im Hause herumliegen

lassen, keine Adressen, keine mißverständlichen Notizen!: verinnerlichte Maxime aus der Zeit im Untergrund), bis Meno, der sich Zettel einsteckte, wenn er zu Londoner ging, Eschschloraque einen gab – geistesabwesend hatte der Marschall des Maßes den Telefonhörer abgenommen, Jamben gerollt und mit dem Hörer ein imaginäres Publikum traktiert; in diesem Moment war Londoner die Treppe hinuntergestiegen, auch er glasigen und inspirierten Blicks, auch er in handgreiflichen Ballungen von Wort, Gedanke, Schlußfolgerung, war zum Telefon getappt, wo er von Eschschloraque den Stift statt des Hörers bekam, den er nickend, mit heftigem Blick, fixierte und in erhobener Hand schüttelnd weitertrug, während Eschschloraque verständnislos den Telefonhörer anstarrte, bevor er grußlos und in geliehenen Pantoffeln das Haus verließ.

Man sprach, worüber man im Haus Londoner oft sprach: über die Geschichte der Arbeiterklasse, Ökonomie, aus gegebenem Anlaß über die Geschichte des Weihnachtsbratens, über Daten und Ereignisse in der Geschichte der Kommunistischen Partei. Judith Schevola saß amüsiert neben Jochen Londoner, der im Schaukelstuhl so in Erzählerfahrt geraten war, daß er immer wieder einen seiner Schottenpantoffeln verlor, den Philipp dann wieder an den Fuß paßte, wobei Philipp seinen Vater mit dem auch von Hanna gebrauchten Spitznamen »Seppel« ansprach (Irmtraud wurde von Mann und Kindern »Traudel« genannt). Jochen Londoner hätte es sicherlich vorgezogen, nicht wiederholt an die Sterblichkeit der Euphorie erinnert zu werden (mochte der Pantoffel doch segeln, wohin er wollte!); an Judith Schevola gab es unbekannte Ohren, in denen noch nie der Londoner-Trichter, jedenfalls nicht der weltenfreudige des Alten, gesteckt hatte. Ein Glas Portwein, schaukelnd mitten in einer ausgiebigen Bohrkernanalyse der »Hauptaufgabe« abgefüllt und ebenso kommentarlos wie ohne Blickkontakt zugereicht, hatte zu Menos Begrüßung genügt; Meno hatte vor Verblüffung über Schevolas Anwesenheit, aus still ansteigendem Mißmut, wie vergnügt und elegant Philipp sich im Glanz des Hauses sonnte, dabei aufgeregt umhersprang wie ein Schuljunge, das Glas schon in sich hineingegossen und hockte nun wie ein Waldkauz, geleimt an die schweren Kreise des Weins, im Ohrensessel, dem al-

ten Historiker gegenüber. Jetzt flog das »Londoner-Sondoner«-Sprech über drei Punkte durch den Raum und gab Meno die Vorstellung, am Rand blitzender Elektrizität zu sitzen; Irmtraud fragte, wann aufgetragen werden solle: »When känn I servier the Haeschen, my dear?«, und »Seppel«, stark in der Schilderung der Hunger- und Raubtierzustände in Manchesters Baumwollfabriken begriffen, breitete fragend die Arme, um Demokratie anzudeuten – die Philipp anstelle der prustenden Judith Schevola und Menos aufgriff, der ihm schlechtes Gewissen unterstellte und vergnatzt schwieg: »We love you dermaßen, Traudel, you are ä Heldin, denn I sink, there's not matsch fun in de Kittschen?«
»You really don't have tomatoes on your eyes«, bestätigte Irmtraud, »bleib sitzen, my dear«, (das galt Judith Schevola), »de potätohs are alle geschält bei now, änd I sink, de Rosenkohl is quite färdsch.«
»Okäh«, entschied der pater familias, »thänn I sink, we take sammsink to Knabbern in de Zwischentime.«
Ein Anruf vom oberen Telefon, und aus dem Gagarinweg wären die Wagen des Mitschurin-Komplexes mit einem Menü gekommen. Irmtraud wollte es nicht, obwohl Jochen Londoner es ihr schon mehrfach angeboten hatte, wie Meno von Philipp wußte, der Judith Schevola mittlerweile ekelhafte Süßaugen zuwarf. Wie damals, als sie zu Eschschloraque unterwegs gewesen waren, hätte Meno sich gern nach Marisa erkundigt; vielleicht feierte sie mit chilenischen Exilgenossen oder spielte in Philipps Zimmer gegenüber der Baumwollspinnerei mit Judith Schevolas Messer. Meno beobachtete Philipp: Wußte dieser Mensch überhaupt, was er wollte? Du wirst doch nicht etwa eifersüchtig sein! Er wehrte den Gedanken mit einer heftigen Geste ab, die die Hand mit dem Herrenring am Zeigefinger in Bewegung setzte, um Meno eine Schale mit Salzstangen anzubieten; ohne den Redefluß zu unterbrechen oder auf Menos Reaktion einzugehen (vielleicht nahm Jochen Londoner sie für Zustimmung), setzte der Gelehrte die Manchesterrede fort. Philipp hatte eine Gorbatschow-Plakette vor sich auf den Tisch gelegt, Kopf mit Muttermal auf rotem Grund; das Blechstück, hinten mit einer Anstecknadel versehen, stammte ironischerweise aus dem Westen; Philipp hatte es aus Berlin mitgebracht, wo diese »sweet

liddel provocations« (so Jochen Londoner, der sie eingehend gemustert hatte, die Qualität der Anstecknadel-Verlötung lobend) seit einigen Monaten kursierten.

Philipp, das Heldenkind. Der die Partei rein- und die Ideale hochzuhalten versuchte, unter deren Sternen seine Eltern gekämpft und eins (Meno konnte sich die beiden nicht getrennt vorstellen) der schrecklichen Schicksale dieses Jahrhunderts durchlitten hatten: Irmtrauds und Jochens sämtliche Verwandte in den Vernichtungslagern der Nazis ermordet, sie selbst auf abenteuerlichen Wegen nach England entkommen (»mit nothing in de pockets und Hunger, my dear, immer Hunger«), wo er für die British Library und sie als Putzfrau im Guy's Hospital gearbeitet hatte, bevor sie als »enemy aliens« inhaftiert worden waren. Philipp, der korrupte Funktionäre angriff und an den Sozialismus wie an etwas Heiliges glaubte – nie wäre er bereit gewesen, in Diskussionen über eine bestimmte Grenze hinauszugehen, etwa das Ganze in Frage zu stellen, wie Richard es tat (und Anne? war sie nicht ebenso erzogen worden wie Philipp und er, Meno Rohde, Träger eines stolzen Namens in der kommunistischen Hierarchie … jetzt war sie wahrscheinlich in der Kirche, um Magenstock predigen zu hören und das Krippenspiel zu sehen); nie zweifelte Philipp daran, daß dem Sozialismus die bessere, die hoffnungsfrohere Zukunft gehörte. Alles für das Wohl des Volkes … Philipp spendete einen beträchtlichen Teil seines Gehalts für ein Arbeiter-Feierabendheim in Leipzig; während des Studiums hatte er an der Baikal-Amur-Magistrale mitgearbeitet. Und seine Wissenschaft? Sie diente dem Volk, für das der Sozialismus gedacht und geplant worden war; Meno war überzeugt, daß Philipp seine Wissenschaft, seine Professur als Beitrag zur Stärkung des Sozialismus ansah und sie ohne Zögern dreingegeben hätte, wäre das für die Verteidigung der »gerechten Sache« (so sprach man hier gern von der Diktatur des Proletariats) notwendig erschienen.

Der Pfiff der Schwarzen Mathilde war zu hören, worauf Jochen Londoner, indem er einen Schluck Sherry nahm, seine Ausführungen unterbrach und mit einem gedehnten »… by the way …« Meno aufmerken ließ; meist kam nach solchem Übrigens ein wichtiger, Alltagsdinge betreffender Hinweis; so auch diesmal:

Ihm sei aufgefallen, daß sich in jüngster Zeit die Energiesparsendungen im Fernsehen der Republik wieder häuften, Meno »und auch Sie, meine Liebe« (Judith Schevola schrak aus der Betrachtung der vielen Originalgrafiken an den Wänden zwischen den Buchreihen) seien klug beraten, rechtzeitig Kohlen nachzubestellen; notfalls könne er, wenn es gewünscht werde, behilflich sein. Und auch sonst, im übrigen …? Dies Angebot als »liddel Abschlag« auf die noch folgende Bescherung. Meno griff zu, er hatte es sich schon vor dem Aufbruch zu Londoners überlegt, und bat für Christian; ob Jochen da etwas tun könne, Versetzung in eine andere Einheit zum Beispiel, ein Stabsschreiberposten; Londoner wehrte ab: Das sei das Militär, da könne er nichts tun, gar nichts; es genüge ihm schon, was Philipp auf Hiddensee angestellt habe mit dieser idiotischen Gegenüberstellung von Kleinbürgern und Bildungsbürgern, der Genosse da habe Regenpfeifer gespielt und gesungen; gefährlich, meinte Jochen Londoner, aber wohl zu regeln. Ob das Telefon, übrigens, wieder funktioniere. Aufhebung des Privateigentums, nannte Philipp die bedächtige, von leichtem Ächzen begleitete Bewegung, mit der sein Vater aus dem Schaukelstuhl aufstand; der Ausdruck konzentrierten Lauschens kehrte zurück, als Londoner sich mit Zeige- und Mittelfinger ans Kinn griff. Irmtraud hob den Schlegel des Essensgongs und sagte: »The Gong is gonging.«
Meno konnte beobachten, wie Londoner zum Telefon schlurfte, Augenblicke zögerte, bevor er abnahm und mit angestrengtem Gesicht die Muschel ans Ohr preßte: »Ach, kommen Sie doch mal bei Gelegenheit vorbei. Ja, ich kriege keine Verbindung, wenn ich wähle. Wäre doch schade um die Gespräche, oder nicht? Wenn ich keine Telefonate führen kann, können Sie nichts aufzeichnen, und stehen Sie nicht auch im Plan? Schönes Fest und Wiederhören.« Er blieb stehen, solange Irmtraud den Braten auftrug. »Let's have ä liddel Schmaussolos!« lud er auf Londonerhellenisch ein.
Nach dem Essen Bescherung: Meno beobachtete Schevola, die heute weniger als sonst sprach, zurückhaltend auch bei den verstohlenen Komplimenten des Alten blieb; sie waren nicht anzüglich gemeint; Londoner sprach zwar gern und hörte sich auch gern zu (»mit kritt'scher Liebe, es iss ja nich so, daß ich

nich durchseh'«), wußte aber, daß Monologe zwar fesseln, doch nicht lange. Schevola beobachtete Philipp und den Alten, ließ ihren Forscherblick beim Essen über Irmtrauds Perlencollier, das Meißner Porzellan, die monogrammierten Stoffservietten (all das vag beleuchtet vom ersten, zu früh entzündeten Licht der Chanukkiah) wandern; Meno vermutete, daß Judith Schevola ebenso wie er gespannt war auf den Moment, die »Charakterologie der Augenblicke«, aus dem dieser Moment bestehen würde: die Übersetzung des alten Gelehrten vom bekennenden Revolutionär (der seiner Frau und Judith die saftigsten Bratenstücke vorlegte) in den Eigentumsbürger. Würde der Liebermann über dem Kanapee weniger ingrimmig lächeln, würden Schimmer von Nachsichtigkeit, von Müdigkeit sogar, von Schattenahnung über das wach gespannte, witzdurchfunkelte, unerbittliche Antlitz des Malers spielen? – Räuspern, Verlegenheit, Scheu. Jochen Londoner stand vor dem Baum und bat die Familie (die schweren Augenlider drückten das Wort »Gäste« beiseite) zu sich, griff suchend über den Tweed seines Jacketts, fand eine Brille und verteilte unter Beschwichtigungen, Stirnrunzeln und »Also – für dich«, »Nun – für Sie«, Briefkuverts, die, wie Meno wußte, Anweisungen über bedeutende Summen enthielten. »Nein, nein«, wehrte Londoner mit erhobenen Händen Widerspruch ab, der noch gar nicht entstanden war, »die warmen Hände, Kinder. Nicht mit kalten Händen sollst du schenken / die Jugend braucht solch' Flügel, um zu fliegen. Nein, nein, take it, forget it, kauft euch sammsink. Ihr wißt, daß ihr uns nichts schenken sollt. Wir wollen das nicht! Kein Wort mehr. Aber von Ihnen«, er nickte Irmtraud zu und wandte sich an Judith Schevola, »wünschen wir uns etwas.« Irmtraud öffnete Schevolas Roman »Die Tiefe dieser Jahre« mit dem Meno wohlvertrauten Signet des Munderlohschen Verlags und bat um eine Widmung. Judith Schevola war kein bißchen verlegen. Jochen Londoner las sie mit bedrückter Stimme vor: »Als du hast beschlossen zu sain ä Pferd – zieh!«

»Gehen wir spazieren!« schlug Irmtraud Londoner vor.

»Was hab' ich falsch gemacht?« flüsterte Schevola Meno im Flur zu.

»In alte Wunden gestoßen«, flüsterte er zurück.

»Wie dumm von mir, wie taktlos«, sagte sie.
»Kindchen«, Irmtraud Londoner zupfte sie am Arm, »das konnten Sie nicht wissen. Lassen Sie sich mal keine schwarzen Haare wachsen. Wenn Sie mal zur Familie gehören wollen, gewöhnen Sie sich besser rechtzeitig an solche Umschwünge. We are all very labil. Isn't it so, my son?«
»It is so, my Sonne«, bestätigte Philipp, half seiner Mutter in den Mantel.
Draußen versuchte Jochen Londoner von der Szene abzulenken; er ging auf das Buch ein, lobte die atmosphärische Dichte und die Gestalt des Vaters, wobei er das »you don't have to sülz, if you want to say sammsink ernsthaftly«, das bei ihm über dem Schreibtisch hing, auf Schevolas Roman anwendete – Meno erinnerte sich an Besprechungen, die Londoner für die »Neue Deutsche Literatur«, für das »Neue Deutschland« verfaßte, und wo er sich in rauschenden Floskeln und grandiosen Windmüllereien erging, ohne an den Büchern mehr als nur genippt zu haben; Schevola schien zu spüren, daß sein Lob aufrichtig gemeint war, denn sie wehrte es mit einer Reaktion ab, die Meno von manchen Autoren kannte (es waren nicht die schlechtesten): Sie machte auf Mängel aufmerksam, wiegelte ab, indem sie Handlungsverläufe, die ihr nicht gelungen schienen, eher ans Licht (in Ostrom funktionierte die Straßenbeleuchtung) zerrte als nur ansprach, um jeden Anschein von Unbescheidenheit zu vermeiden. Was Meno denn als Lektor zu diesem Buch sage, erkundigte sich Londoner vorsichtig. – Er könne im Grunde nichts dazu sagen, da er das Buch, zumindest in gedruckter Form, nicht kenne: Meno tat, als wäre es überaus schwierig, Feuer an den festgestopften Tabak seiner Pfeife zu legen. – Ob er es denn nicht erhalten habe? Schevola war erschrocken. Sie habe doch veranlaßt, daß ihm ein Exemplar zugeschickt werde!
»Gute Bücher«, Londoner schwenkte ein Einkaufsnetz und lieh Meno Streichhölzer, »lesen wir mit Sicherheit.« Er bedauere, daß es hierzulande nicht habe erscheinen können. Wenn es ihr ein Trost, eine Aufmunterung sei: Auch er wisse, wie Schweigepflaster schmeckten, sechs Jahre habe er auf die Druckgenehmigung seines wohl populärsten Werks, der »Kleinen Kritik der Seife«, warten müssen. Ob Meno (»by the way«) wisse, daß Ulrich Roh-

de ihm einen Karton dieses Waschguts habe zukommen lassen nach Erscheinen? Nach einem Vortrag bei Meister Arbogast, über die Sternwissenschaft im Alten Orient. »Wissen Sie«, und Londoner hieb sich fröhlich mit der freien Linken gegen beide Brustseiten, »hier die Orden – und hier die Parteistrafen, so ist das nun mal; glauben Sie nicht, daß Leute wie Barsano oder selbst unsere Friedel Sinner-Priest ohne solche Watschen aus Liebe ihre Arbeit tun können.«
Meno wunderte sich über Londoners Rede. Einige Aussagen, die er aus Schevolas Buch im Gedächtnis behalten hatte, waren stark parteikritisch, manche sogar offen aggressiv gewesen … Da war sie wieder, die Schizophrenie, die er auch von Kurt kannte; wenn sie denn überhaupt über derlei Angelegenheiten sprachen: Die Partei strafte, aber die Bestraften fielen auf die Knie und ließen auf die Große Mutter nichts kommen. Noch angesichts der Erschießungskommandos hatten Verurteilte »Es lebe Stalin, es lebe die Partei der Bolschewiki, es lebe die Revolution!« gerufen. Meno erinnerte sich, was für ein Schock es für ihn gewesen war, als Irmtraud, die längst nicht mehr arbeitete, in einer beiläufigen Unterhaltung von ihrer früheren Arbeitsstelle gesprochen hatte: Sie war Zensorin für »Bücher philosophischen Inhalts« gewesen; selbst Philipps Dissertation hatte sie wegen »Lesart-Abweichungen« zurückgewiesen. Es gab, so nannte es Philipp, »die kalte Neugier« bei den beiden, ob ihre Kinder »es schaffen« würden, und gleichzeitig gab es Wohlwollen gegenüber ihren Träumen: »Wir helfen, aber kämpfen müßt ihr allein.« Und nun lobten sie beide ein Buch, das Irmtraud abgelehnt und Jochen Londoner, hätte er offiziell sprechen müssen, als »ideologisch unklar«, vielleicht sogar »schädlich« eingestuft haben würde.
»Gerüchte aber schwirren, / Die Wahrheit wird verschwiegen. / Die Herzen sich verwirren – / So hoch sind wir gestiegen!« Judith Schevola brach ab; einen Augenblick, so schien es Meno, setzte Londoner an, eine weitere Strophe zu zitieren, schwieg aber. Philipp und Irmtraud gingen vor ihnen, Philipp gestikulierend.
»Darf ich Sie etwas fragen? – Ernsthaftly.«
»Nur zu, meine Liebe, wenn ich's beantworten kann.«
»Philipp wirft mir oft vor, ich würde mich für die Probleme in

diesem Land nicht interessieren – ich meine die ökonomischen. Das stimmt nicht. Ich halte ja auch meine Augen offen. Glauben Sie –«

»Lennin«, unterbrach Londoner mit einer weiten Geste seiner Rechten; er schien ein Stück von Schevola abzurücken, »Lennin hat, sobald die Kriege zu Ende waren, eine kapitalistische Wirtschaft in Sowjetrußland eingeführt; er hat immer davon gesprochen: Der Kapitalismus ist unser Feind, aber er ist auch unser Lehrmeister.« Er beobachtete sie mißtrauisch, vielleicht glaubte er, sich zu weit vorgewagt zu haben: »Und das sagt Lennin – *unser* aller Lehrmeister!«

Meno mußte über dieses »Lennin« schmunzeln; es klang wie Lennon mit i; Jochen Londoner war ein bekennender Fan der Beatles.

»Nur soviel noch, meine Liebe, heut' ist Weihnachten: Die Lenninschen Lehren von der Notwendigkeit der Basisdemokratie. Lennin, an der Spitze der Oktoberrevolution, zehn Tage, die die Welt veränderten – und wir sind ein Teil der Sowjetunion, allein wären wir überhaupt nicht lebensfähig. Die Schlußfolgerungen, auch in Hinsicht auf aktuelle Politik, überlasse ich Ihnen.«

Man gruppierte sich um; Irmtraud und Jochen Londoner fielen zurück. Sie hielten einander bei den Händen, sahen auf die Straße und schwiegen. Philipp hätte seinem Vater eine solche Frage wahrscheinlich gar nicht stellen dürfen; Probleme dieser Art wurden in der Nomenklatura nach Menos Erfahrung nicht besprochen, zumindest nicht zwischen den Generationen. Keine Adressen im Haus außerhalb des Panzerschranks, keine Zweifel, die substantiell zu werden drohten, in den eigenen vier Wänden, kein Abweichlertum, unbedingte Treue zur Partei. Meno erinnerte sich an Londoners subtile Tücke, den Alten vom Berge von Philipp einladen zu lassen; welche Demütigung – und was für eine sonderbare Reaktion des Alten: Er war wütend gewesen, daß die Londoners ihn einluden; er war der Meinung, sie hätten auf diese Weise seine Einsamkeit bloßgestellt, um so mehr, als sie so groß sein mußte, »daß ich diese Einladung noch nicht einmal freundlich abzulehnen in der Lage war!« »Ei-gent-lich eine Stellvertreter-Einladung«, so hatte er es bezeichnet: »Wie man früher Lakaien oder die Kinder der Hofbediensteten freundlich

ins Schloß zum Gabentisch geladen hat, von dem sie ein paar Brosamen mitnehmen durften«.
»Wollen Sie denn etwa mitgehen?« fragte Meno Judith Schevola leise. Philipp war in voller Fahrt, Meno kannte das schon, auch Hanna hatte diese ekstatischen Zustände gehabt; etwas, das ihm fremd war, das er aber bewundert und wofür er Hanna geliebt hatte. Aus Philipps Mund klangen Worte wie »Weltrevolution«, »eine Gemeinschaft, in der es allen Menschen gutgeht, in der niemand mehr Hunger leiden muß und niemand unterdrückt wird«, nicht wie Phrasen, wie so oft bei den Vertretern der Betonfraktion. Philipp glaubte an die Zukunft. Sie gehörte dem Sozialismus – und sie gehörte ihnen, den »Heldenkindern«, den Kindern von Menschen, die für die Verwirklichung ihrer Ideale Unvorstellbares durchlitten hatten. Wenn Philipps Augen wie jetzt leuchteten, wenn die Begeisterung, daß er dabeisein durfte in den Kämpfen dieser Zeit, die gesetzmäßig in ein Morgen ohne Ausbeutung und Not führen würden, seine Wangen färbte, wurde er schön, ein wenig ähnelte er dann, mit langem Haar und allerdings Hut statt sternbesetzter Baskenmütze, seinem Vorbild Che Guevara. An diesem Punkt brachen für gewöhnlich die anderen Töne durch, denn er, Philipp, und andere vergleichbarer Herkunft, seien die Kinder von Siegern der Geschichte, von echten Revolutionären eben, die nicht nur Theorie, sondern, vor allem, Praxis getrieben hätten – »während sich die Kleinbürger und Schißhasen und viel Pöbel, für den Leute wie meine Eltern ihr Leben in die Schanze geschlagen haben, hinterm warmen Ofen verkrochen und alles, wofür sie angetreten waren, verrieten«. Die Frage, ob der von Philipp mit abfälligen Handstrichen bedachte »Pöbel« nicht auch zur Arbeiterklasse, zum Volk gehörte, für das er und seine Genossen doch einstehen wollten, verkniff sich Meno; Philipp schien in solchen »Zuständen« kritischen Argumenten nicht mehr zugänglich zu sein.
»Mitgehen? Sie meinen: in den Dschungel? Wo die wahren Revolutionäre hausen? – Warum nicht«; Meno schwieg nach dieser Antwort Judith Schevolas, die achselzuckend hinzusetzte: »Es ist für eine bessere Welt, dafür bin ich auch mal nach Prag gefahren … Und wenn Altberg es dreimal schlechtzureden versucht. Sterben müssen wir am Ende alle, und leben … lieber kurz und

wie ein Feuerwerk gebrannt als lang in alter Asche herumgestochert.« Feindselige Töne! Meno ließ sich zurückfallen, fassungslos über Judith Schevolas Gerede, angewidert von dem hörigen Blick, mit dem sie Philipp von der Seite bedachte; es verletzte ihn, das Gespräch auf dem Weg zu Eschschloraque fiel ihm ein, die Passage über das Duzen und über heulende Genies – hörige Genies waren mindestens ebenso enttäuschend.
»Na, Junge«, hakte Jochen Londoner ihn unter, »ist das die Richtige für Philipp, was meinst? Weißt du, ich werde allmählich alt, heute morgen haben Traudel und ich darüber gesprochen, wie schön es wäre, wenn wir Enkelchen hätten und mit ihnen unterm Tannenbaum spielen könnten. Großvatergelüste! Findest du nicht, daß alte Baumpilze wie wir das Recht haben, die Welt Welt sein zu lassen und uns nur noch um Kinderlachen zu kümmern? Wir hatten so gehofft, daß Hanna und du … daß ihr euch wieder finden würdet. Von den beiden da vorn kommen auch keine fnuki, wie mein polnischer Freund die Großvaterfreuden nennt. – Jaja, genug.« Aber Londoner ließ nicht locker – was Meno verloren habe, noch immer scheine er es nicht zu wissen: »Die Heimat, mein Junge, dein wirkliches Zuhause!«, was möglich wäre, wenn … Lesetage in der Staatsbibliothek West, es gebe Privat-, es gebe Dienstvisen; er, Londoner, habe das Ohr des Generalsekretärs; wie ein Amphibium könne man mit einem solchen Papierchen zwischen den Welten hin- und hertauchen, unbehelligt, und wenn Meno das nicht mit seinem Gewissen vereinbaren könne (»ich könnte das verstehen«), dann stünde ihm doch der »Archipel« offen, die Sozialistische Union, ein Kontinent von ungeahntem Reichtum, den Leuten »drüben«, selbstherrlich und atlantikfixiert, hoffnungslos unbekannt … die Krim, die adriatischen Inseln vor Jugoslawien, Kuba, Vietnam, China, der betäubende Orient der Sowjetunion … wunderbar sei Duschanbe; an der Seidenstraße, durchweht vom Großatem der Geschichte, warteten Buchara, Samarkand … Meno sei doch, wie Hanna und Philipp, ein »Heldenkind« (dankbar registrierte Meno, daß Jochen Londoner wieder ironisch wurde); er werde in der Partei- und Staatsführung »durchaus« geschätzt, von manchem sogar, »wie ich aus sicherer Quelle weiß« (»oberes Telefon?« – »oberes Telefon!«), von manchem sogar sehr geachtet!

»Du könntest es ganz leicht haben, mein lieber Junge. Wenn du nur wolltest! Dieser subalterne Posten im Lektorat Sieben …«
»Der Braten war sehr gut«, sagte Meno, als Londoner verstummte. Irmtraud Londoner sagte nichts.
»Edu Eschschloraque hat mir mal erzählt, daß ihr ihn besucht habt«, Londoners Stimme war wieder fest; der Gelehrte von Bedacht und Wohlwollen in seinen Körper zurückgekehrt. »Er hat lange daran denken müssen. Ich glaube, er mag dich.«
Da mußte Meno lachen: »Altberg glaubt, daß Eschschloraque mich haßt.«
»Das rote Komma, na ja. Da ist er eben empfindlich. Wir haben alle unsere Lindenblattstellen. – Schorsch Altberg, hm. Was hältst du von ihm?«
»Glänzender Essayist, fördert wie kein zweiter hierzulande die jungen Talente.«
»Das habe ich nicht gefragt.«
»Ein verzweifelter Mensch.«
»Ein Opportunist, will ich meinen. Zensor, Halbschattenautor, Duzbruder. We are strähnsch. Really«, der alte Gelehrte klopfte mit dem Siegelring gegen einen Zaun, »strähnsch.«
Sie näherten sich der Grenze Ostroms, unter ihnen lag der Block A, Hundegebell drang herauf.
»Ich gehe fast jeden Abend hier spazieren, und sie schlagen immer noch an. Richtige Fleischerhunde sind das, möchte denen nicht begegnen, wenn sie Freilauf haben. Oder ist es das hier?« Londoner hob das Einkaufsnetz.
»Wohin gehen wir eigentlich?«
»Abwarten.« Londoner grinste verschmitzt. Neben den »Aufrechten Kämpfern« vor dem Haus der Kultur brannte inzwischen ein Extralämpchen, in den Pylonen flackerten Ewige Flammen, behütet von Wachtposten zu beiden Seiten der Allee in Richtung Engelsweg.
»Schau mal«: Menos Blick folgte Londoners zur Kohleninsel, die wie ein Wrack, gefleckt von gelben Argusaugen, im Schneezwielicht lag. »Das ist bei den Vernehmern; die haben selbst am Heiligabend zu tun.«
Sie liefen den Weg, zu dem die Straße geworden war, vor, bis ein Scheinwerfer aufgeblendet wurde und jemand »Parole?« schrie.

»Hasenbraten!« Der Scheinwerfer blendete ab, Londoner gab Meno ein Zeichen zu folgen. Sie gingen langsam bis zur Absperrung vor, die aus einer Betonmauer mit auswärts geknicktem Stacheldraht-Aufsatz bestand; alle fünfzig Meter gab es einen Wachtturm. Vom nächstgelegenen rollte im Lichtstab einer Taschenlampe ein Seil herab; Londoner band das Netz daran, ruckte kurz, das Seil wurde hinaufgezogen. Meno trat dicht an die Mauer. Sie fühlte sich, wo er den Stein erreichen konnte, schmierig und warm an; kein Schnee lag hier, die Brombeerranken, die Beton und Stacheldraht überwucherten, am Wachtturm hochgeklettert waren und begonnen hatten, ihn einzuspinnen, Baumkronen zu ergreifen, schimmerten wie geöltes Metall.
»Machen wir immer, mein Junge. Zu Weihnachten wird einem Posten auf dem Wachtturm etwas zugeschmuggelt«, sagte Londoner händereibend und mit Verschwörerzwinkern. Sie liefen zurück. Der alte Gelehrte berichtete stolz seine Freibeutertat, von Irmtraud mit nachsichtiger Liebe an Schlaglöchern vorbeigesteuert.

… aber die Uhren schlugen, Schnee träufelte, kräuselte, flatterte auf Dresden, wurde fester, wurde weicher, dann grau wie Kapokflocken, an den Schnittgerinnen bildete sich Harsch, schwoll, von Asche entzündet, wuchs zu bräunlichen Korallenstöcken. Meno hörte, zwischen den Jahren, wieder das Geräusch der Teppichklopfer, sah die im jungfräulichen Schnee der Gärten ausgerollten »Perser« aus Vietnam und Taschkent, die Brücken aus Laos und der VR China, sah Familienväter und ihre Söhne spezifische, übers Jahr aufgestaute Wut mit Teppichklopfern aus Korbmacher Zückels Werkstatt (hinter dem kleinen Rathauspark mit verwitterter Hygieia, Sparkasse und Waldcafé, in dem es sommers Eis und winters heiße Würstchen und Grog gab und die »Lesehalle« zum Studium von Zeitungen einlud) ausdreschen, ausprügeln, ausknallen, niederhauen, niederplauzen, niederschlegeln; sie paukten, sie hieben mit den eleganten rokokoschleifigen, angenehm in der Hand liegenden und beim Wippschlag knirschenden Schmutz-, Flusen- und Teppichlausgarauswaffen, die Korbmacher Zückel nachdenklich »im Einsatz« beobachtete, wenn er durch das Viertel ging … aber die

Uhren schlugen, drinnen, in den mühsam beheizten Stuben, schlugen bei Ticketack-Simmchen und Uhren-Pieper an der Turmstraße; in Malthakus' Briefmarkenladen auf der Theke bei den Alben mit Ansichtskarten; bei Schallplatten-Trüpel; im Postamt auf dem Tisch von Postmeister Gutzsch; beim Konditor Binneberg; im »Saftladen« der Frau Zschunke; und in der Drogerie: drinnen –
draußen aber, draußen erhob sich der Wind erneut, und auf dem Land tanzten die Schneestürme.

55.
Unterwasserfahrt

Die Waffenbrüderschaft wird Ihnen unvergeßliche Erlebnisse schaffen

VOM SINN DES SOLDATSEINS

Pfiffe wie dieser erstachen den Schlaf.
»Vierte Komp'nie: Gefechtsalarm!«
Costas Leuchtzifferuhr sprang auf 3.00 Uhr.
»Schlückchen, du miese Ratte, aus dem Fenster sollst du stürzen«,
»Wie ich es hasse. Wie ich es hasse!«,
»Ihr Grabficker, Hosenschlitze, Knallrinder«,
»Ihr Bunsenbrenner, Suppenhirne, Erdferkel«,
»Pechwichser, Lotterbuben, Feuerwanzen, Arschvögel!«,
»Zieh 'n Läusekamm, Kam'rad, und gib mich alle neune!«,
knurrten im verbissenen Anziehen (Unterhosen, Feldkombi, Schutzpäckchen, Gasmaske, Koppel, Panzerhaube) die Kommandanten in der Dämmerkälte ihrer Stube –

»Liebe Mam: Wie kommst Du auf die Idee, ich könnte mir was antun? Weil meine lieben Stubenkameraden unablässig das Radio laufenlassen? Costa ist im Grund ein armer Kerl, die Mutter ist an Krebs gestorben mit 42, sie kam aus den »schlafenden Dörfern«, der Vater war bei der Wismut, ist mit 45 Jahren invalidisiert worden – Knochenmetastasen. Der große Irrgang

flucht wie ein Droschkenkutscher – das sind wir ja hier eigentlich auch –, reizt die Vorgesetzten durch konsequente Dativverweigerung und ist ein ausgemachtes Schlitzohr. Neulich hat er literweise »Stoff« eingeschmuggelt, sein Vater, der im Kühlschrankbau arbeitet, hat die Reisetasche mit einem zweiten Boden versehen und mit Metallfolie ausgekleidet, dann wurden mehrere Flaschen einer zuckersüßen rumänischen Plörre namens »Murfatlar« eingefüllt, die aus ehrlichen Panzermännern Seeleute auf Deck bei Sturm machte und die Kompanie verdoppelte. Muska, die Fliege, braucht ’ne Freundin, das ist alles, aber hier gibt’s ja nur die Regimentskulturbeauftragte, 130 kg Bestarbeiterin, und Sitzengebliebene in der »Feuchten Fröhlichkeit« – selbst die wollen von ihm nichts wissen. Rasierwasser ist eben *nicht* zur innerlichen Anwendung. Pfannkuchen hatte zwar mal ein Verfahren wegen Totschlags am Hals, aber sie konnten ihm nichts beweisen, und nun ist er mein Fahrer. Neulich paßte er den Kompaniechef ab, setzte sein schiefes Grinsen auf: Wenn Sie ein Auto wollen, Genosse Hauptmann … Sie verdienen doch nichts! Sie brauchen’s mir bloß zu sagen, Anruf genügt, und Sie können sich eins aussuchen! Was möchten Sie? Lada, Dacia, Wartburg – oder gleich was Richtiges? Kein Problem! Unser KC lachte bloß: Sie wollen wohl was rausschinden, Kretzschmar, Sie faule Sau? – Ja, ganz umsonst wäre das natürlich nich, Genosse Hauptmann; wenn ich bloß mal telefonieren dürfte? Ein paar Stunden später fuhren die Autos zur Besichtigung vor der Kaserne auf, wir durften uns das sogar ansehen. Schwarz bebrillte Lederjacken-Typen, die Apfelsaft tranken und Pfannkuchen zuriefen, warum er denn noch mit dieser Uniform rumrenne. Setzte der wieder sein Grinsen auf: Na, Genosse Hauptmann? Für Sie ’n Extrapreis! – Warum sollte ich mir, wenn ich die Chance habe, Gesichter wie das vom KC in diesem Moment zu sehen, ›etwas antun‹?
Soso, Reina Kossmann will Euch besuchen.«

Pfiff: »Vierte Komp’nie – antreten zum Waffenempfang!« Schlückchen hatte die Gittertür aufgeschlossen, winkte die Unteroffiziere des ersten Zuges in die Waffenkammer; diesmal war der Alarm (die Flursirene begann zu heulen) keiner seiner

Scherze; Schlückchen war stocknüchtern und stocksauer und hatte sich einen Stahlhelm über den Schädel gestülpt; Christian riß seine AK-47 aus dem Schrank, quittierte beim UvD in der Waffenkammer, abtreten, loslos, Treppe runter im Laufschritt, vor dem Bataillon sammelten sich 5. und 6. Kompanie, Stabsoffiziere rannten aufgeregt gestikulierend hin und her; es hatte geregnet, eine laue Aprilnacht, Geruch nach dem Abrauch des Grüner Metallwerks mischte sich mit Blütenduft, antreten, durchzählen, Kontrolle Einsatzbereitschaft, Abmarsch in den Technikpark –

»Liebe Reglinde: Fast beneide ich Dich, daß Du nun den schönen Ausblick von Vaters Arbeitszimmer hast. Ich weiß, wie sehr er daran hängt, aber Anne schrieb mir, daß sie nur durch die nachweisliche Vermietung an Dich um Einquartierung herumgekommen sind. Griesel hat etwas angezettelt, wahrscheinlich wollte er dem Herrn Medizinalrat zeigen, daß man nicht ungestraft seinen Nachbarn übergeht. Und beruflich bist Du nun also bei den Affen. Glückwunsch! Siehst Du doch wenigstens menschliche Gesichter. Ich erinnere mich an den Gorilla, der griesgrämig hinter Glas saß, betrübt in Möhren und Salat rührte, hin und wieder etwas vom Boden aufklaubte; Erbrochenes fraß er mit besonderer Anteilnahme. Wir spielen auch manchmal Zoo, das Spiel heißt genauer ›Alfred-Brehm-Haus‹: Die Fahrer mimen Schimpansen, Soldaten springen wie Gemsen über den Kompanieflur, die Kommandanten sind traditionell ›Rhinozerösser‹ oder Elefanten: Arm ausstrecken, mit dem anderen umgreifen und Nase anfassen, dann tröten, tröten! – Danke für die Karten von Malthakus, das war eine gelungene Überraschung. Ich habe einen Satz Konstantinopel-Postkarten, habe mir, als ich auf Urlaub war, auch welche von Südseeiseln gekauft – teuer, aber ich verdiene hier ja ganz gut. Tahiti und Nouméa, Neukaledonien …«

Pfiffe, Geschrei und Getrampel, Scheinwerferlichter, die über die Betonpiste irrten, die verschreckten Gesichter der Soldaten, die Zugführer eilten mit umgehängten Kartentaschen zum Kompaniechef, der verschlossenen Gesichts das Siegel eines

Mäppchens erbrach, ein Schriftstück entnahm, im Schein einer Taschenlampe überflog, dann den Zugführern knappe Anweisungen gab – Christian sah seinen Leutnant mit dem rechten Arm die Mühlenflügelbewegung machen: Motoren anlassen; das Geräusch der Ölpumpe, Pfannkuchen zündete, Christian stöpselte seine Haube an den Bordfunk und ging in Kommandantenstellung: stehend auf seinem Sitz überm Richtschützen, Brust hinter dem arretierten Lukendeckel, der Ladeschütze jammerte: »Jetz' is' Kriech, verdammich, jetz' is' der Kriech ausjebrochen«, der Richtschütze sagte: »Halt's Maul da drüben, du hast ja noch mehr Tage als der Eiffelturm Nieten, ich hab' meine Zeit fast rum, und jetzt das – Nemo, weißt du was?«, Christians Antwort wurde zum Stottern gebrochen durch die wippende Ausfahrt aus dem Kontrolldurchlaß des Parks: »Das waren Einsatzbefehle, die der KC hatte; abwarten«, dann mußte er, wie es Vorschrift war, wenn sie die Stadt durchquerten, vor seinem Panzer und hinter dem Muskas hertraben, Lukenstrahler am Turm an, damit rote und gelbe Einweiserflagge für Pfannkuchen zu sehen waren; entlang der Fahrstrecke, es war am Stadtrand, schwappten Lichter in den Häusern auf, die heruntergekommen waren, von Baugerüsten gestützt und vom Ziegelkrebs zerfressen; Schatten in den Fenstern, und Christian dachte: Was mögen die von uns denken, ob sie uns hassen, ob wir ihnen gleichgültig sind (das war unwahrscheinlich um diese Uhrzeit), ob sie uns bewundern oder bemitleiden mit unserer Afrikakorpsausstattung: Motorradbrille auf der Panzerhaube, die Mitella, ein dreieckiges Stück Stoff, das Sanitäter zum Ruhigstellen von Armbrüchen verwendeten, vor dem Gesicht wie ein Räubertuch, und in der Nacht und am Stadtrand schleichen wir uns raus – wohin?: Wechselkonzentrierungsraum, befahlen die Zugführer –

»Liebe Barbara: Euer Paket ist angekommen, vielen Dank! Besonders brauchbar ist natürlich Onkel Ulis Seife, und da die hiesige Militärische Handelsorganisation seit einigen Wochen ›aus technischen Gründen‹ geschlossen hat, sind mir auch die elf Tuben Zahncreme sehr willkommen. Neun Monate ist der kleine Erik nun schon … Zwar heult er auf dem ersten Foto, das Du beigelegt hast, aber immerhin steht er aus eigener Kraft, und wie er auf dem zweiten den Bären benagt – ich nehme an, daß es sich bei den Flocken an der Seite um die Eingeweide handelt? – zeugt von beginnendem Einfühlungsvermögen. Du fragst nach zwei Dingen: Urlaub und Freundin. Mit dem Urlaub steht es so, daß ich nicht sagen kann, wie es mit dem Urlaub steht. Beantragt man, so gibt's das berüchtigte 5 x G: gesehen, gelacht, gestrichen, Grund Gefechtseinteilung. Urlaub ist die große ungeklärte Frage in der Truppe … Ich hoffe, daß ich im frühen Herbst, vielleicht September oder Anfang Oktober, kommen kann, da liegen die Sommerfeldlager hinter uns. Übrigens weiß ich, welches Gorbatschow-Wort Du meinst, über das Du Dich mit Gudrun gestritten hast. Wir haben hier straffen Polituntericht, die Hefter, die wir dazu führen müssen, werden kontrolliert. Es war das Referat vor dem Plenum des ZK, auf dem es um die Einberufung des XXVII. Parteitags der KPdSU ging; kein Wort benutzte er häufiger und mit größerem Nachdruck als ›Beschleunigung‹. Heiße politische Diskussionen unter kalten Wasserflecken, dazwischen eine Oper, die niemanden außer Niklas und Fabian und vielleicht noch Meno interessiert: das sind die »Musikabende in Familie«, wie ich Deinem Brief entnehme. Ich gäbe viel darum, eine solche Oper hören zu können. Freut mich, daß Niklas den Wasserschaden über dem Sekretär mit meiner Dachpappen-Hilfe eindämmen konnte, trotzdem denke ich manchmal, wenn ich nachts wach in meiner Koje liege, daß im Musikzimmer bald Unterwasserpflanzen wachsen, aus den Fotos an den Wänden Nixensoprane und Fischorchester steigen werden.«

ein Sperrgebiet voller Munitionskisten und abgedeckter Fahrzeuge, in dem die Truppe aufmunitionierte, Umstellung von der Übungs- auf die hier liegende Gefechtsmunition; neue Befehle wurden ausgegeben, inzwischen war der Regimentsstab eingetroffen; Befehl, daß es weiterging, daß Funksprüche nur noch codiert zu senden seien; Christian ließ also absatteln, er wußte, was ihnen bevorstand: Schufterei unter antreibendem Gebrüll hin- und herhastender Offiziere, Granaten raus, Granaten rein im Akkord, Tarnung des Panzers, Abrücken zum Frachtgleis des Grüner Bahnhofs, Verladung der Panzer auf Eisenbahnwaggons, dann Transport mit unbekanntem Ziel –

»Lieber Christian! Deine Eltern haben mir Deine Adresse gegeben, von ihnen erfuhr ich auch, daß Du bei den Panzern bist und es Dir nicht so gutgeht. Deswegen möchte ich Dir schreiben, und ich hoffe, Du bist mir nicht böse. Ich bin inzwischen in Leipzig, studiere Medizin – mit Chemie ist es doch nichts geworden. Aber Medizin ist nicht weit weg davon. Ich denke oft an den Abend bei Deinem Onkel im Tausendaugenhaus, an die Paradiesvogel-Bar. Übrigens habe ich mir Kassetten aufgenommen, seit kurzem läuft Neustadt auf DT 64, wenn Du willst, kann ich Dir eine schicken. Wie Du an dem Tisch im Garten gesessen hast, als die anderen noch in der Bar waren, und ich nicht zu Dir hingehen konnte, weil Du ganz bei Dir warst, und ich das Gefühl hatte, daß Du keinen anderen Menschen brauchst, jedenfalls nicht in diesem Moment. Ich habe ein Zimmer im Wohnheim, zusammen mit drei Kommilitoninnen, eine davon Ungarin, die ist sehr lustig, mit ihr verstehe ich mich am besten. Es ist Abend, sie sind ausgegangen, ich sollte eigentlich lernen, aber dann habe ich zufällig den Titel eines Buchs gesehen, das eine meiner Kommilitoninnen liest, »Der Graf von Montechristo«, und auf einmal waren unsere Gespräche wieder da, die Wanderungen in der Sächsischen Schweiz, Deine Stimme. Dein Vater klingt ähnlich, ich war ganz erschrocken, als er sich am Telefon meldete, und er atmet auch ähnlich abrupt durch die Nase ein wie Du, wenn eine Gesprächspause zu lang wird. Ich merke schon, ich schreibe dumm, springe hierhin und dorthin, und dabei wollte ich mich einfach mal wieder melden! Auf der Karte anbei, das soll eine Flamingin sein – sagt man so? Die einen leeren Briefkasten anstarrt. Ich kann leider nicht so gut zeichnen wie Heike. Ich habe die Karte nicht zum Brief gesteckt, um Dir vorwurfsvoll entgegenzutreten, sondern weil der leere, leblose Briefkasten mir einfach nicht das vermitteln kann, was ich beim Lesen Deiner Briefe empfinde. Drei hast Du mir geschrieben, ich habe sie mir immer wieder durchgelesen. Es ist nicht ganz einfach, die rechten Worte zu finden, um das auszudrücken, was mich an Deinen Briefen so fasziniert. Unter Philosophie habe ich mir entweder Häuptling Roter Adler oder etwas Übernatürliches vorgestellt. Oder Spinner. Erst Deine Briefe haben mich dazu veranlaßt, mehr über dieses Thema wissen zu wollen – aber nicht aus dem Grund, mit Deinen Interessen mithalten zu müssen! Mir ist auch nicht entgangen, wie liebevoll Deine Briefe gestaltet waren, im Gegensatz zu meinen, aber ich wußte nicht, wie ich Dir antworten sollte, habe es nicht gewagt, die Briefe vertrauensvoller und persönlicher zu gestalten. Reina und schüchtern? Das denkst Du jetzt vielleicht. Ich weiß, so wirke ich nicht, aber eigentlich bin ich ein ganz zurückhaltendes Wesen! Manchmal ist es so, daß ich gern etwas sagen möchte, jedoch dann kein Wort herausbringe. Und in der Sächsischen Schweiz hatte ich endlich mal die Möglichkeit, ein ›Risiko‹ einzugehen und die Züge meines stillen Typs abzulegen. Die Angst, abgewiesen zu werden oder vielleicht nicht die richtigen Worte zu finden, hat ihre Ursache in meinem teilweise fehlenden Selbstbewußtsein. Es gibt Menschen, die denken, etwas beweisen zu müssen, und dabei entwickeln sie sich zu ›Draufgängern‹. Dadurch empfinde ich wahrscheinlich auch Zuneigung zu Dir, da Du nicht so bist wie alle, sondern etwas Eigenes aufweisen kannst. Es ist mir natürlich klar, daß Deine Freizeit sehr knapp ist. Wenn Du nicht so oft schreiben möchtest, finde ich das völlig in Ordnung. Vielleicht denke ich über viele Dinge zu ernsthaft nach. Dadurch ist es sicher auch schwerer, eine Antwort zu finden, und die Situation wird immer kritischer betrachtet, als sie in Wirklichkeit sein mag. Wir können uns doch mal treffen? Von Leipzig nach Grün fährt ein Zug. Ich würde mich wirklich sehr freuen. (Bitte beantworte den Brief!) Reina«

ein mürrischer Reichsbahnschaffner hielt vor den Panzern die Handlaterne hoch, nein, davon wisse er nichts, ja, Waggons stünden bereit, aber die seien nicht für die Armee bestimmt; und während sich die Stabsoffiziere an ihre Funkgeräte hängten, an Feldtelefonen kurbelten, tastete Christian nach Reinas Brief, nach den Konstantinopel- und Südsee-Talismanen; Lampen hingen wie weißglühende Töpfe über den Bahnhofsgleisen, von den Reichsbahnuhren, fliegendreck- und ascheverkrustet, waren die meisten defekt, hatten zerscherbte Gläser, verbogene oder nur einen Zeiger; ein paar Betrunkene kreiselten, Bierflaschen schwenkend und, sobald sie die Soldaten entdeckt hatten, in Zorn ausbrechend, auf den Bahnsteigen für den Personenverkehr; sie schrien und fluchten, hielten sich knapp aufrecht mit vorgekippten Oberkörpern, schüttelten ihre Flaschen, bis Pfannkuchen, der aus dem Fahrerluk schaute, sagte: »Jungs, die sind gar nicht sauer. Die wollen uns Stoff verklickern!« und wieselte, unbemerkt von den Trägern der Silberschulterstücke, nach vorn, wurde rasch handelseinig und rannte geduckt zum Panzer zurück, wo er die Beute, ein Netz voller Bierflaschen, dem Ladeschützen zuwarf, der das Netz auf seiner Seite unters MG stopfte:

»Verladung!« befahl eine barsche Stimme, Taschenlampen kreisten, das Zeichen für »Motoren anlassen«, die Panzer rückten vor an die Verladerampe:

Christian und Pfannkuchen wechselten, der bessere Fahrer wies ein, der schlechtere fuhr; Christian stellte den Sitz hoch, es war ungewohnt, er war seit der Unteroffiziersschule nicht mehr gefahren, der Panzer ruckte an, viel zu schnell ließ Christian die Kupplung kommen, Rampe möglichst gerade hinauf, die Kanone über seinem Kopf warf einen starken Schatten, links blendete ein Halogenstrahler, jetzt die Rampenschräge, lotgerade mußte der Panzer vor dem Waggon ausgerichtet werden, Pfannkuchen mußte den Schwenkmoment exakt abpassen, ein Panzer hatte keinen Kurvenradius, der drehte auf der Stelle, und auf dem Waggon würden die Kettenglieder links und rechts weit überstehen, Pfannkuchen ruckte mit den Wimpeln, Christian zupfte an den Lenkhebeln, jetzt winkte Pfannkuchen »anhalten«, Christian merkte, daß er zu schnell fuhr, aber er konnte nicht anhalten, erreichte plötzlich Kupplung und Bremse nicht mehr, die Uniformhose hatte sich verklemmt, ebenso sein Oberkörper zwischen Lukenrand und Fahrersitz, »anhalten!« brüllte Pfannkuchen, tauchte, hektisch abwechselnd, ins scharfe Halogenweiß und in die Schattenzone daneben, »anhalten, halt an!«

Christian wollte den Motor abstellen am Hebel überm Rändelsektor, war gelähmt, sah den Hebel, das braune ovale Duroplasttellerchen zum Herunterdrücken und Hin- und Herschieben, womit man die Drehzahl regulierte, er kam nicht heran; jetzt schrien auch andere: »abstellen, du Idiot«, und »runter«; er sah die Soldaten vom Waggon hüpfen, deren Aufgabe es hätte sein

sollen, die groben Stahlbremsklötze mit den Spikes in den hölzernen Waggonboden vor und hinter dem T 55 zu keilen:
Er zog die Lenkhebel in die »zweite Stellung«, der Panzer aber blieb nicht stehen, wie es jetzt hätte sein müssen, ein altes Russending, dachte Christian,
und:
Reinas Brief, vielleicht kann ich ihn gar nicht beantworten,
und:
Was sag' ich Mam?
und:
Das Ding kippt ja –

Wachstum; ein Augenblick, sanft wie ein Nadelstich zu Beginn, ein Bruch, ein Riß, Richard sah den Schuppen, den gebeugten Rücken Stahls und, als er sich wieder umdrehte, den pflanzenüberwucherten Steinbruch in der jähen und bestürzenden Sekunde einer Explosion, nach der es auf einmal Gerüche gab: sonnengewärmter Stein; Pflanzen, die Blüten in Bereitschaft hielten wie verrückte, schießwütige Bogenschützen ein Zehnerbündel Pfeile auf der Bogensehne; nach Wagenschmiere, Hühnermist; das Licht schwenkte wie ein Schneidbrenner, traf sein Gesicht mit voller Wucht: daß man mit geballten Fäusten die frühlingsfrische Luft einsaugen wollte, die Farben (ein postgelbes Ölkännchen auf einem schwarzen Bord) mit den Augen *saufen* – wie das alles wuchs und sproßte und platzte und morsche Häute sprengte, wie der Saft in die Bäume zurückkehrte, bis sie vibrierten und die Blätter wie tausend grüne Finger, die berührten und berührt werden wollten, ausschwellen ließen, Äste summten unter Bienenelektrizität; und wie es wuchs, sein »Baby«, wie er den Hispano nannte – das war kein Auto, keine tote Maschine, das hatte Augen, die mal traurig, mal fröhlich blickten, das war ein Lebewesen mit Nickeladern und Charakter.
»Verfluchter, bockiger Mist«, Stahl warf einen Maulschlüssel zu Boden.
»Ich kann nicht mitmachen, Gerhart. Die haben mich sowieso im Fadenkreuz.«
»Du hast's mir erklärt, ja.«
»Mensch, willst du das wirklich machen? Mit 'nem Flugzeug!«

»Wahnsinn. Ja. Hat aber Methode. Genau darum wird's klappen. Mit so was rechnen die nicht. Und ich sag' dir, das geht. Mit zwei MZ-Motoren. Korpus aus Holzleisten, mit gegipstem Stoff bespannt. Ganz leichte Bauweise, trotzdem verwindungssteif. Für die Kanzel Kunststoff, dachte an den Windschutz von 'ner ›Schwalbe‹.«
»Zu viert!«
»Martin nehmen wir nach hinten. Wir alle liegend, ich steuere, die Arme nach vorn. Die Motoren müßten die Leistung bringen, hab's mal durchgerechnet. – Die Frage ist, ob ich dir vertrauen kann.«
»Und wenn nicht?«
»Hab' ich Pech gehabt. Es geht nicht ohne fremde Hilfe. Außerdem hast du mir von deinen Problemen selbst erzählt. Wäre nicht gerade klug gewesen, wenn du mich verraten wolltest.«
»Gott, ich könnt's ja jetzt noch tun.«
»Teufel, würdest du nicht. Ich glaub', da kenne ich dich besser.« –

kippte, und Christian sagte »Neinnein«, schrie:
»Nein«,
spürte, wie der Panzer, die tonnenschwere Wanne aus Stahl, sich langsam senkte, so langsam, daß es wie Bequemlichkeit aussehen mochte und Christian in der komisch unsicheren Beleuchtung an der Rampe genug Zeit hatte, sich alles noch einmal anzusehen und einzuprägen: die verstörten, aber interessiert zuschauenden Soldaten, einige Offiziere, die aufmerksam geworden waren, Pfannkuchens Gesicht, das zu sagen schien: Blöd, man fährt doch nicht *so* rum, die Scheinwerfer, die flachen Waggons, über die er hätte fahren sollen:
Der Panzer schlug auf die Kette, die sich ins Erdreich neben den Gleisen wühlte, da der Motor immer noch lief, Christian sah einen Goldklecks auf einer Pfütze, vielleicht ein Reflex vom Turmscheinwerfer, der Panzer blieb auf der Seite stehen, die Kanone wies in Richtung Stadt, Christian spürte, wie ihn jemand bei den Schultern griff und aus der Luke zerrte, willenlos ließ er es geschehen, es war angenehm, und der ihn da beim Wickel hatte, würde schon wissen, was er tat, es würde schon das Richtige

sein; Pfannkuchens Gesicht, ein riesiger schwarzer Bovist durch die unförmige Haube, die Wangenlappen, deren weißes Schafsfell eigentümlich leuchtete: Phosphoreszenz? etwa? schlenkerten wie Dackelohren: »Du hättest tot sein können, Mensch!«
eine andere Stimme: »Der Turm hätte den glatt zerquetscht, wie 'ne Muskartoffel. Der saß ja weit oben. Komisch, so 'n Gerät koppheister«
»Wohl wahnsinnig geworden, was?«
»BV … Das ist ja 'n BV … Wie's im Buche steht, 'n astreines Besonderes Vorkommnis, das Hoffmann da gebaut hat … Lebter?«
»– oder ersäuft. Wahrscheinlich hätt's ihn nichmal zerquetscht, sondern in der Pfütze da ersäuft. Bin vorhin durch, war tiefer wie ich dachte. Scheiße, ist mir was in die Stiefel gekommen.«
»Du meinst, Kopp unten?«
»Kopp unten, und er kommt ja gar nicht raus. Ich mein', wer stemmt schon 'n Panzer hoch mit bloßen Füßen und nischt zum Gegenstemmen.«
»Aber findste nich', 's hätt ihn trotzdem zerquetschen können? Erst knack und dann gluckgluck.«
Dann stand Christian abseits wie ein Unberührbarer und erinnerte sich an eine Schulstunde in seiner Kindheit, wo die Lehrerin, als sie sich nicht mehr anders zu helfen wußte, ihn in eine Ecke des Klassenzimmers gestellt hatte (»Kopf zur Wand – und wehe, du rührst dich!«), erinnerte sich an das Tuscheln und leise Lachen, die schweißerregende Vorstellung, etwas könnte mit seinen Schuhen, Strümpfen, Hosen nicht in Ordnung sein, mit dem Hosenboden: hatte er etwa … war das Hemd am Rücken schäbig geworden und aufgeplatzt, sah er von hinten komisch aus (zum ersten Mal war er sich bewußt geworden, daß andere ihn von hinten sahen, einen Christian Hoffmann erblickten, den er selbst nicht kannte); vorne zerrten sie den Panzer, dessen Ketten immer noch mahlten, in die normale Lage zurück, dirigierten Trossen und den Bergepanzer – Christian dachte: Was wird das jetzt geben, was werden sie mit mir tun? Er pfiff ein Lied. Ob es auf diesem Bahnhof Vogelnester gab? Er hatte viel Vogelkot gesehen. Tauben. Er kramte in den Taschen, umschloß Taschenmesser, Streichholzschachtel, Wehrdienstausweis – und

etwas Knisterndes, griesig Nachgiebiges: ein Tütchen Brausepulver, schon arg ramponiert, er riß es auf, schüttete sich den Inhalt in die hohle Hand, spuckte hinein und ließ es schäumen, schleckte, aß und fraß das nach Zitrone schmeckende Pulver, bis davon nichts mehr übrig war außer einem dünnen, nicht abzuleckenden Film Lebensmittelfarbe auf seiner Hand –

Richard wartete, bis es dunkel geworden war. Im Hochparterre des Hauses, eine der typischen Striesen-Blasewitzer »Kaffeemühlen«, brannte Licht, erhellte den Fußweg vom Gartentor bis zum Hauseingang; das würde es schwieriger machen. Richard zog die Arbeitsjacke über, die er in Lohmen trug, prüfte den Sitz der Turnschuhe, zog die Schnalle der Arbeitshose auf die Seite (er hatte gehört, daß Elektriker, die an Hochspannungsmasten arbeiteten, es so machten). Ihm fiel ein, daß es besser gehen mochte, wenn er sich von hinten heranpirschte. Er kletterte über die Gartenmauer, hangelte sich an einer Laube vorbei, sprang auf einen betonierten Weg. Der dunklen, gut gelockerten Erde der Beete daneben wich er aus, erste Blumen (Krokusse? Märzenbecher?) schimmerten darin; bleiche Geister. Ein Spalier an der Mauer. Der Fenstersims lief über seiner Reichhöhe. Das Spalier durfte er nicht benutzen, zu dünn waren die geschrägten Stäbe, und die Erde darunter war ebenfalls aufgelockert. Er tastete mit den Schuhspitzen unter einem Mauerpunkt, der ihm geeignet erschien. Eine Bodenplatte würde genügend Widerstand bieten, wenn er sich abstieße; die Platte bestand aus Granit, diffus beleuchtet vom Licht im Zimmer oberhalb des Simses: Kinderzimmer? Schlafzimmer? das wußte er nicht; oft aber lagen bei Häusern dieses Typs die Zimmer des Wachstums und des Schlafs nach hinten, zum Garten. Sonderbar, wie sich die Stille mit Geräuschen füllte, wie ein Trichter, der ansog und zuwenig durchließ; als warteten die Geräusche wie er in der Dunkelheit, lauerten auf eine Regung, verloren eher die Geduld, denn ihre Zeit mochte bemessen sein: ein knirschend ausrollendes Auto, Uhrenschlag aus den Lungen des Hauses, Gartenwispern, der Sandmännchen-Abendgruß aus einem Fernseher. Jetzt schrie ein Baby, verzweifeltes, müde protestierendes Schluchzen, es schien von der anderen Seite der Wohnung zu kommen. Jostas Kleines, dachte Richard. Los! Er sprang, erreichte den Sims nicht. Der Aufprall der Schuhsohlen auf der Bodenplatte klang unerwartet hart. Turnschuhe ausziehen? Und wenn er weglaufen mußte ...? Machst du doch sowieso, frotzelte er. Egal! Er zog die Schuhe aus und versuchte es erneut. Diesmal sprang er höher, erreichte den Sims, blieb pendelnd hängen. Sofort begann die rechte Hand, der durch die alte Verletzung geschwächte Unterarm zu schmerzen. Schlimmer war, daß der Sims angeschrägt verlief und aus glatten Ziegeloberkanten gefügt war. Richard hielt sich mit vier Fingern, rutschte. Eine Socke blieb am Spalier hängen, als er versuchte, mit den Füßen nach beiden Seiten zu radeln; im fahlen Lichtschein wirkte sein bloßer Fuß wie ein anämischer Plattfisch mit Fransen, die Hauswand war stechend kalt. Er sprang ab, landete mit dem nackten Fuß in einem Stückchen Splitt, was ihn eine Weile schweigend hüpfen ließ. Die Socke war von einem Holzsplitter abgerupft worden, genau zwischen großem und langem Zeh; Glück gehabt. Er versuchte es wieder mit Schuhen, baumelte schwankend, schaffte den Klimmzug nicht. Er dachte an Bergsteiger in der Wand, aber das ließ ihn auf einmal schlapp werden. In jäher Wut warf er das linke Bein hoch, der Fuß, den er im Schuh krümmte, blieb an etwas hängen, ziemlich hoch, fragil; Zentimeter um Zentimeter, die Finger zitternd vor Anstrengung, zog Richard sich empor, bis er ins Fenster sehen konnte. Er atmete hackend, es klang wie ein defektes Druckluftventil, die rechte Hand fand an einem sonderbar nachgiebigen Draht Halt (Rundfunkleitung? Blitzableiter?), gerade jetzt packte ihn Lachreiz. Im Zimmer saß Daniel, fettete einen Fußball; ihm gegenüber Lucie an einem Kindertisch, sie trug einen weißen Kittel und eine Haube mit rotem Kreuz, darüber einen Untersuchungsspiegel, wie ihn HNO-Ärzte benutzten, saß über eine nackte Puppe gebeugt und war dabei, ihr mit einem Brotmesser ein Bein abzuschneiden.

abladen, Fahrt, Kiefernzweige, Teile von Rätseln, bizarr, ungelöst. Die Elbe bei Torgau war wach, Christian hatte noch nie einen wachen Fluß gesehen, große Uhrenziffern trieben darin. Konnte Muriel ihn hören? Der Jugendwerkhof war hier irgendwo. Felder, mit Brandung gefüllt, berstend, knisternd, Fraß?

Wind? Sprungbereit. Der Wind war schmierig, schwer, kleine Trödler aus Graphitfett drin. »Absteigen!« hieß es. Scheinwerfer. Spielten stricken. Die Elbe bei Torgau war ein wacher Fluß, ein Hokuspokusriese, nein: er flüsterte, frierend: »Horchpostenriese.« Mit faulenden Stiefeln. Ja genau, das war's, Pfannkuchen schlenkerte Pißblumen auf den mit Vogelfedern bedeckten Boden: Bettwäschefabrik, (Inlett; von Emmy wußte er das Wort), in der Nähe. Der Fluß hatte Pupillen, eine nach der anderen. Dann wieder nicht mehr. Farbe? Schuhkremschwarz. Halt's fest. Schlieren von Apfelfaulbraun, dort, wo die krepppapiergrauen Hexenringe hingepunktet sind. Waldhonig, auch so zäh. Bloß nicht kosten. Flappend, schluckend: Nachtigallenkästchenlack, so schwarz. Rausch, lausch: in der Sterndünung bröselnde Bäume, am flußabwärtigen Ufer, wo die Kompanie Stellung bezogen hatte. Horch! So ein Fluß lebt, schläft, träumt, verdaut, wälzt sich hin und her, lebt sein Riesenleben. Was hat er zu sagen?
Er spricht vom Korn.
Flüstert von den Schiffen, die er sah.
Die Schiffszieher, die stromauf die Lastkähne zogen an Treidelketten. Noch gab es die Wegsteine. Die Bomätscher sangen, den Singsang der Schiffszieher, der Elbe-, Wolga-, Rußlandtreidler. Ein Bild von Repin fiel ihm ein, Männer in zerschlissenen Kleidern, Graubärte und Flaumjungen, die in breiten Gurten hingen und das Schiff stromauf zerrten. Sie sagten: Was willst du? – Musik. Alleinsein und Schweigen. Die Musik des Flusses, das kehlige Murmeln durch die Zeiten. »Gehen, bis du frei bist. Das ist, was du willst«: schwatzte Christian, unbekümmert, ob ihn jemand höre. Der Fluß wollte nichts. Der Fluß war ein geschmolzener Magnet, ein barockes Schiff steckte darin und wollte vorwärts, aber die Algen, der Dreck, der Unrat der Städte schlickten um den Bug, wanden sich um die erdrosselte Schiffsschraube. Nicht vorwärts kam es, und es trieb nicht zurück. Voller Menschen war es, eine Stadt war es, man sah Häuser, Stromleitungen, die Eingeweide der Stadt. Dresden …, seufzte es in den Lüften, Dresden … gestrandetes Schiff, ewiggestrig, mit allen Fasern an der Vergangenheit haftend, die so schön nie war, wie du es schwärmst. Dresden … Christian trank einen Schluck Wasser.

Bin ich ein Mensch? Was willst du? Niemanden interessiert, was du willst. Jetzt kommen Befehle, und du hast sie zu befolgen. Dann werden Befehle erwartet, und du hast sie zu geben. Was ist ein Befehl? Wieso gibt es überhaupt Befehle?
Der Fluß wußte es nicht. Er stank nach Zellulose und Rieselfeld. Nach Tischlerleim und verbrannter Tierhaut, nach dem marzipangelben Shampoo aus Wutha, den Waschpulvern aus Ilmenau und Genthin. IMI, Spee, Wofalor: nichts vergessen. Nichts vergessen! Die Elbe bei Torgau war ein kaputter Fluß; das Wasser war rostig, und wenn man einen Pfennig warf, schwamm er lange.
Christian suchte einen flachen Kiesel, eine »Butterbemme«, und versuchte sich: Viermal hörte er den Stein aufs Wasser klatschen. Fünfmal hätte es sein sollen, da siebenmal für den ersten Wurf (und nicht mehr geübt seit der Kindheit) unrealistisch gewesen wäre. Einmal zuwenig, dachte Christian. Einmal zuwenig ist ein gebrochenes Bein: sagte ein Spruch, den Anne aus ihrer Kindheit mitgebracht hatte.
Das Unsympathischste an einem Panzer war, daß er Geborgenheit vermittelte. Der Kompaniechef tigerte im Vorbereitungsraum hin und her, kontrollierte mit den Zugführern die Besatzungen, die ihre T55 für die Unterwasserfahrt, genannt UF, vorbereiteten. Christian hatte das schon zweimal mitgemacht, Pfannkuchen war Neuling, rannte immer wieder zu den Fahrern der Nachbarmaschinen. Die Elbe bei Torgau war ein breiter Fluß, und tiefer als einen Meter war sie auch, die Panzer konnten nicht mehr ohne Hilfsmittel durch. Die beiden Unterwasserfahrten, die Christian mitgemacht hatte, waren Taglichtfahrten gewesen; diesmal galt es die Durchfahrt bei Nacht, eine von allen Beteiligten gefürchtete Übung. Mehrere Scheinwerfer gaben Licht im Vorbereitungsraum, ein sandiger Platz inmitten einer Kiefernwaldung. Die Besatzungen arbeiteten hastig, innerhalb von dreißig Minuten hatten die Kommandanten ihre Panzer UF-tauglich zu melden. Was alles dazugehörte! Christian hatte viel lernen müssen; dies war zu wissen, jenes zu beherrschen; er war der Kommandant, auf dessen Befehle die Besatzung warten würde, wenn sie nicht weiterwußte. Er mußte weiterwissen. Er hatte Verantwortung für die Besatzung, und er hätte es sich

nicht träumen lassen, je einmal in eine solche Zwickmühle zu geraten: den Panzer zu hassen, den Lärm, den Drill, die militärische Lebensweise – doch sie beherrschen zu müssen, weil er der Kommandant war. Technik, Wirkprinzipien (wieso darf ich einen Panzer nicht kalt starten, wieso muß der Fahrer den Diesel vorwärmen und, gibt es Alarm, notfalls im Schlafanzug in den Hangar rennen, um die Vorwärmelektrik einzuschalten?), Konspekte über taktische und strategische Probleme schreiben. Er war auch hier, bei der Armee, Teil eines Großen Plans, einer großen Rechenoperation vom Menschen; auch hier gab es die Worte Kollektiv (seine Besatzung war ein »Kampfkollektiv«) und Hauptaufgabe.
Er arbeitete mechanisch, erschrak, daß er unkonzentriert war. Er zwang sich, systematisch zu denken, Schritt für Schritt alles durchzugehen. Dichtungen an den Luken gegen die aus Moosgummi ausgetauscht? Richt- und Ladeschütze hievten als scharf umrissene Schatten das verpackte Fla-MG auf den Turm. Pfannkuchen war in seine Fahrerluke abgetaucht, Christian hörte das Aufsingen des Kursanzeigers, der die Geradeausfahrt unter Wasser ermöglichte. Er kletterte in den Kampfraum, schloß den Wasserablaß der Walzenblende, prüfte, ob der Verschlußkeil der Kanone geschlossen war. Zurrte den Turm und spannte die Dichtung des Turmdrehkranzes, die sich schon bei den vorangegangenen Unterwasserfahrten als einer der neuralgischen Punkte erwiesen hatte. Überprüfte und schloß den Filterlüfter neben der Kanone. Kontrollierte den Überlaufschieber an der Rückwand des Kampfraums, unter den schweren Splitterspreng- und Hohlladungs-Granaten. »Wozu braucht man den? Uffz. Hoffmann?« hörte er die Stimme seines Zugführers. – »Um in den Trieb eingedrungenes Wasser in den Kampfraum zu leiten und dort abpumpen zu können, Genosse Leutnant!« – »Und wieso darf im Triebraum kein Wasser sein?« – »Damit's nicht in den Motor kommt, Genosse Leutnant!« – »Und wieso darf da kein Wasser rein? Irrgang?« Du bist der Schüler, und sie sind die Lehrer, hatte Christian während dieser Ausbildungsstunden manchmal gedacht – nur daß sie dich hier über 17-Scheiben-Trockenkupplung und Planetenlenkgetriebe ausfragen; eine Schule, das ganze Land ist eine Schule! »He, Pfannkuchen, Batterien voll?«

»Wie ’n Seemann nach Landgang. Hab’ nachgedacht. Die Stenzels kenn’ ich doch. Voltigierreiterinnen.«
»Untere Druckluftflasche geprüft?«
»Hundertdreißig Kilopascal, reicht. – Kursanzeiger intakt, Genosse Muttersöhnchen.«
»Höhe, du Ohrli?« Grober Klotz auf groben Keil; wahrscheinlich grinste Pfannkuchen jetzt. Christian baute die Lenzpumpe ein.
»Kettenabdeckbleche gesichert, Elefantenpräser gewechselt«, rief der Richtschütze zum Turmluk hinein. Elefantenpräser: die Mündungskappe auf der Kanone, ohne die Wasser in die Kanone laufen würde. Komische Worte lernte man hier. Ejektorplatte schließen, Trennwandlüfter öffnen. Wozu war der da? Ein merkwürdig an die schwarzen dreistrahligen, auf Gelb gedruckten Gift-Sonnen erinnerndes Fenster zwischen Kampf- und Triebwerksraum – ein Dieselmotor fraß Luft, und die bekam er unter Wasser nicht auf normalem Weg durch die Triebabdeckungs-Jalousien – die wurden abgedichtet –, sondern zog sie sich durch das Periskoprohr, das wie ein Schnorchel drüben auf der Ladeschützenseite angebracht wurde.
»Kraftstoff-Dreiwegehahn auf innere Behältergruppe eingestellt«, meldete Pfannkuchen.
»Prüfung Fahrerleitanlage.« Christian drückte auf die Knöpfe des Geräts, mit dem er den Fahrer bei Ausfall des Bordsprechfunks dirigieren konnte. Backbord grün, Steuerbord rot, wie in der Seefahrt.
»Links. Rechts«, wiederholte Pfannkuchen Christians Kommandos.
»Na – Kupferbolzen?« Der Ausdruck für »Angst haben«. Einer der Lehrgefechtsfahrer beugte sich zu Pfannkuchen in die Luke.
»Bin noch nie abgesoffen.«
»Paß aufs Zwischengetriebe auf. Hatte beim letzten Mal die Abdeckplatte vergessen, bloß so ’n kleines Leck, und ’s pladderte rein wie ’n Gebirgsbach. He, Nemo«, rief der Lehrgefechtsfahrer, »Pfannkuchen soll rüber auf die Eins, dem Fahrer vom KC is’ schlecht geworden.«
»Und wer kommt dafür?«
»Nutella.«
Christian stellte die Führungswelle, über die der Kompaniechef

mit den Kommandanten kommunizierte, und die Bergewelle, mit der man den Abschleppanzer rief, am Bordfunkgerät ein. Nebenan, bei Irrgang, wurde zweimal gehupt, ein Diesel röhrte auf. Christian sah hinüber: Der Richtschütze hielt das Gas am Bowdenzug durch die geschlossene Fahrerluke, der Fahrer blickte auf das Manometer, Irrgang hielt eine Stoppuhr in der Hand, hob den Arm. Die waren also schon bei der Unterdruckdichtprobe – und hatten sie bestanden, nach Irrgangs Grimasse zu urteilen. Man hatte kaum noch miteinander zu tun; jeder ging seiner Wege und versuchte, so gut wie möglich an die Wand zu kommen … Schweigen, Ducken, Unsichtbarwerden. Lügen. Christian hatte Anne nicht die Wahrheit geschrieben. Die Kunst des sachgerechten Lügens – wie man enthusiastisch lobt, wie man mit ernster Miene Torheiten sagt, die leer sind, aber dem Beschmeichelten gefallen, wie man Illusionen nährt. Herr Orré hatte sich Mühe gegeben. Und Irrgang hatte seinen Witz verloren. Nach dem Dienst lag er meist auf seinem Bett, starrte an die Decke und hörte Costas schwermütige Musik, die er sich vor Costas Entlassung auf Kassetten überspielt hatte. Ging er auf Ausgang, kam er betrunken zurück. Sie kriegen dich klein, hieß das wohl. Der große Irrgang, nie verlegen um ein freches, schnelles Wort, machte jetzt vor jedem Offizier vorschriftsmäßig Männchen, diskutierte nicht mehr, sagte im Politunterricht die vorgeschriebenen Sprüchlein auf, schnitt heimlich die Monatssiegel von der Siegelschnur, die die unteren Diensthalbjahre zur Kennzeichnung der bei der Armee verbleibenden Tage benutzten … Dichtprobe bestanden, sie machten weiter. Dreißig Sekunden mußten vergehen, bevor der Druck von 1200 auf 200 mm Wassersäule gefallen war. Christians Panzer hatte das, seitdem er Kommandant war, noch nie geschafft; wie die meisten Panzer des Regiments war auch sein T55 ein »Bock«, ein »Ofen«, ein »Eisenschwein«, eine »Mühle«, da half auch die beste Wartung nichts. 25 Sekunden hielt Panzer 302 dicht, trotz Unmengen verschmierten UF-Kitts, fünf Sekunden zuwenig eigentlich für die bevorstehende Übung, aber wie hieß es: Eigentlich ist Sonnenschein, man sieht's nur nicht vor lauter Regen.
Burre. Als Fahrer war der eine Niete, daran änderte alles Mitleid nichts.

»Ich soll bei dir mitmachen«, meldete er sich. Er versuchte ein Grinsen, kippte den Kopf, enterte auf den Panzer.

»Los, los, Beeilung, Zeit läuft!« drängte der Zugführer, der die Besatzungen kontrollierte. »Da ist ja noch der Trieb offen, zu das Ding, aber dalli!«

Burre verschwand im Fahrerluk.

»Jalousien Stellung fünf«, befahl Christian, leuchtete mit der Handlampe. Motten flogen, die Kiefern rochen nach Harz. »Stellung zwo!« Der Richtschütze und er trampelten die Triebwerksverriegelung zu. »Verriegeln!« Kontrolle an den Ösen: Der Trieb war geschlossen. Muska hatte schon das UF-Rohr justiert, verlegte die Bergetrossen, kordelte die Schwimmerbojen fest, vorn weiß, hinten rot. Bei der ersten UF hatte Christian sie verwechselt und sich dafür das Gebrüll des Schlepperkommandanten anhören müssen. Ein Panzer wurde bei Havarie an der Hecktrosse herausgezogen, an der die rote Boje befestigt war – »wenn du liegengeblieben wärst, hätt' ich deinen Bug rumzerren müssen, sind schon Leute bei abgesoffen, du Knalldrüse!« –

»Lieber Christian: Hier ist das Kometenfieber ausgebrochen, alles summt Halley, Halley; selbst Herr Honich, den wir als robusten Materialisten kennen, hat zu den Vorträgen der Witwe Fiebig, neulich beim Anstehen nach Semmeln, keine seiner auf wissenschaftlicher Dialektik beruhenden Abweisungen vorgebracht – zu eindrucksvoll war es doch, wie in der Kometennacht (ich habe sie im Urania-Kreis in Arbogasts Sternwarte verbracht, Ulrich war dabei, Barbara und Gudrun kamen später), gerade in dem Moment, wo der Himmel aufklarte und die Sternbilder auf einmal in einem Reichtum erschienen, daß wir glaubten, babylonische Sterndeuter zu sein, – wie in diesem Moment die Uhren schlugen, alle gleichzeitig, so schien es, ferne und nahe; ein Plingen, Gongen, Glöckeln, Schellen, Blechen und Westminstern, als hätten sich die Ziffernblätter verabredet, und dabei war ja diesmal der Komet auf der Nordhalbkugel gar nicht zu sehen; nur Witwe Fiebig wollte das nicht glauben und reckte den Hals, schrie auch ›Dort, dort! Da ist der Schwefelschweif!‹, was aber nur ein Streich von Herrn Malthakus gewesen war, der einen anachronistischen Silvesterknaller aus den Rosen unterhalb des

Arbogastschen Institutsgeländes hatte steigen lassen. An einen Streich, eine nicht ganz glaubhafte Sache, dachten wir auch, als neulich Professor Teerwagen verhaftet wurde. Ein Spion soll er sein, heißt es; zwielichtige Geschäfte in Mexiko; die Frau scheint von alledem nichts gewußt zu haben und ist jetzt Patientin von Doktor Clarens in der Akademie. – Lange wird wunderlich. Am Kometenabend, nach den Vorträgen (Stahl sprach über Staudämme, Ulrich über die Babylonier), veranstaltete Arbogast eine Führung durch sein Anwesen, lächelnd und undurchsichtig wie immer, plötzlich ächzte der Schiffsarzt und faselte, auf eine versiegelte Flasche weisend: ›Aus Blei, sie ist aus Blei, und oben das Siegel, goldverkrustet – König Salomos Flasche!‹ – ›Aber Herr Lange, lachte Arbogast, wer wird denn solche Märchen glauben! Das ist ein im Weingeist gefangener achtzehnzwölfer Beute-Cognac, aus den Vorräten Kutusows, er hat sie an der Beresina dem flüchtenden französischen Generalstab abgenommen!‹ Libussa kommt manchmal herunter und nimmt mich beiseite: Das ganze Geld trage der Alois für Segelschiffe weg, Fotografien, Flaschenschiffe, Bücher; manchmal murmele er im Schlaf die Namen der Laeisz-Kapitäne, die Namen der Schiffe, kenne alle ihre Legenden, jedes ihrer Segel – dabei sei er doch selbst nie auf einem Segelschiff gefahren! Und was antworte er? ›Meine kleine Brunetka‹, erwidere er, ›ich muß mich doch auskennen, wenn das große Höllenschiff kommt und der Heuerbaas mich in die Mannschaft fordert …‹ Das sind so die neuesten Geschichten von hier oben. Wenn Du Bücher brauchst, laß es mich wissen. Libussa ruft mir eben einen Gruß für Dich zu. Sie will ein Paket mit Eingewecktem für Dich fertig machen. Frau Honich hat hier eine Timurhilfe für ältere Menschen eingeführt, geht für sie einkaufen, macht Behördengänge (immerhin, löblich), der Mann schleppt Kohlen, will auch das Paket zur Post bringen. Kann also sein, daß ein sozialistischer Gruß beiliegt für Dich. Ehrenvollerweise stehst Du ja für uns alle auf Friedenswacht. Du sollst es als Lebenserfahrung nehmen, ruft Libussa. Buchenswert, meint Kellner Adeling alias Mager. Es grüßt Dich herzlich Dein Meno«

25 Sekunden bei der Dichtprobe, der Zugführer hatte den Kompaniechef geholt, der hatte abgewinkt: »Fährt! Eh die Wanne voll ist, sind die drüben!« Christian saß auf der Ladeschützenseite, ab jetzt galt Funkverkehr über die Führungswelle der UF-Trasse; er war aufgeregt, durch das Periskop sah er nur hin und wieder einen Lichtschein, vielleicht vom Regiment im Wald, vielleicht schon von der Elbe, vom Berge-Schützenpanzerwagen, dem Pionierboot oder den Schlepper-Zugmaschinen. Die Kontrolldurchlaßstelle war passiert, sie fuhren jetzt in der Ablauflinie im Marschband, Muskas Panzer vor ihm, der Goldschmied hinter ihm, Burre gab zuviel Gas und lenkte zu unruhig, das UF-Rohr, das nun aufgerichtet war, scharrte an Zweigen. Der Kursanzeiger, ein Kreiselkompaß, mischte sein Singen ins Funkknacken. Hoffentlich war Burre mit dem Kursanzeiger vertraut – wenn nicht, konnte der Panzer von der Trasse abkommen, sofern es Christian nicht gelang, mittels Periskop zu führen. Sicht: eine untertassengroße Scheibe, mehr nicht. Drüben, am anderen Elbufer, waren Fluchtlampen aufgebaut worden, auf die mußte man einstellen, bevor es losging.
Kontrollstelle. Muska hielt an. Die anderen Panzer rollten stetig weiter. Christian hörte Geschrei, jemand schloß die Flatterventile am Auspuff; Schritte, Getrampel, Klappe 6 über dem Trieb wurde geschlossen. »Leerlaufdrehzahl elfhundert«, befahl Christian, Burre wiederholte.
»Ausrichten auf Fluchtlampen.«
»Ist ausgerichtet.«
»Kursanzeiger entarretieren.«
»Kursanzeiger entarretiert.«
»… voor – wärts!« hörte Christian den Kompaniechef über Funk. Jetzt also ging es los. Die Taucherbrille drückte. Beschlug etwa das Glas? Durfte eigentlich nicht passieren. Richtschütze, Ladeschütze, Fahrer: alle trugen Taucherbrillen vor den Panzerhauben. Die schwarzen Rettungsgeräte vor der Brust, so daß der Ladeschütze, der auf Christians Sitz über dem Richtschützen hockte, kaum wußte, wie er sich drehen und wenden sollte. Das Bordlicht füllte den Kampfraum mit nebligem Ocker. War der Turm auch wirklich gezurrt? Burre ließ die Kupplung weich kommen, die Flatterventile gaben ein rüsselndes Geräusch. Das

war nicht das Geräusch von vorhin, von der Dichtprobe, der sie mit angespannten Gesichtern gelauscht hatten; das Einpfeifen der Außenluft, am Turmdrehkranz, zum Schluß fast schlürfend breit. Der Kompaniechef meldete sich nicht; Grundrauschen im Funk, ein Knistern wie von feinen elektrischen Entladungen. Der Panzer kippte nach vorn. Christian sah durch das Periskop, sie waren gut auf die Fluchtlichter ausgerichtet, fuhren die UF-Trasse hinab. Dort war der Fluß bekannt. Links und rechts davon nicht. Muskas Panzer war schon in der Flußmitte. Keiner wußte etwas über Unterwasserhindernisse. Schlückchen hatte mal eine Geschichte aus seiner Fähnrichszeit aufgetischt: eine Zugmaschine sei beim Bergen eines steckengebliebenen T-54 auf einen Blindgänger geraten. Hier bei Torgau hatten sich Russen und Amerikaner die Hände gereicht; die Elbe schwieg von dem, was vorher gewesen war. Fahrrinnen und Kolke gab es in einem Fluß, das wußte Christian vom Angeln, tückische Mulden, Gumpen genannt, Strömungsauswaschungen, in denen sich die Altfische gern aufhielten. Da gab es Unterspülungen, Sandbänke, nachgiebige Stellen im Flußbett, ein Gleit- und ein Prallufer. Er schaltete auf Bordfunk um. Burre murmelte, der Richtschütze murmelte.
»Grad Kühlwasser?«
»Neunzig.«
»Kurze Meldung, Jan.« Hundertzehn Grad Kühlwassertemperatur waren das Maximum, darüber konnte der Panzer havarieren. Leichter Zug – der Diesel holte sich Luft aus dem Kampfraum. Wehe, wenn das UF-Rohr unterschnitt, unter Wasser geriet. Von oben Wasser, von hinten die Luft abgesogen.
»Meldung, Dreinullzwo«, knackte es im Funk. Christian schaltete um, dann war der Funk weg. Auch der Bordfunk. Christian dirigierte über die Fahrerleitanlage. »Links. Rechts. Nicht soviel! Links!« Burre korrigierte. Christian hörte ihn reden. Der Panzer knirschte, das Gestänge hinten wurde von hydraulischen Kräften gewrungen, Wind fing sich im Periskoprohr, turnte im Zylinder auf und ab, was ein merkwürdiges Kollern gab, vielleicht war auch Sand dabei, wie es der Schiffsarzt von den alten Segelschiffen erzählt hatte: Die Kapitäne blieben im Sturm auf der Poop, und wenn ihnen Sand das Gesicht schmirgelte, wußten

sie, daß das Schiff aufzulaufen drohte, dann mußte da draußen eine Sandbank oder Land sein. Er sah nichts. Das Positionslicht drüben am anderen Ufer war verschwunden.

»Meldung Kursanzeiger!«

Burre antwortete nicht.

»Position!« brüllte Christian. Der Ladeschütze hob den Kopf, den er apathisch auf die Schultern des Richtschützen gelehnt hatte, als ob der ihn Huckepack trüge; die Augen waren große dunkle Kleckse.

»Nu-hull«, sang Burre. Tatsächlich, der sang. Was ihm einfiel, offenbar. »Wacht auf, Verdammte dieser Er-herde, Wann wir schreiten Seit' an Seit'; Sah ein Knab' ein Röslein steh'n«, und: »Spaniens Himmel breitet seine Sterne«. Das Strömungsgeräusch veränderte sich, plötzlich rutschte der Panzer nach rechts ab, sackte tiefer, bekam Schlag.

»Was machst du, du Arsch!« Der Richtschütze trat nach unten, blieb aber mit dem Stiefel an der MG-Patronenhalterung hängen, trat noch einmal, stereotyp »Arsch, Arsch« wiederholend, in den Raum zwischen Zieloptik und Preßluftflaschen, wo Burres Rücken sein mußte. Und nun brach Wasser ein. Der Panzer hatte schon vorher geschwitzt, Christian hatte beobachtet, wie Tropfen aus der Fuge des Turmdrehkranzes wuchsen, hatte gedacht: Na gut, der schwitzt auch, ganz schön heiß hier drin. Sauna. Schweiß stieg von den Füßen, durch die grauen Militärsocken, in die Stiefel, wo er eine Weile warm vor sich hinschwappte; Schweiß rollte von der Streckseite der Oberschenkel zur Beugeseite, staute sich dort, kippte, wenn man sich bewegte, nach unten, mischte sich mit dem Fußschweiß; Schweiß tropfte vom Rücken in die Rinne zwischen den Gesäßbacken, man saß wie in warmer Suppe. Die Abdeckplatte Zwischengetriebe, fiel Christian ein. Er hatte sie nicht kontrolliert. Pfannkuchen war nach hinten geturnt, aber kurz darauf war der Befehl zum Fahrerwechsel gekommen. Eigentlich kriminell, dachte Christian, man reißt eingespielte Besatzungen nicht auseinander, schon gar nicht vor einer Nacht-UF. Der Ladeschütze fing Sickerwasser auf und rieb es zwischen den Händen. Christian sah den Richtschützen an. Er kannte nicht einmal seinen vollen Namen, nur den Nachnamen, und daß er in einem Thüringer

Dorf wohnte und Landmaschinenschlosser war. »Lenzen.« Die Lenzpumpe begann aufzukreiseln, blubbernde, schmatzende Geräusche, vertrauenerweckend. Komisch, daß ein Panzer Ähnlichkeiten mit einem U-Boot besaß. Die Lenzpumpe bewältigte das Wasser nicht. Es kam inzwischen auch aus dem Trieb in den Kampfraum, Christian wunderte sich, daß der Motor noch lief. Mußte Pfannkuchen gut abgedichtet und in Schuß gehalten haben. Der Funk ging immer noch nicht. Das Wasser stieg. Dem Richtschützen lief es an die Stiefel. Burre mußte schon mittendrin sitzen. Wie es roch: Mischung aus verbranntem Gummi und fossilem Hühnerei. Der Panzer neigte sich weiter. Christian suchte am Periskop, fand ein Fluchtlicht weit links. Sie mußten von der Trasse abgekommen sein. Da war jetzt wahrscheinlich oben was los – wenn sie es denn bemerkt hatten, was Christian hoffte. »Links, links«, schrie er, als der Panzer weiter nach rechts zog. Durch die allmählich beschlagende Taucherbrille sah er die anderen nur noch verschwommen. Dazu die dämliche Panzerhaube mit ihrem immer nasser werdenden Schafsfell. Wo kam nur das viele Wasser her? 25 Sekunden. Die Lenzpumpe schaffte es nicht –

»Lieber Christian! Viel Neues kann ich Dir nicht schreiben. Hoffentlich kannst Du meine ›Enzianschrift‹ (so sagt Gudrun) lesen; ich rufe ja lieber an, als daß ich schreibe; aber da Du kein Telefon hast, heute diese kurzen Mitteilungen. Entschuldige den Anamnesebogen, hatte nichts anderes, kritzle zwischen zwei Konsultationen. Unsere Veranda ist inzwischen fast völlig vermorscht; vielleicht hat Dir Meno davon berichtet. Gesenkt hat sie sich auch, so daß die Fenster schief und die Scheiben gesprungen sind. Der Glaser hat die neuen gleich maßgefertigt schräg zugeschnitten. Das Material mußten wir beschaffen. Wir sind von Pontius zu Pilatus gelaufen. Gottseidank hat sich das Leck im Dach nicht verschlimmert – Deine Dachpappe von damals ist nicht mit Gold zu bezahlen. Die Dachdecker sagten: Haben Sie ein Kontingent für Dachpappe? Eins für Kleber? Nein? Dann laß mal reinregnen, Kumpel! Neulich, ich saß auf meinem Lieblingsstuhl bei Pfeifchen und Tannhäuser (Max Lorenz, Staatskapelle, Fritz Busch), gab's einen Knall, dann bröckelte Putz, einer der

Wandanker war herausgesprungen. Dachte ich mir: So bei Tannhäuser (noch dazu diesem) und eben angeschmauchter Pfeife, bei einem feinen Gläschen Likör langsam nebst Veranda in die Fichte zu sinken, könnte durchaus zu neuen Einsichten führen. Wir leben ja seit dreieinhalb Monaten, seit den strengen Januarfrösten, wie auf dem Bauernhof, beide Toiletten waren eingefroren, nur die Küchenwasserleitung funktioniert noch, von da holen wir Wasser für die Eimer, mit denen wir spülen. Schwedes unter uns haben ja diesen ingeniösen Wasserrohrerwärmungsring (eine Glanztat von Herrn Stahl), der nur den Nachteil hat, von der Elektrizität abhängig zu sein. Wäre der Strom nicht ausgefallen, wären die Rohre nicht eingefroren. (Aber ich habe ja noch das Kurbel-Grammophon.) Die Kommunale Wohnungsverwaltung wollte den Wasserrohrerwärmungsring sofort nachbauen lassen – aber, Gott, wer soll denn das tun. Wenn Du wieder da bist, besuch' mich doch mal in der Praxis; ich nehm' Dich mit auf Hausbesuch. Oder in den Freundeskreis Musik, wir haben wieder schöne Platten aufgetrieben. Die Zschunke bleibt auf all ihrem Gemüse sitzen seit Tschernobyl. Der Reaktorunfall ist das große Gesprächsthema in der Stadt. Offiziell wird abgewiegelt. Aber das Tal der Ahnungslosen grenzt nun mal an die Hügel mit Westfernsehen. Auf bald! grüßt herzlich Dein Niklas«

dann blieb der Motor stehen. Die Lenzpumpe gurgelte nach, dann verstummte auch sie. Das Licht raspelte, brannte aber weiter, Christian konnte die Konturen der anderen noch erkennen. Die Zurrstange der Kanone glänzte unnatürlich weiß. Das Wasser stieg langsamer, eine dunkle, wie mit knisterndem Zellophan bespannte Masse, friedlich begann es eine Splitter-Spreng-Granate zu verschlucken.
»Jan?« Der antwortete nicht. »Jan!« brüllte Christian. Der Richtschütze schüttelte den Kopf. »Kann ihn nicht sehen.«
»Neu starten!«
Niemand antwortete. Das charakteristische Aufrumpeln des Motors, nach dem Knall der Preßluftzündung, blieb aus. »Bergewelle einstellen!« Auch da rührte sich nichts. Dabei war es still, und die Wärme war jetzt angenehm. Wenn sie aussteigen mußten, dann so, wie sie es vorher geübt hatten, im Tauchkes-

sel im Objektschwimmbad, eingeschlossen in einer gefluteten Stahlkammer, Schwimmbrillen und Rettungsgeräte aufgesetzt, atmend, panisch die anderen, nicht er, Christian Hoffmann, Sohn eines Schlossers und Unfallchirurgen. Die Geräusche unter Wasser kamen verzögert, hallten schläfrig nach, Schraubenschlüssel-Schläge dienten der Verständigung. Luke entriegeln, ruhig im wassergefüllten Zylinder nach oben steigen – keine Panik, das war das Wichtigste. Panik zerstörte alles, machte den geregelten Ablauf unmöglich. Den Algorithmus, hätte Baumann gesagt, der apfelbäckige Mathematiker aus Waldbrunn. Warum gerade der einem jetzt einfiel. Was war mit Burre los? Warum meldete er sich nicht? Christian bedeutete dem Richtschützen, nachzusehen. Der wies auf das kletternde Wasser, er saß nun bis an die Knie darin. Aber jetzt ging das Licht doch aus.
»RG-UF an.« Die Instrumente phosphoreszierten nach: Infrarotzielgerät, Funkskala, dieses blöde Thermometer, das der Richtschütze mitgebracht hatte und das gar nicht zur Standardausrüstung gehörte. Achtundsechzig Grad im Panzer. Sie mußten aussteigen. Er schlug gegen die Turmwandung, vielleicht hörte ihn jemand vom Bergeboot, vielleicht war der Schlepperkommandant erfahren genug, um zu sehen, was passiert war. Weiße Boje vorn, rote Boje hinten. Trossen auf die Unterströmungsseite legen, sonst werden sie gegen den Turm gedrückt und können sich verdrehen. Es war dunkel, aber er bekam Luft. Gerade jetzt fiel ihm ein Goethe-Vers ein. Weiß wie Lilien, reine Kerzen, / Sternen gleich, bescheidner Beugung, / Leuchtet aus dem Mittelherzen / Rot gesäumt, die Glut der Neigung. Chinesisch-deutsche Jahres- und Tageszeiten. Er murmelte vor sich hin. Er hörte das Boot, jemand klopfte gegen das UF-Rohr. Christian klopfte zurück: wartet. Das Wasser rauscht', das Wasser schwoll, ein Fischer saß daran. Wenn Burre versucht hatte, durch die Ausstiegsluke unten in der Wanne rauszuklettern, konnte der Panzer ihn zerquetschen, wenn der Schlepper an der Bergetrosse zog –

»Liebe Reina: Danke für Deinen Brief. Vielleicht können wir uns sehen. Es hat einen Unfall gegeben. Mein Fahrer ist bei einer Übung verunglückt und im Lazarett gestorben. Ich habe eine

Dummheit gemacht, meinen Kompaniechef angegriffen. Jetzt bin ich wieder in der Kaserne, weiß nicht, was sie mit mir machen wollen. Es ist möglich, daß ich Ausgang bekommen kann, denn fast das ganze Regiment ist noch auf Übung, und ich habe zwar offiziell Kompaniearrest, kenne aber den Schreiber recht gut, der die blanko unterschriebenen Urlaubsscheine verwaltet. Bitte sage meinen Eltern nichts. Viele Grüße von Christian«

56.
Man wiederholte vielleicht oft gesagte Worte, man zeigte manches, das man schon oft gesehen hatte, und machte sich auf Dinge aufmerksam, die man ohnehin kannte

»Salz fehlt.«
»Die schwache Seite. Hier. Entschuldige. Ich vergeß' es immer. Ich hab' dir drei Tassen Kaffee gekocht. Kannst ja stehenlassen, ich hab' Mittelschicht.«
»Brauchst du das Auto? Wär' mir lieb, wenn ich's haben könnte. Kann ich nach dem Dienst noch zum Klempner fahren, die haben nun endlich neue Durchlauferhitzer bekommen.«
»Wenn du deinen Süza fertig hättest, könntest du damit fahren.«
»Suiza.«
»Es ist mir nicht ganz geheuer, was ihr beiden da oben treibt. Kriegen wir das Auto auch mal zu sehen?«
»Komm uns doch besuchen. Bring Robert mit, der interessiert sich dafür.«
»Der soll hübsch fürs Abi lernen. – Und der Stahl hilft dir, einfach so und ganz uneigennützigerweise? Weil er als Ingenieur den Süza liebt?«
»Bist du mißtrauisch.«
»Ich bitte dich nur um eins: Laß dich auf nichts ein. Denk' an die Kinder.«
»Morgen, Reglinde.«
»Morgen. Kann ich ins Bad?«
»Bloß noch mal schnell Hände waschen, dann kannst du.

Nimmst du bitte den Müll mit, wenn du gehst? Brauchst du was aus der Drogerie? Ich mach' nachher Besorgungen.«
»Eigentlich bloß Zahnpasta, Anne. Danke. Ich fang' heute ein bißchen später an, ich kann dir auch helfen.«
»Meine Güte, wer klingelt denn um diese Zeit.«
»Ich geh' ran. – Morgen, Niklas. Brennt's?«
»Morgen, Richard. Schalt mal Deutschlandfunk ein. Unser Radio hat's entschärft.«
»Das aus Japan? Staatskapellen-Mitbringsel?«
»Morgen, Anne. Naja. Das von Sharp. Und wer repariert mir das jetzt. Horcht ma' zu. –Schweinerei das. Uns sagense nischt, die krummen Hunde. Denken, wir kriegen's nich mit. Die werden uns noch alle in die Luft jagen. Schönes Frühstück. Ä Käffchen könnt' ich direkt vertragen.«
»Setz dich schon.«
»Morgen, mei' Lindchen.«
»Morgen, Schnuff.«
»Und deine Affen, was sagen die dazu?«
»Die strahlen.«
»Vergiften werden die uns, sage ich euch. Vergiften, verraten und verkaufen. Bande. – Was haste denn heute, Richard?«
»Geplantes.«
»Naja, Routine eben. Bei mir auch, du. Geht wieder mal die Grippe um. Meno kommt nachher mal vorbei, hustet ä bissel, der Gute. – Na, ich mach' mich mal wieder auf die Strümpfe, die fadenschein'schen. Danke für 'n Kaffee. Aber das mit dem Teerwagen is' schon ä Ding, findeter nich? Soll Geheimpapiere bei sich gehabt haben. Raketen oder was. 'n U-Boot, wie's die Welt noch nich gesehen hat. Gott, wenn ich jetzt rübergehe, stehen mir alle Öfen bevor … Schön warm habt ihr's hier. Na, Ezzo muß den Ofen im Kinderzimmer selber machen. Aber Wohnzimmer, Musikzimmer … Der im Wohnzimmer macht's nich mehr lange. Lungenfibrose, Finalstadium, würdsch sagen. Wenn ich mir vorstelle, daß da der Ofensetzer ran muß – ä Graus. Der Dreck, der Lärm!«
»Setz dich doch schon hin, Niklas, du machst mich ganz nervös mit deinem Auf- und Abgelaufe.«
»Danke, Richard, bin gleich weg. Aber wenn du noch ä Käffchen

hättest … Man muß doch wach bleiben. Was Neues von Christian?«

»Das Regiment hatte eine Übung, Nachtalarm, und immer weiter ging's.«

»Na, Anne, gräm' dich mal nicht. Der Junge kommt schon durch. Schlägt doch konstitutionell nach Richard – und wie du das durchhältst, stundenlang OP, und Gutachten und deine Ambulanz, möcht' ich mal wissen, mei' Gutster. Ich hab' übrigens wieder schöne Platten. Schöne Platten hab' ich, sag' ich euch. Müßmer wieder mal hören. Staatskapelle, Rudi Kempe, Strauss. Kolossal. Ganz kolossal.«

»Willst du nicht doch was essen?«

»Naja, wenn du mich so einlädst. Also, zu diesem Stück Kirschkuchen dort würd' ich nich nein sagen. Das ist schon ä bissel ä Wunder, dei' Kirschkuchen. – Sag mal, Richard: Der Müller, där is' doch nu' in Rente?«

»Offiziell ab ersten Mai, aber er hat schon seinen Ausstand gegeben.«

»Und da machst du jetzt 'n Chef?«

»Wo denkst du hin. Trautson ist kommissarischer Leiter der Klinik, bis die Berufungsprozedur durch ist. Ich hab' mich nicht beworben.«

»Paß auf, daß sie dich nicht aufs Abstellgleis schieben. Ist ja manchmal so bei Wechseln. – Schweinerei, dieses Tschernobyl, wie mich das offregt! Solche Lüch-ner, solche Gänk-ster, nee, nee. Wo das noch hinführen soll. Sacht ma'? Wo soll das noch hinführen? Mei' Lindchen, hier is' noch ä Plätzchen.«

»Du kennst doch den Sperber, Niklas.«

»Nicht persönlich und nicht sehr gut. Warum?«

»Hat uns eingeladen. Zu sich nach Hause.«

»Heikle Sache. Zwielichtscher Typ, wenn du mich fra-chst. So 'n Wandrer zwischen den Welten, und von keener wird er gebissen, wie mei' Lehrer Rudi Citroën zu sagen pflegte. – Wißter was? Jetzt könnt' ich noch ä Käffchen vertragen.«

»Na, ich koch' noch welchen.«

»Oh, ich störe euch. Ihr habt euch Umstände gemacht meinetwegen. Ich bin so-fort weg, geh meiner Wege, meiner krummbeenschen. Wenn das so weitergeht, müßmer rübermachen,

Richard. Weißte, es is' ja nich des Geldes wegen. Aber man hat doch das Gefühl ... als ob man langsam ersäuft würde. Aber 's wäre ja Verrat am Patienten?«
»Das kommt dann immer. Der Arzt als Moralitätsperson. Dabei gibt's auch drüben Patienten.«
»Naja, aber du bist ja hier, um die Patienten hier gesund zu machen.«
»Und womit? Was soll ich tun, wenn das Gesundheitswesen immer maroder wird? Mit leeren Spritzen werfen? Ist das vielleicht moralisch?«
»Ich hab' nischema' mehr Pflaster gekriegt letztens. Da haste schon recht, da haben die gut reden, von wegen moralisch unanständsch, als Arzt rüberzumachen. Wie moralisch unanständsch es is', mit leeren Händen hier als Arzt dazustehn, davon hört man von denen nie was. Der Pferde-Jule verschreib' ich kalte Güsse, die se noch nischema sich selber verabreicht. Es wär' ähm nich des Geldes wegen. Das unterstellen se einem immer bloß. Un' daß de deinen Kindern sach'n mußt, dasse lüh-schn solln, damit se keine Unannehmlichkeiten haben. Und der Firma erzähl'n, was so zu hör'n ist von den Patienten. Tja, und das is' dann wohl moralisch. Ni' daß ich das mache, im übrigen.«
»Papa.«
»Schon recht. Aber 's is' doch so wie's is. Ersäuft wird man hier, langsam und gründlich. Mit 'n Ohren mußte Luft hol'n, mit 'n Ooch'n die Klappe halten, und hierbleiben sollste außerdem. –Nee, nee, macht's ma' gut. Ich bin schon weg.«

57.
Schwebstoffe

»Reina?«
»Richard?«
»– Ich dich auch.«

58.
Fröhlich sein und singen

Die Frau oder das Mädchen, das Sie lieben, werden Sie in alle diese Überlegungen, Wünsche und Träume einbeziehen. Sie werden ihr schreiben und Post von ihr erhalten. Durch ihre Liebe wird sie Ihnen helfen, die hohen militärischen Forderungen zu erfüllen und alle Anstrengungen zu meistern

VOM SINN DES SOLDATSEINS

Auf dem Bahnsteig, zwischen zwei randvollen Müllkörben, blieb er stehen und dachte nach. Er dachte darüber nach, wie es gekommen war, daß er hier steckte und sich den Ausgang stehlen mußte. Reina würde mit dem 16-Uhr-Zug von Leipzig kommen. Philosophie. Um Macht ging es, um nichts sonst. Dort und dort gehst du hin, und wenn du's nicht tust, lassen wir dich einsperren. Und dann kommen zwei und nehmen dich fest, und wenn du mit den Beinen strampelst, kriegst du eins über. Und wenn du die beiden niederschlägst, kommen vier. Und wenn du auch die schaffst, lädt ein fünfter durch. Christian schwitzte in der Ausgangsuniform, krempelte aber die Ärmel des graublauen Hemds nicht hoch – gerade hier auf dem Bahnhof kontrollierten die Militärstreifen, und Ausgänger im unvorschriftsmäßigen Aufzug wohl zuerst. Er hatte Lust zu rauchen, hatte sich hin und wieder, um die Belastungen abzubauen, eine Zigarette gestattet; aber er würde danach riechen, und er hatte nicht mehr genug Mintkissen, um den Geruch zu überdecken. Außerdem sah er, wenn er rauchte, Annes bedrücktes Gesicht vor sich, das vergällte ihm den Genuß des Tabaks, und er ärgerte sich darüber.
Offiziere kamen und gingen, einfahrende Personenzüge hielten kreischend, niemand winkte ihm. Vielleicht hatte Reina sich verändert – eine andere Frisur, das Gesicht nicht mehr das eines Mädchens; anderthalb Jahre konnten eine lange Zeit sein. Er war zwanzigeinhalb, und wenn er an die Gespräche am Kaltwasser zurückdachte, an seine Lernverrücktheit, seinen Wahn vom Berühmtwerden, glaubte er lächeln zu können wie ein Alter. Den Tag über hatte er leichte Arbeit gehabt, Schlückchen hatte ihn ein wenig durch die Kompanie gescheucht, saubermachen, boh-

nern, Waffen reinigen, Badofen heizen (für vier Mann, außer für Christian noch Pfannkuchen und zwei innendienstkranke Soldaten). Frist. Burre war im Lazarett gestorben, sie hatten die Übung nur kurz, bei der ersten Vernehmung durch den Militärstaatsanwalt, unterbrochen; Burres Mutter war erst nach dem Tod ihres Sohns informiert worden. Das war der »Fall Burre«, der Fall Hoffmann stand noch aus. Aber das war ein Traum, es konnte nicht anders sein. Das stimmte ja alles gar nicht. Burres schlaffer, halb noch in der Luke steckender Körper, während der Bergepanzer schon zog. Die plätschernde Finsternis, das hilflose Herumgerudere des Richtschützen über ihm, bis er ihm einen Tritt verpaßt hatte: Verschwinde, kriech rüber auf die Ladeschützenseite oder hinter die Kanone, mach die Luke auf und steig aus, aber laß mich an Jan Burre ran. Wenn das stimmte: Wie konnte er dann hier draußen stehen, auf dem Grüner Bahnhof, und in seiner Ausgangsuniform auf einen Zug aus Leipzig warten? Leute starrten ihn an. Man konnte diese Sachen nicht tragen, selbst in einem Garnisonsstädtchen wie Grün nicht, ohne feindselige und verachtungsvolle Blicke zu erhalten. Aber ich bin doch keiner von denen! hätte er am liebsten gerufen. Mir sind diese Sachen so verhaßt wie euch! Das müßt ihr doch wissen, viele von euch haben doch selbst gedient! Das graublaue Hemd aus schlechtem Stoff mit den stumpfen Aluminiumknöpfen, an dem die »Affenschaukel« baumelte, die silberne geflochtene Schützenschnur, bei manchem, der mehr Ehrgeiz hatte als er, steckte noch das Militärsportabzeichen, die Schützenspange auf der Brust; die Schirmmütze mit Plastblende und billig gearbeiteter Kokarde, die grauen Filzhosen und die schwarzen Halbschuhe, deren Plaststeg geputzt zu sein hatte – alte Wehrmachtstradition, erinnerte sich Christian, hatte man ihnen auf der Unteroffiziersschule bedeutet: Am Steg gab es bei den Knobelbechern die Nähte, und wehe, Rußland, wenn die nicht gefettet waren! Nähzeug hatte man ebenfalls mitzuführen: ein möglicher Riß in der Hose war der Würde des Armeeangehörigen und damit der Bewaffneten Organe abträglich und mußte sofort geflickt werden.
Der Zug, meldete eine mürrische, wie aus Filz gemachte Stimme, hatte Verspätung. Aber jetzt sank das Licht, zog sich zurück, schien Na, das ist nun deine Sache, zur Dämmerung zu sagen.

Diese Stunde mochte Christian am liebsten. Die frühen Morgenstunden, wenn die Luft noch frisch und seidig feucht war wie ein empfindliches, eben dem Fixierbad entnommenes Foto, hatte er früher ebenso gemocht; aber diese Stunden gehörten ihm nicht mehr, es waren seit anderthalb Jahren die Stunden der Pfiffe und schrillen Schreie, der beginnenden schrecklichen Tage. Dieses Welken, kaum merkliche Verschwinden war etwas anderes. Der Bahnhof mit seiner schmutzigen Halle, den aschebestäubten Bahnschwellen, dem Geruch nach Toilette, Mitropa und Kohle, schien das feiner werdende Licht zu trinken und sich allmählich damit zu füllen, bis er, rostrot bestäubt von den Aschewinden, ganz zu einer ungiftigen Kupferblüte geworden war. Es genügte, für diesen Augenblick, die Arme auszubreiten, um fliegen zu können – er wußte es voller Freude und Genugtuung. Auch den anderen Menschen auf den Bahnsteigen schien es so zu gehen, er sah Arbeiter die Brust recken, mit wippendem Gang auf- und abstolzieren, dann, als das Bewußtsein, beobachtet zu werden, zurückgekehrt war, verlegen an ihren Overalls zupfen; er sah die Bahnhofspenner ihre Bierflaschen prüfend ins Licht halten; und die zwei Uniformierten der Transportpolizei hatten auf einmal läßlich kreisende Stöcke. Und er – er hatte Alpenveilchen. Im »Centraflor« am Bahnhofsvorplatz besorgt, wo gerade eine Lieferung von einem LKW abgeladen worden war; hunderte Töpfe Alpenveilchen; keine Schnittblumen.
Reina stieg aus dem letzten Waggon des eben einfahrenden Zugs. Christian winkte verlegen, wartete ab, ging zögernd; plötzlich fand er dieses Treffen unpassend, den Topf mit Alpenveilchen, den er zwischen den Händen hielt wie ein Körbchen voller Bienen, lächerlich; die violetten, rückgestülpten Blüten wackelten wie von Sinnen im abendleichten Wind. Momentlang dachte Christian an Ina in Berlin, sein Hochzeitsgeschenk für sie und die linkische Geste, mit der er es ihr in die Hand gedrückt hatte. Er hob den Topf, gleichzeitig hatte auch Reina ihr Mitbringsel gehoben; im Unterschied zu ihm hatte sie ihre Alpenveilchen ausgepackt; und während sie »Hallo, Christian« und »Tach, Reina« tauschten, wechselten sie auch die Alpenveilchen-Töpfe. Reina hob die Schultern, kratzte sich am Oberarm, suchte nach einem Insektenstich, und Christian fiel nichts ein, was er jetzt

hätte sagen können; er suchte krampfhaft nach einem Kompliment, aber was ihm einfiel, war ausgerechnet, daß die Narbe an ihrem Hals die Zartheit der Haut, die liebevoll gestreuten Würfe der Sommersprossen betonte. Das aber wollte er nicht sagen, einfach so. Es hätte sie noch mehr verwirrt und noch scheuer gemacht, als sie schien: unschlüssig wartend, denn nun war sie angekommen, und nun stand die Frage im Raum, was man tun solle, in einer fremden Stadt, die auch Christian nur von ihrer Bahnhofsseite kannte – Kaserne, Metallwerks- und Chemiegerüche, die »Feuchte Fröhlichkeit« waren nicht der feste Ort, den man kennt, weil man zu Hause ist.
Reina war da; er hatte nichts erwartet. Sie hatte sich in den anderthalb Jahren seit der EOS verändert, die Frau schimmerte durch die noch mädchenhaften Züge, sie hatte eine andere Frisur: diese Änderungen fand Christian seltsam erregend, und da er sofort darüber nachzudenken begann, trottete er mit gesenktem Kopf und schweigend neben Reina her, spürte aber ihre Pein, die sie mit Worten zuzudecken versuchte, die ihn nicht erreichten. Was wiederum sie spürte. Er wußte es nicht genau, glaubte, für einen Moment, daß er sie ein wenig ärgern wollte – dann war sie am hübschesten. Sie hatte sich kaum zurechtgemacht, dafür empfand er Dankbarkeit. Die neue Frisur, ein bißchen aufgedonnert war das ja schon, mochte die große Stadt mit sich bringen. Das und die Fraulichkeit auf ihren Zügen machten Reina über das Maß hinaus fremd, das er erwartet und sich vorgestellt hatte, genau das war das Erregende, nicht ihr Geruch, ihre Stimme, nicht die Blicke der anderen auf dem Bahnsteig, die erwachend über Reina glitten und sich zu Geringschätzigkeit zurücknahmen, vielleicht auch nur Gleichgültigkeit, wenn sie Christian betrachteten: Ich gehöre dir nicht mehr, schien Reinas Fraulichkeit zu sagen, und weckte Begehren, Besitzinstinkt. Sie schwieg; sofort schneckte er sich ein, noch mehr, als es das unhöfliche Schweigen schon getan hatte, das für sie die Begegnung zur Arbeit, zur anstrengenden Suche nach Anknüpfungspunkten machte, ihr das Entgegenkommen überließ; und nun wurde er bitter, entschied, daß es ein Fehler gewesen war, Reina zu treffen, noch dazu in seiner Situation.
Christian suchte die Schatten, blickte nervös nach links und

rechts, hatte den tänzelnden, fluchtbereiten, manöverreichen Gang derer, die sich verfolgt glauben, angenommen. Manchmal duckte er sich rasch, ballte die Fäuste, als ob in der leeren Luft dazwischen (die Alpenveilchen hatte er im mitgebrachten Panzertornister verstaut) etwas hockte, das er nur so abzuwehren vermochte; manchmal trat er abrupt einen Schritt zurück, was Reina, wie er bemerkte, zuerst irritierte, dann nur unangenehm zu sein schien; aber er wich da nur einem vorausgeahnten Lichteinfall aus, einer noch unsichtbaren Strafe, die er nicht kannte und nicht hätte erklären können; sie würde auf jeden Fall kommen, vielleicht hatte sie sogar ein Gesicht und beobachtete ihn schon, er konnte tun, was er wollte, sie würde ihn treffen, und anders, in anderer Form als erwartet. Aber auch er konnte sich unerwartet verhalten, hier einem Fleck gerade nicht ausweichen, da fünfzehn Schritte schnurstracks vorwärts gehen und plötzlich nach links zur Seite schwenken, weil die Strafe gedacht hatte, so, jetzt hab' ich dich, beim sechzehnten Schritt gehörst du mir – doch er war ebenda zur Seite ausgewichen, der Speer hatte also ins Leere gestoßen! Christian begriff, daß Reina nun stehengeblieben war.

»Du bist so eigenartig, was ist los? Ich glaube, du hörst mir gar nicht zu.«

Das stimmte. Der Leuchtschriftzug über der Bahnhofshalle warf freudig, wie ein euphorischer Sämann Getreide auf den Acker, ein »Willkommen in Grün – Perle des Westerzgebirges!« wieder und wieder aus, unbekümmert darum, daß der Boden blaß war von sorgfältig zerrissenem Zeitungspapier. Reina würde jetzt nicht zu weinen beginnen. Die schüchterne Reina, wie sie geschrieben hatte; sie begann sich in der spöttischen Reina, die bis zur verletzenden wachsen konnte, aufzulösen; es tat ihm leid, und doch fühlte er sich außerstande, es ihr leichter zu machen. Er war wie gelähmt, er hätte zwar Worte gewußt, aber die mußten über die Zunge, und die war klumpig und steil, die Worte wollten nicht drüber.

»Dein Brief, haben sie schon … Ich habe deinen Brief bekommen.«

Ja: nickte er, sah nur kurz auf das Spiel ihrer Finger am Rand des Alpenveilchentopfs, dann gab er ihr einen Beutel, den sie

nachdenklich nahm. Ein Schrank stand auf dem Bahnhofsvorplatz, und Christian hätte es ganz natürlich gefunden, wenn sich die Schranktüren geöffnet hätten und ein mageres weißäugiges Mädchen erschienen wäre. »Sie haben noch nichts beschlossen. Es wird eine Verhandlung geben, Militärgericht. Wir sollten über anderes reden.«
»Ich war bei deinen Eltern.«
»Das hast du geschrieben.«
»Soll ich wieder fahren? Du bist so abweisend.«
»Nein. Nein.« Und dann noch ein anderes Wort, das auszusprechen ihn größte Überwindung kostete, aber gerade deshalb wollte er sehen, was geschah, wenn er es aussprach: »Entschuldige.« Es ging ihm einigermaßen leicht über die Lippen, und er mußte an Waldbrunn denken, seine Spaziergänge an der Wilden Bergfrau, seine Überheblichkeit, die Verena gegolten hatte.
»Wohin gehen wir?« Reina blickte sich um, was sie sah, schien ihr nicht zu gefallen.
»Weiß nicht. Hast du einen Vorschlag? Ich kenne mich hier kaum aus. – Kino?« sagte er, in der Hoffnung, daß sie dort nebeneinandersitzen, irgendeinen gleichgültigen Film sehen, schweigen würden. Schweigen war das beste. Einer dem anderen nah, einfach nur nah, ohne Worte. Reina lehnte ab: »Dort können wir uns nicht unterhalten. Ich möchte mich gern mit dir unterhalten. Vielleicht ... vielleicht hat das zu fordernd geklungen: Wohin gehen wir. Das war nur ... «
Sie kamen am Kino vorbei, es war das einzige Kino der Stadt. Es liefen sowjetische Märchenfilme: Die feuerrote Blume, Gharib im Lande der Dschinn. Wenn er Ausgang hatte, ging Christian gern ins Kino. Es erinnerte ihn an die Tannhäuser-Lichtspiele. Das Dach war schadhaft, durch eine Lücke fiel an schönen Tagen das Sonnenlicht ein, an schlechten der Regen – an den schönen Tagen wurde ein schwarzer, per Bindfaden dirigierbarer Regenschirm an Luftballons unter das Loch gehoben, an schlechten ein Eimer untergestellt.
»Du hast mich immer Montechristo genannt. Über meinen richtigen Namen mußtest du lachen.«
»Ich habe deinen Eltern nichts gesagt, wie du gewollt hast. Aber meinst du nicht ... Dein Vater könnte was für dich tun.«

»Nein. Sie haben so schon genug Sorgen. Vor allem meine Mutter. – Wir könnten was essen gehen. Ich lad' dich ein.«

»Verena hat die Ausreise laufen. Sie ist auch in Leipzig, ich seh' sie manchmal.«

»Das könnte dir schaden.«

»Ich hatte schon ein Gespräch beim Studiendekan. Das Gespräch führten zwei von denen. – Aber sie ist meine Freundin, die können mir doch nicht verbieten, sie zu sehen.«

»Doch, das können sie. Sie können auch anders. Ich hab' was gehört: Der Junge, der gestorben ist, hat angeboten, für sie zu spitzeln, wenn sie dafür sorgen, daß er versetzt wird. Haben sie gesagt: Gerade dort, wo Sie sind, brauchen wir sie, Genosse Burre. Natürlich werden wir Sie schützen, wir wissen, was Soldatenethik bedeutet. Die können, wie sie wollen.« Sie gingen über den Marktplatz zum Brunnen, ein vierköpfiger wasserspeiender Greif aus schwarzem Sandstein. »Und Siegbert?« fragte Christian.

»Sie sind auseinander.« Das war nicht mehr die selbstsichere, manchmal hoffärtige Reina, die er gekannt hatte. Sie wirkte verschreckt, vorsichtig, blickte sich oft um, musterte die Vorübergehenden, die Polizisten, die über den Marktplatz schlenderten. »Weißt du, ich wollte dir immer schreiben, aber ich habe mich nicht getraut. Es hat sich so vieles verändert. Wir kamen aus der Schule und … naja, das klingt jetzt vielleicht komisch … so naiv. Vielleicht waren wir so. Ich meine, ich wußte schon, daß ich nicht alles sagen durfte, zu Schnürchel nicht und zu Roter Adler nicht und zu Fahner schon gar nicht. Und ich hab' mich gefragt: Warum eigentlich nicht? Das sind doch Kommunisten, die wollen ehrlich sein … Und wir? Warum reden wir zu Hause so und in der Schule ganz anders … beten unsere Sprüche ab, um nicht anzuecken? Aber wieso eckt man an, wenn man eine Meinung hat, die anderen Meinungen zuwiderläuft? Und wieso gibt es diesen Widerspruch: Da die Wirklichkeit – dort das, was darüber geschrieben wird, und das sind zwei völlig verschiedene Dinge? Ich war so blind, ich … habe nichts gewußt. Manchmal saß ich im Wohnheimzimmer, hab' an dich gedacht, und daß du mich wahrscheinlich verachten wirst für meine Ahnungslosigkeit. Aber du … du hast auch Glück gehabt –«

»Hat mir Siegbert auch mal vorgeworfen.«
»Ich werfe dir das nicht vor, bestimmt nicht. Es ist nur … die Erziehung. Ich bin im Glauben an das Land erzogen worden, an die Ideale, das System. Na, erzogen«, Reina lachte nervös, »meinen Eltern war so vieles egal. Abgesehen von: Solange du deine Beine unter unsern Tisch steckst –«
»Kann Verena weiterstudieren?«
»Sie ist exmatrikuliert. Vorher: eine von den Besten, man hat sie hofiert – dann der Antrag, und man hat sie fallengelassen wie eine heiße Kartoffel.«
»This tender butterfly with dark brown eyes.«
»Du warst in sie verliebt.«
»Glaub' nicht.«
»Sie war's nicht wert!« verlangte Reina in einem Ausbruch von plötzlichem Haß.
»Glaub' doch. – Wie geht's ihrer Schwester?«
»Sie und die Mutter haben noch Arbeit. Der Vater ist gleich nach dem Antrag entlassen worden. Bis auf mich haben sich alle Freunde abgewandt. Siegbert hatte ja schon Probleme, und einer von denen hat ihm gesagt, wenn er die Beziehung zum Fräulein Winkler nicht abbricht, können sie für nichts mehr garantieren.«
»Will er immer noch zur See?«
»Ja. Damit haben sie ihn in der Hand. Er studiert jetzt Pädagogik, Sport/Geographie.«
»Siegbert ein Lehrer! Und seine vier Jahre Verpflichtung?«
»Hat er widerrufen. – Alle ihre Freunde haben sich abgewandt. Als wäre sie aussätzig! Und ich? Was soll ich machen? Sie sagen mir offen, daß ich die Beziehungen abbrechen soll.«
»Dann tu's doch. Sie ist doch eh irgendwann draußen. Und was hat's dir dann genutzt, wenn Verena weg ist und du ohne Studienplatz dastehst.«
»So denkst du wirklich? Du?«
»Ich weiß nicht, was ich denke. Ich weiß nicht, was wird.«
»Du kannst nicht wirklich so denken. Siegbert, ja. Aber du nicht. Und du weißt das. Nur aus Widerspruchsgeist gibst du dich so zynisch. Aber du bist nicht so.«
»Wieso nicht? Hat doch einiges für sich, was ich sage. Übrigens

weiß ich selbst nicht, wie ich bin. Aber du willst es wissen. Wir haben uns lange nicht gesehen, und es war eine Zeit –«

»Was meinst du damit – du weißt selbst nicht?«

»Es gibt Situationen, Entscheidungen, die man fällen muß … Aber es kam anders, und man ist überrascht. Vielleicht war man feiger, als man glaubte zu sein. Vielleicht dachte man ein ehrenwerter Mensch zu sein, der weiß, was sich gehört, und daß er gewisse Dinge niemals tun würde – und dann liest er doch heimlich in fremden Tagebüchern. – Wie war's eigentlich bei meinen Eltern? Warum hast du sie besucht?«

»Ich habe dieses praktische Jahr gemacht, in einer Klinik. Eine kleine Klinik. Dort habe ich Dinge gesehen … Wir hatten keine Spritzen. Dann hatten wir sie doch: Patienten sind in den Westen gefahren und haben Spritzen, Verbandsmaterial von dort mitgebracht. Sie fahren in den Westen und kaufen sich ihre Insulinspritzen, die Kanülen von dort, damit wir sie ihnen hier geben können. Wir haben sozialistische Hilfe in einem Pflegeheim gemacht. Keine Schwestern da, die Alten lagen in ihren Windeln, die keiner gewechselt hatte. Einen Pfleger gab's, der ging über die Stationen und sagte: Wer Westgeld hat, dem wisch' ich die Scheiße ab. Sagte: Die alten Knacker kommen doch rüber, ich nicht. Es gibt Betten und ganze Krankenstationen nur gegen Devisen. Dein Vater hat das bestätigt. Er hat's mir erklärt: Das Gesundheitswesen schafft ja keine Devisen, hat aber Auflagen vom Staat, der Devisen dringend braucht, und da müssen sie eben das verkaufen, was da ist –«

»Ja, davon haben wir in der Schule nichts gehört.«

»Swetlana ist in die Sowjetunion gegangen. Hier gäb's kein Feuer mehr, nur noch Asche. Sie konnte es nicht mehr ertragen, die Müdigkeit überall, die Bürokratie.«

»Und das Feuer sucht sie nun bei den Freunden. Könnte sie Glück haben, welches zu finden. In Tschernobyl hat's ja kürzlich ein schönes gegeben.«

»Du bist sehr zynisch geworden. So kenne ich dich gar nicht. Ich weiß, Swetlana … war speziell. Mir hat sie eher leid getan.«

»Ich glaube, sie hätte nichts dabei gefunden, Jens oder Falk anzuzeigen, wenn die so unvorsichtig gewesen wären, ihre wahre Meinung vor ihr zu sagen.«

»Kennst du Swetlana?«
»Sag' bloß, das hätte sie nicht gemacht.«
»Sie hat dich geliebt.«
Christian schwieg.
»Du hast oft in der Schulbibliothek gelernt.« Reina lächelte. »Arrogant warst du wie ein Enterich. Und herablassend. Swetlana hat dir einen Liebesbrief auf die Staffeleitafel geschrieben, ich sollte ihn auf Rechtschreibfehler durchsehen. Ich fand den Brief irgendwie … unpassend. Für sie unpassend. So kniefällig und gleichzeitig lehrerinnenhaft … Kurz bevor du kamst, hat sie alles weggewischt.«
»Und jetzt ist sie in der Sowjetunion und hofft auf weniger Bürokratie. Oh ja.«
»Schnürchel hat ihr einen Studienplatz in Leningrad vermittelt, für Russischlehrer. Sie hat wohl auch jemanden kennengelernt. Ich habe trotz allem Achtung vor ihr, denn für sie ist das nicht nur … Redensart. Sozialismus. Und daß es allen Menschen gutgehen soll. Hast du dich nie gefragt, weshalb sie im Internat war – und ihre Familie im Nachbardorf? – Die Mutter Alkoholikerin, der Vater das gleiche – und hat geprügelt. Sie hatte sechs Geschwister, und für die war Swetlana die Mutter.«
»Und, warum erzählst du mir das? Was soll ich mit dieser sentimentalen Geschichte? Was willst du mir beweisen? Daß ich ein Arschloch bin? Komisch, das wollte Verena auch schon. Daß ich zu schnell mit meinen Urteilen bin? Hat schon mein Onkel angedeutet. Willst du mich erziehen? – Alle wollen sie immer nur – erziehen!« schrie Christian. »Erzieht euch doch selber!«
Ein Tobsuchtsanfall war ein Aufbrechen, die Sprengung einer Kruste, Hitzesprudel schossen durchs Blut, eine finstere Elektrizität schien von einem Generator bis in die Fingerspitzen geschwemmt zu werden, lud sie mit Kraft und Wahn, spitzte den Blick auf ein einziges, mit einem Messerstich oder Faustschlag oder Axthieb zu erledigendes Ziel – vor dem Kompaniechef hatte Christian die Panzeraxt gehoben. Er spürte, wie der Anfall kam, auch dies ein Hoffmannsches Erbe, Richard konnte zum Fürchten jähzornig werden, Christian hatte Großvater Arthur gesehen, wie der in rasender Unzurechnungsfähigkeit mit einem Fleischwolf die Wohnzimmerscheibe einschlug, tobend,

brüllend, Emmy hatte er mit Wäscheklammern beworfen. Christian zerrte Reina in einen Hausflur, biß sie in die Hand, küßte die Bißstelle dann. Die Achselhöhle! dachte er, du wolltest ihre Achselhöhle zuerst küssen! Daraus war nun nichts geworden. Im Hausflur lag Schutt, Putzreste hatten helle Rieselkegel auf dem Boden gebildet. Er mußte lachen, als er Reina protestieren hörte. Wie weich sie war, ihre Arme, ihre Wangen – so weich. Vom Hinterhof, wo die Mülltonnen standen, fielen Sonnensplitter ein, kamen aber nur bis zu einem völlig verrosteten Fahrrad. Blindwütiges Begehren. Mit ihr ausgehen. Mit ihr reden. Reina weinte. Er bemerkte, daß er den Beutel mit den Alpenveilchen gegen sie preßte. Irgendwo oben im Haus schlug eine Tür. Er stieß Reina von sich, sie rutschte langsam die Wand hinab, blieb kauernd, mit weggewandtem Gesicht, weinte aber nicht mehr. Er sah vor sich, wie er sich im Spiegel nackt betrachtet hatte: die pustelübersäte, ekelerregende Haut, die sich nach Berührung sehnte und sie fürchtete. Er trat ein Putzhäufchen flach, wartete, unschlüssig, was nun geschehen würde. Er würde wieder Entschuldige, bitte, sagen müssen, und dann gehen, hatte aber keine Lust dazu.

59.
Die Kristallwohnung

Als Richard Nachtdienst hatte, das Telefon klingelte und er sich mit einem Sanitäter und dem Fahrer auf den Weg machte, erinnerte er sich an die Wohnung, in der sein emeritierter Chef den Ärzten und einigen Schwestern – den altgedienten Frontpferden, wie Müller zu sagen pflegte – ein Abschiedsessen gegeben hatte; diese Wohnung, die ganz aus Kristall zu bestehen schien, schon die Eingangstür empfing mit Palmen und einem Paradiesvogel, die ins Mattglas geschliffen waren, Kleiderständer aus Glas, wasserklare Spiegel, Vitrinen mit Glasblumen von Blaschka & Blaschka zu Dresden, die zoologische und botanische Sammlungen von Harvard bis Wien mit ihren fragilen, mundgeblasenen Kunstwerken beliefert hatten, die Pusteblumen-Schwerelosigkeit von Eucalyptus globulus,

das Telefon klingelte, die Schwester in der Notaufnahme reichte ihm den Hörer: »Frau Müller, für Sie, Herr Oberarzt«,
oder Kugelalgen, weit ins Sichtbare vergrößert, strahlige, zerbrechliche Skizzen, Richard fühlte sich an die Mikroskopiekurse im Studium erinnert, »Eucalyptus globulus, Heimat Australien und Tasmanien«, hatte Müller, ein Glas Wasser mit Eisstücken schüttelnd, erläutert,
»Ja? Hoffmann«,
»Ja«, sagte Edeltraut Müller,
und als Richard noch nach einer Formulierung suchte, die Was gibt's, Was kann ich für Sie tun weniger jovial ausdrückte, sagte sie »Kommen Sie«,
Müller hatte mit dem Siegelring die Lippen nach dem Trinken betupft, und Richard war von der üppigen Klarheit dieser Wohnung, dem Willen zur Durchsichtigkeit verwirrt gewesen, darüber, daß Müller nun so etwas wie ein Stellvertreter der beiden Blaschkas war, er sprach für sie, und für Richard paßte es nicht zusammen: die cholerische Regentschaft Müllers in der Klinik, der verachtungsvoll rabiate Schnitt, mit dem er die Bauchdecken seiner Patienten öffnete, das schweigende, energische Vordringen in die Tiefe, an allem interesselos vorbei, was *keine Rolle spielte* – und diese Glas-Anemonen, Süßwasserpolypen, Kakteen mit Katzenzungen-Blüten, Schwertlilien in Tänzerinnenposen; Präparate aus gehärteter, gehörloser Zärtlichkeit im biegsam-aerosolleichten Fluid, das aus den Bleikristallüstern und Wandkandelabern wie aus Zerstäubern sprühte, und Müller, erinnerte sich Richard, wandte sich verlegen, vielleicht auch furchtsam ab bei Komplimenten, augenbrauenhebenden Schätzungen des Werts dieser kristallenen Druse, als wäre seine Selbstsicherheit in der Klinik nur eine zur Schau gestellte gewesen, als wären Durchsetzungsvermögen und Entscheidungskraft bezweifelbar, wenn der, der sie hatte oder zu haben beanspruchte, in einer Wohnung aus Wasserlicht, sprossender Stille und Glasblumen lebte, und vielleicht hatte Müller es bereut, die Kollegen eingeladen zu haben, hatte es insgeheim bedauert, dem Brauch, einen Ausstand zu geben, nicht in der Klinik Genüge getan zu haben – oder überwogen Eitelkeit und Prahlbedürfnis die Vorsicht; dieses Jetzt-darf-ich-ich-sein,

meine Damen und Herren, dies Bitte schön, da habt ihr mich, wie ich im aktiven Dienst nie wollte, daß ihr mich kennt, aber jetzt ist alles anders, jetzt bin ich pensioniert und euch entronnen, jetzt kann ich machen, was ich will, sogar straflos angeben, und aus Erleichterungsfreude darüber lade ich euch ein, mir bei eurer kleinen, angenehmen Niederlage Gesellschaft zu leisten?,
als Richard sich auf den Weg machte und sie im SMH-Barkas zur Schlehenleite am Elbhang oberhalb des Blauen Wunders rasten, hatte er Assistenzarzt Grefes Worte im Ohr, der im wehenden weißen, schon etwas zerzausten Habit des Diensthabenden aus einem der Patientenzimmer der Notaufnahme gekommen war, noch Gipsreste an Unterarmen und Handrücken: »Die Chirurgenkrankheit, Herr Oberarzt, Rente – und aus?«,
»Kommen Sie«,
aber die Stimme hatte ruhig geklungen, beherrscht, nicht gepreßt und für den Notarzt um Fassung bemüht, wie es in den Diensten sonst oft vorkam,
Richard erinnerte sich an die lange Tafel mit dem Professor zu Häupten, der nun ein Emeritus war, seine einladenden, entspannten Gesten, und wie Trautson mit der Gabel gegen ein Glas schlug, um Ruhe bittend für eine Rede, unter dem einzigen Gemälde in der Wohnung, der Darstellung eines Brots,
»Ich weiß nicht, Herr Grefe, Ihre Tante hat nichts als ›Kommen Sie‹ gesagt, kann Sie jemand hier ablösen?« Aber Herr Grefe wurde schon zum nächsten dringlichen Fall gerufen,
Richard erinnerte sich in den Drehzahl-Stenokardien des Motors, im Keuchhustengetucker, wenn der Fahrer im Anstieg schaltete und Zwischengas gab, an dieses in Öl gemalte Brot an der Wand über dem Kopfende der Tafel, ein Brot, groß und knarrend (so präsent wirkte es) wie ein Kutschenrad, lässig bestaubt mit verschwenderischen Überschüssen von Mehl, das sich neben dem Brot, auf der Ofenschosse, in teils absolutistisch spitzen Kegeln, teils zerwühlten Massen häufte, als hätte der Maler (seltsamerweise dachte man nicht an den Bäcker) mit Fäusten hineingegriffen; ein Brot mit seesternförmig aufgeplatzter Kruste, und aus den Rissen quoll der weiche, nahrhaft dampfende Teig, der dem braunen (chitinbraunen, eichelbraunen,

kontrabaßbraunen, baumstammbraunen, steinbraunen) Knust stotternde Umrisse verlieh, Grate auszackte, hier eine Platte hob, die beim Zubeißen splittern würde, da einen Tumor aus Ranft und dünnetzig von Krume umzogenen Poren wölbte, der an die Auftreibungen an knorrigen Buchen erinnerte,
»Brot, Herr Hoffmann. Nichts als Brot, immer nur Brot hat der Mann gemalt. Es war gewissermaßen seine Spezialität, und auch, wenn es etwas Komisches hat, stur ein einziges Sujet zu malen, so hat er es doch darin zur Meisterschaft gebracht, wie Sie zugeben werden. Der König der Brote«,
»Doch ein König immerhin«, unterbrach Dreyssiger mokant,
»Dieser König ist wahrhaft mächtig, Sie kennen den Krieg nicht, junger Mann«,
erinnerte sich Richard, bevor Niklas Tietze ihm die Müllersche Wohnung öffnete, vielmehr ihm die Tür aufschob gegen zertrümmertes Glas, das unter Schritten knirschte und knackte, Richard sah Niklas' Stethoskop durch die Lücken zwischen einzelnen noch im Rahmen der Eingangstür steckenden Splittern, dann sein Gesicht, gezackt von Fragmenten des Paradiesvogels und in Eiszapfenscherben herabhängenden Palmwedeln, sah, beobachtet von schweigenden Nachbarn, Niklas' Hände, die Fliege, den Sonntagsanzug, den er trug, wenn er Dänes »Freundeskreis Musik« besuchte,
»Ja«, sagte Niklas, »sie hat uns geholt, wir hatten Mozart gehört und … sie hat es ja nicht weit, und wir hatten uns noch verplaudert«,
»Was ist passiert?« Richard sah die Trümmer, die zerschlagenen Spiegel, den in Stücken liegenden Kleiderständer, die vom Licht einzelner übriggebliebener Glühbirnen tausendfach aufschießenden Kristallscherben,
»Er hat einen Brief bekommen mit der Aufforderung, alles zu deklarieren«, sagte Niklas, winkte Sanitäter und Fahrer, die sich mit der Trage den Weg durch die rasch gewachsene Menge Neugieriger gebahnt hatten, nach hinten,
Rechtsanwalt Joffe kam aus einem Nebenzimmer, suchte kopfschüttelnd und zögernd, er trug karierte Hauspantoffeln, Lücken zwischen den Scherbenmassen,
»Kriminalpolizei und Gerichtsmedizin sind verständigt, hier

muß alles abgesperrt werden, mehr konnte ich leider nicht tun, Herr Hoffmann, ich bin ja kein Fachmann für so etwas«,
»Neununddreißig Ampullen Alt-Insulin«, sagte Edeltraut Müller, »Doktor Tietze hat ihm sofort Glucose i.v. gegeben, aber ich fürchte, wir sind zu spät gekommen«, und klopfte an eine Spritze, pumpte eine Blutdruckmanschette auf, die um Müllers rechten Oberarm lag, suchte mit dem Stethoskop in der Armbeuge und ließ die Quecksilbersäule über die Rändelschraube langsam ab, während Richard mit einer Stablampe die Pupillenreaktion prüfte: beidseits lichtstarr; Atmung, Puls, Kreislauf prüfte und die beiden Nierenschalen musterte, in der linken die erbrochenen Ampullen und zwei Ampullensägemesser, eine Kompresse; in der rechten die Glasspritze mit noch aufgesteckter Injektionskanüle,
»Er wußte, daß ich zum Freundeskreis Musik gehe, Doktor Hoffmann, und daß ich mehrere Stunden weg sein würde, die Nachbarn über uns waren auch nicht da, und im Stockwerk darüber dürfte der Lärm schon nicht mehr so gut zu hören gewesen sein«, sagte sie, und pumpte die Blutdruckmanschette wieder auf,
»das Schreiben, der Brief«, sagte sie,

»Sehr geehrter Herr Hoffmann: Die Ampullen Alt-Insulin stammen aus dem Bestand der Chirurgischen Kliniken, klären Sie das doch bitte mit der Verwaltung und mit Oberschwester Henrike.
Liebe Edeltraut: Ich dachte mir, sie sollten die Wohnung nicht haben. Bezüglich der Beerdigung bitte keine unnötigen Umstände. Mit Herrn Pliehwe, VEB Dienstleistungskombinat, Bestattungsinstitut ›Erdenfahrt‹, habe ich die notwendigen Regelungen getroffen. In betreff Deiner Witwenrente wende Dich bitte ans Rektorat; Herr Scheffler wird Dir behilflich sein. Ich habe einundvierzig Jahre gute Arbeit geleistet. Als Kommunist und als Arzt. Das ist nicht der Sozialismus, von dem wir träumten.«

drehte die Stethoskopmembran, nahm die Ohroliven mit einer Hand ab, so daß sie zusammenprallten, pumpte die Manschette nach, ließ den Quecksilberstab im Druckmesser schrumpfen,

hatte aber vergessen, sich die Ohroliven wieder einzusetzen, pumpte wieder, der Hakenverschluß der Manschette hatte sich gelockert, so daß sie sich asymmetrisch blähte,
»Und«, sagte Niklas, die Augen auf den kaputten Vitrinen, den zerschmetterten Glasblumen, dem Hammer, mit dem Müller die Kristalltropfenbehänge der Lüster auf dem Fußboden zerkleinert hatte,
»Neununddreißig Ampullen«, sagte Edeltraut Müller, »er hat sie in eine Urologenspritze aufgezogen, sehen Sie nur«,
gewiß der himbeerrote Wulst seiner Lippen, gewiß konzentriert die Augen, als er die Ampullen ansägte, ihnen, die Kompresse zwischen Glas und Finger, die Hälse brach, gewiß die Uhubrauen zusammengezogen, die lüpfende Bewegung des Fingers, kühles, professionelles Arbeiten, Alt-Insulin wirkte schnell,
»Sie haben gewartet, bis er in Rente geht«, sagte Edeltraut Müller,
Polizisten stakten über Glasreste, der diensthabende Gerichtsmediziner nickte Richard zu, der Edeltraut Müller auffing, bevor sie in die Scherben neben der Leiche ihres Mannes fiel.

60.
Reise nach Samarkand

Sollte ich jemals / diesen meinen feierlichen Fahneneid verletzen, / so möge mich die harte Strafe der Gesetze / unserer Republik und die Verachtung / des werktätigen Volkes treffen

FAHNENEID DER NATIONALEN VOLKSARMEE

»Zügig!« Schlückchen nickte barsch; Christian und Pfannkuchen folgten ihm durch den leeren, durchgeblockerten Kompanieflur. Die Schritte hallten. Muska stand UvD, grüßte, die blauen Augen weit aufgerissen. Fern, dachte Christian, der ist schon weit weg. Für den sind wir schon unberührbar. Er summte leise vor sich hin. »Schnauze, Hoffmann«, befahl Schlückchen. Das Bataillonsgebäude lag öde, die Kompanien hatten Ausbildung. Draußen war das Licht so stark, daß Christian niesen mußte.

»Zügig!« Schlückchen stieß ihn vorwärts wie etwas, vor dem man sich ekelt, das namenlosen Abscheu einflößt. Pfannkuchen brauchte er nicht zu ermahnen. Der war still geworden, das schiefe Grinsen war ihm vergangen. Auch er hatte etwas gesagt. Er hatte Christian die Axt aus der Hand genommen und »Aber recht hat er« gesagt. Unter anderem. Aus den Fenstern des Med.-Punktes grinsten Leute. Es roch nach Frühling; das frische Grün an den Bäumen tat den Augen gut. Auf dem Exerzierplatz ging es »Links um! Rechts um! Rechts schwenkt – marsch!« mit den neuen Soldaten, vom Technikpark drang Motorenlärm, vor der Küche wurden Essenkübel verladen.

Ermittlung. Übergabe an den Offizier vom Dienst im Stabsgebäude. In der ersten Etage warteten sie vor einer vergitterten Tür. Christian und Pfannkuchen wurden von einem Mann in Zivil getrennt verhört.
»Sie haben Ihren Platz in der Gesellschaft noch nicht gefunden, Hoffmann. Sie sind ja noch jung.«

»Das Problem ist nicht, was Sie getan haben, sondern was Sie gesagt haben. Sie haben Vertrauen verletzt. Es geht hier nicht um den Tod des Genossen Unteroffizier Burre, der ist natürlich bedauerlich. Wir werden das untersuchen, das versteht sich von selbst. Aber hier steht das nicht zur Debatte! Das ist ein vollständig anderer Fall. Das untersuchen wir getrennt. Nein, Hoffmann, Sie und Ihr Kumpan Kretzschmar, den wir kennen, ganz gut kennen, Sie haben Bemerkungen gemacht. Sie haben uns verleumdet. Haben öffentlich unseren Staat angegriffen! Aber das kennen wir schon … Schädlinge. Alle beide. Sie haben Vertrauen verletzt und Zersetzung betrieben. Unseren Staat zu verleumden! Das ist das Schlimmste.«

»Sie haben uns öffentlich herabgewürdigt, Hoffmann. Das wird Folgen haben.«

»Wir kennen Sie auch, ach ja. Sie und Ihre nette Familie. – Ach, wissen Sie nicht? Na, Sie haben doch eine Schwester. Ihr sauberer Herr Vater geht fremd in seiner Freizeit. Das wissen Sie nicht.

Aber wir wissen es. Der bumst Ihre Freundin, das Fräulein Kossmann. Aber von der ist Ihre Schwester nicht. Halbschwester, um korrekt zu sein. Sindse baff, was? Könnse mal sehen.«

»Glauben Sie nicht, daß wir Sie kennen? Im Wehrlager mit Besonderem Vorkommnis auffällig. Mit juristischen Winkelzügen vom Herrn Rechtsanwalt aus der Schlinge gezogen. In der POS schon auffällig. Auf der EOS haben Sie folgendes gesagt … Aber das ist ja klar. Moralisch verkommen. Und so was wie Sie lassen wir studieren, so was wie Sie mißbraucht unser Vertrauen! Ich wage es gar nicht in den Mund zu nehmen, was Sie gesagt haben. Das lesen Sie selber vor. Na los, zieren Sie sich nicht! Das etepetete Bürgersöhnchen rauskehren, was? Und ein Vorkommnis nach dem anderen bauen … Wir haben's schriftlich, von Zeugen bestätigt. Na los, lesen Sie!«
»So was ist nur in diesem Scheißstaat möglich«, las Christian mit stockender Stimme.
»Da haben Sie Ihre Sprache plötzlich wiedergefunden, was? – Aber Sie sind ja noch jung. Es ist noch nicht alles verloren. Sie haben auf der EOS zusammen mit einer gewissen Fieber ein tolles Karl-Marx-Porträt angefertigt, im Karl-Marx-Jahr. Da zeigt sich die gute Wurzel bei Ihnen. Das ist der Einfluß Ihrer Mutter, die ja aus einer illustren Familie stammt. Das ist das Erbe Ihrer revolutionären Großmutter, die für die gerechte Sache gekämpft und gelitten hat. Da ist guter Wille vorhanden, da ist in Ihrem Blut noch nicht alles verdorben.«

Strafgesetzbuch § 220
ÖFFENTLICHE HERABWÜRDIGUNG
(1) Wer in der Öffentlichkeit die staatliche Ordnung oder staatliche Organe, Einrichtungen oder gesellschaftliche Organisationen oder deren Tätigkeit oder Maßnahmen herabwürdigt, wird mit Freiheitsstrafe bis zu drei Jahren oder mit Verurteilung auf Bewährung, Haftstrafe, Geldstrafe oder mit öffentlichem Tadel bestraft.

Die Wache führte Christian in Richtung Kontrolldurchlaß. Er verließ die Kaserne nicht; es ging in den Wachraum. Eine der Arrestzellen wurde aufgeschlossen. Christian sah: ein Viereck, des-

sen hintere linke Ecke von Sonnenlicht abgeschnitten war; eine hochgeschlossene Pritsche, ein Hocker. Christian drehte sich zum Posten um, aber der schüttelte den Kopf: Nicht sprechen. Der Posten schloß hinter Christian ab, er gab sich Mühe, nicht zuviel Lärm zu machen. Christian setzte sich. Die Wände waren mit schlammgrauer Ölfarbe gestrichen. IM BAU, dachte er. Nun bist du also hier. Was werden sie tun? Was wird passieren? Sie sagen nichts. Von draußen hörte er die Stimmen der Ausbilder: »Rechts um! – Links um! Im Lauf-schritt: marsch!« Stiefelgetrampel, hin und wieder ein gebrülltes Kommando. »Regiment: Achtung!« Da war der Regimentskommandeur gekommen, und der Offizier vom Dienst erstattete Meldung. Motorengebrumm. Von draußen, aus der Wache, das übliche Blabla vor und nach dem Wachaufzug, das Klirren von Metall, wenn sie die MPis, die Koppel, die Kochgeschirre ablegten. Abends grölten betrunkene Soldaten aus den Nachbarzellen. »He, Kumpel, warum haben sie dich eingebuchtet?«
»UE.« Unerlaubte Entfernung, dachte Christian. Unerlaubt. Entfernung. Moralisch verkommen. Sie haben eine Schwester. »Und du?« Das galt Pfannkuchen.
»He – kannst du's Maul nicht aufmachen?«
»Halt die Schnauze.«
»Und du, Kumpel?« Das galt Christian. Er saß auf dem Hocker und hörte es wie von fern. Er antwortete nicht. Die Soldaten fluchten. Pfannkuchen und Christian blieben drei Tage in der Arrestzelle, Freitag, Sonnabend, Sonntag. Zu essen bekamen sie im Wachraum, aus dem Kochgeschirr. Sonntags ein Stück Kuchen. Wollten sie zur Toilette, mußten sie rufen. Die Sonne wanderte in schmalen Streifen durch die Zelle, von links nach rechts, die Streifen wurden gegen Abend länger, dünnten aus, ein Streifen blieb übrig, verschwand über der Kante des Klapptischs. Christian saß die meiste Zeit auf dem Hocker, abends konnte er die genaue Kenntnis der leichten Dellen, Buckel, Risse im Holz, der von den Griffen der Vorgänger (Hände unter die Oberschenkel) geglätteten Stellen nicht mehr ertragen. Trotzdem war es ihm wichtig, dieses kleine Quadrat kennenzulernen, auf dem er saß, auf dem er nach einigen Stunden Sitzen Schmerzen spürte – schau genau hin, das hatten ihn Meno

und Richard gelehrt. Auf die Pritsche konnte er sich tagsüber nicht legen. Um achtzehn Uhr läuteten die Glocken vom Grüner Kirchturm; Christian hatte dieses Glockenläuten noch nie wahrgenommen. Dann legte er sich auf den Fußboden, so nah wie möglich an die Heizung und ihre lauwarmen Rippen. Fünf Rippen. Farbe: Elfenbein auf Silikoneinbrennfarbe (silbern). An 117 Stellen war sie abgeplatzt, an keiner dreieckig. Das Fenster war erreichbar.

Transport. »Hoffmann, Kretzschmar, ich weise Sie darauf hin, daß ich von der Waffe Gebrauch machen muß, wenn Sie Widerstand leisten.« Schlückchen tippte gegen die Pistole am Koppel. »Einsteigen.« Ein umgebauter militärgrüner Barkas, Klappsitze, Gitter zwischen Fahrer und Laderaum.

Haftrichter. Solche Worte lernte man hier. Haft. Haften, abheften, wie ein Heftelmacher. Das haftet dir an. Dafür wirst du haften. Haftbar machen. Klebstoff. Der Frosch in der Milch ist nur eine Fabel. Kann nicht schwimmen, soll ersaufen. Strampelt aber, bis die Milch zu Butter. Bekam einen Klumpen, auf dem er haftete. Entsprang.
»Der Haftrichter erwartet Sie.« Sie gingen nicht über die Brücke, über den Hof mit dem Denkmal und dem Wächter davor; sie näherten sich der Kohleninsel von der Sperrzone aus. Eine Zivilangestellte winkte den Transport mit einer freundlichen Geste durch, nachdem sie *die Personalien erfaßt* und über ein schwarzes Scherentelefon *durchgegeben* hatte.
»Postenbegleitung.« Ein Oberleutnant übernahm. Am Kontrolldurchlaß öffnete sich die Schranke. Von den Fördertürmen wehte Kohlenstaub durch die frühlingsmilde Luft. Ein großer Hof, Betonplatten, in weißlackierten Traktorreifen waren Stiefmütterchen *zur Blüte gelangt*, wie der Oberleutnant Schlückchen bedeutete, den er beim Vornamen nannte. »Na, wen bringst du uns denn heute.«
»Zwozwanziger.«
»Schwierigkeiten?« Der Oberleutnant tippte an Handschellen, die er am Koppel trug.
»Nee. Kretzschmar, hier«, er stukte Pfannkuchen, der apathisch

und mit gesenktem Kopf vor Christian trottete, in die Seite, »hat schon was auf 'm Kerbholz. Hat auch die große Klappe, aber nischt dahinter. Guter Fahrer, um den is' schade.«
»Na, so«, sagte der Oberleutnant in den schrillen Pfiff der Schwarzen Mathilde. Der Hof war von einem Stacheldrahtzaun umgeben. Auf einer der Betonplatten lag eine Blüte. Christian bückte sich, bekam sie zu fassen: eine der Apfelblüten vom Elbhang drüben, aus den italienisch anmutenden Gärten. Er bekam einen Stoß, krümmte sich, nach Luft schnappend, nach vorn. »Noch mal, und es hat Konsequenzen«, sagte der Oberleutnant. Flure, katakombisch. Christian roch: abgestandene Luft, er sah nirgendwo ein Fenster. Stiefelschritte hallten. Metallklirren, scharfe Kommandos, rhythmische Stockschläge an Gitter, Anrufe über größere Entfernungen, Signale? regelmäßig – als ob einzelne Transporte einander aus dem Weg gehen wollten. Die Flure waren in der unteren Hälfte schwarz, in der oberen gelb lackiert. In regelmäßigen Abständen gab es Knöpfe an den Wänden. Die Decke bestand aus Kreuzgewölben, aus den Schnittpunkten der Bögen hingen nackte Glühbirnen.
»Halt.« Eine Stahltür mit einer Nummer.
»Der Genosse Major ist gerade zum Mittagessen«, sagte die Sekretärin.
»Dann findet jetzt auch das Einnehmen Ihrer Mahlzeiten statt«, beschied der Oberleutnant Christian und Pfannkuchen. »Verpflegungsbeutel – öffnen!« Sie hatten die Verpflegungsbeutel vor dem Transport bekommen, der Wachtposten hatte ihnen zugeraunt: »Eßt alles auf, Haftrichter kann lange dauern.«
Noch während sie aßen (im Stehen), trat ein Major aus der Tür. Der Militärrichter, nicht der Haftrichter.
»Achtung!« brüllte der Oberleutnant. Christian und Pfannkuchen wußten mit dem Essen nicht wohin, als sie versuchten, Haltung anzunehmen. Der Militärrichter nahm es jovial. Er verlas ihre Namen. Danach hießen sie *die Beschuldigten*. »Die Beschuldigten sind verdächtig, Straftaten nach Paragraph Zweihundertzwanzig Strafgesetzbuch begangen zu haben.« Er verlas den Wortlaut des Gesetzes. »Von den Untersuchungsorganen wurde nach eingehender Prüfung der Sachlage ein Haftbefehl ausgesprochen. Der Haftbefehl wird begründet mit Fluchtgefahr.«

Da mußte Christian lachen: Fluchtgefahr. Er trug die Uniform der Nationalen Volksarmee. Ja, wenn er hätte fliegen können. Da flog er schon, sah einen Gummiknüppel erhoben.
»Genosse Oberleutnant«, sagte der Militärrichter, »ich darf um korrektes Verhalten gegenüber den Beschuldigten bitten.«
Der Haftrichter kam schlendernd vom Mittagessen, unterhielt sich mit zwei Kollegen über Gartenbau, Probleme bei der Kürbiszucht. Er nickte ins Zimmer, ohne jemanden anzusehen. Christian hatte hinter einer Holzschranke stehenzubleiben, sah auf angegraute Gardinen, einen Behörden-Standardschreibtisch, Aktenschränke. Statt des Lächel-Porträts des Genossen Generalsekretärs hing das grimmige des Vorsitzenden des Ministerrats an der Wand über dem Stuhl des Haftrichters, daneben eine Urkunde »Vorbildliches Kampfkollektiv im sozialistischen Wettbewerb«. Ein Gummibaum-Senker stand auf dem Fensterbrett, daneben ein kupfernes Gießkännchen. Der Haftrichter hörte Christians Gestammel um Entschuldigung, um Soll nicht wieder vorkommen, Das habe ich nicht so gesagt, Das habe ich nicht so gemeint, ruhig an.
»Sie haben das Recht zur Beschwerde. Für die Zeit der weiteren Ermittlungen wird Untersuchungshaft angeordnet.«

Militärstaatsanwalt. Treppen, Flure, nackte Glühbirnen. Dieser Teil der Kohleninsel schien mit den Verwaltungen und Behörden nicht oder über verborgene Gänge in Verbindung zu stehen. Christian hatte bei Abgabe seines Personalausweises, am Tag, als er den Wehrdienstausweis, dies graue Dokument mit erbsbreigelben Seiten, dafür erhalten hatte, schon einmal in der Zentrale mit den Buchstabenschaltern, dann in der Rotunde mit den Skulpturen gestanden – diese Flure jedoch, durch die sie von dem Oberleutnant zielsicher geführt wurden, schienen älterer Zeit anzugehören. Die Plattenbauten oben, am Tageslicht, hatten dieses Labyrinth nicht vermuten lassen, es mußte tief in den Berg zweigen, und manchmal, wenn der Oberleutnant nach einem Postenanruf zu halten befahl, glaubte Christian, Hämmer pingen und ferne Sprenggeräusche hören zu können. Dann tickte etwas, regelmäßig, es klang wie ein langsam gestelltes Metronom, die Wände der Kellerflure schienen es von weither zu

leiten. Aber waren es Keller? Er konnte sich schon seit einiger Zeit nicht mehr orientieren. Die Gänge waren fensterlos. Dann ging es tief hinunter, über eine Wendeltreppe, die Christian schwindlig machte; hin und wieder gab es eine Gittertür, vor der der Oberleutnant zu warten befahl, kurz darauf kam jeweils ein Schließer. Die Schließer trugen dunkelblaue Uniformen, Christian hatte diese Uniformen noch nie gesehen, dachte: Marine, was macht die Marine hier? Sie kamen in ein Gewölbe, es mußte weitläufig sein, der Schein der Glühbirnen leuchtete es nicht aus. Stahltüren gingen ab. An einem Schreibtisch unweit der Treppe saß ein weiterer Major, er schien im Alter der beiden anderen Majore zu sein; Dienstalterbeförderung, korrektes Nach-vorn-Sitzen. Korrekt, dachte Christian. Sie sind hier offenbar korrekt. Der Oberleutnant erstattete Meldung. Der Major nickte, spannte Papier in die schwarze Schreibmaschine vom Typ Erika. Er nickte Christian zu, wies auf einen Schnellhefter vor sich. »Ich habe die Unterlagen studiert. Ich mißbillige Ihr Verhalten. Ich muß ein Ermittlungsverfahren gegen Sie einleiten.« Er nickte dem Oberleutnant und Schlückchen zu, die mit Pfannkuchen in einen Raum neben der Treppenmündung gingen. Der Major las eine Aussage vor: »Das sollen Sie gesagt haben. Wir wissen, wie das mit Zeugen manchmal so ist. Nun, junger Freund, wie war's denn wirklich. Wir wollen doch die Wahrheit ans Licht bringen.«
Der Major tippte Christians Antworten mit, es ging mühsam im Zweifingersystem. Er benutzte zur Fehlerkorrektur eine weiße Paste, die er mit einem Pinselchen über die falsch geschriebenen Stellen strich. »Also, der Reihe nach, junger Freund. Da haben wir also zuerst diesen Satz: ›Sie Schwein, Sie verdammtes Schwein!‹ Haben Sie das so gesagt?«
»Ich habe gesagt: Sie Schwein, Sie elendes Schwein, Genosse Major.«
»– e l e n d e s Schwein«, tippte der Major. »Das muß schon korrekt sein. So, das wäre geklärt, Punkt eins. Punkt zwo: ›Sie haben ihn in den Tod geschickt, Sie haben ihn auf dem Gewissen, es waren fünf Sekunden zuwenig.‹«
»So genau kann ich mich nicht mehr daran erinnern, Genosse Major.«

»Na, versuchen Sie's mal. Das ist wichtig.«
»Ich habe das doch nicht so gemeint … Das ist mir einfach so rausgerutscht, die Situation, Genosse Major …«
»Da brauchen Sie doch nicht zu heulen. Das verstehe ich ja. Wir waren alle mal jung. Und wir sind ja schließlich alle nicht ohne Leidenschaften, nicht wahr. Aber – der Klassenstandpunkt, junger Mann, der hat bei uns immer gestimmt. Das ist der Unterschied. Wir haben mal einen gesoffen, wir haben beim Bauern auch mal Eier gemaust, wir waren hinter Röcken her. Das ist die Jugend! – Haben Sie das nun so gesagt oder nicht, Hoffmann? Kommen Sie! Beruhigen Sie sich! Ich will heute nämlich noch nach Hause, und Sie sind nicht der letzte.«
»Ich glaube … Ich denke … Ich habe es nicht so gemeint!«
»Ich will nicht wissen, was Sie glauben oder denken, ich will die Wahrheit ans Licht bringen, den korrekten Wortlaut Ihrer Einlassungen!«
»Ich habe es so gesagt.«
»Na, sehen Sie. Geht doch. Kriegen wir doch hin. Das machen wir Schritt für Schritt; ich lese Ihnen jeden Satz vor, und Sie denken gut nach. Sie sind doch kooperativ. Also. Punkt zwo. Punkt drei: ›So was ist nur in diesem Scheißstaat möglich.‹«

Untersuchungshaft. Der Major ließ eine der Türen aufschließen. Christian bekam Handschellen angelegt und wurde durch lange Gänge geführt. In regelmäßigen Abständen Aluminiumtüren, vor denen sich der Oberleutnant anmeldete. Knopfdruck, Summen, kleine Lautsprecher, aus denen Stimmen krächzten wie von bösen Kranichen. Christian fühlte nichts, nicht einmal Angst. Natürlich konnte das kein Traum sein, dafür war der Oberleutnant zu mürrisch. Manchmal begegneten ihnen andere Delinquenten. Immer ein Offizier – ein Verhafteter, die Verhafteten in Handschellen. Vor einer Tür mit auflackiertem Staatsemblem befahl der Oberleutnant zu warten. Anmeldung, erneut. Warten. Der Türöffner summte. Das war das Gefängnis. Christian dachte, im Rhythmus der Schritte: Gefängnis, Gefängnis, es ist ein Irrtum. Er wurde über einen breiten Flur geführt. Dunkelblaue Uniformen, Menschen in graugrüner Kleidung. Zivilkleidung, die Hosen waren bei vielen zu kurz; die Kleidung war geflickt,

auf Hosenbeinen und Ärmeln waren Leuchtstreifen aufgenäht, auf Brust und Rücken Leuchtstreifen in Form großer Ausrufezeichen. Er hatte sich an die Wand zu stellen, mit erhobenen Händen, und wurde durchsucht.
»Hose runter. Beine breit.« Der Uniformierte leuchtete ihm in den Hintern. Christian sah Pfannkuchen weiter vorn, eine zusammengeschnürte Decke vor sich auf dem Boden.
»Umdrehen. Vorhaut zurückziehen. – Maul halten!« Die aufblitzende Wut im Gesicht des Blauuniformierten, die hochschnellende Hand: Hier wird nicht lange gefackelt, Jugendfreundchen. Die Stimmen hallten. Ein fensterloses Gewölbe, Christian konnte erkennen: Stahltreppen in der Mitte, links und rechts davon Gitterböden, darauf, übereinander, langsam wandernde Stiefelprofile.

»*Auf Effekten!*« Das war eine Kammer, in der es Kleider gab. Eine Frau, hinter einer Holzschranke, sagte: »Habseligkeiten vorlegen.« Tatsächlich: Habseligkeiten, wunderte sich Christian. In die Schranke, das Holz war glattgegriffen und rund wie eine Ruderpinne, hatte jemand seine Initialen geschnitzt. Habseligkeiten: Uhr, Taschentuch, Kamm, Wehrdienstausweis, Geldbörse, das Foto des Wiedehopfs aus dem Donaudelta, Reinas Brief, Waschzeug, die Uniform. Die Frau kontrollierte, zählte auf, was Christian behalten durfte, trug das übrige in eine Liste ein, *zeichnete* mit einer Sigle *gegen*. Christian bekam ein Deckenbündel und eine vielfach geflickte Uniform mit Leuchtstreifen, die Hosenbeine waren zu kurz. Dann wurde er in eine Zelle geführt. Hinter ihm krachte der Schlüssel im Schloß, dreimal, viermal, sehr laut, ein besonderes Schloß, ein besonderer Schlüssel. Christian stand in der Zelle und bemerkte, daß er nicht allein war. Er mußte sich erst an das dämmrige Licht gewöhnen. Er sagte: »Guten Tag.«

Die Straßenbahn. Christian sah: zwei Bänke an den Längswänden, darauf etwa zwanzig Männer, die ihn teils ruhig, teils feindselig musterten.
»Spitzel«, sagte einer.
»Nee. Der ist zum ersten Mal eingefahren. Sieht man doch

gleich. Zeig mal die Pfoten.« Christian streckte die Hände vor. »Nee. Der hat noch nie gearbeitet. 'n Studierter.«
»Abitur«, brachte Christian mühsam vor.
»Kannste hier nich gebrauchen. Weißte, wo du hier bist? In der Straßenbahn. Vorm Vollzug kommt die Straßenbahn. Vollzug ist besser. – Bei dir tipp' ich auf Scheiße beim Barras.« Der Häftling wies auf Christians Uniform. »Deine Nummer?« Christian verstand nicht.
»Dein Paragraph.«
»Zweihundertzwanzig.«
»Ach ja. Öffentliche Herabwürdigung. 'n Tip: Wenn du in 'n Verwahrer kommst, lies die Gesetze. Darfst du.«
»Hübscher Junge«, sagte einer.
»Ja. Fast wie 'n Mädchen.«
»Is' gleich Zählung.«
»Hm.«
»Für den Tip krieg ich 'ne Zigarette«, sagte der, der ihn nach seinem Delikt gefragt hatte.
»Hab' ich nicht.«
»Haste doch. Mußt du dir kaufen. Hast jetzt eine Zigarette Schulden bei mir. Man sieht sich, keine Sorge.«
»Mach doch mal einer die Buchte auf!« Eine meterlange Stahlstange klappte das Fenster hoch. Davor Gitterstäbe, die das einfallende Licht in sieben Streifen schnitten. Die Tür wurde aufgerissen, die Tür krachte zu. Es kamen Neue, manche wurden herausgeholt. Immer wieder ein Wort: zügig. Oder: Machense Lack! Oder: Zieh 'n Finger! Der Schlüssel stach wie mit einem Hammer hineingetrieben ins Schloß. Bei diesem Geräusch fuhren die Zelleninsassen zusammen, selbst die älteren Häftlinge, deren Züge Brutalität ausstrahlten. Dann wälzte der Schlüssel einen weichen metallischen Widerstand beiseite, drei-, viermal; jedesmal klang es, als ob ein Maschinengewehr durchgeladen würde. Christian hatte sich in die äußerste Ecke des Raums gedrückt, beobachtete die anderen, ohne sich zu bewegen, nicht einmal dem Juckreiz, der ihn nun wie vor einem allergischen Anfall am ganzen Körper plagte, wagte er nachzugeben. Er stand, ohne sich zu rühren, und wenn er ausatmete, tat er es, wenn Bewegung in die Zelle kam; dann wechselte er auch Stand- und Spielbein. Nach langer

Zeit (die Uhr war *auf Effekten* geblieben), holte man ihn aus der Zelle. Es ging die Treppe in der Mitte des Gewölbes hinauf.

Auf Kartei. »Zügig, zügig!« Vier Stockwerke hoch; vor einer glattgegriffenen hölzernen Schranke hieß man ihn warten. Andere Häftlinge kamen. In der Mitte des Nachbarraums stand frei, bespannt mit rotem Leder, ein Klavierhocker, der über eine Schneckenschraube nach oben oder unten verstellt werden konnte.
»Hinsetzen.« Der Fotograf tat geschäftig, stellte Scheinwerfer ein, nahm Christian von links, rechts und vorn auf.
»Hände ausstrecken.« Der Posten nahm Christians Fingerabdrücke. Auf den Daumen schlug er leicht mit der Faust. Das Stempelkissen war kaum noch mit Farbe getränkt.
Christian kam nicht zurück in die Straßenbahn. Der Posten schloß, im fünften Stock, eine der grauen Eisentüren auf. Mit schwarzer Farbe, durch eine Schablone, war die Zellennummer aufgespritzt.
»Inhaftierter Hoffmann, Sie haben einen Meter vom Posten entfernt zu stehen bei Auf- und Zuschließen der Tür!« schrie der Blauuniformierte. Er stieß Christian in den Raum. Zwei andere waren schon darin, sie standen ruckartig auf, Hände an die Hosennaht; der Ältere meldete: »Verwahrraum Fünf-Null-Acht mit zwo Inhaftierten belegt, zwo Inhaftierte anwesend, keine besonderen Vorkommnisse!«
Christian bekam sein Deckenbündel, ein Blatt Papier und einen Bleistift. Er sollte seinen Lebenslauf schreiben. Mutter, Vater, wann wurde ich Jung-, wann Thälmannpionier, wann Mitglied der Freien Deutschen Jugend. Hobbies, schulischer Werdegang, Berufswunsch.

Der Verwahrraum. In der Zelle gab es drei Pritschen, zwei Hängeschränke, ein Waschbecken, einen Spiegel, einen heruntergeklappten Tisch, daneben ein Toilettenbecken mit Rohr und Zugkette aus weißen Plastgliedern, unten ein schwarzer Plastgriff.
»Deins ist das Bett hinten, Junge. Ich bin Kurt, und das ist – na, sag selber deinen Namen.«
»Korbinian Krause«, sagte der Jüngere.

»Christian Hoffmann.«
»Deine Nummer? Kannst übrigens Kurtchen zu mir sagen.«
»Zwo-zwanzig.«
»Der hier«, der Ältere nickte dem Jüngeren zu, »sitzt wegen Zwodreizehn. RF. – Republikflucht. Und ich – na, so dies und das.«
»Kurtchen ist ein Mörder«, brummte der Jüngere mit dem seltsamen Namen Korbinian.
»Naja, übertreib mal nich. Ich hab' einen totgeschlagen, das stimmt schon. Aber das war im Zorn, verstehste. Im Zorn – das ist was anderes. Im Zorn, da weißte nich, was du tust. Da wird alles erst rot, dann schwarz, verstehste.«
»Weil du den Weg zu Gott nicht gefunden hast, weil dein Ohr hart ist, Bruder.«
Der Ältere grinste, nickte über den Daumen zu Korbinian, der nicht so aussah, als ob er im Scherz geredet hätte. »Das is' so seine Masche, verstehste. Er ist nämlich 'n Prediger.«
»Ich habe Theologie studiert, ich bin kein Prediger. Prediger heißt's bei den Methodisten und Baptisten; hier heißt's Pfarrer oder Seelsorger. Du hast noch nicht gebeichtet, Kurtchen.«
Kurtchen nickte, schmunzelte. »Ich mach's ihm zu Gefallen, verstehste. Hat er seinen Frieden. Und manchmal – na, da hilft's tatsächlich. Sich alles mal von der Seele reden.«
»Das mit dem Totschlag war sein eigener Bruder. Kurtchen war Tischler, Arnochen war Tischler. Sie hatten ihre Werkstätten gegenüber und konnten sich leiden wie Hund und Katze. Und eines Tages sind sie mit Äxten aufeinander los. Die von Arnochen ging in Kurtchens Kredenz. Die von Kurtchen ging in Arnochens Nischel.«
»Nee. In 'n Hals ging se. Du sollst nich falsch' Zeugnis reden, oder wie's heißt. – Aber du«, wandte er sich an Christian, »wo kommst'n her? Was hast'n so gemacht?«
»Dresden … Abitur«, stammelte Christian.
»Abitur … Das is' gut. Da biste gebildet, da haste Phantasie …«
»Kurtchen braucht jemand, der ihm beim Masturbieren behilflich ist«, sagte Korbinian.
»Verurteile mich nich!« Kurtchen drohte mit dem Zeigefinger. »Ich bin schon lange ohne Frau, und bin ein Mensch von starkem Triebe. Und wenn du mir was Gutes erzählst, ist's 'ne

Erleichterung für mich, und du kriegst drei Tütchen für. Aber schön heiß musses sein, richtig mit Abwechslung und so. Am besten mit Filmstars, da weiß ich, von wem du redest.«

Das Warten. Die Worte waren verschwunden, sie kehrten nur langsam zurück, wie Fische, die sich träge wieder sinken ließen, nachdem sie ein Netz in die tödliche Helligkeit gehoben und eine Hand sie zu leicht befunden hatte. Kurtchen, den Christian nun auch so nannte, ertrug das Warten schlecht. Er wartete auf seine Verhandlung, um endlich in den Vollzug zu kommen, wo es (er bestätigte die Meinung des Mannes aus der Straßenbahn, dem Christian eine Zigarette schuldete) besser war als in der U-Haft. Besser, weil klarer. Klarere Verhältnisse. Die SVer (so hießen die Posten, es war die Abkürzung von Strafvollzug) mußten keine Zweifel mehr haben und keine Skrupel. Sie hatten sie auch hier nicht, wie Kurtchen sagte. Aber dort, im Vollzug, war alles klar – und da alles klar war und Zeit zu sich selbst kam und nicht mehr Warten war auf etwas anderes, konnten die SVer völlig korrekt sein. Auch der Kalfaktor war korrekt. Das war der Häftling, der das Essen brachte und, einmal in der Woche, den Bücherkarren. Die Häftlinge durften lesen. Christian lieh sich die Autobiographie des Genossen Generalsekretärs. Das vertraute Gesicht blickte ihm von den Fotos entgegen, vertraut von den Himmelblaubildern in Klassenzimmern, Amtsstuben, Plakaten bei den Maiumzügen und den Feiern zum Geburtstag der Republik. Das vertraute Gesicht war einmal das eines Kindes gewesen, in einem Haus im Saarland. Bedrückende Umstände, viele Geschwister, Kindersterblichkeit, Hunger, frühes Geldverdienenmüssen, der vorzeitig gealterte Vater, die Mutter eine fürsorglich wirkende Frau mit eingefrorenem Lächeln. Die Zustände in den Fabriken. Kommunistischer Jugendverband. Fanfaren, Schalmeien. Krieg, Nachkrieg, Inflation. Kleiner Mann, was nun. '33. Illegalität, Verhaftung, Gestapo, Verhöre, Gefängnis. Christian hatte diese Geschichten (sie wiederholten sich in geringfügigen Variationen in den Biographien der Führenden Vertreter) immer gehaßt; er hatte davon nichts wissen wollen. Hatte die Kriegsfilme an den Donnerstagen, Fernsehen der DDR 2, abgeschaltet; Katjuschas mit Untertiteln, Helden am Stillen

Don, Pathos, das sich kaum von dem der Nazis unterschied. Er dachte an Anne. »Gute Nacht«, hatte sie gesagt, als er ein Kind gewesen war, vor, wie ihm schien, bergwerkstief zurückliegender Zeit. Ihm fielen Sätze ein, er versuchte Anne diese Sätze sagen zu lassen – dann verschwanden die Worte, Anne verschwand. Ermahnungen, Berührungen, verstohlen. Immer hatte sie ihn und Robert nur verstohlen berührt – als käme ihr diese Zärtlichkeit nicht zu. Hin und wieder ein unauffällig abgelegtes Geschenk, etwas, »das man brauchte«, Sachen aus dem »Exquisit«, eine Dose Ananas aus dem »Delikat«. Ein ergattertes Buch, von dem er beiläufig gesprochen hatte.
Der Kalfaktor brachte das Essen. Es war jeden Tag das gleiche: undefinierbare Marmelade, auf der manchmal kleine Schimmelpilzdrusen wuchsen: dann wies Kurtchen darauf hin, und Korbinian sprach das Wort »Haftbeschwerde« aus. Dann erschien ein SVer und stellte mit verächtlicher Miene neue Marmeladetöpfchen vor die Inhaftierten. Es mußte *seine Ordnung haben*. Es mußte *korrekt* sein. Es mußte *zügig* gehen. Der Spion in der Tür, ein Fensterchen mit einer Stahlklappe außen, wurde stündlich geöffnet; aber jede Stunde zu wechselnder Minute. Die Stahlklappe quietschte beim Öffnen und schlug mit klakkendem Geräusch zu. Tütchen, wie Kurtchen gesagt hatte, waren Papirossy, in Zeitungspapier gewickelter, billiger Krümeltabak. Nach einer Woche überwand Christian seinen Abscheu, und siehe da, sie schmeckten nicht schlecht. Leim und Druckerschwärze, oft *Einlassungen* des Genossen Generalsekretärs oder eines der Führenden Vertreter, gaben dem Tabak eine zusätzliche, verbrannt schmeckende Note. Als Kinder hatten Christian, Robert und Ezzo Efeustengel von der Gartenmauer der Karavelle zu rauchen probiert, sie hatten ähnlich wie diese Papirossy geschmeckt. Christian borgte sich den Tabak von Kurtchen. Er hatte kein Geld, wozu man hier *Einkauf haben* sagte. Kurtchen gab ihm großzügig, er meinte, er würde bald Einkauf haben; die Abiturienten, die er auf der Kohleninsel kennengelernt habe, hätten immer Angst gehabt und gut gearbeitet; man bekomme Lohn, wenn auch nicht viel.

Der Lichthof. Zur *Freistunde*, vormittags, mußte man zügig heraustreten (ein Meter Abstand zum Posten) und zügig laufen. Es gab einen asphaltierten Lichthof; ein gepflasterter Weg und hohe Betonmauern mit einwärts geknickten Stacheldraht-Faschinen säumten ihn im Karree. Den Himmel über dem Lichthof rasterte ein Gitter. In der Mitte des Gitters war eine Aussparung, durch die Aussparung ragte der Stamm einer Linde. Die Linde duftete betäubend, aber es lagen keine Blüten auf dem Boden; unter der Lindenkrone war ein Netz gespannt, in dem sich herabgefallene Blätter und Blüten sammelten; es gab auch Vogelnester darin, aus denen es behaglich tschilpte. Eine Rundbank umfaßte den Lindenstamm, aber nie saß jemand darauf. Die Inhaftierten liefen im Kreis, immer links herum, zügig, und ohne zu sprechen. Tabak wurde getauscht, eines Tages gelang es Christian, der Mann aus der Straßenbahn war unauffällig plötzlich hinter ihm, seine Zigarettenschuld zu begleichen. Manchmal brüllten die Posten, sie langweilten sich.
Die Messer, die zum Essen gereicht wurden, waren stumpf. Die Klammerzange, mit der Christian Papier zu heften hatte, war so konstruiert, daß das Fach, in das die Klammern geschoben wurden, nur mit einem Schlüsselchen, das der Posten in Verwahrung hatte, zu öffnen war. Waren die Klammern verbraucht, mußte Christian warten, bis der Spion geöffnet wurde und er ein Zeichen machen konnte. Die Wartezeit wurde nicht auf die Norm angerechnet.

Sprecher. Christian bekam einen Brief. Rechtsanwalt Sperber schrieb, daß er auf Bitten der Eltern die Verteidigung übernehmen würde.
Sprecher. Besuch für Kurtchen. Kurtchen hatte eine Freundin. Die Freundin machte Schwierigkeiten. Sie wolle gebumst werden, erklärte Kurtchen, und er sei ja nicht da. Kurtchen hatte sich was ausgedacht und erbat Christians Rat, denn er habe Abitur und Phantasie. Christian wollte ihm den Rat nicht geben, denn sehr zuwider waren ihm die Abende, an denen Kurtchen das Wort Phantasie aussprach. Da legte Kurtchen das Gesicht in Falten und erklärte, er wolle nicht jähzornig werden.
»Soll ich mein' besten Kumpel drüberlassen, was meinst?«

»Vielleicht … gibt's erst mal andere Möglichkeiten«, wich Christian aus.
»Nee, die gibt's nich mehr. Sie hat 'n Dildo, von drüben. Aber nu willse ebend auch 'n Kerl zu dem Ding. 's gibt auch keine Batterien für. Und immer bloß Phantasie reicht ihr nich mehr, sagtse.«
»Na, wenn's der beste Freund ist –«
»'s bliebe ebend in der Familie. Hab' ich mir auch schon überlegt. Dann werd ich's ihr mal so sagen, weil du's sagst. Kriegst'n Tütchen für. Soll ich ihr schöne Grüße von dir bestellen?«

Anwaltssprecher. Sperber war sehr gut gekleidet, glänzender Anzug, fliederfarbenes Hemd, eine flache goldene Armbanduhr, die er mit dem Ziffernblatt nach innen trug und hin und wieder zum Handgelenk schüttelte. Das »Bonbon« steckte im linken Revers-Knopfloch. Schlaffer Händegruß, es fühlte sich an, als ob Christian ein rohes Kotelett statt einer Hand gedrückt hätte. Sperber bot Christian Zigaretten an. Er wisse vom Vater, daß er nicht rauche, aber das sei ja die gängige Währung hier. Christian hörte nicht genau hin. Ihn faszinierte des Rechtsanwalts Geruch. Der kam von draußen. Er hatte nicht gewußt, daß die Welt draußen einen Geruch besaß, der sie deutlich von der Welt hier drinnen unterschied. Dabei kam dieselbe Luft durch die Fenster, und nachts manchmal der Geruch der Linde. Aber die gehörte hierher – ihr Geruch war so stark, daß er verhöhnte.
Sperber hatte in Christians Akten *Einsicht genommen*. Noch könne er, außer den Zigaretten, nichts tun.
»Wir müssen die Anklageschrift abwarten. Sie werden angeklagt werden, junger Mann. Und bis zur Anklage bleiben Sie auch in U-Haft. – Ihre Eltern machen sich große Sorgen.« Sein Ton wurde väterlich-bekümmert, dann leise tadelnd. »Sie wissen doch, wo Sie sind. Wie können Sie sich nur derart hinreißen lassen. Das hat Ihr Vater Ihnen doch beigebracht. Denken Sie nur an die Lektionen bei Herrn Orré. Soll denn das völlig umsonst gewesen sein?« Das wußte der Rechtsanwalt also. Jetzt lächelte er, Christians Frage vorwegnehmend: »Das spricht sich doch herum, Herr Hoffmann. Aber Sie haben eine große Dummheit gemacht. Sie machen überhaupt, so kommt es mir vor, häufig Dummheiten.«

»Ich habe es nicht so gemeint.«
»Wie Sie es gemeint haben, ist völlig gleichgültig. Entscheidend ist, was in den Akten steht, und der Wortlaut wurde von Ihnen unterzeichnet.«
»Aber die Situation –«
»Gerichte beschäftigen sich nicht mit Situationen«, unterbrach Sperber Christian mit einer kameradschaftlichen Handbewegung. »Sondern mit nachprüfbaren Fakten. Ich habe Verständnis für Sie, durchaus, aber Verständnis nützt uns nichts.«
»Herr Doktor Sperber«, Christian kämpfte plötzlich mit den Tränen, was den Anwalt zu genieren schien; seine Miene wurde kühler. »Was wird mit mir passieren?«
»Wir müssen das abwarten. So schlecht sieht es gar nicht aus, junger Mann. Machen Sie sich mal jetzt keinen Kopf. – Wollten Sie schon immer Medizin studieren?«
»N-nein«, antwortete Christian überrascht.
»Gut. Sie haben also noch Alternativen. Es ist besser, sich nicht so zu versteifen. Na, Kopf hoch, junger Mann. Wird schon wieder, ich tue mein Bestes.«

Warten. Christian wurde dicker, die Haut nahm einen teigigblassen Ton an.
»Das ist das Essen und der Bewegungsmangel«, sagte Kurtchen. Irgendwann machte es Christian nichts mehr aus, die Toilette in der Zelle zu benutzen. Es machte ihm etwas aus, wenn in dem Moment, wenn er auf der Brille hockte, die Tür aufsprang und der SVer Zählung verlangte. Abends sagte Christian manchmal Verse auf. Füllest wieder Busch und Tal / still mit Nebelglanz … Dämmrung will die Flügel spreiten. Korbinian hängte sich ans Fenster und rezitierte Psalmen. Kurtchen schwieg dann. Wenn Korbinian zu laut wurde, knallte der Schlüssel in der Tür, der Posten holte Korbinian aus der Zelle: »Zügig!«

Die Verhandlung war für den 6. Juni 1986 anberaumt. Es war ein sonniger Tag. Nach dem Frühstück bekam Christian einen Verpflegungsbeutel.
»Man sieht sich«, sagte Kurtchen.
»Glaubst du?«

»Du kommst hier nicht wieder raus«, sagte Korbinian fröhlich. »Der Herr geleite deine Wege. Leb wohl und verzeih!«
»Leb wohl und verzeih!« rief Kurtchen, als Christian durch die Zellentür nach draußen trat. Es ging auf Transport. Vorher auf Effekten: Christian bekam seine Sachen vorgezeigt, mußte sie nachzählen, für die Richtigkeit unterschreiben.
Handschellen. Die langen, von nackten Glühbirnen erhellten, nach Bohnerwachs riechenden Gänge. Das Licht draußen traf Christian wie ein Schlag. Er nahm die Hände hoch, die Bewegung erschreckte den begleitenden Offizier, er griff sofort zur Pistole. Die Grüne Minna fuhr vor.

Die Grüne Minna war grau. Die Tür wurde aufgeschlossen, Christian hineingestoßen. Ein Posten übernahm. Es gab kleine Zellen in der Grünen Minna, sie boten jeweils einem Delinquenten Platz. Klappsitze, keine Fenster. Die Grüne Minna fuhr, klappernde Zellenriegel; Christian hörte dem langsamen Auflösen des Klingklangs der außerhalb des Grundrhythmus' gerüttelten Riegel zu, nach einer Weile kamen alle Riegel in Gleichtakt, ein kräftiges Eisenklingen, beruhigend und komisch-lebensfroh; dann fiel es wieder, die absteigende Linie der Zeitspanne glich der des Eintaktens, in Einzelrhythmen zurück.
»Aussteigen.«

Untersuchungshaft. Wieder ging es durch lange, unterirdische Gänge. Die Wände schwitzten, Feuchtigkeit hatte Flecken an den Gangdecken hinterlassen, manche sahen aus wie Mündungswölkchen von abgefeuerten Kanonen. Christian und die anderen Häftlinge aus der Grünen Minna gingen »in Riege«, man hatte die Handschellen aneinandergekettet.
»Halt.« Sie warteten in einem Flur an der Wand, mit erhobenen Händen. Christian kam in einen Verwahrraum im Keller. Dort gab es sechs Pritschen, vier belegt. Die Tür krachte zu. Die Toilette befand sich unter dem vergitterten Fenster.
»Willkommen in Askanien«, brummte ein Häftling. »Was hast'n ausgefressen?« Das ging Christian inzwischen leicht über die Lippen.
»Futter für die Volkswirtschaft«, entgegnete der andere grinsend.

Ihm fehlten die Vorderzähne. Keine Fragen: das hatte Christian inzwischen gelernt. Es kam ihm nicht zu, Fragen zu stellen, die stellten die anderen, Älteren, nicht er.
In der Nacht hörte er Schreie. Zuerst glaubt er, geträumt zu haben, aber auf der Pritsche neben ihm regte sich einer, grunzte, vielleicht noch im Schlaf. Die Luft war kalt, die Zelle bläulich ausgeleuchtet vom Nachtlicht. Christian blieb reglos liegen, Arme am Körper, unter der Decke. Er spürte plötzlich, daß niemand mehr schlief. Der leichte Schlaf der Strafgefangenen … Das stimmte nicht. In der Straßenbahn, in der ersten Untersuchungshaftanstalt, auf der Kohleninsel, hatten die meisten tief und fest geschnarcht. Auch Kurtchen hatte einen guten Schlaf gehabt, den so leicht nichts aufstörte. Auch die Schreie nicht, bei denen Christian, wie er dachte, noch jedesmal wachgeworden war.
»Quasimodo«, sagte einer aus einer entfernteren Ecke des Raums.
»Ja. Der macht wieder seine Runde.«
»Könnte in der dritten über uns sein, dem Hall nach.«
»Der hat 'n Punktroller.«
»Woher willst 'n das wissen.«
»Mein Arsch weiß es.«
»Du Angeber! Spielst dich auf!«
»Italienisches Modell, er hat's mir vorher noch ganz stolz gezeigt. Mit kleinen Noppen drauf – und hinterläßt keine blauen Flecken.«
»'n Gummiknüppel, der keine Striemen macht, wo gibt's denn so was!«
»Neue Lieferung.«
»Und dafür Devisen …«
»Habt ihr mal seine Tochter geseh'n?«
»Die soll im Rollstuhl sitzen. Unser SVer hat mir verklickert, er soll 'n guter Vater sein. Sich kümmern und so.«
»Der Frau schenkt er Blumen zum achten März und zum Geburtstag.«
»He, Kleiner!« Damit war Christian gemeint. »Wenn er dir auch mal Blumen schenkt – halt dicht.«
»Sonst wird aus Alpenveilchen – 'n Lilienkranz, hehe!«

»Und deine Mutter kriegt 'n Telegramm …«
»Korrekt!«
»Aber du kannst 'n schmieren.«
»Nee, kannste nich. Hab' ich schon probiert. Dachte mir, auch 'n SVer braucht Winterreifen. 's war wider seine Ehre … Er wollte nich.«
»Und?«
»Nu ja. Alpenveilchen.«
»Man müßte'n kaltmachen. Bloß 'n bissel.«
»Und wie? Hier haste bloß 'n Toilettenstrick, und das Plastezeug hält nich. Und stumpfe Messer.«
»Wenn ich ihn mal draußen treffe.«
»Da kannste lange warten! Guter Witz! Die sind wie Kakerlaken – lichtscheu!«
»Schnauze jetzt! Klüsen dicht!«

Unteroffizier Christian Hoffmann
8051 Dresden, Heinrichstraße 11

LADUNG

In Ihrer Strafsache wegen Straftaten werden Sie auf Anordnung des Gerichts zur Hauptverhandlung auf
Freitag, den 6. Juni 1986, 8.00 Uhr
vor dem Militärgericht Dresden geladen.
Zu der Hauptverhandlung ist geladen
Rechtsanwalt Dr. Sperber, Dresden und Berlin.
Vertreter des Kollektivs … Zeugen …

Askanische Insel. Christian und Pfannkuchen wurden in Handschellen in einen Rotunden-Saal geführt. Entfernt glich er einem Hörsaal, sogar eine Tafel gab es. Christian sah seine Eltern und Meno; seine Eltern waren blaß; er mied ihren Blick. Der Posten schob Pfannkuchen und ihn in die vorderste der Holzbänke, die vor dem mit rotem Tuch bespannten Tisch des Gerichts aufgestellt worden waren. Links und rechts einer kannelierten Säule, von der die Goldbronze abgeblättert war, gab es Fenster, auf den Fensterbrettern standen Topfpflanzen. Hoch an der kannelier-

ten Säule hing das Staatswappen der Deutschen Demokratischen Republik; es war aus Plast gegossen. Rechtsanwalt Sperber lächelte Christians Eltern aufmunternd zu.
Das Gericht betrat den Saal. Christian und Pfannkuchen bekamen einen Stoß in den Rücken: Auf. Sie erhoben sich, Christian blieb stehen, obwohl sein rechtes Bein unabstellbar und für das Gericht (ein Oberst, ein Beisitzer im Hauptmannsrang, eine Protokollantin) wohl gut sichtbar hin- und herschwankte. Der Oberst begrüßte die Anwesenden mit einem Nicken. Der Kollektivvertreter, es war der schweigsame Goldschmied, der, wie Christian erst jetzt bemerkte, Mitglied der Sozialistischen Einheitspartei war, verlas eine Beurteilung der Delinquenten. Unteroffizier Hoffmann sei ein verdächtig schweigsamer, dabei, wenn einmal aus der Reserve gelockt, redegewandt argumentierender Armeeangehöriger, der in seiner Freizeit gern lese, einmal Gedichte von Wolf Biermann. Mehrmals habe er das Petschieren der Kassettenfächer an den Radiogeräten als »schwachsinnig« bezeichnet; mehrmals die Stubenexemplare der »Jungen Welt« auf Mißachtung verratende Art und Weise vom Tisch geschoben. Im Dienst sei er bis auf die beiden Besonderen Vorkommnisse bei der letzten militärischen Übung unauffällig gewesen. Der Richter winkte ungeduldig ab: Diese stünden nicht zur Verhandlung, der Genosse Unteroffizier solle bei der Sache bleiben! Schlückchen wurde aufgerufen, zog Inas kubanischen Brief aus der Aktentasche. Hoffmann sei widerspenstig gewesen, man habe des öfteren zu *erzieherischen Maßnahmen* greifen müssen. Es folgte die Beweisaufnahme. Die Zeugen traten vor: Muska, Wanda, der Lehrgefechtsfahrer, der Christian den Befehl des Kompaniechefs übermittelt hatte. Sie wurden zum Wortlaut der Sätze befragt, die Christian und Pfannkuchen gesagt haben sollten. Jeder erinnerte etwas anderes. Der Richter wurde ungehalten. Er wies an, aus den Vernehmungsprotokollen zu lesen, ließ die Zeugen bestätigen.
Dann sollten die Angeklagten *Stellung nehmen*. Erst Christian, dann Pfannkuchen. Christian bat um Entschuldigung, er sei verwirrt gewesen, in einer besonderen Situation. Am liebsten hätte er geschrien, mit einem Maschinengewehr, wenn er eins zur Verfügung gehabt hätte, die ganze Schweinebande (er mußte

aufpassen, daß dies Wort ihm nicht aus Versehen über die Lippen schlüpfte) niedergemäht. Aus den Augenwinkeln sah er, daß Sperber unmutig abwinkte. Pfannkuchen sprach mit leiser, gebrochener Stimme und demütig gesenktem Kopf. Auch er habe es, wie sein Vorredner, nicht so gemeint. Er wolle alles wiedergutmachen und bereue seine Verfehlung schwer. Für Pfannkuchen war niemand gekommen, er schien keine Verwandten zu haben, oder es schien sie nicht zu kümmern. Das Gericht ordnete Unterbrechung an.

Sie kamen in Handschellen in einen Raum, in dem zwei Zellen in Form von Gitterkäfigen aufgestellt waren. Jeder bekam einen Käfig, und sie mußten warten. Christians Handschellen saßen zu eng, er wies den Posten darauf hin. Der Posten informierte den Aufsichthabenden Offizier, der die Handschellen weiter stellte. Danach erkundigte er sich, ob es nun korrekt sei. Sperber kam. »Sie hätten fast eine Dummheit gemacht, Herr Hoffmann, indem Sie auf Ihre besondere Situation hinwiesen. Ich dachte, das hätten wir besprochen? Ich habe Ihnen gesagt, daß das mein Part ist. Halten Sie sich zurück! Sie verschlimmern sonst alles.«

»Herr Rechtsanwalt ...«

»Ich weiß, was Sie wissen wollen. Sind Sie eigentlich immer so ungeduldig? Rauchen Sie erst mal eine, kommen Sie runter.«

»Werde ich freigesprochen?«

Der Rechtsanwalt warf einen ungläubigen Blick auf Christian, dann auf Pfannkuchen, der ein Grinsen nicht unterdrücken konnte.

»Sie haben wohl noch immer nicht ganz begriffen, was Sie getan haben, Herr Hoffmann. Sie haben etwas sehr Schlimmes gesagt! Im übrigen rate ich, nicht in Panik zu verfallen, Panik ist immer unangebracht. Die Dinge stehen, wenn ich meiner Erfahrung trauen darf, nicht ganz schlecht. Jetzt ist Frühstückspause; beim Mittagessen werde ich noch einmal mit dem Militärstaatsanwalt sprechen, wir sind alte Studienkollegen.«

»Dann werde ich verurteilt? Gefängnis?«

»Greifen Sie doch den Entscheidungen nicht immer vor! Die Frage ist nicht Strafarrest, sondern das Maß.«

»Und ... mein Studium?«

»Herr Hoffmann«, Rechtsanwalt Sperber schien jetzt ernstlich ungehalten. »Sie können doch wohl tatsächlich nicht so begriffsstutzig sein.« Er zündete sich, kopfschüttelnd, eine Zigarette an. »Ich möchte Ihnen eins sagen. Das habe ich auch Ihrem Vater schon auseinandergesetzt. Berufungen«, er blies den Zigarettenrauch zum Fenster, es war nicht vergittert, »haben so gut wie nie Erfolg. Damit verschwenden Sie bloß Papier und bereiten sich Unannehmlichkeiten. Akzeptieren Sie das Urteil, wie es kommt. Die Gerichte entscheiden von vornherein nach Maßgabe der Verhältnismäßigkeit. In Ihrem Fall, in Ihrer beider Fall«, Sperber nickte zu Pfannkuchen hin, der sofort aus seiner Apathie erwachte, »ist der Tatbestand der angezogenen Gesetze erfüllt, wobei Sie, Herr Kretzschmar, besonders vorsichtig agieren sollten; Sie wissen, warum.«

Im *Plädoyer* bezeichnete Rechtsanwalt Sperber den Geisteszustand der Delinquenten als zum Tatzeitpunkt herabgesetzt. Was geschehen sei, mißbillige er. Es könne aber mindestens bei Herrn Hoffmann nicht von einer dauerhaft feindlich-negativen Einstellung gegenüber »unserem Staat« die Rede sein. Immerhin sei er auf der EOS Agitator im Gruppenrat gewesen und habe mehrfach die Urkunde »Für gutes Lernen in der sozialistischen Schule« erhalten. Er sei gesellschaftlich aktiv, habe, zum Beispiel, mehrere Wandzeitungen auf der POS und EOS als Redakteur betreut. Und er bitte zu beachten, welchen Namen seine Mutter trage.

Der Staatsanwalt sprach seine Mißbilligung des Verhaltens der Delinquenten aus. Alles sei eine Frage der Einstellung. Hier stehe Undankbarkeit im Vordergrund – immerhin verdanke Hoffmann seinen Studienplatz der Großzügigkeit der Arbeiter-und-Bauern-Macht. Er habe das Vertrauen mißbraucht, das ihm entgegengebracht worden sei. Er habe seine Pflicht als Führer eines militärischen Kampfkollektivs grob verletzt. Das in ihn gesetzte Vertrauen enttäuscht! Er beantrage für Hoffmann und Kretzschmar je zwölf Monate Strafarrest. Sperber zog die Stirn kraus, versuchte auf zehn Monate abzumildern.

Am nächsten Morgen war *Urteilsverkündung*:

Im Namen des Volkes

In der Strafsache gegen
Unteroffizier Christian Hoffmann,
geb. am 28. 10. 1965 zu Dresden,
ledig, nicht vorbestraft,
zur Zeit in Untersuchungshaft wegen Straftaten nach
§ 220, Abs. 1, Öffentliche Herabwürdigung,
wurde durch die 1. Strafkammer des Militärgerichts Dresden,
vertreten durch … aufgrund der mündlichen Verhandlung
vom 6. 6. 1986

für Recht erkannt:

Der Angeklagte wird wegen Öffentlicher Herabwürdigung der Öffentlichen Ordnung nach § 220, Abs. 1 für schuldig erkannt und verurteilt zu einer Strafe von

zwölf Monaten Strafarrest.

Die Zeitspanne der Untersuchungshaft wird angerechnet. Die Zeitspanne des Strafarrests ist nachzudienen. Der Studienplatz Medizin an der Karl-Marx-Universität Leipzig, geplante Aufnahme ab 05. 10. 1987, wird aberkannt. Der Verurteilte hat die Kosten des Verfahrens zu tragen.

Von Rechts wegen
gez.

Dann Pfannkuchen: ebenfalls zwölf Monate Strafarrest. Der Beisitzer verlas die Urteilsbegründung. Das Gericht verließ den Saal. Christian und Pfannkuchen hatten die Urteile und die Urteilsbegründungen zu unterschreiben. Die Protokollantin hielt die Papiere fest, während die Verurteilten unterschrieben.

Verlegung. Wieder kam ein LKW mit der Aufschrift »VEB Dienstleistungskombinat«. Von Dresden ging es nach Frankfurt/Oder. »Immer an der Wand lang«, scherzte Pfannkuchen, als er mit Christian von Effekten kam; beide hatten ihre Seesäcke geschultert, ihre Habseligkeiten darin. Pfannkuchen ärgerte sich, daß er sein Akkordeon nicht mitnehmen durfte. »Keine Unterhaltung!« schnauzte der Posten, stieß sie in den Wagen. Sie fuhren in Handschellen. Irgendwann während der stundenlangen Fahrt wummerte es gegen eine Zellentür. »Ich muß mal austreten!« »Zieh's hoch und spuck's aus«, beschied der Posten. »Noch mehr?« fragte er dann. Einige meldeten sich. Der LKW hielt, kurze Beratung mit dem Transportführer. Einzeln austreten. Christian wurde an den Posten gekettet. Die Toilette befand sich auf einem Provinzbahnhof, der für Christian ohne Namen blieb; es ging durch unterirdische Gänge und Hintertüren. Auf der Bahnhofstoilette urinierte er an die fliegenübersummte, blaugekachelte Wand, die es statt der Becken gab; in der Rinne lagen Zigarettenstummel, metallene Aschbecherchen hingen auf Brusthöhe an der Wand, in eines davon hatte der Nachbar seine Zigarette abgelegt. Der Mann fragte nichts und beeilte sich. Der Posten stand halb abgewandt, rauchte, blickte auf die Armbanduhr. »Zügig, Mann, können se nich schneller pissen!«

Die *Untersuchungshaftanstalt* Frankfurt/Oder war klein und heruntergekommen. Die Verurteilten kamen in einen Verwahrraum, in dem Pfannkuchen und Christian nicht aufrecht stehen konnten. Es war feucht, die Ölfarbe war an einigen Stellen von den Wänden geblättert, die Schemel hatten angeschimmelte Beine. Die Pritschen waren heruntergeklappt, die Zelle überbelegt, so daß man im Wechsel schlafen mußte. Christian lag auf der Pritsche und sah einem Wassertropfen zu, der an der Decke, aus der Mitte eines Feuchtigkeitsflecks, wie eine helle Pupille wuchs. Kakerlaken raschelten auf dem Boden, liefen die Wände entlang. Die andere Nachthälfte, als Pfannkuchen seinen Platz beanspruchte, saß Christian am Tisch und starrte in die Dunkelheit, in die von draußen dünnes Scheinwerferlicht schimmerte.
Am nächsten Morgen ging es zum Friseur. Die Türen waren niedrig, man mußte aufpassen, sich die Stirn nicht wundzustoßen. Die Treppen waren schmal, es fehlten Stufen, man durfte nicht stürzen, das hätte wie vorsätzlicher Ungehorsam aussehen können. Vor dem Friseur warteten Häftlinge in Handschellen. Der Friseur war ein altes Männchen mit Zahnlücken und glatt

nach hinten gestrichenen Haaren, die ihm das Aussehen eines Polartauchers gaben, eines nördlichen Schwimmvogels. Christian erinnerte sich an ein Buch seiner Kindheit, »Aus Deutschlands Vogelwelt« hatte es geheißen, ein grünes Zigarettenbilder-Album in Frakturschrift, das ihm der Uhren-Großvater geschenkt hatte. Darin hatte er den Polartaucher abgebildet gefunden. Mit einer Schermaschine wurde Christian geschoren, es dauerte keine Minute; der Polartaucher verstand sein Fach.

Verlegung. Nun wurden die Militärstrafgefangenen von den übrigen Häftlingen getrennt. Die Militärstrafgefangenen kamen in den *Schweden*, wie das Fahrzeug genannt wurde, das Christian, Pfannkuchen und weitere vier Gefangene beförderte, nach Norden zunächst, durch das Oderbruch, wo die Vögel schrien und ihr Flügelrauschen manchmal das Klappern der Vorlegeriegel übertönte, es roch nach Schilf und Fisch und Petroleum. Dann schwenkten sie nach Osten, Richtung polnische Grenze.

Schwedt. Schreckensname, hinter vorgehaltenen Händen gemurmelt in der Armee, jedem Soldaten bekannt, kaum einem Zivilisten; Schwedt an der Oder: Gründung auf der grünen Wiese wie Eisenhüttenstadt weiter südlich, Ankunftspunkt der Erdölleitung »Freundschaft« aus den Tiefen der Sowjetunion, Plattenbauten, Windsteppe, das riesige Petrolchemische Kombinat. Sie stiegen aus. Christian sah: ein Gittertor mit Posten, einen Weg, der aus einem Wald kam, Industrierohrleitungen auf einer Seite des Wegs, dahinter ein Feld, in der Ferne die bunten Quadrate eines Bienenwagens. Militärstrafvollzugsanstalt Schwedt an der Oder. Christian hatte es sich pathetischer vorgestellt, nach den Gerüchten, die es darüber gab. Aber das? Es wirkte klein, unscheinbar, eng. Sie wurden in einen flachen Betonbau geführt, in einen bis auf ein Porträt des Ministers für Nationale Verteidigung, einen Tisch, ein paar Stühle kahlen Raum.

»Sachen vorlegen«, befahl der Posten. Christian und Pfannkuchen leerten ihre Seesäcke, die anderen Gefangenen warteten unterdessen draußen im Flur. Der Posten notierte die Habseligkeiten auf einer Liste.

»Aufnehmen der Sachen. Einrücken. Umzug.« Mit den Seesäk-

ken auf der Schulter folgten Christian und Pfannkuchen dem Posten. In einer Flachbaracke, noch immer vor dem eigentlichen Lager, hatten sie erneut alles auszupacken. Ein Posten warf ihnen Felddienstuniformen zu, sie hatten die Häftlingskleidung abzulegen und die Uniformen anzuziehen, sie blieben ohne Schulterstücke. Der Posten verlas die Anstaltsordnung.
»Zum Leiter.«
Das war ein Oberst. Er saß in der hintersten Baracke. Auf dem Weg dorthin wurde Christian instruiert, wie er sich zu melden habe.
»Militärstrafgefangener Unteroffizier Hoffmann meldet sich zur Belehrung, Genosse Oberst.«
Der Oberst, ein untersetzter, väterlich wirkender Mann, blieb sitzen, blätterte in Christians Akten, sah ihn nicht an, während er sprach. Er sprach von Reue, von notwendiger Strafe, von Vertrauen und von Erziehung. Dieses Wort kam am häufigsten vor in seiner Rede. Erziehung: denn mit Zwo-zwanzig sei er, Hoffmann, ein ganz Schlimmer. Das werde ihm hier vergehen, das könne er, der Leiter, ihm versprechen. Er, der Leiter, werde aus ihm, Hoffmann, einen reuigen Armeeangehörigen und gut erzogenen Bürger unserer Republik machen. Auch das verspreche er ihm.
Der Vortrakt, in dem die Ankömmlinge sich noch befanden, war vom eigentlichen Lager durch eine stacheldrahtbewehrte Mauer abgetrennt. In der Mauer gab es ein Gittertor, durch das der Posten die Ankömmlinge geleitete. An den Ecken der Mauer gab es Wachttürme, auf denen Posten sichtlich gelangweilt Leichte Maschinengewehre ins Lager hielten. Die Betonmauer grenzte nur nach außen, zum Vortrakt, ab, innen war ihr ein Stacheldrahtzaun vorgesetzt. Zwischen Mauer und Stacheldrahtzaun verlief ein Kiesstreifen, auf dem Hunde schliefen.
Christian wurde in eine Baracke geführt. Muffiger Geruch lag im Flur und in der Stube. Die Stube hatte achtzehn Betten, je drei übereinander. Der Posten zeigte Christian seinen Spind und befahl ihm, stehenzubleiben. Der Posten ging hinaus, Christian starrte aus dem Fenster, von dem staubiges Licht einfiel. Das Fenster war vergittert, man sah einen der Wachttürme und ein Stück Kiesstreifen mit den Hunden, von denen zwei inzwischen

erwacht waren. Jetzt erst begriff Christian, was geschehen war, und daß dies für ihn die absehbare Zukunft war: Schwedt an der Oder, Militärstrafvollzugsanstalt, ein Jahr, ein unwiederbringliches Jahr des Lebens. Und dieses Hier, Hier stehst du, wühlte sich wie eine Schraube in ihm fest, er mußte sich ablenken, begann zu rechnen: Mit dem Nachdienen würde er im Herbst 1989 entlassen werden, fünf Jahre Nationale Volksarmee, und was danach kommen würde, wußte er nicht, vielleicht würde ihm Meno helfen. Er konnte nicht mehr stehen, aber schon war der Posten wieder da und befahl es ihm.
»Wir werden Sie schon noch erziehen.«

Der Alltag begann mit dem Wecken früh um vier Uhr. Die Strafgefangenen sprangen aus den Betten, in denen sie in langen Baumwollunterhemden, das Genitale nackt, geschlafen hatten. Frühsport und Waschen. In Christians Kompanie gab es 47 Militärstrafgefangene, für sie gab es einen Waschraum mit zehn Wasseranschlüssen. Die Wasseranschlüsse besaßen keine Wasserhähne; die Wasserhähne waren bei Stabsfeldwebel Gottschlich in Verwahrung und mußten auf die Wasseranschlüsse geschraubt werden. Meist wurden sie herausgegeben.
Nach dem Frühstück begann entweder die *Ausbildung im Objekt* (Exerziertraining, An- und Ablegen der Schutzkleidung, Einweisung in den Brandschutz, Marsch mit erschwertem Marschgepäck, Sturmbahnlauf) oder die Arbeit. Die Arbeit fand für die Disziplinareinheiten, in denen Delinquenten ohne Militärgerichtsprozeß dienten, meist in den Barackenkellern statt. Christian und Pfannkuchen gehörten zu den Strafarrestanten, sie wurden jeden Tag zur Arbeit ins Kombinat gefahren. Dort schliffen sie Türen, reparierten oder bauten Stapelpaletten, entgrateten Plastmöbel oder schraubten Schrauben in Schraubenlöcher. Die Arbeit dauerte acht Stunden, danach ging es zur Ausbildung zurück ins Objekt. Nach dem Stuben- und Revierreinigen, 20 Uhr, Nachtruhe. Die Toiletten hatten keine Türen; seine Geschäfte machte man vor aller Augen.
»Damit Sie nicht so was Blödes wie Selbstmord begehen«, sagte Stabsfeldwebel Gottschlich. An der Decke des Kompanieflurs hing ein skurriles Element: eine Spielzeug-Eisenbahn aus Plast,

gefertigt von früheren Strafgefangenen aus Materialresten des Petrolchemischen Kombinats, für den Kompaniechef zum 40. Geburtstag. Die Eisenbahn hatte Waggons, verschiedenfarbig, sechsunddreißig Stück. Weil die Waggons so bunt waren, hieß die Eisenbahn der Orient-Expreß. In den Waggons steckten farbige Kärtchen, auf den farbigen Kärtchen standen Namen. Die Position der Namen bezeichnete den Grad der Normerfüllung bei der Arbeit. Günstig war es, seinen Namen in einem der ersten zehn Waggons zu finden. Fand man sich in der Mitte, gab es *Schulungen*. Eine davon war, um Mitternacht geweckt zu werden und zwei Stunden lang in voller Montur frei stehend zu verbringen. Fand man seinen Namen länger als eine Woche im letzten oder vorletzten Waggon (Stabsfeldwebel Gottschlich hielt das nicht ganz konsequent), rückte man für eine bestimmte Zeit ins *U-Boot* ein, wohin man auch bei *Aufmüpfigkeit, Widersetzlichkeit, mangelnder Einsicht, Unkooperativität* oder *Dummheit* kam. Eine Dummheit konnte es sein, im Polituntericht oder dienstags, wenn die Wiederholungen von Karl-Eduard von Schnitzlers »Schwarzem Kanal« im 2. Fernsehprogramm gemeinschaftlich empfangen wurden, nicht *völlig reglos, doch erziehungsbereit* dazusitzen.
Das U-Boot hieß offiziell Arrest. Arrest wurde bei einem Appell ausgesprochen. Bevor Christian ins U-Boot kam, hatte er sich beim Arzt »zwecks Feststellung der Arrestfähigkeit« vorzustellen. Der Arzt war ein junger, doch schon müder Mann in makellos weißem Kittel, ohne Stethoskop. Er fragte Christian, ob er Medikamente nehme oder Krankheiten habe.
»Akne vulgaris«, sagte Christian.
»Die blüht auch im Dunkeln.« Der Arzt machte einen müden Krakel auf einem Arrestfähigkeitsfeststellungsformular.
Das U-Boot war dunkel, weil fensterlos, und Christian blieb lange, er schätzte, eine Woche. In dieser Zeit hatte er die Zelle vollständig ausgetastet. Der Eimer für die Notdurft, neben dem Tisch, hatte einen emaillierten Deckel an zwei Drahtführungsbügeln; Christian lernte, wie ein Blinder den Tastsinn zu gebrauchen, die Aufschrift auf dem Deckel war leicht erhaben und lautete *Servus*. Die Decke auf der Pritsche roch nach Spee und, dafür brauchte er einige Zeit, nach den Lamas im Dresdner Zoo,

genauer: nach Lamas bei Regen. Die Idee, daß er nun im Innersten des Systems angekommen sein mußte, ließ Christian eine lange Zeit in der noch längeren Dunkelheit der Zelle nicht los. Er war in der DDR, die hatte befestigte Grenzen und eine Mauer. Er war bei der Nationalen Volksarmee, die hatte Kasernenmauern und Kontrolldurchlässe. Er war Insasse der Militärstrafvollzugsanstalt Schwedt, hinter einer Mauer und Stacheldraht. Und in der Militärstrafvollzugsanstalt Schwedt hockte er im U-Boot, hinter Mauern ohne Fenster. Jetzt also war er ganz da, jetzt mußte er angekommen sein. Er mußte noch mehr sein als nur angekommen: Er mußte, dachte Christian, er selbst sein. Er mußte nackt sein, das bare, blanke Ich, und er dachte, daß nun die großen Erkenntnisse und Einsichten kommen müßten, von denen er in der Schule und zu Hause geträumt hatte. Er hockte nackt auf dem Fußboden, aber die einzige Erkenntnis, die kam, war, daß man fror, wenn man einige Zeit nackt auf Steinen hockte. Daß man Hunger und Durst hatte, daß man den Puls zählen kann, daß man auch in der Dunkelheit müde wird, daß man eine Weile nichts hören kann außer dumpfer Stille, und daß dann das Ohr beginnt, sich selbst Geräusche herzustellen, daß das Auge versucht, ständig Feuerzeugflämmchen zu entzünden, hier und dort und dort, und daß man in der Dunkelheit verrückt wird, auch wenn man noch so viele Gedichte kennt, Romane gelesen, Filme gesehen und Erinnerungen hat.
Jetzt, dachte Christian, bin ich wirklich Nemo. *Niemand*.

Im Juli, an einem heißen Tag, wurden Christian, Pfannkuchen und 28 weitere Strafgefangene auf Effekten bestellt. Sie wurden verlegt, es hieß, in den *Orient*. So wurde hier, der vielfarbigen Dämpfe wegen, die aus den Fabriken traten, der Chemiebezirk um Leuna, Schkopau und Bitterfeld genannt. Chemie brachte Brot, Wohlstand und Schönheit, und dafür brauchte sie Arbeitskräfte. Sie folgten, in Handschellen, der Erdölleitung »Freundschaft«, die vom Oderstädtchen, dessen Plattenbauten an diesem Morgen hell aus der Ferne grüßten, zum Orient der Chemie, im Südwesten der Republik, und seiner Hauptzone *Samarkand* führte.

61.
Die Karbidinsel

Außer Krähen gab es hier keine Vögel. Wenn im Sommer die Dämmerung begann, hatten im Garten der Karavelle die Amseln ihre sehnsüchtig und melodisch klagenden Rufe hören lassen; hier, auf der Karbidinsel, hörte man keine Vogelrufe außer dem häßlich-ruppigen Gequarr riesiger Krähenscharen, die sich an den schaumig bespülten Stränden der Saale, deren Bogen man vom Fenster aus sehen konnte, wohlzufühlen schienen und allabendlich, auf bleichen Baumgerippen, zum Schlaf und zu den Erzählungen des Tages sammelten. Vom Tage, vom heute gewesenen Tage … Sie tratschten und schnarrten, fischten im Spülicht nach Freßbarem, das wohl in genügenden Mengen heranschwappte, und manchmal, wenn auf der Karbidinsel die Lichter in den Zellen gelöscht wurden, schienen sie zu lachen, ein zerkratztes, widerliches Gespött anzustimmen. Die Farbe ihres Gefieders, dies glänzende Kohlenschwarz, verschmolz wie ein Tarnmantel mit der des Flusses, der sich träge und, jetzt im August, fast allabendlich von einer eisenroten Sonne beschienen durch die Chemielandschaft wälzte, über der, angebracht an den Kontrollstegen an der Spitze der Hochofenköpfe, die Fahne von Samarkand wehte: eine gelbe Fahne, das Gelb der Quarantäneflaggen an Schiffen, mit einem schwarzen Destillierkolben. Christian und die anderen waren von Schwedt ins Lager II gekommen, das einen gesonderten Flur in der fünften Etage der Strafvollzugsanstalt belegte. An der Flurwand, neben dem Tisch des Wachhabenden, war ein »Tagesdienstablaufplan« angebracht, abgekürzt TDAP. Er glich dem im Lager I: Um vier Uhr wurde die Frühschicht geweckt (allerdings heulte hier eine auf- und abschwellende Sirene, als ob vor anrollenden Bomberflotten gewarnt würde), dann folgten Frühsport und Morgentoilette. Hier waren die Wasserhähne über den Waschbecken installiert; aber es gab nicht immer Wasser – wenn Samarkand »Hub hatte«, wie es hieß, all die Maschinen, Filteranlagen, Kühlsysteme, Werksleitungen Wasser forderten, dünnte es an den Tüllen der Waschraumhähne zu Rinnsalen aus. Auch war es kein Trinkwasser, was da aus den Leitungen kam, sondern eine manchmal rostige, öfter suppengelbe Brühe, die nach Scheuerlappen und faulen Eiern roch. Es hieß, daß dieser Geruch vom Karbid stamme, von »drüben«, von jenseits der Saale, an deren Ufer, durch eine korallenhaft verkrustete Brücke mit der Strafanstalt verbunden, eine Karbidfabrik stand. Von der Brücke aus, auf der sich die Kompanie »ohne Tritt« näherte, wirkte sie wie eine alte Dampflok, die sich zur Saale niedergebeugt hatte, um zu trinken. Aus einem zyklopischen Schlot quollen Schwaden hellgrauen Dampfs, der sich, unter den Wolken, in die Dämpfe der Kokerei, des Chlorwerks, der Kraftwerke saaleabwärts mischte, wobei eine unbewegte dunkle Spindel entstand, die sich oben blütenkorbartig verbreiterte.

Christian und seine Gefährten rückten mit der Frühschicht ein, durch einen von Neonröhren notdürftig erhellten Gang, an einem mit Blümchentapete ausgekleideten Pförtnerhäuschen vorbei, durch eine Schranke, über der ein »Rauchen verboten«-Schild hing. Die Gespräche verstummten, schweigend und geduckt, angetrieben vom »Zügig!« Stabsfeldwebel Gottschlichs, eilten die Strafgefangenen in die Fabrik. Es war schon hell, die Luft schon drückend, es würde ein heißer Tag werden. Die Kompanie wartete auf einem Hof, den hohe, völlig graugestaubte Gebäude links und rechts zu einem Schacht machten. Walzentrommeln teilten den Hof quer, drehten sich langsam, Arbeiter in graublauer Kleidung, mit Schutzhelmen, liefen auf Gitterrosten über den Walzen hin und her. Über die Trommeln spülte Wasser, es schien direkt aus der Saale zu kommen. Die Trommeln rumpelten und dröhnten, als würden Wackersteine darin gedreht. Aus den Gebäuden waren seltsame Geräusche zu hören – ein scharfes, gefährlich klingendes Summen, als hielte man eine besondere Art von stechenden Insekten gefangen; als befände sich hinter den Hallentoren eine Neuzucht längst ausgestorbener Meganeura-Libellen oder karbonischer Hornissen. Die Gebäude waren grau: schlammgrau und bleistaubfarben, Karbidstaub, der sich in dicken Schichten auf Rohren, Wänden, Treppen abgesetzt hatte, selbst auf den Fenstern – einfache, ins Mauerwerk gebrochene Öffnungen mit Flatterlappen. Was Christian sah, war ein Korallenriff aus Dreck, und in jeder Sekunde, in der die rostbraunen Walzentrommeln mahlten, aus den Schornsteinen

Rauch unter die Wolken am Himmel kroch und ihn verdüsterte, rieselte, sank, knisterte Staub in frischen Schichten auf die von Feuchtigkeit und Wind hartgebackenen alten. Christian blickte zu einer Arbeiterin, die ein rotes »Simson«-Moped vor einem Ofenhaus abstellte und nach hinten, auf einen viereckigen Backsteinturm zu, verschwand – er sah das Spurprofil ihrer Schuhe im Staub, für einen Augenblick scharf in die nachgiebige Schicht geschnitten, bald aber überpudert von Sinkstaub, die scharfen Kanten wurden unscharf, allmählich füllte sich die Spur, begann unsichtbar zu werden. Auf Pfannkuchens Schultern lagen nach etwa zehnminütigem Warten Epauletten aus grauem Pulver, die Käppis schneiten ein, die Stiefel; Stabsfeldwebel Gottschlich wischte seine Armbanduhr sauber. Die ersten Wartenden begannen zu husten. Der Staub drang zwischen die Zähne, in die Augen, was sie entzündete, er scheuerte die Leisten wund. Und dann kam der Wind. Wind, der Stöberer, Unruhebringer, Blindmarschall des Wetters. Wie ein wachsender, dunkelgrauer Dschinn aus einer entsiegelten Flasche schwoll eine Staubspirale über der Karbidfabrik; am Erdboden, wo einzelne Grasbüschel wie Haarschöpfe von Begrabenen im Karbidpulver steckten, war die Spirale schlank wie eine Boa, gegen die Waggons auf der Materialtransportstrecke, hinter der Fabrik, aufschwellend wie eine Posaune, die sich bog und wand und über dem Lokomotiven-Rist der Ofenhäuser ihre Schalloch-Mündung entwickelte.
Pfannkuchen nahm es achselzuckend. Er hatte gehört, daß die Arbeit in der Karbidfabrik gut bezahlt wurde, und als ein Brigadier kam, um sie zur Arbeit einzuweisen, begann er »Kopf zu heben« und zu feilschen. Gottschlich hatte anderswo zu tun und schien die Strafgefangenen jetzt sich selbst und den Karbidleuten zu überlassen. Christian sah die Gitter vor den Fenstern der Ofenhalle, in die sie der Brigadier führte. Hier, wenig übererdig, waren die Fenster aus Glas, hatten helle ausgewischte Schlieren, wie Butzenscheiben, in den Ecken waren Staubzipfel emporgewachsen.
»Sie können mir doch was extra zahlen.« Pfannkuchen lächelte. Aha, der hatte seine Selbstsicherheit also nur versteckt. War ja schlau, der Bursche, wußte, wann es besser war, zu ducken und zu schweigen. Den Reumütigen zu mimen: denn den »gebrochenen

Charakter« hatte ihm Christian nicht geglaubt. Abends erzählte er manchmal von Haftanstalten, die er durchlaufen hatte. Es gab Menschen, und so junge wie Pfannkuchen, die sahen das Land aus der »Siebluft«-Perspektive, »mit vergitterten Augen«. Waren durch die Knasts der Republik gewandert, kannten die Aufseher, ihre Vorlieben und Schwächen, wußten, ob und womit man sie schmieren konnte. Schwedt und die Karbidinsel hatte Pfannkuchen noch nicht gekannt – sie kannten ihn, wie Christian erfuhr. Mit Gottschlich hatte Pfannkuchen sich gleich verstanden, da witterte ein »Bruder« den anderen. Zufall, manchmal nur die Seite der Geburt, wohin es einen kleidete: dunkelblau oder gestreift. Die Ausdrucksweise unterschied sich nur darin, ob man per Gesetz prügelte oder nicht. Das hatte Christian zu lernen gehabt: Daß nicht lange geredet wurde. Schneller als ein Wort war ein Fausthieb, und wer recht hatte, wurde nicht in Diskussionen geklärt, jedenfalls nicht in mündlichen. *Willst du's schriftlich. Etwas schriftlich kriegen.* Das bedeutete hier etwas anderes als *draußen*, auch das war zu lernen.
»Mal sehen«, sagte der Brigadier. Pfannkuchen hob den Kopf, blickte sich rasch um.
»Könnt mir's doch aufheben. Ich hol's mir, wenn ich wieder draußen bin. Soll auch Ihr Schade nicht sein.«
»Erst mal kriegst du deine siebzehn Prozent.« 17 % des normalen Lohnes standen den Strafgefangenen zu, wenn sie die Norm erfüllten. Wenn der Brigadier so mit sich reden ließ, mußte es schlimm stehen um die Arbeitskräftesituation und damit um die Planbilanz. Christian kam ins Ofenhaus Gustav.
Karbid. Er hatte von diesem Stoff schon gehört, den Film »Karbid und Sauerampfer« gesehen, er wußte, daß an Großvater Arthurs »Wanderer«-Fahrrad eine Karbidlampe steckte; wie sie aber genau funktionierte, wußte er nicht. Darüber klärte ihn Asza Burmeister auf, Abstichmann am Ofen 8 im Ofenhaus Gustav, ein schon älterer Arbeiter, der seit zweiundzwanzig Jahren »im Karbid« arbeitete, gelernter Zimmermann und »vor dem Mast« zur See gefahren war. Er nahm ein Bröckchen Karbid und ließ Wasser darüberlaufen. »Siehste, Krischan« (er nannte ihn wie Libussa, was Christian gefiel), »und jetzt wird draus Azetylen. Schweißgas ist das, Schweißgas. Und wenn ich jetzt meinen

Stumpen dranhalte« (er rauchte »Jägerstolz«-Zigarren), »gibt's 'nen Knall und 's wird hell. So funktioniert die Karbidlampe. Wasser tropft auf 'n Stückchen Karbid. Bloß knallen, knallen sollte 's nich.« Asza sprach sehr schnell, man hatte Mühe, ihn zu verstehen, wiederholte oft einzelne Worte, rollte das »r« in einem Dialekt, den Christian noch nie gehört hatte. »Ich bin 'n Sudeten-Läusekraut«, sagte Asza ausweichend. Asza: seltsamer Name, aber Christian fragte nicht. Er durfte nicht viel fragen. Fragen war verboten. Unterhaltungen waren verboten, Fraternisierung. Die Arbeiter und die Strafgefangenen sollten so wenig wie möglich miteinander zu tun haben, die Strafgefangenen aber mußten angelernt werden, da begannen die Schwierigkeiten. Gottschlich sollte kontrollieren, tauchte aber, wie Christian bald bemerkte, nur selten auf. Das hatte seine kühlen Gründe. Die kühlen Gründe, in denen kein Mühlrad, sondern die Walzentrommel ging und das flüssige Karbid aus den Abstichschnauzen aufnahm, hießen: Hitze und Staub. Was ist Hitze? Asza, wenn er nicht so schweigsam bei der Arbeit gewesen wäre (in den Pausen saß er, das linke Bein über einem Stuhl, mit seiner »Jägerstolz« und einer Flasche Rhabarbersaft, die es für die Karbidarbeiter verbilligt gab, und murmelte »Piräus, Färöer, Bordoh«: die Häfen, die er gesehen hatte), Asza hätte sagen können: Die Hitze, Bruder, kannst du nicht erklären. Der Ofen hat ein weißes Herz, und jeder Pulsschlag kommt geflogen wie ein glühendes Bügeleisen. Die Schicht dauerte zwölf Stunden. Einerseits war das gut, denn danach mußten die Strafgefangenen nicht mehr auf den Acker: Exerzieren, Sturmbahn, Taktik, Schutzausbildung. Andererseits waren es zwölf Stunden in einer Atmosphäre, wie sie Christian nicht für vorstellbar gehalten hätte. Wenn Ron Siewert, FDJ-Sekretär der »Thälmann«-Brigade, vom Nachbarofen herüberkam, sah Christian ihn erst, wenn Siewert noch zwei, drei Meter entfernt war. King Siewert, wie er genannt wurde, war neben Asza der beste Abstichmann: keine Fehlschichten, keine Bummelei, keine Sauferei am Arbeitsplatz, kein Leichtsinn. *Leichtsinn* war, Karbid und Wasser zusammenzubringen; Leichtsinn war, keinen Schutzhelm zu tragen, Leichtsinn war, ohne Schweißerbrille zu arbeiten. Siewert kam aus den grünlichen (Tellerlampen an meterlangen, vollständig

verkrusteten Leitungen, die im Inneren des Titanic-Wracks zu hängen schienen) Staubschleiern, öffnete seinen Vollbart, so daß man das weiße Gebiß sah, und schrie Asza zu, wie der Ofen gefahren werden solle.
Karbid. Das Wort verfolgte Christian in den Schlaf, denn hier träumte er nicht. Wenn er von Schicht kam, war er *fertig*. Er fiel auf die Pritsche und schlief ein, Pfannkuchen mußte ihn wachrütteln, wenn Gottschlich die Runde machte.
Karbid. Was war das? Bäume (es gab veraschte Weiden am Saaleufer) waren Lebewesen, sie empfanden Hitze und Kälte, Werden und Vergehen, sie blühten und welkten. Aber das, dies graue Zeug, Karbid? Zeit ist aus Wasser, Zukunft aus Karbid, hieß es in Samarkand. Der Ofen war mehrere Stockwerke hoch, und er produzierte Karbid, Karbid, immer wieder die grellweiße Schmelze, wenn Asza mit der über Laufketten dirigierten Brennmaschine ein Loch in die Haut des zähflüssigen Karbids brannte, damit es über den »Fuchs«, wie Asza die Abstichschnauze nannte, in die »Seekuh« (die wassergekühlte Walzentrommel) rann. Christian dachte: Das halte ich nicht durch. Christian dachte: Aber hier kommst du nicht raus. Christian dachte: Meno würde sagen: Siehst du, das ist nun völlig unironisch. Christian dachte: So wie Pfannkuchen müßte man sein. Immer an der Wand lang. Immer auf die Füße fallen. Die Dinge nehmen, wie sie kommen, und die Achseln zucken. Der regt sich gar nicht darüber auf, daß er hier eingesperrt ist, sondern darüber, daß er sowenig Geld verdient. Die Schweinerei sind die siebzehn Prozent Lohn, nicht die hundert Prozent Karbidinsel. Immerhin, Christian war *klüger geworden*. Klüger sein hieß: die Klappe halten. Einige Zellengenossen waren immer noch nicht klüger geworden, sprachen von *Irrtum* und *Unglück*, wollten *Anwaltssprecher* und *Berufungen* und *Haftbeschwerde* und *Besuch*. Es gab aber keinen Besuch auf der Karbidinsel. Sie jammerten, anstatt zu schlafen. Sie waren *angeknackst*. Sie kamen ins U-Boot. Dort ging es korrekt zu.
Karbid. Wenn der Wind nach Süden drehte, blies er den Staub auf die Insel. An der Südmauer blühten Rosen. Christian hätte gern erfahren, welche Farbe sie hatten. Sie dufteten nicht. Die Blüten sahen aus wie aus Gips gemacht; selbst die Blätter und

Rosenranken waren hellgrau bestäubt, eine stuckartige, schlafschwere Schönheit.
Asza sagte: »Wer einen Sommer im Karbid durchhält, der bleibt.«
Karbid. Was war das, wozu brauchte man das? Christian erfuhr: Koks braucht es und Branntkalk, das Gemisch wurde Möller genannt. Damit wurde ein Rundofen beschickt. Unter Ofen hatte sich Christian bisher Kohlen auf einem Rost vorgestellt, durch den die Asche in den daruntergeschobenen Aschkasten fiel, und er hatte gedacht, daß es hier, im Karbid, genauso funktioniere. Aber solch einen Ofen hatte er noch nie gesehen, geschweige denn: gehört. Drei mehrere Meter hohe Söderberg-Elektroden, zu einem gleichseitigen Dreieck angeordnet, ragten in das Ofengefäß, wurden unter Strom gesetzt, und da das Material, aus dem sie bestanden, dem Strom Widerstand leistete, wurden die Elektroden heiß, ein bis zu 3 000°C heißer Lichtbogen entstand. Darin reagierte der Möller zu Kalziumkarbid. Der Lichtbogen war grellweiß und brummte in der Ofenöffnung, die Asza das Nasenloch der Hölle nannte. Das Brummen wurde durchsetzt vom Stampfen der Koksbrecher, denn Kalkstein und Kohle mußten, bevor sie in den Mischturm kamen, um dort zu Möller vermengt zu werden, eine bestimmte Korngröße haben. Es klang, als ob eine Bisonherde durch die Halle gejagt würde, Klopfen und Knattern, manchmal ein ohrenstechendes Scheppern, als hätte man Waggons voller Bleche ausgeschüttet. Die Öfen soffen Strom – so viel, daß an manchen Tagen in Halle-Neustadt, wenn die Frühschicht aufstand, das Licht erlosch und Hochhausklötze wie verärgerte Bergtrolle in der Dämmerung standen. Der Ofen 8 war ein bösartiger Drachen. Asza kannte ihn gut und hatte Respekt vor ihm. Wenn Asza die Karbidkruste aufbrannte, klang es wie ein Schallplattenabtaster, den man quer über die Schallplatte riß, saftig und gefährlich, und keineswegs war es immer Karbid, was in den Fuchs schoß, es gab Verunreinigungen, Rückstände aus dem Branntkalk und dem Koks, die es nicht hätte geben dürfen. Die Schichtleiter wußten das und schwiegen; der Plan drückte, und zweiundzwanzig Abstiche pro Schicht waren die Norm, zweiundzwanzigmal mußte aus den Drachennüstern der weißglühende Schnupfen schnauben. Davor aber hatte der Gott des Hüttenwesens die Klumpen gesetzt. Die Schmelzmasse des

Möllers neigte auch bei 2200°C zum Verklumpen, und dann drohte der Stillstand der chemischen Reaktion. Den Stillstand zu verhindern war Christians Aufgabe. Mit meterlangen Eisenstangen, genannt Ruten, stocherte er in der Glut herum. Was wog eine solche Eisenstange? Genug, daß es nach einer halben Stunde zuviel war. Es gab ein Stahl-Thermometer neben der Treppe zum Ofenkopf, es war seit Zeiten von immer neuen Schichten Flugstaub bedeckt worden und glich nun eher einem Stalagmiten als einem Thermometer. Christian hatte, wenn er vor dem Ofen die Ruten bediente, das Gefühl, zu einem neuartigen Lebewesen, einem Zwitter aus Fischotter (Schweiß, die ofenabgewandte Seite) und Broiler (zur Ofenöffnung) geschmolzen zu werden. Die Hitze machte müde, trotzdem mußte man auf der Hut sein. Manchmal spritzte heißes Öl aus einer undicht gewordenen Leitung, traf die derbe Baumwollkleidung, von der Brennmaschine sprühten Funken, entzündeten den Stoff. Einmal stand Asza in Flammen, aber Ruscha, der zweite Abstichmann (sie arbeiteten zu viert pro Ofen und Schicht) warf ihm ruhig eine Decke über und erstickte den Brand. Pfannkuchen, mit Christian an den Ruten, war erschrocken zur Seite gesprungen. Der Staub kratzte in den Kehlen, bald kam der Husten, ein unabstellbares Würgen und Anbellen gegen die Karbidpartikel; drüben im Chlor, sagte Asza, war es noch schlimmer, drüben im Chlor überschritten sie die amtlich zulässige Luftverschmutzung um 100 Prozent. Die Hitze machte Durst.
»Früher«, sagte King Siewert, »da gab's für uns Vitamine, frisches Obst, Apfelsinen – aber jetzt? Rhabarbersaft! Immer bloß Rhabarbersaft! Jeden Tag nischt wie Rhabarbersaft!«
»Du bist doch in der Partei«, sagte Ruscha, »erzähl doch mal da oben, wie's hier langgeht! Wo ist denn Affenvater?« Affenvater wurde der Abteilungs-Parteisekretär genannt. »Sitzt an seinem Schreibtisch, aber seinen Arsch bewegt er nich runter! Schöne Parolen kloppen ... Sag doch mal was, King!«
»Tu ich doch! Aber die erklären einem nischt. Komm' ich jenauso blöd raus, wie ich rin bin!«
»Die fahr'n die Öfen auf Krawall ... Wenn da mal einer hochgeht, dann is' hier aber Juri Gagarin in der Landekapsel, endlich ma' wieder glühende Kommunisten!«

Gegen den Durst gab es Rhabarbersaft, gekeltert im VEB Lockwitzgrund. Der Saft wurde, auf einem Karren, von einer Frau gebracht, der »Rhabarbersaft-Liese«. Sie war undefinierbaren Alters, freilich schon Rentnerin; sie verkaufte den Saft in ganz Samarkand, um ihre Invalidenrente aufzubessern. Sie war dünn und ging gebeugt, wahrscheinlich einer fortgeschrittenen Osteoporose wegen, und Christian sah sie nie anders als im selben altmodischen schwarzen Kleid, zu dem der gelbe Schutzhelm mit dem Destillierkolben-Wappen von Samarkand in schrillem Kontrast stand. Es hieß, daß die Rhabarbersaft-Liese nicht ganz bei Trost sei, sie habe ihren Mann und ihren Jungen im Krieg verloren und sei vergewaltigt worden, nicht von den Russen, sondern von einer Einheit Kanadier. Sie hatte »im Chlor« gearbeitet, davon war ihr ein rostiger Husten geblieben, den man in den Pausen hörte, wenn die Öfen (entgegen der Vorschrift) stillstanden und der Lärmpegel auf ein erträgliches Maß sank. Mit wackelnder, klauenartig krummer Hand teilte sie die Rhabarbersaftflaschen aus und kassierte das Flaschengeld, das sie in eine lederne Schaffnerbörse sammelte und lange und nachdenklich betrachtete. Vor Pfannkuchen, der sich neben King Siewert ausruhte, blieb sie stehen und betastete sein Gesicht, was ihn verwirrte; er runzelte unwillig die Brauen.
»Sie steht auf dich«, flachste Ruscha.
»Ach, halt's Maul«, Pfannkuchen stand auf, ließ die Rhababersaft-Liese stehen.
»Paß auf, sie hat den bösen Blick«, rief Asza. »War mal bei 'ner Wahrsagerin in Piräus, die hat jenauso jekuckt.«
»Und deshalb bist du noch da! Zweiundzwanzig Jahre!« Ruscha tippte sich an die Stirn. »Nur 'n Bekloppter bleibt so lange im Karbid.«
»Und du?« Pfannkuchen war zurückgekommen und musterte Ruscha verächtlich.
»Ich bin nich hier, um zu stucken, Kumpel, sondern um Geld zu machen. Ich reiß' meine zwölf Stunden ab –«
»Und der Rest ist dir so was von Brust«, lachte King.
»Gebrannt wird überall«, entgegnete Ruscha achselzuckend.
Christian saß schweigend abseits, hörte den Geschichten zu, meist ging es ums Karbid und um »Weiber«, versuchte auszu-

ruhen. Er spürte, daß er nicht ernstgenommen wurde. Pfannkuchen, den ehemaligen Schmied mit Bärenkräften, den nahmen sie ernst. Ihn nicht. Er war »einer von denen«, den »Weißkragen«, wie die Arbeiter die Betriebsleitung verächtlich nannten. Er arbeitete wie sie, es wurde ihm nichts geschenkt, sie halfen ihm nicht. Trotzdem war er keiner von ihnen, eine unüberwindliche Schranke blieb. Er beteiligte sich kaum an den Unterhaltungen, und vielleicht lag es an diesem Schweigen, daß die anderen zurückhaltend blieben. Eines Tages aber stand Ruscha auf, schlenderte auf Christian zu, der seinen Rhabarbersaft trank, und sagte: »Was ich mal fragen wollte, Sportsfreund – von der Firma bist du nich zufällig, he?«
»Setz dich hin, Ruscha«, sagte Pfannkuchen.
»Wär' nich das erste Mal, daß die uns hier 'ne Laus in 'n Pelz setzen«, sagte Ruscha drohend.
»'s quatscht eben nich jeder so gern wie du«, sagte Asza. »Sei doch froh, daß wir das Jung jekriegt haben, oder willste wieder Freischichten fahr'n?«
»Wenn die Kohle stimmt …«
»Du kannst 'n Klassenstandpunkt haben …«
»Rhabarbersaft, Rhabarbersaft, ach hab' ich die feinen Rhabarbersäftlein«, pries Liese ihre Ware an.

Als Christian sich eingewöhnt hatte, begann er Asza, Ruscha und die anderen Arbeiter zu beobachten, dachte auch viel über sie nach. Ron Siewert lebte in einer Plattenbauwohnung in Halle-Neustadt, das von einer vierspurigen Autobahn, die Samarkand mit dem übrigen Orient verband, durchschnitten war. Um vier Uhr stand er zur Frühschicht auf, um zwanzig Uhr ging er zu Bett. Die Wohnung war winzig, seine Frau und er hatten ein Kind; die Großeltern lebten in einem Zimmerchen. Vor dem Hochhaus kreiselten Tag und Nacht die Dumper, die Wege waren mit Brettern belegt. Die Kinder spielten auf den Schutthalden oder in den Müllcontainern neben der riesigen Zentralkaufhalle, die die Neustädter »Kofi« nannten. Weiß und fahnenüberweht steckte sie im Schlamm. Asza träumte davon, noch einmal zur See zu fahren wie in seiner Jugend. Alle Häfen, in denen er gewesen war, wollte er noch einmal abklappern, mit einer hochseetüchtigen Segeljacht und vier Mann Besatzung. Auch er wohnte in Halle-Neustadt, im Wohnkomplex 2, Block 380, Haus 5, Wohnung 17.

»Und wenn du mich mal besuchen kommst, Krischan«, sagte Asza, »und die Wohnung nich gleich findest, weil es is' schon 'n bißchen schwierig, schwierig: Das ist die mit den roten Blumen am Balkon, die anderen haben bloß weiße.«

Wenn sie auf ihren Stühlen saßen, in den Pausen, und schweigend rauchten, schweigend mit nach vorn gebeugten Köpfen saßen:

(weil es eine Verpuffung gegeben hatte: weil die Wasserkühlungen schadhaft waren, Wasser aus den brüchigen Gummischläuchen ausgetreten war und sich mit dem Karbid verbunden hatte zu Azetylen, das sich ausdehnte,

weil Azetylen entzündlich war und bei den im Ofen herrschenden Temperaturen explodierte,

weil sich das Karbid in der Luft, die Staubfeen, mit der Luftfeuchtigkeit ebenfalls zu Azetylen verband, so daß manchmal in den Ofenhallen Kugelblitze umherzusausen schienen,

weil geschmolzenes Karbid plötzlich aus dem Ofen schießen und Abstich- und Rutenmänner treffen konnte,

weil die Verunreinigungen aus dem Senkregime sich in der Ofenwanne absetzten und sich allmählich durch die feuerfeste Ofenmauerung fraßen, dann wie Lava aus dem Ofen geschleudert wurden, unter Stichflammen,

weil die Schwadenleitung für die Entstaubung nicht gebaut wurde,

das Prozeßabwasser von offenen Rohren als giftiger Schlick in die Saale erbrochen wurde,

weil das Karbid unverzichtbarer Grundstoff war für Plaste, Chemiefasern, Synthesekautschuk,

weil Samarkand die längst fälligen Investitionsmittel dringend anderswo brauchte und sich also nichts ändern würde,

weil das Gesumm der Ofen-Transformatoren, die zusammengeschalteten Einphasen-Trafos mit einer Leistung von 53 MVA, und der Drehstrom-Trafo, der zur Leistungserhöhung mit dem des Nachbar-Karbidofens parallelgeschaltet war, Kopfschmerzen bereiteten, pochende, unerträgliche Kopfschmerzen,

weil diese Transformatoren zu Kurzschlüssen neigten, so daß im

Funkenregen Asza zu beten begann, der Herr möge sie alle gesund nach Hause lassen,
weil es einen Plan und damit die »Dunkelsteuerung« gab: In den Hauptlastzeiten, tagsüber, war oft wenig Energie vorhanden, die Öfen wurden zurückgefahren, dienten, ähnlich wie Pumpspeicherwerke, als Puffer für das öffentliche Netz – fuhren jedoch in den energiegünstigen Nacht- und Sonntagsstunden mit der vollen Last, um die Produktionsausfälle wieder aufzuholen,
weil es nicht nur das Karbid gab in Samarkand, sondern die Vinylchloridabteilung, die Elektrolyse, in der die Menschen giftige Gase einatmeten und mit 50 starben, das Kalkwerk, aus dem die Karbidfabrik den Branntkalk bezog, die Faserspinnung, die Kugelmühlen, die die braunen Karbidbrocken Tag und Nacht, eine Taktstraße mit raumschiffgroßen, auf Rollen rotierenden Kapseln, zu Staub zermahlten,
weil die Rente mit 60 wieder gestrichen worden war,
weil die Autos auf der vierspurigen Stadtautobahn fuhren und weiterfuhren und vorüberfuhren)
saßen sie und schwiegen, kamen Christian vor wie Verdammte.

Er beobachtete Pfannkuchen. Er hatte Burre so weit getrieben, er und noch andere.
»Warum hast du das gemacht? Mich unterstützt?«
»Weil's nicht gerecht war, Muttersöhnchen.«
»Und Burre?«
»Der war schwach, nichts weiter.«
»Das findest du gerecht?«
»Die Schwachen müssen den Starken dienen, das ist nun mal so.«
»Nein, umgekehrt: Die Starken müssen die Schwachen unterstützen.«
»Nur dann, wenn's an deinen Bezirk geht. Jeder hat seinen Bezirk. Und wer zu deinem Bezirk gehört, muß geschützt werden. Auch, wenn er schwach ist. So ist das seit alters.«
»Dann verstehe ich trotzdem noch nicht, warum du mich unterstützt hast.«
»Du hast eine Heimat, du hast jemanden, der dich besucht, du gehörst an einen Platz.«

»Du nicht?«
Etwas Seltsames geschah: Der Widerstand, den Christian lange in sich gespürt hatte – gegen die Gesellschaft, den Sozialismus, wie er ihn erlebte und sah –, schwand, wich einem Gefühl des Einverstandenseins mit allem. Es war richtig, daß er hier war. Er war ein Gegner der Armee und des Systems, und deshalb wurde er bestraft. Kein Land der Welt faßte seine Gegner mit Samthandschuhen an. Christian spürte: Hier, an diesem Ort, dem von Braunkohletagebauen und vergifteten Flüssen zerfressenen Chemie-Reich, war er richtig, hier war sein Platz. Er hatte seinen Platz in der Gesellschaft gefunden, hier wurde er gebraucht (er sah ja die Verzweiflung, die leisen Bitten hinter all den strengen Masken). Er tat, was man ihm sagte, und wenn man ihm nichts sagte, tat er nichts. Und wenn er nichts tat, freute er sich an kleinen Dingen: ein Löwenzahn in postalischem Gelb, die Klarheit eines Vogelzugs (im beginnenden Herbst zogen Graugänse über den Orient). Es war soviel einfacher, loszulassen und keinen Widerstand zu leisten. Wenn man genau das tat, was verlangt wurde, gingen die Strafen an einem vorüber, man hatte seine Ruhe. Warum kämpfen? Was nützte es, mit dem Kopf gegen Wände zu rennen, bis er blutig war? Ein weiser Mann, erinnerte er sich, geht mit gesenktem Kopf, fast unsichtbar, wie Staub.
Abends sah er manchmal aus dem Zellenfenster. Dann hatte sich die Windspindel meist gelegt, man konnte, über der schwarzen Saale, neben der Kokstrocknung, die jetzt ihren Ruß abließ, so daß Hausfrauen in Kittelschürzen um ihre Wäsche rannten, den Wohnkomplex erkennen, in dem Asza, King Siewert, Ruscha und viele andere Karbidarbeiter lebten. Neubaublöcke faßten ein Karree, in der Mitte stand eine Windmühle, die Flügel drehten sich gegen den chemisch entzündeten Himmel von Samarkand.

62.
Nu sajaz – pogodi

Wenn man wissen wollte, welche Neuigkeiten es im Viertel gab, ging man ins Haus Veronika in die Querleite, in dem ein Gemeindebad für diejenigen Haushalte betrieben wurde, die über kein eigenes oder, wie im Tausendaugenhaus, nur über ein von zu vielen Mietparteien genutztes Bad verfügten. Im beginnenden Winter 1986 erregten drei Ereignisse Aufsehen: die Rückkehr Muriel Hoffmanns aus dem Jugendwerkhof, die seltsame Operation des Ministers für Nationale Verteidigung und die Geschichte vom vertauschten Kind. Einmal wöchentlich ging Meno ins Badehaus, wie es Wasserkontingent und Nutzungsplan gestatteten, duschte, beobachtete, hörte zu. Herr Unthan, der Bademeister, war blind. Im Keller der Querleite 12, in dem das Gemeindebad untergebracht war, herrschte eine Atmosphäre aus Wrasen, Sprühgischt und von Schuckert-Birnen aus der Zeit des hohen Sanatoriumsbetriebs, deren Kontakte die Nässe immer noch aushielten, schummrig durchfunzeltem Halbdunkel, in dem sich Herr Unthan traumwandlerisch sicher bewegte. Von einem mit Holzrosten und benoppten Gummimatten belegten Gang zweigten am Eingang die Badekabinen ab, von denen zwei noch die ursprünglich installierten guten Zinkbadewannen der erzgebirgischen Firma Krauss mit dem Windfahnen-Ornament enthielten; zwei weitere Holzzuber, die beiden übrigen Kabinen Wannen aus Plastspritzguß, über denen, auf originalen Emailleschildern in schwarzen Frakturbuchstaben, zu lesen stand: »Der Name Krauss ist mir ein Schreck – ich bade nie, ich liebe Dreck« (diese bissige Reklame stammte von Ringelnatz alias Kutteldaddeldu), sowie, wahrscheinlich, um den Jungen des Viertels keine Ausflüchte zu bieten: »Dies ist ein Spruch für jedes Haus: Wer Wasser braucht, der braucht auch Krauss«. Die Badekabinen waren mit Vorhängeschlössern aus Messing gesichert, die wie grüngoldene Prachtkäfer im Zwielicht hingen; da aber die Türlatten von Nässe und Schwarzem Schimmel so mürbe geworden waren, daß sie mühelosen Durchgriff erlaubten, glichen diese Sicherungen dem Unterfangen, mit schweren Schlössern Juwelen in Pappkartons zu verschließen. Hinter den Badekabinen, tiefer im Keller, gab es Duschverschläge, deren braune Kunststoff-Klapptüren, die von Knie- bis Schulterhöhe eines durchschnittlich großen Erwachsenen reichten, beim Auf- und Zuschlagen wie Maultrommeln klangen. Herr Unthan hatte einen Großvater, der Geige gespielt

hatte, und weil Unthan sen. beide Arme fehlten, hatte er das in einem Zirkus getan, nur mit den Zehen; Herr Unthan jun. besaß eine Schellackplatte, »ä Dokument«, das er nie jemandem vorspielte, obwohl Ezzo, wenn Tietzes badeten, Herrn Unthan durch provozierenden Unglauben, was die Fertigkeiten des Großvaters betraf, zu Sätzen wie diesem hinriß: »Er starb arm, aber mit reichen Augen!«
Auch Niklas hätte diese Platte, für den Freundeskreis Musik in der Schlehenleite, gern bekommen, Herr Unthan jun. aber schwieg zu allen Angeboten und schleppte, wozu er ein mit Bauernmalerei verziertes Tragjoch benutzte, Eimer um Eimer zu den Wannen und Duschen. Das Gemeindebad verfügte nur über zwei Kaltwasseranschlüsse, die über Schläuche mit einem Tank über einem Badeofen verbunden waren; für den Badeofen lag im Hinterhof von Haus Veronika ein bedeutender, von Plisch und Plum sommers vom »Framo«-Lieferwagen ihres Chefs abgekippter Briketthaufen, von dem, wenn der Winter lang, Herr Unthan stark beschäftigt und die Sintflut »nach uns« kühl war, seelenruhig gestohlen wurde.
»Na, Meno, mal wieder zuviel Tinte an den Fingern?«
»Und du, Niklas? Kolophonium abspülen?«
»Naja, ich sa-che dir.«
»Frau Knabe, ich hab' das Badesalz vergessen, könnten Sie mir mal welches rüberschütten?«
»Ist aber von drüben, Frau Fiebig.«
»Aber das meine ich doch, von Ihnen drüben in meine Wanne rein. Wenn Sie so freundlich wären?«
Gelächter, Stimmengesumm, Flüche und Witze! Klatsch und Tratsch aus Viertel und Stadt. Manchmal begann jemand zu singen, und meist sangen andere mit. Herr Unthan plagte sich mit dem Badeofen und dem Wasser ab (niemand kam auf die Idee, ihm zu helfen), und Meno hörte zu:
»Die Geschichte von dem Minister sind Sie noch schuldig, Herr Tietze!«
»Tja, Herr Kühnast, das war so.«
Der Verteidigungsminister, der von Berufs wegen militärisch dachte, bekam, wie es bei Männern im fortgeschrittenen Alter nicht selten ist, ein Problem an einem Ort, wo Befehle nichts

nützen. Der Verteidigungsminister dachte nach und rief seinen Adjutanten.
»Finden Sie mir den besten Spezialisten in unserer Republik!«
»Der beste Spezialist für die Aufgabenstellung, Genosse Minister, sitzt in Dresden, Krankenhaus St. Joseph-Stift.«
Er werde ihm, knurrte der Minister, doch nicht weismachen wollen, daß es in der ganzen Hauptstadt der Deutschen Demokratischen Republik keinen Fachmann gleichen Ranges für das Manöver gebe!
»Die Spezialisten haben einhellig diesen Namen genannt, Genosse Minister.«
»Na schön. Dann bereiten Sie mal alles vor und holen den Genossen her.«
Dr. Focke, der am St. Joseph-Stift als Leitender Urologe arbeitete, war, wie viele Urologen, ein zu Tobsucht und sprachlicher Direktheit neigender Mann.
»Dann werde ich eben nach Dresden fliegen«, erklärte der Minister seinem Adjutanten. »Muß sowieso mal an der Militärakademie nach dem Rechten sehen. Lassen Sie in diesem Krankenhaus alles vorbereiten und machen Sie den Hubschrauber klar. Ich wünsche, daß dieser Focke mich übermorgen operiert.«
Dazu erklärte sich Dr. Focke bereit. Er bitte um sofortige Übergabe aller Unterlagen. Ein Einzelzimmer stehe für den Herrn Minister zur Verfügung, das Kruzifix über dem Bett werde er jedoch nicht entfernen lassen.
Der Minister, der viele Kompanien, Bataillone und Regimenter geführt, an der Ostfront als junger Offizier Offensiven befehligt und die Zuchthäuser der Nazis kennengelernt hatte, war, wie viele Militärs, ein zu Tobsucht und sprachlicher Direktheit neigender Mann.
»Und so«, erklärte Niklas Tietze, indem er die hölzerne Rückenbürste glücklich in Richtung Kellerdecke stieß, wobei der Bürstenkopf, den man aus einer Kollektion gegen 20 Pfennig Bürstengeld mieten konnte, sich vom Stiel löste und ins benachbarte Duschabteil fiel, »und so kam es zu einem Kompromiß.«
Er bestand nicht etwa darin, daß nun, wie jeder vernünftige Mensch hätte denken können, auf ein anderes Dresdner Krankenhaus ausgewichen worden wäre. Dr. Focke wollte das er-

probte Team um sich haben, wollte sich ganz auf die Aufgabe konzentrieren können und nicht »fremde Luft atmen«, wie er dem Adjutanten am Telefon erklärte. Immerhin handele es sich um den Minister! Dieser sollte, erklärte Niklas den verdutzt im Badewasser und unter tröpfelnden Duschen Lauschenden, über die Telefon-Mithörmuschel *im Bilde* gewesen sein und zuerst hochrot, dann grimmig lächelnd, die Muschel in der Hand quetschend und »nu sajaz – pogodi« grummelnd, auf- und abgestapft sein. Na warte, Hase!

»Dann sah er sich eine Karte von Dresden an und tippte auf einen großen grünen Fleck.« Der große grüne Fleck, in dessen Nähe, jenseits der verkehrsbelebten Stübelallee, das St. Joseph-Stift lag, war der Große Garten. Genau dort, auf eilig rekognoszierter und für geeignet befundener Wiese, auf die allerdings schon feindlich-negativer Rauhreif gefallen war, wurde von der außerplanmäßig alarmierten, in Dresden stationierten 7. Panzerdivision und von Offiziersschülern der Militärakademie »Friedrich Engels« ein Zeltstädtchen errichtet. Die Dresdner mögen sich gewundert haben, warum an jenem Tag die vielbefahrene Stübelallee, die ebenso vielbefahrene Dr.-Richard-Sorge-Straße, die Güntzstraße bis Sachsenallee und Brücke der Einheit umgeleitet wurden, warum die Freilichtbühne »Junge Garde«, die Ausstellungshallen am Fučikplatz, selbst der Zoologische Garten auf der anderen Seite des großen grünen Flecks geschlossen blieben! Nur die kleine Pioniereisenbahn, die fröhliche Schulkinder durch die Morgenfrische fuhr, hatte man vergessen, worüber der Adjutant des Ministers in Wut geriet: Dieses Gepfeife könne den Doktor stören, es sei sofort abzustellen! Der Adjutant, ein weitblickender Mann, hatte sogar bedacht, daß das Operationsgebiet, da auf einer im Freien gelegenen Wiese befindlich, in seiner Statik gefährdet sein könnte – ein Rückruf bei der zuständigen Behörde hatte seinen Verdacht erhärtet: man wurde der Wühlmausplage schon lange nicht mehr Herr. So hatten, beim Schein von Taschenlampen, mehrere Kompanien Soldaten handelsübliche Karbidpatronen in Erdlöcher geschoben, den lastenden Dunst hatte man noch am Operationsmorgen mit Hilfe eines auf einen LKW montierten Flugzeuggebläses vertreiben können.

»Und Focke?« fragte Herr Kühnast.

»Vier Stunden hat er gebraucht. Er hat mir gesagt, daß er es *genossen* hat.«
»Arme Gudrun«, murmelte Meno.
Doch Gudrun begann zu singen: »Hab' mein Wa-ge vollgela-de« und »'s Brausebad, 's Brausebad, das macht erfrischend munter, die Anni einen Liebsten hat, das ist der schöne Gunter …«, einen Text, den sie allein sang, denn sie pflegte solche Verse, die Kinder, Niklas und sich selbst schrubbend, aus dem Stegreif unter der Dusche zu verfassen. Dann kam etwas von der Mädchenfröhlichkeit zurück, die sie »im Überschaum« gehabt haben mußte und die in seltenen Stunden, manchmal aus dem Nichts, zurückkehrte. Dann konnte es geschehen, daß Gudrun sich eine Waschschüssel über den Kopf stülpte, Herrn Orré, wenn er in der Nachbarkabine duschte, etwas zurief, worauf der Schauspieler nackt, nur mit Waschschüssel auf dem Kopf und einem altersschwachen Regenschirm, der das Spritzwasser der ersten Duschkabine von den Badewannen abhielt, auf den Gang hüpfte und mit Gudrun Tietze folgenden badelatschenklappernden Steptanz, begleitet vom eher brüllenden als melodischen Gesang der Badehäusler, wagte: »Wir war'n schon oft ganz pleite, / vor der Pleite, ja, das sucht man gern das Weite, / doch jetzt hab' ich 'nen neuen Hut, / denn jetzt geht es mir gut. // Drum bleibe immer munter, / im Leben geht's mal rauf und geht's mal runter, / und ging's auch manchmal kreuz und quer / heut' bin ich Millionär!«
Herr Unthan hatte Mühe, an den Tanzenden vorbeizukommen. Die Eimer mußten geleert werden – in die Speicherballons aus Zink, die ähnlich wie Toilettenspülkästen, nur höher, um den nötigen Wasserdruck zu erzeugen, an der Kellerdecke hingen. Um das Wasser aus den Eimern in die Behälter zu bekommen, waren an den Wänden der Duschzellen Schienen angebracht, über die Seilaufzüge mit Kippklinken liefen, an denen die Eimer befestigt wurden. Wenn Herr Unthan einen über den Seilaufzug wirkenden Hebel zog, kippte der Eimer in knapp drei Metern Höhe nach vorn und entleerte sich in das Speichergefäß, in dem genügend Wasser für den Duschgang einer vierköpfigen Familie vorrätig gehalten werden konnte. Da es nur zwei Eimer gab, war es nicht sinnvoll, das Duschen insofern abzukürzen, daß man

sich, wie es manche intelligente Beobachter hatten tun wollen, den Eimerinhalt ohne Umweg über die Köpfe goß. Erstens war das kein Duschen und hätte Herrn Unthans Berufsehre gekränkt; zweitens wies eine Unfallverhütungsvorschrift auf die Unzulässigkeit solchen Verfahrens hin.

»Tach, Herr Rohde. Nichts für ungut, der Herr Unthan hat mich mit zu Ihnen in die Banja gesteckt.«

»Tach, Herr Adeling. Auch kein Wasser mehr zu Hause?«

»Ach, wissen Sie, das Wasser durchaus, aber die Geschichten, Herr Rohde, die Geschichten. Darf ich meine Seife mal neben Ihre legen? Auf Ihrer zwinkert ja eine Katze, ganz unverwechelbar.«

Zahnärztin Knabe erzählte die Geschichte vom vertauschten Kind. Und während sie erzählte, sah Meno die Roecklers vor sich, Betreiber der gleichnamigen Tanzschule am Lindwurmring, deren Tochter die unerhörte Begebenheit, seit Monaten in vieler Dresdner Mund, zugestoßen war.

»Eines Tages ist die Silke Roeckler, die jüngste Tochter, in das Lazarett-Magasin gegangen. Man kann da hinein, die Posten lassen einen durch, und manchmal gibt es in diesem Magasin Sachen, die weder der Saftladen noch die Süße Ecke noch der Konsum haben.«

Meno hörte das Klacken der Abakuskugeln, das Zahnärztin Knabe lautmalerisch nachahmte, wobei ihr stolzer Busen zur Freude der Herren im gegenüberliegenden benachbarten Duschverschlag reizvoll gegen die Kunststofftür drückte. Frau Roeckler war klein und wächsern blaß in ihrem weißen Plisseekleid zu den Goldlamé-Schuhen, die sie während der Tanzstunden als Partnerin des in schwarzen Frack gekleideten Ehemanns trug. In tadelloser Haltung, puppenhaft geschminkt, anmutig wie eine Porzellanfigur von Kändler, schwebte sie wie ein Hauch, das noch immer schwarze Haar zu einer Fünfzigerjahrefrisur aufgeglänzt, über den Schachbrettboden in der ersten Etage der Tanzschule, begleitet vom nieselnden Flügel an der bleichblättrigen Monstera, auf die, wenn der mittlere Straßleuchter eingeschaltet wurde, der Schatten eines von der Stuckdecke herabhängenden, aus der Vogelhandlung Bassaraba stammenden, ausgestopften Baumfalken fiel.

»Sie ist in das Magasin gegangen, weil sie dort, glaube ich, Apfelsinen hatten, außergewöhnlich für August, und als sie wieder herauskam, fand sie ein fremdes Kind in ihrem Kinderwagen.«

– Pliés, Pirouetten, komplizierte Tangofiguren: Eduard Roeckler schien dafür geboren zu sein, obwohl das Tanzen nicht immer sein Beruf gewesen war; seine Leidenschaft war es, wie überhaupt die Kunst; Leidenschaft und Schönheit, die sie vermitteln kann, berührten ihn tief. Er wollte Maler werden, belegte an der Kunsthochschule einen Kurs für mikroskopisches Zeichnen, der ihm im Krieg, wo es ihn bis Königsberg und Riga verschlug, das Leben rettete; er lernte eine Frau kennen, ebenjene schwebende Magdalene Roeckler, die aus einer Tanzlehrer-Dynastie stammte; auch er wollte nur noch tanzen nach diesem Krieg. Von seiner Leidenschaft für das Malen und das mikroskopische Zeichnen zeugten Hunderte von Bildern an den Wänden seiner Tanzsäle; große Spiegel, wie sie in anderen Tanzschulen aufgehängt waren, hielt er für unnütz: »Wenn schon Spiegel, dann ein nahes Gesicht«, pflegte er zu sagen.

»Der Posten rief nach einem Arzt, an diesem Tag war der Mikrobiologe des Lazaretts da, Doktor Varga, der Rumäne. Der gab ihr eine Spritze, und sie kam wieder zu sich. Das fremde Kind hatte viele Operationen gehabt, wie dann festgestellt wurde. Silke Roeckler schrie, sie war völlig hysterisch.«

»Wie können Sie so reden, Frau Knabe«, murrte Herr Kühnast. »Sie haben ja keine Kinder. Versetzen Sie sich doch mal in die Lage der armen Frau, einfach furchtbar. – Was geschah dann?«

»Natürlich wurden sofort Ermittlungen angestellt. Der gesamte Lazarettkomplex, alle Russenvillen auf dem Lindwurmring und in der Grünleite wurden abgesperrt.«

Und Meno erinnerte sich, wie man ihn gebeten hatte, zu dolmetschen, denn auch er hatte erfahren, daß es Apfelsinen im Magasin geben sollte und war, um Anne eine Freude zu bereiten, an diesem Tag, einem heißen Freitag im August, früher aus der Dresdner Edition nach Hause gefahren; Barbara, die er angerufen hatte, war aus der Pelzschneiderei »Harmonie« gekommen; eine Frau hatte ihn angeblickt und: »Sie sind ja auch so ein Russenknecht«, gesagt, leise, aber deutlich hörbar. Der Lazarettkommandant war verzweifelt, er versprach, alles in seiner Macht Stehende zu tun, um die Sache aufzuklären und das richtige Kind wieder herbeizuschaffen.

»Es ist nicht gelungen, sie haben das Kind bis jetzt nicht gefunden.«

»Wie alt war der Junge?« fragte Herr Kühnast.

»Acht Monate. Das falsche Kind ungefähr ebenso alt.«

»Aber dann muß man das doch rauskriegen können. Das Kind muß von einem Spezialisten operiert worden sein, den kann man doch finden, Frau Knabe. Und der wiederum wird doch wohl die Mutter kennen.«

»Irgendwo an der russischen Grenze, habe ich gehört, verliert sich jede Spur.«

»Vertuschung. Man hält's nicht für möglich. Dann wächst der kleine Roeckler jetzt als Russe auf, ohne Erinnerung an seine richtigen Eltern, ohne ihre Sprache zu sprechen. Aber man kann doch ein acht Monate altes Kind nicht unbeaufsichtigt lassen! Ich versteh's nicht.«

»Ja, und dann hat's ja diesen Soli-Basar gegeben, auf dem Lindwurmring. Der Lazarettkommandant, denn es ist ja nun mal auf seinem Territorium passiert, obwohl es gar nicht gesagt ist, daß das jemand aus dem Lazarett oder überhaupt ein Russe war, es gibt ja auch Besucher dort, war ganz erschüttert. Was glauben Sie, was da los war … Die haben das Unterste zuoberst gekehrt, und der Wachtposten, der in der Nähe stand, ist verhaftet worden.«

»Gott, ja, dieser Soli-Basar mit Matrjoschkas, Tschai aus dem Samowar und Akkordeons … was die eben haben.«

»Das ist sehr herablassend, finden Sie nicht? Sie können nichts dafür, Herr Kühnast«, sagte Meno.

»Schon gut, Herr Rohde. Wir wissen, woher Sie kommen. Und Sie haben ja auch keine Kinder.«

Meno erinnerte sich: Die russischen Frauen hatten gekocht, einen großen Kessel voll, und warteten angstvoll und verlegen. Viele Anwohner waren zu diesem Soli-Basar gekommen. Sie hatten sich schweigend in Bewegung gesetzt, und einer nach dem anderen hatte in den Kessel gespuckt.

»Ja, und dann ist die Magda Roeckler vorgetreten und ist zu den Russen gegangen und hat genau das Gleiche gesagt wie Sie, Herr Rohde. ›Sie können nichts dafür.‹ Und dann hat sie noch gesagt: ›Bitte, liebe Menschen … nicht so!‹«
Herr Unthan, der blinde Bademeister, kurbelte Eimer um Eimer warmes Wasser in die Vorratsbehälter während dieser Erzählungen.

63.
Kastalia

schrieb Meno,
Stuben, übereinandergeschichtet, verbunden durch dünne Brükken und Leitungen klobiger Telefone aus schwarzem Bakelit. Vater sagte: »Hütet euch vor Ländern, in denen Gedichte hoch im Kurs stehen. Dort, wo die Menschen in den Straßenbahnen Verszeilen rezitieren, andere einfallen, am Ende ganze Abteile von Reimen widerhallen, Angestellte mit tränenfeuchten Wangen, mit der Rechten an den Straßenbahn-Halteriemen geklammert, in der Linken die Fahrkarte für den Kontrolleur, der erst zu Ende rezitiert, ehe er die Fahrkarten locht«, er läßt weder eine Verszeile noch eine Fahrkarte aus und bringt es fertig, weinend von der Schönheit der Verse Puschkins Strafbescheide auszustellen, »dort, wo in den Eishockeystadien vor der Mannschaftsaufstellung Majakowski aufgesagt wird«, der Stadionsprecher gibt vor, das Publikum skandiert nach, »in diesem Land herrschen Grausamkeit und Angst, herrscht die Lüge. Hütet euch vor dem Land, in dem die Dichter Stadien füllen … Hütet euch vor dem Land, in dem die Verse Ersatz sind.« Wahrheit, Wahrheit …! hallten die Chöre über den elbischen Fluß, die Gelehrteninsel kam in Sicht. Das Pädagogische Großprojekt … Die Aufklärung war eingeführt, der Bau wuchs Schicht um Schicht. Viele Jahre waren seit der Errichtung der Mauer vergangen, die das Land umschloß und die Hauptstadt, die Kupferinsel der Regierung, teilte. Viele Jahre waren die Rosen gewachsen, hatten die Zeit verlangsamt, und wenn ich die Gelehrteninsel betrat, die Papierrepublik, in den Hermes-Verlag zu einer der wöchentlichen Lektorats- und Gremiensitzungen ging, erschien

mir die Schnelligkeit, mit der Wassertropfen von den schadhaften Rohrleitungen fielen, die unvermindert wirkende Schwerkraft, die Aschbecherinhalte aus den verknasterten Büros des Lektorats II in den mit Schmierölpfützen bedeckten Innenhof sinken ließ, unwirklich, so unwirklich wie die Gestalten, die sich im eigentümlich trokkenen Sepialicht gemessen bewegten, meine Kollegen, meine Vorgesetzten; Wissenschaftler, die ein Gutachten ablieferten; Mitarbeiter der Institute, die uns Rückendeckung geben würden gegen die Forderungen der Zensoren, vor den ideologischen Bauchschmerzen streng dienender Genossen, der Beschränktheit, den Tücken, den Unberechenbarkeiten des Buchministeriums. Es befand sich in den Tiefen der Gelehrteninsel, zu erreichen nur mit Sonderkarte, ortskundiger Begleitung und geschicktem Wellenreiten durch die Paternosteraufzüge. Kreaturen, die mich anthropologisch interessierten, Kategorien von Höhlenbewohnern, blaß wie lichtlos gehaltene Pflanzen, an der oberirdischen Welt mit Knöcheln aus Telefonrasseln scharrend, dumpfe Stimmen, die sich aus versiegelten, durchgerosteten Katakomben hochzuranken schienen und uns maßregelten, weil wir es gewagt hatten, Prosa von Musil, Joyce, Proust in einer Anthologie zu verstecken in der Hoffnung, sie würden diesen Versuchsballon, klein wie eine Zitrone, nicht bemerken, und wir könnten sagen, wenn wir die Veröffentlichung der »Recherche«, des »Ulysses«, des »Manns ohne Eigenschaften« beantragten, daß es doch längst eingeführte Autoren seien … Sie waren, beschied man uns, die Speerspitze der westlichen Dekadenz, »unseren Menschen« (sie sagten meist »unsere Menschen«) nicht zuzumuten … Wir erfanden Nachworte, die wie Frachtbriefe die Unbedenklichkeit der Ware auf 100 Seiten deklarierten; wir schrieben Klappentexte, die wie Blei-Palisaden die Pfeile der undurchschaubaren Angreifer abhalten sollten; wir ließen die eine geliebte Karavelle in einer Phalanx von Schlachtschiffen mitschwimmen, starrten ängstlich aufs Telefon, das uns die Entdekkung unserer plumpen List verkünden, die Vernichtung der Karavelle und Erhöhung der Schlachtschiffzahl befehlen würde … Kreaturen wie Einsiedlerkrebse in Zimmern, deren Akustik die von Schneckenröhren war, zuckende Fühler bei jeder Abweichung, seismisch feine Antennen, die über die Textzeilen tasteten; Clownsfische in Seeanemonen, die in den Tentakeln tanzten und Angst hatten, zur Produktion des Signalstoffs nicht mehr fähig zu sein, der sie gegenüber den Freßgelüsten ihrer Wirtspflanze tarnte; Hammerhaie, blindwütig auf Blut aus, die alles zerfetzten, was eine fütternde Hand ihnen vor die Mäuler kippte; Seegurken, die nichts entschieden, glasig und schlabbrig wie eingekochtes Obst; Zitteraale und Muränen, die in den Riffen auf Beute lauerten; Remorafische, die sich am großen Walhai, genannt Sozialistischer Realismus, festsaugten … Der Hermes-Verlag war kein Verlag; er war ein Literaturinstitut. In der Stille verrauchter Lampen, auf- und abglühender Zigaretten, im galvanisch knisternden Aquarium lesender Augen, in dem Papiere wie die weißen Bäuche vorübergleitender Fische aufglänzten, forschten die Vertikal- und die Horizontal-Geographen, tauchten Lote in die vergangenen Stimmen, zupften an Meridianen und warteten auf Antwort. Wir gaben dem Volk das geistige Brot; wir waren ein Fenster zur Welt … Die Mauer schlang sich um die Gelehrteninsel, dies sozialistische Kastalien, dreifach gesichert: nach innen, nach außen und gegen das Lächeln; die Stacheldraht-Rosen trieben am Bau hoch, nur die Vögel blieben nicht hängen; Scheinwerfer suchten die Mauer ab, Hunde streiften an Laufketten durch das Niemandsland zwischen den Mauerringen. Überall die Reste vergangener Kulturen, Zeichen, die auf Entzifferung warteten, Kennpunkte in verrottenden Seekarten, aber die alten Kapitäne waren tot, die Astrolabien und Sextanten, mit denen man die Zeichen hätte lesen können, verkauft oder vergessen in den Museumsdepots unter der Stadt. Im Hermes-Verlag der Spruch im Vestibül, übriggeblieben wie so vieles in den atlantischen Häusern: »›Die Bourgeoisie ließ das literarische Erbe zerflattern; wir sind verpflichtet, es sorgfältig zu sammeln, zu studieren und durch kritische Aneignung weiterzuentwickeln‹, A. A. Shdanow auf dem I. Unionskongreß der Schriftsteller, 1934«; »Erziehung, Erziehung«, hauchte es in den Fluren, krächzte es aus den Telefonen, repetierte es aus längst aufgegebenen Archiven von Platten, die Kriechströme aus oberirdischen Quellen zu speisen schienen, so daß sie endlos weiterzukreisen imstande waren und, vielleicht erhellt von glimmenden »Auf Sendung«-Lampen, ihre Tonabtaster immer wieder in den Sprung schickten, aus dem die alten Grundsätze wie immer gleiche, Kiste um Kiste füllende Werkstücke von einer nicht abstellbaren Stanze herabfielen. Aber wir hatten Lust am Entdecken; Wissen war eine Speise, von der wir nicht genug bekommen konnten; Bücher waren heiliges Gut, und nichts fürchteten wir mehr als die Hitze, die in den Kellern schwelte, die Funken, die plötzlich, ohne Vorwarnung und von niemandem voraussagbar, aus den noch gebändigten Heizapparaturen fliegen konnten, den kochenden Ventilen, über Dichtwerg und Unterlegscheiben zugezurrten Flügelmuttern, brüchigen Schweißnähten und räudig gewordener Schamotte, ausgeleierten Gewinden und den verspeckten Schornsteinen, deren Ziegel die Säure dünngeraucht hatte; wir fürchteten das Feuer, manche von uns hatten schon einmal Bücher brennen gesehen. In den Lektoraten saßen Glasperlenspieler und hatten Fernrohre aufgebaut, die durch verschimmelte Bullaugen, durch gut getarnte Luken im Stacheldraht in die Kulturen fremder Länder spähten; Periskope, die Manuskripte schon kannten, wenn sie noch auf den Schreibtischen trockneten; mit größter Liebe und Sorgfalt wählten wir aus, was wichtig, richtig und wertvoll erschien … Ein treibender Kopf, ein auf Inspektionsreise befindlicher Jupiterkopf schwamm durch die Papierrepublik. Wir ankerten in Weimar, unsere Nabelschnur hing am Frauenplan; dort ging, eine Mutterkuchen-Scheibe, unsere Sonne auf, Fixstern Goethe … Menschen, beseelt von der Liebe zur Literatur, zum Wort, zum gutgemachten Buch (endlose Diskussionen bei Tee und »Juwel« über die Nachteile der Klammer- und die Vorteile der Fadenheftung, über Satzspiegel, Stegbreiten, Schriften, Einband- und Vorsatzblattfarben, die Qualität des Bindeleinens) hockten in den Kajüten der Gelehrteninsel und beugten sich jahrelang über rumänische und aserbaidschanische Lyrik, Übersetzungen aus dem Persischen, Grusinischen, Serbokroatischen, deren Qualität (und nur die der Übersetzung) von Redakteuren überprüft worden war, dachten mit eigens angestellten Stilredakteuren darüber nach, ob jemand mit »Jesuslatschen« oder nicht doch besser mit »Christussandalen« die Literatur betreten könne, und hinter ihnen, in den Wänden, den Heizungen, aus deren runzligen, knackenden und aus der Tiefe sonderbare Verdauungsgeräusche fördernden Rohren Dampf abwich, in den altfränkischen Schreibmaschinen und der behende bedienten Manufaktur aus Leimtöpfen, Scheren, Falzbeinen und »Barock«-Tintenfäßchen mit Eisengallustinte (manchmal glaubte ich, das Kratzen von Gänsekielen auf dem Konzeptpapier aus dem VEB Papierfabrik Weißenborn zu hören; aber es waren nur die handelsüblichen ATO-Federn, mit denen die Glasperlenspieler Notizen oder Entwürfe zu Gutachten kritzelten); in den Mahl- und jahreszeitlich wechselnden Schmatzgeräuschen des Flusses schabten die Uhren, gor die Zeit, die meßbare, griesig und submarin, während das Pendel der anderen Zeit, die den Dingen Entwicklung und Wandel gab, langsam wie ein Metronomweiser, an dem das Gewicht an die äußerste Spitze geschoben ist, hin- und hertorkelte … Wen erreichten wir? Manchmal hatten wir das Gefühl, an den Menschen abzuprallen oder, schlimmer, durch sie hindurchzuwerfen; nicht sie, sondern uns selbst zu sehen, wenn wir aus den Fenstern der Insel in die atlantischen Wohnungen zu blikken versuchten. Wer waren die anderen? Was erreichte sie von dem, das wir für wichtig hielten? Philosophen forschten in Gelehrtenstuben hoch über der Mauer an utopischen Sozialisten, ich dachte an Jochen Londoner, Exil in England, mit dessen Tochter Hanna ich verheiratet gewesen war, nun brütete er in seinem Institut, das einer trockenen barocken Holzschraube glich, über der Geschichte der Arbeiterklasse, sann den Problemen der sozialistischen Planwirtschaft hinterher, Sachgebietskärrner kommentierten die kanonischen Schriften, schlossen sich ans Blutgefäßsystem der MEGA an – Marx-Engels-Gesamtausgabe –, halfen, die Sonne der Einzigen Ideologie aufgehen zu lassen. Das Professorenkollegium tagt. Das Verbalerotiker-Kollegium tagt. Man redet sich die Köpfe heiß über einen entscheidenden, unverzichtbaren, lebensrettenden Aspekt des atlantischen Daseins: die Farbe der Häuserwände: War es Scheuerlappen- oder Abwaschwassergrau? Welches Abwaschwasser? Das der Interhotels oder das der Betriebskantinen? Volkseigenes oder privates? Hatten die verschmorten Karyatiden an Leningrader Palästen das Grau von Fensterkitt? Faunsohren, steinerne Pflanzen, der von Einschußklumpen blatternarbige Putz (Lymphknoten, Krebsflechten aus dem letzten Krieg) – welcher Grauton war es, den sie in Verfallsjahrzehnten angenommen hatten? Wir dachten an Grisaillemalerei. An Sorgengrau. Grisettengrau. Argusaugengrau. Gefängnisinsassenkleidungsgrau. An Herrenmodegrau, Schneckengrau, Groschengrau, Austerngrau, Baumbast, Wolfsgrau, Bleistiftgrau, Elefantengrau. War es nicht ein Braun, diese Farbe? Aschefarbe. Tonig-pulvrig, schal, holzig, von der Zeit, den Abgasen, dem sauren Regen hergestellt; der Putz wirkte flöhig wie das Zwiebackfell der Trampeltiere. Wir gerieten in die Zone der Rechtfertigungen. Was war es, das Große Projekt? Der Nachbau der Wirklichkeit, um sie nach unseren Träumen formen zu können …

64.
Fakultativ: Nadelarbeit

Herr Pfeffer nahm die Goldrandbrille ab und musterte Christian aus zu Schlitzen verengten Augen. Auf der Nasenwurzel hatte der Brillensattel einen dunkelroten Abdruck hinterlassen. »Mal sehen, was mir Ihr Chef geschickt hat. Sie haben Abitur?«

Christian bejahte. Mit einem weißen, gebügelten Seidentaschentuch wischte Pfeffer die Brillengläser blank.

»Sie wollten Medizin studieren?«

Christian bejahte wiederum. Pfeffer prüfte die Brillengläser, rollte eine Ecke des Taschentuchs zu einem fingerlangen Zapfen, mit dem er den haarfeinen Streifen unter der goldenen Brillenfassung säuberte, wo die Glasfase lief. »Mediziner mag ich nicht so sehr. Standesdünkel, in der Regel musisch und deshalb in der Regel der irrigen Auffassung, das Musische komme aus dem oder sei das Laisser-faire. Nun, zugegeben, es gibt auch andere Exemplare Ihrer Spezies. Vielleicht sind Sie ein solches anderes Exemplar. Das festzustellen werden wir Gelegenheit haben. Mit Philosophen und mit Modellbauern, mit vielen Zeichnern aus der sächsischen Schule habe ich recht gute Erfahrungen gemacht. Was bedeutet Genauigkeit für Sie?«

Mitten im strengen Winter 86/87, in dem er auf einen anderen Arbeitsplatz versetzt werden sollte, wußte Christian auf diese Frage keine Antwort.

»Genauigkeit, junger Mann, ist Liebe. Ich werde Ihnen eine Chance geben, obwohl es wahrscheinlich ist, daß das Karbid Sie völlig verdorben hat für die Art von Arbeit, die bei mir gepflegt wird.« Er hauchte die Gläser an, polierte, kontrollierte, bis sie makellos blinkten.

Traugott Pfeffer, ehemals Leitender Angestellter der Staatlichen Münze, jetzt Meister im VEB »Phalera«, der eigensinnigerweise zur Abteilung Konsumgüterproduktion des Chemischen Kombinats gehörte, hatte seine Methoden, sich von der »ausgezeichneten Qualitätsarbeit« zu überzeugen, die im Betrieb geleistet wurde – die Urkunde hing über seinem Tisch in der Meisterbude, einem Vogelnest aus Wellblech über der Werkhalle, das freie Rundumsicht gewährte. Unter ihm saßen an einem Werkbankkreis, dessen Plätze Blick auf die vergitterten Hallenfenster boten, die zehn Männer der A-Schicht, alle in der verblichenen, aber peinlich reinen Sträflingskleidung, die der VEB »Phalera« stellte – ein untertassengroßes, aufgesticktes Staatswappen prangte auf der Herzseite –, und waren damit beschäftigt, aus Metall- und Polyester-Rohlingen Orden, Medaillen und Plaketten anzufertigen. Der frühere Münzmeister Traugott Pfeffer verwendete ein in doppelter Kardanaufhängung wie ein Schiffschronometer schwenkbares Fernglas des Volkseigenen »Betriebs ausgezeichneter Qualitätsarbeit« Carl Zeiss Jena, das ihm persönlich gehörte und mit liebevoller, entsprechender Gravur versehen war, um »seinen Pappenheimern«, wie er sagte, zu denen nun auch Christian gehörte, im Uhrzeiger- und im Buchstabensinn auf die Finger zu sehen. Eine zweite Kontrollmethode, die unspektakuläre, wie Traugott Pfeffer sagte, für den das Unspektakuläre zur Kunst gehörte wie Brot zur Ernährung, bestand in der exakten Untersuchung der Werkstücke. Dazu zog er eine Spezial-Meßlehre aus der rechten Hüfttasche seines grauen, stets gebügelten Kittels, legte ihre die Hundertstel Millimeter lesende Skala an die Durchmesser der »Medaille für vorbildlichen Grenzdienst«, der Clara-Zetkin-, der Hans-Beimler-Medaille, prüfte den Abstand zwischen den Grannen der drei Ähren auf der Medaille »Verdienter Erfinder«, zählte auf dem Rundling »Hervorragender Genossenschaftler« die Strahlen der aufgehenden Sonne, in der, genau in der Mitte, eine großbuschige Weizenähre steckte, kontrollierte die Anzahl der Nadeln des zehnspitzigen, strahlenförmigen Sterns des Vaterländischen Verdienstordens.
Zu Christians Aufgaben gehörten die folgenden Arbeitsgänge: Montags Griff in die Materialpalette links, Entnahme eines Rohlings des Ordens »Großer Stern der Völkerfreundschaft«, Vari-

ante Bruststern, kurze Kontrolle desselben, Griff in die Materialpalette rechts, Entnahme einer bronzenen Anstecknadel aus dem VEB »Solidor«, kurze Kontrolle derselben, Griff zum Lötkolben, Befestigung der Anstecknadel durch Verlöten am Großen Stern der Völkerfreundschaft, Kontrolle, Politur des fünfeckigen Ordenssterns, des in der Mitte aufgebrachten, farbig emaillierten Staatswappens der Republik, Hochglanz und Feinentgratung der jeweils zwischen den Sternspitzen bogenförmig angeordneten, freistehenden beiden Eichenblätter mittels einer Politurahle, Blankputzen der auf der oberen Sternspitze aufgeprägten Friedenstaube.

Dienstags Griff in die Materialpalette links, Entnahme eines Rohlings der »Treuedienstmedaille der Deutschen Post«, kurze Kontrolle derselben, Griff in die Materialpalette rechts, Entnahme einer stählernen Anstecknadel aus dem VEB »Solidor«, kurze Kontrolle derselben, Griff zum Lötkolben, Verlöten der Anstecknadel an der Tragspange der Treuedienstmedaille, Politur der Vorderseite, vor allem des Posthorns und der je zwei zu beiden Seiten der Hornkordel ausfahrenden gezackten Elektrizitätsblitze. Diese Medaille gehörte zu Traugott Pfeffers Lieblingen, und er ermahnte Christian, sorgfältig zu arbeiten, denn: »Denken Sie immer daran, junger Mann, Orden und Ehrenzeichen bekommen meist ältere Menschen, ihr ganzes Leben wird in einem solchen Stückchen Metall symbolisiert, da sollten Sie es über sich bringen, die Nadeln wirklich gerade anzulöten, nicht jeder sieht sein Leben gern krumm gestochen oder schief hängen.«

Mittwochs stand Christian an den Präge- und Stanzpressen, wo aus Tombak-, Messing-, Aluminiumtäfelchen geformte Ordens- und Medaillenrohlinge hergestellt wurden.

Donnerstags wusch Christian mittels einer Lösung die vom Prägen und Entgraten zurückgebliebenen Fette und Öle von den Rohlingen, trug in die Vertiefungen mit einem Pinsel Emaille ein, das, pulverisiertes Glas, mit destilliertem Wasser und einem Kleber versetzt und dann gebrannt wurde. Nach der Mittagspause wechselte Christian entweder in die Beize, wo der durch das Brennen entstandene Zunder durch Säure wieder entfernt wurde, oder in die Galvanik, wo die Orden und Medaillen in

Bädern aus Goldelektrolyt neben Traugott Pfeffers Solinger »Eichenlaub«-Kontrollöffel hingen, der am Ende der Prozedur bis zum Heft mit einer klaren Goldschicht überzogen sein mußte; erst danach ging Traugott Pfeffer zum Mittagessen.
Freitags war Christian wieder an der Werkbank, meist mit der Herstellung der Auszeichnungen »Verdienter Seemann«, Bronze, vergoldet, Rand glatt; »Verdienter Seemann«, Bronze, vergoldet, Rand gestanzt; Medaille »Ehrenzeichen für hervorragende Leistungen im Brandschutz«; Kinderauszeichnung »Goldene Eins«; Mitgliedsabzeichen der Gesellschaft für Sport und Technik, Sektion Sporttauben; Abzeichen »Blutstropfen« des Deutschen Roten Kreuzes für eine Blutspende; der FDJ-»Erntenadel«; der »Ehrennadel der Organe der Rechtspflege« in den Ausführungen bronzen, emailliert, und golden, mit Polyesterüberzug, beschäftigt.
An allen Tagen waren die Nadeln der vom VEB »Solidor« gelieferten Anstecksysteme mit einer Fein-Dreikantfeile scharfzuschleifen. Traugott Pfeffer erklärte, indem er eine Modellpuppe in Uniform heranzog, an der zu Demonstrationszwecken Orden und Ehrenzeichen in korrekter Position steckten: »Die Uniform, und mit diesem Kleidungsstück hat die Phaleristik hierzulande zumeist zu tun, besteht aus derbem Stoff, der dennoch von der Nadel unserer Auszeichnungen leicht durchdrungen werden muß. Man stelle sich vor, daß der Genosse Generalsekretär den Karl-Marx-Orden wegen rascher Verbiegung der vom Partnerbetrieb allzuoft leider nur stumpf gelieferten Nadeln nicht oder nicht in angemessener Zeit an der Brust der oder des Auszuzeichnenden befestigen kann.«
Die A-Schicht hatte an allen Tagen 150 Prozent der Norm zu schaffen; Meister Pfeffer aber schrieb nur 100 Prozent ins Abrechnungsbuch. Nach drei Monaten erfuhr Christian den Grund dafür.
Traugott Pfeffer mochte Nebel nicht; er mochte Knoten und Marcel Proust. Christian hatte »zur Zufriedenheit« gearbeitet, er konnte – Übungen beim Schiffsarzt – Knoten machen, und er hatte den Namen Proust zumindest schon gehört.
»Gut, ich sehe«, sagte Traugott Pfeffer, »Sie sind reif für die B-Schicht.«

In der B-Schicht, die nachts arbeitete, wurden weder Orden noch Medaillen hergestellt, sondern die sieben Bände der Rütten & Loeningschen Ausgabe der »Recherche« von Proust gelesen. »Manchmal muß man die Menschen zu ihrem Glück zwingen«, meinte Traugott Pfeffer. »Hier ist mein Bereich, und einer nach dem anderen, der meine Nachtschicht passiert, liest die Suche – Blatt für Blatt, Band für Band. Schlafen ist nicht zulässig. Ich werde Sie prüfen, ob Sie würdig, weil gründlich sind. Damit.« Er zog ein Futteral aus seiner linken Hüft-Kitteltasche und entnahm eine im Elektrolytbad vergoldete, blinkend scharfgeschliffene Krawattennadel. Diese Nadel, erfuhr Christian von einem der zur Bewährung in der Produktion verurteilten Philosophen in der B-Schicht, stach Traugott Pfeffer in die Verlorene Zeit, schlug die Seite auf, las und begann zu fragen. »Machen Sie sich am besten Notizen«, sagte der Philosoph. »Wen er einmal für wert befunden hat, Proust zu lesen, kommt nicht aus der Nachtschicht heraus, ehe er das gesamte Werk kennt.«
Sie waren zu fünft; die anderen vier B-Schichtarbeiter, alle Philosophen, wenn auch aus unterschiedlichen Schulen, lieferten einander die ganze Nacht lautlose, aber erbittert, mit eiligem Bleistift auf Konzeptpapier gekritzelte, Dispute über Entfremdung in der Entwickelten Sozialistischen Gesellschaft.

65.
In unserer Hand

»Richard.«
»Anne.«
»Kann ich mit dir reden.«
Richard trat vom Schraubstock zurück, in dem ein Ersatzteil für den Gasdurchlauferhitzer steckte, *improvisiert* und zurechtgefeilt nach einer Konstruktionszeichnung, die Ingenieur Stahl angefertigt hatte. »Gehen wir?«
»Nicht nötig. Die uns zuhören, wissen genausoviel wie wir. Oder willst du frische Luft schnappen? Ich würde, was du in diesem Keller atmest, keine fünf Minuten aushalten.«

Oben, im Wohnzimmer, sagte sie: »Ich kann nicht mehr, Richard. Ich habe lange geschwiegen und zugesehen. Aber diese Reina, diese Studentin … das war zuviel. Wir«, Anne lachte plötzlich auf, »müßten uns jetzt eigentlich streiten, aber, weißt du, ich mag nicht, ich … habe auch keine Kraft.«
»Ja, Anne«, murmelte Richard. Er berührte einige Dinge: Sofapolster, die Kante eines Schranks. »Ist Reglinde da?«
»Sie ist ausgegangen. Der Brief auf dem Tisch ist von Robert.«
»Ich weiß, ich … habe ihn gelesen. Es geht ihm wohl ganz gut.«
»Besser als Christian. Aber du sagst ja, daß Christian ein wenig zum Übertreiben neigt, wie nennst du das … Bramabas, bramasieren, ich krieg's nicht zusammen.« Wieder lachte sie.
»Ja, Robert. Er hat nie so viele Probleme gemacht. Und doch – vielleicht sagt er nur nichts, weil das schon Christian, gewissermaßen … es ist schon Christians Stil, und vielleicht will Robert nicht so sein.«
»Die Standuhr, Richard, kannst du sie nicht anhalten? Ich kann das Ticktack nicht ertragen, es tut mir weh. Soll ich dir was zu trinken holen?«
»Ich kann auch gehen.«
»Du findest doch nichts. Was wolltest du noch sagen?«
»Es hat mir nichts bedeutet, Anne.«
Sie nickte, ging nach vorn. Richard hörte sie in der Küche hantieren, Eiswürfel klirrten in Gläser; er hielt das Uhrenpendel an. Es wehrte sich gegen den Stillstand, begann sich aus Mikroschwingungen wieder einzutakten, Richard mußte eins der Bleigewichte aushängen, legte es behutsam in den Uhrenkasten. Aus dem Flur hörte er Scheppern, das dumpfe Rumpeln eines Falls. Annes rechte Hand steckte voller Glassplitter.
»Wir müssen in die Klinik«, sagte Richard. Er überlegte einen Augenblick, dann rief er im Friedrich-Wolf-Krankenhaus an. »Barsano. – Ja, Sie können den Saal nutzen. Ich lasse alles vorbereiten.«
»Weißt du, damals auf der Hochzeit, in der Kirche, hast du dich verraten«, sagte Anne. Richard steuerte den Lada, fuhr unkonzentriert, überlegte, daß es besser gewesen wäre, mit dem Taxi zu fahren – nein. Taxis waren rar, sie hätten womöglich stundenlang auf eins gewartet. Einen Krankenwagen zu rufen war ihm

seltsamerweise nicht eingefallen. Anne starrte auf die verbundene Hand. »Du hast geantwortet, als ich dich fragte, ob du den Jungen kennst: Nein. Vielleicht der Sohn eines Patienten. Woher wußtest du, daß es nicht der Sohn von Wernsteins Freund war?«

»Sie ist unsere Chefsekretärin«, entgegnete Richard müde. Die rote Nadel wanderte unruhig über die langgezogenen Zahlen des Tachometers. Er steuerte routinemäßig, als täte das ein anderes Lebewesen in ihm, ein Strichmännchen aus ein paar Nervenbahnen und zugeschalteten Muskeln. Wie fremd und dabei wichtig all dies war: Armaturenbrett, die Bäume an den Straßen, der Zündschlüssel.

»Dann hättest du nicht *vielleicht* gesagt. Übrigens habe ich Lucie schon gesehen. Hübsches Mädchen, sie hat viel von dir.«

Im Krankenhaus war alles vorbereitet worden. Frau Barsano bot an, Richard zu assistieren.

Annes Hand. Die Hand meiner Frau, dachte er. Weiß und blutleer (eine Schwester hatte den Arm ausgewickelt) lag sie im grellen, spöttischen Schein der OP-Lampe.

Eine Hand – was sie tut, ist das eine. Ein Stück Körper, Körper selbst, Gehilfe von Inszenierungen; beredte, scheinlose Wahrheit. Handlung, dachte Richard, dabei ist so vieles Fußlung oder Wortlung oder Schweiglung. Was sie verhindert, vielleicht nur, indem sie ruht (»schweigt«), ist das andere. Beides interessierte ihn. Er liebte Hände. Hände gehörten zu den Belebungen, bereiteten ihm Freude. Er hatte Hände studiert: die seelilienhafte Weiblichkeit der Botticellifrauenfinger (das waren Finger, aber machten sie nicht die Hände aus?); Hände, die stur von etwas überzeugt waren; Hände, gleichsam verzweifelt über ihre Größe und das unaufhörlich stete Verlassen der Kindheit; gecremte und ungecremte Hände, girrende und moosartig unergründliche Hände; Hände von Gärtnerinnen, in die sich Pflanzensäfte gegerbt, und Heizern, in die sich der Kohlenstaub gefressen hatte unabwaschbar; er hatte die Hände eines Schmetterlingskundlers gesehen (und der hatte sie als kraftlose Narren bezeichnet); die Hände seines Vaters beim Untersuchen einer Uhr: all diese – ihm jetzt geisterhaften – Hände mit dem Spurenelement Zärtlichkeit. Ertaubte Hände, Finger, zerbrechlich wie Wach-

telknochen, und hatten Städte verändert. Hände von Bäuerinnen, knotig, geflochten aus Härte und Kälte und lebenslanger Schufterei, Querner hatte sie gemalt: sie schienen mehr aus Holz als aus Fleisch zu bestehen, die Finger waren krumm von Gicht und Arthrose und von Schlägen: abgewehrten und ausgeteilten. Dabei fand Richard Hände auch manchmal kurios, die Doppelung schien der Hand etwas von ihrem Wert zu nehmen, an schimmernder Präzision. Warum haben Zyklopen nur ein Auge? Damit es bedrohlicher blickt, damit es ablenkungsloser zugeht. Eine Hand, zwei Hände: um den fremden Leib – oder den Hals – von beiden Seiten zu umfassen, um in Stereo zu liebkosen; zu morden. Bitternislinien. Manche wirkten unruhig vor Unveränderlichkeit. Da, diese Narbe – erinnerst du dich? Auf der Hochzeitsreise, die war, wie die Reisen unserer Jugend eben waren: kurze Entfernungen, für den »Berlin«-Motorroller erreichbar, Rheinsberg und Havel: Äpfel im Gegenlicht, rauh von Nachttau, in den Fenstern Kürbisse, pampelmusengroß, gestreift wie Hosen von Operntürken, manche beigefarben mit grünen Schlacken, manche wie Turbane, die sich plusterten, andere birnenförmig, gelb und dunkelgrün, zwischen den Farben eine scharfgezogene Grenze. Die Panne unterwegs, Anne rutschte mit dem zweiten Schraubenzieher ab.
»Sie haben sich unsteril gemacht, Herr Hoffmann. Ihre Handkante war am Wasserkran.«
Hände zu *lesen* hatte ihm schon in seiner Assistentenzeit Befriedigung verschafft; eine reibungsstarke, quälende Herausforderung, so mochten es andere sehen, für ihn war es: etwas Verpacktes, das man sorgfältig und freiwillig einkreiste, voller Scheu, es aus den Verhüllungen zu schälen, Furcht vor Nacktheit – aber es war da, pochte leise, begehrte gekannt zu werden. Und niemand hatte einem erklärt, was es bedeutete, in eine Hand zu schneiden (ach, dieses Wort: »begreifen«). Zu schneiden in die Hand der eigenen Frau; fünf Finger, die Schnür-Mazeration dort, wo der Ehering gesessen hatte (die Schwester hatte ihn mit Seife und Seidenfaden entfernen müssen); Daumenballen; die Pulse der beiden Hauptarterien, die jetzt nicht mehr fühlbar waren; der Handteller mit Linien und Kerben und einer Wolke von Aberglauben; blasse, spröd wirkende Nägel: so daß die Hand auf den

grünen Tüchern lag wie ein betäubtes, zu sezierendes Hermelin. Niemand hatte einem erklärt, wie man mit der Unwiderruflichkeit fertig wurde, der Abwesenheit von Ironie im Moment des Schnitts: Hier bin ich, schien die Hand zu sagen, es gibt kein Zurück, und ich muß dir vertrauen. Mach mich also gesund. Was du kannst, muß dafür genügen. Natürlich gab es Routine, aber es blieb immer etwas Lauerndes, immer die Ahnung, daß es bei diesem Patienten keineswegs so funktionieren (»glattgehen«, dachte Richard, das auftrumpfende Wort der Laien) mußte wie bei dem »ähnlichen Fall« gestern; immer die Furcht, das »Wissen« zu Simsalabim zerfließen zu sehen. Wie bei jeder fensterlosen Arbeit.

Eine Hand, wenn man sie lange genug betrachtete, schien Losungen aus dem Verborgenen zu entlassen – sie standen still, noch unter der Oberfläche, die Unzweideutiges anbot, aber die Umrisse waren schon zu ahnen, waren schon deutend ausfüllbar. Hände taten zumeist ganz Vernünftiges. Morgens banden sie Schuhe, mittags löffelten sie Suppe, abends knackten sie ein Bier und ruhten aus. Das Leben einer Hand bestand aus Ballung und Streckung für vernünftige Gebärden. Richard dachte an eine Patientin, die er vor vielen Jahren gehabt hatte: ein damals fünfzehnjähriges Mädchen, bei einem Unfall waren ihr beide Unterarme abgerissen worden. Eines nachts, er war diensthabender Notarzt gewesen, hatten ihn die Nachbarn gerufen: Sie hatte sich mit Gas vergiftet.

»Ihre Frau wird ambulant bleiben können, denke ich. Erspart uns viel Schriftkram. Möchten Sie selbst operieren?«

Er nickte. Hände erzogen zur Sparsamkeit, wenigstens den Operateur. Es gab keine überschüssige Haut. Wunden konnte man nicht, wie sonst üblich und möglich, großzügig ausschneiden. Mikroskop. Lupenbrille. Das Krankenhaus war vorzüglich ausgestattet. Frau Barsano wußte das, deshalb, dachte Richard, schwieg sie. Die saugende, lechzende Stille beim Operieren. Hochkonzentration; das Bewußtsein, fokussiert und scharf auf den Punkt der Aufmerksamkeit zugeschliffen, setzte Interessens-Körnungen wie ein Diamantbohrer. Dazwischen Zusammensacken, Energieanforderungen, Aufholen, spritzerhafte Ablenkungen. Man konnte eine Weile nachgeben, man überließ

eine Weile dem Ko-Operateur das rasend langsam über die Situation kriechende, unbarmherzig entkleidende Brennglas, dem die Klinge folgte, ausforschend die Verwundung. Hände kannten ihre eigene Form von Schlummer, aber auch von Ekstase. Sie hing, meinte Richard, meist mit dem Wort »erreichen« zusammen: Nahrung und Leuchtendes, Haut und Schaltpult-Knöpfe, Stille, Beklommenheit und Weissagungen, Dinge, berührbar gemacht durch eine Kinderzeichnung.
»Glas«, sagte Frau Barsano, hob ein Splitterchen.
Annes Hand. Wenn ich das da zerschneide, wird sie dort, in dieser lappenförmigen Zone am Kurzen Daumenbeuger, keine Empfindung mehr verspüren. Verantwortung. Macht. Manchmal genoß er, manchmal fürchtete er diese Macht, die Gedanken, die sie ihm einzublasen schien und die er als eines Arztes unwürdig empfand. Aber sie waren da, dünne, giftige Lippen flüsterten sie, und er mußte einen wertvollen Teil seiner Kräfte aufbringen, sie zurückzudrängen. Ob es wohl anderen Chirurgen auch so ging? Man sprach darüber nicht. Vielleicht aus Angst, als schlechter, unberufener Arzt dazustehen. Der dem Klischee der meisten Patienten vom edlen Menschen im weißen Kittel nicht entsprach. Es kam aber darauf an, was man tat. Er erinnerte sich an das Gespräch mit Weniger: frei zu sein. Man war frei, das Hilfreiche zu tun. Er betrachtete Annes Hand, sie war verletzt, schmal und deshalb auf eine diskrete Weise bittend; eine Hand, die beharrte Es ist so, eine Festlegung, erschrocken über das Unabänderliche daran und doch im Geheimnis der Würde: Dies ist sie, meine Hand (und mit ihr die Schatten aufzuhalten); Annes Hand: klein von Trauer und Zeit, einzigartig..
Er fühlte sich außerstande, weiterzuoperieren. Rührung, Sentimentalität, Verzweiflung: ein Gemisch, das ihn abstieß, überwältigte ihn. Er bat Frau Barsano, allein weiterzumachen.

Es war noch hell, als sie auf der Wolfsleite vor Sperbers Haus hielten. Erstaunt nahm Richard die rauschsüß halluzinatorischen, drangsallosen Rufe der Amseln wahr, irgendwie egoistisch in ihrer Ruhe, ihrer Selbstsicherheit, dachte er, auch … gnädig. Wie Anne die Hand zur Klingel hob, ohne etwas zu erklären – Richard empfand nun diese Scham, die das Recht auf

Erklärungen bestreitet –, sie anhob, die verbundene, kaum schon verteidigte Hand, bekam das Weiß des Gipsverbands, aus dem Anne einen Finger komisch (einen harten, vorbohrenden Stiel, schweigend und keck) ragen ließ, um den Knopf absurd lange zu drücken, etwas Ungelehriges, das nicht in den Abend gehörte, obwohl es ihn in verblüffender Nähe durchquerte – jetzt, da Anne den Arm vor einem Ulmenstamm sinken ließ, gewissenhaft langsam, doch lässig –, ein Weiß, das seine Trockenheit ausschmolz und einen anderen Charakter annahm: das ungelehrige, kluge Weiß, das eine Steckdose in der finsteren Baumrinde gehabt hätte. Richard ging auf und ab. Anne bat ihn zu warten, als Frau Sperber öffnete. »Und benimm dich bitte nicht so … theatralisch schlecht. Es dauert eine halbe Stunde, vielleicht eine, je nachdem.« Der Rechtsanwalt winkte von der Haustür, kam Anne mit ausgestreckten Armen, ein *ernstes Lächeln* aufgesetzt, entgegen (es wirkte nicht einmal unsympathisch, fand Richard), besah ihre Hand, schien zu überlegen, zog das Seidentuch aus der Brusttasche seines Anzugs (es brodelte zitronengelb und atmete auf), netzte es in einer Regenwassertonne und wusch Anne mit obszöner Sorgfalt die Finger sauber. Dann gingen alle drei hinein, ohne auf Richard zu achten. Nach einigen Minuten klingelte er.

»Es ist schön, daß Sie noch da sind«, sagte Frau Sperber. »Wollen Sie nicht hereinkommen?«

»Wo sind sie?« Richard drängte die Frau zur Garderobenleiste, an der Annes Mantel hing.

»Im Keller. Bitte stören Sie nicht. Außerdem ist abgeschlossen. Mein Mann hat es nicht gern, dabei gestört zu werden.«

»Im Keller?«

»Ausgebaut und trocken, mit Bar und Kamin. Mein Mann liebt diesen Keller.«

»Sagen Sie sofort meiner Frau Bescheid, daß ich auf sie warte und möchte, daß sie heraufkommt.«

»Würden Sie mir helfen?« Frau Sperber winkte Richard in die Küche. Auf der Anrichte lag ein großes Bund Möhren. »Es gibt Möhrensalat, mein Mann ißt ihn so gern. Und ich komme mit diesen Schälern nicht klar. Wenn ich mehr als zwei Möhren kleinschnippeln muß, krieg' ich lahme Hände.«

»Verschonen Sie mich mit diesem Unsinn und sagen Sie meiner Frau Bescheid. Sofort.«
»Das kann ich nicht. Zu dieser Tür hat nur er einen Schlüssel.«
»Dann werde ich die Polizei holen.«
»Herr Hoffmann – das sollten Sie lieber nicht tun. Erstens hätten Sie keine Chance gegen ihn. Zweitens ist Ihre Frau, so wie es aussieht, durchaus freiwillig mitgegangen.«
»Und Sie?«
»Wir führen eine moderne Ehe, Herr Hoffmann. Aufgeklärt und großzügig. Wir sprechen uns ab, und keineswegs will ich Ihnen hier als die Leidtragende vorkommen. Übrigens ist es mir lieber, wenn ich die Frauen kenne; ich kann dann besser einschätzen, ob sie ihm guttun. Ihre Frau ist sehr nett, ein ganz angenehmer, liebenswerter Mensch.«
»Was Sie nicht sagen.« Richard versuchte vergeblich, auf einem der Barhocker um die zentral stehende Anrichte Platz zu nehmen, »Wo haben Sie diese riesige Dunstabzugshaube her?«
»Kein Problem für meinen Mann. Er wollte eigentlich eine neue kaufen und diese Ihrer Frau geben, die sie auch bewundert hat, aber Ihre Küche ist zu klein. – Nebenbei, ich freue mich, Sie zu sehen, Herr Hoffmann. Mein Mann spricht immer sehr achtungsvoll von Ihnen. Wollen wir nicht du zueinander sagen?« Sie wischte sich die Hände an einem mit Windmühlen bedruckten Geschirrtuch ab. »Evelyn.«
»Ach, kommen Sie mir doch nicht damit.« Richard verließ das Haus. Er irrte durch die Straßen, geriet in die Ulmenleite. Die Kirche war noch offen. Pfarrer Magenstock übte Seilspringen. Richard sah eine Weile zu, Magenstock drehte sich langsam, schien ihn nicht zu bemerken, hüpfte schnell und flach, das Seil in geschmeidig pfeifender Bewegung, mit geschlossenen Augen auf und ab. Meditativ, dachte Richard. Und obwohl das Geräusch des Seilspringens hinter ihm gar nicht darauf hinwies, entdeckte er den Opferstock neben der Tür und verspürte das Bedürfnis, etwas zu spenden; fand aber, als er seine Taschen durchsuchte, nur das Zwanzigpfennigstück für Notfälle. Er warf es ein.
»Ah, Herr Hoffmann«, Sperber geleitete Anne aus dem Haus, verbeugte sich vor ihr, »ich kann Ihnen etwas Erfreuliches mit-

teilen. Meine Bemühungen, Ihrem Sohn das Medizinstudium wiederzuverschaffen, werden sehr wahrscheinlich Erfolg haben.«

»Na, Bruderherz?«
»Robert.«
»Kann man in dem Kaff irgendwohin gehen? 'n Eis essen?«
»Hier gibt's 'ne Kneipe. Wenn du 'n Bier willst.« Robert, der Bier trank, Robert, der Kleine – so war es immer gewesen, und so war es nun nicht mehr. Robert, der jetzt mit sattem Klick ein Sturmfeuerzeug aufspringen ließ und mit der Stichflamme über die Spitze einer »Cabinet« fuhr.
»Vielleicht später.«
»Daß du gekommen bist … schön.«
»Mann, das hättest du früher nie gesagt. Das muß die Fahne mit dir gemacht haben. Gar nicht schlecht.«
»Mach dicht, Ohrli.«
»Na bitte.« Robert sprach scherzend über die Armee, er war bei den Sanitätern in einer Kaserne bei Riesa eingesetzt. »Schnarch- und Duckposten. Meine Güte, das ist doch ein ziemlich lächerlicher Verein. Links um, rechts um, gammeln, warten, verblöden und verfetten. Das kann man doch nicht ernst nehmen.«
»Kommt drauf an, wo du bist.«
»Irgendwas mußt du falsch machen, daß es dich immer so erwischt.«
»Wie steht's mit Ausgang?«
»Jede Menge«, prahlte Robert. »Und für's Leibliche ist auch gesorgt. Hab' 'ne Hübsche in Riesa. Und du?«
»Was sagst du zu unseren Alten?«
»Gut abgelenkt, Bruderherz. Sind schon okay, da gibt's ganz andere. Find' ich gut, daß sie jetzt auf Urlaub sind. Endlich mal sturmfreie Bude. Mensch, wie lange hab' ich mir 'ne sturmfreie Bude gewünscht, und wenn man eine kriegt, dann zusammen mit 'ner Schwester, und man ist bei der Asche. Du rauchst nicht, stimmt's?«
»Halbschwester.«
»Nimm's nicht so schwer, Bruderherz. It happens. Lucie heißt sie. Hast du sie schon mal gesehen?«

»Nein.«
»Na, wie sollst du auch, wo du doch kaum rauskommst. Ich hab' sie auch noch nicht gesehen. Aber neugierig bin ich auf sie. Echt. Und ehrlich gesagt: Irgendwie freu' ich mich auch. 'n Schwesterchen hab' ich mir nämlich schon immer gewünscht.«

66.
Nach dieser Unterbrechung gingen die Tage … dahin

781 Jahre Dresden: Aufkleber mit dieser Zahl las man 1987 auf den Heckscheiben vieler Autos; oft neben dem »A«, das offiziell für »Anfänger«, inoffiziell aber für »Ausreise« stand. Die Zahl war ein Aufbegehren gegen eine andere: 750 Jahre Berlin, ein Jubiläum, das in großem Stil gefeiert werden sollte, eine Zuckung aus Lebensfreude, Stolz, den niemand mehr glaubte; eine mit allen Kräften vorgenommene Auspressung des müden, siechen Körpers der Republik, um aus den verdorbenen Säften einen Becher Schierling zu keltern, der, in die Adern der Hauptstadt geträufelt, Krankheit zum Leben, Erschöpfung in Hoffnung und Tatkraft verwandeln sollte …
Judith Schevola arbeitete inzwischen nicht mehr auf dem Tolkewitzer Friedhof, man hatte ihr eine Arbeit im VEB »Kosora« zugewiesen, wo sie als Blauzugkopiererin Broschüren an Alkoholwannen und im »Ormig«-Verfahren abzog. Wenn er konnte, fuhr Meno, auf für ihn selbst unerklärliche Weise angezogen, zu dem Betrieb, und beobachtete sie. Er erkannte sie schon von weitem an ihrer Fledermausmütze, sie kam mit anderen Arbeiterinnen zum Werktor heraus. Sie wankte, suchte Zäune an den Wegen und etwas zum Festhalten auf den Straßen, betrunken von den Alkoholdünsten, die aus den Wannen mit den zu vervielfältigenden Schriften stiegen; Passanten runzelten bei ihrem Anblick die Stirnen, dachten wohl, sie sei eine Säuferin, und als sie einmal in den Matsch fiel, an einem trüben Winterabend, half ihr niemand, bis es Meno, der schon von weitem ihre dumpfen Hilferufe gehört hatte, schließlich gelang, sie aus der Pfütze hochzurappeln. Judith erkannte ihn nicht, wehrte sich taume-

lig, niemand achtete auf die beiden schwermütig miteinander kämpfenden Menschen.
Meno brachte sie nach Hause. Sie lebte in der Neustadt, in einer Hinterhofwohnung, die aus anderthalb Räumen bestand, der Flur von Schrankrücken hergestellt, der halbe Raum endete an einer Mauer; sie teilte die Stuckrosette für den Kronleuchter. Das größere Zimmer querte eine Schraube, an der Zigaretten, ausgeschnittene Gedichte und Strümpfe hingen. Die Schraube hatte ein Feingewinde mit (von Judith gezählten) 5518 Gewindegängen, und hielt, durch Mauerwerk, außen mit Schellen und Hölzern als Gegenspann, die Etage zusammen.
»Was wollen Sie denn von mir«, nuschelte Judith und ließ sich aufs Bett fallen.
»Brauchen Sie etwas, kann ich Ihnen irgendwie helfen?«
»Mir kann keiner helfen. Ah, wie weinerlich … Haben Sie was zu trinken mitgebracht? Schönen Dank fürs Geleit, Herr Lektor, und gehab' er sich wohl!«
Sie wurde rasch klarer, Meno wandte sich zum Gehen.
»Wenn Sie den Waschkrug füllen könnten, in der Küche ist ein Wasserhahn … Sie können auch bleiben, wenn Sie schon mal da sind … Wie Sie wollen. Ich hab' eine Platte mit indischer Musik, geschrieben für Lebende und Tote, genau das Richtige für Sie und mich. Haben Sie Hunger?«
»Ja.«
»Das ist dumm. Hab' bloß aus Höflichkeit gefragt. Also schlage ich vor: Wir essen zuerst nichts, und danach gehen wir tanzen.«
»Ich kann nicht besonders gut tanzen. – Wie geht's Ihnen? Arbeiten Sie? Schreiben Sie?«
»Wir wollten so hoch hinaus, und wohin ist es mit uns gekommen«, sagte Judith nach einer Weile.
»Das ist mir zu sentimental. Sie müssen schreiben, die Zeiten ändern sich, und ich glaube nicht, daß Ihr Ausschluß von langer Dauer sein wird.«
»Ich will was trinken!«
»Nein.«
»Wollen Sie mir verbieten, mich zu besaufen?«
»Es ändert nichts, und Sie sind keine unreife Göre mehr.«
»Jawohl, Papa.« Judith Schevola langte unters Bett, fischte eine

halbvolle Flasche »Kröver Nacktarsch« vor, trank sie in großen Zügen leer. Sie warf die Flasche in einen Karton neben dem Öfchen, wo sie auf anderem Glas zerbrach. Judith lachte rauh. Dann rollte sie sich auf dem Bett aus wie eine große Katze. »Haben Sie nie das Gefühl, explodieren zu müssen? Die Sterne vom Himmel zu rütteln? Wollen Sie nie von allen Speisen zugleich kosten, tanzen bis zum Umfallen, saufen bis zum Ausknips, in der Spielbank Ihr Geld verjubeln, pleite sein, nach einer schrecklichen Stunde zurückkommen und alles zurückgewinnen und noch mehr? Wollten Sie nie einen Fluß dazu bringen, aufwärts zu fließen?«
»Mir genügt ein funktionierendes Bad«, erwiderte Meno abweisend.
»Fliegen können, frei sein, groß sein, voll unbezähmbarer, elementezwingender Kraft sein … wie die Revolution.«
Meno schwieg.
»Aber die Revolutionäre sind ängstlich«, sagte Judith bitter.

Immer dichter wurden die Kokons, immer tiefer die Jahre. Wen riefen die Uhren? Abends war das *mutabor* gesprochen, Stadt und Land stellten Puppen auf, die nach außen blickten, die Türmer aber waren längst die Treppen zu ihren Interessen hinabgestiegen … Ein stark besuchter Urania-Abend hatte einem Vortrag über Mesopotamien gegolten; der Dozent, eigens aus Berlin, vom Pergamon-Museum, angereist, hatte per Diaprojektor farbige Schatten auf eine Leinwand im abgedunkelten Vortragssaal von Haus Arbogast geworfen und nicht nur Witwe Fiebig zu begeistertem Staunen gebracht. Der Dozent signierte einige blaue quadratische Bücher, reiste ab, sein Thema blieb und zweigte aus, fachte, als wäre es eine Zündmasse, die Gespräche und stillen Studien in den abendlichen Stuben an. Die vom Dozenten hinterlassenen Bücher waren aber auch zu schön anzusehen: Ein Relief des Ischtartores war auf dem Umschlag abgebildet, weiße Löwen schritten über einem Fries mit Gänseblümchen auf zeitlosem, azurblauem Ziegelgrund; Witwe Fiebig meinte, es wehe einen schauerlich an, »diese Ä-wichkeiten seitdem, und was ist geblieben«. Plötzlich tauchten niegehörte Namen auf, bildeten weiße Wölkchen vor den Mündern der vor Wachendorfs Kon-

ditorei auf Semmeln Wartenden; Assurbanipal, Assurnasirpal I und II, Hammurabi schwirrten hin und her, und jeder, der nicht »veraltet« sein wollte, mußte mit diesen Namen etwas anzufangen wissen. Im Haus Zu den Meerkatzen unterbrach man die Forschungen am Alten Dresden und wandte sich jenen Epochen voller mythischer, in Tierfelle gekleideter Männer mit langrechteckigen Kräuselbärten, Armspangen, Haarnetzen und Kampfkitteln zu, die Waden und Oberarme frei ließen und Witwe Fiebig mehr als einmal zum seufzenden Ausruf »Diese Muskeln, mein Gott, was diese Männer für Muskeln hatten«, brachten, worauf Herr Sandhaus erwiderte »Ja, meine Liebe, und damit haben sie ihren Feinden ungerührt die Köpfe abgeschnitten«. »Ja, aber welch ent-schiedene Männlichkeit, was für eine stolze, saft'sche Kultur, eine Kultur mit *Muskeln*«, erwiderte Witwe Fiebig, »und finden Sie nicht, daß diese Keilschrift was Zartes und Muskulöses zugleich hat? Wenn ich mir vorstelle, daß unsere Zeitungen so geschrieben wären, würde ich mich doch mehr vertiefen. Ich globe, ooch Schwindeleien wär'n in Keilschrift was andres, ganz was andres wär'n die, globe ich.«
Alle vier Exemplare des blauen Buchs, die in Bruno Korras Antiquariat »Papierboot« auf dem Lindwurmring ein friedliches Schlaf-Dasein geführt hatten, waren, obwohl vom listigen und die Zeitzeichen klar erkennenden Antiquar nach dem Vortrag sofort von EVP M 10,— auf EVP M 100,— verwertvollt, weggekauft worden und dienten nun den Bewohnern des Viertels, die nicht das Glück gehabt hatten, ein Exemplar zu ergattern, als Kopiervorlagen; einige der Sekretärinnen aus dem Handelskorrespondenzbüro des »Rats für Gegenseitige Wirtschaftshilfe« tippten die Bücher Wort für Wort in ihre Maschinen, in bis zu fünf Lagen Kohle- und Schreibpapier, das, wie auch die Farbbänder, die Papierhandlung Matthes aus schwarzen Kontingenten zur Verfügung stellte. Die an Grau, feinste Abstufungen von Alltagsgrau gewöhnten Augen der Türmer dürsteten nach Farben, sie berauschten sich an den seltsamen Reliefs, den Sonnen- und Sternzeichen, dem Meerblau der glasierten Ziegel der Prozessionsstraße, die den Namen »Möge der Feind sie nicht überschreiten« trug und vom »Marduk«-Tempel durch das Ischtartor, einem der acht Tore der Innenstadt von Babylon, zum »akitu«-

Tempel führte. Mit Ehrfurcht blätterten sie die Buchseiten um, und wenn sie einen der Durchschläge, geheftet und gebunden in Arbogasts hauseigener Drucker- und Binderei, vor sich liegen hatten, die auf die Illustrationen hatten verzichten müssen, waren sie nicht nachlässiger, im Gegenteil, dies hatte Menschenarbeit, Menschenzeit gekostet, und zwar von Menschen, die sie kannten und täglich sahen. Es gab Anrufe zu nächtlichen Stunden, im Viertel spann sich ein Netz zwischen Telefonhörern; man wies auf besondere Schönheiten hin, diskutierte die Lage der Hängenden Gärten in der Stadt Babylon; die Frauen fragten, welche Kleidung Semiramis wohl getragen haben mochte, ob es dem Kosmetiksalon »Nofretete« an der Bautzner Straße gelingen könne, die dezenten Geheimnisse babylonischer Schönheitsaufhöhung aufzudecken und nutzbar zu machen; die Männer überlegten, ob Herodots Angabe, daß die äußere Stadtmauer so breit gewesen sei, daß ein vierspänniger Wagen darauf habe wenden können, nicht ins Reich der Legenden gehöre. Die Lichter in den Stuben brannten, draußen fiel der saure, schwarzkörnige Schnee der mit schlechter Kohle durchheizten Winter, und Stirnen, glatte, faltige, schwärmerische und nüchterne, beugten sich über die Farben und Formen jener langversunkenen, unter Sand und Sintflut verschütteten Zeit.
Es verging so schnell, wie es gekommen war. Die imposanten Zikkurrats zerbröckelten, die Wagenlenker auf Blumensternrädern, die Sonnenkönige in Gold und Lapislazuli verloschen, kaum war eine Fahrt nach Berlin, zur Museumsinsel, organisiert; Herr Sandhaus, der sich gekümmert hatte, stand ratlos auf dem Bahnsteig, aber außer Meno kam nur noch Herr Adeling. »Ist nun nichts mehr mit Assyrien, Herr Sandhaus, nichwahr? Aber wissen Sie, bei mir hat's erst angefangen, hier in unserm Ninive.«
Die babylonischen Phantasien verblaßten, nachdem man das Völkerkundemuseum im Japanischen Palais besucht hatte. Der Wissenshunger der Türmer verlangte nach Neuem … Meno sah mit stiller Amüsiertheit, wie die Moden wechselten. Nach Mesopotamien entdeckte man die Phönizier und Karthago; der Schiffsarzt kam zu Ehren, weil er Risse von Schiffen dieser Seefahrernation mit gehauchtester Feder auf Polylux-Folien zu

übertragen wußte, filigrane Kabinettstückchen der Schiffszeichenkunst, die Arbogast von seinem Ratsherrenstuhl im Halbdämmer nickend und schmunzelnd mit Beifall bedachte. Ja, segeln wie die Phönizier! Das müßte man können! Das weite Mittelmeer befahren von Zypern bis Gibraltar und hinaus, wovor die Alten sich fürchteten. Modellschiffe aus Kienspan und Balsa wurden gebaut; Papierwaren-Matthes wußte gar nicht, wie ihm wurde und woher er all die verlangten Materialien besorgen sollte. Für das Balsa konnte man auch Kork nehmen, aus Kork bestanden Angelruten-Griffe – die Messer geschärft, die Rasierklingen gezückt! Gewisse Fernsehsendungen erfreuten sich nun allgemeiner Beliebtheit; Meno erkannte es am synchronen Schnittwechsel in den Fenstern, wenn er nach Hause kam … Filme über Seehelden und Entdecker, wagemutige Kaperfahrer und Abenteurer; Sendungen wie »Sie & Er & 1000 Fragen«, »Von Pädagogen – für Pädagogen« und, beliebt bei den Schneiderinnen der »Harmonie«, die sich bei Barbara zum »Frauenkränzchen« trafen, der Selbstnäh-Ratgeber »Vom Scheitel bis zur Sohle«. Rechtsanwalt Joffe lud zu einem »Sandokan«-Abend, an dem die Glutaugen des »Tigers von Malaysia« nicht nur Witwe Fiebigs Herz entflammten, hielt im Hotel Schlemm einen Videovortrag über »Paul und Virginie«, das auf Mauritius spielte, ein seichtes, koloniales Liebesgeplätscher, das die Männer nicht ohne eine Flasche Bier und Seitenblicke auf ihre Frauen und die Uhren ansahen; nachher unterhielt man sich über Joffes Privilegien.

Meno trieb seine eigenen Forschungen. Die Zelle beschäftigte ihn, kleinste Einheit des Lebendigen, ein hochkomplexes organisches Maschinenwerk, das Arbogast ihm in mannshohen, den Künsten Herrn Ritschels zu dankenden, Modellblöcken zur Verfügung stellte. Man konnte sogar einige chemische Reaktionen simulieren … Sie wollte er bedichten, denn davon erhoffte er sich eine Rettung der romantischen Poesie, die in abgelebten Reimen einerseits und Naturschwärmerei (das »Schöne, Gute, ›das‹ Romantische«) andererseits erstarrt zu sein schien … Es hatte beeindruckende Veröffentlichungen bei Hermes gegeben, einen bewundernswerten, von Eschschloraque giftig angegriffenen Essay des Alten vom Berge über Trakl … Die Verschwisterung von Wissenschaft und Dichtkunst (eine alte, ziemlich humanistische Idee), eine Traditionslinie, schmal und oft fast verschüttet, bezeichnet mit den Namen Empedokles von Agrigent, Walahfrid Strabo, Hrabanus Maurus, Jakob Böhme, Novalis, der Droste, Fallmerayer, Carl Ritter bis hin zu Fabre und Benn war Meno zum verschwiegenen, seinen vor fremden Blicken inzwischen durch meterhohe Bücherschäfte geschützten Schreibtisch beanspruchenden *fixum* geworden. Das Leitgestirn dieser Bestrebungen hieß Goethe, wie so oft …

Den Urlaub im Sommer 1987 verbrachte Meno nicht im Haus seines Vaters in Schandau, sondern im Museum für Tierkunde, das, wie er zu seinem Erstaunen feststellte, kaum einem Dresdner bekannt war. Dort, in verstaubten Spinden mit Schmetterlingskästen aus den Nachlässen sächsischer Sammler, auf Mikroskopiertischen voller Petrischalen, Zeitschriftenstapel, traurig auf die Elbe blickender ausgestopfter Vögel, in der reichhaltigen, wenn auch unter Säurefraß und Feuchtigkeit leidenden Faunenbibliothek, fand Meno in Überfülle Material für seine Erkundungen. Seit seinen Studententagen hatte er das erste Glück des Forschers, noch untersuchungs- und fragenloses Anschauen der Natur, das sich von dem des Kindes nicht durch Staunen, sondern durch Betroffenheit unterscheidet, nicht mehr so stark empfunden wie in diesen fließenden, schon von Herbstklarheit durchsponnenen Augusttagen. Die Stadt hatte sich geleert, die Kinder hatten Sommerferien, die hitzemelancholisch gähnenden Kinosäle schienen sich selbst die Verzauberungen nicht zu glauben, die, gebannt im Staublicht griesgrämig knarrender Projektoren, über die Leinwände flackerten. Die Elbe war grau und träge wie ein badender Elefant. Das Spinnen-Manuskript und sein Universitätsausweis der Fachrichtung Zoologie Leipzig hatten Meno die Tür zu den Sammlungen geöffnet, und so saß er, ungestört von den Mitarbeitern, in der brütenden Stockstille eines Plätzchens hinter unaufgeräumten Regalen voller schweigender Forscherträume, die nachts, wenn er gegangen war, womöglich über ihn zu wispern beginnen würden – so dachte er manchmal –, denn unkatalogisierte Sammlungen, Kästen voller Schmetterlinge, von denen einer »nicht stimmt«, weil er falsch gesteckt oder klassifiziert wurde, sind wie Umgänger und lechzen nach dem Hals eines Wissenschaftlers, um erlöst zu werden ... Hier saß Meno und studierte die Zelle. *Cella*, las er, Kammer, Raum; kleinste Bau- und isoliert noch lebensfähige Funktionseinheit von Organismen, Stoffwechselleistungen (Meno erinnerte sich an einen Spruch seines Lehrers Falkenhausen: Stoffwechsel ist eine Erkundung verschiedener Formen des Danks), Reizbeantwortung, beweglich und fortpflanzungsfähig; die meisten menschlichen und tierischen Zellen haben eine Größe von 20-30 µ; die menschliche Eizelle dagegen war eine Riesin mit ihren 0,2 mm Größe; dem bloßen Augen schon sichtbar. Wie eine Sonne ging diese Eizelle aus dem Gelbkörper auf, eine Sonne im Mondzyklus, gesteuert von einem komplizierten Wechselbogen von Hormonen (was »antreiben« hieß) und freigewischt von den Fimbrien der Tuben, eingesogen in den Eileiter, wanderte das Ovum in Richtung Uterus, von wo die Gegenzelle, die begeißelten Kampfschwimmer des Spermas, zu erwarten waren. Was meinten all diese Dinge, was hatten sie zu bedeuten, Organellen innerhalb der Membran, die die Zelle begrenzte und ihr als Nähr- und Kommunikationshaut diente? Da war das Endoplasmatische Retikulum, es sah aus wie eine Schicht hastig übereinandergestapelter Kartoffelpuffer, zwischen denen die Proteinbiosynthese stattfand, ein mehrstöckiger, tausendgleisiger, logistisch kaum zu überblickender Weltraumbahnhof aus An- und Ablieferungen, Aufbau, Zuschnitt, Reparatur und Abbau; da gab es den Golgi-Apparat, das sogenannte Binnennetz, das aus mehreren hintereinandergelagerten, konvex-konkav zusammengefalteten Doppelmembransäckchen bestand, die teils zu Kavernen und Vakuolen erweitert waren und dazu dienten, Sekrete zu umhüllen, sie gewissermaßen einzuschweißen in Vesikel, die aus der Zelle über besondere Kanäle geschleust wurden; da waren die Mitochondrien, die Kraftwerkchen im Protoplasma der Zelle, kompakten Räucherwürsten, manche auch Rugbybällen ähnlich; und da war das Geheimnis, wieso das Ei vom Samen wußte (denn so schien es zu sein, die Eizelle schien Lock- und Steuerstoffe auszusenden, ja, sogar sich die Samenzelle auszusuchen, von der sie befruchtet werden wollte; Meno hatte in der »Nature« gelesen, daß das Prinzip »der erste mahlt zuerst« offenbar nicht einschränkungslos gültig war; die Eizelle

schien ein Wörtchen einzulegen, wer für sie »der erste« war – nicht immer der lebensrobuste Holzhacker, der als Kraftkerl seinen Bohrer ansetzte, um die Eihaut zu durchdringen, manchmal schien sie ihn auch die Arbeit tun zu lassen, um den weichen Herumtreiber und Bohemien, den liebenswerten Süßmund, im letzten Augenblick hereinzuziehen und dem Vierschrot die Tür vor der Nase zuzuschlagen); da war das Geheimnis der Zusammenhänge, der Bedeutung, die sich der Sprache entzog.
Manchmal schnorchelte eine Kaffeemaschine irgendwo in den Tiefen des Museums, manchmal knackte es in einem der mit Ölfarbe gestrichenen, frei an der Wand laufenden Heizungsrohre, manchmal machte irgendwo, aus den konzentrisch wachsenden, schmarotzerblumenartig entfalteten Feuchtigkeitsflecken an den blaßgelben, vom Craquelé der Jahrzehnte überwurzelten Decken gefallen, ein Wassertropfen »tock«. Bei Schneeschmelze und Regen, hatte Meno erfahren, machte das Wasser nicht nur »tock«; es schnürlte und rieselte durch das schadhafte Dach des Ständehauses mit munterem Gesang die Wände hinunter. Manchmal auch schlief er ein, denn in dem Verschlag, in dem er hockte, herrschten an sonnigen Mittagen 40°C. Und noch immer berührten ihn diese Lebewesen (auch wenn sie tot waren, Dinge waren es nicht) so seltsam wie als Kind: sinnend und zeitbewegt stand er vor dem Skelett der Stellerschen Seekuh, die ebenso ausgestorben war wie der Tasmanische Beutelwolf, der Carolina-Sittich, die Wandertaube, deren Flugschwärme Audubon so eindrücklich beschrieben und die einst den Himmel über dem Land amerikanischer Farmer verdunkelt hatten; wagte es nicht, einer der Blauraken das türkisfarbene Gefieder glattzustreichen, die Blaurake, die manche »-racke« schrieben und Mandelkrähe nannten, und die er als Junge in der Sächsischen Schweiz, auf den Expeditionen mit Kurt und Anne, noch gesehen hatte. Nun existierte sie hierzulande schon lange nicht mehr, wie die Beschriftungskarte auswies.
Am stärksten aber, er wußte selbst nicht, warum, bewegte ihn das Schicksal eines Fischs, des sächsischen Störs, dessen lateinischen Namen, *Acipenser sturio*, er wie eine Beschwörungsformel vor sich hinmurmelte. Nachweislich bis 1912 die Elbe aufwärts bis Sachsen und Böhmen gestiegen, war der Stör längst aus den

heimischen Gewässern verschwunden; das Museum für Tierkunde besaß das einzige erhaltene Exemplar der Art, und selbst im Vereinshaus der Elbeschiffer, aus dem Hoffmanns Barometer stammte, hätte man den Fisch für Anglerlatein gehalten, wäre dort nicht ein alter Privilegienbrief, das Recht zur Störfischerei beurkundend, über dem Tresen hängengeblieben. – So saß Meno in der Stille inmitten kleiner bunter, aufgenadelter Pharaonen, Überbleibseln längst vergessener Expeditionen in nahe und ferne Tropen, las mit Fernweh und Herzkehraus die Fundorte der Leuchtzikaden, Käfer (von denen das Museum eine bedeutende, in eigensinnigen Schlaf genagelte Abteilung Curculionidae, Rüsselkäfer, besaß), studierte die Kärtchen der in Schiebkästen aufgereihten Vögel, murmelte die Namen: Philippinen, Neuguinea, wußte, daß er dorthin nie würde gelangen können; versuchte die pinselhaft feinen und regelmäßigen Schriftzeichen, die von leichten und lichten Angelegenheiten zu sprechen schienen (vielleicht war es ein Tonabtastsystem, Musik?), andamanischer und neukaledonischer Muscheln zu entziffern, auf der Suche nach einer Sprache, die das sagte, was er im Angesicht dieser an das Ufer der Zeit gespülten Schätze empfand. So lebte er in diesen Tagen. So träumte er.

Christian war wieder bei seiner Einheit in Grün. Er war jetzt über drei Jahre bei der Armee, im Herbst wäre er unter normalen Umständen entlassen worden und hätte in Leipzig Medizin zu studieren begonnen. Nun war er Unteroffizier, hatte Abitur und sonst nichts, befand sich in der Straf-Nachdienstzeit, die bis zum Frühjahr 1988 dauern würde, dann folgten noch anderthalb Jahre reguläre Dienstzeit: Entlassung im Herbst 1989. Von den alten Kameraden war außer Pfannkuchen keiner mehr da – Irrgang entlassen, ebenso Muska und Wanda; er sah fremde Gesichter; Schlückchen und die Berufsoffiziere waren geblieben. Schlückchen sagte zur Begrüßung: »Hoffmann und Kretzschmar – *ein* Vorkommnis, und Sie landen wieder dort. Verstanden?« Christian war jetzt der Stubenälteste, von den anderen mit einer Mischung aus Scheu und Respekt angesehen; er hatte das Gefühl, außer der Reihe zu laufen, ein lebender Anachronismus zu sein, wie Meno das genannt hätte. Es gab keine Fragen nach Schwedt und Samarkand; er hatte unterschreiben müssen, zu schweigen. Das Reden wurde ihm fremd, er beschränkte sich, wenn es unumgänglich wurde, auf das nötigste. Er hatte unterschrieben. Er wollte nicht zurück. Das Brot schmeckte ihm. Die Kameraden waren nett, besonders der Goldschmied. Die Panzer waren gut. Die Sonne war schön.

Im Winter auf 1988 kam die Zeit der Aufführungsabende zurück. Man fror in den Stuben, in den morschen Häusern, und wie konnte man sich besser wärmen als bei Grog und Tee und bei einem Theaterstück, eingerichtet von Erik Orré oder Rechtsanwalt Joffe, das im Hotel Schlemm, in den Tannhäuser-Lichtspielen oder im privaten Kreis geboten wurde? Christian bekam VKU, Verlängerten Kurzurlaub. Vor Urlaubsantritt zeigte er Schlückchen Fingernägel, Kragenbinde und das Nähpäckchen. Er kam auf dem Dresdner Hauptbahnhof an, als es schon dunkelte, stand in Ausgangsuniform, den geflickten Seesack geschultert, auf der Haltestelleninsel, wartete auf die 11 und fror. Der Wind spielte mit den Hängelampen über den Gleisen, zerraufte die Ecken schlechtgeklebter Plakate an den Litfaßsäulen. Vom Leninplatz fuhren Überlandbusse nach Waldbrunn, Zinnwald, ins Westerzgebirge; von der Anhöhe der Juri-Gagarin-Straße vor der Russischen Kirche und Bauten der Technischen Universität kam ihnen, ein Meereswurm mit zwei Chemoantennen, die 11 entgegen. Christian setzte sich auf den einzelnen Sitz rechts vor der Mitteltür, es war sein Lieblingsplatz in der Straßenbahn: man konnte gut beobachten, niemand konnte einen Platz daneben beanspruchen, es gab eine Sitzheizung, die meist funktionierte. Auf der Prager Straße blinkten die Lichter. Menschen hasteten in beiden Richtungen am Lenin-Denkmal vorbei. »Robotron«, verhieß ein Neonschriftzug auf dem Werks-Hochhaus an der Leningrader Straße. Rundkino, vorbei. »Trinkt Margonwasser«, empfahl eine Leuchtreklame am Dr.-Külz-Ring. Vorbei. Vorbei: das Ring-Café, Otto-Nuschke-Straße, Postplatz, auf dem Feierabendunruhe herrschte, Thälmannstraße mit dem Haus des Buches. Vom Schauspielhaus hing ein weißes Band, darauf in roten Buchstaben ANATOMIE TITUS FALL OF ROME. »Der Sozialismus siegt«, verkündete Leuchtschrift auf einem Hochhaus.

Das Kronentor des Zwingers, der Flügel der Porzellansammlung trauerten im frechen Schein einiger Baulampen, die Reihe der Putten auf der Langgalerie war lückenhaft, auf dem Zwingergraben schwammen Schnapsflaschen und enttäuscht wirkende Schwäne. Rom: dachte Christian. Nein, Troja. Das hier ist Troja. Die Stadt kam ihm so kalt und fremd vor wie noch nie, die Heimfahrenden saßen mit gesenkten Köpfen, zermürbt von Sorgen und ihrer Tage Arbeit, in den Sitzschalen, die Haltestellenschilder aus Preßpappe klapperten, schlugen gegen die zerkratzten Plexiglas-Fensterscheiben; einsteigen, aussteigen, Spülicht der Lichter, des Menschendunsts, getaktet von der teilnahmslos die Haltestellen ansagenden Stimme des Fahrers.
Christian schlief bei Meno im Tausendaugenhaus. Er hatte die Wohnung für sich allein, Meno war in Berlin zu Gremien- und Lektoratssitzungen, der neue Jahres- und der Perspektivplan des Hermes-Verlags waren in strittigen Punkten durchzukämpfen, eins der Bücher, die Meno für das Titelannahmeverfahren vorbereitet hatte, drohte gestrichen zu werden. Die Stube war ausgekühlt, der Aschkasten im Ofen nicht geleert; Christian machte Feuer, gab Chakamankabudibaba Futter, der ihm um die Beine schnurrte und recht altersschwach geworden war. Bei Libussa lief der Fernseher, Christian überlegte, ob er hochgehen sollte, aber er wollte allein sein. Bei Stahls weinte der Kleine, von der Treppe war jetzt die kräftige Stimme des Ingenieurs zu hören, der sich mit den Honichs stritt; die Stimme der Frau klang empört und schrill. Der Ingenieur hatte auf Christians Gruß nur kurz und, wie ihm schien, unwillig genickt: »Zum Duschen mußt du in die Querleite gehen, Meno hat dich bei Herrn Unthan angemeldet. Unser Badezimmer und Toilette haben einen Nutzungsplan«, das letzte Wort hatte er, Hand am Mund, wütend nach oben gerufen. Die Zehnminutenuhr schlug. Wie beruhigend und traumgängerisch war ihr Klang … Auf Menos Schreibtisch lagen im Lichtkreis der Lampe Zeitschriften (»Sinn und Form«, »Neue Deutsche Literatur«, »Reichenbachia«), die beiden Schelling-Bücher, Platons Dialoge »Timaios« und »Kritias« und, in der Mitte des Literatur-Schreibtischflügels aufgeschlagen, Judith Schevolas »Die Tiefe dieser Jahre«. Christian klappte es vorsichtig zu, nachdem er die handschriftliche Widmung an Jochen Londo-

ner auf dem Titelblatt gelesen hatte. Vielleicht, dachte Christian, sitzt der Schiffsarzt im Wintergarten, blättert in Segelschiffsbüchern und schmaucht ein Pfeifchen Kopenhagener Vanilletabak. Christian stieg durch die Tapetentür hoch, fand aber nicht Alois Lange, sondern die Kaminski-Zwillinge rauchend vor einem Farbfernseher. »Ach, der junge Hoffmann. Der Wintergarten ist nicht mehr frei zugänglich. Er gehört jetzt zu unserer Wohnung. Aber wenn Sie Lust auf eine Videokassette James Bond haben, so sei's für diesmal«, sagte Timo oder René und wies einladend auf den Stuhl, von dem er lässig seine Beine nahm. Christian stieg grußlos die Treppe wieder hinunter. Es klingelte.

»'n Abend«, brummten zwei Möbelpacker vor der Tür. Ein dritter wartete in der Fahrerkabine eines Lastwagens. »Wir sollen die Zehnminutenuhr von Herrn Rohde abholen.«

Christian schwieg überrascht.

»Das geht in Ordnung. Es ist für das Theaterstück. Ist ja morgen Aufführung. Herr Rohde hat uns gesagt, er hätte Sie informiert.«

»Augenblick, bitte.« Christian ging zu Menos Schreibtisch, fand ein eingespanntes Blatt in der Maschine. Ein paar Notizen und Anmerkungen, wie sie Meno für Gäste immer schrieb, wenn er nicht da war. Im Postscriptum stand ein Hinweis auf die Möbelpacker. Merkwürdig nur, daß Meno, entgegen seiner Gewohnheit, keine Telefonnummer hinterlassen hatte, unter der er zu erreichen war. Die Männer warteten.

»Haben Sie irgendwelche Papiere?«

Der Fahrer reichte eine Mappe heraus. »Junger Mann, nun machen Sie mal keine Schwierigkeiten. Wir haben noch mehr Transporte. Es ist mit Ihrem Onkel abgesprochen.«

»Ich kann mir einfach nicht vorstellen, daß mein Onkel in seiner Abwesenheit wildfremden Leuten seine Standuhr überläßt«, sagte Christian. »Ich werde ihn mal anrufen und nachfragen.« Er ging ins Haus und wartete eine Weile. Als er herauskam, waren die Männer und der LKW verschwunden.

Im Haus schwoll Lärm auf und ab, Schritte polterten, in Langes Küche pfiff ein Teekessel, irgendwo wurden Möbel gerückt, das Kratzen und Schaben wanderte in den Wänden auf und ab. Herr Honich schien mit einem Schwerhörigen zu telefonieren,

seine kräftige Stimme bellte immer wieder »Was? Wie?« in die Muschel. Christian beschloß, noch ein wenig spazierenzugehen. Feiner Regen hatte eingesetzt, ließ das Schwarz der Blutbuche glänzen, tuschelte in den Dachrinnen. Die Tränenkiefern dufteten würzig. Aus den Parktiefen scholl das »Kiwitt« eines Käuzchens herüber. Christian schlug den Weg zur Karavelle ein, ging über die Wolfsleite, querte die Turmstraße, wo knarrend und quietschend, begleitet vom gleichmäßigen Silbenreden einiger Angestellter der Arbogastschen Institute, ein Zug krokodilgroßer, fluoreszierender Feuersalamander die Straße passierte.
»Na, Herr Hoffmann« – Christian fuhr erschrocken herum, erkannte den als Wetterglashändler verkleideten Rechtsanwalt Sperber. »Haben Sie Urlaub bekommen? Sie sehen«, sagte Sperber, indem er den auf Holzrädern vorüberknirschenden Salamandern zunickte und einem der Begleiter ein »Guten Abend, Herr Ritschel!« zurief, »Joffes Theaterstück hat schon vor Beginn mächtig eingeschlagen. Wir spielen den ›Goldenen Topf‹ – mit ein paar hübschen Lizenzen. Ihr Cousin gibt den Anselmus und Ihre Cousine Muriel die Schlange Serpentina. – Ich habe sie übrigens schon wieder lachen sehen. Aber nun entschuldigen Sie mich, ich muß zur Probe. – Ah, der Herr Archivarius Lindhorst!« grüßte Sperber einen Mann in langem schwarzem Mantel, »Wie war der Flug bei diesem Wetter?«
Arbogast breitete jovial die Arme, an denen der Mantelstoff fledermausartig gerippt war. »Herr Marroquin hat tief in seinen Fundus gegriffen, und was nicht vorhanden war, hat das Institut bei Herrn Lukas und in der ›Harmonie‹ geordert. Die Dekorationen stammen aus der Tischlerei Rabe. Gelungen, nicht wahr? Andernorts nennt man das Sponsoring. Wie ich mich auf dieses Spielchen freue!« Arbogast schwang vergnügt seinen Stock. »Schönen Gruß an Ihren Vater!« rief er Christian zu, bevor er mit Sperber, dessen Wettergläser-Klingklang vom Regen rasch verschluckt wurde, in der Dämmerung der Turmstraße verschwand; die gelben Flecken der Feuersalamander leuchteten nach.
Christian kehrte um. Die Karavelle würde öd und finster liegen, vielleicht würde bei Griesels, im Wohnzimmer auf der Gartenseite, Licht brennen oder bei André Tischer; die Stenzel-Schwe-

stern gingen früh schlafen. Anne und Richard waren verreist, Robert bei der Armee, Reglinde in den Tannhäuser-Lichtspielen, wo das Stück aufgeführt werden würde.

Der Sommer 1988 begann mit roten Punkten. Herr Trüpel wischte sie kopfschüttelnd von den Schallplattenhüllen. In der Konditorei Binneberg krabbelten sie über Schwarzwälder Kirsch, Eierschecke, Marzipantörtchen und Windbeutel, verleideten den alten Damen den Kaffeeklatsch, verkrusteten die Sirupflaschen im ›Saftladen‹. Sie hockten auf den Ansichtskarten im Schaufenster des Malthakusschen Briefmarkenladens, lagen todmatt zwischen den Deckeln der Postwertzeichenhefter, krochen über die Vorkriegs-Pelikanstempelkissen und hielten Postmeister Gutzschs Bernhardiner in juckender Gymnastik. Zu den offenen Fenstern der Tanzschule Roeckler brummten sie herein, fanden Bruno Korras »Papierboot« und Priebschs Ersatzteillager, versteckten sich unter Lamprechts Herrenhüten, sprenkelten die Stoffe in der Schneiderei Lukas, wurden von den Schreibmaschinenlettern der Handelskorrespondentinnen erschlagen, ruinierten Lajos Wieners Perücken (noch nie hatte Meno den Ungarn tobsüchtig gesehen: Wiener hielt die hellen und dunklen Toupets mit beiden Händen gepackt und schmetterte sie puterroten Gesichts unter verrutschtem Haarnetz wieder und wieder auf einen Feuerwehrhydranten). Dekorativ ließen sie Ehrwürden Magenstocks Soutane an Scharlach erkranken. Gaben Kantor Kannegießers Orgelpfeifen belegte Hälse. Die Rosenschlucht unterhalb von Haus Arbogast vibrierte von trockenem Rascheln und Knistern wie von kurzwellig unterbrochener Haarelektrizität, wurde zum infizierten Blutgefäßsystem; dicke Trauben Rot klebten an Rosenköpfen und -stielen; Frau von Stern sagte, noch nie, nicht einmal im Sommer Siebzehn beim Zaren, habe sie so viele Marienkäfer gesehen. »Wo Marienkäfer sind, sind auch Blattläuse«, sagten die ausschwärmenden Kammerjäger und wurden der Plage nicht Herr.
Christians Einheit kam in die Volkswirtschaft, zum Arbeitseinsatz. Wieder ging es nach Samarkand, doch diesmal in die Braunkohletagebaue, und er fuhr nicht als Strafgefangener. Die Kompanie bekam eine Baracke inmitten des baumlosen, von

Baggern und LKWs zerwühlten Mondlands zugewiesen. Die Betten waren frisch mit zitronengelber Bettwäsche bezogen. Christian arbeitete als Gehilfe auf einem Abraumbagger. Ein Schicht-LKW holte die Soldaten von der Baracke und, wenn die Schicht um war, von den Baggern und Abraum-Verladern ab. Christian war zur Nachtschicht eingeteilt worden, da fehlten die meisten Arbeitskräfte.

Es wurde Spätsommer, die Marienkäfer verschwanden so plötzlich, wie sie gekommen waren. Die Stadtreinigung fegte die Überreste der Siebengepunkteten zusammen, ganze Kehrrichttonnen voller roter Flügel und schwarzer Leiber. Die Kalvillen und Äpfel reiften, die Gute Luise versprach reiche Ernte, obwohl in diesem Jahr auch der Birnenrost die Gärten des Elbhangs von Loschwitz bis Pillnitz heimgesucht hatte. Herr Krausewitz stand betrübt, die Hand am Kinn, im Garten von Haus Wolfsstein, uneins mit Libussa, was man gegen die Plage tun könne: Wasser, mit zerriebenen Walnußblättern versetzt und um den Stamm des befallenen Baums gegossen, half nicht, keins der Schädlingsbekämpfungsmittel aus der Drogerie. Wofatox-Wolken nebelten die Pflanzen ein, legten sich als grauer Staub auf die Blätter.

Der Zettel in Menos Schreibmaschine war gefälscht worden.

Im September wurde Ulrich fünfzig Jahre alt, im Oktober Niklas. Man feierte zu Hause, im engen Kreis.

Und an einem der sonnigen, fast windstillen Spätherbsttage, die mit ruhiger Wärme gefüllt waren wie Anker-Gläser mit Most, nahm Richard das postgelbe Ölkännchen vom schwarzen Bord, ging zum Hispano-Suiza, gab hier einen Tropfen zu, schmierte da ein laufendes Teil, während Stahl, die Hände in den Taschen seiner Arbeitshose, reglos in den Himmel sah, der sich wie ein hellblauer Seidenschirm über dem Steinbruch von Lohmen spannte: »Fertig. Tatsächlich: fertig, Gerhart. Bin gespannt, wie er läuft.«

Die Zeitschrift »Sputnik«, Digest der Sowjetpresse, wurde verboten.

Und an einem anderen Spätherbsttag, der ein sonniger, fast windstiller Spätherbsttag noch werden würde, klopfte es morgens um halb vier heftig an die Tür des Tausendaugenhauses. Meno tappte schlaftrunken in Bademantel und Pantoffeln vor,

wurde von einem Pulk Uniformierter beiseite gedrängt, die nach Herrn und Frau Stahl verlangten. Stahl trat aus dem Schlafzimmer, dicke Augen, morgenwirr das wenige Haar, hinter ihm Sabine.
»Herr Gerhart und Frau Sabine Stahl?« Er verhafte sie, im Namen des Volkes, wegen Vorsatzes zur Republikflucht.
»Sie«, wandte sich ein zweiter Uniformierter an Meno, die Honichs und Langes, die der Lärm geweckt und auf die Treppe gezogen hatte, »werden noch vernommen und haben sich um neun Uhr in der Grauleite zur Vernehmung zu melden. Ihre Arbeitsstellen werden informiert.«

»Nu ja, Härr Dokter, das is alles schon ä bissel rätselhaft, was Sie mir da erzähl'n. Guckense ma. Da baut eener im selben Schuppen wie Sie ä Fluchzeuch off. So klatterdings ma ä Fluchzeuch, un' ni' etwa eens mit Fernsteuerung so wie ich für mein' Jungen und für 'n Teich, um den's drumrumsausen kann, nee – ä richtsches, von unsern Äggspärtn für tauchlisch befundenes Fluchopp-jekt. Un' da woll'n Sie nischt bemärkt ham, sachense ma? Das gloobsch noch nischema, daß Sie das gloom, gloom Se mir. Also nu ma' in aller Ruhe. – Mänsch, Härr Dokter, Sie ham aber ooch ä Dalent, sich immer widder in Schwierichkeetn zu bring'n. Dieser Stahl hat also ohne Ihr Wissen an dähm Vochel gebastelt. Un' geübt ham musser ja ooch, nichwahr. Oder was.«

67.
Braunkohle

Wer Tagebau sagte, sagte: Wind. Der Wind war immer da. Er kam von überallher, trug die Gerüche von Samarkand heran, die gelben Nebel, den Karbidstaub und den Branntkalk aus dem Kalkwerk. Wenn der Himmel niedrig hing, in der Ferne die fein taillierten schwarzen Smogtrichter wie Nabelschnüre pendelten zwischen rostbraunen Mutterkuchen-Zonen auf der Erde und den faulen, flaschengeisterhaften Wolken-Föten, nahm er Anlauf an der Tagebaukante, dort, wo selbst das Unkraut ein nur kümmerliches Dasein fristete, sprang, selbstsicher und elegant wie ein Fallschirmjäger, auf die tiefergelegene, von Räderspuren zerfurchte Terrasse, verwandelte sich in ein vergnügt beim Baden plätscherndes Kind, schob und stieß die W50- und »Ural«-LKW vor sich her, daß die Planen sich bauschten und dort, wo man nachlässig befestigt hatte, aus den Haken rissen, wie die Flügel gefangener Vorzeitvögel auf- und niederschlugen; oder schickte den Lastkraftwagen Puffer aus trockener Erde entgegen, die so stark bremsten, daß die Fahrer auch bergab Gas geben mußten. Dann war die Sicht auf die Innenseite der Frontscheibe beschränkt, davor wirbelte der braune, schon kohlehaltige Grus, verschluckte mühelos das Licht der Scheinwerfer, so daß entgegenkommende, vom Wind jetzt geschobene, am Planenkragen gepackte Fahrzeuge abrupt und immens aus dem sausenden Dunkel tauchten. Die Fahrer hatten auf den Kabinendächern besondere Hupen angebracht, die Christian an Schiffsnebelhörner erinnerten (er fragte nicht, vielleicht hatte es damit sogar seine Richtigkeit), doch auch das Brüllen dieser sonst kilometerweit zu hörenden Kehlen riß ab, wenn der Wind beschloß, bergauf zu kehren. Der Wind hüpfte die Terrassen übermütig hinunter, verweilte aber geduldig auf jeder einzelnen, nagte und biß in die Unebenheiten und schliff die Trasse glatt, diesen nach unten in immer engeren Kehren laufenden Schneckengang, den die Lastkraftwagen mit der Schichtablösung auf den schlingernden, knochenschütternd schlotternden Holzbänken an den Längsseiten der Ladefläche hinab- und hinaufwankten. Unten, auf dem Bodenkreis des Tagebautrichters, hielt der Wind manchmal minutenlang inne. Beinahe dünkelhaft lange, dachte Christian, hob den Kopf und lauschte in das gasig von Maschinenlichtern durchweißte Dunkel. Der Wind wartete. Sammelte er Kraft zum Angriff auf die Bagger, die sich mit behäbiger Endgültigkeit bewegten? Sie stemmten den Wind auf ihre Schultern und kümmerten sich nicht. Doch der Wind, der endlich auf eine Herausforderung zu treffen schien, die geeignet war, den Spaß aus der Wut zu löschen (der ihre Kraft verringerte), in echter Gegnerschaft Wunden auszuteilen und zu empfangen, die einen Sieg triumphal machen, leuchtend (wie der Schnitt durch eine unglaublich wertvolle, unglaublich unwiederholbare Biedermeier-Kommode, die man einer Kreissäge anvertraut hat); der Wind kehrte zurück und hielt sich, da er den Baggern (vorläufig) nicht beikam, an den Boden, auf dem sie, wollten sie vor- und zurücksetzen, rücken mußten und den sie tischeben brauchten, als Planum, wie das im Tagebau genannt wurde. So unempfindlich diese Maschinen den Widerstand des Gleibodens und der Kohleflöze brachen (die Eimerketten fraßen sich so leicht hinein als wär's Trinkfix-Kakao), so empfindlich anfällig waren sie gegen Neigung: ein Abraumbagger, hatte Christian gelernt, war, auch wenn er plump wirkte, ein fragil austariertes System, schon die schwächste Schräge auf dem Planum konnte ihn zum Kippen bringen. Der Wind senkte sich, feierlich (irgendwie … gamaschig, dachte Christian auf seinem Platz hoch oben auf dem Bagger) und klappte Arme aus wie ein Schweizer Offiziersmesser, nur daß die Werkzeuge, die der Wind entblößte, Knüppel waren, genauer … Dreschflegel. Die tobende und in mancher Hinsicht bewundernswerte Choreographie (die Radikalität und Besessenheit, mit der der Wind einzelne Stellen des Bodens, und nicht immer die geeignetsten, zur Tenne erklärte, brachten sonst nur Menschen auf) reizte Christian zum Lachen (er unterdrückte es, er fürchtete diesen Wind), einerseits, und stachelte, andererseits und für ihn überraschend, seinen Wagemut an, eine selten, doch dann um so heftiger ausbrechende, ihn, weil sie nicht frei von Grausamkeit war, auch erschreckende Vitalität: Er sprang, so schnell er konnte, vom Bagger und stellte sich mitten in die Prügelei, die der Wind mit dem Planum ausfocht, reckte den Kopf zu den Luftkeilen, die schwer und still wie Kronleuchter aus dem Nachthimmel fielen, und schrie. Das entspannte, das schüttelte die Glieder aus. Er dachte an Burre, an Reina. Und konnte es doch nicht lassen, sein kleines Glück gegen die betäubende Wucht des Unheils hinauszusingen.

Er war der dritte Mann auf dem Bagger. Seine Aufgabe bestand darin, das Schaufelrad zu reinigen. Das Erdreich über der Kohle wurde systematisch abgetragen, beginnend mit der Oberkante der Abraumlage, die in einer gut metertiefen Spur eingeschnitten wurde, die horizontal den Schwenkbereich des Schaufelradauslegers vermaß, von links nach rechts und, in der nächsttieferen Ebene, von rechts nach links. Dauerte eine Schwenkung zwanzig Minuten, eine halbe Stunde? Christian wußte es nicht, auf dem Bagger durfte er keine Uhr tragen. Am Scheitelpunkt der Fahrt stoppte das Schaufelrad, und Christian turnte, nach der Eingewöhnung behend wie ein Orang-Utan, über die Streben, Roste und geländerten Stege nach oben und vorn auf den Auslegerkran, an dessen Ende, ungefähr fünfzehn Meter vom Baggerrumpf entfernt, Christians Arbeit begann: die am Rad festgebackenen Erdmassen abzuschlagen. Dazu benutzte er eine Spitzhacke, die der Baggerführer zu Schichtbeginn in der krähennestartigen Werkstatt im obersten Stockwerk des Baggers nachschliff, sowie, wenn Frost die Erde verharschen ließ, ein nicht zur Standardausrüstung gehörendes Fleischerbeil, das ihm der zweite »Mann« mitgebracht hatte (eine Riesin unbestimmbaren Alters in Männerarbeitskleidung, die selbst in den Pausen, beim Essen, ihre Fäustlinge anbehielt und kein Wort sprach) und bei Schichtwechsel mit einem mürrischen Grunzen wieder einforderte. Christian hackte wie ein Mörder drauflos, er spürte den Blick des Baggerführers im Rücken, der aus der tiefergehängten Kanzel, der Finsternis oberhalb einer ruhig auf- und verglimmenden Zigarette forschte; der Baggerführer machte sich einen Jux daraus, das Rad nach exakt zehn Minuten, manchmal auch eher und nur so, zur Probe und »zum Munterwerden«, wie er sagte, einzuschalten. Christian versuchte sich an den Abstand zwischen den Schlägen der Zehnminutenuhr zu halten, aber es gelang ihm nicht, diese Zeitspanne, die er ins Fleisch gewachsen glaubte, aufzurufen. Das an der Schaufelradabdeckung festgewalzte Erdreich hatte, wenn es nicht fror, die Beschaffenheit von Kork; Spitzhacke und Fleischerbeil federten zurück, mehr als einmal war Christian das Werkzeug aus der Hand gerutscht und als armselig dünnes Spielzeug unten, in der Tiefe neben den Gleisketten, aufgeschlagen. Wenn es fror, wurde das Erdreich in der Minute, die er vom Aufenthaltsraum bis zum Schaufelrad brauchte, hart wie ein Baumstamm, dann hieb und spaltete und scherte Christian die schwarzbraune Masse nur span- und splitterweise ab, unter Leibeskräften, gejagt von der Angst, vom plötzlich andrehenden Rad erfaßt zu werden. Hier oben griff der Wind derb zu, ohne die umwerbende und, beim Abwarten, verlogene Schmeichelei seiner Bodentruppen, ohne die beim Punchen gedämpft aufkeuchenden Boxhandschuhe seiner Staub-Weltergewichtler, ohne die Luftkissen unter den plattfüßigen Sprüngen auf die Abraum-Förderbänder, über denen Blechlampen wie ertappte, von der Wut bärenstarker Wirte geschüttelte Zechpreller schaukelten. Der Schiffsarzt hatte Christian von Segelschiffen im Sturm erzählt, wie die Matrosen, zwanzig, dreißig Meter unter sich das tumultuöse Meer, über dem Mast hingen, auf Leinen balancierend, die »Pferd« hießen, in ein widerspenstiges, in fesselnsprengende Rage geratenes Segel gekrallt, das sie zu bergen versuchten, »eine Hand für's Schiff, eine für's Leben«. Zu steil, dachte Christian, du bist nicht auf einem Schiff. Aber die Vorstellung half, drückte einen Bruch in die Wirklichkeit, machte sie auf unkomplizierte Weise erträglicher. Wasser … und Ratten. Das Wasser sammelte sich am Grund des Tagebaus, kaum zu bewältigen für die Pumpen, deren Röcheln der Wind hin und wieder aus seinen Chören entließ, ein Geräusch, das Christian wie der Todeskampf von Lebewesen vorkam, die in Wahrheit in den Maschinen tätig waren (versklavt und eingesperrt von einem modernen Fluch) und Christian leid taten, weil sie immer nur Wasser trinken mußten – was er für den neuerlichen Beweis nahm, daß es auch eine allmähliche Seite der Torturen gab. Die Ratten waren fett und ungeniert und hatten die schlüpfrige Biegsamkeit von Tieren, die man zwischen beide Hände gepreßt halten muß (verwilderte Katzen, Iltisse, alte Unken); der Baggerführer, von dem Christian nie den Namen, nur den Spitznamen (»Schecki« oder »Scheggi«, je nach Grad der aus dem Alkohol geliehenen Beseligung) erfuhr, schoß gern, wenn das Schaufelrad in den Berg schwenkte und seine Maulwurfsmahlzeit begann, aus der Kanzel mit einem Luftgewehr auf sie, wobei es sein Ehrgeiz war, sie »sauber« zu treffen (in die Augen oder, das galt mehr, in den glitschig rosigen, nackten Schwanz, der dann zur veitstanzenden Peitsche »auflebte« – sagte Schecki: in einem der wenigen Gespräche, die er mit Christian führte, es hatte mit einer in Richtung Hangkante vag erhobenen Hand und einem geknurrten »Da oben waren mal Friedhöfe«, begonnen, nachdem Christian einen schlecht verwesten Fuß in einer der Schaufeln des Baggerrads entdeckt hatte). Schecki grinste, genehmigte sich einen Schluck Hagebuttentee, den die Tagebauleitung kostenlos an ihre Arbeiter verteilte, drückte auf den Knopf des Baggerfunks und brüllte »fressen« in die Membran; ein aufgebrachtes Krächzen aus Schanetts (so wurde die Abladerin genannt) Kabine antwortete ihm. Schanett ließ den eben befüllten Waggon vollrieseln, schmiß die Kabinentür zu, beugte sich über den Abladerausleger und stieß einen Schrei aus, den ein hechelnder Pfiff der Lokomotive vor den Abraumwaggons bestätigte. Sie stapfte in den Aufenthaltsraum, wo es Christians Aufgabe war, den Tisch mit vier der zerkratzten, auf der Rückseite als Eigentum des Braunkohlenkombinats gekennzeichneten Plastteller, und dreimal Aluminiumbesteck zu decken (Schanett aß mit einem privaten Schlachtermesser) und das Bratblech einzuschalten, das neben Scheckis Umkleidespind frei aus der Wand ragte. Wenn das Blech glühte, stand Schanett auf, spießte einen Margarinewürfel auf das Schlachtermesser, klatschte ihn auf das an den Kanten aufgebogene Blech, wo die Margarine zischend umherschwamm (die überschüssige tropfte in einen verrosteten Wehrmachtstahlhelm, den Schecki aus dem Abraum gefördert und unter dem Blech befestigt hatte), entnahm ihrem Rucksack (die Fäustlinge legte sie nicht ab) vier in Zeitungspapier gewickelte Schweinesteaks, spießte sie ebenfalls auf das Schlachtermesser, ließ das Blut abtropfen, warf sie wütend auf das Blech, wendete, streute aus einer Büchse, die alle drei Gewürze zugleich enthielt, Salz, Pfeffer und Knoblauch über das schmurgelnde Fleisch, nickte Schecki und dem Lokführer, die inzwischen obszöne, im Tagebau kursierende Witze austauschten, mit einer verächtlichen Geste heran, wenn die Steaks fertig waren. Christian legte sie das Fleisch selbst vor, zögerte einen Moment, bevor sie dem Teller einen Stoß in seine Richtung gab, so daß er, Soße und Blut schwappten auf die mit Stahlklammern befestigte Wachstuchdecke, über den Tisch schlitterte. Sie aßen, meist nachts um zwei Uhr, und währenddessen flaute das Blech ab. Sie wohnten alle *in der Kohle*; der Tagebau war nur einer von vielen, die untereinander zusammenhingen und ein horizontweites Konglomerat von aufgewühlter Erde, Schlamm, Abraumhalden, Kohleflözen bildeten, auf denen die Bagger wie raffende Schatzsucher hockten, umschwärmt von den blutsaugenden Insekten der Kipper. *In der Kohle*: Irgendwo in der Dunkelheit, die entweder von oben (der rasch drehende Himmel) oder von unten kam (Lehm, Glei, die ölig schimmernden Wasserlachen, die man besser umging), gab es die Reste einer Ortschaft: Brandmauern, verfaulte Zäune, schräg durchgerissene Häuser, Tapetenreste und Konturen von Einrichtungsgegenständen noch sichtbar, eine Konsum-Verkaufsstelle, die nicht mehr bedient wurde (Schecki, Schanett und der Lokführer waren Selbstversorger, hatten ein paar Kühe und Schweine, bauten an, was sie brauchten). Auf einem Gehöft, übriggeblieben von einem Dorf, hauste Schanett allein mit ihrem bettlägerigen Vater, dem ehemaligen Dorffleischer, ohne Strom, ohne fließend Wasser, nicht einmal eins der vielen Gleise der Tagebau-Eisenbahn führte dorthin. Die letzte Stunde der Nachtschicht übernahm Christian den Ablader. Schanett ging, geleitet von Witterung und genauer Kenntnis der sich ständig verändernden Wege im Abbaugebiet, an den fahl erleuchteten Waggons und den kilometerlangen Förderbändern vorbei davon, um bei Tagesanbruch die Tiere füttern zu können. In der Abladekabine hing, neben dem Fenster, ein Plakat, grüne Inseln in grünem Meer.

Finale:
Mahlstrom

Zeit fiel aus Zeit und alterte. Zeit blieb Zeit auf einer Uhr ohne Zeiger. Obere Zeit war Vergehen, die Sonne stieg auf Ziffernblättern, zeigte Morgen, Mittag, Abend, zeigte auf Kalendern die Tage: die gewesenen, den heutigen, die kommenden. Sie sprang, sie kreiste, sie eilte dahin: eine Kugel, die eine engläufige Schneckenbahn hinabrollte. Untere Zeit aber wies die Gesetze und kümmerte sich nicht um Menschenuhren. Land in seltsamer Krankheit, Jugend war alt, Jugend wollte nicht erwachsen werden, Bürger lebten in Nischen, zogen sich im Staatskörper zurück, der, regiert von Greisen, in todesnahem Schlaf lag. Zeit der Fossile; Fische strandeten, wenn Wasser sich verliefen, zappelten stumm eine Weile, beugten sich, ermatteten, starben reglos und versteinerten: in den Häuserwänden, den schimmelnden Treppenfluren, schmolzen in Akten ein, wurden Wasserzeichen. Die seltsame Krankheit zeichnete die Gesichter; sie war ansteckend, kein Erwachsener, der sie nicht hatte, kein Kind, das unschuldig blieb. Verschluckte Wahrheiten, unausgesprochene Gedanken durchbitterten den Leib, wühlten ihn zu einem Bergwerk der Angst und des Hasses. Erstarrung und Aufweichung zugleich waren die Hauptsymptome der seltsamen Krankheit. In der Luft lag ein Schleier, durch den man atmete und sprach. Die Konturen wurden undeutlich, Dinge wurden nicht mehr beim Namen genannt. Die Maler malten ausweichend, die Zeitungen druckten Reihen schwarzer Buchstaben, aber nicht sie dienten der Verständigung, sondern der Raum dazwischen: weiße Schatten von Worten, die zu wittern und zu interpretieren waren. Auf den Bühnen sprach man in antiken Versmaßen. Beton …
Watte … Wolken … Wasser … Beton …
aber dann auf einmal …,
schrieb Meno,
aber dann auf einmal …

68.
Aus technischen Gründen. Walpurgisabend

Tänze, Träume ... Der Schlaf wurde breiig, die Frühschicht kam und ging, Türen schlugen, aus den Zimmern am hinteren Ende des Barackenflurs drang Schlückchens Lallen, das den UvD oder seinen Gehilfen in die nächste Verkaufsstelle schickte, um Schnaps zu besorgen (drüben in Samarkand, eine Stunde Fußmarsch durch Matsch und die stolze Leblosigkeit des Niemandslands) ... »Eine Woche *duhn* sein«, hatte Schlückchen gesagt, »und nachher aufstehn, als wär' nichts gewesen, einfach eine Woche *wegkegeln*, vergessen. Sieben leere Blätter im Kalender, und du bist trotzdem noch da.« – »Das ist zu luxuriös, Scheff«, sagte Pfannkuchen, der das Privileg genoß, in der Freizeit am Rand des Grubentrichters zu sitzen und auf seinem Akkordeon Tangos für die Bagger spielen zu dürfen; er bezog das Recht auf diese Anrede aus den Geschäften, die er mit Schlückchen abwickelte. Aber der schien ihn hereinzulegen, drohte mit dem, »wovon du weißt, Kretzschmar«, so daß Pfannkuchen begonnen hatte, eine Liste anzulegen, die er hin und wieder addierte. Zu luxuriös: Eine Woche lang nicht zu wissen, was war, und dann die Uniform straffziehen – »das können nicht mal Könige. Im übrigen wär' ich dabei. Ich mag Taucherglocken. Scheff.«

Zwischen den Schichten, auf der zitronengelben Bettwäsche, die den Streitereien der Soldaten etwas Gemütliches gab, in Tabakdunst, Würfelgeklapper, gelangweilt-frustrierten Skatansagen dachte Christian viel nach.

»Glaubst du, daß Burre ein Spitzel war?«

»Denk' schon. Was ist ihm schon übriggeblieben, Nemo.«

»Du nennst mich nicht mehr Muttersöhnchen?«

»Wer einen Sommer im Karbid durchhält, ist keins. Einfache Tatsache, einfache Feststellung. – Jetzt kriegst du Höhe, was? Applaus ist unsere Speise, wie's beim Zirkus heißt.«

»Hab' ihn vor dem Stabsgebäude gesehen. – Da sieht man viele, aber nicht so. Schwer zu erklären, aber ich konnte mir denken, wo er hinwollte.«

»Wenn ich er gewesen wäre, hätt' ich's genauso gemacht. Du erzählst 'n bißchen was und hast deine Ruhe. Dürfte schwer sein, einem dann noch am Zeug zu flicken.«

»Was hättest du denn über mich erzählt?«

»Daß du zuviel nachdenkst für 'nen überzeugten Klassenbruder. Daß du also gefährlich bist. Ein Schlaukopf, der so lange das Maul halten kann wie du, der still beobachtet und zu niemandem engeren Kontakt hält, ist mit irgendeiner Zwischenlösung nicht zufrieden. Der will mehr. Freiheit oder Gerechtigkeit, zum Beispiel. Und das sind immer die, die Schwierigkeiten machen.«

»Vielleicht bist du ein Spitzel?«

»Würde mir nichts bringen. Wäre tödlich fürs Geschäft. Ich lebe von meinem Ruf, und so was dringt immer durch, wie Nässe durch die Wand.«

»Trotzdem.«

»'n anderer als du hätte jetzt das da zwischen den Rippen.« Pfannkuchen wies auf eine Brechstange, die an der Barackenwand lehnte.

Bis zum 29. Dezember war es ein ungewöhnlich milder Winter gewesen; die Kälte kam plötzlich, Christian sah vom Bagger aus, wie die Pfützen zufroren, wie der Regen abrupt zu Eisgraupel wurde. Die Leitungen der Tagebau-E-Loks knisterten. Der Wind blies kalten weißen Staub heran.

»Junge, Junge«, der Brigadier, der die Schicht aufführte, rückte den Schutzhelm zurecht, blickte besorgt auf das Gestöber, »das kann noch was werden. Und das kurz vor Silvester.«

»Meno, gleich um vier.« Das zigarettenheisere, gutturale Lachen Madame Eglantines lenkte den Blick auf ihre Augen, die erschrocken groß waren und den verletzlich wirkenden Glanz von frisch aus ihrer Stachelschale geschlüpften Kastanien besaßen, auf ihre Kleidung (naturgrünes Leinen mit übermütig unregelmäßig aufgestickten roten Filzrosen), den dazu unpassend scheinenden, schwermütigen Gang in billigen Turnschuhen oder (winters) geerbten Wander-Schnürstiefeln, deren Senkel

sie gern offen ließ: ein großes Mädchen, dachte Meno und folgte ihr in den Versammlungsraum des Verlags, wo Lektor Kurz bereits den Fernseher für die Direktübertragung der »Festveranstaltung des Zentralkomitees der SED zum 70. Jahrestag der Gründung der KPD« eingeschaltet hatte. Aber das Bild brach einige Sekunden später zusammen, die Heizungen knackten und wurden kalt, der Kühlschrank im Flur hörte auf zu brummen, und Typograf Udo Männchen, der am Fenster stand, sagte: »Wir leben überaus – unterinstrumentiert. Die ganze Thälmannstraße ist dunkel. Wir sollten Blindenschrifttexte verlegen.«
»Haben Sie schon beim letzten Mal vorgeschlagen, wird auch nicht witziger«, knurrte Lektor Kurz. Frau Zäpter brachte Kerzen, Weihnachtsstollen und selbstgebackene Lebkuchen. »Den Tee wollte ich gerade brühen.«
»Wozu haben wir unseren Spirituskocher«, sagte Disponent Kai-Uwe Knapp. »Hab' ihn sogar aufgefüllt – der Mensch ist ein lernfähiges Wesen.«
»Wie romantisch«, seufzten Miss Mimi und die neben ihr sitzende Melanie Mordewein gleichzeitig; Miss Mimi hatte den Ton so boshaft genau getroffen, daß das Gelächter sich verzögerte und nur bewundernd blieb.

Niklas zog weiße Handschuhe an, kippte die Schallplatte, eine wippende EMI-Pressung, die ihm einer seiner Staatskapell-Patienten geschenkt hatte, aus der Hülle und dem mit Folie gefütterten Papierschutz, faßte die Scheibe zwischen Mittelfinger und Daumen (der Zeigefinger stützte im roten Etikett, auf dem ein Hündchen der Stimme seines Herrn lauschte, die aus einem Grammophontrichter scholl), begann sie mit extraweichen Kohlefasern zu streicheln, die wie eine Sammlung verführerischster Frauenwimpern in einer Aluminiumbürste aus Japan steckten (ebenfalls ein Musikerpatientengeschenk) und den Staub schonender, dabei gründlicher entfernen sollten als das gelbe Tuch, das der VEB Deutsche Schallplatten manchen seiner Eterna-Alben beilegte, kämmte zärtlich und versonnen die feingewebte Tonspur nach, bis Erik Orré, der an diesem Abend dienstfrei war und sich mit Richard über Zwölffingerdarm-Geschwüre unterhalten hatte, sagte: »Nu, laß gut sein, Niklas, ich denke, du hast ihr Vertrauen.« Das Ehepaar Schwede (sie Operettensängerin, hilflos, aber charmant aus flaschenbodendicken Brillengläsern blinzelnd; er, fand Richard, clarkgableschön, mit Menjoubärtchen, in Strickjacke, beschäftigt in der Außenstelle des Rats für Gegenseitige Wirtschaftshilfe am Lindwurmring; die Frauen dort, wie Richard von Niklas wußte, nannten ihn bei seinem Vornamen, Nino) stand am Fenster, beide eine Biertulpe in der Hand, Nino sagte: »Wenn das so weiterschneit, können wir unseren Wasserrohrerwärmungsring wieder anschalten, Billie.«

Die ganze Stadt schien in Bewegung zu sein, Geschiebe, Gedränge, die im Dunkel schnell aufbrechenden Dinge, vom Straßenlicht, vielleicht auch der zivilisierenden Kraft fremder Blicke gebändigte Gewalt (die, empfand Meno, reuelos wuchs, da man die Augen des Menschen, den man anfluchte, knuffte, rempelte, schlug, nicht sah); Pulks, die sich bildeten, in den nächsten Minuten aber schon wieder zerstreuten; die Menschenströme schienen behutsamsten Witterungsänderungen zu folgen, möglicherweise nur einem im Halbton weitergetragenen Gerücht, einem korrigierten Magnetismus (Stoßen, Hoffen), und dabei ziellos zu sein, aufgescheuchte Bienen, denen man ihren Bau genommen hat. Geschrei und Stöhnen, Rufe über die dunklen Straßen, Glasklirren: Wird schon geplündert? dachte Meno, um Fassung bemüht; er klammerte seine Tasche fest und ging über den Altmarkt Richtung Postplatz, wo er eine funktionierende Straßenbahn zu finden hoffte. In der Zwinger-Gaststätte, von den Dresdnern verachtungsvoll »Freßwürfel« genannt, brannten noch einige Lichter, auch im Haus des Buches und in dem von schwedischen Firmen erbauten festungsartigen Hauptpostamt. Meno geriet in einen sich rasch verdichtenden Schwarm, instinktiv und nachtmottenhaft angezogen schienen sich die Menschen auf die Lichter zuzubewegen, heliotrope Wesen, für die es im Dunkel vielleicht besser gewesen wäre. Heftiges Schneetreiben setzte ein. Das Schauspielhaus lag finster, die Hochhausreklame »Der Sozialismus siegt« war erloschen. Straßenbahnen fuhren nicht mehr, Meeressäuger, erstarrt in einer Schneekugel.
»Schienenersatzverkehr«, rief einer der Schaffner den andrängenden Menschen immer wieder zu, wobei er sich resigniert

und sorgfältig in eine Decke wickelte. Der Bus für die 11 fuhr ab Julian-Grimau-Allee, Haus der Presse, und war überfüllt; Meno erkannte Herrn Knabe, das Ehepaar Krausewitz, Herrn Malthakus im guten Anzug mit Fliege, sogar Frau von Stern, die rüstig ihre Anrechtskarte schwenkte, als Bildhauer Dietzsch ihr in den Bus und auf einen für sie freigemachten Sitzplatz half. »Semperoper, Schauspiel – alles dicht«, rief sie Meno erbost zu. Der Bus fuhr bis zur Waldschlößchenstraße.
»Und der Rest der Strecke? Sollen wir etwa laufen?«
»Ja«, erwiderte der Busfahrer achselzuckend. »Ich habe meine Anweisungen.«
An der Mordgrundbrücke, nach einigen Kilometern Fußmarsch, hielt der kleine Troß der Übriggebliebenen inne. Der vor ihnen liegende Berg war nicht sehr steil, aber, wie man in der eigentümlichen Helligkeit des Schneetreibens erkennen konnte, mit einem milchigen Eispanzer bedeckt. Auf halber Berghöhe steckte eine erloschene Straßenbahn in den Gleisen, bis über die Räder festgefroren, von den Oberleitungen und von der abschüssigen Mordgrundseite des Bergs hingen lange, bizarr geformte Eiszapfen.
»Da muß es die Haupt-Wasserrohre erwischt haben«, sagte Malthakus in anerkennendem Ton. »Die Frage ist, wie wir hier raufkommen. Wenn uns keiner an Seilen hochzieht –«
»Eine Sicherung, wie sie die Berg-Seilschaften verwenden«, bemerkte Frau von Stern. »Hatten wir im Krieg, wenn es so fror.«
»– sonst wird das 'ne feine Rutschpartie, und sie können uns morgen aus dem Bach brechen.«
»Mit meinem Instrument gehe ich freiwillig sowieso nicht rauf«, erklärte ein Kontrabassist der Staatskapelle; ein Waldhorn-Kollege pflichtete bei: »Unsere kostbaren Instrumente.«
»Warum haben Sie die denn nicht in der Oper gelassen?« fragte Herr Knabe ungehalten.
»Was für eine … entschuldchense mal, aber ich muß das aussprechen: dumme Frage! Ihr Mathematischer Salon ist ja bestimmt auch in diesem Fall gut gesichert, aber unsere armen Künstlergarderoben! Denken Sie denn, ich lasse mein Instrument allein?«
»Schön, aber haben Sie einen anderen Vorschlag?«

»Wir gehen einfach über die Schillerstraße hoch.«
»Auch dort liegen Hauptwasserrohre. Auch die dürften geplatzt sein … Und der Buchensteig geht noch steiler hoch. Aber bitte, Sie können durchaus kundschaften gehen. Oder Sie bleiben mit Ihren kostbaren Instrumenten einfach hier«, versetzte Herr Knabe höhnisch.
»Ach was, wir kehren um und gehen in ein Hotel«, meinte Herr Malthakus. »Paar Mark hab' ich noch übrig, und vielleicht läßt man uns im Eckberg auf Anzahlung übernachten.«
»Machen Sie sich keine Hoffnungen«, sagte Meno, »die sind schon voll mit Evakuierten aus der Johannstadt.«
»Da – eine Schneefräse«, der Waldhornist wies auf die Strecke vor dem Kuckückssteig.

Die Kälte biß zu, die Kälte knautschte den Weißnebel aus den Kühltürmen des Kraftwerks zusammen, der sonst wie ein Vollrausch-Traum blühte: den Himmel hier auf Erden zu haben, und explosiv klar, zündend und phantastisch zu vergänglichen Atmosphärenpilzen schwoll; die Kälte gab dem Eisen der Spitzhacken einen anderen Klang; die Kraftwerksleitungen, sonst schwirrend von Elektrizität, wisperten, flüsterten wie gedämpfte Instrumentensaiten, wirkten unter dem Eisanflug roh und schmerzempfindlich; menschengemacht. Christian war seit siebzehn Stunden ununterbrochen im Einsatz. Vor dem Kraftwerk stauten sich Waggons mit Braunkohle. Die Kohle aber war in den Waggons festgefroren und mußte freigesprengt werden; die Detonationen übertönten kurzzeitig das Rattern der Motorhämmer, die eilig aus der Bundesrepublik herbeigeschafft worden waren. Es war nicht angenehm, zu dem Kommando zu gehören, das die Aufgabe hatte, Waggons beiseite zu räumen, bei denen die Sprengsätze nicht gezündet hatten.
»Wir haben zwei Kandidaten«, bot Schlückchen den Lokführern an, die ihre Junggesellen Lose ziehen ließen.
»Hoffmann oder Kretzschmar, wer geht?« Er warf eine Münze, entschied: »Kretzschmar.«
»Bleib hier«, sagte Christian, »ich gehe.«
»Warum?« fragte Schlückchen verdutzt.
»Bei ihm geht's schief.«

»Na dann«, sagte Schlückchen, »mir egal. Ich hab' nichts gegen Helden.«
»Mach dir nichts vor, Nemo. Dir schlottern die Knie.«
»Ja, aber du bleibst trotzdem hier.« Es würde nichts passieren: beschloß Christian. –
Ein Hubschrauber landete, entließ einige Hohe Tiere, die nervös fuchtelnd hierhin und dorthin liefen, an Walkie-talkies knipsten, mit dem Krisenstab des Braunkohlenkombinats diskutierten (Pläne wurden ausgerollt, fesselten die Aufmerksamkeit für einen Augenblick, dann gab es etwas Neues, die Pläne schnappten beleidigt zusammen und blieben liegen); *Entscheidungsträger*, die vor dem Kraftwerk und der dahinter kalt sinkenden Sonne Bewegungen vollführten, die Christian an Indianer-Beschwörungstänze erinnerten. Bevor die *Entscheidungsträger* wieder in den Hubschrauber kletterten, standen sie mit eingestemmten Armen reglos vor den Kohlewaggons, eine Versammlung trauriger, machtloser Männer.

30. Dezember: Aus der Stadt kamen die Evakuierten mit Armeelastwagen, die sich den freigehackten Weg am Mordgrund hinaufquälten; immer neues Wasser floß den Berg hinunter, vereiste; Splitt und Asche verhinderten nicht, daß die Route zur gefährlichen Schlingerbahn wurde. Richard sah: Soldatenkompanien, auch Mitarbeiter aus der Grauleite schwangen die Spitzhacken, um den Weg zu beräumen; einzelne Bekannte, die das Streugut verteilten. Woher kam das Wasser? Der Stromausfall – es hieß, der Süden der Republik sei betroffen, die Hauptstadt erfreue sich, besonderer Absicherungen wegen, des vorsilvesterlichen Gemütlichkeitsglanzes – hatte das Wasser in vielen Leitungen einfrieren lassen, das hatte Rohre gesprengt; aber es war doch Eis? überlegte Richard, während er neben Niklas durch den Schnee stapfte und das über die Straßen gleitende Wasser beobachtete; neues gluckerte auf, vereiste rasch, man kam mit dem Streuen nicht nach. Niklas zog einen Leiterwagen mit Verbandmaterial und Arzneimitteln, die sie aus seiner Praxis geholt hatten. Richard fluchte leise, er hatte geglaubt, ein geruhsames Silvesterfest zu verbringen mit Punsch, Gesprächen, etwas nachweihnachtlicher Besinnlichkeit, Wanderung zum Philalethes-

blick, um die raketenüberblitzte Stadt zu betrachten und auf das neue Jahr anzustoßen … Anne war noch bei Kurt in Schandau, natürlich fuhr kein Zug mehr; sie hatten vereinbart, daß Richard beim Pfarrer von St. Johannis anrufen solle (Kurt besaß noch immer keinen Telefonanschluß); aber die Leitung war tot gewesen – diesmal also auch das. Jetzt saß Anne in Schandau fest, und er stiefelte neben Niklas durch Eis und Schnee, um Patienten zu versorgen, die es vermutlich schon gab. Sie gingen zum Lazarett, dort hatten Barsano und sein Krisenstab einen Stützpunkt eingerichtet, dorthin wurde aus den Neubaugebieten evakuiert: Prohlis, Reick, Gorbitz, Johannstadt.

»Ist dir schon aufgefallen, daß der Tastsinn stumpfer zu werden scheint, wenn man schlechter hört?« Niklas, fand Richard, hatte Sinn für den Ernst der Lage. »Ezzo muß in der Musikhochschule hängengeblieben sein, Reglinde wollte bei Freunden in der Neustadt feiern, Gudrun hatte Vorstellung – Meno! He, Meno! Hast du Gudrun gesehen?«

Meno, der aus einem Lastwagen ausstieg, schüttelte den Kopf. »In unserem Bus war sie nicht. – Ihr geht ins Lazarett?«

»Herr Rohde!« rief Barsano vom Eingangstor mit dem roten Stern und winkte. »Helfen Sie uns – Sie sprechen Russisch. Habe genug mit dem Koordinieren zu tun. Können Sie als Dolmetscher gebrauchen! Herr Hoffmann, Herr Tietze, bitte melden Sie sich beim diensthabenden Arzt.«

Ein Verbotener Ort, ein Ort aus Staub, dachte Meno, trat durch das Tor, das ein verwirrter Wachtposten zu beschützen versuchte. NATURA SANAT, grüßte das ehemalige Damenbad, davor, lächelnd wie ein Kirgise, der silberfarbene Leninkopf. Die Brückengänge waren verfallen, Fensterscheiben zersplittert, Jugendstil-Ornamente verwelkt, Stürme und Regen hatten an den Dächern genagt. Von den Traufen, aus denen viele der überschießenden Sparren herausgebrochen waren wie Zinken aus einem der feinen, handgesägten, mit Wünschen und Versprechungen gesalbten Kämme der Schönheitsfriseure, wucherten Eiszapfen, schwer und schmutzig, als wollten sie eine Spieldosenmusik zum Schweigen bringen, deren Grazie die Risse in den Gebäuden vergrößert, das Förderbandbrummen vom Heizhaus am Berghang verstärkt haben würde. In den Wandelgängen vor den ehemaligen Kurpatientenzimmern standen die alten Zuber, vollgestopft mit Holzscheiten und Zeitungspapier. Spinnweben hingen wie Tatarenhelmzierden von den Schnitzwerken, schwarz, glitzernd von Frost. Aber waren es Spinnweben? Meno glaubte sich getäuscht zu haben. Solche Formen hatten keine ihm bekannten Spinnweben, selbst in Jahrzehnten und zu vielen Schichten gearbeitete, in Augenblicken zerstörte nicht. Es waren Flechten, moosige Gewächse, langhängend, eingesogen ins Armfleisch der Vorpostenbäume; filzige, mißfarbene Bärte an den Dächern, die der Wald mit einer langsamen Umarmung in sein Reich zurückzuziehen schien. Barsano winkte Meno zu seinem Stellvertreter, Karlheinz Schubert, der zum Heinrichshof voranging, einer Fachwerkvilla, die dem früheren Besitzer des Sanatoriums gehört hatte und in der sich jetzt die Lazarettkommandantur befand. Herrenmassage und Küche standen leer, mit Brettern vernagelt. Verstopfte Dachrinnen, fehlende Dachziegel, im Gebälk der einst verglast gewesenen Verbindungsgänge wölkte Schwamm, an den Decken kroch der Schwarze Schimmel. Schubert sagte nichts, stakte mit merkwürdig raumgreifenden Schritten, als fürchtete er, bei kurzen fehlzutreten, an Laubhaufen und hereingewehtem Schnee vorbei, den traurigen, zugeklopften, mit kyrillischen Buchstaben und penibel gemalten Ziffern gekennzeichneten Türen, grüßte stumm, aus glasigen Augen, die vereinzelt begegnenden Kranken, die den beiden Männern ängstliche Blicke zuwarfen. Der muffige Geruch der Flure, die blaugrüne Ölfarbe, mit der die Wände gegen die Feuchtigkeit und ihre schädlichen Einbürgerungen überkleistert waren; die schamlos aus den Böden der Flurkreuzungen geklaubten Mosaiken, nur noch einzelne blaßfarbige Steine ließen Badeszenen römisch-antiker Vergangenheit ahnen; dagegen die über zerschlagenen Fenstern in den Windwechseln baumelnden, respektvoll unangetastet gebliebenen, staubbewatteten Kronleuchter; Wandzeitungen mit der aktuellen »Prawda« und der Satirezeitschrift »Krokodil« – gegenwärtige Eindrücke, zugleich Erinnerungen, die in Meno vieles wachriefen. Karlheinz Schubert bat ihn mit stockender Stimme zu warten; nach wenigen Augenblicken kam er wieder, kopfschüttelnd: Die Toilettenbekken seien alle herausgerissen, verpackt und heimatbeschriftet, und zwei Soldaten hockten über Löchern, spielten, das Brett auf einem Campingstühlchen, Schach … Aber Karlheinz Schubert schien sich innerlich zurechtzustoßen, zu mahnen, daß man über Bundesbrüder rede: mithin kniff er die Lippen zusammen. Im Heinrichshof, sie mußten warten, betrachtete Meno einen Scherenschnitt, der gerahmt im Vestibül hing; er stammte, wie er an der fein ausgeschnittenen Signatur erkennen konnte, von Frau Zwirnevaden, stellte Szenen aus der Zauberlehrling-Ballade dar, wobei der Zauberlehrling selbst, sonst (und vom Autor) als an seiner fehllaufenden Schöpfung verzweifelnd dargestellt, hier mit kühlem Interesse die Ankunft des Meisters abzuwarten schien.

Der Tagebau glich einem Heerlager. Soldaten waren verlegt worden, kampierten in eilig aufgebauten Zelten. Im Landesnorden und in der Hauptstadt war, den gerüchteraschen Verständigungen zufolge, die Stromversorgung intakt geblieben. Unterhalb einer Linie, die etwa mit dem Mittellauf der Elbe zwischen Torgau und Magdeburg übereinstimmte, standen die Bagger still, blieben die Häuser dunkel, brach die Versorgung zusammen; Samarkand bekam seinen wichtigsten Rohstoff nicht mehr, und die Großkraftwerke, kohlefressende, Energie ins Leben stoßende Tumoren, die sich aderreich in die lunaren Landstriche geknotet hatten, blieben finster und nahrungslos in unerwartetem Hunger.
Die Soldaten rückten zu Zwölfstundenschichten aus – es gab nicht genug Zelte, die eine Schicht konnte schlafen, während die andere arbeitete. Auf Christians Stube hausten nun sechzig Mann, den zehn Doppelstockbetten hatte man eine dritte Etage aufgesetzt (der Abstand zwischen Körper und Raumdecke war für die zuoberst Liegenden so gering, daß sie sich nicht drehen konnten), und für die sechzig Mann gab es nur zwanzig Spinde: an manchen hingen nun drei Vorhängeschlösser, was zur Stille im Raum nicht beitrug. Pfannkuchen und Christian teilten sich Koje und Spind; Pfannkuchen drohte jedem Prügel an, der es wagen wollte, Anspruch auf Platz im Spind zu erheben; vom Jähzorn und der Körperkraft des ehemaligen Zirkusschmieds ließen sich selbst die körnigsten Landsertypen beeindrucken.

Wegen eines Stücks Seife, einer Zigarette, eines zu spät ausgeteilten Briefs begannen Prügeleien, und da die Soldaten aus fremden Einheiten kamen, ihre Offiziere weit weg waren, hatte Schlückchen über sie keine Macht; sie sagten: »Du kannst uns mal«, wenn er betrunken in seinem Zimmer lag und mit wehmütiger, stumpfsinniger Handbewegung auf die Post (vergessene, die abzugeben gewesen, vergessene, die gekommen war) wies; vor seinen Augen, die die glanzlose Diesseitigkeit hartgekochter Eier angenommen hatten, trugen sie sich ins Ausgangsbuch ein, stahlen ihm Schnaps und Unterhosen, die sie grölend auf Stöcke hingen und auf den Abraumberg neben der Baracke pflanzten – wo sie im Wind wehten und jedermanns Mitleid ausgesetzt waren – oder mit Bergmannsfusel tränkten, den die Braunkohlelokführer ihnen verschoben, und die auf diese Weise vergeistigte Wäsche dann über einem Feuerchen brieten.
Ein Duschzelt war aufgestellt worden, zehn Duschteller für Hunderte verdreckter Leiber, und dabei kam das Wasser tröpfelweise und eiskalt aus den Düsen, die grob verteilte Kernseife bildete keinen Schaum. Christian war es zuwider, sich auf engstem Platz um ein paar Strahlen Wasser zu balgen, er haßte diesen erzwungenen Bruch des letzten Rests Privatheit, der ihnen, die in der Uniform noch ein Ich am Leben hielten, das sich dem großen verordneten Wir der Armee zu entziehen versuchte, geblieben war. Er wusch sich, an das Winterwasser aus Kurts Zisterne denkend, an einer der vor Kälte rauchenden Grubenpfützen weit abseits von der Baracke.
Am Silvestermorgen war das Trinkwasser im Tankwagen, der die kampierenden Einheiten versorgte, eingefroren, und es gab nicht genug zu essen, irgendwo war der LKW mit der Gulaschkanone steckengeblieben; die Komplekte lange vor Christian und Pfannkuchen alle; erstaunt stellte Christian fest, daß es den Hunger gab. Er hatte nie gehungert. In Schwedt nicht, auf der Karbidinsel nicht, schon gar nicht zu Hause, wo jeder, den er kannte, *meckerte*, seltsamerweise aber *alles* hatte … natürlich durch *Beziehungen* und nach *endlosem Herumgerenne*, aber das Brot kostete Einsnullvier, die Semmel einen Groschen, die Milch war von sechsundsechzig auf siebzig Pfennige verteuert worden, aber es hatte all das immer gegeben …

»Nemo, wir brauchen was zu fressen.« Pfannkuchen überlegte, ob er einem der jüngeren, schmächtigen Soldaten, die vor ihm an der Reihe gewesen waren, die Komplekte wegnehmen sollte, aber das besorgten schon andere aus der Wartereihe hinter ihnen, die Robusten nahmen den weniger Robusten das Essen weg, die schnelleren Verfolger den langsameren Wegrennenden, und wo jemand gegen dieses Gesetz protestierte, entschied die Faust das Recht. »Na, Käpt'n? Hast du 'ne Idee?«
»Meine Abladerin«, sagte Christian nach einer Weile hungriger Absuchen seines Gedächtnisses, »lebt auf einem Hof irgendwo in der Kohle. Dort gibt's bestimmt was.«
»Weißt du, wo's ist?«
»Nicht genau«, zögerte Christian. Schecki hatte vage nach Norden gewiesen. »Taschenlampen und Kompaß, vielleicht finden wir's. Wir könnten einen der Eisenbahner fragen.«
»Sollten wir nicht tun, Nemo. Wenn wir was besorgen wollen, sollte es keine Mitwisser geben.«
»Wir könnten auch anklopfen.«
»Könnten wir. Aber wenn sie so wohnt, wie du sagst, wird sie nicht aufmachen. – Wir müssen vor Schichtbeginn zurück sein. Hab' keine Lust, wieder einzufahren.«

Doktor Varga hob die Lampe, verkürzte die Schatten auf den Wänden des Kellergangs. Das Wasser am Boden schien nicht mehr zu steigen, noch hatte es die Schafthöhe der Gummistiefel nicht erreicht, die die Männer trugen; auch begann es zu vereisen, so daß die Ratten, die ohne Scheu dem Lichtschein zu folgen schienen, einige Strecken zu tauchen hatten; die dunklen Leiber mit den spitzen, borstig behaarten Schnauzen paddelten unter dem Eis und blieben selbst dann besonnen, wenn einer der Soldaten, die Varga und Meno begleiteten, mit dem Stiefelabsatz nach ihnen trat. »Luftschutz«, las Meno, ein roter Pfeil wies auf eine Stahltür, deren Hebelklinke spinnwebverhangen war. Sütterlinnotizen auf den Kellerwänden, kyrillisch überkritzelt. Das Wasser stieg wieder.
»Hier, glaube ich«, sagte Varga, aber er breitete die Arme vor den Türen. »Ich weiß nicht genau. Ich bin noch nie hier unten gewesen.«

»Woda – otkuda?« fragte Barsanos Stellvertreter auf stummelrussisch. Die Soldaten zuckten die Achseln. Einer schlug mit dem Kolben seiner Kalaschnikow ein Vorhängeschloß von einer Tür, zu der die Ratten huschten, man konnte nicht erkennen, wohin sie verschwanden. Die Soldaten zerrten die Tür auf, Varga sagte »mal sehen« und ließ einen Drehschalter klacken, Licht hüpfte aus tiefhängenden, spinnwebverkrusteten Tellerlampen, die mit einem gedämpften, doch von der Raumtiefe hallig verzerrten »Fatsch« wieder Dunkel schluckten – dieses wimmelnde, mit pickenden und schabenden Geräuschen angefüllte Dunkel, in das Varga nun seine Grubenlampe schob. Meno dachte: wie das Ticken Tausender Uhren; aber es waren die Beinchen von Wanderratten, die auf dem vereisten Boden teils possierlich ruderten, schlitterten und strauchelten, doch zielsicher in die Tiefe strebten, teils mit panisch ausgreifenden Krallen Halt suchten; Myriaden von Wanderratten; schwarze Knopfaugen so zahlreich von der rauchigen Beleuchtung getroffen, daß sie in einer Art von Funkenregen durch den Raum sprang. Er schien sehr groß zu sein, man konnte die andere Seite nicht erkennen. Keiner der Männer wagte einen Schritt, die Soldaten hielten ihre Waffen umklammert – die Ratten blieben bei ihrem Ziel. Das Wasser kam nicht von hier, obwohl der Boden mit dickem Eis bedeckt war. Meno nahm Vargas Lampe (der Mikrobiologe war erstarrt, und ebenso der Stellvertreter, dem es jedoch gelungen war, den Kopf zu wenden); im schwachen Schein erkannte Meno Markierungen, Striche, die einen Kreis bildeten, das Eis klang porzellanhart; das seltsame Ticken der vielen tausend Beinchen hatte sich verstärkt. Aber dort stand ja ein Tor! Ein Handballtor, mit zerrissenem Netz, daneben Stangen und Kletterseile, Sprossenwand, gestapelte Gummimatten – die Turner waren auch da. Festgefroren im Eis, in verrenkten und geknickten Positionen, standen orthopädische Modelle auf dem Spielfeld, aus altem Holz geschnitten, das dunkel, als hätten es Generationen lernbegieriger Schüler abgegriffen, unter Menos Lampe aufglänzte.

Die Taschenlampen blieben aus, Pfannkuchen wartete, bis das Dämmergrau die Dinge aus der Kellerfinsternis zurückzutauschen begann: einen Hackklotz mit ragender Axt, Gläser, die

Schaummassen miteinander verbacken hatten, so daß sie wie trüb glitzernde Mahlzähne in weißlich schimmerndem, geschwollenem Zahnfleisch zu stecken schienen. Er brach ein Gefäß heraus, ein handelsübliches Marmeladenglas mit Plastdekkel, untersuchte es im geringen Licht, schnitt mit dem Taschenmesser einen Kegel aus dem wachsbleichen Inhalt, roch daran. »Ich glaube nicht, daß man Gift einwecken würde«, flüsterte er, hielt den Kegel Christian hin. »Doch manches Ding vergiftet Zeit.«

69.
Wetterleuchten

»Als ich dich das erste Mal gesehen habe, hätte ich nicht geglaubt, daß du mit Versen aufwarten würdest. – Das ist Honig. Gefrorener Honig.«
»Kunsthonig?« zweifelte Pfannkuchen kostend, brach weitere Gläser aus dem Schaum, steckte sie in den mitgebrachten Beutel. »Die Gläser scheinen dicht geblieben zu sein. Laß uns abhauen. Hier ist's mir zu still. Wundert mich, daß sie keinen Hund haben. Wenn ich hier wohnen müßte, hätte ich einen.«
Der Hund sprang Christian schweigend an, drückte ihn gegen die Wand neben der Kellertür, blieb hechelnd und lefzenschlappend, die Vorderpfoten auf Christians Schultern, zweibeinig stehen. Eine Sensenklinge legte sich an Pfannkuchens Hals, zog den erschrockenen Schmied langsam die Treppe hinauf. Schanett lockte mit dem Zeigefinger ins Haus; die Sense hing sie an einen Pflock über der Tür. Das Haus war kalt, die Fenster schief, mit Eisfarnen überkrustet. Schanett ging mit einer Laterne voraus und überließ es dem leise grollenden Hund, die beiden Ertappten vorwärtszustoßen. Zumal weitere Hunde auftauchten, die Schanett aber zurückscheuchte. Die Berührungsqualität der weichen Schnauze, die Christian an seinem Gesäß spürte, glich der eines Gummiknüppels – ein Stock-Tuch-Zeichen, abwartend und individuell; Christian graute vor dem Gedanken, daß Schanett sie anzeigen und damit zurückbringen konnte nach *dort*; dann, so beschloß er, würde er es kurz zu machen versuchen.

Wahrscheinlich hatte sie hier kein Telefon, und Strom gab es ja auch nicht … Es schien nach unten zu gehen, kellerige Luft wehte an. Schanetts Laternen-Lichtkreis erreichte die Decke nicht mehr, hallige Schwärze, aus der Fleisch herabhing in finger- bis mannsgroßen Stücken, alle überfrostet, manche in Eisglocken, die reglos auf die Berührung des Bodens zu warten schienen; ihre Last und der nachgiebige Grund des Tagebaus ließen das Haus wohl allmählich absacken. Was die jetzt enorme, von außen kaum zu vermutende Raumhöhe nicht erklärte – vielleicht war das Haus quer durchgerissen, die unteren Etagen sanken, während das Dach oberirdisch blieb. Fleisch; Pfannkuchen zog den Kopf ein. Dunkelrotes Muskelfleisch, in weißes Fett gebettet, sehnig durchwachsen; vereiste Nieren; Schweineköpfe, reifglitzernd, mit eigentümlich ironischem Gesichtsausdruck bei offenen Augen; weißklumpige Herzen, dicht beieinander.

»Kommen Sie.« Der Korrektor nickte Meno zu. »Der gute redliche Redlich«, murmelte Klemm, »trägt getreu das Joch, bereitet die Messe vor wie in jedem Jahr, und dabei … oh, Fräulein Wrobel, ich dachte nicht, daß Sie noch da sind; die Beethoven-Quartette schwiegen.«
»Sie … gehen zu den Veranstaltungen?«
Sie traten instinktiv aus dem Lichtkreis der Straßenlaterne, und Oskar Klemm, Kavalier alter Schule, reichte Madame Eglantine zur Antwort den Arm – den sie nahm, obwohl sie sich, wie Meno wußte, über das »Fräulein« ärgerte. Ihr Gesicht war blaß, die Augen von Zweifeln und Angst verdunkelt; ihr Mantel aber, aus großväterlichem Loden zurechtgeschneidert, trug Filzflicken in Form verschiedenfarbiger Fußsohlen, deren Zehen (zu denen Oskar Klemm auf gut sächsisch »Morabbeln« sagte) sich vorwitzig spreizten. »Darf ich Ihnen die Schuhe zubinden? Bädänken Sie die Folgen eines Stolperns, meine Teure.«
»Rosenträger wird sprechen«, sagte Meno vorsichtig.
»Es ist gut, auch einmal etwas anderes zu hören. Schiffner hat es verboten, aber, liebe Kollegen«, Klemm blieb stehen und hob sein Gesicht, »ich für mein Teil habe beschlossen, endlich mit dem Mut zu beginnen.«
Kreuzkirche, Mauersberger-Programm. Die Menschen standen

so dicht, daß eine ältere Dame in Menos Nähe, die einen Schwächeanfall erlitt, nicht stürzte. »Wie liegt die Stadt so wüst.« Aber (und das war charakteristisch, dachte Meno), das Schreckliche mußte schön gesagt werden, in Wohlklang – die durchsichtige Zunge des Kreuzchores begann die Ohren zu betören – und Harmonie gelöst, von Ebenmaß und Überlieferung gerahmt werden; das nannte man dann traditionell, obwohl es etwas anderes sein mochte. Stimmenäther, im Kontrast dazu die verbrannte Schmucklosigkeit der Kirche, der Rauhputz ihrer Wände, über den Kruzianerköpfen im Kerzenglorienschein das abgemessene Trauer beschwörende, klippenründende Dirigat des Kreuzkantors, dem die Chor-Verklärungsschleier um die Stützklänge der Jehmlich-Orgel kinderunschuldig folgten.
Rosenträger betrat die Kanzel. Durch die Menschen, die der Musik ergriffen gelauscht hatten, ging eine spürbare Bewegung, Anspannung, die Oberkörper schoben sich nach vorn (wie die ahnungsvolle, schwellende Wendung einer fleischfressenden Pflanze hin zu einem potentiellen Opfer, das die äußeren Signalkreise unwissentlich betreten hat), Hälse reckten sich, Hände tasteten nervös über Gesangbücher, fingerten Hutkrempen ab wie Gebetskränze; der Atemrauch vor den Mündern wurde unsichtbar und strich, als die klar akzentuierende Stimme des Superintendenten tatsächlich zu hören war, wie ein Erleichterungshauch durch das Flackerdämmer des Kirchenschiffs. Er sprach über den 13. Februar. Meno spürte, daß es nicht das war, was die Menschen erhofft hatten – und was, vielleicht, Madame Eglantine gemeint hatte mit dem zögerlich ausgesprochenen Wort »Veranstaltungen«; Erinnerungen an den Angriff, Krieg, Verheerung und Vergangenheit hatten sie erwartet, gehofft aber auf Worte zur Gegenwart. Als sie kamen, lief es wie ein Blitzen durch die Emporen, so rasch hoben die Lauschenden ihre Gesichter zu Rosenträger zurück, den Barsano, wie sich Meno erinnerte, als einen »Hauptfeind« bezeichnet hatte. Dieser hagere Mann mit dem strähnigen, gleichgültig gescheitelten Haar sprach besonnen Dinge aus, die man sonst nur hinter vorgehaltener Hand zu flüstern gewagt oder aber ganz für sich behalten hätte. Immer wieder konnte Meno körperlich wahrnehmen, wie die Menschen erstarrten, wenn Rosenträger von »Verirrungen«

sprach, von der Wahrheit, die allein und unteilbar nur in Gott und nicht bei Parteien sein könne; wenn er mit einem Spiegel verglich, der nicht die schönen Wünsche, sondern manch unliebsame Wirklichkeit zeigte (Meno war sich aus eingefleischter Gewohnheit nicht sicher, ob das Bild stimmte). Der Mann, entschied er nach einiger Beobachtung, war weder ein Hasardeur, den die Welle einer vermuteten Dankbarkeit über den Strand lebensnötiger Hemmungen trug, noch ein Wichtigtuer, dem in priesterlicher Verkleidung, wenn er in die Stellvertreterkanzel stieg, eine kleine eitle Sonne aufging. Einfach sprach er einfache Wahrheiten aus. Daß er es hier tat, in der Kreuzkirche, vor einigen tausend Zuhörern, war Bedürfnis, und es war keineswegs die Selbstverständigung einer »isolierten Clique«, wie Barsano die Besucher der Kreuzkirchenandachten titulierte. Hier durchbrach jemand die Grenze des Schweigens, des Wegsehens, der Angst; Rosenträger hatte Angst, Meno las es aus der Gestik des Geistlichen, die fahriger war, als es seiner Autorität in den Augen kühl urteilender Registratoren auf Dauer guttun mochte – die Menschen aber, die Meno beobachten konnte, sogen seine Worte in begieriger Stille auf. Vielleicht war es auch gerade dies, daß Rosenträger nicht wie ein Kader auftrat, klobig und befehlshaberisch aus den Wolken der Geschichtsgesetzmäßigkeit zurechtweisend; Rosenträger rückte an der Brille, sprach frei, nach Worten tastend, in gerader Haltung, man hörte keine Phrasen; er hatte Angst – und sprach trotzdem.

Richard hatte Robert gebeten, vor der Kurve zum Steinbruch zu halten. Die letzten Schritte wollte er zu Fuß gehen, zwar mit Annes Sarkasmus im Rücken, dafür aber, wenn er im Hispano-Suiza auffuhr, im Auskostungs-Pomp eines langen Auge-in-Auge, und auch Robert wollte er zum Staunen bringen, seinen abgebrühten Sohn (Überwältigung tat gut). Wie klar die Luft war – Frühlingsskizzen; ein Vogel schüttelte sich von einem Zweig empor, eine Dusche aus erschrockenen Wassertropfen ging nieder.

Der Künstler Jerzy hing an einer Talje, winkte, am Ohr des Karl-Marx-Riesen beschäftigt, Richard zu. Vom anderen Ende des Steinbruchs hallten wütende Schlegelhiebe herüber: Dietzsch

formte sein »work in progress«, wie er sagte, »Der Daumen«, winkte aber nicht, als Richard grüßte. Im Schuppen herrschte die schöne Unordnung von Kinderspielen, Stahl hatte einmal, nachdenklich und selbstironisch, bemerkt: von Arbeit, die begeistert und um ihrer selbst willen getan wird, weil als Familienväter getarnte Jungen sie tun; Helligkeit faserte durch die Bretterritzen. Unter der Plane wartete der Wagen. »Hispano-Suiza«: flüsterte Richard, schon der Klang erfreute ihn. Den Namen wiederholend fiel sein Blick auf eine Kombizange, die Gerhart Stahl benutzt hatte. Von seinem Flugzeug, der »SAGE«, wie er es nach den Anfangssilben von »Sabine« und »Gerhart« genannt hatte, war nichts mehr übriggeblieben, nur noch Kreidestriche, teils verwaschen von eindringendem Regen, teils unter Richards Schuhen verschmiert, wiesen die ehemalige Lage von Werkzeugen und Material. Die Kinder waren in Heime verbracht worden, in verschiedenen Städten, soviel hatte Richard von Sperber erfahren. In welche Städte? Sperber hatte verlegen beiseite geblickt und die Achseln gezuckt.
Einige Atemzüge lang genoß Richard den Anblick des postgelben Ölkännchens auf dem schwarzen Bord. Wie es leuchtete. Wie präsent es war, und wie gelassen diese Präsenz. Dann ging er zum Wagen und zog die Plane ab.
Der Hispano-Suiza war zertrümmert worden, mit fachmännischer Akkuratesse. Die Ledersitze waren aufgeschlitzt, das Lenkrad steckte mit abgesägter Lenkstange in der Polsterung des Fahrersitzes. Richard öffnete die Motorhaube. Die Leitungen, die so lebendig wirkenden Kupfer-Arterien, die vernickelten Treibstoffvenen, waren flachgeklopft und mit Genuß zerschnitten (oh, so etwas spürte man). Der Motor – mit Beton ausgegossen; in der erstarrten Masse, Richard konnte ihn ohne Mühe herausheben, lag wie in einem steinernen Futteral der beim Weihnachtsbaumdiebstahl vermißte Bolzenschneider. Daran baumelte, geschickt zwischen den beiden Schneiden befestigt, als wäre es ein Geburtstagspräsent, ein Zettel, auf dem in Schreibmaschinenschrift »Mit sozialistischem Gruß« geschrieben stand.

Schienen, gepolsterte Schalen für die Beine, Lederriemen: Das Gestühl vor den gekachelten Wänden, wenn es auch eine altertümliche Variante war, hatte Christian in seinen Famulaturen schon gesehen, ebenso die Vitrinen mit den säuberlich aufgereihten Instrumenten – angeschrägte Stahlzylinder verschiedener Größe, Kornzangen, Nierenschalen, Klemmen. Von nebenan, aus der heißgeheizten, kupferblitzenden Küche, roch es süßsatt nach Kuchen. Die Honigschleudern ratterten und rumpelten, Pfannkuchen und Christian kurbelten den Einbruch ab. Schanett entließ sie in den Abendstunden mit einem Schuhkarton voll Bienenstich.

Eines Aprilabends, es waren mehr Menschen auf Spaziergängen unterwegs als sonst, schlug Pfarrer Magenstock den Aufruf einer Umweltgruppe im Schaukasten vor der Kirche an, ein orangeknalliges Papier, ein Augenmagnet, zwischen Bibellosungen und einem Dritte-Welt-Spendenzettel. Meno blieb stehen und beobachtete Herrn Hähnchen, den Abschnittsbevollmächtigten des Viertels, der widerstrebend näher kam, zu Boden und zum in Blütenfarben verwelkenden Himmel blickend, die Hände abwechselnd auf den Rücken oder vor dem imposanten Bauch in die Hosenträger Marke »adidas« legend, die aus der Uniformjakke lugten. »Sie wissen, daß Sie das nicht sollen«, bemerkte Herr Hähnchen, nachdem er den Aufruf gründlich, durch die zuvor umständlich aufgeklappte Brille, studiert hatte. Inzwischen hatte sich Kantor Kannegießer mit rot erschrockenem Gesicht neben Pfarrer Magenstock gestellt, deckte ihn tiefatmend; der große dicke Abschnittsbevollmächtigte und der kleine dünne Kirchenmusiker maßen einander eine Weile mit erstauntem Kopfaufundab.

»Sie wollen wohl ein Held sein?« fragte Hähnchen und hatte traurige Augen.

»Das Wort Held kommt im neuen Testament nicht vor, Herr Hähnchen. Ich kann es vor meiner Gemeinde, vor meinem Gewissen nicht mehr verantworten, zu schweigen«, sagte Pfarrer Magenstock.

Hähnchen schwieg, bemerkte dann, daß er dies verstehe. Doch müsse er von Amts wegen die Entfernung des Aufrufs wünschen.

»Sie haben doch auch Kinder, Herr Hähnchen«, rief Malthakus, der in Begleitung von Kühnasts und Krausewitzens nähergetre-

ten war und sich an Magenstocks Seite stellte. Herr Hähnchen antwortete, daß dies stimme.
»Es hat doch keinen Zweck, die Augen zu verschließen«, stellte Zahnärztin Knabe fest, die mehrere Einkaufsbeutel trug, und trat in Begleitung einiger MitgliederInnen ihres kürzlich gebildeten Emanzipationskreises gleichfalls an Magenstocks Seite. »Herr Rohde, kommen Sie mal her!« befahl sie.
»Herr Hähnchen«, sagte Meno, »vielleicht besteht die Möglichkeit, daß Sie nichts gesehen haben?«
Herr Hähnchen meinte, daß diese Möglichkeit grundsätzlich immer bestehe, nur –
Mitarbeiter der Grauleite näherten sich. »Auseinander!« bellte ein Offizier. Aber die Menschen blieben stehen. Zahnärztin Knabe schüttelte langsam den Kopf. Der Offizier stutzte, schien verunsichert. Andere Spaziergänger sahen den Auflauf, und anstatt rasch weiterzugehen, mit Blicken, die nichts sahen, mit eingezogenen Köpfen, wie es sich bei Konfrontationen mit der Macht bisher abgespielt hatte, kamen sie heran, immer mehr, gefolgt von Zuschauern aus den Gärten entlang der Ulmenleite, und stellten sich neben Pfarrer Magenstock.
Der Offizier schwieg. Und noch nie hatte Meno einen ähnlich einsamen Mann gesehen wie Abschnittsbevollmächtigten Heinz Hähnchen, der in der Mitte des freien Raums zwischen beiden Gruppen stand.

Der Kreis um Nina Schmücke war gemischt; Richard, den sie wie einen alten Bekannten mit Wangenküßchen links und rechts begrüßte (wahrscheinlich, damit es Anne sah, er setzte zu einer Erklärung an, aber sie winkte ab), nickte zu Clarens und Weniger hinüber, der ihn überrascht und feindselig musterte, wobei er einem der vollbärtigen Männer in Karohemd und Jeans etwas zuflüsterte, die, soweit es Richard nach grober Orientierung erfassen konnte, das Hauptbild gaben. Anne war verunsichert von den Bildern an den Wänden, auf mehreren Staffeleien, deren Tropfsteinfarbkrusten mit den aggressiven Tönen auf den Leinwänden kämpften. Von einem der wenigen nicht verklebten, mit Pappe oder Sperrholzplatten zugenagelten Fenstern des Ateliers blickte Richard über die Neustadt: kaputte Dächer, in

denen nackte Männer sich vor der sinkenden Sonne verneigten; zerfressene Schornsteine, darunter waren die Bohlen für den Schornsteinfeger alle belegt: ein dicker Mann schlief auf dem Rücken, Arme und Beine fielen seitlich herab, ein hagerer Mensch in schwarzer Latexkleidung schritt auf und ab, eine Frau kontrollierte ihre Angelausrüstung. Richard brachte Anne etwas zu trinken, stellte ihr einen Stuhl ans Fenster – die Diskussionen, die nach ihrem Eintritt unterbrochen worden waren, wurden, nachdem der Vollbärtige Nina Schmücke beiseite genommen hatte und von ihr offenbar beruhigt worden war, unter häufigem Streichholzanreißen und Feuerzeuggeklick fortgesetzt. Zäh, langsam, zäh. Richard kannte einige Anwesende: zwei Medizinisch-technische Assistentinnen aus der Neurologischen Klinik, den ehemaligen Assistenzarzt aus der Inneren, der die Chirurgie damals um ihren Weihnachtsbaumtriumph gebracht hatte, Frau Freese, die ihn unangenehm direkt anstarrte – er senkte den Kopf, wurde wütend über seine Feigheit, starrte herausfordernd zurück, worauf sich Frau Freese hinter die Schultern zweier Mitarbeiter der Kohleninsel duckte. Richard erkannte den Sachbearbeiter, der vor Regines Ausreise betrübt die Kartei durchblättert und ihn auf den Flur F gelassen hatte; mit dem anderen hatte er wegen des Gasdurchlauferhitzers zu tun gehabt. Schnelle Blicke, die von Gesichtern flüchteten und dazwischen warteten. Angst, die vor der Angst Angst hatte. Hände, die nicht wußten, wohin. Ein Ingenieur sprach über sein Leben, das vom Alltag, wie er in ausweichenden Beschreibungsschleifen mehr verhehlte als bloßlegte, nicht mehr »hinreichend« zu unterscheiden war … Stumpfsinn. Der Große Stumpfsinn beherrsche sein Dasein! Man stimmte zu. Man teilte die Erfahrung. Man bat um Vorschläge. – Man sollte gleich mit einem Sit-in beginnen, sagte eine Frau mit Piratenkopftuch und Leinenkleid, das eine, wie Richard fand, ebenso ungewöhnliche wie schöne Stickerei in Form und Rotweiß eines Straßenkegels trug. Es müsse sich endlich etwas ändern hierzulande, zu viele seien schon weggegangen, das halbe Hochhaus zum Beispiel, in dem sie wohne – wie das denn enden solle?
»Vielleicht kann unser Gast etwas dazu sagen«, Weniger zeigte auf Richard, »er verfügt über Kontakte, die nicht jeder hat –«

»Das ist eine bösartige Unterstellung, Manfred, das nimmst du bitte zurück.« Anne war aufgestanden.
»Schön, wie du für deinen Mann eintrittst. – Nina, du hättest uns sagen sollen, daß du ihn einlädst. Überhaupt sehe ich zu viele unbekannte Gesichter.«
»Wenn wir reden und unseren kleinen Kreis verlassen wollen, müssen wir nach außen gehen. Damit warst du einverstanden, Manfred«, entgegnete der Vollbärtige.
»Mag sein, aber ich hätte gern erfahren, wen ihr einladet. Wenn er bleibt«, Weniger vermied es, Richard anzusehen, »werde ich gehen. Das Risiko ist mir zu groß.«
»Manfred, setz dich, iß deinen Bienenstich«, bat Clarens.
»Wir müssen Risiken eingehen«, sagte ein Mann mit kahlrasiertem Schädel. Richard kannte ihn, ein Kollege Gudruns am Schauspielhaus. Sein Ledermantel reichte bis zu den Knöcheln und war stark abgewetzt. Er verschränkte die Arme (gediegenes Knarren des Leders), lutschte das kupierte Mundstück einer Zigarre an. Zwei junge Frauen im Schneidersitz, beide mit Palästinenserhalstüchern, meldeten sich. »Ich bin die Julia«, sagte die eine. – »Ich bin die Johanna«, sagte die andere. »Wir finden das gut, was die Annegret eben vorgeschlagen hat. Und der Robert in Grünheide hätte bestimmt auch –«
»Und hätte der Robert in Grünheide auch gewußt, wo das Sit-in stattfinden soll?« fuhr Weniger dazwischen. Ob man ernsthaft glaube, mit solchen Mitteln Reformen erzwingen zu können?
»Durchaus«, erwiderte bedächtig ein Mann in Anzug und Krawatte, »so generell schon.«
Sein Nachbar, der eine Jeansjacke mit dem Aufnäher »Schwerter zu Pflugscharen« trug, plädierte dafür, Bonhoeffer zu lesen.
»Nein, Bahro«, verlangte jemand von einem Kanapee unter einem Acryl-Stalin mit Veilchenauge.
Richard sah, daß die Anglerin winkte. »Achtung!« rief es von der Tür. Polizisten drängten ins Atelier. Das Interesse an Kunst hatte rechtzeitig zugenommen.
»Ausweiskontrolle! Keiner verläßt den Raum.«

70.
Walpurgisnacht

»Da bist du ja.« Arbogast lehnte am Fenster, betrachtete den Schmetterling auf der Zeigefingerspitze. Er reichte ihn Herrn Ritschel, der ihn in ein Netz schob und sich behutsam entfernte.
»Es ist keine Kleinigkeit, um die Sie mich da bitten, Herr Hoffmann.«
»Sie haben doch schon einmal drucken lassen.«
»Das blaue Buch unseres Assyriologen, jaja. Das war Unterhaltung. Bei Ihrem Schriftstück aber handelt es sich um Politik. Ihrer Bitte nachzukommen, hieße Vorwände zu liefern.«
»Sie wollen uns also nicht helfen.«
»Wer ist ›uns‹?«
»Eine Reihe von Menschen, denen die Verhältnisse mehr als nur zu denken geben. Die etwas zu tun entschlossen sind.«
»– entschlossen sind, soso. Entschlossenheit hat etwas Geradliniges, das sich mit den Prinzipien meiner Institute gut in Übereinstimmung bringen ließe. Warum gehen Sie nicht zu einer Zeitung, Herr Hoffmann? Der beste Ort für Vervielfältigungen. Es gab viele interessante Berichte in jüngster Zeit, und nicht alle Redakteure sind verbohrt.«
»Herr von Arbogast – keine Zeitung hierzulande wird einen solchen Aufruf drucken. Das wissen Sie genausogut wie ich.«
»Daß wir uns darüber unterhalten müssen … Wie Sie wollen. Haben Sie meinen Brief bekommen? Ich hatte schon mehrmals vor, Sie anzurufen. – In der Akademie hat man wohl andere Sorgen als mein Projekt.«
»Tut mir leid.«
»Übrigens teile ich viele Ansichten Ihrer Schrift, Herr Hoffmann. Ich werde mir die Sache überlegen.«
»Das Honorar –«
Arbogast lächelte. »Ach, wissen Sie, Herr Hoffmann, das wäre nicht weiter kitzlig. Ein paar Witze … Sie wissen vielleicht, daß ich sammle? Und eventuell noch den Bier/Braun/Kümmell, den Sie besitzen? Ich erfuhr es von Ihrem Schwager aus dem Italienischen Haus. – Überlegen wir beide. Ich sehe Sie nachher im Sibyllenhof? – Schade.« Arbogast stand auf, zog die rote Weste

straff, als im liegenden Ziffernblatt einer Schreibtischuhr, hinter dem Wald der scharf gespitzten Bleistifte, eine Tänzerin, ein Elfenbein-Däumelinchen, sich zum Walzenklang zu drehen begann.

Kostümfest! Das Vestibül des Restaurants »Sibyllenhof« war mit Girlanden, an denen Luftschlangen baumelten, und Lampions dekoriert, über die Fensternischen hatte man als Stimmungsmacher bunte, flackernde Glühbirnen gehängt, ein quer unter die Decke gespanntes Transparent verkündete »Tanz in den Mai«. Meno wies seine Einladung vor, nahm seinen alten Zoologenkittel und das Mikroskop aus dem Rucksack, ging zur Garderobe, wo eine Rotkäppchen-Garderobiere seinen Hut zwischen die Borsalinos der beiden Eschschloraques hängte. Karlfriede Sinner-Priest stand, gekleidet als Hofdame des sächsischen Barock, neben Albert Salomon (August der Starke) vor den Telefonzellen des Sibyllenhofs, die mit einem Schlüssel-Vierkant zu öffnen waren, den man nach einem Eintrag ins Haustelefonbuch an der Rezeption erhielt, und schien angeregt mit einigen Autoren zu plaudern – Meno erkannte Lührer (peinlicherweise ebenfalls als August der Starke verkleidet) und Altberg (als Bergmann, der die Hand zu einem halben Gruß hob). Der Hauptsaal des Restaurants lag in bläulich-purpurnem Licht, das, gespendet von Disko-Scheinwerfern, an den Wänden wie Erzadern hinablief. Albin Eschschloraque trug ein Nachtwächterkostüm und saß recht verloren, neben sich die Laterne und das Nachtwächterhorn, an einem der weißgedeckten Tische, winkte Meno. »Nun, Sie Mann am Mikroskop, was macht die Kunst?« rief er trübsinnig; Meno antwortete ausweichend, doch betont freundlich.
»Das kann heiter werden heute nacht«, Albin Eschschloraque schob Meno eine Schüssel mit Brockensplittern zu, von denen er allerdings selbst so ausgiebig naschte, daß Meno, um ihm entgegenzukommen, eine der dreieckigen Verpackungen aus dem VEB »Argenta« aufriß und in die Schüssel nachfüllte. Weißgekleidete Stewards, die der Sibyllenhof, klamm in Kaderfragen wie so viele Betriebe, aus Arbogasts Personal geliehen zu haben schien (neben der Eingangstür war Frau Alke mit letzten

Korrekturen am Büfett beschäftigt), verteilten Karaffen auf die Tische; Albin ließ zwei Gläser des rötlich spielenden Saftes einschenken: »Rhabarbersaft«, stellte er mit einer Miene fest, die noch nicht zu wissen schien, ob sie Anerkennung oder Mißmut ausdrücken sollte. »Die Getränke von Ostrom bedürfen dringend einer Inventur.« Der Sibyllenhof habe sich kaum beteiligt, für solche Feiern verfüge er nicht über Kontingente; das sei Mitschurin-Produktion oder als Wissenschaftler-Ulk zur Feier des Tages, wie zum Beispiel der Punsch, in den Arbogastschen Laboratorien an der Grünleite gebraut. »Haben Sie denn Ihre exkommunizierte Sphinx mitgebracht, Herr Rohde, die grauhaarige Römerin?«
»Sie hat es nicht nötig, sich von mir begleiten zu lassen.«
»Höre ich da Bitterkeit heraus? Richtig, sie steht längst wieder in Ansehn und Schauder, wie Papa sagen würde, für den der Schauder, den jemand erregt, unbedingt zur reifen Persönlichkeit gehört. Es geht mit Paternostern wie bei diesem hier«, er griff in sein Kostüm und hielt einen Kugelschreiber hoch, dessen Griff mit durchsichtiger Flüssigkeit gefüllt war, in der ein Figürchen auf- und abschwebte, wenn man den Stift drehte. »Ein cartesischer Taucher, ganz nett. So was gibt's als Werbegeschenk in Westelbien, meist von Arzneimischern. Der da vorn«, Albin kehrte den Daumen zum Barmixer, der Sage nach der größte Mensch der Republik, »vertreibt sie im landesüblichen Nachbau. Freilich können sie die Minen nicht kupfern. Statt Tabletten Anpreisung unserer Mittelgebirgsstädtchen, und anstelle des Argonauten hier tanzt ein Töchterchen der Lüfte. – Da kommen die anderen.«
Malthakus hatte sich einfach eine »Beiretta« umgehängt und ging als Fotograf, Schallplatten-Trüpel als Pflaumentoffel mit Leiter und Zylinder, Frau Zschunke mit zu Ohrhängern gebundenen Radieschen; Frau Knabe im Kittel, über dem sie einen Backenzahn geschultert trug, neben Frau Teerwagen und den Honichs, die kaum Aufwand getrieben hatten (Babett in Pionierbluse zu blauem Käppi, sie erwiderte Menos Nicken albern mit dem Pioniergruß; Pedro Honich in Kampfgruppenkluft mit angelegten Medaillen). Dahinter Rechtsanwalt Joffe, humoristisch als Amtsschimmel verkleidet, und Frau Arbogast in mun-

terem Gespräch; das violette Haar der Baronin wirkte in diesem Licht metallisch, die Lederbräune des Gesichts kontrastierte auffallend mit dem Dalmatinerpelz, den sie mehr dekorativ als wärmend über die Schultern gelegt trug. Hinter ihr traf das Haus Zu den Meerkatzen ein, angeführt von einer lachlustigen Witwe Fiebig als Baba-jaga am Arm Herrn Richter-Meinholds, der in Gelb-Rot gekleidet war wie seine Landkarten.

»Sehen Sie mal, da kommen die Luftfahrer.« Albin Eschschloraque wies zur Terrasse, die vor dem Hauptsaal jetzt von Scheinwerferlicht aus der Dunkelheit gehoben wurde. Alke und einige Weißbekittelte öffneten die Flügeltür, an der Gedränge von Neugierigen entstand.

»Kommen Sie doch hierher, wenn Sie etwas sehen wollen«, rief eine schlanke Gestalt mit Eselskopf, in der Meno Eschschloraque senior erkannte. »Sie wirken erstaunt, Rohde – und wären es zu Recht: nicht jeder bringt die Selbstironie auf, dies brave Grautier in sich zu entdecken. Die meisten suchen es nicht einmal. Und glauben, sie wären lauter Löwen und Adler. – Sie landen.« Ein Ballon fuhr nieder, gesteuert von Herrn Ritschel, der eine weiße Seemannsmütze und eine Bootsmannspfeife trug. Neben Arbogast im schwarzen Mantel entdeckte Meno Judith Schevola – in der verwegenen Lederkluft der Luftschiffer; sogar eine entsprechende Fliegerkappe hatte sie aufgetrieben – und Philipp Londoner; er in der abgerissen-pittoresken Tracht eines Freibeuters.

»Der Fliegende Holländer«, kam es spöttisch aus dem Eselskopf, »mit Gewitter und Sturm aus fernem Meer. Und das vor dem Festtag der Arbeiterklasse. Sein Steuermann ist auch dabei. Nebst lederner Senta. – Fatigant, hidös und, vor allem, nicht hold. Was meinst du, Albin?«

»Sie soll sich hüten, meine ich. Das Meer ist kalt und tief.«

»Ihre Kollegen«, der Eselskopf nickte zum Eingang, »Heinz Schiffner in Toga, um die Stirn ein Lorbeerkranz. Und in der Hand hält er eine Distel, wahrscheinlich sogar eine echte. Damit muß er Vertragsklauseln meinen. Was sagen Sie zu dieser Entpuppung Ihres Chefs, Rohde? Das geht übers Bohnenlied. Nicht wahr, das würfelt Sie hin und her?«

»Fräulein Wrobel als Schokoladenmädchen«, sagte Albin lippenleckend, »ein appetitlich Kind, es reizt mich sehr, die Strenge einmal weich zu sehn. Und eine Waage führt sie auch, die Schalen heißen Kommen, Gehn. – Ich halte Ihren Platz frei«, rief er Meno nach.

Die Nomenklatura Parteidresdens rollte an. Sie rollte: auf gummibereiften Kremsern des Fuhrgeschäfts Heckmann; die Pferde-Jule hockte auf dem vordersten Kutschbock und trieb zwei Kaltblüter mit lustiger Peitsche. Die Standseilbahn brachte Gäste und Anwohner, die verstohlene Blicke auf die als Ritter verkleideten Parteisekretäre warfen, die einander lautstark zuprosteten. Die als Burgfräulein ausstaffierten Ehefrauen waren stiller. Die Passanten duckten sich und gingen rasch davon.

Judith Schevola blickte durch das Mikroskop, als Meno zurückkam. »Die sind doch nicht etwa ansteckend?«

»Wovon reden Sie?« fragte Meno irritiert.

»Von den hübschen Dingen auf Ihrem Objektträger natürlich.«

»Na, Dinge sind es ja nun nicht«, sagte Albin, der ebenfalls durch das Okular spähte. »Klären Sie uns auf, Herr Rohde. Ich sehe nur Pünktchen, Striche und Kommas.«

»Ich habe kein Präparat mitgebracht«, Meno beugte sich übers Mikroskop, »Kokken in Eosin-Färbung, auf den ersten Blick. Es muß jemand eingeschoben haben.«

»Eosin, welch poetischer Name in den kühlen Bezirken der Gewebekunde«, lebte der Eselskopf des alten Eschschloraque auf. »Eos, die rosenfingrige, lateinisch Aurora. Und jener Schuß im Jahre Siebzehn, der eine Bresche schlug ins Tor der Zeit. Was ich fragen wollte, Fräulein Jahrestief: Wie fliegt es sich mit dem Kälterat? – Doch silentium, Kameraden. Unser Fürst greift nach dem Wort.«

Barsano sprach schlecht, aber kurz. Es waren die gleichen Phrasen wie immer, und Meno fragte sich, ob Barsano glaubte, was er sagte, ob es einen Mann gab hinter diesem, so wie er es von Londoner kannte, der im Professorenkollegium und bei sonstigen Gelegenheiten ganz anders sprach als zu Hause im vertrauten Kreis. Über Barsano war einiges im Umlauf, Londoner hatte Meno berichtet, daß der Erste seit einiger Zeit in Berlin nicht mehr gut angeschrieben stehe, zu nahe sei er »den Freunden« in Moskau, zu groß seine Sympathie für gewisse Ideen des Vorsit-

zenden des Obersten Sowjets. Es habe »Besuche« gegeben. Jetzt lag der alte Londoner krank im Haus am Zetkinweg, doch erst gestern hatte er sich an der Lesung eines Stücks mit verteilten Rollen erlabt, Menos Aussprache des Englischen verbessert und bei Lieblingsstellen so vergnügt-mitgerissen sekundiert, daß die Krankheitsabsage Meno nachdenklich stimmte. Doch hätte Londoner, davon war Meno überzeugt, mindestens Philipp, Judith, die Eschschloraques und ihn davor gewarnt, auf Barsanos Fest zu erscheinen, wenn dies gefährlich gewesen wäre. Vielleicht, sann Meno, hatte Londoner aber eine solche Warnung absichtlich unterlassen, da es die Glaubwürdigkeit seiner Entschuldigung erhöhte, wenn zwar er selbst fehlte, seine Nächsten jedoch anwesend waren; so würde Barsano kaum Verdacht schöpfen. Die Machtverhältnisse schienen im Fluß zu sein … Barsano war im »Neuen Deutschland« angegriffen worden, dies hatte die »Prawda« mit jenem »Befremden« kommentiert, das für Ausschläge in den Seismogrammen sorgte und selbst weniger geübte Beben-Leser alarmierte.
Ein Conferencier übernahm, er trug den gleichen roten Schlips wie der Pianist, der mit ausgestreckten Armen und geschlossenen Augen ins Leere tappte (man hatte das Klavier umstellen müssen); auch die anderen Musiker der Tanzkapelle waren rotbeschlipst, was zu einem algigen Auf- und Abschwanken rhythmisch gekreuzter Sperrfeuer führte, als die Spieler begannen, geschmackvoll an Evergreens herumzumassieren; Routine, die Meno an Verkäuferinnen auf dem Striezelmarkt denken ließ, die ebenso nüchtern und effektiv beim Abpacken ihrer Tannenbaumschmuckkugeln vorgingen wie diese Instrumentalisten beim Abgreifen ihrer klingenden Seelentröster. Judith Schevola beugte sich zu ihm: »Eins, zwei, drei, wieder 'n Takt vorbei. Sozialistische Arbeitsmoral, angewandt auf die Tanzmusik. So schweigsam, Herr Rohde? Eigentlich müßten Sie Kiebitz heißen. Ich bitte um eine von Ihren ›Orient‹«.

… aber dann auf einmal …

Else Alke streifte im Vorübergehen Blumen, die Blumen verwelkten. Malthakus und Witwe Fiebig und die Meerkatzen tranken

Punsch, begannen sich auf den Stühlen hin- und herzudrehen, als hielte es sie kaum noch; die Beine zuckten zur Musik.
klick,
hörte Meno neben sich, eine Feuerzeugflamme erhellte Judith Schevolas Züge, Altberg gab ihr Feuer. Vom Tisch Barsanos drang das fiebrige Lachen der Burgfräuleins, Wodka, Punsch, Korn rannen durch die Kehlen, Augen glänzten wie tollkirschgeschwärzt. Meno hörte Hundegebell, hörte, wie der Wind Stimmen herantrug, durch die träumerisch verlangsamten Bewegungen der Feiernden über die Tische und beiseitegebogenen Akkorde der Tanzkapelle; Geheul und Wehklagen; aber es mochte eine Täuschung sein wie die beiden Grüngekleideten am Fenster, wie die durch einen Wust von Geräuschen leise, doch klar zu verstehende Stimme Eschschloraques, der zu Philipp sagte: »Ich habe mir deine Papiere durchgesehen; soviel ich davon verstehe, steuern wir auf eine Pleite zu. Das ist brisantes Material, wenn die Zahlen stimmen, und ich kann nicht begreifen, weshalb man die Augen davor verschließt.«
Der Conferencier warf den Kopf zurück wie ein Hengst, die dreiwettertaftgehärtete Mähne wirkte glasiert im Diskolicht, der Schnurrbart liftete sich auf einer Seite, entblößte lange Zähne: »Es darf getanzt werden, meine Damen und Herren!«
Heinz Schiffner, die Augen im Ausschnitt Babett Honichs, suchte in den Falten seiner Toga vergeblich nach einem Kamm.

… aber dann auf einmal …

»Den interessieren doch solche Berichte nicht. Weißt du, was er sagt? ›Das ist für mich ganz ohne Wert. Das ist genau das gleiche, was in der Westpresse steht.‹ Deshalb kümmert es ihn nicht.«
»Weil nicht sein kann«
»– was nicht sein darf. Ich würde stutzig werden, wenn mir die Grauleite das gleiche berichtete wie der Spiegel. Dann könnte ja womöglich was dran sein. Aber die ganz oben denken genauso, das ist das Schlimme.«
»Neulich haben sie sich im Politbüro mit dem Damenschlüpferproblem beschäftigt. Es gibt keine Damenschlüpfer, weder in Berlin noch im unwichtigen Rest«, sagte Albin Eschschloraque,

»man wollte ein Damenschlüpferproblembeseitigungskonzept entwickeln. Nun hatte aber der Frauenbund schon eine Zeitungskampagne gestartet, mit Schnittmuster, wie man Damenschlüpfer selber nähen kann.«
»Die beiden Kaminskis gehen als Engel. Gott, wenn Tugend lehrbar wäre.«
»Aber hören Sie doch nicht auf diesen Eschschloraque, Rohde! Mit dem werden wir auch noch fertig. Dieser Graf mit französisch geschliffenem Mundwerk – der den Kommunismus nur deshalb will, weil dann jeder Zeit haben wird, in seine Stücke zu gehen!«
»Ach, Paul, bist du etwa neidisch?«
»Und du, Lührer? Wo man dich trifft, quatschst du von Westreisen und Valutatantiemen!«
»Herr Schade, was ich Ihnen schon lange mal sagen wollte –«
»Ach, Sie gibt's auch noch, Fräulein Schevola?«
»Wie Sie sehen.«
»Na schön. Das muß ja nicht so bleiben. Und was ist es, das Sie mir sagen wollen?«
»Sie können nichts.«
»Was?«
»Gar nichts. Sie sind ein Funktionär, aber kein Schriftsteller, geschweige denn ein Dichter.«
»Ich sage Ihnen … ich sage euch, die Juden … die haben schon wieder Macht. In Amerika hetzen sie gegen uns, lassen uns die Kredite sperren … Wir haben mit Japan abgeschlossen. Die Japaner helfen uns. Gibt eben doch gewisse Charaktereigenschaften, Volks … dings.«
»Du bist ja betrunken, Karlheinz. Du … widerlich.«
»Trag's mit Fassung, Schorsch Altberg. Wie Genosse Londoner. Reg dich nicht auf. Mensch, das Zeug hat's in sich. Fast wie die Ziehharmonika beim Chef.«
»Damenschlüpfer? Sollen sie sich doch Pionierhalstücher umbinden – wie die Honich! Davon gibt's doch genug.«
»Karlheinz, ich habe bisher nie was gesagt, wenn du solche Reden geschwungen hast. Aber jetzt möchte ich, daß du Philipp und Judith um Entschuldigung bittest.«
»Nanu, was ist denn in dich gefahren? Hast du jetzt auch was zu

melden, Schorsch? Sonst hältst du am besten die Klappe. Du bist doch erledigt, ich meine – tot.«

»Mag schon sein. Übrigens ist es gar nicht so schlimm, tot zu sein. Man gewöhnt sich an alles. Wenn du dich nicht entschuldigen willst, gebe ich deine Aussage an die Parteikontrollkommission weiter.«

»Ach. Du willst mich anschwärzen? Dazu kann ich nur sagen: Viel Erfolg! Von diesen Vögeln kriegst du noch ganz anderes zu hören!«

»Tugend, Tugend! Ich frage Sie nach Tugend, mein lieber Altberg, und Sie antworten mir – mit Tugenden. Machen Sie doch nicht immer aus einem vieles: wie diejenigen, die etwas zerbrechen!«

»Und was wäre sie, Ihrer Meinung nach, mein lieber Eschschloraque? Darf ich Ihnen übrigens zu Ihrem Kostüm gratulieren? Dieser Eselskopf steht Ihnen ausgezeichnet.«

»Ich wußte, daß Sie darauf anspielen würden. Nun, nicht jeder will so tief steigen – oder sollte man sinken sagen – wie Sie … Daß man sich des Schönen erfreut und desselben mächtig ist. Das sagt der Philosoph. So verstehe ich denn unter Tugend dies, voll Begier nach dem Schönen imstande zu sein, es sich zu verschaffen. – Herr Ritschel, hier. Bitte. Auch unser Tisch ist einmal an der Reihe. Ich hätte gern den Marmelzitterrochen probiert, der so entsagungsvoll von Ihrer Fischplatte schaut.«

»Nach Ihrer Logik, mein lieber Eschschloraque, wäre jeder Freier, der sich eine hübsche Hure kauft, ein höchst tugendhafter Mensch. Voll Begier ist er nach dem Schönen, und genügend Geld dürfte er auch in der Tasche haben.«

»Sie sind zynisch, Altberg. Das paßt nicht zu Ihnen. Der Zyniker beginnt im Leben zu sterben.«

»Entschuldigen Sie, mein lieber Eschschloraque, daß ich lache. Sie und ein Tugendbold. Das ist ei-gen-t-lich etwas für Arbogasts Witzesammlung.«

»Ich bin ein Tugendbold, insofern Tugend etwas Nützliches ist. Ach was, Altberg! Ich war oft mit Nützlichem beschäftigt.«

»Nützlich, doch nicht gut!«

»Gut, weil nützlich! Graben Sie, Bergmann, graben Sie.«

»Und immer bei den Mächtigen, mein lieber Eschschloraque.

Denen geselle zum Trunk und zum Schmaus dich, sitze bei denen, zeige gefällig dich nur denen, die mächtig im Staat.«
»Aber, aber, das Verslein geht noch weiter, Sie gestatten, lieber Altberg, daß ich fortfahre? Nur von den Besten erlernst du das Beste; verkehrst du mit Schlechten, dann ist bald auch dahin, was du besaßt an Vernunft.«
»Damenschlüpfer? Pionierhalstücher?«
»Mein Mann, na ja. Frühmorgens denke ich immer, mit einem Walroß verheiratet zu sein. Dann stehen seine Haare zu Berge, er nimmt den Zahnputzbecher, schäumt mit der Zahncreme herum und gurgelt, daß es eine Art hat. Dann bläst er das ganze Zeug durch seine Bartstoppeln in den Ausguß. Ich beobachte ihn und denke: Mit so was bist du nun verheiratet, seit dreißig Jahren im Zwangskasten. Und dann die ewigen Umzüge. FDJ-Studienjahr, Aufbaulehrgänge, Aufbaustudium in Moskau, Parteisekretär in Provinznestern, dabei hatte er mir versprochen, daß wir mal nach Berlin gehen … Meine Freundinnen haben alle ihr Häuschen im Grünen und dazu Datsche und Auto, sogar zwei Autos die meisten, und wir? 'ne Neubau-Dreizimmerkifte, weil er nicht in den Block A wollte, und weil ein Parteimitglied Vorbild sein muß, und er die korrupten Typen, die sich Genossen nennen dürfen und das Ansehen der Partei schänden, nicht ausstehen kann … Dafür sitz' ich da und frage mich manchmal: Mädel, was hast du aus deinem Leben gemacht?«
»Die Anatomie des Auges ist eine einfache, lieber Rohde. Es geht, als ob man etwas schriebe, in einem Brief etwa, in klarer, deutlicher Sprache, so einfach wie möglich, und der andere liest doch nur, was eine fremde Optik, eine optische Täuschung, über das Blatt als Sinn legen – das eine steht geschrieben, aber das andere wird verstanden.«
»Ach, hätt' ich nur genommen den König Drosselbart, ach, hätt' ich den nur genommen.«
»Diese mausetoten Scheißkerle! Ideale! Gott, die hatten doch nie welche! Die wollten Geld verdienen, richtig auf 'n Putz haun, vielleicht sogar 'n Westauto ergattern, das ist ihr Horizont! Sozialisten, die ziehen die Idee des Sozialismus in den Dreck, nichts weiter!«
»Philipp, achte auf deine Worte.«

»Das ist ja das Schlimme: Daß man auf seine Worte achten muß.«
»Sag mir, wo du stehst –«
»Herr Ritschel, bitte noch was von Ihrem Chemikerpunsch! Ich will Ihnen was sagen, Rohde. Das mit dem roten Komma – vergessen. Hat mich im stillen sogar amüsiert.«
»und welchen Weg du gehst«
»Ich bin Aufklärer, das heißt: Kritiker, Ironiker, Ungläubiger, vielleicht. Denn vielleicht glaube ich noch nicht einmal daran, daß ich an nichts glaube. Sie sind Romantiker, und das heißt, daß Sie zum Kapitalismus beitragen. Denn die Sehnsucht und das Heimweh treiben die Welt, aber das Treiben, eben, ist Kapitalismus. Der Stillstand ist die Utopie. Deshalb will ich, daß die Uhren nicht schlagen, deshalb bin ich für den Winter. Sie glauben, als Romantiker, der Welt zu entsagen, sie zu fliehen. Unsinn! Sie treiben sie an … pursuit of happiness, so steht es in der amerikanischen Verfassung. Ein romantischer Grundsatz. Und der Wappenspruch des Imperiums des Ich.«
»Meine Damen und Herren, für Sie intoniert: Songs von Karat! Für euch, die ihr den Regenbogen liebt, hat Karat das magische Licht entzündet: haben Henning und Bernd ihre Saiten verzaubert, hat Micha seinen Pulsschlag getrommelt, haben Herbert und Ed ihr Bestes gegeben! Und übrigens: Es darf immer noch getanzt werden!«
»Ich habe ein Bild gesehen, lieber Eschschloraque, Eisschollen, die durch die gefrorene Oberfläche eines Sees schießen; Relikte waren es, Vergangenheit im Jetzt. Ob es einmal eine Gesellschaft geben wird, die ganz aus Vergangenheiten besteht?«
»So erschrocken, Herr Altberg? Keine Angst, ich werfe es niemandem vor, wenn er zu denken wagt, daß es nach dem Sozialismus noch etwas anderes geben könnte.«
»Da haben Sie schon anders geklungen, bester Eschschloraque!«
»Judith, komm doch mit! Es wird eine großartige Zeit sein. Wir werden Geschichte schreiben …«
»Mir genügen schon Geschichten. Sag dich von Marisa los.«
»Ich kann nicht. Das kann ich einfach nicht. Ich liebe euch beide, eben … euch beide, und jede auf besondere Weise.«

»Sagte Casanova: Ich bin treu, in jeder Beziehung.«
»Mir wirfst du Spießbürgerlichkeit vor, und selber? Judith.«
»Und was sagen Sie, Meister Kiebitz? Soll ich mitgehen? – Sie schweigen. Immer schweigen Sie.«
»Er wird seine Gründe haben, Judith. Ich bitte dich: komm mit.«
»Es darf getanzt werden! Da sind schon einige mutige Paare beim Tanz in den Mai!«
»Es ist ein Geheimnis sowohl der Natur wie des Staates, daß es sicherer ist, vieles zu ändern als etwas einzelnes –«
»Du bist heute argwöhnisch, Trude.«
»Ach, weißt du, mein lieber Ludwig, der Argwohn ist unter den Gedanken, was die Fledermäuse unter den Vögeln sind: sie flattern stets im Dämmerlicht.«
»Eine Krankheit ist's, die alles stet zerfrißt. Guten Abend.«
»Ah, Herr Eschschloraque. Wie geht's Ihren beiden Maschinen? Haben Sie meine Bleistiftsendung bekommen?«
»Macht das Gemüt bewölkt, die Stirnen dunkel, mißtraut dem Zucker, nennt ihn süßestes der Gifte, läßt Freunde auseinandergehen und nährt die Nessel Eifersucht. Schiefkrumm kriecht's da die Zeit entlang … ein Wald von Argwohn, voll von finsterem Getier.«
»Dieser Eschschloraque – früher hätte man so was wie den verhaftet. Was meinen Sie? Der kommt doch von früher? Ja … wir hätten wachsamer sein müssen. Von seiner Größe und Unsterblichkeit ist er felsenfest überzeugt … Wissen Sie, Rohde, daß er seine Werke für den Feuerfall hat auf Stahlplatten gravieren lassen, aus dem Freitaler Edelstahlwerk? Er besitzt einen Bunker unter seinem Haus Zinnober, da drinnen liegen sie.«
»Auf die Japaner ist Verlaß. Sie lieben die deutschen Orchester über alles, vor allem unsere Staatskapelle. Wir hatten ja neulich … vielleicht wissen Sie das. Es stand nicht in der Presse. Also dieses Zahnbürstenproblem. Ein russischer Artillerist war besoffen und hatte Frust, und da hat er, Heidewitzka, 'ne kleine Artillerierakete auf Reisen geschickt. Die hat ausgerechnet die Hauptproduktionshalle unseres Zahnbürstenwerks getroffen. Gottseidank war keiner drin, die Werktätigen von der Nachtschicht saßen beim Skat.«

»Darf … dürfte ich um ein Tänzchen bitten, Genosse Esch … Sch … Sie ham aber auch 'nen komischen Namen, Herr Hagestolz und Stol-zen-hahn.«
»Ich glaube nicht, daß Sie in Ihrem Zustand tanzen sollten, Frau Honich.«
»Kö-Könich der Zierfüsche, haha. So nennt man Dich. Komm, du elender Graf, du … Bolsche-figg.«
»Herr Rohde, ich ziehe es vor, eine Weile an die frische Luft zu wechseln, kommen Sie mit?«
»Dann tanz du mit mir … Nemo … Rohde. Noch so 'n komischer Name. Huch. Meine Brosche ist in deiner Soljanka.«
»Ich kann leider nicht tanzen, Frau Honich.«
»Du Schlappschwanz … einer wie der andere … nischt in der Hose … du«
»Sparen Sie sich's. Bitte.«
»Mundbumser. Alle beide! Schwuchteln!«
»Tja, Nachtschicht. Und von den Zahnbürsten nix mehr übrig. Hat sich natürlich wie 'n Lauffeuer verbreitet quer durch die ganze Republik, daß es wahrscheinlich in der nächsten Zeit 'nen Zahnbürstenengpaß geben wird. Wir mußten reagieren! Die Leute haben ja gleich wie die Verrückten Zahnbürsten gehortet, da gab's dann wirklich 'nen Engpaß. Aber die Japaner haben uns geholfen. Sofort ein Flugzeug mit Zahnbürsten geschickt. Wir haben ihnen dafür Fachwerk gegeben, von 'n paar Häusern in der Braunkohle, die mußten sowieso abgerissen werden. Sind die Samurais ja ganz scharf drauf. Bauen die originalgetreu wieder auf! Und wir hatten Zahnbürsten, made in Hongkong, denn die Japaner importieren das auch.«
»Ob es möglich ist, die Tugend zu lehren, das ist das Problem.«
»Sehen Sie sich die Kaminskis an, denen die Honich eben eine Ohrfeige gibt. Ob sie weiß, was sie tut?«
»Meine Damen und Herren, ich bitte um Aufmerksamkeit für unsere Soli-Tombola! Keine Angst, jedes Los gewinnt! Tusch für unsere Frau Notar, die Ihnen vom Tele-Lotto bekannt sein dürfte … Unser Genosse Erster Sekretär zieht zuerst: entrollt das Papier: die Stirn glättet sich: er übergibt mir das Papier: ich lese: Geselliges Beisammensein mit Arbeiterveteranen des Elsa-Fenske-Heims, Erfahrungsaustausch bei Kaffee und Kuchen!«

»klick«,
sagte der Alte vom Berge,
»klick,
höre ich das Feuerzeug schlagen, das blaue Licht flammt auf, aber der Wind bläst es aus; nach Osten, nach Osten, der Tambour schrie, und der Soldat schnallte den Tornister fester. Nach Osten die Panzer rollten, es schrie der Größteführerallerzeiten Deutschland Deutschland; der Soldat hatt' einen Kameraden, der riß den Brief seiner Liebsten auf, lachte, als er zu lesen begann, eine Kugel stanzte ein Loch in den Stahlhelm, da fiel er hintüber, und seine Augen starrten zum Himmel. Ein anderer Kamerad wollte gleich die Stiefel haben
klick,
und der Soldat hatte Wache nachts am Biwak am Fluß, und die Wache versah er schlecht, denn er las ein Buch im Mondschein, und es kamen Partisanen nachts zum Biwak am Fluß und erstachen die anderen Wachtposten, die nicht hinab zum Fluß gegangen waren, und erstachen die Kameraden im Schlaf, der Hund des Kompanieführers bellte endlich und die, die es noch konnten, sah der Soldat sich aufrappeln, er sagte nichts und schrie nichts, denn das konnte er nicht mehr; aber die anderen schrien und griffen zu den Waffen, Schüsse Schreie Feuer die roten Lanzen des Mündungsfeuers, und er sah, wie der Kompaniekoch mit einem Tranchiermesser
Du Sau du Sau du Russensau
einer Partisanin die Kehle durchschnitt, und vorher rollte die Schapka in den Schnee und das Haar fiel herab, das weiche blonde Haar
klick klick,
eine Hymne erklingt, im weißen Oval heben sich die Hände, der Größteführerallerzeiten tritt ans Mikrophon, erklärt die Olympischen Sommerspiele, Berlin, 1936, als eröffnet, ein Grammatikfehler, über den der junge blonde Mann nur eine Sekunde nachdenkt, denn gleich wird die Kamera mit der verwegenen jungen Regisseurin oben auf der Schienenkonstruktion auf seinen Pulk schwenken, deutsche Jugend turnt, antike Jugend, ewige Jugend vor einem Himmel aus blauer Seide, über den wie ein schlankes Bügeleisen ein Flugzeug schlittert, der Puls des blonden jungen

Mannes rast, er spürt, wie seine Bewegungen mit denen der anderen Jungs: Gau Brandenburg Gau Breslau Warthegau zu etwas Höherem verschmilzt, er sieht die lachenden Menschen auf den Tribünen, hört die vor Begeisterung flimmernde Stimme des Stadionsprechers, was für ein herrlicher Tag, was für ein herrliches Leben, dann sucht der blonde junge Mann den Blick seines Vaters, er steht in der Abordnung der schlesischen NSDAP, der Blick ist stolz zum ersten Mal, und der blonde junge Mann spürt etwas, das die Kehle zuschnürt, durch die Adern steigt es, in die Augen, ein Schwimmer frei wie die lichten Wolken hoch dort droben

Schnee. Frau Holle schüttelt ihre Betten. Alte Frau mit gütigem Gesicht, manchmal sah man es in den Seen schlummern, zwischen den Seerosen verzittern, wenn die Hechte erwachten. Schnee, der die Schlammfurchen der Wege Rußlands füllte, weicher, schleichender Schnee. Die Pferdeleiber dampften, der Schirrmeister und der Soldat rieben sie trocken. Sie wieherten und ruckten die Köpfe ängstlich zurück, scheuten im Geschirr, die Augen wie Pechklumpen. Flocken, langsam sinkende Hände, weiße sechsfingrige Hände, strichen den Kameraden übers Haar, die Schultern, betasteten die Zelte, Funkwagen, Kräder, Panzer. Weiße Hände schnitten weiße Weidenzweige, flochten weiße Körbe um das Biwak. Weiße hinabgestreute hinabtauchende Daunenhände, die schmolzen nicht mehr; vor Moskau, der Soldat sah die Türme: den Spasski, den roten Stern auf der Lomonossow-Universität, die farbigen Zwiebelkuppeln der Basilius-Kathedrale; vor Moskau, schraffiert von der Flak, zog der Winter seinen Eisschraubstock an, geriet die Kompanie zwischen seine Kältezangen. Der Schnee wurde rauher, streichelte nicht mehr, und manchmal hörte der Soldat Fetzen von Liedern oder Stimmen heranwehen, die kleine Meerjungfrau war tot, die rote Blume lag gefroren im Malachitberg, der Soldat meinte den fallenden Schnee scheppern hören zu können, wie Zinntellerchen klirrten die Flocken. Ein Kamerad ließ neben ihm Wasser, es gefror vom Boden herauf; er brach es fluchend ab. Schnee verpackte die Kübelwagen, die Decken auf den Pferden, die mit ihren bereiften Nüstern an die steifgeeisten Zelte stupften. Schnee sperrte die Panzer, die auf Moskau rollten, und dann gefror der

Diesel, dann gefror das Öl, und die Soldaten der Kompanie sahen die Menschen auf den Straßen Moskaus hin- und herhasten, sahen Straßenbahnen und Transparente.«
»Und links- und rechtsherum der Schwung, das hält die Lebensgeister jung, Tanz in den Mai, Genossinnen und Genossen!«
»Was kommt herauf aus tiefem Schlaf der Zeit«, hörte Meno Eschschloraque murmeln, »aus tiefem Schlaf der Zeit, und dann, Rohde, diese aufzitternde Melodie, diese empor-, ja, aufflackernde, schwanenweiße Melodie, Stern über Moskau, und Lewitan sprach, aber kennen Sie ihn, kennen Sie ihn nicht? Sie waren ein kleiner Junge, ich weiß, ich kenne Ihren Vater, ich kannte Ihre Mutter, was kommt herauf aus tiefem Schlaf der Zeit?«

71.
Die Hauptaufgabe

»klick«,
sagte der Alte vom Berge, »Farnzunge knisterte aus dem Volksempfänger, Lale Andersen sang Lili Marleen, und Zarah Leander sang Ich weiß es wird einmal ein Wu-hunder gescheh'n, deutsche Frontweihnacht, und Goebbels schrie, und der Größteführerallerzeiten schrie, und die Reichsrundfunkstimmen, und die Russen schrien. Urrääh urrääh, sie brachen vor Moskau aus, schwarze Punkte erst am weißen Horizont, Nadelstiche, verfließende Schwärme, dann Klumpen, dann Nester, und dann kamen die Panzer von den Flanken auf uns zu, und unsre lagen mit vom Eis geknackten Ketten und hatten keinen Sprit, und ein Kamerad schoß mit einer Panzerfaust in den Öltank eines T 34, der leckte, das Öl eine schwarze Spur im Schnee, und brannte, die Flammenspinnen liefen über die Ketten, aber der T 34 fuhr weiter, die fuhren auch ohne Öl, und dann überm Kameraden in seinem Panzerloch einmal rechts gedreht, der Soldat feuerte das Magazin leer, aber es machte nur pling pling pling auf den Panzerflanken, und einmal links gedreht, bis die Schreie des Kameraden nicht mehr zu hören waren, und dann drüber, und der Soldat nahm eine Handvoll Schnee und sah sie an, er wußte nichts anderes

Häng ihn auf
Nein
Auf dich ist das Los gefallen, also
Ich will nicht
Häng ihn auf, den Juden
Ich kann nicht
Damit du es lernst, du Feigling, das ist ein Befehl
das war in dem ukrainischen Dorf. Der Hauptmann zog die Pistole und richtete sie auf den Soldaten, der sah den schwarzen Kreis der Mündung auf sein Gesicht zielen. Ein Befehl, und wenn du ihn verweigerst, blas' ich dir das Licht aus! Und die Kameraden sagten zum Soldaten Na los! Ist doch bloß 'ne Judenlaus! Und zogen den dünnen jungen Mann am Haar, ein zwanzigjähriger Bursche war es, so alt wie der Soldat, und sein Hut lag im Schnee, und daneben wimmerte sein Mädchen, kroch zum Hauptmann und zog ihn am Mantel, er stieß sie weg, sie kam wieder, er schoß, sie blieb liegen. Da sagte der Soldat Ich kann nicht. Und der Hauptmann Und ob du kannst, ich werd dir Beine machen! Hier! Und warf das Galgenseil über einen Ast der Linde neben dem Dorfbrunnen, die am Stamm keine Rinde mehr hatte, die einzelne, zu einem weißen Gespenst geschossene Linde, an der der Bürgermeister und der Arzt und der Rabbi baumelten, reihum war es gegangen unter den Kameraden, der Hauptmann zischte Los, oder, lud durch und drückte die Mündung auf die Stirn des Soldaten. Und der Mensch neben ihm machte hampelnde Bewegungen und griff in die Luft und versuchte mit seinen Händen den Hauptmann zu erreichen und sackte in den Schnee neben sein Mädchen und fuhr sanft über ihren Ärmel und schüttelte ihren Kopf. Die Kameraden zerrten ihn auf und fesselten seine Hände auf den Rücken, zogen ihm ein Tuch übers Gesicht. Der Soldat nahm den Strick, die Kameraden hoben den Burschen auf den Schemel, zurrten die Schlinge eng, der Soldat stieg auf einen Schemel daneben, der Hauptmann wischte mit der Waffe durch die Luft, der Soldat strich dem Mann behutsam die Schneeflocken vom Kragen. Der Atem blähte das Tuch und zog es zusammen, und dann hörte er, daß der Mann zu blöken begann, abgerissen und schief wie ein Ziegenbock, häßlich, wie der Soldat in diesem Moment fand, und dabei näßte der Speichel

das Tuch. Das klingt so albern, ich will seine Fresse sehen, runter den Fetzen! lachte der Hauptmann. Aber da stieß der Soldat schon den Schemel weg
klick«,
» klick«, murmelte Eschschloraque,
»… herauf aus tiefem Schlaf der Zeit: die Flure, Dunkelstrom, und nicht nur nachts die Ratten, Neid, der seine gelben Nebel kriechen läßt, durch alle Ritzen dringt er, alle Türen kennt er, in den Träumen, nachts, am Tage, rollt Reiseländer aus, entzündet Wunderlampen als Gatte der Frau Kälterätin Gier und läßt die Flüsterknospen wachsen im Acker der Gedanken«

TAGEBUCH
Bei Ulrich. Richard und Anne da, Feier im kleinen Kreis. Ulrich sorgenvoll. Gealtert. Schwierigkeiten im Betrieb, Planungsbilanzschwierigkeiten. Erzählte von Sitzungen in Berlin, in der Plankommission. Da die Weltmarktpreise für Rohöl und infolgedessen auch für Industrieprodukte auf Erdölbasis seit '86 stark gesunken seien, läge der Preis, den wir nach RGW-Abkommen an die SU für Öl zu zahlen hätten, weit über Weltmarktniveau. Das verteuere unsere Produkte – wir könnten sie nicht mehr mit den notwendigen Gewinnen in den Westen verkaufen. Die wir aber unbedingt brauchten. In seinem Betrieb müsse er den von Zulieferern produzierten Ausschuß verbauen – was aber die Erzeugnisse seines Betriebs zwangsläufig wieder zu Ausschuß degradiere. Jetzt räche sich, daß man nie Mittel für Investitionen freigemacht habe. Wie oft sei er mit seinen Anmahnungen beim Parteisekretär und bei der Leitung angeeckt! Als Genosse, habe es geheißen, könne er doch nicht so argumentieren … Die Abteilung, mit der sein Betrieb der elektronischen Steuerungselemente wegen kooperiere, die man für moderne Schreibmaschinen brauche, müsse nun bei dem großen Mikrochip-Wahnsinn mitmachen. Folglich müsse er die Steuerungselemente von anderswo beziehen, zur Zeit aus Italien. Was in etwa die Valutasumme verschlinge, die man heutzutage mit Schreibmaschinen überhaupt noch verdienen könne. Da sein Betrieb aber die Auflage habe, soundso viele Mark Valuta zu erwirtschaften, stünde ihm, Direktor Ulrich Rohde, nun womöglich ein Parteiverfahren ins Haus. Man habe dem Genossen

Generalsekretär im September '88 mit großem Pomp den 1-Megabit-Chip überreicht – was die Bevölkerung jedoch nicht wisse, er aber von Herrn Klothe eine Etage höher: Dieser Chip sei ein handgefertigtes Muster gewesen. Und was, bitte schön, solle er mit dieser Errungenschaft anfangen? Den real existierenden Chip an die völlig veralteten real existierenden Maschinen kleben? In der Hoffnung, daß sie sich dann von selbst in mannaproduzierende kybernetische Wunderwesen verwandeln würden? Den 256-Kbit-Chip subventioniere der Staat pro Stück mit 517 Mark, auf dem Weltmarkt dagegen koste er nicht einmal mehr zwei Dollar. »Und nun frage ich euch, Richard, Meno, was wir für Schlußfolgerungen ziehen sollen.« Richard schlug vor, Fahrräder zu kaufen. Wenn alles zusammenbreche, kein Strom mehr für Züge, kein Benzin mehr für Autos, könne man sich mit Fahrrädern immer noch bewegen. Man müsse Vorräte an haltbaren Lebensmitteln anlegen und sich irgendwie für den Fall von Plünderungen, Razzien und Beschlagnahmen absichern. Wertgegenstände schützen, für die man, wie nach dem Krieg, beim Bauern noch etwas bekomme. Barbara solle Stoff abzweigen, aus dem man Kleider nähen könne. Ich wurde beauftragt, Bücher zu beschaffen, die für Leute aus dem Westen interessant sein könnten, denn wenn das Geld gar nichts mehr wert sei und, wie schon einmal, inflationiere, werde die Westmark alleinige Währung sein. Anne und er, Richard, würden sich um Medikamente kümmern.

»klick klick klick,
das Feuerzeug«, sagte der Alte vom Berge, »der Schnee bedeckte die Ebenen, bedeckte die Dörfer, Argonauten sahen ihn in der Kolchis, auf dem Kasbek und dem Elbrus, wo die Hakenkreuzfahne wehte, der Soldat bekam Typhus, und in Stalingrad erfror der Verlobte seiner Schwester. Ein Zaunkönig lag erstarrt im Schnee. Flugzeuge trudelten vom Himmel in Flüsse, die brannten. Fetzen von Liedern, von Dudelsackweisen, mit denen Truppen des Marschalls Antonescu ins Gefecht zogen, Flakhämmern, Artillerie, das Knattern der Ratas und das heisere Bellen der Schmeisser-MPis, die Steppenhexen wisperten, Krautkugeln, die der Wind vor sich hertrieb. Der Geschmack von Sonnenblumenkernen, tanzende Nutten in einem Frontbor-

dell, die Lakritzstangen zwischen ihren Mündern kleinkauten; in den Straßengräben Pferde mit aufgetriebenen Leibern, die Augäpfel in Stille geschraubt. Die geschlachtete Kostümhändlerin im Städtchen am Narew, aufgebrochene Truhen, splittrig zerstiefelte Bauernschränke, einer der Kameraden lachte, ging in den Vorgarten, knallte die im Wind sich wiegende Teerose vom Stengel, zupfte die Blütenblätter Sie liebt mich sie liebt mich nicht, ach hol's der Teufel, Scheiße, Kameraden, lachte nicht mehr, lud die Parabellum durch, hob die in die Ecke gedrängte Katze der Kostümhändlerin hoch, klemmte ihr die Mündung unters Kinn, drückte ab
klick,
die Taschenlampe des Feldgendarmen, der durch das Lazarett ging auf der Suche nach Drückebergern. Lungensteckschuß, sagte der Arzt, der sich über den Soldaten beugte. Instrumente klirrten, in eine Schale geworfen, der Geruch von Tabak, langentbehrt, ein Operateur in blutdurchtränktem Kittel, eine Schwester hält ihm in einer Klemme eine Zigarette hin; der Soldat erinnerte sich an den süßen Doldenduft, der aus der Anästhesistenmaske strömte. Frontlazarett, Schüsse, lichtstickende Katjuschas, ein abbrennendes Verwundetenzelt, die Schreie werden ihn nachts aus dem Schlaf fahren lassen. Klirren von rangierenden Zügen, eine Lokdampffeife zerschneidet den Hitzevorhang des Fiebers, Rübezahls Geister machen sich lustig. Rückzug in der Rasputitza, der Schlammperiode. LKW blieben stecken, wühlten sich bis über die Räder in den Schlamm, mußten von Pferden und Mannschaft herausgezogen werden. Joch und Kandare, Soldaten und Kriegsgefangene hängten sich in die Sielen, versuchten die Troßwagen herauszutreideln, die Achsen brachen, die Deichseln der Furagewagen brachen. Moskitos zerfraßen die Gesichter, krochen in Ohren, Münder, Nasenlöcher, stachen in die Zunge, durch die Kleider, krochen in die Kragen. Dann wieder der Frost, er kommt abrupt, die Luft scheint innezuhalten, wird gedehnt, gespannt, gestaucht, beginnt zu knirschen, bleibt eine Weile reglos, dann bricht sie wie ein Flaschenhals. Der Schlamm fror betonhart, die bizarren Grate zerschlitzten die Lastwagenreifen und Stiefelsohlen. Rückzug. Dörfer, Koffer im Schnee, aufgesprengte Schlösser, verstreute Briefe, Fotos

klick,
der Rundfunkknopf
Ideale! Dir ist, Liebes! nicht einer
Geschützfeuer, Nahkampf, die weißen Augen des Russen, dann ist er über mir, sein keuchender Atem und die verdreckte Kragenbinde, ich sehe die scharfumrissene Linie einer Wolke über seinem Messer
Nicht einer zuviel gefallen
die Schweißtropfen auf der Stirn des Russen, der Soldat sieht einen Leberfleck und gleichzeitig eine Szene aus einem Puppentheater seiner Kindheit, das schöne bunte Harlekinskostüm, versucht noch einiges wie Strampeln mit den Beinen, Schreien, spürt, daß er dem Russen unterliegen wird, der schweigend arbeitet und stärker ist als er, das Messer nähert sich, plötzlich reißt der Russe den Kopf zurück, die Augen weiten sich, er öffnet den Mund
Der unbedingte Wille zum Sieg und die fanatische Kampfbereitschaft des deutschen Soldaten werden den Feind
öffnet den Mund zu einem tonlosen Staunen, der Hauptmann hat ihn von hinten erstochen
Jeder Zollbreit Land wird bis zur letzten Patrone
Blut schwappt aus dem Mund des Russen, sprudelt über das Gesicht des Soldaten
Bis zum letzten Mann verteidigt
Kostet dich 'ne Runde, Freundchen
sagte der Hauptmann, die Klinge in der Armbeuge abwischend«
»klick«,
sagte Eschschloraque, »der Rundfunkknopf
klick, und abends wurden wir zu Glas: im Hotel Lux, zerbrechlich in den Lippen eines Telefons, im Aufzugschnarren atemlos: Die Schritte, wohin gehen sie? Vor deine Tür? Die Nacht war Erdgeschehen, wir lagen starr auf einer Stethoskopmembran, die Nacht war Schlangenbaders Reich«

TAGEBUCH
Abends bei Niklas. Unterhielten uns über Fürnbergs Mozart-Novelle – Niklas gibt mir recht in meiner Einschätzung, was mich

baß erstaunte und mein Urteil über ihn bedenken ließ –, als Gudrun hereinkam: Wir sollten mal ans Radio kommen. Wir hörten: Tod in Peking. Demonstrationen. Platz des Himmlischen Friedens. In den hiesigen Sendern: Tanzmusik. Ezzo übte stoisch. Draußen schönes Wetter. Niklas über Ariadne unter Kempe, aber ich ging. Der Duft der Glyzinien auf der Straße, vom Glyzinienhaus, wie Christian es nennt – wie mag es ihm gehen? Flimmernde Blüte, das ganze Haus schien in duftenden Flammen zu stehen.

»klick«,
sagte der Alte vom Berge,
»Für'n Sechser fetten Speck
und Gräber im Schnee, eiserne Kreuze mit Stahlhelm und angehängter Waffe, offene Gräber voller starrender Gesichter, MG-Nester mit erfrorenen wie schlafenden sich umarmt haltenden in weiße Tarnumhänge gehüllten Schützen
Für'n Sechser fetten Speck
und schnitten, in den ruthenischen Wäldern, den Erhängten und Erdrosselten und Erschossenen das Lederzeug vom Leib, um es zu kochen in schneegefüllten Stahlhelmen, um es weich zu kriegen zum Kauen und es hinunterzuwürgen gegen den Hunger, wie die Talgstümpchen, die der Koch noch im Vorrat hatte; weichgekochtes Leder und Talglichter fraßen die Soldaten, und die dünngeschälte Rinde von Espen
klick,
machte das Feuerzeug aus der Sertürner-Apotheke, steckte die Fackel in Brand, der Soldat schüttelte den Kopf, hob den Arm
Was willst du tun, willst du mich hindern, das verdammte Judenloch anzuzünden, höhnte der Stellvertretende Ortsgruppenleiter der NSDAP von Buchholz, und wies mit der brennenden Fackel auf das Hagreiterhaus der Gebrüder Rebenzoll, der reichsten Kaufleute am Ort, die zu Tisch regelmäßig den Bürgermeister, den Kreisarzt, den Pfarrer, den Apotheker gehabt hatten; jetzt prangte der gelbe Stern an der Tür und an den Mauern zwischen den eingeworfenen Fenstern
Wo sind die Rebenzolls
Na wo schon, dort, wo sie hingehören, im Haus ist nur noch ihre Verwandtenbrut, die der Bürgermeister geschützt hat, dieser

Volksverräter, er ist genauso ein Jammerlappen wie du
Du wirst es nicht tun
Wie du schon immer gewesen bist
Du wirst es nicht tun, oder
Was
der Soldat hob die Waffe, aber der Stellvertretende Ortsgruppenleiter der NSDAP von Buchholz, Inhaber der Sertürner-Apotheke, lachte nur kurz und zuckte die Achseln, oben begann eine Frauenstimme zu flehen, als der Vater des Soldaten die Fackel hob
Schluß damit, diese Leute
Judengeschmeiß, Halsabschneider, sie haben mich erledigen wollen mit ihren Wucherzinsen, also
Nein
Verreckt!
und warf die Fackel, das Haus begann sofort zu brennen, die Flammen loderten hoch bis zum ersten Stock, wo verschreckte Gesichter erschienen, gleich darauf setzte Tumult im Haus ein, Getrappel, Kreischen, und der Soldat blickte seinem Vater ins Gesicht, das er nicht mehr kannte, für einen Moment befremdeten ihn das graue Haar und die wie hilflos herabhängenden Hände
Willst du die Hand gegen deinen Vater erheben
Du hast das Haus angezündet
Das sind doch bloß Juden
Menschen! Menschen!
Gehörst du jetzt auch zu den Verrätern
Menschen!
Hältst die Waffe auf mich
Menschen!
Ich schlag dich tot wie einen tollen Hund, du bist nicht mein Sohn, du Bastard
der Soldat erschoß seinen Vater.«

Dresden hockte als arthritischer Einsiedlerkrebs am Flußufer, Verpuppungsfäden liefen um die aufgerauhten Kanten der Neubauquader, deren Pudergrau unter die beinahe stillstehenden Schritte der Passanten wehte und sie aufblendend wie in überlichteten Fotos löschte. Das Gehäuse knackte und ächzte. Meno blieb stehen, aber kein Riß durchzog die Luft. Das gab ihm seine Furcht als etwas Heiter-Elegantes zurück, die Tropfenform eines Flugzeugflügelquerschnitts hatte das schwere Mahlen der Betonmischmaschinen im Stadtzentrum angehoben, wippend, wie die Beinchen eines Insekts beim Abstoßen in die Strömungsmatrizen, von denen die Luft, obwohl so schneckenträge, augenblicksweise durchzeichnet war. Er sah eine zerrüttete Schiffskanzel, die Vipernzeiger des Mutterkompasses waren in einer Sonnenanbetergeste erstarrt. Die monströsen, herpetischen Lippen der Navigatoren erbrachen in den Wellen der Hitzebrandung Seerosen über Altmarkt und Zwinger, die sirupdicke Helligkeit der Thälmannstraße (und Märchen als Almanach, eine junge Fee in Kleidern aus dem VEB Damenmode streute Gladiolen über die Plattenbauten am Pirnaischen Platz), die Seerosen quollen mit weichgekochten Blüten den Menschen zu, so daß er den Meeresgrund am kalkigen Himmel suchte und nicht unten, wo Autos in Trauben an Kreuzungen dümpelten und nach Sauerstoff japsenden Flundern glichen. Die Elbe hatte ihre kielzerkratzten, windhechelgerauhten Kleider abgelegt und sonnte ihren Metallleib, den er so glatt und nackt noch nie gesehen hatte. Die Sonne aber, durchzittert von Saaten elektrisch hin- und hermagnetisierter Vögel, stand im Zenit; Mikroimpulse klopften unablässig an der quecksilbrigen, zugleich angespannten Haut des Flusses, auf dem, fein wie von Zirkeln gerissen, Kreisringe mit der abrupten Noblesse sichtbar wurden, mit der die gelben Blüten der Nachtkerze in einer bestimmten Dämmersekunde aufbrechen, oder der Bathyscaph des Falters, in dem die geheimnisvolle, unerklärlich gewaltige Metamorphose erfolgt. Während er sich erinnerte, daß man das Öffnen der Nachtkerzenblüten beschleunigen konnte, indem man die an der Spitze einer dem Bersten nahen Knospe noch geschlossenen Kelchzipfel löste, so daß die gestauchten, unter Spannung eingerollten Blütenblätter aufschnellten und die langen Kelchblätter sich in die Sprengung ergaben, hinfällig wurden, zu einer Starre erschlafften, welche diejenige ausgeschnappter Mausefallen war, – während er sich erinnerte, sah er die Strömungskreisel auf Berührungen zulaufen, Kontakt gewinnen, die Parabeln, sichtbare Echowellen, split-

terten in genauer Transparenz ineinander wie Gebäudeschnitte, Theatersektoren auf Architekturzeichnungen. Und während er den Worten seines Physiklehrers nachsann, die aus den unausdenkbaren Fernen mißmutiger kleinstädtischer Sommer zu ihm gelangten und mit dem Nachsinnen gleichzeitig eine Schuppe von einem Block niegekannter Wehmut lösten, da sie, namenlos, die Zeit durchquert hatten wie auftriebsstarke Wetterballons geraume Wassertiefen, wenn die Leinen, die sie am Grund fesselten, von den Mandibeln des Zooplanktons, den Liebkosungen der Meeresschleier, von der eigenen, durch Bewuchs und Karbonisierung geförderten Vermorschung, endlich brechen, – während er die Stimme über folgsam gesenkte Schülerhäupter hinweg psalmodieren hörte, daß selbst zwei Kleiderschränke Anziehungskraft aufeinander ausüben und in Millionen Jahren den Raum, der sie in einem typischen Schlafzimmer der Arbeiter-und-Bauern-Macht trennte, überwunden haben würden, währenddessen, gekreuzt vom Spottmurmeln seines Nachbarn, das eine solche Haltbarkeit von Schlafzimmerschränken aus dem VEB Möbelwerke Hainichen, bei allem Respekt, für Theorie erklärte, sah er die Stadt zu einem Ohr werden.
In diesen schwelenden, hitzegeschwächten Tagen entschied Anne, die Vorsicht (denn nur Fremde, dachte Richard, konnten es Ängstlichkeit oder Wahn nennen) zu verlassen und den Blick der verschiedenen wirbelnden Drohungen zu ertragen, über die die Münder (die gedruckten, die stellvertretend sprachen, wortreich oder schweigend), die Hände der anderen verfügten. Nach der Zerstörung des Hispano-Suiza, an den während vieler vergeblicher Sitzungen, kleinlicher Querelen, dem Kampf gegen Watte zu denken Richard einiges hatte ertragen lassen, war die Wut der Niedergeschlagenheit gewichen, die Aufsässigkeit der Resignation. Manchmal ging er in den Keller und hobelte an ein paar Brettern herum. Manchmal sah er morgens in den Spiegel und konnte den Blick nicht wenden; das Wasser sprudelte, knisterte im Waschbecken; er rührte sich kaum, wenn es überzulaufen begann. Er kaufte Anne Blumen, fuhr über Land auf der Suche nach etwas, das ihr Freude machen könnte; aber ihm fielen nur noch Haushaltsdinge ein, nachdem eine schlanke Wasserpumpe, die er knallgelb lackiert im Garten aufstellte, ein

Steiff-Teddybär von Anne mit Nachsicht quittiert worden waren. Den Schmücke-Kreis besuchte sie jetzt allein, obwohl Arbogast ihnen geholfen hatte, den Text zu vervielfältigen.
Als die Namen Ungarn, Budapest einen verschwörerischen, freiheitsblauen Klang bekamen, übernahmen Anne und Judith Schevola die Vervielfältigungen; statt der Parteibroschüren zog Judith Schevola nun Schriften dissidentischen Inhalts ab. Richard beobachtete Anne und sah mit Verwunderung, wie die Wohnung in kurzer Zeit zu einer Art konspirativer Zelle wurde. Schuhkartons mit kopierten Schriften stapelten sich in den Zimmern (und wurden von schweigsamen Burschen nach Losungswort abgeholt, einmal von André Tischer mit einem Krankenwagen); merkwürdige Bücher und merkwürdige Menschen erschienen, letztere wurden bewirtet, warfen rasch die Arme in die Höhe, um von irgendwelchen Gesellschaftsmodellen mit Emphase zu schwadronieren (die belegten Brote waren danach verschwunden) oder hörten anderen beim Schwadronieren zu, erhoben kluge oder weniger kluge Einwände, bewunderten die Standuhr und die Reste bürgerlichen Wohlstands, die ein zur Erheiterung auf dem Klavier hingelegter Flohwalzer, empfand Richard, mit etwas beklemmend Fremdem überzog, das Einsamkeit und Stille danach, wenn alle gegangen waren, nur langsam durchwärmten. Es gab Einbrüche, nach denen die Schuhkartons mit den kopierten Schriften fehlten und – ein sonderbares, primitives Alibi – ganze Reihen eingeweckten Obstes. Eines Tages fehlte auch Roberts Fußballbildersammlung (Fotos, die zwischen Silberpapier und Hülle einer westdeutschen Schokoladenmarke klemmten, die von Alice und Sandor jahrelang den Weihnachtspaketen beigelegt worden war), und Richard, der in ohnmächtiger Verzweiflung zur Polizei, zur Kohleninsel, schließlich zur Grauleite lief, um sich zu beschweren, wurde zum ersten Mal seit undenklicher Zeit krank (Clarens nannte es endogene Depression, er schwieg), verbrachte, während draußen Mandelbäume blühten und von den Elbwiesen der nussige Duft des Sommerheus durch die Fugen der abschließbaren Fenster drang, zwei Wochen tiefer Melancholie in Clarens' Klinik, über deren Flure Frau Teerwagen erloschenen Blicks tappte, wo Richard Alexandra Barsano wiedersah mit kurzgeschorenem

Haar, widerstandslos gegenüber den Anweisungen der Schwestern, die sie zu ihren alltäglichen Verrichtungen begleiteten; wo nachts aus dem Selbstmördersaal verrücktes Schreien den warmen Schlaf der übrigen Patienten zerhäckselte – bis der Diensthabende erschien, gefolgt von einer Walküre mit einem Tablett voller Spritzen, von dem er sich, wie Richard von Visiten wußte, bediente wie andere der Ersatzteile von einem Fließband; und die Stille »wiederherstellte« – zurückimpfte Kehle um Kehle. Besuch bekam Richard nicht. Die Kollegen schwiegen, niemand wollte etwas wissen nach seiner Entlassung, selbst die immer neugierigen Schwestern nicht. Und Anne? Sie hatte keine Zeit. Sagte: »Du bist wieder da; gut.« Sie telefonierte wenig (man hätte doch nur Belanglosigkeiten tauschen können), organisierte viel, ging oft weg. Richard fragte nicht, worauf das hinauslaufen sollte. Vielleicht hätte Anne ihm nicht geantwortet – so konnte er noch hoffen, daß er von ihr eine Antwort bekommen würde. An den Wochenenden, wenn er dienstfrei war, aß er in der »Felsenburg« bei Kellner Adeling, wo im Vestibül der Regulator tackte und die Farbkorallen auf der Kokoschka-Staffelei staubfrei glänzten. Anne schmierte sich eine Semmel und ging an das, was sie »ihre Arbeit« nannte: Treffen irgendwo in der Stadt, Unterredungen mit Vertretern Ostroms und des Schmücke-Kreises. Auch sie hatte einen Koffer gepackt; er stand neben Richards Tasche im Flur-Kleiderschrank. Je mehr die Fluchtbewegung über Ungarn zunahm, desto angespannter saß Anne auf der Veranda, wo sie sich in violettstichige, auf schlechtem Papier abgezogene Schriften vertiefte. Sie hatte für den Schmücke-Kreis den Kontakt zu Pfarrer Magenstock vermittelt, der mit Rosenträger befreundet war; Rosenträger konnte den akut Gefährdeten Unterschlupf bieten. Sie sprach mit Reglinde: Sie würde, wenn sie bei ihnen wohnen bliebe, in Schwierigkeiten geraten – Reglinde begann als eine Art Kurierin zu arbeiten, der Zoo war ein guter, neutraler Treffpunkt (das Gorillagehege würde wohl kein Fremder zu durchsuchen wagen); unter den traumwandlerischen Umgriffen der Gibbons wurden Kassiber hin- und hergespielt. Was Anne tat, was Magenstock, die Mitglieder des Schmücke-Kreises taten, war strafbar, der Paragraph trug die Nummer 217. Aber sie, die Richard bisher gebremst hatte, wenn es um »Politisches« ging, zögerte jetzt nicht mehr. Sie schien genau zu wissen, was sie wollte. Er wußte es nicht.

72.
Der Magnet

... herauf aus tiefem Schlaf der Zeit,
schrieb Meno,
Papier: geriet in griesgrämigen Sog, wo die Walkmüller stocherten, Walkmühlen den Rohstoff verfilzten, Flußarm hin zur Papierrepublik, Schiff Tannhäuser fuhr durch die Allee der Uniformen (und ich erinnerte mich an Blasmusik und Militärkapellen, die breiten Boulevards der atlantischen Stadt, über die Winter und Wolken wie Eiderentennester trieben, segelnde Polarforscher am Himmel: die Tscheljuskin, und Nobiles Expeditionen, von Oktoberkindern begrüßt, der Fluß hob und senkte die Stadt wie auf Hydraulikbühnen, das Wasser, braun, eisschlierig, aufgeheizt von Zellstoffresten und Motorenöl und den Schalltrichtern (krustig, leckend, von Richthämmern zerbeult) überm betonierten Ufer, die sich in den Abwasserkanal einer Düngemittelfabrik erbrachen, der Schaum: Guanoweiß, Phosphate, die am Einschleuser quirlten, entzündeten im Fluß eine Ader Zitronengelb – war es die zitronengelbe Newa, knisternd von Rubelscheinen im Frost, war es die Moskwa, war es der elbische Strom, der plötzlich durchsichtig wurde für die Schiffe am Grund, giftiger, blütenglühender Honig? –; Eisschollen rieben sich knirschend aneinander, und schon in den Morgenstunden, wenn die brontosaurischen, von Gerüchten und Angst, vom Schweiß des Schweigenmüssens durchsäuerten, verwitterten, nachts vor den Lichtstäben und den Stiefelschritten atemanhaltenden, tausendköpfigen Mietparteienhäuser, die Flure mit den aufgespannten Wäscheleinen und über Nacht zu Eskimo-Stockfisch vereisten Unterhemden, die verstopften Klos in den Kommunalkas, die maurischen Stuckbögen in den Takelagen vier Meter hoher, durch Schrankrücken, Vorhänge, Koffer getrennter Zimmer, aus gefrorenen Graphitblöcken zurückzuschmelzen schienen, schon in den Morgenstunden, wenn die schwarzen Wagen mit der Aufschrift »Fleisch« ihr Werk ge-

tan, wenn die Krähen aus den Stadtparks besprochen hatten, was den Tag über zu tun sei (Schlachthöfe besuchen, die gefrorenen Fontänen von Bachtschissarai sehen, das Bild des Geliebten Führers ins Licht über der Admiralität, dem Marinemuseum schwärzen), schon in den Morgenstunden begannen die Militärmärsche, pumpten Viervierteltakt aus den öffentlichen Lautsprechern auf die Magistralen, wo er liegenblieb wie Schlick, gewiß hatte einer der Nabobs Geburtstag, einer der Hohepriester aus dem Palast von Byzanz, roter Stern über dem Eismeer, es würde ein Morgen werden voller haltender Trolleybusse, erwartungsfroh angespannter Gesichter, Veteranen mit metallklirrender Brust; ein Morgen der Luftstreitkräfte, Ulrich beneidete die Flieger um ihre »Poljot«-Uhren und um das Hellblau auf Schirmmützen und Kragenspiegeln, schwenkte ihre Fahne mit dem Propeller; ich mochte die Uniformen der Marine, dunkelblau mit Goldknöpfen, mochte die Vierundzwanzig-Stunden-Uhren von »Raketa«, die die U-Boot-Kommandanten trugen, und dann, wenn die Kommandos aus den Lautsprechern verhallten, Trommelwirbel und Marschmusik abebbten, eine Sekunde Stille entstand, Atlantis mit angehaltenem Atem vor Rundfunkgeräten in den Fabriken, Schulen, Universitäten, erklang die unvermeidliche Tschaikowski-Melodie, gespielt vom Bolschoi, dann setzte sich der Große Zug in Bewegung, Tambourstöcke wirbelten vor weißbehandschuhten Trommlern und Schalmeienkapellen, auf der Empore des Pharao-Mausoleums hoben sich die goldblinkenden Fanfaren. Punktklein, in sublimer Blasphemie auf den Rotgranitblöcken, unter denen der Große Tote ruhte, winkte der Hofstaat den vorüberdefilierenden werktätigen Massen zu, dem Elektrizitätswerk auf Rädern, dem Taigawald der Raketen, den salutierenden, weißbehandschuhten Kommandanten auf den Panzern, die an einer unsichtbaren Wasserwaage ausgerichtet voranschleichen, den farbige Geburtstagsschleifen in die Luft kurvenden MIGs, ich erinnerte mich, die atlantischen Häuser wurden von Marschmusik und Tschaikowski durchspült, verloren Korn um Korn einer alten, halbvergessenen Substanz, wie Salz, das aus einer Sohle ausgewaschen wird –

Die Stadt lauschte. Hörrohre feinster Empfindlichkeit vergewisserten sich, als lägen sie in den Händen von Hebammen, an den gerüchteschwangeren Bäuchen der Sommertage, die durch das angesengte, von barock geformten Haufenwolken flachgedrückte Elbtal watschelten, ohne sich einen Platz zur Geburt zu suchen. Sie lauschten nach Prag, und was Libussa von den Vorgängen in der dortigen bundesdeutschen Botschaft berichtete, treppte durch das Viertel, kehrte verzerrt und aufgebauscht zurück, beruhigte sich nicht, sickerte den Buchensteig hinab zum Körnerplatz, huschte über das Blaue Wunder, kam Meno bei Feinkost-Fendler, wo er Schaumgummi-Kosmonauten kaufte, als Schätzung, bei Nähter, wo er einen Auftrag für Barbara erledigte, als manifeste Gewißheit entgegen. Sie lauschten nach Ostrom, wo die Gartenzwerge lächelten und die Kuckucksuhrbriefkästen von Eingaben überquollen.
Was Meno Sorgen mache, wollte Londoner wissen. Er schien in diesen Tagen bester Laune zu sein, traktierte seinen ehemaligen Schwiegersohn mit Portwein, schlug vergnügt ein Bein über das andere. Ja, Hanna habe ihm berichtet. Diese Leute in der Botschaft … Er sei doch der Schwager eines Chirurgen, dort nenne man das Abszeßentlastung. Wo Eiter, da schneide! Gerade jetzt gebe es untrügliche Anzeichen bedeutender Fortschritte; der Sekretär für Wirtschaftsfragen habe ihn konsultiert und auf einen Artikel Bezug genommen, den er, Jochen Londoner (das Gesicht des Alten glänzte vor Freude) in der »Einheit« veröffentlicht habe, der Theorie-Zeitschrift des Zentralkomitees … Es werde eine, ach, was sage er, es werde viele, Quatsch, es werde *massenhaft* FDJ-Initiativen geben, zum Beispiel für die Maxhütte in Unterwellenborn: Max braucht Schrott – wir bringen hunderttausend Tonnen mehr! Da zeige sich, über welch enorme Reserven wir verfügten! Meno schwieg, starrte Londoner an. Früher hätte der bemerkt, welch grausigen Witz er geprägt hatte, jetzt rieb er sich die Hände, redete von Krediten aus Österreich, von geheimen (wie schmeckte er, ein genußvolles, *eingeweihtes* Lächeln um die Lippen, dieses Wort ab) Valutareserven, so daß sich Meno fragte, welche Diskussionen es wohl abendlich zwischen dem alten und dem jungen Londoner gab; Jochen Londoner schlug Meno heiter auf die Schulter: sein neues Buch (»vielleicht, nein, gewiß

mein bestes«) sei nun endgültig zum Druck angenommen worden, außerdem würden Irmtraud und er in den Urlaub reisen: nach Sizilien, Taormina! Was er dazu sage.

… aber dann auf einmal …

(Schade) »Hören Sie mir doch auf mit dem Volk und seiner Weisheit, Fräulein Schevola! Wir haben es gesehen, was diese Weisheit taugt, wir, die Kommunisten der ersten Generation, haben schon einmal recht behalten gegen ein Volk! Wir haben eine Wahrheit, wir haben die Wahrheit, merken Sie sich das, und wir werden sie verteidigen, wenn es sein muß, auch wieder gegen ein Volk!«
(Lührer) »Haben Sie nichts anderes auf Lager? Sie klingen wie eine Platte mit Sprung!«
(Schade) »Und Sie reden wie mein Onkel, der Kaufmann war. Sie sagen *meine Leser* wie er *meine Kundschaft* sagte. Und für seine Kundschaft hat er alles getan!«
(Schevola) »Kennst du das Land, wo Licht und Schatten klar geschieden sind? Ich habe Sehnsucht danach.«
(Barsano) »Etwas für Ihre Witzesammlung? Als Chruschtschow geschaßt wurde, schrieb er zwei Zettel. Zu seinem Nachfolger sagte er: Wenn du jemals in eine aussichtslose Lage kommen solltest, öffne den ersten. Kommst du wieder in eine solche Lage, den zweiten. Schon bald befand sich der Nachfolger in besagter Lage. Auf dem ersten Zettel stand: Schieb einfach alles auf mich. Das half. Als er wieder in eine aussichtslose Lage geriet, öffnete er den zweiten Zettel. Auf dem stand: Setz dich hin und schreib zwei Zettel.«
(Conférencier) »Ich bin der Drehrumbum, der Runde, ich drehe alles um, jede Stunde …«

Wie ein hochinfektiöser Holzsplitter steckte der Schrei der Tausenden Ausreisewilligen zum Balkon der Prager Botschaft, auf dem der bundesdeutsche Außenminister Freiheit verkündet hatte, im Gehör des müden und kranken Leibs, dessen vierzigster Geburtstag in ein paar Tagen gefeiert werden mußte. Schon als die sechs Züge mit den Ausreisenden Dresden passierten, war die Prager Botschaft wieder überfüllt. Wie eine Ansteckung raste die Nachricht, daß ein neuerlicher Zug von Prag nach Norden umgeleitet werden, via Bad Schandau und Dresden fahren sollte, durch die Stadt, unbeherrschbar von den Abwiegelungen im Radio, in den Zeitungen, nicht einzudämmen mit Lügenkleister und Einschüchterungen, unerreichbar dem verzweifelten Grimm, mit dem die wachhabenden Offiziere ihre nautischen Bestecke führten. Das Schiff, das sie zu steuern meinten, gehorchte kaum noch ihren Befehlen, obwohl sie delirierenden Charakter angenommen hatten, sondern, das wußte Meno, als er von Barsanos Jahresempfang für den Geistestätigen-Verband kam, dem Wind, in den die unberechenbare, gewaltfiebernde Kraft zurückkehrte, die man mit Versprechungen, Drohungen, Ablenkung und Süßigkeit über die Jahre gezähmt zu haben glaubte.

In den Plattenbauten staute sich die Kälte, in den Küchen mit den Dunstabzugshauben und Schiebetüren, an denen Schnatterinchen und das Messemännchen baumelten, Küchen, in denen die Mütter alterten an den winzigen Herden für Babymilch und Abendessen, das sich nach dem Angebot in der Wohngebiets-Kaufhalle richtete: Meterregale für Mehl und Malfabrot, für Kohlköpfe, Konserven und für »nischt«, an der Fleischtheke leer blinkende Haken und Tagesware unter Plexiglashauben – Blutwurst, Sülze, Kutteln, Speck, dazwischen ein kleiner Ernst Thälmann aus Aluminium –; kalte, partikelgesättigte Luft hing in der Durchreiche zwischen Küche und Wohnzimmer, wo Sandmännchen den Abendgruß brachte zu Jungpionieren vor der Standardschrankwand mit Matrjoschkapuppen, Bergarbeiterwimpeln; Kälte in den Fluren mit den Wohngebiets-Wandzeitungen und Hausordnungen, den Bekanntmachungen der Hausgemeinschaftsleitung (»Ha-Ge-Ell, Ha-Ge-Ell«, echoten Stimmen über den Fluß, Schiff Tannhäuser an Atlantis' Grenze): Der Hausvertrauensmann ruft auf zum Subbotnik! Bürger, schützt eure Grünanlagen! Bürger, nicht alles gehört in den Müllschlucker! Aufruf zur Volkswirtschaftlichen Masseninitiative (»Vau-Emm-Ih, Vau-Emm-Ih«, sang der Minol-Pirol) – Befestigung der Wege im Wohngebiet! Kälte ließ die Pfützen vor den Plattenbauten erstarren, die schlammigen Wege gefrieren, Wind, der dunkle Brigadier, saugte Wärme aus den Zentralheizungen, zerriß die Transparente vor dem Haus der Kultur, wühlte in den Müllcontainern, wo die Kinder nach der Schule Indianer spielten – Blasse Kinder. Zerschrammte Knie, »Loch im Kopp«, Platzwunden, die ohne Betäubung im Wohngebiets-Ambulatorium genäht wurden; Schürfwunden, bissig unter eiskalter Sepso-Tinktur, beim »Pöbbeln«, im Hinterhof zwischen Wäschestangen, abgeholzte Haut; sommersprossige, segelohrige Jungs in müttergeschneiderten Fußballtrikots mit den berühmten Ziffern darauf, den legendären Namen: Walter, Rahn, Ducke, Puskas, Hidegkudi (schwer zu buchstabieren! schwer, jemanden zu finden, der es genau wußte!), Pelé. Mädchen sprangen Gummitwist, Mädchen lasen Bücher … Mädchen spielten Schach (»Mit dieser Buchauszeichnung würdigen wir Deine erfolgreiche Teilnahme an der Stadtspartakiade 19.. auf dem Gebiet des Schachspiels. Wir wünschen weiterhin viel Freude und Erfolg beim Ausüben dieses Denksports! Deine Patenbrigade«). Keine hundert Meter ohne Namen. Freiheit für Luis Corvalan. Bohrsches, Rutherfordsches Atommodell; der Genosse Staatsratsvorsitzende blickt, mit leicht schräggeneigtem Kopf, von einem hellblau grundierten Foto versonnen freundlich auf (»nischt«! »nischt«!) »unsere Jugend«. Bau auf, bau auf: in den Physik- und Chemie-Kabinetten, den Arbeitsgemeinschaften »Junge Techniker«, »Elektronik«, »Junge Kosmonauten« –

Am 3. Oktober drängte sich eine Menschenmenge vor dem Hauptbahnhof, vor der Kasko-Reklame und dem stet leuchtenden Schriftzug »Radeberger«, mehrere hundert Männer (die Frauen hinter ihnen, vorsichtiger, abwartend) im trübkalten Abend, der zu einer neuen Zählung gehörte seit dem Verbot des Neuen Forums, seit den Ereignissen auf dem Prager Burgberg, etwas war geschehen, mit den herkömmlichen Einfriedungen nicht mehr zu bestimmen, etwas geschah irgendwo in der Dunkelheit, die durchstanzt war von den rechteckigen Gelbs der Hochhausfenster an der Leningrader Straße, den einander tunnelnden Scheinwerfern der Straßenbahnen und Überlandbusse. Die Männer waren jung, fast alle um die Zwanzig, Dreißig, ihre Körper steckten in den schiefen Jacken, Militärkutten mit gefärbtem Kunstpelz, den ausgeleierten Jeans und karierten Baumwollhemden der hiesigen Bekleidungsindustrie; einige ältere Männer waren, unsinnigerweise, fand Meno, sonntäglich gekleidet, als ginge es zu einem Ausflug mit Einkehr. Auf den Gesichtern lag der abwehrende und erschrockene Ausdruck, den Gerettete, die sich auf einem vorläufig sicheren Platz versammeln, im Anblick einer Naturkatastrophe haben. Je größer die wartende Menschenmenge wurde, desto mehr Polizisten stellten sich ihr gegenüber auf, versperrten die Eingänge. Sie schienen aus dem ganzen Land zu kommen, Meno sah Rostocker und Schweriner Kennzeichen an den Einsatzfahrzeugen.

»Wir haben doch Fahrscheine, wir können ordnungsgemäß durchgehen«, meinte Josef Redlich. Er wurde angehalten, ein Polizist befahl ihm barsch, sich auszuweisen und sein Gepäck zu öffnen. Verwirrt hob er das Köfferchen mit den Unterlagen für die Herbstsitzungen im Hermes-Verlag, eine rasche, bestürzte Geste, der Polizist sprang zurück und schwang einen Schlagstock. Meno und Madame Eglantine, die an einer Bockwurst kaute, gingen dazwischen, wurden von mehreren Uniformierten gepackt und ins Innere des Bahnhofs geschoben, wo es ihnen gelang, sich auszuweisen. Hier warteten noch mehr Menschen. Die meisten, erfuhr Meno, waren aus Bad Schandau gekommen, wo sie einen der Ausreisezüge zu erreichen oder nach Prag zu gelangen gehofft hatten, aber von Polizei und Blousonträgern zurückgetrieben worden waren. Seit Mittag war der paß- und visafreie Verkehr zur ČSSR ausgesetzt. Nach Polen war er noch nicht wieder eingeführt worden; nun, hatte es mit bitterem Witz in der Stadt geheißen, könne man nur noch mit den Füßen voran verreisen.

Die Polizisten trugen Schutzhelme mit Visieren; sie bewegten sich unsicher und wachsam, wie Piloten, die gut geflogen, aber am falschen Ort gelandet und dadurch nur noch halbe Helden waren. Vor dem Bahnhofsblumenladen kampierten Punks. Ein Häuflein Nonnen folgte einem gelben, ausgespannten, über den Köpfen der Wartenden schaukelnden Regenschirm mit der Aufschrift »Jesus lebt«. Vor den Telefonzellen am Ausgang zu den Haltestellen der 11 und der 5, sonst immer, wenn Meno nach Berlin gefahren war, eine Zone ungeduldiger, summend die Zellentüren belagernder Menschenballungen, schien ein Bannkreis um einen großen, breitgespritzten Kotzefleck gezogen, ein beigefarben auf dem Boden explodierter Kassensturz granatig ausfransender, noch brodelnder Energie, ein Farbkübelplatsch konkret-wilden Expressionismus'. Josef Redlich zog den Hut. In der Mitropa Gedränge, Tabakrauchluft, hefige Blicke über den rotweiß karierten Wachstuchdeckchen voller Soßenflekken, Plastassietten, Gaststättentassen mit grünem Rand. Draußen Menschenklumpen, die drei hatten Mühe, zu ihrem Gleis durchzudringen. Übervolle, umgestoßene Papierkörbe. Tauben, flatternd, aufgeregt, das Walfischgerippe der Halle überwölbte ein täglich frisch geweißtes Kalkriff. Josef Redlich achtete auf die Züge, erklärte Details. E-Loks, Dieselloks, auf den Außengleisen Fossile aus Pionierzeiten, die Dampf aus den Nüstern stießen wie zornige Büffel. Der kleine Mann schien verunsichert, ruckelte am Koffer, kniff an seinem Hut herum. »Was halten Sie davon, Herr Rohde?« Er blickte auf den glatten, kittgrauen Boden voller Bierflaschen und zusammengeknüllter Zeitungen.

»Ich weiß nicht«, sagte Meno ausweichend. Man mußte vorsichtig sein, dabei blieb es. Er hatte Redlich immer gemocht, diese »ehrliche Haut«, wie es im Hermes-Verlag über ihn hieß, die »tat, was sie konnte«.

»Und Sie?« fragte Madame Eglantine, mit der Schuhspitze Zigarettenkippen über den Rand des Gleises wischend.

»Ich weiß auch nicht.« Josef Redlich zog fröstelnd die Schultern hoch.

»Es muß sich etwas ändern, das wissen Sie doch auch«, versuchte Madame Eglantine.

»Aber wohin, Frau Wrobel, wohin, das ist die Frage«, erwiderte Josef Redlich leise. »Sie waren in der Kreuzkirche, Sie beide und Herr Klemm. Der Chef hat das auf die Tagesordnung gesetzt. Als ob es noch die Zeit wäre für solche Kindergartenerziehungen. – Spielen Sie Skat?«

Auf dem gegenüberliegenden Bahnsteig wolkte Papier, eine Kehrmaschine rasselte durch wie ein verfolgter Käfer. Sofort änderten sich die Gewichte in den vagen Balancen der Wartemenge, Getrappel, aufgeregte Schreie, Babywimmern, ein Zug war noch nicht zu sehen, mußte aber kommen, da die Menge ihn so sehr beschwor, Wünsche werden Wirklichkeit, las Meno auf einer aus einer Westzeitschrift gezerrten Reklame. Aber es kam nur eine orangefarbene Rangierlok, deren Führer eine hakkende Kopfbewegung machte, als die Enttäuschung der Menge in Gepfeif umschlug. Die Polizei war sofort da. Kugeln aus drei, vier Uniformierten rollten vor, griffen zu, schleiften zurück, der Hauptpulk schluckte die Verhafteten, von denen hier und dort noch ein wirbelnder Kopf, protestierende und strampelnde Arme, zu sehen waren, bevor sie in Schlagstockhieben untergingen. Plötzlich spürbarer Luftwiderstand, Wirbel, die vor- und zurückprallten, die Stromleitungen über den Bahnsteigen sirrten hart wie Eierschneiderdrähte; aus den zu akustischem Brei verrührten Stimmen waberten Proteste auf, einzelne Schreie schlitzten den Menschenkokon aus Uniformen und Zivil, der vor den Ausgängen schwoll und nachließ und wieder schwoll. Der Zug nach Berlin fuhr in provozierender Bedächtigkeit ein. Die Rufe schwappten jetzt auf diesen Bahnsteig, Redlich und Madame Eglantine hopsten vor den rennenden Menschen in den Waggon, Meno wurde von dem panischen Knäuel, das die Polizisten vor sich herschoben, weggedrängt. Und wieder fallendes Papier, graupelnde Fetzen, einige senkten sich zeitlupenhaft auf eine Bank, Meno entzifferte »H. Kästners diskreten Gummischutz-Versand«, Tauschgesuche, Außenbordmotoren, Abführmittel. Redlichs betroffenes Seehundsgesicht ging im Abteilfenster unter, davor Madame Eglantines Hand weit auf den Bahnsteig nach Meno gereckt, wirklich nach mir, dachte er im Gepuffe, Gerangel, ihr Mund zu einer seltsamen Grimasse aus Schreienwollen und Kehlenstreik zerrissen, die Lautsprecher wirkten blind im schneienden Papier, das, immer wieder von wütenden Stiefeln, zickzackflüchtenden Schuhen hochgetreten, als Konfettirevue über dem Aschebraun des Schotters, der Bahnschwellen auftanzte. Meno gelang es nicht, den Zug zu erreichen. Pfiffe, die Kelle, krustiges Türen-Zu. Jemand stieß seinen Koffer um, ein anderer stolperte darüber, prallte auf Meno, der versucht hatte, den Koffer aus dem Getrampel zu retten. »Können Sie nicht aufpassen? Verdammter Idiot!« schrie der Kerl und holte zu einer Ohrfeige aus. Meno duckte sich, der Schlag traf einen Polizisten hinter ihm, der sich wie ein dicker verwöhnter Junge, der seine Mama plötzlich auch anders kennenlernt, weinerlich-verdattert die Wange hielt und kläglich »Auaa!« sagte; Meno grinste. Zwei

Polizisten rupften ihn von seinem Platz, er bekam Fausthiebe, in die Magengrube (was er, da er in der Manteltasche ein Reiseschachspiel hatte, als nicht sonderlich schmerzhaft empfand), dann in die Lebergegend (dabei zerbrach mit bedauerndem Knacken seine Kugelkopfpfeife), mehrere gar nicht schnelle, aber forschende Schläge, die ihm die Luft kappten, dann wurde er, zusammen mit dem Mann der unglücklichen Ohrfeige, der an beiden Augenbrauen blutete, abgeführt. Scheiben klirrten, Geheul, Tauben, die mit ihren Flügeln die Luft schredderten. Menos Koffer blieb stehen. Auf dem gegenüberliegenden Gleis rollte ein Zug ein, offensichtlich der erwartete aus den Leipziger Depots, der die Botschaftsbesetzer abholen sollte; in schriller Panik, durchkreischt von Lautsprecherwarnungen und Polizeimegaphonen, die aufforderten, den Bahnhof zu räumen, wurde er gestürmt. In der Vorhalle kickten Jungs Papierbälle gegen den verbarrikadierten Intershop.
»Hauen Sie ab, Mensch«, sagte der Polizist draußen zu Meno.
»Aber mein Koffer –«
»Verschwinden Sie!«

(Eschschloraque) »Aber die Menschen, wenn sie frei sind, was machen sie mit ihrem Leben? Wenn es ihr Streben ist, glücklich zu sein, was ist dann der Ausdruck ihres Glücks? Sie gehen jagen! Die Aristokratie, die die meiste Muße hatte, sah ihren liebsten Zeitvertreib darin, jagen zu gehen. Und die kleinen Leute betreiben die Jagd der kleinen Leute: Sie gehen fischen. Was erreichen Sie mit einer Revolution? Eine Vermehrung der Zahl der Angler. Das ist alles. Das verbesserte Los des Arbeiters besteht darin, daß er sich dieser einfachsten Form der Jagd widmen kann. Und dafür Freiheit, Gleichheit, Brüderlichkeit. Ach Gottchen.«
(Altberg) »Jetzt sind Sie der Zyniker.«
(Eschschloraque) »Ich versuche nur, mich vor dem Idealisieren zu hüten. Machen Sie die Menschen nicht interessanter, als sie sind … Es geht nun einmal oft gar zu billig zu im Leben, und oft kopiert es die Kunst auch, und was dann?«
(Schubert) »Aber es muß doch eine Hoffnung geben! Man kann nicht leben ohne Hoffnung!«
(Eschschloraque) »Ich fürchte, das werden wir lernen müssen.

– An Meistersingers Küste stehen, Ort der uraltneuen Weise, jeder bleibt an seinem Platz in festgefügter Ordnung, die Zeit, die Zauberin, die ewig alles wandelt, ohne Macht!«
(Conférencier) »Da ist er, Teil von jener Kraft, die stets das Gute will und stets das Böse schafft, hören Sie, meine Damen und Herren, den Mephisto-Walzer, intoniert von unserer zauberhaften Big Band aus Dresden!«
(Albin Eschschloraque) »Gar nichts mehr tun. Ich will einfach … dasitzen und brüten. Ich wollt', ich wär' ein Huhn.«
(Schevola) »Sie hegen für sich den ganzen Abscheu, den man für ein einstiges Idol empfindet.«
(Albin Eschschloraque) »Sollte ich Fräulein Sezierde zu Ihnen sagen?«
(Eschschloraque) »Du kannst nicht ruhig bleiben, Sohn, wenn sich um die stille Achse deines Zimmers die Welt dreht.«
(Sinner-Priest) »Sie können sich denken, was ich empfand, als mein Chef verfahren wollte nach dem Grundsatz dieses mir verhaßten Volks! Das wirklich in abergläubischem Wahnsinn den Statuen die Nasen abschlägt, damit sie nicht lebendig werden!«
(Barsano) »Wir haben geglaubt, daß alle Menschen im Grunde gut sind. Wenn wir ihnen genügend zu essen geben, Wohnung, Kleidung, dann müßten sie nicht mehr böse sein, es wäre nicht mehr nötig. Ein Irrtum, werch ein Illtum.«

Aber Meno wollte nicht. Der Koffer im Bahnhof enthielt Manuskripte, darunter eines von Judith Schevola, mit Korrekturen; unersetzlich. Pflichtgefühl, Angst, Neugier und Abenteuerlust: Er umrundete den Bahnhof und betrat ihn durch einen Seiteneingang erneut. Da er eine gültige Fahrkarte vorweisen konnte, durfte er passieren. Menos Koffer fand sich unter einer Bank, bewacht von einer alten Frau, die in der Nähe des Bahnhofs wohnte und gekommen war, um Tee und Kekse zu spendieren. Sie hatte gesehen, wie Meno und der andere Mann abgeführt worden waren.
»Haben Sie so was schon mal erlebt?«
»Nein«, sagte Meno.
»Das gab's nur im Krieg und am siebzehnten Juni«, sagte die alte Frau. »Sie sind jung – an Ihrer Stelle würde ich auch gehen.«

Meno fuhr nach Hause. Die Straßenbahn war voller Gerüchte, die Menschen schwiegen nicht mehr, es schien sie nicht mehr zu kümmern, ob jemand mithörte. Dresden lag in der kaltschattigen, trauerschweren Ödnis seiner Herbsttage; über den stillen, von schwankenden Zweigen durchflüsterten Straßen des Viertels schaukelten die Laternen.

Windwirbel drehten die Baumkronen der Mondleite, federten vom Dach des Tausendaugenhauses, das ächzte und knarrte. Pedro Honich hatte schon die Fahne in die Halterung vor seinem Fenster gesteckt. Bei Libussa lief der Fernseher. Vanilleknasterarom tastete sich durch die Türritzen, obwohl Meno von Anne und Barbara hergestellte Stoffschlangen vorgelegt hatte. Im Wintergarten ging jemand unruhig auf und ab. Meno öffnete die Spitzbogentür und trat auf den Balkon, gefolgt von Chakamankabudibaba, der in die neblige Luft witterte. Aus dem Park wehte der Geruch nach Moderholz, mischte sich mit dem nach Humus und nassem Laub aus dem Garten. Meno starrte auf die Stadt, den sichtbaren Elbbogen, auf dem ein schwach lichternder Schleppkahn trieb, auch dies war also Zeit, jemand mußte auf Strömungen und Markierungen achten, Menschen brauchten Kohle und Kies, oder was sonst das Schiff dort transportierte. Er ging ins Zimmer zurück. Wie friedlich der Schreibtisch: Mikroskop und Schreibmaschine, ein leeres Blatt noch eingespannt. Er setzte sich hin, versuchte zu arbeiten, aber seine Gedanken rutschten immer wieder ab. Er stand auf, er mußte mit jemandem reden.

Libussa und der Schiffsarzt, der Meno heftig durch den Kugelvorhang winkte, hatten inzwischen das Radio eingeschaltet.

»Solltest du nicht in Berlin sein?« fragte Lange überrascht.

»Bin nicht durchgekommen, der Hauptbahnhof ist gesperrt worden.«

Libussa stellte einen tschechischen Sender ein, übersetzte. Kaum Neues, verklausulierte Wendungen. Die vertraute, sonore Sprecherstimme des Senders Dresden erwähnte die Ereignisse mit keinem Wort. Libussa stellte ab und schwieg. Auch Meno konnte plötzlich nichts mehr sagen, hockte verkrampft unter der Knotensammlung. Er wollte Niklas sehen.

»Bring dich nicht in Gefahr, Junge!« rief der Schiffsarzt ihm nach.

Die Villen der Heinrichstraße schienen in einen efeuumschlungenen Traum zurückgezogen, die wenigen erhellten Fenster blickten nicht auf die Straße, sondern ins Land Gestern; die Rhododendren und Brombeerranken an den Zäunen zwischen den vom Eisenkrebs zerfressenen Gartentoren schienen aus wucherndem Scherenschnittpapier zu bestehen. Bei Griesels brannte Licht; die erste Etage, André Tischers und die Wohnung der Stenzel-Schwestern lag dunkel. Richard hatte Dienst, Anne mochte unterwegs sein, bei einem Oppositionellentreff in der Neustadt oder drüben in Loschwitz, in der Kügelgenstraße … Oder bei Matz Griebel und seinen mehr oder weniger anarchistischen Künstlerfreunden.
Ezzo öffnete; die Violine unters Kinn geklemmt, schraubte er am Bogen, probierte einige Striche, während Meno den Mantel an den Kleiderrechen gegenüber von Reglindes ehemaliger Kammer hängte. Ezzo ließ ihn allein. Zeitentrückt fragten »Abts-« und Standuhr aus der Stube, antwortete das Silberstimmchen der Wiener Uhr im Musikzimmer. Meno wartete vor den ins Mattglas der Stubentür geschliffenen Blumen, achtete, daß sein Schatten sie nicht streifte, dann klopfte er kurz und drückte vorsichtig die Klinke. Niklas stand am Ofen, nickte. »Älteste deutsche Dome« lag zentral auf dem Tisch, darum gruppiert einige Dehios. Meno wollte etwas sagen, konnte aber nicht. Aufgeschlagene Kunst, Wärme, später dann Musik … Niklas' Universum.

(Barsano) »Nachts die Schritte. Nachts das Getrappel der Ratten auf den Gängen des Lux. Unten eine Bäckerei, zog die Ratten an. Waren auch am Tag da, störten sich nicht an uns. Aufzüge fuhren, Aufzüge hielten. Nachts lagen wir wach und zählten die Sekunden, die der Aufzugmotor lief. Zählten die Sekunden, die die Schritte näher kamen.«
(Eschschloraque) »Es wird eine Zeit kommen, wo es diabolisch ist, die Rituale der Gleichförmigkeit – ich bin unpräzise, Rohde, und Sie rügen mich nicht! Der Begriff Ritual enthält ja schon den Begriff des Gleichförmigen. Hehe. Diabolus: der Durcheinanderwerfer. Platt gesprochen: Teuflisch ist der ewige Umsturz, die ewige Veränderung des Bestehenden …«
(Barsano) »Mutter wurde zum Verhör gebracht. Der Untersu-

chungsrichter drohte ihr mit dem Stock. Der andere fluchte. Schweinische, grobe Flüche. Die russische Sprache ist reich an Flüchen. Mutter fragte, ob sie bei der Gestapo sei. Die beiden fingen wieder an, sie zu beschimpfen. Da stand sie auf und sagte: Sie haben nicht gedient, Genosse, nicht gekämpft. Ich zeige Ihnen, wie man richtig flucht.«
(Eschschloraque) »… mithin: die Zeit. Die Zeit ist des Teufels, Rohde, denn sie ist das Instrument der Veränderung … Der Leim, an dem wir kleben … Deshalb leben wir in einem gottgewollten Staat, denn wir haben es unternommen, die Zeit abzuschaffen. Wehe, wenn wir scheitern … Ich sehe ein Zeitalter der Gegenwart heraufdämmern, wo aller Wandel in der Wiederkehr des Immergleichen bestehen wird, Diabolus taucht in den Alltag, nicht mehr die Veränderung ist dann seine Sache, sondern der Stillstand, die Gleichförmigkeit, die Mühle, die alle großen oder großgewollten Steine zum Pulver über den Wegen ewig unveränderlicher Gegenwart macht …«
(Barsano) »So daß die beiden sprachlos waren und aufhörten zu fluchen. Sie begannen, Mutter über Intimdinge zu befragen, detailliert, es hatte mit der Anklage nichts zu tun, sie wollten alles wissen, und in meiner Gegenwart.«
(Eschschloraque) »… das hieße, daß Gott der Teufel geworden, mit ihm verschmolzen ist. Gott ist der Teufel.«

Ordnung und Sicherheit:
Aber das Papier, der zirkusbunte, asymmetrisch fallende Schnipselschnee. Meno arbeitete sich zum Bahnhofseingang vor, Koffer und Fahrkarte umklammernd; Pflicht rief, aber lockte nicht, hier geschah etwas außerhalb der gewohnten These-und-Gegenthese-Spiele, auch außerhalb der gewohnten Antworten. Luise, seine draufgängerische Mutter, hätte vielleicht gesagt: Waghalsig, jetzt nicht hierzubleiben. Die Geräusche im Bahnhof: grottig, mit schlabbrigen, ziellosen Echos: Glich das dem Anstrom der Außenwelt ins Gehör, der akustische, noch ungefilterte Stimmenerguß und -rausch, der ans Trommelfell schwappte, hochbrandete, Hammer, Amboß, Steigbügel in Vibration versetzte: Morsesignale an die vom häutigen Labyrinth in der Paukentreppe umschlauchte Endolymphe? Die Stadt war das Ohr, der

Bahnhof ragte in den Schneckengang: Helix, Schwingungen, Geräuschpartikel, die hin- und herkollerten, aufklopften, manche staubfein, eben an der akustischen Wahrnehmungsschwelle schabend, andere aufprotzend, Amplituden der Staatsmacht. Aschenputtels Erbsen, dann Klackern, Glashageln, als ob ins Depot einer Murmelfabrik ein Spundloch geschlagen worden wäre, inzwischen schüttelte sich ein Grundrhythmus zurecht, bammbamm! bammbamm! der krasse, martialische Theaterernst von Siegfrieds Totenfahrt den Rhein hinab – womöglich waren die Polizisten geschult worden, oder es war Zufall. (Aber gab es Zufälle in Uniform, dachte Meno, in diesem Land?) »Einsatzkräfte«. (Mehrsatzschwäche). Sie scheuchten, indem sie ihre Schlagstöcke gegen die Kunststoffschilde hieben, die Menschen in Scharen aus dem Bahnhof. Meno wurde mitgerissen. Die Ausgänge erbrachen Flüchtende, zugleich sogen sie, wie die Magenfabrik eines Wals das Plankton, Neugierige an, deren Hintergrundsleib sich auf der Prager Straße aus Keilfüßchen zu sammeln schien, die, nachdem sie die Straßenbahngleise auf dem Wiener Platz überlaufen hatten, gegen die Nordfront des Bahnhofs zielten. Zwei Kräfte; unter dem »Radeberger«-Schriftzug (der jetzt stumm war und lustlos an diesem gefiedergrauen Vormittag) kollidierten sie miteinander, bildeten eine Pufferzone des Gestrampels, des Gestikulierens und archaischen Angstglücks, einen merkwürdig beruhigend und teigig aufwallenden Ring mit stacheligen und rauh fortschießenden Wundbrüchen dort, wo zwischen den Prallkeilen, die sich von der Schubwucht sofort gegenseitig plattstumpften, Nähte platzten: sah Meno in Zeitteilen halluzinatorischer Wachheit, die mit seiner Mühe, sich im kataraktischen Taumel zu halten, nichts zu tun hatten, mit seiner Fahrkarte nicht, die als vages Versprechen, todesängstlich wie ein an der Luft zappelnder Fisch, in seinen alle Augenblicke geknufften Griff geschraubt war; die nichts zu tun hatten mit dem Gedanken, daß er nicht mehr fahren, sondern hierbleiben wollte, abenteuerlich. Ich bleibe hier. Ich will sehen. Ich will (»mit eigenen Augen«) sehen, was hier geschieht.

Neugier? Ein bisher schweigsam gebliebenes Mutter-Gen, das am Rohdeschen Partisanen-Horizont zaghaft zu blinken begonnen hatte und wirken wollte? Segelndes, zischendes, gestauchtes, von Wut und Freude geknülltes Papier. Menschen rieselten an den Durchgängen. Plötzlich Rufe: der Zug! der Zug! Felder verzweifelt kraulender Schwimmer. Der Zug sollte gekommen sein. Wo! Wo? Der Zug! Der erwartete, von Prag; in die Freiheit. Der Zug. Freiheit! schrien manche der Tarnfarbenturbine entgegen, die gefräßig und gefährlich aufbrummte. Schlagstöcke skandierten ihr Haut ab! Haut ab! Der Zug war nicht gekommen. Sofort kippten die Menschen zurück in Wartestellungen, schmerzwach und wütend viele, kraftlos und enttäuscht noch mehr; sackten Kraxen auf die papierübersäten Bahnsteige. Der Zug kam nicht.

Berlin hatte Dresden angerufen. Die Bezirksebene hatte die Rektoratsebene der Akademie, die Chefs der Stadtkrankenhäuser, die Spendenzentralen angerufen. Die Leitungsebene hatte die Stationsebene angerufen. Dort war die Anweisung hängengeblieben, wurde zur Kenntnis genommen und beschwiegen. Zusätzliche Blutkonserven bereitstellen: der dürre Wortlaut. In den Pausen zwischen zwei OPs lief Richard durch die Klinik, um die widerstreitenden Empfindungen unter Kontrolle zu bekommen. Er ging in den Keller, wo die Schwestern und Pfleger und Ärzte rauchten, tuschelten, Gerüchte austauschten über die Unruhen am Hauptbahnhof, die Situation in Prag. Er ging hinaus, in den Park, wo es klösterlich war und herbstlich, wo die Brunnenfiguren in merkwürdiger Anmut gefangen waren, was den Bildhauer viel Kraft gekostet haben mußte, denn diese Anmut war jenseitig, und war doch keine Lüge. Sie war nicht einmal kitschig; die Figuren schienen sich wohlzufühlen, das mochte die meiste Kraft gefordert haben. Es war die Anmut der Irren. Christian hatte geschrieben: »Was soll ich tun, wenn sie mir befehlen? Du hast uns immer zur Aufrichtigkeit erziehen wollen, aber Du selbst hast gelogen. Deine Reden über das Duckmäusertum, damals, vor der ›Felsenburg‹ (sie waren laut genug, vielleicht haben wir Jungs uns so fröhlich benommen, damit wir nicht alles hören mußten) – der Kurs bei Orré, Deine Mahnungen und Vorwürfe im Wehrlager, Du erinnerst Dich? Was soll ich tun? Die Kaserne steht in Alarmbereitschaft, wir haben Ausgangs- und Urlaubssperre, die Telefone nach draußen sind abgestellt, es gibt keine

Zeitungen mehr. Wenn sie mir befehlen: schlag zu – was soll ich tun? Diesen Brief gebe ich dem Koch mit in der Hoffnung, daß er Dich erreicht und daß Deine Antwort, falls Du mir eine gibst (geben kannst?), zu mir gelangt.« Richard trug den Brief bei sich. Noch nie hatte Christian ihm so geschrieben. Er vermied das Wort: Vater. Und Anne? Richard hatte ihr den Brief nicht gezeigt. Was war geschehen, was war nur geschehen mit ihm, mit ihnen? Die Zeit, die Zeit, flüsterte es aus den mit Messingkunst belaubten Zweigen. Der Wind roch nach Kohle.

Jemand hatte einen Stein geschleudert, einen handlichen Pflasterwürfel aus schwarzweißem Granit, man hätte seinen gedämpft parabolischen Flug kommentieren können wie einen Ball, aus dem, wie der erfahrene Reporter schon beim Anlaufnehmen des Schützen, dem knappen, explosiven Schuß ahnt, das Tor des Jahres werden würde, in unzähligen Replays wieder und wieder analysiert, von Vätern, die dabei waren, den Söhnen an Mannwerdungs-Sonntagen vorgeblättert (oder würde es auch hierzulande irgendwann Videos geben?); Meno sah zu, wie der Stein sich über der Phalanx aus durchsichtigen, das klinische Neonlicht wasseroberflächenhaft reflektierenden Schilden senkte, wie er auszutrudeln und die Kurve wie auf Fluglotsenkarten ins Gestrichelte überzugehen schien, bevor er treffen und in einer seltsamen Rückspiegelung die Linie seines Flugs noch einmal aufblitzen lassen würde, elektrizitätsrasch noch einmal der Kimme und Korn bestätigende Schlagbolzenklack:
und
Schreie, Schlagstockrauschen, helle Gier. Kesselten, huschten, bohrten. Von Schandau waren Tausende zu Fuß zurückgekommen, teils von Polizei und anderer Staatsgewalt getrieben, teils resignierend nach tagelangem Kampieren entlang der Gleise
und
Randalierer, die Alltagsschlacke auf den Gesichtern aufgebrochen für den weißen Unterstrom aus Haßhaßhaß, sie knackten Holz von Baugerüsten, zerschlugen Flaschen zu mörderisch gezackten Kronen, hatten auf einmal Armevoll Pflastersteine, die sie gegen die anwalzende Staatsmacht schleuderten, Schilde zersprangen, Visiere platzten, Scheiben stürzten blinkend und ku-

lissenhaft zusammen, splitterten in Stückchen, die den Boden zu salzen schienen, Geheul war die Antwort, Meno stand an einen Pfeiler gedrückt, schlotternd, unfähig sich zu bewegen
und
doch kamen sie näher, die Rollkommandos und Kordons und schlagreifen Gummiknüppel, Beschreiben Sie Brunft- und Angriffszeremonien des Rotwilds, stach es Meno durch den Kopf, der Koffer war noch da, die Fahrkarte nicht mehr, nur noch ein Schnipsel, hatte sie ihm jemand aus der Hand gerissen
und
die schwarzen Hunde, kläffend, so rosig das Zahnfleisch, so weiß und speichelig die Zähne, zerrten an den Leinen der Hundeführer, die von der Kraft der schwarzen Schenkel geschüttelt wurden, sonderbare Gravur der Krallen auf dem glattharten Bahnhofshallenboden, Schleifen und Schnörkel, vielleicht Blumen, Hundeblumen, dachte Meno
und
Knüppel pladderten, regneten, sausten hinab, ein Kollern wie von Kastanienkugeln auf die Dächer parkender Wagen, die bizarre Wirklichkeit der Schreie, die ihnen antworteten, Menschen wurden zu Boden getreten, getrampelt, abwehrende Hände, aber die Gummiknüppel hatten geleckt, hatten
Angst und
Blut und
Blut und
Lust geschmeckt
und
da war die Toilette, Meno rannte mit den anderen, der Schwarm, instinktiv, Möglichkeiten. Die Toilette. Das Gewölbe, blaue Kacheln, der Ammoniakgeruch schnitt wie ein Diskus durch den Atem der Eindrängenden. Meno prallte zurück, die Falle, du kommst hier nicht raus, die Falle, was machst du, wenn sie zusperren, rannte hinaus, sah schon die Mienen der Polizisten, der Offiziere hinter ihnen, die Zeigefingerarme. Raus, raus, vor den Bahnhof, raus aus dem Bahnhof. Tränengaskartuschen klimperten auf dem Boden, Menschen flüchteten, eine nachgiebig rumpelnde Zone klaffte wie ein Schnitt durch gespannte Haut, dann brodelte der Rauch auf. Wasserwerfer sprühten Schneisen in die

Knäuel aus Flucht und Zuschlagen, zermatschten das Papier, schoben es zu schleimigen Burgen an die Gleisränder. Meno hob den Kopf, sah Videokameras, sah zerschlagene Reichsbahn-Monitore; Wasser traufte von den Streben, füllte die Halle mit Gischt und metallisch glänzenden Bändern, in die sich zeitlupenhaft Blutfäden einwebten.

– Papier,
schrieb Meno,
Papier, der Berg aus Papier –

Christian saß in der Bekleidungs- und Ausrüstungskammer, zu der er inzwischen einen Schlüssel hatte, und biß brüllend in einen frischen Packen Soldatenunterwäsche hinein. Manchmal glaubte er verrückt zu werden. Daß er die Kaserne, die Panzer, die Versetzungen von Kompanie zu Kompanie nur träume, ein langer, unangenehmer Spuk, der aber doch auch einmal enden mußte, und dann würde er im Bett liegen, frei, vielleicht sangen die Comedian Harmonists vom Grammophon der Stenzel-Schwestern. Dann ging er in die Kasernen-Bibliothek, ein grotesker Ort, bewacht von einer gutmütigen dicken Frau mit Omaschürze und Strickzeug (sie strickte Nierenwärmer für die »jungen Genossen«). Blonde Bäume flimmerten an den Kasernenstraßen. Die Offiziere grüßten fahrig, Anspannung und Angst auf den Gesichtern. Es gab doppelt soviel Polituntericht. Die Phrasen sickerten aus den Mündern, bedeckten unsichtbar, doch staubanziehend den Boden, wo sie liegenblieben, verachtet, von niemandem ernstgenommen. Es wurde exerziert, an den Panzern gearbeitet, es sollte ein Herbstmanöver geben. Christian zählte die Stunden bis zur Entlassung. Manchmal glaubte er, der nun fast fünf Jahre gedient hatte, die wenigen Tage Eingesperrtsein nicht mehr ertragen zu können, kletterte aufs Dach des Bataillonsgebäudes, dessen Teerung noch sommermassig und knetig war und zwischen den schwarzen Rotatorenlüftern Thermik köchelte, schrieb Briefe, die ein Küchengehilfe aus der Kaserne in einen zivilen Kasten schmuggelte, las, was Meno ihm schickte (Reclambücher, sowjetische Prosa aus dem Hermes-Verlag, die sich erstaunlich gewandelt hatte, plötzlich gab es blaue Pferde auf

rotem Gras). Die meisten Soldaten arbeiteten jetzt in der Volkswirtschaft, in verschiedenen Grüner Betrieben. Christian stand an einer Drehbank und schob Schichten als Hilfsdreher. Die Soldaten wollten nach Hause, aber am Vormittag des 5. Oktober bekamen sie Schlagstöcke, Pfannkuchen lachte: »Erst kriegen wir die Spitze, jetzt den Griff!« Was Christian machen würde, fragte er. Christian wußte es nicht, er konnte sich nichts vorstellen, er wollte sich nichts vorstellen. Polizisten kamen und schulten sie auf dem Regiments-Fußballplatz im Gebrauch. Angriff von links, Angriff von rechts. Erkennen von Rädelsführern, Vorstoß in der Gruppe. Eine Weile hieß es, daß Christians Einheit mit Schußwaffen ausrücken würde. Die Soldaten waren zusammengewürfelt aus übriggebliebenen Kompanien (irgendwann im Frühjahr '89 war Abrüstung befohlen worden), aus Cottbus, Marienberg, Goldberg, die Versetzungsströme, die mit Sommer '89 eingesetzt hatten, übersah keiner mehr. Schlückchen war froh, wenn er für alle Kleidung und Essen zusammenkratzte. LKW fuhren auf. Der Küchengehilfe durfte das Kasernentor noch passieren, er brachte neue Gerüchte mit, aus Grün, wo es im Metallwerk zu rumoren begonnen hatte, aus Karl-Marx-Stadt und Leipzig, aus Dresden. Am Abend hieß es: Aufsitzen! Keine Schußwaffen. Gummiknüppel, Felduniform Sommer, Schutzwesten, eine Sonderration Alkohol und Zigaretten für jeden. Die meisten Soldaten schwiegen, starrten zu Boden. Pfannkuchen rauchte.
»Dir ist wohl alles egal«, sagte Christians Nachbar.
»Leck mich«, sagte Pfannkuchen. Er schob den Kopf aus dem Verdeck. »Man sieht nichts, keine Ortsschilder.«
»Wenn man nur wüßte, wo's hingeht«, sagte ein jüngerer Soldat, er hatte noch ein Jahr zu dienen.
»Nach Karl-Marx-Stadt«, sagte Christians Nachbar. »Logisch. Kommen die wenigsten von uns her.«
»Sind wir schon vorbei«, sagte Pfannkuchen.
»Hast du 'ne Landkarte intus«, fragte ein Gefreiter.
»Plus Kilometerzähler.«
»Also Dresden«, sagte der jüngere Soldat.
»Mensch, 'n paar Schwule aufmischen, ist doch mal was anderes«, sagte der Gefreite. »He, Nemo, gibt's in Dresden viele Schwule? Bestimmt gibt's da viele.«

»Klassenfeinde«, soufflierte Pfannkuchen, ließ sich Feuer geben.
»Glaubt ihr, was die uns sagen? Daß das bloß Randalierer sind und so? Aus 'm Westen, und konterrevolutionäre Gruppierungen?« fragte der junge Soldat.
»Du bist wohl auch so einer, hm? Sieh dich vor«, drohte der Gefreite. »He, Nemo, hat's dir die Sprache verschlagen?«
»Du solltest ihn in Ruhe lassen«, sagte Pfannkuchen leichthin.
»Ich laß mir nicht drohen, und ich laß mir nicht den Staat schlechtreden«, sagte der Gefreite.
»Junge, aus welchem finstern Busch habense denn dich losgelassen«, brummte eine schläfrige Stimme von den Plätzen beim Fahrerhaus.
»Du willst also schlagen«, sagte Pfannkuchen.
»Na klar, das sind doch Schweine. Die haben's doch nicht besser verdient!«
»Na, dann werd' ich dir auch eins überbraten. Du grunzt so.«
»Ich zeig' dich an, Kretzschmar. Ihr alle habt gehört, was er gesagt hat.«
»Du wirst niemanden anzeigen«, sagte Christian.
»Seh ich auch so«, sagte Pfannkuchen. »Hier hat nämlich keiner was gehört. Nitschewo.«
»Die soll'n Polizisten aufgehängt haben in Dresden.«
»Ammenmärchen!«
»Der Hauptbahnhof soll zu sein. Kaputter als beim Bombenangriff.«
»Das erzählen sie dir! Und du fällst auf den Quatsch rein! Diese Scheißlügen!«
»Wer hat das gesagt? Wer hat eben Scheißlügen gesagt?«
»Und wenn's stimmt, Mann?«
»Macht endlich dicht«, sagte die schläfrige Stimme.
Die Soldaten schwiegen, rauchten, achteten auf die Nummern der Autos, die den LKW-Konvoi überholten.
Dresden. Absitzen.
Sie standen auf der Prager Straße. Christian sah die Lichter wie etwas Fremdes, Ungekanntes, er kam aus dieser Stadt und schien doch nicht mehr dazuzugehören, und die Dinge, die Gebäude schienen lebendig geworden zu sein: das Rundkino verbarg

verschämt die Vitrinen mit den Filmplakaten, die Inter-Hotels blickten hochmütig über die Soldaten, Bereitschaftspolizisten, Offiziersschüler hinweg, die sich formierten, von hin- und herrennenden Offizieren, aber auch Blousonzivilisten *eingewiesen* wurden: Geschrei, Befehle, Drohungen.
Rücksichtslos.
Durchgreifen.
Der Gegner.
Konterrevolutionäre Aggression.
Verteidigung der Heimat der Arbeiter-und-Bauern.
Vor ihnen die auf den Hauptbahnhof zustrebenden Menschen. Die Soldaten schlossen sich in Hundertschaften zusammen, bildeten eine Kette, indem sie die Arme unterhenkelten. Christian ging in der zweiten Reihe neben Pfannkuchen. Vom Hauptbahnhof drang dumpfes, rhythmisches Klopfen. »Voor-wäärts!« schrien die Offiziere. Christian spürte, wie seine Beine weich wurden, das gleiche Gefühl wie bei der Urteilsverkündung im Gerichtssaal, jetzt fliegen können, etwas tun können, das den Wahnsinn beendete, sich umdrehen und einfach gehen, er hatte Angst, er sah, daß auch Pfannkuchen Angst hatte. Der Bahnhof war ein gurgelnd schlingendes Räderwerk, eine erleuchtete Kehle, die Schritte schluckte, Wasser, Qualm und Fieber ausspuckte. Dorthin? Sollte es gehen? Straßenbahnen lagen hilflos wie Kerne in einem schwellenden Fruchtfleisch aus Menschen. Da wurde ein Auto umgestürzt und angezündet, Molotow-Cocktails sprudelten durch die Luft wie brennende Bienenkörbe, die aufplatzten und Myriaden tödlich gereizter Feuerstacheln ausschleuderten. Die Soldaten blieben vor der Heinrich-Mann-Buchhandlung stehen, sperrten die Prager Straße ab. Christian sah Anne.
Sie stand ein paar Meter entfernt vor der Buchhandlung in einer Menschengruppe und sprach auf einen Polizisten ein. Der Polizist hob den Stock und schlug zu. Einmal, zweimal. Anne fiel. Der Polizist bückte sich und prügelte weiter. Trat zu. Bekam sofort Verstärkung, als jemand aus der Gruppe versuchte, ihn abzuhalten. Anne hatte die Arme vor das Gesicht gelegt wie ein Kind. Christian sah seine Mutter, die am Boden lag und von einem Polizisten getreten, geprügelt wurde. Lampen glitten vorbei

wie Taucher. Um Christian war ein leeres Gebiet, ein verlorenes Dunkel, in das alles rutschte, was er an Schweigen und Schutz und Gehorsam angesammelt hatte. Er nahm den Knüppel in beide Hände und wollte sich auf den Polizisten stürzen, um ihn zu schlagen, bis er tot war, aber jemand hielt Christian, jemand umklammerte Christian, jemand schrie: »Christian! Christian!«, und Christian schrie zurück und heulte und strampelte mit den Beinen und urinierte vor Ohnmacht, dann war es vorbei, und er hing in Pfannkuchens Schraubstockgriff wie ein junger Hund, dem man das Genick gebrochen hat, sollten sie doch machen mit ihm, was sie wollten, er wollte nichts mehr außer in der Zukunft sein, in weiter und noch weiterer Zukunft, er wollte nichts mehr außer weg sein, Pfannkuchen trug ihn nach hinten, Christian schluchzte, Christian wollte tot sein.

Er kam in die Kaserne zurück, wo ihn am nächsten Tag ein Mitarbeiter der verplombten und vergitterten Türen vernahm. Er studierte Christians Akte, legte den Kopf in die unterm Kinn zu einer schlaffen Matte geflochtenen Hände, brummte »Hm, hm«.

Christian hatte vom Arzt im Med.-Punkt eine Beruhigungsspritze bekommen, sagte (dachte an Korbinian dabei und Kurtchen: Man sieht sich, Du kommst hier nicht raus, Leb wohl und verzeih): »Schwedt«, sagte es nüchtern, feststellend.

Der andere stand auf, ging ans Fenster, schabte sich die unrasierte Wange. »Ich überlege noch, was wir mit Ihnen machen. Aber ich glaube nicht, daß Schwedt sinnvoll wäre. Nein. Ich glaube, Sie brauchen …«

Christian wartete gleichgültig, seine Nerven gaben nicht mehr viel her.

»Urlaub«, sagte der andere. »Ich werde Sie auf Urlaub schicken. Sie haben ja noch einige Tage. Fahren Sie zu Ihrem Großvater nach Schandau. Obwohl, da machen Sie vielleicht Dummheiten … Also besser nach Glashütte.« Er zog einen Urlaubsschein aus einer Schublade, unterschrieb, stempelte. »Vielleicht fahren Sie nicht über Dresden. Es gibt einen Überlandbus von Grün nach Waldbrunn, und von dort wissen Sie ja weiter.«

Christian blieb sitzen. Der Urlaubsschein lag vor ihm auf dem Tisch.

»Sagen Sie einfach danke, Genosse Hauptmann. Wir sind nämlich gar nicht so.«

Walpurgisnachtstraum:
schrieb Meno,
Steigen Sie ein, sagt Arbogast, bricht einen Bleistift entzwei und klemmt einen Splitter ins Steuerruder. Das Luftschiff hebt sich, windfest, doch leicht ist es, und ich sehe die Stadt, Berlin, die Kupferinsel der Regierung. Davor, im breit gestockten Lebermeer stecken die Schiffe, gescheitert die Masten, wunschlos die Kiele, die Umrisse eines Bergs werden auf dem Eiland sichtbar, eine Aufschüttung noch tickender Uhren, dahinter kreiselt, strudelt, schluckt der Tiefenwendel, die Schneckenspirale, der nach unten gespiegelte Turm. Blauer Himmel über der Republik, Volksfestwetter. Blicke ich durch eines der Okulare der seltsamen Konstruktion – eine Art von Riesenmikroskop –, das an der Kanzel des Luftschiffs befestigt ist, kann ich Einzelheiten erkennen; es ist der 7. Oktober, Republikgeburtstag, ein Pionierchor singt das Lied der jungen Naturforscher: Die Heimat hat sich schön gemacht, und Tau blitzt ihr im Haar … die Wiese blüht, die Tanne rauscht, sie tut geheimnisvoll. Frisch das Geheimnis abgelauscht, das uns beglücken soll. Wir nähern uns. Um wahrzunehmen, daß die Straßen weitverzweigte Windungen in einer weißlichen Substanz sind, brauche ich das Mikroskop nicht, ich sehe die beiden Hemisphären im Lebermeer schwimmen; das Stückchen Tele-Bildschirm über dem Gehirn, eine Adlershofer Wetterkarte mit den Filzstift-Kreisen der Hoch- und Tiefdruckgebiete, hat das Zeltgrau der Dura mater angenommen; an der Arachnoidea, der Spinnwebhaut, klettern die undurchdringlichen, verrosteten Hecken der hundertjährigen Rosen, deren Duft den Grillgeruch der volkseigenen Bratküchen überspült. Das Neue Deutschland, Organ des Zentralkomitees der Sozialistischen Einheitspartei, ist in einer Sonderausgabe erschienen, aus dem Papier flattern Friedenstauben, Proklamationen von Werktätigen, winken lachende und kinderküssende Soldaten. Die Protokollstrecken, über die sich die Wagen der ausländischen Delegationen dem Zentrum mit seinen Tribünen und noch leeren Aufmarschmagistralen nähern werden, sind saubergefegt, die Häuser bis zur maximalen

Sichthöhe, die man aus den Staatskarossen haben kann, frisch verputzt und mit optimistischen Losungen versehen. Im Okular Nervenzellen, auratisch leuchtend von Psycho-Cocktails, tropische Pflanzen sprießen an den Ufern der Spree, der Palast der Republik durchsetzt von den lauernden, trägen Blüten fleischroter Schmarotzerblumen, andere Nervenzellen wirken ausgeschaltet, von Nähr- und Botenstoffen gemieden, bauen ab und werden in einer Art retro-embryonaler Verlorenheit im Takt der Uhren auf dem Berg eingemauert, Schicht um Schicht dickt die Kalkrinde um ihre Zellmembranen. Das Gehirn ist alt, ein greises Gehirn ist es, die feinen Blutschläuche, die es versorgen, zersplittern wie Blätterteig, wenn forschende Endoskope – nicht nur ich bin unterwegs, das System hat mißtrauische Mitarbeiter – eine Biegung verfolgen, arteriosklerotische Plaques haben sich abgelagert, lassen, Nadelöhr und Stau, nur noch einzelne rote sauerstoffschleppende Blutkörperchen passieren. Gala! Sandmännchen fliegt im Hubschrauber ein. Das Skatgericht, schraffiert von Faserrosen aufsteigender Schmerzbahnen, präsentiert einen Grand ouvert, Karl-Eduard von Schnitzler, Bootsmann des Schwarzen Kanals, dessen schiefklirrende Vampirdramenmelodie die Eingangshalle des Palasts der Republik bespielt – ein Lampenladen, der heute mit Illuminationen nicht geizt –, hat sich in einen Schiffsbohrwurm verwandelt, den Chefpropagandistenmund zu einer Grimasse aus Haß und Qual verzerrt, man sieht ihn sich eindrillen in die Kammer des Wunschbriefkastens, wo Uta Schorn und Gerd E. Schäfer Anekdötchen in den gemütlichen Kaffeeplausch flechten, dort ist seine Bleibe nicht, auch nicht bei den lustigen blauen Jungs von Klock acht, achtern Strom, die Shanties singen zu Schifferklavier und Klönsnack und Godewind, er quert Katis Eisshow und verschwindet in den Tiefen des Buchministeriums, das am Wernicke-Zentrum nistet, dem akustischen Sprachgebiet, bohrt sich in die mürbe Masse der Akten, der Logbücher. Tanze Samba mit mir! Samba, Samba die ganze Nacht. Tanze Samba mit mir! Weil die Samba uns glücklich macht, schallt es vom Alexanderplatz, die Gäste des Staatsempfangs wenden sich den kulinarischen Genüssen zu: Schinken von Schweinchen aus Wiepersdorf, die unter den dortigen Oliveneichen gefressen haben, Wildbret zwischen dekorativ gekreuzten Suhler Doppelflinten, in

den Läufen Petersilie, dazu Kognak Marke »Edel«, Limonade für die sowjetische Bruderdelegation, Meißner Wein, Ananas, und was der Fernsehkoch sonst empfiehlt
– Wahrheit! Wahrheit! rief der Minol-Pirol, dort wird sie gedruckt, in den Parteizeitungen, dem ZENTRALORGAN und in den Bezirkszeitungen, siehst du die Drähte, wie Spinnweben fein sind sie, berühre sie, es wird ein Telefon klingeln und ein zitternder Redakteur wird sich melden, ist es denn die Stunde der Tränke, allwöchentlich donnerstags nach der Sitzung des Politbüros (dienstags) und nach der Beratung des ZK-Sekretariats (mittwochs), versammelt euch, ihr Chefredakteure aller Zeitungen der Kupferinsel im tiefen Kupferwald, der Massenorganisationen, beim Leiter des Presseamtes der Regierung, schließt die Funktionäre an die Maschine an, den apparatus: die Sprach-Stanze entrollt die Zunge=lingua! weißbehandschuhte Automatenhände zerren, Sprach-Stanze arbeitet, dann Probelauf! es klirrt am Boden: Wort-Hülsen, Blech-Schlagzeilen, Papierschlangen ringeln sich: WICHTIGSTES KRITERIUM DER OBJEKTIVITÄT IST DIE PARTEILICHKEIT, GENOSSE! OBJEKTIV SEIN HEISST PARTEI ERGREIFEN FÜR DIE HISTORISCHE GESETZMÄSSIGKEIT FÜR DIE REVOLUTION FÜR DEN SOZIALISMUS! Die Sprach-Stanze hat einen scharlachroten Knopf: Lenin-Knopf, der wird jetzt gedrückt: DIE WAHRE PRESSE IST EIN KOLLEKTIVER PROPAGANDIST, AGITATOR, ORGANISATOR! –

(Conférencier) »Das Ballett der Staatsoper tanzt die Polonaise aus dem ›Schwanensee‹ von Tschaikowski. Für unsere Fernsehzuschauer in Schwarzweiß werde ich die hübschen Tutus unserer Genossen Balletteusen schildern …«

Küßchen hier, Küßchen da, draußen ein paar Demonstranten, aber alles singt und tanzt, weil's gute Stimmung bringt, der Chef des Einsatzstabes, dessen Befehlszentrale im Haus des Lehrers liegt, wagt nicht, eine größere Räumungsaktion auf dem Alex anzuordnen. –
(Conférencier) »Es folgt der ›Wach auf‹-Chor aus Richard Wagners ›Meistersingern‹!«
(Generalsekretär) »Heute ist die Deutsche Demokratische Re-

publik ein Vorposten des Friedens und des Sozialismus in Europa!«
(Gorbatschow) »Wer zu spät kommt …«
(Volk, im Chor) »Freiheit!«
(Polizeiminister) »Ich würde am liebsten hingehen und diese Halunken zusammenschlagen, daß ihnen keine Jacke mehr paßt … Mir braucht keiner zu sagen, wie man mit dem Klassenfeind umgeht!«
(Volk, im Chor) »Freiheit!«
(Sicherheitsminister) »Also, wenn der, also der Genosse Gorbatschow weg ist, dann gebe ich den Einsatzbefehl, dann ist Schluß mit dem Humanismus!«

Poröse Zonen, das Gehirn löscht Wachfelder, man sieht die Alphawellen des Schlafs. Aber dies Anhängsel, das Schild-Organ, Steuerdeck des Stoffwechsels, schläft nie, ein grauer Betonpalast mit teils verspiegelten, teils aufgemalten Fenstern, unter denen im schleimig-feindverseuchten Milchgang die Lymphe kriecht –

… aber dann auf einmal …
schlugen die Uhren –

Gudrun sagte: »Wir treten aus unseren Rollen heraus.« Niklas sagte: »In der Oper spielen sie Fidelio, und beim Gefangenenchor erheben sich die Menschen und singen mit.« Barbara sagte: »Und Barsano sitzt in der Königsloge und ist mit seinen Gedanken ganz woanders und singt nicht mit.« Anne, das Gesicht noch zerschlagen, die Handgelenke von Knüppelhieben geschwollen, nahm eine Kerze. Richard und Robert, der seinen Urlaub für die letzten Tage vor der Entlassung aufgespart hatte, prüften, ob der Schriftzug »Keine Gewalt« auf den Papierschärpen trocken war, die sie sich umhängen würden. Sie gingen auf die Straße.
Viele Menschen waren unterwegs. Auf allen Gesichtern lag die Angst der vergangenen Tage, Trauer und Unruhe, aber auch etwas Neues: Glanz. Das waren, sah Richard, nicht mehr die bedrückten, tiefschultrigen Menschen der vergangenen Jahre, die ihres Wegs geschlichen waren, einander gegrüßt und vorsichtig zugenickt und allzulangen Blickkontakt vermieden hatten,

sie hatten die Köpfe erhoben, noch beklommen atmend, doch schon voller Stolz, daß es möglich war, dieses Geradeaus, daß sie aufrecht gingen und sich bekannten, wer sie waren, was sie wollten und was nicht, daß sie mit wachsender Festigkeit gingen und die gleiche elementare Freude empfanden wie Kinder, die aufgestanden sind und laufen lernen. Schwedes und Orrés henkelten die Bewohner des Glyzinienhauses unter, von Haus Ulenburg, der Karavelle benachbart, kam die kinderreiche Familie des Kohlenhändlers Hauschild (»wie die Orgelpfeifen«, sagte Barbara) und schien den ganzen Winternotvorrat an Kerzen angezündet zu haben, Herr Griesel, mit Frau und Briefträger Glodde eben von Arbeit gekommen, schloß seinen Trabant ab, bei Tischlermeister Rabe verstummten die Sägen, der Meister wischte sich die Hände an einem Putzlappen sauber, pfiff den Lehrlingen, klaubte einen Kerzenstummel aus seiner Manchesterhose.

Einen Moment blieben sie unschlüssig – die Ulmenleite hinunter zur Kirche, oder die Rißleite entlang Richtung Bäckerei Walther? Die Warteschlange davor flockte aus, wurde schütter, löste sich auf, die Verkäuferinnen blickten aus dem Laden, knüllten die Schürzenschöße in den Händen, »bringt Semmeln mit!« rief einer, Hände winkten, Rufe: »Schließt euch an, wir brauchen jeden Mann!« Und Zahnärztin Knabe, die ihren verschüchterten Ehegatten nach vorn schob: »Ganz genau – und jede Frau!« Ulrich warf das Parteiabzeichen weg. Barbara verschob einen Termin bei Lajos Wiener, der an seinen Salon »Wegen Revolution geschlossen« schrieb. Frau von Stern, mit umgehängter Brotbüchse, stieß rüstig ihren Knotenstock auf den Boden: »Falls man mir zu nahe zu treten wünscht. Daß ich das noch erleben darf, nach Oktober Siebzehn.« Und für Richard war der Tag, dieser Oktobertag des Jahres 1989, plötzlich ernsthaft und schlicht, voller Energie, die Haarrisse im Himmel hinter den Bäumen hervorzubringen schien, er sah die Schlaglöcher, die hilflos eingeschmierten Asphaltkleckse, diese jammervoll geflickte Hülle der alten Straßen, die wie bei einer Schlangenhäutung nun aufplatzen wollte, und obwohl es schon dämmerte, wehte durch die Fissuren etwas von der betäubenden Frische, die er als Junge empfunden hatte, wenn es um einen Streich gegangen war,

eine der jäh aufblitzenden Großartigkeiten, die die Norm verletzten, aber das Ich mit einem Nimbus vergoldeten aus Glück und Schlachtgesang. »Hans«, sagte er zu seinem Bruder, der von der Wolfsleite gekommen war; »Richard«, sagte der Toxikologe, und das war alles, wenn auch seit langer Zeit wieder ein Wort. Iris und Muriel lehnten die Kerzen ab, die Pfarrer Magenstock ihnen anbot, auch Fabian, der ein junger Mann geworden war mit seinem etwas lachhaften Heiduckenschnurrbart, verzichtete; sie trugen keine Kerzen und keine Gorbatschow-Plaketten wie so viele, sie wollten keinen besseren Sozialismus, sie wollten gar keinen Sozialismus, und für ihre Hoffnungen brauchten sie keine Predigt und keine Lichterkette. Auch Honichs, das mußte Richard zugeben, bewiesen Mut, denn sie entrollten die DDR-Fahne, das verspottete und verachtete und hier und dort schon, wie Richard wußte, durch einen kreisförmigen Schnitt entwaffnete Tuch; sie schlossen sich an und wurden zugelassen, ohne daß man weiter Notiz von ihnen nahm.
Man klingelte an Türen. Mancher kam nicht, manche Gardine hob sich, senkte sich, mancher Hund schlug an und wurde nicht beruhigt, und Schallplattenhändler Trüpel hatte ein klug gebrochenes Bein und einen unklug angelegten Gips, humpelte an Krücken bedauernd, bedauernd vorüber. Malivor Marroquins Kostümverleih blieb geschlossen, kein Warnschild auf den Straßen, kein Foto schoß der weißhaarige Chilene von den immer mehr und immer sicherer werdenden Demonstranten.

… aber dann auf einmal …
schlugen die Uhren:

und die Kupferinsel kippt unter dem Gewicht des Volkes, das sich nach Steuerbord stellt, die rotweiß karierten Tischtücher strudeln nach unten, wo Gischt und Meer in einen Trichter spindeln, die Briketts mit zuviel Wasser bröckeln, lösen sich auf –

(Conferencier, Orden austeilend aus einem Schuhkarton) »Nehmen Sie! Orden! Für vorbildliche Leistungen im sozialistischen Wettbewerb! Nehmen Sie! Alles reichlich da! ’s kostet nischt!«

die Riesen auf dem Kroch-Hochhaus in Leipzig lassen ihre Hämmer an die Glocke dröhnen, Philipp Londoner sitzt schweigend im abgedunkelten Zimmer, die Arbeiter der Baumwollspinnerei stellen die Maschinen ab und schließen sich den Demonstrationszügen an, hunderttausend Menschen an diesem Montag, die ins Zentrum marschieren, zur rosenversponnenen Universität, zum Gewandhaus, das wie ein Kristall in der Dämmerung leuchtet, das Volk, das seine Stimme probt, sich nicht mehr beirren läßt, der Lügen überdrüssig und der Gitter –

(Eschschloraque) »Maulwurf, blind in finstrer Erde, Morgen Abend oder Nacht, doch ohne Zeit, das war die Furcht: doch *ohne Zeit*. Ein Schiff mit einem irren Kapitän und irrer Mannschaft voll mit Lärm und Wut zwischen Gestern Heute Morgen … Fahrt, geflochten auf das Große Rad, das immer sich im Nebel dreht, und wir die Könige an einer Tafel, auf der mit Blut gezeichnet ist der Aufstieg und der Fall der Reiche, die Immerwiederkehr des Immergleichen, für einen kurzen Augenblick die Ahnung eines Sonnenstrahls, und Liebende umarmt vorm Richtblock der schönen neuen Welt, in der die Reinheit eine böse Schönheit ist, und schwarzer Schoß den schwarzen Schoß gebiert« –

»Wir sind das Volk«

(Eschschloraque) »Maulwurf träumt den Maulwurfstraum von Sonnenlicht und freiem Himmel und gräbt und gräbt in Dunkelheit, doch nicht der Traum gibt ihm die Richtung, nur sein Schaufeln, und der Nase nach, und träumt, er sei der Herr der Schöpfung, Himmel Erde Sterne nur für ihn geschaffen, Maulwurf ist der Mittelpunkt der Welt, und sein minierendes Geschlecht aus blinden Grabenden, dem Maulwurfsgott verhieß Unsterblichkeit – doch plötzlich Zweifel, eine Stimme: Der Maulwurf ist nur Maulwurf und sonst nichts, schuf Maulwurfsgott zu seinem Spiegel, aus Schall und Wahn ein Schattenbild« –

»Wir sind das Volk«

(Eschschloraque) »Und wie der Fluß nicht aufwärts fließt, wird Maulwurf immer Maulwurf bleiben, wird nie den Tunnel Dunkelheit verlassen, nie das Sonnenlicht erreichen: Das ist sein Maulwurfslos, das Universum kümmert's nicht, und wie er leidet, kämpft und denkt und fühlt, er wird nichts ändern, er bleibt ohne Zeit« –

»Wir sind ein Volk«

… aber dann auf einmal …
schlugen die Uhren

der Sozialistischen Union, die Kreml-Uhr bleibt stehen mit dem Geräusch einer gebrochenen Sprungfeder, roter Stern über Moskau, der noch Funksignale sendet über das Meer zu den Vasallen-Inseln, zu den Posten auf den Brücken zwischen Bukarest und Prag und Warschau und Berlin –

(Pittiplatsch) »Ach du meine Nase«
(Schnatterinchen) »Naknaknak«

schlagflüssig stockt besonderer Saft, der Apoplex löscht Lenins Lichter, die Kupferplatte ragt nun wie eine Eisscholle aus dem Meer, Ich bin der Drehrumbum, der runde, ich drehe alles um, jede Stunde; Schild-Organ, wo Farn kriecht und den Monolithen bricht, den Beton normannischer Burgenarchitektur, in dessen Stuben mit Blümchenmusternormtapeten, Furniermöbeln, Normaschenbechern, Behördennormschreibtischen nun frische Luft fegt mit dem durchbrechenden Volk, Papier wirbelt auf, Papier, die alten, als Gründungsdokumente gehandelten Akten, Blättersturm, Blätter toben den Lichthof hinab, von den Galerien mit Blattpflanzen und Plastgießkännchen, die ad libitum mit einer Überwachungsoptik versehen und auf den Friedhöfen der Republik eingesetzt werden können, in den Kellern fressen die Reißwölfe Papier, schlingen die Schreibmaschinenschrift in ihre gefräßigen Mägen, solange sie noch können, noch haben die Bürgerkomitees genug zu tun damit, ihr Staunen, ihren Abscheu nicht mehr als Schwäche fehldeuten zu lassen: Das Petschaft des Zimmers wird geöffnet, in dem sich die Geruchskartei befindet, von Tausenden mißliebigen Personen hat man Achselschweiß mit einem Läppchen abgenommen, in Zellophan verschweißt, exakt kartiert und für die Hunde aufbewahrt, Papier knirscht auf dem Boden, Papierschnipsel machen das Atmen schwer, Lochverstärkungsringe, weißer Konfetti aus den Gußeisenlochern, zerbröselnde Akten quellen, unverdaulicher Brei, aus den Eingeweiden der Behörde, Papier, Papier –

Und an einem Novembermittag standen Christian und Pfannkuchen vor der Kaserne, die Posten am Kontrolldurchlaß blickten ihnen teils noch neidisch nach, teils hatten sie sich schon wieder ihren Dienstobliegenheiten zugewandt, die Fahnen entlang der Kasernenstraße flatterten im lustlosen Wind, noch immer waren es Rot und Schwarzrotgold mit Hammerzirkelährenkranz, das Blau der Freien Deutschen Jugend, die Neuen rückten ein, unsicher und mit gesenkten Köpfen, daß sie hier, daß sie jetzt, bei dem, was draußen los war, keine Freiheit mehr haben und die verhaßte Uniform der Nationalen Volksarmee tragen sollten: Pfannkuchen, in abgeschabter Lederkluft, das aus einem Bettlaken selbstgefertigte Reservistentuch mit dem verbotenen Schwarzrotgoldadler, Hundemarke, Abzeichen, Reservistenplakette, einem grünen Panzer und den Kuliunterschriften der Kameraden zwischen den römischen Ziffern der Dienstjahre lässig über den Schultern geknotet, wandte sich Christian zu, der sich in ebensolcher Verkleidung (und wie hatte er sich diesen Tag ausgemalt, seit Jahren, seit den »99 Luftballons« von Nena, die traditionsgemäß über jedem Regiment stiegen, wenn die Entlassungskandidaten nur noch ebensoviele Tage zu dienen hatten) lächerlich vorkam, auch anachronistisch (als ob irgend jemand sich noch dafür interessierte, als ob irgend jemand tatsächlich auf sie gewartet hätte, die jungen Männer, die heute vom Militär kamen, die geschenkten braunen Trainingsanzüge wie Trophäen schwenkend, grölend und betrunken, wenn sie über die Bahnhöfe und Kneipen herfielen, doch immer stiller, je vereinzelter sie waren, je näher sie ihren verschiedenen Orten, ihrem Zuhause kamen, wo man andere Sorgen hatte und vor ihre Geschichten, die nun schweigen mußten in einem Kern aus explosivem Verstummen, nur den Riegel eines »Na, da bist du ja« schieben würde); Pfannkuchen wandte sich ihm zu, tippte mit dem Daumen zu seinen Kumpanen hinüber, die auf Motorrädern erschienen waren und hin und wieder das Gas jaulen oder die Kupplung kommen ließen, so daß die Maschinen vorsprangen; Pfannkuchen sagte: »Tschüß«.

»Tschüß«, sagte Christian.

– Suchend: Reinheit,

schrieb Meno,

beschriebenes und weißes, mit Fotos bedrucktes, mit feinen und groben Strichen zu einer Zeichnung gewirktes, bestätigendes, besänftigendes, feststellendes, zwischen den Zeilen gelesenes, jubelndes, vorsichtiges, schattiges, undurchsichtiges, amtliches, widerrufendes Papier; Papier für die WAHRHEIT, den gedruckten Spiegel, NEUES DEUTSCHLAND, JUNGE WELT, PRAWDA, Zeitungen, die ins Wasser gespült werden, Fett- und Butterbrotpapier, Zigaretten bilden hefige Strudel, Eintrittskarten für Spiele von ZSKA Moskau Sparta Prag Dynamo Dresden Lokomotive Leipzig HFC Chemie, für Speedwayrennen und Schwimmhallen, Quittungen mischen sich mit Isolatorpapier; Verlautbarungen, Ukase, Bücher, Schreibblöcke trudeln auf den Propeller einer Turbine zu, in der sie zerschlappt und zerwattet werden, Papierfetzen hängen wie Moos von den Propellerschaufeln, Papierzapfen, Papierschlamm, Fasermatsch, der sich zu riesigen Seilen spult, die zerschnitten werden von den Messerharfen, die in ständiger sensender Bewegung, winkende mähende Automaten, den Papierstrudel kappen wie Metall-Teigmeister vorüberfließende Nudelkabel; Zeitungen, die ins Wasser gespült werden, da sind die Bulgen der Eimerkettenbagger, die leckenden Flansche über einem Gemüsefeld, das mit kleingehäckseltem Papier gedüngt wird, da sind die Traufen an den Archiven, die unter den Lasten von Papier in geduldige Dumpfheit sanken, der Druck sintert die Schnellhefter, gautscht Formulare, läßt Akten klamm werden, feuchte Vermählungen zwischen Druckerschwärze und Holzschliff und Säure ausrichten, Schraubflügel werden über Bausch und Bogen angespannt, Tropfen bilden sich wie Schweißperlen auf den Stirnen von Männern beim Armdrükken, schwellen, Nässeschicht wölbt sich über Nässeschicht, ein Eichstrich wird passiert, plötzlich beginnt es eine Schräge hinab-

zurinnen, zwei Tropfen schnappen zusammen mit der Lautstärke eines über zu schwachen Armen kollabierenden Expanders, aus eins mach zwei, eiterweiße Rinnsale suchen sich ihren Weg zu den Rohröffnungen, die auf Rohreingänge weisen, die auf Rohrausgänge weisen, Mund übergibt sich in Mund, und aus den Traufen quillt der Preßsaft, Flüssigkeit kostbar wie Blut und Sperma, aus den Papieren der Archive –

… aber dann auf einmal …

schlugen die Uhren, schlugen den 9. November, »Deutschland einig Vaterland«, schlugen ans Brandenburger Tor:

Inhalt

Die Bewohner des Turms

Haus Karavelle
Christian Hoffmann (zu Beginn des Romans Schüler),
seine Eltern Richard (Chirurg) und *Anne Hoffmann* (Krankenschwester),
sein Bruder Robert
die drei Stenzel-Schwestern (frühere Zirkusreiterinnen)
André Tischer (Junggeselle »verdächtiger Herkunft«)
Familie Griesel (Doktor Griesel arbeitet als Techniker und ist der Hausverwalter)

Tausendaugenhaus
Meno Rohde (Bruder von Anne Hoffmann, Christians Lieblingsonkel, Zoologe, Lektor im Hermes-Verlag)
der ehemalige Schiffsarzt *Alois Lange und seine Frau Libussa*
Familie Stahl (die mit einem Flugzeug zu fliehen versucht)
die Kaminski-Zwillinge (Studenten, Kinder der Nomenklatura)
Pedro und Babett Honich (Kampfgruppenkommandeur und Pionierleiterin)